（上）

陆澹盦侦探影戏小说集

陆澹盦　著
战玉冰　编

上海人民出版社

本书作者陆澹盦先生（1894—1980）

《毒手》小说单行本封面

《黑衣盗》小说单行本封面（三种）

《侠女盗》小说单行本封面

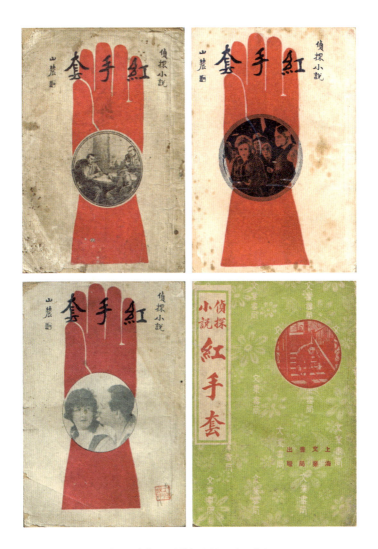

《红手套》小说单行本封面（四种）

《老虎党》小说单行本封面

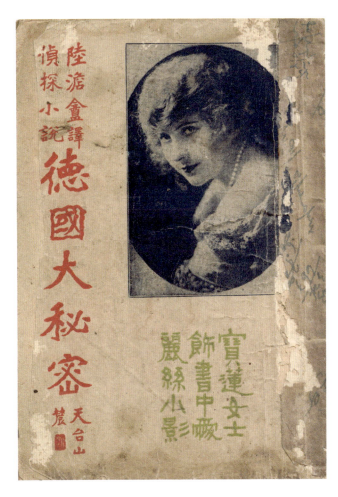

陸澹盦譯
偵探小說
德國大秘密
天台山農

實蓮女士
飾書中礦
麗綠小影

《德国大秘密》小说单行本封面

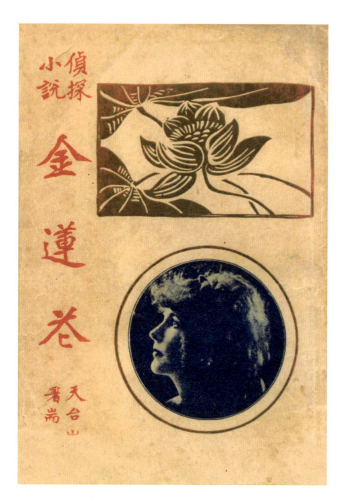

《金莲花》小说单行本封面

目　录

引　言

在电影发展早期，很多"鸳鸯蝴蝶派"作家经常把电影改编为小说发表，当时称之为"影戏小说"。据目前所见资料，陆澹盦曾先后将七部美国侦探冒险电影改编为影戏小说，分别是《毒手》《黑衣盗》《侠女盗》《红手套》《老虎党》《德国大秘密》和《金莲花》(其中《侠女盗》一书目前仅见下册)，总字数超过50万字。本书将这七部侦探影戏小说全部整理、收录，以飨读者。这些小说既属于"影戏小说"这一特殊的文学类型，又是中国早期侦探小说发展史上的重要现象，更为我们重新了解好莱坞电影在二十世纪一十年代后期至二十年代的全球传播和影片情节内容提供了一些有益的参考。

在小说版本选取和使用上，一方面，考虑到这些小说最初发表于《大世界》等游戏场报时讹误较多，反而后来单行本出版时会进行较为完善的修订，因此本书选择以单行本为整理底本，而没有选择初刊本；另一方面，因为陆澹盦这几部侦探影戏小说单行本版本情况复杂（可参见书后《陆澹盦侦探影戏小说研究》一文），很多版本非常稀见，且不同版本单行本之间内容差别很小，所以本书选择以目前能够找到的单行本版本作为底本，而不拘泥于初版本。

考虑到民国时期的汉语表达方式，为了还原小说刊载时的历史现场感和词句信息原貌，书中尽量保留了当时的一些用语习惯，比如"仆地"[扑地]①、"树颠"[树巅]、"身傍"[身旁]②、"珊珊而至"[姗姗而至]等（双引号中为报刊原文，方括号中为现代汉语使用规范），都统一遵照原文，不做修改，特此说明。

书后的《陆澹盦侦探影戏小说研究》一文则围绕陆澹盦的侦探影戏小说进行整体性讨论，以便于读者更好地了解早期好莱坞电影、民国侦探小说与陆澹盦的侦探影戏小说。

在本书资料的搜集与整理过程中，特别感谢陆澹盦先生的长孙陆康先生的大力支持。陆康先生作为澹盦后人和沪上著名书法家，亲自为本书题写封面，他的墨宝对于本书而言具有重要的纪念价值。同时感谢华斯比先生在全书资料搜集、整理、校对、注释过程中的贡献，以及本书责任编辑吕晨女士的辛勤付出。

战玉冰

2025 年 1 月 12 日

---

① 表示"倒在地上"的意思。
② 陆澹盦小说原文中经常"身傍""身旁"混用，整理时遵照原文情况，不做修改。

毒　手

版本说明

　　该小说整理依据的底本为《毒手》，新民图书馆发行，1919 年 1 月初版。

序 一

著小说难，译小说尤难，译电影剧作小说则难之又难。

夕阳一角，残月半钩。新小说之词旨，著者以为佳矣。逮一究夫通篇之脉络，无一笔呼应处，无一节优异处，第见障墨、浮烟充塞满纸，且情节亦陈陈相因，几乎千篇一律，遂致阅者味同嚼蜡。此著小说之所以难也。

中西文字不同，风气亦异，尽有西文有此词义而中文无从曲喻者、西国有此品物而中国无此名称者。推之语言动作，处处有别；诗词歌曲，戛戛不侔。易之固失其真，勉就之则非马非驴，鲜不贻识者之诮。此译小说之所以尤难也。

至于译电影剧为小说，当其映演之时，电光一瞥即逝，可谓"过目不留"。抑且剧中头绪纷繁，往往有先后各幕，骤睹之若不相连属，至细按而始知其一气贯通者；亦有剧本精妙，处处故作疑人之笔，使人如堕五里雾中者。有此种种，不易下笔。而译之者世乃绝鲜，即有之，或蒙头改面，大背戏情，或失之毫厘，谬以千里。此译电影剧作小说之所以难之又难也。

陆君澹盦，少年绩学，长于中西文字，且具捷才。比岁，结文虎社于大世界，每晚于射虎余闲，乐观电影，见百代公司最新片《毒手》而喜之，以为剧中节目之奇、变幻之妙、设施之险、意味之深，是可译为新小说，以饷社会之爱观电剧、爱读小说者也。

于是奋其颖悟之脑筋、轻灵之手笔，每睹一集，翌日即迻译成文，登诸《大世界》报。积百有数日，得六万余言，全剧竣而全书亦竣。波谲云诡，煞有可观，使人读之，觉文奇剧奇，而文与剧不触不背，惟其文奇益见剧奇。

书成刊以行世，此书可传，此剧可传，而澹盦亦于是乎传矣。

因喜为之序。

民国七年季冬

海上漱石生稿于退醒庐

序 二

近世哲匠有以说部而演为影片者，比比皆是。若以影片而撮为说部，厥惟社友澹盦所著《毒手》尚矣。

《毒手》影片今年秋于大世界映演，离奇傀诡，得未曾有，一时观者靡不啧啧称赏。顾莎翁、乐府，未得本事为之说明，终一憾事。

澹盦夙娴英吉利文字，因于广座纵览之余，辄有补编小说之作，排日刊诸本报"寓言"栏，明洁隽上，早为海内所传诵。

然山农犹有不能已于言者，书中人物如杜丽西之烂熳、蓝模斯之勇敢、毒手之奸险，各有面目，各有笑貌。而澹盦独能纳之于寸楮之上，备之以一人之身，其心思才力，诚有非时下操觚家所可等量而齐观者。

异日者，一编出版，万口皆碑。敢书此以为豫祝，是又不仅本报之光荣也已。

戊午十二月

天台山农序于莳花种菜庐

序 三

今年秋日，余客海上，屡游大世界俱乐部，每值茗椀香清、花栏露重时，必观《毒手盗》影戏数幕，以为楼台缥缈、人物离奇，有令人叹"柳暗花明又一村"之妙。尝语诸子，安得少年，无事如我辈，遂为稗语，以饷观者。歇洛克、亚苹森，将并此而三矣。

已而余返棹鸳湖，闭门却扫，日读《大世界》报自遣，忽得澹盦《毒手》译本，楼台缥缈、人物离奇，一如余在海上大世界俱乐部茗椀香清、花栏露重时也。

澹盦年少与余若，好事与余若，乃至嗜游大世界俱乐部、嗜观《毒手盗》影戏莫不相若。然澹盦露纂雪钞，已成巨制，而余则电光石火，莫赞一辞，始叹人生才力悬殊，有不可以道里计者。

澹盦此著，共三十章，六万余言，顷已脱稿，将梓单行本行世。辄著其端，佩澹盦亦以讼不才也。若夫译笔之雅达、著笔之简净，海内不乏知澹盦者，余何赘焉？

戊午冬至节

朱大可序于鸳湖亚凤巢银红烛下

第一章

砰！砰！！枪声！枪声！！

此时女郎杜丽西，方独处卧室，熄灯欲卧，忽闻楼下会客室中，枪声连发，大惊跃起，知家中必发生变故，急取外衣披之，启户而出，匆促间亦不暇燃火，犹幸家中各甬道，平日往来已熟，乃摸索下楼。

奔至会客室外，见室中灯光已熄，阒然无声，掀帘一望，昏不见物，乃急旋电机启之。灯光既明，室中惨厉之景象，遂突现于眼帘。

盖其父惠特纳，与一素不相识之老人，均僵卧地上，状如已死。女骤睹此变，震越失次，心房颠跃，战栗不已，急趋至其父之身旁，伏地检视，见老父面色惨白，气息奄奄，胸前枪伤一小孔，鲜血殷殷，犹溢出不已。

女骇极，乃悲呼曰："天乎！我父竟被刺矣！"

时则书记蓝模斯、女伴卫达，及家中诸臧获，闻声毕集，见此离奇之巨变，皆瞠目大惊，莫测其故。惟阍者入视，则云："彼受伤之老人，于一刻钟前来此，投刺求见主人，因主人适在会客室，遂导之入见，初不知何以均被刺也。"

阍者言已，书记蓝模斯察得女父及老人，受伤虽重，尚未气绝，因指挥众仆，扶伤者起坐。

会他仆已招警察来，侦探亦至。侦探名弗赖，状颇干练，至则立偕蓝模斯及警察，遍搜各室，然已杳无所得，乃仍返会客室，检视室中各器物，见陈设井然，毫无变动，惟墙上玻璃窗，已启其一。临窗而望，则数十步外，即为森林，地颇幽僻，疑即凶手出入之道。

检阅已毕，乃更遍诘室中诸人，将对答之语，一一记入手册。

杜丽西则以电话招其叔及医生史克雷。

医生史克雷者，精科学，邃医理，言辞辩给，工于酬应，一翩翩少年也，尝与杜丽西遇于跳舞会，一见倾心。史知女父为富商，家资百万，异日承袭者，惟女一人，因曲意媚女，由是得出入女家，与女情爱颇笃。

是夜史方独坐医寓中，配合药品，闻电话铃声大鸣，听之，则杜丽西声也，声颤而促，如受剧惊，略谓"我父受刺，幸速来"云云。

史听毕，即匆匆携药囊出，驱车至女家，至则女叔阿勃那亦至。

史克雷视二人伤处，蹙额曰："创在要害，势甚沉重，恐不可救矣。"

女闻而大恸，阿勃那状亦悲愤，顿足曰："有能捕得凶手者，我当酬以巨资，虽万金不吝也。"

斯时史克雷出药水饮伤者，久之，女父稍醒，见蓝模斯立其前，突变色跃起，厉声斥蓝曰："杀我者，汝也！"

言出，一室尽惊，皆注视蓝。蓝亦惊诧，然绝不置辩。

女父呼声方毕，即颓然倒椅上，视之已冥然而长逝矣。

女父既死，女伏尸恸哭，誓复大仇。侦探弗赖则因女父临死之言，立挥警察执蓝模斯。蓝神色坦然，束手就执，绝不抗拒。弗赖欣然自得，以为巨案已破。

此时史医复以药水饮受伤之老人。稍停，老人亦渐清醒，微启其目，四瞩室中，忽遥见杜丽西，即突然起立，招女近前，喘息而谓之曰："余不幸被刺，伤重且死，今当乘余未死，将余所以来此之故，详以告汝，汝其听之。"

女颔之，因拭泪坐于老人之傍，众人则俱环立而听之。

老人喘息略定，发其哀苦之音，叹息而言曰："呜呼！余之爱女知之，汝乃余之生女，非惠特纳君之女也。"

言出，众皆愕然，而女尤惊诧，然均默然不发一言，静听老人之续语。

老人又曰："余名阿立克斯，俄国之公爵也。我国为专制国，君权至重，而尤崇宗教，信妖巫。巫之势力至伟，立言于朝，辄足左右国王。妖巫某者，个中领袖也，自称能前知未来事，恒为妖言以惑众。国王以下，咸信奉之，惟余信鲠直，恶邪佞，尤嫉妖言，往往以事呵辱之。巫以是憾余刺骨，思得当以报。会余女诞生，余时年近五旬，犹乏嗣息，幸举一女，足慰老怀，喜可知已，不意恶人毒计，即由是而发生。

"盖余女生方匝月，为妖巫所知，即谮之国王曰：'公爵阿立克斯，新诞一女。此女，妖孽也，十八年后，将以丽色媚王，而亡王国，王其慎之。'妖巫者，众所奉为预言家者也，斯言一出，王乃大震，即遣人至余家，立索余女。呜呼！专制之国，君为神圣，其行虽极无道，凡属臣民，乌敢抗拒？于是我挚爱之女，乃为王豪夺以去，生死不知，存亡莫卜。呜呼伤已！老妻以是，终日恸哭，余亦神情沮丧，悲惋无已。欢乐之家庭，顿为愁云惨雾所笼罩。犹幸翌日朝见，国王颇加温慰，仍令在朝供职，然自是以后，掌珠已失，生趣毫无，数年之间，齿摇发落，渐入老境矣。"

公爵言至此，涕泗滂沱，创处剧痛，喘息不已。语乃稍止，室内听者，靡不咨嗟叹息，代为扼腕也。

公爵喘息稍止，又续言者："岁月不居，时节如流，忽忽已十有八年矣。前月某日，余退值后，王忽召余入密室，命余坐，语余曰：'汝犹忆十八年前之事乎？当时汝女之生，预言者谓汝女为祸水，十八年后，必亡朕国，朕因遣人夺汝女。然朕得汝女，初未加害，即抱之至此室。时有美人惠特纳者，方经商于此，与朕有旧，朕因招之至此，以汝女属之。蒙彼允为抚养，当即书一代养之据，留之朕处，并将汝女两手掌纹，印于纸上，藏之二小匣内，以为异日凭证。'

"王言至此，即自铁箱中取字据及二匣出，悉以示余。匣长三寸许、阔可二寸，花纹精美。王出钥启之，其中果各藏小儿掌印一纸。王复闭而锁之，谓余曰：'此匣制造甚奇，匣之夹层内，藏有极猛烈之炸药。匣只二钥，其一在朕处，其一则悬之汝女之颈上。此匣必得原钥，方可启视，若误以他钥启之，则匣必炸裂。今汝趣以一匣往美洲，见惠特纳，以其女颈上之钥，开此小匣。若掌印无误，则即汝之女也，可携之归国，朕将验预言之验否也。'王言毕，即以小匣之一与余。

"余奉王命，故跋涉来美，探得惠君居此，特于今晚来访。余见惠君，与谈此事，惠君意殊不欲闻，余因出小匣示之。惠君方欲接视，突见一少年自后跃出，以手枪击我两人。惠君先仆，予亦继之，其人即夺予手中之匣而去。呜呼！此匣今不知落何人手矣！"言已，喟然长叹，忽见蓝模斯立其傍，即惊起呼曰："持枪杀我二人者，即此人也。"言毕，颓然而逝。

此时室中诸人，咸注目蓝模斯，以为二老之言既同，则蓝之为凶手，当无疑义矣。

侦探弗赖，尤欣然自得，拍蓝之肩曰："孺子，证据昭著，可招认矣，毋假惺惺也。"

蓝微哂不语，但徐徐出其外衣后之徽章示之。弗赖见而色变，急命警察释蓝，道歉不已。

第二章

　　蓝模斯者，美国私家侦探也，奉俄国国王之委任，保护公爵阿立克斯，故于一月之前，投女家为书记。蓝年少倜傥，精警负干才，尤具神勇，能临变不乱，自入女家后，极为女父所器重，宾主之间，殊形所得。

　　蓝颇钟情于女，惟女惑于史医，遇之较疏，然亦未尝不爱其才，故蓝模斯者，实史医之情敌也。蓝见史便给柔佞，胸多城府，恒疑其非善类，时谨防之，且常建言于女，谓史医奸险，不宜接近。而女则以蓝为妒嫉，辄左袒史，蓝常以是郁郁。

　　是日，史见蓝被指为凶手，颇窃窃喜。至是蓝出其私探之徽章，侦探弗赖，始知误拘，急命警察释蓝，道歉之余，奉命维谨。

　　蓝乃出立户外，俟室中诸人出，一一细加盘诘，而于女叔及史克雷，诘问尤严，然亦无隙可得，史及女叔忿忿去。

　　诸事甫绪，天已大明。女父及公爵之尸，由验尸官检验后，异入礼拜堂敛葬。蓝模斯、史克雷及女家之亲友，咸亲临执绋焉。

　　是日各报，已遍载此离奇之巨案。警察署则出赏格以购捕凶手，并派干练警探，四出缉访，而别遣侦探弗赖，长驻女宅，以资保护。

私探蓝模斯，则因感女父知遇，亦竭力侦缉，誓获凶手，以慰女父于地下。然而鸿飞冥冥，弋者何慕，将从何处觅凶手耶？

我今将折笔以叙《毒手》矣。彼枪杀二老之凶手，名曰却克，实大盗"毒手"之徒党也。

毒手状如六旬老人，虬髯而驼背，貌极狰狞，望之可怖。其右手戴一手套，套以革制，色黑而巨，指尖有长爪，铦利无匹，近臂处则有鳞甲掩护。尤可怖者，其食指之中，藏有毒汁一种，与人斗时，若将食指伸直，即有毒汁自指尖喷出，着人口鼻，靡不立死。毒手尤精科学，工化装术，但须得他人之照片，细视片刻，即能将状貌类似者，化装为此人，须眉毕肖，虽家人日见者，不能辨也。

毒手有死党多人，奉毒手为领袖，杀人越货，一惟毒手之命是从，却克即其党也。却克之貌，与蓝模斯极肖，年亦相似，所不同者，却克面有疯疾，其左颊时时掀动，而两目迟钝，气宇猥琐，远不若蓝探之轩昂，然偶一属目，亦无有能辨之者。二老之以蓝模斯为凶手者，职是故也。

却克既枪杀二老，夺得小匣，即自女家逸出。翌日，至毒手之秘密窟，欣然出小匣，献之毒手。

毒手大喜，藏之铁箱中。惟小匣虽得，而匣之原钥，仍悬于杜丽西颈上，非得此钥，不能启阅。

毒手因谓却克曰："不入虎穴，焉得虎子？今夜余当与汝偕往，窃取此钥。惟今夜宅中，防伺必严，犹幸汝貌与蓝探相似，可竟伪饰为蓝探，设为宅中人所见，必且以汝为蓝，不加盘诘，即不幸失败逸出，犹可卸罪于蓝，计莫善于此。"因出药水一种，为却克注入面部，其左颊掀动之疾立谬。

又出蓝探照片一纸细视之，将却克面部，略加修饰，即与蓝探之貌无异。噫！毒手之技，亦神矣哉。

布置既竣，时已中夜，二人即乘车至女家，停车百武外，相率下车。

穿林而过，至会客室窗外，见室中灯火既熄，知无人在，毒手遂以铁器潜启其窗，窗启与却克攀援而入。

摸索至户侧，轻启其户，仍闭之。户外为甬道，楼梯在焉。楼梯之右，即会客室，而其左则蓝模斯之办事室也。

二人既蹑足入甬道，却克前行，毒手随之，方欲折而登楼，忽闻履声橐橐，自远而近，则驻宅侦探弗赖也。

毒手大惊，急伏匿暗处，却克则坦然径前，与弗赖颔首。

弗赖以为蓝模斯也，讶曰："夜深矣，蓝君犹未卧耶？"

却克曰："余适睡醒，至甬道中巡视一过耳。"

弗赖曰："余亦自宅外巡逻归，并无所见。"

却克笑曰："今夜谅无他变，君可安然归卧矣。"

弗赖颔之，遂道"晚安"而去。弗赖既去，却克窃笑其蠢，即蹑足登楼。

时蓝模斯方卧，忽闻甬道中隐隐有足声，奇之，披衣而起，趋至户侧，轻启其户，见一人方摸索上楼，已登楼梯之半。蓝遂一跃而出，直上楼梯，自后捉其人之肩。

却克闻后有人至，欲返身而斗。蓝模斯手足敏捷，突以一拳击其颅，却克立晕，仆于楼梯之上。

蓝大喜，欲俯而缚之，毒手忽从后突出，力击蓝首。蓝出不意，亦晕而仆。毒手遂飞步登楼，径奔杜丽西卧室，轻启其户，匍匐而入。噫！杜丽西危哉。

第三章

　　杜丽西自遭大故，凄楚欲绝，又因公爵临殁^①之言，横生疑窦，自念："虚度十八载，乃至生我鞠我之人，亦不能辨，愧疚奚如！"一念及此，柔肠百结，中夜转侧，不能成寐。

　　久之，正朦胧间，忽闻地上窸窣有声，初以为鼠，亦不加意，已而觉其声自远而近，渐逼床前，始奇之，遂张目起坐。

　　时值三五，蟾魄皎洁，光射室中，纤屑毕现。见床前一黑色伟大之怪手，徐徐而上，五指招展，作欲攫人状。女一见此异，惊悸亡魂，口欲呼而嗫不能发声，因急自床上跃下，取外衣披之，直趋户外。

　　毒手见女欲逸，突起阻之，以身蔽户，女遂不得出。女见毒手狰狞之状，益震惊失措，然以生死所迫，为自卫计，胆忽渐壮，见毒手近身，遽奋力直前，与之搏击，两人遂恶斗于卧室中。

　　蓝模斯之晕也，未几即醒，闻楼上有哄斗声，急跃起登楼，直入女卧室，见女方与毒手斗，遂挥拳助之。

　　毒手见蓝至，乃舍女而与蓝斗。女遂得脱逃至户外，伏暗中

---

① 古同"殁"。

作壁上观。

蓝与毒手斗稍久，仍为毒手所击倒。毒手恐有人至，遂下楼而逸。

女见毒手去，乃入室扶蓝起。蓝幸未受伤，二人即相率下楼追捕。

毒手之下楼也，见其党却克亦醒，急曳之行曰："事败矣，速遁。"二人乃仍入会客室，越窗而逸。

时蓝及女亦已下楼，侦探弗赖暨诸臧获，闻声咸至。

蓝乃率众搜捕，至会客室外，见室门大开，毒手与一少年，方逾窗而出。众人追至窗前，遥见毒手等已窜入林中而没。蓝急与诸人由大门出，绕至林中，然毒手等已杳如黄鹤矣。

蓝等遍搜林中，绝无所得，正怅怅欲归，忽见医生史克雷自林中出，手携皮篋，昂然而来，含笑至女前，与女握手。

女见史至甚喜，挽臂与语，告以毒手来袭之事。史亦惊诧，深为女幸。

蓝见史突至，大疑之，遽直前诘史曰："如此深夜，君胡得在此?"

史坦然曰："余顷诊急症归，道出林外，闻隔林有人声，颇如密司杜丽西，故停车来此也。"

蓝曰："汝车停何处?"

史遥指林外示之，蓝遂穿林至车傍，抚其车前机箱，觉机件已冷，似停此已久者，因愈疑之。

会女及史亦至，蓝遂以此诘史，史不能答。

女见蓝诘史不已，疑其妒嫉，心殊不怿，乃忿然斥蓝曰："如此琐事，与毒手何涉? 君身为侦探，而事事以意气出之，殊无取也。"

史闻女言，亦顾蓝微哂，遂与女握别，登车而去。

蓝为女所斥，怏怏率众归，归时女怒犹未息也。

翌日，蓝坐办公室治事，女亦携书至，坐蓝傍阅之，以隔夕余怒未解，殊不礼蓝。蓝则坦然若无事，笑容可掬，曲意媚女，女始回嗔为喜，与蓝并坐，谈笑甚欢。

久之，蓝忽出一纸示女曰："医生史克雷，尝假尊翁千金，今期限已届，本利未还，如何办理？请密司裁决。"

女接而视之，确也，正沉吟间，而史克雷忽至。

史至女家门前，遇女叔阿勃那，欲与握手，阿勃那掉头不顾而去，史遂入见女，女笑迎之。

史与女挽手而出，散步门外。女出借据示之，史蹙额曰："仆近日经济，正当竭蹶之时，此项借款，稍迟自当奉赵，密司若能见信，请先以此据还我，可乎？"

女摇首不允，史坚以为请，女执不可，史欲强夺之。女正与抗拒，忽蓝模斯自门内突出，怒目视史，史遂敛手鞠躬而去。

女父之未死也，早立有遗嘱，秘密贮藏，惟律师辙克斯知之。辙克斯闻女父死耗，即亲至女家。

杜丽西出见，辙克斯曰："尊翁在日，曾立有遗嘱一纸，藏于密室之铁箱中。其重要之钥匙，由余代为保存。今尊翁不幸被害，鄙意欲聚集尊府亲族，将遗嘱取出宣布，不识密司之意如何？"

女止之曰："先君虽卒，然我是否先君之嫡嗣，尚不可知，不如俟此问题解决后，宣布未迟？"

蓝模斯亦以为然，律师颔之，遂告辞而去。

女伴卫达者，不知所自出，年与女相若，幼即与女同处。女父在日，视之如女，而女与卫达，亦相爱如姊妹。惟女性伉爽，胸无城府；卫达则精警活泼，狡狯多智。此二女性情之各殊也。

自女父之死，杜丽西被指为公爵之生女，卫达因之，遂生幻想，思："惠翁在日，爱我如女，得毋我即惠翁之生女乎？"一念及此，神魂飞越。

卫达颇钟情于蓝模斯，而蓝则志在杜丽西，意殊落落。卫达虽妒之，然痴心终未绝也。

卫达闻惠翁有遗嘱，因乘间问蓝曰："君试揣之，遗嘱之中，于我亦有利益否？"

蓝直捷答之曰："未必有之。"

卫达大为失望，心殊怏怏。

第四章

一日，卫达独坐园中，郁郁不乐，忽座后矮树丛中，飞来一物，坠于身傍。俯拾之，则一函也。

函面书"卫达女士收"，奇之，四顾园中，杳无人影，乃拆阅之，其函曰：

卫达女士鉴：

惠特纳君故后，其遗产甚巨，无人承袭。女士与惠君，实有密切之关系，仆知之甚悉。倘欲得此遗产，请即驾临花园路七十号。仆当以详细情形相告，于女士极有利益。幸勿迟疑，自误为盼。

名恕不泐

卫达阅函后，贪念立炽，踌躇久之，决意冒险一行，乃易衣而出，见门外停一汽车。

车中司机者，微笑招之曰："密司欲往花园街乎？请速登车。"

卫达视之，即宅中之汽车司机人也，私念："彼一佣役，胡得知我隐事？"然亦不暇深诘，遂登车而坐。

司机者启机飞驰，瞬息十余里。离市既远，地渐荒落，卫达默坐车中，心殊忐忑。

久之，车忽戛然而止。司机者导之下车，自道傍小门入，拾级而下，级尽又得一户，类地窖之口。司机者弹户作声，户启，二人相继入，户复砰然而阖。

卫达入室，见室甚湫隘，陈设简陋，惟板桌一张，藤椅三四而已。室中先有数人在，皆桀悍少年，其一立桌傍者，则俨然私探蓝模斯也。

卫达见之讶曰："蓝模斯君耶？胡为在此？"其人微笑不答，细视之，又不类蓝。

卫达此时，乃茫然如坠五里雾，不知所措。然则彼少年果何人乎？盖毒手之羽党却克。而汽车司机者，亦盗党之所化装者也。

卫达者，机警人也，目睹室中情状，恍然悟中计，自知身临险地，仓皇欲遁，偶一回顾，则面目狰狞之毒手，已立其后，骇极欲号。

毒手按其肩令坐，状颇和易，柔声曰："密司勿惊！我请密司来此，实因有事面商，初无加害之意，可勿惧也。"

卫达闻言稍慰，毒手又曰："我今所欲为密司言者，即惠特纳君之遗产。盖彼杜丽西者，实公爵阿立克斯之女，而密司乃真惠特纳君之生女也。惠君遗产，密司实为应得之人，然其中秘密，惟我一人知之。今与密司约，我以后行事，密司能竭力助我，则我事成之后，当出为证人，俾密司得此百万之遗产，密司其愿乎？否乎？"言已，立待卫达之答复。

卫达沉吟久之，其良心卒为利欲所战胜，乃决然允诺。

毒手大喜，又曰："我所欲得者，实为杜丽西颈上之钥，然此举亦殊有利于密司。我今夜夜半，将亲至密司卧室，行我计划。密司归，慎勿泄漏，但于十二时后，启临街之窗以待，则助我多矣。"

卫达不得已，亦允之，惟与毒手约，慎勿伤及蓝模斯。

毒手笑而颔之，遂释令出，仍以汽车送之归。

卫达归家，已薄暮矣。晚餐后，杜丽西至园中小坐，卫达托故不往，先回卧室，启临街之窗，枯坐以待，一念毒手狰狞之状，中心惝惝不无怔悸。

是夜月明如昼，杜丽西独坐花阴，仰对皓月，身世自怜，百感交集。

会蓝模斯亦步月至，女以蓝屡辱史医，心殊不怿，遥见其来，即怏怏回卧室，解衣就寝。女寝而毒手来矣。

毒手率党数人驱车而至，遥见卫达卧室之窗，果启其一，乃停车宅傍，自车中舁一箱下。箱内藏铁梯一架，梯可折叠，伸之长七八尺，上有巨钩，可以悬挂。又出磁瓶一，瓶内贮有流质空气一种。毒手乃悬梯窗口，命其党尽伏窗下，遥为声援，己则亲携磁瓶，缘梯而上。

时已中夜，道中行人稀少，幸无见者，毒手蛇行自窗口入。

卫达见而惊起，毒手急止之令勿声，遂自窗口取铁梯入，倚于墙上，布置略定，乃低声谓卫达曰："蓝模斯者，我侪之劲敌也。此人机警异常，若为所觉，必偾我事。今烦密司下楼，一探蓝之动静，若蓝尚未卧，望即设法阻渠登楼，则我事济矣。"

卫达颔之，遂蹑足下楼。

卫达之卧室，与杜丽西为比邻，二室仅隔一墙，其电汽火炉，皆依墙而筑，彼此相通。

卫达既去，毒手即将瓶中流质，倾入炉中。少选，忽起化学作用，室中寒暑表，立即降至零度以下。

杜丽西香梦方酣，骤为寒气所侵，战栗而醒，觉室中冷如冰窖，四肢麻木，几不能动。奇之，倚枕起坐，遥见墙边电炉，摇摇欲倾，心知有异，急自床上跃下，披衣而出。

不料毒手早狙伏门外，见女出，突起擒之。女大骇，奋力与抗。

正扭殴间，忽闻砰然一声，电炉炸裂，墙亦随之而倾，砖石四飞，烟雾满室。女及毒手，均被炸声震仆，晕绝于地。

蓝模斯自园中返，独坐卧室，燃雪茄吸之，仰视承尘，若有所思。

适卫达奉毒手之命，下楼窥视，见蓝尚未卧，即轻闭其门，以钥锁之。事毕，乃避入他室。

蓝模斯研思正苦，未之觉也。少顷，突闻楼上轰然一声，响若山崩，大惊，知家中又生剧变，急推椅而起，奔至门侧，则门已外扃。撼之，坚不可辟，乃挥拳尽力猛击，门应手而碎，遂自碎处伸臂出，旋钥启之，开门而出，直奔楼上。

杜丽西之晕也，不久即苏，见毒手亦欠伸将醒，急撑地起立，仓皇欲遁。忽遥见卫达卧室中，有毒手所遗铁梯一架，遂奔入室中，将铁梯曳至窗口。

距窗数尺，适有大树一株，乃将梯端之铁钩，攀挂树巅，逾窗而出，握铁梯之足，乘势跃下。

讵知毒手党徒之伏于窗下者，已一拥而出，女足甫及地，即为所执，以白巾蒙其口，缚其手足，纳之车中。

此时毒手亦醒，追至窗前，见女已成擒，喜甚，正欲退出，忽闻楼梯之上，足声杂沓，知有人至，急匿身户后。见蓝模斯匆匆入，直奔窗前，毒手遂自户后闪出，下楼而逸。

蓝模斯奔入卧室，不见杜丽西，临窗一望，遥见毒手与其党人，已挟女遁去，乃转身下楼，立命御人驾车。

此时宅中人声鼎沸，警察闻声亦至，蓝遂与侦探弗赖及警察三人，驾汽车追去。

毒手凯旋而归，挟女入穴，去其口上之巾。女狂怒之余，顿足大呼，毒手恐为人闻，乃指挥其党，曳女入内室。

内室者，毒手之化学室也。室中桌上瓶樽累累，皆满贮化学药品。毒手命释女缚，按之坐桌傍，强夺其颈上之钥。女身陷虎穴，知难与抗，惟敛手默坐，听之而已。

毒手得钥后，踌躇满志，喜极作狞笑，乃自铁箱中取小匣，欲以钥启之。

此时室中诸盗党，咸欲一觇匣中之内容，莫不延颈跂足，屏息以望。噫！匣将启矣，其内容果何似乎？

第五章

毒手既夺得杜丽西颈上之钥，喜极欲狂，以为启此小匣，其易直如反掌矣，而不知天下祸变之来，恒有出人意料之外者。

当毒手执钥抵匣，将启未启之时，盗党均凝神围视，遂无有顾及杜丽西者。

女于此间不容发之顷，忽睹板桌之上，有一巨樽，樽内满贮黄色之药水，急极智生，突然起立，将桌上巨樽推倒。

岂知樽中药水，乃极猛烈之发火剂，一经倾覆，即轰然爆发。板桌及附近各器物，遇之即燃。一时烟雾迷漫，火光满室。

毒手及其党见而大骇，急欲扑灭室中之火，然以燃烧甚烈，无从遏阻。

杜丽西见群盗大乱，毒手一手执钥，一手执小匣，正仓皇失措间，即出其不意，一跃而前，夺得其手中之小匣，转身而奔，逃至外室。

外室守户之盗，见而拦阻。女攫得一藤椅，力击其首，盗颓然仆地，女遂夺门出。

杜丽西幸脱盗窟，即尽力狂奔，觅道欲归，犹幸后无追者，心乃稍定。

行半里许，见一汽车迎面来，车中一人瞥见女，急止车跃下，女视之，则蓝模斯也。

蓝见女无恙，喜出望外，急扶女登车。女乃略述所遇，并谓盗尚在窟，若速往捕，可以一网成擒。

蓝大喜，商之弗赖及警察，佥谓机不可失，乃急驱车前往，顷刻而至。

女导众拾级下，推其门，则已内扃，遂破门而入。

初女之遁也，毒手见穴中内室，火势甚猛，未易扑灭，遂率众退入外室。

时则守户之盗，亦已跃起，见女已去远，即亦不追。毒手命众闭内室之户，以物抵之，勿令火势蔓延，殃及外室。

布置略定，毒手乃叹息曰："数日谋划，功败垂成，可叹可恨！今小匣既被夺去，犹幸钥在我处，彼亦无法启视。我必再设奇策，使此匣仍入我手。惟杜丽西逸去，势必往招警察，此地不可居矣。为今之计，我侪当以暂避为上策。"语出，众皆诺诺无异言。

正议论间，忽闻户外足声杂沓，盗众咸相顾失色。毒手跃起曰："勿声！警察至矣。"遂立取一火柴燃之，趋至壁间，启壁上一小板，以火柴燃炸弹之药线，燃后，仍闭其板，乃推其左侧之墙。

墙有机关，粗视之殊无隙缝，实则中有枢钮，可以旋转，按其机，则立变为一门。

毒手率党自门出，仍旋其墙如故，然后由地道遁出，徜徉而去。其设策亦狡矣哉。

毒手方去，蓝模斯等已破门入，见室中阒无一人，四处搜寻，瞥见壁上之板缝中，有青烟袅袅而出。蓝乃攫得一椅，猛击板壁，壁碎，烟乃愈甚。

蓝惊呼曰："速避速避！此炸弹也。"言已，急挟杜丽西狂奔向外。

弗赖及诸警察，亦抱头窜出。

不数十武，闻室中轰然一声，地为之震，内外墙壁，多被炸倒，火光四起，毒烟乱射。

蓝等冒烟奔出，犹幸无一受伤者，遂驱车而归。

翌日，史医又至，女告以昨夜所遇，史亦深为叹恨，慰藉备至。

谈久之，史忽请曰："何物小匣，乃为毒手盗之目的物，密司能出以见示乎？"

女乃以小匣示之，史蹙额曰："以余观之，此物藏之密司身畔，于密司生命，殊为危险，安保彼狡猾之毒手，不另生他策以相害也。余与密司情爱颇笃，谅能见信，可否将此匣置之余处，由余代为保存？则毒手纵狡，恐亦无法夺取。一俟原钥璧返，当即奉还。如此则不惟绝毒手之觊觎，亦且免密司之危险，一举两得。不识密司能见许乎？"

史言时情词恳挚，女意为之动，立以小匣付之。史大喜，急藏之外衣囊中。

此时蓝模斯忽昂然直入，直斥史曰："恶徒！汝亦大丈夫，乃欺一弱女子而取其物，可耻孰甚！有我在，汝计虽狡，不能售也。汝趣以所得小匣，还之密司；不然，汝纵奸猾，不能离此一步也。"言已，怒目而立。

女见蓝又斥辱史，心殊怏怏，而史反神色自若，莞尔曰："余以爱密司故，欲代为保存此匣，实无他意。今汝既以小人之心，来相揣度，吾当还之密司耳。"言已，立自囊中取小匣出，纳之女手，脱帽鞠躬，微笑而去。

女家有老仆某，告假回家，毒手侦知之，乃使其党之貌如仆者，化装为仆，至女家顶替，伪云家中事毕，故先期遣返。女亦不之疑也，使任职如故。

会女父之律师辙斯克，忽致电蓝模斯，略谓：女父之死，案久悬不破，殊深懊恨，现拟于明日过访，出女父之遗嘱，加以研究，则其中疑窦，或可了然云云。

蓝闻之喜甚，深盼律师之至。事为毒手所知，骇曰："遗嘱发，吾事败矣。"急发令其党之伪为老仆者，俟律师至，出不意杀之。

盗党受命，翌日，即怀枪以待，已而履声橐橐，辙斯克携箧至矣。

伪仆导之入会客室，伏室外窥之，见律师踟蹰往来，以待蓝至，乃执枪于手，蹑足入室。

律师偶一回顾，见而大骇，方欲呼救，而盗枪已发，律师遂应声而仆。

第六章

杜丽西自失怙后，屡受毒手之侵扰，忧患饱尝。伊郁寡欢，是日薄暮，方与蓝模斯同坐园中。

时值新秋，篱菊初放，小园景物，清雅宜人，因命侍者取酒肴至，与蓝对酌。清谈有顷，愁思暂解，会女伴卫达亦至，因邀与同座。

三人谈笑正欢，忽闻枪声轰然，发于会客室中，三人皆掷杯惊起。杜丽西惊弓之鸟，战栗尤甚，蓝急慰之令勿骇。

此时遥见会客室之窗，呀然而辟。侦探弗赖，方凭窗呼蓝曰："蓝君速来！怪案又发生矣。"

于是三人相率奔入会客室，至则见律师辙斯克，倒卧地上，枪弹自前胸入，血殷殷溢出，气绝久矣。

杜丽西睹此惨象，仰天叹曰："天乎！一月之内，两觏闵凶。吾家之不幸，胡为而至于此极耶？"

驻宅侦探弗赖曰："辙斯克之至，余适散步门外，亲见其入，入时尚与余颔首也。辙入未几，即闻枪声斗作。余急飞步入视，见老仆方立会客室外，状甚张皇，见余即曰：'室中忽有枪声，不识何故，君其速入视之。余颇胆怯，不敢入也。'余时亦不暇与语，急掀帘而入，则辙斯克已倒毙地上矣。室中窗户，均键闭如故，甬道中亦不见有人影。瞬息之间，未知凶手从何逸去。奇哉！”

弗赖言已，蓝模斯忽失声曰：“蠢哉汝也，凶手漏网矣！吾意彼室外之老仆，必毒手党人所化装。律师之死，实出其手，而汝乃受其愚，致被免脱。蠢哉汝也！”

弗赖犹不深信，急往室外觅老仆，则果飏去久矣，乃深服蓝之卓识，自悔孟浪，致失凶手于交臂。

辙斯克之案发生后，弗赖即以电话报告警署，请别派探捕，协缉凶手。律师之尸，则电招其家属来宅，舁归盛敛。

诸事略已，蓝模斯乃谓杜丽西曰：“毒手谋我，日亟一日，此宅不可居矣。余闻密司家有别业，在斐脱赉岛，其地四邻大海，幽静异常。余意不如送密司至彼，暂避数日，以免危险。然后由余与弗赖等，设法侦缉，务获毒手以除巨害，不识密司之意若何？惟毒手耳目众多，行时务宜秘密，勿令探得踪迹，庶无他患耳。”

女闻蓝言，踌躇久之，然亦别无良策，遂允于翌日往斐脱赉岛暂避。

事为卫达所闻，乃急以电话报告毒手。

毒手自巢穴被毁后，即别营一秘密机关，率其死党，积极进行，誓达目的而后已。

是日，忽接卫达密报，谓杜丽西及蓝模斯，将于翌日往斐脱赉岛，毒手喜曰：“我计售矣。”

诘旦，即率其党数人，驾一小舟，先至海畔，探得女所乘者，乃一白色汽艇，因将小船驶泊汽艇之傍。

此时女及蓝模斯，尚未下船，艇中阒无一人。毒手乃潜以铁钳入水，将汽艇舵上之螺旋钉，悉数旋去。事已，乃移舟隐僻处，暂泊以待。

薄暮，遥见女及蓝模斯，相率下艇，启机疾驶，破浪而去。毒手乃急驶小舟出，欲鼓棹追之，然自顾舟小而速率迟，追恐不及。

正沉吟间，瞥见岸傍有一小汽艇，艇中寂无人影，毒手大喜曰："我事济矣！"遂弃舟海畔，率其党尽登小汽艇，驾之追去。

女及蓝模斯下艇后，乘风破浪，瞬息数里，初不知舟之已毁于毒手也。蓝亲执驾驶之役，女则凭舷闲眺，见海中波浪平静，四顾茫茫，地阔天空，精神为之一爽。

行久之，忽觉机声有异，蓝急停艇检视，始知舵上之钉，不知于何时旋去，以致舵亦脱落，坠入海底。舟既无舵，势难行驶。

正踌躇间，见天气陡变，飓风忽起，黑云如墨，大雨倾盆，雷电交作，波涛山立。

蓝蹙额曰："天气骤变，舟又失舵，今晚不能至斐脱赛岛矣，奈何？"言时忽遥见离舟不远，有一小岛，因破颜为喜，指谓女曰："我侪今晚，惟有暂登此岛，借宿一夕。明日雨止，当再定行止耳。"

女颔之，蓝遂驶艇近岛，偕女共登。

此时大雨如注，两人衣服尽湿，秋风吹之，凛冽刺骨。登岸后，见岛中荒凉殊甚，绝无居民，惟矮屋一椽，滨海而筑，类渔人所居。隔窗窥之，阒无人影，幸户适未键，乃推户而入。

时天已深墨，桌上适有蜡烛半支，遂取而燃之，见室中陈设简陋，仅木榻一架，及粗板器具数事，墙上悬有蓑衣、巨弦，及大小绳网无数，益知此屋之主人翁，必渔夫也。

女入室后，即颓然坐榻上，自顶至踵，悉为大雨所透湿，寒气内侵，瑟索可怜。蓝乃自榻上取绒毯一，为之披于肩上，稍御寒冷。

女以此次出行，事出蓝意，今乃备受困苦，不免迁怒于蓝。会蓝以岛中荒僻，若毒手知而来袭，殊为危险，因向女索小匣，欲代为保守。女峻拒之，悻悻之意，形于辞色。

蓝见女怨己，邑邑不乐，默坐久之，喟然曰："信而见疑，忠而被谤，自古已然，我复何言？密司既不我信，我亦留此何为？明日雨止，当送密司返宅，然后决然引去。密司家事，从兹不再预闻矣。"言已，快快启户出，矗立阶前，仰天而吁，不自知其抑郁怨愤之深也。

蓝楼斯出，女独居室中，支颐而坐。时已子夜，窗外雨声益厉，电光闪倏，霹雳不绝，风鸣若吼，闻之心悸，景象幽凄，如入鬼窟。

久之，烛烬而灭，室中昏不见物，惟窗上电光，时明时灭而已。女独处暗中，惬悸益甚，乃至窗前窥蓝，见蓝抱膝坐阶上，俯首视地，若有所思。檐前积水下倾，急若瀑布，雨珠跳荡，纷溅蓝身，蓝蹲坐如故，若无所觉。

女见蓝如此，意良不忍，因念："曩日毒手来侵，蓝辄奋身相救。今乃以一时之忿，遽与相绝，使之灰心求去，以怨报德，何以为情？"一念及此，心乃大悔，遂启户而出，轻抚其肩。

蓝回顾见女，急跃起，女握其手曰："顷以忧愤，方寸瞀乱，语多不检，心滋悔之，知君之能恕我也。"因自囊中取小匣出，纳诸蓝手曰："君有恩于吾，胡敢相疑？今以此匣付君，愿君之能终为吾保守也。"

蓝闻女言如此，怨愤立解，遂藏匣囊中，劝女入室稍息。

女请蓝同入，蓝曰："毒手踪迹飘忽，行同鬼魅，我终恐其知而来袭也。我当坐此戒备，以待天明。密司请入内安卧可也。"女感其意，遂闭户入。

女入室后，枯坐久之，渐觉疲倦，方欲伏案假寐，忽电光一闪，见室后玻璃窗上，斗现一人面，方伏窗内窥。

女骇极大呼，蓝闻声入视，女告以所见，蓝慰之曰："此或密司心悸，故目中现此幻象耳。"

女坚言非幻，蓝乃自囊中出手枪与之曰："密司若再有所见，可即以枪击之。"女置枪桌上，蓝遂复出。

蓝出而电光再闪，玻璃窗上，人面又现，虬髯绕颊，面目狰狞，固赫然大盗毒手也。女大惊跃起，立取案上手枪击之，轰然一声，人面已杳。

蓝闻枪声，启户奔入，女战栗曰："毒手追踪至矣！顷伏窗外窥吾，吾亲见其面也。"

蓝闻言，即疾趋而出，绕道至屋后，巡视一周，绝无所见，方转身欲返，毒手忽率其党自林中出，一拥而前，环攻蓝模斯。

蓝见毒手果至，自知众寡不敌，乃急自囊中取小匣出，掷之乱石堆中，幸未为毒手所见。

匣方掷去，蓝即为盗党所执。毒手命搜其囊中，不见小匣，乃以长绳一，缚其手足，弃诸海滨沙滩之上，指挥其党，绕屋而去。

第七章

　　蓝模斯去后，女惊魂稍定，静坐以待。

　　未几，雨声渐止，东方微明，窗上作鱼肚白矣。而蓝犹未返，女心乃大疑，思蓝模斯此去，得无为毒手所伤害耶？一念及此，芳心怦怦，震跃不已。

　　此时盗党却克，忽推户直入。女见之，以为蓝模斯也，惊喜跃起曰："蓝君归耶？曾遇毒手否？"

　　却克不答，见桌上有手枪，即取而纳之囊中，乃昂然谓女曰："小匣何在？趣以与吾，吾为汝藏之。"

　　女闻言大骇，细视之，始知非蓝，乃绐之曰："匣在榻上，君可自往取之。"

　　却克信以为真，即往榻上寻小匣。女遂趋至户傍，启户欲遁。户方辟，一盗突入，女伏户后推之，其人出不意，立颠而仆，女遂逸出。

　　毒手方立户外，见女出，欲拦阻之，女乘势猛推其肩，毒手亦仆。女乃尽力狂奔，直趋海滨。

　　毒手及其党跃起追之，女奔时屡屡回顾，偶一不慎，为乱石所踬，仆地不能起，盗众呼啸而至，遂为所执。

　　毒手指挥其党，将女曳入舟中，解缆启机，鼓浪而返。

渔人某，独居荒岛，有小汽艇一，每日晨，必以汽艇载鱼虾，渡海至纽约市售之，薄暮售罄，则驾舟而归，习以为常。

女及蓝模斯渡海之日，渔人傍晚至海滨，欲驾舟回岛，则汽艇忽不翼而飞，惟余小舟一，停泊岸傍，度必为他人窃易以去，懊恨异常，拟明日报警署饬缉。

会其时天色忽变，风雨交作，海中波浪如山，一叶小舟，势难飞渡，因就海滨客寓，权宿一宵。

翌晨天晴，遂驾小舟返岛，道中忽遥见一汽艇迎面来，即其所失之原物也，喜甚，乃驶舟近艇，遮道呼曰："窃艇贼在是矣，将安遁耶？"呼已，即攀舷欲登，岂知汽艇之中，乃毒手也。

盗党见有人欲夺艇，遂与扭斗。渔人寡不敌众，大呼求救。毒手恐为他舟所闻，乃以食指直指其面，毒汁自指尖喷出，着于渔人口鼻间，立即坠海而死。其所乘之小舟，亦被撞而覆，飘浮海中。

渔人既死，群盗皆凭舷而观，欢笑谈议，无复有顾及杜丽西者。女见时机已至，即乘守者不备，一跃入海。

群盗闻声惊起，阻已无及。毒手四瞩海中，不见杜丽西泅起，以为弋弋弱质，必饱鱼虾之腹矣，遂不顾而去。

杜丽西跃入海中，幸素谙游泳，未遭灭顶，乃匿身覆舟之下，攀执船舷，随之飘荡。继知盗舟去远，始冒出水面，遥见昨晚所居之荒岛，离此不远，乃力泅赴之，欲一探蓝模斯生死。然女自隔夕至今，饥寒交迫，艰苦备尝，闺中弱质，何以堪此，故泅至半途，即神疲体乏，力不能支，载沉载浮，势将溺毙矣。

幸蓝在岛上，已将绳索挣断，解去束缚。临海而望，遥见一人泅水而来，仿佛如女，遂亦跃入海中，游泳稍近，则果杜丽西也，大喜。

女时已晕去，蓝乃抱之登岸，就海滨石上稍坐。少选，女渐苏醒，见蓝未被害，喜出望外。两人相偎而坐，各述所遇，苦极而乐，不自知身之在荒岛矣。

蓝模斯临行之时，曾与驻宅侦探弗赖约，若安抵斐脱赉岛，即发电告之。翌日，弗赖不得安电，知途中必生变故矣，遂偕卫达至警察署报告。署中得报，乃立派警察数人，与卫达、弗赖同乘汽船，往海中相救。

舟过荒岛，瞥见女及蓝同坐海滨，乃泊舟傍岛。蓝见弗赖等至，扶女登舟，然后重返岛中，将小匣拾回。警察乃护送杜丽西等，安抵斐脱赉岛。

女至岛之翌日，医生史克雷亦至，寄居女家。

一日，史与女语正欢，蓝模斯忽至，女遂舍史而就蓝，情意之间，显有轩轾。史目睹此状，妒愤交作。

会卫达姗姗而至，见史邑邑，笑而揶揄之，继乃正色曰："君若欲得杜丽西，必离间彼二人之爱情，始克有济，君其志之。"

史甚善其言，遂默默而出。

毒手闻女未死，即移其巢穴于斐脱赉岛。地在群山之中，曲径缭绕，林木深密，人迹罕至，幽僻异常，惟越岭而出，则与女家别业，颇为逼近。

毒手将室中各机关，布置略定，自念屡次谋划，辄败于蓝模斯一人。蓝在女侧，为累非浅，乃思得一离间之策，立命巧匠仿小匣原钥之式，造一假钥，粗视之，与原钥无丝毫异。复仿蓝模斯笔迹，伪造家书一封，乃使其女党员名纫密者，冒称蓝模斯之妻，持伪钥及函，送至女处。惟谆嘱到宅后，须先见卫达，若蓝模斯不在，方可请卫达为导，入见杜丽西，以信、钥与之。纫密奉命，即依计而去。

方毒手与纫密密谈时，盗党却克，偶出穴间游，信足所至，离穴稍远。

适蓝模斯亦登山间眺，彳亍而来。却克遥见蓝至，骇甚，即闪入林中，意图暂避，岂知已为蓝模斯瞥见，即追踪而入，发手枪连击之。

却克竭力狂奔，差幸身手灵活，左右闪躲，未为手枪所击中，遂循旧径而返，逃入穴中。

蓝模斯追至穴傍，见林木蔽天，草深数尺，四顾山间，杳无人影，知已被兔脱，遂怏怏而归。

然却克未之知也，入穴后，即张皇谓毒手曰："余顷出外，适为蓝模斯所见，现将追踪至矣，奈何？"

毒手闻言狂怒，突然跃起，力扼却克之颈，厉声骂曰："蠢奴，蓝既见汝，汝胡不他遁？乃逃入吾穴，是无异引狼入室也！蓝若来此，吾必杀汝，汝其慎之！"言已，力掷却克于地。

携枪而出，至穴口窥探。久之，见蓝不至，心乃稍慰，遂忿忿而入。

却克者，毒手之左右臂也，自受斯辱，即深恶毒手之寡情，渐有离心，思得当以一雪此耻矣。

纫密离穴后，即往杜丽西家，求见卫达，以毒手之策密告之。卫达会意，遂导之入见。

时蓝模斯适外出未归，杜丽西独坐园中，见卫达引一女客至，素未谋面，心颇讶之。

纫密近前，女起与为礼，纫密不答，但昂然曰："密司谅不我识，我私探蓝模斯之妻也。"

言出，女愕然跃起，诧曰："蓝君居此久，吾殊未闻其有妻也。"

纫密哂曰："密司勿诧！天下岂有夫妇而可冒认哉？虽然，彼与密司言，自称未娶，亦固其宜。惜密司竟信之而不悟耳！今有吾夫致吾之函，请密司一观，则底蕴毕露矣。"言已，即出函授女。

女接而读之，其函曰：

吾爱鉴：

杜丽西颈上之钥，余已设法夺回，今特附函寄上，望为秘密收藏，勿令他人知之。余与杜丽西昵，不过虚与委蛇，并非真有恋爱。卿万勿妒嫉，致败吾事，至嘱至嘱！

夫蓝模斯白

女阅后，愤火中炽，面色立变。

纫密从傍窥之，见女果中计，大喜，乃益挑其怒曰："密司今已了然否？我今正告密司：蓝模斯者，吾夫也，密司自今以后，幸勿蛊惑吾夫，则拜赐多矣！"

女闻言，掷函于地，大怒曰："汝言胡指，孰乃蛊惑汝夫者？"

纫密微哂不答，但自囊中取伪钥出，掷之女前曰："余言尽此，此钥乃汝之物，今以还汝，汝可藏之。"言已，即悻悻而去。

方纫密之与杜丽西语也，蓝模斯已散步归，闻女在园中，即匆匆而入。

时卫达适立园门之侧，见蓝模斯忽至，心乃大骇，念蓝与纫密遇，则毒手之策败矣，乃急趋出阻之，低声曰："杜丽西有女客在，方谈论秘事，我故回避至此。君宜稍待，勿遽近前，致取人厌。"

蓝遥望之，良信，遂止不往，立而与卫达闲谈，杜丽西未之见也。

迨纫密出，瞥见蓝，即故意向之问路，语琐琐不已。蓝不知其伪，一一为之指点。

杜丽西遥见之，以为两人真夫妇也，愤乃愈甚，遂将伪钥及函，拾起藏之。

时纫密已去，蓝模斯趋至女前，欣然与语。女不与为礼，恨恨而入。蓝乃大诧，然终莫测其所以忿怒之故也。

第八章

杜丽西自园中出，医生史克雷适归，女因深恶蓝模斯，乃转与史昵。史喜出望外，二人遂并坐闲谈。

女出伪钥示史，史惊喜曰："钥已璧返耶？然则小匣何在，胡不启之，以一觇其内容？"

女曰："匣在蓝模斯处，吾意欲俟吾叔来此，然后启之，以昭郑重。"

史蹙额曰："密司意固甚善，然吾观蓝模斯之为人，形迹可疑，密司信而托之，殊非计也。且密司不忆令尊临殁之言乎？彼蓝模斯者，实此案之嫌疑犯，徒以巧舌如簧，竟得脱身事外。然我意终不能无疑于斯人，为密司故，时时以加防范，蓝之仇吾，盖以此也。今密司不察，贸然以小匣付之，异日苟为所卖，必且追悔无及。吾为密司计，不如借口匣钥已得，立待启视，向蓝模斯索还此匣。庶无他变，一俟匣已收回，尽可缓日开看，留待令叔之至。不识密司以余言为然否？"

杜丽西本以纫密之事，不慊于蓝，故史克雷浸润之谮，乃适中其意。此时蓝模斯亦至，女遂向之索匣，立命交出。

蓝见女与史医昵，始恍然悟，意："女之怒吾，殆为史克雷谗言所中矣。"遂坦然自囊中取小匣出，还之女手。

史见其计已售，欣然自得，向蓝作狞笑。蓝置若无睹，默默而出。

杜丽西索回小匣后，方欲觅一秘密处藏之，忽阍人入白，谓阿勃那至，现坐会客室。

女大喜，即持匣及钥，往见其叔，以道中遇险之事告之。阿勃那付之一哂，若不经意。

时史医及卫达均至，女乃出小匣并钥示叔，谓真实凭据，即在此小匣之中。

阿勃那曰："然则汝可启匣，以此中证据示余，余当辨其真伪也。"

女奉叔命，即以钥抵匣，欲旋而启之。

史医、卫达及阿勃那三人，皆遥立而观，中心惴惴，深恐小匣炸裂，或遭殃及。

此时蓝模斯忽狂奔而入，扬手大呼曰："速止，速止！勿启此匣！吾意此钥必赝鼎也。"

女骤闻蓝呼，遂止而不旋。蓝曰："启匣至险，密司幸勿卤莽，假我数日，吾必觅一证据，以证明此钥之非真。"

女闻蓝言，遂不敢复启，商之众人，乃将小匣及钥，藏于会客室之保险箱中，一俟蓝模斯证明后，再行启视。

初蓝模斯之遇却克也，追之不获，废然而返。无意中，忽于后山之麓，发见一巨穴，穴宽四尺许，仿佛甚深，匍匐而入，见其中昏黑异常，夐不见底。

蓝恐有危险，不敢复进，遂转身退出，念："毒手近日已追踪来岛，得毋即居此中耶？"归家思之，疑乃愈甚。

会伪钥之事发生，蓝急欲觅得一确据，以证明此钥之非真，因念毒手若果蛰伏穴中，则山麓穴口，必其出入之要道。思索久之，忽得一策，即密持地雷一，亲至山麓，埋于穴口。

距穴不远，适有空房一所，亦女家别业之余屋也。蓝遂设电气机关于此，将地雷之电线，曲折通入，接于机上。若毒手自穴口入，震动地雷，则室中机上之白纸，立有符号划出，即可开放地雷，将穴炸毁。

布置已定，乃兀立机前，凝视电机，静待毒手之入网，然则毒手果入网耶？

当蓝模斯密埋地雷之时，自以为秘无人知，不料彼狡狯之毒手，早伏于林中，悉被窥破，乃奔至女家后园之外，遥见女及卫达，均在园中，因撮口作暗号。

卫达闻声，即乘女他顾，私自闪出，往见毒手，以杜丽西藏匣之处告之。

毒手大喜，乃傅卫达之耳，授以诡计，卫达颔之。

毒手去，卫达复入，时杜丽西方与其所爱之小犬嬉，卫达即如毒手所教，将小犬引出园外。

杜丽西见小犬出，即亦追出。卫达引犬狂奔，直抵山麓穴口之傍。小犬见穴，遂摇尾而入。杜丽西追之，不见卫达及犬，忽睹一山穴，奇之，亦匍匐而入。

此时空屋中电机之白纸上，忽划出符号。蓝模斯大喜，以为毒手入穴矣，即将地雷开放。

轰然一声，山石纷飞，烟雾四起，穴口遂立炸为平地。

当地雷轰发之时，杜丽西入穴已深，幸未受伤，然为炸声所震，晕绝于地。

俄顷渐苏，支地而起，见穴口已被炸断，势不能出，穴中昏黑异常，如堕生圹，惊魂稍定，束手无策。

忽闻其所畜之小犬，跳跃狂噪，向穴之他端驰去，女遂摸索从其后。

行久之，屡经曲折，忽发见一线日光。女大喜，即奔赴之，始知穴之尽头，别有一小口，宽仅尺许。

小犬已自穴口窜出，向穴喑吠，如呼其主。女试以手探穴口，幸四周皆沙砾泥土，用力扳之，即簌簌而下。

久之，穴口渐大，可以容身，女遂蛇行而出。

蓝模斯开放地雷后，意殊自得，忽医生史克雷启户入，视蓝而笑。

蓝知己之计划，已为史所窥破，心滋不悦，遂将史医推开，匆匆而出，欲亲往穴口探之。忽闻杜丽西所畜之小犬，在山麓狂吠，心知有异，急奔赴之，则杜丽西已自穴中脱险出矣。

蓝知地雷之策，不惟完全失败，抑且误中杜丽西，懊丧莫可名状。

时史医、卫达、阿勃那等均至。史谓女曰："密司知地雷之所自来乎？"

女曰："不知。"

史睨蓝狞笑曰："此大侦探家蓝模斯君所敬馈密司者也。"

蓝闻史嘲己，自认失败，默然不复置辩。

女见其状良确，益深恨蓝，遂与史医挽臂而归。

是夜，杜丽西家之会客室，忽有二客悄然苆止，则毒手及其党却克是也。

毒手待于窗外，却克则越窗而入，旋电灯启之。因据卫达报告，谓藏小匣之铁箱，乃在室隅一藤椅之后，遂将藤椅移开，果见一巨大之保险箱，砌于墙内。箱之铁门甚固，其暗锁又为最新式者，除原钥外，无法可启，乃出电汽喷火机一，将铁箱之门，渐渐焚毁，正欲伸手入箱，觅取小匣。

杜丽西忽闻声下楼，奔入会客室，见却克方私启铁箱，惊呼曰："蓝模斯耶？胡为私窃吾物？"

却克不答，但直前执杜丽西，以巾塞其口，缚之藤椅之上，然后由箱中取小匣及伪钥出，持之欲遁，忽一转念，思："毒手之为人，暴戾寡恩，绝无情谊，吾何为甘作彼之鹰犬耶？"又念："此小匣之中，不识具何秘密，故毒手必欲得之。今匣、钥均在我手，不如先自启视，若果有利可获，则当携匣他去。彼毒手者，负之可也。"思已，遂以钥抵匣，旋而启之。

毒手者，阴贼险狠人也，时适攀窗而望，目睹却克之所为，明知钥系赝鼎，启之必炸，然以却克违其命令，嫉之殊甚，故听其启匣，不加喝阻。

于是一刹那间，匣已轰然炸裂，却克即应声而仆。

却克既死，小匣亦被炸为碎屑，惟匣中之纸，尚在地上燃烧。毒手见之，遂自窗口跃入，欲拾而视之。

时杜丽西已自将绳索挣脱，见毒手至，跃起与争，两人遂相殴斗。地上之纸，立即焚化净尽。

此时蓝模斯方卧楼上，闻楼下炸声甚厉，急持手枪下楼，奔入会客室。

毒手见蓝模斯至，即舍女越窗而遁，蓝发枪连击之，皆未命中，遂被逸去。

女见蓝惊曰："适被炸倒地者，非即君耶？"

蓝曰："非也。"因共俯视地上死者，则其面貌实与蓝模斯酷肖，数月疑团，一旦尽释。

蓝根究伪钥之所自来，女乃出纫密之函示之。

蓝阅毕，笑曰："密司受愚矣，我从未有妻也。"

于是杜丽西大喜，与蓝益亲。

第九章

俄王自公爵阿立克斯行后，日盼其归。

久之，公爵被刺之噩耗，传至欧洲，为俄王所闻，深悯公爵之死，誓必访得其女，以证明预言之验否。

乃别派一大臣为专使，召之入宫，以另一小匣与之，谕之曰："卿此行至危！朕意美国之人，必有反对此举者，故公爵阿立克斯，已以是而殒身，卿其慎之。且阿立克斯所携去之小匣，谅已遗失，故所有证据，尽在此一匣之内，卿慎勿失去，以败朕事。若能携女回国，卿之功为不小也。"

专使奉命，即日乘舟赴美，抵美后，即往俄国驻美公使署，求见公使，以来意告之。

公使蹙额曰："此事颠末，余亦略知一二。惟今有毒手者，方密谋破坏，其人行踪飘忽，羽党甚多。闻公爵阿立克斯，即为其人所谋害，彼女郎杜丽西者，亦已数遭危险。君若贸然而往，恐蹈公爵覆辙，故此事切宜秘密，勿令破坏者知之。吾意不如先以电话约杜丽西出，会于幽僻之处，互相讨论，一俟略有头绪，然后将匣启视，当众证明，则破坏者亦无所施其技矣。"

专使甚韪其言，即以电话致杜丽西，约于午后四时，会于西防定路。西防定路者，海滨之幽僻处也。

当专使发电话之时，杜丽西适往园中，室内惟卫达在，遂冒杜丽西之名，窃听电话，尽悉其事。会毒手亦以电话来，嘱其诱杜丽西出，将于中道要而劫之。

少顷，杜丽西自园中返，卫达遂将专使电话，秘不以告，但约杜丽西乘汽车出，往海滨闲游。杜丽西从之，两人遂驾车而出，且行且语。

久之，将近海滨，地渐荒落，道傍林木深邃，行人稀少。不料毒手早伏于林中，遥见汽车疾驰而来，顿生一计，命其党一人，自林中窜出，趋过车前，突然仆地，伪为被车撞倒也者。

女见汽车肇祸，大骇，急止车跃下。毒手乃指挥其党，一拥而出，将杜丽西擒去，曳往巢穴之中。

卫达见杜丽西去远，遂将专使来约之言，报告毒手。

毒手出时计视之，已将四时，乃谓卫达曰："专使之事，余自有法处置。密司请回宅可也。"

卫达遂驱车而归，以杜丽西被劫之事，报警于蓝模斯。

俄专使发电约杜丽西后，即在使署稍息，及将近四时，乃由公使派一随员，导之赴约。

两人徒步而往，行踪甚秘，既至西防定路，见其地果极幽僻，四顾苍茫，杳无人影。

待久之，四时已过，而杜丽西终不见来，专使彳亍道中，时时取时计视之，意殊焦灼。

此时毒手忽率其党自林中出，蜂拥而前，扭随员之胸，环殴之。专使见而大骇，急窜入林中暂避，幸未为毒手所见。

毒手既执随员，误以为即专使也，遂以指中毒汁，喷而杀之，遍搜其身，不见小匣，乃率党悻悻而去。

专使伏匿林中，见随员被害状，觳觫不已，迨毒手去远，始徐徐自林中出，逃回使署。

杜丽西之被擒也，为盗党二人，挟入穴中，按之坐椅上。二人则立穴口闲谈，遥相监视。

女料难逸出，遂俯首闷坐，久之，偶一回瞩，瞥见椅傍桌上，有一小炸弹，即乘盗党不备，将弹攫得，握而遥掷之，轰然一声，火光满室。盗党虽未炸伤，然皆瞠目大惊，不知所措。

女遂乘此纷乱，跃起欲遁，惟二盗适立穴口，势难夺门而出。忽见穴之右壁，有小铁门一，女遂启之而入。岂知铁门之内，乃一水牢，女足方跨入，即堕入水牢之中。

时毒手已返，闻杜丽西逃入水牢，大喜，遂将铁门上机关启之，一时海水汹涌，悉自杜丽西头上冲下，急如瀑布。

女虽颇谙游泳，然以水势过猛，无力施展，自分将溺毙矣。不料海水过多，反将杜丽西自牢中冲出，飘浮海面。

时毒手亦因水牢近海，恐有此弊，亲至海边瞭望，见女果已冲出牢外，泅水欲遁，遂驾小舟入海，将女曳起，擒至岸上，欲仍挟之回穴，而杜丽西之救星至矣。救星者何？盖蓝模斯也。

是日午后，蓝模斯方治事室中，故杜丽西偕卫达出，蓝未之知也。

薄暮事毕，欲往园中觅杜丽西，而卫达忽喘息奔入，仓皇谓蓝曰："杜丽西被毒手劫去矣。"

蓝闻警大骇，急命卫达为导，同乘汽车，驰往被劫之处。

既至，即于附近林中，搜缉殆遍，毫无踪迹，意颇懊丧，乃更驱车往海滨。停车四瞩，忽遥见百余武外，毒手方曳一女子登岸，细望之，果杜丽西也。

蓝大喜，立自车上跃下，狂奔赴援，并于囊中取手枪出，向毒手轰击。

毒手见蓝至，自审不敌，遂舍女遁去。蓝见毒手去远，即亦不追，与卫达扶女上车，疾驰而归。

途中女乃详述所遇，危机屡蹈，终得脱险，两人之喜可知也。

蓝与女归家，见女叔及史医，均外出未归，心乃大疑。

翌晨，女因蓝屡次救护，深感其德，乃亲往园中，折鲜花一束，持入赠蓝。

蓝笑而受之，因告女曰："吾意此宅中之人，必有与毒手通消息者，密司其慎之。"

女问何人，蓝默然不答。此言适为卫达所窃闻，骇甚，念："蓝模斯之意，必指吾也。"继闻蓝不明言何人，心乃稍慰，颇感蓝德，思："蓝模斯之心，殆究未忘情于吾耶？"

此时女叔已归，入见杜丽西，蓝诘之曰："昨日午后，君在何处？密司几为毒手所害，君知之乎？"

女叔答曰："不知。"惟词颇含糊，蓝益疑之。

会史医亦至，女叔素恶史医，见其来，即忿忿往外室，与卫达闲谈。

蓝见史医入，即以诘女叔之言诘之。史微哂曰："余在何处，与君何涉？君殊无此权力，足以干涉余之自由也。"言已，即趋与杜丽西语，置蓝于不顾。蓝亦无如之何也。

俄专使遇险后，逃回使署，犹幸匣在囊中，未为毒手所夺去。

越日，公使有所识伯爵夫人曰阿尔茄者，忽翩然戾止，谓公爵阿立克斯之女，幼曾见之，故至今尚能辨认，惟须索酬若干金，方允同往证明。

公使即介之见专使，专使大喜，遂如数酬之，并出小匣，托其收藏，以便同往作证。

接洽既定，乃再以电话告杜丽西，谓现有一伯爵夫人，能证明密司之血系，拟于今日午后，偕同过访，密司幸勿他出云云。

女闻言，商之蓝模斯。蓝命允之，约于午后一时来会。女叔及史医闻之，皆匆匆而出，不知所往。

专使午餐后，即偕伯爵夫人，驱车往杜丽西家。将近女宅，乃舍车而步，夫人前行，专使从其后。不料毒手早率党伏于要道，俟专使过，突起殴之，专使寡不敌众，卒被击倒。伯爵夫人大骇，幸狂奔得脱，未遭谋害。

毒手以指中毒汁杀专使，搜其身畔，仍不得小匣，遂悒悒而去。

伯爵夫人见专使被害，即独携小匣，至杜丽西家求见。杜丽西延之入，与卫达、蓝模斯同出见之。

夫人略述来意，并言专使中途被害状，众皆咨嗟叹息。

此时女叔及史医，忽接踵而至。女叔指卫达及杜丽西曰："此二女子，孰为公爵阿立克斯之女，请夫人证之。"言已，众皆默然相顾，静待夫人之发言。

夫人熟视二人之面，沉吟良久，乃毅然指杜丽西曰："汝乃公爵阿立克斯之生女也。"言出，女叔及卫达皆大喜。

夫人又曰："曩日惠君携汝回美，汝尚在襁褓，余与惠君同舟，尝抱汝以嬉，故今日一见，辨之甚审，决无错误。"言已，即出小匣付蓝模斯，告辞而去。

夫人既去，女叔遂悍然谓女曰："汝既非余兄之女，安得僭居此宅？汝当即日离此，遄返俄国。"

女闻言大恸，伏案啜泣。蓝模斯怒曰："今日之证，不足为凭，必俟小匣启视后，方能确定。汝弗以弱女子为可欺也！"

女叔素畏蓝，遂不敢言，恨恨而去。

第十章

越日，卫达独坐楼下，忽见纱窗之上，有一人影，启窗视之，则毒手之徒党也。其人自怀中出一函，授之卫达，倏然而去。

卫达视其函面，乃"致杜丽西"者，下署"牧师威金生发"，其为毒手之诡计，不言而喻，乃私拆而阅之。其函云：

杜丽西女士鉴：

刻有一要事，欲与女士面谈。此事于女士终身，关系非浅，见函望即惠临赫震街礼拜堂一叙。幸勿稽迟自误，至盼至祷！

牧师威金生谨上

卫达阅毕，即仍为纳入信封，欲持往交杜丽西，忽见驻宅侦探弗赖，自户外趋过。

卫达呼止之，询其何往，弗赖曰："闻密司杜丽西在藏书室，余拟往见之。"

卫达喜曰："然则顷有一人持函来，云致密司杜丽西者。余适有事欲出，请君带往交之可乎？"

弗赖曰："诺。"

卫达遂以函授之，弗赖持函而去。弗赖方去，卫达即取一外衣披诸身，匆匆而出。

弗赖至藏书室，见杜丽西方倚椅观书，乃以函授之。

杜丽西拆阅一过，沉吟良久，乃以函示弗赖曰："奇哉！余与牧师威金生，初无一面识，今乃以函招余，谓有要事面谈，殊可怪也。"

弗赖阅毕，置函案上，徐曰："密司之意何若？"

女曰："余心亦殊犹豫未决。其去耶，则毒手之徒，谋我方亟，荆棘遍地，深恐堕其计中；其不去耶，则彼牧师者，或真有要事语我，必且因是而迟误。为之奈何？"

弗赖稍一踌躇，毅然曰："此事诚亦难言。赫震街者，城外之幽僻处也，其地虽有礼拜堂一，然四无居民，荒落异常，贸然前往，良极危险。然密司不去，亦殊非计。今日余适无事，不如与密司偕往，一觇究竟。若毒手来袭，则当竭余棉力，以为密司扞卫，不识密司能许之乎？"

女闻言喜甚，遂与弗赖偕出，同往赫震街礼拜堂。

当卫达抵礼拜堂之时，杜丽西尚在道中也。卫达入门，即见毒手及其党，方会议室中。

毒手见卫达至，急起问曰："杜丽西来乎？"

卫达曰："不知。惟汝送来之函，余已遣人交之矣。余意杜丽西见函，或与蓝模斯偕来，亦未可知。"

毒手恨恨曰："蓝模斯屡败吾事，真我之劲敌也！今日若来，吾誓必杀之，以泄吾忿。"

卫达变色曰："此言何也？余昔尝与汝约，不得伤及蓝模斯，汝忘之乎？汝若伤蓝模斯一发，余后此誓不汝助，且将以汝之阴谋，宣之于众，汝其慎之。"

正言间，盗党之立门外者，忽奔入白毒手曰："杜丽西至矣。尚有一健男子偕来，然非蓝模斯也。"

毒手闻报喜曰："蓝模斯不来，吾事济矣。"遂急率其党及卫达，退入内室。

惟盗党之饰为牧师者，独坐堂中。毒手方入，杜丽西及弗赖，已推门而进，盗党起立迓之。

杜丽西曰："君即威金生牧师耶？"

盗党曰："然。密司能如约驾临，欣幸何如。余之所欲为密司言者，即为尊翁生前之遗嘱。今有重要文件一纸，在案上《圣经》之中，请密司自往视之。"

杜丽西见案上果有《圣经》一册，遂取而翻阅之，欲觅所谓重要文件者，竟不可得，方欲持问牧师，毒手突率其党自内室出，力击弗赖之颅。弗赖晕，颓然仆地。

女见毒手果至，深悔此行之孟浪，自知难与抗拒，遂束手就缚。

毒手取长绳二，缚女及弗赖之手足，乃指挥其党，曳女登楼，闭之钟楼之内。

事已，复下楼至堂中，欲设法安置弗赖，忽其党之出外探视者，仓皇入曰："蓝模斯至矣。"

毒手大骇，急与卫达及其党，避入内室。

初，卫达接函之时，蓝模斯适自室外过，瞥见其状，心窃疑之，因绕道至廊下，欲觅投函者诘之，则其人已飏去久矣。

忽见卫达披衣而出，状甚匆匆，乃匿身柱后，俟其过，阴起尾之，而卫达未之知也。

行久之，至赫震路礼拜堂，遥见卫达推门而入，蓝乃伏于附近一森林中，林距礼拜堂可百余步，遥望礼拜堂前门，颇为清晰，乃燃雪茄吸之，静立以待。

少停，忽见杜丽西及弗赖，亦相偕而入。蓝乃大骇，深为杜丽西危，继念弗赖之为人，状颇干练，或能保护杜丽西，心乃稍慰。

久之，三人皆入而不出，蓝狐疑愈甚，决意入礼拜堂一探，遂自林中跃出，奔至礼拜堂前。

推门直入，见堂中阒其无人，惟侦探弗赖，为人所缚，倒卧地上。

时弗赖已苏，见蓝入，急曰："蓝君慎之，此盗窟也。余与密司杜丽西同来，误中诡计。今杜丽西已为毒手擒去，闭于楼上，君速往救之，勿顾吾也。"

蓝闻言，遂无暇释弗赖之缚，急飞步登楼，往觅杜丽西。

毒手闻蓝已上楼，急启户而出，将弗赖推入内室闭之，然后与卫达及其党，一拥上楼。岂知钟楼之门，已为蓝模斯所键，猝不得入。

此时蓝在室中，已将杜丽西之缚解去，目四纵瞩，急欲觅一出险之策，见钟楼四面皆窗，西窗之外，即礼拜堂之屋脊，因思得一法，将钟上巨弦解下，以一端缚于杜丽西腰间，相率逾窗而出，缘屋脊行，直至屋顶旗杆之傍，蓝双手握绳，将杜丽西徐徐缒下。

时盗众已破门而入，凭窗一望，见杜丽西仍被蓝模斯救去。毒手大怒，立命其党一人，逾窗登屋，往与蓝模斯决斗。

噫！危哉蓝模斯！其将以何法斗盗党耶？

第十一章

蓝模斯者，强毅勇敢少年也，虽处至危之境，夷然不乱，当时见盗党自后来袭，其势甚猛，非以性命相搏，不足以脱险地，乃将手中之绳，系诸旗杆之上，握拳作势，蹲伏以待，迨盗党近身，乘其立足未定，突起扑之。蓝臂力绝伟，盗为所推，即自屋上跌下，碎首折足而死。

毒手目睹此状，怒不可遏，立自囊中取手枪出，向蓝开放。幸卫达在傍，力攀其臂，故枪弹斜出，得未命中。毒手狂怒愈甚，遂将手枪乱放。卫达竭力撼其臂，不使伤及蓝模斯。

忽一弹击中绳之中段，时杜丽西尚未及地，而绳之被击处，已不绝如缕，危急万分。蓝遂奋不顾身，一跃而下，自屋顶泻至檐前。

即于此一刹那间，绳已断为两截，幸蓝身手灵活，将绳之下截抢住。杜丽西得不作坠楼之绿珠，亦云险矣。

此时杜丽西离地已近，乃自将腰间绳索解去，一跃及地，幸未受伤。

蓝见女已脱险，遂返身上屋，直奔钟楼，拟与毒手决一死斗。不料毒手见计划失败，已长叹一声，率党下楼而去，故蓝至钟楼，惟卫达一人在。

蓝问卫达何故至此，卫达曰："余闻杜丽西来此，恐有危险，故追踪而至，不意毒手之果伏此间也。今日非君来，杜丽西危矣。"

蓝闻其言，窃笑之，然亦不道破，遂相率下楼。

毒手及其党下楼之时，侦探弗赖已自将束缚挣脱，伏于门后，见毒手欲遁，跃出捕之，遂与群盗猛斗，卒以众寡不敌，仍为毒手所击倒，盗众乃呼啸而去。

迨蓝模斯下楼追捕，已无及矣。蓝乃与卫达扶弗赖起，相率出门。

时杜丽西已待于门外，见蓝出，遂挽臂同归。

蓝于途中问女所以来此之故，女乃出毒手伪函示之，云系弗赖所持来者。蓝因又转诘弗赖，弗赖则谓受卫达之托，嘱为转送者。

蓝乃大悟，见卫达状极忸怩，心殊怜之，遂不复深究，然自是益疑卫达矣。

医生史克雷者，阴贼险狠人也，时寄居杜丽西家，见杜丽西之心，渐亲蓝而疏己，妒嫉之念，油然而生，恨蓝刺骨，每思设法以害之。

一日，忽于毒物学中，发明一杀人之秘术，喜曰："策在是矣。"遂亲往宅傍花圃中，选得夜来香一盆，携之而归，遂以猛烈之麻醉剂，注入花蕊之中，并别以毒药水一瓶，倾于花之四周。

夜来香者，其花之开放，恒在半夜。当其开放之时，花蕊中之麻醉药，势必点滴流出，注入茎之四周，一遇盆中之毒药水，立起化学作用，发出一种毒气。此气为绿气之一类，而又具有极猛烈之麻醉性，故其毒愈甚。人若误触之，必立被闷倒，一刻钟内，苟无人解救，则受毒既深，靡不死者。

史制成后，即命人瞰蓝不在，将花移入蓝之卧室，置之写字台傍。布置已定，颇欣然自得，以为蓝模斯之命，当绝于今晚矣。

蓝模斯素性爱花，故卧室之中盆花甚多。史将夜来香移入，羼之群花之中，蓝固未之察也。

是日午后，蓝以事他出，户适未键，杜丽西自室外过，欲与蓝语，因推户直入，见蓝不在室，意颇怅怅，忽瞥见写字台之侧，有盆花一种，含蕊欲吐，鲜艳异常，心颇爱之，而不识其名。

会园中栽花叟，适来灌花，女因叩以此花何名，何鲜艳若此。

叟笑曰："此名'夜来香'，其蕊日则含闭，夜则开放。当其开放之时，鲜艳尤胜此十倍也。"

女诧曰："异哉！花之奇有如此耶？汝可将此花连盆移入余之卧室，余欲一觇其开放也。"

叟奉命，遂将花捧至楼上，移入杜丽西卧室，置之榻畔之几上。搬移之时，盆中之毒药水，偶倾于手上，当时亦不以为意也。

是夕晚餐后，杜丽西与蓝模斯闲谈甚久，女语及日间移花之事，因自谢不告之罪，蓝曰："密司爱则取之，不告何害？"遂一笑而散，各归卧室。

时已十一时许矣，女因日间栽花叟之言，必欲一觇夜来香开花之异，乃静对盆花，枯坐以待。

久之，钟鸣十二，蕊果渐放，成一碗大之花，鲜艳夺目，清香扑鼻。

女大喜，乃彳亍花前，细加玩赏，自念物性之奇，诚难理喻，天下怪异之植物，殆无有过于夜来香者矣。

正思索间，忽见花心之中，有黄色液汁流出，滴入盆中，即有青烟腾起，迷漫空中，奇臭异常，触之欲呛。

女大骇，欲启户而出，岂知毒性骤发，遂致被闷倒地。

栽花叟移盆后，即微觉两手麻木，初亦不以为意，及睡至半夜，忽觉十指剧痛，僵直不能伸屈，心乃大惊。忽念医生史克雷，现寓宅中，不如速往示之，或有良法可治，遂摸索而出，至史医卧室之外，叩门求治。

时史医尚未就寝，时时出时计视之，以为蓝模斯此时，殆去死不远矣。一念及此，心乃大快。忽闻啄剥声，异之，乃急起启门，念得毋蓝模斯之死耗至耶？

门启，入者乃为栽花叟，叟以两手示史曰："小人之手，忽瘅痛不能动，请先生为我治之。"

史视其手，诧曰："汝手曾触毒物乎？"

叟曰："无之。惟今日午后，密司杜丽西，曾命我移夜来香一盆，移后即微觉麻木，入夜乃愈剧痛耳。"

史骇曰："夜来香乎？命汝移至何处？"

叟曰："移入彼之卧室耳。"

史闻言大惊，懊丧异常，急取时计视之，则已十二时又五分矣，遂出药水少许，为叟敷之，挥之使去，乃自以白巾掩蔽口鼻，奔至楼上，直入杜丽西卧室，见女果已闷倒，乃先将床畔花盆，掷之窗外，然后将杜丽西抱至楼下。

时蓝尚未卧，闻声亦至。乃由史医设法救治，幸受毒尚浅，不久即苏。

女不知花之即史物也，见史竭力相救，心颇感之，遂与之亲昵如初。

第十二章

杜丽西家有老屋数椽，在宅之西偏，平日堆贮杂物之所也。屋之建筑甚古，墙垩剥落，藤萝纠结，年久失修，倾圮殊甚。

一日，女偶散步过之，见其欹斜欲倒之状，以为先人旧业，任令坍毁，意殊不忍，乃雇工数人，大加修理。

卫达者，毒手之侦探也。毒手尝与卫达约，凡杜丽西家之事，事无巨细，必设法以告。故是日既雇工修屋，卫达即以电话报告毒手。

毒手自礼拜堂之策失败后，心殊懊丧，正思伺隙以动，既得卫达之报告，沉思良久，忽生一计，乃命其党四五人，均垢面敝衣，作工匠之装，怀中各藏麻醉药一小瓶。药为毒手所特制，其性至猛，人若稍触其气，立能闷倒。改装既竟，毒手乃率众出，同往杜丽西家。

方毒手离窟之前，已先以电话致卫达，约于宅后僻静处一谈。及毒手至，卫达已先在矣。

卫达谓毒手曰："前日之举，机事不密，为蓝模斯窥破，以致偾事。余亦因是而被嫌疑，险为所窘。今蓝虽不明言，然心殊疑余，防余甚深。惟幸杜丽西尚懵然未觉耳，后此君苟有所为，务稍秘密，始克有济。"

毒手颔之曰："密司之言是也。然密司勿怯，我侪成功之日不远矣。彼蓝模斯者，亦犹人耳，我何为畏之？我侪能百折不挠，则终必有达我目的之一日，毋自馁也。我所欲问密司者，杜丽西今在何处？"

卫达曰："在园中耳。"

毒手曰："然则密司趣往园中，半句钟后，请设法诱杜丽西出，同至老屋之傍，则吾事济矣。"

卫达颔之，毒手遂率党而出。

毒手至老屋之傍，见诸匠人方歇工稍息，围坐阶前，或吸烟，或谈笑。毒手乃匿身屋后，命其党各将白巾一方，出麻醉药倾于巾上，握之而出。

诸匠人见盗党来，以为同业中人也，亦不措意。盗党稍近，乃突以药巾按诸匠口鼻间。诸匠大惊，方欲抗拒，而药性猝发，即尽被闷倒。

于是毒手自屋后出，指挥其党，将诸匠逐一捆缚，闭之一空屋之中。事毕，乃由盗党代执匠人之役，斫材涂垩，各事其事，以静待杜丽西之至。

是时杜丽西在花园中，适栽花叟至，见女，笑曰："前日余为密司移盆花后，两手即麻木剧痛，状如瘫痪，幸请史克雷先生诊治，始渐痊愈，但不知盆上有何毒质，以致如此，殊可怪耳！"

女曰："汝以手捧盆，即受其毒，无怪余之险闷死矣。"

叟骇曰："密司亦尝受毒耶？"

女曰："然。"即以前夕之事语之。

叟咋舌曰："险哉！然我栽花数十年，殊未闻夜来香之有毒，此殆异种耶？"

女曰："不然，此事于花无涉。据史君考验后，云有人注毒花中，欲因以杀人。吾意彼所欲害者，实为蓝模斯君，而我乃适罹其祸耳。"

正言间，卫达忽翩然至，屡言曰："前晚之事，诚极可怪，不识阿谁施此毒计。"

女曰："吾意殆亦毒手所为。彼之切齿于蓝模斯，亦已久矣。"

卫达颔之曰："余亦云然。毒手诡秘不测，良可畏也。"言已，遂并坐闲谈。

久之，卫达忽起曰："老屋正在修理，我侪无事，盍往一观？"

杜丽西从之，两人乃挽臂同行，自园中出，且行且语。

将近老屋，遥见盗党所饰之匠人，方工作甚勤。行稍近，为群盗所见，忽各释所事，蜂拥而至。杜丽西猝不及逃，遂为盗党所执，推入空屋之中。

杜丽西既成擒，毒手大喜，乃自墙后跃出，谓卫达曰："密司速归，以此事报告蓝模斯。"

卫达讶曰："蓝模斯知而来救，则君之计划败矣。何为告之？"

毒手笑曰："密司勿虑！吾将以杜丽西为饵，使蓝模斯入吾彀中耳。"

卫达奉命，遂匆匆而去。卫达既去，毒手乃欣然入室，命其党以长绳缚杜丽西，悬之梁上。梁下适有大板箱一，箱中满贮已化之石灰，热气蒸腾，泡沫四溅。

毒手乃命将绳之他端，自梁上穿过，夹入门隙之中。他人不知，若推门直入，则门启绳脱，杜丽西必坠入石灰之中。布置已定，乃与其党散伏室隅，静待蓝模斯之至。

卫达归，急往觅蓝模斯。时蓝适散步户外，卫达见之，即故作仓皇战栗之状，颤声曰："毒手之党，忽化装为匠人，屡入宅中，顷杜丽西遇之，已为所擒，曳入宅西老屋中矣。君其速往救之。"

蓝闻言大骇，不待其辞毕，即变色奔去，直至老屋之傍，见屋门紧闭，四顾杳无人影，方欲启门而入，忽见门隙之中，夹有粗绳一节，长约尺许。

蓝素精警，恐有他变，不敢遽入，踌躇久之，乃绕至屋后，见墙上有木窗一，高仅及肩，遂将窗棂击破，纵身跃入。

足方及地，毒手即指挥其党，环而攻之。蓝力敌群盗，绝无畏怯。

毒手怒，乃突至室门拉开，门启绳脱。杜丽西险坠箱中，幸为蓝模斯瞥见，急从傍力曳之，得未坠入。

时盗党多被蓝击倒者，畏其勇，咸退缩不前。毒手知难与敌，乃撮口作声，先自逸去。群盗遂鸟兽散，蓝亦不追捕，急为杜丽西释缚，护之而归。

第十三章

初，医生史克雷，曾向女父假千余金，立有借据一纸，久未清偿。及女父死，史以无力偿还，因曲意媚女，欲向女索还借据。女不允，史乃设法窃得之，初以为秘无人知，不料事机不密，为侦探弗赖所悉，乃俟史医出，将借据盗回。

弗赖者，亦小人也，自驻杜丽西家后，见蓝模斯才能出己上，心颇妒之。且杜丽西每临危地，辄赖蓝之救护，得以脱险，己则尸位素餐，形同赘疣，中心怅怅，不无愧恶。久之，因羞成嫉，遂迁怒于蓝模斯，恒思设法排挤之，以快其意。

至是既觅得史医行窃之据，初意欲告之杜丽西，以显其能，偶一转念，忽思史医为蓝模斯之情敌，其人辩给有智，盍不借此要挟，与之联络，以共挤蓝模斯而去之？计亦良得，立意既定，遂怀据而出，往访史克雷。

史克雷方独坐室中，配合药品，忽阍者持刺入，谓有客求见。视其刺，则侦探弗赖也，异之，乃延之入。

弗赖见史，即昂然曰："君之案发矣，尚优游自得耶？"

史医闻言，惊起曰："此言何也？"

弗赖不答，但徐徐出借据示之。

史见据益骇，瞠目不能言，久之，始颓然曰："君将以我付之法庭耶？"

弗赖摇首曰："不然。我意殊不在此。"

史心乃稍慰，意如醒悟，遂自囊中出纸币一卷，纳之弗赖手中，强笑曰："既承雅爱，则请以借据还吾，此薄酬也。"

弗赖笑却之曰："金钱尤非余意，请勿溷吾！"

史讶曰："然则君意何属，可得闻欤？"

弗赖曰："余之此来，固有求于君，然事成亦君之利，不独余也。盖余之所恶者，实为彼私探蓝模斯，君若能助余去蓝，则窃据之事，余誓不泄漏。君意以为何如？"

史闻言喜曰："此固余之所求而不获者也。我两人合而谋蓝，蓝之败可立待矣。"

弗赖亦喜，乃与史握手为盟，欣然而去。弗赖既去，史思索良久，亦携箧而出。

是日晨，蓝模斯在会客室，适杜丽西姗姗而至，两人因携手同坐，比肩笑语，其乐融融。

久之，偶谈及前日老屋之事，女追忆险状，不寒而栗。

蓝谓女曰："毒手之所欲得者，密司怀中之小匣耳。故密司之历危险，简言之，皆此匣为之厉也。我意不如觅一秘密之所，将小匣藏之，使宵人无所生心，则密司或可稍减其危险。不识密司以为如何？"

女自饱经忧患，深感蓝德，与蓝情爱愈笃，故蓝所建言，靡不曲从，乃自怀中取小匣出，藏之保险箱中。不意卫达适在外室，隔帘窥视，尽为所见。

杜丽西藏匣后，将铁箱之钥，藏之写字台抽屉内，遂与蓝模斯挽臂同出，往园中散步。

弗赖自史医寓中出，即以事至城外一行，事毕而归，道出荒郊。

毒手忽率其党二人预伏道左，俟弗赖过，突出袭击之。幸弗赖颇骁悍，力敌三人，绰有余裕。

斗久之，毒手偶一不慎，为弗赖拳中其颅，立颠而仆，晕绝于地。盗党见毒手仆，不觉气夺，张皇欲逸，一转瞬间，遂尽为弗赖所击倒。

弗赖大喜，乃遍搜毒手身畔，忽于内衣囊中，搜得信封一，启视之，则其中贮有钥匙一柄。钥为圆形，周围镶以红宝石九枚，其中则嵌有金刚石一粒，晶莹夺目。弗赖审视一过，知确为小匣之原钥，无意得之，欣喜逾恒，乃将钥匙纳之囊中，快然而返。

弗赖归时，杜丽西适偕蓝模斯同出，室中惟卫达在，弗赖乃出夺得之钥，以示卫达。

卫达惊喜曰："此小匣之真钥也，君何从得之？"

弗赖乃略述得钥之由，且曰："密司杜丽西何在？吾欲请其取小匣出，启而视之，以破疑团。"

卫达曰："杜丽西不识何往，惟小匣之藏处，余固知之，盖在会客室之铁箱中。而铁箱之钥，则在写字台抽屉之内，君可自往取之，不必先告杜丽西也。"

弗赖大喜，乃奔入会客室，果于写字台抽屉内，觅得铁箱之钥，乃开箱取小匣出，欲以钥启之。偶一转念，忽止而不启，乃按电铃，召老仆汤姆入，谕之曰："余将独处卧室，治一要事，汝等非闻铃声，不得擅入。"

汤姆唯唯而去，弗赖乃携匣入卧室，闭门键之，然后以钥启匣，将匣中证据取出，细视一过，尽悉其隐，仍将证据纳入匣中，闭而锁之。

沉吟良久，忽用刀将钥上所嵌之金刚石，撬下一粒，握之掌中，然后伸纸命笔，欲将匣中之秘密，一一记之手册之中。

卫达见弗赖携匣入卧室，不令同观，意颇怅怅，乃彳亍自室中出，欲至园中一游。

足方及园，遥见杜丽西及蓝模斯，均在一小亭之中，依栏并立，喁喁作情话。卫达目睹此状，妒火中烧，忿不可遏，遂转身奔出。

忽见毒手踽踽而至，状甚颓丧，卫达曰："君为弗赖所殴，伤势何如？"

毒手曰："伤尚无害，惟吾囊中一要物，被其夺去矣。"

卫达曰："即小匣之钥匙耶？弗赖今将小匣取得，正在卧室启视，君速往夺之，犹可及也。"

毒手大喜，遂由卫达为导，引至弗赖卧室之傍，隔窗一望，见弗赖方伏案作书，小匣及钥，均在案上，遂轻启纱窗，一跃而入。

第十四章

时将正午，炊烟起矣。杜丽西与蓝模斯，乃携手出园，同返宅中。

足方及门，即闻会客室中，有诟谇声甚厉，急往视之，则史医及女叔阿勃那也，两人势甚汹汹，攘臂欲斗。

杜丽西急入，为两人排解，争乃稍止。时蓝模斯亦徐步入，瞥见室隅铁箱之门，已为他人所私启，骇甚，急俯而视之，则箱中之小匣，早已不翼飞去矣。

蓝乃大怒，跃起曰："汝二人之中，孰为私启铁箱者？速以语吾！不然，尔等虽狡，不能离此室一步也。"

阿勃那曰："此事与余无涉。余之来此，乃在史克雷之后。余入此室，见铁箱已开，彼方俯视箱中，若有所觅。余怒叱之，彼乃不服，以是遂相诟谇。我意私启铁箱者，必史克雷也。"

史急辩曰："余可誓之，余实未启此箱。当余入此室时，铁箱之门，早已大开。余虽俯而视之，然其中空无所有，余固未取一物也。"

蓝曰："尔等无庸推诿，余当设法证明，使窃物者无从狡赖。"言已，遂按电铃召老仆汤姆入，问之曰："彼二人之来此，汝见之乎？"

汤姆曰:"见之。史君先来,史君入未数分钟,而阿勃那君亦至。"

蓝曰:"然则汝知有人启铁箱乎?"

汤姆曰:"知之。启箱者乃侦探弗赖君也。"

言出,史医及阿勃那大慰,同声曰:"何如?汝乃以盗贼诬我,苟无汤姆,我侪险遭不白矣。"

蓝讶曰:"弗赖启箱何为?汝曾见其取小匣乎?"

汤姆曰:"取之。彼携匣入卧室,云欲治一要事,命我等非闻铃声,不得擅入。今入室已半句钟矣,而犹未出,不识何故。"

正言间,忽闻电铃大鸣,汤姆曰:"弗赖君召我矣。我将往视之。"

蓝止之曰:"汝勿往!我当代汝应之,借此可一觇其所为。"言已,遂与杜丽西同去。

蓝模斯自会客室出,奔至弗赖卧室之外,推其门,则已下键,乃以指弹户作声。久之,门终不启,室内静谧异常,似无人在,心殊异之。

时史医及阿勃那亦至,乃共叩门大呼,然室中寂然如故,终无应者。众乃大疑,知其中必生变故,拟毁门而入。

时杜丽西偶一俯视,忽见地上有小物一,拾而视之,即门上之锁钥也,乃以钥启锁,推门而入。岂知足方入门,而室中可惊可骇之景象,已突触于眼帘。盖彼驻宅侦探弗赖者,早已僵卧地上,瞑目而长逝矣。

众见弗赖被害,皆瞠目大骇,相顾失色。杜丽西惊悸尤甚,嗷然欲哭。

此时蓝模斯及史克雷,乃共趋往尸傍,将尸身检验一过。史谓弗赖之死，约在半句钟前，今气绝已久，已无法可以挽救。

蓝乃将室中各物，一一细加考察，而于案上诸物，及窗槛之左右，检阅尤详。查毕，始宣言曰："弗毅之死，杀之者乃大盗毒手也。"

阿勃那曰："君何以知之？"

蓝曰："吾观弗赖之死状，与俄国专使相似，同为一种毒汁所药毙。此种毒汁，盖即毒手指中所放出者。"

阿勃那曰："然则弗赖死时之情形，可得闻乎？"

蓝曰："以余检察所得，亦可悬拟其六七。吾意毒手之入，乃由西偏临街之窗。盖窗虽极高，并无铁格拦阻，故攀缘而入，亦殊易易。且我顷视窗槛之上，印有指痕甚多，故毒手出入之道，决为此窗无疑。至弗赖私启铁箱，取得小匣之后，携之至室，欲设法启视。不料毒手早伏已于窗外，逾窗而入，欲夺其匣，两人遂相恶斗。此可于室中器物之凌乱知之。已而毒手不敌，恐为所擒，乃以指中毒汁杀之，夺其小匣，仍由此窗遁去。此弗赖被害之大略情形也。"

蓝模斯言弗赖之死状，历历如绘。杜丽西颔首者再，深佩蓝之卓识。惟史医及阿勃那，则因不慊于蓝，默然无语，颇思觅一隙漏，以与蓝模斯辩难。

少停，史医乃发言曰："君以为毒手杀弗赖后，即取匣以遁乎？"

蓝曰："然。"

史曰："以吾观之，殊有不尽然者。盖弗赖之死，乃在半句钟以前。若如子言，毒手杀之即遁，则顷在室中按电铃者，又为何人耶？"

蓝笑曰："此种诡计，殊不值一哂，余亦早已窥破矣。盖按铃者非人，乃写字台上之书籍也。"

史曰："奇哉！书籍何能按电铃？我殊未信。"

蓝亦不言，但趋至写字台傍，将台上一极重且厚之书，置于台之上层。书之大半，则在台边之外。其下即电铃也。别以巨口瓶一，满贮清水，斜压书上，使瓶中之水，点滴流出。久之，水少瓶轻，压力渐减，书乃下坠，适压于电铃之上，于是铃声大鸣，若有人按之者然。

蓝演述既竟，顾谓史曰："何如？自余观之，此法亦殊不足异也。"

史乃暗服，默然无语。

此时阿勃那又诘蓝曰："如子所言，毒手仍由窗口逸去，则门已下键，钥匙何又在室外地上耶？"

蓝曰："此则更易推想。盖此种门锁，乃系极普通者，他人之钥，往往亦可启闭。吾意毒手囊中之钥，必有与此相同者，故彼乃将弗赖之钥，掷之门外，然后闭门锁之，逾窗而遁。其理甚明，无烦研究也。"

言已，忽见阿勃那腰间，悬有钥匙甚多，乃请其悉数解下，检一与锁孔相似者，将门启闭，果亦吻合。

蓝因又曰："凡此种种，皆毒手故布以惑人者也。然我有目如电，已将其一一窥破。彼虽作伪，徒自心劳日拙耳。"

史医及阿勃那见蓝料事如神，相顾惊讶，不敢复言，遂匆匆出室去。

史医及阿勃那既去，杜丽西亦邑邑欲出，蓝忽阻之曰："密司幸稍留，余有一物，请密司观之。"

杜丽西乃止，蓝自囊中出钻石一粒，示女曰："密司亦识此物乎？"

女细视之，讶曰："此小匣钥上之饰物也，君何从得之？"

蓝喜曰："信乎？"

女曰："余辨之甚审，决无错误。然此钥已为毒手所夺去，石在钥上，君果何从觅得之，幸速语吾。"

蓝曰："余得之弗赖之掌中耳。余顷与史克雷检视弗赖之尸，见其一手紧握，如有所执。余乃擘而视之，忽见掌中握有此石。余乘史不备，急藏之囊中。余思弗赖之死，与此石必有关系，故暂守秘密，不欲贸然宣布耳。"

女曰："钥在毒手处，而钥上饰物，乃能入弗赖之掌握，殊可怪也。"

蓝略一思索，忽拍案跃起曰："余得之矣。余意毒手之钥，必先被弗赖所夺得，故弗赖回家，即私取小匣出，欲启而观之，不意毒手追踪而至，以指中毒汁杀弗赖，将小匣及钥，一并夺去。然弗赖被害之前，已先将钥上钻石撬下，握之掌中，而毒手未之知也。今钥上既无此石，若以之启匣，匣必炸裂，行见毒手之命，绝于旦夕矣。"言已，两人抚掌大快，挽臂而出，初不知属耳于垣者，固尚有其人在也。

卫达自宅外归，闻弗赖已死，心知毒手所为，遂趋往视之。行至弗赖卧室之外，闻蓝模斯与杜丽西，方对谈室中，乃止步不入，立门外窃听之。于是蓝模斯之言，一一尽为卫达所闻。

卫达念毒手之命，危在顷刻，心乃大骇，遂转身奔出，急往报告。

时毒手伏于宅傍森林之中，适以钥抵匣，欲启而视之。

忽见卫达狂奔而至，摇手变色曰："速止，速止！勿启此匣，匣将炸矣！"

毒手大骇，急止而不动。卫达喘息稍定，遂以蓝模斯之语语毒手。毒手取钥视之，果缺钻石一粒，乃深自庆幸，颇感卫达相救之德，已而复附卫达之耳，授以诡计。卫达颔之，乃匆匆而返。

第十五章

是日午后，卫达与杜丽西同出散步，适蓝模斯亦在门外，盖见杜丽西至，即趋前与语，两人遂立而闲谈，语琐琐不已。卫达不能耐，乃彳亍独行，离宅稍远。

毒手忽率其羽党，自宅傍林中窜出，将卫达擒入汽车之中，启机飞驰，挟之而遁。

卫达在车中，大呼求救，蓝及杜丽西闻声惊视，见卫达被毒手擒去，骇且怒，急驾汽车往救，遥见毒手之车，去尚不远，乃开足汽机，尽力追赶。

道中所经者，皆海滨荒僻之处。两车速率相等，故此驰彼逐，其中终隔数十丈，不能追及。

久之，毒手之车，忽戛然而止，盗众陆续下车。毒手指挥其党，将卫达曳入道旁一小门。

群盗方入，蓝及女已追踪而至，相率自车上跃下，追入室内，遥见毒手等已挟卫达登楼。

杜丽西奋不顾身，追上楼梯，蓝阻之不及，遂亦接踵而上。不料楼梯之中，设有活动机关，两人追至半梯，毒手将机关旋转，楼梯忽折为两段，从空倒下。蓝及杜丽西，遂跌入火牢之中。

火牢者，楼下一土窟也，宽广约七八尺，高可丈许。窟之四壁及地下，皆埋有火管无数，其启闭之总机关，则在毒手之办事室中。管之四围，平铺沙土，故蓝及女从高下坠，幸未受伤。

蓝将杜丽西扶起，四瞩室中，均系土壁，别无出路。窟上又有巨板掩盖，势难跃上。相顾踌躇，无法脱险。

此时毒手见蓝等中计，不觉大喜，将火管之机关开放，一时窟中四壁及地上，均有烈焰冒出，火光焱焱，一室尽燃。

蓝及女皆大惊失色，束手无策，自分将葬身火窟矣。

少停，蓝偶仰视，忽见窖顶木板之上，有玻璃窗一，宽广约二尺许。毒手方伏窗俯窥，张口作狞笑，状甚自得。

蓝大怒，乃就地上拾拳石一，向上掷之。窗碎，玻璃四溅，毒手遂倏然不见。

蓝素工纵跳之术，能高跃六七尺，此时见窖顶有一出路，大喜，乃乘势一跃而上，攀执窗口，蛇行而出。

四顾窟傍，杳无人影，因杜丽西不能跳跃，乃以足趾钩窗口，倒悬而下，欲将杜丽西挟出窟外。岂知女尚未出，而毒手已手执利刃，汹汹而至，见蓝等又将逸去，怒不可遏，乃蹑足至蓝后，高举其刃，向蓝足猛戳。

当此间不容发之时，杜丽西适跃出窟外，瞥睹此状，大骇，遂尽力推毒手之肩。毒手出不意，立蹶而仆，一转瞬间，蓝模斯亦已跃起，反将毒手推入火牢之中。

蓝曳女欲行，女曰："我等此来，为救卫达也。今我等虽脱险，而卫达尚在盗窟。我不忍独归，誓必设法救之，与之同返。"

蓝蹙额曰："然则密司请稍待，余独往救之足矣。"

女颔之，蓝遂奋勇登楼，直入毒手之办事室，遥见卫达已释缚高坐，方与群盗谈笑。

盗党见蓝至，骇甚，纷起与斗。蓝奋臂大呼，力敌群盗，勇不可当。

久之，群盗皆披靡，相继仆地。蓝遂曳卫达下楼，往见杜丽西。杜丽西大喜，三人乃乘车而归。

途中女忽出一物示蓝，蓝视之，则小匣之钥也，惊喜曰："密司何从得此？"

女曰："君上楼后，余忽于地上拾得此钥，想毒手仆地之时，此钥乃适由囊中落出耳。"

蓝笑曰："塞翁失马，安知非福。然则我侪今日之冒险，固不能谓为无裨也。彼作诡者，亦奚益哉。"言已，目视卫达，卫达乃大惭。

毒手被推入火牢之中，幸其党设法救出，未遭焚毙，于是怀恨愈甚，誓必达其目的而后已。

越数日，遂又思得一诡计，命其党持信一封，暗交卫达。

卫达接而拆阅之，其函云：

卫达女士鉴：

前日之事，仍为蓝模斯所败，可恨孰甚，然余决不以是而馁余气。余当再接再厉，以达最后之胜利。

密司之心，想同之也。今附上伪函一封、画图一纸，密司收到后，请得闲带入藏书室中，将伪函置于写字台抽屉之夹层内，画图则摊放台上。行时务宜秘密，勿为人见。

蓝模斯狡狯异常，尤须防其窥破。至嘱至嘱！

日内蓝及杜丽西，若束装有远行，请即以电话告我，万勿稽迟。事成之后，余决不负密司也。

名恕不泐

卫达读毕，见信内果附有伪函一封、画图一纸。纸上所绘者，即藏书室写字台之图样也。图中于夹层抽屉之启闭法，以及伪函贮藏之处，注解颇详。阅已，遂藏之身畔。

时蓝及杜丽西皆不在室，卫达乃闪入藏书室中，将伪函及图，如法安置。事毕，倏然而出，幸宅中诸人，无有见者。

少停，老仆汤姆，入藏书室洒扫，忽见台上之图，异之，乃如法启抽屉之夹层，将函取出，拆而阅之。函曰：

惠特纳先生鉴：

　　君之遗嘱，已由仆藏于白顿堡中爱狄森古屋之内。此事极秘，惟吾两人知之，特以奉闻。

　　　　　　　　　　　　　　　　　律师辙斯克白

汤姆阅毕，方欲仍为藏入，而蓝及杜丽西至矣。

汤姆见主人突至，惊惶失措，急欲将图函藏匿，不料已为蓝模斯瞥见，厉声叱之。汤姆大骇，遂木立不敢稍动。

蓝取桌上之函，与杜丽西同阅一过，相顾惊喜。蓝问汤姆曰："此物汝何从得之？"

汤姆曰："得之写字台抽屉之夹层中。"因以藏函之处，指示蓝模斯。

蓝视之，良信，汤姆乃自谢私取之罪。女见其觳觫万状，因系老仆，不欲加罪，遂呵之令出。

汤姆诺诺而去，女谓蓝模斯曰："先君在日，殊未闻言及此函，岂因严守秘密故耶？今先君及辙斯克，相继被害，所立遗嘱，杳不可得。天幸发见此函，予我人以一线之光明。我侪宜速往白顿堡中，觅此遗嘱。大约遗嘱之中，必有详细之说明。我侪得之，当可尽破疑窦，正不必启彼小匣矣。"

蓝曰："然。遗嘱苟能觅得，一切自迎刃而解。惟白顿堡地近山麓，荒僻异常，我侪若往，须慎防毒手之来袭耳。"

正言间，女叔阿勃那忽昂然直入，厉声谓女曰："阿尔茄夫人之证明，距今月余矣。汝终无确据，足以证明汝为余兄之女，则汝之为俄人，当无疑义。汝应即日离此，不得借词稽延。"言已，势甚汹汹。

女亦不与辩，但以手中之函示之曰："我父之遗嘱，即日可以觅得矣。且待遗嘱宣布后，若果非我父之女，则自当立即离此。今日是非未定，叔父正不必逼人太甚也。"

阿勃那接函视之，时史克雷亦至，两人乃同阅一过，皆默然无语。少停，忽相率辞去。

蓝谓女曰："二人此行，必同往白顿堡觅遗嘱。遗嘱若落其手，于密司殊有不利。我侪亦宜急往，勿步他人之后尘也。"

女颔之，两人遂匆匆束装同出，乘火车往白顿堡。

第十六章

白顿堡者，纽约西偏一小镇也。地处康斯脱山之麓，居民不多，荒落殊甚。惟每逢盛夏，则纽约之富翁，恒避暑于此，故地虽偏僻，亦有小铁路通之。

是日午后，蓝模斯与杜丽西乘车抵白顿堡，下车后，即访问爱狄森老屋所在。

或曰，屋在堡之西北隅，距堡尚四五里，在昔本为爱狄森将军之故邸。将军殁后，屡易其主，百余年来，诸巨厦相继倾圮，惟其中一屋，建筑独固，如鲁灵光殿，巍然独存，每值炎夏，尚有人赁之为避暑之所云。凡此古屋之历史，白顿堡中人，类能言之历历，如数家珍。

蓝既探得一切，遂与杜丽西雇汽车一辆，乘之而往。

将近山麓，即止车跃下，复行数百步，则所谓爱狄森老屋者，已俨然在望。

屋为四方形，筑式甚古，惟四无邻居，矗然独峙于丛荒之中。行稍近，见屋之四围，均有玻璃窗，其门则以硬木制之，状甚坚固。蓝试以手推之，门应手而辟，遂与杜丽西相继入。

蓝等入室后，忽闻室隅瑟索有声，趋而视之，见一人伏于暗中。

蓝大骇，急取手枪出，厉声叱问何人。其人蜷卧如故，默然不答。细视之，始知此人之手足，为他人所缚，不能展动，口上则蒙有白巾一方。

蓝与女急将其人扶起，坐之椅上，去其口上之巾。

女细视其面，忽惊呼曰："史克雷耶？汝何为在此？"

史状甚颓丧，徐徐曰："我为密司而至此耳。今请密司先释吾缚，我将以来此之情形，详告密司也。"

女颔之，遂将其手足之缚，一一解去。

史克雷束缚既解，状甚劳瘁，徐起舒展其手足，少停，乃蹙额谓杜丽西曰："余之来此，尚在半句钟之前。缘余于密司家中，获读秘函，知令尊之遗嘱，乃在此古屋之中。余知密司急于得遗嘱，必毅然来此，然此间地极荒僻，设为毒手所知，先设陷阱以待，则密司不将自蹈危机耶？余一念及此，乃决计冒险先来，为密司一探。若果得遗嘱，则自当奉之密司；苟有危险，亦可奔回报告，预加防范。不意余入此屋，见毒手方蹲伏室隅，私启铁箱，窃取箱中文件。余乃悄立门侧，欲俟其出室，劫而夺之。不料彼狡狯之毒手，已于铁箱后小镜之中，窥见余影，乃突然跃起，猛扑余身。余猝不及备，遂为彼所击倒，彼乃以长绳缚余手足，又以白巾蒙余口，俾不得呼，遂将余掷置室隅黑暗之处，手持文件，扬长而去。此余所以被囚之大略情形也。余为密司故，纵赴汤蹈火，亦不敢避，虽历微险，本无足计，独恨令尊至要之遗嘱，乃为毒手私窃以去，不能夺还，为可憾耳。"

史言时，状颇恳挚，杜丽西心甚感之，惟蓝则从傍微哂，意似不信，待史述毕，直斥之曰："汝言诳也。汝入此屋，乃从西侧墙上之玻璃窗，痕迹尚在，彰彰可据，而汝乃谓推门而入，即此一端，已足证汝言之不实矣。汝虽舌巧如簧，其如余目明如电乎！"

史闻言大怒，跃起与蓝辩，势甚汹汹。蓝亦怒，即自囊中取铁手铐出，欲执而梏之。

女乃从中排解，蓝忿曰："密司若信史之言，则余当立即辞去，一切不复预闻矣。"

史亦曰："密司若不余信，余当告辞。"女默然，史遂恨恨而出。

初，蓝及杜丽西行后，卫达接踵而出，欲往报告毒手，道中忽见盗党十余人，迎面而来。

卫达呼止之，问曰："领袖何在？"

盗党曰："已先往白顿堡布置矣。但不知蓝及杜丽西果中计去否？"

卫达曰："去矣。予固欲以此来报告也。"

曰："然则我侪宜速往，为领袖臂助。不识密司能同去否？"

卫达颔之，遂同往车站，乘车至白顿堡。将近老屋，遥见玻璃窗上，人影幢幢。

卫达曰："蓝及杜丽西在室中矣。吾侪且勿入，宜静待领袖之至，听其指挥。"乃率众退入附近森林之中，立而遥望。

稍停，毒手匆匆而至，众乃大喜。毒手喘息略定，即命其党一人，缘树而上，将电话机一付，接于电线之上。

装置既竟，毒手乃以听筒附耳，静立听之，少顷，忽喜，曰："屋中寂无声息，蓝模斯殆触电死矣。今室内惟杜丽西一人在，孰往擒之，以竟吾事？"

于是有其党一人，奋勇愿往。毒手乃挥之令去。

蓝自史克雷去后，即将室中各物，一一细加检查，见室隅铁箱之中，空无一物，乃恍然谓杜丽西曰："吾侪今日，又中奸人之诡计矣。大约所谓秘函者，亦毒手之所伪造。吾侪因贪得遗嘱，贸然来此，不智甚矣。今吾侪所处之地位，危险实甚。彼毒手者，殆已安排罗网，静待吾侪之入彀矣。"

正言间，忽见室隅墙上，装有电话机一具，蓝大喜，欲以电话致警署乞援，岂知手触电机，突觉半身麻木，不能展动，幸杜丽西在傍，见而大骇，即竭力曳之，始得挣脱，不致触电而毙，亦险矣哉。

斯时盗党忽推门而入，瞥见蓝模斯未死，心乃大骇，颇自悔此来之卤莽，然已势成骑虎，在法乃不得不一斗，于是奋勇直前，猛扑蓝身。

蓝见盗党果至，瞋目大呼，怒如虓虎，急挥拳以全力敌之。

两人格斗稍久，盗党力渐不支，怯而欲奔。蓝乘其气馁，振臂一击，盗党遂颓然仆地。蓝捉其两肩，提而举之，轻若束薪。

室中适有土窟一，俯视之，深不见底。蓝忿怒之余，即将盗党掷入土窟之中。礚然一声，此万恶之毒手党人，已瞑然长眠于地下矣。

毒手遣其党去后，踯躅林中，静待佳报，久之，见其党入而不出，疑念顿起，思蓝模斯得毋未死耶？稍停，忽见玻璃窗上，人影又现，仿佛蓝模斯及杜丽西。

毒手乃顿足曰："噫！培生死矣。狡狯者，蓝模斯也。彼乃寂处屋中，以死欺我，我何瞆瞆，乃令培生独去。蓝不死，培生一人，非其敌也。入而不出，其死必矣。我誓必杀蓝，以为培生复仇。"培生者，盖即死于土窟之盗党也。

于是群盗皆大怒，誓与蓝模斯决一死斗。毒手乃命其党各出手枪，列队自林中出，呼声震天，声势甚盛。

卫达竭力阻之，毒手不听，指挥其党，开枪进攻。一时弹发如雨，咸向爱狄森老屋飞去。屋傍之玻璃窗，尽被击破，碎屑四溅，其声锵然不绝。

群盗分两队直趋老屋之前，渐逼渐近。闻屋中静谧异常，绝无还击之枪声，毒手大疑，乃止众勿击，命以巨石撞门碎之，一拥而入。岂知室中阒无人在，蓝模斯及杜丽西，早已潜启屋后之窗遁去久矣。

先是蓝既将盗党掷入土窟之中，即谓杜丽西曰："我侪今日，处境至危，一时不宜妄动。闭屋自守，譬犹负隅之虎，敌必无敢来撄，然后徐图脱险，此上策也。若出屋门跬步，则自投陷阱必矣。密司以为何如？"

女此时恇悸莫名，噤不能言，惟颔之而已。蓝乃将屋门紧闭，支以巨栓，取手枪执之，蹲伏门侧，默然以待。

少顷，忽闻屋外枪声连鸣，自远而近，两傍玻璃窗，悉被击破，枪弹飞入屋中者，络绎不绝。

杜丽西大骇欲号，蓝急按其口，曳之伏地，低声曰："密司勿惊！吾见盗党虽众，悉聚门外来攻，屋后必无人防守。此良机会也，我侪今可脱险矣。"言已，即伏地作蛇行，直趋屋后。

杜丽西从之，既至，启窗外窥，果无守者，遂逾窗而逸。迨毒手等入室，两人已闪入森林之中矣。

毒手大怒，立发令曰："吾意两人逸去必尚不远，追犹可及。今吾众可仍分为两队，竭力往追，一扼其前，一袭其后，则两人之就擒必矣。距此东南约三里许，有长铁桥一，厥名'跨虹'，为自此往车站之要道。我侪当以此桥为会合地，速去速去。"

于是群盗乃纷纷携械而出，分东西两路往追。

第十七章

夕阳将下，晚霞灿烂，跨虹桥畔之风景，奇丽如绘。

此时忽有男女二人，狂奔而至，飞步登桥，状甚匆遽，则蓝模斯及杜丽西也。

蓝与女方登桥颠，即遥见盗党二队，蜂拥而至，枪械高举，呼啸不绝。一转瞬间，桥之两端，悉为盗党所扼守，然畏蓝之勇，鼓噪而已，无敢登者。

蓝见群盗前后来攻，众寡不敌，势难冲下，凭栏一望，则桥下即为山涧，其深数十丈，尖石突兀，矗露水面，若逾栏跃下，势当立毙，失望之余，懊丧异常，自分束手就缚，决无出险之望矣。

此时毒手已至，指挥其党，列队而进，渐逼渐近。正危急间，蓝偶一回顾，忽见桥上有电线一条，长约数十丈，直达彼岸。桥之与岸，高低悬殊，故电线亦因之而斜下。蓝急极智生，乃自怀中取铁手铐出，悬诸电线之上，将己之两腕，梏于手铐之中，然后命杜丽西紧抱其身，逾栏而出，自电线上一泻而下。迨毒手等追至桥颠，开枪轰击，则两人早已安抵彼岸矣。

杜丽西已脱险，乃将蓝腕上之铐，以钥开去。两人遥望桥上，戟指痛詈。

毒手大怒，乃命其党一人，亦效蓝模斯之法，欲自电线泻下，与蓝决斗，不料泻至半途，被蓝瞥见，突出手枪击之。盗党应声下坠，跌入山涧而死。

毒手无可如何，遂率党悻悻下桥去。蓝乃曳杜丽西疾行，奔至山麓，幸所雇之汽车，尚待于道傍，乃相率上车，启机飞驰，直往车站。

毒手率众下桥，握拳透爪，忿不可遏，立发令谓其党曰："两人此去，必逃往车站无疑。此间有一僻径，直通车站，为程较近。我侪宜先驰往该处，豫伏以待，俟其至，出不意击之，或可得志。"

众大喜，乃相率上车，由小径驰往车站。至则蓝及杜丽西果尚未至，乃散伏车站之附近，静待其来。

久之，火车将开，始遥见两人坌息而至。购票后，杜丽西先登，蓝则立月台之上，向卖报童购报数种。

此时毒手忽生一计，命其党三数人，往立蓝之左右。蓝方阅报，未之觉也。迨车将启轮，蓝欲持报登车，盗党忽起而环殴之。蓝大惊，急弃报与斗，虽幸身手灵捷，未被击倒，然为三人所阻，不得上车。毒手遂率群盗奔至车傍，蜂拥而登，往觅杜丽西。

及蓝将盗党击倒，脱身而出，则火车已启机飞驰，瞬息，在数十丈外矣。蓝知毒手及其党，必尽在火车之中，杜丽西孤立无援，势将受其凌辱。一念及此，焦灼万分，忽瞥见轨道之上，有摇车一辆。摇车者，以人力摇之而行，其速异常，能越火车而过之。蓝大喜，乃跃上摇车，驾之追去。

毒手上车后，车上警察，见其非善类，出而查问。毒手怒，指挥其党，将警察等一并击倒。杜丽西见而大骇，急逃入一客室之中，闭户键之。岂知已为毒手所瞥见，率党追至，以巨斧砍门，门将碎矣。

杜丽西惶急无策，乃启窗外望，欲觅一脱险之法，不料蓝模斯已驾摇车追至，适在窗外。女大喜，乃冒险逾窗出，一跃而下。幸蓝目明手捷，急将杜丽西抱住，未遭碾毙，两人乃驾车而归。

初，俄王闻专使被害，匣复失去，悲且忿，立发电致驻美公使，募有能证明公爵之女，而挈之返俄者，当畀以重赏。

公使接电后，即以王命出示宣布。事为女叔阿勃那所闻，乃延公使至，谓之曰："杜丽西者，实非余兄之生女，乃公爵阿立克斯之女也。余虽并无确据，然知之甚审，决无错误。今杜丽西垂涎余兄之遗产，坚不承认，良可痛恨。余意欲请贵使同往余兄家中，胁其回俄。借贵使之威，彼或无敢狡辩，事成，不独余之利，即贵使亦可享上赏，何乐不为？"

俄使闻言，心为之动，遂偕阿勃那往杜丽西家。

是日，蓝与杜丽西，方并坐会客室，议论一昨历险之事。女因蓝屡次冒险相救，感激莫名，深表谢忱。

正谈笑间，史克雷倏掀帘而入。蓝见史至，疑其特来寻仇，变色跃起。而史殊坦然，问杜丽西曰："密司卫达何在？余欲见之。"

女曰："卫达想在内室，君自往觅之可也。"

史乃匆匆而入。史方去，而阿勃那及俄使至矣。

阿勃那入室，即厉声谓杜丽西曰："今经俄国公使之调查，汝实为公爵阿立克斯之女，故公使特亲自来此，挈汝回俄。汝可速随之去，毋得稽留此间。"

蓝闻言大怒，攘臂跃起曰："余曩已言之，小匣未启，证据不足，无论何人，不得有发言之权，汝独未之闻耶？敢有无礼于密司者，余誓碎其颅，勿以弱女子为可欺也。"

俄使默然，返身而出。阿勃那切齿谓蓝曰："汝屡梗吾议，吾必有法以处汝，汝其慎之。"言已，恨恨亦出。

阿勃那等已去，杜丽西自怜薄命，掩面而泣，蓝曲意慰藉之。

良久，女悲稍止，叹曰："阿父若在，何致受人欺凌？今我以一弱女子拥百万资，而无保护之人。宵小生心，亦固其宜，横受折辱，为可悲耳！"

蓝闻女言，即乘间起立，执女手，发至诚恳之声曰："密司恕余，余有一言，请于密司，不识密司能见许乎？"

女曰："君第言之。苟可许者，靡不许君。"

蓝曰："然则余心至爱密司，余愿为密司保护之人，密司能许吾乎？余为密司故，虽万死不避，此密司之所知也。密司能嫔余，则余之幸福至矣。"

蓝言已，鞠躬而立，静待杜丽西答复。

女闻蓝言，状颇腼腆，默然久之，始正色曰："君之爱余，余所深悉，余心亦未尝不爱君也。然余是否为此宅之主人，尚不可知。证据未得，血系未明，余殊不能以婚事许君。硁硁之见，知君之能曲谅也。"

蓝曰："既承见爱，则密司终有嫔余之一日，余心欣慰甚矣。自今以往，余当竭余之力，以保护密司，尤当设法觅彼小匣，以证明密司之血系也。"

女曰："君能始终助余，余心滋感。我侪此后，当仍以友谊相处可也。"

蓝曰："密司近日，居恒郁郁，殊于体质非宜，明日余拟偕密司至兰汀一游，其地风景绝佳，或足使密司乐而忘忧也。"

女重违其意，允于翌日启行。不意史医及卫达，方伏内室窃听，尽为所闻，史遂告辞而去。

诘旦晨起，蓝与杜丽西驾小汽船出游，舟抵兰汀，日犹未中。

兰汀者，纽约海畔一小岛也。其地以风景幽雅著称，胜迹甚多，极为游人所欣赏。蓝等既至，泊舟岛傍僻静处。杜丽西携所爱之小犬曰及姆者，登岸游览，见岛中林木邃密，芳草鲜美，泉声铮铮，与鸟鸣相和答，信足所至，顾而乐之。

行稍远，将近山麓，偶一失足，忽堕入一石窟中。窟内草深数尺，杜丽西从高下坠，幸未受伤，乃支地起立。四瞩窟中，方欲觅一出外之路，陡闻足声杂沓，自远而近，突有形似侦探者五六人，接踵而至，瞥见女，相顾惊喜，遽一拥而前，挟之自窟之他端出，直奔海边。女不能自主，听之而已。

时蓝模斯在舟中闲眺，忽见及姆独自奔回，向之狂吠。蓝大惊，知杜丽西必遇意外，急一跃登岸，欲往救助，瞥见杜丽西已为众探所执，迤逦而来。

蓝异之，遂趋往拦阻，不料诸探袖出铁器，猛击其颅，蓝被击而晕，颓然仆地。众乃挟女登汽船，启机驶去。

行里许，见海中泊有大帆船一，船上之人，扬手相招。众乃泊舟傍帆船，挟女共登，谓之曰："我侪乃俄使署之侦探也，今奉国王之命，携汝回国。汝归，必得王宠，何必恋恋此邦耶？"

女大怒，乘众不备，突将左右二探推倒，跃入海中。众欲拦阻，已无及矣。

女入海未久，即有一男子泅水而来，将女救去。噫！男子何人，其蓝模斯耶？

第十八章

杜丽西跃入海中，幸略谙游泳，不致溺毙。忽遥见一人泅水而来，初意亦疑为蓝模斯，心滋欣慰。比稍近，始知非是，盖其人面目狰狞，颇类毒手之羽党。

女大骇，欲折而避之，然已不及，一转瞬间，已为其人所擒获，挟之而行，泅登盗舟，纳诸船舱之中，闭户键之，扬帆而去。

杜丽西幽闭舱中，默然枯坐，正欲思一脱身之法，忽见毒手自床后跃出，怒目而立。女大惊，嗫不能声。

毒手狞笑曰："杜丽西，汝亦有今日耶？汝恃蓝模斯之助，屡抗吾命，伤吾党人。今蓝模斯何在，能救汝否？汝速以钥与吾，或可贷汝一死。不然，我必杀汝，以为死者复仇。孰去孰从，汝自择之。"

毒手言时，暴怒若狂，瞋目切齿，张其利爪，欲扼杜丽西之喉。女骇极，遂晕绝椅上。毒手搜其囊中，不见小匣之钥，乃启户而出，命其党取一大板箱至，将杜丽西闭之箱中，缚而锁之。

稍停，舟已傍岸，毒手乃指挥其党，将板箱舁入岸傍巢穴之中，去其缚，启而视之，时杜丽西已渐苏醒。

毒手乃曳之令出，厉声曰："汝宜安居此间，不得妄动，俟吾得钥后，方能释汝。"言已，即命其党取绳索至，欲缚女之手足。

此时窟门忽呀然辟，俄探五六人，一拥而入，欲将杜丽西夺去。毒手及其党皆大惊，急挥拳与俄探剧斗，遂无复有顾及杜丽西者。

女初尚木立而观，继忽恍然悟，思此乃绝妙之机会，不逸何待，瞥见室隅有木梯一，乃缘梯而登，梯尽，乃一小阁，阁有板窗二，启窗视之，窗外即为屋顶之平台，女乃逾窗而出。

毒手与一俄探互殴，久之，将俄探击倒，乘闲回顾，则杜丽西已不见矣，骇甚，知必逸往屋顶，遂缘梯而登。

时杜丽西正在平台之上，徘徊瞻眺，无路可遁，闻梯上隐约有足步声，知毒手将追踪而至，皇急无措，忽见平台之旁，有大烟囱一，凌空矗立，高约数丈，台边有长梯一架，倚于囱上。

女不得已，乃趋至梯前，拾级而登，直达其颠，跨入烟囱之内。其中适有凸出处，可以立足。女既入，即将竹梯提起，掷之屋傍小河之中，以绝其路。

此时毒手已追至屋顶，见杜丽西匿身烟囱之内，然梯已撤去，无法可上。会其党亦将俄探击败，接踵而至，毒手乃命取炸药一大包，埋诸烟囱之下，以火燃之。轰然一声，毒雾迷漫，砖石四飞，烟囱遂立被炸倒。

杜丽西跌入屋后地窖之中，幸有一巨索牵住，未曾受伤，然为炸声所震，晕绝久之，已而渐苏，跃起欲遁。

忽有一盗党入窖取物，拾级而下，女大惊，急伏匿梯后，乘盗党不备，突出击其颅，盗党仆。女先夺去其囊中之手枪，方欲登梯逸出，而盗党已跃起拦阻。女不得已，乃逃入地窖之内室，闭户自守。盗党大喜，即将内室之门，以铁栓自外拴之，女遂不得出。

方烟囱之炸倒也，毒手奔避稍迟，压入砖石之下，已而盗党不见党魁，四出寻觅，始由砖石堆中，将毒手救出，然已身受重伤，气息恹恹矣。盗党乃将其异至台边，缚于一板门之上，由运货机缒下，藏于密室之内。

先是蓝模斯被击而晕，不久即苏，见杜丽西已为俄探掠去，急雇一小船往追。

将近俄艇，遥见杜丽西跃入海中，被毒手党人救去，挟之而遁。蓝皇迫愈甚，急欲追往救护，无如舟小而速率迟，终不能及。

久之，舟方傍岸，即闻岸上有炸裂声甚巨，大惊，急寻声而往，奔入盗窟，直登屋顶。

时盗党方以运货机将毒手缒下，一盗见蓝至，急出拦阻，蓝遂与扭殴。

斗久之，蓝忽为砖石所踬，颠仆于地，盗党遂尽逸去。比蓝跃起，已不见矣，蓝乃折而向下，奔至地窖。

时一盗方独坐窖中，监守杜丽西，蓝既拾级而下，即出手枪向盗胸，作欲开放状。盗大骇，急高举其臂，示不敢动。蓝四瞩外室，不见杜丽西，心甚焦急。

幸壁上有玻璃小窗一，杜丽西方凭窗外窥，见蓝模斯至，叩窗呼之。蓝闻声惊视，瞥见女，喜甚，急趋至室隅。

正欲启内室之门，不料又有盗党二人，自梯而下，各出手枪向蓝，蓝遂不敢动。

杜丽西隔窗见之，怒甚，突发手枪助蓝，盗党出不意，险为所中，相顾惊愕。蓝遂乘此时机，一跃而前，与群盗肉搏。

斗良久，蓝退至室隅，偶一失足，为群盗掀倒于地，蓝乃以足踢门上之栓。栓去，杜丽西启门跃出，连开手枪，击伤一盗，蓝遂得跃起。

一盗拉得一大铁铲，从后击蓝，幸杜丽西在傍，夺其铲，将盗击倒。

蓝与女乃各以手枪镇住群盗，相率逸出，雇一街车乘之。上车时，遥见盗党将毒手舁上汽车，匆匆遁去。

蓝额手谓女曰："毒手已死，我侪从兹可高枕而卧矣。"遂欣然而归。

第十九章

蓝模斯与杜丽西乘车至海畔，觅得小汽船，驾之而归。

抵家，卫达逆之门外，杜丽西见卫达，即以历险之事语之，欣然曰："余等虽备受困苦，然能安然而归，未受损伤，不可谓非天幸。彼毒手者已作法自毙，为烟囱所压死矣。害人者适以自害，亦何益哉！"

卫达闻毒手死，心乃大骇，然仍笑容可掬，面不改色，随声附和，深为杜丽西幸。迨二人入内，乃雇一汽车乘之，往视毒手。

蓝与杜丽西入室，即以电话致史克雷医院，听者乃史医之助手。

蓝问曰："史克雷君在院否？"

答曰："不在。"

蓝曰："史君以何时出，能见告否？"

曰："今日清晨，史君云有要事，匆匆离院，至今尚未返也。"

蓝闻言，面有喜色，即再以电话致阿勃那宅中，听者乃一老仆，所答一似史医之助手。蓝听毕，又呈狐疑之态，将电话听筒，置之案上，仰视承尘，若有所思。

女从傍观之，意殊不解，至是渐不能耐，乃问蓝曰："君以电话问彼二人，于意云何？"

蓝笑曰："吾意彼毒手者，非真有其人，盖他人之所化装者耳。余有种种证据，足以证此说之非谬。大抵令叔及史克雷二人中，必有一人化装为毒手，以施其诡计。余怀此心以侦缉久矣，然终未能确定。今毒手已死，余故立发电话以探之，不料两人同时出外，以致仍难断定。我侪且观其后，苟二人之中，有一人不复见者，则其人即毒手也。"

卫达乘车至盗窟，始知毒手果被压伤，势甚沉重，惟尚未气绝，已舁往医院求治矣。

卫达出，乃驱车往医院探之，既至，由侍者导入病房，见毒手僵卧床上，盗党及看护妇，环侍于侧。医生则蹙额而立，频摇其首，状甚焦急，谓药石已穷，毫无转机，恐不可救矣。卫达及盗党闻言，咸怅然失望。

稍停，医生忽曰："今尚有最后之一法，此法若再失效，则真无救矣。盖本院院长，新发明电机一种，以治百病，颇著奇效。今当以此机一试，或能转机，亦未可知。"

众大喜，乃趣命人移电机至，机高而巨，粗视之，与寻常者无异。医生将机上电筒二，纳之毒手手中，然后命人将电机摇动，机上有电火爆出，闪烁不绝。久之，毒手果渐苏醒，众乃稍慰。

毒手神志略清，即摸索怀中，知小匣未被夺去，乃出以示卫达，狞笑曰："余虽不幸受伤，然此匣尚在，我侪尚不得谓为失败也。"

卫达慰之，乃告辞而归。

一夕，蓝模斯独坐卧室，握管治事。

卫达忽推门而入，抚蓝之肩曰：“如此深夜，君尚碌碌未卧耶？”

蓝心殊不怿，漫应之曰：“然。密司来此何为？”

卫达赧然曰：“余欲问君，君果知余之心乎？”

蓝诧曰：“人心之不同，各如其面，余安能知密司之心哉？虽然，余亦略知一二，盖密司之心无他，乃欲大不利于杜丽西耳。”

言出，卫达色变，少停，乃忸怩曰：“君当识之，余之反对杜丽西，盖为君也。余甚爱君，君知之乎？”

蓝闻言，掷笔起立，正色曰：“密司爱余，余殊不敢当。余心实无爱于密司也。刻已深夜，男女同室，殊所未便，密司归矣。祝密司晚安！”言已，推其肩令出，卫达徘徊不遽去。两人正相持间，而杜丽西至矣。

杜丽西家之藏书室，适在蓝模斯卧室之下。是夕女因事未寝，步入藏书室，翻阅一书，忽闻蓝之卧室中，有两人对语声，侧耳细听，其一仿佛似卫达，疑之，因蹑足登楼。

至蓝模斯卧室之外，静立听之，然两人声不甚高，所语殊不明晰，惟其一为卫达，已无疑义。女因卫达黉夜入蓝室，心滋不怿，因推门直入，见蓝方以手抚卫达之肩，卫达则俯首而立，状甚忸怩，见女入，面乃大赧。

女目睹斯状，妒且忿，玉容立变，趋前诘卫达曰：“如此深夜，汝来此何为？速以语我。”

卫达闻言，忽昂然直立，正色曰：“此言何也？余与蓝君语，干卿底事，横来诘责？汝亦女子也，能以秘事语他人否？”言已，拂然而出。

女且惭且怒，顿足谓蓝曰：“余今乃知君之心矣。君欺余太甚，数月以来，直玩余于股掌。余何梦梦，乃受汝愚。自今以后，君苟有所言，无论何事，余誓不汝信矣。"言毕，恨恨而出。

蓝虽欲与辩，亦已无及，惟怅然而已。

翌日晨，阿勃那忽率俄探数人，汹汹而至，私启会客室之铁箱，将小匣之钥取出。

时杜丽西适闷闷下楼，瞥见之，骇极而呼。

阿勃那指挥俄探，命将杜丽西逐出，幸蓝模斯闻声下楼，奔入会客室，俄探始不敢动。

蓝见匣钥已入阿勃那之手，即趋前夺之，两人扭争良久，卒为蓝模斯所夺得。

阿勃那怒甚，乃自囊中出照会一纸示蓝曰："警署已徇俄公使之请，勒令汝及杜丽西、卫达三人，即日离此。汝尚瞢然未知耶？"

蓝视之，良信，乃商之杜丽西，请女及卫达，暂且寄居女仆安特那之家。

第二十章

老妪安特那者，昔尝佣于杜丽西家，忠而勤，极为女母所信托。杜丽西幼时，妪常提抱之，爱之特甚，女亦亲之若慈母焉。女母死，妪有一子，习商业，已能自立，妪遂告老归，然仍间日一至女家，视杜丽西安否。

是日，阿勃那欲逐女出，而老妪适至，闻其事，义形于色，立请杜丽西及卫达，至其家暂居。女商诸蓝，蓝见妪人极诚恳，颇善其议。女与卫达，遂决然随之去。

妪家在纽约西乡，小屋数椽，修洁异常。自杜丽西之至，妪奉事惟谨，所以慰藉之者，无微不至。女深感其意，遂亦安之。

蓝模斯则日必至妪家一次，与女闲谈，因将前晚卫达入室之事，详细说明。女前疑立释，两人仍欢好如故。

一日晨，杜丽西及卫达，方同坐进早餐，安特那忽持一函入，云致杜丽西者。女接而拆阅之，则史克雷之书也。其函曰：

杜丽西女士鉴：

　　闻女士被阿勃那所逐，深为发指。彼之敢于欺女士者，因令尊之遗嘱已失去耳。今仆竭数日之力，设法侦缉，已将遗嘱觅得，立待女士驾临，一同拆阅，或可间执彼奸人之口，想亦女士所乐闻也。见函祈即惠过敝寓，无任盼切。

史克雷上

女阅毕，喜出望外，即以函示卫达及妪。两人阅已，皆深为欣幸。卫达更怂恿杜丽西速往。女乃置函案上，取外衣披之，匆匆而出。

杜丽西乘车至史克雷家，入门，阒无一人，乃拾级登楼，至办事室外，推门而入，见史克雷方独坐饮酒。史见女至，释杯起迎，笑容可掬，女遂坦然就坐。

史忽于囊中取钥匙出，将室门键之，然后斟酒一杯，置之女前，与女隔案而坐。

女见史此状，疑心陡生，颇自悔此来之非计，因念："蓝常告我，毒手或即史医之化身，由今观之，殆真非善类也。"犹幸所携之钱囊中，藏有手枪一柄，气乃稍壮，因正色曰："君以函召余，谓已觅得先君之遗嘱。今遗嘱何在，幸以示余？"

史徐曰："此事且容缓论，余今有一事，请于密司，不识密司能见许乎？"

女焦灼曰："汝试言之，然自度不可言者，请勿妄言！"

史乃起立执女手，柔声曰："余心至爱密司，愿密司之嫔余耳？"

女闻言大怒，挣脱其手，击案厉声曰："汝以遗嘱欺余，诱余至此，乃为是耶？余果何爱于汝，乃敢以此要挟！汝若果得遗嘱，请以见示，不则余当告辞，不耐闻汝之妄言也。"言已，跃起欲行。

史急张两臂阻之，强笑曰："密司不允，则亦已耳，何盛怒为？令尊之遗嘱，余实已觅得，现在铁箱中，请密司息怒少待，余当出以相示。"

女闻言，始复就座。史乃趋往室隅，以钥启铁箱，觅取遗嘱。女则默坐以待，念史医状甚狰狞，决无善意，急欲思一脱身之法，忽见座傍木橱内，有玻璃药瓶甚多，女随手取其一，视其标识，乃麻醉剂也。

女大喜，乘史背立，将瓶中之药，尽倾于其酒杯之中。不料铁箱之上，有小镜一方，史目视镜中，尽窥其隐，然仍伪为未知，将遗嘱取出，欣然授之女手，女乃拆而阅之。

当杜丽西俯拆遗嘱之时，史克雷乘其不备，将案上两酒杯，互易其位，易已，乃举杯劝女饮。

女见史一饮而尽，颇窃窃喜，以为已中其计，欣慰之余，不觉亦饮一口，岂知酒方入喉，即觉辛涩异常，棘喉欲呕，骇甚，急止而不饮。一刹那间，突觉头目晕眩，室中各物，皆旋转不已，心知有异，急支椅跃起，欲夺门而出。

史见女欲遁，挺身当户，阻之不令去，并张两臂搂抱之，欲与之接吻。女见史骤施强暴，惊悸亡魂，竭力抗拒。

两人相持久之，史力竭，卒被杜丽西挣脱，方欲奋臂再举，而女已于钱囊中取手枪出，向史开放，轰然一声，击中史之左腕。

史痛极而嗥，蹲地不能起，腕上之血点滴下堕，地毯为之立赤。

此时，女药性大发，又受巨惊，两足麻木，咫尺不能移动，因颓然坐椅上，晕绝不知人事，而蓝模斯至矣。

初，杜丽西方出，蓝模斯即至安特那家，入门，见室中惟一卫达在，奇之。

卫达自被蓝拒绝后，不无怏怏，故每见蓝至，辄不之礼。是日，蓝模斯入室，卫达掉头他顾，伪为无睹。蓝见室中无人，因喻之曰："密司所为，余知之甚审，无用讳饰。密司以闺中弱质，甘与宵小为伍，为巨憝所利用，余窃为密司惜之。且杜丽西之待密司，亲爱备至，虽家人骨肉，蔑以过之矣；而密司之于杜丽西，乃陷之惟恐其不死，以怨报德，何以为人？清夜扪心，能无内疚乎？密司从兹若能悔过自新，则前此种种，或可忏除，不则有非余所忍言者。密司幸熟计之！"

卫达闻言，俯首不语，少停，始黯然曰："君言是也。余之反对杜丽西，为妒之耳，非有他也。今知悔矣，幸君恕吾。"蓝闻言甚喜。

此时安特那推门而入，两人语遂中止。蓝问妪曰："杜丽西何在？余欲见之。"

妪笑曰："君未知耶？杜丽西应史克雷之召，往取遗嘱矣。去尚未久，君可在此稍待。"言已，因取案上之函示之。

蓝阅毕，失色曰："此函诳也。噫！杜丽西危矣。虽然，余必速往救之。"言已，即转身而出，奔至门外，雇一汽车乘之，飞驰而去。

史医之寓所，在道林街八十一号，蓝久已探悉。车至门外，蓝一跃而下，推其门，则已内键，徘徊道左，方欲觅一入内之法，忽闻楼上枪声陡发，轰然甚厉。

蓝大骇，皇急愈甚，匆迫之间，不暇他顾，急缘柱而上，直登屋外之洋台，破窗而入。犹幸其地颇幽僻，行人稀少，绝无见者。

史见蓝逾窗至，骇甚，乃忍痛下楼而逸。蓝亦不追，急至椅傍视杜丽西，差幸女受毒未深，蓝觅得清水一杯饮之。稍停，女渐清醒，蓝恐史克雷率党再来，急挟女起立，欲曳之行。女忽见顷所拆阅之遗嘱，坠于地上，欲俯而拾之。

蓝阻之曰："此赝鼎也，取之何为？"

女悟遂弃之，两人拾级下楼，携手出门，遥见卫达姗姗而来。

卫达望见女，即趋而近前，作诚恳之状曰："杜丽西恕吾。吾非有憾于汝，实妒汝也。今吾已自悔过，汝其能恕吾乎？"

杜丽西闻言，意良不忍，即握其手曰："汝能自悔其误，余心滋慰，前此种种，余决不介怀，愿汝之勿耿耿也。"

蓝模斯谓杜丽西曰："史克雷逸去不远，余欲往追之。密司请与卫达先返。"

女颔之，遂与卫达挽臂同行，蓝模斯则向他道追去。

杜丽西与卫达且行且语，徐步而归。杜丽西历述遇险之状，深恨史克雷之奸险。

行久之，过一长桥，方登桥颠，即遥见桥之两端，忽有多人扼守，撩袖挥拳，势甚汹汹。其中有面目狰狞、张利爪作搏噬状者，则大盗毒手是也。

杜丽西见毒手突至，惊悸亡魂，不敢下桥，仓皇四瞩，手足无措，凭栏一望，见桥下乃一铁道，其时适有一运煤火车，自桥下驰过。女因处境至危，不暇他顾，即冒险逾栏出，一跃而下，跌入一煤屑车内，骇极而晕，遂附车驰去。

毒手及其党奔上桥颠，见杜丽西已跃入煤车，怒甚，立顾谓其党曰："此项煤屑，吾知必运往鲍隆斯车站，因哈特公司之煤栈，适在车站左近故也。自此至鲍隆斯，尚有小径可通，为程较近。吾侪宜速由小径先至车站，俟煤车至，逐一搜之，则必得杜丽西无疑矣。"

于是群盗乃蜂拥往鲍隆斯，至则火车已先到矣。其装载煤屑之车，则停于煤栈之附近，预备卸货。

毒手既至，奔至煤车之傍，四顾无人，乃攀登车沿，一一察之，始知杜丽西倒卧于煤屑之中，晕绝未苏。

偶一仰视，忽见煤栈之傍，有一运货之大转轮，高与楼齐，其机器房筑于轮傍，中有一人，司其启闭，因卸货之时未至，故轮尚未启。

毒手见而大喜，即蹑足至机器房之外，狙伏以待。稍停，司机者出，毒手突起拳其颅，其人立仆。毒手乃闪入室中，扳其机启之，巨轮即徐徐转动。

杜丽西之身，乃与煤屑煤块等，同被转轮卷上，若卷至转轴之中间，其势必被轮齿所辗毙。噫！危哉杜丽西！

第二十一章

蓝模斯与杜丽西别后，俯察地上之足迹，知史克雷由屋左小径逸去，遂追踪而往。

行里许，至一十字路口，行人杂沓，足迹渐不可辨，问之途人，亦云未见，乃废然而返。行经桥畔，见卫达独立桥上，若有所望，异之，遂奔上桥颠，呼卫达问之曰："密司杜丽西何在？汝留此胡为？"

卫达见蓝至，状甚皇遽，即以顷间之事语之。

蓝闻言大惊，不暇与卫达复语，飞步下桥，直奔鲍隆斯车站。至则煤栈运货之巨轮，已徐徐转动，杜丽西杂于煤屑之内，被转轮卷起，高入空中，距轮轴钢刺之锋，不过丈许，命悬呼吸，危在顷刻。

蓝骤睹此状，震越失次，急奔至机器房之前，推门直入，欲闭其机，不料一盗党伏于室隅，突出拦阻。

蓝此时怒发如狂，挥拳猛击，一转瞬间，已将盗党殴倒，乃急掭转轮之机。机闭，轮遂不动。

蓝自室中奔出，仰望轮上，见杜丽西与轮轴之钢刺，相去直不能以寸，稍迟须臾，危矣，于是缘梯而上，将杜丽西抱下。

稍停，杜丽西渐苏，两人相顾惊喜，自庆脱险，乃携手而返。

其时毒手尚伏于屋后，目睹两人之归，畏蓝神勇，不敢出而拦阻。

已而卫达亦匆匆至，毒手乃自屋后跃出，大骂："蓝模斯恶徒，屡败吾事，誓不与之两立！"卫达默然，毒手与卫达商再举之策。

卫达曰："余之所为，早为蓝模斯窥破，虽有建议，必不余信，殊无济也。"

毒手见卫达渐有悔心，乃仍以遗产之说诱之。卫达心动，订约而归。

阿勃那逐去杜丽西后，鹊巢鸠占，欣悦无量，惟一念杜丽西尚在，则又愀然不乐，深虑别有变端，因思设法以害之。

一日午后，阿勃那方独坐饮酒，把杯沉吟，若有所思。卫达忽翩然戾至，推门直入。

阿勃那见卫达至，邀之同坐，欣然曰："余昨致汝之函，汝谅见之矣。汝能助余，则余亦当助汝。汝意何如？"卫达闻言，默然未对。

忽阍者入白，私探蓝模斯求见。阿勃那大喜，急命卫达伏匿幕后，然后自抽屉中取一纸出，铺之案下。布置已定，乃命阍者延蓝模斯入。稍停，蓝昂然而至。

阿勃那举杯独酌，醉态可掬，见蓝入，斟酒一杯，邀与共饮。

蓝怒拒之，挥掌一推，酒杯坠地而碎，锵然有声。

阿勃那坦然，仍摇曳其身，作狂醉状，含笑谓蓝曰："余兄之遗产，今尽入余一人之掌握矣。幸运哉余也。汝愿为余之友乎？"

蓝大怒，击案曰："汝倚人之势，欺一弱女子而夺其产，可耻孰甚。汝直人头而畜鸣者耳！余苟获证据，必且置汝于法，汝其慎之。"

阿勃那被詈，喜笑自若，饮酒不已。

此时，蓝忽见案上有一奇异之纸，取而阅之。纸中所记，乃惠特纳遗嘱之贮藏处也，略谓宅西老屋之东侧室，有白漆板壁一行，壁上有暗门一，可以启闭，其中即藏有惠特纳氏之遗嘱。暗门之机关，在壁隙之内，距墙四尺，距地三尺有二寸，执机关而捩之，则暗门自启云云。

蓝阅毕，大喜，即转身而去。于是卫达自幕后闪出，阿勃那附其耳，授以诡计。卫达颔之，匆匆而去。阿勃那乃亦披衣出，往老妪安特那家。

是日，杜丽西方独处室中，取报纸读之，藉遣寂寞，忽闻室门呀然而辟。阿勃那趑趄入室，含笑近前，状甚忸怩。杜丽西异之，急起立为礼。

阿勃那执其手，恧然曰："侄女恕余。余误信人言，以汝为非余兄之女，将汝逐出。事后思之，追悔无及。幸汝素明达，必能恕余昏瞆也。今余已自悔前非，特来谢罪，并邀汝遄返故居，稍赎余愆。后此，余决不稍存他念，幸汝之能允余也。"言已，状殊诚挚。

杜丽西者，天性孝友人也，胸尤质直无城府，见其叔能自悔悟，前嫌冰释，反极意慰藉之，乃召安特那入，告以将归，并深致谢忱。

安特那虽依依不忍别，然亦不敢挽留。女乃取外衣披之，与阿勃那同出。

卫达奉阿勃那之命，亲往某街，约无赖六七人，伏于电车之中，静待杜丽西之至。

时杜丽西与阿勃那，方乘汽车同归。车至中途，忽戛然止，司机者下车检视，谓车中机件忽损，故难行驶，修理良久，仍不能动，不得已乃相率下车，伫于道左，欲改乘电车归家。

稍停，电车飞驰而至，阿勃那扶女登车。时卫达及其党，均杂坐乘客之中。阿勃那既登，掀唇作暗示，众皆会意。卫达则持报纸遮面，俾不为杜丽西所见。

车行久之，地近荒僻，乘客渐稀，诸无赖突起暴动，先将车中售票人，推坠车下，于是一拥而前，欲擒杜丽西缚之。

杜丽西大骇，一时急不暇择，即自车中窜出，攀执电线，一跃而下。此时电车方横过一铁路，女因跌入轨道之中，晕不能起。

时适有火车疾驰而来，幸车中司机者眼明手捷，急扳机倒退，未将杜丽西轧毙。

女既脱险，雇车而归。卫达及阿勃那，均已先返。阿勃那见女无恙，深为怅恨，然因亲邀之归，不能反汗，亦遂安之。

第二十二章

翌日，杜丽西在会客室，突有一素不相识之客，投刺求见，杜丽西延之入。

客年三十许，貌甚不扬，一望而知非上流社会人也。

杜丽西命之坐，客卒然问曰："密司曾失一小匣乎？"

杜丽西诧曰："然。君何以知之？"

客曰："密司知得此匣者为何人乎？"

女略一踌躇，坦然曰："夺吾匣者，乃大盗毒手耳。"

客笑曰："不然。此匣今为医生史克雷所得。"

言出，女乃惊起曰："噫！史克雷耶？彼何从得此？然则大盗毒手者，殆真史克雷所化装耶？噫！蓝模斯之言为不虚矣。"

客曰："史克雷之与毒手，是一是二，余亦不知。余但知此奇异之小匣，确为史医所得。史医与余，相识多年，平时亦颇莫逆。近史忽移寓余家之左近，行动诡秘。前日余往访之，史饮酒已醉，因出小匣示余，云匣系密司之物，其中藏有极要之证据，关系甚巨。言已，仍藏之秘密之处。然余乃一一目睹之，尽悉其机关之启闭，故特来此报告。密司苟不吝重赏，则余当引导密司，往取小匣。密司若不以卖友见责，则幸甚矣。"

客言已，杜丽西大喜，然观客之为人，目动而言肆，亦非善类，因念前此屡受人愚，致蹈危机，深自惴惴，迟疑未决。

沉吟久之，客察其意，即曰："密司岂犹未能见信，恐此去有危险耶？宅外有警察在，盍招之同往，藉资保护？"

女闻言，回视窗外，果遥见道傍树荫之下，有警察二人，方立而闲谈。女意乃决，因许于觅得小匣后，酬以巨资。客甚喜，愿为前导，杜丽西遂从之出。

至门外，召警察至，告以此事，警察慨然以保护自任。四人乃同乘汽车，疾驰而去。

车行久之，渐近荒野，杜丽西以有警察在，恃之无恐。

复行里许，折入一小街，道中行人绝鲜，冷落殊甚。客忽呼曰："至矣。"

司机者乃急止其车，四人络续跃下，见路傍一巨厦巍然矗立，高可四五层。客乃挺身为前导，推门直入，杜丽西及警察从之。

入门，即见一梯，四人拾级而登，曲折凡百余级。级尽，为一甬道，甬道之末，始得一小门。客推之，则已内键，因以指弹户作声。稍停，户忽呀然自辟，四人乃一拥而进。

杜丽西既入室，见史克雷方独坐写字台畔，微哂不语，徐徐取火柴，燃雪茄吸之，状殊萧闲。

杜丽西大怒，戟指骂曰："恶徒！吾始以汝为人也，今乃知汝实人面而兽心。我何负于汝，而汝乃乔装为毒手，杀吾父而夺吾物？汝虽百死，岂足蔽辜？今我已率警察来此，汝诚智者，速出小匣还吾，俯首而听法庭之裁判，则汝恶虽甚，或可末减。若犹自恃诡谲，妄思兔脱，则一经就捕，汝之罪为益甚矣。"

女言已，当户而立，恐其逸出。而史殊坦然，神色自若，耸肩作狞笑曰："凡汝所言，余亦不暇置辩。汝受蓝模斯蛊惑，捐弃前好，与余反对，前日复亲下毒手，枪伤余臂。汝既不情，余亦不义。今汝已入吾党之掌握，汝若见机，速以小匣之钥与余，余当立释汝出；不然，则汝已来此，不能离此一步矣。"

史言已，杜丽西大怒，立回顾警察，命速捕史克雷。不料警察及告密之客，皆袖手作壁上观，与史医相视而笑。

女乃恍然大悟，知警察及告密者，皆史医同党所改饰，一时震惊失次，仓皇欲遁。足方逾阈，而身傍之假警察，已突曳其臂，阻之不得行。

女急极智生，乃拔髻上之针，力刺其臂。其人痛极释手，女乃逸出，出时随手曳其门，砰然一声，门乃立阖。

杜丽西自室中逃出，狂奔向外，欲下楼而逸，行至甬道之半，忽遥见一匪党迎面而来。女大骇，恐为所执，瞥见甬道之傍，有小门一，遂推门闪入，意图暂避。

匪党既过，方欲启户而出，忽闻甬道中足声杂沓，自远而近，人语喧嘈，隐约有史克雷之声，知众匪已追踪而至，骇极，益不敢出，乃键户自守，欲徐图脱身之策。

细瞩室中，除一板桌及二破藤椅外，空无一物。桌椅之上，积尘寸许，鼠类跳荡，阴森可怖。盖一久无人居之空室也。

室之东偏，有玻璃窗二，女奔至窗前，凭槛一望，见窗下即为小街，凝思片刻，忽生一计，因自囊中取信笺、邮筒出，书一求救之函，并将小匣之钥，纳之函中，封面则仍书"杜丽西女士收"。

书毕，倚窗而望，见窗下适有一跛童，蹩躠而过，女呼止之，将函掷下，请其投之邮信箱中。童诺之，持函而去。

女之遁也，匪党急欲启户出追，不料此户之启闭，有一机关，在史医写字台之下，匪党不知，扰攘久之，终不能开。

时史克雷方奔入内室，欲觅一绳索，及闻声出视，则杜丽西已逸去矣，大怒，急按台下之机关，户乃自启，众遂一拥而出。

追至甬道之中，遇其同党自楼下来者，言杜丽西并未下楼，史医大悟，知女必伏匿空室之中，遂率众奔至室外，推其门，则已下键，益知所料为不虚，乃遣人取一铁器至，撬其键，键脱，门遂立辟。

史克雷率众直入，杜丽西见史等至，自知无法脱险，中心转觉泰然，俯首而立，一听史医之所为。

史克雷笑曰："汝既入我牢笼，尚思遁耶？蓝模斯何在，还能来此救汝否？"言已，立命其党执杜丽西，以长绳缚之藤椅之上，搜其身畔，不见小匣之钥，意殊忿忿，乃嘱其党一人，握手枪坐室中，监视杜丽西，俾不能逸。布置既竟，遂率党出室去。

史克雷至楼下，忽见一跛童推门而入，伸手向史曰："汝家一女子，托我寄一邮函。我奔走半里许，始觅得一邮信箱而投之，劳惫甚矣。彼许酬我以资，幸速给我。"

史闻言，初殊错愕，继乃恍然悟，因绐之曰："劳汝奔走，自当重酬。惟邮信箱何在，能引我往一视乎？"

童颔之曰："可。"遂拄杖为前导。史徐步随之。

将近其地，遥见邮局信差，方开箱取信，纳之囊中。史自知来迟，大为沮丧，不得已乃趋至邮差之前，与之婉商曰："余顷有一函，投此信箱之中，封面乃致密司杜丽西者。今自知函中所云，颇多错误，关系甚巨，殊为焦急。刻此函在君囊中，倘能出以还吾，俾得修改，不胜感激。"

邮差摇首曰："此举违犯定章，殊干未便，不能许君，幸君恕吾。"

史坚以为请，邮差执不可，赂以资，亦不受。正相持间，一警察昂然而至，邮差乃以其事告警察，警察微睨史，正色曰："邮局定章，岂能因汝而废？观汝状貌，亦非乡愚，胡得为此无理之请？"

史大惭，不敢复言，邮差乃扬长而去。史归，急以电话乞助于卫达。

初，蓝模斯受阿勃那之欺，奔往老屋，破其壁，搜寻遗嘱，竟不可得，闷闷而返，继闻杜丽西被邀还家，心乃稍慰。

是日午后，蓝至女处探望，见女不在，问之老仆，始知女从告密者往捕史医矣。

蓝大骇，顿足曰："此必奸人之诡计也。噫！杜丽西危矣。"言已，急欲驰往救护，苦于不知贼巢之所在，乃匆匆奔出，乘车至警署，以其事报告警长。警长即派阖署警探，助蓝侦缉。

卫达奉史克雷之命，驱车至邮局，假充杜丽西，签名于册，欲冒领杜丽西之函。邮务员为检查一过，知此函尚未投到，嘱其在局稍待，卫达因坐于局中，阅报消遣。

稍停，一警署之侦探，偶至邮局闲眺，无意中取其收信人名册翻阅之，忽见杜丽西之名，赫然在册。侦探大诧，急问杜丽西以何时至此。

邮务员遥指卫达曰："彼坐而阅报者，即密司杜丽西也。"

侦探喜甚，急以电话报告蓝模斯。蓝模斯得报，即乘车驰至邮局。

时杜丽西之函，已由邮差送至局中。卫达接得，方欲拆阅之，而蓝模斯突入。

蓝问侦探曰："密司杜丽西何在？"

侦探遥指卫达示之，蓝一见卫达，恍然大悟，急一跃而前，夺其手中之函，厉声曰："汝假冒杜丽西之名，私取其函，意欲何为？"

卫达不料蓝模斯猝至，惊惶失措，木立不能言。

蓝乃将夺得之函，拆而阅之，见书法娟秀，确为杜丽西手笔，惟语气急促，知作函之时，处境必甚危险也。其辞曰：

> 余为奸人所诱，被幽于罗特街七号之三层楼，见函望速来救！急急！
>
> 附上钥匙一枚，祈为保存！
>
> 杜丽西上

蓝阅毕，即将钥匙取出，纳之囊中。回顾卫达，则已乘蓝阅信之时，出局逸去矣。

蓝亦听之，急以电话报告警署，请派得力探捕，同往救护。

稍停，便服警探五六人，乘车而至。蓝乃一跃上车，将杜丽西之函，出示诸人。众阅毕，立命司机者启机疾驶，驰往西郊之罗特街。

杜丽西被缚之后，俯首枯坐，默不作声，其一线之希望，则惟盼蓝模斯见函来援而已。

时已薄暮，夕阳西坠，持枪监视之匪党，静坐无聊，倦极思卧，乃置枪案上，伏案假寐。稍停，鼾声大作，已深入黑甜乡矣。

杜丽西念时机已至，不逸何待，乃轻将绳索挣脱，蹑足而前，先夺得案上之手枪，不料取枪之时，手触台边，致将匪党惊醒。匪党拭目跃起，见杜丽西持枪欲遁，骇而大呼。

杜丽西急以手枪指其面，低声曰："勿呼！呼则杀汝！"

匪党乃不敢声，杜丽西方转身欲出，讵知史克雷正别遣一党人，来室探视，此时适推门而入，杜丽西见而大骇，欲逸无从，一时急不暇择，即突开手枪击之。

轰然一声，匪党中枪仆地，血流如注，僵卧不动。女目睹此状，惊悸亡魂，急欲启户逸出，而史克雷已率党至矣。

史克雷接卫达之报告，谓其事仍为蓝模斯所败，今杜丽西之函，已为蓝所夺去，拆阅之后，恐将亲来救护，幸速防备云云。

史故先遣一党人，往空室探视，不料党人方去，即闻枪声骤发，轰然甚厉。

史及其党皆大惊，一拥而出，奔至空室之前。时杜丽西适启户外遁，史等既至，即各出手枪注女身，女自知不敌，不敢妄动，史乃先夺去其手中之枪，按之坐椅上。

时受伤之党人，已由其同党扶起，卧于板台之上。史检视一过，知创在要害，失血过多，势甚沉重，因暴怒欲狂，恨女刺骨，立命人取一小电机至，将女及受伤者之臂，同缚一处，复出一极锋利之匕首，将两人腕上各割碎少许，以电机联之，欲使杜丽西之血，通入伤者之身，以救其命。

杜丽西此时，虽自知命在呼吸，然因身陷匪窟，无力抗拒，亦惟一听史医之所为，瞑目待毙而已。

第二十三章

蓝模斯等至罗特街，天已深墨，即停车史宅之前，相率跃下，推其门则已下键。

警察怒，欲破门而入，蓝恐将史等惊走，急止众勿妄动。众遂折入屋后，见墙上有玻璃气窗一，大可容身，乃拾石击碎之，蛇行而入。

蓝模斯则独立墙外，环视四周，欲觅一捷径，直登史宅之三层楼。踌躇久之，瞥见史宅之比邻，有一运货机，高约数丈，机上有铁索一条，下垂及地。

蓝大喜，乃缘索而上，直登其颠，将索端之铁钩，掷入史宅墙内，然后手攀铁索，从空而过，直至杜丽西监禁之室，破其窗，纵身跃入。

时史克雷方叉手而立，注视电机，欣然自得，初不料蓝模斯之从天而降也。

蓝既跃入室中，突自囊中取手枪出，直奔史医。匪党见而大骇，群起拦阻。蓝瞋目大呼，众皆辟易莫敢前。

史见蓝模斯骤至，惊惶失措，为自卫计，遂立取桌上之小匕首，架之杜丽西颈上，誓与同尽。蓝因女之生死，操于史医之手，投鼠忌器，不敢复前。

正沉吟间，匪党忽将墙上机关扳动，于是蓝足下之楼板，突然下陷，成一极大之穴。蓝立足不定，从空下陷，遂跌入最下层之土窟中。

蓝既中计，史医大喜，立顾谓其党曰："蓝模斯此来，必与警察偕至。我侪宜速避，毋为弋者所获。"言已，即将杜丽西之缚割断。

时杜丽西已骇极而晕，史乃抱之出室，欲挟之而遁，不料行至梯侧，闻梯上足声杂沓，自下而上。

史大惊，知警察已至，不敢下楼，遂将杜丽西从空掷下，返身而奔。

杜丽西坠至下层，适蓝模斯自窟中奔出，驰至楼梯之傍。蓝目明手捷，急将杜丽西接住，幸未跌毙，然亦险矣。

及警察等上楼搜捕，匪党已由他道逸去，杳无踪迹。稍停，杜丽西渐苏，蓝等乃送之归家。

一日，阿勃那独坐阅报室，执报纸读之，状甚邑邑。忽侍者持一函入，阿勃那接而拆阅之，大惊跃起，战栗不已。

盖函中所语，多恫骇之辞，而署名于后者，则赫然大盗毒手也。其函曰：

阿勃那君鉴：

汝欲杀汝侄女而夺汝兄之遗产，蓄意非一日矣。司马昭之心，路人皆知。

凡汝所为，一一在余目中，固不必为汝讳饰也。余之为此言者，非为杜丽西有所不平，盖余与模斯及杜丽西，亦有深仇，誓必杀之以为快，故余之与汝，实同志也。

前日闻汝将杜丽西等二人，一并逐出，辣手狠心，正深钦佩，不意数日之后，消息传来，谓汝复邀彼三人，同返故居，蠢哉汝也。

我侪作事，当有强毅之精神，出尔反尔，岂大丈夫之所应为乎？

今余与汝约，汝若能于十二小时内，将杜丽西等逐出，则余当与汝携手，互相辅助；不然则余必杀汝，以为自颓其志者戒。

慎勿畏首畏尾，以致自贻伊戚也。

先此警告，汝其慎之！

毒手上

八号十二时发

阿勃那阅毕，瞠目大骇，不知所措。此时室门忽呀然而辟，一少年持枪跃入，向之狞笑。

阿勃那惊起视之，则医生史克雷也，乃急高举其手，示不敢抗。

史克雷徐步而前，夺其手中之函，披而阅之，阅毕，微哂曰："狡哉汝也！毒手即汝之所化装，乃复伪为此函，以欺他人。汝之用心，诚不可谓不深矣。"

阿勃那闻言，骇甚，急曰："毒手何人，余亦不知。余实未化装为毒手，汝若不信，余可誓之。"

史克雷笑曰："余亦不与汝辩。余所欲问汝者，汝所夺得之小匣，现藏何处？"

阿勃那曰："小匣为毒手所夺得，余何从知之？"

史意殊不信，乃遍搜其身，果无所得，始怅然出室而去。

史克雷去后，阿勃那惊悸过甚，神经瞀乱，盘旋室中，状如狂易，已而心稍镇定，乃一至于此。今彼既以警告之函来相恫骇，则十二小时后难保无性命之虞，若不预防，殊为危险。因思毒手之所畏者，惟私探蓝模斯一人，往者杜丽西屡濒于危，幸借其力，终得脱险。今若以杜丽西为介，转请蓝模斯保护，则毒手虽至，亦可高枕而卧矣。立意既定，遂披衣而出，驱车至杜丽西家。

是日，杜丽西与蓝模斯，方并坐谈笑，忽见阿勃那掀帘而入，面色苍白，神气萧索，一似重有忧者。

女起立迎之，与之握手，觉其手战栗殊甚，似受剧惊，女乃曳椅肃之坐。

阿勃那奎息略定，即自囊中出毒手之函，授之杜丽西。

杜丽西与蓝模斯共阅之，阅已，默然相向，共视阿勃那之面，待其发言。

阿勃那乃叹息曰："余之侄女听之。余往实误信人言，谋不利于汝，而夺余兄之遗产。函中所语，盖非诬也。然余天良未泯，今已自知悔悟，不敢复行非义。此心耿耿，可誓天日。不意毒手来书，复强余驱逐汝等，至以性命相恫骇；而史克雷来，则以手枪胁余，诬余为毒手。余于此十二小时内，处境至危，深恐果遭谋害，故特求援于汝，愿汝念亲亲之谊，勿追已往，转请蓝君，为余保护，则感德无既矣。"

阿勃那言已，杜丽西心颇怜之，即为之转请于蓝。蓝意似不信，然重违女意，亦遂颔之。

阿勃那心乃稍慰，是晚遂宿于杜丽西家。晚餐后，女及蓝亲送之至卧室。阿勃那悾悸殊甚，顾影自惊，有草木皆兵之概。

女竭意慰藉之而出，与蓝巡视一周，各归卧室。

杜丽西卧后，转侧不能成寐。顷之，钟鸣一时，忽闻室外隐约有足声，推枕起坐，侧耳听之，始知顷所闻者，乃在楼下阅报室中，遂披衣下床，取手枪执之。

启户而出，摸索下楼，蹑足至阅报室外，掀帘而入，见室中有电光一缕，闪烁不定。女乃开枪轰击之，砰然一声，电光忽灭，室中昏不见物。

突觉有一人欲夺门而出，女急张两臂拦阻之。其人不得出，遂与女扭殴。女欲开手枪击之，而右腕为其人所执，力挣不得脱，偶一失手，枪忽坠地。

两人乃徒手相搏，格斗良久，其人恐有人至，急欲脱身，乃尽力猛推女肩。女不能支，倒退十余步，仰仆椅上，及支椅跃起，则其人已夺门而出矣。

女因奋斗良久，喘息不已，乃颓然坐椅上，伏案稍息。

此时蓝模斯在卧室，尚未就寝，闻楼下有枪声，急狂奔而下。比至阅报室，旋电机启之。灯光既明，见室中惟杜丽西一人在，奇之。

杜丽西见蓝至，大喜，急以顷间情形语之。蓝乃与女持手枪出，遍搜各室，则已踪迹杳然，毫无所得。

蓝忽忆及小匣之钥，藏于会客室之铁箱中，恐被其人窃去，乃与女同往观之。及启铁箱，见钥匙依然在内，心乃稍定，恐置之箱中，或有不妥，爰交于杜丽西，嘱带回卧室，藏之枕畔，以免遗失。

杜丽西乃持钥先出，行至梯侧，黑暗中忽伸出一巨掌，欲夺其钥，女骇极大呼。

适蓝模斯驰至，急开手枪轰击，此手乃倏然不见。蓝将电灯启之，细加检察，始知梯傍有一小门，门上则悬一画轴以掩之，故平日罕有知者。

蓝将画轴撕去，推门而入，见其中为一小屋，搜寻久之，亦无他异，乃谓杜丽西曰："我观令叔此来，大有可疑。我侪盍往其卧室探之？"

女曰："诺。"因相偕登楼。

至阿勃那卧室之外，推门入视，不觉大讶。盖室中陈设依然，而阿勃那忽不见矣。

第二十四章

阿勃那踪迹既杳，杜丽西瞪目大骇，莫测其故。蓝模斯则环视室中，频颔其首，似别有会心。女问之，默然不答，稍停，乃曳女出室。

时家中诸臧获，闻声咸集，蓝命将电炬总机关启之，一时合宅通明，纤屑毕见。蓝乃率众往后楼搜之，楼上无所得，则拾级下楼，忽见楼梯之侧，有一人僵卧地上，状如已死。

女见而大惊，急飞步而前，俯察其面。嘻！奇哉！此人非他，盖阿勃那也。

蓝见阿勃那倒卧于此，事出意外，狐疑滋甚，当时即命仆人将其扶起，坐之椅上。见其右额受有铁器伤一处，创痕甚深；右手腕上，则枪伤一小孔，鲜血殷然，点滴流出，白色之寝衣，沾染殆遍。

蓝急命人取棉花及白布至，为之束缚。稍停，阿勃那渐苏，忽作觳觫之状，锐声惊呼曰："贼……毒手……贼将杀吾……助我……助我……"言时声颤而促，神色张皇，知其受伤之前，必受有剧惊也。

蓝命人取冷水一杯饮之，饮已，神志渐清。蓝乃诘之曰："君安处室中，何致受伤卧此？"

阿勃那凄然曰："自君等去后，余即易衣而寝，然终以日间毒手之函，不无惴惴，辗转反侧，未能成寐。久之，将近一时，忽闻室外甬道中，隐约有足声，余大骇，乃持枪跃起，启户而出，不料贼人伏于暗中，开枪击余，伤余右腕，余枪乃立坠。此时余为自卫计，气忽陡壮，忍痛直前，欲擒此贼，贼乃与余扭殴。奋斗良久，渐近梯侧，贼复以手枪击余颅，余乃立晕，坠于梯下。后此如何，余遂不复知矣。"

阿勃那言已，蓝觉其语非伪，亦遂不加诘问。时天已大明，女乃遣人送阿勃那出，至医院疗治。

越日，杜丽西在阅报室，会蓝模斯亦至，因坐而闲谈。

女曰："史克雷之险狠，直与大盗毒手相似。二憾不去，我侪终不得安枕也。"

蓝曰："彼毒手者，我终以为他人所化装。我不尝告密司乎？令叔及史克雷，皆有化装毒手之嫌疑，然由今观之，则史克雷之嫌疑，实较令叔为尤甚也。"

正言间，忽阍者入白，谓有一妇人持函至，欲求见蓝模斯君。蓝异之，命肃之入。

稍停，阍者乃导妇至。妇年五十许，衣服敝败，举止猥琐，一望而知为下流社会之妇女也。

妇入，即顾谓蓝曰："君即私探蓝模斯先生耶？"

蓝颔之曰："然。"因曳椅令坐。

妇曰："余受密司卫达之嘱，特来见君。"

言出，蓝及女皆愕然。女急问曰："密司卫达何在？能语我乎？"

妇曰："卫达现寓余家，已旬日矣。今日晨，彼忽以一函与余，嘱余亲交蓝模斯君，即此函是也。"言已，即以手中之函，授之蓝模斯。

蓝急展开，与杜丽西同阅之。其辞曰：

蓝模斯君鉴：

侬以爱君之故，深妒杜丽西，致与大盗毒手为伍，信其谗言，屡行非义，种种罪恶，擢发难数。

今虽翻然醒悟，固已自知无及矣。日暮途穷，悔恨无地，惟有一死，了此微躯，亦欲以谢杜丽西于万一耳。

君等见书之日，即侬绝命之时，长与君等，生死辞矣。侬死之后，君等若能不念前恶，亲来此间，见侬一面，则侬在九京，感且不朽。

幸君等怜之，临死哀鸣，不知所云。

卫达绝笔

蓝与女阅毕，为之凄然。蓝欲驰往视之，杜丽西亦愿同往，两人乃各取外衣披之，使妇为前导，与之偕往。

杜丽西等行久之，至郊外一僻巷，两傍皆矮屋，瓮牖绳枢，类窭人之居，别有古屋数椽，高可五六层，巍然矗峙，惟间有倾圮者。

妇行至古屋之前，忽顾谓蓝曰："至矣。"遂推门而入。

蓝及杜丽西从之，入门，即见一梯，乃拾级而登。梯尽，有卧室四五间。

妇指其一曰："密司卫达，现在此室之内，君等可自往见之。余别有要事，恕不能伴君等矣。"言已，即匆匆下楼去。

蓝与杜丽西乃推门直入，见室中陈设甚简，惟短榻板台各一、破藤椅三四而已。卫达瞑目卧榻上，气息咻然，似将不属。

杜丽西见之，意良不忍，急趋至榻傍，执其手曰："卫达，余与蓝君来视汝矣。汝能悔悟，余心滋喜。余与汝情同骨肉，凡汝所为，余一切恕汝，决不芥蒂于心，愿汝与余偕归，切勿轻起妄念也。"女言已，卫达不言亦不动，蜷卧如故。

此时蓝模斯瞥见榻前板台之上，有玻璃小瓶一，取而视其标识，则瓶中固毒药也，不觉失声惊呼曰："噫！卫达乃服毒矣。"

杜丽西骤闻此言，瞠目大骇，战栗不知所措。

蓝曰："密司请在此稍待，余当往延一医生至，为之救治，若受毒未深，或尚无害。"女颔之，蓝遂匆匆启户出，下楼而去。

蓝模斯既出，杜丽西默坐榻畔，骇且悲，潸然泪下。

时室门忽徐徐而辟，一人蹑足入室，矗立女后，视女作狞笑。女偶回顾见之，大惊跃起，如遇鬼魅。盖其人非他，乃大盗毒手也。

女见毒手骤至，自知中计，急欲夺门而出，然已无及。盖毒手之党，已接踵而入，将女围住。女虽竭力抗拒，然以寡不敌众，卒为盗党所执。群盗曳之登五层楼，推入一空室，以长绳缚之，绳之一端，则扣于一藤椅之足上，然后一拥而出，将室门键之，下楼而去。

毒手既去，杜丽西木立室中，仰天长吁，念人之无良，一至于此。彼卫达者，殆不得为人类矣。继思蓝模斯往延医生，不久将返，若不知毒手在此，贸然入室，则猝不及备，必且为毒手所擒。蓝苟被擒，则希望绝矣。一念及此，焦灼愈甚，因环顾室中，急欲觅一出险之路，以免同坠陷阱。

瞥见室之东南隅，有玻璃窗二，乃步至窗前，凭槛一望，见窗虽临街，然距地十余丈，高不可阶，势难飞跃而下。沉吟久之，亦无良策，急不暇择，乃决计冒险一试。惟两臂为毒手所缚，一时无法可解，犹幸窗槛甚低，遂攀登槛上，纵身窜出，乘势一跃而下。不料绳端所扣之藤椅，忽挂于窗槛之上，猝不能脱。楼高绳短，杜丽西乃悬于半空之中。

稍停，毒手与其党入室，见而大骇，始将杜丽西拽起，去其两臂之缚，曳之下楼，欲挟与共逸，而蓝模斯至矣。

初，蓝模斯自屋中出，匆匆奔至巷口，欲觅一警察，问以医生所在。

讵知盗党五六人，早伏于巷口，俟蓝至，突起击之。幸蓝身手灵捷，未为所中，互殴久之，盗党不敌而遁。

蓝乃大悟，知卫达之以函见招，及伪为服毒之状，皆毒手之诡计也。今杜丽西独处盗窟，已入毒手之掌握，其势至危。一念至此，皇急万分，乃急返身奔回，直入古屋，飞步上楼。

行至楼梯之半，遥见毒手及其党，方挟女拾级而下，蓝乃瞋目大呼，一跃而前，挥拳连击盗党之颅。盗党出不意，相继颠仆，坠于楼下。

毒手见蓝又至，怒发如狂，立释女而斗蓝，欲以指中毒汁杀之。幸蓝紧握其腕，未为所中，迨毒汁既尽，乃鼓勇曳其肩，尽力推之。毒手立足不定，遂自楼梯滚下。

及蓝与杜丽西下楼，群盗已踪迹杳然，不知所之矣，两人乃携手而返。

第二十五章

卫达之以函招杜丽西也，实毒手胁之，及杜丽西至，情辞蔼然，泪坠其面。卫达乃大悔，然以势成骑虎，恐败毒手之计，不敢复声，继知杜丽西为蓝模斯救去，心为稍慰。

诘旦，往见毒手，毒手方默坐室中，懊丧之色，见于其面，顾谓卫达曰："昨日之策，仍为蓝模斯所败，此獠屡偾吾事，可恶极矣。余誓必杀之！"

卫达怏怏曰："余误信汝言，屡与杜丽西为仇，然一念曩日之情，辄觉愧惭无地。今观汝之所为，百无一成，自兹以往，余实不愿为汝之傀儡。余已自知悔悟，当即日归家，乞恕于杜丽西。汝第好自为之，余不复能助汝矣。"言已，毅然欲行。

毒手大窘，急起立阻之曰："密司幸勿短气，吾侪成功之期，当不远矣。中道而废，吾殊为密司惜之。"

卫达默然不应，毒手因又曰："我闻有印度公主名亚菱者，深通巫术，善占卜，能知未来及幽冥事，近由印度来美，寓居于司屈兰街之五十九号。吾侪盍往见之，请其一决以定行止？"

卫达颔之，毒手乃自铁箱中取小匣出，纳之囊中，与卫达同出，乘车往司屈兰街。

既至，见五十九号之门前，悬有大铜牌一，颜曰"印度蒲达寺下院"，下注小字一行曰：公主亚菱之寓。

毒手审视无误，乃轻叩其门。门辟，一面目狰狞之印人，矗立门中，厉声曰："若曹何来？何事叩门？"

毒手急出名刺一纸与之，肃然曰："我侪欲求见亚菱公主，烦为通报。"

印人乃持刺入，稍停，复出曰："公主在会客室，请君等入见。"

毒手颔之，遂与卫达偕入。

蒲达寺下院，为印僧所建，其制悉仿印式。入门右折，为一偏殿，殿左复有一精室，即公主亚菱会客之所也。平日出入，皆由殿傍一小门，门有机关，印人以指按之，乃呀然自辟。

毒手与卫达徐步而入，见室内陈设精美，器物多不能名者，光怪陆离，穷极奢靡。有佛龛高且巨，面南而立，龛傍置一虎皮椅，一妇人踞椅而坐，年约四十许，貌黑而丑，服饰诡异，度即所谓印度公主亚菱者也。

公主见客入，亦不起立，但微颔其首，扬手肃客坐，意态昂然，状甚庄严，徐顾谓毒手曰："耳君之名久矣，君亦健者，所事已成功否？今日来此，岂欲求助于余耶？"

毒手闻言，急起立趋前，与亚菱细语有顷，亚菱频颔其首。

毒手语已，乃自囊中出小匣，授之亚菱，肃然曰："今有一匣于此，请公主以神术察之，匣中所藏，究为何物？"

亚菱接匣，置之耳边听之，稍停，忽指卫达曰："匣中纸上，即此女郎之手印也。"言出，卫达色变。

此时突闻虎啸之声，发于内室，佛龛忽向左旋转，现一小门，一印人袒其上身，自门内徐步出，至亚菱座前，屈一膝禀曰："大神饥，急欲得食，请公主训示！"

亚菱颔之曰："余知之矣，汝可速返。"其人诺，复徐步而入，佛龛乃旋转如故。

亚菱忽顾谓毒手曰："汝所偕来之女郎，实祸水也，不第亡其祖国，抑且扰乱天下，今日既入余门，余将为天下苍生除害。我大神不得美馔，已多日矣。余将以此不幸之女郎，饱我大神之馋吻，一举两得。事莫妙于此，君以为何如？"

卫达闻言大骇，急起立欲遁，不料已为亚菱所见，乃按其椅上之电铃，于是有印人三四辈，突自傍室跃出，矗立卫达之左右，卫达遂不敢复动。

此时毒手急起为缓颊曰："密司卫达，助余日久，今日坐视其死，鄙意良有不忍，幸公主恕之。"

亚菱闻言，踌躇有难色。毒手复曰："公主术通神鬼，不识有法可解救乎？"

亚菱略一沉思，徐曰："解救之法，亦自有之，但须得一同年之女郎，饲我大神，以代其死。如是则借大神之力，两人毕生之幸运，可以互易。然今又安从得此女郎乎？"

亚菱言已，毒手喜曰："然则密司卫达可不死矣。"因顾谓卫达曰："杜丽西与汝同年，汝盍不诱之来此，以代汝死？"

卫达闻言，沉吟不遽答。毒手复迫之曰："汝今命在呼吸，自救不遑，尚欲顾惜他人耶？"

卫达不得已，颔之。毒手大喜，亚菱乃叱侍者释卫达，慰之曰："汝能诱杜丽西至，贡我大神，则杜丽西死后，其毕生之幸福，汝皆得而享之。其利益为何如乎？行矣卫达，好自为之。余深望汝之勿偾事也。"

卫达蹙额谓毒手曰："余之助君，杜丽西知之审矣。今余往诱之，彼若不信奈何？"

毒手与亚菱密商良久，亚菱乃自囊中出玻璃小瓶一，瓶中贮有淡绿色之流汁一种。去其瓶塞，则芬芳之气四溢，闻者精神，为之一爽。

亚菱问卫达曰："杜丽西已故之家属，有为彼所时时思念者乎？"

卫达曰："有之，即其父惠特纳君也。"

亚菱曰："甚善。此瓶中之香水，为吾寺宝物之一，盖其气甚烈，人若多嗅之，则卧后能梦见所思之人，历试不爽。今汝可携瓶以去，俟杜丽西临寝之时，设法使嗅之，则汝事毕矣。至于诱令来此，余与毒手，自别有妙法，不劳汝之臂助也。"卫达颔之，乃怀瓶而出。

第二十六章

卫达之归，时已薄暮，杜丽西方独坐餐室，将进晚膳。卫达掀帘入室，俯首而立，默不作声。杜丽西偶回顾见之，始而大讶，继乃色然怒，回首他瞩，伪为无睹。

卫达不得已，乃含笑趋前，抚杜丽西之肩曰："杜丽西，余诚负汝，汝怒余耶？"

杜丽西忿然跃起，击案骂曰："卫达，汝复有何面目，来此见余？余之待汝，自问不薄，而汝乃与毒手伍，协以谋余，欲杀余以为快。汝试扪心自思，尚得谓有人心乎？余实畏汝，不敢复与汝近，汝速离此，毋溷余室。"

卫达黯然曰："杜丽西，汝之责余是也，然汝素明达，当知余之所为，实出他人胁迫，初非余之本心。今余已与彼侪绝，翻然来归，欲图自新，望汝鉴余真诚，恕余既往，则感激靡涯矣。"

杜丽西摇首曰："余闻汝为此言，非一次矣。今则无论如何，不能复受汝欺。速离此，毋多言！"

卫达叹曰："噫！杜丽西，汝忍逐余耶？余掬诚以哀汝，汝终不能恕余耶？虽然，汝之绝余，实余自取其咎，余亦不能怨汝。惟今为时已晚，汝逐余出，余将安之？余欲宿此一宵，诘朝天明，当决然离此，不识汝能允余否？"

杜丽西者，忠厚仁恕人也，见卫达哀求不已，心殊怜之，乃允其寄宿一宵。

卫达大喜，晚膳后，两人同至阅报室，默然对坐。卫达辩给善辞令，稍稍与杜丽西闲谈。杜丽西以余怒未息，初尚漫应之，继则语渐浃洽，谈笑甚欢，前嫌尽释。

闲谈至十二时许，乃相偕登楼，杜丽西归其寝室，卫达亦随之入。两人且行且语，杜丽西固不疑其有他也。

卫达入室，见杜丽西妆台之上，供有其父小影一纸，因指谓杜丽西曰："惠特纳先生之被害，于今半载矣。我两人情同骨肉，苟无此变发生，何致凶终隙末？今日思之，滋足痛也。"言已，俯首喟然，若不胜其悲者。

杜丽西心为之动，思及其父惨死，不觉潸然泪下。

此时卫达忽自囊中取小瓶出，启而嗅之。瓶塞方去，芬芳四溢。杜丽西突觉室中有异香，怪之，继见卫达持瓶而嗅，因诧问瓶中何物，其香若此。

卫达曰："此友人所赠香水精也，其香异常，足以清心。余每遇抑郁之时，辄持而嗅之，胸中懑闷，为之一开，诚妙品也。"言已，即以瓶授杜丽西。

杜丽西接而嗅之，果觉芬芳扑鼻，精神一爽，乃握瓶连嗅之，爱不忍释。

卫达笑曰："汝若爱之，即以贻汝。夜深矣，余将归寝，祝汝晚安。"言已，遂含笑启户而出。

卫达既去，杜丽西爱瓶水之香，嗅之不已。久之，渐觉疲倦，乃解衣而寝。朦胧间，忽见床前隐约有人影，大骇跃起。细视之，则其父惠特纳也。

惠特纳负手而立，距床约七八步，面色蔼然，一如生前。杜丽西大喜，亦忘其已死，立自床上跃下，欲趋前抱之，不料一转瞬间，惠特纳已不见矣。

稍停，杜丽西渐醒，始知己身仍在床上，顷所见者，乃梦中之幻象耳。

此时壁上时计，正鸣二下，方欲翻身复卧，忽闻楼下餐室中，锵然有声，似器物坠地碎裂然，骇而跃起，披衣下床，取蜡烛燃之，摸索下楼。

行至餐室之外，忽有一人夺门而出，状如医生史克雷。女欲拦阻之，然已不及，匆遽间手中蜡烛坠地，光乃立灭，昏不见物。

及家人闻声而至，其人早已远飏，惟见餐室中一花瓶，已坠地作粉碎而已。

翌晨，杜丽西下楼，闻卫达天明即去，不知何往，自念昨晚绝之太甚，未免寡情，心殊悔之。

早餐后，忽阍者入报，有印度公主名亚菱者，踵门求见。

杜丽西肃之入，寒暄毕，亚菱猝曰："余受惠特纳先生之托，来见密司。"

言出，杜丽西大诧，亚菱曰："密司勿骇！余幼受异人之传，得通幽之术，能与地下亡魂，交谈晋接，一如常人。昨令尊过我，谓自彼被害后，密司因血系问题，备受艰苦，其心殊有不安，欲借余之神术，将其中底蕴，详告密司，又恐余骤然来此，密司或有不信，故昨夜夜半，灵魂先回家一行，以坚密司之信。不知密司曾梦见之否？"

亚菱言已，杜丽西乃大讶，私念昨晚之梦，初未向人道只字，亚菱何从知悉，岂彼真有通幽之术，能见余父灵魂耶？

亚菱见杜丽西俯首沉吟，复迫之曰："令尊果入梦否？密司幸速语我。”

杜丽西曰："梦诚有之，但余与余父，幽明相隔，将以何法得接谈乎？"

亚菱曰："此则密司毋虑，密司但过余寓，余自有妙术，能使令尊之言，一一达于密司也。"

杜丽西闻亚菱招之同往，终以事出怪异，踌躇不敢遽允。

此时阿勃那忽掀帘而入，见室中有女客在，复转身退出。

杜丽西瞥见之，急追出室外，问曰："叔父伤已愈乎？"

阿勃那笑曰："愈矣。室中女客何人，抑何面熟乃尔？"

女曰："此印度公主亚菱也。"因以亚菱之言略告之。

阿勃那恍然曰："余忆之矣。余前在印度曾与彼遇，彼确有奇术，能通神鬼。今其言如此，汝胡不从之往，以一觇其究竟耶？"

女颔之，乃复入室，允与亚菱同往。亚菱大喜，女遂取外衣披之，与亚菱偕出，乘车往蒲达寺下院。

车抵寺外，亚菱导杜丽西入会客室，肃之坐，叮咛曰："余今将召令尊灵魂至，使以血系之秘密详告密司。密司苟有所见，幸勿骇怪。"

杜丽西颔之，亚菱乃趋至佛龛之左，张一小黑幕，幕外则置一写字台，台下纸笔墨水，靡不全备。布置既竟，乃高据虎皮椅而坐，凝神合目，口喃喃若有所诵。少选，忽伸手旋电机闭之，一时灯光尽熄，室中昏不见物。惟佛龛顶上，有一线淡绿之光，闪烁如磷火。光中现枯骨一具，手弹短筝，其声铮钺，阴森可怖。

杜丽西睹此怪状，心乃大骇，然以亚菱之嘱，不敢发声惊呼。稍停，枯骨倏然不见，光乃下移，渐映于幕前之写字台。

台上之墨水笔，忽自跃起，蘸墨作书，其疾异常，若有人执之者然。

杜丽西至是，渐不能耐，乃离座而起，欲趋前一觇其异，不料电灯忽明，一切皆已无睹。

亚菱自椅上跃下，正色谓杜丽西曰："令尊所欲告密司者，已书于写字台之白纸上，密司可自往观之。"

杜丽西趋至台前，取白纸视之，果有字迹数行，现于纸上，书法欹斜，殊不类其父之手笔，辞曰：

杜丽西吾女览：

　　余之秘密，已尽告密司亚菱，汝若欲知底蕴，可先将小匣之钥，付之亚菱，则亚菱必能详以告汝也。

　　　　　　　　　　　　　　　　父惠特纳字

杜丽西阅毕，沉思久之，恍然大悟，乃掷纸于地，厉声曰："此纸伪也，此非余父之亲笔，余不能信。"言已，转身欲行。

亚菱默然，但撮口作怪声。毒手突自内室跃出，阻女之去路。女见毒手骤至，瞠目大骇，木立不敢动。

此时佛龛忽向右旋转，立现一小门，印人三四辈，自门内接踵出。亚菱指挥众人，将杜丽西曳入门内，拾级而下，直达地窖。

窖中有大虎柙一，中闭猛虎一头，毛色斑斓，腥秽触鼻。毒手以钥启柙，将杜丽西推入，复闭而键之，相与欢笑而去。

第二十七章

当杜丽西离家之后，蓝模斯不久即至，闻其事，骇曰："此举事出妖异，恐系奸人诡计，杜丽西不察，贸然从之往，危险甚矣。"因急以电话报告警署。

警长得报，立遣干练侦探七八人，便服驰往司屈兰街，令会同蓝模斯，入寺搜查。

比蓝模斯至，则诸侦探已先在矣。蓝乃率众至寺前，推门直入。守门之印人，出而拦阻，侦探以徽章示之，始慑伏不敢动。

蓝等奔至偏殿，见傍有小门一，推之，坚不可辟，乃以斧碎之，一拥而入。

时亚菱方端坐室中虎皮椅上，神色自若，厉声曰："诸君来此何为？白昼破门碎屋，侵入他人宅中，不畏违犯警章耶？"

蓝亦厉声曰："汝以妖术惑人，实为警章所不容。今密司杜丽西何在？速以语我，敢有诳言，余必执汝以付法庭，汝其慎之。"

亚菱笑曰："杜丽西耶？顷虽随余来此，今已安然归家，何劳汝等汹汹来此搜寻耶？"

蓝曰："此言诳也。余刻自杜丽西家来，何以未见其归？"

亚菱曰："汝以余言为诳，则任汝搜之可也。"

蓝亦不复与辩，即奔至佛龛之前，以斧击碎之，见龛内藏有石膏制之人骨模型一具，中设机关，启之能自活动，盖即杜丽西暗中所望见者也。

佛龛既碎，现一小门，亚菱见之色变，欲起而拦阻，侦探出手枪胁之，始不敢复动。

蓝将小门之键击去，门乃呀然自辟，众人接踵而入，拾级下地窖。窖中杳无一人，惟杜丽西蜷伏虎柙中，瑟缩一隅，幸未为猛虎所噬。

蓝瞥见之，乃急以斧击去其锁，将杜丽西放出。杜丽西见蓝至，大喜，惊魂稍定，遂与众同出搜捕。不料毒手及亚菱之党，见事失败，早已相率远飏，杳不可得。

蓝遂与女偕归。虎口余生，终得脱险，杜丽西之欣幸为何如也。

阅者犹忆我书之第九章，有所谓伯爵夫人曰阿尔茄者乎？夫人为俄国之政治犯，亡命至美，十余年矣，近则思乡念切，意欲遄返故国，因上书俄王，请其特赦。俄王以夫人居美日久，于惠特纳家之事，或有所悉，因命其调查公爵阿立克斯之女，倘能挈之同返，自当赦其前罪。

夫人以是尝至杜丽西家为证人，指杜丽西为公爵之女，欲挈之回俄，继知其证明之言，未生效力，乃转辗访查，探得毒手所在，拟与之联络，藉获确实之证据。

是日夫人往访毒手，适毒手以亚菱之策失败，郁郁不乐，闻夫人至，肃之入。

夫人略述来意，毒手甚喜，因亦以屡次失败之事语之。

夫人曰："君欲夺其钥匙，事固非易，余意亦殊不必。盖惠特纳生前，曾立有遗嘱一纸，若能觅得此纸，岂非亦一确据耶？"

毒手曰："余之初意，亦未尝不思及此，故曾遣余党人，枪杀律师辙斯克，夺得其所携之皮箧，不料启箧一观，大为失望。盖箧中并无遗嘱，其关于惠特纳氏者，仅得一密函，函中附有钥匙一枚。函系暗码，阅之殊不可解，钥亦不知何用，因搁置之。"

夫人曰："此密函及钥，必大有关系，请君出以示余，细加研究，或有所得。"

毒手乃自箧中出函及钥，授之夫人。夫人将函审视一过，色然喜曰："余知之矣。此函辞句，乃用一种电报密码所合成者也。我虚无党人，间亦用之，余故略知其一二。"

毒手大喜，乃取笔墨至，请夫人译之。稍停，夫人将原函译出，与毒手共读之。其函曰：

辙斯克律师鉴：

余之遗嘱，刻已秘密收藏，其收藏处之图样，则贮于麦利银行之十八号保险箱内。今将保险箱钥匙附上，祈为保存是感！

惠特纳上

毒手阅已大喜，顾谓夫人曰："吾侪今日，幸得一线之光明，务宜急起追求，勿为他人所败。为今之计，当先往麦利银行，取得所贮之图样。然欲取图样，非惠特纳之亲属不可。而惠特纳之亲属，除杜丽西外，厥惟其弟阿勃那。今烦夫人亲持此钥，往见阿勃那，以危言恫骇之，胁令往取图样，以晚间八时，送至梅令路之俱乐部。不识夫人能为我一行否？"

夫人略一沉吟，欣然允诺。毒手乃以钥匙付之，夫人持钥而去。

夫人既去，毒手乃大悔，念：“彼阿尔茄夫人者，初非吾党党员，安能以立谈之顷，遂付之以重任乎？苟为所卖，必且功败垂成，殊可深惜。”一念及此，疑虑愈甚，乃取纸书一短札，书已，招一党人至，谕之曰：“阿尔茄夫人此去，恐有变计，汝可与之同往，窃听其语。苟夫人所以告阿勃那者，不利于我，则可俟夫人去后，将此札设法掷入，俾阿勃那见之，以资补救。”党人领命，持札而去。

阿尔茄夫人至阿勃那家，投刺求见。时阿勃那适在会客室，乃肃之入。

两人本有一面识，寒暄毕，夫人乃自囊中取钥匙出，付之阿勃那，正色曰：“令兄有图样一纸，藏于麦利银行之十八号保险箱内，君可持此钥匙，亲往取之，取得后，于今晚八时，送至余寓，此毒手之命令也，违之必无生理，君其慎之。”

夫人言已，阿勃那瞠目大骇，嚇不能言。夫人微哂之，不别而去。

夫人既去，阿勃那盘旋室中，不知所措，忽闻窗前柱上，有声铮然，趋视之，乃一短箭，箭上缚有白纸一，展而阅之，乃毒手之札也，其辞曰：

阿勃那君鉴：

汝取得图样后，望于晚间八时，送至梅令路俱乐部。阿尔茄夫人之言，切勿信之。若违吾命，吾必杀汝，汝其慎之。

毒手上

阿勃那阅毕，战栗愈甚，骇极欲狂，沉思久之，乃持钥及札，乘车往杜丽西家。

是日午后，杜丽西方独步园中，忽见阿勃那奎息而入，面色惨白，状甚皇急，颤声曰："侄女助我，毒手将杀我矣。"

杜丽西急慰藉之，曳椅令坐。阿勃那心神稍定，乃自囊中出钥匙及札，授之杜丽西。

时蓝模斯适至，女乃与蓝同阅之。阅已，阿勃那复将阿尔茄夫人之言，详述一过。

蓝沉思有顷，知阿勃那之言，殊非虚饰，乃欣然谓杜丽西曰："此钥已得，一切可迎刃而解。为今之计，密司宜速往麦利银行，取出图样。余当与密司偕往，以防不测。事宜速行，缓则恐生他变。"复谓阿勃那曰："君以此事来告，毒手知之，憾君甚矣。君今晚宜暂避此间，不可归家，免为所害。"

阿勃那颔之，蓝遂与杜丽西偕出，乘车至麦利银行。既至，杜丽西签名于册，行员审查无误，乃导之入贮藏室，亲启铁箱，将图样取出。

杜丽西欲拆阅之，蓝急以目示意，杜丽西乃止，遂乘车而返。

路过某公司，蓝与女下车，入公共电话室，以电话报告警署，请于晚间八时，多派警探，至梅令路俱乐部，协擒毒手。

警长许之，两人乃欣然同归。不料蓝等自银行中出时，即有毒手党人，尾随其后，故蓝模斯报告警署之语，悉被隔户听得，俟蓝等出，乃亦以电话报告毒手，嘱为预防。

毒手得报，知其事已为阿勃那所败，怒不可遏，立命其党员之善于吹箭者，往杀阿勃那。

党员奉命，怀箭而去，毒手乃尽招其党人至，各授以计，然后与众偕出，同往梅令路之俱乐部。

第二十八章

夕阳既下，梅令路之少年俱乐部，嘉宾毕集，觥筹交错，歌舞杂陈。

俱乐部主者，名邝脱霖生，巨猾也，亦隶名于毒手之党籍。故所谓俱乐部者，实即藏垢纳污之匪窟。举凡鼠窃大盗，市井无赖，以至失败之党人，靡不伏处其中。部内有卖酒之室，每至晚餐时，座客常满。室之西侧，张有大黑幕一，宽与室等。幕中为一密室，饮酒之客，不得擅入，盖党人秘密议事之所也。

是日七时许，毒手率党至俱乐部，直入密室，以来意语霖生，霖生乃助其布置。时座中饮酒客，幸尚未满，毒手乃使党人散处室中，据案酗饮，以掩人目。

时卫达亦应召而至，毒手大喜，命其以黑纱蔽面，杂坐座中，谕之曰："蓝模斯及杜丽西，稍停必相偕来此。我侪若起而与蓝斗，则汝可乘势扼杜丽西，夺其颈上之钥。盖我知小匣之钥匙，仍悬于杜丽西颈上也，夺得之后，可由密室地道逸出，避入邻屋，则汝事毕矣。"卫达颔之。

毒手布置已定，乃匿身幕内，静坐以待。此时蓝模斯及杜丽西至矣。

蓝与杜丽西自银行中返，天已薄暮，蓝将取得之图样，藏于保险箱中。

时阿勃那心神恍惚，坐立不宁，蹙额吁嗟，状殊怏悷。杜丽西百计慰解之，终不能释。

稍停，钟鸣七时，杜丽西将与蓝模斯同出，乃嘱阿勃那往藏书室，阅书消遣。

阿勃那颔之，邑邑而去。杜丽西与蓝模斯遂各取手枪一柄，藏之囊中，携手而出，乘车赴梅令路。

车至梅令路，见其地冷落殊甚，所谓少年俱乐部者，就在路中幽僻之区，门极窄，俱乐部之铜牌，宽广不及二尺，门前虽有电灯一，光殊黯淡，较之纽约城中之大俱乐部，气象迥殊。出入之人甚多，然皆冠履不整，酒臭扑鼻，一望而知为匪徒党人之窟穴也。

蓝与杜丽西下车后，挽臂而入，直至餐室之外，掀帘一望，见室中客已盈座，叫嚣笑谈，声达户外。

蓝与女偕入，觅得一空席据之，呼酒共饮，室中人咸属目焉。

饮数巡，警察犹不至，蓝心甚焦急，深恐毒手逸去。稍停，杜丽西偶回顾室隅，时毒手适立幕后窥探，欲俟隙而动，风动幕开，毒手之面陡露，杜丽西见之，大骇而呼。

蓝惊起问故，杜丽西告之，蓝乃掷杯于地，直趋幕后。于是室中大乱，群盗纷纷跃起，蜂拥而前，欲围攻蓝模斯。

时蓝方与毒手扭殴，瞥见盗党毕集，其势甚盛，乃振臂大呼，奋勇与群盗斗，绝无惧怯。

杜丽西恐蓝模斯不敌，欲出手枪助之，不料卫达飞步而前，先以手枪指其胸。杜丽西大骇，乃不敢复动。卫达先搜去其手枪，然后强夺其颈上之钥，挟之而遁，避入内室，由地道逸去。

卫达既去，杜丽西手无寸铁，不能助蓝，乃随众酒客之后，夺门而出，欲往报警察。

行至门外，瞥见警察十余人，已乘马而至，杜丽西大喜，复与警察同入。

时蓝与群盗，尚恶斗不休，未分胜负。毒手遥见警察至，大骇，急极智生，突旋电灯总机关闭之。一刹那间，室中昏不见物，毒手撮口作声，盗党会意，皆释蓝而逸。

迨警察入室，电灯复明，群盗已不知去向矣。

卫达自地道中逸出，飞步狂奔，先归盗窟。盖毒手之巢穴，新移于汤顿路八十一号，其地与梅令路之俱乐部，相距不远，往来甚便，瞬息可达。

卫达既至，匆匆奔入，见窟中惟一老年之党人，坐守门户，遂亦不与多语，径入毒手之办事室，私启铁箱，将小匣取出。

此时小匣及钥，皆入卫达之手，卫达大喜，以钥抵匣，欲旋而启之，继一转念，恐毒手等接踵而至，若为所见，己必无幸，遂将小匣及钥，一并纳入囊中，启户而出，徜徉自去。

卫达方去，毒手果率其党人，欣然回窟，见卫达不在，异之，问之守门之党人，始知卫达来而复去。毒手心乃大疑，急奔入办事室，启铁箱视之，则箱中之小匣，早已不翼飞去矣。

毒手此时，怒不可遏，顿足切齿，大骂卫达："贱婢！胡得叛吾？以去，致我积年心血，丧于一旦。异日若见之，誓必手戮其人，以泄吾恨！"

正喧扰间，忽一人启门跃入，众视之，乃遣往杀阿勃那之党员也。其人神色荒张，坌息至不能语，毒手急问曰："汝事如何？阿勃那已杀却否？"

其人喘息曰："阿勃那死矣，惟蓝模斯及警察多人，已追踪而至，我党宜速避，毋为警察所获。"语未毕，果闻汽车多辆，及门而止，足声杂沓，自远渐近。

群盗相顾失色，毒手急止众勿声，率众直入地窖。窖中藏有炸药一大箱，毒手取一药线，纳之箱中，以火柴燃其一端，燃已，急与众由地道遁去。

此时蓝模斯及警察已破门，一拥而入矣。

初，蓝模斯等在俱乐部，见群盗倏已逸去，搜寻久之，卒无所得，乃废然而出，乘车欲归。登车后，杜丽西以匣钥被夺告蓝，蓝大骇，心殊懊丧，默然无语。

车行未久，折入一大道，道中行人绝鲜，幽静异常。正疾驰间，忽见一人短衣窄袖，自车前趋过，电灯之下，貌甚清晰，固毒手之羽党也。

其人瞥见蓝，神色张皇，狂奔而去。蓝审视无误，急驾车追之，遥见其人飞奔百数武，至一小屋之前，推门而入。比蓝等追至，门已砰然复阖，蓝与女相率下车，视其门牌，乃八十一号，心知毒手之巢穴，必在此屋之中，然恐众寡不敌，未敢造次遽入。

正踌躇间，适诸警察亦自俱乐部归，乘车而至。蓝大喜，乃招之下车，以所见语之。警察推其门，则已下键，叩之，寂无应者。警察怒，乃舁一巨石至，撞其门，门碎，一拥而入，见屋内电灯甚明，惟阒无一人。

室隅有一圆穴，蓝以足探之，穴中有木梯一，乃取手枪握之，拾级而下，杜丽西及警察从之。梯尽，为一土窟，警察方欲从事搜捕。

蓝瞥睹窟隅有青烟缭绕，自一板箱中出，大惊失色，高呼曰："速退速退！此炸药也。"呼已，急曳杜丽西登梯，飞步出窟，狂奔向外。

警察闻蓝言，骇极失措，亦争先抱头窜出。方至门外，即闻屋中砰然有大声，响若山崩，烟尘迷漫，墙壁尽圮。

警察相顾咋舌，深佩蓝见机之速。蓝与女乃乘车而返。

第二十九章

蓝与杜丽西自盗窟归，时已深夜，见藏书室中，灯犹未熄。杜丽西忆及阿勃那，疑其尚未就寝，乃与蓝同往视之。

行至室外，掀帘一望，不觉大骇，盖阿勃那手执一书，僵卧地上，面色惨白，瞑目而长逝久矣。

杜丽西骤睹斯变，震越失次，瞠目结舌，嗫不能声。蓝则急趋近尸傍，俯察其致死之由，见死者咽喉之左侧，中有小箭一支，长仅三四寸，黑血点滴，自伤孔流出，汩汩不已，因指示杜丽西曰："令叔之死，实由此箭所致。查此种短箭，为非洲土人所常用者，射时纳之竹管中，以口吹之，名曰'吹箭'，其端有毒甚烈，人若中之，靡不立毙。吾意暗杀令叔者，必毒手之党人也。"女亦以为然。

时宅中诸臧获，闻声毕集。女乃指令健仆二人，坐此守尸，俟翌日检验后，方可舁往教堂盛敛。

嘱付毕，遂与蓝偕出，同至会客室中，闭户键之，将铁箱中图样取出，拆去封纸，与蓝模斯同阅之，见图中所绘者，果为贮藏遗嘱之所，下有小字数行，注解颇详，其辞曰：

予之遗嘱，藏于老屋后进西偏之第三室，即图中所绘出者是也。此室向为贮藏杂物之所，人迹罕至，其靠东之墙，乃夹层而中空，墙有暗门一。门之机关，在离地一尺之墙隙中，形如铜钮，若以一指按之，门当立辟。门内安有木梯一，循梯而下，为一地窖，窖中有小铁箱一具。余之遗嘱，即在箱中。此箱无钥，但须握其门上之球，向左三旋，复向右四旋，则箱门自启矣。

惠特纳自注

　　蓝与女阅已，相顾大喜，乃持图启户出，同往老屋后进西偏之第三室。

　　女执灯为前导，蓝模斯随其后，既至，出钥启锁，推门而入，见室中昏黑异常，蛛丝遍布，尘秽满地。室之三面皆厚墙，惟西侧墙上，有玻璃窗一，窗外为一僻巷，人迹所罕至者也。

　　蓝既入室，即趋至东墙之下，细视之，离地尺许，隐约有一隙缝，循隙觅之，果得铜钮一粒，遂以指按之，呀然一声，墙忽移动，立成一小门。

　　蓝俯视门内，果有木梯一架，乃嘱杜丽西俟于室中，已则取蜡烛一支，燃而执之，跨入门内，拾级而下。级尽，果为一地窖，窖中阴森可怖，霉湿之气，扑鼻欲呕。

　　蓝急趋至铁箱前，握其门上之铜球，向左三旋，复向右四旋。旋已，门果自启。蓝大喜，将箱中遗嘱取出，见遗嘱之外，封识甚密，不敢擅启，遂持之而上。将近梯巅，先以手中之遗嘱，授之门外，欲呼杜丽西接之，不料吻尚未张，手中之物，已为他人所攫去。

　　蓝大诧，急探首门外视之，突有一人以手枪击其颅，蓝遂自梯上颠仆而下，晕绝于地。击蓝者何人，则大盗毒手是也。

先是蓝与女来老屋时，毒手蹑足随其后，迨蓝等入室，毒手伏窗外探之，室中所为，悉被窥见。

及蓝模斯下窖，室中惟杜丽西在，毒手乃开窗跃入。女见之，大骇欲呼。

毒手以手枪指其胸，低声曰："勿呼！呼则杀汝。"女乃不敢复声。

稍停，蓝模斯以遗嘱出。毒手攫得之，复以手枪击其颅，蓝跌入窖中。毒手乃大喜，置枪案上，欲拆遗嘱阅之，不料窗外复有一健男子，逾窗而入，以手枪指毒手之胸。

毒手出不意，大骇，急高举两臂，示不敢抗，其人仍夺得毒手手中之遗嘱，启门而去。

噫！奇哉怪哉！健男子非他，盖即人人疑为化装毒手之医生史克雷也。

史克雷既去，毒手取手枪执之，接踵追出。稍停，屋外砰然有枪声，杜丽西闻之大骇，瑟索室隅，不敢出视。

幸其时蓝模斯已苏，摸索而上，女见蓝未受伤，心乃稍慰，即以顷间情形语之。蓝闻遗嘱被夺，懊恨异常，继知毒手别有一人，与史克雷绝不相涉，诧怪尤甚，始知往日所揣度，尚有不尽然者在也，无聊之余，遂与女闭户同出，怅然各归寝室。

翌日晨，杜丽西之会客室，忽有一素不相识之客，翩然戾止，投刺求见阿勃那。

侍者曰："阿勃那君于昨晚遇害，今日已入殓矣。"

客闻言，状殊惊讶，继曰："然则密司杜丽西何在？余欲见之。"

时杜丽西及蓝模斯，适同在藏书室，侍者乃导客入见。杜丽西闻有客至，起立迎之，见客年三十许，衣冠齐整，貌殊诚笃，视其名刺，则俄国外交部科员萨姆登也。

杜丽西肃之坐，萨徐曰："密司恕余冒昧。余之此来，实欲一晤令叔，不幸令叔遇害，殊出余之意外。"

女曰："君欲晤余叔，有何见谕？余叔虽殁，不识能示余否？"

萨曰："余固欲以之告密司也。余奉敝国国王之谕，航海来美，欲觅公爵阿立克斯之女公子。今已查得确实证据，足以证明一切，知密司确系惠特纳君之女。而密司卫达者，乃真公爵阿立克斯之女公子也。余言尽此，今当告辞。"言已，起立欲行。

蓝急阻之曰："然则毒手何人，亦祈告余，以释余疑。"

萨被诘，初殊嗫嚅不欲言，蓝迫之甚，乃曰："毒手者，即昔与公爵为仇之妖巫也。"

一语未竟，忽见玻璃窗上，陡现一毒手之面，向内作狞笑，萨大骇而呼。蓝回顾见之，一跃至窗前，推窗而望，则毒手倏已不见矣。

萨骤受此惊，面色灰败，战栗不已，即匆匆告辞而去。

第三十章

初，俄王之专使，为毒手所害，噩耗传至俄京，俄王大为震怒，募有能往美洲查得公爵之女，及捕获毒手者，立予重赏。然其事至危，朝臣鉴于覆辙，罔敢应者。萨姆登时供职外交部，闻之，即自告奋勇，愿任此事。王大喜，许之，先发电致驻美公使，令妥为保护。

萨奉王命，遂束装赴美，至美后，行踪甚秘，知者绝鲜，转辗探访，研求多日，始知所谓毒手者，实即与公爵为仇之妖巫也。

巫以憾公爵故，作妖言以害之，自知信口之谈，初无征验，不料十八年后，王复根究此事，欲试其言之验否。王言既出，巫乃大骇，深恐公爵挈女返国，其言不验，必受谴责，于是化装为毒手，率其徒党，秘密来美，欲得公爵之女而杀之，以为先发制人之计。抵美之后，又以杜丽西及卫达二人，孰为公爵之女，未能确定，故欲夺得藏有手印之小匣，借以证明两人之血系，免致误杀他人，此毒手屡施诡计之缘由也。

萨既查得详情，方欲着手进行，适以阿尔茄夫人之介绍，得识卫达，萨乃邀卫达至寓，以此中详情告之，并诫之曰："以余观之，密司非公爵之女，即惠特纳君之女也。毒手之于密司，实有杀父之仇，密司胡得助之？后此可伪与之亲，以其秘密告余，则助余多矣。"

卫达闻萨言，心乃稍悟。及俱乐部恶斗之夜，卫达既夺得杜丽西颈上之钥，复先返盗窟将小匣窃得，遂持之至萨姆登寓所。萨见之，大喜，遂以钥启匣，与卫达同阅之。匣中所藏为白纸一方，纸上果印有小儿手印二，察其掌纹，与卫达之手吻合。卫达至是，始自知系公爵之女，悔恨无地。

时已深夜，不及多语，萨乃约其翌日来寓，细谈一切。卫达颔之，怅怅而去。

诘旦清晨，萨遂往杜丽西家，以此事报告杜丽西，其所谓得有确实之证据者，盖以此也。

萨自杜丽西家回寓，卫达已先在矣。

萨谓卫达曰："密司为公爵之女，今已证明，当无疑义。国王之于密司，颇有垂眷之意，密司归，不失为富贵，何必恋恋此邦耶？余已发电回国，报告此事，一俟毒手就擒，当偕密司同返，不识密司之意如何？"

萨言已，卫达意殊不欲闻，俯首拈带，默然不答。萨譬解再三，劝令归国，卫达终邑邑不乐，未肯遽允。

正谈论间，室门忽呀然而辟，一人伛偻跃入，怒目而立，状甚忿怒，张其利爪，作欲搏击状，视之，盖大盗毒手是也。

两人见毒手骤至，相顾错愕。萨惊起欲夺门遁，毒手拦阻之，遂相扭斗。毒手怒，突以指中毒汁，喷射萨面。萨中其毒，即倒地而死。

萨姆登既死，毒手先攫得案上之小匣及钥，纳之囊中，然后指卫达之面，切齿骂曰："贱婢！汝窃余小匣，献之他人，使余垂成之功，险败汝手，将谓余不能杀汝耶？汝今速随余归，余当有法以处汝。汝敢抗拒，慎勿自悔！"

卫达不得已，乃与毒手偕出，同往盗窟。既至，见窟中阒无一人，毒手导之入内室。室之西隅，有一小铁门，毒手启门示卫达，则其中乃一水牢也。牢在海滨泉眼之上，水流湍急，且有旋涡，投物其中，靡不疾卷而下，沉入海底。水牢之面，铺有木板一，板可启闭，其机关为一小轮，在室隅地板之上，若执轮左旋，板乃立坠，人立板上者，必沉入海底而死。

毒手演述已竟，厉声谓卫达曰："余所欲杀者，实为俄国公爵之女，汝与杜丽西，必居其一。今汝趣往杜丽西家，诱之来此，余将以匣中手印，为汝两人决之。若偾余事，余必杀汝。"

卫达被胁，初颇踌躇，继忽欣然有喜色，颔之而出，匆匆往杜丽西家。

初，杜丽西得萨姆登报告后，惊奇殊甚，与蓝模斯研究良久，觉其言之可信与否，终难确定。

午膳后，忽闻电话铃声大鸣，女急趋往听之，则发自西郊康特洛医院者也，大旨谓刻有病人史克雷，伤重将死，自谓携有秘密要件，欲亲交密司杜丽西，容敢代为邀请，祈速贲临敝院云云。

女听毕，商之蓝模斯，蓝笑曰："此言诳也。黔驴伎俩，不过如是。密司幸勿轻往，以免自蹈危机。余当代密司一行，聊以一觇其究竟。"杜丽西颔之，蓝遂披衣而出。

蓝模斯去后，卫达忽至，推门直入。杜丽西见之，大讶，方欲呵叱之，卫达不待其发言，遽直前问曰："蓝模斯君何在? 幸速语余。"言时，状甚匆迫。

杜丽西怂怂曰："蓝君今往西郊康特洛医院矣。汝问渠何为?"

卫达曰："余有要事，欲语蓝君，能许余发一电话乎？"

杜丽西颔之，卫达遂往外室发电话，良久复入，忽正色谓杜丽西曰："萨姆登君之报告，汝当闻之详矣。由今观之，毒手者，实我两人之公敌，余昔不知而误助之，悔已无及。今毒手适有可擒之机会，杀父之仇，岂容不报？余已发电致蓝君，令其速往逮捕，惟今事机急迫，无暇多语，汝可与余偕出，同往爱恩特路一行。上帝证余，余之所语，字字皆实，愿汝之勿疑余也。"言时，貌甚恳挚。

杜丽西察其状，与往日迥异，亦遂信之，乃与之同出，乘车往爱恩特路。

既至，停车九十三号之屋前，盖即毒手之巢穴也。卫达推门直入，杜丽西随其后。方入内室，毒手忽自门后跃出，张其利爪，扼杜丽西之肩。杜丽西骇极而呼，并痛詈卫达。卫达默然不语，但频视门外，若有所盼。

此时毒手踌躇满志，喜极欲狂，手执小匣，方欲以钥启之，忽闻卫达扬臂大呼曰："蓝模斯至矣。"毒手大惊，手中之小匣，不觉立坠于地。

先是，蓝模斯自杜丽西家出，乘车赴康特洛医院。既至，由侍者导入病房，见史克雷果瞑目卧榻上，面色惨白，气息恹恹。

蓝步至榻前，私问榻傍看护妇，史以何疾至此，妇摇首曰："彼胸前受有枪伤甚重，出血过多，势且不救，殊可怜也。"

正言间，史闻蓝模斯之声，忽微启其目，蹙额低声谓蓝曰："蓝君来耶？杜丽西何在，能亦来视余否？"

蓝曰："杜丽西适有要事，不克来此。君有何见示，请即告余，由余转致可也。"

史闻杜丽西未至，喟然长叹，叹已，复黯然顾蓝曰："杜丽西之恨余深矣。虽然，余实自取，夫复奚尤！余今伤重且死，命在呼吸，凡余一切罪恶，祈君及杜丽西恕余，则余虽在九原，感激靡涯矣。"

蓝模斯此时，心颇怜之，因慰之曰："君能自知其过，余等自当恕君，愿君之勿介介也。余所欲问君者，君为何人所击，以致受伤若此？"

史曰："击余者乃毒手也。昨夜余夺得遗嘱后，脱身而出，驾车欲遁。毒手忽接踵追出，跃登余车。余大骇，竭力推挤之。毒手立足不定，坠于车下。余乃启车疾驰，不料毒手自地跃起，开枪击余。余在车中，适返身回顾，砰然一声，枪弹乃适中余胸，余痛极而晕。比余醒，则身已在此间榻上矣。余请密司杜丽西来此，即欲以夺得之遗嘱归之。今杜丽西不来，烦君将遗嘱带回，交之其手，以了我心，亦欲稍减余之罪恶于万一耳。"言已，力挣而起，自囊中取遗嘱出，交之蓝手。

蓝接而藏之囊中，一转瞬间，史已颓然倒榻上，瞑目气绝而长逝矣。

史克雷既死，蓝模斯凄然欲出，忽闻电话铃声大鸣，侍者听之，系致蓝模斯者，遂以听筒授蓝。

蓝接而听之，则卫达之声也，略谓"毒手刻有可擒之机会，望君速至爱恩特路九十一号，余及杜丽西已先往羁縻之，勿令逸去"云云。

蓝听毕，乃飞奔而出，驱车往爱恩特路。既至，停车九十一号之前，推门直入。卫达遥见之，即欣然扬臂大呼，以惊毒手。

毒手果大骇，一时怒发如狂，恶念陡生，突将杜丽西扭至室隅铁门之前，推入水牢，闭其门，方欲旋动地上之小轮，使杜丽西沉入水底。

幸此时蓝模斯已一跃入室，直奔毒手。毒手急于格斗，无暇启其机关，卫达乃将杜丽西救出。

毒手与蓝斗稍久，渐觉不敌，略一疏忽，被蓝模斯击倒，蓝乃俯提毒手之肩，奋力举起，掷之水牢之中。

卫达大喜，急将地上之小轮，向左旋转，于是水面所铺之木板，立时下沉，轰然一声，泡沫纷起。此万恶不赦之毒手，从兹深坠水底，去从三闾大夫游矣。

毒手既死，三人相顾大快。杜丽西见卫达果能悔过，与之和好如初。

蓝出遗嘱授杜丽西，杜丽西拆而阅之，其辞曰：

> 余死后，余之遗产，悉以与余女杜丽西。至于女伴卫达，系俄国公爵阿立克斯之女，余受俄王之托，代为抚养。杜丽西颈上之钥，实系卫达之物，余恐有人谋害卫达，故移诸余女之身，以惑人目，深恐后有误会，附识于此。
>
> 惠特纳亲笔

三人阅已，事乃大明，遂乘车而归。

越日，俄公使闻之，欲挈卫达回国，适俄国革命军起，俄王退位，事遂作罢，仍寄居于杜丽西家。

逾月，蓝模斯及杜丽西，结婚于纽约城中之礼拜堂，嘉宾毕集，极一时之盛。

疑案既明，巨憝既死，有情人既成眷属，吾书亦自此告终结矣。

跋

余嗜小说几成痂癖，而于奇情、侦探诸作，尤喜浏览，以其思想变幻，层出不穷，大足启人智力，不特供人消遣已也。

同社陆子澹盦，夙擅文词，善作稗史。今年夏，大世界俱乐部映演《毒手盗》影片，倜奇诡异，殆冶奇情、侦探于一炉者。同人日往观之，深恨此倜奇诡异之佳片，仅电光石火一现昙花，因谋所以永之者。

陆子欣然曰："是不难记之可耳。"遂日以所记，络续刊之《大世界》报，都六万余言，其状大盗毒手及杜丽西、蓝模斯，莫不各得神似，跃然纸上。

余读而喜曰："此杰作也！与坊间之所谓奇情侦探者，不可以同日语。"因索其稿而梓之，将以供世之同嗜者时。

著雍敦牂涂月朔日

冰庐主人施济群跋

黑衣盗

版本说明

该小说整理依据的底本为《黑衣盗》（上、下两册），上海新华书局，1929 年 3 月初版。

序 一

陆子瀹盫以善译电影剧鸣于时，已于戊午冬所译《毒手》小说中，序之详矣。

腊尽春回，大世界俱乐部又映演百代公司之最新电剧《黑衣盗》，此剧结构之奇，出人意表。弱女之屡屡遭险，大盗之咄咄逼人，奸徒之种种蓄谋，侦探之步步着意，波谲云诡，令人不可思议。究其实，则干戈起于室内，虽侦探剧，恰亦为家庭剧；虽家庭剧，确仍为侦探剧。

自有电影以来，此种离奇变幻之片，当为首屈一指，俱乐部同人，见而赏之，谓有此妙剧，不可无妙文。盖剧只演之于一时，文则可传于后世。况剧中有不易明了者，文得以引伸之。剧中有不易透澈者，文得以宣泄之。

是则以剧作小说，非仍属诸陆子不可，乃一再浼其下笔。陆子欣然曰："诺。"于是按图索骥，逐幕成书，越三阅月，得四十章，付诸剞劂，以饷社会。

我知社会之急欲快睹是书，当不亚于曩译之《毒手》也。

己未仲夏

海上漱石生稿于退醒庐

序 二

陆子澹盦曩译《毒手盗》说部，予既序而行世矣。嗣颂陆子复有《黑衣盗》之译，笔耕墨耨，实获我心。《黑衣盗》将出版矣，仍索序于予。

予维西方小说，浩如烟海，综其大要，曰历史，曰教育，曰科学，曰社会，曰爱情，曰侦探，皆播在人口者也，而后二者尤投读者之所好。然言爱情者，每忽于钩刺；言侦探者，又略于风华。欲求兼而有之者，厥惟陆子之所译本乎？

陆子文采斐然，足成一家，读《毒手》者，已稔之矣。

是书命意布局，一从百代公司影本，间以新意穿插之，罗罗清疏，似较《毒手》为积薪矣。

吾知是书一出，凡曾至大世界影戏场观《黑衣盗》者，莫不欣迎之。即未观《黑衣盗》者，手此一编读之，惊心眩目，骇叹失声，当亦不啻置身大世界影戏场也。

是为序。

岁在屠维协洽天贶节

天台山农稿于种菜庐

序 三

作诗难，作无声诗尤难；译书难，译无字书尤难。无声诗者何？画也。无字书者何？影戏也。前者凡擅长绘事之士，类皆知之；后者见至今犹未有人知。

此非吾之謽言也。今之世，其务象胥之学者，纵属高材，亦第能移译有字之书耳，未尝从事于译无字之书影戏也。未尝从事，则此中甘苦，懵焉其弗知，亦人之情也。而吾友澹盦陆子独能之，其弗可贵也乎？

澹盦前曾有《毒手盗》之译，片中离奇变幻情状，靡不曲为传出，绘影绘声之作也。

今兹之译，复萃家庭、社会、言情、侦探诸小说，一炉而冶之，其情状之离奇变幻，更十百于前书。而澹盦再接再厉，勇为之不懈，设非心有灵犀，曷克臻此？

故知此书一出，读者之欢欣鼓舞，当亦十百倍于前书。因乐得而为之序。

己未季夏之吉

颍川秋水序于元龙百尺楼

一昨至大世界，晤孙君漱石，漱石以《黑衣盗》说部见属，辞不获命，勉为迻译。惟此剧前数本，当时虽曾寓目，过眼云烟，一瞥而视，今日追思，恍若梦寐，但就余所忆及者，笔而出之，疏漏之处，在所难免。阅者诸君，幸曲谅焉。

陆澹盦识^①

第一章

朝暾上矣，光射于军械厂主云特罗·韦尔廷氏之办事室，黯澹无色，沉寂若死，一如愁云惨雾，早笼罩于此大厦之四周者。

此时忽有一黑衣恶魔，自室隅徐徐而出，四顾无人，蹑足至写字台侧，矗然直立，若有所思。

其人衣黑色外褂，躯干修伟，行止飘忽，首蒙黑布之套，惟两目外露，以圆玻璃蔽之，状如鬼魅，狞狞可怖，则即吾书所谓"黑衣盗"者是也。

盗见案上照框中，镶有云特罗小影一纸，俯视一过，握拳透爪，怒不可遏，立将照框击破，取其小影出，撕为数十片，掷之

---

① 陆澹盦：《黑衣盗》，《大世界》1919 年 3 月 3 日首次连载前的文字。

地上，以两足践之，忿忿不已。

已而忽据椅而坐，伏案作书，且书且回顾，状殊惶急，手颤动弗已。偶一不慎，将墨壶倾覆，墨水淋漓，染及指上，则以外褂拭去之。

书不数字，忽闻户外楼梯之上，履声橐橐，有人拾级而下。盗大骇，急掷笔跃起，匿身椅后，屏息蹲伏，以椅自蔽，幸未为下楼者所见。下楼者何人？盖即老人云特罗·韦尔廷也。

云特罗年近六旬，鬃发皤然，体甚魁梧，下楼时，方俯首沉吟，貌殊邑邑。

适老仆汤姆，自外趋入，云特罗呼止之，徐曰："汝可往告伊才尔等，今日午后三时，齐集西厅，余将开一家族会议，议决要事，勿误勿忘！"

汤姆唯唯而去。老人略一徘徊，乃手抚长髯，徐步而出。

老人既去，黑衣盗自椅后闪出，继续作书，书已，奔至门侧。门上本悬有黑布之帘，帘外室隅，有一圆桌，桌上有磁碟一，盗乃置函碟中，隐身帘后以待。

老人自室中出，独步廊下，纵目远眺，遥见韦尔廷军械厂中，黑烟缕缕，上冲霄汉，锻钢之声，丁丁不绝，耳目所及，悠然以思，抚今追昔，若有所感。

木立久之，方欲转身入内，忽见其爱女宝莲，手捧一鸽，珊珊而来。

宝莲遥见其父，喜跃而前，至老人之侧，娇声曰："阿父，我家特姆，野心勃勃，日以搏食群鸽为事。顷此鸽避入一巨炮中，仍为所得，将杀而食之。儿若不见者，鸽其殆矣。"特姆者，宝莲所畜之猎犬也。

老人蹙额曰："汝年渐长，犹复稚气乃尔？日事嬉戏，不理正事，余殊忧之。余老矣，风烛残年，在世之日无几，汝能屏绝嬉戏，留意一切，则余心慰矣。余今所欲告汝者，日来余家家属，齐集此间，咸以工厂事巨，不可一日无人管理，余死之后，当以何人承继，来相诘问，众口一词，呶呶不已。余不堪其扰，已定于今日午后三时，开一家族会议，议决此事。汝亦当列席与议，因此举于汝，至有关系也。"

宝莲讶曰："阿父承继之人，非即儿耶？"

老人颔曰："然。汝诚为余惟一之嫡嗣，顾我家家法，女子不得管理军械厂，历代遵守，罔敢或背。余亦岂能以爱汝之故，破坏家法？今余为汝计，已得一万全之策。余心已决，少停即当宣布，汝可弗忧也。"

女颔之，乃疾驰而入。

汤姆奉主人之命，往告伊才尔等，事毕而返，至办事室外，四顾无人，即趋至室隅圆桌之傍，自囊中取一酒瓶出，以瓶就口，畅饮不已，意颇自得。

此时桌后帘内，忽伸出一巨灵之掌，以指指桌上碟内之函，大声曰："速视之！速启视之！"

汤姆闻声回顾，见而大骇，欲掀帘一觇其人，不料此奇异之手，忽力扼汤姆之肩。汤姆不得前，骇乃愈甚，即返身狂奔而出。

其时云特罗适蹀躞而入，汤姆见主人至，乃仓皇失色，略述所见，言时犹战栗不已。

云特罗嗤之曰："汝言妄也。白日朗朗，何来如此怪事？殆汝老眼昏花，以致现此幻象耳。"

汤姆指天自誓，坚言非妄，云特罗乃随之入，至办事室外。汤姆遥指室隅之帘，胆怯不敢前。云特罗趋至桌傍，掀帘一视，绝无所见，四顾室内，亦杳无人迹，于是汤姆大讶。

云特罗怒曰："何如？我固谓汝言妄耳。"因挥之使去。

汤姆不敢辩，遂唯唯而出。

汤姆既去，云特罗偶一回头，忽见桌上磁碟中，有一奇异之函，函面但书"云特罗·韦尔廷收"，字迹潦草，下无发函者姓氏，怪甚。急拆而阅之，见函中字迹极劣，类小儿学书者所为，其书曰：

云特罗·韦尔廷鉴：

余为韦尔廷氏之嫡嗣，汝死之后，军械厂总理，当由余承袭，汝若倒行逆施，欲以私授汝女，余必杀汝，以为违背家法者戒。先此警告，汝其慎之！

老人阅毕，瞠目大惊，不知所措，默念："此函从何而来？得毋汤姆之言，果不虚耶？"踌躇久之，乃藏函囊中，徐步入办事室。

行至写字台之侧，忽见案上墨水狼藉，淋漓殆遍，一白金之照框，已碎为两半，其中小影，则撕为数十片，散掷地上。

云特罗见此，骇乃愈甚，始知老仆之言，良非诞妄。且其人与己，必有深仇宿怨，故碎此小影，以泄忿恨。惟其中尚有不可解者，汤姆之受惊而出，以至重入搜寻，其间相隔，不过二三分钟耳，乃其人已踪迹杳如，不知所之。当时亦未见有人出入，然则果何从而逸去乎？云特罗思至此，忽忆及室中之地道。

地道者，在办事室之西北隅，平时蔽以一椅，椅重且巨，终岁不一移动。椅傍壁上，装有机关一，形如铜钮，以指按之，则地道之门，自呀然而辟。门闭乃与板壁合，光滑如一，毫无痕迹。

地道之他端，则在韦尔廷始祖铜像之下。铜像矗立园中，下有长方之座，高约四尺许，扪之如无罅隙者，实则中空而无底。其面南之铜板，中有枢纽，可以旋转。按其机，则立成一小门，盖即地道出入之咽喉也。

宅中有此地道，知者绝鲜，除云特罗一人外，虽其爱女若宝莲、老仆若汤姆，亦不知之，其秘密如此。

此时老人既忆及地道，深恐匪徒匿迹其中，决意入内一搜，乃取一手枪握之，轻启地道之门，鼓勇入内，拾级而下，蜿蜒曲折，直达铜像之座下。

顾搜索久之，空无所得，遂废然而返，仍由地道回办事室，怅悸之余，脑筋瞀乱，独坐沉思，焦灼殊甚，自念己之处境，颇为危险，函中所语，虽系恫吓之词，然万一祸生肘腋，亦殊不可不防。沉吟久之，似有所得，乃匆匆而出。

第二章

葛雷训者，韦尔廷军械厂之化学师也，性任侠，勇武多力，不畏强御，自就职厂中后，云特罗特器重之，引为记室，厂中每有大事，辄与之商，倚畀独殷，视若左右手。葛亦治事勤慎，无忝厥职，以是宾主之间，至形相得。

葛尝出入于云特罗家，与云之爱女宝莲遇。宝莲貌极秀丽，艳名噪一时，而葛亦年少英挺，倜傥不群，两人一见倾心，雅相爱好。由是宝莲每出游，辄喜与葛雷训偕，相处既久，情好日笃。

是日清晨，葛方独坐化学室中，试验药品，宝莲翩然而至。葛见之，亟离座起迎，两人握手并立，相与谈笑甚欢。

稍停，门忽骤辟，云特罗亦昂然而入，面色苍白，目光峻厉，一如剧惊之后，蕴为盛怒者。女与葛见其状，怪之，相向愕然。

云特罗入室，见宝莲亦在，即蹙额曰："余有要事语葛君，汝可速出。"言时，声颤而促，与平日镇静之态度，判若两人。

宝莲心虽异之，然不敢违其命，即告辞而出。

宝莲既去，老人乃以掌击案，大声曰："葛君，外间大有人图余，欲杀余为快，君知之乎？"

言出，葛雷训大骇，手中之药樽，乃不期而坠，急问曰："孰敢谋翁，能见告乎？"

老人曰："余亦未知其人，惟得其恫吓之函，词颇激烈，余虽无惧，然亦不得不防。今日午后，可就本厂卫队中，选其壮健者十二人，率之至余家，藉资捍卫，并可发电致警察署，招一侦探来研究此事。勿误勿忘！"

葛颔之，老人忧似稍释，乃匆匆回家。

韦尔廷氏之家族，除云特罗父女外，惟三人耳：一为宝莲之叔伊才尔，一为云特罗之侄海利司（乃云特罗从兄之子，其父早亡），一为侄女娜密（云特罗从兄之女，其父亦早亡，非海利司之胞妹）。三人者，各有觊觎军械厂之心，而又互相反对，各不相让，俨如仇敌。质言之，则皆悖义嗜利之小人也。

是日午后，钟鸣三时，众人齐集西厅，略事寒暄，即各据席而坐。正中为老人云特罗。云特罗之次，左为宝莲，右为娜密，宝莲之左为海利司，而娜密之右则伊才尔也。

众既就座，云特罗乃勃然起立，自囊中取匿名信出，掷之案上，厉声曰："此恫吓之函，得之办事室外之圆桌上，余意作此函者，必汝等三人之一，揣其用意，实欲以死胁余，使余惧而就范，然乎否乎？"言已，环视伊才尔等，状殊忿忿。

座众闻言，相顾惊讶，然亦无与争辩者，老人乃续言曰："此事兹姑不论，今日之会，所欲议决者，实为军械厂之管理问题。余之嫡嗣，惟余女宝莲一人，在理余之产业，余死后应归宝莲执掌，他人不得觊觎。惟我家家规，女子不得管理军械厂，祖宗成法，历代遵守，不可自余而废，故余今思得一两全之策。余侄海利司，尚未娶妇，余欲以宝莲婚配余侄，则余死之后，此韦尔廷军械厂，可由宝莲及海利司两人，共同管理。余意若是，不识汝等以为若何？"

老人言已，宝莲大骇，急跃起大呼曰："余不能嫁海利司！阿父之言，实非余心，余有死而已，不能从也。"言次，颓然倒地上，气愤填胸，嗷然而泣。

海利司初闻老人言，颇色然喜，继见宝莲起而反对，乃隔座执其手，柔声曰："妹素孝，今日奈何背严命耶？叔父之策，实出万全，妹若不从，异日悔之无及矣。"

宝莲不答，且力挣其手得脱，推椅而起，泪珠被面，飞步出室去。

于是座众皆默然，此韦尔廷氏之家族会议，乃不欢而散。

是日葛雷训在厂，午餐后，即以电话报警察署，请派一包探来侦缉要事，警长允之。葛乃就厂中卫队之内，选得壮健者十二人，持枪实弹，率之至云特罗家，命散处前后各要隘，日夜梭巡，不得稍怠。

布置既竣，欲入谒云特罗，报告一切，行至甬道之半，忽见宝莲自内奔出，玉容惨淡，泪痕盈面。

宝莲见葛至，即颤声呼曰："葛君助我！我为阿父所迫，欲以我……"言至此，语忽中止，掩面悲啼，泪如绠縻。

葛愕然，不解其意云何，乃握手慰之曰："密司勿悲！尊翁以何事见逼，能见告欤？"

宝莲不答，惟频摇其首。

葛曰："然则尊翁何在，密司能引余往一见否？"

女哽咽曰："家君刻在西厅，君可自往见之。"言已，拭泪而出。

葛深以为怪，乃复入至西厅之外，轻启其门。

门辟，见云特罗与海利司，方背门而立，如有争执，但闻海利司大声曰："言虽如此，叔父今日死，则宝莲自帖然嫁我，不敢抗命；若叔父未死，而宝莲先有所爱，私与结婚，则叔父将奈之何？"言时，声甚抗厉，如挟有盛怒者。

云特罗嗤之曰："蠢哉汝也！宝莲胡敢抗余命？汝勿妄言，致撄余怒！"

言至此，两人回顾，见葛雷训立门外，语乃中止。

葛入，报告一切，云特罗颔之曰："甚善！君今日亦可留此，帮同防卫，不必回厂。"葛诺之，乃告辞而出。

葛雷训自西厅出，遇娜密于楼梯之傍，葛俯首趋而过，佯为未见者。

娜密呼之止，嫣然曰："葛君久未见，近况佳耶？"

葛不得已，乃止步答曰："自若耳。密司佳乎？"

娜密颔之，已而忽抚其肩，叹息曰："以君长才，何事不可为，乃甘自屈身居此，岂将以记室终耶？"

葛正色曰："密司之言，余殊不解。余受云特罗先生之知遇，理当效力，胡敢携贰？"

正言间，海利司忽昂然至，葛乃告辞而出。

海利司诘娜密曰："汝顷与葛雷训密语何事，可得闻乎？"

娜密愠曰："余与葛语，与汝何涉？汝欲干涉余之自由耶？"言已，怫然登楼去。海利司亦无如之何也。

薄暮，云特罗独坐阅报室，老仆汤姆忽引一侦探入见。

侦探年三十许，名台维·哈里，状颇干练，云特罗肃之坐，哈里曰："顷警长见谕，谓贵宅有一要事，欲委仆侦缉，不识究属何事，能以详细情形见告否？"

老人乃详述晨间所见，并自囊中出恫吓之函，授之哈里。

哈里细阅一过，毅然曰："此事与君之家属，极有关系。今且思之，君之族人，有与君有宿怨者乎？"

老人曰："无之。"

哈里曰："然则君家畴昔之事，亦有与此函有关系者乎？"

老人曰："亦无之。"

哈里蹙额曰："虽然，君试细思之，余意此恫吓之函，必非无因而至，君若秘而不宣，则余虽欲侦缉，亦殊无从入手也。"

老人沉思有顷，忽瞿然似有所得，嗫嚅者再，乃曰："关于余之家属者，尚有一秘密之事，容余明日告君可乎？"

哈里颔之，乃出。是夜哈里亦留于云特罗家，率众巡逻，以备不虞。

晚餐后，云特罗至办事室，研究一电机模型，沉思颇苦，恐怖渐忘。

久之，钟鸣十二时，忽闻楼梯之上，足声"得得"，似有人拾级而下。老人大惊跃起，急揿电灯闭之，伏匿暗中，自囊中取手枪出，握之自卫。

稍停，足声渐近，老人搴帘一望，不觉失声而笑。盖下楼者非他，乃家中所畜之猎犬特姆也。于是复旋电灯使明，伏案研究如故。

不料一刹那间，黑衣盗自老人椅后，徐徐而出，手握一小匕首，刃薄如纸，锯利无匹，电光映之，闪烁可怖。盗蹑足而前，至老人之背后，以刀力刺其颈。霜刃骤下，鲜血四溅。

老人痛极跃起，欲呼而口不能声，乃急按案上之电铃。铃鸣，盗大怒，举刀连刺之，老人遂颓然仆地。

第三章

夜色沉沉，万籁俱寂，侦探台维·哈里，时方蹀躞于大门之左右，忽闻云特罗办事室中，隐约有电铃之声，侧耳细听，则又寂然无所闻，异之，乃徐步而入。至办事室外，见室中灯光已熄，昏黑异常，掀帘一望，绝无所睹，乃摸索而入，揿电机启之。

灯光骤明，室中惨厉之景象，遂突触于眼帘。盖老人云特罗，已被刺仆地，僵卧于血泊之中。哈里大骇，急俯而抚之，则气息已绝，而尸体尚温，知其被刺之时当未久也。

哈里略阅一过，即奔至窗前，自囊中取手枪出，向空连开十余响，一时窗外园中之卫队，闻声咸至。

哈里隔窗呼曰："云特罗君已被刺，汝等驻防之处，曾见有人出入乎？"

卫队咸摇首曰："无之。"

哈里曰："然则凶手尚未漏网，或匿身于幽僻之处。汝等速往搜之，勿令兔脱！孰能捕获者，当不吝重赏。"

卫队皆曰："诺。"乃各奋勇持械而去。

哈里方欲返身出室，报告宝莲，而宝莲已仓皇至矣。

是晚宝莲独处卧室，尚未就寝，斜倚沙发，阅书自遣。

忽闻楼下办事室中，电铃大鸣，继以手枪声，轰然不绝，女大惊，掷书跃起，开门而出，狂奔下楼，直入办事室，瞥见其老父云特罗，僵卧于写字台傍。

哈里见宝莲至，大声曰："密司勿惊！云特罗先生被刺矣。"

女骤闻此言，骇极失色，心房颠跃，不知所措，急趋至其父之尸傍，伏地检视，见老父面色惨白，气息已绝，创在项间及两胁，而咽喉一割，尤为致命之伤，鲜血汩汩，尚溢出不已。女伏尸大哭，辟踊呼天，恸不欲生。

此时葛雷训、汤姆及家中诸臧获，闻声毕集。稍停，伊才尔、海利司、娜密三人，亦施施而至。众人睹此奇变，皆瞠目大骇，莫测其故。

海利司趋至宝莲之傍，握其手，柔声慰之，劝令勿悲。葛雷训及哈里，则将室中各器物，一一细加检察。

已而宝莲悲稍止，偶一回顾，忽指墙上一照框，失声惊呼。众闻声，咸注目墙上，见照框方四尺许，中系宝莲之小影，丰致嫣然，貌殊逼肖。而小影之上，则插有极锋利之匕首一柄，众见之，相顾惊讶。

哈里趋往细视，见匕首之上，鲜血犹新，乃曰："此凶器也，须俟验后方可移动。"

时卫队入白，谓凶手遍搜不获，哈里大疑，已而忽瞿然似有所得，厉声曰："以吾观之，刺杀云特罗君之凶手，必此宅中人也。"

言出，众皆愕然，而伊才尔及海利司，尤相视失色。

哈里续曰："今汝等皆有凶手之嫌疑，可各归卧室，不得自由出入，静俟验尸官之传询可也。"

众乃纷纷散出，宝莲则亦由佣妇二人，扶归寝室。

宝莲返卧室，伏案恸哭，哀毁逾恒，女佣在傍，则竭意慰藉之。良久，宝莲悲稍杀，女佣辈乃相率引去。

时壁上钟声，已报四时，宝莲渐觉疲倦，欲入内室稍息，乃拭泪起立。行近内室之门侧，黑衣盗忽自室中跃出，以门帘蒙宝莲之头。宝莲大怒，急奋力与抗。然盗之膂力至伟，两臂如铁，宝莲力挣不得脱。

扭斗久之，盗大怒，猛推宝莲之肩，宝莲颠而仆，晕绝于地。盗乃仍以门帘蒙其头，挟之启户出，蹑足下楼。

时楼下适阒无人在，盗乃闪入办事室，轻启地道之门，将宝莲曳入，复闭之，然后蜿蜒曲折，直趋地道之他端，启铜像下之小门而出。

复行数十步，至围墙之下，四顾无人，乃置宝莲于地，撮口作怪声。

稍停，忽有一蒙面之盗党，逾墙而入，黑衣盗以手作势，指地上之宝莲。盗党颔之，乃倏然而去。

盗党俯视宝莲，方欲挟之而遁，忽闻履声橐橐，自远而近，则化学师葛雷训至矣。

初哈里挥众出室后，即以电话报告警察署，请验尸官速来检验，并请派警探若干人，来宅助缉。警长许之，哈里仍恐凶手匿迹宅中，乃亲持手枪出，与葛雷训分道搜查。

时天已微明，东方作鱼肚白色矣。葛雷训搜至会客室，无意中推窗一望，忽遥见宅左围墙之傍，停有汽车一辆，异之，乃凭窗细瞩，见一短衣窄袖者，自车中跃下，鹤行鹭伏，沿围墙东去，行踪诡秘，瞬已不见。

葛益疑之，乃自窗口跃出，奔至围墙之下。墙不甚高，遂一跃而出，见墙外果有一汽车，惟车中空无人在，乃亦沿墙而东。

行数十武，韦尔廷之铜像，已赫然在望，忽闻墙内隐约有足声，乃复逾垣入，奔往侦缉。

盗党见有人至，急置宝莲于地，蓄势以待，俟葛雷训奔至，突起殴击。葛见其人以巾蒙面，知非善类，遂奋力格斗。

一转瞬间，盗已渐觉不敌，葛乃突捉其肩，瞋目大呼，力掷之于围墙之外。俯视卧地者，审为宝莲，大惊，欲挟之而返，不料黑衣盗自后突出，乘葛俯视，挥拳击其颅，葛晕，乃颓然仆地。

黑衣盗击倒葛雷训后，蒙面之盗党，复逾墙而入，盗以宝莲付之，使挟之速遁，己则仍启地道之门，闪身而入。

盗党挟宝莲出，置诸汽车之中，方欲驾车而逸，忽有一巡街警士，乘摩托自由车，疾驰而至，见盗党形迹可疑，即下车盘诘，欲一搜车中所载，果为何物。

盗党对答支吾，且张两臂阻警察，不令检查。警察愈疑，坚欲入车一视。盗党怒，遽直前扭警察殴之。警察不敌，乃自囊中取手枪出，轰然开放。不料盗党身手灵活，力扼警察之腕，故连放数枪，皆未命中。

相持久之，一弹忽斜飞而出，击中盗车之汽缸，缸中汽油，乃汩汩流出。盗党见之怒甚，遂奋力猛斗，凶悍异常。警察偶一疏忽，卒被击倒，晕绝于地。

盗党见汽车已坏，不能复行，乃自车中将宝莲抱出，置之警察所乘之摩托车上，驾之遁去。

其时侦探哈里，方在宅中各幽僻处，细加搜查，忽闻大门之外，枪声连作，急率诸卫队，启门出视，见一警察倒卧于地，乃扶之起。

稍停，警察渐苏。会葛雷训亦醒而驰至，警察略述殴斗之事，葛雷训曰："盗所劫去者，乃密司宝莲。我侪今宜速缉盗踪，设法救护，迟则恐有他变。"

正言间，警署所派之大队探捕，亦乘汽车而至。众大喜，乃相率上车，命司机者开足速率，飞驰追去。

盗党之遁焉，恐后有追者至，心殊惶急，且行且回顾，车之速率，遂因以稍减。

行数里，至一铁道之傍，适火车飞驰而来，自由车不得过，乃止于道傍。

及火车过后，驾之复遁，然警察之汽车，已渐追渐近，盗党回顾见之，骇极不知所措。

复驰里许，抵一高冈，盗党急极智生，乃自车上跃下，环视四周，欲觅一暂避之地，忽见冈侧林后，有石墙一带，高耸其间。墙隅有小门一，细察之，盖即韦尔廷军械厂之后门也。

盗党大喜，乃将宝莲自车上挟下，弃车道傍，闪入小门之中，幸未为他人所见。

曲折行久之，至一锻冶之场，场中有一镕铁之汽炉，满贮兽炭，其大无匹，高悬铁绳之上。兽炭已燃，乃随机轮之转动，徐徐而下。

盗党见之，忽得一恶计，乘场中工匠不备，将宝莲置诸汽炉之下，喜跃而去，欲俟汽炉下坠，将宝莲压毙。

噫！汽炉将及地矣。危哉宝莲！其将以何法脱此险耶？

第四章

东方渐明,晨曦上矣。警察之汽车,乃追至高冈之下,忽见道傍墙侧,有一摩托自由车,弃置草中。警察跃下视之,果即盗党夺去之原物也,乃呼众下车。众议佥谓盗党匿迹之处,必距此不远,遂四出搜捕。

葛雷训细察高冈之左右,始知冈后围墙内,即韦尔廷氏之军械厂,因偕侦探哈里,同入厂中细查。两人自后门驰入,搜索殆遍,杳无所得,最后至镕铁处,始得宝莲于汽炉之下。

此时汽炉已徐徐而下,不及地者,仅二尺许耳。葛雷训遥见之,骇极失色,狂奔而前,力曳宝莲之身,倒退丈余。

宝莲方离险地,但闻轰然一声,汽炉已下坠及地。葛与哈里,相顾咋舌,若稍迟片刻者,则宝莲将血肉横飞,往从其老父于地下矣。

宝莲脱险后,葛雷训扶之起坐,已而渐苏,询知顷间之事,泪坠如绠,感激万状。哈里则招警察至,命偕厂中诸卫队,加意搜查,务获盗党而后已。警察唯唯去。

葛与哈里,乃扶宝莲出厂,乘车而归。比抵家,则验尸官已先在矣。

验尸官检毕后,首招老仆汤姆至,诘以案中详情。

汤姆乃细述一过，且曰："主人之家属，除密司宝莲外，仅伊才尔等三人耳。然彼三人者，莫不野心勃勃，欲得主人之军械厂而管理之。故主人之死，实三人之所欣幸者也。今欲研究斯案，若由此入手，或能迎刃而解，幸长官稍留意焉。"

验尸官颇韪其言，乃曰："汝可往招伊才尔等至，余将逐一盘诘，以察此案之真相。"

汤姆诺而去。

时警察将照框上之匕首，拔下携入，验尸官见之，顾谓哈里曰："凶器飞插于照框之上，其意何居，殊不可解。"

哈里曰："凶手之意，殆以密司宝莲，为其暗杀之第二目的物耳。"

验尸官亦以为然。

此时忽有一警察仓皇入报，谓："蒙面之盗党，现已搜得，伏匿于冈后崭岩之下。惟据地甚险，且握有手枪，负隅自固，捕者殊难下手，卫队之奋勇往探者，已被击伤二人。请速往视，以便设法围捕。"

哈里闻报大怒，乃亲持手枪，随之而去。

云特罗之被害焉，伊才尔等三人，虽貌为哀悼，实则中心愉悦，未尝不引为快事。诚以三人之心中、目中，各有一韦尔廷军械厂之总理在，老仆汤姆所言，固不诬也。

是日清晨，三人皆独处卧室，键户默坐，热血贲张，思虑瞀乱，其脑筋遂因之而生幻象。然三人之幻象，又各各不同——

在伊才尔自思，以为其兄既逝，宝莲一弱女子，势难管理军械厂，则军械厂总理，当非余莫属。又念："余若如愿以偿，则进厂受任之第一日，当有一番婉转动人之演说。其演说之词，略谓：'余与余兄，素相友爱，今余兄猝遭惨害，余心固不胜悲悼。

然余自今日始，获与诸君握手畅叙，且夕共事，悲悼之余，又不觉非常愉快。务望诸君戮力同心，匡余不逮，俾我韦尔廷厂之军械，日益精进，发扬光大，以竟先兄未竟之志，则军厂幸甚！鄙人幸甚！'如此则厂中诸人，必异常欢迎，鼓掌之声，当与演说词相终始矣。"思至此，不觉手舞足蹈，欣然大快。

在海利司自思，则以为："从妹宝莲，已由叔父遗命，归余为妇，则结婚之后，宝莲之产，即余之产矣。军械厂总理，舍余其谁？余得管理军厂后，每日昂然至厂，厂中人必胁肩谄笑，事余惟谨。此时堂上一呼，阶下百诺，真大丈夫得志之秋也。"思至此，不觉展颜而笑，欣悦无已。

至于娜密，则又未尝不自思，以为："宝莲与余，同为闺中弱质，平日又极友爱。今察宝莲之心，不特不愿嫁海利司，抑且不慊于伊才尔，然则军械厂总理，或由宝莲自任，而引余为之辅佐，如是则厂中大权，必且渐归余手。余既得势，则厂中诸人，有不媚余事余，以博余之欢心者乎？"思至此，不觉色然以喜，快慰逾恒。

正妄想间，适老仆奉命来招，三人闻叩门声，始如梦忽觉，瞿然以起，启门而出，相继至办事室。

验尸官见三人至，逐一细加盘诘，并将三人所言，一一录入手册。三人虽形色仓皇，而语殊狡狯，绝无间隙可得，验尸官心虽疑之，卒亦无如之何也。

宝莲回家后，斜倚于室隅之沙发上，自伤身世，潸然泪下。葛雷训在傍，曲意慰藉之。海利司见女与葛昵，妒火中烧，忿不可遏。

会验尸官招葛雷训去，海乃趋至宝莲之侧，柔声曰："余睹妹悲，余心滋戚，愿妹之勿过哀也。妹能顺叔父之心，从其遗命，则叔父虽死，亦当瞑目于地下矣。"

宝莲俯首坠泪，置之不理。

海利司复握其手，作诚恳之状曰："叔父遗命，妹当忆之，今余等二人，可遵叔父遗命而行。妹之事，即余之事也，余当竭力助妹，妹其勿忧！"

宝莲勃然曰："余不能嫁汝！余父之命，余未承认，汝胡得妄言？"

海利司见女怒，乃怏怏而退。

稍停，伊才尔继至，含笑抚宝莲之肩曰："侄女勿悲！汝父既逝，不可复生，汝勿哀毁过甚，致伤汝身。后此汝家之事，愚叔不敏，当为汝效力，汝第安处家中，一切勿问可也。余素爱汝，汝其信余。"

宝莲他顾不答，置若罔闻，伊才尔乃恶然去。

娜密最后至，则嫣然与宝莲比肩坐，慰之曰："姊勿悲！今为姊计，当亟谋所以自卫之道。余与姊平素友爱，凡姊之事，余当竭余棉力，以为姊助。抑又有进者，葛雷训之为人，诡秘异常，殊不可恃，姊幸勿轻信，致受其愚。"

语未毕，宝莲怫然曰："汝勿轻诋他人！葛君诚笃，余所深悉，汝虽毁之，余不汝信也。"

娜密亦惭而退。

此时侦探哈里，率众匆匆返，谓蒙面之盗党，已被兔脱，众亦不以为意。

稍停，葛雷训与验尸官，方立而密谈。葛偶回顾，忽见室后玻璃窗上，斗现一面，状貌狰狞，固赫然蒙面之盗党也。

盗党方以手枪注室隅，欲狙击宝莲，葛见而大骇，急自囊中取手枪出，开枪击之。轰然一声，盗党中枪，仆于窗外，一时室中大乱。

葛与哈里，相率自窗口跃出，见盗党僵卧地上，枪弹直贯其胸，受伤甚重，气息奄奄，如将不属，乃命警察舁入室中，坐之椅上，去其蒙面之巾。

稍停，盗渐苏，见众人环立其前，则瞠目作恐怖状，呓语曰："余本不欲杀宝莲。余受彼之愚也。余受彼……彼……彼……彼……"言时，历指伊才尔、海利司、娜密及葛雷训四人，指已，乃颓然倒椅上。视之，已瞑目而气绝矣。

验尸官略一沉吟，乃谓伊才尔等曰："汝等四人，皆有凶手之嫌疑。今汝等各归己室，静待余之传讯可也。"众乃散。

葛雷训出，遇海利司于室外，海厉声谓葛曰："厂中今无需于君，君当即日离此，不得稽延。"

葛笑曰："君无此权力。若密司宝莲逐余，余当即日去耳。"

海虽忿甚，卒亦无如之何，乃恨恨自去。

第五章

诘旦，宝莲坐阅报室，伊才尔等亦相继至，与宝莲闲谈。宝莲心滋不怿，惟漫应之而已。

忽老仆汤姆仓皇奔入，颠声曰："昨晚恶人又至，欲启办事室中之铁箱。顷予至办事室，见箱外木橱之门，已被掘开，密司速往观之。不知箱中之物，曾被窃去否？"

宝莲闻报大骇，盖办事室中之铁箱，在一木橱之内，秘密异常，箱中所贮，皆重要之文件，设被窃去，关系殊非鲜浅，乃急随老仆奔出，驰至办事室，见箱外橱门，果已洞开，门上铜锁及栓，皆已扭断，掷于地上。幸铁箱之门，坚固异常，未被撬开，箱中各物均未失去。宝莲阅毕，仍闭而键之。

时伊才尔等三人，亦接踵入视，相顾错愕，默然无语。

宝莲命汤姆招一铜匠至，将木橱门上之锁修理完固，午餐后，乃披衣而出，驱车往军械厂。

是日午后，葛雷训独坐化学室，燃雪茄吸之，仰视承尘，若有所思。

宝莲忽启户而入，葛见宝莲至，跃起迎之。宝莲以铁箱被掘之事告葛，葛亦骇然。

宝莲曰："夜间窗户不惊，而贼得出入自由，殊为可怪。"

葛蹙额曰："此中情节，颇资研究。然密司意中，亦有可疑之人乎？"

宝莲曰："予父之被害，与予家家属有关，不言而喻。故予意惟海利司等三人，最为可疑。且彼三人者，言辞闪忽，举止诡秘，亦自有令人可疑之道在。但恨无确实证据，殊不能证明其为罪人耳。"

葛雷训拍案曰："密司之言，不为无见，予亦疑彼三人之中，必有一人为凶手，特无法指实之耳。"言已，俯首沉思，久之，忽欣然似有所得，即趋至写字台侧，自橱内取一小匣出，授之宝莲。

宝莲接视之，乃一极小之摄影器也，因曰："此物何用？予殊不解。"

葛笑曰："予有妙法，能使凶手之状貌，摄入此小匣之中。状貌既得，则按图索骥，凶手自无从狡赖也。"

宝莲喜曰："君言信乎？"

葛曰："予胡敢欺密司？惟此事须极秘密，不可令伊才尔等知之。今予当与密司偕归，布置一切。"言已，即将应用诸物，纳入一小箧中携之，与宝莲挽臂偕出，乘车而归。

车抵女家，葛与女同入办事室，闭其户，以钥键之。

女以铁箱示葛，葛审视一过，复将室中各物之位置，详加检察，见铁箱对面地上，铺有虎皮地毯一，虎头适对箱门，而箱之左侧，别有铜人一具，高可五尺许，作古代甲士之装，盖室中之陈设品也。

葛阅已，略一沉思，状殊怡悦，立自箧中取摄影机出，藏之地毯之下，使机上之凸镜，正对铁箱之门。又取小电筒一，置之铜人之掌中，电筒及摄影机之启闭机关，则各以电线连属之，合而为一，系其端于铁箱之门上。装置时左度右测，审慎异常，若惟恐其位置之稍误者。宝莲从傍观之，殊不知其意所在。

稍停，葛布置既竟，欣然微笑，意颇自得。

宝莲乃问曰："凡君所为，予实不解，不识可见告否？"

葛乃附宝莲之耳，低声曰："贼之欲启此箱，必欲得一至要之文件耳。昨虽失败，其心决不遽甘，卷土重来，或在今晚。故予置一摄影机于铁箱之对面，贼若欲启铁箱，触动箱上之电线，则箱傍铜人之掌中，当立发电光，照耀四周。贼纵骇而逸去，然其人之状貌举止，早留于我摄影机中矣。总之，此獠不来则已，来则其状若何，决无遁形，密司但拭目以俟之可也。"

宝莲大喜，遂相与启户出。

薄暮，葛雷训欲辞去，乃谓宝莲曰："予今晚有事，不能留此。此间有哈里在，其人颇干练，当能保护密司也。若此獠复来，果中予计，则摄影机中之玻片，切勿轻授他人，望即以电话告予，予当立至，为密司办理一切也。"

宝莲颔之，乃挽臂送之出，行至楼梯之侧，忽遇娜密及海利司，两人见宝莲至，状殊仓皇，略一颔首，即匆匆自去。

葛曰："吾察若辈之心，实欲不利于密司。密司处境，殊为危险，不可不防也。"因自囊中取一手枪出，赠之宝莲曰："此枪殊灵便，密司可用以自卫。夜中苟有所见，即以枪击之可也。"

宝莲受枪，纳之囊中，葛乃辞去。

是夜夜半，韦尔廷宅之办事室，忽有一不速之客，倏然莅止，则杀人恶魔黑衣盗也。

盗启地道之门，伛偻跃出，摸索而前，至木橱之侧，扭其锁，锁折，橱门乃呀然而辟。盗探手橱中，欲设法启铁箱之门，黑暗中，偶一不慎，触动橱内之电线。瞥时，箱边铜人之掌中，乃立发电光，照澈四周。盗大骇且怒，即举掌猛推铜人，铜人仆，轰然一声，震动全屋。其掌中之电光，亦因之而立灭。

迨宝莲及侦探哈里，闻声奔入，急旋电灯启之，环顾室中，黑衣盗已杳如黄鹤矣。

稍停，海利司等三人，皆施施而至。伊才尔至最后，衣冠不整，状殊仓皇。

宝莲揭起地毯，将摄影机取出，欣然谓哈里曰："葛君之计，可称绝妙。贼虽逸去，然其状貌如何，早留于我此机之中矣。"

言出，伊才尔等三人，相顾愕然，惊惶失色。

已而，伊才尔忽强饰为笑容，顾谓宝莲曰："贼状何若，余亦急欲一视。余素谙摄影术，望将玻片给余，余当代为洗出，以供众览。"

宝莲拒之曰："洗片之法，余亦能之。余当亲自一试，不劳叔父代谋也。"

哈里曰："密司能自为之最善，余当驻防室外，以为密司捍卫。"

宝莲诺之，伊才尔等乃怏怏自出。

哈里招二警察至，命驻守前后门，戒以无论何人，不得擅自出入。暗探诺而去。

宝莲旋以电话告葛雷训，略谓："贼之小影，刻已摄得，余欲洗出一视，望君速来。"

葛答云："电话中发音有异，恐半途有接线窃听者。密司勿言！余当立至。"

宝莲遂与哈里偕出，至西厅后侧之小室内。室甚黑暗，颇合摄影洗片之用。宝莲燃红灯一，携之入室，闭其门，倾药水于磁盆中，取玻片洗之。哈里则蹀躞门外以待。

先是，黑衣盗推倒铜人后，急自地道逸出，奔至门外，猱升电杆之颠，自囊中出电话听筒一，接之线上，欲窃听室中之言语，不料为葛雷训察破，以致绝无所得，乃自杆上跃下，仍闪入地道之中，附耳于壁，隐约闻宝莲云，将往西厅后小室之中，洗涤相片，乃俟宝莲出，启门入内，追踪而往。

行至西厅之前，见阶前有一铁蒺藜，重约百余斤，盗大喜，乃携之手中。

行近小室，遥见侦探哈里，方负手往来，蹀躞于小室之门外，黑衣盗恶心斗起，蹑足而前，至哈里之背后，高举铁蒺藜，猛击其颅。颅碎，血肉飞溅，哈里立毙，仆于地上。

盗见哈里死，乃力推小室之门，不料门已下键，坚不可辟。盗大怒，举铁蒺藜连击之。

宝莲在室中，突闻叩门声甚厉，知恶人骤至，欲逸无从，皇急不知所措。噫！门将碎矣，宝莲其危哉！

第六章

宝莲者，机警女子也，见盗以铁器击门，门且立碎，乃环瞩室中，亟谋所以自卫之计。瞥见案上有大玻璃瓶一，中贮药水，乃取而握之，狙伏门后。

一刹那间，盗已毁门跃入，高举铁蒺藜，欲觅宝莲击之，不料宝莲从傍突出，以药瓶力击其颅。瓶碎，盗痛而大嗥，其蔽目之玻璃，亦被击破，药水飞溅，射入两目。目被眯，急不得开。

宝莲乃乘隙逃出，奔至西厅，隐身室隅，以门帘自蔽。

稍停，盗亦追踪而至，以两手频拭其目，怒如虓虎，暴跳欲狂。宝莲遥见其状，战栗不已，帘动为盗所瞥见，盗乃直奔室隅，掀其帘，捉宝莲之颈。宝莲骇极，奋力与抗。

两人扭殴久之，宝莲卒不敌，为盗所执。盗忿极，提而力掷之，宝莲颠仆丈外，卧地不能起。

盗乃大喜，趋至宝莲之傍，以两手力扼其颈。宝莲被扼，气闭欲绝，命在呼吸。

正危急间，而救星忽至。救星何人？则葛雷训也。

初，葛雷训接电话后，即披衣而出，驱车至宝莲家，及门，自车上跃下，匆匆欲入，不料忽有一便服之警察，出而拦阻。

葛以名片示之，警察曰："予奉侦探哈里之命，无论何人，不得擅自出入。今已子夜，宅中人皆安睡矣。君入内何为？倘有要事，请明晨来此可也。"

葛曰："予奉密司宝莲之召，欲面谈一要事，君幸勿阻予，致偾予事。"

警察掉首他顾，意似不信。葛大窘，深恐宅中或生他变，焦急异常，坚欲入内一视。警察愈疑之，阻之益力，两人始而龃龉，继乃扭殴。

奋斗久之，警察力渐不敌，被葛雷训击倒。葛乃狂奔而入，至西厅后侧之甬道中，忽见一人倒毙于地，脑壳迸裂，血流涂地。俯察之，则侦探哈里也。

葛大惊，知宅中果又生变故，急欲觅得宝莲之所在。行近西厅之外，忽闻厅中隐约有喘息声，掀帘一望，见宝莲倒卧于地，黑衣之恶魔，方力扼其颈。葛骇极，一跃而入，直奔黑衣盗。

盗见葛雷训至，乃释宝莲而与葛斗。相持久之，宝莲渐苏，见葛雷训方与盗斗，乃自囊中取手枪出，向盗开放。盗自知不敌，遂推窗跃出，倏然遁去。

比葛追至窗前，则盗已踪迹杳然，不知所之矣。

盗既逸去，葛雷训乃扶宝莲起坐，宝莲握其手，谢之曰："恶人来袭，扼余几死，幸君相救，得庆更生。此德此恩，感且不朽。"

葛言侦探哈里已被黑衣盗所害，宝莲闻之，惨然泪下。

时宅中诸臧获，闻声咸集。已而伊才尔三人，亦接踵而至。

伊才尔时以两手拭其目，若酣睡初醒者。

海利司则趋至宝莲之傍，握其手曰："妹为恶人袭击，余适在睡梦中，未能尽救护之责，负疚奚如。"

宝莲冷然曰："余非葛君之助，死已久矣。"

海曰："妹得脱险，余心滋慰。然彼黑衣恶魔，胆敢肆行无忌，来此侵扰者，良因吾妹无正当保护之人耳。妹能遵叔父之遗命，下嫁于余，则余当为我妹之保护人，竭力捍卫，誓死不渝！盗虽凶悍，何足惧哉？"

宝莲摇首曰："余无论如何，誓不嫁汝，汝勿妄想！"

海利司乃怏怏而退。

时守门之警察，因葛雷训夺门而入，复招一侦探名勃雷者至，欲觅得葛雷训而捕之。及至西厅，见葛与宝莲方并坐堂上，警察自知误会，不敢复言。

葛见勃雷至，以哈里被害之事语之。勃雷大骇，急驰往甬道中，检视一过，检毕，复返西厅，招葛雷训至室隅，欲细加盘诘。葛不答，徐自囊中出徽章一，以示勃雷。勃雷阅已，笑而颔之，匆匆自去。

葛与宝莲略谈数语，亦告辞欲归。宝莲送之出，至楼梯之傍。

葛曰："夜深矣。密司可上楼稍息，不必相送也。"因相与道晚安而别。

葛出，宝莲方欲上楼，忽娜密珊珊而至，遥指葛雷训谓宝莲曰："此人行踪诡秘，恐非善类，姊若轻信之，必受其害。"

宝莲置之不答，上楼径去。

时葛雷训虽出，尚立于帘外窃听，娜密之言，尽为所闻，乃微哂而归。

翌日，伊才尔及海利司，忽请于宝莲，欲至军械厂中，参观一切。宝莲允与同往，二人大喜，立命御者往备汽车。

比行，忽不见娜密所在，宝莲怪之，以问伊才尔。

伊才尔曰："彼因昨夜下楼，感受风寒，今日忽患头痛，不克出游，已往卧室安睡矣。"

宝莲信之不疑，遂与二人偕出，乘车往军械厂。

葛雷训之私宅，在卫顿路十九号，华屋三椽，陈设雅洁。办事室据其中，左为卧室，右则会客室也。

是日清晨，葛方独坐办事室，伏案作函件，阍者忽持刺入白，云有女客求见。视其刺，则娜密也。

葛因娜密为人阴险，昨晚且亲聆其谗言，心殊恶之，不愿出见，乃挥仆令去，伏案治事如故。

久之，娜密在室外，渐不能耐，乃启户自入，缓步至葛雷训椅后，抚其肩，柔声曰："葛君终日碌碌，抑何勤劳乃尔？"

葛不得已，乃掷笔而起，与之握手，延之入会客室。

娜密与葛比肩而坐，含笑曰："君知余之来意乎？"

葛摇首曰："不知。"

娜密正色曰："余之此来，实欲有所忠告。盖君为他人所欺，君知之乎？"

葛曰："孰乃欺余？余殊不解。"

娜密太息曰："君勿怒！欺君者，乃君所挚爱之宝莲耳。余诚不解君之心中，何以只有一宝莲？韦尔廷氏之女子，非仅宝莲一人，拘拘于是，亦适见君目光之浅耳。"言已，红晕两颊，媚眼流波，斜睨葛雷训，大有毛遂自荐之意。

葛淡然曰："余蒙密司宝莲青睐，余愿已足，其敢有他意乎？"

娜密嗤之曰："君虽爱宝莲，其如宝莲不爱君何？彼以假意昵君，君乃惑之。男子之心，易欺若是，良可叹也。"

葛勃然曰："宝莲之心，余所深悉，汝胡得毁之？倘敢复言，请即离此。"

正言间，忽闻门外有啄剥声，时仆适他去，葛欲亲往启门，娜密忽变色跃起，曳葛雷训之臂，哀之曰："葛君助余！余之来此，余叔及宝莲等，无一知之。今户外叩门者，余闻其声，乃余叔及宝莲也，若为所遇，则余之名誉，必且立败。望君助余，匿于隐僻之处，勿为若辈所见，则感德靡涯矣。"言时，状甚惶急。

葛雷训怜之，乃导之入办事室，启卧室之门，使娜密伏匿其中。娜密大喜，遂闪入卧室，闭其户。

葛于是匆匆奔出，亲往启门。门辟，三客相继而入，一一与葛雷训握手。三客者何？则宝莲及伊才尔、海利司也。

第七章

　　初，宝莲与伊才尔等驱车偕出，拟往军械厂参观，驰数里，至卫顿口，车忽戛然而止，司机者下车检视，谓车中机件，忽损其一，不能行驶，修理久之，绝无效果。

　　三人在车中，焦灼殊甚，伊才尔乃谓宝莲曰："余闻葛雷训君之私宅，距此不远，今葛君想当在家，我侪盍往访之，与之作片刻谈，不犹愈于枯坐车中乎？"

　　宝莲大喜，深韪其议，三人乃相继下车。宝莲与海利司先行，伊才尔行最后，四顾无人，忽自囊中出纸币一卷，纳之司机者掌中。司机者受而藏之，两人相顾微笑，状颇自得若深喜其计之售者。

　　时宝莲及海利司，且行且语，已在数十步外。伊才尔乃疾趋而前，与之偕行。

　　复百余武，至葛雷训家门外，宝莲举掌叩门，久之，寂无应者。宝莲大讶，疑葛因事他出，返身欲去，伊才尔拦阻之。

　　稍停，门呀然辟，三人乃鱼贯而入。宝莲见葛亲出应门，喜甚，与之握手道早安。葛因匿娜密故，心殊不安，状甚忸怩。宝莲素坦率，初亦不为意也。

　　葛肃众入会客室，与宝莲比肩而坐，相与谈笑甚欢。伊才尔则踥蹀室中，左顾右盼，若有所觅，已而忽踱至办事室外，启其门，徐步而入。葛见而大骇，欲跃起拦阻之，然已不及。

伊才尔入室，忽失声怪呼，如有所见，顾谓宝莲曰："宝莲速来，汝其视之，此何物也？噫！葛君办事室中，乃有此物，良可怪哉！"

宝莲闻呼，急与海利司趋往视之，见办事室中之椅上，置有妇人用之皮袖笼一具。

海利司微哂曰："此葛君情人所遗，何足为奇？叔父见而惊呼，真少见多怪也。"伊才尔乃大笑。

宝莲此时，乃亦不能无疑于葛雷训，妒火中烧，玉容立变，立将椅上之袖笼攫得，携之至会客室，盛气问葛曰："此物何来？请速语我。"

葛见之，瞠目木立，默然不能对。宝莲愈疑，妒且忿，心乃大戚，黯然曰："余今乃知汝之心矣。汝欺余太甚，数月以来，直玩余于股掌。余何梦梦，乃受汝愚？自今以后，汝勿更至余家，余亦不愿见汝面矣。"言已，力掷袖笼于地，泪珠被面，返身而出。

伊才尔及海利司，乃意气扬扬，随之俱去。葛虽欲申辩，顾已无及，惟怅然叹恨而已。

宝莲去后，娜密珊珊自卧室出，睨葛而笑。葛勃然大怒，戟指詈曰："汝妖狐耳。汝以袖笼陷余，败余名誉，离间余与宝莲之爱情。汝之设心，可为狡且毒矣。汝亦良家子，乃无赖若是，行同贱妇，可耻孰甚！余以一念不忍，堕汝术中，悔恨莫及。汝若非女子者，余必殴汝至死，以泄余愤。汝今行矣，后此若敢再来，余当掷汝门外。汝其慎之，莫谓余之无情谊也。"

娜密被詈，羞惭无地，面乃立赪，急俯拾地上之袖笼，掩面而去。去时，葛之余怒犹未息也。

宝莲自葛雷训家出，悲忿填胸，噭然而泣，急雇一街车乘之，疾驰而归，军械厂之游，遂因此作罢。伊才尔等见宝莲归，亦相率雇车而返。

宝莲抵家，疾趋入阅报室，伏案呜咽，泪如绠縻，身世自伤，抑郁不已。伊才尔与海利司继至，见宝莲悲啼，相与窃笑于其傍。

久之，宝莲悲稍杀，海利司乃含笑而前，与宝莲比肩坐，握其手慰之曰："妹勿悲！葛雷训之为人，浮薄狡猾，素有外遇，余知之稔矣。彼以垂涎余叔之遗产，不惜曲意承志，交欢于妹，设心之险，殆无伦比。而妹乃不察，受其笼络，坚以其人为可恃，今觅何如？其人果可恃否？犹幸妹觉悟尚早，不致终受其愚，可谓天幸。愿妹之勿戚戚也。"

宝莲拭泪长吁，置之不答，海利司续曰："抑余又有请者，余叔临殁，曾以妹许配于余，妹之所闻也。日来妹以昵葛雷训故，弃余如草芥，余则爱妹如故，海枯石烂，此心不渝，冀妹之终能觉悟耳。今妹已深察葛雷训之奸，幡然悔悟，还望遵叔父之遗命，俯允嫔余，则叔父虽殁，亦当含笑于九京，不第余之私衷欣慰已也。"言已，状殊恳挚，静待宝莲之答复。

宝莲摇首曰："余与汝毫无爱情，誓不嫁汝，汝毋妄想！"

海利司闻言，失望之余，郁为盛怒，厉声曰："汝若不嫁余，余必杀……"语至此，自悔失言，戛然而止。

宝莲闻而骇然，追问曰："余不嫁汝，汝欲杀何人？"

海利司支吾曰："余言余欲自杀耳。"

宝莲默然，海利司乃邑邑而出。

娜密归，遇伊才尔于大门之内，伊才尔欣然曰："吾谋如何？葛雷训与宝莲绝，吾侪之事济矣。"

娜密蹙额曰："我窥葛雷训之心，终未能忘情于宝莲，今虽暂离，我侪尚未能引为乐观也。"

伊才尔曰："汝勿忧！余当别设一策，使宝莲与葛，互成仇敌。今宝莲在阅报室，汝勿遽往，致启其疑。"

娜密颔之，遂登楼归卧室，稍停，易寝衣而下，直入阅报室，伪为酣睡初醒之状。

时宝莲方独坐室中，支颐凝思，见娜密至，诧曰："汝头痛愈耶？"

娜密笑曰："昨夜稍感风寒，今晨脑痛欲裂，顷安卧片刻，已霍然痊愈矣。"言已，与宝莲并肩而坐。

宝莲握其手曰："汝尝暴葛雷训之恶，恨余梦梦，未能信汝，今日对汝，余心滋愧。"

娜密伪为惊异之状曰："姊言何也？余殊不解。"

宝莲乃喟然长叹，历述顷间之事，娜密听毕，愤然曰："此獠诡秘异常，余固知其非善类也。余屡与姊言，姊不余信，今竟何如？狡哉葛也，彼以虚情假意，博得吾姊之真爱情。其人可恶！其心可诛！今日余惜未往，余若在傍，必辱詈之以为快，俾知闺中弱质，正亦未易欺也。"

正言间，女佣入白，谓午膳已备，二人乃相继而出，同往餐室。

午后，宝莲与娜密，携手至办事室。宝莲抚其父之遗物，凄然泪下，娜密竭意慰藉之。

良久，宝莲悲稍杀。两人正闲谈间，黑衣盗忽自椅后闪出，蹑足而前，至两人之背后，张其巨灵之掌，欲力扼宝莲之咽喉。宝莲偶一回顾，见而大骇，一跃出丈余，始得脱险。盗怒甚，飞驰而前，猛扑之。

宝莲身手灵活，闪至盗之背后，乘势推其肩，盗立足未定，颓然而仆。宝莲狂奔欲逸，盗复跃起追之，两人绕室而走。

久之，宝莲忽自囊中取手枪出，轰然开放。盗大骇，瞥见娜密在傍，即趋前搂抱之，匿身于后。娜密被执，力挣不得脱。宝莲欲开枪击盗，因恐伤娜密，故投鼠忌器，不敢遽发。

正踌躇间，盗忽力提娜密，掷之宝莲之身。宝莲出不意，与娜密俱仆。盗乃逃出室外，奔上楼梯。

时老仆汤姆，已闻声而至，见盗登楼，即奋勇上梯追之。盗奔至梯颠，攫得一花盆，从空掷下，适中汤姆之首。盆碎，汤姆立晕，颠仆而下。

其时诸仆毕集，宝莲亦跃起驰至，乃亲持手枪，率诸仆登楼追捕，搜索良久，绝无所得，最后至洋台之上，凭阑一望，始见一人身披黑衣，倒卧园中。察其状，颇似黑衣盗。

宝莲乃率众下楼，绕道至园中，奔至其人之前，视其衣，真黑衣盗也，乃挥众扶之起，解去其衣。

衣去，面乃立露，宝莲视之，不觉失声而呼。噫！怪哉！其人非他，盖葛雷训也。

第八章

　　黑衣盗之为葛雷训，不特阅者所不信，抑亦宝莲之所不料者也。

　　宝莲见杀父之仇人，即其平日挚爱之葛雷训，悲忿填膺，芳心欲碎，恐其醒而逸去，急以手枪指其胸。

　　稍停，葛渐欠伸而苏，张目四瞩，见宝莲率众持枪，围立左右，骇极失色，茫然不解其故。

　　会老仆汤姆，醒而驰至，宝莲指葛雷训，谓之曰："此即杀余父而更欲杀余之黑衣盗也。余与此獠，不共戴天，今当速招警察来，执赴法庭，治以应得之罪。"汤姆唯唯，而心殊疑之。

　　此时宝莲忽讶曰："余叔及海利司何在？家中扰乱如是，声若鼎沸，而两人乃绝未一见何也？"

　　正言间，伊才尔及海利司，皆跟跄而至，见葛雷训被指为黑衣盗，相顾惊喜。

　　伊才尔谓宝莲曰："黑衣盗即葛雷训，实非我侪意料所及。今赖汝父在天之灵，得以破获，幸何如之，宜速执付有司，置之于法，以除巨害。"宝莲颔之。

　　葛雷训此时，乃恍然大悟，顾谓宝莲曰："汝以余为黑衣盗耶？汝亦慧心人，奈何甘受他人之欺？汝若执余付有司，在余固绝无损害，在汝则不啻自绝其臂助。此固黑衣盗之所求而不得者也。异日苟遇危难，必且悔之无及。汝其三思，勿受人愚！"

宝莲闻葛言，沉吟不决，葛又曰："余清白男子，自信无罪，决不逸去。今我侪且入室稍坐，余当将余所以来此之故，以及无罪之证据，详告密司。密司其许余乎？"

宝莲颔之，众乃相率而入，同至办事室。宝莲怀疑未去，仍以手枪自卫。

葛谓宝莲曰："余之所欲告密司者，秘密异常，请屏退众人，方可相示。"

宝莲乃挥众出室，众去，室中惟葛及宝莲在，葛乃详述晨间袖笼之来由，且曰："余因密司盛怒而归，心滋不安，故午膳之后，匆匆来此，欲以此中情节，详告密司。不意行至园中，忽有一人自洋台之内，飞跃而下，猛扑余身，余出不意，被扑仆地，头触巨石，痛极晕去。至于黑衣盗之怪服，何以加于余身，余实不知。凡余所言，字字皆实，余可誓之，愿密司之信余也。"

宝莲曰："此汝片面之词，尚未足证明汝之无罪也。"

葛略一踌躇，始怏怏曰："余有一确切之证据，在余大衣之囊中，此衣现在楼上休憩室内，祈即遣人取来，余当有以示密司也。"

宝莲乃按电铃，呼汤姆入，令速往楼上休憩室，取葛雷训之大衣至，汤姆唯唯而去。

此时杀人恶魔黑衣盗，忽又出现于三层楼上之休憩室，蹀躞室中，状殊无聊。已而见室隅地上，有铁棒一条，长可三尺许，粗如四指，乃拾起审视一过，忽以双手握其两端，竭力旋之，铁棒立曲，成螺旋之形。

盗大乐，正玩弄间，忽闻楼梯之上，履声橐橐，自下而上。

盗知有人至，急伏于室隅之帘后。

稍停，老仆汤姆，匆匆入室，取得葛雷训之衣，返身欲去。盗忽自帘后闪出，蹑足而前，高举铁棒，力击汤姆之颅，棒下，颅当立碎。

幸汤姆素灵变，突觉有人袭其后，急向右躲闪，故铁棒下击，未为所中。汤姆见盗骤至，骇极而呼，掷衣于地，狂奔欲逸。盗一跃而前，张两臂阻其去路。

汤姆不得出，急极无所为计，幸少习技击，略知扑斗之法，遂空手与黑衣盗恶斗。周旋数四，汤姆忽飞一足起，踢中盗之右手，手中铁棒，乃铴然坠地。盗忿甚，高跃数尺，直扑汤姆。汤姆倏蹲伏，出盗之胯下，乘势掀其足。盗立足未定，颓然而仆。

汤姆得间，即一跃出室，狂奔下楼，直入办事室，喘息呼曰："速捕……速捕黑衣盗……黑衣盗在楼上休憩室，速往捕之！"

葛雷训闻汤姆言，首先飞驰而出，奋勇上楼。宝莲及汤姆，随其后。

既至三层楼，直奔休憩室，一拥而入，则所谓黑衣盗者，早已踪迹杳然，不知所之。惟屈曲之铁棒，仍在地上，而葛雷训之大衣，则已撕为六七片，掷于室隅，足征汤姆之言为不虚也。

葛雷训之冤既大白，宝莲心滋不安，执其手，谢之曰："余何瞆瞆，乃疑君为黑衣盗，岂不可笑？君屡脱余于厄，而余乃以怨报德，君必且以余为非人矣。"

葛坦然慰之曰："奸人恶计，自足眩人耳目，密司受愚，亦因其宜。今事已了然，不值一哂，愿密司之勿介介也。"

其时伊才尔及海利司，亦仓皇而至，葛俯拾地上之大衣，自囊中取一纸出，藏之怀内。

宝莲问以何物，葛微笑不答，宝莲坚询之，葛嗫嚅曰："此是一万圆之支票耳。"

宝莲心虽疑之，亦不复问，但谓伊才尔等曰："葛君非黑衣盗，今已证明，我侪疑之，抱歉殊甚。"

海利司曰："葛君虽无罪，但余尚有疑者。葛君既属富家子，何必屈居于此，不识葛君能见告否？"

葛雷训伪为未闻，置之不答，但顾谓宝莲曰："余尚有他事，今当告辞，后此倘有危急，可以电话招余，余当立至。"

宝莲颔之，葛乃下楼而去。

纽约梅特蒙路之三十一号，有所谓"亨生酒店"者，下流社会之俱乐部也。店主名乔治·亨生，素无赖，喜结交匪类，故其酒店，实一藏垢藏污之匪窟，举凡鼠窃大盗、市井恶少，以至失败之党人，靡不伏处其中。每日夕阳既下，嘉宾毕集，觥筹交错，歌舞杂陈，喧哗之声，达于户外。

是日薄暮，忽有一素业律师之亚伦姆，推户直入，卒然问亨生曰："派克君曾来此否？余有要事，急欲见之。"

亨生嗤之曰："孰为派克？余实不知。汝若以其人形状语余，余或能告汝也。"

亚伦姆曰："形状何如，余亦不知，但知其人眇一目，以铁片蔽之。"

亨生不待其辞毕，跃起曰："噫！余知之矣。其人非新自爪哇来，而执业于火药厂者乎？"

亚伦姆喜曰："然！其人固新自爪哇来也。"

亨生曰："其人豪于饮，每晚必来，未尝间断。今且至矣，君其稍待。"

正言间，派克已推门而入，亨生指示亚伦姆曰："此即派克也。"

亚视之，良信，即趋至其人之前，含笑问曰："君即派克耶？"

派克见亚伦姆素不相识，突呼其名，心乃大讶，昂然曰："然。余名派克，君有何见谕？"

亚乃曳之至室隅，觅一空席据之，呼酒共饮。酒酣，亚伦姆详述派克之历史，历历不爽，如亲见然，派克乃大骇。

亚伦姆之言曰："爪哇之爱恩特山麓，有韦尔廷氏之火药分厂，厂中守者凡三人：一名乔爱，一名麦罗，一则派克也。云特罗·韦尔廷既被害，其女宝莲，登一悬赏告白于各报，略谓：凡有能知黑衣盗之历史，前往报告者，当不吝重赏。此事传至爪哇，为乔爱所闻，乔爱谓麦罗曰：'黑衣盗之为何人，惟我两人知之，今宜速往美洲，报告宝莲，领得赏金后，我两人均分之可也。'不料派克在傍，起而反对，谓：'黑衣盗之历史，余亦知之甚稔，取得赏金后，应由三人分派。'乔爱与麦罗不允，三人遂相冲突，争论不已，继以殴斗。乔爱与麦罗，各出利刃戮派克，派克略受微伤，自知不敌，启户逸出，乔爱与麦罗追之。派克逃至海滨，跃入一小舟，鼓棹而去。麦罗大怒，以飞刀遥掷之，刀略偏，适中桨上，派克始得脱险，遂乘舟至美。既抵纽约，阮囊如洗，衣食无所出，乃投身火药厂中为小工。此派克以前之历史也。"

第九章

亚伦姆言已，派克诧曰："余与君素未谋面，余之历史，君何从知之？"

亚伦姆乃自囊中出电报一纸，以示派克。派克接而阅之，则发自爪哇火药厂者也。其辞曰：

亚伦姆律师鉴：

今有余仇派克，新自爪哇来美，其人眇一目，好饮酒，常出入于俱乐部，望代为侦缉，探其寓居何处。余日内或将来美，详细情由，容俟函告。

乔爱上

派克阅毕，掷电报于案，忿然曰："然则君今日访余，欲探听余之居址乎？"

亚伦姆止之曰："君勿急急，容毕余言。自君离爪哇后，乔爱即发此电，托余探君行踪，继复致余一函，详述君等相争之故。今乔爱及麦罗两人，已首途来美，不日可至。若辈恨君刺骨，实欲得君而甘心，故君之处境，至为危险。"

派克恨恨曰："若辈必欲杀余，余亦非怯弱者流。自今以后，余当怀刃以待。"

亚伦姆徐曰:"今为君计,有一万全之策于此。君既深知黑衣盗之历史,胡不以详情告余?余当亲往宝莲处,代君报告,领取赏金。不识君意何如?"

时派克正举杯欲饮,闻亚伦姆言,大怒跃起,突以杯中之酒,直泼亚伦姆之面,厉声骂曰:"伧夫,汝勿妄想!黑衣盗历史,余既知之,自能冒险往报,何劳汝越俎代谋?汝欲欺余而取赏金,将以余为童骏耶?"言已,掷杯于案,悻悻而去。

翌晨,宝莲在办事室,阅书自遣,忽老仆汤姆持一函入,云:"有一形如小工者,以函先容,求见主人。不识主人愿见之乎?"

宝莲急展函视之,见函仅数语,字迹恶劣,曲屈类蚯蚓。其辞曰:

余知黑衣盗之历史,特来报告,欲知其详,请即见余。

宝莲阅已,大喜,急命汤姆招之入。稍停,汤姆导客入室。

客年四十许,敝衣垢面,眇一目,状貌狰狞,一望而知为下流社会中人也。

宝莲急问曰:"汝知黑衣盗之历史乎?"

客曰:"然。余名派克,黑衣盗之历史,余皆知之,特来告密。"言已,瞥见地上屈曲之铁棒,骇而呼曰:"此黑衣盗所拗屈者也,余辨之甚审,决无舛误!"

宝莲喜曰:"然。然则汝速告余,余不吝重赏。"

派克笑曰:"密司能以万金酬余,则余当以黑衣盗历史,详告密司。"

宝莲曰："此亦何难？"遂自囊中取支票簿出，欲立署万金与之。

派克止之曰："余所欲得者，乃现金或钞票耳。"

宝莲踌躇曰："现金及钞票，须往银行中取之，今未预备，奈何？"

派克曰："然则今夜七时，密司可携现金，待余于纽约市北之盎格罗桥。余当以此中秘密，一一为密司告也。"

宝莲曰："今夜汝何不仍来余家，免余跋涉。"

派克低声曰："黑衣盗乃密司之家属，余若一再来此，恐为彼所觉察耳。"

宝莲颔之，派克乃告辞而去。

薄暮，宝莲驱车至军械厂，直入办公室，招厂中司事者至，署一支票与之，令速往国家银行，提取纸币一万圆，立待应用。

司事者唯唯，方持票欲出，忽伊才尔及海利司，亦接踵而至，闻宝莲欲取款万圆，相顾错愕。

伊才尔问宝莲曰："侄女有何急需，乃欲取此巨款？"

宝莲坦然曰："今有人特来告密，自云深知黑衣盗之历史，惟须酬以万金，方肯指实其人。今约于今晚七时间，与余会于盎格罗桥，将此中秘密，详细告余。孰为刺杀余父者，今晚必能知其详矣。"

宝莲言已，两人大惊失色，伊才尔急自司事者手中，攫得支票，含笑谓宝莲曰："余若不来，侄女又受他人之愚矣。余意彼告密之人，当系市中无赖子，垂涎赏金，乃特造妄言以欺汝耳。汝若怀款而往，必为所劫，即汝之生命，亦殊危险。以余愚见，当以不往为妙。"言已，欲将手中之支票，折而撕毁之。

宝莲怒，勃然跃起，将支票夺回，厉声曰："危险与否，于汝等无涉！厂中之款，乃余之款也，余有自由提取之权，汝等胡得阻余？"言已，即仍以支票付司事者，叱令速往，司事者诺而去。

伊才尔默然久之，与海利司怒怒而出。

少顷，司事者取纸币归，点交宝莲，宝莲藏之怀中。

时壁上时计，已指六时三刻，宝莲遂匆匆出，乘车往盎格罗桥。

是日午后，葛雷训适以事离厂，傍晚事毕，归其私第，索居无聊，乃以电话问宝莲安否。

会宝莲已往军械厂，接听者乃老仆汤姆，汤姆曰："主人刻有要事，已驰往军械厂矣。"

葛疑曰："其事如何，汝知其详否？"

汤姆曰："知之。顷有一人名派克，来此告密，自言素知黑衣大盗之历史，惟须索酬万圆，方允明言，因与主人约，今晚七时，会于纽约市北之盎格罗桥。刻主人驰往厂中，提取酬款，一俟款项取得，即当亲往盎格罗桥，赴派克之约矣。"

葛失声曰："此去颇险，宝莲何为信之？然则派克之居处，汝亦知之乎？"

汤姆曰："余曾问之，彼执业于纽约之勃郎火药厂。"

葛闻言，乃掷电话听筒于案，出时计视之，视已，略一踌躇，即披衣而出，乘车往勃郎火药厂。

葛雷训既抵厂中，欲觅所谓独眼派克者，访问久之，始得之于贮藏火药之地窖内。

时已薄暮，众工人皆鸟兽散，惟派克尚独留窖中，抱膝而坐，冥想其一万圆巨款之用途，得意忘形，展颜而笑，一若酬金之已入其囊中者。

葛雷训拾级下窖，派克绝无所觉。葛徐步而前，拍其肩，厉声曰："汝名派克耶？"

派克如梦初觉，突然惊起，瞪目视葛曰："然，余即派克。汝何以知之？"

葛曰："汝知黑衣盗之历史乎？"

派克闻言大骇，辟易数步，颠声曰："汝黑衣盗之羽党耶？汝奉命来此，殆欲杀余以灭口耶？"

葛摇首曰："不然。余与黑衣盗，绝无关系。"

派克曰："然则余之秘密，汝何从知之？"

葛曰："密司宝莲告余，余故来此。今汝速语余，黑衣盗究为何人？"

派克益骇曰："然则汝殆侦探也。汝欲以威胁余，探余所知之秘密，以夺取一万圆之赏金乎？余无论如何，决不告汝。"

葛急慰之曰："汝若告余，则一万圆赏金，仍当给汝，余决不夺汝分毫也。"

派克不信，恨恨曰："汝言诳也。汝苟非侦探，即系黑衣盗之羽党。二者之中，必居其一。汝若逼余，余当与汝同尽耳。"

葛雷训不舍，坚询之，派克暴怒若狂，疾趋至梯傍，攫得小木箱一，向葛力掷。葛急闪，未为所中。

不料箱中所藏，乃极猛烈之炸药，一经震动，轰然爆裂，烟焰迷漫，火光满室。室中堆积之火药，着之即燃，遍地皆火，不可向迩。

时派克已乘隙逸出，木梯炸断，葛雷训困于窖中，危急异常，差幸身手灵活，急一跃高丈许，攀发窖顶，自窖口纵身窜出，始得脱险。苟稍迟片刻者，必且焦头烂额，葬身于火窟之中矣。

夕阳既沉，新月渐上，宝莲之亭亭倩影，乃出现于盎格罗桥畔，踱蹀往来，纵目四瞩，时时出时计视之，见时计已正指七时，而派克尚未来，心殊焦急。忽见百步外一货栈内，有两人追逐而出，飞驰而来。

稍近月光之下，貌殊清晰，见前奔者即独眼派克，浴血满身，面色惨白。

派克望见宝莲，喘息呼曰："速避……速避……黑衣盗至矣……彼杀余……彼将杀汝……"言已，颓然而仆。

宝莲闻言大骇，返身而奔，不料已为黑衣盗所见，飞驰而前，捉宝莲之肩。宝莲不得脱，乃奋力与斗。

盘旋久之，逼近河侧，宝莲力渐不敌，卒被黑衣盗所击倒。黑衣盗力扼宝莲之喉，欲掷之河中，宝莲无力抵抗，惟有听其所为，瞑目以待毙而已。噫！宝莲其危哉！

第十章

葛雷训之脱险而出也。

救火者已蜂拥而至，车马杂沓，人声嘈哜。葛为所阻，良久始得挤出，急雇一街车乘之，驰往盎格罗桥。车中出时计视之，已七时矣，深恐宝莲或遇不测，心急如焚，辗侧不安，亟令司机者开足汽机，尽力飞驰。

车行如箭，瞬息已抵桥畔，葛一跃而下，遥见宝莲之汽车，停于河滨，司机者矗立车侧，张皇四瞩，如有所觅。

葛急呼问曰："密司宝莲何在？"

司机者见葛驰至，喜甚，颤声曰："葛雷训先生至耶？主人于数分钟前，过桥东去，顷余闭隔桥有怪声，如人呼救状，其音幽惨，不识有变故否？"

葛闻言骇曰："然则密司宝莲，必遇不测矣，我侪当速往救之。"言已，飞步上桥，司机者亦攘臂随其后。

既登桥颠，见宝莲果为黑衣盗所扼，倒卧河滨，势将坠入水中。一发千钧，危急万分，葛乃瞋目大呼，狂奔而下，直扑黑衣盗。盗闻声回顾，见葛雷训骤至，其势甚猛，乃急释宝莲，返身迎斗。

扭殴久之，葛退至河滨，偶一不慎，两足为黑衣盗所执。盗尽力掀之，葛立足不定，轰然一声，堕入河中。

司机者继至，见葛雷训被击堕河，骇甚，乃奋不顾身，直前与黑衣盗搏，略一盘旋，亦为盗所击倒，晕绝于地。

其时宝莲已蹶然而起，见司机者仆，复奋勇而前，扭黑衣盗之胸。葛雷训在水中，亦泅至桥边，手攀桥栏，奋身而上。黑衣盗见葛复至，自知不敌，急推开宝莲，狂奔而逸。

会司机者亦醒而跃起，三人追之里许，卒被兔脱，乃还至桥畔。

葛与宝莲奔至派克之傍，俯视之，则刀伤在胸，血流殷地，抚之，气绝久矣。

宝莲惨然谓葛曰："此人深知黑衣盗之历史，惜猝为盗害，未竟其言，以致此中秘密，终不可得而知，诚憾事也。"

葛曰："今日之事甚怪！密司之来此，黑衣盗何从知之？密司曾以此事告他人乎？"

宝莲曰："我惟告之伊才尔及海利司耳。"

葛瞿然曰："余固疑二人之中，必有一人为黑衣盗。由今观之，益信余之揣度为不谬矣。今我侪速归，试观两人之中，若有一人不在家者，则此人即黑衣盗也。"

宝莲颔之，遂驱车而返。

车抵家中，老仆汤姆出迎，见主人安然而返，喜不自胜。

葛问汤姆曰："伊才尔及海利司安在？"

汤姆曰："两人以薄暮外出，至今未返。"

葛顾谓宝莲曰："何如？我固谓若辈形迹，极为可疑。惜两人以同时出，乃未能确指孰为黑衣盗耳。"

宝莲颔之，且曰："君所言者，不为无见。余前日乃疑君为黑衣盗，抑何可笑。虽然，君既拥有巨资，何以屈居于此，余殊不解，不识可见告否？”

葛笑曰：“余之历史，非不能告密司，特今日尚非其时耳。”

宝莲见葛不肯言，亦不相强。闲谈久之，葛乃告辞而去。

翌日晨，宝莲盥洗方毕，葛雷训匆匆而至，谓宝莲曰：“余昨晚回家，途遇旧友陆军少将阿腊门。阿君供职陆军部，近因欧洲战事紧急，我军需械甚多，特奉部令来此，购办军火。余约其于今晨十时，来见密司，密司望勿他出。”

宝莲颔之，遂与葛雷训待于会客室。

稍停，阍者持刺入，云有客求见，视其刺，果阿腊门也，宝莲急命延之入。

阿年五十余，衣陆军制服，貌甚雄伟，既入，由葛雷训之介绍，与宝莲握手。

宝莲肃之坐，寒暄毕，阿自囊中出军械目录单一纸，授之宝莲，别出一纸条授葛雷训。葛伸手接之，偶一不慎，纸条堕地，适飞于宝莲之足傍。宝莲欲拾而阅之，葛骇然，急疾趋而前，将纸条攫得，纳之囊中。宝莲心虽异之，然亦不问。

阿腊门谓宝莲曰：“我国自加入协约国以来，捷报屡传，固极可贺。惟军火之丧失，亦复不赀，国立军械厂中所出者，已有不敷应用之患。爰欲向贵厂购办若干，以济急需，其名目件数，详列单内。其中尤以机关炮一项，待用甚急，贵厂倘有制就者，祈于日内交出，俾得解往军前，听候应用。抑又有请者，军械价目，务望格外从廉，藉以节省政府之财力。密司素识大义，爱国心重，谅不斤斤于区区之金钱也。”

宝莲慨然曰：“同属国民，固当为国效力，胡敢计及金钱？机关炮倘有制就者，自当遵命点交，决不误国家之大事也。”

阿闻言喜甚，深加嘉奖，三人乃议定各货价格，注之目录单中。

正谈论间，伊才尔忽昂然而归，行至会客室外，顾谓汤姆曰："倘有客名勃郎者来访，可速报我。"

汤姆唯唯，伊才尔乃徐步入室，与阿腊门略一颔首，状殊傲慢。

宝莲见其叔至，以阿腊门购械之事语之，伊才尔瞿然曰："汝切勿允之！余有友名勃郎者，荷兰人也，现亦欲购大批军火，出价之巨，倍于阿君。余已约彼于今日上午，来此晤汝。刻已十一时，勃君殆将至矣。"

阿腊门闻言，怒形于色。葛冷笑曰："勃郎耶？所谓荷兰人者伪也。以余观之，殆德奥之间谍耳。以我国之军械，济彼敌军，是不啻间接残杀吾国之健儿也。密司宝莲，汝其慎旃！"

宝莲闻葛言，毅然曰："我厂之械，岂能接济敌军？余但知有合众国政府，不知其他。"

宝莲言已，伊才尔默然，状殊丧气。

此时汤姆忽持刺入，云有客求见。伊才尔视其刺，欣然跃起曰："勃郎君至矣，速延之入。"汤姆诺而去。

稍停，勃郎与海利司接踵而入。勃郎年五十许，峨冠持杖，作绅士装，入室后，与诸人一一颔首，胁肩谄笑，状甚谦和，一望而知为狡黠柔佞之巨猾也。

伊才尔见勃郎至，亟为介绍于宝莲。宝莲略与周旋，态殊冷淡。

勃郎坐定，含笑谓宝莲曰："余荷兰陆军部委员也，奉本国政府之命，特来贵邦采办军火，素仰贵厂出械精利，为合众国冠，意欲将贵厂存货，尽数购买。价值何如，悉听尊裁，决不计较。昨遇伊才尔君，允为介绍于密司，欣幸莫名，容敢冒昧晋谒，不识密司能见许否？"

宝莲冷然曰："敝厂之械，已尽为政府所购去，不能供他国之用也。"

勃郎坚以为请，宝莲执不许。勃郎语侵葛雷训，葛忿起与辩，伊才尔及海利司，则左袒勃郎。

争论良久，葛语殊犀利，直斥勃郎为德奥之间谍，勃郎默然。

时阿腊门先告辞而去，勃郎见宝莲不能以利动，亦忿忿辞出。

伊才尔及海利司送之，至门侧，伊才尔抚其肩曰："勃郎君识之。君之劲敌，乃葛雷训也。此獠不去，君无成功之日矣。"

勃郎曰："此獠寓居何处，能见告否？"

海利司曰："彼之私宅，在卫顿路之十九号。"

勃郎志之于纪事册中，乃匆匆而去。

勃郎既去，伊才尔及海利司复入，至办事室外，适娜密亦珊珊而至，三人立而议论。

伊才尔曰："葛雷训确系富家子，乃甘就化学师之职，恋恋于此，殊不可解。孰能探得其历史者，于我党殊有利益。"

娜密毅然曰："此事余愿任之。少顷若遇葛雷训，余当以言话之，或有所得。"

正言间，忽闻足声橙然，葛雷训及宝莲携手而来，三人乃闪入室中暂避。

宝莲与葛步至楼梯之侧，葛谓宝莲曰："今晚阿腊门家有跳舞会，拟请密司枉过，倘蒙俯允，余愿与密司偕往。"

宝莲许之，两人乃握手而别。

宝莲折而登楼，葛雷训则徐步欲去，娜密忽自室中趋出，呼葛雷训止之，含笑曰："曩日之事，余已自知不合，不识君能恕余否？"

葛坦然曰："往事何足深论？余已忘之，愿密司之勿介介也。"

娜密执其手曰："君能恕余，余心殊慰。抑余有问者：君究为何人？何以屈居于此？不识可见告否？"言已，侧首枕葛臂，媚眼斜睇，嫣然微笑。

葛正色曰："密司欲知余之历史耶？余当详告密司，但密司切勿转告他人。"

娜密喜曰："君若告余，余誓不宣泄。"

葛乃大声曰："余上帝座前济弱扶困之双翼天使也。"言已，抚掌大笑。

时宝莲在梯颠，闻葛与娜密周旋，心殊妒之，乃凭栏而听，忽闻葛作滑稽语，以戏娜密，不禁失声而笑。

娜密以白眼饷葛，恧然自去，葛乃嘻笑而出。

第十一章

　　合众国之加入战团焉，同盟军大为震惊，于是德奥人潜身入美，充间谍之役者，实繁有徒，诡计百出，密谋破坏。其同党党人，又往往以争功故，自相残杀。合众国政府，虽下令严缉，然溷迹各地者，仍不稍减。

　　葛雷训之仆麦林姆，即其一也。麦籍隶奥国，为驻美间谍队队员，奉队长之命，投身葛家为厮役，意欲有所侦缉，不意葛雷训人极精细，防伺綦严，羁延多日，绝无所得。

　　是日薄暮，葛与宝莲偕赴跳舞会。晚餐后，邮差忽送一函至，麦接而视之，见函面但书"卫顿路十九号，葛雷训先生收"，下不署名，封固完密，状殊紧要。

　　麦异之，知主人未必遽返，遂以水湿函口，轻启其封。良久，函被揭开，私将信笺取出，略读一过。于是，葛之历史，尽为所悉。

　　麦喜甚，欣然自得，正欲照式封就，置之案上，不料室门陡辟，一人昂然而入，状殊闲暇。麦大骇跃起，视其人，初不相识，心殊讶之。

　　其人厉声曰："凡汝所为，予已一一窥见，不必隐讳。汝所私阅者何物？速出示予。"

麦不得已，以手中之函授之。其人阅已，仍为封固完好，置之案上，顾谓麦林姆曰："察汝之状，殆亦吾道中人耶？汝速以实告予，免致误会。"

麦林姆此时，心乃稍定，遂自囊中出徽章一，以示其人。

其人曰："汝乃奥国之间谍耶？然则予之与汝，实属同道。盖予乃德国驻美间谍队队员勃郎也。"

麦闻言大喜，急趋至外室，键其大门，键已复入，曳椅延勃郎坐。勃郎领之，先将手套解下，掷之案上，然后据案而坐，与麦林姆各举侦探所得，互相讨论。

正谈议间，忽闻门外有啄剥声，麦骇然跃起曰："葛雷训归矣。奈何？"

勃郎闻言，亦大惊失色。麦急曳勃郎至室隅，匿之帘内，低声曰："葛为人极机警，君幸勿作声，致为所觉。葛每日归后，门皆下键，钥在彼身，予殊无法释君去。君宜留此一宵，俟明晨葛出，始可脱身也。"勃郎领之，麦乃匆匆出，启门。

稍停，履声橐橐，葛雷训昂然而入。麦为去其外褂，以案上之函授之，忽见勃郎之手套，未曾携去，仍在案上，不觉骇极失色，急乘葛不见，匿之书下。

葛接函后，欲拆而阅之，忽见封口有水痕，按之尚湿，异之，回顾麦林姆，见其神色荒张，心殊疑之，然亦不言。阅函毕，略一盘旋，遂启卧室之门而入，解衣就寝。

诘旦，葛雷训晨起，盥洗毕，即披衣而出，驱车赴纽约。

葛既去，麦林姆如释重负，急趋至室隅，掀帘招勃郎出，低声曰："予为君故，一夕未能成寐。今葛雷训去矣，君宜速出，勿再留此，致偾予事。"

勃郎嗤之曰："汝何胆怯乃尔？予既来此，安能默尔而去？

予昨晚思得一妙策，大功之成，当在今晨，愿汝之能助予也。"

麦林姆曰："君妙计何如？倘能详以告予，予或可助君。"

勃郎曰："予奉本国政府之命，率党来此，私购军火，因我国克虏伯厂所出者，早已不敷应用故也。余抵美后，探得韦尔廷厂之军械，精利异常，为私立各厂冠，每日出品，数亦不少，拟以重价购得，藉以接济我军，因先以巨金赂宝莲之叔伊才尔，请其为余介绍，往见宝莲。不意昨晨见宝莲后，始悉厂中之械，已为美国政府，捷足购去，主其事者，即葛雷训也。事迟一步，悔已无及。且宝莲惑于葛雷训之说，事事以爱国为前提，不能以利动。周旋久之，无隙可得，予乃废然而返。昨晚予伏匿帘后，竟夕未寐，忽又思得一妙策。盖予观宝莲之于葛雷训，情爱颇笃，信任殊深，今汝可以电话致宝莲，伪托葛雷训之名，招之来此。予当以武力胁迫宝莲，逼其与予订约，以韦尔廷厂中之械，供我军之用。予与汝皆为同盟国人，同仇敌忾，利害相关，谅汝之必能助予也。"

麦林姆闻勃郎言，心甚妒之，貌殊不怿，冷然曰："君此策虽佳，予实不乐预闻。盖宝莲一弱女子，乃诱之来此，以武力相胁迫，殊非大丈夫之所应出也。且予若助君，君固成功去矣，予则岂能复留？来此多日，绝无所得，归见队长，其将何辞以对？君但为一己计，独不为予地乎？君其速去，予不能许君也。"

勃郎闻麦不允，勃然大怒，突自囊中取手枪出，指麦林姆之胸。麦大骇，急高举两臂，示不敢抗。

勃郎厉声曰："汝若违予，予必杀汝，勿谓予之无情谊也。"

麦林姆不得已，乃趋至电话机侧，以电话招宝莲，悉如勃郎所教。勃郎则持枪对立，遥相监视。

麦林姆发电话时，以左手握听筒，右手则徐徐伸入囊中，摸得一手枪，乘勃郎不备，突然击之。不料勃郎狡猾异常，早有所见，伪为未觉，俟枪弹至，倏向下蹲，未为所中。

麦林姆仓皇欲逸，勃郎乃还枪击之，轰然一声，麦仆地而死。

是日清晨，宝莲正独坐阅报室，手一报纸读之，藉遣寂寞。

忽闻电话铃声大鸣，听之，则葛雷训之仆麦林姆声也。宝莲每至葛雷训家，麦辄伺应左右，故麦之声音，宝莲辨之甚审。

麦问曰："密司宝莲在家否？予有要事相告，乞请其一听。"麦言时，声颤而气促，似受有剧惊者。

宝莲讶曰："予即宝莲也。汝有何事语予，望即见告。"

麦林姆略顿，始续言曰："密司在家甚善。予主葛君，祝密司晨安。顷主人云：现有关于厂中之要务，拟与密司面商，请密司迅速来此，切勿迟延！"

宝莲曰："葛君既有事见商，胡不枉过予家，免予跋涉？"

麦徐曰："主人治事甚烦，函牍山积，手不停挥，殊无暇过密司家也，望密司速……速……速……"言至此，电话中忽砰然发大声，语乃戛然而止。

宝莲大诧，知葛雷训家中，必发生变故，中心惶惑，急欲驰往一视，乃披衣而出，立命御人驾汽车。车至，宝莲一跃而登，嘱司机者，开足汽机，尽力飞驶。

车行如矢，瞬息十余里。行刻许，抵葛雷训家。宝莲自车上跃下，推其门，门乃未键，呀然而辟。

宝莲遂徐步而入，初至会客室，室中阒其无人，幽寂异常，复由会客室入办事室。门方启，见一人倒卧血泊中，宝莲初疑为葛雷训，大骇失色，心房震跃，战栗不已。继始察其非是，乃趋至其人之身旁，细视之，盖即葛雷训之仆麦林姆也。

麦面色惨白，气绝已久，胸口有枪伤一处，鲜血殷然，汩汩不已。尸旁有手枪及电话听筒各一具。宝莲阅已，心乃大悟，知顷间电话中止之时，即麦林姆绝命之时也。

麦于一刻钟前，尚以电话通款曲，乃一转瞬间，已死于非命。人生朝露，良可慨叹。然枪杀麦林姆者，究为何人，岂葛雷训耶？抑别有一人，而葛亦被其杀害耶？思至此，迷离恍惚，如堕五里雾中。

念案情离奇若是，非报告警察不可，方欲返身而出，忽见葛雷训卧室之门，陡然大辟，黑衣盗自室中跃出，扬臂怪呼，直扑宝莲。宝莲惊悸亡魂，欲逸不得，乃绕室而走，黑衣盗飞步追之。

相持良久，卒被盗所擒获，盗按之地上，扼其咽喉，宝莲气闭欲绝，奋臂力挣，终不得脱，命在呼吸。正危急间，而葛雷训至矣。

第十二章

初，葛雷训之驱车而出也，本以事欲如纽约，行十余里，忽遥见一汽车迎面来，其疾如飞，风驰电掣，一瞥即过。车中端坐一女子，丰姿秀逸，仿佛是宝莲，急回顾，车已去远。

葛思："宝莲清晨乘车出，意欲何往？且车行甚疾，如有急事，得毋又中他人之诡计耶？"一念及此，心殊不安，决意暗随其后，藉资捍卫，遂命司机者将车旋转，飞驰逐之。

无如葛之汽车，较宝莲所乘者略小，速率亦不逮远甚，虽尽力狂追，终不能及，葛心殊焦急。

行久之，至卫顿路口，始遥见宝莲之汽车，停于其家门外，葛恍然失笑，以为宝莲因访己而来，而己乃疑其有他故，驱车追逐，岂不可哂？急命司机者止车门侧，一跃而下，推门入内。

方至会客室，即闻办事室中，有争斗声甚厉，葛大惊，飞步奔入，见宝莲适为黑衣盗所扼，倒卧地上。葛乃瞋目大呼，直扑盗身。盗见葛雷训忽至，怒发如狂，突将宝莲提起，向葛力掷。

葛救阻不及，急张两臂抱宝莲，宝莲仆入葛之怀中，幸未受伤。盗乘此间隙，奔至窗前，破窗跃出，越墙而过，逃往邻家。

葛与宝莲追出窗外，盗已不见，两人乃绕道而出，奔至大门之外，遥见黑衣盗自邻家墙上，一跃而下。墙外适停有汽车一辆，盗乃跃入车中，驾之而逸。

葛与宝莲见之，乃亦相率登汽车，开足汽机，竭力追赶，一驰一逐，迅若飞矢。

追数里，两车渐近，遥见盗车背后之号码，为九七六九号，葛乃出怀中记事册，以铅笔记之。

复里许，两车距离益近，相隔仅二三丈，葛大喜，自囊中取手枪出，欲开枪击之。此时适驰至一电车轨道之旁，盗车在前，疾驶而过，及宝莲之车至，适有一电车飞驰而来，横梗其中，猝不得过。迨电车开去，则盗之汽车，早已踪迹杳然，不知驶往何处矣。

葛与宝莲乃废然而返，宝莲在车中，以前事语葛。葛闻麦林姆死，心殊骇然，初意疑为黑衣盗所杀。

比抵家，奔入办事室，至尸旁检验一过，始知其中情节，尚有可疑者在。继复于麦林姆囊中，搜出徽章一枚，细视之，欣然色喜，似有所得。

会宝莲告葛，黑衣盗自其卧室出，葛乃趋往卧室检视，足方跨入，即失声而呼。宝莲闻声入视，见一人横卧于葛雷训榻上，胸口插一小匕首，血殷床褥，抚之已僵。两人相顾错愕，莫测其故，及俯视死者之面，惊异尤甚，诧为怪事。

噫！翳何人？翳何人？盖即昨日欲购军械之荷兰人勃郎也。

此突如其来之暗杀案，奇变莫测，虽精警灵敏如葛雷训，亦不能不诧为怪事。

此时第一须研究者，即彼荷兰人勃郎，何为而倒毙于此？葛乃出其侦探之经验，先将勃郎身畔，细加搜查，忽在其里衣之囊中，搜得铜质徽章一枚，细视一过，始恍然于勃郎所以来此之故。继复在卧榻之侧，拾得实弹手枪一支，其为勃郎所遗者，尤不言而喻。

卧室检视已毕，复启户至办事室，将室中各物，一一详加检察，忽在案上书籍下，搜得手套一付，而室隔帘后之地板上，又有足印无数。

葛检查毕，欣然谓宝莲曰："此中情节，余已十得七八。彼荷兰人勃郎者，余早疑其系敌国之间谍，由今观之，益知余之所料为不谬矣。盖勃郎系德国之间谍，而余仆麦林姆，则系奥国间谍队队员也，两人怀中所携之徽章，即其铁证。

"勃郎之入余室，尚在昨日晚间，当时实与麦林姆同谋，曾将余案上之函，私自启视。会余自跳舞会归，勃郎不得逸，乃匿于室隔帘后。今晨余离家后，勃郎乃与麦林姆商议，使假余命以电话招密司来，欲加谋害。正在发电话时，二人不知因何起衅，麦林姆欲以手枪击勃郎，不料勃郎之枪，突然先发，遂将麦林姆击毙。故麦之尸傍有一手枪，而卧室之内，复另有一手枪也。

"勃郎击杀麦林姆后，乃持枪入余卧室，意欲有所搜觅，不意黑衣盗适在室中，见勃郎入，突起击之，勃郎之手枪，先被黑衣盗击落。两人扭斗良久，勃郎卒不敌，被盗推倒，仰仆榻上。盗出小匕首揸其胸，适中要害，勃郎乃立毙。此两人身死之大略情形也。"

宝莲曰："然则黑衣盗从何而入？"

葛曰："此则尤为易明。余卧室之西，有玻璃窗二，窗外为一僻巷。余今晨离家时，曾将此窗关闭，今已大开，故黑衣盗之入室，其为越窗而进，可无疑义。"

宝莲见葛雷训揣度案情，历历如绘，不觉颔首者再，深服其料事之神。

葛此时乃启门而出，招一警察至，以两人之尸身示之。警察大骇，目灼灼视葛，心颇疑之。葛将案情略述一过，并出两人之徽章为证，警察意始释然，亲往警署报告，请验尸官来宅检验。

宝莲告辞欲返，葛恐途中复有危险，乃亲自驾车，送之归家。

葛雷训伴宝莲归，即以电话致警察署，详述此案颠末，并以黑衣盗所乘汽车之号码，报告警长，请为侦缉，警长许之。

稍停，警长复电，略谓："九七六九号汽车，查系纽约某公司之物，于昨日晚间，被人窃去，今晨来署报告，乞为查究。现已派得力探捕，四出侦缉，并通知纽约市岗警，一律加意检查。大约一二日内，必能得其踪迹。倘有端倪，即当驰告云云。"葛听毕，深致谢忱。

此时宝莲忽诧诧曰："余叔及海利司安在，何以不见？"

老仆汤姆在傍，应声曰："两君以今晨黎明出，至今未返，不识何往。"

葛及宝莲皆大疑，正议论间，伊才尔忽匆匆而归，直入办事室，猝然谓宝莲曰："勃郎死矣。彼乃德人之间谍，余误信其言，为之绍介，懊恨莫及。犹幸汝具卓识，未受其愚，诚我国之福也。"

宝莲漫应之，瞥见伊才尔左手腕上，绕有白布二寸许，如曾与他人殴斗，以致受有重创者。

宝莲愈疑，乃问曰："叔父腕上，何故束以白布？"

伊才尔闻宝莲言，状殊惶急，含糊曰："余近得疯疾，此臂酸楚异常，几致不能屈伸。昨延医生诊治，医生以治风药布给余，余故缚之腕上也。"

宝莲见其狡辩，亦遂不复盘诘。会阍者入报，陆军部特派员阿腊门求见，宝莲命肃之入。

阿腊门入室，与宝莲握手，欣然曰："密司昨日能以爱国为前提，不为利诱，可敬孰甚。今晨道路喧传，德间勃郎，已为黑衣盗所杀，益佩密司之卓识，非常人所及。贵厂利器，卒为国用，欣幸奚如。协约军健儿，皆食密司之赐矣。"

宝莲谦曰："同属国民，理固宜然。过蒙奖借，实增汗颜。今承枉顾，不识有见谕否？"

阿腊门曰："顷得政府训令，第三批预备队，将于日内出发，所购贵厂之机关炮，拟即令带往欧洲，以资前敌之应用。惟此种机关炮，尚未试演，不知速率何如？余因来此与密司商议，于明日午后，将贵厂之炮，择地试放。试过后，即请如数点交，俾得回部复命。"

宝莲颔之，且曰："我厂自有试炮之场，不必另择他处。惟其地幽僻异常，人迹罕至，余当作一简单之地图，君第持之而往，当不致有迷途之患也。"

阿腊门大喜，约于午后三时，来取地图。宝莲诺之，乃告辞而去。

第十三章

阿腊门既去，伊才尔亦托故而出。

时已午正，侍者入白，谓中膳已备，宝莲遂留葛雷训同食，食已，复携手入办事室，比肩而坐，谈笑甚欢。

久之，钟鸣三时，阿腊门复翩然莅止。会伊才尔与海利司，亦自外偕归，同入办事室。

阿腊门向宝莲索地图，宝莲颔之，乃起至写字台侧，据案而坐，伸纸命笔，绘一简单之地图。葛雷训等四人，则从傍环观之。

宝莲绘已，指谓阿腊门曰："我厂试炮场，在茫顿司土山之麓，距厂约十余里，蔓草蔽径，荆棘遍地，人迹罕至，境极幽僻。场之宽广可数十亩，炮垛在其北，据土山，山坡之上，即图中绘有记号之处也。场之东南隅，别有小屋一所，平时系守场者所居，迨试炮时，则借为挥旗发令之处。场中大势，如是而已。明日清晨，葛君到厂后，可先饬厂中工人，将机关炮一尊，配就子弹，舁往试验场，择地安置，并将厂中炮手，选一干练者，令携应用之物，预往场中伺候。阿君午膳后，可先至军械厂，会晤葛君，与之偕往。至于挥旗发令之职，即烦葛君任之。余意如是，不识两君以为若何？"

葛及阿腊门，皆点首称善。

正议论间，忽闻砰然一声，一大石自窗外飞入，窗上玻璃被击，碎为数十片，锵然四溅。室中人皆大骇跃起，葛雷训恐有他变，急自囊中取手枪出。

众人惊魂稍定，一拥至窗前，推窗一望，见室外园中寂然如故，杳无人影，众乃相顾错愕，诧为奇事。葛雷训逾窗而出，至园中搜索一过，亦绝无所得，废然而返。

宝莲归座，欲以地图与阿腊门，不料一刹那间，案上地图，早已不翼飞去，室中搜寻殆遍，竟不可得。宝莲及阿腊门，益咄咄称怪。

葛雷训恍然曰："我侪又中奸人之诡计矣。彼欲窃我地图，苦于无从下手，乃使其党隔窗掷石，以惊我侪。我侪不察，纷纷离座往观，无复有顾及地图者。彼乃乘此间隙，窃图而去。其计亦狡矣哉！"言已，斜睨伊才尔。

伊才尔俯首默然，不敢仰视。

宝莲曰："彼窃我地图，意果何居？"

葛曰："殆欲破坏我试炮之举耳。"

宝莲笑曰："然则贼亦愚甚。彼虽窃去，余岂不能更作一纸耶？"言已，复取笔绘一地图，付之阿腊门。

阿慎重藏之囊中，乃告辞而去。

威迪生路者，纽约西郊之偏僻处也。其地多矮屋，瓮牖绳枢，鳞次栉比，类皆为窭人之居，而盗贼党人之伏匿其间者，尤实繁有徒。

是日午后，路口站岗之警察，为一百九十二号，手执警棍，蹀躞道中，往来久之，状殊无聊，乃徐步至道傍，倚墙而立，曼声度《毋忘侬》之歌，得意忘形，则以警棍击电杆为节。其声珰珰，与歌声相和答。

正欣然自得间，忽遥见一汽车疾驰而来，车中人衣黑色外褂，头戴呢帽，帽边半覆其面，俯首握汽机，车行如飞，自警察身傍驰过。

警察斗忆昨日之训令，歌乃中辍，瞿然注视，见车后之号码，固赫然九七六九也。警察大喜，急飞步追随其后，正欲自囊中取警笛出，召邻警围捕，忽见汽车驰至百余武外，戛然而止。

车中人一跃而下，推道傍一小屋之门，闪身而入。警察奔至车前，仰视小屋之门牌，则八十七号也，知此中必系盗窟，若贸然入捕，则寡不敌众，反足偾事。

略一踌躇，乃奔至附近报警处，以电话报告警长，略谓九七六九号汽车，刻已查得，黑衣盗现匿威迪生路八十七号，请速多派警探，来此围捕云云。

警长得报，即以电话报告宝莲。

是日正韦尔廷厂试炮之日也。

宝莲午膳后，索居无聊，正拟亲往试炮场一视，忽闻电话铃声大鸣。听之，乃发自警署者，略谓："黑衣盗踪迹，现已查得，请密司与葛雷训君，速临敝署，以便偕同探捕，同往搜捕，万勿迟延，至急至急！"

宝莲听毕大喜，时葛雷训已往试炮场，不及往召，遂取手枪一支，纳之囊中，独自披衣而出，驱车往警署。

至则警长已选派精干警探十余人，持枪伺候，立待出发。宝莲与警长略谈数语，即偕诸警探，同乘汽车，飞驰而往。

行刻许，至威迪生路，遥见报告之岗警，尚矗立于八十七号之门外。

岗警见众人驰至，喜曰："盗尚未遁，我侪速入捕之，或可一鼓而擒之也。"

众乃纷纷下车，推其门，则已内键，坚不可辟。宝莲急以手枪轰其键，键脱，门遂立启，众人一拥而进，见室中昏黑异常，阒无人影，陈设极简，惟破旧之器物数事而已。

宝莲瞥见室隅有木梯一，乃率众奋勇登楼。梯尽，见一小门，众破门而入，搜索久之，绝无所得，宝莲乃大讶。

此时众警探议论纷纭，或咎岗警监守不严，致被兔脱。岗警指天自誓，坚言黑衣盗入室后，未见其出。

正聚讼间，宝莲偶俯视楼板，忽失声而呼，如有所见。众闻声趋视，宝莲指以示众。众俯察之，见中有一板，状类小门，似可启闭。

宝莲毅然曰："此板之下，非地窖即隧道也。盗或伏匿其中，我侪宜设法启之，俾得入内一搜。"

众亦以为然，乃纷纷以铁器撬板，板坚不可启。

时宝莲偶旋其躯，适触室隅一木箱，箱倒，见其下有一小轮，宝莲执而旋之，轮动，板乃立启。众大讶，共叹其机关之灵妙。

宝莲俯视板下，果一隧道也，始知黑衣盗早由此道遁去，搜亦无益，乃止众勿下，仍为闭之如故。众以徒劳往返，心殊怅怅。

时宝莲忽在地道之傍拾得一纸团，展视之，即昨日失去之地图也。宝莲阅已骇然，思地图既为黑衣盗所窃，则其欲破坏试炮之心，灼然可见。今场中正在试炮，盗若自此逸出，径往场中，施其诡计，则葛雷训等，必罹危险。

一念及此，焦急殊甚，拟亲自驰往报告，使葛等预为防范。商之警察，警察亦愿同往，宝莲大喜，乃率众飞步下楼，启门而出，驱车往韦尔廷试炮场。

当宝莲搜捕黑衣盗之时，正阿腊门等在场试炮时也。

葛雷训据小屋为发令处，手执红旗，凭窗而立。炮手以子弹纳炮中，俟葛雷训红旗一挥，则轰然开放。阿腊门立炮手之后，手执铅笔及记事册，察其速率及远度，一一记之册中。

一炮试毕，葛入室稍息，炮手另以子弹实机关炮，阿腊门则负手观之，间与炮手相问答。

正闲谈间，黑衣盗突自树林中闪出，蹑足而前，至阿腊门背后，力击其颅，阿出不意，被击仆地。炮手见而大骇，跃起与盗斗，略一盘旋，亦为黑衣盗击倒。

盗大喜，乃将机关炮之炮位旋转，使炮口正对小屋，燃其药线，摇动机关，炮弹乃续续而出，飞着小屋，屋上玻璃窗，击为粉碎。

葛雷训在室中，闻声跃起，隔窗一望，见开炮者已易为黑衣盗，心乃大骇，欲逸无从，皇急不知所措。

比时弹如雨至，烟焰四起，墙圮壁倾，梁摧栋折。行见义侠之葛雷训，将葬身于小屋之中矣。

第十四章

宝莲自盗窟出，心乱若麻，性急如火，跃登汽车后，即命司机者开足汽机，尽力飞驶。

车行久之，至茫顿司山之附近，闻炮声隆隆，震耳不绝，初以为场中试炮之声也。复里许，抵山麓，崭岩荦确，车不能驰，宝莲率众跃下，舍车而步。

行数十武，至一高岗，时距场益近，登岗远眺，纤屑毕现。宝莲遥望场中，骇极而呼，震越失次，如遇鬼魅。盖遥见机关炮所轰击者，乃发号出令之小屋，而开炮之人，固赫然杀人恶魔黑衣盗也。

宝莲急顾谓警察曰："黑衣盗自地道逸出，果潜行来此，施其恶计。今葛君及阿腊门等，处境极危，我侪宜速往救，迟则恐遭其毒手也。"

警察颔之，遂疾驰下岗，奋勇前进。

不料宝莲登高瞭望时，已为黑衣盗所瞥见，盗将炮位旋转，使炮口正对宝莲，开炮轰击。宝莲驰不数步，一弹飞来，适堕于其身之左侧，沙砾四飞，烟焰蔽空。宝莲骇极，不敢复进。

警察急曳宝莲伏地，蛇行而前，但闻炮弹簌簌，自头上飞过，络续不绝。众见炮火猛烈，无敢进者，黑衣盗颇欣然自得。

此时卧地之炮手，忽渐苏醒，见黑衣盗正开炮射击，乃跃起与斗。盗为炮手所扭，不复能开炮。

宝莲等见炮火忽止，相与奋勇跃起，疾驰而进，直抵试炮场。会阿腊门亦醒而跃起，盗见捕者麇集，自知不敌，乃突将炮手扑倒，狂奔而逸。

比宝莲及警察至，盗已去远，顿瞬不见。宝莲急奔至小屋之前，推门而入，见室中寂无人影，不觉大讶。

会阿腊门及警察亦至，见葛雷训忽失所在，相顾错愕。宝莲遍搜室中，高呼葛雷训之名，正仓皇间，忽见室隅一铁箱之门，呀然而辟，葛雷训自箱中跃出，视宝莲而笑。

宝莲大喜，急趋至葛之身傍，执其手，嫣然曰："葛君无恙耶？余骤睹此变，心胆几裂。君何能脱险？幸速语余。"

葛曰："承密司垂爱，冒险来救，感胡可言！顷余见炮弹纷至，猝不得出，急欲觅一藏身之所，忽见室隅素贮炮弹之大铁箱，其中空无所有，余乃伏匿箱中，闭其门。箱外铁板甚厚，弹不能入，一任彼黑衣盗轰击，余在箱中，固安然无恙也。"

葛言已，众皆额手称庆，乃相与乘车而归。

翌日，宝莲晨起，盥洗毕，方对镜理云鬓，忽见镜中有一美丈夫，视己而笑，急回顾，则葛雷训也，因跃起迎之，相与握手道晨安。

葛雷训谢宝莲救护之德，宝莲笑曰："君助我多矣，昨虽稍报万一，宁足挂诸齿颊耶？"言次，见葛雷训频蹙其额，面有忧色，因问曰："君何事愁叹，邑邑乃尔，岂有所畏于黑衣盗耶？"

葛曰："盗虽凶悍，余殊不惧，但恐此獠不除，密司之仇不报，我两人之爱情，终不一蹴而达极点耳。"言已，注视宝莲之面。

宝莲俯首默然，继曰："君言诚是。不去此贼，我侪终难安枕也。但彼踪迹飘忽，形同鬼魅，缉之殊匪易耳。"

正言间，忽闻电话铃声大鸣，葛取听筒听之，则发自康丁脱毒物化学厂者也，略谓："刻有要事，请君至敝厂一谈，万勿迟延为盼。"

葛听毕，遂与宝莲告别，匆匆而出，驱车往纽约。

康丁脱毒物化学厂，在纽约美拉蒙路三十七号，主者为康丁脱博士，美国之理化专家也。博士精于毒物学及微生学，发明甚多，屡得政府之嘉奖。

是日葛雷训至厂，入见博士。

博士年五十余，须发班白，貌殊严毅，见葛至，意颇欣慰，寒暄毕，邀之入密室，肃之坐，促膝告曰："我厂今有一急事，拟烦君往俄京一行，今夜即须登程。不识君能见许乎？"

葛沉吟曰："余有要务在身，殊不能应博士之命也。"

博士曰："君之在军械厂，职务重要，余固知之甚审，但我厂之事，关系尤巨，非机警灵敏如君者，决难胜任。余顷商之陆军部，已得总长之许可，愿君之勿推却也。"

葛曰："然则其事如何，请即见告。"

博士曰："余新发明毒气一种，与军事殊有关系，惟秘密异常，外间绝鲜知者。不料顷据探者报告，谓余所发明者，已为敌间探悉，录其化合法以去，将由俄京取道回国云云。此法若为敌得，其为害我协约军，殊匪浅鲜，余故请君即日启行，往俄京一探。"

葛曰："余尚有他事，今晚决难成行，请俟明日午后可乎？"

博士颔之，两人遂相与闲谈甚欢。

葛问曰："博士近日别有所发明否？"

博士昂然曰："有之。余近发明流汁毒菌一种，触人口鼻，则一刻钟内靡不死者。余藏有此药一瓶，在化学室橱内，异日当出以示君也。"

谈良久，葛兴尽辞去。博士自以为秘无人知，初不料属耳于垣者，固尚有其人在也。

是夜夜半，康丁脱厂之化学室外，忽有一黑影倏然至，伏于窗下，探首内窥，见室中灯火已熄，阒无人在，乃伸其巨灵之掌，撼窗外之铁格。

其人力大异常，铁杆被撼，咸弯曲作弓形，间有拗折者。复设法将玻璃窗挖开，蛇行而入，摸索至室隅，揿电灯机启之。灯光既明，形状毕露，盖即杀人恶魔黑衣盗也。

盗见室中有玻璃橱四，其中满贮药瓶，大小不一，乃奔至橱侧，启其门，将橱中药瓶之标识，一一详细检视。

良久，始觅得药水一小瓶，携之至写字台前，据案而坐，将瓶中之药水，涂于一信笺之上。涂毕，俟其略干，乃纳入邮筒中，以胶水封之，函面书"宝莲女士亲启"。

书已，藏之囊中，仍逾窗而出，行数武，见路旁有邮信箱，乃将函投入箱中，扬长而去。

我书之第八章，不尝谓有爪哇人乔爱及麦罗者，将因告密之故，乘轮来纽约乎？

麦等抵美，则其仇独眼派克，适以前一日为黑衣盗所杀，道路喧传。乔等闻之大骇，急往见律师亚伦姆，询以此事颠末。亚更增饰百端，以危言相恫吓。乔等震惊愈甚，深恐赏金未得，先遭黑衣盗毒手，告密之举，遂迟疑不敢遽发。

亚伦姆百计诱乔，欲探得黑衣盗之秘密史。乔狡狯殊甚，坚不吐实，亚亦无如之何。

乔等之来美，本携一小童名亨利者与俱，三人乃于威迪生路之二十四号，赁屋居焉。居不旬日，资斧既罄，阮囊羞涩，仰屋兴嗟。

　　一日晨，两人闷坐室中，相顾叹息。

　　乔爱愤甚，拍案大声曰："赏金在握，乃坐视而不敢取。我侪之愚，诚不可及也。与其困死牖下，不如径往告密，取得赏金后，再徐图他策可耳。"

　　麦罗嗤之曰："汝欲为独眼派克之续耶？黑衣盗力可屈铁，我两人决非其敌，贪利丧身，余殊不取。"

　　乔爱恨恨曰："人之生死，自有天命。黑衣盗其如余何？"

　　麦罗不答，隐几而卧，少顷，鼾声作矣。

　　乔爱乃蹑足启门出，步至外室，低声谓亨利曰："余刻有要事，欲出外一行。麦罗今方酣睡，汝切勿将其惊醒，致偾余事。"

　　亨利颔之，乔乃匆匆而出。

第十五章

晨曦上矣，宝莲珊珊自卧室出，拾级下楼，步入阅报室，见案上积函寸许，乃一一拆而阅之。忽见其中有一怪函，函面但书"宝莲女士亲启"，下不署名，书法恶劣，类村夫所为，异之，急以刀剖其封。

剖未半，忽闻室外有喧哗声，乃掷函于案，启户出视，见一人年五十许，衣履敝败，状如工人，欲闯入办事室，老仆汤姆，张两臂阻之。

其人忿然曰："余有要事，欲见密司宝莲，汝乌得阻余？"

汤姆曰："汝未获主人之许可，胡能擅入？"

两人争执不已，几致用武。

时宝莲适出，闻其言，急止汤姆勿加拦阻，含笑谓其人曰："余即汝所欲见之宝莲也。汝有何事语余？请即见告。"

其人曰："余名乔爱，新自爪哇来此。黑衣盗之历史，余知之甚审，特来报告。"

宝莲大喜，急招之入办事室，欣然曰："然则汝速告余，黑衣盗究为何人？"

乔爱曰："密司所登赏格，谓有人报告者，当酬以万金。此言信乎？"

宝莲颔之曰："然。汝能以盗之历史告余，余自不吝重赏。"

乔爱初犹怀疑，不肯遽言，宝莲出万金纸币示之，意始释然，乃徐徐谓宝莲曰："黑衣盗者，即……"

语至此，突有一小匕首自外飞入，适中乔爱之咽喉。乔爱大嗥一声，颓然仆地。

乔爱之出焉，麦罗伪为酣睡，尽悉其隐，知乔爱此去，必私往宝莲处告密，欲独得赏金，妒且忿，乃取一小匕首怀之，追踪而出，蹑乔爱之后，而乔爱未之知也。

迨抵宝莲家，麦逾垣而入，至阅报室窗外，见宝莲方拆阅函件，不敢遽进。

稍停，宝莲闻声出视，麦乃越窗而入，瞥见案上有一函，函面之字，类黑衣盗所书，诧为奇事，乃取而藏之，启户而出。

时汤姆适他去，甬道中阒无人在，麦乃蹑足至办事室外，伏而窃听，闻乔爱果欲说出黑衣盗之名，忿火中烧，恶念斗起，突自腰间拔小匕首出，向乔力掷。

乔爱中刃仆地，宝莲大惊，俯视之，创在咽喉，血流如注，瞬已气绝，乃骇极大呼。

麦罗返身欲逸，适老仆汤姆，自外驰入，见而拦阻，两人遂相扭斗。麦恐捕者麇集，急将汤姆击倒，跃上楼梯，飞步登楼。

适有侍者二人，闻声而至，追上楼梯，讵知麦凶悍异常，将侍者一一打倒，自梯上颠仆而下。

其时宝莲已从办事室奔出，见而大怒，即亲自奋勇登楼，追捕凶手。

会葛雷训亦匆匆自外来，见室中人声鼎沸，询得其故，即追踪而上，见宝莲适在甬道中，与麦罗猛斗，乃扬臂大呼，直扑麦罗。

麦见葛至，奋其全力，猛推宝莲，宝莲立足不定，跌入葛雷训怀中。麦乘此间隙，奔至窗前，破窗跃出，狂奔而逸。

迨葛与宝莲启窗出，追至洋台上，凭栏一望，人迹杳然，麦罗已不知去向矣。

葛与宝莲下楼，回至办事室，见乔爱倒卧地上，气绝已久。葛询此事之颠末，宝莲详告之，葛深以为怪。

宝莲曰："君今日来此，何其早耶？"

葛曰："余有要务在身，今日午后，拟往俄京一行，刻已摒挡就绪，特来此与密司告别耳。"

正言间，忽闻电话铃声大鸣，葛取听筒听之，乃发自康丁脱博士者也，略谓："刻别要事，欲与君面商，望速来敝处一谈，至急至急！"

葛乃向宝莲告辞，匆匆而出，驱车至康丁脱化学厂。

麦罗之遁焉，自洋台跃入园中，伏匿于墙间之突入处，寂然不敢动。良久，见追者不至，始越墙跃出，扬长而归。

抵家后，喘息略定，即将窃得之函取出，展阅之，不料信笺之上，空无一字。麦罗大讶，以为此必秘密函件，用药水所书者也，乃携至窗前，向日光映之，仍无所见。嗅以鼻，觉纸上有辛辣之气，触之欲呕。

正诧异间，忽觉头目晕眩，四肢麻木，脑胀欲裂，腹痛若绞，气急促如将不属，乃掷函于地，伏案大嗥，盘旋室中，困苦欲死。

亨利闻声入视，见而大骇，麦罗颠声曰："余病甚……将死……速……速为余延一医生来。"

亨利闻言，乃狂奔而出，就附近请得一医生，与之偕至。

医生诊视一过，即曰："此系中毒，非病也。惟毒质甚奇，余殊无以名之。此间有康丁脱博士者，精于毒物学，余将以病人之血示之，请其化验，彼或知有解救之法也。"言已，即取一玻璃小试验管出，将麦罗之臂割破，取得鲜血半管，藏之药囊中，匆匆而去。

葛雷训至化学厂，入见康博士。

博士貌殊不怿，见葛至，即曰："昨日所云之事，顷得确报，实系传闻之误，俄京之行，可作罢论矣。惟我厂昨晚，又发生一不幸之事。盖突有一奇怪之窃贼，入余化学室，将余新发明之流汁毒菌，窃得半瓶而去。此举关系，亦殊重要，不识君能代为侦缉否？"

葛颔之，乃先将室中形迹，详细检视一过，顾谓博士曰："此贼力能屈铁，殊所罕见，恐与黑衣盗有关系也。"

正言间，阍者入白，云有某医生求见，博士命肃之入。

稍停，医生入室，寒暄毕，即出鲜血半管示博士曰："今有人忽中一种奇怪之毒，命在呼吸，欲烦博士将此血化验，求一解救之法。不识博士能见许乎？"

博士闻言心动，慨然允诺，乃将鲜血详细化验，验已，突然跃起曰："此人所中者，即余所新发明之流汁毒菌也。此药昨晚被窃，君今在何处发见之？"

医生曰："病人居处，在威迪生路之二十四号。至于如何受毒，余固未之问也。"

博士顾谓葛雷训曰："今此事已有端倪，烦君亲往一探可乎？"

葛颔之，遂与医生偕出，乘车往威迪生路。

宝莲自葛雷训去后，即以电话报告警察署。

会门外站岗之警察，闻声入视，宝莲请其暂留室中，看守乔爱之尸身，俟验尸官来宅后，帮同检验。警察许之，宝莲乃重往阅报室，拆阅函件。

警察独坐室中，无聊殊甚，乃将乔爱之身畔，细加检查，忽于外衣囊底，搜得碎纸一团，展阅之，乃一残破之信稿也。其中略云："余与麦罗等，现已安抵纽约，寓居于威迪生路之二十四号，倘有函电，祈径寄该处云云。"阅已大喜，正欲持之出室，适海利司匆匆自外入，见警察手中之纸，索而阅之，阅已，欲藏之囊中。警察不从，坚欲持往示宝莲，将纸夺回。海利司无如之何，怏怏而去。警察持此纸入阅报室，以示宝莲。

宝莲阅毕，欣然跃起曰："凶手自此逸出，必逃往寓所无疑。今既知其住址，宜速往捕之，迟则恐彼漏网也。"

警察自告奋勇，欲与宝莲偕往，以资臂助。宝莲大喜，遂与警察同出，乘车往威迪生路。

车至其地，觅得所谓二十四号者，乃一倾圮敝败之小屋。入门，得一短梯，乃拾级而下，级尽为一小室，室中黑暗异常，阒无人在。

正搜索间，忽闻内室有哀嗥声，其音幽惨，听之毛发为竖。宝莲闻而骇然，急与警察推门而入，瞥见一人倒卧于室隅板榻之上，辗转反侧，仰天呼号，手足乱舞，若不胜楚痛者。

宝莲奔至榻前，细视其人，盖即刺杀乔爱之凶手麦罗也，一刹那间，亦已哀号宛转，命在呼吸。因果不爽，良可慨叹。

麦罗闻人声，徐启其目，见宝莲忽至，大惊跃起，颤声曰："汝勿捕余！余病且死矣。余当乘余未死，将黑衣盗之秘密，详以告汝，汝其恕余。"言至此，气息咻然，如将不属。

宝莲见其惨状，意良不忍，徐慰之曰："汝勿骇！汝能以黑衣盗历史语余，余自当恕汝。"

麦罗曰："汝速挥彼警察出，余方能告汝。"

宝莲颔之，乃与警察商，请其在外稍待。警察唯唯，启户而出。

宝莲乃谓麦罗曰："今汝速语余，黑衣盗究为何人？"

麦罗四瞩室中，见无他人在，垒息而言曰："黑衣盗……者即……即……"

语至此，室门忽呀然而辟，黑衣盗自室外跃入，直扑榻前。宝莲回顾见之，骇极失色。麦罗则大嗥一声，仆于榻上，冥然闭目而长逝矣。

第十六章

　　黑衣盗距跃入室，张两臂擒宝莲。宝莲身手灵活，骤俯其躯，自盗之胁下出，启户欲逸。盗忿极大吼，转身捉宝莲之肩，提而力掷之。宝莲仆地，惫不能起。

　　盗闭户键之，见麦罗所弃之毒药纸，适在宝莲之身傍，遂俯而按其颈，欲使宝莲之口鼻，接触于信笺之上。宝莲奋力抵抗，终不能脱。

　　相持良久，宝莲之口，距笺不过数寸，苟与之相接触者，必且立受其毒，步麦罗之后尘。正危急间，而葛雷训及医生至矣。

　　初，葛与医生自化学厂出，乘车赴威迪生路。既至，医生前导，引葛入内。

　　推其卧室之门，不料门已内键，坚不可辟，医生大讶。葛恐室中有变故，急攫得铁条一，力击其键，医生亦挥拳助之，竭两人之力，始将门上之键击去，推门而入。

　　时盗在室中，见门将击破，疑警察追踪来捕，心乃大骇，急释宝莲而跃起，伏于门后。

　　门启，葛雷训等奔入，盗即闪身而出，随手曳其门，门乃立阖。盗于地上拾得铁条，贯入门上之屈戍中，屈而栓之，栓已，扬长而去。

时宝莲在室中，已由葛等扶起。宝莲急挥葛捕黑衣盗，葛欲启户追出，则户已被栓，猝不得启。三人撼击良久，将屈戍击断，门始大开。

葛雷训正欲奔出，忽见一人昂然入室，含笑视宝莲。葛与宝莲见其人，相顾惊讶，疑心斗起。其人非他，盖即宝莲之叔伊才尔也。

宝莲问伊才尔曰："叔父来此何为？"

伊才尔含糊曰："余顷归家，闻家中人云，汝以捕盗来此，余恐汝有危险，心滋不安，故追踪来此，欲聊尽保护之责耳。今汝幸无恙，余心安矣。"

宝莲知其遁词狡辩，亦遂置之。

时葛雷训奔至外室，忽见室隅遗有黑色外褂一具、头套一具，取视之，固黑衣盗之物也，乃携入示宝莲。两人对于伊才尔，怀疑益甚，然亦不便明诘。

众人趋至麦罗之榻前，俯视之，气绝已久，口鼻流血，厥状至惨。

宝莲叹曰："世之知黑衣盗历史者，惟麦罗等三人而已。今三人均死，余之仇人，殆终不能知其姓名矣。"

时与宝莲偕来之警察，亦自外散步归，众乃相率而返。

宝莲等既出，律师亚伦姆，忽闪身入内，将室中各物，一一细加检视，最后在一瓷质之小瓶内，寻得纸团一，展视之，欣然大悦，乃怀之而出。

伊才尔归，遇海利司于会客室。

伊才尔忿然曰："余曩日不尝诏汝，谓汝之计划，有损无益，决不可恃，而汝乃不信，悍然行之而不顾，今竟何如？凡汝所为，靡不失败，徒令宝莲生心，日与我侪疏远。后此汝若复尔，则我侪在此，恐无立足之地矣。"

海利司嗤之曰："汝何自馁乃尔？我侪今虽失败，胡足介意？苟能坚持此心，百折不挠，则异日必有成功之一日。此我侪应具之决心也。"

伊才尔拍案曰："汝所行者，决非良策，汝不忆古人之言乎？'纵虎易，缚虎难。'今虎已出柙，谁复能制？我侪纵获成功，亦且受人劫持，矧事之未必能成功乎！余日来心常惴惴，若大患之临，即在眉睫，祸或由汝而发，亦正难言。汝若执迷不悟，异日噬脐，悔且无及，汝今识之。余与汝自今日始，各行其是，尔为尔，我为我，两不相涉，试看韦尔廷军械厂，他日究归何人之掌握。"

海利司悻悻曰："汝欲与余分离耶？分亦良佳！盖汝所为者，不惟不能助余，适足为余之梗耳。惟分离以后，汝若与余反对，必致自贻伊戚，汝其慎之！"

正争论间，闻宝莲及葛雷训归，两人语遂中止，怂然散去。

薄暮，宝莲与葛雷训并坐阅报室，闲谈往事。

忽老仆汤姆，持一函入，宝莲接视之，见函面书"宝莲女士亲启"，下盖"亚伦姆律师事务所"图章，拆而读之。其辞曰：

宝莲女士鉴：

前阅各报，见女士所登赏格，凡有报告黑衣盗之历史者，酬以万金。今余已竭旬日之力，将黑衣盗之历史，探听明晰。女士欲知其详，请于明日上午九时，惠临纽约樊特姆路一百二十九号敝事务所，与鄙人亲自接洽为盼。

律师亚伦姆上

宝莲阅已，以示葛雷训，葛曰："密司之意何如？"

宝莲毅然曰："余明日必如约前往，一觇究竟。"

葛慨然曰："然则余当与密司同去，以免危险。"

宝莲大喜，即请葛雷训留此勿归，以便翌日偕往。

葛许之，因低声谓宝莲曰："余终疑彼黑衣盗者，非伊才尔即海利司也。今有一绝妙之试验法于此：密司可故意将此函掷之地上，离此他去，一任伊才尔等，来此见之。伊等若果系黑衣盗，一见此函，心必大骇，今夜或有激烈之举动，然后我侪可设法以擒之矣。"言已，附耳授宝莲以计。

宝莲颔之，乃将亚伦姆来函，掷之地上，与葛雷训携手出室而去。

葛与宝莲既出，伊才尔忽闪身入室，张皇四顾，如有所觅，瞥见写字台边，遗有信札一封，乃拾而阅之，阅已，惊喜参半。沉吟久之，点头作会意状，仍将此函掷之地上，匆匆而去。

伊才尔既出，海利司又掀帘入，趋至写字台侧，拾函阅之，阅毕，睅目切齿，拍案狂怒，将手中之函，碎为数十片，掷之地上。沉思良久，握拳透爪，忿然而出。

是夕晚餐后，葛与宝莲闲谈至一时许，乃握手道晚安而散，各归卧室。

久之，钟鸣二时，万籁俱寂，宝莲卧室外之甬道中，忽有一黑影倏然闪出，蹑足而前，形如鬼魅。月光照之，状貌毕露，盖即杀人恶魔黑衣盗也。

盗摸索至卧室之外，推其门，知未下键，乃徐徐启之，闪身入室，遥见宝莲蜷卧榻上，以被蒙首，寂无所觉，心乃窃窃喜，遂距跃而前，猛扑榻上，掀其被，欲力扼宝莲之咽喉。

被去，盗乃大骇，不知所措。盖被下所蒙者，并非宝莲，乃衣服六七袭，装成人状而已。

盗心知中计，急欲退出室外，然已不及，即在此一刹那间，宝莲已自床后闪出，以手枪指黑衣盗之胸，大声呼曰："速举尔臂！不然，我枪发矣。"盗不得已，乃高举两臂，示不敢抗。

时葛雷训亦持枪启户入，揿电灯机启之，含笑谓盗曰："汝素狡甚，今日尔中我侪之计耶？"因顾谓宝莲曰："速去其头上之套，弗令庐山真面，终不示人。"

宝莲应声而前，欲揭黑衣盗之头套，不料盗突然跃起，力扼宝莲之腕。宝莲枪不得发，遂与盗扭殴。

葛雷训在傍，恐伤宝莲，不敢开枪，乃攘臂而前，助宝莲与盗猛斗。盗力敌二人，绝不畏怯。

斗久之，盗突将室隅火炉击翻，一时烈焰四起，火光满室，葛与宝莲，惊惶失措。盗乘此间隙，将宝莲推倒，启户而逸。

适老仆汤姆，闻声而至，盗出其不意，复将汤姆击倒，一跃出室，随手曳其门，门乃立阖。

迨葛等将室中之火扑灭，启户追出，黑衣盗已不知去向矣。

第十七章

扰攘半夜，迄无所获，葛与宝莲，丧气殊甚，乃各废然归寝。

翌日晨起，老仆汤姆入白，谓伊才尔及海利司，已相继外出。

葛雷训跌足曰："二人此去，必往觅律师亚伦姆无疑，或且杀之以灭口，亦正难言。亚死，则黑衣盗之秘密史，终无法以探得之矣。为今之计，我侪亦宜速往，乘贼未至，先与亚伦姆接洽，若盗之历史探得，则一切自迎刃而解矣。"

宝莲亦以为然，乃急取外衣披之，与葛偕出，跃登汽车，疾驰往纽约之樊特姆路。

既至，见所谓一百二十九号者，乃一宏敞壮丽之巨厦，高可六七层，两人止车跃下，拾级而登，欲推门入内，瞥见门外阶上，立一少年，方倚墙吸烟，萧然自得。

葛趋前问之曰："律师亚伦姆之事务所，在宅内第几号，不识君能见告乎？"

少年淡然曰："此间寓客甚多，余亦不能悉记。墙上悬有居户号数表，君胡不自往觅之？"

葛回顾墙上，果有一黑板，上列居户号数甚详，乃趋往视之，见亚伦姆律师之事务所，在四层楼之七十二号。惟其下黏有白纸一方，纸上有字一行云：

注意！亚伦姆律师事务所，现已迁至萨姆顿路二十九号之三层楼。诸君惠过，请驾临该处为荷。

葛阅毕，顾谓宝莲曰："律师居址，突然迁移，殊为可怪。幸萨姆顿路，距此不远，我侪宜速驰往，一觇究竟。"

宝莲颔之，两人乃徒步疾驰而去。

葛等既行，伊才尔忽匆匆至，顾谓倚墙之少年曰："我事如何？"

少年欣然曰："两人既中吾计，自投樊笼，不虞飞去矣。"

伊才尔大喜，乃自囊中取钞票数纸，授之少年。少年受而藏之，将黑板上白纸揭下，扬长而去。伊才尔乃推门入内。

葛与宝莲至萨姆顿路，觅得所谓二十九号者，携手直入，拾级登三层楼。级尽，即得一户，户外黏一白纸，上书"亚伦姆律师事务所"。

葛以掌叩门，稍停，一人启门而出，问客何来。

葛曰："亚伦姆律师在家否？密司宝莲求见，乞为通报。"

其人瞿然曰："密司宝莲耶？亚君现在室中，请入内可也。"

葛与宝莲乃随之俱进，其人复启内室之门，鞠躬延客入。葛等坦然不疑，相率跨入室中。

不料其人亦接踵跃入，突然阖其户，自囊中取手枪出，指宝莲之胸，厉声曰："速举尔臂！不然，余枪发矣。"

葛等出不意，惊惶失措，乃高举两臂。

其时复有盗党五六人，自室隅帘后奔出，以长绳缚葛雷训手足，掷之地上，又将宝莲按于椅上，以绳缚之，缚已，启户而出。

群盗既出，葛与宝莲，始恍然悟中计，相顾叹恨。葛力挣其绳，终以束缚甚固，不能脱却，怅然失望。

宝莲闷坐椅中，沉思半晌，忽得一策，突将其身摇动，向右倾侧，椅之重力不均，乃跷然踬覆。宝莲倒卧地上，轻呼葛雷训，招之近前。

葛会意，乃旋转其躯，匍匐作蛇行，蜿蜒至宝莲身傍。宝莲见其身上之绳，总结在背后腰间，乃徐移其身，负椅而前，昂首至葛之腰间，以齿解其结。结松，葛略一挣扎，绳即脱去，乃蹶然跃起，先解去宝莲之束缚。

宝莲起立，即欲启户跃出，葛急曳其臂止之，乃伏于门后，自门上锁孔外窥，见盗党五六人，悉坐外室，围案饮酒，谈笑正欢。

葛附耳谓宝莲曰："彼众我寡，斗必不敌，此路不可出矣。我侪当别觅一出险之道，以免坐而待毙。"言已，瞥见室之东隅，有玻璃窗一，乃趋至窗前，凭窗一望，见窗外为一僻巷，宽可丈许，隔巷亦一大厦，高与此宅埒，屋顶及窗下，各有电线一条，彼此连接，葛指谓宝莲曰："我侪可自此窗出，由电线之上，飞越而过，直达彼宅，则脱身必矣。不识密司能冒险否？"

宝莲颔曰："今处境至危，不妨勉力一试。"

葛推其窗，坚不可辟，乃预以几案、杂物，堆积门后，阻盗党之入内，然后曳一藤椅，向窗力击。

玻璃既碎，锵然四溅，隔室群盗，闻声惊起，推门欲入，门为杂物所阻，猝不能开。

葛仓皇谓宝莲曰："密司速遁！余当暂留室中，力阻群盗。

密司请安心自去，不必顾余也。"言已，疾趋至门后，竭力推门，不令盗党入内。

宝莲见事已危急，不暇他顾，即逾窗而出，跃登电线之上，手攀足蹈，徐徐而前。

电线与地，相距百丈，俯首下视，惊心骇目，宝莲飞渡及半，中心惴惴，足为之软。

时室门已为群盗所推开，一拥而入，葛乃挥拳与群盗猛斗，瞋目大呼，勇不可当，盗众皆披靡。

一盗奔至窗前，见宝莲正由电线逸去，已越其半，盗乃自囊中出利刃，割窗下之电线。线断，宝莲双足虚悬，手攀屋顶之线，荡漾空中。

盗大喜，复逾窗而出，将屋顶电线割断。宝莲骇极，心胆俱裂，乃紧握电线，随之下垂，飞越僻巷，直达邻屋三层楼之窗前。

窗适未闭，宝莲乃乘势一跃入室，颓然仆地，幸未受伤。迨惊魂稍定，觅道下楼，因此宅乃一空屋，无有出而盘诘者，宝莲乃启户而出。

律师亚伦姆独坐办事室，手雪茄吸之，时时顾壁上时计，若有所待，间或欣然作微笑，意殊自得。

忽闻履声橐橐，拾级而登，继以啄剥之声，亚伦姆瞿然曰："密司宝莲至矣。"因急起启门。

门辟，入者乃一伟丈夫，亚大愕，其人昂然曰："君即律师亚伦姆耶？"

亚颔之曰："然。"

其人出名刺授亚，亚接而阅之，乃宝莲之叔伊才尔也，乃鞠躬延之入，肃之坐。

伊才尔问曰："昨得君函，谓君已探悉黑衣盗之秘密史，此言信乎？"

亚伦姆曰："然。余且获有确实证据，足证余言之非诬。"

伊才尔嗤之曰："君言妄耳，余殊不信。彼之秘密，君何从探得？"

亚伦姆怫然曰："此事关系至巨，胡敢妄言？君如不信，余可以证据示君。"言已，即自囊中出敝纸一，授之伊才尔。

伊才尔接而阅之，貌为失色，阅未半，亚伦姆突伸手夺回，含笑曰："何如？余穷半月之力，始得此纸，为事良匪易易。万金之赏，非幸致也。"

伊才尔踌躇曰："君若以此纸与余，即日离此，严守秘密，勿与宝莲晤面，则余当酬君以万金。君以为何如？"

亚伦姆频摇其首，胁肩作狡笑曰："君欲购此纸耶？余已以函招宝莲，宝莲来此，或于赏格之外，更益余以万金，亦正难言。余不能许君也。"

伊才尔怏怏失望，乃起立欲行，行数步，忽转身怒目视亚，忿然曰："黑衣盗之辣手，汝岂不知？汝今不以此纸与余，异日悔之，必且无及，汝其慎游！"

亚伦姆闻言，心乃骇然，沉思良久，俯首从命，愿以敝纸易万金。

伊才尔乃复就座，自囊中出支票簿，署万金之券与之。亚伦姆得券，乃自怀中出敝纸，授之伊才尔。伊才尔藏之囊中，启户而出。

行至楼梯之傍，正欲拾级下楼，黑衣盗突自暗中跃出，直扑伊才尔。伊才尔回顾见之，惊悸亡魂，两足战栗，不能举步。

黑衣盗切齿顿足，怒如虓虎，腾跃而前，扼伊才尔之颈，伊才尔竭力撑拒，终非盗敌。盗先将其囊中之纸，搜去藏之，然后奋其全力，将伊才尔举起，倒掷下楼，轰然一声，直达此宅之最下层。

黑衣盗踌躇满志，正欲跳身逸去，而宝莲及葛雷训至矣。

第十八章

宝莲之脱险焉，葛雷训亦自盗窟奔出，两人握手相慰，欣悦逾恒。

宝莲问葛何以能逸出，葛曰："密司跃登电线后，盗皆注视窗外，无心与余斗，余因得乘此间隙，击倒二贼，夺门而出，且随手曳其门，门乃砰然而阖。迨群盗呼啸追出，余已飞步至楼下矣。"

宝莲亦略述线断遇险之事，葛咋舌失色，深以为幸，继又曰："律师寓所，既未迁移，当仍在原址无疑。彼门外之少年、板上之通告，皆黑衣盗所预布之诡计也。今我侪宜速返樊特姆路一百二十九号，一觇究竟。"

宝莲亦以为然，两人乃疾驰而往。既至，见黑板上通告，果已揭去，乃推门直入。

行至楼梯之侧，宝莲在前，飞步登楼，葛雷训随其后。登未半，瞥见一人自四层楼上，倒堕而下，葛大惊，疑为律师亚伦姆，急转身下楼，匆遽之间，不及拦阻宝莲，宝莲乃独登四层楼。

时黑衣盗正欲下楼逸去，忽闻有人狂奔而上，乃匿身暗中，见来者为宝莲，心乃大喜，乘其不备，突然跃出，力捉其肩。

宝莲见而大惊，急回顾，则葛雷训忽不知去向，骇乃愈甚，急极无所为计，遂奋臂与盗抗，死命相持，大呼求援。

盗欲提而掷之，宝莲力握梯边之木栏，坚不肯释。盗怒甚，乃扼其咽喉。正危险时，而葛雷训至矣。

先是，葛雷训飞步下楼，奔至此宅之最下层，见梯傍地上，僵卧一人，脑壳跌碎，血流遍地。细视之，盖即宝莲之叔伊才尔也。抚之，气绝久矣。葛大讶，诧为怪事。

盖伊才尔者，葛雷训所目为黑衣盗者也，今乃突然堕楼死，其为他人所谋杀，不言而喻。然则彼谋杀伊才尔者，又为何人？迷离恍惚，如堕五百雾中，莫明真相。

正沉思间，忽隐约闻宝莲呼救之声，葛骇然，急飞步上梯，直登四层楼，见宝莲方为黑衣盗所扼，乃奋勇大呼而前。盗见葛雷训至，急释宝莲，狂奔逸去。

葛雷训此时，始知黑衣盗固别有一人，伊才尔初不相涉，前此妄相揣测，实类捉影捕风，良堪自哂。

宝莲见黑衣盗去尚不远，即呼葛同往追之。

盗奔至甬道之他端，适有一梯通三层楼，乃飞步而下。

时楼上诸寓客，闻声毕集，询得其故，即相率随宝莲之后，下楼搜捕。

盗在三层楼，正欲觅道而逸，忽闻人语嘈杂，足声杂沓，知追者且至，仓皇失措，瞥见楼梯之傍，有玻璃窗一，乃逾窗而出，手攀窗槛，高悬空中，俯首屏息，不敢稍动。闻追者一一自窗前趋过，折而东去，幸无见者。

盗俟众人去远，乃复纵身跃入，略一思索，即将外褂脱下，团为一束，置之地上，复将玻璃窗关闭，以左肘用力撞之。玻璃碎，锵然作大声，盗乃将外褂掷出，返身而逸。

时宝莲等正四出搜索，忽闻梯边有异声，乃蜂拥而至。

葛雷训惊呼曰："黑衣盗跃窗遁矣。"急趋至窗口，凭槛而望，见窗下巷中，倒卧一人，仿佛是黑衣盗，乃飞步下楼。宝莲及众人随其后。

既至楼下，奔入巷中，始知顷所见者，乃黑衣盗之外褂耳，葛雷训知盗早已逸去，亦遂置之，乃以伊才尔之死耗告宝莲。

宝莲大为惊讶，急奔入宅中，趋至楼梯之傍，见伊才尔果僵毙血泊中，目睹惨状，心为凄然。

时警察及报馆访事，纷纷而至，葛雷训以详情语警察。警察以律师亚伦姆，乃此案重要证人，勿令逸去，遂与葛等同上四层楼，直入亚之办事室，不意亚早已避去，不知所往。

众人聚而议论，佥谓亚之走避，必与伊才尔之死有关，为今之计，当先缉获亚伦姆，使吐其所知之秘密，则此案内情，自不难迎刃而解。

警察此时，先以电话报告警署，请验尸官来宅检验。稍停，验尸官至，检验一过，将死者外衣带回警署。葛与宝莲，亦乘车随之往。

抵署后，葛自怀中出徽章一，以示警长，请将伊才尔之外褂，给与一查，警长许之。

葛将伊才尔外褂之囊中，详细检查，翻视殆遍，毫无所得，乃辞警长出，与宝莲乘车而归。

葛雷训在车中，蹙额谓宝莲曰："余向者尝疑黑衣盗即伊才尔之化身，自信甚坚，今日方知其误，迷离惝恍，一至于此，天下事真未易逆料也。"

宝莲亦闷然微喟，葛又曰："伊才尔虽非黑衣盗，然彼与黑衣盗极有关系。余敢断言，大抵盗之所为，彼必深知，特欲因以利用，不肯向人道破，初不料彼之生命，亦终丧于此恶魔之毒手也。"

宝莲曰："然则黑衣盗何以杀余叔，余殊不解。"

葛曰："此中大堪研究。以余观之，伊才尔与黑衣盗，必乘余等被囚之时，入见律师，或以威胁，或以利诱，逼之远飏，以灭其口，此亚伦姆之所以失踪也。不然，彼方以函招密司来，欲得万金之赏，讵肯率尔避去，坐失大利乎？至于伊才尔，事成后，当下楼欲出，行至梯端，不知以何事与盗龃龉，争论不已，继以用武。盗野心勃发，遂至演出杀人之惨剧。"

宝莲曰："然则此中关键，实在律师亚伦姆一人。且当世除亚外，亦更无有知黑衣盗之历史者。我侪今日，若能探得亚伦姆踪迹，就而问之，则一个闷葫芦，自不难打破。虽然，天下之大，五洲之遥，茫茫人海中，将从何处觅亚伦姆乎？"

葛曰："密司归，惟有速登一赏格于各报，谓有人能知杀尊翁及伊才尔之凶手，来宅报告者，酬洋二万元。亚伦姆见报，觊觎重利，或以踪迹告密司，亦未可知。"宝莲颔之。

正言间，车已抵家，两人乃相率跃下，携手而入。

行至办事室外，宝莲在前，掀帘欲入，瞥见海利司独立室中，异之，乃止步不入，伏帘后，窥之，见海利司昂首挺干，卓然而立，伸其两臂，以十指作擒拿状，忽伸忽屈，如技击家之运气练功然。

宝莲见而大骇，急指示葛雷训，葛亦以为异。

宝莲附耳谓葛曰："余往见黑衣盗两手，亦时时作此状，殊可疑也。"

葛急曳宝莲至外室，低声曰："余曩日不尝云乎？彼黑衣盗者，非伊才尔即海利司。今伊才尔既死，其为海利司，盖无疑义，况又有此可疑之一端乎？所恨别无实据，不能确切证明，置之于法。余当徐徐图之，密司请伪为不知可也。"

宝莲颔之，葛乃告辞而去。

第十九章

翌日，宝莲之赏格，已遍登于纽约各日报。其辞曰：

> 余家不幸，先严及叔，同为黑衣大盗所谋害。正凶未获，国法难伸，大仇不报，痛心实甚！倘有人探得黑衣盗之姓名、踪迹，来宅报告者，无论缉获与否，当即酬洋二万元。储款以待，决不食言！至于报告者之姓名、居址，自当严守秘密，誓不宣泄也。

宝莲白

此下更有告白一行云：

亚伦姆律师鉴：

> 惠函接悉，趋候未晤，深为怅怅！执事移寓何处，请即以居址见告，俾得过访。此举于执事至有利益，幸勿迟疑自误为盼！

宝莲谨白

薄暮，海利司独坐卧室，披阅各报，状殊无聊，见宝莲所登之赏格，略读一过，欣然作狞笑。

继复取《纽约晚报》阅之，瞥见报上有小告白一方，颇为触目。其辞曰：

> 亚伦姆律师事务所，现迁至纽约北市孟加拉路一百七十二号之四层楼，倘有委任或惠顾者，请驾临该处不误。

海利司阅毕，勃然变色，握拳击案，忿怒殊甚。沉思良久，忽掷报于案，蹶然跃起，披衣下楼，匆匆而出。

是日午后，宝莲与葛雷训，适以事外出。比归，已晚间八时许矣。

老仆汤姆以《纽约晚报》进，宝莲接而翻阅之，忽见亚伦姆所登之告白，因急指示葛雷训。

葛阅毕，蹙额曰："此密司所登赏格之效果也。蠢哉亚伦姆！欲报告居址，当以密函来，何为登此显著之告白？设为黑衣盗所见，危险甚矣。"言已，出时计视之，顾谓宝莲曰："今为时尚早，我侪可即往亚伦姆处，询以一切，不必待至明日也。"

宝莲亦以为然，乃披衣欲出，葛忽问汤姆曰："海利司安在？何以不见？"

汤姆曰："海利司君以薄暮出，尚未返也。"

葛跌足曰："何如？告白果为海利司所见，捷足先去。噫！亚伦姆殆矣。我侪今宜速往，不可迟延，以致贻误。"言已，即曳宝莲偕出，乘车往孟加拉路。

夕阳已沉，暮色渐积，孟加拉路一百七十二号之四层楼，灯光荧然，发自一狭小之斗室。

律师亚伦姆，方独坐室中，伏案读报纸，一手执面包啖之，且啖且阅，状殊萧闲。已而游目所及，忽睹宝莲所登之赏格，俯首蹙额，若有所思。思深神驰，手中之面包，乃不期而坠。

亚瞿然跃起，见面包适堕于痰盂之中，不觉失声自笑，乃负手徐步，蹀躞室中，且时时回顾室门，如有所待。

少顷，杀人恶魔黑衣盗，忽徐徐出现于邻室之室隅。此室与亚之办事室，仅一庭心隔，望衡对宇，近在咫尺。

盗匍匐而前，蹑足至窗间，伏匿于窗槛之后，探首瞭望，遥见亚之办事室中，灯光甚明，一举一动，纤屑毕现。

此时，亚伦姆正徐步至窗前，推窗外望，兀立久之，无聊殊甚，乃转身而入，步至火炉之侧，以铁棒拨兽炭。

盗见亚室玻璃窗未闭，心乃大喜，遂自囊中取吹箭出。

吹箭者，非洲黑人之利器也。其法以铁管一，长约二尺许，中实劲弩，以口连气吹之，则箭自管之他端射出，远者可百余武。箭端铁镞，涂以毒药，中人血出，靡不毙者。

黑衣盗将铁管取出，纳以毒箭，狙伏以待。稍停，见亚伦姆之首，徐徐而伸，乃突发一箭。不料箭自颈傍过，着于火炉后皮椅之上，亚凝思正苦，绝无所觉。

少顷，亚移步至窗前，盗注视明切，复发一箭。箭倏然至，适中亚之左项。亚痛极大嗥，颓然仆地，继复支地起立，盘旋室中。

毒气骤发，苦痛万状，乃颠踬至写字台侧，倒坐椅上，伸纸命笔，伏案作书。书未毕，痛不可忍，掷笔跃起，距踊数四，仆地而绝。

葛与宝莲至孟加拉路，觅得所谓一百七十二号者，推门直入，径登四层楼，见楼上室门紧闭，乃以指弹户作声。

久之，寂无应者，推其门，知未下键，遂启户而进。

足方跨入，即见一人倒卧室隅，葛与宝莲皆大骇，急趋至其人之傍，俯抚之，气绝久矣，鲜血泊泊，尚自项间流出。

葛喟然太息，顾谓宝莲曰："此必律师亚伦姆也。我侪来迟，盗已杀之以灭口矣。敏捷者，黑衣盗也。"言已，相顾默然，不知所措。

此时宝莲偶步至窗前，凭窗闲眺，忽有一物倏然至，着于臂上，宝莲骇而呼。

葛闻声趋至，细视之，乃一短箭也。幸宝莲身披厚呢外褂，箭为所阻，未伤肌肉。

葛雷训素机警，急曳宝莲蹲踞，匿于窗槛之后。一刹那间，第二箭果又飞来，着于葛雷训呢帽之上。

葛恍然曰："此非洲黑人所用之吹箭也。亚伦姆之死，殆即为此物所杀。今凶手尚未逸去，我侪宜速下楼，鸣警入邻室捕之。"

于是两人鹤行鹭伏，启门欲出。葛瞥见案上有白纸一，乃趋往攫得，与宝莲共阅之，见纸上有字两行，笔迹潦草，几不可辨。其为亚伦姆临死所书，盖无疑义。辞曰：

余顷得消息，黑衣盗定于今夜十二时，往炸韦尔廷军械厂，见笺速往防卫，至急至急！黑衣盗者，乃……

此下更有一二字，模糊不能辨认。宝莲阅已，大惊失色。

葛曰："我侪今宜速出，驰赴军械厂，加意防卫。厂中最重要者，莫如制造硝酸处，盗若以药炸之，则全厂毁矣。"言已，急曳宝莲出室，飞步下楼。

行至三层楼间，忽闻楼下有革履声，葛急止宝莲勿行，凭栏下望，见二层楼楼梯之侧，一人持枪狙伏，若有所待。葛乃使宝莲徐步下楼，已则逾栏而出，奋身跃下。

宝莲步至半梯，忽以石击墙上之电灯。灯碎，狙伏之盗大诧，贸然开枪，不料葛雷训从空而下，拳其颅。盗出不意，晕而仆。宝莲与葛，乃疾驰而下。

直至此宅之最下层，忽有一盗自梯后闪出，蹑足袭葛后，葛觉，返身与斗，将盗击倒。

宝莲启门奔出，葛随其后，讵知盗突然跃起，出手枪轰击，弹中葛之左臂。

葛大吼奔出曰："余中枪矣。"

宝莲大骇，欲送葛往医院求治，葛毅然止之曰："余受伤甚微，厂事危急，一发千钧，密司宜速驰往，勿以余故误大事也。"

时警察闻声而至，葛忍痛引之入室，搜捕盗党。宝莲乃跃上汽车，疾驰往军械厂。

黑衣盗以吹箭射宝莲后，即取炸药一匣、干电池一具，以黑巾包之，负于肩上，下楼启户出，雇街车乘之，直抵韦尔廷军械厂。

厂外之围墙，以乱石筑成，高可十余丈。盗猱升而上，直达其巅，复由围墙登屋顶。匍匐行数十武，得一天窗，乃启之而下，见楼下适为硝酸制造处，有大水池一，池中之水正沸，水汽上腾，迷漫空中。

盗大喜，乃蹑足而前，欲觅道下楼。时厂中夜工已停，楼下守者仅一人，闻足声，疑有贼至，乃飞步上楼，不料盗自暗中跃出，突扑守者，两人遂相扭殴。斗久之，守者不敌，被盗自楼窗掷下，跌入水池之中。

盗见楼下别无人在，乃疾驰而下，以炸药置池傍，复取干电池出，欲以电气通入，使之炸裂。正危险间，而宝莲至矣。

第二十章

时已子夜，礼拜堂钟声，镗镗报十二时。

韦尔廷厂之司阍者，方徐步至门侧，欲闭门下键，忽闻汽笛呜呜声，自远而来，异之，乃延颈伫望，遥见一汽车疾驰来，瞬息抵门外，一女郎止车跃下。谛视之，盖即厂主人密司宝莲也。

宝莲仓皇谓司阍者曰："汝速驰往报警处，鸣钟报警。今有贼欲以炸药毁我厂，事甚危急，速去勿延，至急至急！"

司阍者诺而去，宝莲乃飞步而进，奔至硝酸制造处，启门跃入，室中电灯未熄，遥见黑衣盗正蹲伏热水池傍，装置炸药。

盗见室门骤辟，骇而欲逸，继见入者仅宝莲一人，胆乃立壮，遂距跃而前，张两臂欲擒宝莲。宝莲大惊，自知不敌，转身而遁，狂奔上楼，盗亦追踪而登。

宝莲奔至窗前，见窗外有一粗大之铁索，长可数丈，横亘空中。宝莲急不暇择，乃逾窗而出，攀登铁索之上，以手代足，缘索而遁。盗见之，亦跨窗追出。

时宝莲已逃至铁索之中间，索下即为大热水池，池中沸声如雷，泡沫四溅，蒸汽上腾，迷漫空中。宝莲俯首下望，惊心骇目，怔悸亡魂，大声呼救。

时黑衣盗已攀援而至，宝莲见身傍别有一铁索，摇曳空中，下垂至水面，乃紧握此索，徐徐缒下。

将近水面，足为热汽所蒸，势难复下，而盗又缘索追至，身临绝地，危急万状，宝莲不得已，冒险向池边跃去。索与池边，相距丈许，宝莲身手灵活，乘铁索摇曳之势，奋身一跃，竟达池边，幸未坠入水中，然亦危矣。

宝莲既脱险，厂中警钟大鸣，卫队闻声毕集，皆持枪蜂拥而入。盗见捕者群至，乃仍由铁索返楼上，绕楼而奔。宝莲忿甚，亲持一快枪，率众上楼追捕。

时盗已由天窗跃出，径登屋顶，宝莲等奋勇追上，盗复飞跃而下，尽力狂奔，向厂前逸去。宝莲等乃绕道下楼，启户出追，一时厂中人声鼎沸。

众遥见黑衣盗飞奔于乱石丛树之中，且行且回顾，疾如奔马，遂开枪轰击。盗闻枪声，左右闪躲，灵活异常，连开数十枪，无一命中者。

宝莲大怒，乃注视明切，亲自开枪击之，砰然一响，盗应声而倒。卫队皆欢跃大呼，一拥而前，以为黑衣盗必束手而就缚矣。

黑衣盗中枪后，痛极而踣，枪弹自腰间入，鲜血溢衣外，以手抚之，殷然盈掌。惟盗素矫健，虽负重创，犹能勉力支持，闻捕者且近，蹶然跃起，忍痛而逃，宝莲等呼噪逐之。

盗舍命飞奔，将近厂之前门，忽有巨獒一头，狂吠而至，力啮黑衣盗之外褂，距跃奋扑，坚不肯释。

盗大窘，乃挥拳与斗，力扼犬之咽喉，犬气闭而死，盗始得脱。

时追者益近，盗见迎面有小屋一所，门适未闭，乃奔入暂避。

此宅为军械厂总理之办事所，楼下区别为三室：中为会客处，左为写字间，右则会计室也。

宅中侍者凡二人，时已就寝，闻警钟乱鸣，披衣而起。其一年少胆壮，已启户出视；一则老而怯，独守室中。忽见黑衣盗排闼直入，仓皇四顾，启会计室之门，闪身而入，侍者瞪目大骇，噤不敢发声。

稍停，宝莲率众追入，问侍者见黑衣盗否，侍者战栗不已，指会计室之门曰："余顷见盗闪入此室，今当仍匿室中也。"

宝莲急曰："此室有小窗，通厂外之僻巷，我侪宜速入捕之，迟则恐被逸去也。"言已，即将快枪掷去，向侍者取得一手枪，徐步至门侧，突启其门。

门辟，宝莲骤俯，果有一枪弹自室隅出，疾如流星，自宝莲头上飞过。即在此一刹那间，宝莲之手枪，亦轰然还击，室隅之人，应声而仆。

宝莲乘势跃入，捩电机启之。灯光既明，厂中之人，一拥入室，见室隅倒卧者，果黑衣盗也。宝莲持枪而前，俯视之，其人枪中要害，瞬已气绝。

宝莲谓大仇已报，心乃大快，急欲一识黑衣盗之真面目，乃将其头上布套揭去。

面目既露，宝莲乃大诧。盖其人年可四十许，状貌猥琐，唇有短髭，一望而知下流社会之鄙夫也。韦尔廷族中，绝未见有斯人，然则曩日黑衣盗函中，何以自承为韦尔廷氏之嫡裔？而爪哇人之来告密者，又复众口一词，佥谓黑衣盗系韦尔廷氏之子弟乎？宝莲思至此，迷离恍惚，莫明其故。

时壁上时计，已鸣三时，宝莲乃率众出室，闭室门键之，以电话报告警署，请验尸官来厂检验，并别遣人往视葛雷训，探其伤势如何。事竟，略觉困倦，乃斜倚沙发，稍事休息。

黎明，警长及验尸官络续而至，宝莲详述昨夜之情事，乃启户入会计室，将尸身检验一过，咸谓巨憝已除，实闾阎之福，固不徒宝莲大仇之获报已也。

正言间，葛雷训忽至，匆匆入室，握宝莲之手曰："闻黑衣盗已服诛，信乎？"

宝莲颔之曰："然。余甚念君，君伤势如何？"

葛笑曰："左肘略受微伤，并无大碍，不足介怀。所恨击余之贼，已被兔脱，未能捕获耳。"言已，即奔至室隅，俯察地上之尸，头面手足，逐一细视。

阅毕，立而沉吟，心窃疑之，以为死者之体格状态，与黑衣盗不类，其中恐有讹误。然以室中诸人，皆目为黑衣盗，未便独持异议，默然而已。

稍停，验尸官等相率引去，宝莲亦邀葛雷训同归，葛忽含笑曰："今恶魔已死，大仇已报，密司可高枕而卧矣。仆若恋恋居此，无所事事，反足启他人之疑忌，殊无谓也。今日即当告辞，与密司别矣，愿密司自爱。"

宝莲失色曰："君欲舍余而去耶？盗虽伏诛，然余家族之间，耽耽注视者，固大有人在。君去，谁复助余者？一旦变生肘腋，必且呼吁无门，君忍委余于虎狼之手耶？"言已，潸然欲涕。

葛见宝莲如是，意良不忍，慨允留此不去。宝莲始转悲为喜，与葛携手偕出，乘车而归。

抵家后，两人同入办事室，坐而闲谈。

久之，宝莲因一夕未寝，欠伸有倦容，葛劝其上楼稍卧，以资休息。宝莲颔之，乃登楼归卧室。

葛雷训独坐办事室中，阅报消遣，意甚无聊，心中思潮起伏，终疑彼宝莲之所击毙者，非真黑衣盗也。

因念欲探此事之确耗，非亲往若辈之俱乐部不可，而欲往若辈之俱乐部，又非乔装为无赖，不得羼入，忽忆甬道后一小室中，有敝衣一束，颇合乔装之用，一时好奇之心，勃然而发，乃亲往小室中，将敝衣觅得，携回办事室，解衣易装。

易毕，复以软帽斜覆额上，取纸烟一支，燃而吸之，对镜自视，固宛然一无赖少年矣。

时老仆汤姆，适步入室中，见葛大骇。

葛故意作无赖之状，距跃而前，提汤姆之耳，曳之至案傍，厉声曰："匹夫！汝主人何在，何不见吾？"

汤姆痛而呼，怒曰："何物狂徒，阑入此室？不速去，余必招警察来！"

葛乃脱帽笑曰："蠢奴！不我识耶？"

汤姆谛视之，辨为葛雷训，骇怪愈甚，嗫嚅曰："葛雷训君耶？何为忽作此装？"

葛急止之曰："汝勿声！余今乔装出，欲探一要事，一二句钟内，即可归来，慎勿令他人知之。"

汤姆唯唯，葛乃扬长而出。

第二十一章

女贼蒯妠者，纽约积窃汤洛之妻也，年二十六七，性险狠，妖娆好修饰。

宝莲击杀黑衣盗之翌日，蒯妠与其友克鲁定，饮于梅特蒙路之亨生酒店，掩面悲啼，泪被于面。

克诧曰："汝何事啜泣，伤心乃尔？汤洛君安在，何以不见？"

蒯妠呜咽曰："君问余夫耶？余夫死矣。"言已，泪益涔涔下。

克惊起曰："此言戏耶？余昨遇汤洛君，尚安好如故，那得便死？岂为他人所谋害耶？"

蒯妠握拳击案，忿然曰："杀余夫者，乃韦尔廷军械厂之主人宝莲是也。"

克讶曰："宝莲胡得杀汝夫？请言其详。"

蒯妠拭泪举杯，一饮而尽，乃述其事曰："昨日薄暮，余夫饮酒归，忽语余曰：'闻韦尔廷厂之会计室，藏银颇巨，今夜夜半，余拟亲往窃之，若能得志，则一跃而为富家翁矣。'余以厂中巡防甚严，竭力阻之，余夫执不听，晚膳后，携械而去。余终以此行颇危险，因与之偕往。

"行抵厂中，时已夜半，乃越墙而入，绕道至会计室，撬其窗。窗辟，余夫跃入室中，余则伏于窗外，以防逻者之突至。余夫入室后，正欲设法启铁箱，不料室门斗辟，一人距跃而入，挥拳击其颅。余夫立晕，颓然而仆。余隔窗见之，大骇欲号，细视其人，盖即著名党魁黑衣盗也。盗将余夫击倒后，忽解其身上之黑衣，衣之余夫之身，越窗而出，狂奔逸去。余幸闪入花丛，未为所见。

"迨盗去远，余乃逾窗入，轻摇余夫。余夫渐苏，蹶然跃起，正欲脱去黑衣，与余偕遁，忽闻室外人声鼎沸，汹汹将启户入。余大骇，知捕者已至，急伏匿于室隅之帘后。余夫不及避，乃握枪以待。一刹那间，室门已辟，余夫发枪拒捕，不料首入者乃厂主宝莲，开枪还击，砰然，将余夫击死。"

删妤述至此，失声而泣，语乃中止。克鲁定亦咨嗟叹息，代为扼腕。

删妤泣稍止，继曰："余当时伏帘后，目睹余夫之死，心乃大戚，然恐为若辈所觉，屏息不敢动。幸若辈以为黑衣盗已死，无复有搜索室中者，议论久之，闭户而去。余乃得乘间逸出，逃回家中。此余夫被害之详情也。宝莲贱婢，枪杀余夫，余誓必杀之，以为余夫复仇。"言已，伏案而泣。

克鲁定曰："汝欲报此仇，亦易事耳。黑衣盗者，宝莲之仇敌也，其人慓悍勇健，势力至伟，宝莲常为所困。汝若汝之结合，同谋宝莲，则复仇以矣。"

删妤曰："余将安从见黑衣盗乎？"

克慨然曰："余亦隶名党籍，愿为汝介绍。"

删妤大喜，乃与克约，允于是日薄暮，往晤黑衣盗。时克适别有友人至，招之饮酒，克乃舍删妤他去。

克鲁定去后，蒯妤引杯独酌，忽有盗党名奇姆生者，舍笑而至，曳椅与蒯妤比肩坐。

奇姆生素钟情于蒯妤，徒以罗敷有夫，未遂其愿，今闻蒯妤之夫，为宝莲所击毙，惊喜交并，因移座至蒯妤之侧，慰之曰："汤洛君骤遭不测，良友云亡，余心滋戚。然人死不可复生，愿汝之勿过哀也。"

蒯妤微睨奇，心殊厌之，默然不答。

奇胁肩谄笑曰："汤君逝矣，汝尚青年，宜自为计。余之待汝，自问不薄，以视汤君，且又过之，汝知余之心乎？"

蒯妤仍默然，置之不理。

奇以蒯妤为可动，乃抚其肩曰："余甚爱汝，汝当知之。汤君死，汝为余之人矣。"

语未毕，蒯妤勃然跃起，连掌其颊，戟指骂曰："蠢奴！汝目盲耶？汝何人斯，乃致戏余？"

奇姆生被击，暴怒若狂，扭蒯妤之胸，欲挥拳还击之。蒯妤力挣不得脱，窘极欲号。

忽有一邻座少年，虎吼而前，力格奇姆生之臂，猛推其肩。奇立足不定，颠仆数尺外，头触壁上，痛极几晕。奇大怒，蹶然跃起，直前扑少年。少年作势以待，突钩其足，奇又颓然仆，少年提其肩，掷之门外。

奇大惭，不敢复入，恨恨而去。一时室中观者，咸佩少年之勇。少年何人？盖葛雷训也。

初，葛雷训之乔装而出也，知下流社会之俱乐部，以纽约西郊为多，乃乘电车而往，途中故作无赖之状，以惑人目。

车抵其地，一跃而下，口衔纸烟，徜徉道中，忽遥见一无赖少年，为警察所逐，飞奔而来，葛急闪入一巷口，俟警察过，伸一足绊之。警察出不意，踬而仆地。

葛乃自巷中跃出，随少年之后，狂奔而逸。少年回顾见之，感激殊甚。

奔数百步，见警察不至，两人乃止，少年趋执葛之手曰："余与君素不相识，君乃脱余于厄，萍水偶逢，拔刀遽助，义勇哉君也。余愿与君为友，不识君亦愿之乎？"

葛含笑颔之，其人大喜，重与葛雷训握手，昂然曰："余名却克，我党中人，靡不知余。今我侪盍往亨生酒店，同谋一醉如何？"

葛欣然诺之，却克乃导之至亨生酒店，推门直入，据案而坐，呼酒共饮。

偶谈及警察追逐之事，却克叹曰："我党近日，不幸殊甚。汤洛君已被人击毙，君知之乎？"

葛摇首曰："余新自利物浦来。汤洛何人？余殊不识。"

却克遥指邻座一少妇曰："此即汤洛之妻蒯妤也。文君新寡，凄楚难堪，良可怜也。"言已，即详述汤洛致死之由。

葛闻之恍然大悟。

正言间，忽见蒯妤与奇姆生，互相扭殴，葛乃勃然跃起，将奇打倒，逐出室外。

蒯妤见葛少年英俊，雄武不凡，感激之余，倾心特甚，乃珊珊而前，深谢葛相救之德。却克乃居间为介绍，邀蒯妤与葛比肩坐，举酒共饮，谈笑甚欢。

少顷，忽有一人排闼入，与邻座诸党人，低语良久，继复步至却克之前，与之握手，却克肃之坐。

其人目灼灼视葛，欲言而嗫嚅者再。却克悟其意，即指葛雷训曰："此君亦吾道中人，君若有事语余，可直言毋隐，不虞泄漏也。"复指其人谓葛曰："此乔奇君，乃吾党之党员。"葛因起与乔奇握手。

乔奇谓却克曰："首领昨晚出，为宝莲所枪击，受伤甚重，今卧床养病，急不能起。顷命人招余往，拊床大怒，誓复此仇，嘱余纠同党八人，乘今夜夜半，往劫宝莲。余刻已约得四人，不识君亦愿往否？"

却克攘臂曰："首领之命，孰敢违之？余亦八人之一矣。"复顾谓葛雷训曰："君勇健过人，今晚若同往，必能为我党之助。事成而首领喜，则君之幸福至矣。未知君意若何？"

葛佯诺之，乔奇大喜，蒯妤起曰："今晚余亦愿往，藉为余夫复仇。"

却克颔之，乃约于晚间十二时，聚于温司东路深林之内。葛唯唯，乔奇与却克，乃率众而去。室中惟葛及蒯妤在，蒯妤见葛伉爽勇敢，爱之愈甚。

谈数语，葛离座跃起，顾谓蒯妤曰："今日晚间，汝可迟余于此，余当与汝同往。余去矣。"

蒯妤忽起立握葛手，嫣然曰："余夫已死，君当知之。余今伶仃孤苦，孰与为欢？君愿为余之挚友乎？"言至此，面乃大赦，斜睇葛雷训，媚眼流波，若不胜情。

葛乃拥而吻之，吻已，疾驰而出，乘车往宝莲家。

至则宝莲适以事他出，葛乃招老仆汤姆入，附耳授以计。汤姆欣然颔之，葛遂伏案作一函，书已，置之阅报室案上，匆匆而出。

晚餐后，葛雷训至亨生酒店。时蒯妤已先在，自小箧中出手枪囊，授之葛雷训。葛受而藏之，遂与蒯妤偕出，同往温司东路。

既至，见盗党六人，已集于深林之内，乔奇、却克咸在焉。众见葛果至，深表欢迎。

葛谓众人曰："余顷在宝莲家左近，探得其保护人葛雷训，今晚适有事他出，此诚我党绝妙之机会也。惟其家有老仆汤姆，亦颇勇敢，我侪当诱之出外，执而缚之，则大事济矣。"众大喜，虪姅乃子身先往。

其时礼拜堂钟声，正铛铛报十二时，葛呼曰："时至矣，我侪速去。"乃率众自林中出，疾驰而往。

温司东路与宝莲家，相距仅里许，瞬息而至。葛导众至后门外，命众分伏门侧，乃举掌叩门。

稍停，老仆汤姆果启门出视，葛挥众跃出，按之于地，塞其口，以长绳缚之，掷之门外。事已，众乃一拥而入。

第二十二章

揖盗开门，古有深戒。若葛雷训者，得勿类于开门而揖盗乎？不知成算在胸，妙策在握，网罗之设，慎密周匝，固有群盗之所万不及料者也。

当时间群盗随葛雷训之后，蹑足而进，甬道中灯火已熄，暗中摸索，倍极艰苦，曲折缭绕，行约百余武，始达办事室外。室中灯光甚明，隔帘窥之，见宝莲尚未就寝，独坐灯下，手一书读之，意态萧然，绝无所觉。

葛雷训举手示意，群盗颔之。葛乃首先掀帘入，众随其后，鹤行鹭伏，直趋宝莲之椅后。宝莲安坐如故，若不闻也者。

稍近，葛忽振臂大呼，转身扭群盗，宝莲亦自椅中跃起，开枪轰击。一刹那间，警察十余辈，自室隔帘后奔出，直扑群盗。群盗大骇，始恍然悟中计，一时欲逸无从，乃亡命拒捕，与警察猛斗。于是室中大乱，枪声不绝。

斗久之，群盗卒不敌，纷纷受伤而仆，全数被擒，无一漏网者。警察锢以刑具，絷之而去。

宝莲大喜，乃趋至葛雷训身傍，握其手，嫣然曰："今日微君，余其殆矣。君屡脱余于厄，何以为报？"

葛见室中别无人在，忽拥而吻之，宝莲大赧，然亦不拒。

正接吻间，忽闻窗外有人大呼，继以哄斗之声，葛急释宝莲，趋至窗前，见警署探目梅特，正捕得一妇人，指为刺客。葛谛视之，妇人非他，盖即女贼删妒是也。

初，删妒别众独行，疾趋抵宝莲家，绕道至宅左，逾窗而入，至阅报室内，以小电筒照视四周，忽见写字台上，留有信笺一纸，纸上有字一行，就电光下阅之。其辞曰：

宝莲女士鉴：

　　仆刻有事赴纽约，今夜恐不能归矣，晚膳时乞勿待为幸。

葛雷训白

删妒阅已，大喜，乃复逾窗出，趋至办事室外，隔窗内望，忽见其党七人，一一为警察所执，絷之以去，骇甚，噤噤不敢发声。

稍停，复探首内窥，见宝莲方与葛雷训接吻，乃恍然大悟，一时妒火中烧，愤不可遏，乃自囊中取手枪出，欲向葛开放，不料探目梅特，自后掩至，力扼其腕，枪遂不得发。删妒力挣久之，终不能脱，遂为梅特所执。

葛雷训见删妒就擒，喜甚，急命梅特挟之入室。删妒见葛，暴怒若狂，戟指痛骂，葛一笑置之。

梅特以黑衣盗巢穴讯删妒，删妒坚不肯言，葛乃挥梅特出室，含笑谓删妒曰："汝一妇人，何苦与群盗为伍？汝若以黑衣盗巢穴语余，余当立释汝去，决不失信。汝以为何如？"

删妒顿足，切齿作恨恨之声曰："奸人！汝勿妄想！汝以阴谋诡计，欺我妇女，余目忽盲，遂受汝愚，悔恨何及？虽然，汝勿以妇女为终可欺也。汝若智者，请即杀余；不然，余若得释，亦必以阴谋诡计，报今日之仇。汝其慎之!"言已，丑诋百端。葛亦不怒，惟向之微笑。

宝莲此时，忽顾谓葛曰："此妇切不可释，亦不必交警署，今可暂幽之于空屋之中，勿令逸去，余自有妙用。"葛颔之。

时老仆汤姆适入，三人乃曳蒯妤出，推入甬道后一小室之中，闭户键之。

宝莲命汤姆加意防守："毋令逸出，致偾余事。"汤姆唯唯，宝莲乃与葛仍回办事室。

葛问宝莲曰："密司锢此妇于家，云有妙用，其策何如，不识可见告否?"

宝莲笑曰："君此次易服出探，克奏肤功，余甚羡之。所恨黑衣盗之姓名、踪迹，仍未探得，功亏一篑，殊为可惜。余亦欲步君后尘，乔装而出，亲往亨生酒店一行，或能探得黑衣盗之巢穴，亦未可必。"

葛闻宝莲言，骇然摇首曰："此胡可哉! 昔人有言，一之为甚，其可再乎? 密司以一弱女子，亲入虎狼之窟，危险殊甚，万一为人窥破，必致追悔莫及。余决不许密司之行也。"

宝莲曰："君勿忧! 余此行亦稍有凭藉。盖蒯妤之被擒，盗党无一知者，余今往亨生酒店，可伪称为蒯妤之妹，来觅其姊，则盗必无复有疑余者。"

葛踌躇曰："此举究属冒险，余殊不以为然。密司若必欲一往，余当与密司偕行，以资捍卫。"

宝莲摇首曰："君之乔装，已为盗党所知，今日复往，适足败我事耳。"

正言间，汤姆忽持一电报入，展阅之，乃发自海利司者也。

其辞曰：

宝莲我妹鉴：

余前日有要事，驰往麦特格镇，临行匆匆，未曾言别，歉疚殊甚。余今暂寓该镇之撒布斯古屋，因所事尚未就绪，一星期后，方能归家。知关麈念，爰特驰闻。

海利司上

宝莲阅已，以示葛雷训，葛曰："余尝疑海利司即黑衣盗，今盗方受伤，彼即他去，此中尤觉可怪。麦特格镇距此不远，余当亲往迹之。"

宝莲喜曰："然则君宜速去，毋令兔脱！"

葛颔之，匆匆辞去。宝莲俟葛去后，即取敝衣易之，乔装为下流荡妇之状，悄然而出。

警察捕得盗党六人，絷之而归，道出卫顿路，适有一无赖少年，倚墙而立，手拈纸卷烟吸之，若有所待。

群盗自少年身傍过，少年瞿然注视，一盗素识少年，乘警察不备，低声谓之曰："烦君往报我党党人，警察将至，趣首领速逸！"语才毕，为警察所见，厉声叱少年，曳盗而去。

少年受盗党托，返身而奔，行数武，适遇其友迎面来，因以此事商之。

其友曰："余左邻台留斯，系黑衣盗心腹，胡不以此事告之？"

两人乃同往台留斯家，白其事。台大骇，急握手谢两人，披衣而去，驰往黑衣盗之秘密窟。

时盗方伏居窟中，卧床养伤，因乔奇等八人，往劫宝莲，一去不返，正深惶惑。

忽台留斯推门跃入，坌息曰："首领速遁！乔奇等误中诡计，已悉为警察所捕去，万一为探捕所迫，将此处机关泄漏，则首领危矣。"

黑衣盗闻言亦大骇，急忍痛跃起，取外褂披之。

此时忽闻楼下叩门声甚厉，台留斯临窗一望，惊呼曰："警察至矣。噫！警察破门而入矣。首领速遁！速遁！"

黑衣盗乃逾窗而出，跃登窗外之铁梯，疾驰而下。台留斯闭其窗，方欲觅道逸去，而警察至矣。

初，警察将群盗押入警署，警长略鞫一过，皆自承纠众行劫不讳。询以黑衣盗伏匿之处，则默然相向，坚不肯言，乃命分别收禁，俟解移法庭治罪。

会探目梅特归，请于警长，欲挈一盗去，有所盘诘。警长许之，梅乃曳盗党名乔奇者，同入署中之写字房，捽之坐倚上，询以黑衣盗之秘密窟。

威胁百端，乔奇执不言，梅特大怒，挥拳殴之，逼令吐实。

乔奇不胜楚，始实语曰："首领所居，在苏巴利路八百零八号之三层楼，刻因受有枪伤，卧床养病，决不外出。余言字字皆实，余可誓之。"

梅特询得盗窟，始大喜，命将乔奇还押，急率警察六七人，疾驰而出，乘汽车往苏巴利路。

既至，觅得所谓八百零八号者，推其门，则已下键，乃出手枪轰击，毁其键，破门而入，直登三层楼，一拥入室。

时室中惟一台留斯在，警察执之，询以黑衣盗所在，台坚云不知，遍搜室中，亦无所得，乃取手铐出，将台留斯锢之。

此时黑衣盗已由窗外铁梯，逃至二层楼，偶一转念，复越窗而入，蹑足登三层楼，乘警察不备，拉其门，门乃骤阖。

盗以钥键之，疾驰下楼，见警察所乘之汽车，适停于门外。盗启门突入，跃上汽车，扭御者殴之。御者出不意，被盗击下，晕绝于地，盗乃驾车飞驰而去。

迨警察等毁门而出，追至楼下，盗逸去已久。鸿飞冥冥，弋者何慕？盗亦狡狯矣哉！

第二十三章

宝莲乔装而出，乘电车至梅特蒙路，下车后，不知亨生酒店乃在何所，踯躅道中，心殊焦急。

行数武，乃倚墙而立，伪为下流荡妇之状，自囊中取糖果出，徐徐啖之。

少顷，适有盗党奇姆生者，匆匆而来，自宝莲身傍趋过，见其神采秀逸，丰姿甚都，遂止步不行，目灼灼注视其面。宝莲不特不怒，反睨之作微笑，奇乃大乐。

宝莲忽问曰："此间有亨生酒店者，不识何在，君能示余否？"

奇胁肩笑曰："密司亦喜饮酒耶？欲饮酒，请随余往。"

宝莲摇首曰："否。余欲觅余姊蒯妒耳。"

奇喜曰："密司乃蒯妒之妹耶？令姊与余素识，密司欲见之，请与余偕往可也。"

宝莲大喜，坦然从之去，同入亨生酒店，据案而坐，呼酒共饮。

宝莲曰："余姊安在，何以不见？"

奇曰："余顷闻人言，令姊奉首领之命，往劫宝莲，尚未归也。"

宝莲讶曰："孰为首领？余前此何以未闻？"

奇低声曰："我党之首领，即他人所称为黑衣盗者是也。"

宝莲曰："首领何名，能告余否？"

奇正色曰："此则不能告密司，愿密司勿问。"

宝莲默然，乃斟酒劝之饮。奇惑于宝莲，连饮数巨觥。

酒酣，宝莲复问曰："首领之名，余必欲知之。君若爱余，祈即见告。"

奇虽醉，坚不肯言。

宝莲娇嗔曰："君既以外人视余，余亦不愿为君友矣。"言已，离座而起，勃然欲去。

奇见宝莲怒，急曳袂止之曰："密司恕余。首领之名，余实不知，余当以首领居处告密司耳。"

宝莲喜，乃复就座。奇斟酒满杯，一饮而尽，欲以黑衣盗居处告宝莲，唇吻甫张，而女贼蒯妤至矣。

蒯妤之被囚也，默坐室中，静思脱身之法，久之，忽见室隅装有电铃一，乃以手指按之。

时老仆汤姆，适在甬道中，闻铃声大鸣，急趋至室外，隔户问其故。

蒯妤伪曰："余饥渴殊甚，汝若不欲余为饿殍者，请以面包、咖啡见惠。"

汤姆笑而诺之，乃亲往厨房中，取得面包数枚、咖啡一杯、肴馔数色，置于盘中，捧之而入，以钥启室门，送入室中。

不料蒯妤手持木梃一，伏于门后，见汤姆跨入，突出击其颅。

汤姆晕而仆，盘中器皿，锵然尽碎。蒯妤乃闪身而出，狂奔向外，幸宅中人无一见者，遂乘电车回亨生酒店。

蒯妠归，奔入酒肆，见奇姆生与一女子，正同坐饮酒，谈笑甚欢，因隔帘窥之，觉女子之状貌态度，似曾相识，谛视久之，始悟为宝莲所乔，心乃大骇，急撮口作怪声。

奇姆生闻之，嘱宝莲稍坐，匆匆奔出，见蒯妠返，喜曰："令妹来矣，今独坐室中，汝胡不入？"

蒯妠急按其口，低声曰："予孑然一身，那得有姊妹？室中女子非他，即余仇宝莲也。"

奇骇曰："宝莲耶？彼方以首领寓所询余，余几语之，汝若不至者，事其殆矣。"

蒯妠略一沉吟，即附奇耳授以计。奇领之，即伪为无事也者，仍入室就坐。

宝莲促之曰："首领寓所何在，胡不告我？"

奇笑曰："首领之居，距此不远，密司若随余登楼，临窗一望，当即见之。"

宝莲初颇犹豫，继念功之成败，在此片刻，气乃转壮，坦然随奇出，拾级登楼。

级尽，为一甬道，甬道之左有小室一，奇亲启室门，肃宝莲入内。莲宝足方跨入，奇骤拉其户，户乃立阖。

奇出钥键之，飞步下楼，以语蒯妠。蒯妠大喜，即与奇偕出，驰往黑衣盗之秘密窟。

蒯妠以昨晚失败原因语盗，盗拊床大怒，痛詈葛雷训不置。继复以宝莲被囚之事告之，盗始转怒为喜，立饬蒯妠与奇，速回酒肆，传命宝莲，逼令作一确切之证书，将韦尔廷军械厂，即且交出："倘敢抗命，则今日晚间，余当亲往杀之，决不宽宥！"

蒯妠等奉命，乃重返亨生酒店，相将登楼。蒯妠命奇姆生持枪入室，传述首领之命令，己则伏于门外，免为宝莲所见。奇乃启门而入。

时宝莲闷坐室中，悔恨莫名，急欲思一脱身之法，见奇入，知其可欺也，乃起立曳其衣，佯为乞怜之状，黯然曰："余确系宝莲，为黑衣盗故，来此私访。然余之爱汝，实出真意，绝非伪饰。余与君初无仇怨，君忍委余于黑衣盗手乎？君若爱余，请释余去，则君之大德，没齿不忘。余有生之日，当永永以君为余良友。"言已，掩面娇啼，呜咽不已。

奇见宝莲如是，意良不忍，心为之动，踌躇久之，忽以手枪授宝莲，慨然曰："今户外尚有他人在，余纵释密司出，亦不得脱，不如仍伏室中。黑衣盗将以晚间来，密司俟其入，以手枪击杀之，则脱险必矣。密司归，幸勿忘余！"

宝莲接枪，纳之囊中，深致谢忱。奇大乐，匆匆而出，自以为秘无人知，初不料属耳于垣者，固尚有蒯�在也。

奇姆生入室后，蒯妤蹑足户外，伏而窃听，尽悉其谋。迨奇出，蒯妤遥立梯畔，倚墙而待，佯为不闻也者。

奇心乃稍定，扬言宝莲不愿作证书，胁之无效，宜速往首领处复命。蒯妤接钥匙藏之，伪言有他事，不克偕行，请奇先往，奇乃匆匆自去。

蒯妤徐步下楼，沉思良久，忽得一阴贼险狠之毒计，欣然色喜，急启户奔出，乘电车往宝莲家。既至，昂然直入。

时老仆汤姆已苏，因女贼逸去，无以对主人，正深焦急，忽见蒯妤珊珊自外来，状颇闲暇，诧怪愈甚，骇而欲呼。

蒯妤忽趋前止之，曳其衣，作乞怜之状曰："丈其恕余。顷余一时暴怒，击丈几死，负疚良深。出门行里许，良心斗现，抚衷自问，不可以我故，累丈受责。爰特自归就囚，决不再逸，愿丈之能恕余也。"

汤姆信以为实，喜甚，乃挈之，仍入小室。

删妤曰："葛雷训君归，望招之来此。余有要事语之，幸勿遗忘。"

汤姆颔之，乃闭户而出。

薄暮，履声橐橐，自外而入，则葛雷训归矣。

初，葛雷训至麦特格镇，欲觅所谓撒布斯古屋者，询之土人，据云屋在镇西市杪，空闭已久，绝无居者。

葛乃驱车前往，既至，见其地蔓草遍野，广漠无垠，人迹罕至，幽僻异常，果有老屋数椽，蠹然独峙，四无邻居。葛下车推其门，则已内键，坚不可辟。

屋左有玻璃窗，隔窗窥之，见屋中陈设简陋，阒无人在，葛必欲入内一搜，乃设法将玻璃撬开，逾窗而入。

遍查室中，初无所得，最后在一洋铁小箱中，搜得黑色外褂一袭、头套一具，固赫然黑衣盗物也。

证据已得，葛乃大喜，仍为安置如故，跃窗而出，驱车归家。

时天已傍晚，入门即遇汤姆，询以宝莲所在，汤姆曰："主人以午间出，至今未返。"

葛大疑，汤姆又曰："女贼删妤告余，云有要事语君，君其速往。"

葛乃趋至甬道后小室外，启门而入。

删妤见葛入，掩面悲啼，状至凄怨，已而拭泪跃起，怂然谓葛曰："余实不耐居此。余以黑衣盗寓所告汝，汝能释余乎？"

葛慨然诺之，删妤乃自囊中取一钥匙出，授之葛手，正色曰："余实告汝，彼养伤之处，在亨生酒店楼上一小室中，此即其室门之钥匙也。汝若启门入捕，可乘其不备，先以手枪击之。

不然，彼枪发，汝其殆矣。"

　　葛将信将疑，接钥藏之，鋤妝欲随葛同出，葛止之曰："屈汝暂留片刻，俟余归，即当释汝。"

　　鋤妝默然，葛乃启户而出，仍键之，急急出门，驱车往亨生酒店。

第二十四章

　　宝莲被幽盗窟，幸以计诱奇姆生，骗得手枪一柄，乃握枪默坐，静俟黑衣盗之至。

　　久之，夕阳西下，窗上渐黑，而盗犹未至，私念奇姆生之言，得毋伪耶？因置枪于案，喟然而叹，见案上有煤油灯一，乃以火柴燃之。

　　正闷闷间，忽闻户外楼梯之上，隐约有履声，窸窣而上，宝莲色然跃起曰："黑衣盗至矣。"急取手枪握之，将煤油灯移置地上，以他物蔽其光，见室隅有木柜一，乃匿身柜后，以枪注户，寂伏以待。

　　稍停，户忽斗辟，一人距跃入室，开枪向室隅轰击，幸宝莲躲闪灵捷，未为所中，乃亦开枪还击之，昏黑之中，初不料来者即葛雷训也。

　　葛亦以为室隅伏匿者，必系黑衣盗，连击不已。

　　相持片刻，宝莲注视明切，突发一枪。枪弹倏然出，葛雷训扬臂大吼，应声而仆，倒于户外。

　　宝莲见敌人倒地，大喜，乃取煤油灯执之，蹑足至门外，以灯照其面，俯视之，不觉瞠目大骇，失色而呼，颠声曰："葛雷训耶？……"

呼声未毕，葛忽蹶然跃起，作诧怪之状曰："密司宝莲耶？胡为在此？"

宝莲见葛未死，心乃稍安，急问曰："君伤在何处？幸即示我！我始以君为黑衣盗耳。"

葛摇首曰："否，余并未受伤。余之仆地者伪也。余亦误以密司为黑衣盗，故以计绐密司，冀密司步近余身，乃突然发枪以轰击耳。枪幸未发，不然，密司殆矣。"

宝莲闻葛未伤，喜甚，两人乃相与入室。

宝莲略述私访被囚之事，葛恍然曰："余中女贼蒯姹之计矣。彼豫布阴谋，使我两人自相残杀，狠毒甚矣。今楼下盗党闻枪声，必往招警察来，密司速向窗外开枪，余则倒卧地上，伪为击毙之状，以惑人目，使盗党之来观者，疑余已死，则我谋济矣。"

宝莲从之，疾向窗外开枪，葛则僵卧地上，屏息不动。一刹那间，盗党已招警察三人，蜂拥上楼，奔入室中。

警察见室中肇命案，相顾骇然，宝莲则顿足哭曰："天乎！葛雷训君耶？我始以汝为盗也。我杀汝，我复奚生？呜呼伤哉！"

盗党闻葛死，窃窃私语，相顾有喜色，一一下楼而去。葛见盗党去，乃突然跃起。

警察出不意，大骇欲奔，葛急呼之止，略述所以伪死之故，并出徽章一，以示警察。警察阅已唯唯，乃以两人舁葛，一人扶宝莲，相将下楼。宝莲且行且泣，状至凄楚。

至门外，雇一汽车乘之，疾驰往警察署而去。盗党之伏门外观者，益信为真，急往报告黑衣盗。

时蒯姹已设法逸出，逃回盗窟。盗闻葛雷训死耗，喜极欲狂，抚掌曰："宝莲易与耳。葛死，吾党之事济矣。"盗众皆大快，其怏怏不乐者，惟蒯姹一人而已。

宝莲从妹娜密,放浪女子也,以不得志于葛雷训,忿而出走,依其寡姊以居。

娜密素娇侈,善交际,好从纽约纨绔儿游,出入剧场酒肆间。久之,负资不偿,债台高筑,阮囊虽涩,而豪奢如故。

一日晨起,方斜倚沙发,口含纸卷烟,手报纸阅之,见案上索欠之函,堆积盈寸,款项无着,邑邑殊甚。忽女佣入白,海利司君求见,娜密命肃之入。

语未毕,海利司已掀帘入,含笑曰:"妹近况佳耶?"

娜密冷然曰:"佳亦未必。兄迩乃何如?"

海利司曰:"亦自若耳。顷余得确耗,葛雷训以昨晚死,妹知之乎?"

语出,娜密惊起曰:"此言何来?葛雷训死耶?"

海利司曰:"然。葛死,乃我侪之福,殊可贺也。"

娜密默然,此时海利司见地上有一纸,偶拾起阅之,则某衣肆索欠函也,因问曰:"妹近日费用何如?"

娜密叹曰:"迩来拮据甚矣。豪债逼人,急于星火,正苦无从呼将伯也。"

海利司笑曰:"妹能助余,则余亦当助妹。妹或费用不敷,可向余索取。"

娜密喜甚,亟诺之,海利司立出支票簿,署千金之券与之,复曰:"余欲往视宝莲,探其作何状。妹若有暇,可与余同去。"

娜密唯唯,两人乃相偕而出,驱车往宝莲家。既至,闻宝莲在阅报室,遂相率入见。

宝莲时方独坐观书,闻海利司至,急掩面悲啼,作哽咽之状。海利司与娜密,曲意慰藉之。

宝莲哭曰:"葛君屡脱余于厄,而余乃手毙之,以怨报德,余直非人类也。葛君逝矣，余何为独生？呜呼！痛哉！"

海利司笑曰："余则深为妹幸。葛君不死，妹必为其所杀。暗室之中，事出误会，葛君虽在九原，必能曲谅妹心。逝者已矣，愿妹之勿过悲也。"

宝莲默然，海利司续曰："葛君在日，能助妹管理厂务，良可感激。惟今葛君已逝，妹虽英敏，究系女流，厂务繁重，断难独任。余亦韦尔廷氏一份子，岂忍坐视？愿竭余之力以助妹，不识妹能见信否？"

娜密亦曰："海哥颇英断，能竭力助姊，厂之兴可立待矣。姊其许之。"

宝莲仍俯首拭泪，置之不答。

此时老仆汤姆，忽持电报一封入，呈之宝莲。宝莲欲启之，偶一转念，忽离座而起，步至室外窗前，始将电报拆阅，则葛雷训发自麦特格镇者也。其辞曰：

宝莲女士鉴：

仆于今晨至麦特格镇，从事侦缉，刻已略有所得，大抵黑衣盗与海利司，极有关系。海若归，有所请求，望即毅然许之，以安其心。此中自有妙用，勿误为幸！仆薄暮当归，余俟面罄不一。

葛雷训上

宝莲阅已，欣然有喜色，恐为海利司等所见，急纳之囊中。

宝莲出室后，海利司低语娜密曰："顷宝莲所接电报，诡秘异常，似极重要，或与我亦有关，亦正难言。妹盍设法探之？"

娜密乃珊珊出，步至宝莲之侧，抚其肩曰："电报何来？有何要事？不识能示余否？"

宝莲摇首曰："否。此系余之私事，虽非重要，殊不能示我妹也。"

娜密因立而与宝莲闲谈，时时以言词钴之，周旋良久，绝无所得。

会海利司至，娜密乃默然退，宝莲忽谓海利司曰："顷余辗转思维，兄所言者，亦殊有理。兄与余家，休戚相关，兄能竭力助余，自非外人可比。特兹事体大，不容不稍事审慎耳。今日午后，余当与兄同往军械厂，以厂中之高级司事，为兄绍介，则异日入厂办事，自无掣肘抗命之患。不识兄意若何？"

海利司闻宝莲言，以为大功既成，欣然欲狂，亟诺之，并胁肩媚宝莲，无所不至。宝莲暗嗤之，托言有他事，登楼而去。

当宝莲与海利司接谈时，娜密忽得一计，乘他人不备，疾趋向外，奔入办事室，以电话致纽约电报总局，绐之曰："余乃韦尔廷军械厂主人宝莲也，请问贵局今晨，曾接得致余之电报乎？"

局中司事者答曰："密司请稍待，容余为密司查之。"少顷曰："顷已查得有快电一，自麦特格镇来，已于一刻钟前，饬人呈送，岂密司尚未收到耶？"

娜密曰："不然。余自清晨离家，至今未归，故无从接得，但该电异常重要，余急欲知之。鄙意拟请执事将该电底稿，为余一诵，免余涉跋回家，不胜感激。琐费清神，歉疚之至。不识执事能见许乎？"

局中司事者，不知其伪，果将电报底稿，朗诵一过。娜密听毕，深致谢忱，而心乃骇甚，始知葛雷训之死，实系伪饰。海利司误信人言，险堕术中，苟非察出，必致功败垂成，良可叹恨。

会海利司出，娜密附耳密告之，海利司亦大惊，沉吟良久，乃亦附耳授娜密以计。娜密颔之，海利司乃匆匆出。

午膳时，宝莲下楼，不见海利司，以问娜密，娜密曰："彼因有一要事，驰往纽约，事毕而归，当径往军械厂，不复至此。请姊乘车独往可也。"

宝莲亦不以为意，午膳后，即与娜密别，披衣而出，跃登汽车，驰往韦尔廷军械厂。

第二十五章

宝莲之将出焉，汤姆命御人驾汽车，御人唯唯，即奔至厩中，将汽车驶出，停于大门之外。闻主人午膳方毕，未必遽出，乃倚车而立，燃纸卷烟吸之，叩轮作俚歌，意殊自得。

不料黑衣盗率其党四五人，自车后跃出，一拥而前，围攻司机者。司机者出不意，手足无措，扭殴久之，卒以众寡不敌，被黑衣盗击倒，晕绝于地。盗将其外褂脱下，出长绳一，缚其手足，舁入宅傍一马厩中，闭而键之。

事毕，盗党各鸟兽散，黑衣盗则乔装为司机者，端坐车中，鼻架黑色之眼镜，衣领蔽面，冠沿覆额，猝视之，无有知其为黑衣盗者。

布置方竣，宝莲已珊珊自宅内出。汤姆随其后，顾谓盗曰："主人欲往军械厂，途中恐有不测，务须留意。"盗不敢发声，颔之而已。宝莲跨入车中，盗即启机疾驰。

行数里，至一通衢，军械厂在其左，车忽折而向右。宝莲初尚不觉，继见两傍景物，与平日习见者迥异，始骇而呼曰："噫！误矣。汝何梦梦，入此岐途？由此而西，将至意塞耳河矣。速退速退！"

盗伪为不闻也者，驾车疾驰如故，且极力旋其机，速率斗增至百有余度。车行如矢，瞬息十余里，星驰电掣，直向意塞耳河滨驰去。宝莲心知有异，厉声斥之，仍不顾。

时距河渐近，河上本有大铁桥一，中置机关，可分可合。此桥于每日午后，辄须开放数小时，以便高大之舟，出入其下。

当汽车驰近河滨时，桥适开放，中分为二，宝莲遥见之，大骇而呼，急自囊中取手枪出，指司机者之背，厉声曰："速止！不然，余枪发矣。"

盗闻宝莲言，磔磔作怪笑，忽一跃登车顶，复由车顶疾跃而下，抚掌大快，狂奔逸去。

时汽车已抵河滨，危急万状，间不容发。宝莲骇极欲晕，急自车箱中，飞跃而出，伸手扳其机。机停，车乃戛然而止。

俯视车前，波涛荡漾，惊心骇目。苟稍迟片刻者，必且堕入河中，从屈大夫游矣。险哉！

宝莲既脱险，乃将汽车旋转，亲操驾驶之役，循原路而返，驰往军械厂。既至，奔入办事室。

时海利司已先在，海利司见宝莲入，大骇跃起，诧怪之状，形于词色。

宝莲含笑曰："兄以余之来此为意外耶？余为奸人所算，险遭毒手，幸获天祐，得庆无恙。余有命在天，黑衣盗其如余何？"言已，斜睨海利司。

海利司默然，继复伪为慰藉之辞，以相掩饰，状殊局促。宝莲知其窘甚，遂一笑置之。

此时厂中诸司事者，入见宝莲，宝莲指海利司曰："厂务繁重，关系至巨，余一女流，苦难胜任。下星期起，拟请余兄海利司，驻厂助余，匡余不逮。海利司就职后，所发命令，诸君均宜服从，不得违抗。今特偕之来厂，为诸君介绍，诸君当能深体余意也。”

宝莲言已，海利司大喜。司事者相顾愕然，与海利司略一寒暄，鞠躬而去。

海利司以为大功已成，欣慰莫名，请于宝莲，欲参观厂中之制造品。宝莲许之，两人乃相偕出室，环绕厂中一周。

游览殆遍，最后至一室，室中方制造军用无线电机。其既成之机，陈列外室，形状不一。

宝莲审视久之，戏以纤指按其机件，傍一机师曰：“密司亦善发无线电耶？”

宝莲摇首笑曰：“否，余从未习之。汝若谙此，不识能示余否？”

机师曰：“此易事耳。”因以发电接电之术，详告宝莲，兼以电机为实地试验品。

宝莲性极敏慧，不顷刻，即已了解，按机之手法，亦渐纯熟，亲发电报二通，绝无乖误。海利司在傍，亟赞其能。

已而宝莲兴尽，与海利司偕出。海利司托言有他事，告辞而去，宝莲乃驱车返家。

娜密之归也，即遵海利司所嘱，伪托宝莲之名，致函葛雷训，复伪托葛雷训之名，致函宝莲。

宝莲自军械厂归，此函适至，接阅之，函面但书“宝莲女士收”，下不署名，书法雄健，似出葛雷训手，急拆而读之。其辞曰：

宝莲女士鉴：

仆顷自麦特格镇返，暂寓佛兰克路泰卢旅馆之一百二十三号。因黑衣盗耳目甚多，不敢造次过访。惟刻有要事，急欲面商，见函望即秘密来此，俾得详告一切，万勿稽延，至盼至祷！

葛雷训上

宝莲阅毕，大喜，急将函纳之囊中，匆匆奔出，驱车往佛兰克路。

车至其地，时已薄暮，觅得所谓泰卢旅馆者。屋不甚巨，而高峻异常，巍然独峙，地极幽僻。宝莲自车上跃下，叩其门。

稍停，一侍者启门出，宝莲略述来意，侍者瞿然曰："葛雷训君耶？葛君行囊甫卸，刻在三层楼卧室之中，密司请入内可也。"

宝莲坦然不疑，乃随之而入。

宝莲随侍者入内，于级登三层楼，侍者启一卧室之门，鞠躬肃宝莲入。

宝莲视门上之号数，果为一百二十三，不疑有诈，坦然跨入。不料足方入室，户即碰然而合，宝莲大诧。一刹那间，恶魔黑衣盗，忽自室隅帘后跃出，直扑宝莲。

宝莲骇极，始恍然悟中计，返身欲启户逸，讵知两臂已为黑衣盗所执，猝不得脱，乃奋其全力，与盗猛斗。

相持良久，盗偶一疏忽，忽被宝莲所击倒。宝莲大喜，急启户逸出，疾驰而下，奔至二层楼。盗大怒，一跃而起，飞步追下。

宝莲欲逸不及，见甬道之傍，有一小室，乃闪身入内，闭户键之，欲暂避其锋。盗追至室外，推其门，坚不可开，暴怒欲狂，奋力以肩撞门，门格格作大声，几欲倒下。

宝莲倚门抗拒，怔悸殊甚，战栗不已，瞥见室隅有电灯总机关一，急极智生，乃奔至电机之前，以发无线电之法，启闭其机。于是宅中诸电灯，忽明忽暗，立现一求救之记号。

稍停，盗破门入，宝莲急舍电机，与盗斗于室中。盗愤怒已极，锐不可当，一转瞬间，即将宝莲击倒。正危急间，而葛雷训至矣。

初，葛雷训自麦特格镇归，悄然返家，见案上有一函，拆阅之，辞曰：

葛雷训君鉴：

惠电接悉，侦缉有得，深慰予心。此间之事，悉遵尊命，乞勿为念。黑衣盗耳目众多，今夜切勿来舍，望于傍晚七时许，惠临密勒特路乾姆斯旅社十九号，有事面谈，勿误为盼！

宝莲上

葛阅毕，视壁上时计，已指六时三刻，乃急驱车往密勒特路。既至，果有所谓乾姆斯旅社者，乃按其门上之铃。

少顷，一女佣启门肃客入，据云密司宝莲方来，在楼上十九号卧室。葛乃急急上楼，启十九号之门，步入室中。

不意盗党五六人，自门后一拥而出，围攻葛雷训。幸葛素机警，早已豫防，见盗党来袭，即挥拳与斗，以一敌众，绝无畏怯。

久之，盗众皆披靡，纷纷受伤仆地。葛乃飞步下楼，夺门而出，忽念宝莲此时，不识何在，中心悬悬，急欲往其家一探。

行里许，道出佛兰克路，忽见泰卢旅馆之电灯，忽明忽灭，闪倏不定，隐隐成一求救之记号，诧甚，急奔至旅馆之前。

推其门，则已下键，略一沉思，见门外阶前有石柱二，乃张两手抱之，猱升而上。瞬息之间，已达二层楼洋台之上，遂轻启其窗，纵身跃入。

第二十六章

葛雷训冒险入盗窟，闻甬道傍小室之中，有声甚厉，乃疾趋而前，推其门。

门辟，葛乘势一跃入室，瞥见室隅地上，倒卧一女子，趋视之，果宝莲也，骇甚，急抚其口，觉气息咻然未绝，知被击而晕，心乃稍慰。

方欲扶之起坐，黑衣盗忽自户后闪出，蹑足至葛后，挥拳击其颅，幸葛颇机警，忽觉有人袭其后，转身迎斗。两人拳足相格，工力悉敌，盘旋室中，各不相下。

斗久之，葛偶一疏失，为盗所乘，盗以全力猛推其肩。葛立足不定，倒退数武，头触粉壁，痛极而踣，晕绝于地。

盗大喜，四顾室中，急欲觅一杀人之法，遥见室外楼梯之侧，积有干草一大堆，乃将葛及宝莲挟出，置之草堆之中。又见室隅案上，有煤油灯一，灯内尚有煤油半樽，因携之而出，以煤油灌于草之四周，灌已，以火柴燃之。

一刹那间，烈焰飞腾，火光四射，葛与宝莲，势将葬身于火窟之中。黑衣盗从傍观之，踌躇满志，抚掌大快。

正欣然自得时，忽闻楼梯之上，人语喧嘈，足声杂沓，自下而上，盗以为捕者踵至，骇甚，急返身而奔，飞步逸去。

当葛雷训逾窗入室之时，适有老叟三人，道出佛兰克路，见此宅之电灯，忽明忽灭，闪烁不定，怪之，乃止步不行，立而遥望。

稍停，一叟斗悟，惊呼曰："此乞救之符号也。宅中必有剧变，我侪既见之，安得袖手坐视？盍共入内一观，以尽我侪天职？"

余二叟闻言，咸义形于色，愿相偕入内，一觇究竟。三人遍觅警察，杳不可得，推其门，门扃不得入，叩之又寂无应者，急不暇择，乃舁一巨石撞门，门碎，一拥而入，见楼下阒无人影，遂折而登楼。

方至楼梯之半，即见火光熊熊，发自楼上，照澈四周，三人大惊，飞步而登。

一叟目明手捷，见火光中隐约有人在，乃距跃而前，将宝莲及葛雷训，自火中曳出，扑去其身上之火。两人外衣虽毁，头面手足，幸未受伤。

时二叟亦将余火扑灭，三人环视宝莲等，议论不一。

少顷，葛与宝莲，相继而苏，三叟问以被难之由，葛雷训详告之，并深谢其相救之德。众乃遍搜室中，见黑衣盗踪迹杳然，不知所往，谅早已逸去，亦遂置之。

三叟咨嗟自去，葛与宝莲，乃亦雇车而归。

诘旦，宝莲晨起，盥洗毕，步至办事室，倚窗而坐，见窗外小园中，万卉怒放，好鸟争鸣，悦目娱耳，烦虑顿解。

正欣然独乐间，忽遥见大门呀然辟，一美少年匆匆入内，气宇轩昂，举止潇洒，一望而知为葛雷训也。

稍停，葛已掀帘入室，宝莲急跃起迎之，相与握手道晨安。

葛与宝莲比肩而坐，蹙额曰："昨晚之事，危险殊甚。余与密司所接两函，其为黑衣盗所发，可无疑义。盗之谋我，日亟一日，殊可恨也。"

宝莲曰："君昨致余之电，谓已略有所得，详情何如，不识能告余否？"

葛瞿然曰："微密司言，余几忘之。密司接电之后，曾出以示他人乎？"

宝莲曰："无之。"

葛曰："然则有人从傍见之乎？"

宝莲曰："当时惟娜密与海利司，适在余傍，然亦未见此电也。"

葛惊曰："海利司耶？然则昨晚之遇险，不为无因，海利司与黑衣盗，实为一人，余早已言之。今且获有确凿之证据，观于此事，则其中关系，愈觉彰明而昭著矣。"言已，即将两次驰往麦特格镇，在撒布斯古屋中，搜得黑衣盗衣服之情形，详告宝莲，并将海利司历来可疑之点，一一摘出。

宝莲闻之，亦疑黑衣盗即海利司，追念杀父之仇，愤不可遏，因商之于葛，决计俟海利司归，与之决绝，将其驱逐出外，以免危险。一俟证据齐备，再行起诉法庭，置之于法。葛亦深以为然。

正议论间，海利司忽昂然归，掀帘而入，胁肩作谄笑，欲与宝莲握手。

宝莲变色拒之，拍案砰然，厉声曰："海利司，汝勿假惺惺！凡汝所为，余已备悉。汝伪饰为黑衣盗，杀余父，杀余叔，并欲杀余，毒哉汝也。余将搜集证据，与汝相见于法庭之上。汝速离此，毋以余为可欺也。"

海利司闻言，失色曰："此言何来？黑衣盗云云，余实不解。

余与匪党，绝无关系，余可誓之。妹勿轻信谗言，妄相揣测。"

宝莲曰："余亦无暇与汝辩，汝第立即离此，不得多言。"

海利司默然曰："妹真欲逐余耶？"

宝莲曰："然。余为此宅之主人，余自有权力，可以逐汝。汝若不去，余当以人召警察来。"

海利司狞笑曰："甚善！男儿七尺躯，何地不能容，岂必恋恋居此间耶？但汝既逐余，异日慎勿自悔！"言已，忿忿欲出，行数步，忽转身为乞怜之状曰："宝莲吾妹听之，韦尔廷氏之子孙，惟我两人在矣。妹之亲族，仅一可怜之兄，乃忍逐之耶？"

宝莲闻言，心为之动，俯首不语。

葛雷训莞尔曰："行矣海利司，汝虽舌巧如簧，其如密司宝莲之不信何？"

海利司闻葛言，勃然大怒，切齿曰："葛雷训，余识汝矣。汝有日入余手，余必亲碎汝躯，以泄余忿，汝其慎之。"言已，暴怒若狂，大步而出。

海利司既出，葛雷训顾谓宝莲曰："密司此举，殊快人意，亦足稍褫恶人之魄。特是彼之仇我，亦云至矣，一二日内，恐有非常之举动，此我侪所不可不慎防者也。为今之计，莫如雇一侦探，终日蹑其后，探其踪迹，监其行动，一有可疑之点，立即来宅报告。如此则我侪闻警后，可先事豫防，不致堕其术中。密司以为何如？"

宝莲曰："君言甚善！请君速招一侦探来，以此事委之。"

葛乃以电话致警察署，半句钟后，一侦探踵门求见，汤姆导之入。

侦探名濮番山，年可四十许，魁伟雄健，状颇干练。葛雷训以所委之事语之，濮唯唯。葛复以海利司照片示濮，濮阅已，藏之囊中，告辞而出。

是日午后，海利司彳亍于佛罗达路，昂首怒目，状殊忿忿。

距海数十步，复有一人作绅士装，峨冠持杖，蹀躞随其后，海步亦步，海趋亦趋，时复游目视路傍店肆，欲以掩饰其尾随之形迹者，则侦探濮番山也。

海利司人极狡狯，行时屡屡返顾，觉有人尾其后，心殊疑之。又数武，见道傍有汽车，乃止步不行，与司机者絮絮论车资，欲雇而乘之。

濮遥见海雇车，知其欲遁，心乃大骇，急亦招一汽车至，出其侦探之徽章，以示司机者，低声曰："为我追随前车之后，勿令逸去！余乃警署侦探也，事毕当不吝重酬。"司机者唯唯。

濮方欲跨入车中，不料海利司忽徐步而至，含笑拍其肩，作揶揄之状曰："劳君远随，何以克当？君殆受宝莲之委任，欲侦缉余之踪迹乎？"

濮猝被识破，为之愕然，不得已，乃直答之曰："然也。"

海利司笑曰："余未罹法网，何劳他人侦缉？今余欲往梅而顿路之哈莱酒肆，沽酒数瓶，君如见疑，请与君同车共往可乎？"

濮许之，两人乃相率入车，司机者启机疾驰，向梅而顿路而去。濮默坐车中，心殊惴惴，探手握囊中之手枪，以备不测。

车行片刻，已抵酒肆门外，海利司一跃下车，正色谓濮曰："余入内沽酒数瓶，少停即出，君其稍待。"濮颔之，海乃匆匆而入。

濮哇然失笑曰："汝之伎俩，安能逃余双目？汝直以余为童骏耶？"言已，见海去，始急命司机者驱车至酒肆之后，停车一僻巷之巷口，默然以待。

少顷，遥见海果自酒肆后门逸出，四顾无人，扬长而去。濮大喜，乃下车尾其后。

行百余武，折入康脱兰路，遥见海按一巨厦之门铃。顷之，门呀然辟，海闪身入内。

濮趋视其门牌，为九十三号，门前有铜牌一方，上书"博士萨姆斯寓"。濮乃录入手册，急奔至公共电话处，以电话报告葛雷训。

第二十七章

博士萨姆斯者，年可五十许，鹰目燕颔，貌颇沉鸷，时方伏案作秘密书，忽闻阍者入白，有客求见，乃掷笔起立，藏书囊中。

时海利司已徐步入，萨见来客素不相识，心殊讶之。

海利司含笑曰："撒姆司美君无恙，君近况佳耶？"

萨姆斯大骇失色，厉声曰："余名萨姆斯，君殆误矣。"

海狂笑曰："君勿假惺惺！君之历史，余知之甚审。君乃日耳曼人，原名撒姆司美，因来美作间谍，乃改名萨姆斯。然乎否乎？"

海言已，萨乃大惊，欲自囊中取手枪出，海急止之曰："聊与君相嬉戏耳。余既非侦探，亦非警察，此来乃有事就商，初无不利于君，君其勿惊！"

萨心乃稍慰，曳椅肃海坐，海曰："韦尔廷军械厂，有新发明之无烟火药一种，君知之乎？"

萨曰："知之。"

海曰："君欲得其配合之法乎？余力能为君探之，但须获一相当之酬报耳。"

萨喜曰："君能探得其法，余当以万金购之，决不食言。"

海亦喜，两人乃握手订交，恨相见晚。

海偶倚窗外望，见侦探濮番山，正踥蹀户外，为之骇然，急指以示萨曰："今有人方蹑余后，余欲自君家后门出，可乎？"

萨颔之，命侍者导之去，海乃匆匆告辞而出。

海利司去后可一句钟，忽有一不速之客，翩然戾止。其人为一美少年，峨冠持杖，鼻架金镜，作博士之装，革履橐橐，昂然而入，自囊中出名刺一，鞠躬授萨。

萨接而阅之，上书"博士约翰·勃洛"，下注小字一行云"浚智书院掌教，寓爱勒拉路九百零四号"。阅已，相与握手道寒暄。

勃洛作诚恳之状曰："敝院于今晚开睦谊会，遍请名人演说，以联情谊。素仰先生学问渊博，望重一时，爱特不揣冒昧，趋前拜谒，敬请先生于今晚八时，惠临敝院，锡以嘉言，藉光蓬荜。不识先生能俯允否？"

萨初颇犹豫，托言尚有他事，勃洛坚以为请，萨始首肯。勃洛大喜，乃握手道谢而出。

是晚八时许，萨姆斯服博士之装，驱车往爱勒拉路。车至其地，遍觅所谓浚智书院者，杳不可得，询之岗警及路人，亦云不知，且谓爱勒拉路之门牌，以六百号止，亦无有所谓九百零四号者。

萨乃爽然若失，悇悇曰："少年之言，究不可信，余受勃洛之欺矣。不如还也。"遂驱车而归。

葛雷训接濮探之报告，详悉一切，颇疑彼博士萨姆斯者，与海利司必有密切之关系，两人阴谋诡计，或且不利于宝莲，因化装为约翰·勃洛，亲往访萨，以计诱之。萨果中计，允于晚间往爱勒拉路。

葛大喜，入晚七时后，即偕宝莲及濮番山，三人预往康脱兰路，伏于萨家之附近。

稍停，钟鸣八时，遥见萨姆斯盛服而出，乘车疾驰以去，三人乃一拥入萨家。侍者出阻，濮以侦探徽章示之，骇而逸去。

三人步入办事室，将室中各物，细加检查。久之，宝莲无意中，翻阅案上一书，忽见封面之后，书有小字一行云"撒姆司美博士惠存"，下署"威廉莱生谨赠"，阅已，急指示葛雷训。

葛惊呼曰："此德人之姓名也。彼萨姆斯者，殆同盟军之间谍耶？"宝莲亦以为然。

少顷，复搜得密函一扎、电报底稿一册，类皆报告美国之军情者。

葛阅毕，大喜，欣然曰："萨之为间谍已无疑义。我侪此来，直大有造于协约军矣。确证已获，俟其归，可即执之赴警署，以除巨害。"

正言间，忽闻汽车呜呜声，自远而近，宝莲临窗一望，疾呼曰："萨姆斯归矣。"

葛曰："然则我侪可暂匿室中，俟其入，突出捕之，勿令逸去。"

于是三人乃各觅一幽僻之处，屏息伏匿以待。

稍停，履声橐橐，萨已昂然入室，脱帽掷案上，取烟斗实烟，燃而吸之。吸已，以烟斗击案为节，曼声度《上帝爱我》之曲，声粗如牛，丑态可掬。宝莲伏帘后听之，几失声而笑。

萨歌已，复狂吸其烟，意殊自得，不料宝莲首先自帘后出，蹑足而前，以手枪指其背，娇声笑曰："美哉歌也。幸为余再歌一曲，俾饱耳福。"

语出，萨骇而跃起，回顾见宝莲，错愕不已，大声曰："汝为何人？何为阑入余室？"

宝莲笑曰："汝勿问！第速歌汝曲，不然，余枪发矣。"

萨大怒，取案上之帽，转身欲出，不料葛雷训及濮番山，已相继自室隅跃出，各出手枪，环立萨之左右。萨不得逸，骇乃愈甚。

宝莲复迫其歌《上帝爱我》之曲，葛雷训等附和其后。萨不得已，为曼声歌之。歌已，三人皆笑不可仰。

于是濮番山出其侦探徽章示之，并将密函电稿一一检出。萨始知事已败露，默然无语。濮以手枪胁之出，同乘汽车，驰往警署。

宝莲欲与葛雷训同返，葛曰："萨姆斯之被捕，外间绝无知者，余当暂居此间，留意侦缉，或能探得海利司之秘密窟，亦未可知。密司以为何如？"

宝莲颔之，遂与葛握手而别，驱车独归。

当葛雷训计擒萨姆斯之夜，正海利司私窃药剂单时也。

海与萨姆斯议定后，即乔装为工人，羼入厂中，服务于棉花火药制造处。

迨钟鸣十二时，夜工停止，工匠各鸟兽散，海独迟迟不去，伏匿于厂后幽僻之处，稽查者未之觉也。

及夜深人静，厂中灯火已熄，司事者亦相率去，海始蹑足闪出，摸索而前，步至火药药剂之贮藏室，欲启户而入，瞥见室内灯光甚明，心乃大诧，遂就户上锁孔中，伏而窥之，见室中先有一少年在，衣服蓝缕，状貌猥琐，形如厂中之工人，已将室隅铁箱，设法撬开。

箱中簿籍及药剂单，堆积满案，其人俯而检视，若有所觅。稍停，忽觅得一纸，即置之案上，自囊中出铅笔及手册各一，就电灯下抄之。

海利司此时，渐不能耐，乃启门跃入，直前捉其肩。其人大骇，欲奋起与海抗。

海低声斥之曰："勿动！动则余当召警察来，汝其殆矣。"其人遂不敢抗。

海见案上之纸，即其所欲得之火药药剂单，心乃大喜，遂伸手攫得，纳之囊中，捉其人之臂，与之偕出。

一句钟后，黑衣盗安坐于秘密窟，一少年工人，俯首立其傍。

盗昂然曰："浮克，汝以一人之力，谋窃厂中之要件，汝之胆力，不可为不伟矣。汝能加入我党，余固极表欢迎。今余有一绝妙之策，欲遣汝往宝莲家，诱之入军械厂。汝能谨慎将事，不致陨越乎？"

浮克唯唯，盗乃附耳授以计。浮克奉命，匆匆告辞而出。

翌日宝莲晨起，方珊珊至楼下，老仆汤姆忽引一少年入。

少年以白巾络左臂，面有怒色，如殴斗受创者，猝然谓宝莲曰："密司欲擒黑衣盗乎？余能以黑衣盗近日之踪迹，详告密司。密司其信余乎？"

宝莲喜曰："汝既知之，可速语余，余不吝重赏。"

少年曰："余名浮克，平日作工于军械厂之火药制造处，前以友人之绍介，获识黑衣盗，被其蛊惑，隶名党籍。乃者黑衣盗恃其党魁之资格，骄恣暴戾，背信寡义，昨以细故与余龃龉，即殴余折臂。余幸速遁，未为击毙。余以是来此报告，宣其秘密，以泄余愤。盖黑衣盗于昨晚入军械厂，窃得重要之药剂单，一时不及携出，藏于轧花室中。密司速往搜之，必能珠还合浦，或因此捕得黑衣盗，亦正难言。此事极秘，惟余一人知之，余当与密司偕往。第黑衣盗耳目众多，密司此去，亦宜不动声色，严守秘密，勿令他人知之。是为至嘱。"

　　浮克言已，宝莲大喜，遂取外衣披之，与之偕出，驱车往军械厂。

第二十八章

宝莲至军械厂，排闼直入，厂中司事者见之，深以为怪，咸来问讯。宝莲含糊以对，屏退众人，独与浮克驰往轧花室。

浮克启左偏一室之门，肃宝莲入。宝莲坦然不疑，跨入室中，不料浮克突拉其户，户乃立阖。

宝莲闻声大诧，心知中计，急欲退出，然已不及。一转瞬间，黑衣盗已自轧花床之后，距跃而出，张两臂欲擒宝莲。宝莲骇而呼，绕室而走，盗奋臂逐其后。

盘旋良久，宝莲忽踬而仆。盗大喜，疾趋而前，欲按之于地，不意宝莲身手灵捷，乘盗不备，斗飞一足起，中盗之胸。盗痛极而嗥，颓然仆地，宝莲乃乘间跃起，飞步至户侧，欲夺门而出。

盗见宝莲将逸去，暴怒如狂，忍痛起立，一跃至宝莲之后，奋力捉其肩，提而掷之。宝莲颠仆数尺外，晕绝于地。盗喜甚，略一思索，即将宝莲挟起，置之轧花床上。

床以坚木为之，形如长方之桌，床上有狭板无数，以皮带缀其端，如楼梯然，长可数丈，直通邻室。邻室室隅，则筑有大铁轮一，轮有钢齿若干，旋转之时，牵动皮带，带乃徐徐而下，其木板上所置之物，一一为轮齿所辗，碎为粉齑。

当时黑衣盗既掷宝莲于轧花床，即启其墙上之机关，隔室铁轮，立时转动。宝莲卧于板上，被皮带所卷，牵入邻室。设卷至转轴之中，则一刹那间，其势必为轮齿所辗毙。命在呼吸，间不容发。

正危急间，室门忽呀然辟，一少年狂奔而入，瞥见宝莲危险万状，骇极不知所措，急飞步至轮侧，腾跃而前，将宝莲自板上曳下。

时轮齿之尖，已及宝莲金黄之发，苟稍迟须臾者，必致血肉横飞，葬身于铁轮之下矣。

少年者，固人人知为葛雷训也。

是日晨，葛雷训在萨姆斯家，独坐无聊，因以电话致宝莲，不料接电者乃为老仆汤姆。葛询以宝莲所在，汤姆具告之。

葛骇然曰："此必恶人之诡计。密司深信之，轻身前往，危险甚矣。"言已，急掷电话听筒于案，飞步而出。

雇汽车乘之，疾驰至军械厂，不意果得脱宝莲于危，破恶魔之阴谋，快慰之状，殊难言喻。

宝莲渐苏，急顾谓葛曰："黑衣盗尚在邻室，速往捕之，迟则恐被免脱。"

会厂中一司事者，适自户外趋过，闻声入视。葛大喜，乃嘱宝莲在此少息，己则奋勇奔出，驰往隔室擒黑衣盗。

葛雷训去后，宝莲忽觉渴甚，以语司事者。司事者鞠躬曰："密斯请在此稍待，余当往取汽水来。"宝莲颔之，司事者乃出室去。

一转瞬间，黑衣盗又启门跃入，直扑宝莲。宝莲大惊，起立欲遁，两足战栗，苦不能步，骇极复晕，颓然而仆。

盗大喜，时室隔之铁轮，尚旋转不已，盗乃将宝莲提起，掷之轮前皮带之间。

此时司事者适捧汽水一杯，奔入室中，见而大骇，手中之杯，乃不期而坠。盗回顾见有人至，夺门欲逸，司事者拦阻之，两人遂相扭殴。

奋斗久之，司事者力渐不敌，卒为黑衣盗击倒，盗乃飞步逸去。

时宝莲之身，为皮带所牵，卷至轮齿之下，幸葛雷训在隔室，适将机关关闭，转轮停止，未遭辗毙，亦云幸矣。

葛雷训不见黑衣盗，匆匆奔回，见司事者仆于地上，宝莲则倒卧于转轮之间，惊诧莫名，急将宝莲抱下。

稍停，两人渐苏，各述所遇，始知复为黑衣盗所袭，骇忿之余，额手称幸。

此时厂中众工人闻之，已四出搜捕。盗自室中逸出，奔至后门之侧，适遇工匠五六人，伏于墙后，见盗至，突出兜捕。

盗大骇，急返身狂奔，众自后噪而逐之。盗见追者已近，即逃入一贮藏军械之栈房内，闭门暂避。

迨众人追至，破门而入，盗已逾窗逸去，惟余黑色外褂一袭、头套一具，委于室内地上而已。

德间谍萨姆斯之被捕焉，经法庭判决后，囚于狱中，适与黑衣盗之党名乔奇者，同处一室。乔奇监禁之期已满，即日将出狱。

萨闻之，颇窃窃喜，乘守者不备，以铅笔绘一简明之地图，绘已，私招乔奇至，低声问曰："汝出狱之后，将仍隶黑衣盗之部下乎？"

乔奇颔之曰："然。"

萨曰："然则黑衣盗之机关部，近已迁移，汝其知之乎？"

乔奇摇首曰："未之知也。"

萨乃出掌中之地图与之曰："汝欲谒汝首领，按图而往，自无舛误。汝见首领后，可以余被捕之事，详细告之，并请其注意葛雷训。此人狡狯异常，勿令盘踞余家，探余秘密。汝其识之，慎勿遗忘！"

乔奇领之。

此时守狱者至，见两人聚而密谈，厉声叱之，两人乃默然而散。

是日午后，乔奇果得释放之命令，乃与萨姆斯别，脱然出狱而去。

薄暮，乔奇出地图视之，见黑衣盗之秘窟，新迁于西防定路之一千五百二十八号，地近海滨，幽僻异常，门外石阶之左，有铜钮一，以指按之三，则门乃自辟云云。

乔奇阅已，遂按图而往，既抵其地，见门外阶侧，果有一铜钮，遂以指连按之。

少顷，门呀然辟，一健男子矗立门内，乔奇谛视之，则党人麦克雷也，喜而呼曰："麦君，余出狱矣。首领何往？余欲见之。"

麦冷笑曰："乔奇耶？汝欲见首领，可在此稍待，余当为汝请之。"

乔奇唯唯，麦乃疾趋而入，稍停，复昂然出，大声曰："首领欲见汝，汝可速入。"

乔奇乃跨入室中，从麦克雷之后，曲折达一室。室内灯光甚明，黑衣盗踞案而坐，党人围侍者可六七辈。

盗见乔奇入，勃然跃起，戟指骂曰："庸奴！汝复有何面目，来此见余？汝被捕后，乃敢以余养伤之所，详告警吏，苟非台留斯救余者，余早为警察所执，幽囚于囹圄之中矣。汝卖余而求脱，卑鄙孰甚，破坏党规，罪尤莫赦。不杀汝，无以泄余忿！"

黑衣盗语至此，怒不可遏，距跃而前，立张两手扼乔奇之喉，抵之墙上。乔奇不敢抗，气闭欲死，涕泣乞恕。

盗复奋力捉其肩，提而力掷之，乔奇颠仆丈外，头触火炉之架，受伤甚重，流血被面。

盗余怒未息，复挥其党攒殴之。乔奇不胜楚，哀号乞命，痛极几晕。盗乃命推之出，以闭门羹待之。

乔奇既脱虎窟，体无完肤，冤忿填膺，懊丧欲绝，切齿痛恨于黑衣盗，欲将党中之秘密，宣告他人，继念与黑衣盗为仇敌者，殆莫如宝莲及葛雷训。

沉思久之，决意先往见葛，乃将面上之血迹，以巾拭去，忍痛奔出，乘电车驰往葛雷训家。

葛雷训救宝莲后，仍往萨姆斯家。适海利司将窃得之药剂单，遣人送来，葛即冒签萨姆斯之名，将单收下，携之返宝莲家。珠还合浦，欣悦无量。

晚餐后，葛告辞而归。

钟鸣十时，方独坐观书，忽侍者入白，有一少年求见，葛命延之入。

稍停，少年踟蹰入室，葛视其貌，似甚相识，苦不能忆其名。

其人似觉之，猝然曰："葛君，予名乔奇，君岂不余识耶？"

葛闻言，始恍然悟曰："汝已出狱耶？来此何为？"

乔奇曰："君不见予头上之伤痕乎？予为黑衣盗所殴，受伤遍体，含恨刺骨。予当以黑衣盗之秘密示君，以泄余忿耳。"言已，即略述出狱被殴事，葛亦为之太息。

乔奇曰："盗之秘密窟，在西防定路一千五百二十八号，其地曲折至多，不易寻觅。今有详细地图于此，君若按图而往，自无舛误。余之所能告君者，如是而已。"言已，即出地图授葛，复曰："余之来此，心殊惴惴，常恐有人蹑余后。余欲登君家之屋顶，自屋傍铁梯，盘旋而出。不识君能允余否？"

葛颔之，命侍者导之往，乔奇乃告辞而出，初不料窗外窃听者之尚有其人在也。

第二十九章

黑衣盗者，暴戾险狠人也，将乔奇痛殴逐出后，旋复大悔，以为："乔奇不死，则怀恨之余，必谋报复，甚或与葛雷训及宝莲合，协以谋吾，则我事败矣。"乃以利刃一柄，授之其党麦克雷，令追踪乔奇之后："苟获间隙，可即杀之以灭口，勿令为我党之害。"

麦受命怀刃而出，暗随于乔奇之后。及乔奇入葛雷训家，麦则绕至书室之窗外，伏而窃听，举凡两人问答之言，一一尽为所悉，始知黑衣盗所料，确有见地，一时恶念斗起，乃自窗外围墙转角处，猱升而上，跃登楼外之铁梯，盘旋曲折，直达屋顶，伏于烟囱之后，屏息以待。

稍停，乔奇果踽踽而至，蠡立屋角，若有所思。麦乃蹑足至其后，突出利刃，猛刺其背。

刃尖自前胸出，乔奇哀嗥如豕，颓然而仆。麦复抽刃连刺之，一刹那间，乔奇已倒毙于血泊之中。麦乃悄然而下，奔回复命。

翌日，葛雷训晨起，侍者持一函入。视其封面，乃宝莲所发者也，急拆而阅之。其辞曰：

葛雷训君鉴：

余今晨应友人之召，将往西郊拿勃尔路，薄暮方归。君幸勿枉顾余家，徒势跋涉。君如有暇，可于午后五时许，迟余于西防定路之丽伦桥畔，余当与君携手偕行，共眺海滨风景，亦一乐事也。君以为如何？余不及。

宝莲上

葛阅已，纳之囊中，遂往厂中办公。至午后四时许，即乘车往西防定路。

车至其地，忽忆乔奇之言，谓："黑衣盗之秘密窟，亦在此间。今为时尚早，盍不乘便一查，以证其言之确否？"乃自囊中取地图出，按图而往。

将近盗窟，适女贼蒯妤，偕盗党二人，迎面而来。蒯妤目光锐利，遥见一少年匆匆来，状如葛雷训，急止二盗勿行，闪入道左僻巷，俟葛过，阴蹑其后，葛雷训未之觉也。

行至盗窟之门外，葛仰视门牌，忽止步不行，就门上钥孔中，伏而内窥。

蒯妤遥见之，心乃大骇，急附一盗之耳，密授以计。盗颔之，遂就道傍拾得木梃一，执之而前，蹑足至葛后，突击其颅。葛出不意，被击而仆，晕绝于地。

蒯妤大喜，乃飞步至葛侧，搜其外衣囊中，得宝莲之函，阅已，纳之己之囊中，三人乃共议处置葛雷训之法。

盗党奇姆生者，素有情于蒯妤，而蒯妤则以爱葛雷训故，疏奇特甚。故奇之于葛，视若情敌，憾之刺骨，此时乃倡议掷之海中，以除巨害。

蒯妤意殊不忍，反对其议，奇怒曰："汝尚不能忘情于葛耶？汝若袒葛，余必以之告首领，莫谓余之无情谊也。"

删妒默然，奇乃与其友将葛舁至海滨，摇掷数四，投之海中。轰然一声，葛雷训乃随波逐浪而去。

此时适有一警察彳亍海滨，距删妒等可百余武，遥见葛雷训被掷入海，骇而大呼，急扬其警棍，飞步往救。删妒等见警察至，狂奔而逸，东西纷窜，瞬已不见。

警察趋至海边，见葛雷训已顺流而去，无从援手，徒呼负负。偶一回顾，忽睹地上有白纸一，拾起视之，乃一简明之小地图也。

图为铅笔所绘，注解颇详，其为党人之秘密窟，可无疑义，而与此间之暗杀案，尤极有关系。审视一过，立即驰往附近之警察署，将此事报告警长。

奇姆生与删妒绕道归，入见黑衣盗，报告一切。

盗闻葛雷训死，拊掌大快，继忽曰："余闻麦克雷言，乔奇曾以此间地图一纸，授之葛雷训，葛藏之囊中。此纸关系至巨，汝曾搜得否？"

奇姆生失色曰："余未之搜也。"

盗大怒，拍案骂曰："蠢哉汝也！汝既击之倒地，胡不一搜其囊中？此纸苟为他人所得，为害我党，殊非鲜浅。汝胡不思乃尔？"言至此，声势汹汹，挥拳欲殴之。

删妒在傍，乃趋前为绥颊曰："此事之咎，不独在奇姆生一人。盖葛雷训倒地后，予曾将其外衣囊中，略一搜索，此纸乃竟不见，殊可怪也。"

盗怒曰："汝言妄也。纸在囊中，岂能不翼而飞？今葛雷训虽死，尸身当尚在海滨，不难觅得，尔等可速出求之。不获此纸，予不汝宥也。"

奇与删妤不得已，怏怏偕出，互相诟怨，丧气殊甚，乃徐步往海滨探之。

行近丽伦桥畔，遥见一女子蹀躞桥巅，丰神秀逸，飘飘若仙，删妤急指谓奇姆生曰："视之，宝莲来矣。"

奇遥望良信，即与删妤闪入一小屋之傍。

删妤低声曰："首领之所欲得者，宝莲是也。今我侪若执宝莲归，献之首领，首领喜，则前谴可不究必矣。"

奇喜曰："然则我侪将以何法执彼姝乎？"

正言间，适有少年党人名罗士者，匆匆趋过，删妤呼之止，指宝莲示之，附耳授以计。

罗士颔之，遂疾趋而往，徐步登桥巅，向宝莲脱帽为礼，鞠躬曰："密司宝莲来耶？葛君迟密您久矣。"

宝莲见来人素不相识，心乃大讶，诘之曰："葛君何在？何为不见？"

罗士笑曰："葛君早已来此，刻在予家稍息，密司随予往，自能见之。"

宝莲略一沉思，坦然不疑，随之偕往。

罗士引宝莲至盗窟，以足践阶傍铜钮。少顷，门呀然辟。

时删妤及奇姆生，已疾驰先返，报告黑衣盗。盗大喜，急指挥其党，预布网罗，静待宝莲之入彀。

宝莲入门，户即随之而阖。罗士曲折为前导，引之至黑衣盗之办公室，启户肃之入。

宝莲跨入室中，斗见黑衣盗方据案坐，骇而大呼，返身欲退出。罗士突张两臂拦阻之，阖其门。宝莲不得出，惶急不知所措。

黑衣盗推椅起立，步至宝莲之侧，桀桀作怪笑，厉声曰：

"宝莲，汝亦有今日耶？葛雷训何在？今尚能救汝否？"

宝莲怒曰："汝勿尔！葛君瞬息且至，将一鼓而擒汝辈矣。"

盗嗤之曰："实告汝，葛雷训已为我侪所执，投之海中，今且葬身于鱼虾之腹矣。汝尚梦梦，望其来援，抑何可笑乃尔？"

宝莲闻言大惊，然仍貌为镇静之状，斥之曰："汝言妄也。予安能信汝？"

盗曰："汝之信否，与予何涉？予今所欲诏汝者，即……"

语至此，忽闻室隔电铃连鸣者三，一党人奔出启户，户辟，入者乃作榜人装。

黑衣盗顾之曰："史德乔，汝已归耶？"

史见宝莲在室，状甚惊异，急曳黑衣盗至室隔。密语良久，盗面有喜色，史德乔乃匆匆出，稍停，忽偕一少年同入。

少年瞠目俯首，貌殊憔悴，衣履皆湿，水痕淋漓。宝莲回顾见之，不觉大诧，几欲失声而呼。盖少年非他，即葛雷训也。

葛雷训之被掷入海焉，随波飘荡，浮沉海面。

流里许，适有一小舟迎面来，将葛救起。舟中榜人，即盗党史德乔也。史见救起者即葛雷训，心乃大喜，遂载之归盗窟。

舟近海滨，葛乃渐苏，瞠目视史，默然不语，继忽附掌狂笑，格格不已。史与语，亦笑而不答，但以四指为环形，旋转不已，戆态可掬，状如狂易。史大悟，知葛堕水后，必因神经受伤，郁为疯疾矣。

舟抵岸傍，葛仍安坐如故，史乃奔入盗窟，以告黑衣盗。盗喜，命史德乔速挟之入。史乃复出，命葛登岸，曳之入盗窟。葛帖然从之，绝不抗拒。

既入室，为宝莲所见，即疾趋而前，执其手，悲呼曰："葛君，汝亦为若辈所执耶？"

葛瞪目注视宝莲，若不识者，继忽跳跃欢呼，作顽童嬉戏之状，宝莲乃大戚。

黑衣盗将葛之外褂脱下，搜其囊中，绝无所得，忿甚，裂之为数十片，掷于地上，扭葛雷训之胸，挥拳欲殴之。葛仍视之作狂笑，绝无惊惶状，盗亦无如之何。

正纷扰间，忽闻室外有叩门声甚厉，一党人飞步入室，坌息曰："警察至矣，奈何？"语出，室中乃大乱。

第三十章

祸福倚伏，人事之常理也。当葛雷训与宝莲就执时，黑衣盗未尝不踌躇满志，以为大功之成，在一转瞬间耳，而不知警察之来，乃有出其意料之外者。

初，岗警拾得地图后，归报警长。警长闻海滨出有暗杀案，为之骇然，立派干练警探十余人，按图往捕。

警察驰至盗窟，叩其门，寂无应者，乃舁一巨石撞门，门碎，一拥而入。至黑衣盗之办事室外，闻室中人声鼎沸，遂各举警棍，力击其户，户为之裂。

此时室内群盗，皆惶急不知所措。黑衣盗指挥其党，欲挟宝莲等逾窗而逸，宝莲与葛，奋力抗拒。

正相持间，户忽脱键而倒，砰然作大声，警察纷纷跃入，扬臂奋呼，声震屋瓦。群盗大惊，急取手枪出，开枪拒捕。警察勇往直前，与盗肉搏。一时室中大乱，哄斗之声，达于门外。

时宝莲正与蒯妤相扭殴，奇姆生及麦克雷，则合攻葛雷训，纠结不解，搏击甚烈。不料葛与宝莲所立之处，其下适为隧道之口，地板四周，装有机关，可以启闭。一盗目明手捷，乘纷扰之顷，暗旋其机，地板突然下沉，宝莲等五人，皆坠入隧道之中。盗旋其机，地板仍平复如初。

此时盗党受伤者相继，纷纷觅路窜匿，黑衣盗自知不敌，逾窗而遁。警察开枪轰击之，弹中左腕，鲜血四射。盗痛极大嗥，狂奔逸去。于是盗党之灵敏者，乃四散逃去，其奔避不及者，悉为警察所执。

警察中有见宝莲等下坠者，举以语众，众察视地板，绝无痕迹可得，因不知其机关之所在，无法启之，末由援手，徒呼负负，乃将所获之盗，先絷之以归，而就分警察四人，往追黑衣盗。

宝莲等坠入穴中，幸未受伤，蒯�👈及麦克雷，乃各出手枪，胁宝莲等由隧道出，曲折久之，直达丽伦桥畔。

适史德乔之舟，停泊海滨，蒯�👈等密语良久，乃逼令宝莲与葛，同入舟中，解缆张帆，向海中疾驶而去。

此时天已薄暮，葛雷训在舟中，忽歌忽笑，颠狂如故，奇姆生指为伪饰，挥拳欲殴之。

蒯�👈怒，急格去其臂，厉声斥之曰：“彼以神经错乱，遂呈此态，汝若乘人之疾，妄肆凌辱，非大丈夫也。”奇默然，而心殊忿忿。

行久之，暮色渐积，回顾纽约海滨，灯火上矣。舟抵一小岛，岛中冈峦重叠，荒凉殊甚。

麦克雷跃起曰：“至矣。”遂止舟维岸傍，挟葛及宝莲，弃舟登岸。

金门岛者，地处奥哈华土股之侧，纽约海湾之门户也。岛甚小，面积才十余方里，遍地皆山，崭岩荦确，林木森密，故居民绝鲜。奥哈华土股，与是岛仅一水隔，而两地繁华荒凉，判若霄壤。

海水之出入纽约海湾者，又因此岛之隔，激为急湍，白浪滔天，高者时或至十余尺。岛之四周，兼有暗礁无算，舟行误触之，靡不立时沉没，航海者深以为苦，则往往绕道他处以避之。岛之荒凉，由是益甚。

黑衣盗党人史德乔，素业渔，独筑室此岛以居，黑衣盗爱其幽僻，即借之为秘密窟，举凡军械、火药以及一切违禁之物，莫不贮藏于此。狡兔三窟，兹其一也。

是日删姹等逸出后，无家可归，故挟宝莲及葛雷训两人，乘舟来岛中。

登岸后，麦克雷为前导，删姹及奇姆生，则各出手枪握之，在后监视，五人沿海滨而行，登山穿林，迤逦往盗窟。

此时新月渐上，皓然当空，删姹初至其地，纵目四瞩，觉岛中之风景，奇丽殊甚，遥见隔水灯火万点，光明烛天，指以问麦。

麦曰："此奥哈华土股也。商市繁盛，不亚纽约，兼有水警局，巡缉颇严。"

复行百余步，至一高冈，麦忽顾谓奇姆生曰："首领脱险后，亦必来此，冈下警灯，宜速燃之。今晚风涛甚险，苟无警灯者，舟行抵此，为势至危。"奇唯唯。

删姹诧曰："何为警灯，能语我乎？"

麦曰："此岛之四周，水流至急，且有暗礁，独此冈之下，水平而无礁，利于行舟。惟舟以晚间来者，往往因难于辨认故，致有倾覆之患。史德乔君病之，爰以红玻璃灯一，悬于冈下树上，晚则燃之为记号，俾党人之来此者，不致有触礁之患，法至善也。"宝莲闻其言，默识之。

诸人且行且语，已抵盗窟，乃推门而入，取煤油灯燃之。

宝莲环瞩室中，见此宅共分内外两室，陈设极陋，桌椅等物，皆破败不堪。内室之上有小阁一，状如寝室，有短木梯倚之。

麦克雷既入，即取火柴一匣，返身奔出，疾驰至冈下，将报警红灯燃之，燃已，复回宅中。

三人密议良久，乃囚宝莲于外室，以麦克雷守之，囚葛雷训于内室，以蒯妤守之。奇姆生则先登阁上卧，约以夜半瓜代。

布置略定，壁上之钟，已铿铿报十时矣。

黑衣盗自窟中逸出，为警察枪击，伤其左腕，鲜血殷然，点滴下坠。盗痛极几晕，然以追者且至，不敢稍留，乃忍痛狂奔，行时曲折缭绕，藉避警察之目。

驰里许，至拿勃尔路口，止步回顾，见追者已远，心乃稍定，然腕上受伤处，血仍溢出，痛不可忍，急欲觅一医生治之。

瞥见街左一巨厦，门外悬有铜牌一，大书"医生安东尼"，盗大喜，遂飞步上阶，按其门上之铃。铃鸣，门呀然辟，盗一跃入内。侍者见其状，大惊而奔，盗乃直入诊疾室。

时医生正独坐阅报，见盗入，骇而跃起。

盗自囊中取手枪出，直指医生之胸，厉声曰："勿动！动则杀汝。"

医生愈骇，急高举两臂，示不敢发声。

盗乃将室门闭而键之，顾谓医生曰："余之来此，于汝初无损害，特以余左手腕上，受有枪伤甚重，欲请汝为余医治耳。少顷，若有警察来，汝慎勿纳之。苟违余命，则余枪立发，汝其殆矣。"言已，即出左腕伤处示医生。

医生唯唯，乃曳椅肃盗坐，先取清水至，将腕上血迹洗净，然后取刀创药出，为之敷治，敷已，裹以绷带。

医治既毕，盗欲去，医生止之，自内室取药水一杯出，含笑曰："此药止痛活血，可补外治之不足，功效甚大，君其饮之。"言时，貌殊忸怩，手战栗不已。

盗大疑，命医生先饮，医生不可，盗大悟，跃起骂曰："匹夫！此迷药耳。汝以饮余，将欲捕余以邀功耶？"

言出，医生大愕，掷杯于地，返身欲遁，不料盗枪骤发，轰然一声，适中要害，医生乃仆地而死。

盗之逸焉，有警察四人追踪出，噪而逐其后。追久之，盗左右缭绕，瞬已不见，众乃愕然。

中有一警察，偶俯视地上，忽见有血迹数点，殷然尚新，喜曰："在是矣。盗之左腕，受有枪伤，凡所经过之处，咸有血迹点滴，遗于地上。我侪若循迹而往，自不难得其避匿之处也。"

众咸以为然，乃俯察地上之血迹，追踪往捕。

至拿勃尔路，忽见血迹至一巨厦之阶上，截然而止，仰视门上铜牌，则医生安东尼家也，众乃推门直入。

忽闻诊疾室内，枪声轰然，众大骇，急推其门，门已内键不可辟，遂以物撞之，门破，一拥而入，则医生早倒毙于血迹之中，黑衣盗踪迹杳然，不知所之矣。

警察遍搜宅中，绝无所获，废然而出，回署复命。

第三十一章

更漏既沉，一灯如豆。宝莲默坐于金门岛盗窟之中，俯首拈带，万念猬集。

此时月色黯淡，万籁沉寂，惟闻窗外海风撼树，簌簌作落叶声，灯影摇壁，如入墟墓。

宝莲沉思良久，愁眉渐展，忽斜视盗党麦克雷，嫣然作微笑。

麦克雷者，年才二十余，性喜渔色，故以监视宝莲自任，坐对名姝，正深慕羡，目灼灼视宝莲勿已，乐且忘倦。忽见宝莲睨己而笑，中心愉快，殆难言喻，神魂颠越，几欲脱然飞去，因藉端与宝莲闲谈。

宝莲初尚漫应之，继乃含笑纵谈，语滔滔不绝，应对若流，状殊相得，麦喜乃益甚。

谈久之，宝莲忽顾谓麦克雷曰："以君少年英俊，何事不可为，乃必屈身于盗贼之伦，受人唾骂，余殊不解。"

麦默然，已而狡辩曰："余之隶名党籍，实为贫困所迫，非得已也。"

宝莲曰："君英伟倜傥，雄健过人，真好男儿也，倘能力矢前非，改行为善，则余殊爱君，极欲与君为友。不识君亦愿之否？"

语出，麦克雷大喜，突然跃起，握宝莲之手曰："不敢请耳，固所愿也。密司能纡尊友余，则余当竭余之力，脱密司于危难。举凡密司所言，余当一一如命，罔敢或违，但望密司之能爱余耳。"

宝莲闻言，心乃暗喜，因正色曰："君若欲与余为友，则先当与黑衣盗绝。汝能允余乎？"

麦沉吟不遽允，宝莲曰："君勿以贫困为忧！余为韦尔廷厂之主人，拥资数百万，力能挈君入社会，为纽约交际界名流。君以为如何？"

麦乃毅然曰："我允汝矣。一俟天明，余当送密司返家，以明余心。"

宝莲嗤之曰："若待诘旦，则黑衣盗已来，君虽欲救余，岂可得哉？今余有一策于此，君可乘黑衣盗未来时，先将冈下之警灯，移致暗礁之处，俾盗之舟来，触礁而覆，溺于海中，则吾侪明晨，自能安然返纽约矣。"

麦闻宝莲言，终慑于黑衣盗之威，犹豫不决，未敢遽允。

宝莲大怒曰："我固谓汝言妄耳。汝谓凡余之言，罔敢或违，今竟何如？尚得谓为无违耶？余何梦梦，乃欲引汝为友？殊可笑也。"言已，伏案而坐，嘤嘤啜泣。

麦见宝莲怒，骇甚，曲意慰藉之，愿遵宝莲之命而行，宝莲乃转怒为喜，请与麦偕出。麦不得已，许之，两人恐为隔室所闻，乃轻启其门，闪身而出。

此时皓月一轮，自云中掩映而出，月光在地，澄然若水。两人踏月而行，瞬息至冈下，遥见玻璃红灯一，闪烁于丛树之中。

宝莲抚麦克雷背曰："麦君，趣往移之，黑衣盗若至，则我侪之事败矣。"

麦心虽忐忑，以重违宝莲意，疾趋而往，将树上红灯解下，略一瞻顾，即溯海滨东行。行数百武，至一浅滩之间，滩左有大树一，乃悬红灯于树枝，悬已，狂奔而返，以告宝莲。宝莲喜甚，深加嘉奖。

麦见宝莲卓立于月光之中，丰神艳逸，飘然若仙，不觉欲念大炽，情不自禁，突拥宝莲于怀，欲俯而吻之。宝莲骇甚，急谓力抗拒，盗坚不肯释，欲肆强暴。宝莲力挣，不得脱，乃大呼求援。

一刹那间，忽有一美少年，自林中跃出，手执手枪，飞步而至，突以枪管击麦克雷右臂。麦痛甚，急释宝莲，转身与少年斗。月光之下，须眉毕露，宝莲回顾见之，心乃大喜。盖少年非他，乃葛雷训也。

初，葛雷训被幽于内室之中，俯首默坐，状殊无聊，删妤则持枪监视之于傍。

久之，闻小阁之上，鼾声大作，删妤蹑足而前，侧耳听之，知奇姆生已熟睡，欣然有喜色，立移座至葛雷训之侧，与葛比肩坐，伸手抚其肩，嫣然微晒，作娇嗔之状曰："忍哉君也。余与君相遇于酒肆，一见倾心，爱君特甚，而君乃卖余以媚宝莲。君实负心，胡能咎余？今君之生命，在余掌握，君若幡然改悟，弃宝莲而复与余亲，则余当脱君于厄，与君偕遁。君以为何如？"

葛向之作傻笑，似不闻也者，时时以四指作环形，旋转不已。

删妤叹曰："君其痫耶？室外月色甚佳，我侪盍出外散步，一吸新鲜空气？则君之脑筋，或能恢复原状也。"

葛仍默然而笑，不加可否。删妤乃藏手枪于囊中，轻启室隅之后门，与葛雷训挽臂而出。

行近海滨，葛忽拥删妤而接吻。删妤大喜，遂斜倚于葛之怀中，神魂飞荡，乐极几晕。

不料葛乘其不备，攫得其囊中之手枪，乃突将删妤推开，以枪指其胸，大声曰："勿呼！呼则杀汝。"

删妤正迷离惝恍间，斗睹此状，骇极而苏，始知葛雷训癫狂之状，皆系伪饰，忿不可遏，戟指痛骂。

葛以枪胁之，命其往释宝莲，删妤执不肯。

正相持间，忽闻隔林有女子呼救声，颇如宝莲，葛急释删妤，穿林而出，直奔麦克雷，两人遂奋臂猛斗。

盘旋久之，麦渐不敌，退缩至海滨。葛大喜，乃出其不意，以全力推其肩。麦立足不定，仰面而倒，訇然一声，坠入海滨深渊之中。

宝莲见葛雷训获胜，乐乃无艺，遂疾趋而前，握葛之手曰："我始以君为痫矣。今乃愈耶？"

葛笑曰："否，余之癫者伪耳。予于海中遇救后，旋即清醒，因见救予之人，亦属盗之羽党，予遂伪饰为狂易之状，深入盗窟，使盗以予为痫，不复防予，予乃得徐睏其秘密，设法捕之。初不料密司之亦被囚也。"

宝莲乃略述遇盗被诱之事，葛曰："盗党除麦克雷外，尚有删妤及奇姆生两人。删妤见予逸，必往招奇姆生来，岛中或另有盗党伏匿，亦正难言。若合而围我，则我侪殆矣。今宜速遁，毋为若辈所得。苟能觅得一幽僻之所，暂匿一宵，明晨徐图脱险，此上策也。"

正言间，忽闻隔林足音跫然，兼有人声，葛骇曰："何如？追者至矣。"言已，遂曳宝莲急遁，匆促之间，不辨方向，但沿海滨而行，越山穿林，尽力狂奔。

此时蒯妌果将奇姆生唤醒，携枪追出，月光之下，遥见葛与宝莲，在前飞奔，即开枪轰击之，无如相距过远，未能命中。

葛等闻枪声，奔乃益捷，蒯妌等亦竭力追之。一驰一逐，各不相下。

蒯妌瞥见海滨沙滩之上，有一黑影，距跃而来，异之，比稍近，始辨其为人，谛视之，不觉大喜，扬臂奋呼曰："首领至矣。"

奇姆生闻声回顾，视之良信，气乃陡壮。首领何人？则黑衣盗也。

黑衣盗杀医生后，逾窗而出，匿于隐僻之处，警察遍搜宅中，竟未寻获。

迨警察去，盗始漏网而出，奔至海滨，觅得一小舟乘之，疾驶往金门岛。

舟近岛前，时已夜半，遥见红色之警灯，掩映于海滨丛树之中，乃鼓棹赴之。

稍近，飓风忽起，波涛山立，舟触礁而碎，立时倾覆。盗堕入海中，幸熟于泅水之术，未遭溺毙，游泳良久，始抵岸傍，匍匐而登，力竭汗喘。

休息片时，正欲驰往盗窟，忽闻枪声连作，轰然不绝，大惊跃起，奔赴之，则蒯妌及奇姆生也。

蒯妌呼曰："宝莲及葛雷训遁矣，麦克雷已为所害。首领速往擒之，勿令兔脱。"

盗闻言大怒，遂奋呼疾驰追去，蒯妌等从其后，勇气百倍。

时葛与宝莲逃至一高冈之上，冈陡甚，前临深谷，壁立千寻，奇险异常，无路可下。回顾冈后，则追者且至，呼声益近。

葛环瞩四周，急欲觅一脱险之法，瞥见冈上有古藤一枝，粗如巨臂，其根纠盘于一大石之上，下垂谷中，长可十余丈。

葛急极智生，顾谓宝莲曰："事急矣。不如握此古藤，攀缘而下，匿于深谷之中，免为群盗所获。第此举险甚，密司以为如何？"

宝莲亟诺之，两人乃互相拥抱，各以一手握古藤之干，徐徐缘壁而下。

稍停，离地尚丈许，黑衣盗已追至冈上，见而大怒，突出利刃割其藤，藤断，訇然一声，葛与宝莲，乃坠入深谷之中。

第三十二章

　　宝莲与葛雷训从空下坠，幸谷中满铺细草，平软如茵，两人跌入草中，绝未受伤，惊魂稍定，支地起坐，乃相与握手称庆。

　　此时黑衣盗矗立冈巅，探首下窥，见两人均未跌毙，勃然大怒，立取手枪出，向下轰击。不料子弹为冈尖所阻，斜飞而出，连开十余响，无一命中者。盗忿甚，乃与奇姆生异巨石一，自冈巅掷下。

　　时宝莲与葛雷训，正坐而闲谈，但闻訇然一声，一石自宝莲身傍过，滚入海滨浅滩之中。宝莲大惊失色，葛急曳之起立，避入冈下之凹入处。

　　稍停，石乃续续而下，沙尘飞扬，声震山谷。宝莲坐对此状，怔悸不已。

　　久之，盗知投石之举，徒劳奔走，仍于宝莲无损，石乃止而不下，枯坐冈上，计无所出，拟俟天明后，再图良策。

　　葛与宝莲在冈下，亦以历碌终日，渐觉困倦，乃背倚石壁，坐而假寐，一枕黄粱，不觉东方之既白。

　　晨曦上矣。黑衣盗忽思得一毒计，立遣奇姆生疾驰返盗窟，取炸药两筒、电机一付，携之至冈上，将炸药埋于山石之间，以细电线连之。线长十余丈，其一端通入冈后林中，接于发电机上。机之制极简，形如一抽气之管，上有木柄一，执而按之，则电流立自线上传出，通入炸药筒中，炸药遇热，自能突然爆裂。

盗布置既竟，即率其党，退至冈后，顾谓奇姆生曰："予欲将此冈轰毁，汝等速行，勿待予也。"奇唯唯，乃与删姹转身疾奔，穿森林而去。

盗俯执机上之木柄，用力提起，方欲向下按之，不料嗤然一声，一弹自远飞来，适中黑衣盗左肩。盗痛极大噑，颓然仆地。

其时海滨一高坡之上，突有健男子十余人，疾驰而下，直扑黑衣盗。其人军械锋利，制服鲜明，盖奥哈华土股之水上警察也。

当奇姆生往取炸药之时，宝莲与葛在冈下，亦欠伸而醒。

葛环瞩四周，欲觅一出险之策，竟不可得，蹙额沉思，意殊邑邑。宝莲枯坐无聊，则自手箧中取小镜出，理其云鬓。

葛偶纵目远眺，忽见奥哈华土股之滨海处，有巨厦一所，巍然高耸，谛视之，忽喜而呼曰："噫！视之，此奥哈华之水上警察署也。若见我侪蒙难，则来援必矣。"

宝莲曰："警察署距此綦遥，呼之不闻，安望其能来救乎？"

葛默然，偶一回顾，瞥见宝莲手中之小镜，灵机忽动，喜形于色，急向宝莲索得此镜，握之掌中，移坐于日光之下。

日光照镜面，即有回光一线，返射而出，着于奥哈华警察署外之墙上，闪烁不定，若电影戏然。

其时适有警察三人，同坐于署外之廊下：两人促膝深谈，语琐琐不已；其一则倚墙假寐，鼻息齁然，好梦方浓。

不料镜面之回光，着于墙上者，乃徐徐移动，直射于睡者之面。睡者瞿然惊觉，初以为同坐者之戏之也，继乃渐觉其非是，跃起察之，始知光由金门岛来。

纵目远眺，以相距过远，不甚清晰，但见岛边滨海处，有物蠕动，隐约如人状，诧而呼。傍坐者闻声起视，咸以为异，乃入告警长。

警长出，以望远之镜照之，见宝莲及葛雷训，并坐于海滨深谷之中，骇曰："此必舟覆溺水，泅入岛中者，墙上之光，实系求救之记号。我侪应速往援之，以尽天职。但岛中时有盗党出没，不可不防，务宜携械而往，免为党人所困。"

时警察之来观者甚众，咸愿偕往，一觇其异，遂各取枪械执之，跃入小汽艇，启机疾驶，驰往金门岛。

舟抵岛傍，相率登岸，道出一土山，警长矗立其巅，以远镜瞭望，瞥见数百步外，发现一怪人，其人服黑色外褂，头蒙布套，状极狰狞，方俯弄其发电之机。

警长谛视之，骇而呼曰："此党魁黑衣盗也，速以快枪击之，勿令逸去！"

语出，一警察目明手捷，立即开枪轰击。枪发，盗应声而倒，警长大喜，急率众一拥下山，飞步往捕。

盗见警察且至，忍痛跃起，匍匐至发电机前，竭力按其柄。但闻訇然一声，石破天惊，冈上炸药爆发，突然倒下，烟尘四起，山石乱飞。宝莲及葛雷训，乃被压于石壁之下。

警察闻炸声，相顾错愕，明知系黑衣盗所为，纷纷开枪击之。盗见警察已近，乃转身狂奔，众警察呼噪逐其后。

追久之，盗逃至一崭岩之巅，下临急湍，无路可逃，环瞩四周，皇急不知所措。

一警察注视明切，发枪击之，枪弹飒然至，中盗右肩。盗扬臂大嗥，仰面而仆，訇然一声，坠入海中。

迨警察追至海滨，见岩下水流峻急，盗已顺流而下，不知所至矣。

警长蹙额曰："顷所闻炸裂声，似出于北方高冈之上，冈下有男女二人，方并坐谷中，石壁若被炸倒，为势至为危险，我侪速往视之，不识两人曾压毙否？"

于是众人折而北向，竭力飞奔，驰往海滨高冈之上。

当石壁炸毁之时，大小石片，纷落如雨，宝莲骇极几晕，自分必死。不料有巨石两方，从空下坠，架为三角形，宝莲适匿其中，绝未受伤。

惊魂稍定，匍匐而出，见葛雷训倒卧地上，自腰以下，悉为乱石所覆压，受伤甚重，晕绝不省人事。宝莲大悲，泪乃夺眶而出，急将其身上石片移去，抚其胸，呼息停匀，知尚无大碍，心乃稍慰。

此时冈上足声杂沓，警察已疾驰而至，宝莲见之，扬臂呼救。警察携有长绳一，以绳之一端掷下，宝莲接得，缚之葛雷训腰间，警察合力曳之，乃徐徐而上。

葛雷训既登，警察复以此法将宝莲救起。警长见葛雷训受伤甚重，立饬一警察过江，命医院以救伤绳床至，俾得异回医治，警察奉命而去。

警长以遇害颠末询，宝莲详告之，警长曰："黑衣盗已为我侪枪击，堕海而死。巨憝已除，密司可无虞矣。"

宝莲大喜，请于警长，欲往盗之堕海处一观。警长许之，乃命一警察导宝莲往。

既抵其地，宝莲由他处盘旋而下，直达海滨沙滩之上，瞥见有黑色外褂一袭，浮飘水面，设法捞得，细视之，果黑衣盗物也，乃喟然叹曰："盗死矣。杀父之仇人，我终不能知其姓氏矣。"言已，貌殊邑邑，乃废然而返，重登冈上。

时过江之警察，已偕医院中佣役二人，携绳床而至，乃将葛雷训舁入舟中。宝莲随众下舟，鼓棹回奥哈华。

登岸后，宝莲先以电话致孟巴拉伤科医院，延哈泰蒙医士来家，为葛疗治。

时葛已渐苏，惟骨痛不能动，警长仍饬人以绳床送之回宝莲家。宝莲向警长道谢已，随之偕返。

宝莲抵家，哈泰蒙医士已先在，乃命将葛雷训舁至楼上，送入一极清洁之养病室，使之安卧。医士诊视一过，与宝莲下楼，同入办事室。

宝莲蹙额曰："君察葛君伤势何如，有危险否？"

医士曰："伤势甚重，所幸体质强健，尚无危险之现象。惟一二日内，须令静养，切不可加以骚扰。余回医院后，当遣一看护妇来，至于应服之药，亦当命其带上也。"

宝莲唯唯，医生遂告辞而去。

第三十三章

黑衣盗之堕海也，幸素精游泳之术，虽负重创，未遭灭顶，乃自将外褂解下，弃之海滨，泅水至岛后。

适值删姹及奇姆生，自盗窟逃出，驾小舟欲返纽约，乃将盗救起，鼓棹偕归。

既抵纽约，盗恐宝莲及葛雷训仍未压毙，急欲亲往一探，乃与删姹等别，独自驰往宝莲家，启铜像座下之暗门，闪入隧道中。

行至办事室壁后，正欲启门而入，忽闻室内有人声，乃属耳于壁以听之，于是宝莲与医生问答之词，一一尽为所闻。

盗思索片刻，忽得一计，遂转身奔出，疾驰返盗窟，立招一女党员至，戒之曰："汝可乔装为女佣，乘车往温斯罗车站，停车以待。孟巴拉开来之火车，当以六时抵站，乘客之下车者，必有看护妇一人，汝可伪为宝莲所遣，诱之登车。善为掩饰，勿令窥破，余当待汝于乌勒特路也。"又使盗党一人，饰为司机者，亲操驾驶之役。

两人奉命而去，盗乃复率其党二三人，驰往乌勒特路之幽僻处，狙伏以待。

女盗驱车至温斯罗路站，火车适至，果有一女子作看护妇装，携筷下车，环瞩四周，若有所觅。

女盗乃疾趋而前，含笑问曰："汝其为哈泰蒙医士所遣，欲往密司宝莲家者乎？"

看护妇曰："然。余名梅莱，今欲往密司宝莲家也。"

女盗曰："然前请速登车，主人待汝久矣。余奉主人之命，迟汝于此，恐汝或因迷途而迟误也。"

梅莱闻言，坦然不疑，遂与女盗相率上车。司机者启机疾驰，瞬息十余里。梅莱以葛雷训病状为问，女盗漫应之。

车至乌勒特路，忽戛然而止。黑衣盗率其党，相继自道傍林中跃出，各出手枪，一拥登车，将梅莱自车上曳下，以手枪胁之。

梅莱骇极，噤不敢发声，盗乃将其衣裙解下，与女盗易之。易已，以白布蒙其口，出长绳缚其手足，掷之车中。

盗自囊中出药水两瓶，授之女盗，戒之曰："今汝可饰为梅莱之状，往见宝莲。今晚八时半，可以蓝瓶中药水一匙，使葛服之。服后二十分钟，再以白瓶中药水一匙饲葛，则汝事毕矣。"

女盗唯唯，即将药水藏之筷中，携筷而去。群盗乃跃登汽车，飞驰而归。

此时黑衣盗之秘密窟，已移至柏那尔路之森林中，幽僻异常，人迹罕至。车至林外，即将梅莱自车上曳下，舁入林中，幽之盗窟。

群盗坐而间谈，静待葛雷训噩耗之至。

女盗至宝莲家，排闼直入，遇老仆汤姆，汤姆导之入养病室。

宝莲见看护妇至，喜甚，与之握手曰："余盼汝久矣。哈泰蒙医士之药，曾携来否？"

女盗曰："药在篋中，须于晚间八时半服之。"

宝莲曰："汝来甚善，余刻有要事，欲往纽约市一行，须于晚间九时方归。葛君伤势甚剧，望汝尽心看护，倘能转危为安，余自不吝重酬。苟有所需，请按铃呼汤姆可也。"

女盗闻宝莲将他出，心窃窃喜，以为葛雷训命今绝矣，遂含笑曰："余既任斯职，敢不尽心？葛君伤必无害，愿密司之勿虑也。"

宝莲颔之，匆匆下楼，复嘱汤姆数语而出，亲驾汽车，驰往纽约。

乡童爱恩儿者，日必牧豕于柏那尔路之森林中，是日薄暮，口唱俚歌，驱豕而归，忽遥闻汽车乌乌声，自乌勒特路驰来。

车抵林外，戛然而止，一人披黑色外褂，头蒙布套，狰狞可怖，从车上奋跃而下，指挥其党，自车中曳一巨物出，舁入林中。谛视之，则一女子也，以白巾蒙口，手足均被束缚，僵然如死，爱恩儿大骇，急伏于一树之后，幸未为若辈所见。

迨众去远，爱恩儿始闪身而出，踌躇久之，好奇之心勃发，决计前往一探，乃先将所牧之豕，驱回家中，狂奔而出。

正欲步入林中，适宝莲之汽车，飞驰而来，爱恩儿偶一转念，忽自道傍跃出，扬臂大呼。宝莲见之，遂止车跃下。

爱恩儿颤声曰："余顷见一极可怕之事，密司倘有暇，能助余往一探乎？"

宝莲慰之曰："汝勿惊！其事如何，可即告我。"

爱恩儿乃详述所见，宝莲骇曰："彼黑衣之人，非头蒙布套，而镶有二圆玻璃者乎？"

爱恩儿颔之，曰："然。"

宝莲益骇曰："此黑衣盗也。彼乃未死耶？汝速导余往探，余固急欲得其踪迹也。"

爱恩儿乃引宝莲入林中，曲折久之，遥见林后有败屋一所，门已紧闭。屋之左侧，有玻璃窗一，宝莲与爱恩儿蹑足而前，步至窗下，徐徐探首内窥，见黑衣盗果在室中，方与其党坐而闲谈。

宝莲骇甚，急曳爱恩儿退至林外，低声曰："此黑衣盗也。余欲赴警察署报告，汝能同往作证人乎？"

爱恩儿诺之，宝莲大喜，两人乃跃登汽车，疾驰而往。

车抵入署，宝莲入见警长，以黑衣盗踪迹告之，并举牧童爱恩儿为证。

警长招爱恩儿入，询以所见，爱恩儿言之历历，与宝莲所述无异。

警长骇曰："若辈异回之女子，不识又为何人。恶徒横行，良可痛恨！"立命干练警士七八人，戎装携械，随宝莲往捕黑衣盗。

宝莲与警察偕出，相率跃登汽车，飞驰而去。

车至其地，停于森林之外，众乃纷纷下车。宝莲为前导，诸警察随其后，穿林而过，直达盗窟，毁其门，一拥而入。

不料黑衣盗早率其党数人，以事他去，屋中仅余盗党二三人，见警察突至，骇极不知所措，各取手枪出，开枪拒捕。警察怒，乃亦举枪还击，一转瞬间，盗党均受伤仆地，束手就捕。

宝莲见室隅地上，果蜷伏一女子，乃将其口上白巾揭去，释其手足之缚。女子欠伸而起，亟与宝莲握手，深致谢忱。

宝莲问其姓氏，女子曰："余名梅莱，素业看护妇，今奉哈泰蒙医士之命，往晤密司宝莲，不意途中为女贼所诱，被幽于此。女贼已易余之服，往见宝莲矣。"

语未毕，宝莲大惊失色，急问曰："汝言信乎？余即宝莲也。"

梅莱喜曰："余语字字皆实，密司果受愚否？"

宝莲闻言，骇极几晕，仰天呼曰："天乎！葛雷训君殆矣。"呼已，立出时计视之，见时针已指八时半，急曳梅莱偕出，狂奔至林外，出纸币一纸，纳之爱恩儿手中，以酬其劳，然后跃登汽车，开足汽机，疾驰返家。

宝莲之出焉，女盗闭养病室之门，以钥键之，默坐床前，见葛雷训闭目仰卧，鼻息咻然，乃以手抚其额。

葛雷训初以为宝莲也，欣然有笑容，微启其目，忽见床前抚已者，乃一丑陋不堪之看护妇，艴然变色，挥之使去，闭目安卧如故。

久之，壁上时钟，已指八时一刻。女盗乃将箧中药瓶取出，先将蓝瓶中之药，倾之匙中，正欲持往饲葛，忽闻葛在床惊呼曰："看护妇速来！窗上有人面窥余，殊可怕也。"

女盗笑曰："窗上何来人面？此乃脑筋昏乱之故耳。今君可服药矣。"言已，即将匙中之药，送至葛之唇边，葛一饮而尽，闭目复卧。

一刻钟后，女盗复将白瓶中之药，倾入匙中，正欲呼葛雷训服之，忽闻楼梯之上，足声杂沓，自下而上。继以叩门声甚厉，有人大呼"启门"，细听之，则宝莲之声也。

女盗大骇，手中之匙，乃不期而坠。

第三十四章

宝莲与梅莱偕归，飞步而入，遇老仆汤姆于楼下。

宝莲急问曰："看护妇何在？养病室内有声息否？"

汤姆曰："看护妇仍在病室，室内殊静谧，未闻有声息也。"

宝莲曰："看护妇系女盗所乔装，葛君处境极危，速往救之。"

汤姆闻言亦大骇，三人乃狂奔上楼，至养病室外，推其门，则已下键，叩门大呼，寂无应者。宝莲益骇，知室中必有变故，心房震栗，颠跃不已，乃竭三人之力，猛推其门。

久之，门上键脱，砰然而启，众乃一拥入室。宝莲趋至葛雷训床前，见葛安卧如故，未遭毒害，心乃稍慰。

女盗见众入，瞠目失色，不知所措。汤姆直前扭其衣，不令逸去。

梅莱取案上药水视之，骇曰："此密辣酸及安特硫素也，服其一固无害，若两种并进，则毒逾砒鸩，服之立死。恶哉盗党！殆真欲暗杀葛雷训君也。"

宝莲闻之，急问葛曰："君曾服此女盗之药否？"

葛曰："初固服之不疑。其第二次进药时，适密司在外叩门，彼手中之匙，铮然而坠，将余惊醒。彼乃仓皇失色，复倾药水一匙，请余服之，余因其状可疑，拒之不纳。彼强欲灌余，余夺力推之，药乃倾于床上，幸未入口。"

宝莲额手称庆，引为天幸，乃遣人招警察入，以女盗付之，解往法庭，治以应得之罪。

事已，梅莱乃将哈泰蒙医士之药，自箧中检出，请葛雷训服之，尽心看护，侍奉周至。

宝莲亦常坐床前，与葛谈笑，以解其闷。于是葛之伤势，乃日轻一日，惟尚未能脱然离床而已。

女盗被捕之夕，噩耗传出，为黑衣盗所闻。

盗知此次计划，又归失败，暴怒欲狂，忿然回盗窟，立招全体党人，开一秘密会议，报告此事。

众闻事又失败，相顾错愕，一筹莫展。

黑衣盗拍案恨恨曰："宝莲与葛雷训，早为吾党所执，乃因守者之不慎，致被漏网，良可痛恨。推原祸始，则蒯妓及奇姆生，实尸其咎。今葛雷训首应宣告死刑，宝莲次之，执行之人，当由蒯妓及奇姆生两人任之，以蔽前辜。余言既出，不得借故推诿，以撄余怒。汝等好自为之，余当有以助汝等也。"

盗言已，蒯妓及奇姆生，不敢与抗，相向默然，散会后，乃怏怏而出。

翌日，蒯妓与奇姆生，同饮于梅特蒙路之亨生酒店。

蒯妓酌酒满杯，一饮而尽，掷杯于案，忿然顾谓奇姆生曰："此事胡得怨我侪？葛与宝莲之逸去，非一次矣。首领尚不能胜，况我侪乎？今以此难题，责之我侪，孰能胜任？首领专制若此，诚非余之所逆料也。"

奇姆生叹曰："曩日之事，姑置不论。今我侪既奉此命，则两人之中，必除其一，庶可塞责。不识汝亦有妙法乎？"

删姈嗤之曰："言之匪艰，行之惟艰。首领且然，余复有何妙法？"

奇姆生默然。

久之，删姈徐曰："葛雷训虽未压毙，不识伤势如何？"

奇姆生曰："闻伤势虽重，尚无性命之虞。"

删姈闻之，面有喜色。

奇复曰："今葛雷训卧病宝莲家，服药疗治，安得毒药少许，设法命服之，以除巨害，亦计之得者。"

删姈曰："首领何尝不用此策，然仍归失败，亦复奚益。"

奇曰："首领之药太迂缓，宜其失败也。以余言之，当用一种极毒之药，入口即死，始无他变。然将安从得此毒药乎？"言已，偶纵目四顾，忽见室之东北隅，有一人方独坐饮酒，蹙额俯首，若有所思。

其人年四十余，唇有短髭，察其貌，似曾相识。思索良久，斗忆其名，心乃大喜，遂离座而起，步至其人之背后，抚其肩曰："白克兰君，汝近况佳耶？"

白瞿然跃起，略一谛视，始曰："奇姆生君耶？余与君一别久矣。"

两人乃相与握手，奇邀白同桌饮，白诺之，奇乃为白介绍于删姈。

三人饮酒数巡，奇忽顾谓白曰："余刻有一要事，欲求君助，不识君能允余否？"

白曰："君试言之，苟可为力，靡不相助。"

奇曰："君曩尝为药剂师，对于毒药之种类，知之必详。今余欲得一种入口即死之药，君其为余谋之。"

白闻言，瞿然失色，摇首曰："此事实难从命。余近日心绪大恶，君殆未之知耶？”

奇曰：“余实不知，不识可告余否？”

白曰：“余妻菲立史，与余情好颇笃，去冬因毒药杀人案，为法庭所捕，余亦恐被牵累，离此远飏。今闻余妻已判死刑，不日执行，余故重来纽约，拟与余妻一决。伤哉余妻！死期在即，余独何心，复预他事耶？”言已，潸然泪下。

奇曰：“君勿悲！此事尚有挽救之法。君能助余，余亦当助君。”

白喜曰：“君言确耶？挽救之法如何？”

奇低声曰：“越狱耳。余有友达拉姆，现为死囚狱中之管狱者，若以重金赂之，事必有济。”

白欣然曰：“君若能救余妻，余誓必助君。达拉姆何在？可招之来一见否？”

奇曰：“余当以函招之。今晚八时，仍会于此间可乎？”

白唯唯，三人乃各起立，握手而散。

薄暮，达拉姆应奇姆生之招，至亨生酒店，奇及删妤已先在矣。三人据案共饮，酒半，奇乃详述白克兰之事，求达相助。

达骇曰：“越狱之举，断不可为。狱中防伺甚严，余一人岂能为力？即幸而逸出，责在余躬，负罪匪轻，余亦万难从命。”

奇许于事成之后，酬以重金，达执不可。

正议论间，白克兰亦至。白闻达不允，垂涕哀求，纠缠不已。

达曰：“狱中女犯甚多，汝妻何名？其状貌若何？”

白曰：“余妻名菲立史，余有照片于此。”言已，即自怀中出其妻之小影，授之达拉姆。

达接而阅之，见菲立史年可二十许，貌甚倩丽。时删妤及奇姆生，亦从傍观之。

删妤一见小影，心乃大诧，急曳奇姆生之衣曰："此小影与一人极肖，汝辨之否？"

奇谛视之，亦诧曰："然。汝意殆指宝莲耶？噫！抑何酷肖乃尔？诚怪事也。"

删妤将小影取得，欣然曰："此事若告首领，必有妙法。我侪宜速偕往，听其指挥。"

奇亦以为然。

达拉姆为众所鬻，不得脱身，乃亦随众同往，行至盗窟，相率入内。

时黑衣盗适在窟未出，删妤以此事颠末语之，并示以小影。

盗阅已，心乃大喜，略一沉吟，即招白克兰至其侧，问之曰："汝妻行刑之期，汝已探得否？"

白曰："昨已探得，系是月二十号也。"

盗曰："今日系十一号，为时尚早，尽可徐徐布置。余因汝妻面貌，与余仇宝莲酷肖，刻已思得一妙策，必能救汝妻出狱，汝其勿忧。"

白喜而谢之。

删妤曰："首领之妙策如何，可得闻欤？"

盗曰："我侪当于二十号之前，设法将宝莲掳获，囚之幽僻之处。至十九号晚间，则以迷药饮之，请达拉姆君携之入狱，将菲立史衣服解下，为宝莲服之，囚之狱中，李代桃僵，交换而出。一俟二十号清晨，宝莲依法枪毙，菲立史自可脱然而无累矣。"

盗言已，其党咸鼓掌称善，白克兰尤乐不可支。

盗乃招达拉姆至前，戒之曰："余顷所言者，汝当闻之矣。

汝若竭力助余，则事成之后，自有重酬，必不食言。”

达沉吟不遽允，盗怒曰：“汝若反抗余命，余当立即杀汝，汝纵多力，亦不能离此室也。”

达大骇，不得已，诺之。

盗曰：“汝若将此事泄漏，余亦必遣人杀汝，汝其慎之。”言已，复顾谓白克兰曰：“汝明日可先往狱中一探，以此事告汝妻，使之先期预备，以免临时匆迫。”

白唯唯，乃与达拉姆告辞而出。

第三十五章

是日为四月十二号，宝莲晨起，即入葛雷训养病之室。

时看护妇梅莱已先在，宝莲见葛伤势渐轻，心乃稍慰，遂坐于床前，与葛闲谈。

会老仆汤姆持晨报入，梅莱取报阅之，阅未半，忽失声而呼，面有诧怪之色。

宝莲异而询之，梅莱不答，但以晨报示宝莲。宝莲接而视之，见"纽约新闻"栏内，有大字一行云：**毒药杀人之结果**。其下复有小字数行云：药剂师白克兰之妻菲立史，年仅二十有一，去冬因"毒药杀人案"，为人告发，屡经鞫讯，证据确凿，现经法庭判决死刑，上诉无效，定于是月二十号，执行枪决。害人者之结果如是，亦足以昭炯戒矣云云。

新闻之傍，印有菲立史小影一方，丰神艳逸，固宛然一宝莲也。

宝莲见之，不觉大诧，因指以示葛雷训曰："此人面貌，何与余酷肖乃尔，殊可怪也。"

葛阅之，亦诧为奇事。宝莲谛视良久，好奇之心勃发，决计往狱中一视其人，以语葛雷训，葛亦不加可否。

午膳后，宝莲乃披衣而出，先往素识某法官家，乞得介绍书一封，藏之囊中，匆匆告辞出，驱车往纽约检察厅之死囚狱中。

是日午后，白克兰先以介绍书入狱，请于狱官，欲一见其妻菲立史。

狱官许之，因招监狱者达拉姆至，命引之入见，约以一刻钟为限，逾时即当逐出。白唯唯，达乃与白偕入。

时菲立史正默坐狱中，手持月历一册，反复翻阅，每至二十号一页，则瞿然失惊，脑筋瞀乱，思及是日枪决之惨状，不禁掩面悲啼，战栗不已，时或转辗呼号，状如狂易。

白克兰等启门入，菲立史正掩面而泣，绝无所觉。白目睹此状，潸然泪下。

达拉姆曰："伤哉汝妻！自闻判决死刑后，日日如是，殊可怜也。"

白急趋前抚其肩，柔声曰："菲立史，余来视汝矣。余力能救汝，汝其勿悲！"

菲立史瞥见白，即投身其怀，悲呼曰："白克兰，若辈将杀余，余不日且死，汝其救余。"

白竭意抚慰之。稍停，菲脑筋渐清，两人乃比肩而坐。

时达拉姆已彳亍他去，白将黑衣盗所定之计划，详告菲立史。

菲立史摇首曰："余与宝莲何仇，胡得害之？"

白坚以为言，菲立史犹豫不遽允，白哀之曰："汝若爱余，望即允余。除此一策，汝无免死之法矣。"

菲立史不得已，诺之，白大喜。

此时达拉姆复至，云限时已至，白坚嘱菲立史切勿固执，致偾此策，乃挥泪而出。

宝莲驱车至狱中，入见狱官，以介绍书予之。

狱官阅已，接待甚恭，含笑谓宝莲曰："女囚菲立史，刻正有人探视，濡滞未出，请密司稍待。"宝莲颔之。

少顷，达拉姆与白克兰偕出，两人一见宝莲，相顾错愕，咄咄呼怪事。

狱官笑曰："此非菲立史，乃密司宝莲也。汝等勿骇。"因顾谓达拉姆曰："密司宝莲来此，亦欲一见菲立史，汝可伴之入内，勿令受惊。"达唯唯。

白克兰闻狱官言，深以为异，然亦不便诘问，乃怅怅自去。

宝莲随达拉姆入，至菲立史所囚之室，启门而进。菲立史正默坐凝思，见宝莲至，骇而跃起，瞠目注视不已。

宝莲徐步而前，与之握手。达拉姆见两人相对立，自眉目、口鼻、发肤以至修短肥瘠，靡不逼肖。惟菲立史左颊有风疾，时时掀动，而宝莲不然，此其异点也。

宝莲细询菲立史以前之历史，菲立史详告之，言已，掩面而泣。

宝莲曲意慰藉之，且曰："余以汝面貌与余酷肖，心殊怜汝。今汝之死刑，虽已判决，行刑之期，尚在一星期后，余当上书总统，为汝请求特赦，汝其勿悲。"

菲立史拭泪谢之。

宝莲临行，意颇恋恋不忍别，因与菲立史约曰："无论特赦之请，能否邀准，余当于十九号薄暮，来此见汝，决不爽约。"

菲立史深感宝莲之好义，欲以白克兰之阴谋告之，继念特赦之请，允否难必，生死存亡，在此一举，迟疑不敢遽言。

宝莲乃握手别之而出，复请于狱官，欲以十九号薄暮，来此一探。狱官许之，宝莲遂驱车而返。

一来复后，葛雷训伤势已痊愈，宝莲喜不自胜，惟请求特赦菲立史之书，以罪案昭著，未得总统之许可，不免邑邑。

是日为十九号，薄暮，宝莲欲往视菲立史，邀葛同往，葛蹙额曰："密司恕余。余今晚适有一要事，欲往纽约东郊一行，不克与密司偕往，祈勿见罪。抑余又有陈者，密司之于菲立史，不过因面貌之相似而已，初无特殊之关系也，何必一再探视，仆仆往返？且监狱本非善地，密司一再出入，易使宵小生心，不如不往为妙。"

宝莲曰："君言良是，但前日业已许之，不可爽约。略谈数语，即当返家，决不久稽也。"

葛颔之，宝莲乃披衣而出。

白克兰自狱中出，往见黑衣盗，以遇见宝莲之事语之，盗亦以为异。

翌日，达拉姆以密函来，报告一切，备述宝莲探视菲立史之故，并谓十九号薄暮，宝莲当复来狱中，前日所定之计划，似宜稍事变更云云。

黑衣盗阅已大喜，顾谓其党曰："天诱其衷！宝莲乃自投网罗，此事之成，直易如反掌矣。"

白克兰闻之，亦深自快慰。

迨十九号午后，盗以迷药一小瓶予白，令先往狱中探视，俟宝莲至，可与达拉姆商，相机行事。

白唯唯，即取药藏之，匆匆而出。既抵狱中，伪为凄惶之状，泪垂于面，入见狱官，谓其妻将于明日行刑，欲与一决。

狱官慨然允诺，乃仍由达拉姆导之入内。白见达，以目示意，达颔之。两人相继入，嘱菲立史先时豫备。

已而钟鸣七时，宝莲果乘车而至，与狱官略谈数语，即入见菲立史。菲立史见宝莲至，跃起迎之。宝莲自惭营救乏术，深致歉忱，菲立史凄然泪下。

时白克兰与达拉姆，同立门外，达附白之耳曰："机会至矣，时不可失。余当往立狱门口，免为他人窥见。"

白颔之，达彳亍而去。

白急自囊中取迷药出，倾之白巾之上，蹑足入室，至宝莲之背后，以巾蒙其口。宝莲大骇，力挣不得脱。一刹那间，药性大发，宝莲乃颓然仆地。

白喜甚，急挟之卧榻上，命菲立史将衣服解下，与宝莲易之。

此时达拉姆忽飞步入，谓白克兰曰："大功既成，汝可速出，勿与菲立史偕行，以免狱官怀疑。"

白诺之，乃欣然先去。稍停，菲立史将衣服易毕，乃与达拉姆偕出。

时狱官正伏案治事，菲立史恐被识破，与之略一颔首，即匆匆而出。

翌日即二十号矣。菲立史行刑之时刻，本定于午前十时，届时由狱官率警察十余人，整队入狱，见女犯酣卧榻上，鼻息咻然，乃饬人扶之下榻，由警察两人，分左右，执其臂，挟之出室。

众见女犯俯首闭目，神志昏迷，似失知觉者，以为骇极所致，亦不之疑。

行刑之广场，在狱中西北隅。既抵其地，即将女犯按于一藤椅之上，蒙其面，缚其手足。警察排立两傍，执刑者手按枪机，静待行刑之令下。

稍停，警笛一声，执刑者遂力按枪机，枪弹嗤然飞出，适中女犯之前胸。女犯颓然仆，气绝而死。

阅者试猜之，女犯其宝莲耶？宝莲其枪毙耶？吾书其自此告终结耶？

第三十六章

是日晨，葛雷训自家中出，欲往视宝莲，道出卫顿路，忽遥见宝莲偕一鄙男子，施施而来。

葛异之，欲觇其所往，乃闪身伏道傍，俟两人过，阴蹑其后。两人且行且语，未之觉也。

但闻彼唇有短髭之鄙男子，昂然谓宝莲曰："菲立史，汝幸托天祐，得庆更生，喜之不暇，何邑邑为？须知汝之面貌，实与宝莲无异，我侪之策，万无一失。大抵半句钟后，宝莲将代汝而受枪毙之刑矣。"言已，附掌大笑。

葛闻言，骇极失色，始知前行之女子，并非宝莲，乃女犯菲立史也，初意欲直前执之，继念宝莲处境至危，不如先往救护，以免稽延误事。

立意既定，急奔至附近一公共电话处，立发电话致监狱官，不料狱官适以事他出，接电者乃为达拉姆。

葛雷训曰："女犯菲立史，已越狱而出，狱中所囚者，乃密司宝莲。此黑衣盗之阴谋也，务请暂缓行刑，以免误伤良善。至急至急！"

达拉姆曰："汝言妄也。狱中所囚者，确系菲立史正身，行刑时刻已定，岂容暂缓？汝若指女犯为宝莲，请于行刑之前，速以证据来狱，或能翻案。苟徒托空言，殊无益也。"

葛闻而大忿，即掷听筒于案，飞步奔出，雇一汽车乘之，命司机者开足汽机，尽力飞驶，驰往纽约检察厅之死囚狱中。

葛雷训默坐车中，焦灼殊甚，时时出时计视之，见时针已指九时三刻，心急如焚。幸一转瞬间，汽车已抵狱门之外，葛乃一跃而下，狂奔向内。

不料门傍立有警察二人，突出拦阻，葛急出囊中徽章示之，警察摇首曰："女犯菲立史，刻正行刑，顷奉狱官之令，无论何人，不得擅入，君其在外稍待。"

葛闻言，骇乃益甚，坚欲入内，警察执不可，始则龃龉，继乃扭殴。

相持久之，始有一形如警官者出，喝问何事，葛乃以徽章示之，言有紧急公事，欲入内见狱官。警官许之，守门者始不加拦阻。

葛飞步入内，直至行刑之场上，见警察、狱吏以及报馆访事人，正围而聚观，询之旁人，始知行刑已毕，骇极亡魂，急突围而入，趋至尸身之侧，俯视其面，果宝莲也，玉容惨白，胸前血迹殷然，气绝久矣，悲快填膺，泪乃夺眶而出，仰天呼曰："悲夫！宝莲乃惨毙矣。呜呼伤哉！"

此时达拉姆忽含笑而前，抚葛雷训之肩曰："葛君何悲伤乃尔，岂误以死者为密司宝莲耶？"

葛顿足曰："余实未误，此真密司宝莲也。汝等蒈蒈，妄杀无辜，余誓必为宝莲复仇。"

达笑曰："葛君勿悲！死者仍为菲立史，密司宝莲固无恙也。此中秘密，惟我三数人知之，今幸功已垂成，余当将秘密揭晓，为君详告。君其耐心细听，此举颇饶兴趣也。"言已，即将是案颠末，一一为葛雷训述之。

葛雷训乃恍然大悟。

初，达拉姆为黑衣盗所胁，急欲脱身，不得已乃允为内应，比归，即以其事商之监狱官。狱官亦智者，思索良久，忽得一计，乃密语达拉姆，令其严守秘密，勿为他人所知，且仍与盗党往还，使之不疑。

迨十九号薄暮，宝莲入狱，白克兰以迷药迷之，欲与菲立史偕遁，达乃急入，设辞诱白，使之先去。白去后，达与菲立史同出。行近狱门，菲立史仍为警察所捕，幽之密室。

是夜夜半，达先以迷药饮菲立史，令其昏睡，饬人舁回狱中，卧之榻上；别以解药饮宝莲，宝莲苏，茫然如入五里雾，不知所措。

达乃将此中颠末，详述一过。宝莲大喜，深致谢忱，乃将衣服解下，仍与菲立史易回。

事毕，天已黎明，达嘱宝莲速出，伪为菲立史之状，往觅白克兰，若能探得黑衣盗所在，可即报告警署，设法往捕，自不难一鼓而擒之也。

宝莲如其教，匆匆而出，果遇白克兰于途，遂与之同行。故葛雷训道中所见，实为宝莲，而狱中所枪毙者，固仍为女犯菲立史也。

达言已，葛乃大喜，向达握手道谢。狱官复戒报馆访事人，命其严守秘密，不得宣之报端。

访事唯唯去，达复谓葛雷训曰："君可速归。余将亲往昆士兰路，与宝莲协捕白克兰。"

葛雷训请同往，达摇首曰："余一人足矣。君往适足偾事。今日午后，余或有事过访，君可在家稍待。"

葛诺之，乃告辞而归。

宝莲乔装为菲立史，与白克兰偕行。白克兰快慰逾恒，语琐琐不已，宝莲漫应之。

行至昆士兰路，宝莲托言足痛，就道傍小憩。

白克兰快快曰："余与汝言，汝辄默然不余答，观汝状貌，若有不豫色然，抑又何也？"

宝莲掉首他顾，置之不理。

稍停，遥见达拉姆乘车而来，至白克兰背后，飞跃而下，宝莲乃突然起立，自囊中取手枪出，直指白克兰之胸。达拉姆亦出手枪，抵其腰间。

白大骇，不知所措，急高举两臂，示不敢抗。

宝莲微笑曰："汝以余为菲立史耶？汝之阴谋，诚不可为不毒矣。惜乎达君正人，乃未肯为汝辈所用耳。今汝妻已在狱中枪决，汝复梦梦，随余奔波半日，抑何可笑乃尔！"

白闻言，始如反为达拉姆所卖，懊丧莫名。

宝莲复曰："黑衣盗现匿何处，若能从实告余，则汝罪或可末减，慎毋自误！"

白克兰嗫嚅曰："黑衣盗巢穴甚多，余非党人，不能尽知。今晨余见之于皮密尼路之四十五号，彼云尚有一要事，欲语余妻，嘱余挈之偕往。故盗或仍在彼处，亦未可知。余所知者，如是而已。"

宝莲与达密商良久，乃将白扭至附近警署中，暂行禁锢，然后雇一汽车同乘之，驰往皮密尼路之四十五号。

车抵其地，相率跃下，达拉姆按其门上之铃。

少顷，门呀然辟，两人接踵而入，直至黑衣盗办事之室。宝莲时时将左颊掀动，伪为菲立史之状，形容酷肖。

达拉姆欣然谓盗曰："承委之事，幸不辱命，此即菲立史也。白克兰安在？何以不见？"

盗诧曰："白克兰因其妻一夕未出，忐忑不宁，今晨亲往狱中窥探，汝等岂未之见耶？"

达曰："然。谅途中适不相值耳。"

此时盗乃步至宝莲之侧，嘱之曰："宝莲已死，汝可冒宝莲之名往，盘踞其家。此事惟葛雷训之前，决难掩饰。葛若来访，汝切勿见之。午后可以电话致葛，请其于晚间八时，会于罗白里桥，则汝事毕矣。"

宝莲唯唯，乃与达告辞而出。行数武，达复与宝莲别，宝莲遂驱车独归。

第三十七章

女贼蒯妡者，素钟情于葛雷训，徒以葛雷训有志于宝莲，远之若浼，未遂其愿，居恒以是邑邑。

是日闻宝莲枪毙，心乃大快，拟亲往葛雷训家，以宝莲噩耗告之，乘间蛊惑，俾遂夙愿。

会黑衣盗使其与奇姆生两人，同往亨生酒店，召集党徒七八人，候令调遣。蒯妡奉命，即与奇偕出。

道中且行且思，决计往晤葛雷训，惟碍于奇姆生，未能遽去，思索良久，忽得一计，因嫣然顾谓奇姆生曰："今为时尚早，亨生酒店中，恐寂无人在，此间距余家不远，盍同往小坐，稍事休憩乎？"

奇姆生者，本有心于蒯妡，闻言大喜，亟诺之，乃随之偕往。

既抵其家，蒯妡引奇登楼，启门入卧室，曳椅肃之坐，自柜中取酒数瓶出，邀之对酌。

奇性本贪饮，加以蒯妡频频相劝，欢呼畅谭，乐不可支，因连举数巨觥，不觉酩然大醉，酒后欲念斗生，突拽蒯妡之臂，欲与接吻。

蒯妡力挣得脱，退至床前，掩口而笑，媚态嫣然。奇益惑之，奋身跃起，张两臂欲擒蒯妤。蒯妤左躲右闪，绕室而走。

相持片刻，奇两足欹斜，渐不能支，一转瞬间，忽倒卧于蒯妤之榻上，口中喃喃，依稀犹作狎亵语。

稍停，呓语渐止，鼾声作矣。蒯妤大喜，急闭门下楼，飞步而出，雇一汽车乘之，疾驱往葛雷训家。

宝莲自盗窟归，即将黑衣盗之诡计，以电话报告葛雷训，并请其日间切勿来此，以蔽盗党耳目。葛诺之，宝莲乃登楼易衣。

此时海利司忽昂然自外至，步入办事室，遍抚室中诸器物，笑容可掬，低声曰："宝莲逝矣。韦尔廷氏之资产，皆余所有矣。百折不挠，终有成功之一日，岂不快哉！"

正言间，老仆汤姆入室，见海利司忽归，深以为怪，即登楼报告宝莲。宝莲闻之大愕，踌躇久之，急以电话商之葛雷训。

葛曰："密司可伪为菲立史之状，下楼见之。彼若以汝为菲立史，则其与黑衣盗有关，不言而喻，密司可设法执之，囚之家中。若今夜罗白里桥畔，果无黑衣盗踪迹者，则其为海利司之化身，益无疑义矣。惟海利司人极狡猾，捕之不易，密司倘自度力不能胜，望略与周旋，任其他去，万勿卤莽决裂，以致偾事。至嘱至嘱！"

宝莲诺之，乃取手枪一柄，藏之囊中，珊珊下楼，步入办事室。

海利司见宝莲入，勃然变色。

宝莲伪为菲立史之状，瞪目视其面，一似茫然不相识者，嗫嚅曰："兄乃归耶？余与兄一别久矣。兄近况佳耶？"

海利司四顾无人，低声斥之曰："菲立史，汝忘首领之言乎？顷首领不尝诏汝，嘱汝来此之后，无论何人过访，切勿出见，免为识破，汝胡得违之？"

宝莲伪为惊惶之状曰："孰为菲立史？汝言云何？余殊不解。"

海利司笑曰："菲立史，汝勿假惺惺！汝之历史，余靡不知之，汝尚以余为局外之人耶？"

宝莲此时，始知葛雷训之言，不为无见。彼黑衣盗者，殆即海利司之化身也。

海利司见宝莲默然不语，嗤之曰："蠢者汝也。余之来此，初无不利于汝，特以有紧要文件数纸，现藏室隅之铁箱中，余欲取出一用，惟铁箱之钥匙，不知藏于何所，一时恐难寻获，殊可恨也。"

宝莲莞尔曰："铁箱之钥匙，在写字台抽屉之内，君可自往取之。"

海利司闻言大诧，厉声曰："异哉！汝来此未久，何得知之？"

宝莲惶恐曰："余猥以微贱，一旦居此，见室中各物，光怪陆离，不啻阑入仙境。顷曾遍游各室，并将器物陈设，一一抚摩玩赏，以扩眼界，无意之中，乃发见此铁箱之钥匙耳。余知罪矣，君其恕余！"

海利司怒目叱之，宝莲故为觳觫之状，退立门侧。海利司乃将钥匙觅得，趋至室隅铁箱之前，欲以钥启之。

此时宝莲渐不能忍，乘海利司不备，突自囊中取手枪出，飞步而前，指海利司之胸，大声曰："速举尔臂！不然，余枪发矣。"

海利司大骇，急如宝莲之命，高举两臂。

会老仆汤姆自室外趋过，宝莲急按案上之电铃，汤姆闻声奔入，见而大诧。

宝莲以手枪与之，含笑戏曰："海利司君自远方来，风尘仆仆，欲往甬道后小室稍憩，汝可以手枪导之入，以示优待。"

汤姆唯唯。海利司不得已，乃随汤姆出，至甬道后小室之中。

宝莲亦接踵至，微笑曰："兄可暂屈一宵，俟余捕得黑衣盗后，释兄未迟。"

海利司握拳透爪，忿极作狞笑，戟指痛詈。

宝莲与汤姆急返身出，闭其户，以钥键之，命汤姆持枪守户外，留意监视，勿令海利司逸去。汤姆诺之。

迨钟鸣七时，宝莲乃披衣而出，驱车往罗白里桥畔。

蒯妒至葛雷训家，初意欲叩门求见，偶一转念，忽止步不进，折入宅左一僻巷中，曲屈缭绕，直达办事室之玻璃窗外，隐身槛后，探首内窥，见葛雷训与达拉姆，方坐而闲谈。

蒯妒大诧，私念达拉姆乃吾党中人，胡得来此？因属耳于壁，窃听两人作何语，但闻葛雷训欣然曰："顷密司宝莲以电话来，谓黑衣盗已入其彀中，误以彼为菲立史，深信不疑，欲以今晚八时，诱余至罗白里桥，杀余灭口。余当将计就计，密约警察多人，伏于附近，俟黑衣盗及其党至，一鼓擒之，以除巨害。宝莲又云，其从兄海利司，顷忽归家，亦以彼为菲立史，欲私取铁箱中文件，刻已为宝莲所捕，囚之家中。吾意此人与黑衣盗，极有关系。盗之运命，若尽于今晚，社会巨蠹，一朝歼除，良可喜也。"

达拉姆跃起曰："今晚，余亦愿往，稍资臂助，不识君能见许乎？"

葛大喜，亟诺之。达乃与葛握手，告辞而出。

蒯妒闻两人之言，恍然大悟，始知宝莲并未枪毙，党中计划，完全失败，抑且为宝莲所利用，危险实甚。略一踌躇，即飞奔出巷，雇一汽车乘之，疾驰回盗窟，将刺探所得，一一报告黑衣盗。

盗大骇，沉吟久之，立将预定之计划，临时变更，宝莲与葛雷训，固瞢然未之知也。

宝莲驱车至罗白里桥，天已深黑，环瞩桥畔，杳无人在。徘徊久之，正深焦灼，忽闻背后有革履声，急回顾，则黑衣盗也。

宝莲骤见其至，中心不无怔忡，不得已，仍伪为菲立史之状，含笑而前，低声曰："首领来耶？葛雷训尚迟迟未至，彼允以八时来此，谅不爽约，君其稍待。"

黑衣盗颔之曰："菲立史，汝能不负所嘱，良堪嘉许。今余尚有一要事，欲与汝商，汝速与余偕往。此间各事，早已布置妥洽，汝第勿问可也。"

宝莲闻言大愕，自知此去至危，然恐为黑衣盗识破，不敢抗命，乃唯唯随其后。

行百余步，至一小屋之前，推门而进。入门，为一黑暗之甬道。甬道既尽，又得一户，盗以钥启之，招宝莲入，复闭户键之。

宝莲入室，见室中陈设简陋，案上有煤油灯一，灯影摇曳，光极惨澹，景象幽凄，如入墟墓。

盗指案傍一椅令宝莲坐，作揶揄之状曰："宝莲，汝直以余为童骏耶？汝之诡计，不可谓不狡，惜余早已窥破，未肯受汝辈之愚弄耳。今汝已入余掌握，葛雷训胡在，尚能救汝否？"

言出，宝莲骇极失色。盗乃大乐，磔磔作怪笑，初不知事变之来，尚有出人意料之外者在也。

第三十八章

宝莲之入小屋焉，自知身临虎窟，危险殊甚，不得不先事预防，因探手囊中，握手枪之柄，以备不测。

至是闻黑衣盗之言，始知己之计划，已被识破，惶急之余，突然跃起，作先发制人之计，立自囊中取手枪出，指黑衣盗前胸。盗出不意，骇甚，急高举两臂。

宝莲大声曰："余固宝莲也，汝敢奈余何？今汝之生命，在余掌握，速去汝头上之黑幕！苟违余命，余枪发矣。"盗坚不肯去，宝莲力胁之。

正相持间，盗忽欣然指户外曰："视之，我党人全体至矣。汝将焉遁？"

宝莲骇而回顾，盗乘此间隙，将其手中之枪，突然攫去，反以枪指宝莲，胁令据案而坐。莲宝始知中计，懊恨莫及。

盗自抽屉中取笔墨白纸出，命宝莲作一传产之据，将韦尔廷军械厂，即日交出，莲宝摇首不允。盗怒，将枪机扳动，作欲开放状，宝莲不得已，乃如命书之，书已，问受产之人，应署何名。

盗略一踌躇，毅然曰："署汝兄海利司之名可也。"

宝莲跃起曰："然则汝即余兄海利司耶？"

盗按之就座，徐徐曰："汝勿妄言！余与海利司，是一是二，汝可勿问。汝第遵余命书之可矣。"

宝莲不敢复问，乃握笔署纥，并签名于其下，书已，付之黑衣盗。

盗细阅一过，置之案上，厉声曰："今汝事毕矣。余本不欲杀汝，但汝若不死，于我党殊有不利。养痛贻患，智者所不为，今日即汝之末日矣。"言已，即举其手枪，向宝莲开放。

宝莲惊悸亡魂，自分必死，瞑目以待，不料枪机屡响，而子弹杳然不出。盗大诧，细视之，则枪中空空，固并无一子弹在也，乃勃然大怒，力掷手枪于地，铿然作大声。

宝莲见之，始知出门之时，误携一空枪，不觉大喜，一刹那间，胆乃斗壮，乘间奋跃而起，将坐椅攫得，向盗力掷。盗幸躲闪敏捷，未为所中。

此时盗忿不可遏，超距而前，状如猇虎，欲力扼宝莲之咽喉。宝莲身手灵捷，骤俯其躯，自盗之胁下出逃至室隅。盗复腾身而进，高跃数尺，猛扑宝莲。宝莲蓄劳以待，奋全力推其肩。盗立足不定，颓然而仆。

宝莲喜，急奔至门侧，欲启户而逃。盗大怒，一跃复起，直前扭宝莲之衣。宝莲不得出，转身复斗。

相持久之，宝莲力渐不支，盗尽力按之桌上，以两手扼其颈。宝莲气闭不得舒，无力抵抗。正危急间，而葛雷训及警察至矣。

初，葛雷训率便服警察五六人，驱车至罗白里桥畔，相率跃下。会达拉姆亦如约而至，众乃散伏附近幽僻之处，屏息以待。

少顷，礼拜堂钟声，已铿铿鸣八时矣，而宝莲及黑衣盗，仍踪迹杳然。葛大讶，深恐事机泄漏，宝莲已为黑衣盗所害，忐忑不宁。

正焦灼间，忽遥见一黑影，闪烁而至，鹤行鹭伏，状殊诡秘。比稍近，月光之下，纤屑毕现，其人盖黑衣盗之党奇姆生也。

葛即取手枪握之，首先跃出，飞步而前，以枪指奇姆生之胸。奇大骇，欲与葛抗，葛急撮口作声，于是达拉姆及众警察，一拥而至。奇自知不敌，始高举两臂，俯首就执。

葛以枪胁之曰："黑衣盗安在？密司宝莲又安在？速以语余！不然，余枪发矣。"

奇默然他顾，置之不理。警察怒，各以枪柄殴之。

奇不胜楚，始黯然曰："首领与密司宝莲，顷已相率他去，刻在何处，余实不知。余可誓之。"

达拉姆曰："此间附近，必有黑衣盗巢穴，汝若畏死者，速引余往。"言已，举枪作欲击状。

奇不得已，乃唯唯为前导，众持枪监其后。

行抵盗窟，推门而入，至南道之底，闻室内有殴斗声甚厉，葛大骇，急推其户。户已内键，猝不得启，众乃以枪柄连击之。户立碎，众一拥而进。

盗见捕者麇集，功败垂成，懊恨无地，急推宝莲于地，趋至室隅，逾窗而出，狂奔逸去。

葛雷训入室，见宝莲无恙，心乃大慰，急扶之起立。

宝莲谓葛雷训曰："盗逸去未久，速往追之，或能成擒，勿顾我也。"

葛诺之，遂逾窗追出，众警察奋勇随其后。遥见黑衣盗在前飞奔，相距仅二三丈，众乃呼噪逐之，并开手枪轰击。盗闻追者且至，奔乃益捷。

驰里许，至罗白里桥，盗忽折入海滨，沿海而奔。殆葛及警察追至，但闻砰然一声，出于海滨，众大诧，临海一望，见水中仿佛有一人，浮沉海面，逐浪而去。

时宝莲及达拉姆，亦由盗窟出，追踵而至，宝莲闻盗投海，跌足曰："黑衣盗颇善游泳，决不溺毙，我侪空施奇计，仍被兔脱，诚可恨也。"

葛闻宝莲言，忿然曰："彼泅去不远，余当入水擒之。"言已，即将外衣脱下，跃入海中。

宝莲等立而待之，少停，遥见葛手捉一人之肩，破浪而来。众大喜，以为黑衣盗已就擒矣。

迨葛泅至海滨，始由警察二人，入水助葛，将其人异至岸上。宝莲等围观之，不觉瞠目大诧，相顾称怪。盖杀人越货之黑衣盗，已一变而为螓首蛾眉之好女子矣，良可异已。

少顷，女子渐呕吐而苏，宝莲察其状，决与黑衣盗无涉，因扶之起坐，诘其姓名。

女子自言某姓，所居距此不远，顷赴某氏跳舞会归，道经桥畔，踽踽独行，不料有一人自后突出，捉其两臂，掷之海中，一时呼救无从，几遭灭顶，幸蒙援手，实深感激云云。

宝莲闻言，始知又中黑衣盗之计，与葛相顾错愕，丧气殊甚。葛乃命警察一人，送女子回家，女子感谢而去，宝莲等亦怏怏欲归。

行数武，宝莲忽有所悟，顾谓葛雷训曰："黑衣盗别有一巢穴，在皮密尼路之四十五号，今盗自此间逸去，必匿彼处，我侪若往一搜，或能获之。"

达拉姆颇善其议，众警察亦奋勇愿往。葛大喜，乃率众驰赴皮密尼路。

行近其地，瞥见一人峨冠持杖，作绅士之装，自西防定路出，折入皮密尼路，踯躅而前，行时屡屡回顾，状甚诡秘，若惟恐有人蹑其后者。

宝莲目光锐利，遥见其人之面，不觉大讶，几欲失声而呼。噫！翳何人？翳何人？盖即宝莲之兄海利司也。

宝莲审视无误，即指以示葛雷训，葛亦大诧，急止众勿前，伏于道傍，幸未为海利司所见。俟相距稍远，乃蹑足随其后。

行数十武，遥见海利司步至盗窟之前，四顾无人，推门而入，葛问宝莲曰："顷密司以电话告余，谓海利司已为密司所捕，此言确乎？"

宝莲曰："确也。余囚之于甬道后小室之中，不审以何时得脱，乃复来此，殊可怪也。"

葛雷训曰："余常疑海利司即黑衣盗，由今观之，事乃益信。大抵彼于密司离家后，即设法逸出，易服为黑衣盗，赴罗白里桥之约。密司不察，险为所害。迨我侪踵至，追逐甚急，彼窘极无所为计，乃将黑衣头套脱去，仍为海利司之状，徜徉来此，初不料吾侪之仍蹑其后也。今彼已伏处窟中，我侪当入内捕之，慎勿再被漏网，以致贻患他日。"

众唯唯，葛乃攘臂先行，趋至盗窟门外，推其门，并未下键，遂一拥而进，直达黑衣盗之办事室，破门而入。

室中昏黑异常，葛雷训觅得电灯机启之。灯光既明，见室中阒无人在，众乃大讶，忽闻室隅有呻吟之声，趋视之，一人倒卧地上，鲜血殷然，自胸前流出，点滴满地，奄奄一息，伤势甚重，惟尚未气绝。

众俯视其面，相顾大诧，莫不咄咄称怪事。盖其人非他，即人人指为黑衣盗之海利司也。

宝莲此时，心乃大快，因仰天呼曰："上帝祐余！黑衣盗乃就捕矣。"

第三十九章

海利司既负伤垂毙，束手就执，众以为事已大定，欣慰莫名。

特就葛雷训观之，则其中情节，尚有惝恍不可解者在也。盖海利司入室之时，固明明孑然一人，而室中又别无他人在，然则海之枪伤，何自而来？此中关键，大堪研究。

时警察已将海利司挟起，按之坐椅上。少顷，海乃徐徐而苏，微启其目，见宝莲及葛雷训等，环立左右，骇且诧，乃闭目呻吟不已。继闻众人议论纷纭，金指己为黑衣盗，乃摇首张目，厉声曰："诸君误矣！余与黑衣盗，固截然两人，乌能合而为一？诸君入室时，黑衣盗方逾窗逸去，惜君等蠢蠢，乃无有能追踪而捕获之耳。"

语出，众乃大讶，宝莲亦疑信参半，因趋前诘之曰："海利司，然则汝速告余，黑衣盗究为何人？"

海利司黯然曰："黑衣盗之历史，惟余一人知之。今余为彼所枪击，受伤甚重，死在旦夕，余当将此中秘密，一一为汝告，汝其听之。"语至此，觉伤处剧痛不可支，几晕而仆，坌息曰："速为余招一医生来，使余稍延残喘，俾毕余语。"

宝莲颔之，急命一警察往延医生，警察诺而去。

海利司喘息略定，续言曰："宝莲听之，黑衣盗非他，乃汝叔伦度是也。汝祖为余祖之胞兄，余祖生子二：长为先君，次则娜密之父也。两人皆不幸早世，故余与娜密，自幼即为汝父所抚养。汝祖生三子，伯即汝父，仲为伊才尔，伦度其季也。伦度之年，与余相若，少伊才尔可十余龄。汝祖姅十年不妊，忽生此子，当时诧为异事，容讵知三十年后，竟成杀人之恶魔？杀汝父，杀汝叔，今日乃复杀余，良可慨也。"语至此，嘿然长叹，泪乃涔涔而下。

宝莲等闻之，亦咨嗟太息。海利司觉创口又剧痛，抚膺而呼，语乃中辍。宝莲见之，惶急殊甚，深恐海利司所语未终，遽尔长逝。

正焦急间，警察已延医生至，医生将海利司创口，检视一过，蹙额曰："杀在要害，势甚沉重，恐不可救矣。"因自箧中取药水一瓶出，令海利司服之，服已，痛乃稍减，遂将黑衣盗以前之历史，不惮缕琐，一一详述。宝莲等则环立而听之。

海利司之言曰："我祖韦尔廷，以冶工起家，潜心机械之学，发明军用利器多种，得政府之特奖，因设韦尔廷军械厂于此，历代相承，获利无算，为纽约富室之巨擘。虽然，军械者，杀人之利器，天下不祥之物也。我家既世以军械为业，冥冥之中，不仁实甚，戾气所积，大反天和，于是此杀人恶魔黑衣盗，遂应运而生于我家。天道昭著，报施不爽，良可畏也。"

海利司言已，闻者靡不咨嗟太息。

稍停，海利司乃续言曰："伦度之生，在一千八百六十九年之某月。当时有术者推其命，骇曰：'此子妖孽也，三十年后，将尽歼韦尔廷氏之族。必杀之，无遗后患。'汝祖母闻之，斥其言为妄，执不许。术者曰：'此所谓养虎以自害者也。'叹而去。

"伦度年六七龄，汝祖父祖母，相继去世。汝父复以厂事纷繁，不暇顾弱弟，任其所为。羁勒既弛，骄恣益甚。伦度素凶悍，力能屈铁，桀骜暴虐，天性好杀，一言不合，辄殴人几死，家中佣仆，畏之如虎。

　　"一日，汝父与叔，方同坐书室中，忽见女佣梅丽，仓皇奔入，掩面而泣。汝父惊起问故，梅丽曰：'余欲即日离此，乞主人许余。'汝父诧曰：'余待汝不薄，胡得求去？孰乃欺汝者，可即告余。'梅丽曰：'伦度殴余，彼辱余者数矣。余以主人故，未尝与较。顷以余稍不如意，横肆凌折，昌言欲杀余以为快。余实畏之，不敢复留。'汝父与叔，均以好言温慰之，梅丽始怏怏而出。

　　"不料行至阅报室前，适遇伦度自外奔入，一见梅丽，余怒勃发，奋跃而前，张两臂扼其颈，提而力掷之。梅丽气闭欲绝，哀号求救。幸汝父与叔，闻声奔出，始将梅丽夺下。伦度暴跳若狂，尚欲与汝父寻衅，汝父大怒，欲将其驱逐，始谩骂而去。

　　"诘旦，梅丽以事至后园，不意伦度亦在，梅丽见之，骇而奔，伦度呼噪其后。梅丽避入厕中，闭门下键，伦度不得入，怒乃益甚，略一思索，忽得一毒计，就地上拾得铁梗一，穿入门外之屈戍中，屈而栓之。栓已，乃奔至厕傍一矮窗之前。厕中本贮有干草数堆，适近窗侧，伦度乃取一火柴燃之，投入窗内。干草着火，立即燃烧。

　　"梅丽欲出不得，而火乃渐逼，惊悸亡魂，挝门呼救。伦度在外闻之，鼓掌欢呼，引为快事。幸汝父散步至此，见而大骇，急命人将门打开，救出梅丽，扑灭室中之火。苟稍迟须臾者，梅丽必且葬身于火窟之中矣。其恣肆暴戾之行，大率类是。"海利司言至此，伤口又大痛，语乃中止。

此时医生复取药水少许，令海利司服之，服已，痛乃稍减，续言曰："兹事发生之翌日，汝父与叔，同坐于办事室中，默然相向。汝父泪承于眶，蹙额曰：'伊才尔，汝不忆术者之言乎？今其言验矣。此子年才十四，已凶悍若此，异日必为社会之巨蠹。韦尔廷祖先，将因之而不血食矣。奈何奈何？'伊才尔曰：'兄良良是，此子若复留此，适足为我族之害。以弟愚见，则尚有一法，足资挽救，特不识兄意以为何如耳？'汝父喜曰：'然则汝试言之，苟利于家，余岂独持异议？'

"伊才尔四顾无人，始低声曰：'我家有火药分厂，在亚洲南洋之爪哇岛，厂中守者凡三人：一名乔爱，一名麦罗，一则独眼派克也。三人皆孔武多力，栗悍好斗，余曩游爪哇，曾与相识。今余当诱伦度同往，锢之厂中，以铁链锁其足，供其衣食，不令出外。别以重金赂三人，使其严守秘密，留意监视，则彼虽凶顽，自不能贻祸于我侪矣。'

"伊才尔言已，汝父沉吟良久，默然曰：'论理，则彼与我侪，情属手足，如不当以此法处之。然彼暴戾已甚，实属无法约束，为门第荣誉计，为祖宗血食计，为家人安宁计，自不得不出此一策，父母在天之灵，当鉴予心。行矣伊才尔，好自为之，余默许汝矣。抑余又有一言：伦度，豺虎也，今既缚之，异日万不可释，释则怨毒所积，必肆搏噬。盖始祖铜像之下，旧有地道一，直通此室之椅后，除予一人外，惟伦度知之。彼若一旦得释，必由地道而入，肆其荼毒，则我韦尔廷一族，将无噍类矣。汝其识之！'伊才尔唯唯而出。

"二老议论时，自以为秘无人知，不料余适隐身帘后，尽悉其事。诘旦，伊才尔果以甘言诱伦度，挈之往爪哇。匝月后，伊才尔子身归，扬言伦度以溺水死，人皆信之，惟余窃笑其妄。后隐闻伊才尔言，伦度被缚时，切齿痛詈，谓有日得释，必尽杀韦尔廷一族，以泄此忿。汝父闻之，中心未尝不惴惴也。"

海利司语至此，气喘不已，喘稍定，乃续言曰："岁月如流，忽忽已二十有一年矣。今年之春，余与伊才尔，咸欲夺取军械厂，余乃以重金赂乔爱等，将伦度释出，航海来美。余之初意，本欲以伦度胁汝父，使以祖业传余，不意伦度抵美之夕，即将汝父杀死，此后倒行逆施，余亦不复能制。

"今日余自汝家逸出，潜行至此，适彼亦自罗白里桥逃归，因屡次失败，迁怒于余，一言不合，将余痛殴。余昌言欲宣布其秘密，彼乃以枪击余，拟杀余以灭口，幸汝等破门入，彼乃逾窗逸去。余以一念之误，自取杀身之祸，悔之无及。余言尽此，望汝之能恕余也。"言至此，创口血溢，气乃大促，长叹数声，奄然而逝。

第四十章

此为吾书之末一章矣。

海利司既死，事乃大明，惟万恶之黑衣盗，仍被漏网，宝莲及葛雷训，深以为憾。

此时在场之探捕，已以电话致警察署，报告一切，请验尸官来此。检验事毕，天已黎明，众乃相率而出。

宝莲与葛，亦乘车同归，抵家后，即如海利司所言，奔入办事室，将室隅之椅移去，察阅良久，果于壁隙得铜钮一粒，以指按之，则地道之门，呀然自辟。

宝莲大喜，两人乃各取手枪握之，奋勇入内，拾级而下，蜿蜒曲折，直达始祖铜像之下。惟地道中空无所有，搜索久之，杳不可得，乃仍返办事室。

坐定后，葛谓宝莲曰："黑衣盗之秘密，今已昭然若揭。此人凶暴性成，罪大恶极，若不歼除，密司终无安枕之一日。且彼屡次失败，日暮途穷，怨毒所积，忿怒益甚，一二日内，恐有激烈之举动。密司纵杜门不出，然有时祸生肘腋，亦殊不可不防。余当致电警署，请派得力探捕数人，来此保护。不识密司之意如何？"

宝莲深韪其议，葛遂以电话致警长。警长诺之，是日午后，果遣便服侦探两人至，驻宅防卫，以御不测。

晚餐后，葛雷训亲自持枪出，将宅之四周，巡逻一过，然后步至铜像之附近，隐身矮树丛中，默坐以待。

少顷，钟鸣一时，万籁俱寂，而盗尚杳然，葛怅怅欲归寝，忽遥见一黑影越墙入，鹤行鹭伏，蹑足而来。葛骇然，急屏息以待。

比稍近，细视之，果黑衣盗也。盗奔至铜像之前，四顾无人，启其门，闪身而入，门乃复阖。

葛略一思索，即自林中一跃而出，飞步入内，奔至办事室。

时宝莲尚未就寝，正独坐室中，阅书自遣，置手枪于身傍，以备不虞。葛雷训急附宝莲之耳，告以所见。宝莲大骇跃起，急取手枪握之。

葛将室中电灯关闭，曳宝莲同伏帘内，四目炯炯，注视室隅之椅后，握枪以待，静俟黑衣盗之出。

稍停，遥见地道之门，徐徐而辟，黑衣盗自门内探半身出，四瞩室中。

葛雷训目明手捷，出其不意，突开手枪击之，轰然一声，适中黑衣盗前胸。盗痛极大嗥，退入地道，地道之门，遂砰然复阖。

宝莲急将电灯机启之，灯光既明，室中静谧如故，黑衣盗已不知去向矣。

宝莲知黑衣盗自地道逸，欲启门追入，葛雷训急阻之曰："彼居暗中，便于袭击，密司若贸然入，危险殊甚。彼已被余枪击，身负重伤，必由地道之他端逸去。余当绕道而出，至铜像之座下，狙伏以待，俟其出，突然轰击，则获之必矣。密司请在此稍待。"

宝莲颔之，葛雷训乃飞奔而出。

葛去后，宝莲独坐无聊，乃置枪于案，仍取书观之，不料地道之门，又徐徐而辟。

黑衣盗奋身跃出，至宝莲之背后，浴血而立，张两手欲扼宝莲。宝莲闻声回顾，见而大怖，欲取案上之手枪，然已不及，乃徒手与盗相搏。

盗因身负重伤，自知命在呼吸，竭力猛扑，欲与宝莲同尽。宝莲左躲右闪，差幸身手灵捷，未为所执。

格斗良久，力渐不支，偶一疏忽，突为黑衣盗所捉，提而力掷之，宝莲立足不定，颠仆数尺外，倒于写字台之上。

盗大喜，飞步而前，力扼宝莲之咽喉。宝莲气闭欲绝，幸写字台之侧，装有电铃一，乃以指连按之，铃声大鸣。

汤姆及驻宅之探捕，闻声毕集。盗大骇，急释宝莲，窜入地道之中，门又随之而阖。

宝莲既脱险，见助者纷至，气乃斗壮，遂以指按铜钮，启地道之门。汤姆等见之，相顾大诧。

宝莲命众人持枪守门外，遥为声援，己则亲携手枪及电光灯，步入地道，欲得黑衣盗而捕之。

蜿蜒曲折，行可数十步，忽见前面亦有一电光灯，闪烁而来，宝莲大惊，急止步不前，握枪为备。比稍近，始辨为葛雷训。

葛呼曰："密司宝莲耶？曾见黑衣盗否？"

宝莲曰："黑衣盗顷入办事室，扼余几死，幸众人闻声来援，彼始逸入地道。君岂未之见耶？"

葛诧曰："异哉！余至铜像座下入，曲折至此，绝无所见，殊可怪也。"

宝莲曰："办事室中有探捕在，盗必不敢入。我侪盍出外搜之？"

葛唯唯，乃与宝莲同行，行数十步，瞥见地道之左，有一凹入处，深可数尺，以电灯照之，其中空无所有。

葛雷训忽大悟曰："顷余自此间过，初未留意，盗必伏匿其中，俟余去远，乃启铜像下之门，脱然逸去。噫！余何疏忽乃尔！今盗尚逸去不远，我侪宜速往追之。"

言已，飞奔至铜像之下，见门果大开，两人乃相继跃出。

此时天已黎明，葛雷训偶俯视地上，见血迹点滴，殷然可辨，乃指以示宝莲，相与追踪而往，曲折久之，至后花园中，逾墙而出。

园外有土冈一，冈不甚高，两人飞步登其颠，纵目四瞩，始见冈后乱草丛中，倒卧一人，趋视之，果黑衣盗也。其外褂已脱去，掷于身傍，中衣白色之祖衣，血溢殆遍，呼吸咻然，尚未气绝。

盗闻足声杂沓，知有人至，突然起坐，脱其头上之布套。套去，面目乃斗露，狼首鹰鼻，狰狞可怖，两目炯炯，凶光外露，注观宝莲之面。宝莲大惊，为之辟易数步。

黑衣盗握拳透爪，厉声骂曰："汝父侵余自由，余故杀之以复仇，于理当也。天将亡余，乃使余丧于儿女子之手，夫复何言？余恨不能……"语至此，气乃大促，辞遂含糊，大噑数声，颓然而仆。俯视之，已气绝矣。

宝莲喟然叹曰："我家不幸，戈操同室，自相残贼。今日伦度之死，乃韦尔廷氏子孙之末一人矣。良可伤已！"言已，潜然泪下，不胜于邑。

葛雷训慰藉之，乃相偕而归。

黑衣盗死后，其党若蒯妗、奇姆生等，咸为警察所执，依法治罪。

诸事大定，葛雷训乃购钻戒一，携之至宝莲家。宝莲正独坐办事室，见葛雷训入，含笑起迎，与葛握手。

葛忽自囊中取钻戒出，加之宝莲之指。宝莲俯首大赪，然亦不拒，葛乃拥而吻之。

吻已，宝莲徐曰："余曩者询君之历史，君终秘不余告，今日可告余否？"

葛雷训颔之曰："余曩日严守秘密，良非得已，今日当详为密司言之。余乃陆军部之特派员也。自我国加入欧战以来，政府恐私立各军械厂，贪利背义，私以所造之利器，接济敌人，爰遣特派员多人，投身各厂，暗中监视。余奉政府之训令，监视韦尔廷军械厂，因素精化学，乃投厂为化学师。余之历史，如是而已。"

宝莲闻言，始恍然大悟，昔日疑窦，一旦尽释。两人密谈良久，葛始告辞而去。

越日，葛雷训奉政府之命，赴欧助战。宝莲则上书总统，愿以韦尔廷军械厂，归之政府，总统大为嘉奖，颁给勋章奖状以褒之。宝莲复投身红十字会，亲赴欧洲，救护伤兵。

克米利亚之役，葛雷训因奋勇争先，为流弹所中，伤及左臂，经红十字会救回，适遇宝莲于医院，宝莲尽心看护，爱情因之愈笃。

迨欧战告终，葛雷训之伤亦痊，两人乃相偕归国，结婚于纽约城中之大礼拜堂，嘉宾毕集，极一时之盛。蜜月以后，仍居故邸。

诸君苟航海作纽约游，一访陆军少将葛雷训之居，见其夫人宝莲，则宝莲必能将黑衣盗颠末，一一为诸君告，与吾书所纪，当不爽毫发也。

侠女盗

版本说明

　　该小说整理依据的底本为《侠女盗》下册，上海交通图书馆，1922 年 5 月三版。《侠女盗》上册未见。

（第一至第十五章佚）

第十六章

　　脑顿与闪电儿，今乃至南美洲之白列士尔矣。

　　两人下车后，各雇一骏马乘之，并辔缓行往见其地土人之酋长。酋长居深林中，编茅为屋，涂以黄垩，湫隘幽晦，有类土窟，与古人巢居穴处之风，初无大异。盖其地土人，固为半开化民族，上古獉狉之风，犹未尽化也。酋长所居之林中，日夜驻有卫士四人，裸体执长戈，冠鹬羽之冠，自腰以下，围以兽皮之裙，往来梭巡，状甚狰狞。

　　脑顿等跨马抵其地，卫士忽自林中跃出，阻其骑不得前，以矛端指二人，语啾啾不可辨，若胁之下马者。

　　两人悟其意，乃相率自马上跃下，询以酋长何在。卫士茫然不解，乃以三人守脑顿等，其一则飞步入林中，若往报告然。顷之导一人出，年可六十许，髯长而白，衣冠整肃。卫士咸向之行敬礼，若甚尊贵者。

　　脑顿知其人即为酋长，乃趋前与之颔首。酋长貌颇和蔼，能通英语，询脑顿曰："君等来此何为？"

脑顿曰："我侪自北美洲纽约来，欲往此地之卡落士岩，考察一事。自此以往，应向何方进行，不识汝能告余否？"

酋长闻言，骇然曰："卡落士岩耶？以余言之，君等以不往为妙。"

脑顿惊问曰："汝言何也？"

酋长曰："其地在此间之西北，穷荒僻野，人迹罕至，山中多毒蛇猛兽，人若遇之者，鲜得幸免。大抵往卡落士岩者，十人之中，不过一二人得生还耳。是以此间之人，靡不视为畏途，裹足不前。君等远道来此，乃欲躬冒危险，入必死之地，意果四居。"

脑顿与闪电儿闻言，相顾踌躇。闪电儿问曰："然则自此往卡落士岩，约需几日？"

酋长曰："以土人善走者计之，则明日晚间，可抵其地。然自此至彼，山路崎岖，密司等恐不耐此苦耶？"

闪电儿曰："我侪欲招土人二，充乡导之役，不识有愿往者否？"

酋长摇首曰："此去太险，恐无人肯伴送也。"

脑顿曰："孰愿导我侪往者，余当重以金酬之，决不食言。"

酋长以询土人，有二人歆于利，愿应征偕往。酋长以告脑顿，脑顿大喜，乃将所携衣服、食物等，命土人担之，因山路不便驰马，寄其马于酋长处，与土人徒步偕行。土人则别携布帐一具，以便晚间歇宿，并各持长矛一，为防身之器。布置既竟，乃与酋长别，奋勇进行，向卡落士岩而去。

脑顿等去后数小时，吴方亦追踪而至，策骑入深林，谒土人之酋长。

吴方者，曩曾置橡林于白列士尔，颇以小恩结土人，得其欢心，而与土人之酋长，交好尤密。酋长闻吴方至，急趋出迎之，接待甚恭。

吴方问酋长曰："顷有少年男女二人，结伴自北美洲来，欲觅道赴卡落士岩，汝等曾见之乎？"

酋长曰："见之。"因以脑顿及闪电儿之状，告之吴方。

吴方大喜曰："是也。此二人为吾党之仇敌，予欲得而杀之者久矣。不识汝能助余乎？"酋长慨然诺之。

吴方曰："两人以何时离此？"

酋长曰："若辈以今晨九时，束装就道，离此已四小时矣。若遣善走者追之，则日落以前，或能追及。"

吴方喜曰："然则余当策马而往，获之必矣。"

酋长止之曰："不可。自此以往，山路崎岖，马不能驰，君虽跨骏骑去，亦复无益。君若果欲杀二人者，事亦匪难。盖若辈此去，曾雇有乡导二人，余当遣一善走者，星夜追往，暗嘱彼引导之人，得间杀之，不过一举手之劳耳。"

吴方闻言喜甚，立出重金赂酋长，请如法行之。酋长得金，急选其卫士中之善走者一人，令往追脑顿及闪电儿。卫士奉命，手持长戈一，飞步而去。

酋长欲邀吴方宿邸中，静待捷音之至。吴方仍恐卫士此去，不能得志，乃匆匆与酋长别，亲自驰往卡落士岩。

日云暮矣，阳乌西匿，暮色如晦，徐徐下积。

此时脑顿与闪电儿，方仆仆于丛山之中，两人急欲抵卡落士岩，乃兼程而进。

山路崎岖，腰足几折，土人荷囊尾于后，亦奄息欲绝，遥指高山示脑顿曰："彼山之腰，即所谓卡落士岩者在焉，自发轫至此，已行六十余里矣。此间距岩，尚有三十余里，今已日暮，万不可往。盖自兹以前，路益险峻，毒虫猛兽，出没不常，夜间危险尤甚，不如在此支帐，暂宿一宵，明日前往，较为妥善。"

脑顿闻其言，胆亦稍怯，乃与闪电儿商，欲暂宿林中，闪电儿亦以为然。议遂定，土人觅一高爽之处，张其布帐。

时天已昏黑，朔风野大，土人以戈斫木，焚之以取暖。脑顿取酒及罐头食物，招土人同饮，谈笑甚欢。食已，即各归寝。

寝未片刻，忽闻林外有足声，土人大惊，急跃起视之，遥见月光之下，有一人手持长戈，飞驰而来。比稍近，始辨其为酋长之卫士，心乃大定。

卫士既至，即操土语与土人密谈，略以吴方之谋告之。土人踌躇曰："彼白人身畔，皆有火器，我侪若以力取，决非其敌，不如暂为隐忍，俟明日道中，倘有间隙，然后设法杀之，较为妥善。"

卫士颇韪其议，乃共入帐中卧，佯为无事者。脑顿见卫士突至，心窃讶之，以问土人，土人饰词以对。脑顿见土人状颇朴质，不疑有诈，亦遂置之。

诘旦，天裁破晓，众略进早餐，即匆匆就道。

是日天气骤变，阳乌匿影，黑云蔽空，细雨丝丝，飘击人面。脑顿与闪电儿，各取雨衣披之，奋勇前进，绝不因之而气馁。

行二十余里，已抵高山之麓，沿途路虽崎岖，未遇危险。土人欣然曰："卡落士岩，距此不远矣。"脑顿与闪电儿闻之，精神为之一振。

此时霹雳交作，大雨倾盆，冒雨前进，困苦殊甚。脑顿偶回顾，瞥见路傍山麓，有石窟一，洞口高六七尺，作穹圆之形，乃指示闪电儿。

闪电儿趋往窥之，洞口黝然而黑，深不见底，形似一隧道，乃顾谓脑顿曰："雨大矣。彼土人衣履皆湿，奔走泥涂中，寒战之状，殊觉可怜，不如就此窟暂避片刻，俟雨稍霁后，再行前进，亦复未晚。不识君意何如？"

脑顿额之，乃趋谕土人，令在此稍息。土人大喜，相率往洞中避雨。脑顿与闪电儿，亦步入窟中。脑顿拟一穷此窟之异，欲与闪电儿深入探之，闪电儿回忆酋长之言，恐有危险，阻脑顿勿入。脑顿不听，坚欲冒险一探。闪电儿重违其意，嘱土人等在外稍待，土人诺之。二人乃携手前进，深入窟中而去。

此时雨乃稍霁，酋长遣来之卫士，静坐洞口，沉思半晌，忽得一计，乃低声语土人曰："今我侪机会至矣。彼二人深入洞中，一时未必遽返。我三人可速搬巨石，塞此洞口，使两人不复能出，则饿死窟中必矣。"

土人闻言，亟称其策之妙。三人议已定，乃飞步出窟，各往附近移大石，堆积穴口，往返数次，洞口立塞。三人复取小石无数，在窟外筑一石墙，厚可二三尺，坚固异常，度两人之力，决不能毁此而逸出，乃欣然而归，复命于酋长。

脑顿与闪电儿步入窟中，蜿蜒曲折，行约数百武，忽遥见一线天光，发于穴底。比稍近，则豁然开朗，仰见天日，盖已在穴底之外矣。穴外有大池一，宽可二三丈，长则倍之，水声汤汤，与履声相应。

闪电儿喜曰："此穴两端皆通，实一隧道也。我侪速往招土人来，同由穴底穿出，较之穴外盘旋，或可省却若干路程也。"

脑顿亦以为然，两人乃欣跃而返。比至原地，则穴口已为大石所填塞，不复能出。土人与卫士，人迹杳然，不知所往。两人始则骇诧，继乃恍然大悟，知土人必为他人所买，故以大石塞穴，欲杀己于此。

脑顿见穴塞不得出，错愕殊甚，闪电儿则哑然失笑，顾谓脑顿曰：“彼土人者，究系半开化之族，蠢鲁可笑。彼以巨石塞穴口，以为可制我二人之死命，不知斯穴之底，亦可出入。穴口虽被填塞，我二人独不能自穴底出乎？”言已，即曳脑顿之臂，转身复入，由穴底而出。

将近池边，忽闻乱草丛中，有窸窣声甚厉，脑顿趋往视之，不觉大骇，急曳闪电儿而奔，失声呼曰：“速避！速避！此大蟒也。”

闪电儿闻呼，凝神细视，见草中果有一大蟒，粗如人臂，鳞作白金色，闪烁有光，蜿蜒草中，发声甚厉。然此蟒若不觉有人在侧，屈曲而去，瞬已不见。

两人心始稍定，意欲涉池而过，闪电儿忽指池水之中，作惊讶之状曰：“视之，此何物也？”

脑顿就其所指处视之，乃一硕大无比之鳄鱼，张其巨口，如欲择人而噬，心又大骇，乃顾谓闪电儿曰：“此鱼凶猛异常，人若入水，必为所噬。此池不可涉矣。”

奈何，闪电儿惊悸之余，环瞩四周，忽见池边有大树一，其枝悬垂至对岸，若独木之桥，沉吟片刻，忽得一计，乃将雨衣脱去，攀缘上树，复匍匐登树枝，以手代足，缘枝而行，将近对岸，乃纵身一跃而下。脑顿见之大乐，奋勇随其后。

瞬息之顷，两人同安抵彼岸，相庆更生，正欲觅道而行，不料池边林中，突有一人奋跃而出，直扑脑顿，扭脑顿之胸，挥拳欲殴之。

脑顿出不意，急举臂格斗，谛视其人，不觉大诧。其人非他，盖即诡变不测之台湾人吴方是也。

第十七章

脑顿见吴方突至，诧怪莫名，忿不可遏，两人乃各死力奋斗。相持久之，胜负不决，闪电儿在傍渐不能忍，乃攘臂而前，助脑顿攻吴方。吴方力敌二人，渐觉不支，盘旋数四，且斗且却。

已而吴方退至池侧，脑顿虎吼而前，猛推其背。吴方立足不定，摇摇欲仆。闪电儿大喜，乘势钩其足，但闻訇然一声，吴方乃堕入池水之中。

两人谛视久之，不见吴方泅出，心乃大喜，以为此万恶之魔鬼，必已饱鳄鱼之口吻矣。

巨憝已除，心乃大快，两人乃觅道穿林而出，仍奋勇前进，向卡落士岩驰去。复行三四里许，始抵岩侧，第见岩下尸骸遍地，白骨嶙嶙，阴森森状，疑非人境。

脑顿与闪电儿，触目惊心，不寒而栗，但见岩上另有一尸，肤肉未腐，一若僵毙未久者，肢体屈曲，状极可怖。

尸之手中握有小瓶一，脑顿掩鼻而前，将瓶攫得，细视之，瓶中所贮者，乃一种白色之药末。瓶外贴有白纸一方，有字数行，其辞曰：

此为世界最猛之毒剂，人若以肌肤接触之，立能毙命。余以数十年心力，始获发明，然恐流毒社会，不敢出而问世。世人若获此药一瓶，便可横行天下，无所顾忌。但愿后之获余药者，皆以正道施之，不恃之以济其恶，则余心慰矣。

　　其下并未署名，不知死者究为何人。

　　又见尸畔另有一蓝色之瓶，闪电儿拾起视之，瓶上亦有白纸一方，其上有字一行云：

　　此瓶中之流汁，与余发明之毒药，性质相反，两种混合，其毒自解。

　　闪电儿阅已，顾谓脑顿曰："我侪曩疑卡落士岩上，必藏有无价之珍宝，不料乃为此新发明之毒药剂也。此种毒药，若为恶魔吴方所得，适足以济其恶流毒社会，伊于何底？然则我侪冒险来此，尚不为无益也。今此药为我侪所得，亦无所用，余意欲将两瓶之药混合之，去其毒性，弃之岩下，以免流入他人之手。不识君意如何？"

　　脑顿亦以为然，乃启毒药之瓶，将蓝瓶中之流汁灌入，调而和之。和已，乃掷之山岩之下。

　　诸事已毕，即携手下岩，循旧路出山，乘火车返北美洲。

　　车抵纽约，重睹故乡风物，安然归来，欣慰莫名。二人下车后，雇一汽车，乘之返家。

　　脑顿在车中，握闪电儿之臂，欣然曰："吴方已死，余仇已报。紫檀匣之内容，今已大明，余父在九原，亦可以稍瞑目矣。

但密司为我家故，屡蒙危难，余心不安殊甚，不知宜以何报耳？"

闪电儿微笑曰："余之助君，不过一时之意气，岂敢望报？余今实告君，余髫龄时，即为吴方所抚养，及稍长，从之为盗。吴方苟有所欲，辄遣余往窃之。余犯案已多，'闪电儿'三字，遂喧传于社会。然余实清白女子，徒为吴方所迫，以致身陷法网。简言之，余实吴方之傀儡而已。迨余与君遇，因欲助君夺紫檀之匣，乃毅然与吴方绝。然余之畔吴方，初亦不尽为君事之故，盖吴方夺余于襁褓，使余为无父无母之孤女，踬余而入于万恶之下流社会，余之恨吴方，固已腐心而刺骨久矣。今吴方虽死，而余则以孤女而盗，为君子所不齿，此后柳梗蓬飘，不知托迹何所，此则黯然自伤者耳。"言已，珠泪点滴，下坠襟袖间。

脑顿此时，忽作诚恳之状，握闪电儿之手柔声曰："密司勿悲！余欲向密司乞婚久矣，徒恐唐突密司，不敢冒昧启齿。今密司既自悲身世，余故敢一掬余心之诚，陈之于密司之前，不识密司能嫁余乎？"脑顿言已，屏息俯首，状貌端肃，静待闪电儿之答复。

闪电儿闻脑顿言，粉颈低垂，默然无言者良久，继乃凄然曰："君言信耶？君乃愿与一不知血统之女盗，结为伉俪耳！"言已，面现惊疑之状。

脑顿乃毅然正色曰："密司名为女盗，实女侠也，若能下嫁于余，余固欣慰不遑，尚何不愿之有？"

闪电儿黯然曰："承君厚爱，固极可感，但余以一不知血统之女子，若与君结婚，适足以辱君之门楣耳。"

脑顿曰："不知血统，亦复何伤？然则密司乃许我矣。"闪电儿默然不答。

此时车已抵家，两人乃相率跃下，推门而入。脑顿不见老仆乾奈司来迎，深以为怪。比入会客室，忽发现一可惊可愕之事，盖老仆乾奈司，不知以何时倒卧室隅，趋前抚之，则气息已绝，僵毙久矣。

脑顿与闪电儿，骤睹此变，相顾悚惶，莫明其故。闪电儿细察乾奈司之尸，曲屈如弓，形态可怖，其状与卡落士岩之尸，丝毫无异。

闪电儿至是，恍然大悟，乃顾谓脑顿曰："我侪以吴方为已死，其实大谬。盖吴方实未死也，乾奈司之被害，决为吴方所为。噫！我侪此后，尚未可高枕而卧也。"

脑顿曰："密司何以知之？"

闪电儿曰："君不见乾奈司之状，与卡落士岩之死者逼肖，此必吴方得毒药而归，先至此间，见余二人未返，乃以药杀乾奈司，小试其枝，亦欲使我侪知彼之固未尝死也。"

闪电儿言已，脑顿亦悟，蹙额曰："吴方不死，我两人忧尚未艾。余意欲与密司早日结婚，然后合力以敌吴方。余意已决，不识密司能许余乎？"

闪电儿忸怩曰："此事尚容斟酌。今余欲回家一行，明日清晨九时，余当来此，君幸勿他出。"脑顿颔之，闪电儿乃告辞而出。

翌日晨，脑顿独坐阅报室，执报读之。钟鸣九时，闪电儿果姗姗而至，掀帘直入。脑顿见之大喜，急跃起近之，相与握手道"晨安"。

比肩而坐，脑顿重申婚姻之议，欲与闪电儿即日成礼。闪电儿初尚推托，意殊踌躇，脑顿再三哀恳，闪电儿渐有允意。

此时脑顿之姑母沙琏夫人，忽蹒跚而至，步入会客室。脑顿心殊厌之，强为笑容，起立肃之坐。夫人见闪电儿在，面色立变，昂然若未见者。闪电儿亦恶其傲慢，不与为礼。

坐定后，脑顿坦然告沙琏夫人，谓欲与闪电儿结婚，即日成礼。

夫人闻言，骇且怒，频摇其首曰："不可不可！余绝端反对此事。汝以世家子弟，岂可与一不知血统之下流女子，妄订婚约？汝纵不恤人言，其如辱及先祖何？"

脑顿闻言大愠，婉辞与辩。夫人辞气悻悻，坚以此举为不当。闪电儿乘两人争论之时，忽自椅上跃起，掉首不顾，飞步出室而去。

脑顿回顾见之，大为惊讶，即疾趋追出，连呼闪电儿之名。闪电儿置之不理，匆匆急行，奔出大门之外，欲雇一街车，乘之回家。

脑顿追至其背后，抚其肩，柔声曰："密司乃怒余耶？须知余之爱密司，实出本心，决不因他人之言，遂变初心，幸密司察之。"

闪电儿俯首不语，凄然泪下，已而曰："君之爱余，余所深悉。余自恨不知父母为何人，以致为人贱视，受人诋毁。君不闻沙琏夫人之言乎？余之嫁君，适足浼君之名誉，君何必恋恋于余，自取其辱？余故决然舍去，以保全君之家声，愿君深体余心，勿与余纠缠为幸。"

脑顿毅然曰："彼老悖耳，何足与较？余之爱密司，海枯石烂，此心不渝。密司苟不允嫔余者，则余毕生之幸福尽矣。幸密司怜之。"

脑顿陈辞宛转，闪电儿心大感动，不复坚拒。脑顿深恐结婚之举，复有他变，乃请于闪电儿，拟立即偕往附近之礼拜堂，请牧师代为证婚。

闪电儿不胜脑顿之翩，勉允之。脑顿大喜，遂与闪电儿偕往礼拜堂。

既至，入见牧师，请为证婚。牧师诺之，乃携《圣经》一册，率二人至礼堂。牧师中立，脑顿与闪电儿，分立左右。牧师循旧例，先为两人祷告，祷已，乃握二人之手，诘之曰："汝二人此次之结婚，是否出于本人之愿意？请实言毋讳。"

脑顿唯唯，闪电儿闻言，似梦忽觉，突缩其手，转身而奔。

脑顿及牧师皆大骇，莫明其故。脑顿急跃出拦阻之，然已不及，一转瞬间，闪电儿已健步如飞，出礼拜堂而去矣。

第十八章

闪电儿自礼拜堂出，即雇一汽车乘之，驰往黄蜂之秘密窟。既至，排闼直入。

时黄蜂正独坐室中，见闪电儿忽匆匆而至，心乃大诧，急跃起迎之，肃之就座。

闪电儿谓黄蜂曰："余今有一事，异常为难，兹特就商于君，不识君能为余决之乎？"

黄蜂曰："密司试言其事，余当为密司决之。"

闪电儿夷然曰："脑顿求婚于余，余业已诺之。顷彼偕余往礼拜堂结婚，余忽转念，恐余之父母家世，不甚清白，异日苟为他人所知，则脑顿之名誉，必且因余而丧失，是余之嫁脑顿，反以害之也。余一念及此，若芒刺之在背，乃决计不别而行，脱然逸出，欲先将余之父母家世，探听明晰，苟与脑顿无碍者，方可与之结婚。惟世人之知余家世者，仅吴方一人而已。今吴方与余为深仇，余又不便往询，因念君与吴方交最久，年又较长，或能知余幼时之历史，爰特驱车来此，君若果知其颠末者，务乞详以告余，则君之助余者多矣。"

闪电儿言已，黄蜂貌忽失色，状甚踌躇，已而嗫嚅曰："密司之历史，余固知之，但其中尚有一特别原由，今日殊不能为密司告，幸密司恕之。然余有一言，差堪告慰于密司者，则密司系出世家，门第清白，与脑顿相若。密司与脑顿结婚，可称佳偶，余固极端赞成。且余可向密司担保，密司之家世，与脑顿之名誉，毫无妨碍。密司请勿虑可也！"黄蜂言已，闪电儿心乃大慰。

此时脑顿亦偕牧师追踪而至，相继入室。

黄蜂见脑顿至，急起慰之曰："脑君勿忧！闪电儿之来此，实出一时之误会，非反对婚约也，现经余再三譬解，误会之念，早已释然，请即在此结婚可也。"

脑顿闻黄蜂言，心乃大喜，问之闪电儿，闪电儿颔之。脑顿携闪电儿之手，并肩而立，请牧师为之证婚。牧师乃执《圣经》而祷告，且致训辞。黄蜂则含笑负手立，为观礼之宾。

牧师致训辞已，问两人是否心愿，两人相与唯唯，牧师又问："汝两人之亲族，有反对此婚事者乎？"

脑顿曰："无之。"

一语未毕，户忽砰然而辟，一健男子昂然入室，扬臂大呼曰："余反对此婚事……此婚事乃不合法者……"

室内诸人，闻声惊顾，一见斯人，相与大诧。健男子非他，盖即脑顿之仇，台湾人吴方是也。

其时牧师闻吴方言，急中止其典礼，顾谓吴方曰："君与彼两人，有何特殊之关系？"

吴方昂然曰："余为新娘之保护人也。"

牧师曰："然则君反对其婚事，亦有理由否？"

吴方曰："有之。余试问君，今世界文明诸国，亦有同父兄妹可结婚者乎？"

牧师毅然曰："不能也。"

吴方笑曰："然则彼两人者，乃同父之兄妹也。余既知其颠末，安得不加反对？"

吴方语出，一室骇然，而脑顿与闪电儿，尤震惊失色。

此时黄蜂独不信，排众而前，指吴方斥之曰："汝言诳也。汝指彼两人为兄妹，亦有证据否？"

吴方笑曰："汝等少安毋躁！余当将十余年前之历史，详细述之，则余言之确否，可无待申辩矣。"言已，乃顾谓脑顿曰："余与汝父，实为当年之情敌，其肇衅原因，汝当早已知之，无待余之赘述矣。汝父自白列士尔逸出，即更姓易名，逃往英国爱尔兰省之度林城内。越年，汝后母遂生一女。其后三年，余追踪至爱尔兰，探得汝父所居，亲往访之，欲与汝父决斗，不料汝父与母，适以事他出，家中惟留一三岁之幼女。余觅汝父不得，忿无可泄，乃放火焚其居。顷刻之间，火焰大张，穿出屋外。女孩在屋中，骇而大哭。余既出，闻女孩哭甚哀，意良不忍，乃冒火而入，将女孩救出，携之回家，代为抚育。女孩非他，即今日之闪电儿也。当时汝亦年幼，寄养于纽约保姆家，故此中颠末，绝未知悉。汝父以为女孩已葬身火窟之中，言之伤心，故从未向汝谈及也。今余言已毕，闪电儿之血统，亦已证明。汝等两人，是否可以结婚，请汝等自决之可也。"

黄蜂闻吴方言，复厉声斥之曰："汝言妄也。闪电儿之血统，余亦知之，与脑顿绝无关系。汝欲破坏两人之婚约，乃作此诳言，可恶实甚。汝若不自认其妄者，不能安然离此室矣。"言已，忽自囊中取手枪出，以拟吴方。

吴方夷然如故，绝不畏惧，自囊中出白药一小瓶，握之手中，含笑谓脑顿曰："余在白列士尔，被君等推入池中。君等必以余为葬身池中矣，不知余实未死，早由池之他端，泅水逸出，先至卡落士岩，将毒药取得，别以石炭实瓶中，以欺君等。今此瓶所贮者，实为天下最猛之毒药。黄蜂苟扳动其枪机者，余当力碎此瓶，俾全室之人，无一得免。"

闪电儿骇然，急曳黄蜂之衣，以目示意。黄蜂枪不敢发，吴方乃脱帽鞠躬，徐步出室而去。

吴方既去，全室之人，皆嗒焉若丧。牧师见婚礼作罢，乃告辞自去。

脑顿邑邑之余，顾谓闪电儿曰："吴方之为人，狡猾异常，彼所言者，恐出捏造，密司万勿轻信！"

闪电儿黯然曰："吴方之言，虽不可信，然余之血统一日不明，余心一日不安。噫！余其为畸零人矣。"

脑顿谓黄蜂曰："君既知闪电儿之血统，何以秘而不宣，令人闷之？"

黄蜂踌躇曰："余之不言，实有难言之隐，请君勿复询余可乎？"言已，三人默然良久。

闪电儿恨恨曰："吴方既得毒药，不啻傅虎以翼，实为社会之巨害。纽约人民，将永无安枕之日矣。吾意不如速往报警署，请派探捕协缉，去其毒药，逐之出境，则造福社会，当无涯量矣。惜余与黄蜂，均以积案累累，为警吏所切齿，万不能以吴方之故，出首官厅，与之质对。惟脑君系当地之绅士，一言之出，必能见重于当道。余欲请脑君往见邑宰，将吴方之罪恶，尽情揭露。不识脑君能任此艰巨否？"

黄蜂闻闪电儿言，亦深韪其议。脑顿慨然允诺，并请闪电儿静俟于此，闪电儿颔之。

脑顿略整衣冠，匆匆而出，驱车赴县署。既至，投刺求见，阍者肃之入会客室外，谓室中适有他客在，请在此稍待。脑顿颔之，阍者自告辞而去。

脑顿独坐外室，寂寞无聊，见案上有报纸，乃取而读之。忽闻会客室中，有一客方与邑宰对语，侃侃而谈，发声甚高。脑顿闻其声，心乃一动，念此人之声，何得与吴方酷肖，乃侧耳默坐，静听其言。

两室仅一板隔，室中言语，听之颇为了了。但闻吴方之声曰："凡余所言，无一诞妄，君若悉心调查，自能知余之非谬。抑余于今晨，又得一可骇之消息，盖余友李昌，素与闪电儿有隙，一昨闪电儿忽宣言于党，欲于一二日内，暗杀李昌以泄忿。如此扰乱社会，戕贼人道，实为法律所不容，务恳设法逮捕，治以应得之罪，藉保社会之安宁，实所感祷。"

脑顿闻言，怒发上指，目眦欲裂，知吴方此来，造作蜚言，妄相诬蔑，以为先发制人之计，设心之险，实无伦比，一时忿不可遏，乃不待邑宰之见召，突自座上跃起，疾趋至会客室前，推门直入。

邑宰与吴方，皆愕然回顾。吴方见脑顿突至，色然以惊，已而状渐镇静，若无事然。

脑顿向邑宰鞠躬，忿然指吴方曰："此人名吴方，乃社会之巨蠹，人道之蟊贼也。凡彼所云，无一字之可信。彼身畔藏有毒药一瓶，请速饬人搜去之，付之法庭，以为社会除巨害。"

邑宰闻脑顿言，目视吴方。吴方坦然跃起，顾谓脑顿曰："余亦不与汝深辩，今请邑宰饬人搜余身，若果得毒药者，虽执余而纳之狴犴，亦所不避。"

邑宰颔之，乃回顾傍侍之警察，命搜检吴方之身畔。警察奉命搜之，果于外衣囊中，搜得玻璃小瓶一，中贮白色之药末。

脑顿见之喜甚，大声曰："此即毒药也。证据已得，吴方尚容狡辩耶？"

不料吴方态度冷静，绝无惶骇之状，但自警察手中，接得小瓶，去其塞，取白粉少许食之，食已，含笑而前，以小瓶示邑宰。邑宰视之，则瓶中所贮，乃一种家用之香料末也。脑顿愕然，邑宰目视脑顿，似嗔其言之虚妄。

吴方乃正色曰："脑君所述之不足信，亦可概见。总之，彼所云杀人之毒药，实惟女盗闪电儿有之。至于余之囊中，则仅有此香料末一瓶而已。余行矣，信余与否，一听之君，余固不暇与人作无谓之争论也。"言已脱帽鞠躬，告辞而出。

第十九章

吴方既出，脑顿与邑宰，复谈良久。脑顿反复申说，力指吴方为恶人，请邑宰设法逮捕，以除社会之巨害。

邑宰犹豫曰："予亦知吴方之为人，决非善类，然欲凭君一人之说，贸然以法律绳之，亦殊未当。盖法律最重证据，彼纵为害社会，一时无确据可得，固未便遽加以桎梏也。今君可暂归，余当饬人秘密调查，苟查得其犯法之证据，即当治以应得之罪，决不宽贷也。"

脑顿唯唯，乃告辞而去。邑宰俟脑顿去后，默一念吴方之为人，虽非善类，而脑顿片面之辞，亦似未可深信。为今之计，当先将女盗闪电儿捕获，详加研讯，并招吴方来，使两人面质之，则此中是非曲直，自不难水落而石出矣。立意既定，乃以电话致纽约警察总署，命速派干练警探，四出侦察，务于一二日内，将女盗闪电儿捕获，解署究办。

警长得电，立选侦探四五人，命各衣便服，分道而行，四出侦缉。侦探奉命，各奋勇而去。

李昌者，亦台湾人，吴方之老友也，素无赖。一日，忽以某事与吴方龃龉，李昌大肆恫吓，欲尽泄吴方之秘密。吴方大惧，乃匿怨而与之友，一似绝不介意者，实则憾之刺骨，欲设法杀之，怀之而未发也。

是日吴方自县署出，往觅李昌，得之于小酒肆中。吴方曳之至幽僻之处，告之曰："余顷闻人言，闪电儿近日忽大有所获，其家中所藏珍器重宝，值价不赀。余拟乘其外出时，亲往窃之，惜余之党人，类皆蠢若鹿豕，无一可为余臂助者。余若一人前往，设遇不测，又有孤掌难鸣之苦，再三思维，念非君莫与共此事者。君若与余偕往，则窃得各物，当与君均分。不识君能助余乎？"

李昌闻言心动，欣然曰："君言确乎？"

吴方曰："确也。余与君为老友，何敢欺君？"

李昌曰："然则我侪当以何时往？闪电儿之秘密窟，究在何处？"

吴方曰："闪电儿最近之秘密窟，在番亚兰路之一百四十五号。"言已，出时计视之，跃起曰："我侪今宜速往。余知闪电儿此时，决不在家，时不可失，我侪其行矣。"

李昌大喜，乃随吴方出，同乘车赴番亚兰路。既至，觅得一百四十五号之屋，推其门，内键不可辟，知闪电儿此时，果已外出。

吴方乃取百合钥出，启门上之锁。门辟，两人相率入，复闭其户，然后拾级登楼，同入闪电儿之办事室。

吴方环瞩室中，见室隅有保险箱一，乃指示李昌曰："余意珍贵之物，必尽贮此保险箱之中。今有百合钥于此，君可持钥往，设法启其箱。余当立于门外，为君守望。此箱若辟，则其中宝物，可唾手而得矣。"

李昌蹙额曰："此种百合钥，逐一试探，烦闷殊甚，惜余等未携电气喷火机来，不然，则此种保险箱，第以电火毁之可耳。"

吴方曰："请君耐心试探，必能得一适合之钥匙也。须知我侪此行，利益殊巨，勿以烦闷而忽之。"

李昌乃持百合钥，趋至铁箱之前，蹲而谛视之，细察其锁孔之状，然后以各种之钥，一一试探之。

此时吴方正蹀躞室中，忽自内衣囊中，取出白色药末一小瓶，疾趋至李昌之背后，乘其不意，突将瓶中药末，洒少许于李昌之口鼻间。李昌一触此药，突然仆地，顷刻之间，气绝而毙。

吴方察其已僵，心乃大喜，急将毒药收藏，匆匆下楼，键户而去。吴方去未一刻钟，而脑顿与闪电儿归矣。

脑顿自邑宰署中出，仍往黄蜂寓所，以所遇之情状，详告闪电儿。

闪电儿恨恨曰："君若不去，余且反为吴方所诬陷矣。"

黄蜂曰："今邑宰既不能尽信君言，则君出署之后，必且下令缉闪电儿。闪电儿之处境，殊危险也。"

闪电儿曰："然则余当速归，设法迁往他处，免为侦者所得。"

脑顿曰："余欲与密司偕行，不识密司能见许否？"

闪电儿颔之，两人乃与黄蜂别，相偕而出，同乘车往番亚兰路。既至，闪电儿以钥启门，肃脑顿入内，两人携手登楼，步入办事室。

足方跨入，瞥见李昌之尸，僵卧地上，相顾大骇，莫测其故。闪电儿疾趋而前，俯视地上之死者，乃一台湾人，其尸体屈曲可怖，与卡落士岩之死者，形状相似，心乃斗悟。

脑顿细检死者身畔，有名刺数纸，上刊李昌之名，阅已，亦恍然大悟，顾谓闪电儿曰："此吴方之毒计也。死者实为吴方之友人，余顷闻吴方语邑宰，谓密司将杀其友李昌。今乃以毒药杀李昌，移尸至此，欲嫁祸于密司，以实其言，其设谋亦可谓狡矣。"

闪电儿恨恨曰："万一警察来此，必且指余为凶手，余虽百喙，何以自解?"正言间，忽闻楼梯之上，足声杂沓，闪电儿失色曰："警察至矣。"言已，立伸手囊中，取手枪出，握之为备。

稍停，室门砰然辟，便服侦探五六人，一拥入室。闪电儿大骇，急以手枪拟诸探，作欲开放状。诸探出不意，骇而举其手，不敢趋前。

脑顿此时，乃伪为与闪电儿不相识者，亦杂于诸探之中，高举两臂，实则以身障诸探，俾不得近闪电儿。闪电儿乘此间隙，乃返身而奔，启室左之小门，闪身而出。

诸探见闪电儿逸，欲接踵追出，脑顿又伪为助诸探也者，扬臂大呼，蹒跚而行，阻诸探不得疾趋。迨追出室外，闪电儿已逸入他室，诸探不舍，追踪而入，则闪电儿又早由他户逸出。

盘旋数四，闪电儿忽踪迹杳然。诸探大惊，急奔至沿街之窗前，推窗一望，瞥见闪电儿已由宅中逸出，飞奔而去。诸探乃亦狂奔下楼，追出宅外。

此驰彼逐，相持不舍。闪电儿屡伏于隐僻之处，以欺追者。追者辄为所窘，羞怒益甚。如是者久之，将近爱特伦路，闪电儿瞥见一汽车，停于道傍，乃自车左一跃入车，令司机者速启机疾驰。

司机者方启其机，闪电儿即开车右之户，纵身跃出，匿于道傍。其时侦探之追者遥见之，以为闪电儿乘车而逸，急开放手枪，喝令司机者停轮。司机者骇然，急止其车。诸探奔至车侧，启门一望，则车中空无所有，闪电儿已不知去向矣。

正骇诧间，一探偶回首他顾，忽见闪电儿自道旁跃出，仍向番亚兰逸去，乃急指以示众探。众探大怒，仍紧追不舍。

驰里许，闪电儿忽逃入一小酒肆，诸探遥见之，亦飞奔而往。比至，推门直入，瞥见一女子以白巾掩面，俯首狂奔，翩若惊鸿，自酒肆之后门出。察其衣，固闪电儿也。

诸探噪而呼，追随其后，既出酒肆，遥见女子仍在前狂奔，惟举步迟滞，不若以前之矫捷。诸探大喜，乃奋迅而前，务欲获之而后已。

已而愈追愈近，相距仅三四尺，警探之矫健者，乃腾跃而前，攀女子之肩，扭而力执之。女子不得脱，乃止步不行。

侦探乐甚，拍女子之肩，微哂曰："闪电儿，我侪今日乃获汝矣。"

女子闻言，徐徐回顾，视侦探而笑。诸探谛视其面，不觉相顾错愕，盖所获之女子，年已三十许，深目高鼻，貌乃奇丑，初非袅袅婷婷之闪电儿也。

女子作揶揄之状曰："余并未犯法，何劳诸君追捕？"

诸探愕然曰："我侪误以汝为闪电儿耳。虽然，汝何故如此狂奔，致令我侪误会？"

女子笑曰："余小恙方愈，医生嘱余，每日三餐后，须狂奔一英里，以助消化，与君等何涉？"

诸探闻言，嗒焉若丧，面面相视，不能出声，知此次又被闪电儿兔脱矣，乃废然而归。

第二十章

先是，闪电儿为侦探所迫，逃入小酒肆中，适有女党员某，在座独酌，见闪电儿仓皇奔入，即起立招之坐，欲邀与同饮。

闪电儿瞥见女党员，忽生一计，乃附其耳，语之曰："余为侦探所迫，猝不得脱。今侦探将追入此间，请汝与余易一外褂，由后门狂奔而出，故意令侦探见之，彼必误以汝为余，奋力追汝，则余得脱矣。"

女党员颔之，两人乃匆匆易衣讫。闪电儿支颐而坐，举杯独酌，女党员俟侦探奔入，即故作仓皇急遽之状，以白巾掩面，启酒肆之后门，狂奔逸出。侦探见之，果中其计，误以为闪电儿，乃接踵追出，初不料闪电儿之安坐于酒肆中也。

闪电儿见其计果售，拊掌大笑，乃掷杯跃起，自酒肆之前门出，乘车往黄蜂之寓所。既至，入见黄蜂，以遇险得脱之情状告之。

黄蜂蹙额曰："毒哉吴方！彼既移尸以陷密司，密司虽百喙，何以自解？自今以后，密司乃为杀人之凶犯，今日虽幸而得脱，然以后警吏缉捕之严，必且视昔益甚。密司万一疏失，竟为警吏所执，付之法庭，又将何以自脱？余意拟请密司即日离此，住他埠盘桓数月，以避警吏之锋，较为妥善。不识密司之意何如？"

闪电儿踌躇良久，毅然曰："君言固不为无见，然余意须俟至万不得已时，方可离此。今日尚匪其时，容俟徐议可也。"言已，告辞欲行。

黄蜂作诚恳之色曰："密司虽智勇过人，然万事究宜留意，不可疏忽。苟有危难，望即来此与余商，余当竭余之力，以助密司。密司若鉴余诚，必能信余也。"

闪电儿谢之曰："承君见嘱，敢不铭之五中。君能相助，尤所感激，但不知宜以何报耳！"言已，握手与别，匆匆告辞而出。

喇臣者，耶路大学之苦学生也，所居与吴方为近邻，年可二十六七，貌黑而丑，体甚雄健，膂力过人，早失怙恃，家极贫困，乃入耶路大学之土木工程科肄业，日间读书，夜则从事工作，以为糊口之计，矻矻孳孳，栗碌异常。

与之同居者，仅一未婚之妻，名曰卢蒂。卢蒂虽小家女，貌颇娟好，性亦端庄，其于未婚夫喇臣，奉事维谨。然喇臣性粗犷，一言不合，辄肆咆哮，甚且挥拳殴击。卢蒂往往容忍之，吞声饮泣而已。

喇臣好饮，每日自校中归，必遣卢蒂往酒肆沽酒，习以为常。卢蒂每至肆中，辄与恶魔吴方遇。

吴方者，固登徒好色之流，一见卢蒂，颇惊其艳，即借故与之接谈，间以游语挑之。卢蒂大骇，辄置之不理，携酒径归。

吴方以其为可动也，心益惑之，一日，乘卢蒂自酒肆归，要之于途，脱帽鞠躬，含笑曰："余有腹心之言，欲与密司畅谈，不识密司能听余否？"

卢蒂察其无善意，置之不答，携酒欲行。吴方张两臂拦阻之，胁肩笑曰："密司视余，较喇臣何如？余闻喇臣之于密司，时加虐待，如此暴徒，岂可与之同处？须知世之爱密司者，自有其人，密司慧眼，当自能辨之，无待余之琐琐也。"

卢蒂闻吴方之语，呶呶不休，心殊厌之，忿然曰："君所言者，实匪余所愿闻，请君自重，余固无暇与君多言也。"言已，夺路欲行。

吴方见其娇嗔之状，雅可怜爱，四顾无人，情不自禁，乃突前抱卢蒂，欲俯而吻之。卢蒂大骇，极力撑拒，以致手中所携之酒，尽倾于地。吴方紧执卢蒂之手，坚不肯舍，卢蒂羞且忿，放声而呼。吴方不得已，释之，仍执其手，柔声慰之。卢蒂忿甚，挣脱其手欲行，吴方力阻之。

正相持间，忽有一健男子狂奔而至，声势汹汹，曳卢蒂之臂，戟指痛詈。吴方回顾见之，不觉骇然。其人非他，盖即卢蒂之未婚夫喇臣是也。

喇臣遣卢蒂往沽酒，去久不归，心乃大疑，急辍其所作，掩门而出，欲亲往觇其所为。行近酒肆，瞥见卢蒂与吴方，方携手并立，若有所语。

喇臣一见此状，怒不可遏，立即狂奔而前，曳卢蒂之臂，倒退十余武，戟指詈吴方曰："汝引诱他人之妻子，汝无赖也。倘敢复然者，余且饱汝以老拳。须知余拳之力，足碎汝颅而有余。汝其毋悔！"

吴方微哂曰："彼自爱余，与余何涉？汝之压力，但能制汝妇足矣。汹汹何为？"言已，扬长而出。

喇臣见吴方去，乃忿然回家。时卢蒂已先归，喇臣取酒瓶视之，其中空无所有，以问卢蒂。

卢蒂战栗曰："倾之矣。"

喇臣无酒可饮，暴怒益甚，力斥卢蒂之无耻，挥拳殴之。

卢蒂泣曰："彼要余于途，肆意调谑，阻余不得行，欲肆非礼。余竭力撑拒，幸而得免，虽将酒浆倾覆，其咎实不在余，君奈何不察？"

喇臣忿怒方甚，置若罔闻，殴击之余，申申而詈。詈久之，乃忿然启户出，亲往酒肆沽饮。

时女侠闪电儿，适亦在肆中，据案独酌，与喇臣隔座。闪电儿此时，芳心辘辘，急欲探吴方所藏毒药之证据，俾得报告警厅，以破其奸，但念已与脑顿、黄蜂三人，久为吴方所瞩目，虽欲从事侦缉，势必劳而无功，意欲另觅一人，与吴方稍有关系者，使之代为侦探，必且易于集事。然苦思力索，欲觅一相当之人才，殊不可得，正沉吟间，瞥见喇臣昂然自肆外入，据案独酌，怒形于色。

喇臣之历史，闪电儿知之甚审，知其寓居之所，与吴方为近邻，吴方且垂涎其未婚妻卢蒂，时往其家，若令设法侦查，必且事半功倍。

然闪电儿与喇臣，素不相识，欲令一旦为己用，亦殊匪易，沉吟片刻，忽得一策，乃伪为无赖荡妇之状，嫣然含笑，斜睨喇臣。

时喇臣在邻座，正深惊闪电儿之艳，目灼灼注视其面，乃不一瞬。闪电儿乘势与之颔首，莞尔曰："余与君似曾相识。君岂喇臣耶？"

喇臣惊喜曰："是也。"

闪电儿曰："余与君一别久矣，近况佳耶？如荷不弃，请即移樽同饮可乎？"

喇臣闻言，如获纶音，欣喜之状，几难言喻，立即移座与闪电儿，与之相对而坐。

闪电儿忽顾谓喇臣曰："君家近邻，有台湾人名吴方者，君识其人乎?"

喇臣闻言,怒发上指,击案厉声曰:"识之。此人贼也,密司问之何为?"

闪电儿笑曰:"君言良是,此人恶魔耳。彼近方垂涎君之未婚妻,君知之乎?"

喇臣忿然曰:"知之。余若得间者,誓必手刃其人,以泄余忿。然卢蒂亦淫贱,余且逐之去,以全颜面。"言已,凝视闪电儿。

闪电儿笑曰:"如君英俊,孰不相爱?吴方何人,乃能比君?卢蒂决不弃君而爱吴方,君勿妄疑!"

喇臣闻闪电儿誉己,喜不自胜,贸然曰:"卢蒂贱妇,不足齿也。余心深爱密司,不识密司亦爱余否?"

闪电儿徐曰:"余喜君俊伟,极愿与君为友,但余有一事问君,君能语余否?"

喇臣曰:"密司试言何事。"

闪电儿曰:"余闻吴方藏有毒药一种,秘密异常。彼既时至君家,君能探得其底蕴否?"

喇臣欲博闪电儿之欢心,信口曰:"吴方之毒药耶?余知之甚稔。"

闪电儿急止之曰:"君既知之,甚善。此间耳目众多,请勿复言!今晚八时半,请君驾临麦隆路之五十二号,余当与君畅谈一切。不识君能允余否?"

喇臣大喜,欣然诺之。闪电儿即跃起告辞,姗姗而去。喇臣饮酒讫,亦醺然归家。

第二十一章

谓晚八时许，黄蜂与闪电儿，同坐于秘密窟中。

闪电儿仰视壁上之时计，笑当黄蜂曰："彼将至矣。君在此，殊不利我事，请暂避可乎？"

黄蜂颔之曰："甚善。余当避入隔室，握枪为备。余知此人颇犷悍，密司若为所窘，第鼓掌者三，余当应声出，以手枪助密司也。"

闪电儿诺之，黄蜂乃启屋左之户，避入隔室。闪电儿则孑然独坐，一灯荧然，取是晚报纸读之，藉遣岑寂。

少顷，门呀然辟，喇臣匆匆奔入，疾趋而前，与闪电儿握手。

闪电儿见喇臣果至，含笑起迎，曳椅肃之坐，状殊欣忻，嫣然曰："君能如约来此，余心殊喜。此间幽静异常，君与余所欲谈者，可任意言之，勿虞隔墙之有耳矣。"

喇臣闻言，乐乃无艺，作诚恳之状曰："余心甚爱密司，愿密司亦爱余耳。"

闪电儿不耐，急以他言乱之曰："吴方毒药之证据，君既得之，胡不告余？"

喇臣愕然，方欲发言，而户乃斗辟，一女子昂然直入。两人闻声回顾，见而骇然。女子非他，盖即喇臣之未婚妻卢蒂是也。

初，喇臣之赴酒肆也，卢蒂独处家中，忐忑不宁，乃亦追踪往酒肆，欲挽喇臣回家。比抵肆中，遥见喇臣方与一美丽绝伦之女子，同桌而饮，私语喁喁，亲密异常。卢蒂骤睹此状，以为喇臣有外遇，妒忿交作，面色即变，沉吟久之，恐为喇臣所见，乃忿然出酒肆，邑邑归家。抵家后，伏案啜泣，悲不自胜，珠泪纷坠，衣袖皆湿。

少顷，喇臣归，见卢蒂泣犹未止，亦不以为意。晚膳后，喇臣匆匆出，卢蒂疑其往赴所欢之约，忿不欲生，乃私取一手枪，藏之囊中，键户而出，阴蹑于喇臣之后，而喇臣未之知也。

迨抵黄蜂之秘密窟，喇臣启门而入，卢蒂遥见之，疑乃益甚，徘徊门外，踌躇良久，决意冒险入内，一探喇臣之所为，乃毅然推其门。

门未键，呀然而辟，卢蒂昂然趋入，瞥见喇臣与闪电儿，果并坐室中，若有所议，一时妒火中烧，忿不可遏，立自囊中取手枪出，指喇臣及闪电儿之面，气急尘息，瞪目不能语。

喇臣初见卢蒂入，心亦骇然，继乃暴怒若狂，奋身跃起，击案砰然，厉声曰："汝欲以手枪胁我侪耶？汝试开枪击余，余苟畏汝者，非大丈夫也。"

卢蒂素受喇臣之压制，平日畏之殊甚，今见喇臣狂怒，气乃立慑，臂索索而战，皇惧不知所措。

喇臣乃乘势胁之曰："汝若不敢击余者，速弃汝枪，离此室而归，毋预余事；非然者，余且饱汝以老拳，汝其毋悔！"

卢蒂闻言大骇，手中之枪，乃不期而坠，掩面悲啼，返身出室而去。

闪电儿从旁睹其状，喟然叹曰："可怜者，此女郎也。"

喇臣曰："我侪且谈正事，此妇淫贱，余弃之决矣。"

闪电儿曰："然则君试言之，吴方毒药之证据，究在何处？"

喇臣闻之，愕然良久，已而嗫嚅曰："余亦尚未明晰，容当为密司设法探之。"

闪电儿此时，始知喇臣所言，尽出诞妄，希望顿失，忿恚殊甚，乃置之不理。

喇臣不知其意，尚觍颜向闪电儿求婚。

闪电儿正色曰："君既不知毒药之证据，请即离此，余固无暇与君多谈也。"

喇臣闻闪电儿中变，瞠目瞪视，骇然变色，少顷，情不自禁，四顾无人，乃跃起拥闪电儿，欲肆无礼。

闪电儿早已预防，突自囊中出手枪，指喇臣之胸，叱之曰："余虽女流，非汝妇可比，若敢无礼者，余必开枪杀汝。今汝当速离此室，勿生妄想，若违余言，则余枪发矣。"

喇臣此时，束手垂首，丧气殊甚，见闪电儿凛然不可犯，乃启门而出，怏怏回家。

卢蒂之归也，悲忿欲绝，伏案痛哭。

突有一健丈夫轻启其户，闪身掩入，蹑足至卢蒂之后，抚其肩，柔声曰："密司何悲伤乃尔，岂为喇臣所虐待耶？"

卢蒂惊视其人，则即向所遇台湾人吴方是也。卢蒂以今日之事，均由吴方而起，恨之刺骨，置之不理。

吴方忸怩曰："密司勿泣！须知余之爱密司，实较喇臣为尤甚。喇臣粗犷性成，密司与之同处，受辱宜也。今喇臣既加虐待，密司独不能舍之而他适乎？"

卢蒂仍不答，啜泣如故。吴方与之比肩坐，以巾为之拭泪，卢蒂拒之。吴方多方蛊惑，卢蒂终置之不理。

如是者良久，而喇臣适归，推门而入，瞥见吴方方与卢蒂并肩坐，一时暴怒若狂，虎吼而前，提吴方之肩，挥拳殴之。吴方出不意，骇甚，急乘势跃起，举臂格斗。喇臣膂力绝伟，又值盛怒，猛若彪虎，吴方远非其敌。

相持片刻，喇臣奋力扭吴方之胸，掷之门外。吴方颠踬而出，不敢复入，乃抱头鼠窜而去。

翌日晨，喇臣忽被杀于康台生路，路人见之，往报警署，验尸官驰往检验，见尸身蜷屈地上，状殊惨怖，身上绝无伤痕。比详加检验，始断为受毒而死，其为他人所谋害，可无疑义。然凶手何人，一时又无从拘捕，惟循例悬赏侦缉而已。

卢蒂闻喇臣死，心胆俱裂，狂奔而至，抚尸大哭，恸不欲生，迨喇臣盛殓毕，经旁人再三劝慰，始含泪回家。

此时卢蒂之意，乃深恨闪电儿，以为喇臣之死，必与闪电儿有关，初不料杀其未婚夫者，乃为口蜜腹剑之台湾人吴方也。

喇臣之死也，阛市宣传，资为谈助。事闻于闪电儿，闪电儿为之骇然，继乃击案曰："此事必吴方为之，欲夺其妻，乃杀其夫。毒哉吴方！真社会之蟊贼也。"言已，深思久之，忽得一计，乃取外褂披之，匆匆而出。

驱车往喇臣家，入见卢蒂。卢蒂一见闪电儿，始则大诧，继乃大怒，疾趋而前，欲扭闪电儿殴之，闪电儿急挥臂格拒。

惊闻其故，卢蒂戟指骂曰："贱妇，汝祸水也！余夫以恋汝故，卒罹杀身之祸。余恨不能击杀汝，以为余夫复仇。"

闪电儿知其误会，乃和色柔声，含笑慰之曰："密司误矣！喇臣之死，与余何涉？即喇臣生前，与余亦无暧昧。此心耿耿，可誓天日。密司能稍息雷霆之怒，听余一言乎？"

卢蒂闻言，怒乃少杀，闪电儿曳之就座，低声曰："杀喇君者，乃台湾人吴方也。吴方以爱密司故，与喇君为情敌，乃不惜以卑劣之手段，暗杀喇君于中途。而密司乃错疑及余，岂不冤哉？"语毕，卢蒂乃恍然大悟。

闪电儿复曰："吴方有极猛烈之毒药一种，余欲设法探得其证据，报告当道，因知喇君与吴方有仇，爱与喇君商，欲招之为臂助，不意密司乃以暗昧见疑，岂不大误？今余欲询密司者，密司之意，亦欲为喇君复此仇乎？"

卢蒂毅然曰："固所愿也。"

闪电儿曰："然则余有一计，可为喇臣复仇，不识密司能信余否？"

卢蒂握闪电儿之手曰："曩余错疑密司，歉疚奚如。今余深信密司之言矣。幸密司惠而教之，实所深感。"

闪电儿曰："吴方近日常来此否？"

卢蒂颔之曰："然。彼往往以晚间八时许来。"

闪电儿曰："甚善。然则密司若从余言，必能复仇无疑。"言已，即附卢蒂之耳，授之以计，嘱其如法行之。

卢蒂大喜，深致谢忱。闪电儿乃告辞而去。

第二十二章

是夕晚餐后，卢蒂独处家中，闪电儿复翩然而至，携有吸音机一具，装于会客室西隅之壁上。机之他端，则通入隔室，形如留声机上之听筒，人若静伏隔壁，执听筒而听之，则会客室中之言语，朗然可辨。装置方毕，脑顿忽率便服警吏二人，相偕而至，盖预与闪电儿有成约者也。

此时壁上之时计，已指七时三刻，闪电儿乃谓卢蒂曰："吴方将至，顷余所语密司者，幸勿忘之。须知惟此一策，可为喇臣复仇，万勿轻忽操切，以致偾事，至嘱至嘱。"

卢蒂颔之，闪电儿乃与脑顿及警吏，相与退入隔室，静待吴方之至。

少顷，钟鸣八时，吴方果推门而入。卢蒂见吴方至，一变其平日冷淡之态度，嫣然含笑，跃起迎之，与之握手，道"晚安"。

吴方见卢蒂忽与己昵，乐乃无艺。卢蒂挽吴方之臂，比肩而坐，更取酒瓶倾酒二杯，与之对酌，媚眼流波，若不胜情。

吴方心神俱醉，喜不可支，握卢蒂之腕，柔声问曰："密司曩日，视余异常冷淡，今日乃昵余如此，抑何前倨而后恭也？"

卢蒂辩曰："所谓彼一时此一时也。君爱余，余亦未尝不爱君，特曩日有喇臣在，受其挟制，不得不尔。喇臣已死，余乃自由之身矣。"

吴方故意问曰："余观密司与喇臣，颇形亲爱，今喇臣忽死，密司亦还念之否？"

卢蒂闻言，勃然有怒色，击案砰然，厉声曰："喇臣之死，孽由自作，余但恨其死之不早耳！"

吴方惊问曰："此言何也？"

卢蒂忿然曰："彼虐待余者久矣。彼视余如奴婢，肆意凌辱，余虽腐心刺骨，然畏之如虎，不敢与较，日惟吞声饮泣而已。今者天网恢恢，彼乃为他人所谋毙。此暗杀喇臣之人，不啻援余而出之水火，余心甚感之，恨未能知其姓氏耳。"

吴方闻卢蒂言，含笑曰："密司之言确耶？"

卢蒂曰："确也。"

吴方一时不察，欲得卢蒂之欢心，乃直认不讳，毅然曰："杀喇臣者，余也。余以爱密司故，乃以毒药杀之，今密司终为余所有矣。"言已，欲抱卢蒂吻之。

卢蒂见吴方自承为凶手，确供已得，玉容立变，陡将吴方推开，奋身跃起，倒退十余武，戟指骂曰："贼！恶魔！汝以毒药杀余夫，罪大恶极。今汝死期已届，尚梦梦耶？"

吴方见卢蒂忽中变，骇且怒，奋身跃起，欲扭而殴之。

卢蒂引吭而呼，隔室之警察，应声跃出，各以手枪指吴方，斥之曰："汝所言者，我侪已一一闻之。汝为杀人之凶犯，供证确凿，尚能逃耶？"

吴方见警吏突至，大惊失色，突曳卢蒂之臂，拥之于怀，以障警吏之枪弹。警吏恐伤卢蒂，枪不得发。

吴方四瞩室中，欲觅一脱身之法，瞥见案上有煤油灯一，乃伸手攫得，向警吏掷击。警吏急闪，未为所中，灯堕地而碎，煤油四溅，触火而燃。室隅适贮有汽油一巨箱，火焰冒及箱上，汽油突然爆发，一时火光熊熊，不可向迩。

烟焰迷漫，冒及屋顶，室中竹木各器物，着火即燃。吴方大喜，乃捉卢蒂之肩，提而猛掷之。卢蒂颠仆数尺外，几跌入烈焰之中。警吏大骇，急趋前扶之。

吴方乘此间隙，夺门而出，随手闭其门，以钥键之，欲将卢蒂及警吏，焚毙屋中，以泄其忿。

此时火焰已冒穿屋顶，邻人见者纷集，咸欲入内救火，不料大门深键，猝不得入。一人奔至路旁之报警处，欲以电语报告警署。

时吴方适立其傍，袖手观火，见此人欲发电话，乃趋前阻之曰："报警电话，余已先君而发，警吏及救火车，已在途中矣。"其人信之，乃匆匆而去。

于是一刹那间，火乃益烈。警吏及卢蒂，相与破窗跃出，幸未葬身火窟。卢蒂既出，始忆脑顿及闪电儿，尚伏处内室之中，未见逃出，急以语警吏。警吏亦悟，相顾大骇，欲奔入救之，然屋中已成火窟，势不能入，相与惋叹，以为两人必已葬身于火窟之中矣。

当汽油之初爆发也，脑顿与闪电儿，尚静伏隔室，绝无所知。迨烟焰冒入隔室，两人始觉有异，急启门而出，但见会客室中，已成一片火山，毒烟若雾，东西莫辨。

两人急冒火窜出，欲夺门而逸，不料屋面之椽桷，被火烧断，纷纷下坠。脑顿为火椽所压，晕绝于地。闪电儿此时，虽处境至危，终不忍舍之而去，中心皇骇，束手无策。正危急间，瞥见室隅墙上，有一四方之空洞，洞中装有升降木箱一具。箱甚巨，可容一人，上有巨纮，穿入辘轳中。缓其绳，则箱能徐徐而降，谛见箱下乃一地窖。

闪电儿大喜，急将脑顿曳至墙边，卧之箱中，释其绳，辘轳旋动，箱乃徐徐而下。

此时火焰四窜，将及闪电儿身上，闪电儿迫不得已，乃紧握箱上之绳，随之而下。距地一丈许，绳忽被火烧断，闪电儿从空下坠，晕绝于地。移时始苏，见己身乃卧于地窖之中，幸未受伤，升降之箱，亦在身畔，脑顿安卧箱中，绝未受损，心乃稍慰。

时脑顿已渐醒，惟惫不能支，闪电儿乃扶之出箱，启地窖之门，扶掖而出。

此地窖之口，乃在一小河之侧，闪电儿扶脑顿沿河滨而行。行数十武，渐觉力不能支，忽见隔河桥边，有二少年，方并坐闲谈。闪电儿视其人，一则名李住，一名路易，均当地之无赖恶少也。

闪电儿与二人有一面识，乃引吭呼之，求其相助。二人闻呼声，疾趋过桥来。闪电儿欲倩二人扶脑顿至大街，以便雇车回家。

路易顾脑顿曰："此人晕也，若饮清水少许，当能立醒。余家距此不远，盍往稍坐，略进杯水，俟此人清醒后，再归未迟。"

闪电儿大喜，谢之。两人乃扶脑顿先行，闪电儿随其后。行数十武，抵一败屋，即路易之家也。

路易启门，扶脑顿入内。闪电儿亦接踵而进，见宅中分内外两室，室甚窄而小，湫溢异常，陈设简陋。两人扶脑顿入内室，卧之板榻之上。

闪电儿倦疲殊甚，亦颓然就椅上坐，顾谓路易曰："倘能给余清水少许，尤所感激。"

路易颔之，即取小瓶一，使李住往河滨汲水，李住乃持瓶而去。

当闪电儿往路易家时，适为一台湾人名王亚刚者所见。王亦吴方之党羽，即潜尾其后。迨闪电儿等入路易家，王徘徊门外，窥探良久。

会李住持瓶汲水归，王亚刚突自屋旁趋出，与李颔首，低声问曰："顷步入此屋之女子，其貌绝美者，乃君家之戚串耶？"

李住讶曰："否。彼与我侪，初不相识。虽然，君问之何为？"

王喜曰："然则余有一言，愿就商于君，此举颇有利于君，不识能助余否？"

李住曰："君试言之，其利安在？"

王低声曰："顷余所见之女子，乃余友吴方之仇人，余友欲得而甘心者久矣。此女今在君家，若设法捕获，付之余友，则余友必以重资酬君，君以为如何？"

李住闻有重赏，心砰然动，踌躇曰："君可在此稍待，余当与余友商之。"

王唯唯，李住乃持水而入，招路易至外室，以王亚刚之语告之。路易歉于利，亦复心动，两人互商片刻，决计设法捕闪电儿，献之吴方。

路易乃出迷药一包，投入水中，持之而入，奉之闪电儿。闪电儿不疑有诈，即取水饮之，饮已，觉头晕目眩，神志昏迷，四肢软不能动。二人大喜，急取长绳一，缚闪电儿之手足。

此时脑顿在床上，忽渐苏醒，微启其眸，四瞩室中，瞥见二人以绳缚闪电儿，骇且怒，奋不顾身，突自床上跃下，虎吼而前，捉李住之肩，提而力掷之。李住出不意，颓然仆地。路易大惊，急取手枪出，以枪柄击脑顿之首，脑顿亦仆。

李住跃起，急与路易两人，合力将脑顿按之地上，另取长绳一，缚其手足，掷之榻上，然后闭户而出，以语王亚刚。

　　王大喜，命二人严加看守，勿令逸去。二人诺之，王乃欣然狂奔而去。

第二十三章

是日吴方由卢蒂家逃归，正与其死党胡升，同坐秘密窟，接膝密谈，欲设法杀脑顿及闪电儿，议论良久，未得善策，心殊闷闷。

王亚刚忽狂奔而入，面有喜色，坌息略定，顾谓吴方曰："今有一极可喜之事，特来报告，想君闻之，必当开颜一笑也。"

吴方讶问："何事可喜？"

王曰："君之仇人脑顿及闪电儿，已为余所捕获，君若欲得之者，咄嗟之间，可以立致。君闻此语，喜乎不喜？"

吴方闻之，果大乐曰："信耶？"

王曰："确也。余胡敢欺君？"

吴方曰："然则汝可先以闪电儿来，余亟欲一见其人也。"

王曰："君欲得闪电儿，易如反掌，特此事之出死力者，尚有余友路易及李住，彼二人索酬甚奢，君能允之乎？"

吴方蹙额曰："酬金耶？苟若辈所捕者，确为闪电儿，则余自不吝重赏。"

王曰："然则余当往携闪电儿来。彼脑顿者，仍囚路易家中可也。"

吴方颔之，王亚刚乃复狂奔出室而去。

半句钟后，王亚刚果雇一汽车，挟闪电儿而至。既抵吴方之秘密窟，扶之入内，直至吴方办事之室。时闪电儿尚未清醒，无力抗拒，一任盗党挟之以行。

吴方见闪电儿果已就擒，大喜过望，立命按之沙发之上，取清水一杯至，使闪电儿饮之。饮已，渐觉清醒，星眸微启，见吴方含笑立其侧，心乃大骇，意欲支持跃起，不料药力乍过，四肢酸软，极力挣扎，终难跃起，自知误中奸计，身入虎穴，欲逸无从，悔恨莫及。

吴方徐步而前，作揶揄之状，冷笑曰："闪电儿，汝亦有今日耶？汝自诩矫健，与余反抗，今汝及脑顿之性命，均在余掌握之中。余今问汝，汝服乎否也？"

闪电儿闭目默坐，置之不答。吴方见闪电儿丰神妙曼，姿态艳绝，四顾无人，欲念陡起，突前抱闪电儿，欲肆非礼。闪电儿大骇，差幸四肢，已略能伸展，乃勉强由椅上跃起，将吴方推开，转身而奔。吴方飞步逐其后，张两臂欲攫之。闪电儿绕室而走，吴方奋力狂追。

闪电儿奔至室隅，见案头有古玩磁器等物，乃伸手攫得，向吴方连掷之。器物坠地而碎，铿然作大声，相继不绝。

吴方之党羽，闻声大惊，相继启户跃入。吴方大怒欲狂，立挥其党一拥而前，围攻闪电儿。闪电儿寡不胜众，卒为群盗所执。

时已中夜，吴方命将闪电儿禁锢内室，使一中国女子名林璧者，严加看守。其党遵命，曳闪电儿去，吴方亦恨恨归卧室。

脑顿之幽于路易家也，虽被击而晕，不久即苏，见闪电儿被路易等挟之出室，不知所往，爱莫能助，心乃大戚，静卧片刻，气力陡增，乃奋其全力，转辗挣扎，盘旋久之，臂上之绳，忽被挣脱。脑顿大喜，乃伸手将足上之绳，一并解去。

此时天已大明，脑顿蹑足至户侧，由钥孔中向外窥之，见二贼在外室，正围案作叶子戏。脑顿欲启户而出，又恐为二贼所见，不能脱身，蹀躞室中，殊无善法，不料脑顿之足声，已为隔室二贼所闻。二贼乃相率跃起，启户入视。

脑顿出不意，惶急无措。二贼见脑顿已将绳索挣脱，心亦骇然，急一拥而前，合力抟脑顿。脑顿虽挥拳应敌，终觉措手不及，一转瞬间，仍为二匪所捕获。

二匪恐脑顿仍欲逸去，拟囚之地窖之中，乃揭去地上之毡毯。下有木板一方，约四五尺，如小门然，可以启闭。二匪启其板，将脑顿推入。訇然一声，脑顿乃堕入水窖之中。

脑顿素谙水性，堕入水窖中，幸未灭顶，心神稍定，四瞩窖中，见此窖方约二三丈，积水深丈许，其东则一大口，口外仿佛若有光。

脑顿泅水赴之，蜿蜒自口中出，见窖外乃通一极大之沟，沟广三四尺，日光即由沟外透入。脑顿知此沟，必有出路，心乃大慰，急竭力游泳而前。

水沟既尽，豁然开明，明见天日，乃一小渠也。渠旁有铁丝梯一，脑顿即拾级登岸。岸上为矮屋一所，梯侧有一小门，虚掩未闭。

脑顿启门蹑足入，忽闻隔壁有人语声，乃伏而听之，并由钥孔中以一目外窥，始知此地乃一雅片烟之私卖室。

室中有烟榻数张，其中一榻上，灯光荧然，烟盘烟枪，纷然罗列。榻上卧台湾人二：其一为吴方之党胡升，方持枪而呼，苏苏有声；其一状似设肆者，方横卧榻上，与胡升闲谈。

胡升吸烟毕，顾谓其人曰："闪电儿虽自诩矫健，昨晚乃终为我党所获，今已囚于机关部之内室，静待首领之处置矣。"

脑顿闻闪电儿，尚幽于吴方之室中，未被杀害，心乃稍慰，继闻两人复略谈他事，即相率出室而去。

脑顿乃轻启其户，蹑足入室，见室隅案上，置有香蕉数十枚。脑顿灵机偶动，忽生一计，乃取香蕉一枚，藏之囊中，追踪而出。

室外为一斜长之天井，有竹篱围之，启门而出，乃一小街，遥见胡升一人，尚彳亍于数十武外。脑顿四顾无人，乃疾趋而前，至胡升之背后，伸手拍其肩。

胡升止步回顾，见脑顿忽至，错愕异常，不知所措。脑顿急自囊中出香蕉，隔衣握之，伪为手枪之状，直抵胡升腰间。胡升大惊，以为真手枪也，慑伏不敢动。

脑顿厉声曰："余友闪电儿，为汝辈幽囚何所，速以语余；不然，余枪发，汝腰洞矣。"

胡升觳觫曰："闪电儿囚于我党之机关部，此事乃王亚刚为之，与余无涉。"

脑顿曰："汝党之机关部，现迁何所?"

胡升曰："在爱纳伦路之九十一号。"

脑顿曰："汝速引余偕往，若能救出闪电儿，则余当立释汝去，不汝罪也。"

胡升唯唯，乃引脑顿急行，曲折数四，抵爱纳伦路。所谓九十一号者，乃日本式之屋，屋矮而陋。

胡升启其侧一小门，引脑顿入内。进门为一黑暗之甬道，甬道既尽，乃得一户，胡升启户肃脑顿入。脑顿探首内窥，见其中乃一小方之室，室中阒无人在，即器具等物，亦空无所有，初不料胡升之有诈也，乃昂然入室。

不料足方跨入，户即砰然而阖，脑顿大诧，方欲执胡升而问之，不意胡升忽按墙上一机关，一刹那间，胡升足下之地板，突然下陷，訇然一声，乃立即堕入地窖之中。

胡升既下，地板乃砰然复合，绝无痕迹可得。脑顿此时，始色然以惊，自知中计，急欲启门逸出，讵知两傍之户，均有暗锁，坚不可辟。盘旋久之，束手无策，脑顿乃被幽于此小室之中。

胡升既堕入地窖中，绝无所伤，乃自窖中启门出，飞步登楼，入吴方之办事室中，以此事颠末情形，报告吴方。

吴方闻脑顿逸而复获，深喜胡升之机变，大加嘉奖，胡升乐甚。

吴方立命人曳闪电儿至，闪电儿戟指辱骂。吴方恨恨曰："汝既入余掌中，尚敢泼悍乃尔！须知汝之心上人，已为我侪所执，囚于楼下，今当使汝见之，俾知余言之不谬也。"言已，以指接墙上一机关，楼板之一，突然自开。

闪电儿探首下窥，见脑顿果被囚于楼下一小室之中，心乃大戚，失望之余，忿怒殊甚，立攫案上之陈设，向吴方掷击。吴方亦怒，复按一机关，闪电儿足下之楼板，突然下陷，闪电儿乃亦跌入小室之中。

脑顿之被幽于小室也，欲逸不得，抑郁异常，蹀躞室中，百无聊赖，不料闪电儿乃从天而下，相见之次，惊喜交集。

闪电儿不暇作他语，急欲觅道逸出，无如室门紧闭，无法可启，乃与脑顿奋力撞门，欲破之而出。

此时吴方在楼上，探首下窥，见两人欲破门逸去，不觉恶念陡起，立即奔至室隅之墙侧。墙上装有电钮无数，吴方以指一一按之，每按一钮，则楼下小室中左侧之墙上，突有一锋利尖锐之钢矛，穿墙而出，直插入对面之墙内。如是者十余杆，续续而出，向脑顿及闪电儿乱刺。

两人惊惶欲绝，差幸躲闪灵捷，未为所中。一转瞬间，室中钢矛如林，两人蜷伏一隅，无路可逸，自分今日，万无生理。

斯时吴方复由小窗下窥，见二人仍未戳毙，心乃大怒，回顾墙上，仅有一电钮未按，乃顾谓胡升曰："此乃最后之一矛也。此钮若按，两人必同时毕命矣。"言已，即徐伸其手，按此最后之电钮。

噫！矛将出矣。脑顿与闪电儿，其将被杀于此小室之中耶？

第二十四章

林璧者，中国女子也，年十四五，貌颇婉丽，其父乔居美洲，已历多年，设一古玩肆于纽约，获利颇丰。

林璧偶出游，为吴方之羽党所掳，携之至秘室窟，囚之内室，欲得善价卖之。林璧颇机警，自知身陷虎窟，即亦不复抗拒。吴方使充奔走之役，林璧奉事维勤，善视人意，有时与群贼谈笑，一似此间乐不思蜀者。

吴方喜其黠慧，颇爱怜之，以是林璧得行动之自由，久之，乃渐知各处机关启闭之法，惟不能脱然逸出，常以为憾。

是晚闪电儿既被获，吴方囚之内室，命林璧守之。林璧雅怜闪电儿，欲设法救之出险，转辗思维，苦无良策。

迨是日清晨，吴方遣人曳闪电儿出，林璧恐其被害，亦追踪至办事室，伏于门外，探首内窥，见闪电儿坠入楼下之小室，吴方连按电钮，欲以钢矛杀二人。林璧大骇，深为闪电儿危。

迨吴方将按最后之电钮，林璧忽生一计，乃蹑足入室，觅得户后一机关，以纤指按之。机关一动，脑顿及闪电儿足下之地板，突然下陷，将两人掀入地窖之中。迨最后之钢矛，自墙上穿出，脑顿与闪电儿，早已安然在地窖之内矣。

林璧既以一指之力，脱两人于危险，乃复蹑足出室，狂奔下楼，直至地窖之外，以纤指按其机关。地窖之门，呀然自辟，林璧飞步跃入。

时脑顿与闪电儿惊魂甫定，正拟觅道出窖，忽见林璧突入，相顾惊诧。

林璧急慰之曰："君等勿骇！余与君等，乃相怜同病者。余之来此，实欲出君等于危。吴方见君等坠入窖中，必且追踪来此，君等速随余行，必能脱险。"

两人大喜，亟谢之。林璧曳闪电儿之臂，急急奔出。脑顿飞步随其后。曲折久之，始由后门出，逃至大街，三人至是，心乃稍定。

闪电儿谓林璧曰："密司不可归矣。今盍与余等偕行，免为恶人所害？"

林璧颔之，三人见后门外适停有汽车一辆，乃相率跃登车上。脑顿亲执驾御之职，开足汽机，尽力飞驰。林璧与闪电儿，并坐车中。林璧将救护之颠末，细告闪电儿。

闪电儿始知突然坠入地窖之故，急握林璧之手，谢之曰："密司与吴方，同属东方之黄种人，然密司仁慈义勇，不亚白人，而吴方暴戾恣肆，有若鸷兽。两两比较，人格之相去，何啻天壤。大抵中华国民，自有泱泱大国之风，迥非野蛮岛夷，所可同日语也。"

林璧慨然曰："当台湾隶吾国时，其民风亦颇敦厚；今则日趋狡险，与昔大殊。橘逾淮则为枳，习染所及，与之俱化，理有固然，无足异也。"①

———————————————

① 该小说创作时，台湾尚处于被日本殖民统治时期，故作者有此表述。为保留作品原貌，未做修改，特此说明。

脑顿与闪电儿，均叹息称是。闪电儿感激之余，不知所报，乃脱手上之宝石指环一，赠之林璧，以为纪念，林璧受而御之。

汽笛呜呜，向纽约城疾驰而去。

闪电儿等之坠入地窖也，吴方在楼上见之，心乃大诧，急率其党数人，飞奔下楼，趋往地窖。比至，则窖门大开，脑顿与闪电儿，踪迹已杳。

吴方大怒，知两人逸尚未久，追犹可及，乃急率其党自后门出，遥见脑顿等三人，已驾汽车疾驰而去。时门外适另有一汽车在，乃急跃登车上，开足汽机，尽力追之。

闪电儿回顾车后，见吴方率党多人，驾车追来，急以语脑顿。脑顿骇然，乃竭力捩其机，俾车行益捷。一奔一逐，各不相下，星驰电掣，其捷如飞。

相持久之，脑顿之车，急不择路，信车所之，乃驰至一高冈之上，下有崭岩，深且百寻。脑顿时时回顾，初未措意，迨车近崖侧，始觉其险，急欲停车，已苦不及，行见一转瞬间，此车将坠入万丈之深崖，大惊欲绝，皇急无措。林璧与闪电儿，亦相顾失色。

三人自知危急万分，命在呼吸，乃不约而同，相率自车中纵身跃出。冈上路旁，丛莽森邃，高可数尺，三人皆跌入乱草之中，幸未受伤。

即在此一刹那间，车已驶至高冈之外，轰然一声，坠入深崖，车身碎裂，汽缸炸毁，尘雾陡起，烟焰迷漫。

稍停，吴方之车，亦追至冈上，见脑顿之车坠入深崖，审视良久，以为闪电儿等三人，必已随车下坠，粉身碎首于幽谷之中矣，乃欣然率党驾车而归。

脑顿等三人伏丛莽中，遥见吴方汽车将至，乃相约屏息静伏，不敢稍动，闻吴方与其党议论，佥以三人为已死，不觉窃笑其愚。迨吴方等下冈而去，三人始自丛莽中出，额手称庆，恍若更生，相与迤逦下冈，另雇一汽车乘之。

脑顿询林璧之父母居址，林璧详告之。脑顿与闪电儿，乃伴送林璧回家，骨肉团聚，喜慰莫名。脑顿与闪电儿，乃告辞而出，驱车归家。

闪电儿谓脑顿曰："吴方之意，以我侪为已死，必且不复措意。我侪可乘此机会，故意伏匿不出，扬言已死，使吴方不复为备，然后设法徐图之，必能制吴方之死命也。"

脑顿深韪其议，闪电儿乃与脑顿别，匆匆自去。

翌日，闪电儿坠崖跌毙事，喧腾人口，纽约各报，争载其事。吴方阅报后，益信闪电儿之死，确凿无疑，芒刺既去，心乃大慰，即将卡落士岩所得之毒药，携入化验室，炼为极细之粉，复将消毒之剂，化为流汁，俾可为注射之用。

事已，步至办事室，欲将毒药及消毒剂，实地试验，沉思良久，苦无其人。

正踌躇间，室门忽呀然辟，一健男子狂奔而入，复闭户键之，形色仓皇，一似受有剧惊者。吴方视其人，乃纽约著名积窃爱德华也。

惊起问故，爱德华忽自囊中出珍珠一串，呈之吴方，颤声曰："吴君助我！顷我窃得此珠串后，忽为侦探所见，追踪来捕。余故逃至此间，求助于君。今侦探不久将至，君若助余，俾脱此危，则余当以此物献君。"

吴方视其珠，精圆有光，价值不资，乃藏珠囊中，抚其肩慰之曰："勿骇！此间有余在，侦探虽至，无能为也。"言已，即曳爱德华入化学室，取消毒药水，注射其臂。

爱德华绝无所苦，吴方乃更以注入己臂，注已，然后取毒粉少许，散扬空中，闭其户，命爱德华伏室中勿出。

此时门外果有剥啄声，吴方亲出启门，门辟，入者果为侦探二人。

侦探厉声问曰："顷有一积窃名爱德华者，逃入此室，汝曾见之乎？"

吴方柔声怡色，指内室示侦探曰："爱德华耶？彼顷自外间奔入，匿于此室之中，尚未逸去，君等可速入捕之。"

侦探闻言，即趋至内室之门前，推其户，户呀然辟。二探探首内窥，见爱德华果在室中，心乃大喜，飞步入室，捉爱德华之臂，欲挟之出外。爱德华大惊，极力撑拒。

正相持间，二探鼻中，已嗅得毒药之粉。一刹那间，毒性骤发，二探馥然仆地，立即气绝而死。

吴方在外室见之，乃狂喜跃入，顾谓爱德华曰："何如？彼二人来此，简直自送其性命而已。"

爱德华咋舌曰："君毒杀侦探，罪大恶极，万一败露，君将奈何？"

吴方哂之曰："汝怯夫耳！余既杀之，自有妙法处置。汝第安然归家，高枕而卧可也。"

爱德华唯唯，不敢复言，乃告辞而归。

第二十五章

翌日，邑宰在办事室，治其公事，阍者忽持一函入，云："有人以车运一大板箱至，外附一函。箱甚重，竭四人之力，方克舁之下车，其中不知为何物。今其人及箱，均在署外，特先持函入，请命定夺！"

邑宰闻言，深以为异，接函折阅之。其辞曰：

> 今奉上大板箱一具，箱中之物，望即哂纳。自君主此邑后，屡与我党为难，实已忍无可忍，今限君即日辞职，另推贤能继任，倘敢恋机，则明日晚间七时，君必暴毙。即君之家族，亦且无一幸免。先此警告，君其慎之。

函尾并不署名，邑宰阅已，诧且怒，立饬人速捕送函之人，勿令逸去。

迨阍者率众奔出，则送函之人，早已杳如黄鹤，惟运来之箱，尚委置署外，众乃将箱舁入办公堂，禀告邑宰。

邑宰细视此箱，扎缚颇固，乃命人启而视之。箱盖既揭，众乃大骇，盖箱中所贮者，实为死人尸体两具，四肢蜷曲，状极可怖。邑宰见此，骇且怒，趣以人往召警察长。

稍停，警长至，邑宰以恫吓之函及箱中之尸体示之。

警长细视死者，始知即昨日失踪之二侦探也，乃谓邑宰曰："箱中之尸，实系敝署之侦探，不审为何人所杀，乃敢移尸至此，可恶殊甚！仆于今晨亦接一恫吓之函，其措辞与君函相类，殆为一人所发。此人谋杀侦探后，复敢以恫吓之函，迫我两人辞职，胆大已极。以仆观之，则此人必系盗党之党魁，势力绝伟，欲破此案，殊匪易易。即以我两人言之，亦殊不可以不防也。"

邑宰颔之曰："此函为昨晚所发，彼虽如是云云，我两人既为公仆，岂可自惜一身，委之而去？人生生死，自有天命。我侪问心无愧，何畏鬼蜮伎俩？此贼势力虽伟，我侪终当设法捕之，以除社会之巨害。今君归署，可饬得力探捕，四出侦缉。余亦当遣探协查，务获恶人之踪迹也。"继又笑曰："今晚七时，君可至余家晚膳，苟彼恫骇之函而果验者，则我侪同时毕命，事亦良佳。"

警长唯唯，乃告辞而出。

是日午后，邑宰遣人招著名侦探李利。

稍停，李利应召至。邑宰以匿名函示之，李利蹙额曰："以余所知，此间盗党之党魁，凡得三人：一为黄蜂，一为闪电儿，一则台湾人吴方也。三人势力相埒，徒党甚众。此函之发，必为彼三人之一。然余与黄蜂，有一面识，且知其寓所在麦那尔路之七十三号，今余当亲往访之。此事虽未必黄蜂所为，然彼或知其颠末，亦未可知。"

邑宰曰："甚善！汝可竭力侦之，若能破案，自有重赏。"

李利告辞出，径驱车赴黄蜂之秘密窟。既至，叩其门，少顷，一人启门肃客入。李利视其人，则一翩翩美少年，非黄蜂也，心乃大诧，叩其姓名。

少年曰：“余名脑顿。君来此何为？”

李利曰：“黄蜂何在？余欲见之。”

脑顿曰：“黄蜂以事他出，一时未必能归。”

李利失望曰：“余刻有一要事，欲求助于彼，为之奈何？”

脑顿曰：“君以何事踌躇，余亦可以助君，不识君能语余否？”

李利略一沉吟，乃将侦探被害及邑宰接函之详情，一一告之。

脑顿色然曰：“彼二探之死，殆为毒药所暗杀耶？”

李利曰：“然。君何以知之？”

脑顿曰：“彼死者之尸体，非屈曲可怖者乎？”

李利曰：“然。然则君已知凶手之为何人矣？”

脑顿曰：“杀人者，乃台湾人吴方也。彼有毒药一种，常用以杀人，余固知之久矣。”

李利曰：“然则君知其秘密窟何在，能告余否？”

脑顿曰：“彼之秘密窟，新迁于达亚尔路之一百八十一号。君若欲捕之，余当与君偕往，助君一臂之力。”

李利大喜，亟谢之。脑顿乃伏案作一函，置之案上，然后与李利偕出，驱车往达亚尔路。

两人去未一刻钟，而女侠闪电儿至矣。

是日脑顿本与闪电儿约，准以午后五时，会于黄蜂之秘密窟。闪电儿自家中出，恐为侦探所见，即改装为华人，以避耳目。

行至福特尔路，即邑宰之寓所在焉，忽见一童子立于道傍阶上，掩面而泣。

闪电儿怪而问之，童子曰：“余执业于附近之杂货铺中，顷奉店主之命，将酱油一瓶，送往邑宰之寓中。行至此间，忽来一台湾人，询余何往，余实告之，彼乃乘余不备，夺余手中之筐，狂奔而去。余既失筐，必受重责，或且索余赔偿，是以悲耳。"

闪电儿怜之，劝其勿悲，正慰藉间，遥见吴方之党胡升，手提一筐，于于而来。闪电儿恐为所见，急舍童子，闪入道左之凹入处，匿身其中。

瞥见胡升奔至童子之前，以手中之筐还之，含笑曰："顷与汝嬉耳，何为悲伤乃尔？"

童子见酱油一瓶，仍在筐中，即拭泪携筐，匆匆而行。胡升面有喜色，亦扬长而去。

闪电儿俟胡升去，始自墙后闪出，沉思良久，知胡升所为，必有缘由，决非无故而与童子嬉也。

且思且行，已抵黄蜂之寓所，推门直入，则室中阒无人在。案上留有一函，急取而拆阅之，函曰：

闪电儿女士鉴：

顷得消息，吴方定于今晚七时，暗杀邑宰及警长。仆刻与侦探李利，往捕吴方，若七时不归，必为吴方所执，密司速来相救，无任感盼。

脑顿留上

闪电儿阅已，心乃大悟，知胡升夺童子之筐，即以毒药和入酱油中，欲借是以杀邑宰也。其计之狡且毒，可谓甚矣！

闪电儿独坐深思，念今晚七时，邑宰必且进晚膳，晚膳之后，其阖家老幼，势必纷纷中毒，相继暴卒。思之可惨，欲救邑宰全家之性命，非亲往其寓所不可。

然邑宰者，亦闪电儿之劲敌也，近方悬赏，购缉闪电儿甚急，若救其命，则异日苟为所执，不啻自陷于缧绁，宁非愚甚？然而闪电儿者，固义侠勇敢之女子也，若见死而不救，则内疚又复殊甚。

　　再四思维，殊难解决，已而暮色渐积，脑顿尚未归来，闪电儿视壁上之时计，已指六时有五十分钟矣，乃毅然跃起曰："邑宰之悬赏捕我，乃职任应然，非有私仇于我也。彼今命在顷刻，我又安忍坐视，其死而不救乎？"决计先往救邑宰，然后往吴方之秘密窟，救脑顿及李利。

　　立意既定，乃飞步出门，雇一汽车乘之，疾驰往福特森路。

　　是日薄暮，邑宰自署中归，会警长亦至，两人坐而闲谈，貌虽坦然，而中心未尝不惴惴，惟恐恫吓之函之果验也。

　　钟鸣六时半，侍者入白，谓晚膳已备。邑宰乃邀警长入餐室，肃之入席。时邑宰之夫人及男女公子，亦由内室出，围案聚饮，谈笑甚欢，恐怖之心，渐乃遗忘。

　　久之，钟鸣七时，侍者以肴馔进，人各一盆。座众方欲举匙，而室门斗辟，突有一少年女郎，狂奔而入，形色仓皇，举臂大呼，状如疯人，众人见而愕然。女郎者谁，则人人知其为女侠闪电儿也。

　　闪电儿自黄蜂寓所出，驱车至邑宰家，停车后门之侧，一跃而下，推其门，门乃未键，呀然自辟。

　　闪电儿飞步入内，入门，即为厨房，瞥见案上置有酱油一瓶，即顷杂货肆童子所送来者。闪电儿知其中必有毒药，乃伸手攫得，向地上力掷之。瓶碎，酱油尽倾于地，厨役大惊，跃起拦阻之，然已不及。

　　闪电儿疾趋自厨房中出，即狂奔至餐室，推门直入，遥见邑宰及警长，正欲以匙饮汤，骇极失色，扬臂大呼。

座众闻声回顾，闪电儿不及申说，疾趋至案侧，伸手猛推其案，案砰然而倒，案上之杯碟瓶碗以至陈设之物，纷纷坠地，锵然而碎。

众人皆大骇，相率跃起，欲扭闪电儿而问之。闪电儿身殊灵捷，倏转其身，飞步出室，奔至大门之外，一跃登汽车，开足汽机，向达亚尔路而去。

第二十六章

闪电儿既逸，邑宰与警长，气愤填膺，怒不可遏，以为此女无礼太甚，理难恕宥，乃飞步追出。比至门外，遥见闪电儿已乘车而逸，乃亦相率跃登汽车，疾驰追去。

闪电儿在前，见追者且至，驶乃愈捷。一奔一逐，迅若飞矢。如是者久，两车相距渐远，邑宰在车中，自知穷追无益，乃旋车而归。

闪电儿回顾车后，见追者已去，心乃稍安，急驱车往吴方之秘密窟。既至，停车跃下，推门直入，见楼下阒无人在，乃飞步登楼，并取手枪握之，蹑足而上。

行至楼梯之半，忽闻楼上室中，似有呼救之声，闪电儿知有盗党在，自顾孑然一身，寡不敌众，未敢遽上，沉吟片刻，忽得一策，乃立于楼梯之中，连顿其足，一时足声杂沓，似有多人将上楼者，如是者半晌，乃复奋勇上楼。

此时楼上呼救声益厉，察其声果脑顿也，乃飞步而上。楼梯既尽，即见一室，推门直入，瞥见脑顿与侦探，均被他人所缚，倒卧地上。

脑顿见闪电儿至，喜极而呼。闪电儿跃入室中，闭其户，四顾无人，乃置枪囊中，为脑顿释其缚，脑顿之缚既解，乃趋前释李利。

闪电儿曰："君等以何时来，缘何乃为他人所执？"

脑顿曰："余等以一句钟前来此，欲设法捕吴方，因素知吴方之为人，诡计甚多，不敢由大门入，乃从屋傍铁梯而上，蜿蜒达屋顶，拟由屋顶天窗之中，盘旋而下，出其不意，执而缚之。不料吴方狡狯异常，当余等由铁梯登屋时，彼已早有所知，立遣其党多人，暗伏天窗之左右。余等正欲蛇行而下，群盗忽自暗陬出，一拥而前，围攻余等。余等措手不及，遂为所执。群盗幽余等于此室，键门而去。少顷，吴方忽率其党，来此视余，备肆揶揄，并以密司之居处询余。余誓不以告，吴方怒，立挥其党，按余伏地，自囊中出毒药一小瓶，取药少许，欲纳之余口。余骇极，乃大声呼救，正危险间，忽闻楼梯之上，足声杂沓。吴方闻声，色然以惊，盗党皆大骇。吴方顾谓其党曰：'警察至矣，我侪宜速行，毋为所执。'言已，立率其党出室，抱头鼠窜，纷纷逸去。我两人始得脱险，亦云幸矣。"

闪电儿笑曰："此余之计也。吴方虽狡，亦中余计。倘余来稍迟者，君等殆矣。"

言已，三人乃相率下楼。脑顿与李利别，偕闪电儿而归。

邑宰追闪电儿不获，怏怏而归，与警长议论良久，金谓此狂妄无礼之女子，必为女盗闪电儿无疑，失之交臂，殊为可惜。

邑宰趣以人召侦探李利，稍停，李利邑邑而至，状甚颓丧。邑宰询以吴方之踪迹，李利将被擒遇救之事，匿以不闻，但云吴方行踪飘急，一时未易探访。

邑宰乃以闪电儿来此骚扰之情形告之，且谓闪电儿之可恶，较吴方为尤甚，宜先将此女捕获，不可任令漏网。

李利闻言，颇疑顷来盗窟相救之女郎，即系闪电儿，乃欣然谓邑宰曰："欲捕闪电儿，较吴方为易。余知闪电儿平日常往来于勃林兰路，但遣一二识闪电儿者，守候其地，则获之必矣。"

邑宰问警长曰："贵署侦探，有识闪电儿之面貌者乎？"

警长曰："有之。"

邑宰喜曰："甚善。然则请君以明日为始，每日遣人衣便服，守候于勃林兰路，务获此女，解署究办。"

警长诺之，乃告辞而归。

翌日，吴方在秘密窟，取报纸读之，阅已，面有喜色，仰视承尘，沉思良久，乃按铃招胡升入，谕之曰："新任之邑宰，严明峻厉，颇不利于我党，余欲设法杀之久矣。昨日之谋，又未见效，不识何故。顷余阅报，谓邑宰将以今日行阅兵式，午后三时，必乘车过第十七号路。届时观者甚众，即掷花以致敬者，亦不乏人。余因思得一策。盖余于此路，本设有机关部一处，其门牌为三十五号，今汝可携毒药一管，往购玫瑰花两巨束，暗将药管藏入花中，使花肆中人，送往机关部。俟邑宰过时，余当借掷花为由，以毒药杀之。"言已，即取一小玻璃管，贮毒药满之，付之胡升。

胡升藏药囊中，唯唯而出。

是日清晨，脑顿在家未出，因闪电儿不来，寂寥殊甚。

忽侍者持名刺入，云有客求见。脑顿视其刺，则为麦纳兰夫人，下署"纽约贫儿院院长"。

脑顿因素不识其人，心殊讶之，乃出至会客室，见所谓麦纳兰夫人者，乃一年可六旬之老妪，鸡皮鹤发，神采奕奕，鼻架金边之眼镜，手挈小钱囊，卓立室中，见脑顿入，含笑为礼，状甚和蔼。

脑顿略与寒暄，即询其来意，妪作诚恳之状曰："敝院自创办以来，历年已久，颇著成效，惟经费异常竭蹶，时有不敷之虞，为特专诚趋谒，欲请先生慨解仁囊，捐助若干，以资维持，未卜能邀俯允否？"

脑顿闻言，即自囊中出纸币十金，付之老妪。

老妪受而藏之钱囊中，深致谢忱，告辞欲出，蹒跚行十余武，忽止步回顾，视脑顿而笑曰："脑君，君岂真不余识耶？"

脑顿闻老妪语音忽变，心乃大诧，瞠目不能对。

老妪忽脱其头上之假发，去其面上之眼镜，挺身而立，拊掌大笑，瞬息之间，容貌立变。噫！翳何人？翳何人？盖即神化不测之女侠闪电儿也。

脑顿此时，始知老妪系闪电儿所化装，与之周旋良久，绝未窥破真相，深服其化装之精。

闪电儿曰："余自昨晚救邑宰后，邑宰不知，必且恨余刺骨，余恐为侦探所获，故化装来此，以避耳目。君与余日常相见，亦复受余之愚，则侦探虽狡，当亦无能窥余之真相矣。"

脑顿曰："密司化装固佳，但纽约市之警察，灵敏异常，密司亦不可不防。"

闪电儿颔之曰："余已遣人四出侦查吴方之踪迹，今余亦欲往勃林兰一探，或有所得，亦未可知。"

脑顿曰："然则密司务宜谨慎，外间大有人图密司也。"

闪电儿颔之，乃告辞而出。

一刻钟后，勃林兰路之转角处，倏来一老妪，于于独行，若有所觅，则即化装之闪电儿也。

此时路傍适有一党人，倚墙而立，闪电儿望见之，蹒跚而前，过党人之身畔，突自囊中出密函一，纳之党人之手，扬长而去。

党人得函，方欲拆而阅之，不料身畔适有便服侦探二人，在此守候，见二人举止诡秘，乃突自道傍跃出，捉党人之臂，以侦探徽章示之。

党人大骇，慑伏不敢动。侦探夺其手中之函，拆而视之。函云：

> 汝所探之事，已有端倪否？若有所得，今晚可见余于赫孟尼路。

下署"闪电儿"之名。侦探阅已，相顾曰："彼老妪即闪电儿所化装，我侪速往捕之，勿令逸去。"遥望闪电儿，去尚不远，乃飞步追之。

其时闪电儿亦屡屡回顾，见党人忽为侦探所捕，心知事已败露，骇甚，继见侦探自后追来，乃尽力狂奔。奔数武，见道傍一汽车，乃跃入车中，命司机者开车疾驰。

侦探在后见之，亦雇一汽车，追随其后。一驰一逐，迅若飞矢。

闪电儿在车中，急去其假发、眼镜，并脱去外罩之衣服，将面上所绘之皱纹，以衣服拭去，一刹那间，顿成一美丽绝伦之女郎矣。

此时汽车适折入一小路，为侦探目光所不及，闪电儿急启车后之窗，纵身跃出，伏匿道傍。司机者不知，径开车疾驰而去。

稍停，侦探之车，亦追入小路，遥见汽车在前，仍尽力追之。及两车相近，侦探急出手枪，胁司机者停车，入车箱视之，不料闪电儿踪迹杳然，逸去久矣，乃废然而返。

第二十七章

闪电儿既脱险，俯视足上所穿之履，阔而且巨，非妙龄女郎所宜穿，服之入市，必为众人所骇怪，转恐因是被人识破。正踟蹰间，瞥见道傍有一小鞋肆，心乃大喜，急奔入肆中，欲购一时式之女履。

肆中人见闪电儿以少年女子，而穿老妪之履，相与诧笑，乃取小蛮靴一双，为闪电儿易之。

此时闪电儿偶旋首外眺，忽见吴方之党胡升，自肆外趋过，匆匆向东而去。闪电儿疑之，急将革履之值付讫，启门而出，遥见胡升去尚不远，乃阴蹑其后。

行久之，折入美纳伦路，遥见胡升入一鲜花之肆，闪电儿略一沉吟，亦闪身而入。

肆中室隅，适陈有小松十余盆，高与人齐，闪电儿匿身盆后，窃窥胡升之所为，见胡升选购玫瑰花两巨束，论定价值，即书一地址，命肆伙遣人送往。肆伙诺之，胡升乘其他顾，忽自囊中出毒药粉一管，纳之花束之中，扬长而去，不料乃为闪电儿所见。

闪电儿俟胡升去，乃徐徐自盆后转出，伪为选购鲜花也者，步至胡升所立之处，正欲一查其所购之花，以破其奸。

不料突有侦探二人，自肆外大步而入，闪电儿回顾见之，大骇而奔。侦探固识闪电儿者，一见之次，直前欲拘之。闪电儿绕室而走，侦探奋力逐其后。肆主骤睹此状，瞠目大惊，莫测其故。

闪电儿躯干灵活，盘旋数四，忽夺门而出，侦探乃相率追去，誓必获之而后已。

闪电儿狂奔百余步，抵一通衢，适有电车一辆，自南往北，疾驰而来。闪电儿大喜，乃奋身一跃，直登车上。

二探追随车后，终苦隔离太远，不克跃上电车。久之，电车相距渐远，二探自知不能及，坌息而止，闪电儿始得脱险。鸿飞冥冥，弋者何慕。闪电儿亦狡矣哉！

初，胡升自花肆中出，适遇二探，二探捉其臂，厉声盘诘之，胡升以购花对，二探搜其身，绝无违禁之物，乃纵之使去。

继恐胡升在花肆中，或有何种之阴谋，亦殊不可不防，乃相率入花肆询之，不意乃与闪电儿遇，追逐良久，闪电儿卒兔脱以去。

二探怏怏返，仍回花肆，询之肆中人，则胡升确以购花来，初无他意，乃废然归署，以其事报告警长。

警长沉思久之，忽拍案跃起曰："此阴谋也。蠢哉汝辈，乃贸然释胡升去，不智甚矣。"

二探惊问其故，警长曰："邑宰今日将阅兵，道出各地，必有掷花以致敬者。吴方之遣人购花，殆欲置炸弹于花中，藉是以暗杀邑宰耳。"

二探闻言大悟，嗒焉若丧。警长立召著名侦探哈里者入，以其事语之，命速往花肆中，调查胡升所书之地址，设法往捕，俾得弭患于无形。哈里额之，乃匆匆而出。

闪电儿既脱险，乘电车至麦那尔路，往访黄蜂。

时黄蜂适独处室中，闪电儿奔入，即以所遇各事，一一告之。

黄蜂蹙额曰："此中必有阴谋。以余度之，彼吴方之意，殆欲借掷花之举，暗杀邑宰耳。"

闪电儿颔之曰："余意亦复如是。今邑宰将为吴方所害，余当设法救之。"

黄蜂讶曰："救之耶？彼捕汝甚急，汝若假手吴方以杀之，计亦良得，救之何为？"

闪电儿义形于色，毅然曰："见死不救，非义孰甚。余必脱邑宰于危，余心始安。至于余身之利害，匪所计也。"

黄蜂点头叹息，闪电儿曰："为今之计，宜先探得吴方之秘密窟，然后设法破其奸，为事较易。今余欲请君往美纳伦路花肆一行，伪为侦探也者，一查胡升所书之地址。不识君允助余否？"

黄蜂诺之，乃取伪造之侦探徽章一枚，佩之衣襟之后，嘱闪电儿在此稍待。

闪电儿颔之，黄蜂乃急急奔出，乘电车赴美纳伦路。既至，步入花肆中，肆伙以为买客也，急趋前接待。

黄蜂以侦探徽章示之，正色曰："余奉警长命，来此查一要事。盖一句钟前，曾有一台湾人来此，购玫瑰花两束，书一居址而去。余欲知彼地址，请即代为一查。"

肆伙曰："此事乃他伙所接洽，今此伙适他出，奈何？"

黄蜂踌躇曰："然则别有他法，能代为一查否？"

肆伙略一沉吟，乃往取帐簿一册至，翻得一页，以示黄蜂曰："今日送出之玫瑰花，凡得四处，其地址悉在册上，但何处为台湾人之居，则不可知矣。"

黄蜂不得已，乃出铅笔及纸，将四处地址抄得，乘车而归。

黄蜂去后，才五分钟，哈里亦驱车而至，欲查胡升之地址。

肆伙讶曰："顷有一侦探来，已将地址抄去矣。"

哈里骇曰："此探伪也。狡哉贼党，乃先余而至，可恶甚矣。"言已，立索帐簿出，将四处地址，逐一抄得，怀之而出，匆匆驱车而去。

黄蜂归，即出其所抄之地址，以示闪电儿。闪电儿接而阅之，凡得四处如下：

（一）狄克推路一百零三号，人体学研究会鲍特博士

（二）麦地阿路五十一号，梅伦女士

（三）曼勒兰路六号，赫斯贡君

（四）第十七号路三十五号，威廉君

闪电儿阅已，亦不能确指何处为吴方之秘密窟，沉吟良久，决意将上列四处之花，逐一亲往察阅，则胡升暗置之物，必能查得无疑。立意既定，乃告之黄蜂。

黄蜂摇首曰："密司何苦以救人之故，自蹈危机？以余言之，当以弗去为善。"

闪电儿毅然曰："余受吴方之胁迫，陷身盗贼，清夜扪心，深自愧悔。今余当以除暴救人，自涤前耻，虽冒万死，亦所不顾。余心决矣，君弗阻余。"言已，离座跃起，告辞而出。

闪电儿回家后，略进午膳，即乘车而出，车中出所抄之地址阅之。阅已，乃驱车往狄克推路人体学研究会鲍特博士之居。

鲍特博士者，素以研究人体著名，其会中诸会员，亦以医生及动物学家为多。近来博士忽发明一种新学理，欲宣告会员，乃

于是日午后，开一全体大会。

钟鸣二时，会员毕集，乃摇铃开会。博士以会长之资格，巍然据主席，众会员寂然无声，咸欲一聆博士之妙论。

博士乃起立演说曰："仆近有一最新之学理，欲布告诸君。盖昔人常言，妇女之性质，较男子为温柔而仁慈，余初疑之，今乃知其言之确也。"

博士语出，会员之家有河东狮者，咸摇首而腹诽之。

博士续曰："余有一至显明之证据，足以证明斯言之非谬。盖人体之构造，与其人之品性，大有关系。余今当将妇女身体之构造，详告君等，俾知余之新发明，初非向壁虚构者比也……"

语至此，闪电儿忽至，推门直入。闪电儿瞥见众人围据之桌上，果有玫瑰花一束，插于玻璃瓶之中，乃疾趋至桌畔，将瓶中之花攫得，以手擘而碎之，审视一过，见花中绝无他物，乃掷花于地，狂奔而出。

室中诸人，瞥见此状，皆瞠目大骇，莫明其故，迨欲跃起拦阻之，然已不及。

扰攘稍定，议论纷起，佥以闪电儿为疯人。其反对博士之说者，乃起而驳诘曰："顷博士尝言，妇女之性质，较温柔而仁慈；今如此女者，亦得为温柔而仁慈否耶？"

博士被驳，语塞，会员皆大笑，纷纷离座，告别而去。一场盛会，扫兴而散。

博士申申而詈，痛恨闪电儿之恶作剧。

此时闪电儿乃至麦地阿路矣。

密司梅伦者，有未婚夫曰乾姆司，执业于国家银行。梅伦之居，在麦地阿路之五十一号。乾姆司每日午后，必往访梅伦一次，坐谈片刻而去，习以为常。

是日午后，梅伦在家阅报，忽花肆中送玫瑰花一巨束至，花上有名片一，则乾姆司也。梅伦知此花为乾姆司所赠，心乃大喜，急供之案头花瓶之中。

少顷，乾姆司欣然而至，梅伦见其入，急跃起迎之。乾姆司见瓶中之花，即趋至案侧，将花取出，奉之梅伦之手。梅伦含笑捧花，状如结婚之新嫁娘。乾姆司大喜，即拥而吻之。

正情意缠绵间，忽闪电儿驱车而至，推门直入，瞥见梅伦捧花于手，骇而大呼，飞步而前，夺梅伦手中之花，力擘之，花乃片片而坠。闪电儿见花中绝无他物，乃掷花于地，狂奔出室而去。

梅伦与乾姆司，愕眙不知所措。迨闪电儿去，梅伦惶惑之余，忽疑闪电儿为乾姆司之情人，或因妒己之故，来此挑衅。一念及此，面色立变，即以此意诘之乾姆司。

乾姆司力辩，梅伦不信，欲挥乾姆司于室外。乾姆司指天自誓，争辩良久。梅伦察其无他，意始释然，和好如故，惟深恨闪电儿之恶作剧不置。

此时闪电儿乃驱车往曼勒兰路矣。

脑顿之友有赫斯贲者，亦纽约之少年绅士也，其家在曼勒兰路六号。

是日午后，为赫斯贲君与密司绮霞结婚之期，即以宅中大厅为礼堂。脑顿及诸亲友，咸到堂观礼。

钟鸣二时，证婚之牧师，于于而至。两新人乃自内室出，分立左右。牧师中立，手执《圣经》，为新人致训词。诸亲友则环而观之，堂上人极拥挤。

此时闪电儿忽又驱车而至，狂奔而入，遥见新娘手中，果捧有玫瑰花一束，乃排众登堂，疾趋而前，夺新娘手中之花，片片裂之。裂已，仍无所见，乃转身飞奔而出。一时堂上之人，皆瞠目大骇，莫测其故。

不料侦探哈里，早预伏于人丛之中，一见闪电儿，即惊起呼曰："此女盗闪电儿也。速捕之，毋令逸脱！"呼已，欲直前拦阻之，然已不及，乃飞步追出。比至门外，闪电儿早跃登汽车，疾驰而去。

时脑顿及众宾客，亦骇而追出。哈里不舍，急雇得汽车一辆，飞跃登车。脑顿恐哈里伤闪电儿，乃伪为奋勇协助也者，亦接踵跃登车上，与哈里并坐。

两人乃开足汽机，星飞电掣，疾驰追去。

第二十八章

钟鸣三时，邑宰阅兵已毕，乃巡行过十七号路矣。前导者为警察及兵士，皆荷枪为卫，列队而行，状甚整肃，枪头刺刀，明若霜雪，日光耀之，闪烁可怖；最后乃为邑宰之汽车，其行颇缓，道傍观者，围立如堵，车马为之阻塞。

人民见邑宰至，纷纷脱帽致敬，亦有高踞楼窗，或洋台之上，俟邑宰过，纷纷将鲜花掷入车中，以表敬意。邑宰在车中，亦含笑脱帽，颔首为礼。

此时忽有一美丽绝伦之女郎，驾汽车飞驶车至，则女侠闪电儿也。车抵路端，不能前进，闪电儿乃自车上跃下，排众而前，形色仓皇，趋至三十五号之门前，推其门，则已下键，坚不可辟。

忽见屋外有铁梯一，曲折可上，闪电儿大喜，乃一跃登梯，狂奔而上，躯干矫捷，疾若猿猱，奔至三层楼墙外，见一小门，以手推之，呀然而辟，方欲跨入室中，而哈里及脑顿之车，适疾驰追至。

哈里遥见闪电儿在铁梯之上，将奔入室中，深恐又被逸去，乃就车上开手枪轰击之。砰然一声，枪弹飞出，适中闪电儿肩上，略受微伤，血溢衣外。

闪电儿负伤大痛，颓然欲仆，继念此时事机危迫，间不容发，稍一濡迟，必且酿成大乱。一念及此，勇气勃发，乃忍痛跃入，并自囊中取手枪，握之自卫。

入门乃一空屋，空屋之左，别有一门，闪电儿飞步至门侧，伸手推之，门辟，探首一望，遥见吴方矗之窗前，手握鲜花一巨束，俯视窗下，高举其手，正欲将花掷下。

闪电儿见之，骇极大呼，吴方闻声回顾。闪电儿乘此间隙，开枪击之，枪弹倏然出，适中吴方之腕上。吴方中枪而仆，晕绝于地，手中之花，抛掷一傍。

闪电儿疾趋而前，俯拾地上之花，擘而视之，则花中果藏有毒药一小管。闪电儿将药管取出，藏之囊中，此时心乃大定，渐觉肩上受伤之处，痛不可忍，加以奔波终日，精神疲乏，突觉四肢酸楚，头目晕眩，幸身傍有一沙发在，乃颓然倒坐其上，一转瞬间，乃晕绝于沙发之上矣。

当侦探哈里开枪轰击闪电儿时，脑顿亦在车中，见而大骇，欲伸手拦阻之，已无及矣。哈里开枪后，即自车中跃下，飞步登铁梯，狂奔上楼，脑顿亦奋身随其后。

比至第三层之墙外，哈里跃入室中，脑顿亦接踵而进，深恐闪电儿在室中，或为哈里所捕，乃疾趋至哈里之前，张两臂拦阻之，不令奔入内室。

哈里大诧，诘其故，脑顿不答。哈里怒，乃挥拳殴脑顿，脑顿亦挥拳应敌，两人遂相扭殴。

角斗久之，哈里偶一疏失，为脑顿所击倒。脑顿觅得长绳一，将哈里手足捆缚，掷之室隅，然后启内室之门，奔入室中。

此时吴方已苏，乘脑顿与哈里奋斗时，负痛跃起，潜由他道逸去，故室中惟一闪电儿在。脑顿趋至沙发之侧，见闪电儿肩受枪伤，鲜血殷然，玉容惨白，晕绝未苏。脑顿觅得清水少许，使闪电儿饮之，饮已，渐觉清醒，脑顿乃扶之起坐。

闪电儿星眸微启，见脑顿在侧，面有喜色，低声呼曰："脑君，余中枪矣。"

脑顿曰："伤其甚耶？今尚疼痛否？"

闪电儿摇首曰："伤尚无碍，惟吴方已就擒否？"

脑顿曰："逸矣。今我侪亦宜离此，毋为侦者所获。余今将送密司至医院也。"

闪电儿摇首曰："伤势尚轻，余不愿往医院。君若有暇，请送余往黄蜂家可也。"

脑顿颔之，乃扶闪电儿下楼，雇一汽车乘之，疾驰往黄蜂家。

既至，入见黄蜂，黄蜂见闪电儿受伤，深为叹息，恨恨曰："密司不听余言，致有此祸，今略受微伤，亦云幸矣。"

闪电儿慨然曰："余今日因救人之故，以致流血，实足以湔余曩日为盗之羞。余身虽受痛苦，余心弥觉欣慰。君等幸勿以是为恨。"

脑顿、黄蜂闻言，皆为感叹。脑顿急往延医生至，为闪电儿医治，医生敷药毕，云伤势尚轻，不久可愈，脑顿乃稍慰。

闪电儿谓黄峰曰："吴方逸去，必又生毒计，殊为可虑。余拟请君代为留意，务须探得彼近日匿迹之所，设法捕之，以除巨害。不识君能许余否？"

黄蜂慨然诺之，脑顿与闪电儿，乃告辞而出，分道回家。

吴方之逸也，预伏于屋外附近之幽僻处，迨脑顿扶闪电儿出，雇车乘之去，吴方急亦雇一车尾随其后，已而见脑顿驱车至黄蜂之寓所，扶闪电儿入内，始知黄蜂与闪电儿，方合而谋己，恨恨而归。

继念黄蜂之为人，骁勇狡悍，实一劲敌，不能不预加防范，乃于秘密窟大门之上，装一灵巧之电气机关，人若推动此门，则其办事室墙上，有红电灯一，能自发光。

布置既竟，即按电铃召其党胡升至，欲戒以加意严备，不意铃声屡鸣，而胡升踪迹杳如。吴方大怒，即亲往胡升卧室视之。比至室中，则胡升正高卧榻上，一灯荧然，方大吸其阿芙蓉膏也。

吴方素恶雅片，见而大怒，虎吼而前，夺其烟灯及烟盒，掷之于地，锵然而碎，又攫其烟杆，折之为两截。

胡升见吴方突至，大骇跃起，慑伏不敢动。

吴方厉声骂曰：“庸奴！余曩日不尝诏汝，戒汝辈毋吸雅片，诲令谆谆，已非一日，汝乃敢首抗余命！须知吸雅片之人，其性必懒，真一废物耳！余更安用汝之废物为哉？今限汝于五分钟之内，立即离此，毋得迁延。”

吴方言已，胡升伏地承过，自愿悛改。吴方盛怒之下，定欲将其逐出。胡升再三哀求，吴方不允。胡升不得已，乃怅怅出室而去。

侦探哈里之被缚也，直至是日薄暮，始由一邻人入室，将其释出。

哈里回署，即尽以其事报告邑宰。邑宰喟然曰：“闪电儿不获，我侪无安枕之日矣。然今将安从获闪电儿乎？”

哈里曰：“欲捕闪电儿，事亦匪艰。今余有一策于此，不识公以为可行否？”

邑宰询其计，哈里曰：“闪电儿之巢穴，惟吴方知之。而吴方之死党胡升，常出入于孟拉路之小烟馆中，余遇之者数矣。明日若见之，当曳之来此，公临之以威，诱之以利，恫之以危辞，慰之以温言，使胡升往招吴方至，以捕闪电儿之责属之，令其立功自效，以赎前愆，则吴方必出死力以捕闪电儿矣。"

邑宰拊掌曰："此策甚善。汝若见胡升者，可曳之来署。"哈里唯唯而退。

翌日晨，胡等自小旅馆中出，踽踽独行于孟拉路，不料侦探哈里，适自迎面来。

哈里遥见胡升，心乃大喜，乃直前拍其肩，厉声曰："胡升，余今日乃获汝矣。"言已，以侦探之徽章示之。

胡升骇曰："余已与吴方脱离关系，吴方之事，与余不涉，君幸勿捕余！"

哈里曰："勿骇！邑宰今欲见汝，汝可速随余往，此行于汝固有益而无损也。"

胡升不得已，乃随之往县署。既至，入见邑宰。

邑宰貌殊和易，温言谕之曰："胡升，汝知罪乎？汝与吴方所为，类皆法律所不赦，余本欲置之于法，以儆效尤。今余欲捕女盗闪电儿，汝等于闪电儿之秘密，谅必知之有素。今汝可归告吴方，限其于一二日内，来署接洽，余当令其协捕闪电儿，以功赎罪。时不可失，慎毋自误！"

胡升闻言大喜，亟诺之，并与邑宰约准于是晚七时，令吴方到署接洽。邑宰诺之，胡升乃欣跃而出。

第二十九章

是日午后，吴方之秘密窟外，忽来一伟丈夫，徘徊踯躅，足将进而复止者再，察其状，如有所察视者。其人非他，即大侠黄蜂是也。

黄蜂受闪电儿之托，出探吴方之秘密窟，侦缉久之，始知吴方现匿康乃尔之十七号，乃驱车赴之。既抵其地，徘徊门外，不敢遽入，沉吟久之，决意冒险入内，一觇究竟，乃伸手推其门，门辟，乃蹑足而入。

此时吴方在办事室，忽见墙上之报警电灯，突然发光，心知有人来窟窥探，乃指挥其党，各持利刃，暗伏于办事室外，静待敌人之至。

少顷，黄蜂果摸索而入，正欲启办事室之门，不料吴方之党，徐徐自室隅出，蹑足至黄蜂之后，高举其刃，猛揾黄蜂之肩。黄蜂心在内室，猝不及避，霜刃骤下，鲜血四溅。黄蜂痛极大嗥，转身与盗党斗。

此时吴方之党，乃一拥而上，各出白刃，连揾黄蜂。黄蜂以空手与白刃斗，势固悬殊，加以众寡不敌，一刹那间，连受刀伤六七处，颓然而仆，晕绝于地。

吴方俯视之，气息奄奄，血流遍体，命在顷刻，乃饬其党舁之出，掷之路傍，一哄而散。

吴方既伤黄蜂，以为拔去一钉，心乃大快，更与其党聚议，欲设法杀脑顿及闪电儿，正谈论间，门忽徐辟，胡升彳亍而进，侍立于吴方之侧，默然无语。

吴方怒曰："汝去矣，复来何为？"

胡升曰："今有一绝妙之机会，足以捕闪电儿而杀之，并能见使纽约市之警察，为余等之助，余故特来报告，不识君愿闻之乎？"

吴方闻言，惊喜曰："汝言确耶？"

胡升曰："确也。余胡敢欺君？"

吴方喜曰："然则汝试言之，事而确者，不第恕汝之罪，且有重赏也。"

胡升乃以邑宰之言，告之吴方。吴方欣然曰："然则余当以今晚七时，亲向县署接洽。闪电儿避匿之处，余早已探得，若欲捕之，一反掌之劳耳。汝既立此大功，足盖前愆，汝可仍留此间，余不汝责矣。"言已，复自囊中出五十金赏之。

胡升大喜，受金退出。胡升烟瘾甚深，自被吴方逐出后，以囊中不名一钱，强忍至今，烟瘾大发，坐立不安，涕洟交下，头目晕眩。迨得赏金后，急返卧室，欲觅雅片吸之，不料室中吸烟之具，已为吴方摧毁殆尽，一无所有，而瘾益大发，腹中痛不可忍，乃伛偻而出，欲往小烟馆吸之。

然台湾人所私设之小烟馆，皆在孟拉路附近，距此可六七里而遥。胡升烟瘾大作，有刻不可耐之势，彳亍行二三里，忽觉头晕大作，四肢酸软，颓然而仆，倒卧于地，晕绝不知人事。

少停，有警察过而见之，初疑为死人，抚其口鼻，气息休然，乃扶之起立，摇之使醒。

稍顷，胡升渐苏，微启其目，瞠视久之，忽奋臂而呼，呓语大作，喃喃不绝，状如狂易。

一时观者纷集，围立如堵，胡升忽歌忽哭，狂态可掬，众咸指为疯人。警察乃雇街车一，送之入附近之赫斯班医院，请医生为之诊治，并以其事归报警长。

黄蜂被吴方所戳伤，弃掷道傍，奄奄垂毙，幸有其党以事过此，见而大骇，乃趣邀他党人至，舁送回家。

会其时脑顿及闪电儿，亦相偕而至，见黄蜂受伤甚重，相顾失色。

闪电儿玉容惨怛，黯然谓脑顿曰："黄蜂受余之托，往探吴方之秘密窟，今忽受伤而归，其为吴方所害，不言可知。我虽不杀伯仁，伯仁由我而死。黄蜂若因此而有不测，则余心不安殊甚。今余当亲往医院，延一医士来，为之诊治，请君在此稍待。"

脑顿颔之，闪电儿乃急急而出，驱车往赫斯班医院。既至，入见院长赫斯班博士。

时博士方为一疯人诊治，嘱闪电儿稍待。闪电儿步入室中，瞥见所谓疯人者，即吴方之党胡升也，心乃大诧。

胡升见闪电儿，乃突然跃起，大呼曰："此女盗……此女盗闪电儿也……"又顾谓闪电儿曰："今晚七时，吴方将往县署接洽，协同警察，捕汝以赎罪，汝其慎之。"

闪电儿闻言，变色而出。医生急慰之，曰："此疯人也，密司请勿与较。"

闪电儿笑而颔之，乃与医生偕出，驱车往黄蜂之寓所。既至，医生诊视一过，蹙额曰："伤势颇重，恐有不测，明日若无变象，或可无碍。"乃出药水少许，令黄蜂服之，并将其刀创之处，扎缚妥贴，约于明日再来诊视，乃告辞而出。

医生既去，闪电儿即以胡升所言，告之脑顿。

脑顿骇曰："然则密司将如之何？"

闪电儿毅然曰："余自信无罪，何畏他人构陷？今余当亲往县署，与之质对。苟国家而尚有公正之法律者，决不遽执余而释吴方也。"

脑顿蹙额曰："此去至险，密司尚宜三思。"

闪电儿毅然曰："余心已决，君勿阻余。"

此时天已薄暮，壁上时计，已铿铿鸣六时。

闪电儿乃跃起曰："余去矣。君请回家，静待余之消息可也。"

脑顿颔之，闪电儿乃匆匆而出，乘车赴县署。既至，欲入见邑宰，门警阻之，谓邑宰适以事他出，不能接见。

闪电儿乃怏怏而退，沉吟久之，忽得一策，乃自车中取长绳一，携之至署后，见墙侧有铁梯一架，四顾无人，遂拾级而上，盘旋曲折，直达屋顶，复以长绳之一端，缚于屋顶铁栏之上，手握绳索，徐徐缒下，直至邑宰会客室之窗外。

见室中阒无人在，窗适未闭，闪电儿乃纵身跃入，默坐室中，静待吴方之至。

少顷，忽闻户外有足声，闪电儿急伏匿室隅之帘后，屏息以待，已而户呀然而启，一警察导吴方入室，闭户而去。吴方踯躅室中，若有所思。

此时闪电儿探手囊中，将前所拾得之毒药一小管，握之手中，自帘后缓步而出。

吴方见闪电儿突至，事出不意，愕然变色，急探手囊中，欲取手枪出。

闪电儿乃高举其手中之毒药，低声曰："勿动！动则余当以毒药杀汝，汝其毋悔。"

吴方益骇，慑伏不敢动。闪电儿乃徐步而前，取吴方囊中之手枪，纳之己之囊中，又以钥键户，俾吴方不得出，然后徐徐谓吴方曰："汝联络警察，协以谋我。汝之诡计，可谓狡矣。今余亦不与汝多言，汝第速书一伏罪之供状，以证明余之无罪，则余当立释汝去；非然者，余且杀汝于此，为社会除巨害。孰去孰从，汝其自择之可也。"

吴方闻言，踌躇不决。闪电儿力迫之，吴方不得已，乃据案而坐，伸纸命笔，作一伏罪之供状。其辞曰：

> 年来纽约市发现之毒药杀人案，皆余一人所为，与闪电儿不涉。闪电儿实清白女子，其所犯各盗案，皆系受余胁迫，非出本心，其罪亦应由余一人任之，与闪电儿无关。恐有误会，立此伏罪供状是实。
>
> 吴方亲笔

吴方书已，授之闪电儿。闪电儿接得，就灯下观之，忽闻户外足声杂沓，继以啄剥之声，则纽约市之邑宰至矣。

邑宰自外驱车归，守门之警察，告以吴方已应召来，刻待于会客室中。

邑宰大喜，急趋往会客室。比至，推其门，则已下键，连叩数声，亦无应者，心乃大讶，深恐室中或有他变，乃立招警察多人至，奋力撞门。键脱，门乃骤辟，众人一拥而入。

邑宰瞥见闪电儿在室，骇且诧，大呼曰："速捕此女！此女盗闪电儿也。"

警察闻呼，乃蜂拥直前，执闪电儿两臂。闪电儿坦然自若，绝不畏惧。

不料吴方乘此纷乱时，逾窗而出，见窗外适有一巨绒在，乃缘之而上，意欲攀登屋顶，觅路而逸。

闪电儿见吴方遁去，急高扬其供状，大呼曰："吴方逸矣，彼乃杀人之凶犯。今有亲笔供状于此，速捕之，毋令逸去。余固无罪，何为捕余？"言已，急以供状示邑宰。

邑宰阅之良信，急挥警察释闪电儿，命速捕吴方。

众人一拥至窗前，探首仰望，见吴方手握巨绒，将及屋顶。邑宰急自囊中取手枪出，向吴方轰击。砰然一声，吴方乃应声而坠，跌于三层楼平台之上。

第三十章

此为恶魔吴方之末日，亦即我书之末一章矣。

当时吴方被邑宰枪击，枪弹倏然至，适中肩际。吴方痛极大噑，偶一失手，乃坠入三层楼平台之上，头触粉壁，额肤绽裂，流血被面，状如鬼魅，而肩际又痛不可忍，以手按之，鲜血殷然，溢于掌上，狼狈情状，不堪言喻。

然吴方素慓悍，虽负重创，尚能忍痛跃起，飞步而奔，觅道欲逸。瞥见室隅有电梯一架，司机者方静坐机旁，手小说一册读之，吴方虎吼而前，出其不意，将司机者打倒，跃入电梯之中，扳动机关，冉冉下降。

正在此一刹那间，邑宰与闪电儿，已由会客室飞奔而出，直登三层楼。闪电儿遥见吴方已乘电梯而下，阻之不及，懊恨异常。瞥见电梯之上，有铁索一条，闪电儿乃奋不顾身，纵身一跃，跳至电梯之顶上，手攀铁索，随之俱下。

不料吴方在梯中，闻顶上有足声，心已大悟。迨梯抵下层，吴方一跃而出，急伸手反扳其机，闪电儿在梯顶，不及跃下，梯即徐徐上升。吴方之意，实欲将闪电儿夹毙于屋顶及梯顶之间。

此时梯之距屋顶，其间不过数尺，闪电儿无法可逸，骇极几晕，自分必不免，瞑目待死。不料电梯将近屋顶，忽戛然而止，闪电儿大诧，已而梯复徐徐下降，至三层楼而止。

闪电儿大喜，急自梯顶跃下，忽见邑宰亦自梯中跃出，顾谓闪电儿曰："险哉密司！苟非余，密司殆矣。"

闪电儿怪而问之，始知邑宰在二层楼，见电梯抵地后，重复上升，闪电儿不及跃出，危急万分，乃奋不顾身，跃入梯中，捩其电机而闭之，梯乃戛然而上，闪电儿始得脱险。

邑宰述已，闪电儿恍然悟，急谢其相救之惠，两人乃复由三层楼飞奔而下，直至最下层。

此时署内外警察，闻声毕集，惟吴方踪迹杳然，不知匿于何处，众人乃四出搜寻。

闪电儿查至甬道中，忽见粉壁之上，有血手印一，乃招众人至，指手印示之。

邑宰曰："吴方曾被余枪击，受伤甚重，此鲜血之手印，必系吴方所污。我侪但须循迹以求之，必能得其伏匿之所矣。"

众亦以为然，乃循迹而往，行久之，至署后一败屋，门上又有手印一，血色鲜明。

闪电儿喜曰："吴方在是矣。"

警察曰："此署中之煤气间也，平时人迹罕至，吴方必匿其中无疑。"

闪电儿推其门，则已下键。邑宰乃挥警察撞门，门破，众乃一拥而入。

初，吴方自电梯中出，欲夺门而逸，继念大门左右，有警察多人，必不得出，乃折而向后，欲觅道而逸。比至煤气间前，忽闻人声鼎沸，警察四围而至，一时急不暇择，为暂避计，乃逃入煤气间中，闭户键之，负隅自守。

煤气间分内外两室，内室为机器间，外室则庋藏杂物之所也。当时警察追至室外，撞外室之门，门将破，吴方大骇，乃复启内室之门，匿身其中。迨警察毁门而入，见外室中阒无人在，知吴方必避入机器间，乃复以物撞内室之门。吴方至是，自知身入死地，必不得逸，忿毒之余，乃觅得巨斧一，将室中煤气管，逐一砍断。一时煤气纷出，迷漫室中，如烟如雾，奇臭触鼻。

其时警察已将室门撞毁，煤气自内室滚滚而出，臭恶难当，触之欲呕，众人不得已，乃掩鼻退出。邑宰急命警察守户口，以防吴方逸出，别遣人绕至煤气间之后，将气窗、玻璃窗等，一并打破。

俾煤气得以泄出，扰攘久之，室中煤气渐淡，邑宰与警察乃一拥而入，闪电儿亦追随其后。比入机器间，瞥见吴方僵卧于煤堆之侧，流血满面，状极可怖。众人为之愕然，迨趋前抚之，则气息早绝，僵毙已久。此阴贼暴戾之恶魔，今乃舍此五浊世界而长逝矣。

吴方既死，事乃大定。邑宰细察尸身，确因枪伤之后，又受煤气之毒，创毒两发，以致倒毙，乃命警察将尸身看守，待司法官检验后，异往收殓。嘱已，乃偕闪电儿返会客室。

闪电儿此时，始将两次暗中相救之事，缕屑述之。邑宰恍然悟，急握闪电儿之手，申谢再三，且曰："吴方之供状，已足证明密司之无罪。今吴方已死，密司可恢复自由矣。"闪电儿唯唯。

其时壁上时计，已鸣十一时，闪电儿乃辞邑宰出，乘车归家。

诘旦清晨，脑顿在家，闪电儿忽翩然而至。脑顿急询以昨晚之事，闪电儿乃将吴方受毒自毙之状，详告脑顿。

脑顿欣喜雀跃，额手曰："余父之仇，今乃复矣。吴方已死，我侪从此可高枕而卧矣。密司怀除暴济弱之志，百折不挠，今乃卒告厥成，不第为余复大仇，抑亦为社会除巨害，可敬可感！"

闪电儿谦谢不遑，谈久之，脑顿忽执闪电儿之手，作诚恳之色曰："巨憝已死，余与密司之婚约，当无有出而反对者矣。余意欲继续举行，不识密司之意何如？"

闪电儿摇首曰："吴方不尝云乎？我二人乃系同父之兄妹，使其言而果确者，更何得再谈婚约？"

脑顿曰："吴方之言妄也。彼欲破坏我侪之婚约，故如是云尔。密司何为信之？"

闪电儿曰："吴方之言，虽不可信，然余意终有不释然者。"

脑顿沉吟片刻，忽欣然跃起曰："密司之历史，惟两人知之，即吴方及黄蜂耳。今吴方虽死，黄蜂尚在，我侪速往问之，彼必能证明此言之诚伪也。"

闪电儿额之曰："黄蜂伤势，不识已稍痊否？余之来此，本欲约君同往视之。"

言已，两人乃挽臂偕出，乘车往黄蜂之寓所。既至，入视黄蜂，见黄蜂伤势虽重，神志尚清。

黄蜂见闪电儿至，即以昨日被害之状语之。闪电儿深抱不安，即以吴方死耗告黄蜂。黄蜂额手称庆，欣然有喜色。

稍亭，闪电儿问黄蜂曰："今天下之知余历史者，惟君一人矣。余与脑君，是否兄妹，请君明以告余，以释余等之疑。"

黄蜂闻言，面露踌躇之色，瞪目熟视久之，黯然曰："余受伤极重，旦夕且死，今当乘余未死，将密司之历史，以及余少年之罪恶，详告密司。然余若一提前事者，则密司必且恨余刺骨，不复以余为友，是可悲也。"

闪电儿讶曰："此言何也？"

黄蜂凄然曰："余实告密司，余乃密司之杀父仇人也。"语出，脑顿及闪电儿皆大诧，骇怪莫名。

黄蜂续言曰："十八年前，余亦吴方之羽党。其时有麦古尔者，与吴方有隙，吴方憾之刺骨，使余往杀之。余意本不愿行，因为吴方所迫，不得已而从之。比至麦古尔家，逾垣而入，隔窗窥探，见麦适独坐书室，伏案假寐，余乃暗取手枪出，隔窗击之。砰然一声，枪弹适中其背。余因身犯大罪，心胆俱战，骇极逸出，狂奔回家。噫！麦古尔非他，即密司之父也。余自犯此巨案，追悔莫及，虽幸并未败露，而神明内疚，历久未已，此后即与吴方绝，深自忏悔。余之奋不顾身，愿为密司死者，亦欲稍盖前愆，于万一耳。今余行将就木，用敢将曩日之事，详告密司。密司若怜余垂毙，恕其既往，则感激靡涯矣。"黄蜂言已，瞪目视闪电儿，状殊凄切。

闪电儿闻言，不觉悲从中来，五内摧折，掩面恸哭，梗不成声。脑顿急执闪电儿之手，曲为慰解。闪电儿泣良久，悲乃稍杀。

此时门忽斗辟，一警察手持公函一封，匆匆而入，授之闪电儿。闪电儿异之，拆其封，展而阅之。函云：

闪电儿女士鉴：

胡升病已痊愈，吴方之罪状，业由彼逐一供认，刻已证明密司之无罪。惟据胡升云，尚有关于密司之家事者数端，欲与密司面谈，务请立即惠临敝署为盼。

函尾署邑宰之名。闪电儿阅已，急取外褂披之，与警察偕出，乘车往县署。既至，入见邑宰。

邑宰适在办公室，见闪电儿至，肃之就座，立命人曳胡升至。胡升见闪电儿，状至惨怛，俯首不语。

闪电儿问曰："汝欲语余者何事？可即告余。"

胡升猝然曰："密司究为何人之女，今已知之否？"

闪电儿曰："余父为麦古尔，黄蜂告我矣。"

胡升颔之曰："诚然。然则麦古尔为何人所杀，密司亦知之乎？"

闪电儿曰："黄蜂语余，彼即杀余父之凶手也。"

胡升摇首曰："大误大误！杀麦古尔者，实为吴方，非黄蜂也。此中秘密，惟余一人知之。"

闪电儿讶曰："汝言确乎？"

胡升曰："确也。十八年前，余与黄蜂，同为吴方之羽党。一夕，吴方使黄蜂往刺麦古尔，继恐黄蜂中途变志，乃与余于一句钟之前，先往麦家，越墙而入。时麦适独坐书室，伏案假寐，吴方蹑足而前，以利刃搠其背，贯胸而死，惟尸身仍伏于案上。吴方欲窥黄蜂之究竟，乃曳余匿帏后。少顷，黄蜂果至，不知麦古尔之已死也，乃开枪击其背，匆匆逃去。余等方欲逸去，而麦之幼女，年方六龄，适自后房出，吴方见而爱之，乃劫之以归，抚养长大。此女非他，即密司是也。是故密司之杀父仇人，实为吴方，非黄蜂也。黄蜂至今，尚自以为杀人之凶犯，余故表而出之，以正其讹。余言尽此，其他则匪余之所敢知矣。"

胡升言已，闪电儿始恍然大悟，急辞邑宰出，驱车返黄蜂家。既至，即奔至黄蜂之床前，以胡升之语，一一告之。闪电儿述已，黄蜂心乃大慰，喜极泣下。

闪电儿握其手慰之曰："余今仍为君之友矣。君宜静养伤体，勿以旧事萦心曲也。"黄蜂唯唯。

其时医生亦至，诊视一过，谓黄蜂之伤，可无大碍。脑顿及闪电儿亦大慰，乃与黄蜂别，相率回家。

吴方死矣，闪电儿之家世已大明矣。我书至此，亦且向阅者诸君告终结矣。

距吴方死后半阅月，脑顿与闪电儿，结婚于纽约城中之礼拜堂。邑宰及警长，咸亲临瞻礼，嘉宾毕集，盛极一时。即傲岸自喜之沙琏夫人，亦复一变其严霜之面，含笑而至，向两人致祝词。其时黄蜂之伤，早已全痊，已以脑顿之助，改行为杂货商矣。

红手套

版本说明

　　该小说整理依据的底本为《红手套》（上、下两册），上海三星书局，1932 年 8 月重版。

第一章

美洲合众国之西北部，有历买锡村者，为著名产油之区。其地万山攒簇，幅员辽阔，煤油之井，遍地皆是，产额丰富，冠于全球。阖村居民，强半恃煤井为生，其因是致富者，尤指不胜屈。

然是地民风强悍，盗贼充斥，时出为乡人之患。其尤凶悍者，号曰"乌鸦党"，党魁浮尔丘，骁勇善斗。盗贼之隶其部下者，凡百数十众，类皆恣睢暴戾，慭不畏死之徒，有时列队而出，跨骏骑，挟利械，行劫乡间各油矿，临去时则纵火焚井，付之一炬。矿主损失，动辄数万金。

乡人患之，乃召集村中诸壮丁，捐资购械，结为乡团，公举团长一人，发令指挥，守望相助，藉御盗贼。然乌鸦党党人，伏处丛山中，踪迹诡秘，出没不常，有时乘乡团不备，突出肆掠，纵火杀人，横行如故，乡团卒亦无如之何也。

时则又有大资本家者，觊觎其地油矿之利，意图垄断，乃集资设一麦济买煤油公司，以重金收买油井。然矿主之有识者，咸深烛其奸，不愿以其宝贵之油井，操之奸商之手。于是不出数日，其油矿必遭乌鸦党焚掠，毁其机，火其井，杀其人，资产荡然，了无孑遗。而凡隶属麦济买公司者，则又匕鬯不惊，丝毫无犯。其中蛛丝马迹，自有可寻。乡人怪之，于是众论啧啧，咸集矢于麦济买公司，以为盗党之出而焚掠，暗中固别有主者，必匪无因而至，然事虽可疑，初无确据，亦惟付之空论而已。

吾书开端，盖在一千九百十七年之春。三月某日午后，乌鸦党大队，忽自山中蜂拥而出，行劫哈米特氏之油矿。

党人皆跨马持手枪，以鸦羽为冠，半覆其面，两目则以圆玻璃蔽之，头上有鸦翼二，作飞翔之状，状貌狰狞，不啻魔怪。党魁浮尔丘，挥众围油井，纵火焚毁之，一时烈焰飞腾，黑烟迷漫，火光熊熊，上冲霄汉。群盗立马围观之，鼓掌欢呼，引为大乐。

时则有女郎名碧梨者，方跨马自村中出，敖游旷野，款段前行，饱览山色。碧梨年才二十许，金发蓝眸，丰神绝艳，性尤勇敢，喜驰马击剑，三五健男子，匪其敌也。

当时碧梨独游山麓，忽见隔山火光大作，天为之赤，心乃大骇，急纵辔飞奔，疾驰登山巅，立马高坡，遥望隔山烟焰起处，乃在哈米特氏之油矿中，明知乌鸦党人，又出肆掠，急欲驰回村中，报告乡团。

正凝思间，不意坡傍草中，伏有盗党一，盗见碧梨跨马至，疑为村中之侦探，乃蹑足自草中出，潜行至碧梨之后，欲肆袭击。

幸碧梨所蓄之爱犬，追随左右，忽见盗党来袭，向女狂吠。碧梨心知有异，旋眸反顾，见盗党立马后，举枪待发。碧梨佯为无睹，泰然自若，阴自囊中取手枪出，突然转身，开枪轰击。枪弹簌然出，适中盗党之腕，盗党负伤仆地，手中之枪，乃锵然而坠。碧梨恐乌鸦党大队继至，众寡不敌，乃旋转马首，飞驰下山而去。

少顷，群盗果呼啸至，见其党仆草中，急下马扶之起。盗党历述受伤之故，浮尔丘大怒，遂率众上马，往追碧梨。比登山巅，遥见碧梨已去远，追之不及，遂废然而归。

碧梨所居，在历买锡村之西偏，其父名奇亚夫，年已六旬，忠厚诚朴，一乡推为长者。奇亚夫设酒肆于村中，肆名"绿树居"，兼售杂货，规模宏敞，为阖乡之冠。其肆址乃一古屋，墙壁门户，坚厚无匹，建筑之固，与堡垒相似，诚以此间群盗如毛，固其垣墉，正所以防盗贼之侵袭也。村中诸少年无事时，恒聚饮肆中，觥筹交错，宾客常满。故绿树居者，实历买锡村之俱乐部也。

是日肆主奇亚夫，正负手立帐柜之侧，与肆中司事名康顿者，笑谈甚欢，忽见其爱女碧梨，狂奔而入，坌息呼曰："阿父，乌鸦党又出肆掠矣。"

语出，肆中诸人皆大惊，纷纷掷杯跃起，围立碧梨之四周，询其颠末。

奇亚夫亦骇然曰："汝言信乎？"

碧梨曰："确也。顷儿乃亲见之，哈米特氏之油矿，已被焚毁。今群盗尚逗遛未去，速往捕之，犹可及也。"

碧梨言已，奇亚夫急顾其傍一少年曰："今乡团团长麦及璧，适以事他出，尚未归来。然时哉不可失，兰姆，汝宜速率乡勇，驰往捕盗，若能一鼓肃清，乡人之福也。"

兰姆奉命，商之肆中诸少年，诸少年皆奋勇愿往。兰姆大喜，乃率众飞奔出肆，相率上马，疾驰而去。

威廉者，麦济买公司之代表也，奉公司总理之命，长驻历买锡村，管理收买油井事宜。然威廉之为人，阴贼险狠，诡变百出，凡有不遂其愿者，往往设计中伤，密谋破坏；而自其表面观之，则又温和可亲，谦恭有礼。质言之，则一口蜜腹剑之小人也。

当众乡勇往捕乌鸦党时，威廉适驱车而至，步入绿树居。

时碧梨与奇亚夫，正立而议论，碧梨曰："自麦济买公司收买油井以来，凡不愿出卖者，咸遭乌鸦党党人之蹂躏，是可异也。"

威廉方入室，骤闻碧梨之言，色乃立变，继复佯为镇静之状，含笑至奇亚夫之前，与之握手，并以甘言媚碧梨。

碧梨心鄙其人，不屑与之周旋，转身欲行，威廉强笑曰："仆离此五日矣，今日复来，自意必能邀密司之欢迎也。"

碧梨微哂曰："君尝离此而他适耶？然余则殊未之知也。"言已，珊珊登楼而去。威廉爽然若失。

会肆中司事者，以一函授威廉，威廉视其封面，乃发自总公司者，急拆而阅之。其辞曰：

威廉君鉴：

　　顷据确切之调查，历买锡城诸油井，当以失魂井所产，最为丰富。惟此井埋灭已久，知者绝鲜。今腊金煤油公司，亦遣其代表名沙第者，亲往历买锡村，从事考察。此井倘为若辈所获，我公司当大受影响，以前计划，必且完全失败。爰特专函驰告，务望竭力缉访，务获此井而后已。至于沙第一方面，尤宜先事布置，阻其进行。万勿稽误，是所至盼！

　　　　　　　　　　　　　　　　总经理哈利增上

威廉阅已，即纳函怀中，取雪茄吸之，凝神苦思，欲觅一万全之策，以阻沙第之进行。

正沉吟间，而肆门陡辟，突有一不速之客，翩然戾止，盖即腊金煤油公司之代表沙第是也。

沙第年二十六七，气宇轩岸，状貌英俊，一翩翩美少年也，是日奉公司总理之命，跨马至历买锡村，怀中藏有介绍书一，拟求见绿树居之主人奇亚夫。

马抵肆外，沙第一跃而下，正欲推门入内，其时女郎碧梨，适在门楼之上，凭槛闲眺，左手执冠，右手掠其云鬟，偶一失手，冠忽下坠，适中沙第之头上。

沙第骇而止步，仰视楼上，乃一明眸皓齿之倩者，不觉转愠为喜，急自地上将冠拾起，拂去尘垢，掷还碧梨。碧梨将冠接得，深致歉忱，面乃大赦，翩然而入。

沙第见女入，怅然如有所失，乃推门入肆，求见奇亚夫，出怀中介绍书授之。

奇亚夫接书拆阅，则发自其老友毕葛斯者，辞曰：

奇亚夫老友鉴：

　　今有敝友沙第，为腊金煤油公司之代表，拟至贵乡考察油井，爰肃寸笺，代为介绍，务乞妥为照拂，无任感祷。

毕葛斯上

奇亚夫阅已，即与沙第握手，欣然曰："毕葛斯君为余之老友，君既为毕君之友，即余之友也。猥承枉顾，敢不尽地主之谊乎？"

时威廉在傍，见沙第忽至，心颇讶其神速，乃趋跄而前，含笑与沙第为礼。奇亚夫见之，即为两人绍介。

威廉欲与沙第握手，沙第佯为未见，顾谓奇亚夫曰："余曩尝与威廉君遇，今殆忘之矣。”

威廉出雪茄一匣，奉之沙第，沙第峻拒之，威廉惭而退。

沙第询奇亚夫曰："自此间至爱壁沙村，道将安出？"

奇亚夫曰："爱壁沙村耶？我家碧梨，常往其地，君若欲往，可命其为乡导也。"

沙第喜曰："甚善！然则余当与此君偕往，以免迷途。"

语出，肆中司事者在傍，闻而大噱，奇亚夫亦为之莞尔。

沙第怪而问故，奇亚夫笑曰："碧梨乃弱息之小字也。"沙第始恍然悟。

奇亚夫招碧梨至，与沙第相见。沙第见所谓碧梨者，即楼上坠冠之丽人，心乃大喜。两人一见如故，雅相爱好，握手清谈，情致缠绵。威廉从傍见之，妒恨交作，忿然而出。

由是沙第遂留居于绿树居中，为历买锡村之寓公矣。

乡勇奉奇亚夫之命，往捕乌鸦党。

时已薄暮，群盗将油井焚毁，缓辔而归，适与乡勇遇于中途，乡勇振臂大呼，开枪轰击，一拥而前，声势甚盛。盗党知不敌，狂窜而奔，众乡勇奋力逐其后。

驰数里，群盗越一小河而过，河边芦苇丛生，高可数尺，人马奔入芦苇深处，倏然隐灭，杳无踪迹。迨乡勇追至其地，遍搜芦中，绝无所睹，众乃相顾错愕。

兰姆曰："我侪曩捕乌鸦党时，每至此间，必失党人之踪迹，此其第三次矣。不识盗党有何幻术，乃能如此，殊可怪也。"

众亦称异不置，议论良久，天已深墨，乃携枪上马，废然而归。

第二章

暮色既积，星月上矣。诸乡勇自山间归，至绿树居之前，相率下马，奔入肆中，以盗党失踪之详情，报告奇亚夫，奇亦诧为怪事。

时则乡团团长麦及璧，已自他处驰回。麦及璧年可三十余，躯干痴肥，权之重可三百磅，状貌臃肿，如人立之豕，平时好大言，睥睨一切，以勇士自居，实则畏葸，寡机智，与其言不称。乡人谥之曰"喜鹊"，盖讥其无能也。

当时麦闻众乡勇之言，乃排众而前，昂然曰："欲捕乌鸦党，舍余莫属。余若率队而往，鼠辈安能潜踪？行见其束手而就执耳。"

奇亚夫曰："然则君宜速往，毋令鼠辈兔脱。诚能捕获盗党，不世之誉也。"

麦颔之，乃欣然率乡勇出，鼓勇上马，疾驰而去。

麦及璧去后，碧梨与奇亚夫，方立而闲谈，忽有一乡童疾趋入肆，自囊中出碎纸一方，授之碧梨。

碧梨回顾童子，则乡妪左阿奶之孙左斯也，接其纸视之，见纸上有字一行，其辞曰：

刻有要事相告，乞速过我一谈。

左阿奶白

碧梨阅已，以示奇亚夫，奇亚夫诧曰："左阿奶有何要事，乃以深夜招汝，殊可异也。"

碧梨略一沉思，恍然曰："儿曩过左阿奶家，彼必叮咛语儿，谓欲将失魂井之遗址，指以示儿，然迟迟数年，迄未见告。今晚驰笺相招，殆欲以此中秘密语儿耶？"

奇亚夫笑曰："失魂井埋没已久，久无知者。彼老妪之言，殆梦呓耳，儿切弗信之。"

碧梨毅然曰："左阿奶诚信可恃，决不欺儿。儿当亲往其家，苟有所得，于我家不无利益也。"

奇亚夫阻之曰："比来盗贼横行，荆榛遍地，儿一弱女子，孑身夜出，危险殊甚，不如不往为妙。"

碧梨不听，遂与其父别，匆匆与左斯偕出。

左阿奶者，一奇异之老妪也，年可六旬余，鬓发苍然，两目炯炯有奇光，与其孙左斯二人，僻居荒村，茅屋一椽，四无邻舍。

室中陈设简陋，座前陈一小火炉，炉上置铁锅一，终日就锅煮水，蒸汽上腾，迷漫室中。老妪则静坐炉傍，常日闭目凝思，默然寡言笑，是晚忽有所感，乃书一纸授其孙左斯，命速驰往绿树居，授之碧梨。

已而碧梨与左斯偕至，左阿奶肃之坐炉傍，徐徐曰："余曩日不尝语密司乎？余欲将失魂井中之秘密，告之密司，今则密司之机会至矣。"言已，即将失魂井以前之历史，详述一过。碧梨则端坐而听之。

左阿奶之言曰："四十年前，余自墨西哥来此，佣于一油矿主人家。主人为一妙龄之女郎，芳名'杜兰斯'，姿容端丽，艳绝一时。其时北美洲西部，尚属红种土人之势力范围，白人之侨寓此间者，远不若今日之众。余主杜兰斯，既具绝世之姿容，复拥百万之家资，遂为当地酋长所垂涎。酋长卑礼厚币，纳交于杜兰斯，杜兰斯心虽鄙之，畏其权势，不得不虚与委蛇。久之，酋长遂向杜兰斯乞婚，杜兰斯以其异种也，毅然拒绝之。酋长坚以为请，杜兰斯执不许，酋长失望之余，心乃大忿。

"会杜兰斯忽与一西班牙人遇，颇相爱好，立谈之顷，遽订婚约，酋长闻之，妒忿益甚。结婚之前一夕，杜兰斯与其未婚夫，挽臂出游，散步旷野，不意酋长自林中突出，疾趋至两人之前，面色惨白，声势汹汹，怒目厉声曰：'汝拒我而与彼伧昵，汝意何居？汝若与彼伧结婚，余誓必手刃汝，以泄余忿。诘旦其慎之。'言已，悻悻而去。两人出不意，相顾惨怛，木立不能声。时余适在傍，深为主人惴惴。

"其翌日，即余主杜兰斯结婚之日矣。是日天忽大雨，雷电交作。杜兰斯易新制之嫁衣，衣制以雾縠，薄若蝉翼，钻石之串，围其蝤蛴之颈，珠光宝气，与雪肤相映。家中盛设燕会，嘉宾毕集，觥筹交错，颇极一时之盛。杜兰斯往来酬应，栗碌异常，笑容可掬，姣艳夺目，来宾咸啧啧称羡，叹为天人，初不料大祸之临，即在眉睫也。

"其时雷雨益厉，杜兰斯回顾庭中，若有所感，余因从旁戒之曰：'结婚而雷雨者，为兆匪吉，主人其慎之。'杜兰斯闻余言，陡忆昨日酋长之言，邑邑不乐。时牧师已至，两人正欲举行婚礼，讵知大门陟辟，彼野蛮之酋长，突率其土人数十，各执利刃及巨斧，蜂拥入室，挥刃乱砍，状如狂易。室中诸人，不及奔避，一刹那间，主人及来宾，乃尽为土人所击毙。

"土人将室中金珠宝物掠得，正欲一哄而出，不意迅雷忽作，此巍然独峙之古屋，乃触电而倒，霹雳一声，陷入地下者丈许。于是酋长及土人，不及逃出，亦均葬身于圮屋之中。天之降罚恶人，固昭之不爽，所可怜者，我美丽绝伦之女郎杜兰斯，乃遭魔鬼之妒，竟长眠于此古屋之下耳。"

左阿奶述至此，老泪纵横，喟然饮泣。碧梨闻之，亦不自知其扼腕而叹息也。

少顷，左阿奶续言曰："当土人来袭之时，余适在厨房中，闻警逸出，未与同祸。初，主人未死时，曾觅得煤油井一，名曰'失魂'。此井产油之富，冠于全美，人若获之者，富可立致。惟井之地址甚秘，当时除主人杜兰斯外，绝鲜知者。余为主人之心腹，故亦得与闻其秘。迨主人死后，乡人议论纷纭，金谓此宝贵之油井，已为雷电所震毁，沦为墟墓，遂无复有过而侦查之者矣。实则失魂之井，依然存在，知其秘密者，惟余一人而已。"

左阿奶言至此，碧梨急问曰："然则失魂之井，究在何处，不识媪能语余否？"

左阿奶颔之曰："密司请勿急急，余今当以一物示密司也。"言已，离座而起，步至室隅一壁橱之前，启其抽屉，取一红色之手套出，指谓碧梨曰："失魂井之秘密，尽在此手套之中。虽然，余有一言，密司识之。失魂井者，世间不祥之物也，人若欲得此井，必经无量之艰危，甚或因一念之贪，以身殉之。余虽欲将此中之秘密宣告密司，亦不能不为密司惧耳。"

语至此，忽见窗外隐约有人影，倏然而过。左阿奶大骇，急趋至窗前，隔窗一望，绝无所睹。

左阿奶曳窗帘蔽之，仍恐隔墙有耳，泄漏秘密，乃将红色之手套，仍藏之壁橱之抽屉内，顾谓碧梨曰："密司异日，必能知失魂井所在，特今日尚匪其时，密司归矣。凡余所言，幸守秘密，毋令他人知之。"

碧梨不得已，乃告辞而出，策马回家。

初，碧梨得左阿奶密札后，与其父奇亚夫，立而议论，不意威廉适在户外，尽闻其事。

迨碧梨与左斯偕出，威廉蹑足随其后，遥见两人抵左阿奶之居，相率入内。威廉乃伏于窗外，侧耳窃听，惜左阿奶发声甚低，凡所云云，模糊断续，不能尽悉。

嗣见左阿奶自壁橱之中，取一红手套出，状甚郑重，威廉探首视窗内，正欲窃听其语，不意为左阿奶所觉，闭其窗帘。

威廉在外，遂绝无所见，嗣见碧梨自室中出，跨马归家，乃亦怏怏而返。

翌日晨，乌鸦党党魁浮尔丘，独坐窟中。盗妻以早餐进，浮尔丘据案大嚼，怡然自得。

其时忽有传信鸽一头，自山外飞入，鸽之胫上，系有密函一封。盗妻见之，即捧鸽于怀，将密函解下，交与所畜之猩猩。

猩猩名"乔爱"，性颇驯良，能解人意，接得密函后，持之入室，以呈浮尔丘。浮拆阅之，则发自麦济买公司代表威廉者也。其辞曰：

浮尔丘君鉴：

顷探得沙第及碧梨，同御四马车一，驰往爱壁沙，欲将机械契约等物，运入历买锡村。惟此举颇不利于我党，见笺望率众速出，中途截击，阻其进行。万弗迟误，至急至急！

威廉上

浮尔丘阅已，掷匙跃起，立命猩猩撞钟，召集羽党。钟声既鸣，盗党毕集，人人以羽冠蒙面，戎装控骑，列队广场。

少顷，浮尔丘亦易服至，遂率其党自窟中出。众盗聚而商议，佥谓自爱壁沙至历买锡村，必道出红叶冈，其地草木邃密，山势险峻，人马易于伏匿。

浮尔丘乃率党赴红叶冈，既至，指挥其众，伏于冈上深林之中，静俟沙第至，要而击之。

越刻许，遥见沙第及碧梨，果驾一四马之车，缓辔而来，浮尔丘戒其部下，毋得妄动，欲俟两人至冈下，突出击之。

不意碧梨目光锐利，偶仰视冈上，瞥见树林深处，隐约伏有人马，急指以示沙第，骇而呼曰："冈上有盗，将不利于我侪。我侪速遁，毋为若辈所窘。"

沙第遥望之，女言良信，即举策鞭其马，马乃狂奔，折入他道遁去。

浮尔丘见之，知事已泄漏，立率其党下冈，飞逐于马车之后，各取手枪出，向两人开放。枪弹横飞，续续不绝。

沙第回顾，见追骑渐近，遂以手中之缰，授之碧梨，亦自囊中取手枪出，就车上还击，且行且战。

相持良久，沙第见追者益迫，相距不过丈许，乃顾谓碧梨曰："事急矣。密司速驱车归，求救于乡团，余当以一人一枪，御盗于此。密司宜速行，勿顾余也。"言已，遂自车上一跃而下，挺立道中，连开其枪，以御群盗，盗不能前进。

碧梨深佩沙第之勇，乃驱车疾驰而去。

沙第与盗相持片刻，一盗忽以长绳为环，就马背遥掷之，沙第出不意，为飞索所曳，颠仆于地。众盗一拥而上，沙第遂为所执。

时碧梨去尚不远，浮尔丘立挥其党，往捕碧梨。碧梨见追者复至，骇乃益甚，芳心大乱，急不择路，乃驱车登山坡。

坡上仅羊肠小道一，下临万丈之深谷，崎岖飞行，险峻无匹，碧梨偶一不慎，车忽倾欹。訇然一声，人马与车，乃并坠入深谷之中。

第三章

　　沙第之被执也，盗党取长绳一，缚之大树之上，呼啸而去。

　　沙第俟盗党去远，急欲思一脱身之策，沉吟片刻，忽得一计，乃用力以绳擦树干。久之，树干受擦生火，将绳烧断，沙第始得挣脱，乃自树上一跃而下，疾驰登山坡，纵目四瞩。

　　忽闻坡下有呼救声，隐约若碧梨，探首俯视，则石壁及深谷之间，有沙滩一方，嵯岈突出，碧梨匍匐沙上，方引吭而呼。沙第见碧梨无恙，心乃稍慰。

　　先是，碧梨偶一不慎，从坡上坠下，自分不免，瞑目待死，不意其身为车箱所震，激出车外，跌入沙滩之中。马车乃复自滩上滚下，堕入深谷，訇然一声，碎为粉齑。碧梨受惊而晕，倒卧沙中。

　　时群盗已追至坡上，下马俯视，见马车坠入谷中，碎为数百片，以为碧梨已葬身坡下，不复追寻，乃相率上马，欢呼而去。

　　盗去后可一刻钟，碧梨悠然而苏，见己身卧石壁下，无路可上，乃大呼求援，会沙第闻声而至。

　　沙第见石壁矗立千仞，足不能驻，势难攀缘而上，瞥见坡后有驾车之马两骑，自谷中逸出，方俯而啮草。沙第乃奔至马前，解得长绳一，以绳之一端，掷至坡下。碧梨接得，即系之腰间，沙第乃将绳之他端，缚于马身，一跃上马，驱之徐行，将碧梨曳上山坡。

碧梨虽历奇险，幸未受伤，惊魂稍定，即将腰间绳索解去，纵身上马，与沙第并驱而归。

是日清晨，乡团团长麦及璧，率团勇十余骑，长驱入山，欲觅得盗窟所在，一鼓擒之，行至中途，忽与乌鸦党大队相遇。

时党人正自山坡驰下，欲归盗窟，瞥见乡团蜂拥而至，相顾骇然，纷纷旋转马首，由他道逸去。

麦及璧遥见之，急挥部下奋勇追盗。乡勇各取手枪出，向盗开放，盗党闻枪声，奔乃益疾。

曲折久之，抵一小河之滨，一转瞬间，盗党忽失所在。乡团不舍，纷纷涉水追寻。麦及璧躯肥而马劣，乃落于大队之后，与部下相失。

麦跨马奔良久，神疲力乏，汗出如沈，气息坌然几不属，乃下马立水湄，以手挥额上之汗，稍事休息。

不意河滨草中，伏有盗党数人，一盗以长绳为环，乘麦不备，奋力遥掷之，适套于麦及璧腰间，麦为飞索所缚，骇而撑拒。盗党大喜，即合力曳其绳，麦立足不定，仆于草中。

盗党一拥而出，按麦于地，即以绳束其手足，缚之大树之上，以一人守其傍，余盗乃相率上马驰去。

其时麦及璧部下诸乡勇，已涉水而过，追至一森林之外，不意盗党大队，悉匿身林中，狙伏以待，俟乡勇稍近，乃突然自林中跃出，各执手枪，拟乡勇之胸。

乡勇出不意，相顾失色，人人高举两臂，莫敢抗拒。盗大喜，乃命众乡勇掷枪下马，鱼贯而行。群盗持枪监其后，驱之如豕羊。

乡勇中有兰姆者，素矫捷而机警，突乘盗党不备，飞身上马，疾驰逸去。群盗开枪击之，差幸躲闪敏捷，无一命中者。

仓皇驰数里，适与沙第及碧梨遇。碧梨呼止之，询其何往，兰姆就马上略述所遇。

碧梨大惊曰："乌鸦党残暴性成，乡勇被捕，恐为所害。余今当与沙君驰往，相机救护。君可速归，召村人来，为我侪之后盾。"

兰姆颔之，遂连策其马，飞驰而去。

兰姆去后，碧梨与沙第，乃并驱赴山麓。驰数里，遥见隔河森林之中，隐约有人在，沙第急止碧梨勿前，两人乃相率下马。

沙第自请往林中探之，命碧梨在此稍待。碧梨诺之，沙第乃蹑足而前，鹤行鹭伏，掩入森林中而去。

时群盗已将捕获之乡勇，驱入林中。乡勇斯时，尚未知其团长麦及璧，先已就缚，瞥见林中一巨树之上，缚一肥汉，面蒙白巾，默然而立，相顾惊疑，不识肥汉为何人。

党魁浮尔丘笑曰："汝等识此君否？此君无颜对人，故以白巾蒙面，今余当令汝等见之。"言已，即揭去其人面上之巾。

白巾既去，状貌毕露，众乡勇见之，相视大骇。其人非他，盖即硕大无朋之团长麦及璧也。麦见众乡勇亦至，羞怍莫名。

浮尔丘遣人释麦之缚，令与众乡勇同立，嗤之曰："汝蠢若鹿豕，畏葸无能，乃敢大言不惭，欲一鼓而擒我党人，苦不自知。汝抑何瞢谬乃尔？今汝之生命，在余掌握，余欲杀汝者，直如屠一豕而已。然余今不杀汝，容当释汝归家，但使汝知乌鸦党党人，未可轻犯，后此勿复作大言而已。"浮言时，群盗咸备肆揶揄，麦及璧大惭，俯首不能答。

浮见麦及璧胸前，悬一铜质之徽章，章上镌有"团长"两字，乃将徽章拉下，执而观之。

其时沙第适蹑足而进，矗立于群盗之后，探首窥视，浮尔丘忽于铜徽章中，照见沙第之影，骇且诧，乃佯为不知也者，招盗党两人至其前，附耳语之。

盗党唯唯，乃分投疾驰去，绕道至沙第之背后，突然跃出，以手枪拟其胸。

沙第出不意，不及抗拒，遂为盗党所执，盗党曳之至浮尔丘之前。浮大喜，命驱入俘虏队中，严加监视。

其时碧梨在林外，遥见沙第亦为盗党所捕，为之大骇，沉思良久，忽得一计，乃蹑足入林中，猱升一大树之上，直登其巅，俯视群盗，适聚立树阴之下，口讲手画，若有所议。

碧梨欲救众人，奋不顾身，乃自树颠飞跃而下，突压于盗魁之头上。党魁出不意，与碧梨俱仆，仓卒不能起。群盗骤见此状，几疑飞将军从天而下，瞪目大惊，不知所措。

即在此一刹那间，沙第及诸乡勇，见有机可乘，遂不约而同，奋身跃起，夺盗党之枪，扭而殴之。盗党仓皇应敌，与乡勇肉搏，于是林中大乱，呼声震天地。

会兰姆亦率乡中壮丁，飞驰来援，时盗魁已自地上跃起，见乡勇人众，势难对敌，乃撮口作怪声，一跃登马背，趣其党速遁。盗党见之，遂纷纷上马，狼奔豕突，一哄而逸。

时碧梨方独立道傍，袖手作壁上观，不料有盗党一骑，自碧梨身傍驰过，突展其臂，拽碧梨之衣领，挟之上马，飞驰而去。碧梨引吭大呼，力挣不得脱。

驰里许，碧梨瞥见盗党腰间，佩有匕首一柄，乃暗将匕首拔得，出其不意，力揿盗党之左股。霜刃倏下，鲜血四溅，盗党痛极大嗥，自马上颠仆而下。

碧梨为盗党所牵，与之俱坠，两人遂就地上扭殴。盘旋数四，碧梨突将盗党推开，奋身跃起，自囊中取手枪出，直指盗党之胸，盗党始高举两臂，慑伏不敢动。

　　会沙第及麦及璧，亦飞驰来援，见碧梨已将盗党捕获，大喜过望。

　　麦及璧前请曰："余顷为盗党所执，备受揶揄，憾之次骨。今请密司以此盗付余，余当驱之回村，细加鞫讯，务获盗窟而后已。"

　　碧梨颔之，乃以盗党付麦，与沙第并驱先归。麦牵马一骑，令盗党乘之，以长绳絷其手，曳之徐行。

　　行近历买锡村，麦忽自囊中取纸烟出，燃而吸之，手中之绳，乃不期而坠。

　　盗党在后见之，利其颠顿，忽生一计，潜取马背之绳，奉之于麦，庄容曰："麦君，君手中之绳坠矣。"

　　麦及璧矍然觉，急接绳握之，莞尔曰："汝颇诚实可嘉。不然，我绳坠，汝可逸矣。"盗党唯唯，而心乃窃笑之。

　　复数武，盗党乘麦不见，私自马上跃下，倏然逸去。麦及璧曳其绳，微觉有异，比回顾，不禁大诧。盖盗党已杳如黄鹤，手中所曳者，乃空马一乘而已。

第四章

盗党既逸，麦及璧丧气殊甚，怏怏而归。

会沙第与碧梨，因久待团长不至，深恐中途有失，复率乡勇自村中驰出。麦见众至，羞惭无地，略述盗党失踪状，自承疏忽之咎。众见麦狼狈之状，不觉为之莞尔。

沙第谓盗党逸去未久，追犹可及，欲亲往捕之，众乡勇咸奋勇愿偕往。沙第与碧梨，乃率乡勇疾驰去。

行数里，将近勃开容河，遥见盗党大队，正在河滨休憩，沙第乃指挥其众，鼓勇进攻。盗见乡勇又至，纷纷上马，涉水而逃。

沙第等追至河滨，与盗党大队，相距不过数丈。群盗驰入芦苇丛中，一转瞬间，倏然不见。

迨乡勇追过小河，遍搜芦中，杳无踪迹。沙第与碧梨，目睹此异，深以为怪，始信乡勇之言，良非虚语，乃废然率众而归。

越日，威廉忽接总公司来函，急拆阅之。其辞曰：

威廉君鉴：

　　顷得确息，世之知失魂井者，惟老妪左阿奶一人，务望觅得此妪，设法探之。倘能成功，我侪获益非鲜浅也。

　　　　　　　　　　　　　　　　　　　　　总经理哈利增上

威廉阅已，即乘汽车出，拟往访左阿奶。

车至中途，忽见一童子徐步道傍，踽踽独行。车自童子身畔驰过，威廉偶回顾，不觉大喜。盖童子非他，即左阿奶之孙左斯也。

威廉急止其车，笑谓左斯曰："孺子何往？"

左斯曰："顷以事往爱壁沙村，今乃归耳。"

威廉笑曰："如此长途，踽踽独行，得勿疲乏耶？余今适无他事，愿以汽车送汝归，汝以为何如？"

左斯喜曰："君言信耶？"

威廉正色曰："余岂欺汝者？汝第登车可笑。"

左斯大喜，遂一跃上车，坐于威廉之左。威廉捩机启之，车忽疾驶向前去，风驰电掣，其捷若飞，左斯乃大乐。

驰数里，威廉忽顾谓左斯曰："汝曩日不尝语余乎？汝将以失魂井之秘密，告之于余。今汝试言之，失魂井究在何处？"

威廉语出，左斯乃大骇，急启车左之户，欲下车而逸。威廉怒，面色陡变，突以双手扭左斯，奋力举之起，高舞空中。

左斯力挣不得脱，大骇而呼，威廉厉声曰："汝速语余！失魂井究在何处？若违余言，余必掷汝于山坡之下，汝其毋悔！"

左斯戄觫曰："余实不知，安能告君？"

威廉大怒，遂将左斯自车中掷出，坠于道傍山坡之下，受伤甚重，痛极立晕。

威廉止车俯视，疑其已死，深恐为他人所见，乃开足汽机，疾驰逸去。

是日清晨，碧梨与沙第，乘马偕出，并驱游村外，且行且语，愉快无艺。

道出高坡，忽闻坡下有呻吟声，两人甚异之，乃自马上跃下，疾驰下坡，瞥见坡下草中，倒卧一童子。

碧梨俯视之，则左阿奶之孙左斯也，受伤甚重，呻吟不绝。碧梨深为骇诧，急询其何由在此。

时左斯已悠然而苏，张目见碧梨，乃泣而呼曰："恶人……威廉……彼欲杀余……彼以失魂井问余，余秘不以告，彼乃掷余于此。噫！余伤甚！余左臂折矣！"言已，复昏然而晕。

两人闻威廉欲得失魂井，乃瞿然而悟。

碧梨恨之曰："威廉贼也，狼子野心，乃肆其辣手于孺子，残酷奚如。余若遇之者，必唾其面。噫！左斯伤甚，余当送之归家。余知彼可怜之祖母，方倚门而望也。"复顾谓沙第曰："我家有伤药一樽，藏于一小皮箧之中，以治跌打诸伤，素著奇验。君可速归，向余父索药箱，携之至左阿奶家，余将以伤药治左斯也。"

沙第颔之，遂将左斯舁至坡上，卧之马背。碧梨曳缰徐行，送左斯还家；沙第则飞身上马，疾驰归历买锡村。

威廉之遁也，念世之知失魂井者，惟左阿奶一人，不如亲往询之，或能探得其底蕴，立意既定，遂驱车赴左阿奶家。

车至茅屋之前，止车跃下，推门而进，时左阿奶正拥炉向火，见威廉突入，骇而跃起。

威廉怡色柔声，徐徐止之曰："妪勿骇！余之来此，实欲以一事询妪。余闻他人言，此间有失魂井者，妪颇知其秘密，不识能语余否？"

左阿奶闻言益骇，战栗曰："否、否！何为失魂井，余实不知，请君勿信他人之谰言。"

威廉见左阿奶秘不肯宣，乃自囊中出钞票数纸，纳之左阿奶手中，厉声曰："汝若举失魂井之秘密，详以余告，则余当以重金酬汝，决不吝惜；非然者，余必有法以处汝，汝其慎之。"

左阿奶惑于重利，又劫于威廉之威，心乃渐动，瞪视手中之纸币，转辗思维，踌躇莫决。

此时忽闻屋外蹄声"得得"，自远而至，威廉骇然变色，隔窗外窥，遥见碧梨手曳一骑，徐步而来。马上偃卧者，固左阿奶之孙左斯也。

威廉恐为碧梨所窘，急自左阿奶手中将纸币夺回，仓皇奔出。时碧梨方注意于马上之左斯，未之见也。

碧梨曳马至屋外，即将左斯自马背抱下，挟之入内。左阿奶见其孙负重伤，骇极几晕，惶然涕出。

碧梨略述左斯受伤之故，左阿奶恍然曰："顷有一男子来此，以重金赂余，欲知失魂井所在，嗣见密司来，乃倏然逸去。此人殆即威廉也。"碧梨亦以为然。

其时左斯已苏，欲饮清水少许，碧梨趋视室隅瓮中，空无涓滴，乃亲挈瓦瓮出，欲往涧中汲水。

时威廉尚逗遛屋外，矗立于汽车之侧，执纸卷烟吸之，瞪目视地，若有所思。

碧梨突然启户出，威廉避匿不及，乃挺身卓立，夷然若无事者。

碧梨瞥睹威廉，怒不可遏，疾趋而前，戟指詈之曰："恶徒！汝以卑鄙残酷之手段，加以孺子之身，可耻孰甚！不速去，余且召乡人来，缚汝入村，痛加惩创，以戒汝暴戾之罪。"

威廉闻言亦大怒，突伸手扭碧梨之肩，厉声曰："凡余所为，何预汝事？汝若不与余反对者，则失魂之井，余必能探得之矣。"言已，推碧梨之肩，挥之令去。

碧梨忿极，乃突举手中之瓦瓮，猛击威廉之颅。瓮破，威廉之颅亦立碎，血流被面，狞恶若厉鬼。

威廉痛极几晕，暴怒欲狂，虎吼而前，张两臂欲捕碧梨。碧梨转身而逃，威廉奋力逐其后。碧梨突取手枪出，以拟威廉之胸。威廉大惊，慑伏不敢动。

已而碧梨步至威廉之侧，欲与之语，不意威廉突然跃起，力击碧梨之腕，手中之枪，乃锵然坠地。碧梨大骇失色，威廉乘势扭其胸，举拳殴之。碧梨不得已，乃奋勇与威廉斗。

盘旋久之，碧梨力渐不敌，退至汽车之傍。威廉距跃而前，以两手扼其喉，按之于汽车之上。碧梨无力抗拒，气闭不得舒，命在呼吸。正危急间，而沙第至矣。

沙第奉碧梨之命，疾驱回绿树居，取伤药之箱，取得后，即携之上马，飞驰往左阿奶家。

将近茅屋，遥见碧梨为威廉所扼，倒卧于汽车之上，千钧一发，危急万分，沙第骇且怒，遂自马上飞跃而下，直扑威廉。

时碧梨已晕，僵卧不复动，威廉见沙第突至，急舍碧梨而斗沙第。沙第素工技击，手足敏捷，勇猛无匹。两人互扭久之，颓然俱仆。

威廉见地上有手枪，即伸手攫得，向沙第开放。沙第目明手捷，急扼其腕，枪弹斜飞而出，适中汽车后汽锅之上，锅为之洞穿，汽油汩汩而出，灌注草间。

不意草中有烬余纸烟一段，为威廉所掷弃者，火尚未熄。汽油遇火，立即燃烧，延及汽锅之上，一转瞬间，锅乃突然爆发。但闻轰然一声，汽车全身，炸为粉齑，烟雾迷漫，火光熊熊。

碧梨本僵卧于汽车之上，车已爆裂，碧梨不将随之而炸毙耶？而不知其中事实，乃固有大谬不然者在也。

第五章

初，威廉开枪击汽锅时，碧梨在车上，已悠然而苏，忽觉有臭恶之气，触鼻欲呕，微启其目，回顾车后，瞥见地上之火，已延及车身及汽锅，逆知一二分钟间，此车必将爆裂，大骇跃起，狂奔至数十步外，伏匿于茅屋之后。故汽车虽毁，碧梨固依然无恙也。

其时沙第已将威廉推开，奋身跃起，忽见汽车轰然爆裂，以为碧梨僵仆车上，必遭殃及，惊心荡魄，惨怛万状，瞠目木立，感伤欲绝。

不意威廉在后，乘间跃起，攫得大铁锄一，蹑足至沙第之后，高举铁锄，猛击其颅。

幸碧梨自屋角奔出，适为所见，急俯拾地上之手枪，注视明切，突发一枪，适中威廉之右腕。威廉负伤痛甚，锄不能举，铿然而堕。

沙第闻声回顾，见碧梨自后驰至，安然无恙，快慰逾望。

时左阿奶在室中，斗闻枪声，骇而出视，瞥见威廉俯首立门外，以左手获其受伤之腕，状甚狼狈。

左阿奶因威廉伤其孙，愤怒万状，戟指詈曰："汝恶魔耳！暴戾残酷，上帝不佑，恶贯盈日，必罹万难而死。汝之死日迫矣，尚欲作恶耶？"

威廉恨恨曰："人各有死，死亦何害？但余誓必夺获红手套后，方能死耳。"

左阿奶指天画地，呻呻而詈。碧梨与沙第，乃劝之入室。威廉寻亦逡巡逸去。

碧梨携药箱入，将伤药检出，为左斯敷之，事毕，乃与左阿奶别，并驱而归。

乌鸦党聚处之村落，僻居万山丛中，别有天地，人迹罕至。其出入之途径，秘密异常，除党中人外，绝鲜知者。

威廉者，固乌鸦党之主动人物也，然党人于出入之枢钮，亦靳不令知。威廉欲入盗窟晤其魁，必以白巾掩蔽两目，由党中之人，牵之以进。事毕，则仍蔽目引之出，其秘密如此。

是日威廉受伤后，憾沙第刺骨，自念欲复此仇，非乞助于乌鸦党不可，乃匆匆入山，觅得一盗党，述其来意。盗党遂以巾蒙威廉之目，引之入村，抵党魁浮尔丘之居，去其巾导之入内。威廉晤浮尔丘，即以腕上伤处示之。

浮惊询受伤之故，威廉乃略述前事，忿然曰："我侪今日之劲敌，厥惟沙第一人。沙第朝死，则我侪之功当夕成矣。君若能设法杀沙第，余当以重金酬君，在所不吝。"

浮笑曰："欲杀一沙第，事亦匪艰，余当遣余党潜往，突然刺杀之，一反手之劳耳。"

威廉正色曰："君勿轻视此獠！此獠颇机警而勇敢，一二健男子，非其敌也。"

浮嗤之曰："败军之将，不可以言勇。诚哉斯言！君亦大丈夫，胡畏葸乃尔？须知彼虽勇健，我党亦岂怯弱者流？君但安居无躁，静俟沙第之死耗可矣。"言已，立召一盗党名杰克者入，谕之曰："汝可偕汝友三人，同往绿树居，侦探沙第之举动，若能乘间刺杀之，以除我党之害，为勋尤烈。慎勿偾事！"

杰克唯唯，疾驰而出，宣布党魁之命令。其时遂有盗党三人，自告奋勇，愿与偕往。杰克立率三人出，乘马赴历买锡村。

碧梨与沙第归，以威廉之阴谋，告之奇亚夫。

奇亚夫曰："然则威廉必与乌鸦党通，故敢横行若是。若能探得乌鸦党巢穴，率众剿灭之，则威廉虽奸险，当亦无能为矣。顷乡团团长麦及璧，适来我肆，刻在隔室午膳，我侪盍往商之？"

碧梨与沙第，乃随奇亚夫入隔室，晤团长麦及璧。时麦方据案大嚼，意态甚豪，见奇亚夫等入，乃掷匙跃起。奇以沙第所述，转告麦及璧，麦闻事涉乌鸦党，蹙额有惧色。

沙第鄙之，乃抚其肩曰："君为乡团一团长，除盗安民，固君之职务应尔，不可畏难而苟安也。须知乌鸦党，猖獗以来，即以我腊金公司论，已损失万金之巨。今君若能从速侦缉，破获盗窟，除一方之巨害，则余当以百磅为君寿，君其努力。"

麦及璧闻有重酬，耳乃立聪，欣然曰："然则酬资何在，能示余否？"

沙第曰："余岂食言者流？余之金钱，皆贮藏于柜内之保险箱中，君既不余信，余当取之来，使君视之，藉知余言之匪谬也。"言已，乃疾趋出室，奔至帐柜之前，以语掌柜者。

掌柜者顾其傍一伙友曰："汝速以钥启第七号保险箱，将箱中所贮纸币取出，付之沙君。"

伙友唯唯去，少顷，持纸币至，点交沙第。沙第持币欲行，瞥见有短衣窄袖之健男子三人，貌甚凶恶，方倚柜而饮酒，目灼灼注视其面弗已。

沙第大诧，乃驻足不行，细视三人中之一，虬髯如戟，面目狰狞，似曾于何处相识，凝思片刻，始悟为乌鸦党党匪，不觉失声而呼，顾谓肆中诸少年曰："此盗党也，速捕之，毋令逸去！"

语出，三人者皆大骇，相与掷杯跃起，各出手枪，向沙第开放。

沙第躯干灵捷，急匍匐于木柜之后，以柜自蔽，然后自囊中取手枪出，向盗党还击。一时枪声连作，肆中秩序大乱。

诸佣保闻有盗党至，咸攘臂直前，协力围捕。会奇亚夫等在隔室，亦闻声驰至，各出手枪，轰击盗党。

一盗颇机警，自知众寡不敌，乃突将捕者推开，夺门而出。门外别有一盗党，方箕踞坐阶上，守视其马，忽闻肆中枪声大作，骇而跃起，继见一盗仓皇奔出，促之速遁。两人乃飞身上马，疾驰逸去。

其时盗党杰克，已中沙第之枪，倒卧柜前，血流殷地，受伤甚重；其一盗名乔奇者，亦为众人所执，絷其手足。

碧梨俯视杰克，奄奄一息，似已垂毙，乃命人挟之起，扶入肆后一小室中，坐之椅上，并将乔奇亦曳入室中，闭户键之，命人严加监守，勿令逸去。

诸事就绪，沙第曰："顷盗党之来此者，共有四人，今仅获其半耳。其党若令逸去，殊匪除恶务尽之道，余意欲率众往追之，苟能捕获，亦足寒盗党之魄也。"碧梨亦以为然。

时乡团团长麦及璧在侧，忽止沙第勿行，自告奋勇，昂然曰："君已手捕二盗，劳惫甚矣，此事可由余了之。余当率部下往追，务获二盗，献之于君。君以为何如？"

沙第诺之，麦大喜，乃疾趋出肆，号召其部下诸乡勇，相率上马，疾驰出村，往追漏网之二盗。

比近勃开容河滨，遥见二盗果在前奔逃，乃开枪轰击之。盗见追者大至，益加鞭疾驰，涉水而去。麦及璧亦挥众渡河，不料一转瞬间，二人又窜入芦苇深处，倏然不见。

麦大怒，乃下令诸乡勇，命将附近各森林中，逐一搜寻，务获盗窟而后已。

诸乡勇奉命，遂分投而去，初不知盗党之秘密窟，固近在咫尺之间也。

二盗逃入窟中，急驰往党魁浮尔丘家，以其友被捕之事，报告党魁。

时浮尔丘方与威廉坐谈，静待其党之归报，突闻恶耗，大怒欲狂。

威廉从旁叹息曰："何如？我固谓沙第匪易与者。"

浮尔丘击案砰然，切齿曰："何物沙第，欺人若是，余誓不与之两立！"

威廉慰之曰："君勿怒！今余有一策于此，当令被捕之两人，安然归来。而我侪所谋之事，亦能于一反手间，达其目的。君愿闻之乎？"

浮惊喜，请述其计，威廉曰："村中乡勇，既尽出以追我党，村中势必空虚，今君可率众潜出，往袭历买锡村之绿树居，将肆中被捕之两人，一并夺回，并可将左阿奶祖孙，捕之来此，胁令献出红手套。此物若得，则我侪之大事济矣。"

浮闻言，深韪其议，乃下令诸党人，秣马厉兵，预备出战。

少顷，诸党人咸携械跨马，戎装而至，集于旷场之上。浮尔丘亦与威廉偕至，乃相率上马，一拥自盗窟出，往袭历买锡村。

第六章

左阿奶者，一诡奇之老妪也，尝从异人游，略知幻术，其家中有铁锅一，终日就炉煮水。左阿奶凝视锅中，可窥见数里以内之事物，毫发无爽。

是日午后，妪索居无事，拥炉兀坐，无意之中，偶凝视锅内，忽见威廉与乌鸦党党魁，正在筹商报复之策，欲率党袭历买锡村，夺取红手套，危机已迫，大惊失措。

时其孙左斯，伤势稍痊，以白布络左臂，侍立于侧。妪仓皇跃起，曳左斯急行，飞奔出室，颤声曰："速遁速遁！乌鸦党之大队至矣。"左斯闻言亦大骇。

妪语已，忽忆红手套尚在室中，乃顾谓左斯曰："汝速驰往绿树居中，警告奇亚夫，乌鸦党将至，促其速筹守备，余当归取红手套也。"

左斯唯唯，乃狂奔而去，妪则疾趋返茅屋，将红手套取出，藏之怀中，转身奔出，驰往历买锡村。

将近村前，乌鸦党前锋已至，遥见左阿奶，策马追之。妪回顾，见盗党在后，震怖亡魂，舍命狂奔，逃入村中。

其时左斯已至绿树居，入见奇亚夫。奇亚夫与沙第等，正因捕得盗党二人，知乌鸦党必不甘心，乃聚集肆中诸人，共商对付之策，一时众议纷纭，莫衷一是，初不料大祸之临，即在眉睫也。

左斯奔入肆中，坌息呼曰："乌鸦党大队至矣。诸君速筹战备，毋为盗党所袭。"

语出，众皆大惊，同声曰："汝言确耶？"

左斯曰："确也。祖母语我，乌鸦党之来，即在顷刻矣。"

沙第与碧梨闻言，急相率奔出门外，立而遥望，瞥见老妪左阿奶，狂奔入村，面惨白如土，扬臂呼曰："乌鸦党来矣……"一语未毕，忽蹶而踣，力挣不能起。

碧梨遥见左阿奶背后，果有乌鸦党前锋十余骑，长驱入村，心乃大骇，急疾趋而出，奔至左阿奶身傍，扶之起立，曳其臂疾行，逃入肆中。

沙第等见盗党果至，亦仓皇退入室内，闭其门，以巨木栓之。

盗党蜂拥至肆外，见大门紧闭，知肆中已有防备，顿形失望。浮尔丘挥众暂退，离肆百余武，立马暂驻，乃自马上取纸笔出，作一战书，命其党投入肆中。

其时肆中诸人，方预备防守之事，忙碌异常。奇亚夫检点其众，自伙友、佣保以至避入肆中之乡民，共得二十余人，苟能戮力同心，尚足与盗党相抗，乃命人将肆中所藏之军火，悉数舁出，一一打开。

箱中所贮枪枝及子弹，为数颇巨，奇命肆中诸人，任意取用，复将医药救伤等应需之物，使肆中妇女司之，为临时之红十字队。

碧梨素勇健，取手枪握之，实弹以俟，请于其父自愿列入激战之队，奇亚夫许之。

布置略定，会盗党以战书投入，奇亚夫接阅之，其辞曰：

> 今限汝等于十分钟之内，将我党及左阿奶献出。如敢抗违，则绿树居破时，必尽杀乃止，其毋悔！

奇亚夫阅已，怒眥欲裂，即将战书朗诵一过，顾谓众人曰："今我侪将坚持到底，以与乌鸦党激战耶？抑将含垢忍辱，以顺从其要求耶？孰去孰从，请诸君决之。"

语出，众人咸慷慨激昂，扬臂大呼曰："战！战！男儿有死而已，不能从贼也。"

奇亚夫大喜，仰视壁上时计，已指十一时五十五分矣，乃指以示众人曰："今距交绥之时，只五分钟矣，诸君宜各自为备，以免临时匆促。"

众唯唯，乃纷纷持枪实弹，默立以待。奇亚夫发号施令，分布其众，散伏于肆中各要隘，静俟盗党来攻。众人屏息矗立，默不发声。妇女童稚，则瑟索集室隅，相视惨怛，觳觫欲泣。

其时日光为层云所蔽，惨淡无色，此沉沉大厦中，乃寂如墟墓。

少顷，壁上时计，已铿铿鸣十二时，奇亚夫突然跃起，作沉着之声曰："诸君听之，战书所限之时刻，今已过矣。诸君勉之，毋贻我乡之羞也。"

众同声曰："诺。"

时浮尔丘在肆外，见限时已过，而肆中寂无复音，勃然大怒，乃下令其党，开枪进攻。盗党闻战令，纷纷下马，匍匐于路傍之虎下，蛇行而进，开枪轰击。

肆中人见群盗来攻，枪弹飞入，续续不绝，乃亦各据一窗口，开枪还击。两军奋勇对垒，如临战阵，枪弹如雨，呼声动天地。

盗党死伤相继，肆中壮丁，亦多受伤者。然盗党再接再厉，冒死直前，大战良久，卒达绿树居门外。

两军隔户互击，枪子横飞，肆中渐有不支之象，沙第乃请于奇亚夫曰："彼众我寡，势所不敌，战稍久，此肆必破，吾属皆为之虏矣。今我乡乡团，在山中搜盗，尚无知者，余当以单骑突围出，驰往报警，促乡团来救。乡团若归，则盗党不足破也。"

奇亚夫壮其言，乃命牵一骏骑至，促沙第速往。沙第飞身上马，奇亚夫启肆后之户，沙第一骑驰出，户乃复阖。

沙第出门不百武，为群盗所见，纷纷开枪击之，一弹擦马胫过，马略受微伤，痛而人立，将沙第颠下。沙第一足犹倒悬于镫上，力挣不得脱。

盗党见之，疾驰来捕，幸碧梨在屋中，隔窗遥望，惊悸欲绝，乃冒险启户出，狂奔至沙第之侧，飞身上马，旋转马首，疾驰回绿树居，将沙第拽归。迨盗党追至后门之外，门已立阖，不复能入。

碧梨将沙第扶起，幸无大伤。沙第深感碧梨救获之德，两人爱情，因之愈笃。

其时盗党觅得大木一，以之撞门，其势甚猛，大门震震欲倒。碧梨见之，驰告奇亚夫，奇笑曰："我肆大门，其坚如石，彼纵以巨炮轰击，不能破也。"

语未已，忽闻轰然一声，屋瓦皆震，碧梨急回顾，则大门之上，已裂巨孔一，乃指以示奇。奇见之，亦大骇失色，嗫不能发声。

碧梨明知此肆必不能守，乃请于奇亚夫曰："事急矣。此间若能死守片刻，儿当以单骑突围出，求救于乡团；非然者，我属皆将束手而为盗党所缚矣。"

奇亚夫尼之曰："汝一弱女子，安能冒险而出？"

碧梨不听，坚请一试。奇不得已，诺之，碧梨乃持枪上马。奇亚夫潜启肆后之户，碧梨跃马驰出，户乃复阖。

盗党见碧梨出，纷纷发枪击之，碧梨纵马狂奔，躲闪灵捷，弹不能中。

浮尔丘立挥其党二人，往捕碧梨，二盗飞身上马，疾驰来追，并连发手枪轰击。碧梨之马骇而踬，将碧梨颠下。

二盗大喜，策骑来捕，不意碧梨身手灵捷，突然跃起，飞身上马，仍疾驰而去。二盗紧追其后，如影逐形，坚不肯舍。

碧梨心慌意乱，急不择路，伏鞍狂奔，驰登一高山之上。山边两冈对峙，危壁矗立，中隔丈许，其下为万丈之深潭。

碧梨驰至冈上，无路可遁，回视追者渐近，势不得脱，乃挥鞭策马，欲冒险跃过对冈，不意马力疲乏，四足腾空，訇然一声，人马乃并坠于深溪之中。

第七章

碧梨离绿树居后，盗党撞门益厉，门上本裂有巨孔一，此时孔之四周，复片片而碎，隙乃益巨。

奇亚夫望见之，惶急失措，乃躬自驰至大门之旁，欲筹一保护之法。不意盗魁浮尔丘在外，适从门隙窥探，见奇亚夫驰至门侧，乃由门之裂孔中，突发一枪。

枪弹簌然入，适中奇之前胸，奇狂吼一声，颓然仆地。肆中诸人见之，咸大骇失色。沙第在傍，急挥肆中佣保，将奇扶起，舁之卧案上。

时奇因受伤甚重，晕然不省人事，沙第大戚，鏖战之余，时时趋往视之。

少顷，奇渐醒苏，见沙第在侧，即请其取清水一勺饮之，饮已，神志稍清，乃执沙第之手，叮咛曰："余受伤甚重，势必不起，命在呼吸矣。余年已六旬，死亦无憾，所恋恋不能舍者，惟余女碧梨而已……"语至此，伤处剧痛，气息咻然，似将不属。

沙第大戚，劝奇稍事休息，奇不听，喘息略定，乃继续语沙第曰："……然余之家庭，尚有一秘密，他人绝鲜知者，今当乘余未死，告之于君。盖余女碧梨，非余亲生，乃余之螟蛉女也。伤哉碧梨，早失怙恃，平日幸赖余之保护，得以长大。今余复死矣，惸然一身，又将谁依？此则余所恋恋不舍者也。"语至此，老泪纵横，喘息大作，已而又续言曰："余观君之为人，侠烈好义，平日对于碧梨，颇称莫逆。余死之后，欲以碧梨托君，请君代为保护。君若见允，则余心慰矣。"言已，目灼灼视沙第，盼其答复。

沙第慨然曰："承丈相托，敢不如命？丈设有不讳，令爱碧梨，余自当加意保护，唯力是视，丈请勿忧！"

奇亚夫见沙第允诺，面呈喜色，一转瞬间，又晕绝不省人事。

此时盗党撞门愈急，门已片片而碎，势将不支，沙第急挥众移箱橱几案等物，堆积门后，以御盗党。

一刹那间，大门已脱枢而倒，盗党欲夺门而进，肆中诸人，忍死支持，不令盗党入室。

相持久之，群盗卒将箱橱几案等物，逐一撞毁，蜂拥而入。

沙第执巨斧一，率众与群盗肉搏，瞋目奋呼，勇不可当，盗党被其砍伤者甚众。

时左阿奶祖孙，不及避匿，瞠目立肆中，为盗党瞥见，遂有二盗排众而前，将两人擒获，曳至室外，挟之上马。左阿奶力挣不得脱，大呼求援。

沙第遥见之，欲驰往救护，无如为盗党所围，猝不得脱。

正危急间，忽有乡勇一大队，自村外驰至，为首一骏骑，乃坐一明眸皓齿之女郎。女郎为谁？盖即绿树居之主人碧梨女士也。

初，碧梨跃马过高冈，马忽失足，坠入高丈之深潭，差幸素谙游泳之术，未遭灭顶，惊魂稍定，乃复鼓其勇气，牵马出潭，纵身上马，疾驰而去。

盗党在冈上，误以为碧梨已死，欣然而返，不复来追。

碧梨驰至勃开容河滨，始与乡团遇，乃报告村中之危状。乡勇闻耗皆大骇，急随碧梨驰归。

比入村，群盗闻乡团忽归，咸自绿树居奔出。乡勇见之，即相率下马，匍匐于地，开枪击盗，盗亦纷纷还击，两军遂相鏖战。

团长麦及璧，躯干笨滞，性又畏葸，不意一弹飞来，适中其臂。麦受伤仆地，幸经乡勇救起，挟之入室，未为盗党所杀害。

碧梨匿身庑下，遥见左阿奶祖孙，为二盗所执，挟于马上，乃取手枪出，注视明切，开枪击盗。每发，辄殪一盗。二盗俱毙，咸自马上坠下。左阿奶祖孙，始得脱险，相将逃归。

乡勇以恨盗刺骨，冒死进攻，弹发如雨。沙第复率肆中诸人，力攻其后。盗党死伤相继，自知不敌，党魁浮尔丘乃撮口作怪声，率众上马，豕突狼奔，四散逸去。

碧梨自庑下出，适与沙第遇，两人执手相视，惊喜交集。

碧梨见乌鸦党逸去，命乡勇速往追之，乡勇谓团长受伤，一时无人统率。沙第闻之，乃自告奋勇，愿率乡勇往追乌鸦党。

碧梨喜曰："得君亲往，胜于麦及璧多矣。"沙第乃一跃上马，统领大队乡勇，飞驰而去。

诸事略定，碧梨忽忆其父奇亚夫。

时左阿奶及司事康顿，适立于碧梨身旁，碧梨急问二人曰："余父何在？何为不见？"

两人凄然曰："密司勿骇！奇君顷为盗魁所击，受伤甚重，今尚卧于肆中也。"

碧梨闻言，大骇失色，不待两人之辞毕，乃转身而奔，疾驰入肆中，往视其父。

时奇亚夫正悠然而苏，微启其眸，气息奄奄，已届弥留之候。碧梨伏于案侧，涕泣呼之。

奇张目视碧梨，面有喜色，低声曰："碧梨，汝乃归耶？盗党已击退耶？上帝佑汝，汝能安然归，余心慰矣。"

碧梨垂涕曰："盗党已遁，阿父可勿虑矣。"

奇颔之，已而复含糊曰："余为盗魁所击……杀，余……余将死……汝必为余复……复仇……"语至此，忽气绝而死。

碧梨骤遭此变，擗踊呼天，痛哭欲绝。

时左阿奶等闻声入，相与劝慰之，良久，悲乃稍杀，遂命肆中佣保，将尸舁入楼上卧室，预备盛殓。碧梨与左阿奶等，咸随之登楼，布置一切，楼下惟留一左斯在。

左斯蹀躞室中，寂无聊赖，乃启门而出，独立阶前，纵目闲眺。不意有盗党一人，顷为乡勇所击伤，倒卧阶旁，晕绝良久，此时乃徐徐而苏，正欲跃起遁去，忽见左斯自室中出。盗欺其幼弱，斗萌恶念，乃突然跃起，扭而猛殴之。

左斯骇甚急，举右臂与盗党斗，并引吭呼救。盗党按之于地，力扼其喉。左斯气不得舒，命在呼吸。

时碧梨在楼上，忽闻左斯呼救声，心乃大诧，急奔至门楼之上，凭栏俯视，瞥见左斯为盗党所扼，危急万分。碧梨不及下楼，乃逾栏而出，飞跃而下，扭盗党猛殴之。

盗见碧梨至，乃舍左斯而斗碧梨，两人卧地互扭，各不相下。盘旋数四，肆中佣保，闻声毕集，始将盗党捕获。

碧梨跃起，命以绳絷其手足，囚之室中。肆中诸人，目睹此事，乃莫不钦佩碧梨之义勇云。

第八章

沙第率众自村中出，往逐乌鸦党。盗党见乡勇在后，益策马狂奔，越勃开容河而过，列队河滨，负隅自固，俟乡团追至，即开枪轰击。

沙第见盗党面水为阵，弹至如雨，乃挥其众下马，匍匐林中，奋勇还击。两军隔河鏖战，子弹横飞，枪声不绝。

战久之，盗党渐形不支，纷纷败溃，沙第遂率众上马，过河追捕。盗党抱头鼠窜，相率逃入芦苇丛中。

沙第遥见之，急加鞭疾驰，顾谓乡勇曰："盗党每至此间，辄隐匿不复见，今宜速随其后，毋令若辈漏网。"语未已，群盗又倏然不见。

沙第一跃下马，亲至芦苇深处搜之，讵知盗党踪迹杳如，一无所睹。沙第大诧，然终不信尘世之人，乃有遁形之幻术，决意遍搜此山，务获盗窟之所在，乃率众上马，环行河滨，细加搜查，万不料盗窟之秘密隧道，固在此芦苇丛中也。

其时碧梨在家，方静俟沙第之归。

左阿奶谓碧梨曰："此次盗党来袭，暗中主谋者，实为万恶之威廉。此獠不除，乡人无安枕之日矣。"

碧梨讶曰："媪何以知之？"

左阿奶乃将锅中所见，告之碧梨，碧梨曰："此幻象耳，讵足信耶？"

左阿奶正色曰："余术虽涉幻异，实可征信，初非向壁而虚构也。"

正议论间，忽闻隔室所囚之盗党，引吭而呼，碧梨急趋往视之，见二盗比肩而坐。其一盗名杰克者，被捕时为沙第所枪击，受伤甚重，呼息喘急，势已垂危。

碧梨见之，心为之恻然，乃趋至杰克之侧，撼其肩，柔声曰："汝苟有所需，可为余言之，须知余力固足以助汝也。"

杰克微启其眸，低声曰："余受伤过重，旦夕且死，今有家书一封，在余怀中，密司若能代为投递，则感激弥涯矣。"

碧梨探其怀中，果有函件一，内附钞票一纸。函及钞票，均为弹穿一小孔，血迹模糊。

女阅已惨然，乃顾谓杰克曰："余所欲知者，为汝党之秘密窟，汝若能以出入之途径，详细告余，则余当允汝之请，递寄此函。汝以为何如？"

杰克闻言，踌躇不遽允，已而曰："余渴甚，欲饮清水少许，不识密司能为余取之乎？"碧梨诺之，乃疾趋出室。

乔奇见碧梨去，怒目视杰克，低声曰："我党不尝有盟约乎？无论如何，誓不以隧道之秘密，告之他人。今汝若为女郎所蛊惑，泄此秘密，余誓必手刃汝，以为有贰心者戒，汝其慎之！"杰克默然不答。

少顷，碧梨持清水一杯入，嫣然含笑，奉之杰克。杰克一饮而尽，深感碧梨之情意。

碧梨复以盗窟之秘密询之，杰克沉吟良久，其意忽决，乃毅然谓碧梨曰："余今当将我党出入之秘径，告之密司矣。"

碧梨喜曰："然则汝速言之，此中秘密究在何处？"

杰克徐徐曰："自此间西行，越普洛蒂山，逾勃开容河，过河之后……"

语至此，乔奇在傍，忽将两手之束缚挣脱，奋身跃起，攫得案上之手枪，突向杰克腰间开放。

碧梨瞥见此状，大骇而呼，欲趋前拦阻之，然已不及，但闻轰然一声，杰克已中枪而仆。碧梨大怒，距跃而前，力击乔奇之腕，枪铿然坠。

肆中诸佣保，斗闻枪声，蜂拥入室。乔奇急启室左之户，转身逸出，顺手闭其户。碧梨忿甚，乃缘柱而上，猱升板壁之颠，自门上槛中窜出，纵身跃下。乔奇出不意，欲逸不及，遂与碧梨扭殴。

此时肆中诸人，复启门绕道至，乃一拥而上，将乔奇擒获。碧梨急返室中，趋视杰克，不意杰克受伤过重，已气绝而死。

碧梨念盗窟出入之途径，仍未探得，功败垂成，深为可惜，乃指挥佣保将乔奇曳入肆后一小室中，絷其手足，并令取巨索至，束其颈于铁格窗之上，以免挣脱。缚已，乃闭户而出。

薄暮，沙第等尚未归来，碧梨蹀躞室中，心殊焦急，乃顾谓左阿奶曰："盗党每至芦苇丛中，辄复失踪，其行踪之诡秘，实不易测。沙第虽率众往，恐亦未能入虎窟也。惜哉！杰克已死，彼已允以秘密语余，乃为乔奇所杀，殊令人恨恨也。"

左阿奶曰："然则密司岂别无他法，可探得此秘密乎？"

碧梨闻言，斗有所触，恍然而悟，沉思片刻，忽得一计，乃欣然语左阿奶曰："妪言实获余心，杰克虽死，尚有乔奇在，余诚欲得其秘密者，第探之乔奇可矣。"

左阿奶摇首曰："此盗颇凶悍，不若杰克之易诱也。"

碧梨曰："不然。余今当将乔奇释出，使之逸去。余乃阴蹑其后，暗事侦缉，必能得盗窟之所在矣。"

左阿奶骇曰："密司将身入虎穴耶？此行颇险，密司万不宜往。"

碧梨立意已决，不听左阿奶之言，乃疾趋至肆后，去后门之键，虚掩之，别令左斯曳马一骑，缚之后门之附近。

布置既定，碧梨乃绕道至小室之外，伏于铁格窗下，自囊中出小刀一，伸手至窗间，割盗臂之索。索断，碧梨乃疾驰去，匿于小屋之傍，静俟乔奇逸出。

其时乔奇在室中，力挣不得脱，方瞑目待死，忽觉隔窗有一人，以利刃断其臂上之索。乔奇疑为同党来救，大喜逾望。两手既获自由，乃将颈间及足上之绳，逐一解去，徐徐启户而出。

时甬道中适阒无人在，乃飞奔至后门之旁，见门亦未键，急潜启尺许，侧身逸出。四顾门外，杳无人影，而离门数步之石磴上，系有骏马一骑，方俯而啮草。

乔奇大喜，遂解去其索，飞身上马，疾驰出村去，沿途扬鞭策马，昂然自得，初不料碧梨之阴蹑其后也。

碧梨见乔奇果中计逸出，乃低语左斯曰："余将往蹑乔奇之后，侦缉其秘密窟，汝可归语祖母，嘱其善保红手套，勿为他人所得。"

左斯诺而去，碧梨乃一跃上马，追随于乔奇之后，相距数十步，或迟或速，如影逐形。乔奇恐有追者至，中心惶急，加鞭疾驰，绝未觉察。

迨至勃开容河滨，乔奇涉水而过，碧梨急跃马随其后，默念乌鸦党秘窟，必距此不远，深恐乔奇驰入芦苇中，仍被兔脱，乃策马疾驰，绕道登山冈。

立马冈上，纵目瞭望，俯视冈下之芦苇，历历可数，遥见乔奇驰至芦苇深处，一跃下马，四顾无人，乃趋至一石壁之前，俯拾小石一，连叩石壁者三。一刹那间，石壁徐徐移动，露一穹圆之穴口。

盖盗窟以石壁为门户，石壁之后，有秘密隧道一，其中装有启闭之机关，以党人或猩猩守之。石壁紧闭时，自外观之，绝无痕迹可见。党中人出入，但须叩石三响，司户者扳动其机，则石壁自能移动，现出穴口。乌鸦党每为乡团所逐，逃至芦苇深处，辄能失踪，即以此也。

当时碧梨在冈上，隐约睹此秘，惜为芦苇所蔽，不甚清晰，正欲冒险驰下，一觇其究竟，讵知夕阳自山巅返照，碧梨人马之影，朗然在地。

乔奇正欲入穴，忽见地上之影，心乃大诧，举首仰视，瞥睹碧梨在冈上，心乃大悟，当即佯为未见，趋入穴中，往谒盗魁浮尔丘。

浮见乔奇脱归，深为欣幸。乔奇谓碧梨已追踪来，今在窟外高冈之上，若欲捕之者，此诚不可失之好机会也。浮大喜，乃率众自窟中出，往捕碧梨。

其时碧梨在冈上，环顾四周形势：苟自冈上驰下，绕道至芦苇中，为程较远，转恐顷所望见之盗窟，因而迷失；而冈上逼近盗窟处，则又壁立千寻，无路可下。

沉吟片刻，忽得一法。盖冈边有大树一，粗可合抱，树身斜出冈外者数尺。碧梨乃自马上跃下，就马背取长绳一，以一端缚树上，冒险执绳，纵身离冈，欲自树端缒绳而下。

时则盗魁已率党自穴中出，见碧梨手握巨绗，高悬空中，乃嗾其所畜之猩猩，往捕碧梨。猩猩奉命，即疾趋登冈上，猱升树颠，亦缒绳而下，欲擒碧梨。

碧梨见之，惊悸亡魂，偶一失手，遂自空中坠下，跌入芦苇丛中。群盗见之，一拥而上，碧梨虽未受伤，骇极几晕，措手不及，遂为盗党所捕获。

浮尔丘大喜，命以白巾蒙其两目，挟之入窟。碧梨至隧道中，私将白巾揭去，回顾穴口石壁，尚未关闭，乃乘盗党不备，转身而奔，欲夺门逸出。

浮尔丘见之，即以长绳为环，向碧梨遥掷之。浮尔丘操术颇精，飞索乃套于碧梨之足上，碧梨被曳仆地，石壁乃砰然立阖。

盗党蜂拥而前，将碧梨挟起，曳之入浮尔丘家。危哉碧梨，今乃为乌鸦党中之囚犯矣。

第九章

浮尔丘获碧梨后，乐乃无艺，欲囚之一密室之内。碧梨乘盗以钥启门时，转身逸出，奔至庑下，见廊外有马一骑，乃仓皇逾槛出，飞身上马，加鞭疾驰，欲觅道而逸，不意为浮尔丘之妻所见，失声而呼。

盗闻声回顾，见女已逸去，即追至庑下，突以飞索掷碧梨，曳之下马。盗党见而纷至，仍将碧梨捕获，乃推入密室之内，闭而键之，使猩猩守户外，以防其逸。

碧梨入室，见室中除破沙发一具、瓦缶破釜等数事外，空无所有。碧梨颓然坐沙发之上，俯首默思，自念不听左阿奶之言，冒险来此，以致陷身虎口，追悔无及。

嗣见室门之上，有木格十余方，嵌以玻璃，洞见室外，乃徐步至户后，就木格之玻璃中，向外窥视，遥见党魁浮尔丘，独坐外室之户侧，仰视承尘，若有所思。

其时威廉忽昂然自外间入，与浮尔丘握手。碧梨骤睹威廉，骇怪莫名，方知威廉与乌鸦党，果有密切之关系，乌鸦党之出而焚掠，实出威廉之主谋。曩日乡人议论啧啧，揣测之辞，固不为无见也。

威廉入见浮尔丘，怏怏曰："君所为者，不可谓不尽力，特余犹不能无憾者。余之目的，不过欲得红手套而已，初未命君杀奇亚夫也。"

浮尔丘昂然曰："此则何能为余咎？枪弹固无情之物，奇亚夫之死，亦适逢其会耳。"

威廉曰："此事与余无关，姑置勿论。余之所不快者，因红手套尚未夺得故耳。顷君率众攻绿树居时，余躬自驰往左阿奶家。时妪与其孙左斯，早已逸去，余遍搜室中，杳无所获，大抵此宝贵之红手套，已为左阿奶挟之以遁，殊可恨也。"

浮尔丘淡然曰："余于此事，亦殊无能为君助。君诚欲得红手套者，谋之左阿奶可耳。"

威廉厉声曰："左阿奶与碧梨昵，谋之何益？虽然，君慎勿袖手作壁上观！须知公司中所欲得者，实为失魂之井，而红手套者，又失魂井之锁钥也。诚能夺得此井，则我侪异日之利益，当无穷尽，何可中道而止，自弃权利乎？"浮尔丘闻言，心为之动。

此时忽有一盗党趋入室中，禀浮尔丘曰："彼女郎绲下之长绳，尚系于冈顶大树之上，摇曳空中，异常触目，不识欲解去之否？"

威廉从旁闻之，诧曰："女郎何人？来此何为？"

浮尔丘遥指碧梨所囚之室，欣然曰："即奇亚夫之女碧梨也。彼乃蹑乔奇之后，追踪来此，欲探我党之秘密，卒之自投网罗，为余所执，今乃囚之于此室之中。余思此女就捕，于君之计划，亦颇有利益也。"

威廉闻碧梨被擒，大喜逾望，浮尔丘顾谓其党曰："微汝言，余几忘之。此绳若为乡团所见，则吾党之末日至矣。今汝可速往冈上，将索解下，毋令留为祸根也。"

盗党唯唯，乃疾驰而出，奔至窟外，疾趋攀登冈上，匍匐蛇行，猱升大树之杪，将长绳解下，方欲携之下冈，而沙第率众乡团至矣。

初，沙第率乡团环行山麓，誓必觅得盗窟之所在，不意奔驰半日，杳无所得。

时已薄暮，阳乌渐匿，沙第不得已，欲率众回村，忽见碧梨所畜之小犬，越山涉水，狂奔而来。比至沙第之身傍，乃跳跃狂吠，并以口衔其衣，欲牵之而行。

沙第大诧，乃顾谓诸乡勇曰："此密司碧梨之犬也，何以忽作此状？殊为可怪！我侪盍随之往，一觇其异？"

众亦以为然，乃相率持枪上马。犬见之，即转身狂奔，众人策马随其后。驰里许，至勃开容河滨，犬忽遥望高冈之上，狂吠不止。众乃勒马山麓，纵目四顾。

沙第瞥见冈上大树之巅，伏有一人，其人戴鸦羽之冠，半覆其面，固赫然一乌鸦党也。沙第指以示众，众欲一拥登冈，围而捕之。沙第自马上跃下，止众勿妄动，命在冈下稍待，众诺之。沙第乃躔足至冈上，匿于一巨树之后。

时盗党已将长绳解下，握之手中，正欲徐步下冈。行近冈边，不意沙第自树后突出，扭盗党之肩，挥拳殴之。盗大骇，急转身与沙第斗。然沙第勇力绝人，盗党远非其敌，略一盘旋，即为沙第所击倒，晕绝于地。

沙第大喜，决意冒险入盗窟，一探其党之内容，乃将盗党蒙面之羽冠，戴之头上，手执长绳，从容自冈上驰下，遥望诸乡勇，举手示意，挥之令去。乡勇悟其意，乃相率返历买锡村。

沙第自冈上驰下，复与一乌鸦党遇，其人以为同党也，尤之曰："冈上之绳已解去耶？日云暮矣，抑何滞迟乃尔？"

沙第不敢多言，但以手中之绳示之。其人乃偕沙第自隧道入，命速往党魁处复命。沙第循其所指，驰往浮尔丘家。

时浮尔丘与威廉二人，尚坐而闲谈，沙第入，以手中之绳，献之于浮。浮颔之，沙第转身退出。

适过碧梨囚禁之密室，瞥见室内有女郎一，方立于玻璃窗之后，探首外窥，沙第谛视之，始辨其为碧梨，不禁大骇，几欲失声而呼，默念："碧梨何得来此？"沉吟片刻，乃彳亍行至窗前，潜去其蒙面之羽冠，以庐山真面，暗示碧梨。

碧梨见沙第突至，惊喜交集，急遥指威廉及浮尔丘，以目示意，挥之令去。

沙第颔之，乃仍以羽冠蒙面，徐步而出，行数武，偶一转念，忽自囊中出手枪握之，返身奔入，蹑足至浮尔丘之后，突以手枪拟其背，瞋目大呼。

浮及威廉闻声回顾，见而失色，急高举两臂，相顾木立，慑伏不敢动。

沙第欲设法启密室之门，将碧梨释出，不意浮尔丘之妻，闻声奔入，骤睹此状，惶骇不知所措，瞥见案头有手枪一，乃伸手攫得，向沙第力掷之。沙第出不意，不及闪避，枪柄飞来，乃适中其后脑。沙第颓然仆，晕绝于地。

浮尔丘大喜，揭去其蒙面之冠，威廉俯视其面，失声呼曰："噫！此沙第也，胡得来此？"

浮尔丘恍然曰："余固疑我党党人，皆忠于余者，何来此叛逆之伦？狡哉沙第！彼乃何由入我窟？殊可怪也！"

威廉曰："我观碧梨与沙第，爱情颇笃，我侪若以沙第为质，命碧梨往取红手套，来赎沙第，碧梨为沙第故，必允我请矣。"

浮尔丘亦韪其言，威廉乃亲往启密室之门，曳碧梨出室。碧梨见沙第僵卧地上，芳心如割，凄咽不能语。

浮尔丘厉声曰："今汝友沙第之生命，在余掌握，汝若果欲保全之者，速往取红手套来，赎之以去；非然者，余将置沙第于死地，汝其毋悔！"

碧梨沉思良久，决计牺牲红手套，以保全沙第之生命，乃毅然诺之。两人乃以白巾蒙碧梨之目，挟其两臂，导之出室。浮尔丘命牵骏马一骑至，使碧梨骑之，令盗党两人，监视碧梨，送之出窟。

离窟百余武，盗党始将碧梨蒙目之巾解去。碧梨心神略定，乃纵马加鞭，疾驰归历买锡村。

威廉与浮尔丘挟碧梨出，室中惟存一沙第在，沙第此时，忽悠然而苏，支地跃起，见顷所执之手枪一柄，仍在身畔，乃拾而握之，蹑足自室中出。

遥见威廉与党魁，并立门外，阶前侍有盗党多人，势不能夺门而出，乃转身复入，欲觅一出险之路，瞥见室隅有鸽巢一，形如巨箱，巢之上端，直通屋顶，沙第乃藏手枪于囊中，攀援而上，蛇行入鸽巢。巢中有鸽十余头，皆骇而飞出，翱翔室中。

沙第自巢顶出，匍匐屋檐之上，四顾无人，乃纵身跃下。足既及地，即飞步而奔。

奔数百数，抵一芦苇丛中，苇之高可四五尺，随风纷披，一望无际，沙第恐追者继至，乃潜匿于芦苇之深处，伏卧地上，屏息不敢动。

其时威廉与浮尔丘，已相将入室，忽见卧地之沙第，突然逸去，相顾惊诧。

浮尔丘遍搜室中，踪迹杳然，明知沙第已醒而逸出，乃顾谓威廉曰："此间出入之路，惟一秘密之隧道，然隧道之口，有石壁蔽之，不知其启闭之法者，亦不得出。况隧道之内，日夜有人守视，沙第虽逸，亦决不能出此窟也。"言已，立招其党十余人入，谕之曰："沙第已逸，汝等可分派为数队，四出搜之，务须将其捕获，以除后患。"众唯唯，乃一拥而出。

第十章

更漏既鸣，万户凝寂，斜月一钩，掩映于层云之间，黯淡无色。历买锡村中，乃沉沉若墟堡。

此时忽有骏马一骑，自村外飞驰而至，马上端坐一女郎，挥鞭疾驱，神色仓皇，则即我书之主人碧梨女士也。

碧梨驰至绿树居之前，一跃下马，推门直入。时康顿及左阿奶等均未就寝。

左阿奶因碧梨一去不返，疑虑殊甚，深恐陷入盗窟，为乌鸦党所杀害，踥踥室中，忐忑不宁，忽见碧梨安然驰归，大喜逾望。

碧梨奔入室中，即疾趋至左阿奶之前，坌息曰："红手套何在？速以示余！"

左阿奶见碧梨张皇之状，心甚异之，乃自怀中出红手套，奉之碧梨。

碧梨猝然问曰："余欲与媪往见浮尔丘，以红手套与之，不识媪能允余否？"

左阿奶闻言大骇，急藏手套于怀，失声曰："密司瘋耶？我侪饱尝危难，皆为此红手套故，今若献之恶人，则前此所为，宁非多事耶？"

碧梨黯然曰："余岂甘心献之？诚有所不得已也。盖余友沙君，顷以救余之故，陷身盗窟，浮尔丘以沙君为质，胁余持红手套往，赎沙君之生命。余若违之者，则沙君危矣。夫人死不可生，而手套之失，尚可设法夺回。以彼权此，其轻重何如？余故宁舍手套而救沙君也。"

碧梨言已，左阿奶始恍然悟，沉思片刻，亦无他策，乃慨然允碧梨之请，碧梨大喜。

时左阿奶之孙左斯，适侍立于侧，碧梨乃顾谓左斯曰："汝速往语众乡团，请其乘夜潜出，静伏于勃开容河滨，我侪苟遇不测，可以乡团为后盾。须知我侪此去，颇为危险也。"左斯唯唯，乃飞步出肆而去。

碧梨布置既定，遂与左阿奶偕出，同乘一双马之车，疾驱往盗窟。

左阿奶在车中，心甚惶惧，震栗至不能声，而碧梨颇镇静，态度闲暇，神色自若。

将近盗窟，忽有乌鸦党党人二，自道傍跃出，控车前之马，车戛然止，碧梨与左阿奶，乃相率跃下。盗党出白巾二，蒙两人之目，挟之入盗窟。

碧梨刚至隧道中，潜以手揭蒙目之巾，回顾穴口，其时守门之盗，方扳动其启闭之机关，穴口石壁，徐徐而阖。碧梨目睹此秘，恍然而悟。

复行十余武，盗党即将两人蒙目之巾，一一解下。左阿奶乘盗不备，忽解其肩上所披之旧围巾，掷之地上。盗党虽目睹之，亦不为意也。

两人随盗党入，抵党魁浮尔丘家。时威廉与浮尔丘，正因沙第忽然失踪，深为懊恨，瞥见碧梨果与左阿奶偕至，乃相顾大喜。

威廉离座跃起，立向碧梨索红手套，碧梨怒目曰："沙君何在？汝若释之出，余自能以红手套付汝。"威廉闻言，默然不能对。

碧梨察其嗫嚅之状，心知有异，深恐沙第已为盗党所杀害，玉容惨变，震惊失措。

浮尔丘不耐，乃直前语碧梨曰："余实告汝，汝友沙第已逸去矣。"

语出，碧梨乃大快，仰天欢呼曰："谢上帝！沙第得脱，余心安矣。"左阿奶闻言，亦喜形于色。

已而碧梨心复大疑，以为浮尔丘之言，未必可信。"得毋沙第已遭杀害，乃饰辞以欺我耶？"一念及此，忧虑殊甚，乃忿然谓浮尔丘曰："汝言诳也，余殊不能信汝。汝若欲得红手套者，速释沙第出，以践约言；非然者，余亦不能以红手套与汝，汝毋妄想！"

威廉闻言大怒，突捉左阿奶之臂，欲搜其身，左阿奶骇而号。碧梨见之，乃挺身直前，将威廉推开，匿左阿奶于身后，戟指痛骂，责党魁之无信。

浮尔丘忿甚，立招其所畜之猩猩入室，授以藤鞭一，命往击左阿奶，胁令将红手套献出。猩猩跃至左阿奶身畔，举鞭欲击之。左阿奶震怖亡魂，骇极几晕。碧梨力夺猩猩之鞭，左右其身，以卫左阿奶。猩猩为碧梨所制，鞭不得施。

浮尔丘大怒，乃直前与碧梨搏，威廉亦攘臂助之。碧梨力敌二人，渐不能支，盘旋数四，卒为两人所擒获，两人仍闭之于密室之中。

左阿奶见碧梨被捕，惊悸益甚，觳觫室隅，欲逸不得。浮尔丘搜其身畔，不见红手套，乃反接其手，命猩猩执藤鞭鞭之。左阿奶披发哀号，惨不忍闻。碧梨在密室遥见之，举手蔽面，芳心欲碎。

鞭十余下，左阿奶不胜楚，乃向浮尔丘乞命，愿将手套献出。浮大喜，遂止猩猩勿击。

左阿奶喘息略定，浮尔丘逼问红手套所在，左阿奶不得已，乃实告之曰："余有旧围巾一，弃之隧道之中，红手套即藏于巾内，汝自往取之可也。"

浮闻言，尚未深信，立遣人驰往隧道中，寻左阿奶所弃之巾。少顷，其党持围巾入，献之于浮。浮接阅之，则巾中果藏有红手套一，乃取出示威廉。威廉得之大喜，如获至宝。

左阿奶在旁，见红手套卒落恶人之手，忿不欲生，趋至威廉之前，与之争夺。浮尔丘乃招其妻入，命将左阿奶曳出，严加监视，盗妻遂强曳左阿奶去。

浮询威廉曰："此残缺敝败之手套，以余观之，不值一文钱，君欲得之何为？"

威廉曰："此红手套内藏有重要之证凭，对于失魂井油矿，固极有关系也。"言已，细检手套之中，果藏有白纸一张，急取出展阅之，乃一简单之地图也。

威廉略阅一过，仍照前式折叠，纳之手套中，藏于身畔。

此时忽有一盗党匆匆奔入，禀浮尔丘曰："窟中各处，今已搜查迨遍，沙第踪迹杳然，绝无所获。据守门者言，亦未尝有人出入，不识避匿何处，殊可怪也。"

浮尔丘恨恨曰："沙第若竟逸去，终为吾党之害，余当亲往搜之，务获此獠而后已。"

威廉闻之，亦愿偕往，三人乃匆匆出室而去。

沙第之匿于芦苇丛中也，目睹盗党十余人，蜂拥而至，或持火炬，或执长矛，奔入芦苇深处，细加搜寻。有时以长矛入草中，东西挑拨，矛锋与沙第之前胸，相距寸许，危机一发，悚惶万状。沙第恐为盗党所觉，屏息偃卧，力持镇静。

盗党搜索良久，毫无形迹可得，相率废然而去。沙第俟盗党去远，乃自苇中跃起，微嘘其气，默念："伏处此间，终匪久计，而碧梨被囚室中，尤不能不救之出险。"沉吟片刻，决意重往浮尔丘家，相机行事，乃自芦苇丛中，徐步而出，蹑足前进，抵浮尔丘家之墙外。

时浮与威廉，正因盗党之报告，相将出室去，沙第见二憾他往，心乃大喜，瞥见屋左有玻窗一，尚未掩闭，乃蛇行至窗前，逾槛而入。

时已深夜，盗妻早已就寝，室中阒无人在，沙第奔至密室之前，隔窗一望，见碧梨仍在室中，俯首默坐，状甚无聊。

碧梨瞥见沙第驰至，惊喜逾望，急趋至窗前，隔窗问曰："党魁谓君已逸去，此言确耶？"

沙第曰："确也。然余与密司，祸福同之，余当助密司脱险，然后归耳。"

碧梨摇首曰："此室扃钥甚固，猝不能毁，君徘徊于此，亦复无益。为今之计，君宜设法离此。余顷与乡团约，请其移驻勃开容河滨，君若得脱，可率乡团来，捣其巢穴，则盗党可一鼓而成擒矣。"

沙第蹙额曰："此间出入之途径，仅一隧道耳，守门之盗，良不足惧，独惜穴口以石壁为门，中有机关，余尚不知其启闭之法耳。"

碧梨欣然曰："此则余已知之。盖石壁之后，立有木柱二，柱有枢钮，绕以铁索。君若欲启门者，可将右边之柱扳向左方，左边之柱推向右方，则石壁自徐徐而辟矣。"沙第闻之大喜。

碧梨恐党魁将归，趣之速行，沙第乃与碧梨别，闪身出门，狂奔而去。

沙第去后不数分钟，威廉复匆匆而返。

威廉者，阴贼险狠人也，憾碧梨刺骨，必欲杀之以为快，乃私启密室之门，驱猩猩入室，令与碧梨搏。明知碧梨一弱女子，必匪猩猩之敌，行见玉殒香消，为猛兽所搏噬耳，中心大快，踌躇满志，乃闭户键之，昂然出室而去。

其时碧梨在室中，正静待沙第来援，忽见猩猩启户入室，大骇跃起。

猩猩人立而前，突张前足之利爪，扭碧梨之肩。碧梨力挣不得脱，惶急失措，乃奋其全力，与猩猩猛斗。

盘旋久之，碧梨飞一足起，欲蹴猩猩之胸，不意误中室隅之瓦缶，以致瓶甄破釜等物，咸被触而覆，瓶中所贮之煤油，尽倾于地。而瓦缶中所藏，又为极猛之发火剂，火药遇风而燃，延及煤油之上。

一时烟雾迷漫，烈焰四起。室中柱壁及地板，着之即燃，火光熊熊，审及屋顶。

时碧梨与猩猩，因互相扭殴，同仆于地。碧梨见室中火起，骇乃益甚，急欲设法逸出，以免葬身火窟，无如为猩猩所扭，不能跃起。

顷刻之间，室中顿成火窟，毒烟迷眸，目不能张，火星四射，几延及碧梨之衣。碧梨自分必不免，力扼猩猩之足，瞑目待死。正危急间，而沙第率众乡勇至矣。

初，沙第自室中逸出，奔至隧道之中，遥见守门之盗，独坐穴口，折树枝一巨束，燃之以取暖。

沙第蹑足而前，欲乘盗党之不备，挥拳殴之，不意举足有声，为盗党所觉，跃起拦阻，叱问何人。沙第不答，直前扭盗党之胸，提而力掷之，盗党立仆。

沙第奔至木柱之侧，欲扳动其机关，盗党大骇，急一跃而起，突取手枪出，向沙第开放。沙第腾身而进，力扼其腕，砰然一声，枪弹乃斜飞而出。

沙第大怒，深恐群盗闻声毕至，众寡不敌，乃亦自囊中取手枪出，向盗党腰间轰击。枪声一鸣，盗党应声仆，僵毙于地。

沙第急奔至木柱之侧，如碧梨之言，将柱扳动，穴口石壁，果徐徐而辟。沙第大喜，乃自窟中狂奔而出。

其时众乡勇以左斯之请，早已执械持炬，列队于勃开容河滨。盗窟与河，相距不过数丈，沙第自窟中出，遥睹乡勇，即扬臂而呼。乡勇在马上望见沙第，纷纷跃下，蜂拥而至。沙第不及细述，急导众一拥入盗窟。

此时党魁浮尔丘，正率其部下诸盗，搜寻沙第，忽闻枪声连作，隐约在隧道之中，相顾大诧。

会威廉亦匆匆至，两人乃率众驰往穴口，欲察视枪声之由来，不意方至隧道中，乡勇已蜂拥而入。浮尔丘见秘窟败露，心胆俱裂，群盗亦相视失色，惶骇不知所措。

沙第遥见群盗至，即率众进攻；浮尔丘亦指挥其党，开枪还击。乡勇以盗窟已破，勇气百倍，匍匐前进，呼声动天地。盗党虽死命相持，明知巢穴已毁，决不能守，人人丧气，战志全隳。加以乡勇进攻甚猛，弹发如雨，盗党死伤相继，且战且却。

威廉素狡狯，揆厥形势，知此窟万难保全，乃曳浮尔丘之衣，以目示意。浮恍然悟，两人乘纷乱之时，相偕逸去。

群盗见党魁已遁，益无斗志，东西窜匿，纷纷如鸟兽散。乡勇乘胜追捕，并分队守穴口，以防盗党逸出。

沙第见乡团已获全胜，快慰殊甚，忽忆碧梨被盗囚禁，尚未救出，乃躬持手枪一，驰往浮尔丘家。

奔至密室之外，忽见室中烟雾迷漫，火光熊熊，不禁大骇，隔窗一望，则碧梨尚以死力与猩猩相搏，倒卧地上，烈焰炎炎，已延及其身畔。

沙第骇乃益甚，急将窗上玻璃击破，伸手入内，注视明切，突发一枪，将猩猩击毙。嗣见室门扃钥甚固，仓猝不得入，而窗口甚小，碧梨又万难逸出，乃就室隅觅得铁斧一，奋力砍门，门为之碎。

沙第侧身入室，躬冒烟焰，奔至碧梨身畔，扶之起立，欲挟之出室。不意此室之下，为一涧水汇积之深潭，潭深百寻，水流湍急。当时有室中火起，地板及柱，悉被焚毁，沙第与碧梨尚未逸出，全屋乃突然陷下。但闻訇然一声，浪花四溅，沙第与碧梨，乃坠入深潭之中。

第十一章

乌鸦党之秘密窟，此其末日矣。

党人除死伤者外，余众悉为乡勇所捕获，铁索锒铛，絷之往历买锡村。乡勇细加检点，始知党魁浮尔丘，独漏网以去，大索窟中，杳无踪迹，乃别分乡勇一小队，留驻窟中，从事搜查。

其时浮尔丘家中之火，因无人扑灭，蔓延愈广，四旁房屋，悉遭殃及，及至乡勇查悉，欲施灌救，则全窟屋宇，均已燃烧。火势甚张，不可向迩，烟焰迷漫，上冲霄汉。窟中又无救火之具，乡勇坐视焚烧，束手无策。

迨天色大明，火势稍杀，则盗窟之中，已成一片瓦砾之场。余火未息，颓垣断井间，犹时有烟焰冒出，爨余景物，凄凉堪怜，无复曩日之气象。此殆天降大罚，以惩淫宄，故将群盗伏匿之所，付之一炬耶？

沙第与碧梨坠入深潭，幸俱谙游泳，不致溺毙。沙第察得此潭与一小溪通，溪曲折而长，直达盗窟之外。

浮尔丘居此时，深恐捕者自水道来，由此入窟，因筑一密室于潭上，以掩其迹。沙第既觅得出路，即曳碧梨之手，并肩而泅，曲折久之，始达窟外，乃相率登岸，就溪滨石上坐，稍事休憩。

此时天已黎明，遥望盗窟之中，火光大作，沙第指以语碧梨曰："窟中乌鸦党，此时谅已就擒矣。大害除于一旦，诚此乡之福也。"

碧梨因衣履尽湿，不愿往盗窟，沙第乃偕之出山，觅道返历买锡村。

会乡勇已将捕获之盗党，驱至村中，囚之狴犴。

碧梨闻威廉及浮尔丘，均已逸去，邑邑不乐，顾谓沙第曰："二憾未除，我侪尚不得安枕也。"

时左阿奶已为乡勇救出，送回绿树居。碧梨闻左阿奶言，红手套已被威廉夺去，懊恨尤甚，乃命乡勇将盗窟中幽僻之处，细加搜寻，务须将党魁及威廉捕获，以除后患。乡勇诺之，乃纷纷驰去。

我今将折笔以叙霍斯德氏矣。

霍斯德者，腊金煤油公司之总经理也，系出世家，家素丰，世居爱立华城中。爱立华者，为西美著名之商埠，距历买锡村可百余里，商务兴盛，人民富庶，其繁华之气象，直与东美之纽约、华盛顿等城，不相上下。

霍斯德年已五旬，性质直而慷慨，办理腊金煤油公司，已历多年，交际颇广，挥金若土。其夫人为本城富商马达夫之女，豪华高贵，傲岸自喜，平时服御甚奢，享用过后妃。

膝下有子女各一：女名爱吉荔，年可二十许；子名浮纳，亦弱冠矣。爱吉荔貌极姣艳，为本城交际界之花，然性甚骄纵，傲岸奢华，与其母相似。霍斯德心虽非之，惧触其夫人之怒，不敢言也。

比年以来，腊金煤油公司之营业，渐不如前，良以本城有资本家数人，觊觎煤油之利，别立一麦济买煤油公司，奋其全力，以与腊金公司相激战，别遣人至附近各乡村，以重金收买油井，意图垄断其利，绝腊金公司之来源。腊金公司之营业，以是乃大受顿挫。

霍斯德以公司之股东，兼任总理，其家家资，泰半皆投于公司之中。今公司营业不振，则霍斯德家之入款，亦因之而大受影响。重以其夫人及女公子，挥霍无度，视金钱如泥沙，于是霍斯德氏之财政，渐呈竭蹶困难之象，外强中干，入不敷出。霍斯德心甚忧之，而夫人及爱吉荔，则置若罔闻，豪奢如故。

一日，霍斯德独坐办事室，取银行帐目单阅之，见夫人一月所支之款，已溢出其收入之外，心甚忧闷，邑邑不乐。

会夫人与浮纳及爱吉荔，相偕入室，霍斯德力遏其愁叹之状，含笑与夫人语。嗣见夫人状甚愉快，乃乘间以银行帐目单示之，夫人阅已，置之案上，了不加意。

霍斯德不能耐，婉辞劝之曰："我家经济，日益拮据，长此以往，恐有破产之虞，余甚忧之。为今之计，凡我家人，似宜稍事樽节，以免入不敷出。余与夫人，当共勉之。"

夫人闻言，淡然曰："此则与余何关？须知余之费用，实已减无可减，若言樽节，将令余谢绝交际耶？无已，余当嘱浮纳及爱吉荔，稍事节俭。噫！爱吉荔，汝昨日不尝语余乎？汝之汽车，不甚美观，欲向汝父索三千金，购一新者。今汝父方以破产为虑，此项出款，岂不可节省耶？"

霍斯德亦曰："汝之汽车，虽系旧式，然购用未久，尚不敝败，何苦浪掷数千金，另购一辆？以余言之，此款真可节省矣。"

爱吉荔闻言，勃然变色，恨恨曰："此种旧式汽车，余若乘之出，适足贻我家之羞。汝等靳此数千金，将令余乘尘秽满积之街车乎？"

夫人颔之曰："此言确也。往来交际场中者，若乘一旧式之车，良不雅观。"

霍斯德闻其女反唇相稽，傲慢无礼，初意欲痛加训责，嗣见夫人左袒其女，恐因是而致勃谿，乃蹀躞室中，忍怒不言。

此时女佣入白，谓大律师梅诺夫忽至，云有要事，欲求见主人。霍斯德命肃之入。

少顷，梅诺夫手絜皮箧一，含笑入室，与室中诸人，一一为礼。

梅诺夫年五旬许，浓髯斑发，貌甚温和。霍斯德曳椅肃之坐，梅忽自箧中出电报一纸，授之霍斯德，欣然曰："今有一佳消息，特来报君。顷余得友人之电报，谓密司蕙兰，刻已探得其踪迹，芳躅所驻，距此不远，想君闻之，亦当掀髯而一快也。"

霍斯德闻言，急取电报阅之。其辞曰：

梅诺夫律师鉴：

承委之事，已辗转缉访多日，顷得确切之报告，所谓蕙兰女士者，乃生长于历买锡村之绿树居。君若亲往其地，必能觅得无疑，爰特驰告。

霍斯德阅已，欣然有喜色，即以电报示霍夫人。

夫人作鄙夷不屑之状，淡然曰："此女生长乡村，谅极粗陋，挚之来此，令人徒觉其可厌耳。"

梅诺夫闻夫人言，心殊诧怪，继乃微笑曰："夫人殆未之知耶？马达夫君之遗产，约有一千万镑之巨，咸归此女承袭。故此女若能寻获，承受祖父之遗资，则其富当为阖城冠，夫人奈何轻之？不特此也。马达夫君之遗嘱中，欲使其孙女蕙兰，归夫人保护。蕙兰若寄居于此，则于夫人家中，尤有特殊之利益，夫人岂未之知耶？"

梅言已，即自小皮箧之中，将马达夫遗嘱取出，以示夫人。

夫人接阅之，其辞略云：

> 余之遗产，悉以与孙女蕙兰。惟蕙兰自失怙恃后，闻已流落乡间，为他人所抚养。余死之后，所有资产，当托梅诺夫律师，代为保管，并请律师设法访查，务将蕙兰寻获，俟其长成，以遗产付之。若蕙兰年幼无依，可令其寄居余女霍斯德夫人家，即请余女代为保护，每年可在息金项下，提出二万元，付之余女，作为保护人之酬劳费。一俟蕙兰长成，脱离保护人范围后，此项酬金，亦即停付……
>
> 马达夫亲笔

夫人阅已，严霜之面，乃立变为笑容，欣然谓梅诺夫曰："如遗嘱言，蕙兰若能寻获，则我家每岁，可得二万元之酬资矣。"

梅诺夫颔之曰："然。"

夫人乐不可支，抚霍斯德之肩曰："顷爱吉荔欲购一汽车，汝尚靳不之许，今我家有此意外之入款，汽车之资，不虞无着矣。"爱吉荔在傍闻之，亦展辅而笑。

霍斯德闻其妻言，心殊鄙之，默然不语。夫人复顾谓梅诺夫曰："君谓以佳消息来报，良非诬也。今君当速絜蕙兰来此，余盼之久矣。噫！君真一奇妙之律师也。"言已，遂率浮纳及爱吉荔，含笑出室而去。

霍斯德见夫人出，乃微嘘其气，徐徐顾梅诺夫曰："然则君宜往历买锡村，絜蕙兰来此。余素性耿介，初非贪其二万之酬资，良因受人之托，不得不忠于所事。诚能觅得蕙兰，使之得所，则尔我之心安矣。行矣梅君，途中一切费用，请即开单示余，余当如数奉上也。"

梅唯唯，乃向霍斯德告辞，匆匆携箧而去。

第十二章

乡团破盗窟之夕，威廉与浮尔丘见大势已去，无可挽回，乃乘纷乱之时，相偕而遁，惜隧道之口，驻有乡勇一小队，不能飞越而出，乃奔至幽僻之处，匿身于一土穴之中。穴宽广各六七尺，深可丈许，上有芦苇蔽之，两人蜷伏其中，幸未为乡勇所搜获。

翌日晨，乡团大队离窟而去，两人始相率自穴中出，纵目四瞩。

浮尔丘见窟中房屋，为大火所毁，已成一片焦土，其部下诸党徒，除死伤者外，又尽为乡团所捕，絷之以去，积年巢穴，毁于一旦，触目凄凉，欷歔不自胜，怅恨久之，意颇迁怒于威廉，乃悻悻谓之曰："此窟已破，余已无可托足，若能自此间逸出，行当远走他乡，徐图复仇之计。君所许余之酬金，当即日付余，不得迟延。"

威廉愕然曰："余困居于此，阮囊空空，何来金钱付汝？"

语未毕，浮尔丘勃然大怒，突自囊中取手枪出，抵威廉之胸，厉声曰："汝敢食言耶？余以助汝之故，身罹此厄，人亡家破，立锥无地。今汝之目的已达，乃欲背弃约言，并此区区之酬金，亦靳不余付，汝尚得为人类耶？"

威廉急止之曰："君弗急急！余既许君，决不食言，实因余所携之款，皆贮存于逆旅之中。我二人若能逸出，同往历买锡村，则余当将存款取出，如数付君，决不背约。"

浮尔丘狞笑曰："余观汝之为人，狡猾异常，汝虽言之侃侃，余殊不敢深信。今汝可将夺得红手套，质之余处，俟取得酬金后，即向余赎之可也。"

威廉不得已，乃自囊中取红手套出，付之浮尔丘，浮尔丘藏之怀中。

此时两人偶一回顾，忽遥见数百武外一土山上，乃有一翩翩美少年，矗立山巅，纵目远眺，若有所觅。两人一见其人，不觉相顾失色。少年非他，盖即碧梨之友、油矿师沙第是也。

是日晨，沙第与碧梨，同坐于绿树居中，碧梨因红手套被夺，快快不乐。

会乡勇之来自盗窟者，言党魁浮尔丘，踪迹杳然，仍未捕获。碧梨大诧，深恐威廉及浮尔丘，仍伏匿于盗窟之中，乃与沙第商，意欲亲往盗窟，细加搜缉。

沙第欣然愿偕往，碧梨大喜，乃与沙第同出，乘马赴盗窟。

既抵窟中，见乡勇一小队，仍驻守于穴口之傍，以防党魁逸出，沙第商之碧梨，谓窟中壤地辽阔，不如分道搜之，较为便捷。碧梨亦以为然，两人乃匆匆别袂，相背而行。

沙第曲折行久之，至一土山之上，立而回望，遥见坡下有旷场一，芦苇丛生，高可数尺，深恐威廉与浮尔丘，匿迹其中，乃自山上迤逦而下，欲驰往芦苇中搜之。

不意威廉与浮尔丘，适并立土山之下。威廉颇机警，见沙第将至，急曳浮尔丘之衣，跃入土穴。两人蜷伏穴中，屏息以待，欲静俟沙第来前，突出袭击之。

少顷，沙第果徐步至穴旁，立而遥望。威廉与浮尔丘，正拟跃出袭击，不料沙第偶一失足，忽坠入土穴之中，覆压于威廉之身上。威廉大喜，即乘势扭其胸，挥拳殴之，浮尔丘亦奋身跃起，攘臂助威廉。

沙第以事出不意，惶急失措，急奋其全力，猛推威廉之肩，威廉颓然仆，浮尔丘亦辟易数步。沙第乃乘间自窟中跃出，转身而奔，欲往召乡勇来，同捕党魁。

威廉跃起，见沙第已逸，急与浮尔丘飞逐其后。沙第闻两人自后来追，心慌意乱，驰至土山之下，偶一不慎，踬而仆地。威廉在后见之，大喜逾望，乃距跃而前，力按沙第于地。

沙第奋力与抗，尚欲跃起，会浮尔丘亦至，急取手枪出，以枪柄连击沙第之颅。沙第晕，乃僵卧不复动。

其时浮尔丘所藏之红手套，忽坠于地，威廉见之，即伸手攫得，纳之囊中。浮尔丘见而与争，威廉指天自誓，愿以重金为酬，浮尔丘乃止。

威廉觅得巨纮一，絷沙第之手足，置之地上。浮尔丘欲舍之而去，威廉恨恨曰："此人为我党之大敌，可恶殊甚，今当杀之，以除后患。"语已，忽见土山之上，有载运沙石之机器一具，机上有木箱一，其形如斗，大若五石之匏，箱中满贮泥沙，重可数十吨，以铁索悬之，上有辘轳，可以旋转。

威廉沉思片刻，忽生一毒计，乃将沙第移置土山之下，使之仰卧，然后飞步登山，取大布囊一，以沙泥石片等物实其中，悬之木箱之左侧。箱为沙囊所曳，向左欹侧，其中泥沙及土块，乃纷纷倾倒而出，自山上滚下，簌簌不绝，适压于沙第之身上。

威廉与浮尔丘，抚掌大乐，嗣恐为他人所见，乃相偕逸去。

其时沙第已悠然而苏，忽见山上沙土纷下，心乃大骇，急欲将手足之束缚挣脱，跃起逃遁，无如扎缚甚坚，力挣久之，终不能脱，山上沙土，仍续续而下。

顷刻之间，沙第四肢及躯干，咸埋于沙中，不复能动，惟头面口鼻，尚露于外。行见数分钟后，沙第将葬身于土山之侧矣。

碧梨与沙第别后，搜寻久之，杳无所获，踽踽独行，抵一高冈之上。奔波良久，略觉疲乏，乃就冈颠石上坐，稍事休息。

忽有光线一缕，自冈下来，射于碧梨之面上，忽左忽右，闪耀不定，照耀眼帘，目为之眩。碧梨大诧，急自石上跃起，细察光线所由来，忽遥见对冈土山之上，沙土纷下，籁籁不绝。山下倒卧一少年，躯体及四肢，已埋没于沙土之中。

碧梨谛视其人，仿佛若沙第，心乃大骇。盖沙第腰间，本系有皮带一，带上有铜锁一具，日光照其上，乃有回光一缕，反射而出。碧梨所见之光线，即以此也。

当时碧梨审视无误，皇骇欲绝，揆厥情形，知数分钟内，沙第必葬身于沙土之下。危机一发，间不容缓，急欲驰往救护，无如自山上至沙第处，其间相距可数十丈，山坡壁立，急切不能驰下，转辗思维，惶急不知所措。

瞥见坡左石壁之上，有运物之电线一，横亘空中，其长数十丈，直达土山之上，碧梨急欲救沙第，奋不顾身，乃冒险握电线，纵身跃出，高悬空中，乘势自线上一泻而下。

其时威廉与浮尔丘，尚并立于土山之上，遥见碧梨缘线而下，往救沙第。浮尔丘大怒，乃取手枪出，向碧梨轰击，连开两枪，均未命中。浮尔丘尚欲开放，不料枪中子弹，早已放尽。一刹那间，碧梨已泻至土山之下。两人不得已，乃恨恨而去。

碧梨自线上跃下，俯视沙第，则头面口鼻，均已埋入沙土中矣。碧梨骇极，顿足大呼，幸有乡勇二人，闻声驰至，始将沙第自土中救出。

时沙第为泥沙所覆压，已气闭而晕，碧梨亲为释其缚，拂去其身上之尘土，乃顾谓乡勇曰：“沙君尚未清醒，君等可舁之出，送往绿树居，俾得静养。余顷见威廉及浮尔丘，尚未逸出，余当亲往捕之，决不令其漏网也。”乡勇唯唯，乃舁沙第而去。

浮尔丘击碧梨不中，深恐乡勇闻声来捕，乃曳威廉之衣，相偕而逸。

奔百余武，至一高冈，两山对峙，壁立千寻，即曩日碧梨跃马坠水处也。高冈之下，即为浮尔丘家之密室。密室起火后，烟焰自石隙冒出，冈上树木均被灼伤，其中有大树一，火断其根，颓然倒下，适架于两冈之上，形如桥梁。

浮尔丘遥见之，喜谓威廉曰：“我侪当以此树为桥，越之而过，若登彼冈，便可安然远飏，不虞弋者之追捕矣。”

浮言已，即跨登树干之上，徐步而过，一转瞬间，已抵彼岸。

威廉鼓勇随其后，行至中间，下视万丈之深渊，心胆俱碎，足战栗至不能步，乃伏身树上，蛇行而前，讵知衣囊中之红手套，忽斜倾而出，坠于冈下，当时威廉尚未之知也。

及抵彼岸，浮尔丘曳之急行。行数武，威廉偶探手囊中，忽失声惊呼曰：“噫！余之红手套乃遗失矣。”

语出，浮尔丘大诧，惊询其故，威廉黯然曰：“顷余匍匐自树上过，觉有一物从囊中出，坠于冈下，及今思之，殆即红手套也。”

两人乃回至冈边，俯首下望，见红手套果在溪边芦苇之中，惟石壁削立千寻，无路可下，可望而不可即，懊丧万状。

其时碧梨已追至冈止，遥见威廉与浮尔丘，已逃至对冈。碧梨以红手套故，必欲将两人捕获，乃遵两人之故智，以大树为桥，冒险飞渡。

将近对冈，不料此树为火灼伤，突然中断，碧梨大骇，急攀执此树之前半段，悬身空中，大呼求援，危急万分。

威廉见之大乐，乃欣然谓浮尔丘曰："此女郎反对我党，不遗余力，我党所受之困难，强半皆彼所主持，余憾之刺骨，欲设法杀之久矣。今天诱其来，身蹈危机，我侪可速将此树摇动，令其坠入溪中，以泄余忿。"

浮尔丘颔之，两人乃趋执大树之枝，极力摇撼。震簸数四，碧梨力渐不支，偶一释手，立即下坠。但闻訇然一声，碧梨乃坠入万丈之深渊。

第十三章

　　碧梨自断树之上，突然坠下，堕入溪流之中，差幸素精泅水之术，游泳自如，未遭溺毙。

　　其时威廉与浮尔丘，站立冈边，探首下窥，见碧梨虽蹈危机，仍得脱险，深以为憾。

　　威廉忽见其所遗之红手套，适在水滨芦苇之中，急指以示浮尔丘。两人窃窃私议，深恐碧梨泅水登岸，将红手套拾去。

　　威廉略一沉吟，忽得一计，乃命浮尔丘舁大石数方，自冈上掷下。

　　其时碧梨已泅至水滨，攀执芦苇，正欲跃至岸上，不意大石六七方，自冈上续续而下，滚入水滨浅滩之中，浪花四溅，訇然有声。

　　碧梨大骇，不敢登岸，仍跃入水中，往来游泳，以避其锋。威廉在冈上见之，自喜得计，乃亲舁大小石块无数，一一掷下。

　　不料芦苇丛中之红手套，被石块所击，坠入河中，飘浮水面。碧梨见之，大喜逾望，乃伸手将红手套攫得，藏之怀中。

　　威廉在冈上，遥见红手套仍为碧梨所得，忿不可遏，嗣察得此冈之左侧，有羊肠小道一，盘旋而下，可直达水滨，乃与浮尔丘两人，自冈上疾驰而下，意欲跃入水中，将红手套夺回。

碧梨遥见威廉将至，仓卒不能遁，乃匿身水底，撷得极长之芦苇一节，含于口中，使芦苇之上端，露出水面，以通呼吸。

时则威廉与浮尔丘，已自冈上盘旋而下，奔至水滨，四顾水中，不见碧梨之踪迹，诧为怪事，怅视良久，以为碧梨早已逸去，深为叹恨，乃相率废然而返，仍由小道至冈上。

威廉因红手套得而复失，邑邑不乐；浮尔丘在傍，亦默然不语。

彳亍行数武，浮尔丘忽顾谓威廉曰："余以助汝之故，备受困苦，余之愚亦甚矣。自今日始，余与汝当脱离关系，各不相涉。汝前所许余之酬资，请即付余，余当离此他去，不复预汝事矣。"

威廉骇曰："汝欲与余脱离耶？愚哉汝也！凡人行事，当具坚忍不拔之志，不以挫折灰其心，始克有成。今我侪虽屡屡失败，尚未足以言绝望，诚能再接再厉，百折不挠，则以后终有成功之一日，胡可中道而止，自弃无穷之利益乎？"

浮尔丘嗤之曰："余观汝之计划，靡不失败，尚何成功之足言？今汝勿复琐琐，请即以酬资付余，余不复能助汝矣。"

威廉闻言，勃然大怒，突执浮尔丘之臂，厉声曰："汝必欲与余脱离，事亦良佳，余固不劳汝臂助也。然汝须识之，汝既不复助余，则余所许汝之酬金，亦当取消。余若不获红手套者，汝虽欲一文之微，亦不可得。慎毋妄想！"

浮尔丘闻言，亦暴怒欲狂，突自囊中取手枪出，直抵威廉之腰间，叱之曰："汝贼也。汝乃人面而兽心，自食前言，将谓余不能杀汝耶？"

威廉初颇骇然，继乃狞笑曰："汝手枪之中，子弹已尽，犹复持空枪吓人，宁不令人齿冷！"

浮尔丘恍然悟，忿乃益甚，突举其枪，力击威廉之颅。威廉辟易数步，斗飞一足起，中浮尔丘之腕，枪乃脱手而飞。浮尔丘虎吼而前，扭威廉之胸，挥拳殴之，威廉奋力抵御。两人遂互相扭殴，盘旋良久，同仆于地。

威廉瞥见地上之手枪，即伸手攫得，连击浮尔丘之颅。浮立晕，僵卧不复动。

威廉掷枪跃起，沉吟片刻，乃将浮尔丘曳至冈边，掷入冈下小溪之中。溪中水流湍急，浮尔丘飘浮水面，载沉载浮，顺流而下。

其时碧梨已自水底出，泅至对岸，忽见溪中有浮尸一具，逐浪而来，谛视之，乃党魁浮尔丘也，深以为异，默念浮尔丘为杀父之仇人，不可任令漏网，乃跃入溪中，泅至浮尔丘之侧，曳之至水滨，挟之登岸。

抚其口鼻间，觉气息咻然，尚未溺毙，乃卧之于水滨浅滩之上，恐其醒而逸去，急解腰带一条，缚其手足。

少顷，浮尔丘果悠然而苏，微启其眸，瞥见碧梨在傍，骇而跃起。碧梨按之坐地上，不令逸去。

浮尔丘恨恨曰："汝萦余手足，意欲何为？"

碧梨曰："汝杀余父奇亚夫，此仇不共戴天。今汝已入余手，行将缚汝归历买锡村，治汝以应得之罪，为余父复仇。"

浮尔丘恨恨曰："奇亚夫之死，余实不任其咎。"

碧梨骇曰："此言何也？"

浮曰："余受威廉之愚耳。余与汝家，本无仇恨，徒以威廉来言，欲夺左阿奶之红手套，命余率众攻绿树居，杀沙第及奇亚夫，事成之后，愿酬余五千金。余惑于重利，致为威廉之傀儡，实则汝父之死，乃威廉所主谋，余不过其执行者耳。"

碧梨闻之，始知左阿奶之言，良非虚语，于是憾威廉刺骨，誓必手刃其人，以慰老父于地下。

　　浮尔丘四顾河滨，别无他人，欲挣脱束缚而逃。碧梨大骇，急按之于地，不令跃起。浮尔丘转侧距跃，竭力与碧梨抗。碧梨大怒，乃以足力践其喉间。浮气闭欲绝，始僵卧不复动。

　　此时适有小舟一叶，自芦苇深处，荡桨而来。碧梨见之，急扬臂而呼。

　　舟子遥见碧梨，即鼓棹抵岸边，一跃登岸，见碧梨以足践浮尔丘，讶问其故。

　　碧梨曰："此乌鸦党党魁也，顷自窟中漏网出，为余所捕。余欲絷之往历买锡村，不识君能助余乎？"

　　舟子颔之，乃攘臂助碧梨，将浮尔丘舁入舟中。两人相率登舟，鼓棹而行，"欸乃"一声，直向历买锡村而去。

　　碧梨箕踞坐鹢首，饱览山川景物，精神为之一爽。

　　舟至中途，浮尔丘忽将两手之绳挣脱，突然跃起，欲扭碧梨而殴之，差幸舟子在后，见而大骇，急伸手扼其腕，不令伤及碧梨。浮大怒，乃转身与舟子斗。碧梨闻声回顾，骇而跃起，急助舟子殴浮尔丘。

　　奋斗久之，舟忽倾覆，訇然一声，三人乃并坠于小溪之中。舟子深恐碧梨溺毙，急舍浮尔丘不顾，力曳碧梨至水滨，挟之登岸。

　　碧梨自顶至踵，咸为冷水所湿透，神疲力乏，凛寒澈骨，乃颓然坐石上，稍事休憩。

　　遥见小舟舟底向天，随波逐浪，顺流而去，明知浮尔丘必伏匿舟下，脱然逸去，追捕不及，怅恨而已。默坐片刻，心神略定，乃与舟子别，觅道返历买锡村。

翌日午后，绿树居中开大会一，举凡奇亚夫之老友及戚属，靡不莅会。

律师当众拆阅奇亚夫之遗嘱，高声宣读之。其辞略云：

> 余死之后，余之遗产，悉以与余女碧梨。绿树居司事康顿君，余之老友也，奉职多年，忠信诚朴，余素所倚畀，今请为碧梨之保护人，代为管理资产，务望深体余意，善辅碧梨，是所至盼。
>
> 奇亚夫亲笔

律师宣读既毕，碧梨念及老父之深恩，凄然泪下。在座诸人，纷致慰藉之词，碧梨悲始稍杀。已而律师与来宾，相率告辞而去。

碧梨问康顿曰："余父遗产，究有若干金？"

康顿曰："顷余详为调查，共计约二十万金也。"

碧梨笑曰："遗产乃如是之巨耶？余于店务琐屑，素匪所习，今当遵余父之遗命，请君代为经理，君其勿辞！"

康顿慨然诺之。自是以后，碧梨乃为绿树居之主人矣。

第十四章

越日，沙第欲觅失魂井遗址，策马而出，往访其友鲁逊莱，以此事询之。

鲁逊莱曰："此井详情，余亦未能尽悉。少时闻之父老云，此井之主人，为一美丽绝伦之女郎，名曰'杜兰斯'。杜兰斯为土人酋长所悦，向之乞婚，杜兰斯拒绝之。已而杜兰斯爱一西班牙人，遂订婚约。酋长闻之，妒忿交作，乃乘其结婚之日，率土人数十，袭击杜兰斯家。一时室中大乱，宾主十余人，不及逸出，乃尽为土人所击毙。土人将尸身掷入失魂井中，掠得金珠宝物无数，欲一哄而出。是日天适大雨，雷电交作，霹雳一声，房屋尽倾，陷入地下者丈许。彼万恶之土人，乃亦葬身于油井之下。后此乡人纷传，金谓失魂之井，已被雷电所震毁，沦为墟墓，遂无复有过而调查之者。此失魂井之历史也，余所知者，如是而已。究之此种典故，是否确凿，余亦未尝目睹，即就余个人思之，亦终不信尘世之上，乃果有此宝贵之失魂井耳。"

沙第闻鲁逊莱言，虽知失魂井之历史，然于其访查此井之目的，毫无裨益，乃与鲁逊莱别，废然而返。

碧梨承袭遗产后，即亲往爱壁沙镇，以千金购汽车一辆，乘之而归。

碧梨于驾驶汽车之术，素所未习，车抵历买锡村，偶一不慎，忽驰入一理发肆中，撞毁杂物无数。碧梨大骇，急自车上跃下，深致歉忱，如数赔偿之，乃旋车退出，疾驰回绿树居。

康顿与左阿奶等，闻汽笛呜呜声，相率出视，见碧梨驾一汽车归，深以为异。碧梨一跃下车，快然自得，趋入肆中。

左阿奶欣然曰："驾驶汽车，良匪易易，密司于顷刻之间，即能操纵自如，密司诚万能哉！"

碧梨闻言，乐且无艺，已而乃屏退众人，顾谓左阿奶曰："红手套何在？速以示余。"左阿奶自怀中出手套，付之碧梨。

碧梨取地图出，详瞩一过，问左阿奶曰："媪昨日不尝语余乎？关于失魂井之契据等物，均藏于泰维罗村。此言确耶？"

左阿奶颔之曰："确也。余藏之于旧居停墨维尔家，密司若欲得之者，余当亲往取之。"

碧梨曰："此行颇为重要，余当与汝乘汽车往，免为盗党所袭。"

左阿奶唯唯，碧梨仍将地图折叠，藏于红手套中，还之左阿奶。

两人乃相偕而出，并坐车中，碧梨亲执驾驶之役，驱车疾驰，风驰电掣，向泰维罗村而去。

驰数里，道出一山坡，不料威廉适自坡上过，独行道傍，忽闻汽笛呜呜声，自远而来，止步回顾，遥见一汽车疾驰至，车中并坐者，乃为碧梨及左阿奶，心乃大喜。俟汽车稍近，遂自道傍一跃而出，矗立车前，阻其去路。

碧梨恐又肇祸，急止其车，威廉乘此间隙，一跃登车上，扭左阿奶之肩，厉声曰："红手套何在？速以与余！"

碧梨见威廉突至，大骇失色，急搣其机，驱车疾驰，心慌意乱，手足失措，偶一不慎，车乃自斜坡之上，一泻而下。车身震越，威廉及左阿奶，同自车上颠出，坠于山下。

威廉奋身跃起，按左阿奶于地，向索红手套。左阿奶骇极大号，威廉忿甚，举拳欲殴之。左阿奶出其不意，腾身跃起，狂奔上山。威廉大怒，距跃逐其后。

左阿奶奔至半山，与碧梨相距只十余步，偶一失足，踬而仆地，仓卒不能跃起，回顾身后，见威廉将至，一时情急智生，乃自怀中取红手套出，向碧梨力掷之。碧梨伸手接得，转身而奔，不料手套中所藏地图一纸，遗落于地。碧梨未之知也，急藏手套于囊中，跃登汽车，启机而逸，疾驰下山。

威廉见红手套入碧梨手，乃舍左阿奶而逐碧梨。左阿奶奋身跃起，适碧梨之汽车，自身傍驰过，碧梨瞥见左阿奶，略止其车，左阿奶急跃入车中。碧梨大喜，遂启机疾驶，风驰电掣，直向山下而去。

威廉见碧梨与左阿奶，均脱然逸去，追之不及，懊恨殊甚，木立久之，偶俯视地上，忽见草间有白纸一方，拾起展阅之，乃红手套中之地图也。无意中得此，大喜逾望，正欲藏之囊中，不料沙第适自鲁逊莱处归，跨马款段行，道出冈上，瞥见威廉手执白纸一，细阅不已。

沙第自后察其纸，乃红手套中之地图也，心乃大骇，遂自马上跃下，趋至威廉之前，厉声曰："此纸系密司碧梨之物，汝既拾得，速以付余！"

威廉见沙第突至，始则骇然，继乃大怒，直前扭沙第之胸，挥拳殴之，沙第急挺身与斗。两人力搏久之，同仆于地，盘旋草间，扭结不解。

相持良久，威廉攫得石块，一连击沙第之颅，沙第立晕，僵卧于地。

威廉跃起，将沙第所佩之手枪及子弹，一并搜得，纳之囊中，然后曳之至道旁，掷之草间，以树叶蔽其体。事已，取地图察之，知碧梨及左阿奶此去，将往泰维罗村，默念两人逸去未久，策马追之，或尚可及。

时沙第所骑之马，尚立于道旁，俯而啮草，威廉遂一跃上马，挥鞭驱之，马乃飞驰下冈而去。

碧梨得脱后，深恐威廉复追踪而至，心甚惶急，乃力旋其手中之轮，开足汽机，尽力狂奔，风驰电掣，其捷若飞。

驰数里，至一铁路之旁，此时适有火车一辆，自后驰至，汽笛连鸣，机声轧轧，与碧梨之汽车，齐驱并驾。

左阿奶偶回顾车后，忽见威廉控骑来追，心乃大骇，急以语碧梨。碧梨闻之亦大惊，但竭力捩其机，驱车疾驰。

左阿奶屡屡回顾，见威廉愈追愈近，距车仅一二丈，觳觫语碧梨，惟悸殊甚。

碧梨毅然谓左阿奶曰："事急矣。今惟有一法，可脱此厄。盖余车若追至火车之前，余当突然旋转，跨铁路而过，越出火车之前面。迨威廉追至，将为火车所阻，不复能逐我侪矣。"

左阿奶骇曰："越此铁路耶？我车若与火车相撞，事将奈何？此举颇险，密司幸勿轻试！"

碧梨立意既决，不听其言，但竭力驱其车，向前飞驶。一刹那间，碧梨之汽车，已追出火车之前。碧梨大喜，突然旋转其车，向铁路驰去。

左阿奶探首一望，见火车轰雷奔电，瞬息将至，惊心荡魄，骇极几晕，急曳碧梨之裾，坌息曰："速……速止……速止……

火车将至，我车不能过也。"

不意碧梨置若罔闻，仍驱车疾驰。汽车刚至轨道中，火车已轧轧而至，但闻轰然一声，汽车乃为火车所撞，碎为粉齑。

第十五章

当汽车撞毁时，碧梨与左阿奶为车身所反激，跌出车外者六七尺，坠于草间，幸在轨道之外，未为火车所碾毙。

碧梨虽受惊而晕，并未受伤；左阿奶则伤一左臂，鲜血溢出，惟尚无大碍。

火车司机者，见已肇祸，急止其车。车中警察及乘客，纷纷跃下，将碧梨及左阿奶，舁入车中。

时威廉已策马驰至，亦厕于众乘客之中，阑入火车。车停片刻，即复启机前进。警察将碧梨等舁至办事室，取刀创药至，为左阿奶敷之，并以棉花及白布，扎缚妥贴。

此时碧梨及左阿奶，均已苏醒，警察细诘两人之姓氏、居址，录入手册。

碧梨瞥见威廉立办事室户外，探首内窥，一转瞬间，乃倏然而去。碧梨骇而起跃，默念威廉已追踪登车，此去泰维罗村，颇为危险，心甚闷闷。

时警察均已他去，左阿奶亦自地上跃起，招碧梨至其侧，附耳语之曰：“此间与泰维罗村，相距不远，若抵车站，反须绕道四五里，恐为威廉捷足先往，为之奈何？”

碧梨闻言，尤深焦急，无聊之余，乃步至月台上，立而眺望，忽见车前有双马车一，傍铁道而行，车上除御者外，空无一人。

碧梨斗有所触，心生一计，乃招左阿奶至月台上，语之曰："方今事情急迫，万不可稽延，致失时机。余当躬冒危险，跃入此双马车之中，由间道先往泰维罗村；媪则俟火车抵站后，从容绕道来。届时威廉虽蹑踪至，当亦无能为矣。"

左阿奶闻言大骇，急摇手止之曰："两车正在疾驰，密司若由此车跃入彼车，危险殊甚，幸勿轻试！"

碧梨默然不答，跃跃欲试，左阿奶骇甚，曳其衣阻之。碧梨绝裾趋出，注视明切，乘两车并驱疾驶之时，纵身一跃，直登双马车之上。

御者见碧梨突至，骇且诧，几疑飞将军从天而下。碧梨坐定后，即自囊中出纸币数纸，纳之御者之手，命其驱车疾驰，速往泰维罗村。御者得资乃大乐，高举其鞭，连策其马，八足奔腾，疾驰向泰维罗村而去。

左阿奶见碧梨跃登马车，心始释然，乃复退入车中。

少顷，威廉忽推办事室之门，昂然直入，四顾室中，不见碧梨，心乃大讶，遂趋至左阿奶之前，伸手扭其胸，轩眉怒目，厉声曰："碧梨何在？速以语余！倘敢隐匿者，余且立碎汝颅！"

左阿奶骇而大呼，室外之警察，闻声奔入，逐威廉出室。威廉声势汹汹，尚欲与警察争辩，警察大怒，乃扭威廉之胸，掷之门外，威廉始悻悻而去。

一刻钟后，车已抵站，左阿奶得警察之许可，匆匆下车，瞥见威廉在前独行，乃蹑足尾其后。

行数武，威廉忽雇一马车乘之，命御者驰往泰维罗村。左阿奶闻之，乃乘威廉不备，潜登其车后仆座之上，手攀皮蓬，箕踞端坐。御者及威廉，均未觉察。

御者连鞭其马，车乃发轫，疾驰向泰维罗村而去。

碧梨至泰维罗村，时已薄暮矣，至墨维尔家门外，止车跃下，投刺求见。

阍者持刺入，少顷复出，肃客入内。碧梨匆匆随之入，遥见墨维尔夫妇，已自内室出，降阶相迎。

墨维尔年可五旬，须发斑白，貌甚严肃；其夫人年亦相若，温和可亲。膝下有掌珠一，芳龄十六七，尤便慧明丽。

墨维尔与碧梨握手，接待甚恭，肃之入室。碧梨恐威廉追踪来此，乃顾谓阍者曰："余有仇人一，时蹑余后，少顷或将来此，汝若见有健男子徘徊门外者，速来报我。"阍者唯唯，碧梨乃随墨维尔夫妇入。

至会客室，室中陈设雅洁，墨维尔延碧梨坐，肃然曰："左阿奶时有书来，述密司之近况甚悉，今密司子身枉顾，有何见谕？"

碧梨曰："左阿奶本与余偕来，余因恐为仇人所迹，中途改辙，与之分道而行。一刻钟后，左阿奶亦将抵此间矣。今余之所欲询丈者，即为茫顿司山麓之废地一方。据左阿奶言，此地为彼之祖产，惟契据等物，均藏于丈家。此言确耶？"

墨维尔颔之曰："确也。"

碧梨曰："左阿奶欲以此地，出让于余，余故与之偕来，欲以此事商之于丈，取其契据耳。"

墨维尔曰："密司欲购此废地耶？此事左阿奶来函，早已为余言之。余视此地，直如荒庄，绝无所用，密司购之何为？"

碧梨笑而不言，墨乃将此地契据两份，一并取出，交之碧梨。碧梨将契据折叠，纳之红手套之中，藏于身畔。

此时阍者忽仓皇奔入，禀碧梨曰："刻有一健男子乘马车来，徘徊门外，形迹可疑，殆即密司之仇人耶？"

室中诸人闻之，纷纷跃起，相将奔出，将近门侧，忽见左阿奶自门外奔入，奎息曰："威廉至矣。"

墨夫人见左阿奶至，即与之握手，状甚亲昵。碧梨闻威廉果至，疾趋出视。

时威廉适蹀躞门外，探首内窥，忽见碧梨奔出，瞠目直视，状甚惊讶。会墨维尔亦徐步而出，碧梨戟指指威廉，顾谓墨维尔曰："此人贼也，尝与乌鸦党盗匪通，行劫历买锡村。丈宜逐之去，毋令阑入此室。"墨颔之。

威廉闻碧梨言，急跨入门内，趋至墨维尔之前，含笑鞠躬，欲以巧言惑墨维尔。

墨不待其发言，遽挥之令出，正色厉声曰："汝徘徊我家门外，意欲何居？我家固有自主之权，非经余之允许，胡得擅自入内！不速去，余且召警察来。"

威廉闻言大惭，不得已乃怏怏退出。墨维尔立挥阍者闭门，门砰然阖。威廉怅立门外，握拳透爪，忿不可遏，然卒亦无如之何也。

是晚碧梨与左阿奶，乃同宿于墨维尔家，晚膳之后，畅谈良久，更漏既鸣，始各登楼归寝。

碧梨与左阿奶，各据一卧室，两室中隔一小巷，遥遥相对。碧梨送左阿奶入室，即以红手套归之，令其妥为收藏。左阿奶诺之，乃藏手套于卧榻之枕下。碧梨略谈数语，即与左阿奶别，握手道晚安，闭户而去。

当碧梨与左阿奶归寝时，楼下僻巷之中，倏有一黑影自墙角出，叉手矗立，仰视楼上，则即碧梨之劲敌威廉是也。

威廉跂足仰望，遥见碧梨与左阿奶之影，并现于玻璃窗，异常清晰，两人张口颔首，若有所议。已而忽见碧梨自囊中出红手套，付之左阿奶，状甚郑重，嗣乃倏然而去。

威廉略一沉吟，即自巷中一木架之上，直升而上，直达左阿奶卧室之窗外，隔窗暗窥。

时左阿奶独处室中，正欲熄灯就寝，偶一转念，忽自枕底取红手套出，置之榻上，欲检视其中之契约。威廉隔窗见之，心乃大喜，潜启其窗，伸手入室，突将左阿奶榻上之红手套，攫之以去。

左阿奶见威廉突至，大骇失色，放声呼救。威廉欲转身而逸，左阿奶急一跃至榻上，扭威廉之衣，欲将红手套夺回。威廉不得逸，挥拳殴之，左阿奶死命争持，不令威廉脱身。

互扭良久，威廉大忿，乃奋其全力，猛推左阿奶之肩。左阿奶颓然仆，自榻上坠下。

威廉正欲转身逸去，不料一刹那间，倏有一女郎从空而下，跃入室中，攘臂扭威廉之肩，举拳殴之。威廉谛视之，不觉大骇。女郎为谁？则密司碧梨也。

先是，碧梨与左阿奶别，奔入己之卧室，解衣卸装，意欲就寝，忽见窗外月色皎洁，湛然若水，乃轻启其窗，倚槛望月。无意之中，偶探首俯视，忽见巷中地上，有黑影一，影顾而长，短髭翘然，固赫然威廉也。

碧梨骤睹此影，恍然大悟，心乃大骇，恐为威廉所觉，急退入室中。略一沉吟，取外衣披之，意欲启门而出，忽闻左阿奶大声呼救，状甚急迫，临窗一望，遥见威廉与左阿奶，正在窗前扭殴。

碧梨骇极，急取手枪一，纳之囊中，逾窗而出。见窗外屋脊之上，有长绳一条，高悬空中，碧梨急欲救左阿奶，奋不顾身，乃手执长绳，纵身一跃，自半空之中，悬宕而过，直达左阿奶卧室之窗外，跃入室中，直扑威廉，威廉急举拳应敌。

盘旋数四，威廉忽将碧梨推倒，卧于左阿奶榻上，夺得红手套，跃出窗外，意欲就木架之上，一泻而下。不料碧梨自榻上跃起，突取手枪出，伏于窗口，向威廉开放，砰然一声，适中威廉之右臂。

威廉痛极，手中之红手套，乃不期而坠。威廉恐捕者麇集，不敢拾取，急自木架之上，一跃而下，狂奔逸去。

碧梨见红手套在木架上，乃从窗口蛇行而出，将手套拾得，回至室中，还之左阿奶。珠还合浦，欣喜无量。

此时墨维尔夫妇，咸持炬而至，闻威廉已中枪逸去，心始释然，略谈数语，始各归卧室安寝。

翌日，碧梨与左阿奶即向墨维尔夫妇告辞，驱车而归。

第十六章

大律师梅诺夫，今乃至历买锡村矣。

梅诺夫驱车至绿树居，适与司事康顿，遇于门外。

梅诺夫问曰："肆主奇亚夫君何在？余欲见之。"

康顿凄然曰："奇亚夫君耶？物化久矣。君尚未之知耶？"

梅诺夫闻言，愕然曰："奇君噩耗，余实不知。余闻他人言，此君忠厚长者，遽尔作古，殊可惜也。"

康顿颔之曰："奇君以捍卫我乡故，为乌鸦党盗匪所击毙，乡人闻之，同深悲悼，固不仅忠厚慈祥，令人追慕纪念于无穷也。"

梅诺夫曰："余闻奇君有女公子一，名曰'碧梨'，今乃何在？"

康顿回顾肆中，见碧梨适坐于帐柜之内，理其函件，乃遥指之示梅诺夫曰："此即密司碧梨也。"

梅诺夫喜曰："然则余欲见之，君能为余绍介乎？"

康顿诺之，乃饬人将梅诺夫之行李卸下，携入绿树居傍之旅馆中。

梅诺夫随康顿入肆，步至帐柜之前，康顿为介绍于碧梨曰："此为梅诺夫大律师，新自爱立华来此，有一要事，欲与密司面谈。"

碧梨闻言起立，与梅诺夫为礼，肃之入会客室。坐定后，碧梨即询其来意，梅诺夫徐徐曰："密司勿急！余今有古事一节，欲告之密司，与密司之身世，颇有关系也。"言已，乃将马达夫氏二十年前之掌故，缕述一过。碧梨则端坐而听之。

梅诺夫之言曰："爱立华城中，有大富翁曰'马达夫'者，以经商起家，拥资千余万。妻早亡，惟遗一子，名曰'脑顿'。脑顿弱冠时，忽爱一乡人之女，不告其父，遽与结婚，蜜月后，挈妇回家，不意马达夫大怒，坚不承认，迫其子离婚。脑顿以伉俪情深，不从父命，马达夫忿甚，将其子与媳，一并逐出。脑顿不得已，乃挈妻离家，卜居爱壁沙镇。夫妇二人，自食其力，逾年生一女，名曰'蕙兰'。蕙兰二岁时，脑顿夫妇，忽相继罹疾卒。脑顿临终时，乃以其女蕙兰，托之友人奇亚夫。奇亚夫中年而鳏，膝下犹虚，乃抚蕙兰为女，爱怜殊甚，视若己出。二十年来，蕙兰已成一明丽英俊之女郎矣。"

梅诺夫言至此，碧梨愕然大诧，失声曰："然则余即蕙兰也？信如君言，则余系脑顿之女，匪奇亚夫所亲生矣。"

梅诺夫颔之曰："密司之言确也。今马达夫君已去世，遗嘱命将所遗之家产，悉归其孙女蕙兰承受。余为其家之律师，故马达夫以家产付余，嘱余代为保存，并担任缉访蕙兰之职。余探听多日，方知密司即系蕙兰，为特专诚来此，报告密司，务请密司即日往爱立华城，归宗马氏，以释余责。"

梅诺夫言已，注视碧梨之面，待其答复。

碧梨沉思片刻，乃毅然拒绝之，曰："余不愿与君偕往。盖余生长此间，朋友戚属，均在村中，余安忍舍之而去？"

梅诺夫闻碧梨言，深为诧怪，乃正色语碧梨曰："马达夫君之遗产，共有千万磅之巨，密司一旦归宗，承袭此产，将为阖城富人之冠，胡乐不为？"

碧梨嗤之曰："金钱乃傥来之物，何足介怀？彼遗产虽巨，以余观之，直如土芥耳。余心不能以利诱，请君勿言！"

梅诺夫见碧梨之心，固执不能动，为之默然。时司事康顿在傍，见碧梨峻拒过甚，令人无欢，乃居间斡旋曰："兹事体大，本匪一言可决，容俟商议妥洽后，再定行止可也。"

梅诺夫亦以为然，乃与碧梨纵谈他事，密室清谈，自以为秘无人知，万不料隔墙窃听者，乃有威廉在也。

初，威廉自泰维罗村逸出，仍归历买锡村，伏居逆旅中。

是日清晨，威廉自旅馆中出，散步街衢，忽见梅诺夫乘一马车，飞驰入村，至绿树居之前，止车而入。

威廉欲知来者为何人，苦于无从调查。忽见绿树居佣保，将其人行李等物，送入旅馆，威廉乃趋前问之曰："顷乘车来肆者，究系何人？不识君能语余乎？"

佣保曰："余亦不知，焉能告君？"

威廉怅然失望，忽见其人所絜之皮箧上，悬有白纸一小方。威廉取阅之，上书"律师梅诺夫"五字，心甚疑之，乃绕道至绿树居会客室之外，伏于窗下，侧耳窃听，举凡梅诺夫所言，乃一一尽为所闻，始知碧梨乃大富翁马达夫之孙女，应得遗产，约有千万镑之巨，垂涎觊觎之心，为之勃发，沉思久之，乃彳亍返旅馆。

浮尔丘之逸去也，憾威廉刺骨，誓必杀之而后快，嗣念孑然一身，欲与碧梨及威廉对抗，其势有所不能，转辗思维，欲将被擒之羽党，设法救出，以资臂助。

此时乌鸦党党匪，被乡勇捕获后，囚于狱中。狱在绿树居之后，建筑甚固，门以钢铁为栅，键以巨锁，村中诸乡勇，轮流为守狱之役，防伺甚严。

是日薄暮，党魁浮尔丘，忽潜至监狱之附近，匿身窗下，探首内窥。

其时守狱诸乡勇，适同往绿树居饮酒，狱中惟留一年老者在，其人背窗而坐，翘足仰首，闭目而假寐。

浮尔丘大喜，乃潜自囊中出手枪握之，伸手入窗，以枪柄击其人之颅。其人立晕，瞢然不省人事。

浮尔丘逾窗入，搜其身畔，觅得监门之钥匙，乃以钥启门，释其羽党，盗党一拥自狱中出。一盗觅得蒙面之鸦羽冠若干具，分给诸同党。众大喜，乃仍以羽冠蔽面，呼啸而出。

奔数武，过绿树居之傍，时威廉在旅馆楼上，适凭窗而立，手执纸卷烟吸之，人影在窗，颇为清晰，浮尔丘仰视见之，急指以示党人，低声曰："此威廉也。彼尝击余致晕，投余于水，余誓复此仇。今日见之，毋令兔脱！"

盗党唯唯，四顾无人，乃相率缘柱而上，至威廉卧室之窗外，推窗跃入。

威廉见乌鸦党突至，瞠目大骇，手中之纸卷烟，乃不期而坠，一时欲逸不及，木立室隅，惶急不知所措。

浮尔丘既入室，立挥其党扭威廉，抵之墙上，出利刃拟其胸，厉声骂曰："汝贼也！狗！恶奴！余以助汝之故，破家亡命，备受困苦。余之视汝，亦可谓不薄矣。汝乃乘余穷蹙，与余反目，一言不合，竟击余而投之深渊，以怨报德，汝直狼子而野心。余何梦梦，乃误以汝为良友？余且盲矣。今余当击杀汝，以泄余心之忿。"言已，乃高举其刃，欲力揿威廉之胸。

威廉惊怖亡魂，颠声曰："君勿急急！余有一言告君，于君颇有利益也。"

浮尔丘厉声曰："然则汝速言之。汝若巧言如簧，敢与余争辩者，余刃下矣。"

威廉乞怜曰："曩日之事，余实不合，请君恕余！须知我侪实为同志，不可分裂，若操同室之戈，则鹬蚌相争，利归渔翁矣。"

浮尔丘闻言，怒乃稍霁，悻悻曰："汝谓于余有利益者，究因何事？"

威廉曰："顷余闻律师梅诺夫言，碧梨本名蕙兰，实系富翁马达夫氏之孙女。今马达夫死，遗产百万，悉归碧梨承袭。余思碧梨身畔，必藏有遗产之契据，君若率众往，袭击碧梨，将契据夺得，何患不能成巨富耶？"

浮尔丘闻言大喜，乃命其党释威廉，与之和好如初。两人遂率众，自窗口出，仍由柱上泻下，蜂拥往绿树居。

暮色既积，村中诸少年，咸饮酒于绿树居中，或就肆中进晚膳，觥筹交错，笑语庞杂。

忽见守狱之乡勇，狂奔入肆，面色惨白，坌息呼曰："劫狱……劫狱……乌鸦党劫狱，盗党皆逸去矣。"

语出，肆中诸人皆大骇，纷纷掷杯跃起，围立狱卒之左右，争询其状。

狱守曰："顷余独坐窗间，不意一人自后潜至，突以铁器击余颜，余乃立晕。比余醒，则狱门大开，乌鸦党皆逸去矣。"

众闻盗党逸，攘臂而起，争欲出肆追捕，不意肆门斗辟，乌鸦党已一拥入室，各持器物为兵械，见人即击，状如狂易。

肆中诸少年，初颇骇然，继乃大怒，相与振臂奋呼，与乌鸦党搏战。一时肆中大乱，桌椅器具，纷纷仆地。器皿仆地而碎，其声锵然不绝。

时碧梨与梅诺夫，正在会客室畅谈，忽闻外间哄斗声甚厉，相率奔出。碧梨见乌鸦党来袭，怒不可遏，距跃而前，直扑盗党。

时威廉与浮尔丘，正并立室隅，袖手作壁上观。威廉瞥见碧梨跃出，乃指柜前之煤油灯，低语浮尔丘曰："我侪若将此灯击破，灯光骤灭，众必大乱。我侪乘纷乱时，突然跃出，必获碧梨矣。"

浮尔丘唯唯，乃拾得铁器一，向煤油灯掷去，灯砰然碎，火乃立熄。威廉与浮尔丘相率跃出，直扑碧梨。碧梨见盗魁忽至，大骇失色，自知不敌，转身而奔，逃出绿树居外。

浮尔丘攫得酒瓶一，向碧梨力掷之。碧梨奔驰正急，闪避不及，酒瓶飞来，适中后脑。碧梨晕，颓然仆地。

威廉与浮尔丘大喜，乃趋至碧梨之傍，搜其身畔，不料囊中空无所有。

威廉甚为失望，乃顾谓浮尔丘曰："君可在此稍待，余当往碧梨卧室中搜之。"

语未毕，碧梨已苏，突然跃起。两人出不意，不及拦阻，碧梨乃转身而奔。浮与威廉皆大骇，飞步逐其后。

碧梨奔至一瞭望台之下，回顾威廉及浮尔丘，已将追至，一时惶急无计，乃攀执瞭望台之柱，猱升而上，一转瞬间直达其颠。

瞭望台高约百余尺，下有四柱，粗可合抱。威廉等追至台下，浮尔丘欲追踪而上，威廉止之，觅得巨斧二，与浮尔丘各执其一，奋力砍柱足。

砍久之，柱折，瞭望台乃突然倒下，轰然一声，碎为千百片，堆积地上。危哉碧梨！其将葬身于瞭望台下耶？

第十七章

当瞭望台之将倒也，碧梨自知处境至危，急欲思一脱险之策，瞥见台之左侧，有平屋四五幢，相距丈许，屋顶较台低六七尺。碧梨乃疾趋至台边，乘势一跃，直登平屋屋顶之上，足方立定，瞭望台立即倒下，轰然一声，耳为之震。碧梨幸得脱险，自庆更生。

其时肆中诸少年，已将乌鸦党党徒，如数捕获，絷而囚之。左阿奶回顾室中，不见碧梨，心乃大诧，急以语众少年，众少年一拥自肆中出。

威廉与浮尔丘见之，急伏于屋角黑暗之处，探首外窥。碧梨在屋上见援者纷至，乃扬臂而呼。左阿奶闻声仰视，见碧梨无恙，心乃大慰。康顿急遣人奔入肆中，肩一木梯出，倚之屋上。

众人群聚街头，咸仰望屋顶，注视碧梨。左阿奶亦木立众人之后，翘足仰望。不料威廉与浮尔丘自屋角潜出，蹑足至左阿奶之后，突以白巾蒙其口，俾不得呼，执其手足，挟之至一僻巷中，掷之地上。

左阿奶跃起欲逸，浮尔丘怒，乃拾石块一，力击其颅。左阿奶立晕，颓然仆地。威廉搜其囊中，攫得红手套，心乃大喜，遂藏之怀中，与浮尔丘相偕遁去。

碧梨自屋顶拾级而下，四顾人丛中，不见左阿奶踪迹，深以为异，问之众人，亦均言未见，骇乃益甚。

左斯因祖母失踪，惶急涕出。碧梨急率众四出搜寻，奔至僻巷中，忽见左阿奶僵卧地上。碧梨骇极失色，急趋前视之，抚其口鼻，气息咻然未绝，乃命人舁归绿树居，置之卧榻之上。

少顷，左阿奶悠然而苏，见碧梨在傍，乃历述红手套被夺之状。碧梨闻言，怅恨殊甚，时已深夜，乃与左阿奶别，废然归寝。

翌日，碧梨晨起，与左斯立门楼之上，倚槛闲眺，忽见一轿式之马车疾驱而来，车上端坐者，乃威廉与浮尔丘也。

碧梨急欲捕二人，乃奋不顾身，逾槛而出，俟马车自楼下驰过，乃纵身审下，跃登车颠，复自车顶跨下，与御者比肩而坐。御者骇而欲呼，碧梨急摇手止之。

御者亦村人，固素识碧梨者，心知其中必有他故，乃噤不敢发声。不意威廉机警无匹，当碧梨跃登车顶时，砰然有声，车为之侧，威廉早已觉察，探首外窥，知碧梨已追踪来，心乃骇然，急附耳语浮尔丘。浮尔丘欲跃出捕碧梨，威廉止之，沉吟片刻，忽得一计，乃暗将座下木板揭开，伸手出车外，将车辙上之大螺旋钉一，徐徐旋动。

其时马车适登一高冈，冈上仅羊肠小道一，旁有斜坡，直抵山下。威廉见时机已至，乃将螺旋钉拔去，仓皇启车门，与浮尔丘相率跃出。御者与碧梨，高坐车前，尚瞢然未知。一刹那间，车轮脱落，突然倾倒，人马与车，咸自斜坡之上，疾滚而下。

威廉与浮尔丘并立冈上，见其计已售，抚掌大乐，愉快异常。浮尔丘深佩威廉设谋之毒，威廉欣然自得。

时驾车之马两骑，忽将羁勒挣脱，奔至冈上，蹀躞道旁，俯而啮草。威廉见之大喜，乃与浮尔丘奔至马侧，相率上马，挥鞭疾驰，向司德兴车站而去。

碧梨自冈上坠下，幸跌入乱草丛中，绝未受伤，惊魂稍定，支地跃起，遥见冈上有双马车一辆，疾驰而来。

比稍近，车中人望见碧梨，扬臂欢呼。碧梨谛视之，则梅诺夫及左阿奶祖孙也。

先是，左斯见碧梨逾窗出，跃登马车之顶，附车而去，心乃大骇，急往告左阿奶。左阿奶亦大惊，立命人驾双马车一，往追碧梨。律师梅诺夫闻之，亦愿偕往。三人乃相率登车，疾驱出村，驰至冈上，适与碧梨遇，乃止车跃下。

碧梨绕道至冈上，左阿奶询其来此之故，碧梨略告之，四人乃相将登车。

御者欲驱车归，碧梨止之，忽顾谓梅诺夫曰："君跋涉来此，以归宗劝余，君之美意，良可感激。第余以生长绿树居中，怀旧之心弥切，不忍舍之而去，故未能率尔而相从耳。今余再三思维，自觉僻居乡村，危险殊甚。余愿从君之请，归宗马氏。余心既决，请君挈余往姑母家可也。"

梅诺夫闻言大喜，欣然诺之，乃命御者驱车往司德兴车站。

威廉与浮尔丘乘马至车站，因为时尚早，蹀躞于轨道之傍，忽遥见碧梨等亦驾一双马车，疾驰而来。

威廉急曳浮尔丘之衣，退至幽僻之处，伏而窃窥，遥见碧梨与梅诺夫等，相率购票上车。

浮尔丘见之，亦欲奔往购票，威廉急拦阻之。浮尔丘怪而问故，威廉莞尔曰："愚哉汝也！我侪曩日之蹑其后者，为欲得红手套耳。今红手套已为我侪所获，避之不暇，何可与之同车？万一被其窥见，必且大起争斗，红手套一失，则前功败矣。为今之计，不如在此车站附近，寄宿一宵，明晨乘车往爱立华城，较为妥善。"

浮尔丘闻言，恍然大悟，深韪其议，两人乃自车站中出，沿铁道而行。行百数十武，见一小旅馆，乃相偕入内。

侍者导至楼上一卧室，室有玻璃窗一，窗外即为铁路轨道，火车往来，必自窗下驰过，凭槛而望，清晰异常。威廉觉此室颇合己意，乃将房金付讫，挥侍者去，戒令毋得擅入。侍者唯唯，乃闭户而去。

第十八章

　　威廉所寓之旅馆，在司德兴车站之后。凡火车自车站中出，必绕道作圆规形，从旅馆门外驰过。当时威廉在卧室中，与浮尔丘凭窗外眺，遥见火车已自车站出，轧轧而至，一刹那间，从窗下疾驰而过。

　　威廉瞥见头等车之第三节中，碧梨与梅诺夫，方并肩坐窗前，乃指以示浮尔丘，昂首作狞笑，自诩得计。不意碧梨坐车中，正探首窗外，纵目闲眺，车过旅馆窗下时，无意之中，举首仰望，忽见威廉与浮尔丘，并立窗口，口讲手画，笑谈甚欢。

　　车行甚疾，倏已不见，碧梨恍然悟，知威廉得红手套后，欲与己作尹邢之避面，故伏匿于此小旅馆之中，略一沉吟，忽离座跃起。梅诺夫询其何往，碧梨不答，奔至车外月台之上。

　　时左阿奶祖孙，因遵碧梨之命，分坐于月台之左右。碧梨自囊中出小纸一方，纳之左阿奶手中，匆匆曰："余刻有要事，不能往爱立华矣。媪与左斯抵站后，可即往纸上所书之地，必能与余遇也。"

　　左阿奶曳其衣，欲询其何往。碧梨挣脱其手，乘火车飞驶之时，突然跃下。左阿奶大骇，急欲拦阻之，然已不及。

　　此时除左阿奶祖孙外，车中警察及搭客，无一见者，故火车仍向前飞驰，并不停驶，汽笛呜呜，机声轧轧，风驰电掣，直向爱立华城而去。

碧梨自车上跃下，跌入乱草丛中，幸未受伤。此处与司德兴车站，已相距里许，碧梨心神略定，即自地上跃起，飞步疾驰，向车站奔去。

将近威廉所居之旅馆，乃驻足道傍，踌躇不遽进，默念威廉与浮尔丘，皆栗悍善斗，孑然一身，万非其敌，意欲思一妙策，将红手套夺回，无如苦思力索，终无良法，彳亍道傍，心甚焦急。

忽遥见数十步之外，有修理电线之工匠二人，提一布囊，相偕而至，步至电杆之旁，忽置其布囊于地，匆匆他去。

碧梨俟工匠去远，疾趋至电杆之傍，俯视囊中，有工匠所衣之敝服一套，略一沉吟，陡生一计，四顾无人，乃将外衣脱去，取囊中之敝衣服之，并取呢制之便帽一，戴之头上，金黄之发，则藏入帽内。一转瞬间，居然一少年之工匠矣。

碧梨检视囊中，又觅得铁钳一，形如手枪，乃藏之囊中，藉为防身之具。

改装既竟，举首仰视，见杆上之电灯线，与威廉之卧室相通，心乃大喜，遂缘杆而上，猱升其颠，攀执电线，纵身一跃，由半空之中，一泻而过，直达威廉卧室之窗外，伏于洋台之上。探首内窥，见威廉方踱跶室中，若有所思，浮尔丘则横睡于卧榻之上，瞑目假寐，鼾声如雷。

碧梨乃自囊中取铁钳握之，伪为手枪也者，然后以手指击窗作声，以引威廉。威廉闻声大诧，乃疾趋至窗前，匆匆启窗，探首出视。不料碧梨自窗口之左，奋身跃出，突以铁钳抵威廉之后脑，低声曰："勿呼！呼则击杀汝。余枪发，汝颅碎矣。"

威廉出不意，大骇失色，慑伏不敢动。碧梨迫之转身立，仍以铁钳抵其颅，蛇行自窗口入，徐徐跃下。回顾榻上之浮尔丘，好睡正浓，幸未惊觉，心乃大喜，遂以左手握铁钳，右手遍搜威廉身畔，不见红手套，颇以为怪。

嗣见威廉有外褂一袭，置于榻上，乃伸手将外褂攫得，探其囊中，则红手套赫然在焉，乃将手套取出，纳之怀中，珠还合浦，欣喜无量。

正欲退至窗口，转身而逸，不料浮尔丘在榻上，忽闻声而醒，徐启其眸，忽见一人以手枪，抵威廉之颅，心乃大骇，遂自榻上奋身跃起，直扑碧梨。威廉亦乘此间隙，疾转其身，挥拳猛击。

碧梨躯干活泼，敏捷异常，突执威廉之臂，用力曳之。威廉身不自主，向前猛扑，与浮尔丘互撞。两人蓄势过猛，立足不定，相率仆地。

碧梨乘此时机，转身而奔，逾窗至洋台上，一跃下地，飞步而遁，狂奔数十步，折入一小巷，倏然逸去。

威廉与浮尔丘跃起，见碧梨已遁，暴怒欲狂，遂相率飞奔下楼，启户追出，遥见碧梨已折入一小巷中，乃亦狂奔随其后。一驰一逐，其捷若飞。

追久之，将近海滨，渐与碧梨逼近，相距丈许，两人大喜，正欲距跃而前，将碧梨捕获，不料忽有一站岗之警察，自路傍趋出，拦阻两人之去路，厉声曰："汝等有何要事，如此狂奔？"两人骤被阻止，瞠目木立，仓猝不能答。

浮尔丘本亡命之徒，不知法律为何物，乃挺身与警察争。警察见其形迹可疑，盘诘愈严，坚不放行。两人大窘，遥见碧梨逸去已远，深恨警察恶作剧，致被兔脱。

威廉颇机变，见此地已近海滨，乃诡谓警察曰："海边有汽油船一，行将启碇，我侪有要事，欲附舟他往，恐其开去，是以急急耳。"

浮尔丘亦附和之，悻悻曰："我侪将往乘舟。乘舟初非犯法之事，胡得阻我？"

警察戒之曰："街道之上，例不得狂奔，后此汝等欲乘舟者，宜先时上船，以免匆促。"

威廉唯唯，警察乃纵之去。两人得释，如脱羁勒，俟警察去远，仍飞步而奔，往追碧梨，不料碧梨已杳如黄鹤矣。

初，碧梨见警察将追者拦阻，心乃大快，急狂奔而遁。

奔数武，忽见路傍有邮政分局一，默念此宝贵之红手套，素为盗党之目的物，藏之身畔，颇为危险，不如付之邮局，将手套寄往爱立华城，免为他人所夺，似较妥善。

立意既定，乃奔入邮局中，拾得报纸一张，将红手套包裹完密，上书"爱立华城劳特尔路六十七号，霍斯德君转交碧梨女士收"。书已，乃邮票黏其上，付之邮局中人，挂号寄出。局员书一挂号单付之，碧梨藏之囊中，转身奔出，不料适与威廉及浮尔丘遇。

两人见碧梨自邮局出，心乃大喜，遂一拥而上，欲捕碧梨。碧梨大骇，急转身由他道遁去。威廉与浮尔丘不舍，紧随其后。

碧梨奔至海边，无路可遁，回顾背后，见追者已近，一时惶急无措，乃纵身一跃，投入海中，奋其全力，泅水而遁。

威廉与浮尔丘追至海边，见碧梨游泳海中，急欲入海捕之。瞥见十余武外，有汽油船一艘，停于海滨，威廉乃偕浮尔丘往，诡言有小工一人，失足堕海，欲乘舟往救之。舟人遥望海中，其言良信，乃命两人登舟，匆匆解维，疾驶而出。

其时碧梨在海中，因奔波半日，疲乏既甚，泅水稍久，力渐不支，载沉载浮，势将溺毙。

正危急间，适有一满载镪水及炸药之趸舟，以小汽船曳之，道出海滨。一水手立趸船上，纵目闲眺，忽见碧梨飘浮海面，知将沉溺，乃急取长绳一，掷至海中，呼碧梨握之，水手力拽其绳，始将碧梨救起。

碧梨疲乏已极，颓然倒卧于甲板之上。水手谛视之，见其以女子而作工人装，诧怪殊甚，诘其投海之颠末，碧梨坌息曰："余为仇人所逼，无路可遁，故跃入海中以避之耳。今仇人将至，君若助余，幸勿令其来此。"水手颔之。

此时威廉与浮尔丘，已驱其汽船，驶至趸船之傍，相率一跃而过，意欲趋往捕碧梨，挟之以去。不料水手受碧梨之嘱，突出拦阻，三人一言不合，遽相搏手。

水手与浮尔丘，同仆于地，扭结不解，盘旋久之，误将镪水桶及火药之箱，一并撞倒。镪水泊泊而去，与火药遇，突然燃烧。

其时威廉已奔至碧梨之傍，搜其囊中，不见红手套，但搜得邮局挂号单一纸，展阅一过，始知碧梨已将红手套寄出，深为失望，乃将挂号单藏之囊中。

时浮尔丘亦将水手击晕，匆匆而至。威廉忽觉有臭味一股，触鼻欲呕，急回顾，瞥见甲板上之镪水及炸药，均已燃烧，蔓延甚速，不可向迩，行见数分钟内，此舟即将炸毁，心乃大惊，遂置碧梨于不顾，急曳浮尔丘之衣，奔至船边，相率跃入海中，泅水而遁。

两人离舟不数分钟，甲板之火，已延及火药箱上。火药相率爆发，但闻轰然一声，震耳欲聋，烟焰迷漫，海水壁立。此硕大无朋之趸船，乃炸为数百片，飘浮水面。危哉碧梨！其将为火药所炸毙耶？

第十九章

读我书之"上集"者，莫不惴惴焉为碧梨女士危，以为火药
趸船之炸毁，碧梨方昏卧舟中，池鱼之殃，必难幸免，而不知当
时事实，固有大谬不然者在也。

初舟中水手某，以助碧梨之故，与浮尔丘扭殴，被浮击倒，
晕绝甲板之上。迨威廉与浮尔丘逸去，水手即悠然而苏，瞥见舟
中烟焰四起，火光熊熊，将延及炸药箱之上，行见一二分钟内，
此舟即将炸毁，大骇跃起，狂奔至碧梨之侧，挟之起立，奎息呼
曰："速遁！速遁！火药将爆发矣。"

时碧梨亦渐苏，星眸微启，斗闻水手言，惶骇欲绝，精神立
振，乃与水手疾趋至鹚首，相与纵身一跃，投入海中。

即在此一刹那间，舟中烈焰，已蔓延于火药箱上，箱中炸
药，立即爆发。

轰然一声，舟身乃炸为数百片，飞舞空中。海水被激涌起，
高至四五丈。碧梨游泳海中，心胆俱裂。

此时适别有一汽船，自海滨驶过，碧梨引吭呼救，舟中人闻
之，乃鼓浪而至，将碧梨及水手救起。碧梨自言欲往爱立华城，
汽船乃送之登岸。

其地距爱立华，尚三四十里，碧梨乃疾驰往火车站，购票登

车，汽笛一声，往爱立华城而去。

是日午后，霍斯德夫妇子女，团聚一室，作家庭之谈话。

霍夫人以二万元之酬资故，乃深盼其侄女之来，每与霍斯德言，辄引为快意之事，状殊愉悦。霍斯德心甚鄙之，诺诺而已。

正议论间，律师梅诺夫忽排闼入，愁眉深锁，神色仓皇，一似重有忧者。

霍夫人见律师归，欣然跃起曰："蕙兰来耶？"

梅诺夫蹙额摇首曰："未也。蕙兰乃失踪矣。此事甚可怪，余当报警署缉之。"

语出，霍斯德夫妇皆骇然，夫人急问曰："蕙兰如何失踪，请言其详。"

梅诺夫曰："蕙兰年虽少，颇强毅而勇敢。余第一次与彼晤谈时，彼即毅然拒绝，不愿与余偕来，虽以百万之遗产，亦无能稍动其心，胸襟坦白，可以概见。嗣后余屡以归宗为请，彼卒踌躇不遽允，及今日之晨，始幡然自悔，谓独居荒村，颇为危险，愿随余来此，承袭其祖之遗产。余心大慰，乃与之偕出，同登火车。不意登车才一刻钟，彼忽离座他去，踪迹杳然，不知何往。迨车抵此间，亦不见其下车，以余思之，其中或有他变，诚怪事也。"

霍夫人闻言，失望之余，懊恨殊甚，乃顾谓爱吉荔曰："此女生长乡村，足迹未入城中，一旦来此，必且自惭形丑，故中道而匿迹耳。"

语未毕，户忽斗辟，突有一少年工人，自外间跃入，挺身矗立，视室中诸人而笑。众人回顾见之，相与大诧。

翳何人？翳何人？盖即中途失踪之碧梨女士也。

梅诺夫见碧梨忽易服为工人装，孑身来此，心乃大讶，急指以语霍斯德曰：“此即蕙兰女士也，何以忽作如此装？殊为可怪！”

霍斯德闻律师言，即趋前与碧梨握手，状甚和蔼，含笑曰：“余盼汝久矣。汝能来此，余心殊慰。愿汝安居此间，快乐无间，以慰汝祖于地下。”碧梨唯唯称谢。

梅诺夫复为介绍于霍夫人，碧梨趋前为礼，夫人佯为亲昵之状，拥碧梨于怀，俯而吻其靥。吻已，疾转其身，出白巾拭口，频频蹙额，若深恶碧梨之不洁者。

碧梨又与爱吉荔握手，爱吉荔以左手叉腰，徐出其右手，回眸斜睇，姿态绝佳。碧梨执其纤指，用力稍重，爱吉荔大痛，柳眉立蹙，几失声而呼。

浮纳从傍见之，为之莞尔。然浮纳雅与碧梨昵，握手言欢，相见恨晚，不若其母与姊之傲慢。

爱吉荔见碧梨作工人装，鄙之尤甚，私顾谓霍夫人曰：“彼之装束，抑何村野乃尔？今来我家后，亦将常日作此装耶？”

夫人曰：“此亦未必。余容当取汝之衣饰，为彼易之。彼既拥有巨资，何虞不能得丽服耶？”

此时碧梨方与梅诺夫等，立而畅谈。梅诺夫询其中途失踪之故，碧梨严守秘密，不欲明言，乃含糊应之。霍夫人在傍，怀疑益甚。

已而夫人挈碧梨登楼，道之入卧室。室中陈设，颇为雅洁，夫人令女佣取华服数袭至，请碧梨易之。碧梨深致谢忱，霍夫人乃昂然出室而去。

碧梨抵爱立华之日，威廉与浮尔丘，亦追踪而至。

威廉侦得碧梨已脱险，现寓霍斯德家中，乃偕浮尔丘往麦济买公司，入谒总理哈利增。

哈见威廉忽归，急问：“失魂井之事如何？红手套已夺得否？”

威廉坐定后，乃喟然叹息曰：“奔波多日，一无所成。今红手套仍在碧梨手中，殊可恨也。”

哈利增惊问其故，威廉乃将历来经过之情形，详述一过，恨恨曰：“今日我侪之劲敌，厥惟碧梨一人。此女矫健机警，世罕其匹，余与浮尔丘屡为所窘，红手套之得而复失者，盖匪一次矣。”言已，即自囊中出邮局之收据，以示哈利增。

哈阅已，默然久之，回顾浮尔丘在侧，欲言又止，嗣乃低声谓威廉曰：“余有一事，欲与君商，然此事当守秘密，君宜遣浮尔丘他去，勿为所闻。”

威廉颔之，乃顾谓浮尔丘曰：“君可速往司屈兰路，伏于霍斯德家之左近，倘见碧梨出，则潜尾其后，察其何往，速来报我！”浮尔丘诺之，乃匆匆而去。

哈利增俟浮尔丘出，乃顾谓威廉曰：“余闻君与霍斯德家，颇有交谊，君离此之前，常往其家盘桓。此言确耶？”

威廉赧然曰：“确也。然余于本公司之事，仍尽力为之，决不以是而有贰心。”

哈利增慰之曰：“余之为此言，初非疑君有贰心也。君若与霍斯德家善，实于余之计划，颇有利益。”

威廉讶曰：“利益耶？然则君试言之，其利益安在？”

哈利增曰：“君以武力夺红手套，徒令碧梨生反抗之心，亦殊非计。今君可往霍斯德家，求见碧梨，向之谢罪，务须曲意交欢，俾释曩日之嫌隙。此后可貌为忠信诚朴之状，佯与之昵，苟能得其欢心，便可向之乞婚。君若得碧梨为妇，则彼宝贵之红手套，自能入我掌握。红手套既得，则尔我之大功成矣。”

威廉犹豫曰：“余与霍斯德之女爱吉荔，素有婚约，若复与碧梨昵，殊有不便耳。"

哈利增曰："君与爱吉荔，尚未正式结婚，亦复何害？"

威廉毅然曰："余为公司故，当如君所言者行之。碧梨诚能嫁余者，余纵与爱吉荔毁约，亦所不惜。"

哈利增大喜，跃起与威廉握手，祝其成功，威廉乃告辞而出。

碧梨在卧室易衣既竟，方对镜理云鬓，女佣忽持一小纸包入，呈之碧梨，云自邮局中送来者。

碧梨接阅之，乃红手套也，遂挥女佣出室，独坐沙发之上，将包裹拆开，取出红手套，复自手套中将契据等取出，详阅一过。

正展览间，突有一少年启户入室，取藤椅两只，挟之而出。碧梨惊视之，乃表弟浮纳也。

时碧梨适默坐于户后，浮纳匆匆出入，未之见也。碧梨见浮纳栗碌之状，心甚异之，乃离座而起，将红手套藏入卸装台之抽屉中，以钥键之，然后启户出视。

忽闻对面休憩室中，有数人笑语声甚欢，乃蹑足至户外，就钥孔中伏而窥之，始知其表弟浮纳，纠集三五少年，正在室中作叶子戏。众人围案而坐，案上银洋纸币累累，出入若甚巨者。

其中有一鹰鼻之少年，众人呼之曰"勃雷"，支颐含笑，状极狡狯。其人为翻戏一流，专以赌博诱入，工作伪之术，每战辄胜，是日预以纸牌数张，藏之裤腰之囊中，博时，乘人不备，潜掷手中之牌于地，出囊中预备者易之。于是浮纳及其他诸少年，所负甚巨，一时案上所有纸币及银洋，大半皆为勃雷所有。

勃雷欣然自得，不料碧梨在门外，乃尽窥其秘。碧梨深恶其人之险，思有以惩创之，遂蹑足返卧室，取得手枪一柄，纳之囊中，乃复往休憩室，推门直入。

众少年见碧梨突至，相顾惊讶。碧梨姗姗而前，嫣然曰："乐哉诸君，乃伏此作叶子戏耶？余亦愿入局，不识君等能见许乎？"

浮纳急跃起阻之，碧梨不听。众少年惑于碧梨之艳，咸愿其加入。勃雷以其女子也，亦不介意。碧梨乃坦然就座。

勃雷取金烟匣出，奉之碧梨，碧梨却之，勃雷乃置烟匣于案上，取纸牌发之。

碧梨牌甫入手，突自囊中取手枪出，以拟勃雷之胸，勃雷大骇跃起。众人骤见此状，相视失色，莫测其故。

碧梨厉声斥之曰："汝敢以卑劣之手段欺人耶？他人可欺，余不可欺也。"

勃雷闻言，忿然争辩，浮纳等亦未深信。碧梨顾谓众少年曰："彼伧之金烟匣，即为作伪之证据。盖烟匣之面，光亮如镜，彼置此匣于案上，然后发牌，则诸君手中之牌，彼皆一一从烟匣中窥见之矣。"

众少年试之果然，勃雷尚龈龈争辩，谓事出偶然，初非有意。碧梨乃更以桌下之纸牌，指示众客，详述其暗中易牌之状。众见证据确凿，相与大哗。

勃雷明知事已败露，语为之塞，乃乘纷乱之时，突将案上银洋攫得，转身而奔。碧梨大怒，欲开枪击之，浮纳恐伤人命，急从旁掣其肘，碧梨枪不得发。

一转瞬间，勃雷已出室，下楼遁去。碧梨将浮纳之手挣脱，奔至窗口，遥见勃雷已自屋内奔出，跃上汽车，欲驾之而逸。碧梨立展其好身手，逾窗而出，纵身跃下，窜入汽车之中，突以手枪指勃雷之胸，勒令停车。勃雷大骇，震慑不敢动。

其时浮纳及诸少年，亦自屋中奔出。碧梨迫令将夺去之银洋，如数缴还。勃雷嗒焉若丧，不敢违抗，乃将银币取出，还之众少年，碧梨始纵之令逸。勃雷怀惭无地，驾车遁去。

众少年咸向碧梨道谢，靡不啧啧称羡，誉其义勇。碧梨夷然若不闻也者，藏枪于怀，珊珊而入。

第二十章

翌日，威廉整肃衣冠，往霍斯德家，求见碧梨。

时霍斯德夫妇及爱吉荔等，均已他出，女佣曼莱导之入会客室。威廉潜出纸币数张，纳之曼莱之手，嘱其设法盗取红手套。曼莱惑于重利，欣然诺之，乃登楼白碧梨，谓有客求见。

碧梨询客之姓名，曼莱佯言不知。碧梨大诧，乃下楼赴会客室，足方跨入，瞥见威廉矗立室中，视己而笑，玉容立变，心乃大骇。

威廉脱帽鞠躬，状甚恭敬，碧梨怒曰："我始意客为何人，乃为汝耶？汝恶魔耳，来此何为？"

威廉柔声曰："密司勿怒！此间为余旧游之地。余与爱吉荔女士为友，历时已久，密司乃未之知耶？"

碧梨曰："汝与爱吉荔为友，与余何关？余殊不乐见汝，谒余何为？"

威廉曰："曩日之事，余实受他人之愚，以致开罪于密司，抚躬内疚，深自愧惭。今余已幡然醒悟，痛自忏悔，前此种种，尚乞密司恕之。"

碧梨恨恨曰："汝为盗党主谋，致杀余父奇亚夫，此仇不共戴天，无论如何，余决不能恕汝也。"

威廉胁肩谄笑，以好言媚碧梨，琐琐不已。碧梨默然他顾，置之不答。威廉以为可动也，四顾无人，乃突曳碧梨之左臂，欲拥之于怀。

碧梨骇且怒，突举右掌，力掴威廉之颊，清脆有声。威廉之面乃立赤，急释碧梨，以两手护其颊。

碧梨戟指骂曰："汝以余为何人？汝目盲耶？若敢无礼者，余且立碎汝颅。"

正诟谇间，爱吉荔忽归，翩然入室，目睹其事，妒忿殊甚。

威廉瞥见爱吉荔入，骇且惭，乃趋前与之握手，忸怩曰："余昨自历买锡村归，顷乃来此访密司，密司适他出，不意乃与密司蕙兰遇。余与密司蕙兰，曩尝一见于历买锡村，异地重逢，故略谈近况耳。"碧梨见威廉遁辨，即亦默然。

爱吉荔佯为无所睹，冷然曰："君等畅谈衷曲，与余何关？余欲往游赫德氏花园，顷遗一物于家，故折回取之耳。"

威廉媚之曰："余闻密司新购一汽车，轻迅华丽，为阖城之冠。余欲乘密司之汽车，同往赫德氏花园，不识密司能见许乎？"

爱吉荔闻威廉誉其汽车之佳，始回嗔为喜，欣然诺之。威廉大乐，两人遂置碧梨于不顾，相与挽臂而出。

碧梨俟两人去，悻悻登楼，步至卧室之外，正欲推门入内，忽闻室中窸窣有声，深为诧怪，急就钥孔中向内窥之，瞥见女佣曼莱，方伛伏于卸装台之前，手执小刀一，撬其抽屉之键。

碧梨大惊，乃启门突入。曼莱闻启户声，惶骇跃起，见碧梨忽至，急藏小刀于身后，倚桌而立，瞠目视碧梨，怔栗失色。

碧梨斥之曰："汝擅入此室，意欲何为？"

曼莱颤声曰："无他。顷余遗失一物，欲在室中觅之耳。"

碧梨知曼莱尚无所获，亦不明言，但呵之令出。曼莱不敢复言，乃狂奔出室而去。

碧梨以钥启抽屉，见红手套安然在内，心乃稍慰，默念："曼莱此来，必受他人之指使，其私启抽屉，盖欲窃红手套耳。由是观之，此间亦匪安乐土，红手套若仍留此，颇为危险。"沉吟久之，决意挟之而出，往晤左阿奶，仍将手套归之，令其代为收藏，较为妥善。

盖碧梨未至爱立华之先，早于近城之乡村中，租有小屋数椽，预为左阿奶祖孙伏匿之所。火车中出示之地址，即所赁之屋也。其时左阿奶祖孙，已伏居乡间，曾以邮信来，报告碧梨。

碧梨立意既决，遂将红手套藏之怀中，易服而出，雇一街车乘之，驰往东郊之密德儿路。

当碧梨易衣下楼时，女佣曼莱适伏匿于扶梯之后。碧梨出，曼莱蹑其后，碧梨登车，曼莱亦雇一车随之，左则亦左，右则亦右，如影逐形，紧随不舍。碧梨在车中，初未之知也。

驰数里，碧梨见司机者，屡屡回顾，若有所瞩，心乃大疑，急呼司机者诘之。

司机者曰："余见有汽车一辆，追随于余车之后，殊可疑也。"

碧梨大骇，乃自车中探首出，向后窥之，则司机者之言良信。碧梨略一踌躇，乃附司机者之耳，授之以计。司机者唯唯，立即捩转其机，车遂折入一小道。

后车见之，亦旋车追入，两车相距仅四五尺，不意碧梨之司机者，突旋其机，将车身横梗路中，后车疾驰而至，其势甚急，两车险致相撞，幸司机者灵捷，急止其车，未肇祸端。

碧梨自车中跃出，见乘车蹑其后者，乃为女佣曼莱，心乃大悟。曼莱骤为碧梨所见，震惊失措，不得已亦自车上跃下，忸怩不能声。

碧梨代为将车资付讫，挥车令去，然后正色斥曼莱曰："汝奉何人之命，乃敢驱车蹑我后？汝直以余为孺子耶？"

曼莱强辩曰："余何敢蹑密司？事出偶然，幸勿见疑！"

碧梨嗤之曰："天下乃有如是之巧事耶？今汝可归矣。汝宜归报彼驱使之人，今日乃不幸而失败矣。"

曼莱大惭，默然无言，遂转身怏怏而去。

碧梨斥退曼莱后，意欲跃入车中，司机者忽从傍语碧梨曰："我车车后之号码，异常触目，人若欲蹑我车，为事固易易也。"言已，睨碧梨而笑，察其状，似于碧梨之行动，不能无疑窦者。

碧梨悟其旨，见司机者貌颇雄健，人亦机警，可以罗为己用，乃嫣然曰："汝言当也。汝操此业几年矣？"

司机者曰："余名特恩，业此已十余年矣。"

碧梨曰："余欲自购一汽车，尚未得一相当之司机人，不识汝愿就此职乎？"

特恩喜曰："此固仆之所求而不得者也。"

碧梨乃自手提之钱囊中，出纸币一叠，付之特恩曰："汝今日有暇，可为我购最新式之汽车一辆。此纸币三百元，即可付为定洋，共该价洋若干，明日向余取之可也。"

特恩喜出望外，唯唯从命，接取纸币，纳之囊中。碧梨乃跃入车内，司机者启机疾驰，不一刻，已抵东郊之密德儿路。

车至小屋之前，碧梨止车跃下，顾谓特恩曰："余之仇人甚多，恐仍有追蹑我侪之后者。汝若见有形迹可疑之人，可连鸣汽笛者三，俾余在室中，得早为之备。"特恩唯唯，碧梨遂推门而入。

初，碧梨出门时，乌鸦党党魁浮尔丘，适奉威廉之命，伺于大门之左近，遥见碧梨出，急雇车蹑其后。碧梨以计破曼莱之奸，浮尔丘驻车于百码之外，尽窥其事。碧梨但知曼莱蹑其后，初不知尚有浮尔丘在也。

迨碧梨斥退曼莱，驱车赴东郊，浮尔丘仍随其后，遥见碧梨止车于一小屋之前，匆匆奔入。

浮尔丘亦止车跃下，徘徊户外。特恩在车上见之，觉其人状貌狰狞，行止诡秘，得毋即碧梨之所谓仇人耶？乃遵碧梨之命，连鸣其汽笛者三。

此时碧梨在室中，正与左阿奶祖孙，互述别后之事。碧梨自囊中取红手套出，欲付之左阿奶，嘱其妥为收藏。

正谈论间，忽闻门外汽笛连鸣，作报警之声，碧梨骇然，急启门出视，不意浮尔丘适彳亍门外，见室门陟辟，心乃大喜，遂疾趋而前，跃入室中。

碧梨瞥见浮尔丘，大惊失色，急转身入室，意欲闭门拒之，然已不及。浮尔丘既入室，腾身而前，直扑碧梨，欲夺其手中之红手套。碧梨奋力与斗，左阿奶祖孙，亦攘臂助碧梨。

然浮尔丘凶悍异常，碧梨等三人，咸非其敌，一转瞬间，碧梨手中之红手套，已被浮尔丘所得。浮尔丘欲夺门逸，碧梨拦阻之，浮尔丘乃返身复斗。

左阿奶骇然，放声呼救，特恩在门外闻之，立自车上跃下，排闼直入，猛扑浮尔丘。

浮尔丘出不意，颓然仆地。碧梨乘间将红手套夺回，奔至屋外，一跃登汽车，亲揿其机，疾驰逸去。

浮尔丘自地上跃起，见碧梨逸去，急欲追出，特恩扭其胸，以身蔽门。浮尔丘不得出，怒眦欲裂，遂奋其全力，与特恩猛斗，特恩不敌，被其击倒。

浮尔丘乃追出门外，遥见碧梨已驾汽车遁去，乃亦跃入车中，驱车追之。

碧梨屡屡回顾，见浮尔丘以汽车来追，两车相距仅二三丈。碧梨心甚惶骇，急不择路，乃尽力旋其转轮，开足汽机，舍命狂奔。浮尔丘紧逐其后，坚不相舍。

驰十余里，车至海滨，碧梨之车，因开机过速，一时不及停止，手足失措，震怖亡魂。一刹那间，汽车已驶出海岸线之外，但闻訇然一声，碧梨与汽车，乃并坠于大海之中。

第二十一章

碧梨之坠入海中也，急自车内跃出，奋力游泳，泅至岸傍，攀执海边之石角，一跃登陆。

其时浮尔丘目睹碧梨坠海，以为必已溺毙，早已驱车他去。碧梨在海滨休息片刻，乃安然雇车而归，不料其囊中所藏之红手套，当坠海之时，颠坠而出，遗于海中，飘浮水面。

其时适有白鸥一群，翱翔上下，掠水而过。一鸥瞥见红手套，误以为食物也，敛翼而下，以喙啄手套之一角，唧之而飞。

比至海滨，手套忽自鸟口下坠，落于道傍垃圾堆中。少顷，一乞丐自海滨过，瞥睹垃圾堆上，有一红色之手套，乃将手套拾起，细检其中，藏有字纸数张。丐者识字无多，略阅一过，亦不知其何用，乃将手套及字纸，一并纳之怀中，彳亍而去。

碧梨离家后，霍斯德夫妇先后返。会威廉与爱吉荔，亦自赫德氏花园中归。霍夫人遍觅碧梨不得，深以为异，乃招女佣曼莱入，询以碧梨所在。

曼莱曰："顷密司蕙兰子身出，驱车赴东郊，余遵夫人之命，阴蹑其后，不料为密司蕙兰所窥破，将余逐回。今去已二三小时，尚未归来，不识何往。察其状颇为秘密，一若深畏人知之者，殊可疑也。"

夫人闻言，以碧梨不告而出，举止诡秘，心甚不悦，顾谓霍斯德曰："我观此女生长乡间，习为下流，野心殊难驯也。即如今日只身外出，行动诡异，夫岂品格高贵之女子，所宜出此？"

霍斯德徐曰："彼居乡间时，因养父之溺爱，习惯自由，亦属有之，我侪当曲为原谅，不宜过事苛求。彼若无卑劣不德之行为者，我侪亦听之可也。"

夫人闻霍斯德左袒碧梨，忿怒益甚，昂然作鄙夷之状曰："汝以为彼无卑劣之行为耶？彼举止乖张，余固早已疑之。彼苟无不正当之行为者，何必如是？抑余昨闻他人言，彼常秘密出入于小酒肆中，与下流匪徒为伍，败坏家声，莫此为甚。马氏有此女，真马氏之不幸也。"

霍斯德知其妻索不慊于碧梨，是以语多诋毁，所云碧梨之失德，未必可信，乃顾问其女爱吉荔曰："汝母所言，汝亦尝闻之否？"

爱吉荔仓猝之间，不敢欺其父，乃直捷答之曰："未之闻也。"

时浮纳适并立于爱吉荔之侧，爱吉荔乃询之曰："汝与蕙兰颇亲昵，彼之行动，汝当知之。阿奶所言，汝亦尝闻之否？"

浮纳摇首曰："否，余未之前闻。余观蕙兰之行为，似未尝如阿奶所言之卑劣也。"

霍斯德颔之，乃正色谓夫人曰："浮纳与爱吉荔，均未之闻，汝乃安从得此谰言？须知莫须有之说，决不足以服人。我侪为尊长者，规戒子弟，固属应为之事，然亦当义正辞严，庶足以折服其心，不宜向壁虚构，反令受者生反抗之念也。"

夫人闻其夫斥其诞妄，勃然大怒，厉声曰："谰言耶？余言字字皆确，胡得谓为谰言？蕙兰为余之侄女，余安忍诬之？余自彼来我家后，觉见举动诡秘，深为疑虑，爰命女佣曼莱，留意侦察，蕙兰每子身出，余辄令曼莱暗蹑其后，探其踪迹。故曼莱之报告，皆系目睹之事，胡得斥为虚构？"

霍斯德摇首曰："夫以闺阁女郎，自由出入，乃亦令仆隶下人，加以监视，此岂我侪所应为者耶？"

语未毕，室门斗辟，突有一女郎疾趋而入，瞠目视霍夫人，面有愠色。众人回顾见之，不觉大诧。女郎非他，盖即碧梨女士也。

霍夫人见碧梨突至，明知诋毁之谗言，已为碧梨所窃闻，泚出于颡，忸怩不能声。

碧梨步至夫人之前，诘之曰："曼莱之蹑我后，乃姑母所指使耶？余寄寓此间，初未犯法，何劳姑母费心，至遣人侦我踪迹？"

碧梨言词犀利，霍夫人大惭，默然不能答。

霍斯德乃从傍排解曰："此事亦匪尽属汝姑之咎。彼婢仆臧获，喜事邀功，实有我夫妇所不及知者，汝幸勿怪！"

碧梨颔之曰："余知暗中指使者，固不独姑母一人，曼莱特其傀儡耳。"

霍斯德骇曰："别有人与汝反对耶？其人为谁，汝能告余否？"

碧梨不答，但怒目视威廉之面。威廉急旋首他顾，震怖不能声。

碧梨徐徐曰："此人与余有宿怨，其心狠毒，直欲杀余以为快，然余尚不能宣布其姓名也。"言已，乃步至威廉之前，正色曰："余所言者，君必知之。今君试言之，余言果字字确凿否？"

威廉愕眙不能答，局促之状可掬，众见之大讶。碧梨微哂之，乃启门出室而去。

霍夫人见碧梨出，如释重负，由是憾碧梨刺骨。姑侄之间，其势乃如冰炭之不相投矣。

碧梨自会客室出，登楼归卧室，探手囊中，始知红手套已在途中遗失，深为懊恨，乃以电话致左阿奶，欲以脱险之情状语之，不意电话杳无复音，密德儿路之小屋中，似阒无人在。

碧梨大骇，深恐左阿奶祖孙，复为恶人所劫去，决意亲往东郊，一觇究竟，乃将身上之湿衣易去，取外褂披之，匆匆奔出。适有一电车至，乃跃入车中，驰往密德儿路。

威廉在会客室，与浮纳闲谈。其时霍斯德夫妇及爱吉荔，均以事他去，室中惟两人在。浮纳素鄙威廉之为人，远之若浼，威廉与之深谈，浮纳惟漫应之而已。

会女佣忽持一函入，授之威廉。威廉接阅之，封面但书"司屈兰路霍宅，转交威廉君收"，下不署名，字迹恶劣，类浮尔丘所书，急趋至室隅，拆而阅之。其辞曰：

威廉君鉴：

　　碧梨已投海，红手套不知去向，无从寻觅。惟老妪左阿奶，实为失魂井之主人，苟能强迫此妪，立一契约，则失魂井即可入君掌握。此妪现匿迹于东郊一小屋中，君宜速往捕之。余现寓罗士街毛登旅馆，静待复命。急急！

名恕不泐

威廉阅函后，默念左阿奶避匿之所，未悉究在何处，贸然往捕，势难得志，一时颇费踌躇。

偶一转念，忽忆浮纳与碧梨，异常亲善，左阿奶匿居之处，浮纳或已知之，乃趋问浮纳曰："余闻密司蕙兰在东郊赁有小屋一所，君知其地乎？"

浮纳愕然，已而摇首曰："不知也。密司蕙兰之事，余安得知之？"

威廉察其状，知隐匿不肯明言，乃直捷斥之曰："此言妄也。君必深知其地，请速语余！"

浮纳闻威廉斥其妄，大怒曰："余纵知之，不为汝告，汝其奈余何？"

威廉微笑曰："君勿与余相抗！须知君之名誉及幸福，悉在余掌握之中。君若与余反对者，势且无幸。"

浮纳骇曰："汝言何指？余殊不解！"

威廉乃自囊中出支票一纸，以示浮纳，莞尔曰："君勿假惺惺！君曩尝负余四千金，乃以此票偿余。据君自言，此票乃律师梅诺夫付君者，然经余详细考察之后，始知此票乃系膺鼎，票上所签之名，亦属伪托，其为君所假造，不言而喻。余若将此事宣布，则君之名誉，必且立败。余以爱吉荔之故，容忍至今，今汝若与余反抗，余当将此票示梅诺夫律师，揭晓其事，则君犯欺诈之罪，行且铁索锒铛，尝铁窗之风味去矣。"

浮纳闻言大骇，神色惨沮，面白如土，默念当日一时不检，私署此票，今若被其揭破，则不第一己之名誉，因之丧失，即霍氏之门第家声，亦且以是而隳坠，为害之烈，莫斯为甚。一念及此，心乱如灼，不得已乃哀求威廉曰："此票实系伪造，稍停数日，余自当设法弥缝，决不使君受损失。君万勿宣布，是所至感。"

威廉狡笑曰："君欲余严守秘密，事亦匪难，请速以蕙兰之秘密窟，从实语余；非然者，余亦未能允君之请，幸勿见怪！"

浮纳为威廉所胁，无可如何，乃怏怏诺之曰："蕙兰所赁之屋，在东郊之密德儿路，门牌号数，余亦忘之。君若欲往其地，余当与君偕行。"

威廉大喜，乃与浮纳相偕出，乘车往密德儿路。

碧梨至密德儿路之小屋，推门入内，见室中陈设依然，阒无人在，心乃大讶，默念："左阿奶祖孙，岂已为威廉之党所谋害耶？"沉思有顷，怀疑莫决。

徘徊久之，正欲启门而出，忽闻汽笛呜呜声，自远而近，碧梨隔窗一望，遥见一汽车疾驶而来，车上并坐者，乃为威廉及浮纳。

碧梨大骇，明知威廉此来，于己殊有不利，四顾空中，急欲觅一匿身之所，以避其锋，瞥见室隅有靠壁火炉一，炉上烟突，乃倚墙而筑，粗可容人。碧梨迫不得已，乃启火炉之门，伛偻而入，匿身于烟突之中。

此时汽车已抵门外，戛然而止。一刹那间，户呀然辟，则威廉与浮纳入矣。

第二十二章

　　威廉既入室，见室中阒无人在，心乃大诧，徘徊久之，颇疑浮纳之诞妄，乃忿然诘之曰："此间即蕙兰所赁之秘密窟耶？然则蕙兰与左阿奶等，今果何在？"

　　浮纳怏怏曰："此则余亦不知。余第知此间之屋，确为蕙兰所赁者耳。"

　　威廉厉声曰："君言不甚可信。余知君与蕙兰昵，殆欲为之隐蔽耳。虽然，君须知之，支票尚在余手，此事苟揭晓者，于君殊有不利。君若欲保全名誉，请速以实告余。"

　　浮纳黯然曰："汝乃不余信耶？余可誓之，余所知者，惟此而已。"

　　威廉察浮纳之状，实非虚诞，色乃稍霁，戒之曰："君若实不之知，亦复无如之何。第此后君须竭力助余，关于蕙兰之一举一动，须探听明晰，报告于余。则支票之事，余自当严守秘密，即此款四千元，亦可无须偿还。此举颇有利于君，君以为何如？"

　　浮纳不得已，颔之，于是两人皆默然。

　　少顷，威廉取火柴出，燃纸卷烟吸之，燃已，欲投火柴于炉，瞥见炉中有女外褂一袭，审视之，知为碧梨之物，恍然大悟，知碧梨必伏匿于火炉烟突之内，当即不动声色，佯为不见，将已燃未熄之火柴，投之外褂之上。外褂系绸制者，着火即燃，火焰熊熊，窜入烟突之内。

威廉大乐，乃招浮纳出室，相率跃登汽车，驱车而去。

碧梨伏于烟突之中，为火焰所灼，足不能驻，困苦万状，不得已乃攀缘而上，直达烟突之口，蛇行而出，跃登屋颠。然碧梨为烟焰所蒸灼，头目晕眩，一时立足不定，乃自屋上疾滚而下，跌入宅傍乱草丛中，晕绝不省人事。

其时威廉与浮纳之车，离屋不远，浮纳偶回顾，忽见碧梨自烟突中出，复自屋上颠坠而下，大骇且诧，急命司机者止车，意欲驰往救之。

威廉不令下车，命司机者驱车速行。浮纳大怒，乘汽车疾驰之间，一跃而下。威廉阻之不及，恨恨不已，乃驱车飞驰而去。

浮纳下车后，急趋至碧梨之傍，伏地察之，见碧梨虽已晕绝，幸未受伤，乃趋往附近乡人家，乞得清水一杯，使碧梨饮之，饮已，悠然而苏。

浮纳乃雇汽车一辆，挟碧梨上车，相偕而归。

初，左阿奶因避匿之所，已为盗魁浮尔丘所悉，诚恐威廉与浮尔丘再来侵扰，殊为危险，乃商之碧梨之司机人特恩。

特恩谓其家尚有余屋，可以下榻，不如即日迁移，以免危险。左阿奶寻思久之，亦无他策，乃从特恩之言，挈其孙左斯，随之去。行时匆促，亦不暇告碧梨也。

特恩之居，在威勒路五百九十六号之三层楼，余屋一橡，颇为修洁，室中陈设亦略备。左阿奶居之，颇为合意，乃请特恩发一电话，报告碧梨，免其悬念。

特恩诺之，即发电话致霍斯德家，不意其时碧梨适往东郊，接电话乃为女佣曼莱。

特恩问曰："密司蕙兰在家中乎？"

曼莱曰："否，已他出矣。"

特恩曰："然则彼若归来，请为转告。余名特恩，左阿奶祖孙，今乃避居余家，余寓在威勒路五百九十六号之三层楼，请彼速来一谈。"

曼莱诺之。

少顷，曼莱出，威廉适归，遇于大门之左。曼莱尽以特恩所言告之，威廉大喜，乃招曼莱入电话室，命其冒为碧梨之口吻，发一电话，招特恩来此。

曼莱诺之，遂以电话致特恩，略谓："左阿奶祖孙寓居汝家，余心殊慰。余因有他事，不克至汝家，望汝速来此间。余有要事，欲与汝面谈也。"

特恩与碧梨初识，不能辨其声音，接电话后，信以为真，唯唯从命。

曼莱知特恩中计，以语威廉，两人相视而笑。威廉略一沉吟，即匆匆趋出，驱车而去。

威廉去后可一刻钟，碧梨与浮纳相偕而归，正欲推门入内，忽见一汽车疾驰而来。碧梨偶回顾，见车中司机者，乃为特恩，心乃大喜，遂止步不进，意欲以左阿奶踪迹询之。

一刹那间，车抵门外，特恩自车上跃下，碧梨急问曰："左阿奶何在？汝知之否？"

特恩讶曰："余顷不尝语密司乎？左阿奶祖孙，现寓余之家中，密司岂未之知耶？"

碧梨摇首曰："不知也。汝今来此何为？"

特恩益诧曰："密司不尝以电话招余耶？"

碧梨骇曰："余顷自密德儿路归，那得有此事？"

特恩亦骇然，乃以电话中语，详述一过。

碧梨大惊曰："此中必有他变！汝所言者，余固未之知也。"

此时女佣曼莱，适启户而出，斗闻碧梨等之言，知事已败露，面色立变，仓皇避去。

碧梨见其状，恍然大悟，顾谓浮纳曰："此事必女佣曼莱为之。彼素与恶人威廉通，闻左阿奶在特恩家中，欲往捕之，诚恐特恩在家，不易下手，乃令曼莱伪托余名，招特恩来此。特恩不察，致受其愚。噫！左阿奶危矣。今余当速往救之。"

浮纳闻碧梨言，服其料事之明，自告奋勇，愿与偕往。碧梨大喜诺之，三人乃相率登车，特恩开足汽机，疾驰向威勒路而去。

威廉自霍斯德家出，即驱车赴罗士街毛登旅馆，访盗魁浮尔丘。

两人既遇，威廉即告以左阿奶所在，约浮尔丘同往捕之。浮尔丘唯唯，两人乃自旅馆中出，相偕登车，驰往威勒路。

既至，见所谓五百九十六号者，乃一五层楼巨厦，巍然矗峙，高耸云霄。宅中居户甚多，威廉询之守门者，始知特恩所居，乃在三层楼之十五号室。两人乃推门直入，飞奔上楼，直达第三层。

其时左阿奶祖孙，默坐室中，静待碧梨之至，忽闻楼梯之上，足声杂沓，以为碧梨至，启户出视，骤见威廉及浮尔丘，大骇失色，急逃入室中，闭户键之，移室中诸器物，堆积户后，以御两人。

威廉与浮尔丘推其门，门乃紧闭，仓猝不得入，两人乃奋力撞之。左阿奶祖孙则以双手抵户，舍命相持，惟亟盼碧梨及特恩来援，无如望眼将穿，援者不至。

而威廉与浮尔丘之撞门益亟，左阿奶震怖殊甚，见桌上有小刀一，颇为锋利，乃握之手中，奋其全力，隔户戳出。

其时浮尔丘之掌，正按于室门之上，不料利刃突出，适中掌心，皮肉俱碎，鲜血溢出。浮尔丘痛极大嗥，两人怒乃益甚，遂往舁铁器一，奋力撞门。

稍停，户片片碎，两人相继跃入，左阿奶迫不得已，乃举手中之利刃，奋勇御敌。威廉急扼其腕，挥拳击之。左阿奶负痛，手中之刃，锵然坠地。两人乃将左阿奶祖孙，强拽出室，正欲挟之下楼，而碧梨等三人至矣。

先是，特恩驱车至其家门外，三人相率下车。

特恩欲推门直入，碧梨止之，踌躇曰："我侪自大门入，威廉等若在室中，必为所见，转恐因而预防，于我侪或有不利。不识此间别有小径，可以登楼入室乎？"

特恩曰："有之。此宅后面墙外，有铁梯一，盘折而上，可直达余室之外。"

碧梨大喜，乃使特恩为前导。碧梨与浮纳，紧随其后，疾趋至宅后，由铁梯环绕而登，直达三层楼洋台之上。

碧梨自玻璃窗中，探首一望，瞥见左阿奶祖孙，已为威廉等所捕，拽至室外。碧梨大骇，急越窗而入，狂奔至室外，直扑威廉。浮纳及特恩，亦挥拳助之。

威廉等见碧梨突至，骇且诧，急舍左阿奶祖孙，与三人猛斗。浮纳力敌浮尔丘，特恩则扭威廉殴之，四人各奋全力，距跃猛斗。

碧梨自交战旋涡中，疾跃而出，曳左阿奶祖孙之衣，趣之速遁。三人乃奔入室中，逾窗而出，至洋台之上，见有铁梯一架，搁于屋檐之上，循梯而登，可以直达屋顶。

碧梨匆促之间，急命左阿奶祖孙自铁梯登屋，以避恶人之耳目。左阿奶祖孙既登，碧梨亦拾级而上，不意威廉已将特恩击倒，追至洋台之上。

时碧梨方步至铁梯之中间，威廉见之，斗生恶念，乃奋其全力，突将铁梯推离墙壁。碧梨以两手紧握梯杆，悬身空中，震怖亡魂，骇极几晕。

威廉见碧梨仍不下坠，乃觅得铁梗一，力击碧梨之手。碧梨负痛释手，乃自三层楼之颠，突然下坠。危哉碧梨！今乃为坠楼之缘珠矣。

第二十三章

碧梨自岑楼之上，倒坠而下，在势当无生理，不意其下适有工人一群，正在工作，张有避雨之布蓬一具，碧梨从上坠下，适落于布蓬之上，虽受惊而晕，绝未受伤。当时道傍见者，靡不为之失色。

众工人将碧梨舁下，卧之地上。会浮纳及特恩，均自屋中奔出，见碧梨安然无恙，深为欣慰。

少顷，碧梨徐徐苏醒，乃由浮纳及特恩两人，扶之起立，步入屋中。

稍事休憩，碧梨四顾左右，不见左阿奶祖孙，心乃大骇，以问浮纳及特恩，两人均谓未见。碧梨谓左阿奶祖孙，本伏匿于屋顶之上，请两人速往觅之。

两人奉命去，少顷，相率驰归，谓搜寻殆遍，踪迹杳如。

碧梨闻言骇然，明知两人之失踪，必已为威廉所捕，陷身虎口，危险殊甚，然一时不知威廉等之秘密窟，无从救援，深为怅恨，乃与浮纳及特恩偕出，驱车而归。

初，威廉见碧梨下坠，拊掌大快。会浮尔丘亦至，两人乃自铁梯登屋顶，往捕左阿奶。

其时左阿奶祖孙，方伏匿于屋顶之上，静俟碧梨之至。正惶惑间，忽见威廉与浮尔丘相率登屋，左阿奶大惊，急曳左斯而奔。威廉等遥见之，飞步来追。

左阿奶且奔且回顾，震惊失措，奔数武，见前面有烟突一，四方而巨，中可容人，急不暇择，乃与左斯跃入烟突内，蜷伏其中。

不料威廉及浮尔丘早已望见，两人商议片刻，乃各取大砖六七方，奔至烟突之傍，将砖一一投入。

左阿奶等蜷伏其中，无法趋避，砖石连下，适中两人之颅，祖孙二人，立时晕绝。

威廉与浮尔丘乃跃入其中，将两人舁出，即由屋傍之铁梯，盘折而下，直达平地，幸未为他人所见。

威廉即往招其汽车至，将左阿奶祖孙，舁入车中，以毡毯蔽之，命司机者开足汽机，驰往海滨路司蒂谋公司之废码头。司机者奉命，力掁其机，车乃疾驶而去，星飞电掣，其捷若飞。

驰数里，道出芬脱兰路，路傍适有巡逻警士两人，各驾机器自由车一辆，立而闲谈，瞥见威廉之车，疾驰而过，其速率逾于常度。警察大疑，兼恐司机不慎，致肇祸端，乃相率跃登自由车，追随于汽车之后。

追稍近，叱令停车，威廉回顾，见警察在后，骇然失色，急命司机者止车。

警察自车上跃下，趋至汽车之前，盘诘曰："君等如此疾驶，意欲何往？须知驶车过捷，有违警章，按律亦宜科罚，君等岂未之知耶？"

浮尔丘闻警察言，惊悸失措，深恐车中所俘之两人，为警察所见。

威廉老奸巨猾，态度安详，即自怀中出名刺一纸，以示警察，含笑曰："余名威廉，执业于麦济买煤油公司，今因有要事，欲往海滨路一行，不意匆促之间，驶车过捷。事出无心，幸君等谅之。"

警察见其言词婉转，且系体面商人，不复留难，乃将其名氏、职业及汽车之号码，一一录入手册中，始挥之使去，车中之物，亦未加以检视。

威廉大喜，略向警察致谢，即饬司机者启机，飞驰向海滨路而去。

碧梨之归也，中途与浮纳及特恩议论，以为左阿奶祖孙，必已陷入恶人之手，生命危险，深为忧叹。况威廉等此次逸去，未知逃往何处，一时无从追缉，虽以碧梨之机警勇敢，亦觉束手无策。

议论久之，特恩忽献一计，谓："警署侦探，颇多相识，盍不出一赏格，令诸探随时留意，侦缉威廉之踪迹？或有所得，亦未可知。"碧梨颇韪其议。

车抵霍斯德家，浮纳与碧梨相率下车。特恩乃与碧梨别，驱车赴警署，既至，入见警长，以此事略告之。

正谈论间，适有职司巡逻之警察两人，自署外归来，一人自怀中出记事册，报告警长，其中有一节云："我侪道出芬脱兰路时，见有一汽车疾驰违章，当即加以阻止。乘车者名威廉，系本城麦济买煤油公司之职员，其汽车为一万三千五百七十九号。我侪因其系体面商人，稍事警戒，即释之令去，并未加以违捕云云。"

特恩闻威廉之名，心乃大喜，俟警察述毕，即趋前问之曰："君所谓威廉其人者，尚有与之同车者否？"

警察曰："有之。其人为一粗卤之鄙夫，貌甚凶恶。"

特恩喜曰："然则君曾问其欲何往乎？"

警察曰："然。余尝间之，彼谓欲往海滨路。然此语确也。"

特恩无意之中，探得威廉之踪迹，大喜逾望，乃与警署中人别，匆匆奔出，驱车往霍斯德家。既至，入见碧梨，以探得之情形告之。

时碧梨与浮纳，正议论左阿奶失踪之事，忽得特恩之报告，深为快慰。碧梨决计亲往海滨路，冒险一探。

浮纳闻之，亦愿同往，二人乃相率奔出，跃入车中。特恩启机疾驰，向海滨路而去。

威廉等驱车至海滨，止车跃下。浮尔丘奔至废码头之侧，延颈远望，遥见海中有浮船一所，形如小屋，浮于水面，距岸约四五丈。船中隐约有人在，乃自石隙中出玻璃小镜一，矗立日光之中。光照镜面，即有回光一道，反映而出，射往浮船之中。

少顷，忽有小汽船一艘，鼓浪而至。船抵海滨，舟中之人，纷纷登陆，与浮尔丘握手为礼。盖海中之浮船，实为盗匪之窟穴，乌鸦党余孽，均伏匿其中。党人若欲入内，必以小镜作暗号，党中见之，乃放汽船来迓；苟非党人，不易入内。

当时盗舟既至，浮尔丘即指挥党人，将左阿奶祖孙自车上曳下，舁入浮舟之中。浮尔丘与诸盗党，相率下船。

威廉因此事关系甚巨，意欲归报公司总理哈利增，乃与浮尔丘别，驱车自去。

浮尔丘与其党，鼓轮归，驶至浮船之侧，泊舟其傍，乃将左阿奶祖孙，自汽船中曳出，舁入浮船之内。从此左阿奶祖孙，遂被囚于盗窟之中矣。

威廉归，入见总理哈利增。

哈急问曰："红手套已夺得否？"

威廉曰："未也。"乃将红手套所以坠海之故，一一告之。

哈麋额顿足曰："红手套既失，我事败矣。君须知我公司之营业，现已日落千丈，今若不得失魂井者，则公司毁矣。"

威廉止之曰："君勿急急！余言尚未毕也。"乃又告以左阿奶祖孙之被擒，谓红手套虽失，亦复无害，若令左阿奶署一契约，则宝贵之失魂井，仍可归之本公司云。

哈利增闻言始大喜，乃出一卖绝矿产之契据，命威廉速持契往盗窟，胁令左阿奶，签字其上。

威廉诺之，乃将契据藏之怀中，与哈利增别，匆匆奔出，仍乘车赴海滨路而去。

第二十四章

威廉自公司中出，急欲驰往海滨之盗窟，乃命司机者开足汽机，尽力飞驶。

行数里，司机者偶一不慎，突与一马车相撞。汽车略受损伤，尚无大碍；马车则转轴断折，两轮脱落，车上御者，颠坠而下。威廉见已肇祸，急命停车，躬自下车察视。

其时马车之御者，已自地上跃起，见其车已被撞毁，怒不可遏，立即距跃而前，扭威廉之衣，声势汹汹，要求赔偿。一时道傍行路者，咸驻足而观，围立如堵。

威廉大窘，深恐警察闻声至，势必因违章肇祸之故，捉将官里去，罚锾赎罪，转恐因是而稽误大事，出入甚巨。一念及此，焦灼殊甚，不得已乃平心息气，顾谓马车之御者曰："汝车既遭撞毁，余自当任赔偿之职。此车若修理完善，需值若干，余当如数付汝，决不吝惜。"

御者闻威廉自愿赔偿，怒乃稍霁，即估计修理之价若干，向威廉索取。威廉心急如焚，亦不与之计较，立自囊中取纸币出，如数付之。御者颇满意，乃曳破车而去。

威廉方欲登车，不意汽车之司机人，怏怏而前，顾谓威廉曰："此次两车相撞，良因驶行过速之故。君命余开足汽机，致肇此祸，余实不任其咎。今余车亦小受损伤，车前铁梗已折，电灯亦碎其一，修理之费，约需数十金，余一佣工，实属无力赔偿，请君体恤为荷。"

威廉不得已，乃复取纸币出，如数付之。

自两车互撞至是，几经交涉，已费去一刻钟，威廉焦急殊甚，一跃登车，命司机者速启机疾驰。司机者颔之，轮机旋动，车乃飞驰向海滨路而去。初不料碧梨与浮纳，乃阴蹑其后也。

初，碧梨得特恩之报告，驱车而出，急欲驰往海滨一探。

车抵芬脱兰路，遥见数百武之前，路人皆驻足而观，交通阻滞，车马为之不前。特恩止其车，询之傍人，始知一汽车与马车互撞，互受损伤，正在交涉。

碧梨矗立车中，纵目遥望，瞥见汽车中之乘客，隐约若威廉，急指以示浮纳。浮纳起立审视，确为威廉无误，无意中得其踪迹，两人皆大喜。

少顷，遥见威廉复跃入车中，驱车而去，碧梨急指挥特恩，命追随其后。两车相距二三丈，彼速亦速，彼迟亦迟，如影逐形，紧随不舍。

驰数里，车抵海滨路，见威廉至车跃下，由石隙中取一小镜出，卓立日光中，频摇其镜，使镜面回光，射入海中浮船之上。一刹那间，遂有小汽轮一艘，鼓浪而至。威廉仍将小镜藏入石隙，俟汽船抵岸，乃跃入舟中，将舟旋转，仍向海中浮船而去。

碧梨等窥探明切，始知威廉与海盗通。彼浮船之中，必系盗窟，左阿奶祖孙，被幽船中，当无疑义。

三人议论片刻，决计另雇一舟，追踪而往，冒险侦缉，苟获良好之机会，便可将左阿奶祖孙救出。

商议已定，遂自车上跃下，奔至海滨，特恩雇得一小渔舟，三人乃跃入舟中，鼓棹前进，向浮船而去。

威廉入浮船中，与盗魁浮尔丘晤，即出哈利增所书之契据示之，浮尔丘亦无异议。

其时左阿奶祖孙，均已苏醒，惟手足均为巨索所缚，不能转侧，张目四顾，见己身乃陷于盗窟之中，相视失色，惶骇欲绝。

威廉据案而坐，命盗党将左阿奶曳至案傍，按之坐椅上，释其右手，以笔墨与之。左阿奶瞪目视威廉，莫明其故。

威廉乃将契据取出，陈之左阿奶之前，怡色柔声，诱之曰："汝若签名于此纸之上，则余当立释汝去，决不食言。"

左阿奶注目视之，则案上所列者，乃一失魂井之卖绝据也，其辞曰：

> 立卖绝据人左阿奶，今将祖遗产业失魂井煤油矿，让与麦济买公司为业，凭中言明价洋若干元，当即一次收足。此后失魂井煤油矿，准归麦济买公司自由开采，所有一切盈亏，概与左阿奶无涉。恐口无凭，立此卖绝契契据存照。

左阿奶阅已，骇且怒，急摇首拒之，颠声曰："否否！余不能签字！此矿已归密司碧梨矣。余有约在前，断难反悔。"

威廉闻言大怒，厉声斥之曰："汝若反抗余命，余当杀汝祖孙，以泄余忿，汝其毋悔！"

左阿奶旋首他顾，置之不理。威廉怒不可遏，立命盗党取利刃一，架之左斯之颈，作欲刺戳状。左斯惊悸亡魂，放声哀号。

左阿奶见其孙命在呼吸，觳觫欲绝，不得已乃哀求威廉曰："余当从君之命，签字于纸，请君速释余孙，勿令惊悸成疾！"

威廉厉声曰："汝笔下，则汝孙释矣。琐琐何为？"

左阿奶不得已，乃伸其干枯战栗之手，握管沾墨，签名于纸。

书未半，突有一极大之铁钉，自窗外掷入，适中盗党之额上，盗党晕而仆，手中之刃，锵然坠地。于是威廉、浮尔丘，以及舟中诸盗党，咸大骇跃起。

左阿奶签字未毕，手中之笔，乃不期而坠。仓猝之间，威廉亦不及细视，急伸手将契据夺得，纳之怀中，立与浮尔丘率众奔出，欲觅掷钉袭击之人。

比出门，瞥见一女郎卓立于废码头之上，威廉与浮尔丘见之，相顾大诧。女郎者谁？盖即密司碧梨是也。

先是，碧梨等三人驾一小渔舟，驶至浮船之附近，意欲觅一驻足之处，从事窥探，免为群盗所觉察。

碧梨忽见浮船停泊处之左，有废码头一，形如极长之浮桥，乃指挥特恩，移舟赴之。

既至泊舟码头之傍，三人相率跃出。浮纳与特恩，伏于桥下沙滩之间；碧梨则飞步登桥面，注目浮船之中。

浮船有木窗数扇，时适洞辟，碧梨就窗口遥望舟中，见左阿奶祖孙，果为群盗所执，一盗以刃架左斯之颈，若相胁迫。

碧梨大怒，就地上拾得大铁钉一，注视明切，向盗党力掷之。一钉飞去，适中盗党之颅，盗党仆，舟中大乱。

一刹那间，威廉与浮尔丘，已率盗党奔出。威廉瞥见碧梨追踪至，暴怒欲狂，立与浮尔丘分率盗党，来捕碧梨。

群盗纷纷涉水至，直扑碧梨等三人。三人欲逸不及，乃奋勇与群盗猛斗。无如盗党甚多，众寡不敌，相持久之，三人乃均为群盗所执。

威廉大喜逾望，快然自足，指挥党人，将碧梨等挟入浮船之中。

左阿奶见碧梨等亦均就执，希望顿绝，震惊益甚。

碧梨既被捕，亦无所惧，第戟指大骂，痛诋威廉之奸恶。威廉忿甚，略一沉思，忽得一毒计，乃将碧梨等五人，以长绳连束之，缚于一处。缚已，率众奔出，跃入小汽艇之中，驾之而去。

既抵海滨，相率登陆，威廉将汽艇旋转，使之正对浮船，然后将汽机开足，以绳缚其机轮，使不能转动。布置既竣，跃登岸上，汽艇飞驶而出，冲波逐浪，迅捷无伦，直向浮船撞去。

一转瞬间，汽艇已驶至浮船之前，但闻轰然一声，两舟相撞，海水被激，波浪涌起者数尺。

浮船本极朽败，为汽船所撞，立即沉没，木板碎片，飘浮水面。危哉碧梨！其将以何法脱此厄耶？

第二十五章

碧梨者，人世之幸运儿也，虽为威廉等谋害，屡濒于厄，然而天相吉人，卒能脱然于危险之间，徒令阅我书者，为之扼腕震惊而已。

当时碧梨及浮纳等五人，悉为群盗所捕，威廉缚之舟中，而以小汽艇开足速力，向浮船冲撞，其意本欲将浮船撞毁，置五人于死地，无如汽艇之方向稍偏，仅将浮船撞毁半截。

其时碧梨等五人，已将绳索挣脱，船既被毁，纷纷坠海。碧梨与浮纳、特恩，均谙泅水之术，三人互相牵率，游泳至废码头之傍，攀缘登岸。

碧梨纵目四顾，不见左阿奶祖孙二人，心乃大骇，急以问浮纳及特恩。两人相顾茫然，咸谓坠海之后，自救不遑，无暇兼顾他人，故左阿奶祖孙之踪迹，均未之见也。

碧梨跌足叹息曰："噫！左阿奶死矣。余坠海时，目睹左阿奶祖孙，游泳水面，以相距过遥，爱莫能助。今两人尚未登陆，其为溺毙海中，当无疑义。伤哉妪也！彼以助余之故，致丧厥身，乃至其孙左斯，亦饱鱼虾之腹，余心岂复能一日安乎？"言已，凄然泪下。

浮纳劝慰之，碧梨徘徊良久，卒不见两人之踪迹，不得已乃与浮纳等回至海滨，快快登车，疾驰而返。

左阿奶之坠海也，以受惊而晕，昏然不省人事，幸其孙左斯在傍，以两手提其肩，不令下沉。

左斯年虽少，颇知游泳之术，欲泅水赴海滨，无如左阿奶躯体笨重，提挈久之，力不能胜，神疲体乏，不克与波浪力战，乃紧抱其祖母不释，乘海边潮流之势，飘浮而下。

驰里许，幸为一巨浪所激，卷至海滨沙滩之上，左斯虽未晕绝，而疲乏已极，卧地不能兴，休憩良久，始支地跃起。

其时左阿奶尚未苏醒，左斯孑然一身，踌躇无策。

少顷，幸有寓居附近之工人一群，道出海滨。左斯趋前乞援，自陈为仇人所谋害，以致堕海，今幸获脱险，而祖母尚晕绝未苏，一时不克回家。

工人怜之，仗义相助，乃将左阿奶舁入一工人家，使之安眠，饮以清水。

逾时，左阿奶乃徐徐而苏，闻工人相救之状，深致谢忱。工人以左阿奶久晕初醒，体尚疲乏，留之在家，稍事休养。

左阿奶尤感谢不置，乃作一函致碧梨，报告脱险之状，以及寓居之所在，当即请工人代为投递。工人诺之，遂持函而去。

碧梨自海滨归，道经爱采尔路，不意有一婆人，从道傍奔出，欲自车前横掠而过。然车行甚疾，一刹那间，已抵婆人之身傍，特恩大骇，急止其车，然已不及。硑然一声，婆人乃被撞而仆。

碧梨等三人皆大骇，纷纷自车上跃下，将婆人扶起，差幸特恩止车敏捷，仅腿上略受微伤，尚无大碍。

当碧梨将婆人扶起时，瞥见其衣囊中有一红色之物，遗坠地上，碧梨俯视之，不觉大诧。此物非他，盖即曩日遗失于海中之红手套也。

碧梨将手套拾起，问婆人安从得此，婆人曰："余得之海滨之垃圾堆中。"

碧梨检视手套之中，空无一物，急问婆人曰："此中有字纸数张，汝曾见之否？"

婆人曰："见之。"乃自囊中取失魂井之契据出，以示碧梨。

碧梨检视无误，大喜逾望，如获异宝，乃自囊中出纸币数纸，赠之婆人曰："我侪司车不慎，将汝撞伤，抱歉殊甚！此资即赠汝为养伤之费。至于此红色之手套，乃余曩日所遗失者，请即以之还余可乎？"

婆人得资，乐不可支，几忘其伤足之痛楚，欣然曰："此手套余亦无用，密司欲之，取去可也。"

碧梨谢之，乃与浮纳等相率登车，疾驱而归。无意之中，珠还合浦，碧梨之喜可知也。

威廉与浮尔丘登岸后，其党纷纷散去。威廉自囊中出失魂井之卖绝据，以示浮尔丘。

浮尔丘阅已，骇曰："此据所签之名，截然中止，尚未完全，安能发生效力？"

威廉惊视之，则"左阿奶"三字，仅得其半，果未完全，始忆当时为碧梨所扰，左阿奶戛然中止，未竟全功，己乃不察，贸然取之，殊为失策。今左阿奶等，均已坠于大海之中，更无法使之补签。此据虽有若无，失魂油井，仍不能据为己有。奔走多日，依然徒劳，一念及此，焦灼不可名状。

浮尔丘沉吟久之，忽谓威廉曰："今尚有一补救之法于此，不识君以为何如？"

威廉喜曰："君试言之，补救之道如何？"

浮尔丘曰："以余言之，可倩一善摹笔迹者，将左阿奶之名，补签完备，则诸事毕矣。"

威廉曰："冒签他人之名，律有重罪，倘被察出，事将奈何？"

浮尔丘哂之曰："愚哉君也！我侪之敌，仅碧梨等三数人而已。今此三数人者，均已溺身海底，饱鱼虾之腹矣，尚何顾虑之有？"

威廉喜曰："君言实启予心。第安从得此摹仿笔迹之人乎？"

浮尔丘曰："余知此间有一墨西哥女子，颇善摹人笔迹，余请为君介绍何如？"

威廉大喜，乃与浮尔丘乘车偕行，同往墨西哥女子家。

浮尔丘命威廉在外稍待，威廉颔之，浮尔丘乃推门直入，少顷，果偕一墨西哥女郎出。

女年可十八九，肤色黝墨，貌甚不扬。浮尔丘招之登车，威廉亦登，乃驱车往麦济买公司。

既至，三人相率下车，入见公司总理哈利增。哈见威廉归，急询失魂井之事如何，威廉将前事略述一过。

浮尔丘招墨西哥女子来前，据写字台而坐。威廉取契据出，以笔墨与女，命其摹仿左阿奶之笔迹，将所签之字续成。

女握管沉吟曰："冒签他人之名，厥罪甚重，事若不幸而发觉者，孰负其责？"

浮尔丘曰："事若发觉，自有余与威君负责，决不累汝，汝第放胆签之可也。"

女索酬百金，威廉如数付之。女乃将左阿奶所书者，端视良久，即落笔足。

成之，威廉等取视女所书者，骤观之，良与左阿奶所书逼肖，深加赞叹。女乃告辞而去。

第二十六章

是日薄暮，霍斯德独坐办事室，方伏案治事，威廉忽排闼而入，霍斯德肃之坐。

威廉欣然有喜色，自怀中出伪造之契据一纸，以示霍斯德，含笑曰："今有一快意之事，特来告丈。盖此地最著名之失魂井油矿，已为余觅得而购买之矣。"

霍斯德闻言大骇曰："此语确耶？"

威廉曰："确也。丈试视之，此即失魂井买绝之契据也。"

霍斯德将伪据披阅已，爽然自失，怏怏曰："敏捷者汝也。此井乃为汝所觅得，良可贺汝。余前遣余友沙第，驰往历买锡村，调查此井，讵知昨日彼失败而归。据云驻乡数日，备受艰辛，对于宝贵之失魂井，仍未探得踪迹。余方深为怅恨，不意汝乃唾手得之。大抵此宝贵之油矿，已归汝公司所有矣。幸运哉！麦济买公司也。"言已，颇有艳羡之意。

威廉乃乘机诱之曰："丈勿以是郁郁！余虽为麦济买公司之伙友，亦即我丈之家人也，讵肯左袒公司，令丈向隅？今此井乃以余之名义，出资收买。余有一两全之法于此，不识丈以为可行否？"

霍斯德喜曰："汝试言之，两全之道何如？"

威廉曰："余意拟另设一公司，由吾丈及麦济买公司，各出资本若干，而以余董理开采事宜，以后所有盈余，归三份平均分派。此矿产油之富，获利之丰，为美洲各油矿之冠，行见三五年后，我侪皆成巨富矣。不识丈意以为何如？"

霍斯德闻威廉之言，喜不自胜，立允出资若干万，俾威廉从事开采。威廉亦喜，但嘱霍斯德暂守秘密，勿为他人所知。霍斯德颔之，威廉乃告辞而出。

碧梨与浮纳自海滨归，因红手套失而复得，快慰逾恒。

抵家后，碧梨先入，遇威廉于甬道之中。时碧梨方手执红手套，欲启休憩室之门而入。

威廉见红手套仍为碧梨所寻获，不胜诧怪，乃当门而立，阻碧梨不令入室，狞笑曰："速以红手套与余，余觅之久矣。须知汝得此物，亦复无用，汝若智者，幸速割爱；非然者，将有大不利于汝，汝其毋悔！"

碧梨哂之曰："汝以威胁之手段，加之于余，将以余为孺子耶？汝之伎俩，不过尔尔，余亦已备尝之矣。刀锯鼎镬，惟汝所便，余决不汝畏。无论如何，红手套断不与汝，汝毋妄想！"

威廉叹息曰："愚哉汝也！汝毕生之幸福，其权皆操之于余，奈何以一红手套之故，与余决裂？今汝究能允余之请否？望汝以一言决之。"

碧梨毅然曰："余别无他言，但请汝立即离此。此即余最后决定之一言也。"

威廉怒极，乃狞笑曰："汝言良善，然余心宽厚，当仍与汝以悔悟之机会。余待汝至今晚八时，汝若执迷不悟，仍不与余接洽者，则余之计划，当发动矣。汝其慎之！"

碧梨不答，将威廉推开，启休憩室之门而入。

威廉不得已，悻悻出外，至大门之次，复与浮纳遇，浮纳置之不理。

威廉怒目曰："余前日不尝诏汝乎？汝欲余守支票之秘密，则当将碧梨之行踪，一一告余。今汝乃与彼女郎昵，协以谋我。证据尚在余手，遽欲与余反目耶？"

浮纳不答，趋而入。威廉乃亦忿然出门而去。

浮纳入休憩室，见碧梨独坐于沙发之上，支颐俯视，若有所思，丰神妙曼，姿态绝佳。浮纳固深爱碧梨之为人，心乃怦怦而跃。

碧梨见浮纳入，含笑起立。浮纳趋前执其手，与之比肩而坐。

浮纳者，固翩翩浊世之佳公子也，而性尤伉爽，雅与碧梨相吻合，故碧梨之一寸芳心，亦未尝不钟情于浮纳。浮纳屡欲向碧梨乞婚，以艰于启齿，欲言又止。

是日并坐休憩室，室中别无他人，浮纳乞婚之词，乃如骨鲠在喉，不得不吐之为快，于是含笑握碧梨之手，柔声曰："余有一言，请于我姊，不识姊能允余否？"

碧梨微悟其情，嫣然曰："弟试言之。余苟可以从命者，自无不允之理。"

浮纳乃作郑重之声曰："余爱姊，欲姊下嫁于余，姊能许余乎？"言已，立待碧梨之答复。

碧梨平虽豪爽，此时亦不能无儿女子态，红晕于颊，拈带不语。浮纳立催其答复，碧梨不得已，嫣然颔之。浮纳大喜，立拥碧梨于怀，俯而吻之。

两情正缠绵间，室门忽呀然辟，霍斯德夫妇及爱吉荔，相继入室。众见浮纳与碧梨互拥接吻，相顾大讶。

碧梨见众人突入，急将浮纳推开，姣羞不可名状。浮纳跃起，方欲以订婚之事，禀其父母。

霍夫人忽疾趋而前，执浮纳之臂，厉声问曰："汝与蕙兰作此状，于意云何？"

浮纳正色曰："无他。儿与蕙兰姊订婚约矣。蕙兰姊允下嫁于儿，此儿之荣幸也。"

霍夫人素不慊于碧梨，意欲反对此议，不意霍斯德乃疾趋而前，执碧梨之手曰："汝与浮纳，良属一对佳偶。汝能下嫁我儿，愚夫妇之欣慰何如！"

霍夫人闻其夫赞成此议，未便加以反对，但与爱吉荔傍立，作鄙夷之状而已。

霍斯德复与浮纳略谈数语，始与夫人及爱吉荔偕出。

是晚碧梨在家，忽接左阿奶来函，折阅之，始知左阿奶祖孙均已脱险，现寓海滨某工人家，请碧梨速往一谈。

碧梨阅已，深为快慰，默念威廉恫吓之言，虽不可遽信为真，然红手套藏之身畔，实为致祸之媒。威廉心不甘服，必出奇计以相劫夺，曩日备受艰辛，可为明证。万一仍被夺去，势必大费周折，思之殊为可危。不如往访左阿奶，与之筹商，将红手套藏之幽僻之处，似觉稍为妥善。

立意既定，乃将红手套藏之怀中，匆匆取外衣披之，孑身奔出，乘车赴海滨。

威廉自霍斯德家归，以为碧梨畏其胁迫，或且以浮纳之转圜，来此接洽，不意待至晚餐之后，碧梨与浮纳，仍不见来。威廉焦灼之余，心甚忿忿。

会浮尔丘忽至，威廉以日间情形语之，浮尔丘闻碧梨依然脱险，而海中之红手套，仍为碧梨所觅得，深为诧怪。

两人立谈片刻，威廉决计往霍斯德家，一探碧梨之所为，浮尔丘亦愿同往。

两人乃相偕而出，乘车赴霍斯德家，既至，适见碧梨匆匆自屋内奔出，跃登汽车，疾驰而去。威廉急指以语司机者，命驱车追之。

驰数里，愈追愈近，已而威廉之车疾出，与碧梨之车，并辙而驰，浮尔丘卓立车中，攘臂挥拳，跃跃欲试。碧梨偶回顾见之，事出不意，惶骇失措，明知一时不及趋避，乃凝神握拳，作势以待。

一刹那间，浮尔丘忽自威廉之车中，纵身窜出，跃入碧梨之车，厉声曰："红手套何在？速以与余！"

不料碧梨颇活泼，早有所备，浮尔丘一语未毕，碧梨突然跃起，奋全力推其肩。浮尔丘立足不定，自车上颠仆而下。碧梨之车，乃疾驰而去。

威廉见浮尔丘被碧梨推下，乃命司机者止车，将其扶起。浮尔丘虽未受伤，羞忿殊深，恨碧梨刺骨，誓必获之而后已，乃仍跃入车中，命司机者驱车往追。

追稍近，碧梨在车中，屡屡回顾，见威廉等再接再厉，依然来追，心亦为之骇然。

此时碧梨之车，疾驰至一电车轨道之傍，遥见电车一辆，方疾驰而来，碧梨略一踌躇，忽自车内一跃而出，奔至轨道之傍，俟电车驰过，跃入车中，乘之而去。

浮尔丘在后见之，深恐碧梨逸去，乃亦自车中跃出，飞步狂奔，追逐于电车之后，比近，乃跃入车内。

车中售票者，见其状凶悍，疑为盗贼，急趋前拦阻之，欲迫令下车。浮尔丘大怒，斗飞一足起，将售票者踢倒。

碧梨瞥见浮尔丘又追踪至，惊悸失措，一时急不暇择，乃逾窗而出，攀缘登车顶。浮尔丘见之，亦欲追蹑而上。

　　其时电车适过一桥梁，风驰电掣，向前飞驰。碧梨见浮尔丘将至，欲逸无路，乃自车顶纵身跃下，訇然一声，坠入桥下沙滩之中。

第二十七章

当浮尔丘阑入电车时，车中乘客已大乱。迨碧梨自车顶跃下，见者骇而大哗。

司机人闻警，急止其车。乘客之勇健者，误以浮尔丘为劫车之盗，一拥直前，欲扭而殴之。浮尔丘知众寡不敌，不敢复留，乃跃窗而出，狂奔逸去。

乘客下车追之，已不能及，乃相与驰归，至桥下视碧梨。

碧梨虽从空跃下，幸跌入水边之芦苇丛中，绝未受伤，惊魂稍定，支地跃起。

迨众人驰至，碧梨已自芦苇中出，欲觅道而上。众见碧梨无恙，深为称庆，围立如堵，争询其遇险之状。碧梨不欲多言，但含糊应之。

少停，众稍稍引去。碧梨因中途遇险，深恐威廉与浮尔丘，仍伏于前途，别施毒计，不敢往晤左阿奶，乃雇一街车乘之，折而归霍斯德家。

翌日，霍斯德因其子与碧梨订婚，特开一跳舞大会。

暮色既积，嘉宾毕集，霍夫人及其女爱吉荔，虽不慊于碧梨，徒以霍斯德之故，不敢公然反对，乃亦各易盛装，出而酬应。

碧梨是晚则御华丽之礼服，蜻蜓之颈，围以钻石之串，电灯反映，闪烁夺目，珠光宝气，艳丽若仙。

每一来宾至，辄与浮纳及碧梨握手，致其颂词及赞美之词。碧梨殷勤接待，异常周挚，来宾啧啧称羡，谓碧梨与浮纳，可谓一对璧人。霍斯德闻之，乐乃无艺。

已而威廉及律师梅诺夫，亦先后戾止。威廉见碧梨，夷然若无事，碧梨心虽恨恨，亦不形之辞色。

威廉略与浮纳周旋，即趋往爱吉荔之傍，与之比肩而坐，喁喁作密语。

少顷，盛筵既张，酒戕杂进，觥筹交错，笑语喧阗。席散后，众人相与至大厅之上，双双作跳舞，琴韵悠扬，歌舞并作。浮纳及霍斯德，顾而乐之。

威廉本与爱吉荔同舞，舞已，偕往休息室，忽见律师梅诺夫，亦在室中。

威廉忽舍爱吉荔而与梅诺夫语，低声曰："余有一至要之事，欲以告君，请君偕往藏书室一谈可乎？"

梅诺夫颔之，两人乃自休息室出，同往藏书室。藏书室在宅之西北隅，地颇幽静，室中阒无人在。

威廉招梅诺夫入，闭其户，肃之就座，取纸卷烟吸之，徐徐曰："密司蕙兰之来此，乃君所觅得者耶？"

梅诺夫颔之曰："然。"

威廉猝然曰："君所寻得之蕙兰，能自信无错误乎？"

梅诺夫闻言诧曰："君言何也？余意决无错误。"

威廉微哂曰："君虽自信若是，实则有大谬不然者在。今之所谓蕙兰者，乃系赝鼎，君受他人之欺矣。"

梅诺夫骇曰："此言确耶？兹事出入甚巨，君慎勿妄言！"

威廉毅然曰："余言确也。余苟不得强有力之证据者，胡敢妄言？"

梅诺夫不信曰："证据耶？所谓强有力之证据何在？可示余否？"

威廉颔之，乃自怀中出函件一束，以示梅诺夫，抗声曰："君曩日调查所得，谓马达夫之孙女蕙兰，幼失怙恃，归绿树居主人奇亚夫抚养，改名碧梨。此事确也。然君尚有所不及知者，现已经余调查明晰。盖蕙兰自归奇亚夫抚养后，不久即殇。奇亚夫大戚，因又螟蛉一乡人之女，仍以蕙兰之名名之。此举极秘，他人绝鲜知者。故今日之蕙兰，实系历买锡村中乡人之女，非马达夫氏之嫡裔也。余自查得此说后，即将乡人处所存奇亚夫之笔据一纸，以及亲笔函件四五封，一并出资购得，携之来此。君试思之，此可谓强有力之证据否？"

梅诺夫接其函件，细阅一过，觉威廉之所述，证据确凿，心亦骇然，怏怏曰："信如君言，则今日之蕙兰，实系假冒。余受马达夫之遗嘱，代为访求嫡嗣，今乃贸然不察，以赝鼎塞责，将何以慰马君于地下？况假冒之蕙兰，行将与霍斯德君之公子结婚，聚九州铁，铸此大错，其咎实在余身。君试思之，余亦有法可斡旋否？"

威廉曰："今宜将此中秘密，宣告大众，一面并请霍斯德君戒其公子，取消婚约。斡旋之道，惟此而已。君以为何如？"

梅诺夫迟疑不能决，威廉毅然曰："此事证据确凿，无庸疑忌。君请在此稍待，余当往招霍斯德君来，以此事告之。"梅诺夫唯唯。

威廉离座跃起，启门而出，奔至大厅之上。其时跳舞已毕，诸来宾环立于碧梨及浮纳之四周，致祝颂之辞。碧梨与浮纳，则一一答谢。

正笑语间，威廉忽疾趋自内室出，矗立堂中，扬臂高呼曰："诸君听之。君等之所谓密司蕙兰者，实赝鼎耳。彼为乡农之女，非马达夫氏之嫡嗣也。"

语出，众皆愕然。霍斯德与浮纳闻之，尤惊讶莫名。浮纳疾趋而前，力斥威廉之妄，挥拳欲殴之，幸霍斯德在傍，厉声呵斥，浮纳始悻悻退立，握拳透爪，怒不可遏。

碧梨闻言，从容不迫，徐步而前，诘问威廉曰："汝以余为乡人之女，亦有证据否？"

威廉曰："安得无之？一切证据，均在藏书室中，请即同往观之何如？"言已，立率碧梨及霍斯德驰往藏书室。霍夫人与浮纳、爱吉荔三人，亦接踵而往。

既至，威廉即将梅诺夫手中之函件，宣示众人。霍斯德接阅之，阅已，默然无语，但以手中之函件，付之碧梨。碧梨阅毕，掷之案上，霍夫人与浮纳、爱吉荔，均伏案读之。威廉此时，欣然有得色。

霍斯德徐步而前，抚碧梨之肩曰："观此种种之证据，则汝非马达夫氏之嫡嗣，当无疑义。可怜者，汝也。然证据确凿，余亦无能为汝助，深为歉疚。"

碧梨慨然曰："曩日梅诺夫律师晤余时，劝余归宗马氏，余即毅然拒绝，嗣以再三相劝，不得已偕之来此。余之视金钱，不啻粪土，马氏遗产虽巨，实不足动余之心。余纵即日离此，返途初服，余意亦无所恋恋。但此种证据，未必遂可凭信，其中疑窦尚多，请君等注意！"

威廉昂然曰："疑窦何在？汝亦能指出之否？"

碧梨曰："他固勿论。据汝所云，彼马氏之嫡嗣蕙兰，早已夭殇，然则余父将余螟蛉后，何以仍令袭死者之名？此亦一疑窦也。"

威廉笑曰："此无他。奇亚夫之意，盖欲觊觎马达夫氏之遗产耳。"

语出，碧梨乃大怒，厉声斥之曰："汝言妄也。余父素行坦白，畴不知之，安能作此无耻之事？汝若复敢毁之者，余且立掌汝颊！"

威廉默然，碧梨恨恨曰："余亦不与余多辩，俟余觅得反证后，当正汝欺妄之罪。汝其慎之！"言已，立自指上将订婚之约指卸下，还之浮纳。

浮纳愕然，碧梨曰："承君厚爱，余心甚感。然余一乡女，未敢高攀，昨日之约，请即取销。"

浮纳骇然，执其手慰之曰："密司是否马氏之嫡嗣，此系另一问题。余之爱密司，实出本心，决不以是而反悔也。"

碧梨黯然曰："君之爱余，余所深悉，但余若与君结婚，适足辱君之门楣。且暗中反对者，大有人在，于君亦有不利。请君三思！余行矣。"言已，立洒脱浮纳之手，举袖掩面，疾趋出室。

浮纳大戚，欲趋前拦阻之，已不及矣。

第二十八章

　　碧梨既出，浮纳乃大恚，岔然至威廉之前，抗声曰："余识汝，汝妄人耳。此种证据，举不足信。碧梨若以是与余绝，余且取偿于汝。汝其慎之！"言时握拳击案，怒不可遏。

　　威廉狞笑他顾，置之不理。霍斯德恐两人起而冲突，急斥浮纳勿声。浮纳益岔，乃恨恨启户出，疾趋登楼，奔入碧梨之卧室。

　　其时碧梨已卸去其跳舞之华服，检点囊箧，匆匆欲行。

　　浮纳趋前握其手，凄然曰："密司欲舍余而他去耶？密司一弱女子，去将焉适？须知余之爱密司，实出本心，门第金钱，均匪所计。密司纵非马氏之嫡嗣，亦复何害？余可誓之，余之爱情，断不以是而稍渝。密司若决然离此，适足以坠威廉之毒计耳。密司幸三思之。"

　　碧梨黯然曰："君之嘉意，余固深悉，然余若留此，适足为君之累，君何苦以爱余故，坐令家庭之间，横生恶感？余为君计，不如任余他去。至于马氏之遗产，傥来之物，余心尤无悬恋。第威廉之证据，亦复疑窦百出，余实未甘默认。余此行当求得一确凿不移之反证，以破其奸，君其静俟之可也。抑余又有请者，威廉携来之文件，无论真伪，关系颇巨，君若能取得付余，俾资研索，则助余多矣。"

浮纳诺之，乃匆匆下楼而去。

浮纳入藏书室时，室中惟威廉一人在，蹀躞往来，若有所思。威廉见浮纳去而后返，心甚讶之。

浮纳置若无睹，疾趋至写字台侧，启其抽屉，见威廉携来之证据，赫然在焉，乃将各种文件及函牍，纳之一纸袋之内，携之欲出。

威廉见而骇然，急挺身拦阻之，厉声曰："此种函件，关系绝巨，君私自取出，意欲何为？"

浮纳斥之曰："余为此室之主人，室中之物，余有自主之权，与汝何涉？"

威廉怒，扭浮纳之肩，欲攫其手中之函件。浮纳亦大怒，遂挥拳与威廉搏。威廉力击浮纳之腕，浮纳负痛，其所握之函件，乃脱手而飞，坠于户外。于是两人斗乃愈烈，盘旋久之，胜负未决。

会碧梨久待浮纳不至，自楼上驰下，奔至藏书室外，遥见浮纳与威廉，方在室中奋斗，其所取之函件，则散掷户外。碧梨惊喜，遂置两人于不顾，将地上之函件拾起，纳之囊中，飞驰而出。

威廉瞥见户外之函件，为碧梨此得，心甚皇骇，急欲追出夺回，无如其身为浮纳所格，猝不得脱。

正焦急间，室左之玻窗两扇，忽呀然而辟，盗魁浮尔丘逾窗跃入，威廉见之，心乃大喜。

浮尔丘就案上攫得小磁瓶一，掷击浮纳。浮纳斗正酣，不及闪避，磁瓶飞来，适中其颅。瓶碎，浮纳立晕，颓然仆地。

威廉既得脱，遂与浮尔丘相率奔出，往捕碧梨。

少顷，爱吉荔偶入藏书室，瞥见浮纳僵卧地上，大骇而呼。家人闻声毕集，相顾错愕，莫明其故。

霍斯德抚浮纳口鼻间，呼息咻然，心乃稍慰，又见其脑后有伤痕一，块然坟起，而碎瓶片片，又散见身傍，察其状，知被他人所袭击，以致受伤而晕，然伤势尚轻，当无大碍，乃饬仆役将浮纳舁入楼上之卧室，饮以清水，使之静卧。

众人议论纷纭，金以为异，初不料袭击浮纳者之为威廉也。

碧梨自霍斯德家出，默念己之血系，惟义父奇亚夫知之，惜奇亚夫为盗党所害，尸骨已寒，不能出而为证人，深为叹恨。转辗思维，忽忆左阿奶乡居已久，且与奇亚夫素识，或于己之血系，深知底蕴，不如就近询之，苟有所得，则挟之为证，威廉之奸谋，自不难立破。

立意既决，遂雇一汽车乘之，驰往海滨路渔人之家，既至，入见左阿奶。左阿奶见碧梨至，悲喜交集，略述堕海脱险之情形。

碧梨俟其述毕，乃询之曰："余之来此，实有一至要之问题，欲以询媪，不识媪能语余否？"

左阿奶诧曰："密司欲询者何事？"

碧梨曰："为余血系之一问题耳。据律师梅诺夫言，余为马达夫氏之嫡嗣，然恶人威廉，今忽起而反对，提出证据数种，谓余实非马氏之女。但彼之证据，疑窦尚多，断难凭信，惜律师及霍斯德，不察其奸，遽信为真，余虽百喙，亦难与辩，是以忿而辞出，欲觅得一确凿之反证，以释若辈之惑。然余孩时之身世，除余义父外，知者绝鲜。媪居历买锡村久，又与余义父素识，不识亦知一二否？"

左阿奶摇首曰："余见密司时，密司已五六龄矣。当时余亦以密司为奇君之女，初不知乃属螟蛉也。至于密司是否马氏之女，余尤毫无所知，不敢武断。"

左阿奶言已，碧梨深为失望，邑邑不乐。

已而左阿奶忽瞿然曰："余于此事，虽绝无所知，然余尚有一线光明，可为密司指导。盖奇亚夫君中年时，尝寓居托派斯城，经营商业，嗣因所谋不甚得利，乃挈密司至历买锡村，设绿树居酒肆，营业蒸蒸日上，家道因以富裕。其时密司不过四五龄耳，大抵奇君抚养密司，乃在托派斯城时之事，故历买锡村中人，无一知者。余闻奇君有旧友名'蓝翰德'者，尚居托派斯城中，设一酒肆，肆名'亚爱山'。彼与奇君为莫逆交，关于密司之事，必能深知其详。密司若亲往访之，询以此事，或有所得，亦未可知。"

碧梨闻言大喜，决计亲往托派斯城一行，乃以电话招御者特恩来。

稍停，特恩驾车至，碧梨遂与左阿奶祖孙别，乘车赴车站，欲改乘火车，遄往托派斯城，初不料威廉与浮尔丘，早已潜尾其汽车之后也。

浮纳之晕也，幸受伤尚轻，不久即苏，问之侍者，始知碧梨与威廉，均已他去，不知何往。静卧思之，心甚焦灼，乃自床上一跃而起，快快下楼，入霍斯德之办事室。

足方至户外，但闻其父与姊，正在室中闲谈，乃止步不入，匿身户外，探首窥之。但见其父昂坐于沙发之上，爱吉荔则侧身坐其傍，轩眉巧笑，以甘言媚其父，老人大乐。

爱吉荔具曰："阿父试观威廉之为人，究复何如？"

霍斯德笑曰："威廉耶？一英俊之少年也。彼颇勇于任事，而其才又足以副之。汝能得此佳婿，余深为汝幸。"

爱吉荔乐曰："余始犹疑之，阿父以为佳，则余心慰矣。"

浮纳闻两人言，心乃大忿，遂自户外疾趋而进。

霍斯德见浮纳入，诧曰："汝愈耶？汝为何人所击，乃受伤若是？"

浮纳恨恨曰："击余者乃威廉也。彼为私通盗党之恶魔，非义之行，殆不可数，余知之久矣。曩以爱吉荔之故，不欲明言，今彼乃无故殴余，击余致晕，此而可忍，孰不可忍？余故将其罪悉揭露，后此彼若更来余家者，余必驱之出外，以泄此忿。"

浮纳言已，霍斯德与爱吉荔，咸大骇跃起。

爱吉荔不信浮纳之言，与之争辩，霍斯德亦斥之曰："浮纳，汝发言宜稍慎，不可任意诽谤！须知威廉者，实系汝未来之姊婿，汝直斥其恶，将置汝姊于何地？汝若复尔者，余且立逐汝出。汝其勿悔！"

霍斯德言时，声色俱厉。浮纳知其父盛怒，不敢与辩，乃默然退出，邑邑登楼，入碧梨之卧室，见案上遗有留别书一封，拆阅之，书甚潦草，其辞曰：

浮纳君鉴：

识荆以来，猥承雅爱，私衷感切，实难言宣。今余为奸人所构，不得不决然引去。然余之爱君，亦犹君之爱余，海枯石烂，此心不渝。余行矣。余苟不得确证，或且不复见君。君幸自爱，勿以余为念！

碧梨留上

浮纳阅已，心甚凄恻，沉思久之，念碧梨此去，或乘火车返历买锡村。然开往历买锡村之车，当以午后四时发轫，此时壁上时计，方指三时有三十五分，乘车往追之，或尚可及。苟能于车站中觅得之，即可劝其归家；若碧梨坚持不允，则与之同往历买锡村，计亦良得。

立意既定，遂取外褂披之，飞步下楼，匆匆出外。适有电车驰过，遂一跃登车，疾驰往西郊之特莱姆车站。

碧梨自海滨路渔人家出，行里许，始见威廉与浮尔丘，驱车蹑其后，心乃骇甚，急命特恩驱车疾驰。无如威廉等紧随其后，左之则左，右之则右，如影逐形，坚不相舍。

驰久之，车抵特莱姆火车站。其时车将发轫，警察指挥役夫，正欲将栅门关闭。碧梨车至门外，为警察所阻，碧梨大窘，急与警察婉商。警察念其女流也，许为通融，乃令役夫将栅门放开，俾碧梨之车驰入。

碧梨车方入内，威廉之车亦至，欲随之而入，警察突出拦阻，威廉引碧梨前例为请，警察不许。一刹那间，栅门已紧闭矣。

威廉不得已，乃旋车而退，驰至车站之后，四顾无人，忽得一计，乃停车铁栅之傍，与浮尔丘自车上跃下，逾栅而入，伏于货车之傍，遥见碧梨与御者特恩，自远而来，乃屏息静伏，作势以待。

俟两人稍近，威廉突然跃出，扭碧梨之肩，碧梨大骇。特恩欲趋前救护，不意浮尔丘随后跃出，挥拳击特恩，特恩乃奋勇与斗，不复能顾碧梨。

碧梨与威廉互扭，相持不下，然碧梨颇机警，明知己之处境，殊为危险，乃乘扭殴之时，潜将红手套及函件取出，藏之威廉外褂之囊中。威廉斗方酣，未之觉也。

少顷，浮尔丘将特恩击晕，趋前助威廉。碧梨力敌二人，渐觉不支，遂为二人所执。威廉向之索还函件，碧梨毅然拒绝，威廉大怒。

其时货车与机关车，正在逐一联接，豫备启轫，当两车联接之时，砰然相撞，其势甚猛。

威廉见之，忽生一毒计，乃以绳缚碧梨之手足，置之货车衔接之处，胁之曰："汝若以函件付余，余当立释汝去；匪然者，则此车与后车联接之时，汝当被撞为齑粉矣。"碧梨任其胁迫，坚不肯言。

此时乃别有货车一辆，倒退而至，将与此车联接，碧梨植立其中，势必为两车所辗毙。

威廉与浮尔丘，见危机已迫，即舍碧梨不顾，相率逸去。危哉碧梨！行见一二分钟内，将膏血于车辙之间矣。

第二十九章

碧梨一妙龄女郎耳，而矫捷活泼，殆有匪健男子所能望其肩背者。

当时机关车迎面而来，其势甚猛，危机一发，命在呼吸，然碧梨力持镇静，奋勇将束缚挣脱，匍匐其身，伏匿于车辙之中间，屏息蜷卧，寂然不动。

少顷，机关车疾驰而至，砰然一声，与货车相衔接，碧梨幸以车辙之遮护，绝未受伤，惟震惊过甚，险致晕绝，一时无力跃起。

会其时特恩已苏，飞奔来援，见碧梨倒卧于车辙之中间，深为骇异，急将碧梨扶起。碧梨惊魂稍定，自庆更生。

其时驶往托派斯城之火车，早已开去，碧梨心颇怏怏，不得已乃与特恩偕出，欲驱车而归。

行数武，忽见一少年飞奔而来，碧梨谛视之，不觉欣然色喜。少年非他，盖其未婚夫浮纳也。

先是，浮纳乘电车至车站，闻汽笛连鸣，知车将发轫，心甚焦急，急自电车中跃下，由车站侧门奔入。

将近月台，遥见威廉与浮尔丘，迎面而来，目露凶光，神色皇遽，浮纳骇且诧，默念："威廉追踪来此，碧梨必且无幸。碧梨一弱女子，得毋已遭两人之毒手耶？"一念及此，忿不可遏，立师挺身而前，拦阻两人之去路，厉声曰："贼！恶奴！速语余，密司碧梨安在？汝若损彼一毛发者，余且立碎汝首！"

威廉见浮纳突至，骇甚，夺路欲遁，浮纳扭其衣，不令逸去。威廉怒，遽挥拳与浮纳搏。浮尔丘在傍，亦攘臂而前，欲助威廉。

此时适有一铁路巡警，手执警棍，缓步月台之傍，浮纳遥见之，扬臂大呼。

警士闻声，飞步而来，浮尔丘回顾见之，亟舍威廉不顾，惊窜逸去。威廉苦为浮纳所持，仓猝不得逸，窘甚，皇急之余，忽得一计，乃突然将外褂褪下，弃之不顾，狂奔而遁。浮纳出不意，捉之不及。

迨警士驰至，威廉已逃出车站外矣。浮纳手中，仅存外褂一袭。两人见威廉去远，即亦不追。

会其时碧梨与特恩，亦相偕而至。浮纳见碧梨安然无恙，心乃大慰。

碧梨略述所遇，浮纳为之咋舌，深恶威廉之险狠。碧梨见浮纳手提外褂一袭，似系威廉之物，怪而询之浮纳。浮纳述其故，碧梨急伸手入衣囊中探之，则顷所纳入之文件一束，赫然在焉。

碧梨大喜，乃将文件取出，纳之怀中。浮纳不解其故，碧梨缕告之，浮纳始悟，相与抚掌大快。

浮纳请碧梨同归，碧梨谢之曰："余有要事，欲往托派斯城一行，一俟余事告竣，再当造府晤君。"

浮纳曰："不然。开往托派斯城之第一班车，早在途中，而第二班车，则当在傍晚五时发轫，今才正午，相距尚遥，不如遄归城中，仍至余家小坐，一俟傍晚再来，亦复未晚。且余固无事，拟与密司偕行，同往托派斯城一游。不识密司以为如何？"

浮纳言已，碧梨重违其意，毅然诺之。三人乃相率登车，疾驰而归。

威廉之遁焉，复与浮尔丘遇，乃相率返麦济买公司，入见总理哈利增。

威廉外褂既失，状甚狼狈，哈怪而询之，威廉托辞以对，哈乃取一外褂出，使威廉服之。

三人正谈论间，适浮纳与碧梨，亦驱车自公司门外驰过。

浮纳忽命特恩止其车，顾谓碧梨曰："我知威廉逃归，必匿公司中。彼方以为密司已死，得意殊甚。余欲入内晤彼，以外褂还之，语以密司脱险之状，以及红手套失而复得之内幕，使之懊恨无地，尤当略施揶揄，以泄余心之忿。"

碧梨止之，浮纳不听，立取外褂执之，一跃下车，叩门入内，侍者肃之入哈利增办公之室。

威廉等见浮纳突至，纷纷跃起，相顾错愕。

浮纳徐步而前，以手中外褂授威廉，含笑曰："警士非能噬人者，君纵欲逃，姑徐徐可也，何必皇遽乃尔，遂并此外褂而亦弃之耶？余今专诚来此，特将外褂奉还。后此君更欲逃者，幸勿复尔。"

威廉闻言大惭，嘿然不能答，浮纳复曰："余更挟一佳消息来：彼密司碧梨者，虽为奸人所谋害，顾已缴天之幸，脱然出险。想君闻之，当亦欣然色喜也。"

威廉闻碧梨未死，惊诧愈甚，浮纳复作揶揄之状，含笑曰："君所欲得者，非红手套中之文件耶？殊不知此种文件，君乃失之交臂，为君思之，良极可惜。盖碧梨为君捕获时，即暗将手套及文件，纳之君外褂之囊中。君乃梦梦，绝未觉察。迨君弃衣而遁，手套、文件，乃仍归碧梨之掌握。此举殊诡奇，大类滑稽之剧。然君亦不能为他人咎，当自怨祷昧，乃坐失此机会而已。"

浮纳言已，威廉气愤填膺，握拳击案曰："汝言妄也。"

浮纳笑曰："余固不屑作妄语，亦不必作妄语。信否听君，何必悻悻乃尔？"

威廉察浮纳言匪妄，深自懊恨，而浮纳词锋犀利，受之尤觉难堪，老羞成怒，立攫浮纳手中之外褂，掷之窗外，奋跃而前，欲扭浮纳殴之。

浮纳亦挺身直前，将与威廉斗，两人声势汹汹，各不相下。幸哈利增在傍，急为两人排解。

浮纳乃忿然而出，跃入车中，以揶揄威廉之状，告之碧梨。碧梨亦大笑，两人乃驱车而归。

浮纳既行，威廉气愤填膺，恨之刺骨，哈利增太息曰："我观霍氏少年，人颇英伟。彼既力助碧梨，是亦我侪之劲敌也。"

威廉瞋目曰："君勿畏此孺子！彼之名誉及幸福，胥在我掌握之中。我第一启口者，彼当无立足之地，即霍氏之家声，亦且因之而立败。我以彼姊爱吉荔故，含容至今。今彼力助碧梨，逼人太甚，我已忍无可忍，明日当将所知之秘密，尽情宣泄，以快余心。彼虽狡，恐亦无术足以自脱矣。"

哈利增喜曰："君果有法制浮纳耶？其中秘密如何，可得闻欤？"

威廉因将浮纳所署之假支票，出示哈利增，并详述其事。哈利增大喜，亦怂恿威廉，速将此事宣布，藉以扞制浮纳。威廉颔之，乃告辞而出。

碧梨与浮纳驱车抵家，相率跃下，碧梨顾谓特恩曰："左阿奶伏匿之处，已为威廉所探悉，彼既不得志于余，必且往逼左阿奶，故左阿奶祖孙，殊为危险。余观汝之为人，颇忠诚可恃，余意欲遣汝往晤左阿奶，将彼祖孙二人，送往历买锡村，命其安居村中，静待我侪之消息。此举为威廉所不料，必不追踪而往，较之匿迹此邦，似为妥善。"

浮纳闻碧梨言，亦韪其议。特恩乃毅然自任，允将左阿奶祖孙，送往历买锡村。

碧梨大喜，复嘱特恩曰："汝等成行之时，可以一函告余，以慰余心。"

特恩诺之，乃驱车疾驰而去。

翌日晨，碧梨与浮纳，同坐会客室。

碧梨笑曰："威廉昨日，为君揶揄备至，君亦逼人太甚，不虞其报复耶？"

浮纳闻碧梨言，斗有所触，色乃立变，邑邑无欢，坐立为之不安。

碧梨觉之诧曰："君其病耶？何为沮丧乃尔？"

浮纳摇首曰："不然。余顷闻姊言，威廉将谋报复，余甚畏之，故局促不安耳。"

碧梨笑曰："童駿哉！余前言戏耳，威廉何足畏？我两人协力敌之，绰有余裕矣。"

浮纳嘿然，嗫嚅者久之，忽作可怜之色，凄然曰："姊爱余，余纵告姊，谅亦无害。余有一秘密之事，为威廉所探悉，证据确凿，无可遁辩。彼以此事相挟制，胁余助彼，余受痛苦久矣。今彼憾余刺骨，若将此事宣布，余且奈何？故戚戚不安耳。"

碧梨骇曰："其事如何？速以语余，余当为君了之。"

浮纳乃将假支票之事，告之碧梨，黯然曰："余以一时之误，冒此大不韪，椎胸痛悔，愧恨无已。不图此票乃入威廉之手，以致受其挟制，纵欲力盖前愆，亦复有所不能。姊试思之，事将奈何？"

碧梨跃起曰："君胡不早言？此事若不解决，终匪久计。余与律师梅诺夫，亦有一日之雅，梅诺夫颇信余，余苟有所请，必能得其许可。此事余当与梅诺夫商之，必能为君斡旋，君其弗忧。"

浮纳心知碧梨之能，亟谢之，忧乃稍释。

少顷，室门徐辟，忽有一须发斑白之老者，手携皮箧，昂然入室，则律师梅诺夫也。

第三十章

梅诺夫之来，盖以事欲晤霍斯德。适霍斯德夫妇，均他出未归，梅乃步入会客室。碧梨见梅入，跃起迎之，趋与握手。

梅诺夫斗晤碧梨，状殊邑邑，蹙额曰："昨日之事，威廉证据确凿，余无能为密司助，歉疚奚如。且密司之来此，实出余之请求，今结果乃若是，余心尤抱不安。不识密司能恕余乎？"

碧梨坦然曰："此种鸡虫得失，余殊不以为意，君幸勿介介！虽然，余今有一要事，欲请君至室外一谈。"

梅诺夫颔之，两人乃相率出室，并立于甬道之中。

碧梨四顾无人，乃谓梅诺夫曰："今有一秘密之事，欲请君相助，未识君能见允否？"

梅诺夫诧曰："密司试言其事，余苟能为力，靡不相助。"

碧梨慨然曰："其实此事与余，亦复毫无关系。然余既知之，不能不代为请求。"因将浮纳所署假支票之事，详告梅诺夫，且曰："今浮纳之名誉，以及霍氏之家声，悉悬之君一人之手，君而能助彼斡旋者，则事可立定。不识君能允之乎？"

梅诺夫闻言，色变，怫然曰："浮纳孺子，乃敢假余名以作奸，胆大妄为，亦云甚矣。此事若泄，于余之名誉，亦有妨害。余既知之，安能默尔而息？"

碧梨见梅诺夫不允，乃曳其衣哀之曰："君与彼父为旧交，忍令霍氏家声，一旦扫地耶？今彼深悔失检，自愿向君道歉，君若笃念交谊，恕其前谴，则不第霍氏一门，深佩大德，即余亦感同身受矣。"

碧梨言词婉转，梅诺夫怒乃稍霁，悻悻曰："如密司言，则余将何如而可？"

碧梨曰："君若允为斡旋者，事固易易。威廉倘以支票质君，君第坦然承认；若彼欲支取现金，便可如数付讫，将票收回，则此事了矣。"

梅诺夫闻言，犹豫不遽允，碧梨悟其意，慨然曰："至于此款四千镑，余归绿树居后，当如数付君，决不使君受损失也。"

梅诺夫乃颔之曰："余为密司故，当勉为斡旋，藉保霍氏之家声，密司勿虑可也。"

碧梨大喜，乃奔入室中，以告浮纳。浮纳心始释然，深感碧梨之德。碧梨立促浮纳出，往谢梅诺夫。浮纳不得已，乃往见梅诺夫，深致歉忱，状甚忸怩。

梅诺夫戒之曰："赌博一道，害人最烈，君固一驯良少年，徒以荒于樗蒱，遂致作奸犯科，差幸假托余名，尚可斡旋；万一牵涉他人，必且身罹法网。一时失检，遗玷终身。君后此尚其力改前非，万勿蹈此故辙！"

浮纳唯唯，指天自誓，决不更犯赌博。碧梨与梅诺夫，乃均以好言慰之，浮纳心始安然。

三人复泛论他事，正畅谈间，侍者入白，谓主人已返，刻在办事室。梅诺夫乃与两人别，匆匆而入。

梅诺夫既入内，威廉忽昂然而至，与浮纳遇于甬道中。浮纳回首他顾，置之不理。

威廉大怒，突前撼其肩，厉声曰："浮纳，余曩日不尝诏汝，汝欲保全名誉者，务须竭力助余，余之命令，不得违抗。今汝乃转与彼姝昵，协以谋余，汝意何居？将谓余之权力，不足以制汝死命耶？"

浮纳哂之曰："汝有何权力，足以制余？"

威廉咆哮曰："汝其痫耶？余之足以制汝者，即彼四千镑之支票一纸。嘻！汝其忘之耶？"

浮纳坦然曰："支票耶？此则与余何关，乃欲以此制余，宁不可笑？"

威廉狞笑曰："无关耶？汝勿假惺惺！余含容至今，实已忍无可忍，今当将此纸质之梅诺夫。事果宣泄，或且不利于汝，汝幸勿怪余！"

浮纳笑曰："汝果欲问梅诺夫者，即请问之。梅诺夫在办事室，尚未去也。此事与余无关，何劳代余忧虑？"

威廉忿极，即亦不答，但匆匆往办事室，推门直入。

时梅诺夫方与霍斯德闲谈，威廉略为一礼，即邀梅诺夫至室隅，自囊中出假支票示之曰："此票是否君所付出，请即代为一查。"

梅诺夫接票，略一瞻顾，坦然曰："此支票四千镑，乃余付浮纳者，君安从得之，岂浮纳付君者耶？君若欲得现金者，可向国家银行取之。"

威廉闻言，骇且诧，默念："此票之为伪造，实无可疑，即浮纳曩日，亦尝自承其伪。今梅诺夫之言，何以又认伪为真，殊属可怪！然梅诺夫既自承为真，又不能强指为伪。"心甚懊丧，邑邑不乐，乃与梅诺夫及霍斯德别，告辞而出。

行至甬道之中，又与浮纳遇，浮纳见其失望之状，心乃大

快，抚掌笑曰："汝已问之梅诺夫耶？梅诺夫当已语汝，此票其
真耶？伪耶？汝欲以此纸相胁迫，制余死命，今竟何如？余亦受
汝胁迫否？伤哉威廉！汝此次又失败矣。余为汝计，亦诚难堪，
后此幸勿尔尔，免致令人齿冷。"

威廉受其揶揄，惭忿交并，嘿然无以应，乃恨恨而出。

特恩别碧梨后，即往晤左阿奶祖孙，以碧梨之意告之。左阿
奶以寄居此邑，屡蒙危难，心亦杌陧不安，闻碧梨欲送之返历买
锡村，心甚欣悦，乃与特恩约，定于翌日成行。特恩遂先作一短
札，寄往霍斯德家，报告碧梨。

函至霍斯德家，适落女佣梅丽之手，梅丽潜启此函，私读一
过，正欲持之入内，适威廉为浮纳所讥，忿然而出。梅丽见威廉
至，即出特恩之函示之。

威廉展阅一过，纳之囊中，别取一信笺，假冒特恩之笔迹，
立草一函，其辞曰：

碧梨女士鉴：

　　顷晤左阿奶，据云尚有他事，一时不能离此。今移居韦
脱文路第十九号金龙旅社楼上第七号室，以避仇人耳目。惟
刻有要事，欲与密司面谈，望驾莅该处一叙是盼。急急！

特恩上

威廉书已，纳之函中，仍为封裹完善，付之梅丽。梅丽持函
登楼，入碧梨之卧室，以函呈之。

碧梨拆阅已，心甚诧怪，念左阿奶有何要事，尚欲逗遛于
此？辗转思维，不得其故，决计亲往其地，与左阿奶一谈，以明
真相。

立意既定，亦不往告浮纳，独自披衣而出，驱车赴韦脱文路之金龙旅社。

威廉自霍斯德家出，先往金龙旅社，与盗魁浮尔丘商。盖其时浮尔丘，正移寓金龙旅社之第七号也。

威廉谓浮曰："余已以函诱碧梨，招之来此，俟其至，突然捕之，胁令将红手套及紧要之文件，一并交出，则我侪之事毕矣。但恐馆中侍者，闻声而至，则我侪之谋，必且立败。事将奈何？"

浮尔丘笑曰："侍者耶？若辈嗜利如命，君第赂以金钱，即可为君所用，不足虑也。"

威廉趑其言，即招侍者入，取钞票两纸，纳之其手，戒之曰："少顷有一女郎来，寻老妪左阿奶者，汝可导之至此室。室中纵有大声，汝亦不必过问。汝知之乎？"

侍者得资，胁肩作鸲鹆笑，唯唯而出。侍者出而碧梨至矣。

碧梨至金龙旅社，入问侍者曰："此间第七号室，有老妪名左阿奶者乎？"

侍者鞠躬曰："有之。"

碧梨乃随侍者入，拾级登楼。至第七号室外，侍者举掌叩门，门辟，碧梨侧身入，侍者复阖其户。

碧梨足方跨入，即见室中先有二男子在，心甚骇怪，谛视之，一为威廉，一则浮尔丘也，骇乃益甚。

威廉狞笑曰："我侪待密司久矣。红手套安在？速以与余！"

碧梨不答，转身欲启户出，威廉趋前拦阻之，厉声曰："汝既来此，不可出矣。速以红手套与余，则余当立释汝去，决不损汝一毫发；若违余言，汝其殆矣。"

碧梨仍不答，第四顾室中，欲觅一脱身之策，瞥见室之北隅，有一玻窗，窗方洞辟，外临街衢。碧梨默立自思，计惟有冒险跃窗出，或可脱身，乃乘威廉之不备，突前扭其肩，尽力推之。

威廉立足不定，适撞入浮尔丘怀中，浮尔丘险被撞倒，倒退数步。

碧梨乘此时机，疾趋至窗前，纵身窜出，一跃而下，差幸窗口距地，高仅丈许，两足达地时，略一蹲伏，绝未受伤。

碧梨支地跃起，明知威廉与浮尔丘，必且追出，适见街旁墙上，倚有自由车一辆，车侧杳无人在，皇急之时，不及他顾，乃一跃登车上，两足踏之，车行如矢，飞驰而去。

威廉等见碧梨跳窗而逸，阻之不及，相顾错愕，立即启门而出，飞驰下楼。

奔至大门之外，遥见碧梨乘一自由车，疾驰而遁，两人大怒，相与跃入汽车中，驾之往追。

碧梨频频回顾，遥见威廉等追踪其后，力踏其机，驰乃益捷。

相持久之，碧梨驰至一小桥之侧，急揿其机，意欲折而向右，无如车驰过捷，不及转折，偶一不慎，车乃突然倾覆。碧梨从车上坠下，倒卧于地。

威廉在后见之，心乃大乐，遂将汽车之机开足，直冲而前，欲将碧梨辗毙于车轮之下。一刹那间，汽车在自由车上驰过，訇然一声，自由车乃撞为粉碎。

第三十一章

碧梨自车上坠下，幸跌入道傍草中，未受损伤，嗣见威廉之汽车，直冲而来，其势甚猛，急自地上跃起，纵身窜出，斜跃至数尺以外，汽车适自身傍驰过，未遭碾毙。

威廉回顾，见碧梨依然脱险，心甚忿忿，乃旋转汽车，来捕碧梨。碧梨骇而奔，威廉驱车逐其后。

其时途中往来之人，纷纷驻足而观，见碧梨一弱女子，乃为威廉所窘。群抱不平，一拥至威廉之车前，质问其故，意欲将威廉扭下，挥拳殴之。

威廉大骇，明知众怒难犯，不敢与较，乃捩转汽机，疾驰逸去。

碧梨喘息略定，即向途人道谢。途人询其颠末，碧梨诡以盗劫对，众亦不疑。

碧梨自言，欲往托派斯城，众乃代为雇一汽车，送之往车站。碧梨深致谢忱，跃登车上，驱车而去。

威廉之遁焉，止车于百武以外，延颈遥望，密觇碧梨之所为，嗣见碧梨雇车驰去，急命浮尔丘往蹑其后，探其何往。浮尔丘奉命下车，别雇一街车乘之，追踪而去。

威廉乃旋转汽车，驰往霍斯德家，既至，排闼直入。

时霍斯德正在办事室，与律师梅诺夫相对而坐，若有所议。霍夫人与爱吉荔，亦坐于写字台侧。

威廉既入，与众人略一为礼，即坐于爱吉荔之左，两人并肩握手，喁喁私语。

其时梅诺夫忽自皮箧之中，取出文件一卷，举以示众，抗声曰："余今有一至要之文件，欲宣告大众。此种文件，于霍斯德君之家庭，极于关系，诸君幸各注意。"

梅诺夫语出，众人谈论立止，寂然无哗，静听律师之发言。

梅诺夫发为严重之声，徐徐曰："余所欲宣布者，实为马达夫氏之遗嘱。盖马氏遗嘱之后，尚有'附约'一条，当时以嗣续已定，并未宣布。然今则此项附约，竟欲发生效力，余故将约文摘出，当众宣示，俾得秉公解决。"

梅诺夫言至此，即将手中文件展开，朗声诵之，其辞曰：

（附约）以上所立遗嘱，一俟余死之后，即可发生效力。惟余之孙女蕙兰，若不幸先余而死，则余之家产，悉归余女最长之子女承受。诚恐后有争执，附识于此。

马达夫又及

梅诺夫读已，续言曰："今据威廉君所得之证据以言，则马达夫氏之适嗣蕙兰，早已夭折，彼碧梨女士者，实系他姓之子，律不得承受马氏之遗产。然则此项附约，今当发生效力矣。余考马君之女公子，实为霍斯德君之夫人，而霍夫人最长之子女，即系爱吉荔女士，故爱吉荔女士者，当为法律上应承受马氏遗产之人。余既受马达夫君之重托，自当将所有遗产，悉数移交爱吉荔女士，以释余责。惟移交之手续，颇为繁重，恐尚须稍待数日耳。"

爱吉荔闻律师言,无意之中,暴得千万之遗产,乐不可支,回顾威廉,嫣然而笑。威廉亦大喜,默念己之初意,不过欲破坏碧梨而已,何图碧梨败后,此项遗产,即归其未婚妻承受,实非意料所及,踌躇满志,乐乃无艺。

至于霍斯德夫妇,闻马氏遗产,悉归其女,亦复相视欣然。

已而律师辞去,霍斯德夫妇亦相率出,室中惟威廉及爱吉荔在,两人促膝谈心。

威廉胁肩谄笑,曲意媚爱吉荔,惟恐不至,已而谓爱吉荔曰:"密司既承袭遗产,当为城中之大富豪矣。顾余尚有一策,能令密司之资产,由千万而变为万万,密司其有意乎?"

爱吉荔喜曰:"君试言之,其策如何?"

威廉曰:"密司亦知此间著名之油矿,有所谓失魂井者乎?"

爱吉荔颔曰:"余尝闻余父言之,此美洲第一油矿也。"

威廉曰:"诚如密司所言,凡人苟得此矿,富可立致,故觊觎者,颇不乏人。今此矿基地已为余所购得,余与令尊及麦济买公司商定,此井由我三人合资开采,所得利益,亦归三份分拆。但开采之始,需款甚巨,余欲将余之一份,让与密司,请密司出资若干,付余为开采之费。此矿之利,实可操券而得,将来所获利益尽归密司,行见三四年后,密司之资产,必骤增为万万矣。不识密司之意如何?"

爱吉荔闻言大喜曰:"我身固已属君,我之利,即君之利也。我明日当谕梅诺夫,付君十万金,为失魂井开采之费。君以为何如?"

威廉大喜,握手谢之,复坐谈片刻,乃告辞而去。

碧梨今乃至托派斯城矣,下车之后,即雇一汽车,驰往亚爱山酒肆。

亚爱山酒肆者，在托派斯城之东郊，实乡人之俱乐部也。肆凡两层，屋制甚古，墙垩剥落，藤萝纠结，度其年龄，当在百岁以外。肆之上层为旅馆，下层则为会餐之所，有跳舞厅，广容百人，四周列席，均以备客之饮酒者。肆中饮酒之客，为类至不一，有文人，有商贾，有优伶，有荡妇，有退伍之军人，乃至大盗小窃穿窬之伦，亦复混迹其中。

碧梨至肆中时，时已薄暮，肆中嘉宾纷集，歌舞间作，觥筹交错，喧杂无伦。碧梨询之侍者，知肆主蓝翰德之办公室，在二楼上之东北隅，乃拾级登楼。不意乌鸦党党魁浮尔丘，奉威廉之命，追随于碧梨之后，瞥见碧梨登楼，乃亦追踪而上。

楼梯既尽，为一甬道，碧梨踽踽独行，目左右视，欲觅蓝翰德办事之室。

浮尔丘四顾无人，乃蹑足而前，突然扭碧梨之肩，以拳抵其背，低声曰：“红手套何在？速以与余！”

碧梨大骇，放声呼救，浮尔丘急掩其口，碧梨奋力挣脱，遂与浮尔丘搏斗。

正相持间，肆主蓝翰德，闻声奔出，见浮尔丘扭一女子殴之，勃然大怒。蓝翰德虽老，而精神矍铄，膂力绝人，虎吼而前，捉浮尔丘之肩，提而力掷之。

浮尔丘倒退十余武，颓然仆地，畏蓝之勇，不敢复前，匆遽跃起，鼠窜下楼而去。

浮尔丘既逸，蓝翰德顾询碧梨曰：“密司何来，缘何与彼伧搏斗？”

碧梨曰：“渠为乌鸦党大盗，蹑余至此，欲夺余怀中之文件耳。非丈相救，险被劫去。丈为何人？得毋即蓝翰德先生耶？”

蓝颔之曰："然。"

碧梨喜曰："余此来本欲谒丈。余有要事，欲与丈一谈。"

蓝翰德乃招碧梨入办事室，曳椅肃之坐，曰："密司来自何方，有何要事？"

碧梨曰："余来自历买锡村。余试问丈，有老人名奇亚夫者，丈识之乎？"

蓝翰德曰："识之。奇君我老友也。彼自移居历买锡村后，久未晤聚。今奇君闻已去世，密司问之何为？"

碧梨曰："然则彼有一螟蛉女名碧梨者，丈亦知之乎？"

蓝翰德曰："知之。"

碧梨曰："丈识其人乎？"

蓝曰："余见此女时，彼才四五龄，时隔十余年，今日见之，亦不相识矣。"

碧梨曰："实告丈，余即奇亚夫之女碧梨是也。余之所欲询丈者，即为余幼时之历史。丈与余父为故交，余之历史，亦能一一知其详乎？"

蓝翰德曰："否。奇君生前，未尝语余，故余绝无所知，殊不能为密司告也。"

碧梨闻言，深为失望，怏怏不乐。

蓝翰德忽斗有所忆，顾谓碧梨曰："密司幼时之历史，此间惟有一人，差能知之。"

碧梨喜曰："其人安在？余当亲往访之。"

蓝蹙额曰："其人现在肆中，即老妪凯悌是也。妪曩日尝佣于奇君家，历年颇久。奇君他去，彼乃来此，佣此亦十余年。今彼年老且病，神经错乱，语无伦次，常日默默寡言笑。密司问之，恐未必能相告耳。"

碧梨曰："丈姑为余绍介，向彼一询何如？"

蓝诺之，碧梨自怀中出红手套及文件，付之蓝翰德，请代为收藏。

蓝藏之铁箱之中，乃引碧梨下楼，往晤老妪凯悌，初不料盗魁浮尔丘，乃潜伏于玻窗之外，尽窥其事也。

第三十二章

碧梨随蓝翰德下楼，步入餐厅左侧一小室。室中列粗木器具数事，陈设殊简，韦士格之瓶，堆积室隅，累累若炮弹，酒气扑鼻。

板桌之上，燃煤油灯一，光极黯淡，灯影摇壁，阴森可怖。板桌之右则，坐一老妪，以两手交叉搁桌上，支其颐辅，仰视承尘，嘿然若有所思。妪年可六十许，发白如雪，蓬松类枯草，目凹而颐削，面灰白，形容枯瘠，为状乃如埃及之人腊。

妪见两人入，双目炯炯，忽直注碧梨之面，瞠视不一瞬，一似凶厉之兽，意将择人而噬。

碧梨大怖，苟匪蓝翰德在者，几欲转身而奔。

蓝翰德顾碧梨曰："此即老妪凯悌也。伤哉是妪，罹兹噩病，近日乃益消瘦矣。今密司且前，余当为密司绍介。"

碧梨随蓝翰德而前，步至板桌之傍。

蓝翰德拍老妪之肩，大声曰："凯悌，余为汝介绍，此贵客密司碧梨，欲与汝语。汝毋昏昏，慢兹贵客！"

凯悌瞠目视蓝翰德，不作一语。

碧梨见桌傍有板椅，即曳椅坐妪侧，柔声顾妪曰："余名碧梨，余此来，盖有一至要之事，欲以询妪，妪能语余乎？"

凯悌闻言，茫茫然如不解其语，已而摇首曰："不……我不知……不知……"

碧梨撼其臂曰："媪试语余，有奇亚夫之女名碧梨者，媪亦识之否？噫！凯悌，汝必语余，碧梨究为何人之女？"

凯悌摇首曰："不知也……不……我不知也……"

碧梨诘之再三，凯悌如愠，颠声曰："我……我不乐与他人语……我不乐……孰乃令汝来此者？噫！汝何……汝何絮聒乃尔？汝且出，我乐静也。"

碧梨更欲盘诘，蓝翰德阻之曰："彼疾方大作，恶与人语，密司徒劳口舌，无益也。"

碧梨大为失望，乃怏怏起立，与蓝翰德偕出。

此时亚爱山酒肆中，忽有两客匆匆戾止，一为老者，一则翩翩美少年。

两人既入，即趋至帐柜之前，同声问柜中人曰："顷有一女郎名碧梨者，曾来此肆否？"

柜中人曰："不知也。此间出入之人，日以百计，苟非襮被寓此者，实难指以告君。"

两人闻言，相顾踌躇。

其时碧梨适与蓝翰德自邻室出，少年遥见碧梨，喜而呼曰："在是矣。此非密司碧梨耶？"老者见之，亦欣然色喜，扬臂而呼。

碧梨闻声惊顾，瞥见两人，乐不可支，疾趋而前，与两人握手。两人非他，少年乃浮纳，而老者乃绿树居之司事康顿是也。

碧梨见康顿与浮纳偕至，深为诧怪，以问浮纳，浮纳曰："顷密司行后，余四觅密司不得，忐忑不宁，忽忆密司尝与特恩言，欲将左阿奶祖孙，送回历买锡村。余疑密司潜出，亦与左阿奶偕归，因乘车往历买锡村，亲至绿树居探之。比至肆中，适遇康君，始知左阿奶祖孙，已由特恩以汽车送回，惟密司并未与之偕来，余乃大讶。嗣复忆及密司晨间尝言，欲往托派斯城一行，余因商之康君，拟折往托派斯城。康君以久不见密司，深为悬念，亦欲与余偕行。我两人故结伴来此，幸获与密司相遇，欣慰奚如。”

碧梨亦将途中所遇，略述一过，并为两人介绍于蓝翰德。蓝翰德性情伉爽，与浮纳及康顿语，意气契合，恨相见晚。

碧梨更谓浮纳曰：“余幼时之历史，现有老妪凯悌，知其底蕴。惟彼方剧病，神经错乱，默不肯言，容余设法探之，或足以破威廉之奸也。”

浮纳闻言，亦为欣然。四人立而闲谈，愉悦无间，而不知大变之来，即在顷刻矣。

先是，浮尔丘为蓝翰德所击，鼠窜下楼，然心终未死，俟蓝与碧梨入室，即复蹑足而上，伏于窗外，探首内窥，遥见碧梨以红手套付蓝，蓝为藏之铁箱之中，相率下楼而去。

浮尔丘默念，欲窃红手套，此时实一绝妙之机会，惜孑然一人，孤立无助，又无炸药、电炬等物，不能毁铁箱之门，深为可憾。踌躇片刻，乃怏怏下楼，闪入餐厅之中。

忽见厅之一角，有健男子八九人，方围案而坐，举觞痛饮，箕踞谑浪，笑语杂作，浮尔丘谛视之，不觉大喜。盖彼八九人者，均乌鸦党之旧党员也。

浮尔丘疾趋至案前，掀其冠，撮口作怪声。众闻声惊顾，见党魁突至，相率掷杯跃起，围立于浮尔丘四周。浮尔丘低声语众人，略述来此之故。众人咸攘臂而起，自告奋勇，愿为浮尔丘助。浮尔丘附众人之耳，密授以计。众颔之，乃复就座。浮尔丘别率党员两人，倏然登楼。

党人固寓居于肆中者，乃驰往卧室中，密取炸药及火药各一巨罐至。浮尔丘以铁器撬办公室之门，毁其键，破门而入，乃将炸药置于铁箱之前，以火燃其药线。三人退出室外，静立以待。

一刹那间，炸药爆裂，轰然一声，响若山崩，烟雾迷漫，屋瓦为震，铁箱之门，立被炸毁。

浮尔丘冒烟而入，伸手入箱，将红手套攫得，心乃大喜，纳之怀中，飞奔而出，立命党人将火药一罐，遍洒室中，以火燃之。

转瞬之间，烈焰飞腾，火光熊熊，延及屋顶。此百余年古屋之亚爱山酒肆，一旦乃毁于乌鸦党之手，亦可慨矣。

当浮尔丘埋置炸药之时，蓝翰德等闲谈已久，亦欲登楼，不意乌鸦党党人之在楼下者，佯为酒醉，有意向隔座寻衅。隔座之人不服，与之理论，双方遂起冲突。

党人蛮横异常，声势汹汹，一言不合，遽扭隔座之人殴之。蓝翰德趋前解劝，党人不听，反与蓝寻衅。蓝大怒，欲驱之出外。

正相持间，忽闻轰然大声，作于楼上，房屋为之震动，案上杯碟等物，竟有因磕碰而碎裂者。座客大骇，纷纷掷杯跃起，夺路而逃。一时人声嘈哜，室中大乱。

蓝翰德惊诧莫名，急欲上楼一观，驰至楼梯之半，忽见浮尔丘矗立梯颠，以手枪指其胸，厉声曰："孰敢登楼者，我弹立发，洞其胸矣。"

蓝翰德不顾，奋勇直上，浮尔丘果开枪轰击，枪弹嗤然，自蓝之耳傍飞过。蓝不得已，乃倒退而下。

此时炸声之后，继之以火，火势甚盛，冒及屋顶，已成不可向迩之势。肆中佣保及酒客，逃避一空。浮尔丘在梯颠，见火势已逼，乃将手枪纳入囊中，奔至梯旁之窗口，意欲逾窗而遁。

不意老妪凯悌，此时适在楼上，闻声奔出，突将浮尔丘抱住。浮尔丘大怒，奋其全力，将妪推开。凯悌立足不定，仆于楼板之上。浮尔丘转身欲逸，而碧梨及浮纳至矣。

初，碧梨闻楼上炸声，骇且诧，嗣见浮尔丘出现于楼梯之颠，始恍然大悟，明知红手套已入盗魁之手，忿不可遏。迨浮尔丘转身欲逸，碧梨乃冒险登楼，奋勇捕盗。浮纳见之，亦接踵而上。

碧梨至楼上，见浮尔丘将凯悌推倒，欲跳窗逸，乃飞步而前，扭其肩，将红手套夺回。浮尔丘疾转其身，力扑碧梨，碧梨不敌，倒退数武。浮尔丘乘此间隙，一跃出窗去。比及浮纳驰至，已无及矣。

此时楼上火势益猛，凯悌晕仆楼板之上，火将延及其身，碧梨瞥见之，大骇失色，顾谓浮纳曰："此妪于余之身世，大有关系，我侪无论如何，必救之出险。"

浮纳颔之，乃与碧梨合力异凯悌，冒火窜出，拾级下楼，驰往肆外之旷场，将凯悌置于一圮墙之下。两人乃并肩矗立，敛手观火。

此时亚爱山酒肆，已成一片火山，广场之上，人极拥挤。蓝翰德亦喘息而至，回首观肆中之火，跌足叹息，碧梨等亦为之扼腕。

少顷，蓝翰德与浮纳、康顿，相率他往，惟碧梨一人，守视于凯悌之旁。不意浮尔丘及其党人，适自圮墙后驰过，浮尔丘瞥见碧梨孑身独立，忽生一毒计，乃取一巨索为环，蹑足至碧梨之后，乘其不备，奋力遥掷之，适套于碧梨之腰间。碧梨大骇，力挣不得脱。

浮尔丘遥拽其索，碧梨颓然仆地。浮尔丘乃将索之一端，缚于马背之上，力鞭其马。马负痛，跳跃狂奔，牵拽碧梨，飞驰而去。

第三十三章

碧梨既蒙祸，盗亦遁去，会浮纳等三人相率返，瞥见碧梨被缚马后，倒拽而去，大惊失色，皇急不知所措。

蓝翰德驰往附近厩中，驱骏马三骑至，与浮纳、康顿各跨其一，追往救护，无如相距过遥，一时骤难追及。

时则浮尔丘之马，野性方张，踪跃狂奔，疾如飞矢，碧梨震怖晕绝，一任牵拽，昏然不知人事。所幸马所经行之处，地皆沙土，平畴弥望，故碧梨未受重伤。

驰里许，抵一山麓。其时天已黎明，适有一少年游历家，自山傍经过，驻马旷野，稍事休憩，忽见一溜缰之骑，倒曳一女子，飞驰而来。游历家大骇，急取一实弹之快枪，向马轰击。砰然一响，弹中马腹，马狂吼数声，仆地而毙。

游历家乃奔至死马之后，将碧梨解下。碧梨昏卧地上，冥然无所知。

会浮纳等三人，亦仓皇驰至，见碧梨已遇救，相率自马上跃下。浮纳俯按碧梨之口鼻，觉呼吸咻然，心始稍慰，乃席地而坐，将碧梨抱起，倚之怀中，徐撼其肩，大声呼之。

少顷，碧梨悠然而苏，星眸微启，见浮纳等均在其侧，深以为异。浮纳将游历家开枪相救之事，约略告之，碧梨始恍然悟，急向游历家道谢。

游历家谦逊不遑，略谈数语，即向众人告辞，携枪自去。

碧梨休憩片刻，遂与浮纳等三人，上马而返，回至广场之上。

其时肆中火仍未熄，红光烛天，老妪凯悌，则依然偃卧墙脚。

少顷，凯悌忽欠伸而苏，支地起坐，瞥见亚爱山酒肆中，火光熊熊，瞪目大骇，颠声曰："火……火……天乎！亚爱山酒肆乃焚毁矣。"

碧梨等闻凯悌呼声，相继驰至，围立其四周。

凯悌望见蓝翰德，忽颠声问曰："蓝君，肆中因何起火？噫！百年老屋，毁于一炬矣。伤哉！"已而又以手掩面曰："可怕可怕！天乎！我畏见火也。"

碧梨等见其神志甚清，旧疾若失，深以为异。

蓝翰德问之曰："汝患病多日，状如疯癫，汝亦知之乎？"

凯悌摇首曰："不知也。我曩日忽忽，如在梦中，顾此时则已清醒，前此一切，都能忆之矣。"

蓝翰德曰："昨晚火起时，汝伏居楼上，险致葬身火窟，幸彼浮君及密司碧梨，躬冒烟焰，救汝出险，否则殆矣。"

凯悌闻言，回顾浮纳及碧梨，深致谢忱。

碧梨见其态度沉静，言语亦有伦次，与昨晚判若两人，始知凯悌之神经病，果于一晕之后，霍然全愈，心乃大喜，因执其手问曰："妪亦识我乎？"

凯悌熟视之，茫然曰："不识也。"

碧梨曰："我试问妪，有奇亚夫之女名碧梨者，妪识其人乎？"

凯悌愕然曰："识之。碧梨乃我之小主人也，密司何为问之？"

碧梨笑曰："我即奇亚夫之女碧梨也。"

凯悌闻言惊喜，执碧梨之手吻之，欣然曰："噫！密司真我小主人耶？我别主人殆十余年，念主人欲死，今日更得见主人，欣幸奚如！我别主人时，主人尚童稚，今乃长成如许，宜我老且衰矣。"

碧梨曰："然则我幼时之历史，媪必知之甚审。我为奇亚夫氏之义女，此言确耶？"

凯悌诧曰："孰乃以此语密司者？"

碧梨曰："义父临终时，乃告我若此。"

凯悌叹曰："此事知者盖绝鲜。密司实脑顿之女，非奇君所亲生也。密司两岁时，即失怙恃，遂归奇亚夫抚养。知其详者，惟我一人耳。"

碧梨曰："媪所谓余生父脑顿者，非即富翁马达夫氏之子乎？"

凯悌曰："然。"

碧梨曰："然则余为马氏之嫡裔矣。"

凯悌曰："诚如密司言。"

碧梨曰："顷有人云，脑顿之女，不久即殇，奇亚夫别螟蛉一乡人之女，使袭碧梨之名。此言确耶？"

凯悌摇首曰："否！否！此实无稽之谈。奇君挈女往历买锡村时，碧梨年已五龄，安然无恙，焉得有夭殇之事耶？当时余为碧梨之保姆，夫岂不知？余可誓之，此种谰言，实出向壁虚构。"

碧梨曰："然则媪有何确据，足以证明余为马氏之嫡嗣乎？"

凯悌沉思久之，忽斗有所触，跃起曰："得之矣。我见肆中之火光，我乃顿有所忆。当时密司才二龄，尚卧摇篮中，余则佣于奇君家，为密司之保姆。一日，密司卧房中，余偶以事他出。比归，室中忽起火，火势甚猛。余惊皇失措，忽忆密司尚卧摇篮中，乃奋不顾身，冲入毒焰烈火之中，将密司救出。其时摇篮亦已着火，密司左足之踵，为火所灼伤，伤愈后，疤痕显然，大如一钱，终不能去。今密司试去袜履，当众一视，苟有疤痕，则为马氏之嫡嗣，当无疑义矣。"

碧梨从之，立将左足之皮鞋及袜，一并脱去，举其足，以示众人，则足踵之上，果有钱大之疤痕一方。众人验视清晰，于是威廉之诳，不攻自破。

浮纳与蓝翰德，咸愿为碧梨作证人。血系既明，疑念立解，碧梨之喜可知也。

浮尔丘等之逸去也，仍遣羽党一人，驰往探听。

翌日，羽党归报，谓碧梨依然脱险，定于是日午后，遄归爱立华城。

浮尔丘顾谓其众曰："碧梨不除，我党忧正未艾。今彼欲返爱立华城，此又我侪一绝妙之机会也。余考此间往爱立华，无论如何，必道出枯树冈。此冈地势险峻，便于埋伏，我侪午膳后，可持枪实弹，预伏冈上，一俟碧梨车至，突出袭之。倘能将碧梨捕获，则我侪之大事济矣。"众唯唯。

午餐之后，浮尔丘果率众而往，相度地势，分投伏匿。

越一小时，车声辘辘，出自冈下，则碧梨与浮纳等至矣。

是日午后，碧梨与浮纳、康顿三人，将归爱立华城。

碧梨念彼亚爱山酒肆，因一红手套之故，为盗党所焚毁，房屋、器皿，荡然无存，蓝翰德之家产，悉付一炬，中心深抱不安，因与蓝翰德言，凡因己而损失之资产，概由己独力赔偿，决不使之受亏。蓝翰德颇坦然，亦不以为意。

碧梨邀蓝翰德同往爱立华城一游，蓝翰德因欲为碧梨作证人，义不容辞，慨然诺之。至于老妪凯悌，虽为至要之证人，然因久病新愈，精神未复，不愿跋涉长途。碧梨以证人已有蓝及浮纳，亦不相强，当即与蓝翰德商，将妪安置于一农人之家。

布置既竣，束整欲行，蓝翰德忽谓碧梨曰："余察乌鸦党之意，竟欲杀密司以为快，一计不成，安知不另生他计？故我侪此行，中途颇为危险，若辈羽党颇众，我等四人，恐不能敌。余意欲招乡人二，持枪实弹，沿途保护，藉以壮我侪之胆。不识密司以为如何？"

碧梨深韪其言，蓝翰德乃往招壮丁两人，荷枪而至。碧梨等四人，亦各带手枪，并多携子弹，以备不测。于是六人同乘一双马之车，疾驰往爱立华城。

行数里，抵枯树冈下，蓝谓碧梨曰："此间地势甚险，盗而欲袭击我侪者，必且伏匿冈上。我侪若平安过此，可谓幸矣。"

正谈论间，忽闻謇篥骤作，冈上人马十余骑，一拥而出，飞驰下冈，来捕碧梨。群盗皆以鸦冠蒙面，狰狞可怖。为首一骑，鸦冠尤巨，指挥其党，直扑碧梨之马车。其人为谁？盖即乌鸦党党魁浮尔丘也。

第三十四章

盗既下冈，蓝翰德握枪欲斗，碧梨止之曰："彼众我寡，斗且败，不如逃也。彼若迫我急，斗犹未晚。"

蓝颔之，乃下令御者，趣鞭其马，纵其疆。马既受鞭，跳跃狂奔，车行之疾，直如飞矢。

浮尔丘不能舍，挥众逐车后，并开枪轰击，枪弹如雨，续续不绝，几伤蓝翰德。蓝大怒，遂与浮纳、康顿及壮丁两人，各持快枪，匍匐车中，向盗还击。碧梨则以手枪助之，且战且驰。

相持数里，盗愈追愈近，碧梨颇皇急，顾谓蓝翰德曰："贼众若更逼者，势且肉搏矣。然彼众倍于我，若肉搏，殊不利于我。我意苟能得一掩护之处，伏匿其中，与之相持，彼亦畏我，必不敢遽前。然后以一人归历买锡村，乞援于乡团，乡团至，则盗众不足破矣。此上策也。"

蓝翰德曰："然又安从得掩护之地哉？"

正议论间，浮纳忽呼曰："视之，此非一土穴耶？我侪下车匿穴中，以土岸自蔽，亦足与盗相持。以我视之，此直天然一战壕耳。"

碧梨等就其所指处视之，果有土穴一，广可容八九人，前有土岸，形如战壕前沙囊之垒。碧梨大喜，乃急命御者止车。众人相继跃下，奔入穴中，匍匐伏匿，各以枪架土岸之上，向外射击。一刹那间，盗已连骑而至。

浮尔丘见碧梨等负嵎自固，不敢向前，乃指挥其众，相率下马，匍匐于地，蛇行进攻。双方激斗甚烈，碧梨等死命相持，幸有土岸掩护，抗拒较易，而盗则颇感困难，其有奋勇进攻者，辄受伤而退。

久之，碧梨谓蓝翰德曰："我侪坐守于此，终非久计，微特子弹有限，不堪久战。盗若以炸弹等物，掷入穴中，则我侪无噍类矣。今君等且留此相持，余当孑身归历买锡村，招乡团来援。"康顿请行，碧梨不许。

蓝翰德蹙额曰："密司且止，此事尚容熟计。盖曳车之马，仓猝未曾卸下，此间无马可骑，密司安能步行往历买锡村耶？"

碧梨闻言，恍然而悟，意颇踌躇，已而纵目四瞩，忽遥见盗党所乘之马，均系于附近森林之中，马之左右，别无守视之人。碧梨略一沉吟，忽得一策，乃附浮纳之耳，约略告之。

浮纳大骇，曳其衣不听行，曰："此举太险，密司断不可为！"

碧梨不听，坚欲一试，乃将浮纳之手挣脱，匍匐自穴后跃出，以土岸及蓬蒿自蔽，蛇行而前，一手执手枪，聊以自卫。

此时群盗之目光，咸注意于土穴之中，其他均非无问，故碧梨伏地而前，群盗乃无一见者。

碧梨蜿蜒前进，徐徐绕至群盗之背后，奔入林中，一跃登树上，复以两手握树枝，攀缘而前，疾若猿猱，直达群盗系马之处，潜将一马之缰绳解开，纵身上马，飞驰而遁。

群盗闻马蹄声，骇而回顾，瞥见碧梨窃马逸去，深为惊讶。

浮尔丘扬臂呼曰："碧梨遁矣。速捕之，毋令兔脱！"

当即有盗党两人，应声跃起，驰至树林之中，相率上马，疾驰追去。

左阿奶自爱立华城归，即挈其孙左斯，仍居于茅屋之中。屋中陈小火炉，炉上置铁锅一，就锅煎水，蒸汽蓬勃，迷漫室中，一切悉如曩日。

是日午后，左阿奶拥炉兀坐，无意之中，注视锅内，忽见锅底水中，斗现一旷野，四围山林丛密，旷野之左，有一土穴，碧梨及康顿等，咸匿穴中。又见乌鸦党党魁浮尔丘，率其党多人，方伏地进攻，形势危急。其幻象明晰异常，历历如绘。

左阿奶大惊跃起，以语左斯，左斯亦骇曰："然则密司梨碧在途中，又为群盗所厄矣。"

左阿奶曰："然。我察其地，似为枯树冈。今我当报告乡团，驰往救护，迟则殆矣。"

左斯颔之，乃与左阿奶偕出，仓皇奔往绿树居。既至，入见乡团新团长兰姆，以碧梨危险之状，略述一过。

兰姆素知左阿奶之言，异常应验，立即召集乡团数十人，持械上马，驰往应援。

左阿奶心仍不安，意欲亲往一观，会碧梨之御者特恩，以送左阿奶来此，尚未归去，闻其主人为盗党所袭，亦欲驰往救助。

左阿奶大喜，乃与左斯、特恩偕出，跃登汽车，命特恩开足汽机，疾驰往枯树冈而去。

碧梨行后，蓝翰德等仍与盗剧战，相持不下。

已而浮纳于无意之中，旋首他顾，忽见此穴之侧，别有一小穴，穴口作圆形，径可六七尺，趋视之，其中黝然而黑，深不见底。浮纳异之，指以示蓝翰德。

蓝忽悟曰："此中乃一极长之水沟也。此沟废置已久，水亦早已干涸，沟之他端，盖在数十丈外。其中颇宽广，人可匍匐而行。但自此穴口而下，约深二丈许，方达水沟，我侪苟得一竹梯者，便可架之穴口，避入沟中，辗转曲折，由沟之彼端逸去，正不必与盗相持矣。虽然，我侪困守于此，将安从得一竹梯乎？"

浮纳闻言，踌躇片刻，忽得一计，乃取佩刀一，将穴口左右之矮树，斩取十余株，复以刀削去枝叶，但存其干，然后以长绳二，连之作梯形。

此时蓝翰德等，仍与群盗互击，蓝偶一疏忽，为流弹击中肩尖，略受微伤，血出如注。康顿大惊，急取布为之扎缚。

会浮纳之梯，亦已制成，即将梯悬之穴口，命蓝翰德先拾级而下。浮纳等四人，一一随其后。

既达穴底，果得一沟，沟甚广，且无积水。众乃蛇行入内，蜿蜒前进，曲折由水沟之他端遁去。

当浮纳制梯之时，盗魁浮尔丘，亦正悉心制造一物。其物惟何？则炸弹是也。

浮尔丘见浮纳等负嵎自固，攻之不下，心乃大忿，沉思久之，忽得一毒计，乃命人取火药至，实之一洋铁罐之中，装以药线。制成之后，即持弹匍匐而前，将近穴口，以火燃其药线，奋力向穴中抛掷。

弹入穴中，轰然炸裂，沙石四飞，烟雾迷漫。浮尔丘大喜，以为蓝翰德等，必已炸毙于土穴之内，立率其党人，乘烟雾沙石中，蜂拥而前，跃入土穴。

比至穴中，不觉相顾错愕，盖蓝翰德等四五人，早已踪迹杳如，不知何往。

浮尔丘大诧，详察之后，始知蓝翰德等，均已逸入废沟之内。

乌鸦党党人中，有知此沟之底蕴者，谓："此沟别有一穴口，在数十丈外。若辈在沟中，匍匐而行，濡滞特甚，我侪速往彼端，伏于穴口，俟其出，逐一捕之，若辈必难漏网矣。"

浮尔丘大喜，立命此人为向导，率其党人，飞驰而去。

碧梨之遁焉，有盗党两人，追逐其后。碧梨回顾见之，力鞭其马，奔乃益疾。然盗党之随其后者，追亦愈急。

驰数里，碧梨之马，忽触石而踬，碧梨从马背颠坠而下，跌入草间。盗党见之大喜，跃马直前，来擒碧梨。

碧梨殊敏捷，自地上一跃而起，纵身上马，疾驰逸去。然经此波折，追骑相距益近。

少顷，盗骑忽与碧梨之马并驱而驰，盗党就马上捉碧梨，碧梨奋勇与抗。三人互相扭斗，均从马上坠下，碧梨寡不敌众，卒为两人所捕。

盗党遥见附近一小河之滨，停有马车一辆，车旁阒无人在，乃将碧梨曳至马车之侧，取一长绳，缚之于车轮之上。缚已，取鞭猛击其马，马惊痛，曳车狂奔。

车轮旋动，碧梨亦随之而转，一时头目晕眩，欲呼而口不能发声，骇极几晕，危急万分。差幸碧梨机警异常，急伸手将轮轴上之螺旋钉旋动。钉去，车轮乃自轴上脱下。

其时马车溯河滨而驰，车轮既脱，旋转不已，直趋河边。但闻訇然一声，此轮乃带同碧梨，跌入小河之中。

第三十五章

乡团团长兰姆，率众自历买锡村出，从左阿奶之教，驰往枯树冈。

将近冈边，道出一小河之滨，忽遥见马车一辆，疾驰而来，车轮之上，缚一女子，衣裙飞扬，旋转不已。众大惊，正欲设法援之，不意一刹那间，车轮窸然而脱，坠入小河之中。

众乃相率下马，奔至河滨，取长绳一，将车轮曳起，谛视之，则轮上所缚之女子，即密司碧梨也，相顾大诧，急为解去其缚。

碧梨堕水未久，且素谙游泳之术，故未溺毙，惊魂稍定，奋身跃起，见众乡团围立其前，心乃大喜，急顾谓团长兰姆曰："我侪自托派斯城出，拟往爱立华，不意乌鸦党大队，中途来袭。我侪不得已，藏身土窟，负嵎自守。然盗来甚众，为势至危，余故只身逃出，欲乞君等来援。今余友数人，尚被困土窟之中，君等宜速往救之。"

兰姆唯唯，遂率众上马，别以一骑与碧梨。碧梨乘马为前导，乡团随其后，飞驰而去。

浮纳等既以绳梯入水沟，即从沟中蜿蜒而前，行不数武，忽闻轰然炸裂声，地为之震。

浮纳曰："何如？盗果以炸弹殓我侪矣。我侪若死守穴中，此时当无噍类。险哉！"蓝翰德等，亦额手称庆。

蛇行久之，始抵水沟之他端，五人相继跃出。不意浮尔丘等，早已狙伏于穴口之两傍，迨五人出，即以手枪指其胸。五人仓卒之间，不及抵抗，相视失色，束手就执。

浮尔丘大喜，立命其党取长绳至，将五人连缚之，驱之而返。

行不数步，碧梨忽引大队乡团，飞驰而至。乡团遥见乌鸦党，立即开枪轰击，声震山谷，其势甚盛。

群盗出不意，皇急失措。浮尔丘颇机变，明知与乡团奋斗，势必无幸，立率其心腹党人两名，飞身上马，纵辔逸去。乡团追之不及，乃将其余盗党，一并捕获。

碧梨急下马，为浮纳等五人解去束缚。浮纳与碧梨，各述别后所遇，互庆脱险，叹为天幸。

碧梨闻蓝翰德受伤，急向之慰问。蓝谓伤势甚微，可无大碍，碧梨心乃稍安。

此时乡团团长兰姆，命将捕获之乌鸦党，一一絷之马上。碧梨等均与兰姆握手，深致谢忱。兰姆乃指挥团勇，驱其俘虏，凯旋而归。

其时康顿及庄丁，已将马车寻获，于是碧梨等六人，相率登车，驾之疾驰，往爱立华城而去。

浮尔丘之遁也，回顾身后，仅两骑与之偕逸，明知其余羽党，均为乡团所捕，懊丧不可名状。

驰里许，抵一高冈，立马冈上，纵目四眺，忽见一汽车从冈下驶过，车上端坐者，则左阿奶祖孙也。

浮尔丘急指谓其党曰："此妪为失魂井主人，我欲获之久矣。速捕之，毋令脱去！"

党人颔之，乃随浮尔丘下冈，飞逐于汽车之后。浮尔丘自马背取长绳一，以其一端为环，追稍近，即奋力遥掷之。

绳环飞来，适套于特恩之身上，特恩骇而撑拒。浮尔丘力曳其绳，特恩被拽，颠坠车下，汽车乃戛然而止。

左阿奶祖孙见盗党又至，觳觫不知所措。浮尔丘指挥其党，将左阿奶祖孙，自车上曳下，挟之上马，呼啸而去。

特恩既坠，目睹左阿奶祖孙，被盗劫去，明知一人之力，决不能与群盗斗，乃佯为受伤之状，僵卧地上，盗遂置之不顾。

迨盗众上马去，特恩始将绳索挣脱，奋身跃起，遥见浮尔丘等，去尚不远，略一沉吟，忽得一策，乃跃入汽车之中，驱车疾驶，潜尾于群盗之后，探其所往。浮尔丘等在前，固曹然未之知也。

驰数里，抵米洛特山之附近。此处地极幽僻，人迹罕至，山麓有板屋数椽，则乌鸦党最新之秘密窟也。

特恩止车于数百武外，卓立车中，延颈遥望，但见浮尔丘等至板屋之前，即相继下马，将左阿奶祖孙，推入屋中。

特恩既探得盗党之踪迹，决计驰归爱立华城，报告碧梨，趣其来援，遂旋转汽车，仍循原路而出，飞驰向爱立华城而去。

威廉新设之煤油公司，今已成立矣。

爱吉荔果出十万金，付之威廉，俾为开办之费。威廉得资则大喜，当即驰往失魂井附近，赁巨厦一宅，为公司办事之处，召募工人，即日从事开采。

威廉以总经理资格，监视工作，趾高气扬，踌躇满志，欣慰不可名状，一如巨富之成，即在顷刻者。

是日清晨，威廉忽接一函，则发自爱吉荔者，其辞曰：

威廉我爱鉴：

　　别数日，甚念。今日午后，余欲至公司视君，兼视矿中工作，家严慈亦且同来。君闻之，当欣然色喜也。

爱吉荔上

　　威廉阅已果大乐。午膳后，阍者入白，密司爱吉荔至。威廉疾趋出迎，见霍斯德夫妇，果与其女偕来。威廉肃之入办事室。

　　坐定后，威廉略述公司开办之状况，霍斯德颇称其能，嗣复泛谈他事。

　　坐久之，霍斯德忽问威廉曰："君购此油矿时，曾令矿主书卖绝据一纸，然乎？"

　　威廉颔之曰："然。"

　　霍斯德曰："君曩曾出以示余，当时亦未措意，今则矿已开采，此据颇为重要。究之此种契据，他日果无纠葛乎？"

　　威廉闻言，愕然色变，嗣乃出其伪造之卖绝据，以示霍斯德，毅然曰："我意既获此据，异日必无纠葛，丈可勿虑也。"

　　霍斯德接据，与爱吉荔共披阅之，阅已，亦无他议，乃还之威廉。

　　威廉正欲将据收藏，而碧梨及浮纳等至矣。

　　碧梨既归爱立华，先往霍斯德家，方知威廉所设之煤油公司，早已成立，失魂井油矿，亦已着手开采。霍斯德夫妇及爱吉荔，均往矿中参观去矣。

　　碧梨大忿，立偕浮纳等四五人，追踪而往，比至公司中，排闼直入，一拥入办事室。

　　威廉见碧梨突至，皇骇失色，碧梨戟指指威廉，厉声骂曰："咄！恶徒！汝敢假造证据，诬余非马氏之嫡嗣，今余既得确切

红手套 —— 657

之反证，足以破汝之奸。彼浮纳及蓝翰德君，均可为余之证人。汝试言之，尚有他谋，足诬余否？"

碧梨言已，浮纳及蓝翰德，同声发言，将老妪凯悌所语，略述一过，证明碧梨确为马氏之嫡裔。

威廉见碧梨证据确凿，俯首嘿然，不敢复辩；爱吉荔闻之，则大为懊丧。

碧梨复斥威廉曰："此失魂井油矿，乃老妪左阿奶之产，余已以资购得，契据等物，均在余处。汝乃何人，辄敢从事开采？今汝当立即离此，匪然者，余且控之法庭。国家尚有法律，必不容汝恶人也。汝其慎之！"

威廉闻言，瞪目怒视，扬其手中之伪据，大声曰："此矿确为左阿奶所有，然余已以重资向彼购得，立有卖绝契据在此。汝有何权力，乃敢逐余？"

碧梨斥之曰："此言诳也。左阿奶语余，此据实汝所伪造。汝曾逼彼签字，彼仅签其半，胡得持为凭证？"

威廉愕然，然仍龈龈与碧梨辩。

两人正争论间，盗魁浮尔丘忽至，隔窗招威廉，威廉见而趋出。

浮尔丘附耳语之曰："老妪左阿奶祖孙，已被余所掳获，囚之山中。余故来此询君，君欲杀之乎？"

威廉闻言喜曰："余正以契据之故，为碧梨贱婢所窘。今左阿奶祖孙，既为我党所捕，则余亦有辞抗碧梨矣。君请在此稍待，俟余事毕，当与君偕往。"

浮尔丘颔之，威廉乃匆匆奔入。

第三十六章

威廉入室，坦然顾碧梨曰："汝谓此失魂井契据，乃属赝鼎耶？此据系左阿奶所立，是真是伪，汝安得知之？今汝可挈左阿奶来，俾为证人，则是非曲直，可以不辩而自明矣。"

霍斯德亦从旁发言曰："威廉此言，颇为中肯。卖绝据之真伪，惟左阿奶可证明之。今左阿奶何在？密司可邀之来此，一明此事之真相。"

碧梨曰："左阿奶在历买锡村，君等若欲招之来，事亦易耳。"

威廉微哂曰："汝若能招左阿奶来，证明此据为赝鼎，则余当立即离此，决无异议。"

碧梨乃回顾康顿曰："君可速归历买锡村，挟左阿奶来此，愈速愈妙。"

康顿诺之，正欲启门而出，不意室门斗辟，碧梨之御者特恩，狂奔入室，喘息语碧梨曰："顷余与左阿奶祖孙，乘车偕出，中途忽与乌鸦党遇，盗以索将余拽倒，劫左阿奶祖孙而去。余潜尾盗后，探其踪迹，始知乌鸦党之秘密窟，乃在米洛特山之山麓。盗将左阿奶祖孙，幽闭窟中，余恐两人有性命之虞，故飞驰来此，报告密司，请密司速筹良法，驰往救护。"

碧梨闻言，恍然大悟，厉声斥威廉曰："狡哉汝也。汝暗遣乌鸦党党人，将左阿奶祖孙捕去，乃复趣余邀左阿奶来，俾为证人。余苟不得左阿奶者，则汝辈狡谋，终无破露之日。汝之用心，可谓深矣。惜乎机事不密，汝辈巢穴，乃为特恩所探悉，今余当趣挟左阿奶来，破汝奸谋。法律具在，汝之罪为不逭矣。"

威廉见事已败露，怒目瞪视，嘿然不能对。

碧梨顾谓浮纳等曰："若辈诡变百出，或且杀左阿奶以灭口。今左阿奶之处境，危险异常，我侪宜速往救之。"

浮纳等均以为然，霍斯德亦请偕往。

正议论间，威廉乘众人不防，潜启室门，闪身逸出。

时浮尔丘尚在窗外，威廉急曳其臂，飞奔而出，至大门之外，一跃上马，纵辔疾驰，相率逸去。

威廉既逸，碧梨偶回顾，骇而呼曰："噫！奸人遁矣。彼此去，必杀左阿奶。我侪速往，事犹可及，否则殆矣。"

康顿曰："乌鸦党党人，皆亡命之徒，我侪此去，必且与若辈奋斗，宜各携枪械而往，免为盗党所窘。"

霍斯德乃招侍者入，命将矿中卫队之枪械，连同子弹，一并取至。

众人各取一快枪执之，相继奔出，跃登特恩之汽车。特恩开足汽机，飞驰往米洛特山而去。

威廉随浮尔丘之后，逃入盗窟，见左阿奶祖孙，果被缚于室隅之椅上。盗党两人，则守视其侧。

威廉喘息略定，即责浮尔丘曰："君等作事，抑何疏忽乃尔？特恩潜尾君等之后，君等乃绝不觉察，坐令此处机关部，为彼探悉。一着之失，满盘皆败矣。今碧梨等必且追踪来此，我侪四人，势难与敌，事将奈何？"

浮尔丘闻言，亦大为懊丧。

威廉沉思有顷，忽问浮尔丘曰："此间亦贮有炸药之类否？"

浮尔丘曰："有之。室隅瓦罂中所贮，皆极猛烈之炸药也。"

威廉大喜，乃命党人将炸药之罂，移至左阿奶及左斯之中间，别取药线一，通入罂中。布置已竣，命党人出立门外，登高探望。

少顷，党人仓卒入报，云遥见汽车一，飞驶而来。

威廉跃起曰："至矣。"立取火柴一，燃罂上之药线，燃已，乃率浮尔丘及党人，相继启户而出。

碧梨等驱车至山麓，止车跃下，遥见乌鸦党之秘密窟，尚在数百武外。碧梨恐坠威廉之奸计，止众勿遽前。众乃持枪实弹，排列于广场之上。

此时盗窟之门，忽呀然而辟，威廉与浮尔丘等，相率自室中奔出。众人见之，即举枪遥注威廉，作欲攻击状。威廉坦然无惧，但自囊中出白巾一方，举手挥之，以示降服之意。

碧梨见之，遂止众勿发枪，立偕浮纳及霍斯德，昂然而前。蓝翰德等，则持枪紧随其后，以备不测。

碧梨步至威廉之前，威廉佯为丧气之状，黯然曰："汝等此来，但欲得左阿奶耳。今左阿奶祖孙，安然在室中，汝等可自往见之。"

碧梨闻言，遂偕浮纳奔至板屋之前，推门而进。霍斯德见之，亦欲随碧梨入内，不意威廉在傍，摇手示意，止霍勿入。

碧梨适回顾见之，心乃大诧，明知威廉举动诡异，其中必有奸谋，为先发制人计，乃嘱蓝翰德及庄丁，将威廉等严密监视，勿令逸去。

威廉大怒，突与庄丁扭殴。浮尔丘及党人，亦纷起暴动。一时场上大乱。

碧梨与浮纳乘纷乱之时，奔入屋中，见左阿奶祖孙，果被缚于室隅之椅上。浮纳出小刀一，将两人身上之绳索，一一割断。

左阿奶既得释，急将口中所塞之棉絮吐出，颠声呼曰："速……速遁……炸药……速遁……速遁！"呼已，立曳碧梨及浮纳之臂，自后门逃出。左斯亦仓皇从其后。

奔十余武，但闻轰然一声，石破天惊，烟焰迷漫，沙砾横飞，板屋数椽，瞥时炸为平地。碧梨等四人，幸疾驰数武，相距较远，未遭殃及，亦云幸矣。

碧梨等既脱险，乃绕道至败屋之前，见霍斯德等，亦均无恙，盗党两人，已为庄丁所捕获，心乃大慰。

惟威廉及盗魁浮尔丘，踪迹杳如，不知所往。众人相顾诧怪，四出搜寻，久之，始得之于败屋之下。两人断头折足，血肉狼藉，身负重伤，气绝久矣。

盖炸药爆裂之时，其势非常猛烈，当时两人与庄丁斗，力不能敌，适退至屋檐之下，訇然一声，遂为炸药所轰毙。孽由自作，害人者转以自害。

碧梨等见之，靡不欷歔叹息。巨憝既死，诸事大定，略一徘徊，乃相率驱车而归。

碧梨返爱立华城，仍寓居于霍斯德家。霍斯德为招梅诺夫至，即以浮纳及蓝翰德为证人，证明碧梨确系马氏之嫡嗣。梅诺夫此时，始知曩日受威廉之愚，深抱歉忱，当将马氏之遗产，悉数点交碧梨，以释其责。

至于爱吉荔支去之十万金，已为失魂井油矿公司之开办费，今公司亦归碧梨所有，故无庸追究。

爱吉荔母女，以遗产得而复失，深为懊丧，心虽妒甚，卒亦无如碧梨何也。

碧梨以失魂井油矿公司，创办之始，不可无人管理，即请霍斯德为公司总理，而以浮纳及蓝翰德，分董其事，俾得继续开采，三人咸欣然允诺。碧梨并命将公司股份五分之一，归之左阿奶祖孙，以酬其劳。

布置既定，浮纳乃请于碧梨，谓曩日所订之婚约，当继续有效。此时霍夫人及爱吉荔，亦不敢复持异议。

碧梨知浮纳之爱己，良出至诚，乃慨然诺之。浮纳大喜，遂将订婚之约指，仍为碧梨戴之指上。碧梨与浮纳约，结婚嘉礼，须在历买锡村之绿树居举行，浮纳亦诺之。

越日，碧梨遂向浮纳及霍斯德告辞，偕同绿树居司事康顿，驱车归历买锡村。

碧梨既归之一星期，即以函招浮纳。翌日，得浮纳之复书，急展阅之，词曰：

碧梨吾爱鉴：

别一星期，遥遥如一岁矣。书来，猥蒙见招，欣慰莫名。余当于星期四午后一时，抵历买锡村，卿其迟余于车站之间可也。

浮纳上

碧梨阅已，嫣然一笑，立遣人招乡团团长兰姆至，与之密语良久。兰姆频频颔首，含笑而出。

翌日，即星期四矣。

浮纳自爱立华城乘火车，驰往历买锡村。距村数里，突有盗党一大队，自道傍森林之内，跃马而出，横列轨道中，开枪一排，胁令火车停止。

司机者大骇，急止其车，不敢复前。一时车中乘客，闻有盗至，纷纷窜匿，秩序大乱。

群盗持枪登车，财物衣饰，一物无所取，但将浮纳自车上拽下，挟之而去。

浮纳谛视群盗，不觉大诧。盖盗之头上，各戴有鸦羽之冠一，下蒙其面，狰狞可怖，察其状，固赫然乌鸦党也。盗以白布蒙浮纳之目，迫令上马，拥之而行。

浮纳在马上，默念："乌鸦党大队，早为乡团所捕，囚之狱中，安得复有余党，横行于此？讵守者不慎，若辈乃越狱而逃出耶？"正狐疑间，觉马忽止步不前，盗党拽之下骑，去其蒙目之巾。

浮纳纵目四顾，则在一广场之上，乌鸦党十余人，围立其四周。

一盗昂然而前，拍其肩，大声曰："浮纳，汝今入我党之手矣。我首领浮尔丘，为汝所害，今我党获汝，将为首领复仇。汝若畏死者，速为乞怜之词，我哀汝，或且释汝。"

浮纳大怒曰："杀我！杀我！我固大丈夫，安能向汝鼠辈乞怜？"

盗颔之曰："壮哉！真好男子，我党服汝矣。"言已，忽招一少年党人趋前，含笑曰："浮纳君试视之，彼为何人，君亦识之乎？"

盗言已，少年党人忽去其蒙面之羽冠，挺身卓立，视浮纳而笑。

浮纳谛视其面，瞪目大诧，不觉失声呼曰："碧梨……"

碧梨乃一跃而前，抱浮纳于怀，拥而吻之，欢呼曰："浮纳我爱，君勿骇！我戏君耳。"

其时群盗亦各去其蒙面之冠，拊掌大笑。群盗非他，盖兰姆及众乡团所改扮者也。

浮纳惊魂乍定，愕眙不作一言。于是众乡团鼓掌如雷，疾拥浮纳入绿树居。

肆中大厅，陈设辉煌，奇丽夺目。霍斯德夫妇及梅诺夫、蓝翰德等，已密应碧梨之招，先浮纳而至。男女嘉宾，跻跄一堂。浮纳见之，迷离惝恍，几自疑身入梦中。

其时肆中侍者，乃邀浮纳入别室，为易吉服，导之至厅上；而碧梨亦易华美夺目之结婚礼服，由众女宾拥之而出。

五分钟后，浮纳与碧梨，乃在众宾欢呼声中，结为百年好合之夫妇矣。

（下）

陆澹盦侦探影戏小说集

陆澹盦 著

战玉冰 编

上海人民出版社

老虎党

版本说明

　　该小说整理依据的底本为《老虎党》（上、下两册），上海世界书局印刷、发行，1924 年 3 月四版。

序

　　影戏为社会教育之一，感人綦速，而中人至深。欧美诸邦风行已久，吾国则尚在萌蘖时代，作品甚鲜，则不得不求之舶来诸片，以供笑乐。

　　侦探、滑稽数种，尤为群众所欢迎，顾片中无中文说明书，观者对之往往瞠目莫解，辄引以为憾。

　　吾友陆子澹盦，以善译影戏小说鸣于时，如《毒手》《黑衣盗》《红手套》《德国大秘密》诸书，一编出世，万户争传，诚爱观影戏者之南针也。

　　近复以《老虎党》译稿见示，余读而喜曰："子以生花妙笔，写电炬中人，虽离奇僄异，胥得跃然纸上，一一神似，抑何隽妙乃尔！子因影戏而传，影戏亦得君而益彰，其奇趣矣！"

　　盍仍梓以行世，俾公同好沈君知方，闻而索付铅椠，书成有日，嘱余为序，因志数语以弁焉。

民国十一年壬戌闰五月

施济群稿于世界书局《红》杂志编辑所

第一章　车中遇艳

时为一千九百十七年之秋，八月某日晨，天高气清，风和日暖，忽有汽车一辆，自美洲东部驶来，汽笛呜呜，机闻轧轧，星驰电掣，其捷若飞。

车中乘客颇多，惟头等座中，略觉舒适。此时乘客所注目者，咸在一美丽绝伦之女郎。

女郎年二十许，服装朴而洁，丰神绰约，态仪淑穆，妍姿美质，明慧若仙，时方端坐于头等座之第三行，手小说一册读之，时复回首视窗外，微嘘其气，一似长途寡侣，乃深恨其孤寂之无味者。

女郎座后，坐一英俊潇洒之少年。少年年与女郎相若，貌甚翩翩，短小精悍，眉宇间饶有英气。自女郎上车后，少年获瞻丰采，深惊其艳，默坐车中，目炯炯视女郎。勿已，苦于无从通款曲，深以为憾。

久之，女郎置书座侧，自手箧中取一小镜出，理其云鬟。少年微伸其颈，目光出女郎之肩上，注视镜中。女郎忽见其倩影之后，突现一状貌翩翩之少年，视己而笑，心乃大诧，继始察为后座之客，相视久之，不觉亦嫣然而笑。

少年自镜中见之，乐乃无艺，会女郎以肘触座侧之书，书坠于地，少年疾趋而前，将书拾起，奉之女郎。女郎含笑谢之，少年乘机逗与语，由是得通款曲。

两人互询姓氏，一见如故，情性相恰，谭笑甚欢，旅行有伴，乃不复知长途岑寂之苦矣。

女郎名芘丽，麦来尔省人也，自幼失恃，育于保姆。年七龄，其父鲍特，复卒于东印度。时女已负笈入女校读，会有加利福尼亚省之富翁名戈登者，驰书告女，自承为女父之好友，曾于女父临终时，受有遗嘱，属为女之保护人云云。

自是以后，芘丽一切费用，悉由戈登担任，按月汇寄，未尝间缺，女心甚感之。然女之足迹，从未一履戈登之堂，而彼保护人戈登者，亦以东西暌隔，迢遥千里，固未尝与芘丽一谋面也。

是岁之夏，芘丽卒业于专门学校，驰书告戈登。忽接戈登来电，促其来家一叙。女复电允之，摒挡既竟，遂乘火车西行，不意适与彼少年机师名杰克者，邂逅车中，互相爱好。

杰克精机械学，办理矿务，亦有经验。其为人强毅果决，英俊不群，性复任侠，勇敢善斗，不畏强御。会女之保护人戈登，开一银矿于加利福尼亚省之爱恩特山，产银綦富，发达异常。戈登闻杰克之名，以厚币聘之，请为工程师之领袖。杰克诺之，因即日束装就道，乘火车往银矿就职，乃不图与密司芘丽遇，遂生恋爱。天缘之预蒂耶？人事之巧合耶？冥冥之中，诚有不可思议者矣。

银矿主戈登者，加利福尼亚省之富家翁也，居萨路高镇，少亦窭人子，尝乘舟为汗漫游，东至亚洲印度，继乃流寓至萨路高镇，招集资本，经营矿业，十数年来，以矿产之发达，遂成巨富。然其人性奸猾，阴贼险狠，恣肆暴戾，一嗜利无义之小人也。妻早亡，仅遗一子，名加斯褒，年可二十许，性尤佻达，与乃翁相若。

当芘丽与杰克抵镇之日，加斯褒晨起，方与其侍女名喜达者，谑浪调笑，状殊狎昵。忽闻履声橐橐，自外而至，则其父戈登也。喜达见戈登入，急闪身而出。

戈登谓加斯褒曰："顷余得电报，芘丽与杰克，同乘麦来尔省之火车来，当以今午抵此，汝可亲驾汽车，往车站迓之。因芘丽此来，与汝殊有关系也。"

加斯褒唯唯，整冠欲出，忽闻拍然一声，一短匕首自户外飞入，着于对面之壁上，锋刃犀利，晶莹夺目。

刃上插有白纸一方，戈登父子见此，相顾失色，急将利刃拔下，飞步出视，但见室外静谧如故，阒无人在，惟对户之窗，忽已洞开，一似此奇怪之利刃，乃来自窗外者。

戈登错愕之余，急取刃上白纸阅之。纸上有字两行，为一意存恫吓之警告书，其辞曰：

戈登鉴：

　　神像及合同，请即日交出！若违吾言，今晚必取汝命。先此警告，汝其慎之！

虎面客上

戈登阅已，骇乃愈甚。加斯褒问曰："函中所云神像及合同，究系何物？儿殊不解，阿父能告余乎？"

戈登颔之，乃引之入藏书室，步至一书橱之侧，按其机，书橱向右转动，其后忽现一玻璃之壁橱。戈登启其门，自橱中出虎像，以示加斯褒。

加斯褒接阅之，见虎像以金质铸成，大仅盈握，雕镂甚工，状极威武，两目嵌以红宝石，莹然有奇光。阅已，还之戈登。

戈登曰："此即彼之所谓神像也。余于此物，曩以生命易得，十余年来，恃以致富，余安忍舍之？"复自橱中出小皮箧一，箧中藏旧纸一条，出以示加斯褒曰："此即合同也。合同共分三纸，此为三纸之一。之二物者，与我父子二人，关系殊巨，我侪当誓死保守，勿令失去。汝其识之。"言已，复将合同及金质之虎，藏之橱内，扃钥如故，然后相偕出室。

加斯褒见壁上时计，已指十一时半，乃驱车往火车站。

我今将折笔以叙老虎党矣。

亚洲印度之东部，有所谓拜虎教者，其教以虎为大神，敬礼备至，牛鬼蛇神，实半开化民族之风尚也。

戈登之开银矿也，其所雇印度工人，数以万计，有拜虎教徒数人，亦溷迹其中，设秘密机关于废矿，矿中置有虎桦，捕得猛虎一头，梏之桦中，饲以牛羊，奉为神明。

教中首领名萨隆加，为人强毅狡狯，颇能统率其众，教中之人，靡不敬而畏之。蒲鲁者，本萨路高镇之大盗，徒党甚众，慓悍善斗，萨隆加诱之以利，倚为臂助。

戈登家之侍女喜达，艳而荡，素与蒲鲁有私，因阴为蒲助。戈登所见恫吓之函，即喜达为之掷入者也。函中具名之虎面客，本系白种人，为印人所掳，镂其面为虎纹，狰狞可怖，迫令为教中供奔走。虎面畏其势，故奉令维谨。

是日晨，萨隆加率众祷告毕，召虎面至其前，问曰："汝之合同安在？速以示余。"

虎面唯唯，即出合同示萨，萨曰："汝尝谓合同有三份，汝与戈登及芘丽，各执其一。此言信乎？"

虎面客颔之曰："确也。"

萨喜曰："然则芘丽此来，于我党殊有利益，余已遣蒲鲁携警告书往，今当返矣。"正言间，忽闻马蹄得得，自远而来，继以剥啄之声，萨跃起曰："蒲鲁至矣。"

语未毕，蒲鲁已入，复命曰："警告书已命喜达掷入，顷据喜达告我，彼女郎芘丽者，当以今日午刻抵此，请速为计。"

萨闻言，略一踌躇，即欣然谓蒲曰："芘丽既来，切不可令与戈登遇，汝可伪为戈登之庄丁，驾马车一辆，速往车站，俟芘丽下车后，设计诱之登车，挟以来此。并可预遣汝党数人，伏于车站之左右，万一被其识破，可以武力胁迫，强之就道。芘丽孑然一人，断难抗拒，为事当易易耳。"蒲鲁唯唯，乃匆匆而去。

钟鸣十二时，火车之自麦来尔来者，乃抵萨路高镇车站矣。芘丽与杰克，厕于众乘客之中，相继下车，步入车站。

时盗魁蒲鲁，已驾车先在，遥见芘丽至，即自车沿跃下，迎入车站之中，脱帽为礼，含笑曰："女士即密斯芘丽耶？"

芘丽讶曰："然。君何以知之？"

蒲鲁曰："余主人戈登，待密斯久矣，特遣余驾车来迎。密司速随余归，以慰余主之渴望。"

芘丽大喜，乃与杰克握手为别，随蒲鲁出车站，跃登马车，将手中所携之皮箧，置之车后。

此时忽有短衣窄袖者四五人，貌甚狰狞，各跨一骑，往来车傍，目灼灼视芘丽弗已。芘丽素机警，心乃大疑，又见此自称庄丁之蒲鲁，貌亦凶恶，间与骑士作目语，状殊诡秘。芘丽愈疑，乃取手箧挈之，自车上跃下。

蒲鲁愕然，急趋前沮之曰："密司何往？"

芘丽曰："余当独行见戈君，不必伴送也。"

蒲鲁知事泄，色乃陡变，突起捉芘丽之两臂，强之登车。芘丽大骇，极力撑拒，然终匪蒲鲁之敌。

正危急间，忽有一美少年自车站出，距跃而前，瞋目大呼，直奔蒲鲁。

蒲鲁愕然，急释芘丽与少年斗。少年奋臂捉蒲鲁之肩，提而力掷之。蒲鲁出不意，颠仆丈外，卧地不能起。

芘丽大喜，回顾少年，盖即车中邂逅相遇之机师杰克是也。

杰克与芘丽别后，适因他事尚留站中，忽遥见芘丽与人扭斗，心乃大骇，因飞奔出援，将蒲鲁打倒。

其时蒲鲁之党，见而怒甚，咸飞身下马，围攻杰克。一人就马上取手枪出，向杰克开放。杰克躲闪灵捷，未为所中，乃排众直前，一跃握其人之臂，用力曳之。其人不能胜，颠于马下。杰克俯夺其人之手枪，向群盗开放。群盗相顾大骇，抱头逸去。蒲鲁亦跃起而遁，狼奔豕突，瞬已四散。

杰克即亦不追，趋至芘丽之前，慰之曰："鼠辈横行，密司受惊矣。"

芘丽惊魂甫定，即握杰克之臂，深致谢忱。

此时忽见一汽车疾驰而来，至车站之左，戛然而止。一少年自车上跃下，趋至芘丽之前，脱帽曰："女士即密司芘丽耶？"

芘丽颔之，少年曰："余名加斯褒，家君待密司久矣，特遣余迓密司，请密司速过余家。"

芘丽曰："辱承相邀，感激奚如。特余所不解者，顷有匪徒多人，突来袭击，据云系令尊所使，此何意也？"

加斯褒惊曰："此事我父子实不知之，谅系匪徒所伪托，幸密司察之。"言已，复与杰克握手，互通姓名，知即矿中所聘之工程师，乃邀之同归。

杰克颔之，三人乃相率登汽车，驱车而返。

第二章　黑夜密谈

是夕晚餐后，戈登与芘丽同坐会客室，闲谈往事。

芘丽致谢辞曰："丈以高义，怜及孤女，十余年来，屡蒙庇护，私衷感激，莫可言宣，但恨无以报大德耳。"

戈登闻言，意甚自得，取雪茄狂吸之，浓烟缭绕，几蔽其面。吸已，故作沉挚之音，含笑而言曰："余受令尊临终之托，讵敢相负？特令尊当时，曾有言曰：'余死之后，余女芘丽，请君保护，俟其长大，即以配令郎加斯褒，君其勿却！'余聆其言，挥涕应允。今加斯褒及密司，已当婚嫁之年，令尊遗命，可以履行。余故招密司来，面议此事，不识密司之意何如？"

戈登言已，芘丽愕然失色，急起立反对曰："余年尚幼，婚姻大事，可从缓议，请丈勿言！丈其恕余。"

芘丽言出，戈登大为失望，默然无语，状殊怏怏。

芘丽俯首欲出，而加斯褒忽徐步入，含笑执芘丽手，与之寒暄。时戈登色亦渐霁，若无事然，三人遂坐而闲谈。

加斯褒曲意媚芘丽，欲得其欢心，而芘丽视之殊疏，徒虚与周旋而已。

稍停，忽闻户外侍者，与一人争辩，其声甚厉。三人闻而愕诧，欲出室视之，而室门斗辟，突有一不速之客，昂然入室。

客年五十许，面色苍黑，状甚壮健，手携皮箧一，含笑至戈登之前，脱帽曰："戈登君不余识耶？君今富矣，犹忆故人否？"

戈登谛视之，色乃立变，察其意，若甚厌见此人者，忿然曰："包澜君耶？君来此何为？"

包不答，但顾谓芘丽曰："密司即芘丽耶？"

芘丽不审其人，但颔之曰："然。"

包曰："余与令尊鲍特君，亦系至交。时密斯尚幼，当不识余矣。"言已，展辅而笑。

芘丽大讶，不能作答，但瞠视而已。

包回顾壁上，见一彩色之画，画中为商船一艘，驶于重洋巨浸之中，冲波逐浪，情景逼真。包指谓戈登曰："此即奇纳尔皇后号（**船名**）耶？十数年前之事，君尚忆之否？"

戈闻言不答，但频蹙其额，顾谓芘丽曰："余与包君，有要事密谈，密司能恕余乎？"

芘丽唯唯，即偕加斯褒退入隔室。

戈登见芘丽出，厉声曰："君此来何意，能告余否？"

包正色曰："余受鲍特君之托，不忍负之，今闻密司芘丽在此，欲以其父之合同，如约归之耳。"言已，即自囊中出小皮箧，复由箧中出碎纸一条，以示戈登。

戈登大忿，伸手欲夺之，包急藏之箧中，微哂曰："君欲以武力夺此耶？余亦非怯弱者流，君勿妄想！余实告君，君若能以善价购此纸，则余纵负友，亦所不惜，此纸固不难归君掌握也。"

戈闻言沉思片刻，色乃稍霁，立允以重资购此纸，请包澜在此稍待。包颔之，戈乃匆匆入内室而去。

戈登既去，包忽启门入隔室。时芘丽与杰克，正坐而对弈，加斯褒负手观其傍。一局方终，胜负未判。芘丽深誉杰克弈术之精，杰克谦抑不遑。加斯褒在傍，心乃大妒，跃跃欲试，自请与杰克对弈。杰克许之，芘丽乃起立让加斯褒。

包澜乘此间隙，急招芘丽至外室，低声曰："余与令尊为至交，受彼重托，十余年矣，今日方可释责，愿密司之信余也。"

芘丽闻言，茫然不解其意，包续曰："戈登者，无赖小人也，彼将不利于密司，密司切勿信之。今密司之处境，非常危险，余今不能与密司多谈，密司若信余，请于今夜十二时，暗来此室，勿为他人所知。余当以此中颠末，详告密司，于密司殊有利益，幸勿失约，至嘱至嘱！"语才已，戈登已昂然入，芘丽仍退入邻室。

戈登出纸币千圆，纳之包澜之手，包澜即自囊中出小皮箧，付之戈登，戈登大悦。包以为时已晚，请借宿一宵，戈登许之，命侍者导之去。

包澜已出，戈登即自箧中出纸条，就灯下观之，不料箧中所藏者，乃白纸一条，反复审视，并无一字。戈登始知为包澜所欺，勃然大怒，握拳透爪，切齿不已，初意欲往包澜之卧室，直斥其妄，继念事若张扬，于己益有不利，不如暂忍须臾，设法报复。一念及此，杀人之心，勃然而生，沉吟良久，忽得一计，遂匆匆入内室，预备一切。

更漏既沉，万籁俱寂。戈登家之会客室内，忽有黑影一，倏然闪入，摸索而前，状殊诡秘，则屋主人戈登也。

戈服窄袖之黑衣，以黑纱蒙其面，手持电线一卷，步至写字台侧。台上有铜座电灯一具，座有铜干，高可尺许。

戈以电线系其上，线之一端，则通入电器机关。启其机，则电流自线上过，传入灯座。人若不知，误握铜干，则一刹那间，当触电而死。布置既竟，欣然自得。

时壁上时计，已铿铿报十二时。忽闻有长裙窸窣声，自远而至，戈急退入室隅，屏息潜伏，不敢稍动，窃窥来者，果女郎芘丽也。

芘丽入会客室，包澜亦至。包澜一见芘丽，即曳之至写字台侧，同坐一沙发之上，低声曰："密司能信余，如约来此，余心甚喜。然于密司己身，亦大有利益也。"

芘丽曰："君有何事语余，请即见告！"

包叹曰："此事甚长，非一语可毕，今余当详细为密司述之。"言已，即将十余年前之逸事，缕层细述。芘丽则默坐而听之。

包澜之言曰："余生于佛尼亚省，少习航海术，为奇纳尔皇后号之船主。十四年前之某月，余舟开往东印度，忽有搭客三人，来附余舟。三人者，一名彼得，一名戈登，一即汝父鲍特也。汝父与余为老友，即彼得与戈，亦尝有一面识。当时三人皆贫困，郁郁不得志，因相约为汗漫游，探险他乡，冀有所获。因屡闻人云：东印度多奇珍瑰宝，得其一二，往往致巨富。适余舟开往东印度，因附搭以往。其时三人志同道合，颇称莫逆，余于暇时，亦时就三人闲谈。长途有伴，殊不患寂寞也。舟抵印度之前数日，彼三人者，忽立一异常紧要之合同。其时余独在傍，为三人之证人，故合同内容，余知之甚稔。今请将合同中文字，约略为密司诵之，其辞云：'立合同人戈登、彼得、鲍特，今因志同道合，结伴往东印度探险，嗣后无论何人，探得何项利益，均须三股分派，不得一人独享。倘三人中或有不测，则其应得之利益，归其子女承袭。此系三人秉公议定，决不食言，恐口无凭，立此合同存照。'

"以下即由三人签名，并附注小字一行云：此合同一纸，分为三份，每人各执一份，以为异日凭证云云。三人签名讫，即撕为三纸，每人各取其一，藏之怀中。越日，舟抵印度，至一拜虎教部落，三人相率登岸。汝父于登岸之前，忽招余至僻静之处，以合同授余，黯然曰：'余与君相识多年，知君诚笃可恃，敢以一事相托。余闻此间土人，凶悍异常，我侪登岸后，吉凶莫测，此合同一纸，颇为紧要，烦君代为收藏。余万一遭不测，客死异乡，余有一女名芘丽，俟其长成，君可以此纸归之，则君之大德，没齿不忘矣。'余当时受汝父之托，义不容辞，慨然诺之，将合同什袭收藏。汝父大喜，乃与余握手为别，随戈登等登岸而去。孰知此次分袂，乃真为最后之决别也。"

包澜言至此，徐纾其气，语乃暂止。芘丽闻之，不自知其怆然泣下也。

第三章　灯前冤鬼

包澜续言曰："三人登岸后一星期，我船将启碇回美，戈登忽荡小舟而至，状甚狼狈，面色惨白，鲜血殷殷垂臂上。既登余舟，手提小皮箧一，仓皇入卧室，置箧于案，颓然就坐，气咻然，似将不属。余命人取白兰地饮之，休息片刻，神色稍定。时余正启视其案上之小皮箧，见箧中藏有金质虎像一具，刻镂甚工，虎目以宝石嵌之，闪烁有光。余方握而观之，为戈登所见，戈登大惊若狂，立自椅上跃起，飞步而前，将余手中之虎像夺回，瞠目视余，状殊可怖，颤声曰：'此……此……此物……余以性命博得，孰敢夺余者，余誓碎其颅！'余笑而慰之，戈登惊魂稍定，仍将虎像藏之箧中。余问彼得、鲍特二人，何不同返，戈登黯然曰：'彼二人因此虎像之故，为印人所戕杀矣。'

"余惊问其故，戈登曰：'我侪登岸后，连日往各处瞻览，今晨游拜虎教教堂，见堂中供有金质虎像一具，为希世之宝，价值连城，我三人乃将虎像攫得，挟之而遁。不料事机不密，为主教所知，遂率其教徒数十人，持械来追。余等大骇，望海滨而逃。将近海滨，教徒追至，与我侪相距不远。印人素精飞刀之术，纷纷以利刃掷我，彼得、鲍特，相继中刃而仆，一刃自余肩际过，余幸躲闪灵捷，虽受微伤，尚无大碍，乃舍命狂奔，自高崖之上，跃入海滨。当时有教徒两人，接踵追下，余奋身力斗，将两人击杀，始得脱身而逸。差幸余等所乘之小舟，尚在海边，余乃跃入舟中，驾之至此。此余友被害之大略情形也。'

"余闻鲍特、彼得被戕，哀悼殊甚，乃将汝父之合同，什袭珍藏。舟返故国，戈登流转至西美，以开矿起家，顿成巨富。然因合同之关系，其所有产业，当与密司及彼得之后裔，三股均分，以践约言。余则十余年来，往来海上，足迹未至东美。故汝父之合同，至今尚留余处，心常耿耿，不安殊甚。今余以事来此，适闻密司亦在，爰欲将合同付之密司，以释余负。不意戈登嗜利忘义，欲以重金贿余，购此合同，独吞矿产。余虽贫，亦卓荦丈夫，岂肯负死友之托，贻良心之歉疚乎？顷乃有意戏戈登，以白纸一方，骗得千金。戈登虽怒余，当亦无如余何。余今当将汝父之合同，还之密司。第密司当知戈登之为人，决不可恃，务宜速自为计，幸勿堕其彀中。余之所能告密司者，如是而已。"

包澜言已，即自怀中出碎纸一条，授之芘丽。芘丽接而欲阅之，包乃起立至写字台侧，伸手握电灯之铜干，欲揿其机启之，不料铜干之上，通有电流，手方触干，电火一倏，轰然发光。

包澜突触电流，颓然仆地，芘丽见而大骇，飞步至室隅，揿电灯总机关闭之。电火既熄，趋视包澜，则僵卧地上，气绝久矣。芘丽目睹惨变，心乃大戚，惶急不知所措。

正踌躇间，戈登忽自室隅跃出，超距而前，欲夺芘丽手中之合同。芘丽益骇，欲呼而口不能发声，乃直趋户侧，拟夺门而出。戈登张两臂拦阻之，芘丽不得出，则绕室而走，戈登跳跃逐其后。

相持久之，芘丽攫得一花瓶，向戈力掷。戈出不意，躲闪不及，适中头上。瓶碎，戈乃立仆，晕绝于地。

芘丽惊魂稍定，欲启室隅小门而逸，行近门侧，门忽洞辟，一人矗立门外，视芘丽作狞笑，面上斑斓作虎纹，厥状如鬼，狰狞可怖，盖即拜虎教中之虎面客也。

芘丽骤睹虎面，疑为鬼魅，瞪目大骇，战栗不已。虎面腾跃入室，欲夺芘丽手中之合同。芘丽奋力与抗，扭殴久之，为虎面所执，力挣不得脱。虎面欲扼芘丽之吭，芘丽乘势啮其指，虎面痛极大吼。

此时阖宅之人，如杰克、加斯褒等，咸闻声下楼。虎面闻足声杂沓，知有人至，急推开芘丽，仍由小门逸去。

当芘丽与虎面猛斗时，戈登渐苏，乘间逸出，将蒙面之黑纱拉去，取外褂一袭，披之而入。

虎面既逸，杰克等相继入会客室，戈登亦伪为仓皇急遽之状接踵而至，叱问何事。众见船主包澜，倒毙写字台侧，芘丽面色惨白，坌息立室隅，相顾骇然，莫明其故。

芘丽急将所遇之情形，约略述之，惟将合同藏入囊中，秘而不宣。

众闻芘丽言，咸不解其故，戈登独发言曰："以余思之，包澜之死，必拜虎教健将虎面客所为。余于今晨，曾接其警告之函，词甚激烈，初意以为恫吓之故技，一笑置之，万不料其竟实行也。"言已，即自囊中出虎面之函，以示芘丽。

芘丽接阅之，见"神像"二字之下，涂去三字，不知何意，心殊疑之，然亦不言，即以函示杰克。

杰克阅毕，问戈登曰："函中所云神像者，究系何物？"

戈登蹙额曰："一金质之虎像耳。此物余以千辛万苦，得之于印度之拜虎教，不图教徒大忿，跋涉重洋，追踪来此，竟欲得余而甘心，今晨乃以此恫吓之函，掷置余家。余思余之处境，殊危险也。今密司等可在此稍待，余当将此奇怪之虎像，出示君等，以资研究。"

芘丽等固欲一睹虎像，亟诺之。戈登乃独自持灯往藏书室，少顷，携虎像而至，以示芘丽及杰克。二人阅已，置之案上。

戈登曰："此物之奇怪而可贵者，厥在两目所嵌之宝石。盖此种宝石，倘与镭 [①] 质接近，即能发出一种极强之光线。镭质者，世界最可宝之矿物质也，其质可于银矿之中，提炼得之。故山石中之有镭质者，其下必有银矿，班班可据，历试不爽。余既得虎像而归，闻此间多银矿，因携虎像来此，每夕深夜，则持虎像行丛山中，遇虎目发光之处，即知其下有银矿，默识其地而归。越日，雇工开采，百不失一。纹银之矿，操券可得，而矿苗之中又可炼得镭质，以博厚利。此余之所以成巨富也。要之此奇异之虎像，我侪得之，固可立致巨富，而印人得之，实属毫无所用。乃印人竟不远万里，率众来此，必欲得此物而甘心，殊可恨也。"

戈登述已，两人默不置一词。芘丽乘戈他顾，暗牵杰克之衣，低声曰："余有要事语君，少顷君自此间出，请遇余于楼梯之后。"杰克颔之。

已而杰克先行，芘丽亦辞戈登出。至楼梯之后，见杰克已先在，芘丽乃将包澜之言，告之杰克。

杰克曰："然则戈登殊奸险，恐将不利于密司，密司不可不防。且我观戈登之神情，颇有可疑，今晚之事，或与戈登有关。愿密司稍留意焉，合同亦宜善藏，毋为他人所得。余与密司，虽属初交，辱承见信，密司倘有疑难，尽可与余商议，余当有以助密司也。"芘丽谢之，乃握手道晚安而散。

---

① 镭：化学元素"镭"的旧译。

翌日晨，芘丽与加斯褒同往矿中参观，参观毕，并辔而返，行里许，度一深林，忽见左侧林中，拥出印度骑士一队，其为首一骑，扬臂而大呼者，则虎面客也。虎面之左，别有一印人，貌尤凶悍，指挥骑士，如首领然。

芘丽与加斯褒见之，咸大骇失色。加斯褒回马而驰，仍由故道遁去；芘丽马不及旋，乃纵辔狂奔。主教萨隆加急率蒲鲁、虎面等多人，纵马逐其后。

芘丽急不择路，信马所至，驰数里，至一森林，林中有大树一，粗可合抱。树有巨枝，横出如桥。芘丽自枝下过，忽生一计，急自马背跃起，纵身握树枝，攀缘树上，以树叶自蔽，屏息不稍动，马则仍疾驰而去。少顷，见印人之骑，一一自枝下过，不知芘丽乃在树上，皆扬鞭追去。

大队已逝，芘丽窃自欣幸，以为危险已过，意欲纵身跃下，不料另有一盗党，以马劣落大队之后，此时适自树傍过，仰首见芘丽，惊而大呼。芘丽骇甚，急自树上跃下，欲觅道而逸，盗党下马拦阻之。芘丽不得行，忿甚，遂与盗斗。

盘旋片刻，芘丽奋全力推盗，盗出不意，踬而仆，头触石上，晕绝于地，芘丽乃飞奔而逸。

此时大队印人，因追寻不获，缓辔而返，至树侧，瞥见盗党仰卧地上，惊且诧，急下马扶之起。盗苏，谓芘丽逸去不远，追犹可及，众乃上马追之。

其时芘丽逃至一崭岩之背，回顾背后，追者且至，前临深谷，无路可遁，乃急将藏有合同之小皮箧，纳之一石穴之中，以小石蔽之。

藏已，印人已至，萨与虎面先下，欲捕芘丽，芘丽以马鞭自卫。萨大怒，腾身而进，夺其鞭，掷之地上。印人一拥而上，芘丽遂为所执。

萨大喜，命反接芘丽之手，挟之上马，奏凯而归。

既至窟中，萨命释芘丽之缚，狞笑曰："汝父有合同一纸，速以与余；不然，余将杀汝。"

女怒曰："何物合同？余实不知。"

萨不信，命搜其囊中，果无所得。萨怒，恫吓百端，女不为动，萨乃命挟芘丽往虎柙。

柙在窟中幽僻之处，以铁干为栅，栅分内外二层：内栅有小门一，门系巨纮，直通柙外，曳其绳，门乃徐辟；外栅亦有一户，平时以巨锁键之。内外二栅之间，相隔可丈许，中有巨石三，每日饲虎时，辄置牛羊肉于石，放虎出食之。

当时芘丽被挟至柙外，萨命启外栅之户，推芘丽入内。

虎面起而反对，萨怒曰："汝之生命，尚在余之掌握，胡得多言！"

虎面畏其凶，不敢复言。萨乃将芘丽推入外栅，闭而栓之，然后命司柙者曳柙傍之绳。绳动，内栅之户渐启，柙中之虎，乃徐徐自内栅出。

噫！数分钟后，此可怜之芘丽，势将膏猛虎之馋吻矣。呜呼危哉！

第四章　崭崖大战

初，芘丽与加斯褒自矿中出，并辔而旋，自矿务局之窗下驰过。

时工程师杰克，适独坐窗前，绘一机械之图样，瞥见芘丽与加斯褒偕，疑虑殊甚，以为戈登父子，决匪善类，芘丽与之同行，得勿被其毒害耶？一念及此，忐忑不宁，乃辍其所作，启户而出，跨马往追之。

驰里许，遥见加斯褒疾驰而来，形色仓皇，似受有剧惊者。杰克益疑，急问曰："密司芘丽安在？速以语余。"

加颠声曰："余与密司芘丽同归，行至爱恩特山麓，不料彼拜虎教人，预纠盗党，狙伏以待，俟余等至，突出截击。余以众寡不敌，突围而出，舍命逃回，芘丽谅为印人所虏去矣。奈何？"

语未毕，杰克大骇，不暇复与加语，遂扬鞭挥马，飞驰往救。奔数里，至爱恩特山之西巅，环瞩山麓，静谧异常，杳无所睹。正踌躇间，瞥见山左林中，有骏马一头，方俯而啮草，奔视之，果芘丽之骑也，知芘丽被袭之地，谅距此不远，乃伸手握马缰，曳之偕行，沿途搜觅，务获芘丽之踪迹。

寻久之，至一崭崖，杰克系马于树，下骑察视，不料崖上土极松软，偶一不慎，失足下坠，旋转而下。坠百余武，幸为一大石所格而上，头面手足，幸未受伤。

杰克蹶然跃起，方欲觅道而上，忽见足傍有一物，拾起视之，则一马鞭也。细视之，辨为芘丽之物，心乃大讶，急回顾四周，见左侧一石隙内，隐约藏有一物，探手得之，则一小皮箧也。启箧视之，中藏合同一，审为芘丽之物。

杰克至是，始知芘丽果为印人所掳，略一沉吟，急将皮箧纳之囊中，觅道登崖，腾身上马，飞驰向萨路高镇而去。

杰克方去，而印人及群盗，乃复挟芘丽至矣。

芘丽之被键于虎柙中也，遥见此斑斓可怖之猛虎，已徐徐自内栅而出，一转瞬间，将肆捕噬，危险之状，匪可言喻。

芘丽见命在呼吸，扬臂哀呼，骇极几晕，急颠声谓萨曰："速释余出！余愿将合同示汝。"

萨大喜，急将芘丽自柙中放出。芘丽既脱虎口，惊魂稍定，萨向之索合同，芘丽曰："余藏于山麓一石隙之中，汝等若与余偕往，俯拾即是，一举手之劳耳。"

萨大喜，乃命虎面与蒲鲁，率盗党多人，挟芘丽同往。

既至其地，相率下马，芘丽取道至崖下，虎面及蒲鲁，追随其后。行至被擒之处，芘丽俯视石隙，不觉大骇变色，失声而呼。盖隙中皮箧，早已不翼而飞去矣。

蒲鲁见合同不得，勃然大怒，直斥芘丽为妄。芘丽虽力辩，蒲殊不信，回顾虎面客，欲设法杀芘丽，以泄此愤。

虎面起与争辩，谓："芘丽一弱女子，杀之不武，我侪之所欲得者，神像而已。神像今在戈登家中，本与芘丽不涉，胡得害之？"蒲见虎面左袒芘丽，怒乃益甚，申申而詈。

此时芘丽木立一傍，自知合同失去，己必无幸，皇遽之余，急欲觅一脱身之法，瞥见蒲鲁腰间，悬有枪囊一，中藏手枪一柄，乃乘其背立不防，伸手窃其枪。蒲鲁方与虎面语，未之觉也。

芘丽既得枪，胆乃斗壮，突以枪指虎面及蒲鲁，大声曰："速举尔臂！不然，余枪发矣。"

两人出不意，相顾失色，急高举两臂，莫敢与抗。芘丽大喜，方欲返身而奔，不料其时有盗党一人，自岩上盘旋而下，绕至芘丽之背后，蹑足而前，突扼芘丽之腕，夺其枪。枪去，虎面及蒲鲁，乃直前捕芘丽，芘丽力不能敌，复为所执。

虎面与蒲鲁商，拟将芘丽带回窟中，复命于主教，使主教判其生死。蒲鲁韪之，乃曳芘丽登崖，正欲挟之上马，忽见爱恩特山之山巅，突来壮士一大队，各跨骏骑，飞驰而下，扬鞭大呼，声振山谷，其势甚盛，锐不可当。为首一少年，貌尤英伟，凛若天神。

芘丽回顾见之，不觉大喜。其人非他，盖即机械师杰克是也。

杰克闻耗而归，招得庄丁十余人，来救芘丽，初意欲觅得印人之巢穴，冒险突入，将芘丽救出。不料行至山麓，适遇虎面及群盗，杰克乃挥众直前，与群盗及印人鏖战。

虎面见杰克至，首起应敌。杰克自马上飞身跃下，直扑虎面。虎面辟易数步，杰克腾身而进，扭虎面殴之，虎面急挥拳格拒。然杰克矫捷异常，素工技击，虎面远匪其敌，相持片刻，即为杰克所击，仰面而仆，訇然一声，坠入深谷之中。

杰克当奋斗时，见虎面之外衣囊中，曾坠下一物，落于草间，至是拾起视之，乃一小皮箧，箧中藏有合同一纸，与芘丽所执者相似。杰克大喜，乃纳之囊中。

此时芘丽正与盗魁蒲鲁猛斗，奋勇相持，力渐不支，杰克乃腾跃而前，扭蒲鲁殴之。时蒲鲁力已垂竭，不复能与杰克斗，盘旋数四，卒被杰克击倒，晕绝于地。

群盗见虎面、蒲鲁皆败，皇急失措，纷纷跃登马背，伏鞍四窜，如鸟兽散。庄丁尚欲追捕，杰克止之。

芘丽趋握杰克之手，深致谢忱。杰克自囊中出小皮箧，还之芘丽，芘丽喜曰："我意此箧已失去矣，乃为君所得耶？"

杰克复出虎面之皮箧，以示芘丽。芘丽接阅之，则其中所藏，亦系合同之一份，喜问："此箧何从而来？"

杰克具告之，芘丽疑曰："虎面客那得有此，殊可怪也！"

杰克曰："以包澜之言论之，则此份合同，当系彼得之物，不识因何乃为虎面所得，良不可解。今合同三份之二，已归密司，诚密司之福也。"

言已，两人愉快异常，乃相率上马，率庄丁而归。

是日午后，戈登父子对坐于会客室中。

戈登状殊邑邑，四顾无人，乃抵掌于案，忿然谓加斯褒曰："余闻彼得之合同，亦为芘丽所得。彼之利，即我家之大害也。今汝可命喜达往招芘丽，邀之来此，余当设法探之。"加斯褒唯唯，疾趋而出。

适遇喜达于户外，加命喜达往邀芘丽，喜达诺而出。

至芘丽卧室之外，推其门，则已内键，俯首就钥孔窥之，则孔后蔽有女冠一，毫无所见，喜达略一沉吟，乃飞步登三层楼。

芘丽卧室之上，为一贮藏杂物之室，室中有楼板一方，可以启闭。喜达奔入此室，潜启楼板，伏而下窥，见芘丽自囊中取合同两纸出，折为极狭之条，藏于一木梳之中。梳之制甚巧，其背有小抽屉一，可以启闭，闭之则绝无痕迹，人若粗视之，不能见也。

喜达既窥得其合同之藏处，心乃大喜，仍将楼板关闭，翩然而下，叩芘丽之门。

芘丽启户出，喜达传述主人之命。芘丽领之，喜达去，芘丽乃姗姗入会客室。

戈登见芘丽至，含笑起迎，状殊足恭，曳椅肃之坐，莞尔曰："余有一事欲询密司，不识密司能告余乎？"

芘丽曰："丈试言之，欲询余者何事？"

戈登曰："余曩有合同三纸，与余之矿务，殊有关系。今余处仅存一纸，颇闻他人传言，其余两纸，已为密司所得，不识此言信乎？"

芘丽闻言骇然，略一踌躇，即故为镇静之状，毅然曰："何物合同？余实不知，愿丈勿轻信浮言。"

戈登曰："然则密司苟知之，能助余否？"

芘丽冷然曰："苟能助丈，敢不尽力？独惜余乃一无所知耳。"言已，告辞而出。

戈登失望之余，心乃大忿，然卒亦无如芘丽何也。

芘丽别戈登出，即往杰克办事之室，以戈登之言告之。

杰克骇曰："我侪之事，戈登何从知之？彼之处心积虑，原欲将合同三纸，悉数攫得，今既知合同在密司处，必且不利于密司。密司其慎之。"

芘丽颦蹙曰："然则奈何？"

杰克曰："密司勿忧，为今之计，我侪当先出奇计，将其所藏之虎像及合同，一并攫得，然后持合同至律师处，要求与戈登析产，则彼虽狡狯，恐亦无从推诿矣。"

芘丽曰："君言固善，然欲攫得其虎像及合同，殊匪易也。"

杰克沉思片刻，忽拍案喜曰："得之矣。余知虎像及合同，均藏于藏书室中，惟未知在室中何处而已。今余有一策于此，戈登不尝示我侪乎？彼虎像双目之宝石，一近铫质，即发奇光，无论何种坚质，不能掩蔽。此间办事室中，亦有铫质一小匣，今晚余当怀之入藏书室，环行室中一周，则藏有虎像之处，必发奇光，然后攫而得之，为事殊易易耳。"

芘丽大喜，请于晚间同往。杰克诺之，乃订约而别。

第五章　夜窃金虎

夜色沉沉，万籁俱寂。壁上时计，正铿铿鸣十二时。

此时忽有黑影幢幢，出现于戈登家之藏书室中，蹑足而行，状殊诡秘，则芘丽与杰克是也。

杰克手执小匣一，匣中藏有铑质一小粒。匣盖既启，闪闪有光，杰克环绕室中，频摇其匣，若有所觅。

比至室隅书橱之前，忽见光线两缕，自橱后直透而出，照耀室中，明若电炬。杰克大喜，知虎像必在书橱之后，摸索良久，觅得其机关，以指按之，书橱徐徐向左转动，其后复现一壁橱。

杰克探手橱中，将虎像及合同，一并取出，以示芘丽。芘丽审视无误，心乃大喜。

杰克急将书橱等物，仍为安置如故，然后相与摸索而出，蹑足登楼，自以为秘无人知，初不料伏而窃窥者，固尚有彼女佣喜达在也。

初，喜达欲窃芘丽之合同，乘夜伏匿于甬道之中，转辗思维，正苦无从下手，忽见杰克与芘丽，相率蹑足下楼，切切私语，状殊诡秘。

喜达深以为怪，然幸此时芘丽卧室之中，阒无人在，实一难得之机会，乃启门入内，将梳背所藏合同两份，一并窃得，怀之而出。

嗣欲一觇两人之所为，乃摸索下楼，至藏书室外，伏而窃窥，见芘丽与杰克，已将虎像窃得，喜达踌躇片刻，急启后门而出，跨马往附近一盗窟，入见盗魁蒲鲁。

时蒲鲁尚未就寝，方与群盗围坐轰饮。喜达出合同示之，蒲大喜，仍命喜达什袭收藏，勿为他人所得。

喜达又言戈登之虎像，已为芘丽等设法窃得，此物关系殊巨，倘能夺得，为益当匪鲜浅。

蒲鲁略一沉吟，即伪托虎面客之名，援笔作一函，付之喜达，命携函速归，设法投入芘丽之卧室。

"彼若见函，必中余计，则我侪之事济矣。"

喜达颔之，遂怀函而归。

芘丽与杰克窃得虎像后，登楼入卧室，相视而笑，乐乃无艺。

杰克命芘丽将前此所得之合同两份，一并取出，以便窥其全豹。芘丽乃取木梳出，以指拨梳背之小抽屉。

屉启，芘丽乃大骇，几失声而呼。盖其中所藏合同两份，早已不翼而飞去矣。

杰克闻合同忽失，不胜诧怪，急与芘丽遍寻室中，杳无所得。芘丽瞠目木立，丧气殊甚，相顾喟然，自恨疏忽。

忽见一物，自窗外飞入，坠于案上，趋视之，乃匿名之函。函面但书"芘丽女士收"，下不署名。

杰克急奔至窗前，临窗一望，见窗外静谧如故，杳无人影，诧怪益甚，乃将玻窗闭而键之，退至案侧。

时芘丽已将此函拆开，两人就灯下阅之。其辞曰：

芘丽女士鉴：

尊处合同两纸，已入余之掌握。惟余之所欲得者，乃在金质之虎像。顷悉虎像已为密司所得，甚善甚善！务恳于明晨九时，携虎像至盎莱尔山畔之枣树林中，仆当以合同两份，与密司交换。届时务望惠临，无任盼祷！

虎面上

芘丽阅已，喟然曰："合同果为虎面所窃去矣。其人怪异莫测，殊可畏也。"

杰克曰："密司之意何如？"

芘丽犹豫曰："以包澜之言论之，则合同于余殊有利益。今彼既欲以合同易虎像，余当冒险如约往，一觇究竟。不识君以为何如？"

杰克沉吟曰："人心叵测，密司此去，危险殊甚。但不去亦属非计，余意欲与密司偕往，藉资捍卫，密司能许余乎？"

芘丽大喜曰："得君同往，快慰奚如，但不敢以为请耳！"

杰克亦喜，乃与芘丽道晚安，告辞而出。

翌日，钟鸣八时有半，杰克与芘丽，即跨马赴虎面之约。

行数里，将近盎莱尔山麓，道出一森林，忽有一健男子自林中出，从芘丽马前趋过，突然仆地，僵卧不动。

两人大诧，急相率下马察视，不料其人奋身跃起，张两臂欲擒芘丽。芘丽一见其人，大骇失色。其人非他，盖即盗魁蒲鲁也。

杰克见蒲鲁突至，心知中计，勃然大怒，即挺身而前，欲扭蒲鲁殴之，讵知林中预伏盗党多人，一拥而出，围攻杰克。

杰克攘臂奋斗，绝不畏怯。盗党之被击仆地者，相继不绝，然屡蹶屡起，坚不肯退。

相持久之，杰克虽勇，终以盗党过多，众寡不敌，偶一疏失，蹶而仆地，遂为群盗所执。盗将杰克缚于一巨树之上，呼啸而去。

当杰克与群盗猛斗时，芘丽乘间得脱，飞奔而逸。蒲鲁瞥见之，即舍杰克而追芘丽。

芘丽急不择路，信足狂奔，驰里许，遥见有败屋数椽，矗峙山麓，当即奔至屋前，推其门，幸未下键，乃启门而入，见屋内阒无一人，急闭门键之，拟在屋中暂避。

无如蒲鲁在后，早已见之，追至屋外，以门扃不得入，乃舁巨石撞门。门碎，蒲鲁乃腾跃而进，直扑芘丽，欲夺其手中之虎像。芘丽骇甚，急转身而奔，室中有货车一辆，芘丽绕车而走，蒲鲁左右拦阻之，终不能获。

盘旋良久，蒲鲁大怒，奋身自车上跃过，猛扑芘丽。芘丽颇机譬，乘势掀其足，蒲鲁立足未定，颠仆数尺外，卧地不能兴。

芘丽见室左有小门，乃启门跃入，闭而扃之。回顾所入之室，乃一贮藏水果之所，室中如香蕉、柠檬之类，累累悬梁上。

其时蒲鲁已自地上跃起，见芘丽逃入隔室，暴怒欲狂，立以铁器攻门。门碎，蒲鲁跃入，直前扭芘丽。芘丽不得逸，乃奋力与斗。

两人扭殴久之，蒲鲁偶一疏忽，仍被芘丽所击倒。芘丽大喜，正欲夺门而出，忽闻外室足声杂沓，蒲鲁之党十余人，已一拥而进。

首入者名普恩斯，以手枪指芘丽之胸。芘丽骇极，慑伏不敢动。蒲鲁乃乘间跃起，夺得芘丽手中之虎像，纳之囊中。

芘丽奋起与争，蒲鲁怒，扭芘丽之肩，提而猛推之。芘丽仰面而仆，晕绝于地。

此时忽有毒蛛一头，出自梁上香蕉之中，悬丝而下，坠于普恩斯颊上，猛噬之。普恩斯被噬受毒，大痛难忍，掷枪于地，捧颊哀号，距跃数四，宛转欲绝，厥状殊为惨怖。

群盗见室中发现毒蛛，恐为所噬，遂置普恩斯于不顾，纷纷鼠窜出室，狂奔而去。

毒蛛自普恩斯面颊之上，蠕蠕而下，蜿蜒曲折，直达芘丽之身畔。时芘丽尚仰卧地上，晕绝未苏，毒蛛登其玉臂，缘臂而行，直达芘丽之胸间，伏而不动。

其时普恩斯在外室遥见之，强忍其痛，匍匐而前，拾得地上之手枪，乃以枪口注芘丽之胸，欲将毒蛛击毙。然芘丽之胸，与毒蛛近在方寸，枪弹若稍偏者，必将芘丽击毙。普恩斯方欲开枪，而机械师杰克至矣。

先是杰克为群盗所执，缚于一大树之上，目睹群盗蜂拥而去，明知芘丽此时，处境至危，万一不能脱身，或为盗众所杀害。一念及此，中心皇急，惟有竭力摇曳，欲将绳索挣脱，无如扎缚极固，愈挣愈紧。

杰克大为失望，继见其右臂所缚之树枝，粗如人臂，而状殊柔软，乃奋其全力，拗折其右手之枝。枝断，绳乃骤松，右手遂脱然而出。右臂既解，全身之缚立释，乃飞步而奔，直趋山麓。

道出空屋，探首内窥，憋见芘丽倒卧地上，盗党在外室，正欲举枪击之，杰克大骇，急自窗口纵身跃入，疾趋至普恩斯之后，以足践其腕，枪乃立坠。

普恩斯大呼曰："彼女郎胸前，伏有毒蛛一，势且搏噬，余故击之以枪耳。"

杰克遥觇芘丽胸前，果伏有蜘蛛一，蠕蠕而动，骇乃益甚。

其时芘丽已苏，见毒蜘伏胸口，惊惶欲绝。

普恩斯呼曰："女郎勿动！动则毒蜘将噬汝矣。"

芘丽从其言，僵卧不敢动。杰克略一踌躇，自恃其枪术之精，乃匍匐于地，拾得地上之手枪，注视明切，向芘丽胸间开放。轰然一声，毒蛛中弹立毙，坠于地上。芘丽骇极几晕，杰克急趋前扶之起。

芘丽惊魂稍定，黯然谓杰克曰："虎像已为盗魁所夺去矣。奈何？"

杰克慰之曰："密司勿虑！余愿竭力助密司，终当设法以夺回之耳。今我侪宜速归，盗若知而来袭，则我侪危矣。"

芘丽颔之，两人乃相率出室，觅道而返。

第六章　作法自毙

戈登者，固诡谲多智之大猾也，初以巧言饣芘丽，不得要领，乃与其子加斯褒商，思俟芘丽出，设法探得其合同之所在，窃而毁之，以遂其吞没矿产之计。

会是日清晨，芘丽忽与杰克偕出，戈登大乐，以为机会已至，乃私启芘丽卧室之户，与加斯褒同入室中，倾箱启箧，搜寻殆遍，不料此关于矿产之合同两纸，杳不可得。

戈登焦灼殊甚，已而步至梳妆台侧，忽见案上有函件一，偶取而阅之，则虎面之信函也，书中谓金质之虎像，已为芘丽所得。

戈登阅已，大惊失色，即以函示加斯褒。加斯褒读毕，亦为之骇然。戈登急将室中各物，仍为安置妥贴，乃与加斯褒闭户而出，急奔往藏书室，启书橱后壁橱之门，探首内窥，讵知橱中空无一物，虎像及合同，果已不翼飞去。

戈登骤失重宝，暴怒欲狂，瞠目木立，面色惨白，明知此事必系芘丽及杰克所为，顿足切齿，憾恨刺骨，乃与其子密商，欲设法杀芘丽、杰克二人，夺回虎像及合同，以泄此忿。议论久之，戈登忽得一毒计，欣然有喜色。

此时芘丽与杰克，适相偕而归，加斯褒隔窗见之，忿不可遏，欲趋出责芘丽，向之索还虎像。

戈登止之，低声曰："余自有法处二人，汝勿妄动！急则败矣。"加斯褒乃止。

少顷，芘丽与杰克，入见戈登。戈登夷然若无事者，含笑与芘丽语，状殊愉快。

谈久之，两人告辞出，私自欣幸，以为窃像之事，戈登尚未觉察，初不知已堕入此老之术中也。

蒲鲁夺得虎像后，率党回盗窟，置像于案。群盗围而观之，争询此物因何宝贵。

蒲鲁欣然曰："余闻喜达言，此物之可贵者，乃在两目之宝石。盖此种宝石，若与铱质接近，即发极强之光线。铱质者，世界最贵重之矿物质也，人若得其一格兰姆，即足以致巨富。抑余又闻喜达言，戈登家之化学室中，藏有铱质一匣，价值不资。今夜余当持虎像往，潜入其家之化学室，恃虎目之宝石，探得其铱质之所在，攫而得之，则一举手间，余当立成世界之大富翁矣。"言已，手舞足蹈，乐乃无艺。群盗亦大悦，酌酒相庆。

蒲鲁趣以人往约喜达，命于是晚九时许，晤己于戈登家后门之外。布置毕，蒲与群盗，乃欢呼畅饮，觥筹交错，不知阳乌之已坠。

钟鸣九时，蒲鲁纳虎像于怀，跨骑往戈登家，比至，则喜达已预待于后门之外。

蒲鲁自马上跃下，搂喜达吻之，吻已，即系马于树，附耳语喜达，命引之往化学室。喜达颔之，遂匆匆为前导，蒲鲁蹑足随其后，穿一广场而过，直达化学室户外。

室在戈登住宅之后，矮屋两椽，矗然独峙，与宅中余屋不接。蒲鲁察其门，制以铁板，扃钥甚固，撼之以手，坚不可辟。

喜达忽曳蒲鲁之裾，绕至化学室之后，见墙上有玻窗一，高仅及肩，窗外格以铁杆，疏密相间。喜达自墙侧觅得铁棒一，粗如儿臂，授之蒲鲁。蒲会意，即趋至窗下，以棒撬窗外之铁格。

蒲鲁臂力绝伟，铁格相继断折，可容一人出入，推其窗，应手而辟。蒲鲁掷铁棒于地，命喜达立窗外，为之守望。喜达颔之，蒲乃逾窗而入。

室中黑暗异常，幸窗外微有星光，约略尚堪辨物，乃自怀中出金质之虎像，握之手中，摸索徐行，环绕室中。已而步至室之东南隅，瞥见奇光两缕，出自虎目，灿烂闪烁，明若电炬，蒲鲁乃止步不行，细视室隅墙上，有壁橱一口，试以虎像置近橱前，则光线愈觉璀璨。

蒲鲁知铑质必藏于此壁橱之中，乃以铁器撬橱门，键脱，橱门立辟，伸手入橱，摸得小匣一，取出视之，则匣中所贮，果系铑质一块，闪闪有光，目为之眩。

蒲鲁大喜，正凝视间，忽见喜达疾趋至窗前，凭窗呼曰："戈登来矣，速遁速遁！"呼已，仓皇闪身而去。

蒲鲁闻言大骇，明知逾窗而出，必为戈登所见，一时急不暇择，乃掷铑匣地上，匿身于室隅一木箱之后，屏息蹲伏，从箱侧外窥。

少顷，见室门徐辟，两人接踵而入。前行之老者，果为戈登；一少年随其后，则戈登之子加斯褒也。

是晚芘丽晚餐后，与杰克对弈，戈登与加斯褒，则傍立作壁上观。

顷之，戈登忽含笑谓芘丽曰："今夜余将试验铑质，其变化之奇诡，不可思议。密司弈罢，可偕杰克君同来化学室，余当将铑质之性质，详示密司，不第诡异可观，亦足以长见闻也。"

芘丽颔之，戈登乃率加斯褒出，同往化学室。既至，以钥启门，相率入内。加斯褒欲开电炬，戈登止之。

化学室狭而长，以壁间之，分为内外两室。其两室中间之壁上，装有电光灯一具，形如天文台之望远镜，灯口在外室，掩以凸镜，圆径仅三寸许。其电汽之总机关，则在内室灯后之壁上。

当时戈登与加斯褒，步入内室，捩其电气机关启之，倏有电光一缕，自灯口凸镜之上，直射而出，照入外室。灯下装有机括一，可以旋转，左右高下，靡不如意。

戈登欣然谓加斯褒曰："即此一灯，已足制芘丽等之死命矣。"

加斯褒疑曰："此一电光灯耳，安能杀人乎？"

戈登笑曰："汝尚未知其中之奥妙耳。盖此种电光灯，具有至剧之热力，其焦点所在，凡物触之，靡不立燃，虽坚如金石，亦且为之镕解。至于铱之性质，其本身固有至强之热力，若置之此电灯光焦点之下，则两热相合，必且突然爆发。少顷，待芘丽及杰克来此，余当以所藏铱质示之。两人不知余计，势必手握铱质，细加研究，余乃将此灯之光，突然旋转，俾灯光之焦点，直射于两人之手，铱质遇热爆发，两人必遭焚毙，无能幸免矣。"言已，快然自得。加斯褒亦大乐。

戈登乃将电光灯左右旋转，灯光摇曳室中，闪烁不定。已而灯光射至室隅，瞥见地上有小匣一，戈登大讶，乃疾趋自内室出，奔至室隅，将小匣拾起，谛视之，则贮藏铱质之匣也，心乃大骇，明知室中必有盗贼，差幸匣内铱质，并未失去，乃大声呼加斯褒，谓室中有盗贼。

语才出，蒲鲁在木箱之后，大惊失色，乃乘戈登不备，突然跃出，力扼其喉，欲夺其手中之小匣。

戈登出不意，惶骇万分，急藏铱匣于怀中，奋力与蒲鲁猛斗。加斯褒在内室，闻声亦出，挥拳助其父。

然蒲鲁慓悍矫健，戈登父子，远匪其敌。一转瞬间，蒲鲁忽飞一足起，中加斯褒之胸，加斯褒颠仆数尺外，伏地不能起。戈登见其子受伤，皇急失措，蒲鲁乘此间隙，猛扑戈登，扭其胸，提而力掷之。

戈登亦仆，适跌入电光灯之中，灯光之焦点，着于戈登胸前，怀中铯质受热，突然爆发，烟焰交作，火光熊熊。

戈登欲将铯质掷出，然已不及，肤体焦灼，盘旋地上，痛极哀鸣，惨不忍闻，一刹那间，遂为铯质所焚毙。

其时蒲鲁在傍，见而大惊，瞠目木立，不知所措。加斯褒见其父跌入光中，惶骇欲绝，急忍痛跃去，奔入内室，摸电汽总机关闭之，回顾其父，则已头额焦烂，僵毙于地上矣。

加斯褒明知一人之力，决不能与蒲鲁斗，悲忿之余，乃逾窗跃出，思欲奔回住宅，号召家人，同来捕盗，不料行未数武，突有印人六七，自宅傍树林之中，蜂拥而出。

其为首一人，面有斑纹者，则虎面客也。虎面指挥印人，围攻加斯褒，加斯褒寡不敌众，为印人所执。印人遂挟加斯褒上马，疾驰而归。

第七章　柙虎啮人

蒲鲁之私入化学室，其目的原欲窃铱质而来，今见戈登死而加斯褒逸，其匣中所藏之铱质，又为电流所炙，化为灰烬，失望之余，嗒焉若丧。差幸金质之虎像，仍在囊中，未曾遗失，乃将虎像取出，握之手中，怏怏欲出，不料芘丽与杰克，适相偕而至，推门直入。

蒲鲁瞥见杰克，骇极失色，拟夺门而逸，讵知杰克目明手捷，突张两臂蔽户，阻之不得出。蒲鲁怒，乃挥拳殴杰克，杰克挺身与斗。芘丽大骇，急退立室隅，瞠目作壁上观。

斗久之，杰克倏腾一足起，中蒲鲁之左手。蒲鲁痛而呼，手中之虎像，乃脱手而飞，坠于芘丽之足傍。芘丽俯身拾之起，见为虎像，大喜过望，乃藏之怀中。

其时蒲鲁与杰克，奋斗益烈，盘旋良久。蒲自知非杰克敌，乃返身而奔，逾窗跃出，飞步遁去。杰克欲追之，芘丽急自室隅出，示以虎像，谓穷寇莫追，不如任令逸去，杰克乃止。

芘丽揿电灯机启之，灯光既明，瞥见室隅地上，僵卧一人，趋视之，则矿主戈登也，身首焦烂，面目几难辨认，蜷伏地上，惨然可怖，察其状，似为电火所焚毙者。两人骤睹此变，相视失色。

芘丽叹息曰："船主包澜之被害，余早疑其与戈登有关。今戈登之死状，与包澜毫发无异，益足知包澜之死，实出戈登之辣手。天道好还，果报不爽。今日乃亦如是而死，殊可叹也。"杰克亦为之太息。

两人自化学室出，即以戈登之凶耗，报告阖宅之人。庄丁及臧获辈，闻警咸至，惟加斯褒踪迹杳然。杰克遣人四出寻觅，扰攘终夜，绝无所得。

翌日，乃由杰克发令，将戈登之尸身，异入教堂盛敛，并以戈登之死及加斯褒之失踪，禀告其地镇守使，指蒲鲁为凶手，请为严缉。镇守使遵之，乃悬赏购捕凶手，并访求加斯褒踪迹，初不知加之已膏虎吻也。

初，加斯褒为印人所执，挟之至窟中，献于主教萨隆加。

萨忿然谓加斯褒曰："汝父子贼恩背义，罪大恶极，余本当投汝于虎柙之中，以为社会除害。今汝若能将所藏之神像及合同，一并献出，则余当赦汝重罪，释汝回家。汝以为何如？"

加斯褒黯然曰："我家所藏之虎像及合同，已被芘丽、杰克两人，一并窃去矣。"

萨不信，恫喝之，加斯褒指天自誓，萨乃命将加斯褒拘禁，必俟夺回神像后，方可释之。

教徒闻命，即曳加斯褒出，欲囚之于石穴之内。行不数步，加斯褒忽挥拳将教徒打倒，飞步而逸。教徒惊呼跃起，印人见之大哗，纷纷追出。

加斯褒舍命狂奔，穿林越涧，望山麓而逃，众印人呼噪逐其后。加斯褒左右环绕，心慌意乱，偶一失足，乃坠入一石穴之中。不料石穴之下，即系虎柙，加斯褒坠入柙中，无路可逸，惶骇晕绝。

虎见人至，乃大吼而前，以巨爪扑加斯褒，加斯褒立仆。虎超跃践其身，张口啮之，一刹那间，此浮浪险狼之加斯褒，乃饱此斑斓猛虎之腹矣。

戈登有弟曰莱道夫者，市井无赖也，阴险暴戾，尤出乃兄之上。戈登既以开矿致富，莱道夫遂自东美来，孑然一身，寄食兄家，酒食征逐，不事生人产，腰中金尽，则索之于兄，愈取愈求，挥霍无度。久之，戈登不堪其扰，心殊厌之。

会戈登有友，设银公司于纽约，戈登乃荐莱道夫往，任职银公司，并按月馈以数百金，恣其挥霍，莱道夫乃欣然往纽约。

戈登既死，有遗嘱一纸，藏于律师安姆司处。安乃发电致莱道夫，促其即日西来，以便宣读遗嘱。

越数日，莱道夫应召而至，下车之后，匆匆往戈登家，入门，适与女佣喜达遇。

喜招之至楼梯之后，低声曰："君来晚矣。主人之死，实与芘丽及杰克有关，今二人狼狈为奸，掌握大权，即主人所藏金质之虎像，亦为二人所得。君若欲袭遗产者，宜设法制此二人，始克有济，君其慎之。"

莱道夫骇曰："金质之虎像，已为芘丽所得耶？此像实为致富之源，宝贵异常，余誓必设法夺回，不识汝能助余否？"

喜达颔之，莱大喜，乃与握手为别，入见芘丽。

时芘丽与杰克，正同坐会客室中，议论前事。莱入，语乃中断，三人略事寒暄，芘丽即以电话招律师安姆司。

少顷，安姆司携箧而至，坐定后，即自箧中出戈登之遗嘱，使莱道夫验明封识，然后当众启其封，宣读遗嘱。其文曰：

余曩与余友两人，立有合同一纸，分为三份，各执其一。今余友皆已物化，合同两份，亦不知去向。余死后三月之内，若能将合同完全觅得，则余之家资及矿产，当分为三份，凡列名于合同之子孙，各得一份；若三月之后，合同仍无踪迹，则余之家产，应全归余子加斯褒承袭，万一余子亦死，则归余弟莱道夫。惟无论余子或余弟，倘欲承受余之遗产，必须与余友之女芘丽结婚，不得违背。至于遗产问题，尚未解决之时，矿务一切，请由矿中最高级职员，会同律师安姆司，代为职掌可也。

戈登亲笔

律师读毕，莱道夫欣然有喜色，不意芘丽离座跃起，大肆驳斥，对于结婚一层，深为反对，略谓"婚姻大事，应有自主之权，即父母家属，亦难加以强迫，今乃以漠不相关之人，妄来干涉，可嗤孰甚，余无论如何，断难承认"云云。

芘丽言时，气壮理直，侃侃而谈，律师安姆司，亦为之首肯。莱道夫闻言，面色立变，嗒焉若丧。

正议论间，忽闻砰然一声，倏有一小石自隔窗掷入，窗为之碎，锵然有声。

众大惊，纷纷跃起。杰克奔至窗前，推窗一望，遥见宅傍森林之中，一骑飞出，疾驰而去，马上据鞍端坐者，则拜虎教中之虎面客也。杰克指以示众人，众见之，皆觳觫震惧。

其时芘丽已将小石拾起，见石上缚有白纸一方，解下展阅之，则纸上有字两行，其辞曰：

君等若不交出虎像，当永无安枕之日，先此警告，君等其慎之。

虎面上

芘丽阅已，以函示众人。众读毕，默然相向。

久之，莱道夫忽顾谓律师曰："此间遍地荆棘，余若留此，危险殊甚。今余当即日他往，以免被人谋害。至于余兄之遗产，应否由余承袭，当静候三月之后，秉公解决，余实不愿预闻此事矣。"言已，状殊邑邑，携箧出室，掉头不顾而去。

莱道夫既出，律师以杰克为矿局中最高级职员，乃遵遗嘱所言，将矿务一切，请杰克代为执掌。杰克诺之，律师乃告辞而去。

其时女佣喜达，忽持一函入，呈之芘丽。芘丽接阅之，则发自其同学女友名宝莲者，乃拆而读之。函曰：

芘丽同学姊鉴：

一别数月，相思曷极。妹近随家君西游，以昨日抵恶克伦城，现寓舍亲家中，本拟即日趋访，畅谭别悰，徒以有事羁身，未克如愿。姊如有暇，务乞命驾来城，枉过敝寓，一叙衷曲，无任企盼。

同学妹宝莲上

芘丽阅已，以函示杰克，杰克曰："自此间往恶克伦城，有小铁道相通，往来殊便利也。"

芘丽喜曰："密司宝莲，乃余同学中唯一之好友，彼既以函来招，余欲往恶克伦城一行，且有一要事，拟面托之也。"

杰克讶曰："密司有何要事？"

芘丽目视喜达，嗫嚅不言。喜达会意，俯首出室去，芘丽乃曰："彼金质之虎像，藏之余处，颇为危险，余心常为悬悬，恐被他人所窃去。今余欲携之往恶克伦城，托之宝莲，请其代为收藏，以免盗贼觊觎。不识君以为如何？"

　　杰克颇韪其说，乃定于翌日成行，不料两人所言，尽为喜达所窃闻。喜达乃以其事私告虎面及莱道夫，虎面及莱道夫，遂各设陷阱以待。彼芘丽在家，固瞢然未之知也。

第八章　巨憨化装

　　翌日晨，芘丽与杰克别，手挈小皮箧一，乘车赴车站。时开往恶克伦之火车，已将发轫，芘丽急购票登车。

　　此车之头等座，各以板壁间之为小室，人各一室，颇为清静，绝无拥挤紊乱之患。芘丽所购之票，为头等座之十三号，登车后，即步入十三号室，闭户键之，倚窗而坐，置皮箧于身傍。

　　少停，车已启轮，机声轧轧，其捷如飞，道傍大树，一一自窗外退缩而过。芘丽凭窗四瞩，心神为之一爽。

　　车行数里，过一旷野，道傍林中，忽拥出印度骑士一队，虎面及主教萨隆加，控骑为前导。萨见火车飞驰而过，乃扬鞭挥其党，纵马追之。

　　少顷，有两骑达于车尾，骑士乃起立马背，纵身一跃，攀执车旁之铁杆，盘旋而上，相继登车顶，蛇行前进，直达头等座之十三号。两骑士附耳密议，商得一策，甲乃匍匐伏车顶，以两手握乙之髁，乙则自车顶倒垂而下，适达于芘丽居室之窗外。

　　时玻窗未闭，芘丽坐窗前，俯首沉吟，正有所思。窗口有小几一，其所携之小皮箧，则置于几上。骑士谛视无误，心乃大喜，遂伸手入窗内，将几上之小皮箧攫得，欲挟之而逸。

　　即在此一刹那间，芘丽乃蓦然而觉，瞥见窗外有人，将其小皮箧夺去，一时皇骇万分，欲呼而口不能发声，当即自椅上奋身跃起，力捉其人之臂，与之争夺。

骑士虽勇健，然此时方倒垂而下，力不能施。芘丽则因虎像之故，奋其全力，以与骑士争，骑士竟不能敌。相持片刻，小皮箧卒为芘丽所夺回，骑士不舍，仍扭执芘丽之臂，坚持不释。

芘丽大忿，乃乘势钩其腕，用力拽之。骑士被拽，力不能支，匍匐车上者，偶一脱足，自车顶颠坠而下。于是倒垂窗外者，亦与之俱坠，匐然一声，跌入轨道傍之乱草丛中。

此时火车仍向前疾驰，骑士之下坠，车中执事及乘客，乃无一知者。芘丽虽侥幸获胜，而心房尚震荡不已，惊魂稍定，急将玻窗关闭，颓然坐椅中，自念此次出游，知者绝鲜，不识党人何从探得，乃竟追迹而至，然则此行殊危，恶克伦亦匪安乐土矣。一念至此，心甚焦灼，独坐无俚，则出虎像把玩之，聊以遣闷，阅已，仍纳之手箧之内。

此时忽有异香一缕，透壁而入，迷漫室中。芘丽嗅得此香，初亦不以为意，嗣乃渐觉其有异，正欲启户出视，不意神志突然昏迷，头晕目眩，室中各物，纷纷旋转不已。一刹那间，芘丽乃晕绝椅上，不省人事。

其时隔室忽有一健男子，以百合钥启两室相通之小门，侧身掩入。其人为谁？则莱道夫也。

莱道夫者，阴贼险狠人也。其别芘丽而他去，初非忘情于虎像，特设计以欺芘丽耳。逮芘丽自家中出，莱即暗蹑其后。此时莱已化装为老叟，浓髯绕颊，容色庄严，骤睹之，如礼拜堂中之老牧师。

芘丽登火车，莱即购票居其邻室。莱箧中本携有闷香、迷药等物，车行既久，莱察视室之四周，见两室相隔之壁上，有一小门，遂就门上钥孔中，偷窥隔室，见芘丽独坐窗前，方玩弄其宝贵之虎像。莱大喜，乃自箧中出闷香燃之，俾香气由钥孔之中，透入隔室。

少顷，芘丽果被闷倒，莱乃以白巾蒙其口鼻，复自箧中出百合钥，启门上之锁。锁君然开，莱遂轻启室门，侧身而入，瞥见芘丽手提之小皮箧，置于窗前几上，乃奔至几侧，启箧视之，虎像赫然在其中。

莱将虎像攫得，纳之囊中，乃急退入隔室，闭户键之，大功既成，快慰无已。已而自念芘丽若苏，见虎像失去，势必报告车中警察，从事搜查，苟被搜出，事殊无幸。一念及此，急欲离车他去，免为捕者所获。

然其时车方疾驶，尚未抵站，断难中途跃下。踌躇久之，忽得一策，乃将其口上所装之假髯拉下，纳之外褂囊中，并拭去其面上所涂之色泽，一转瞬间，赫然返其本来之面目。乃启户而出，奔入三等车之普通客座，觅一椅而坐，取报纸阅之，怡然自得。车中执事及乘客，亦不以为意，初不疑其为盗窃宝物之穿窬也。、

芘丽被闷，约半小时，始悠然而苏，心知有异，急自椅上跃起，瞥见几上所置之小皮箧，已为他人所启，箧中虎像，不翼而飞。

芘丽大惊，急启户而出，招车中警察至，以箧示之，颤声曰："我被盗矣。盗以闷香入我室，我被闷而晕，箧中乃失一金质之虎。君等试嗅之，今室中闷香之气，就触鼻欲呕也，此事殊可怪。幸车未抵站，盗必尚在车中，速缉之，或能水落石出。"

警察勘视一过，谓隔室十二号之客，颇涉嫌疑，遂往启十二号之门，闯入室中，不意室中之客，已杳如黄鹤。于是警察宣

言，其事必十二号之客所为。而据车中仆役言，则十二号之客，为一浓髯之老者。

于是警察下令，大索车中，必欲觅得此浓髯之老者。顾搜索殆遍，而此人竟杳如黄鹤。警察大疑，念火车尚疾驶未止，盗若跃下，为势绝危，苟未跃下，则其人当仍在车中，今乃杳不可得，何也？

正扰攘间，车已抵一小站曰康纳兴镇，莱道夫默念："脱身之机会至矣。"乃自椅上跃起，手提小皮箧，昂然下车。

莱方跃下，而芘丽适驰至窗前，临窗外望，瞥见莱道夫自车上跃下，且行且回顾，形色匆匆，状殊诡秘，手中所携，乃一皮制之小箧。芘丽恍然大悟，知此事必系莱道夫所为。

顾此时警察正在他车搜索，一时招之不及，芘丽匆促之间，不暇思索，乃亦自车上追踪跃下，潜尾于莱道夫之后，意欲奋勇直前，将莱捕获。

顾莱以心虚胆怯，时时回顾，忽见芘丽尾随于后，心乃大骇，急飞步而奔，向道傍小径驰去，一转瞬间，已窜入一森林之中。芘丽不舍，亦追踪而入。

莱道夫奔至一坡下，中心皇急，恶念斗起，乃匿身于一大石之后，以乱草自蔽，复自囊中取实弹之手枪，握之手中，探首外窥，拟俟芘丽近身，开枪击杀之。

不意芘丽奔至坡下，旋首四顾，不见莱道夫踪迹，深恐坠其伏中，不敢冒险直前，沉吟片刻，乃废然而返。

莱见芘丽去，心乃稍定，俟其去远，遂自车中跃去，觅路而归。

芘丽回至康纳兴车站，则火车早已开去，彷徨无所为计。此处地极荒僻，即欲雇车返纽约，亦复无车可得，沉思久之，忽忆车站之中，装有长途电话，盍不以电话招杰克来，与之商议，务须觅得莱道夫，将虎像夺回。

意既决，遂奔入电话室，发一电话回家，接电者适为杰克，芘丽语之曰："虎像被劫，我今孑身留康纳兴车站。君速来，详情容面告！"

杰克闻言，骇甚，允乘第二班火车来站，嘱芘丽在站稍候。芘丽诺之，乃置电话听筒于案，步行至站外，浏览其地风景。

正顾盼间，忽遥见骑士一队，涌视于站左土山之顶。中有两骑，卓立山巅，纵目四眺，若有所觅。芘丽谛视之，不禁大骇。骑者非他，盖一则虎面，一则老虎党首领萨隆加也。

第九章　湖底救女

先是萨隆加之党人甲、乙，相继自车顶下坠，受伤甚重。会萨隆加率大队骑士至，将两人救起，两人负痛呻吟，报告其党魁，谓虎像仍未夺得，芘丽已乘车而逸。

萨怒，立发一令，亲率骑士，向前追赶。驰久之，至康纳兴车站，乃跃马登山顶，四顾瞭望，不意芘丽乃独立于车站之门外，萨隆加见之大乐，立率虎面及骑士，飞驰下山，来捕芘丽。

芘丽见盗党且至，皇骇失措，不敢逃入车站，仓皇四顾，瞥睹车站左近之铁轨上，停有摇车一辆。芘丽急不暇择，乃奔至摇车之前，一跃而上，手执机括，奋力摇之，车乃飞驶而出，其疾如矢，沿铁道向东而去。

萨隆加遥见之，立即指挥其党，追随于摇车之后。顾摇车之速率，较之火车，且犹倍之，萨等跨马逐其后，终觉望尘莫及。

相持久之，芘丽逃至一木桥之侧，娇喘欲绝，腕力渐弱，机括之摇动，亦随之而缓。车行速度既减，一刹那间，遂为老虎党党人所追及。

一党人孔武多力，单骑跃马而前，自芘丽身旁驰过，轻舒右臂，将芘丽自车上曳下，挟之胁间，回马而归，献之盗魁萨隆加。

萨大喜，乃自马上跃下，厉声叱芘丽曰："汝伤我党人，罪在不赦！今汝趣出虎像付我，或可宥汝。"

芘丽抗声曰："虎像业为莱道夫窃去，尔诚欲得之者，可向莱道夫索之。"

萨不信，命党人搜其囊中，果无所得。萨大怒，握拳示芘丽曰："汝言诳也。虎像必为汝所藏匿，乃以莱道夫欺余，余焉能信汝？汝若不出虎像者，余必杀汝于此。"

芘丽曰："虎像实为莱道夫所得，刻在何处，余亦不知。汝纵杀余，余亦无能告汝。"

萨闻之，暴怒若狂，欲挥拳殴芘丽。虎面在旁，急为缓颊曰："我察此女情状，语或非妄。虎像真在莱道夫处，亦未可知。徒杀彼，无益也。"

萨隆加瞋目叱之曰："汝胡知？此女之言，断不可信！余既不得虎像，余必杀之以泄忿！汝之生命，亦在余之掌握，胡得多言！"

虎面见萨怒，恐自罹祸，不敢再言，默尔而退。

萨力促芘丽将虎像交出，芘丽置之不理。萨忿甚，沉思片刻，忽得一毒策，乃命党人取一长绳至，以绳之一端，缚芘丽之手足，更取一大石，系其足上，缚已，拽之至一小湖之前。

湖去铁路仅丈许，积水殊深，萨命将芘丽倒垂湖滨，其绳之他端，则越铁路而过，缚于一矮树之根。萨隆加预计自纽约开往恶克伦城之第二班火车，将于十五分钟内过此，车过轨道，将绳轧断，则芘丽必坠入湖中，随大石而沉于水底。

布置既定，心乃大快，遂率虎面及党人，上马缓辔而去。

杰克在家，接得芘丽之电话，心甚焦灼，深恐芘丽在彼，别生他变，急乘汽车而出，独自驰往康纳兴车站。

行至中途，车左橡皮轮，忽触石而破，车身倾侧，不能转动。杰克下车审视，见轮上裂隙甚巨，殊无补苴之策，此处地极荒僻，又别无他车可雇，束手彷徨，心急如焚。嗣见停车之处，与火车轨道，相距不远，略一沉思，忽得一妙策，乃跃入车中，将汽车开至轨道之旁，复自车中跃出，将车旁橡皮轮，一一卸去，然后设法将车抬起，置于火车轨道之上。汽车车身之宽广，与轨道适相等，不差累黍，故车轮之凹入处，适嵌于铁轨之上。

杰克谛视无误，心乃大乐，遂登车启机，飞驶前进。车行于铁轨之上，平坦无阻，速率倍增，不一句钟，乃将杰克送至康纳兴车站之前。

当杰克之车，抵康纳兴镇时，自纽约开往恶克伦城之第二班车，适迎面而来，机声轧轧，其捷若飞。

杰克驶抵小湖之滨，瞥见湖滨有巨索，系有一物，倒垂湖中。谛视之，索端所垂，乃系一女子，而察其衣服，则为芘丽无疑。

杰克大骇，不审芘丽何以遇险，遥见火车迎面来，为势至猛，预计二分钟内，火车当驰过小湖之滨，车过而绳断，则芘丽且溺于湖中。

时杰克之车，距湖尚远，虽欲驰往救援，终苦鞭长莫及。顾杰克之气，仍不稍怯，极力旋其机，至于无可再速之度，车进如飞，直趋湖滨。

正在此一刹那间，迎面而来之火车，已越湖滨而过，车轮辗轨上之绳，绳立断。但闻訇然一声，芘丽乃坠入小湖之中。

火车既自湖滨过，依然向前猛进。杰克之车，本与火车同轨，两车相向而驰，一刹那间，势且对撞。火车司机者见之，心乃大骇，连放汽笛，警告杰克。杰克遂置车不顾，立即自车中跃出。瞬息之间，火车已至，砉然一响，将汽车撞成粉齑。

杰克既脱险，飞步至小湖之滨，俯视湖滨之绳，已为火车所轧断。杰克大骇，明知芘丽已坠入湖心，一时皇急万分，奋不顾身，立即将外褂脱去，纵身一跃，投入湖中。

时芘丽为巨石所压，已没入湖底，差幸身上所缚之绳，其一端飘浮水面。杰克见之，遂伸手曳其绳，引至湖边，蹲踞岸旁，用力拽之。

少顷，芘丽及大石，均为杰克所拽起。杰克急将绳索及石，为之解去。芘丽饮水不多，俄顷即已清醒，见杰克在侧，不觉悲喜交集。

杰克询以别后之事，芘丽一一告之。杰克深为叹恨，因安慰芘丽曰："虎像虽失，容当探得莱道夫所在，设法夺回。老虎党人，既时时追踪于密司之后，密司孑身他出，本极危险，余意宜速回家，恶克伦城之行，俟之异日可也。"芘丽深韪其言，遂与杰克偕返。

莱道夫夺得虎像后，一时无家可归，乃仍乘火车返，入其兄之室。甫入门，即将外褂脱下，付之侍者，登楼入卧室。侍者闭门欲入，而芘丽与杰克，适于此时同归。

芘丽入门，见侍者手执外褂，讶问何人来此，侍者以莱道夫对，芘丽骇然。

杰克即伸手取外褂，检其囊中，忽查得演剧用之假髯一具，取出示芘丽。

芘丽恍然曰："我闻火车中之侍者言，我邻室之客，乃一浓髯之老者，由今思之，所谓浓髯之老者，实即莱道夫所化装。此囊中之假髯，即系极强之证据。"

杰克颔之，芘丽急询侍者："莱道夫安在？"

侍者曰："在楼上卧室之中。"

芘丽忿甚，欲登楼向之索虎像，杰克急止之曰："密司幸勿操切！今若贸然登楼，则打草惊蛇，彼将远遁，虎像永无返日矣。"

芘丽曰："然则君意何如？"

杰克曰："我等归家，莱道夫尚未知之，今宜暂勿声张，并切戒仆人，不可走漏消息，一俟夜深人静，余与密司可直入其卧室，胁之床上，迫令将虎像交出。此时彼纵狡甚，亦且无法可逸。虎像之璧还，盖意中事耳。"

芘丽颇善其说，乃谆嘱侍者："我侪之归，切勿令莱道夫知之。"

侍者诺而去，两人乃退入休憩室，伏匿不出，自以为秘无人知，初不意窃听于后者，乃有女佣喜达在也。

第十章　卧室夜斗

是晚中夜，钟鸣十二时，忽有黑影幢幢，出现于莱道夫卧室之门外，则芘丽与杰克是也。

芘丽就门上钥孔之中，向内探视，室中灯光甚明，一切靡不了了，遥见莱道夫独坐写字台前，以手抱膝，仰视承尘，其状若有所思。

如是者良久，莱忽起立，启案上之小皮箧。箧启，斗有一物，映触于芘丽之眼帘，则途中失去之虎像是也。

芘丽急拽杰克观之，杰克低声曰："是矣。然今宜少安毋躁，彼在我侪掌握中，不能逃也。"

芘丽与杰克，乃同就钥孔窥之，遥见莱道夫手执虎像，向灯下反复把玩，摩娑有顷，乃取一小刀出，割其坐椅之背。椅背皮制，中实稿草，莱将稿草取出，藏虎其中，欣然色喜，状殊自得。

芘丽至是不能再耐，乃猛推室门，挺身而入。杰克止之不及，乃亦接踵而进。莱道夫见两人入，一时瞠目大骇，不知所措。

芘丽正色曰："祝君晚安！我有一事欲询君，君在火车中，胡为以闷香迷我，夺我箧中之虎像？"

莱惊魂稍定，坦然曰："汝言何指？余殊不解。"

芘丽嗤之曰："汝勿假惺惺！虎像我已见之，彼椅背中所藏之物，可示我乎？"

莱闻言，神色顿异，立自椅背取虎像出，握之手中，怒目曰："虎像诚在余处，然此物乃余兄所遗，余得之当也。汝乃何人，遽欲攫为己有？"

芘丽亦怒曰："汝亦知此虎像之来历乎？余父以生命博得，而汝兄乃坐享其成，又复背弃约言，负死友而欺孤女，不义孰甚，天夺其魄，卒丧厥身，而汝复继之为虐，巧取豪夺，欲以阴谋袭遗产，吾恐汝兄之祸，不旋踵而至汝矣。今汝趣出虎像还我，则车中劫夺之事，可置不问；非然者，法律尚在，汝宁能逃耶？"

莱道夫狞笑曰："虎像今在余手，汝诚健者，可攫之以去；不然，余且驱汝出。汝黍夜入余室，宁不犯法律耶？"

莱道夫语未已，杰克在旁，忿不可遏，乃乘莱不防，突然跃出，伸手将虎像夺得，付之芘丽。芘丽大喜，欲转身而出，其时莱道夫乃暴怒若狂，虎吼而前，张两臂阻芘丽，俾不得出，欲将虎像夺回。

杰克于是乃攘臂而进，与莱道夫扑斗。莱道夫忿甚，力击杰克，跳跃如虓虎。杰克素矫健，挥拳应敌，绝不以莱为意。芘丽乘此间隙，急夺门而出，手执虎像，飞步下楼而去。

芘丽既逸，莱道夫益忿，急舍杰克，追至门外。杰克亦接踵出，扭莱殴之，俾不得下楼。莱乃仍转身与杰克斗，相持不下。

其时家中诸男仆，闻楼下殴斗声，咸披衣而起，意欲上楼察视，不意喜达突出，力阻诸仆，谓："楼上争斗者，乃杰克与莱道夫二人。若辈因事相争，初无佣仆置喙之余地，我侪尽可高卧一切，置之不理。"众仆闻喜达言，遂散归卧室。

其时芘丽已下楼，立楼梯之侧，以待杰克。杰克与莱道夫，则角斗正酣。两人斗至楼梯之上，杰克奋其神力，捉莱道夫之肩，提而力掷之。莱道夫立足不定，乃自楼梯之上，旋转而下，訇然一声，坠于芘丽之足旁。

　　莱既下坠，杰克亦飞驰下楼，即在此一转瞬间，莱道夫已自地上跃起，瞥见芘丽手执虎像，立于梯旁，乃握拳作势，直扑芘丽，欲将虎像夺回。芘丽仓猝不得逸，惊悸失措。

　　时杰克正在楼梯之上，瞥睹此状，急自囊中取手枪，遥注莱道夫之胸，大呼曰："勿动！动则杀汝。"

　　不意莱道夫闪避于芘丽之背后，以左手抱芘丽，右手则自囊中出手枪，注芘丽之胸，厉声谓杰克曰："速掷尔枪，举尔臂！不然，余且先杀芘丽。"

　　杰克为莱所胁，深恐芘丽受伤，大惊失色，不得不如莱之命，将手中之枪掷去，高举两臂，卓立梯上。莱乃胁迫芘丽，将虎像夺回，推开芘丽，飞奔出室而去。

　　莱既逸去，芘丽急取手枪握之，追踵而出。莱道夫奔至大门之左，突有一人，如飞将军之从天而下，猛扑于莱道夫身上。莱出不意，被扑而倒，其人乃按莱于地，以足践之。

　　会芘丽驰至，将莱手中之枪及虎像，一并夺去。其人乃释莱，使之跃起。莱就月光下，谛视其人，则捕之者仍为杰克也。

　　杰克见莱道夫逸去，预计其必从大门左侧之窗下经过，乃转身上楼，奔至窗口，狙伏以待。而莱道夫果不出所料，疾驰过窗下，杰克乃飞跃而出，将莱捕获。此诚莱道夫所万不及料者也。

　　芘丽既将虎像夺回，喜不自胜。杰克深恶莱道夫奸险，欲挥拳殴辱之。芘丽性素仁慈，亟为缓颊，杰克心犹忿忿。

　　芘丽曰："我侪之争，其目的乃在虎像，今虎像已得，他复何求？此辈小人，正不值与之计较也。"

杰克乃释莱，纵之使逸，莱抱头鼠窜而去。

翌日，莱道夫入卡生酒店，据案痛饮，时时击案作微喟，以表其忿忿不平之意。

卡生酒店者，为是地下流社会之俱乐部，自晨至暮，客常盈座，举凡流氓、地痞以及鼠窃狗偷之伦，靡不溷迹其中。又有少年荡妇，浓妆艳饰，出入店中，搔首弄姿，恣人调戏，亦或以酒食为媒，与人作野鸳鸯。质言之，一藏垢纳污之集合所也。

当时莱方饮酒，瞥见隔座一男子，偕一妇人，亦来饮酒。男子貌奇伟，广颡宽膊，粗眉巨目，察其状，似孔武多力者；妇人年二十余，貌仅中姿，而涂脂抹粉，妖娆作荡态，莱亦素识之，盖即是地著名荡妇花奴也。

顷之，男子与花奴，忽起冲突，一语不合，男子乃奋身跃起，以一手捉花奴之肩，提而力掷之。花奴颠仆十余步外，卧地不能起，其人戟指痛詈，备极丑诋。花奴畏其暴，不敢与争，但伏地嘤嘤啜泣。男子詈久之，悻悻出酒肆去，花奴乃支地跃起，伏案饮泣。

莱道夫在旁见之，忽心生一计，乃步至花奴之侧，抚其肩曰："花奴，汝试视之，尚识余否？"

花奴拭泪谛视之，讶曰："汝莱道夫耶？"

莱曰："然。彼伧何人，乃敢殴汝？汝今日之被辱，亦云至矣。"

花奴曰："彼名史密司，村中无赖也。余与彼相识已久，彼固鸨人子，时时向余索钱，稍不如命，辄加殴辱，余衔之久矣。"

莱曰："此辈欲壑难盈，汝纵多资，宁足供其挥霍？余为汝计，当以绝之为佳。"

花奴曰："余欲绝之久矣，而彼必不我绝，且向我索资，我其奈何？"

莱曰："汝胡不与之反目，驱而逐之？"

花奴曰："彼膂力绝人，我实畏之。此间少年，殆无有能胜之者。"

莱曰："安知无人能敌史密司？余友有杰克者，力大无朋，与史密司较，必胜无疑，诚能得此人来，使之驱史密司，则事之济可操券也。"

花奴喜曰："然则君盍为我绍介？我以史密司故，受累匪浅，诚能驱之他去，则我之重负释矣。"

莱曰："今日午后，汝可遣人持函往杰克寓所，招之来此。函中但云有老虎党消息告彼，则彼必应招而来。彼既来此，汝可羁縻之，与之同饮，勿令归去，而别遣人招史密司来。史若至，见汝与杰克昵，必大怒而与杰斗。杰克胜史，则史必遁去，更无面目居此间矣。汝试思之，此计何如？"

花奴大喜，亟向莱称谢，乃趣侍者取笔墨至，立作一函，遣侍者送往杰克寓所。

侍者持函去，花奴乃与莱道夫约，午后一时，仍会于卡生酒店。莱诺之，欣然而去。

第十一章　林中嫁祸

是日清晨，杰克与芘丽，同坐阅报室中，正议论昨晚之事。忽仆人持一函入，呈之杰克。杰克拆阅之，函云：

杰克君鉴：

　　刻有关于老虎党之消息一种，与君颇有关系，今日午后一时，务请驾临卡生路卡生酒店一谈。千万勿误，至嘱至嘱！

花奴上

杰克阅已，深以为异，即以函示芘丽。芘丽曰："花奴何人，君识之乎？"

杰克曰："否。我与此人，素不相识，乃贸然以此函致余，意果何居？"

芘丽曰："花奴之名，似一女子。"

杰克曰："诚然。即此函笔迹，亦类女子手书。我知卡生酒店，实一下流之集合所，彼若果有秘密消息语余，胡为招余往酒店中谈？是可怪也。"

芘丽曰："吾意君以不去为佳。莱道夫诡计百出，而老虎党亦待时而动，此函或系若辈所捏造，诱君前往，君宜审慎三思！"

杰克曰："不然。卡生酒店，为公众集合之所，万目睽睽，决无暗算之虞。今日午后，我必亲往酒店，一晤此人。彼或真有消息告余，亦未可知。"

芘丽颔之，但嘱杰克务须谨慎，勿为他人所算。杰克唯唯，乃别芘丽而出。

今乃午后一句钟矣，杰克入卡生酒店，询侍者以花奴所在。

时花奴已至，方独坐饮酒，闻侍者呼，急掷杯跃起，趋至杰克之前，含笑曰："君即杰克先生耶？"

杰克应之曰："然。"

花奴急肃杰克坐，酌酒奉杰克，柔声曰："余即花奴。今晨之函，即余所发者。"

杰克曰："余即为此函而来。今密司试语余，所得消息，究为何事？"

花奴笑曰："君少安毋躁！所云老虎党消息，余实不知，知之者乃余友耳。"

杰克曰："然则密司之友安在？余欲见之。"

花奴曰："君请稍坐，饮酒一杯，余友顷刻且至，勿急急也。"

于是花奴更与杰克纵谭他事，媚眼流波，状殊狎亵。杰克漫应之，亦不以为意。

此时史密司乃昂然而入，花奴见史至，知趣剧将开幕矣，乃置史不理，与杰克笑谈益欢。

史性素卞急，瞥睹花奴偕一面生之男子，同坐饮酒，忿火中烧，怒不可遏，立即趋至杰克之背后，伸一手捉其肩，厉声叱曰："蠢奴！汝宁无目者，亦识此间有史密司否？"

杰克出不意，见史密司向之寻衅，殊茫然莫明其故。

史密司见杰克不答，意其可欺也，乃更以左手扭杰克之胸，曳之起，立瞋目曰："汝勿假惺惺！汝诚健者，试与乃翁一较短长。"

杰克既离座跃起，见史密司无礼之状，心亦大怒，厉声曰："余与汝素不相识，汝无端向余寻衅，意欲何为？"

史密司作无赖之状曰："蠢奴！汝不识乃翁，乃翁固识汝者。乃翁今日欲殴汝，汝如乃翁何？"语已，遽挥拳向杰克殴击。

杰克见其无理可喻，为正当防卫计，乃不得不与史密司斗。

此时肆中酒客，围立如堵，花奴亦退至室隅，立椅上观二人斗。两人奋力相搏，拳足交加，各不相下。

史密司以多力自豪，来势殊凶，猛扑杰克，跳跃如虓虎。杰克躯体短小，灵活异常，史密司之拳，不能命中。已而史力乏，气喘如牛；杰克乃健进，奋其神力，直扑史之胸前，更以右足钩史两足。史立足不定，颓然仆地，于是观者皆大笑。

史密司老羞成怒，复自地上跃起，猛扑杰克。杰克急闪避，乘势飞一足起，力蹴其踝。史出不意，复横仆于地。

杰克腾身而进，以一足践史背，戟指叱之曰："我与汝无仇，何为无端辱我？"史伏地不答，杰克挥拳欲殴之。

酒肆主人，恐生他变，出为排解，杰克乃释史，以足蹴之使起，厉声曰："余名杰克，汝其识之。汝后此宜自敛迹，我在此，不汝容也。"

此时观者在旁，咸啧啧称杰克之勇。史密司羞惭无地，抱头鼠窜而去。

史既逸去，众皆就座，花奴乃自屋隅出，握杰克之手，深赞其勇。

杰克询以老虎党之消息，花奴知不能隐，乃从实告之曰："老虎党之消息，余实一无所知，函中所云，乃欺君耳。余为史密司所窘，受累无穷，故设法诱君来此，欲君为我驱史密司。君固豪侠士，当以拔除凶暴为己任。余虽欺君，君或不我责也。"

杰克闻言，始知受花奴之绐，然亦无如之何，乃别花奴出，跨马而归。

行半里许，过一森林，突有一人自树上窜下，以手枪之柄，力击杰克之颅。杰克出不意，被击而晕，自马背颠坠而下，僵卧于地。其人为谁？则史密司也。

史密司为杰克所殴辱，自酒肆中逸出，切齿痛恨，誓复此仇。嗣念杰克若归去，必由汉壁礼路之森林经过，乃回家取手枪一，预伏于森林之中。

少顷，杰克果款段而至，史乃突出，将杰克打倒。杰克既晕，史欲以手枪击杀之，偶一转念，人命关天，非同儿戏，况杰克与己，初无不解之仇，何必致之死地，乃将杰克之外褂脱下，披之身上，一跃登马背，纵辔疾驰，穿森林而出。

不意林外乱草丛中，狙伏一人，突开手枪，向史密司轰击。砰然一声，弹中史密司后背，自胸前直穿而去。史应声自马上坠下，一刹那间，气绝身死。发枪者谁？则莱道夫也。

当杰克与史密司角斗时，莱道夫亦在酒肆中，匿身室隅，静观两虎之相争。

在莱之初意，本欲使史密司痛殴杰克，以泄其忿，不意杰克勇力绝人，史密司竟为所败。莱亦骇然咋舌，顾以昨晚之事，心益忿忿，终欲拔去此眼中之钉。

嗣念杰克回家，必道出汉壁礼路，因先疾驰以往，狙伏于森林外之乱草丛中，取一实弹之手枪，握之手中，拟俟杰克至，开枪杀之。

已而果见一人一骑，自森林中出，莱急探首窥之，见其人所衣外褂，固赫然杰克也，乃立发一枪，向之袭击。其人中枪而仆，倒毙于地。

莱大喜，奔出视之，不意击毙者乃为史密司，非杰克也。莱骇且诧，默念史密司何为至此，其所御外褂及马，均为杰克之物，尤不可解。

嗣念史顷自森林中出，或有他故，乃步入林中察之，见杰克晕倒于地，尚未苏醒。莱道夫至是，始恍然大悟，初意欲再将杰克杀死，以泄其忿，已而转念，忽得一嫁祸杀人之策，乃探手杰克之囊中，将其常备之手枪取出。

枪中本实有子弹六，莱取出一粒，别以其自己手枪中所剩之弹壳，纳入杰克之枪内，事已，仍放入杰克之囊中，乃自林中奔出，飞身上马，疾驰往卡生酒店。

加利福尼亚省之定例，各乡村均设有镇守使一，强半就村中之公正勇敢者任之。镇守使之权力绝伟，举凡军事、民事之类，咸以一人掌之。

此乡之镇守使，名白尼尔。此君好酒，终日醺醺在醉乡，故以卡生酒店，为其特别办公之所，而镇守使所辖之乡勇，亦日就卡生酒肆饮，苟有不测之事，则白尼尔一呼，众可立集。

当时莱道夫自森林中返，系马于酒肆之前，飞步入室，疾趋至白尼尔之侧，扬臂呼曰："杀人！镇守使注意！我乃发现一杀人之事！"

白尼尔方举杯畅饮，斗闻"杀人"二字，杯乃立坠，骇然曰："杀人耶？莱道夫，汝言何指？孰乃杀人者？"

莱大声曰："史密司为杰克所杀，肇事地点，盖在汉壁礼路之森林中。余顷自森林中过，目睹其事，今凶手尚未逸去，速往捕之，犹可及也。"

其时肆中饮酒之客，或围立莱道夫身傍，莱既宣布此事，众咸骇然。而荡妇花奴，尚留肆中未去，闻言尤深惊诧。

白尼尔以职守所在，立即呼召其部下乡勇，奔至肆外，相率上马，即命莱道夫为前导，一拥驰往汉壁礼路。

第十二章　纵虎出柙

当镇守使等驰往汉壁礼路时，杰克在林中，已悠然而苏，神魂稍定，始忆顷乃骑马过林中，被人狙击，晕坠马下。此时外褂及马，均已不知所往，乃自地上跃起，出囊中之手枪握之，自林中疾趋而出，留心察视地上之足迹，欲探得彼狙击之者，今果何往。

行数武，忽遥见一健男子倒卧林外，趋视之，则史密司也，胸口有枪伤，鲜血殷然，已气绝而死，状殊可惨。

杰克大诧，默念："史密司何以倒毙于此？"又念："杀之者究为何人，岂即击我坠马之凶徒耶？"嗣念："史已惨死，而我乃持枪立其侧，人若见之，得毋疑我为凶手耶？"一念及此，不寒而栗，疾转其身，欲舍之不顾，觅道而归。

正在此一刹那间，莱道夫已引镇守使及乡勇驰至。莱遥见杰克，就马上指示镇守使曰："彼即凶手，速捕之，勿令脱去。"

镇守使乃指挥乡勇，下马捕杰克。杰克见乡勇至，自信无罪，坦然卓立，初无畏怯。乡勇以枪胁杰克，先将其手枪夺去。

时镇守使亦已下马，趋至史密司尸旁，俯察一过，知确为手枪所击毙，乃复步至杰克之前，诘之曰："汝名杰克耶？何为将史密司击毙？试语余以故。"

杰克曰："史密司之死，余绝不知之。余亦为他人所袭击，晕绝良久，今方苏耳。"

莱道夫在旁，戄言曰："彼语诳也，镇守使幸勿信之！今有最有力之证据在，君试检视手枪中之子弹，即可知之矣。"

镇守使韪其言，乃自乡勇手中，接取杰克之手枪，以示杰克曰："此枪是否汝所用者？"

杰克颔之曰："然。"

镇守使曰："枪中有子弹否？"

杰克曰："有之。共有子弹六粒，未尝开放。"

镇守使将枪机旋开，谛亲之，则枪中果有子弹六粒，惟其一已开放，仅余空壳在，镇守使以示杰克曰："汝云手枪未放，而枪中仅剩子弹五粒，其故何也？"

杰克茫然不能答，镇守使乃以枪示众人，宣言曰："史密司实为杰克所杀，证据确凿，无可抵赖。杀人者死，律有常刑，今遵此处定律，当处杰克以缢死之刑。"

镇守使言已，众俱默然，无有出而反对者。杰克虽力辩，镇守使以为铁案如山，置之不理，立命部下乡勇，将杰克押往村外荒郊，举行缢毙之刑。乡勇乃持枪胁杰克上马，左右挟卫，拥之向村外而去。

当杰克判决死刑时，花奴适至，闻而大骇，默念："杰克之事，实由我而起。设杰克以是而处死刑，则我之负杰克殊甚。我虽不杀伯仁，伯仁由我而死。"中心皇急，扼腕叹息。

嗣念杰克人虽勇敢，性殊温文，彼与史密司素无仇恨，睚眦之怨，断不致之死地。况据杰克申辩之言，亦复情理周至，察其状良非虚伪。然则史密司之死，其中或尚有别情，他人杀之，乃移祸于杰克，亦未可知。

一念及此，觉杰克之冤，盖无疑义，乃决计乘行刑之先，驰报其家属，为之申雪。计既定，遂向他人借得一马骑之，纵辔疾驱，驰往杰克之寓所。

将近门外，适见芘丽乘马而出，花奴与芘丽，曩尝有一面识，花奴急呼芘丽止之，就马上将杰克被人诬陷事，一一告之。

芘丽闻杰克将处死刑，心乃大惊，几自马上颠坠而下，骇然曰："杰克为人，余知之甚悉，彼决非杀人之凶徒，此中定有冤抑。余必亲往，为之申雪。"

花奴大喜，自愿为前导，与芘丽偕往。芘丽亦喜，两人乃策马并驱，疾驰向郊外而去。

是日午后，老虎党党徒，开一大会于机关部中，蒲鲁、虎面及诸党人，咸列席与议。

党魁萨隆加据首席，握拳抵案，忿忿曰："扰攘多日，虎像仍未夺回。我党势力，素称强盛，乃不能奈何一女子，殊可羞也。"

蒲鲁起曰："此女殊狡狯，又有杰克为之辅佐，良非易与。然我尝私计，终必缚之以献首领。"

萨隆加曰："汝能缚之良佳。汝素以骁悍称，而今乃阘茸，何也？兹限汝于三日之内，将彼捕获，献之于余。余苟不得虎像者，将投之虎口，以泄余忿。"

虎面起立反对曰："我侪目的，乃在虎像，凡所举措，当以虎像为前提。蒲君倘挟芘丽来，宜胁令将虎像交出，其他均可弗计。若徒投之虎口，杀以泄忿，则虎像终不可得，余亦终此身不能出罪，殊非余之所敢赞同也。"

虎面言已，萨隆加乃大怒，厉声叱之曰："汝乃何人，敢抗余议？余恨芘丽极矣，苟获之者，无论虎像之得否，余必杀之虎口，以泄余忿。"

虎面不屈，犹龈龈与萨辩。萨大怒，命党人将虎面曳出，闭之于一石穴之内。

蒲鲁受萨之命令，乃率其羽党，上马而去。

虎面作老虎党之伥，为日已久，举凡党中一切秘密之事，虎面靡不知之。

老虎党者，本印度拜虎教余孽，其党以虎为大神，事之维谨，故萨隆加等，在西美亦捕得猛虎一头，闭之柙中，置于石穴，事极秘密，惟党中人乃知之耳。

虎面状虽狰狞，而心殊慈祥，闻萨隆加欲投苤丽于虎口，心殊恻然，是以起而反对，虽触萨隆加之怒，亦所不惜。

迨萨隆加闭之石穴之内，虎面独居深思，默念苤丽倘被捕，必且惨膏虎吻，弱女何辜，乃罹此祸，意欲设法救之。顾己身尚难自由，实觉爱莫能助，沉思久之，忽恍然而悟，默念欲救苤丽，惟有一釜底抽薪之法，其法如何，则将柙中所槛之虎，设法放去，则苤丽纵被擒获，亦决不致落虎口矣。

立意既定，遂潜自穴底之秘密地道中，摸索而出，奔至虎穴之中，私将铁柙之门开放。柙门既启，虎面急伏于山石之后，探首外窥。顷之，遥见柙中之虎，徐步而出，跳跃腾骧，摇尾作势，直向山后而去。

虎面大喜，乃仍自地道返，安坐石穴之中，佯为不知，而其心乃晏然无复系恋，以为苤丽纵被擒获，亦不致更罹惨祸矣。

虎既出柙，突入后山，为一老虎党党人所见，党人大惊，急驰归报告萨隆加。

萨亦骇然，奔至虎柙中视之，则彼所奉为大神之猛虎，果已脱然逸去。萨亦莫明其逸去之故，但率众上马，各持手枪为备，设法捕虎。

后山之麓，本有败屋两椽，内无居人，萨驰马过屋旁，忽生一计，乃下马入屋中，以屋为阱，置一机关，欲借是以捕虎。布置已竟，与其党相率上马而去。

少顷，虎果越山而至，因屋门大开，遂步入屋中。见室中有一绳，绳端悬一木块，宛转空中，虎乃跃起，以利爪钩木块，用力拽之。绳动，门忽砰然阖，虎乃闭置屋中，不可复出。

其时萨隆加等，尚四出寻觅，未知虎之已在屋中也。

芘丽与花奴同行，驰往郊外，拟为杰克申辩。芘丽心急如焚，力鞭其马，马乃飞奔，其疾若矢。

比近郊外，突见短衣窄袖者十数人，控骑自林中跃出，拦阻芘丽之去路。芘丽谛视之，则为首一骑，乃老虎党之羽翼蒲鲁也。

芘丽皇急欲绝，立即旋转其马，向左而逃。花奴见芘丽逃，不知所措，乃亦将马首拉转，向右而逃。此时蒲鲁已见芘丽，立挥其羽党，纵骑飞逐其后。

芘丽见盗党来追，奔乃益急。驰里许，抵山麓，忽遥见败屋两椽，芘丽默念追者已迫，为势至危，不如暂避屋中，伏匿不出，负嵎自固。计亦良得，乃纵马至屋旁，一跃而下，推门入室，复闭户键之。

少顷，盗党追至，见马在门外，知芘丽必匿屋中，乃舁大石一，尽力撞门。门且碎，芘丽急由室隅一小户，逃入隔室，复闭户键之，偶一回顾，瞥见室之他隅，乃伏一庞然大物，双目炯炯，注视其身。

芘丽谛视之，不觉瞠目大骇，神魂飞越。此物非他，盖即老虎党中逸出之猛虎也。

第十三章　矿丁辨诬

芘丽以避老虎党故，乃与猛虎同处一室，心胆俱裂，自分必死。

此时虎已见人，目光灼灼如明星，摇尾张口，磨其利齿，欲肆搏噬。芘丽骇极，乃缘柱而上，攀登屋梁之颠，暂避其锋。虎见之，忽狂怒，奋腾跳跃，张其利爪，欲攫芘丽。芘丽在梁上，骇极几坠，乃转辗侧身以避之。

虎攫芘丽不获，怒乃益甚，时时放声作巨吼，耳为之震。芘丽闻之战栗，惟有紧抱梁木，蜗伏不稍动。正危急间，而蒲鲁等破门入矣。

蒲鲁攻破大门，率众入内，见室中阒无人在，知芘丽必避入邻室，乃更以巨石撞邻室之门。门碎，蒲鲁首先跃入，忽见室中有一猛虎在，张牙舞爪，若将择人而噬。

蒲鲁大惊，急转身逃出，颠声曰："虎！虎！室中有虎在，速避！"

众闻呼，相顾失色，争先而奔。比至大门之外，惊魂稍定，蒲鲁讶曰："芘丽殆妖人，一转瞬间，乃能变一猛虎，大是怪事！"

其党曰："不然。屋中或本有一猛虎在，芘丽入室，乃为虎所噬耳。"

蒲鲁曰："虎见门碎，行且奔出，我侪若四散而逃，必有一人，膏彼馋吻。我意不如静伏草中，俟其出，各以手枪击之。彼若中枪而毙，亦为此乡除一巨害。"

众韪其言，乃散伏草中，握枪以待，拟俟猛虎出，击杀之。

正注视间，忽有大队骑士，越山而至。蒲鲁回顾见之，欣然扬臂而呼。盖来者非他，乃萨隆加及老虎党也。

萨隆加既遇蒲鲁，蒲鲁以发现猛虎事告之。

萨急摇手曰："此虎非他，即我党供奉之大神也，顷自柙中逸出，余方追踪觅之。彼既在此，余殊欣慰。汝辈太卤莽，万一枪伤大神，罪过不小，匪余至，事且殆矣。"

蒲鲁曰："大神将出，或且伤人，奈何？"

萨曰："我自有法以制之。"乃命人往舁铁制之虎柙来。

少顷，柙舁至，萨命将柙口正对败屋之门，别遣人往屋后鸣枪以惊虎。虎闻声，果大骇，仓皇自大门奔出，不意门外即为虎柙，虎乃不觉走入铁柙之中。

虎既入内，萨大喜，急闭其门。虎在柙中，不复能出。萨指挥党人，命将虎柙舁回山中。

此时芘丽在屋中梁上，见虎已出室去，心乃稍安。惊魂既定，遂自梁上攀缘而下，侧耳听之，闻大门外人声鼎沸，知老虎党尚未他去，深恐党人入内，复为所见，乃潜启屋后之户，闪身逸出，遥见一马在山麓啃草，趋视之，即己所乘者，大喜，乃飞身上马，纵辔而驰。

虎既捕获，萨隆加欲率众而归。此时蒲鲁乃斗忆芘丽之事，急告之萨。

萨跌足曰："匹夫！汝胡不早言？今我侪趣入室察之，彼若未膏虎口者，必已逸去无疑。速往捕之，犹可及也。"

于是众乃一拥入室，见屋内已阒无人在，地上亦无血迹。

萨顾蒲鲁曰："我言何如？此女当未死，必从后门逸矣。"

于是众复退出，相率上马。蒲鲁跃马登山巅，旋首四瞩，遥见芘丽一人一骑，越山而去，乃急扬鞭招众人，策马逐之。

芘丽驰数里，遥闻背后马蹄声，杂沓而至，明知老虎党已追踪而来，骇然不敢回顾，但力鞭其马，绝尘飞驰，顾萨隆加仍追逐其后，不肯舍去。

如是者又数里，芘丽逃至一崭岩之上，壁立千寻，无路可遁，回顾追者渐近，皇急不知所措。

此处两崖对峙，相隔丈许，其中为幽谷，深不见底。芘丽偶俯视，见马背携有长绳一，长丈六七尺，人急智生，忽得一冒险之策，乃自马背跃下，取长绳握之，以绳之一端为圈，遥望对崖，注视片刻，突然将手中之绳圈，向之抛掷。

对崖有磐石一，径可三四尺，半没土中，绳圈飞来，适套于此石之上。芘丽极力拽之，亦不能脱，乃将绳之他端，缚于一巨树之根。

此绳横亘于两崖之间，架空若长虹，芘丽以两手紧握之，辗转缘索而过，直达对崖之巅。

芘丽既过，老虎党乃追踪至，萨隆加见芘丽逸去，愤不可遏，立即下令党人，孰有能至对崖捕芘丽者，当膺重赏。于是有一党人，自告奋勇，立即自马上跃下，当即效芘丽之法，手握长绳，欲缘索而过。

芘丽在对崖见之，急自囊中取一小刀出，力割其绳。此时党人方悬于半空之中，绳被割断，党人突然下坠，訇然一声，跌毙于深谷之中。

萨隆加在马上见之，切齿痛恨，暴怒欲狂，立即下令其党，开枪轰击。

芘丽所处之山顶，乃一孤峰，四围壁立，无路可遁，一时老虎党之枪弹，纷立如雨。芘丽险为所中，乃匿身于一大石之后，以石自蔽，稍避其锋。

正危急间，而花奴引杰克至矣。

初，杰克为乡勇所胁，挟至荒郊，镇守使宣布其罪状，判以缢死之刑，命乡勇立即执行。

乡勇取一长绳至，欲缚之杰克颈中，杰克大怒，遂奋起与乡勇斗。顾杰克虽勇，而众寡悬殊，势不能敌，力搏久之，率为乡勇所捕获，乃以绳之一端，缚于杰克之项间，更以其他一端，穿过一大树之枝，扣之枝上。

树高而绳短，杰克为绳所曳，双足离地，悬挂空中。镇守使命取一大石至，填之杰克足下，俾暂时得站立其上，一俟行刑令下，即将足下之石移去，则杰克高挂空中，必致气窒而死。

布置既定，众就树下稍憩。杰克因乡勇蠢然，无理可喻，瞑目待死，不复与之争辩。

顷之，镇守使跃起，扬臂而呼，下行刑之令。乡勇趋至杰克之身畔，正欲将足下之大石移去，不意忽有壮丁一小队，自对面山麓，飞驰而至，手中各执手枪，势甚汹汹。

镇守使谛视之，盖即杰克所掌银矿中之矿丁也，乃叱乡勇暂缓行刑。乡勇亦各执手枪为备。

一刹那间，矿丁驰至镇守使前，其为首一骑，厉声诘问曰："我矿中工程师杰克，所犯何罪，胡为将其缢毙？"

镇守使亦厉声曰："杰克无故枪杀史密司。杀人者死，律有常刑，汝辈胡得干涉？"

矿丁曰:"使杰克而诚犯杀人之罪,则余等亦决不袒护。但彼之杀史密司,亦有证据乎?"

镇守使曰:"有手枪为证。"

矿丁曰:"试给余辈一观可乎?"

镇守使曰:"可。"遂自囊中出杰克之手枪,付之矿丁,毅然曰:"史密司死后,惟杰克一人在侧。据杰克云:其手枪中有弹六粒,未尝开放。顾检视其枪,则一弹早已放去,仅剩空壳,与杰克之言语不符。即此一端,杰克之为杀人凶犯,殆无疑义矣。"

矿丁将枪机扳开,检视子弹,果如镇守使所言。

正踌躇间,别一矿丁,忽有所悟,乃将手枪中子弹,悉数倾出,试将实弹之壳,与空壳比较,不觉讶然失声曰:"噫!冤哉杰克!彼乃为他人所陷害,非真凶也。"此人言出,矿丁皆色然喜。

镇守使曰:"君何所见而云然?"

矿丁笑曰:"是亦易辨耳。君试视之,此空弹之壳,乃一九零五年造于马塞尼厂者;此实弹之壳,乃一九零六年造于亚爱洪厂者。两弹巨细长短,亦微有不同。故此种空壳,乃系事后纳入,决非此枪所放。大抵有人将史密司击毙,意欲陷害杰克,故将空弹之壳,纳入彼之枪中耳。君身为镇守使,不此之察,而遽判杰克以死刑,抑何愦愦乃尔?"

镇守使闻矿丁言,如梦始觉,细察两弹之壳,果截然不同。旁观者及诸乡勇,亦咸谓矿丁辩护之言,确有充分之理由,杰克实遭诬陷,决非凶手。

镇守使乃命将杰克放下,并向之握手道歉曰:"余以一时失察,误疑君为凶手,抱歉殊深,君其恕之!"

杰克因冤已大白,亦遂一笑置之,镇守使乃率乡勇去。杰克向矿丁道谢,矿丁牵一马与之。杰克上马,与诸矿丁缓辔而归。

第十四章　荡妇破奸

杰克率众行半里许，花奴适驰骋而至。花奴遥见杰克，深以为诧异，收缰下马，挥其马鞭，以止杰克，杰克亦下马。

花奴趋前握其手曰："君以我故，为众人所诬，我虽知君之冤，顾无从为君剖解，心甚皇急，不识君何由得脱，幸速告我。"

杰克乃以矿丁来救之事，约略语之。

花奴蹙额曰："吾为君喜，又为芘丽女士忧。芘丽为强徒所厄，事且奈何？此事由君而起，君能往救之否？"

杰克闻言大骇，急询其颠末，花奴乃以中途遇盗之情形，详告杰克。

杰克皇然曰："此老虎党也，素与密司芘丽为仇，芘丽遇之危矣。我侪宜速往救之。"言已，立与花奴相率上马。

花奴控骑为前导，杰克率众追随其后，驰数里，抵一高山之麓，忽闻山后，枪声轰然，续续不绝。

杰克急纵辔登山顶，立马四瞩，遥见山后一高峰之上，有骑士十余人，各持手枪，向对面危崖上轰击，又见危崖之上，恍惚有一女子，伏于大石之后。

杰克失声曰："是矣。"立即扬鞭发号令，与其众各出手枪，飞驰下山。比抵山后高峰之侧，乃同时发枪，向老虎党背后袭击。

党人出不意，惴悸失色，手足不知所措。杰克乘其纷乱时，立率矿丁，一拥上山，人人奋勇争先，无不以一当十。党人披靡，自知不敌，四散遁去。

杰克隔山大呼，芘丽闻杰克之声，自石后探首出视，两人相见，乐乃无艺。杰克别取长绳一，掷至对崖，芘丽系其一端于大石之上，乃缘索而过。

芘丽惊问杰克，何以能脱险。杰克以矿丁来救之情形，一一告之，并自囊中取枪弹出，以示芘丽。

花奴在侧，闻杰克之言，斗有所悟，乃将其中一空壳取去，细视一过，忽问杰克曰："此种枪弹，与君所用者不同，必非君物可知。然君亦知此空壳何从而来乎？"

杰克摇首曰："不知也。"

花奴曰："据我所猜度，其内容已略知一二，然此时尚不便说明。我欲借此空壳一用，君能允吾乎？"

杰克诺之，花奴将空壳纳之囊中，众乃相偕而归。

是日薄暮，莱道夫跨马赴卡生酒店，比至，则花奴已先在。

花奴见莱入，跃起迎之，欢然曰："智哉君也！我从君计，诱杰克至，彼果痛殴史密司，复以枪杀之，而镇守使又罪杰克，判处死刑。二憾俱去，我心之快慰奚如。"

莱道夫忿忿曰："我闻杰克固未死也。镇守使殊愦愦，奈何轻释有罪之人？"

花奴曰："杰克生死，与我侪何涉？彼诚手毙史密司，我且感之不暇，我受史密司虐待久矣。"言次，以拳抵案，若余愠之犹未已者。

莱道夫曰："彼亦非有爱于汝。彼昵芘丽甚，汝宁足博其一盼。"

花奴颔之，于是两人更纵谈他事。花奴立莱道夫傍，乘莱不备，潜伸手入其外褂囊中，窃得其手枪。

会莱回顾与他人语，花奴乃将枪机扳开，倾出其子弹，纳之囊中，仍将空枪放入莱之囊中，莱道夫固瞢然未之知也。

少顷，莱与花奴别，跨马而去。

夜色既沉，万籁都寂，虎面独处石窟之中，抱膝沉吟，百无聊赖，乃取一小镜至，自照其面，瞥睹面上所镌之虎纹，缕缕斑斑，厥状可怖，乃掷镜于案，掩面而泣。

正呜咽时，忽有人自后抚其肩，虎面急回顾，则党魁萨隆加也。

萨貌殊和缓，徐徐曰："夜深不寐，何事悲啼？宁以日间之事，遂怒我耶？"

虎面惨然曰："非也。我何敢怨君？顾我亦寻常人类，而所遇独酷，故自悲耳。"

萨曰："我之待汝，自问尚不恶，而汝言酷者何也？"

虎面曰："其他我不恨，恨面上所镌之斑纹耳。我亦犹人，而人乃畏我貌，不复以人视我；我亦自惭，不敢以人自待。君之待我，宁非酷乎？"

萨曰："此则汝咎由自取，幸勿尤我！汝果能夺回虎像，则我当为汝去之，回复本来之面目。事亦匪难，此在汝自为之耳。"

虎面曰："君先为我去此斑纹，则我誓必将虎像夺回，奉之于君。君以为何如？"

萨摇首曰："不得虎像，则面上之纹，终不能去。我为汝计，不如速往芘丽处，将虎像夺回。婢女喜达，素为我党之内应，汝若见之，必能为汝助也。"

虎面不得已，乃毅然愿往。萨大喜，遂与虎面偕出，牵一骑授之。虎面纵身上马，飞驰出山而去。

是夕晚餐后，杰克与芘丽同坐楼下会客室中，议论日间之事。

芘丽曰："史密司之死，与君之被人袭击，或系一人所为。此人先击君，后乃枪杀史密司，嫁祸于君。君以为何如？"

杰克曰："我亦云然。顾其人为谁，殊令人无从揣测。"

芘丽曰："我侪仇人，除老虎党外，厥惟莱道夫，我意此事或莱道夫所为。莱甚阴险，不可不防。"

杰克曰："诚然。顾其中尚有可疑：方余自卡生酒肆出，莱尚在肆中，余盖亲见之，故林中狙伏向余袭击者，必非莱道夫也。"

芘丽曰："假令此事果系莱道夫所为，方今证据毫无，彼亦未必肯承认，置之可耳。我所惧者，则在老虎党，若辈处心积虑，必欲将虎像夺去。像在余家，余实未能安枕。若辈诡计百出，令人防不胜防。为之奈何？"

杰克曰："若辈目的，固在虎像，然则像之安置，最宜审慎，幸勿疏忽，致落于若辈手中。"

芘丽曰："虎像现藏保险箱中，顾此种保险箱，不甚可恃，我意拟藏之床顶上一小箱之中，较为妥贴，君意以为如何？"

杰克颔之，芘丽乃启保险箱，将虎像取出。杰克送之登楼，至卧室之外，两人握手道晚安，一笑而别。

杰克下楼去，芘丽启门入卧室，摈电灯机关启之。灯光既明，芘丽跃登床沿，启床顶之小箱，欲将虎像放入，不意床左壁橱之门，突然而辟，橱内忽有一人跃出，直前捉芘丽之臂，欲夺其手中之虎像。

芘丽大骇回顾，比睹其人，震怖欲绝，一时立足不定，自床沿上颠坠而下，仆于床中。其人为谁？则狰狞无匹之虎面是也。

先是，虎面驱骑至芘丽家，系马门外，蹑足至窗前，以指弹窗者三。喜达在内闻之，潜启后门出，与虎面会于墙下。

虎面低声曰："我奉教主命，为虎像而来，密司幸助我，功成当获殊赏。"

喜达曰："我当先入，潜启楼梯左侧之窗，君可逾窗入，蹑足登楼，伏于芘丽卧室之中。俟芘丽归寝，君乃突出劫之，则虎像不难获也。"

虎面大喜，诺之。喜达乃仍自后门入。

少顷，墙上一窗，果呀然而辟。虎面急逾窗入，见窗右果有一楼梯，乃拾级而登。楼梯既尽，则喜达已待于甬道之中。喜达引虎面至芘丽卧室之中，启一壁橱之门，使虎面藏身其中，乃倏然而去。

虎面立橱中，枯待久之，焦闷欲死，忽闻芘丽启之而入。虎面不能忍，乃自橱中启门跃出，突前捉芘丽，欲夺其手中之虎像。

芘丽骇而下坠，仆于床上。虎面急健进，伸手扼其喉。芘丽奋力与斗，紧握虎像，坚不肯释。

相持久之，芘丽奋其全力，以双足猛踢虎面腰间。虎面负痛，仆于床下。芘丽急跃起，自枕边取手枪出，拟向虎面轰击。

时虎面已跃起，见而骇然，冒险直前，扼芘丽之腕，枪不得发。芘丽右手执枪，左手执虎像，皇然不知所措。于是虎面斗飞一足起，踢芘丽之左手，手中虎像，飞坠于房门之外。

虎面大喜，立释芘丽，欲趋往拾之。芘丽反自床上跃下，扭其衣，阻之不得行。其时芘丽右手之枪，亦为虎面所击，坠于床上，于是二人乃徒手相搏，此迎彼距，奋斗甚烈。

盘旋久之，芘丽力且不敌，正危急间，突有一人自门外跃入，直扑虎面，为势绝猛。其人为谁？则杰克是也。

第十五章　凶犯漏网

先是，杰克在楼下卧室中，熄灯欲睡，忽闻楼上发声甚厉，似有人争斗之状，心甚诧异，侧耳听之，觉此声乃作于芘丽之卧室，尤为骇然，乃急启户而出，捩电机启之，飞奔上楼。

比抵芘丽卧室之中，遥见室门大启，芘丽正与一健男子扭斗室中，杰克知老虎党又来袭击，忿不可遏，立即奋跃入室，直扑虎面，举拳殴之。

虎面觉背后有人来袭，急舍芘丽，转身迎敌，瞥睹来者乃为杰克，心甚懊丧，明知杰克神勇，力不能敌，今晚之希望，又成泡影。一念至此，亦不愿更与杰克斗，立即转身而奔，飞驰至窗前，跃窗而出，纵身下楼。

杰克追至窗前，亦欲逾窗出，会芘丽拾枪而至，恐有危险，曳其衣不听行，杰克遂止。芘丽凭窗而望，遥见虎面解门外所系之马，飞身而上，纵辔欲驰。

芘丽立举其手中之枪，向虎面轰击，枪弹三发，均未命中。虎面闻枪声，急以缰绳之端，力鞭其马，马乃狂奔，飞驰而逸。

其时莱道夫适自酒肆之中，骑马而归，斗闻枪声连作，一骑迎面而至。莱道夫勒马道傍，谛视之，知为老虎党中之党员。

时虎面之骑，已疾驰而过，莱道夫急自囊中取手枪出，向之轰击，不意枪中子弹，早为花奴窃去，其中空无所有。

莱道夫大诧，莫明其故。即在此一刹那间，虎面已安然返巢穴矣。

虎面既逸，芘丽与狄克闭窗而入。芘丽忽忆虎像为虎面所踢，飞坠门外，急以语杰克，杰克乃与芘丽同至门外，四处寻觅，不意虎像乃杳如黄鹤，遍觅不得。

两人又至室内寻之，搜索良久，仍无所获。芘丽大诧，谓："当时并无第三人在，虎像脱手飞去，明明坠于户外，虎面欲往拾取，为余所格，终不得行。在理则虎像决不入虎面手，殆可断言，今乃杳不可见。究竟虎像安在，殊难索解。"

杰克闻之，亦以为异，两人猜度久之，终觉莫名其妙。芘丽因虎像失去，深为懊恨，杰克劝慰之。

论议良久，杰克乃与芘丽别，道晚安而出。芘丽亦熄灯就寝。

翌日，芘丽晨起，忽有客叩门来谒。女佣喜达，启门肃之入。比入，则花奴也。

花奴偕乡团一人，入谒芘丽，芘丽见之于会客室。

会杰克亦至，花奴乃发言曰："一昨史密司之死，实为最近之疑案，凶手究为何人，固人人所欲知之者也。当时镇守使白君，误信人言，竟疑杰克君所为，险致累及无辜。此事由余而起，余心实抱仄歉，顾今则孰为凶手，业为余设法查得，用特来此谒密司，共商一对待之策。"

芘丽喜曰："凶手已侦得耶？此事于杰克名誉，颇有关系，孰为凶手，幸速语余。"

杰克亦急欲知凶手为何人，趣花奴宣布其姓氏。

花奴乃低声曰："杀人者，莱道夫也。"

语出，芘丽与杰克，均有所悟，相与微颔其首。

芘丽曰："汝谓凶手为莱道夫，证据尚在？"

花奴曰："余已获有确凿之证据，可以证明。盖昨日史密司死后，第一发见其事而报告镇守使者，即系莱道夫。后杰克君之冤既白，镇守使固瞢然，绝不追究莱之诬告。然余则颇疑莱道夫与此案有关，意欲着手侦查，以为杰克君洗刷。会矿丁以枪弹证明杰克君之冤，谓死者所中，乃系一九零五年造于马塞尼厂之弹，而杰克君所用，乃一九零六年造于亚爱洪厂之弹。惟死者所中枪弹之弹壳，确在杰克君手枪之中，显见有人将杰克君击晕，以空弹壳置其手枪中，施其移祸他人之毒计。余即就此一端，着手侦查，只须一视莱道夫所用之枪弹，是否一九零五年造于马塞尼厂者，倘枪弹吻合，则凶手之为莱道夫，当无疑义。"

花奴言至此，芘丽与杰克，咸频颔其首，服其有识。

花奴续曰："余立意既定，乃往卡生酒店，觅莱道夫，与之密谈，乘其不备，窃得其手枪，将枪中子弹倾出，纳之余之囊中，仍将手枪设法送还。莱殊梦梦，绝未觉察。迨莱他去，余乃将窃得之子弹，取出观之。弹共五粒，五粒皆一九零五年马塞尼厂所制，而其余一粒，则为一九零六年亚爱洪厂所制。余此时乃恍然大悟，知余之幻想，业已尽成事实，史密司实莱道夫所杀。莱既杀史，乃乘杰克昏晕之际，以空弹壳换去一子弹，以为移祸之计。其设心之险狠，亦云至矣。"

花奴言至此，乃自囊中出子弹六粒，以示芘丽及杰克。杰克接阅之，其一与五，果有区别。

花奴续曰："杰克君之冤，昨虽证明，顾村中人士，或尚有怀疑未释者。今余将此案黑幕，业已调查明晰，用特偕乡勇来此，报告密司。余闻莱道夫与密司同居，拟请乡勇将莱道夫捕获，送之镇守使署，依法抵罪，则杰克君之被诬，可以大白矣。不识密司之意何如？"

芘丽、杰克闻言，同声曰："杀人者死，国有常刑。莱道夫既为凶手，则理宜加以逮捕。"

杰克因顾谓乡勇曰："莱道夫卧室，在二层楼，此时尚未出外，君可上楼拘之。莱颇枭勇，若亡命拒捕，君一人或不敌，余当助君一臂，不令兔脱也。"

正言间，芘丽偶步至窗前，忽失声呼曰："此非莱道夫耶？噫！莱道夫上马遁矣。速捕之，勿令逸去！"

众闻呼，咸奔至窗前，遥见窗外一草径中，有马一乘，飞驰而去。马背乘者，果莱道夫也，屡屡回顾，神色张皇，若惟恐有人逐其后者。

杰克见之，立自室中奔出，飞步至大门之外，芘丽等群随其后。花奴与乡勇，本跨马而来，马系门外树上，乡勇急解去其绳。

会杰克亦牵两骑至，四人乃相率上马，向屋左草径之中，飞驰追去。

初，芘丽等在室中议论时，莱道夫适自卧室中出，缓步下楼，过会客室门外，闻室中人声喧杂，乃伏而窃听。

其时花奴正详述窃弹作证之情状，莱道夫闻之，骇然失色，嗣闻杰克指挥乡勇，意欲上楼逮捕，皇骇益甚，乃立即转身奔出，往厩中牵得骏骑一匹，上马而遁。

驰里许，闻背后蹄声杂沓，知杰克等相率来追，皇急之次，忽得一策。

其时莱适驰至一森林之旁，林中树木深邃，黝黑异常，莱乃自马背跃下，牵马入林中深密之处，伏而暂避。

少顷，杰克等四骑，一一自林外驰过，初不料莱道夫之伏于林内也，乃相与向前驰去。

莱道夫俟杰克等去远，乃自林中牵马而出，飞身上马，仍由原路驰回。行里许，抵一高山之巅，忽遥见山腰之间，有一女子，骑马"得得"而来。

马至半山，女忽跃下，系马树上，奔入一矮树丛中，倏然不见。

莱道夫谛察此女子之举止态度，一似日常相见之人，细思之，乃恍然悟曰："此女佣喜达也，何为而来此？咄咄怪事！余必一穷其异。"乃纵马自山顶驰下。

比抵山腰，乃亦自马上跃下，蹑足入矮树丛中，探首窥视，始知其中乃有一石穴，穴口甚巨，高约六七尺，可容一人出入。

莱道夫益疑之，念喜达行踪诡秘，其中必有他故，乃将马系于数丈外深林之中，己则伏于穴口一大石之后，屏息探望，拟俟喜达出，一穷其异，初不料此石窟之内，即为老虎党之巢穴也。

第十六章　水火交攻

我今将折笔以叙喜达矣。

初，喜达引虎面入，伏于芘丽卧室之中，已乃匿身室外，静觇其变。

少顷，芘丽入室，虎面突起夺虎像，两人搏斗甚烈。时室门未闭，喜达乃伏于暗陬，袖手作壁上观。已而芘丽手中之虎像，为虎面所踢去，飞坠室外。

两人斗方酣，相持不下，无暇前往拾取，喜达乘此间隙，将虎像拾得，纳之囊中，闪身而逸，奔回卧室，安然就寝，而心乃大乐，默念："老虎党主教萨隆加，曩曾有约，苟能将虎像夺回，当以千金为酬。今虎像已得，明日献之萨隆加，则一千金在我掌握矣。"思至此，不禁展辅而笑，栩然入梦。

翌日清晨，花奴偕乡勇，来谒芘丽，喜达乘此机会，潜取虎像，藏之囊中，跨马而出，驰往老虎党之秘密窟，比至，下马入窟中。

党徒之识喜达者，为之禀报萨隆加。萨招喜达入，询其来此之故。

喜达曰："主教不尝云乎？孰能夺得虎像者，当以千金为酬。"

萨隆加曰："然。"

喜达乃自囊中出虎像，奉之萨隆加。萨狂喜，接像于手，把玩久之，乃引喜达入内室，至虎柙之前。

柙外有石桌一，上置香炉、烛台等物。萨将虎像供之桌上，稽颡顶礼，状殊恭敬，然后扬声呼一教徒至，命其兀守于虎像之旁，以免遗失。教徒唯唯，遂矗立石桌之前，注视虎像，目不他顾。

萨隆加乃偕喜达出，别至一室，启藏银之柜，取银钱一囊出，赠之喜达，以为酬资。喜达大乐，遂告辞而出。

初，喜达与盗魁蒲鲁有私，喜达之助老虎党也，亦由蒲鲁为之绍介。蒲鲁尝与喜达约，孰得虎像而获酬者，则其资当与党人均分。至是喜达既得酬，遂如约跨马往盗窟。

比至，入见蒲鲁。时蒲鲁正与群盗聚议，共筹对付芘丽之策，不意喜达雀跃入，欢呼曰："君等碌碌，因人成事者也。我以一人之力，成此大功，酬资在此，君等均可沾余润矣。"

众闻言，咸色然以喜。于是喜达以囊中之银钱，奉之蒲鲁，请其秉公分派。

蒲鲁接资亦大乐，乃倾银钱于案上，均分为若干股，诸盗党各得一股。除蒲鲁外，以喜达所得为独多，殆四五倍于他人，则以喜达出力多也。

分已，众皆大喜，向喜达道谢。喜达取资纳囊中，与蒲鲁别，跨马而归。

当喜达之出自石窟也，莱道夫尚伏于窟外，莱见喜达去远，默念石窟之中，必为党人之秘密机关，决意入内窥视，一觇其中情状，遂闪身入窟，蹑足前进。

曲折数四，乃抵一处，豁然开朗，别有天地。更前进，略一转折，乃睹广场一，场之正中，设一虎柙，柙中有猛虎一头，毛色斑斓，狰狞可怖，莱道夫遥见之，不寒而栗。

又见柙外有石桌一，桌上除香炉、烛台外，别有一奇异之物，跃入眼帘者，则金质之虎像是也。莱道夫骤睹此像，心乃大诧，默念虎像为芘丽所藏，何以陈列于此？嗣乃恍然悟，知此地必为老虎党之秘密窟，昨晚虎面之逸，殆已将虎像夺回，是以陈之此间耳。

此时石桌之旁，仅有教徒一人，凝神矗立，察其状，似为监守虎像之人。莱道夫心窃窃喜，自念机不可失，胡不将虎像盗出，再图他策？

立意既定，遂取手枪出，握之掌中，蹑足而前，直抵教徒之背后。教徒木立不动，绝未觉察，莱乃倒执手枪，以枪柄力击教徒之颅。教徒出不意，被击而仆，晕绝于地。

莱道夫急将桌上之虎像攫得，纳之囊中，匆匆循原路逸出，差幸党徒均他去，无有见者。

莱既出，急奔至林中，解所系之马，飞身而上，疾驰逸去。

是日清晨，虎面归秘密窟，闻虎像已得，喜出望外，急往见主教萨隆加，哀之曰："自虎像之失，我面上乃镌此斑斓可怖之花纹，使他人见我，不复以我为人类，罚亦酷矣。今虎像既已璧返，则我罪亦当末减。君曩日不尝云乎？苟得虎像，则我面上之斑纹，自有善法以去之。今目的已达，请君为我去之，俾复本来之面目，则感激无涯矣。"

萨隆加颔之曰："虎像已得，则汝纵不言，我亦当为汝去之。今汝趣赴大殿，礼大神，忏悔往日之非，我当为汝去之。"

虎面大喜，乃随萨隆加入，至虎柙之前。萨瞥见监守虎像之教徒，倒卧于地，回顾桌上，则辛苦得来之虎像，早已不翼而飞。

萨大骇，瞠目顿足曰："噫！虎像又被窃矣。奈何奈何！"

虎面闻言亦大惊，失望之余，如堕冰窖。

其时萨已鸣钟召诸教徒，教徒纷至，萨立发命令，搜查窟中，恐有奸人潜匿。已而教徒均来复命，谓窟中搜查殆遍，绝无外人踪迹。萨明知窃像之人，早已远飏，自悔疏忽，一时亦无所为计。

此时被击仆地之教徒，已悠然而苏，闻虎像被人窃去，觳觫不可名状。萨忿甚，痛詈之，教徒皇悚侍立，莫能作一语。而虎面在侧，尤怒不可遏，突起扭此人，挥拳殴之。

主教急为解劝，叱教徒退出，乃谓虎面曰："虎像之失，我意必芘丽或杰克所窃。我党之秘密机关，外人知者绝鲜，若辈何从探得，殊为怪事。今汝宜潜往芘丽家，暗嘱喜达，设法探听。若虎像果系二人所窃，则我党再当设一良策，将虎像夺回。事不宜迟，汝其速往！"虎面唯唯，乃匆匆而出。

杰克等之追莱道夫也，飞驰数里，杳不见莱之踪迹。众大懊丧，知莱已由间道逸去，乃相率回马而归。

缓辔行数里，抵一山麓，花奴与众别，先由他道驰归。芘丽等三人且行且语，越山而过。

比抵山后，忽见一人跨马自林中出，飞驰而去。杰克谛视之，失声曰："此莱道夫也。彼乃伏匿于此，殊出我人意外。今我侪宜速捕之，勿令逸去。"

于是三人各纵其骑，追逐于莱道夫之后。其时莱道夫方由石窟逸出，虎像既得，踌躇满志，不意杰克等又追逐其后，欲加逮捕。

莱道夫回顾见之，心乃大惊，急猛鞭其马，马遂狂奔，其疾如矢。杰克等不舍，仍紧随其后。莱道夫屡屡回顾，心殊皇急。驰数里，抵一废矿之外，莱道夫心生一计，乃自马背跃下，避入矿穴之中。

少顷，杰克等三人，相继而至。杰克遥见莱道夫逃入废矿，乃止芘丽勿前，三人均自马上跃下。

杰克拟挺身入矿穴搜捕，芘丽亦欲入内，杰克阻之。乡勇请与杰克偕行，两人乃各取手枪握之，奔入矿中。芘丽一人在矿外，木立以待。

少顷，杰克等竟一去不返，芘丽不复能耐，乃亦取手枪握之，蹑足而入。

行数武，见其中有甬道二，一东一西，芘丽心颇踌躇，不知杰克等乃在何处，沉吟片刻，决计折入东向之甬道。

曲折久之，抵甬道之底，回首四嘱，阒无人在，正欲转身而出，不意突有一人，自甬道旁木柱之后，纵身跃出，斗飞一足，踢芘丽之腕。芘丽出不意，手中之枪，脱手而飞，锵然坠地。

其人复健进，自后捉芘丽之两臂，反接之。芘丽大骇，力挣不得脱。其人乃曳芘丽至一木柱之前，取长绳一，缚之柱上，缚已，乃倏然而去。其人为谁？则莱道夫也。

废矿甬道中，本装有自来水管多枝，莱道夫既缚芘丽，乃思得一毒计，匆匆奔出，驰至自来水管之前，以手枪连击之。俄顷，管破，水乃汹涌而出，续续不绝。一刹那间，甬道之中，水深数尺。

莱道夫又于水管之侧，觅得旧贮煤油两桶，乃将桶盖打开，倾煤油于水面，以火柴燃之。于是水面之上，火势熊熊，火逐水流，蔓延渐广。

其时芘丽反缚于木柱之上，水势渐增，高及胸口，而水面之火，又自远而来，行且燃及其身。芘丽扬声呼救，恇悸失魄，自分不死于火，必死于水。其处境之危，诚匪言语所能形容。顾一转瞬间，而救星忽至。救星谓谁？则杰克是也。

第十七章　壮士避祸

水火既作，莱道夫脱身逸去。时杰克与乡勇，尚在甬道之西，从事搜查，忽见矿中突然发水，势甚汹涌，而水面又有烈火，延烧甚广，两人衣履，咸没水中，淋漓濡沾，足不能举。

乡勇见水势愈增，恐遭灭顶之祸，先由原路逸出。杰克明知水火交攻，均系莱道夫所为，深恐坠其术中，乃亦急急退出。

比至甬道之口，忽闻东面甬道中，有人呼救，声类女子，侧耳听之，始辨为芘丽之声，心乃大惊。其时矿中之水，高几及肩，杰克知芘丽在内，无论若何危险，断不能舍之而去，乃决计入内一探，欲设法将芘丽救出。

差幸杰克素谙游泳之术，遂泅水前进，曲折至甬道之底，见芘丽被缚木柱之上，水火交至，为势绝危。杰克急奋勇而前，将芘丽之缚解去。芘丽见杰克至，心乃大慰。

此时两人亦不暇多语，芘丽亦谙泅水，两人乃相继自甬道中出，直达废矿之口，纵身跃出，始得脱险。

乡勇在外，疑杰克与芘丽，均已葬身矿中，正在咨嗟探望，比见两人亦出，乃大喜。三人相率上马，并辔而归。

莱道夫自矿中逸出，一时无家可归，乃驱骑往矿务局。局中之人，因其为矿主之弟，绝不拦阻。

莱道夫奔入杰克测绘之室，意欲觅一妥密之处，将虎像收藏。沉思片刻，见壁上有挂钟一，钟摆之下，有木匣甚巨，莱忽异想天开，乃将虎像藏之钟摆下小匣之内。藏已，自以为秘无人知，心甚快慰，乃匆匆而去。

越日，莱道夫至卡生酒店，与镇守使白尼尔遇。

其时肆主卡生，以商业亏折，欲将酒肆盘去，白尼尔拟出资盘顶，正与卡生论值。卡生索价三千金，白尼尔嫌其太昂，卡生坚不肯让。两人正磋商间，而莱道夫适至。

莱道夫与白尼尔，本为酒友，至是莱乃询白，龈龈争辨者何事，白具告之。

莱道夫忽慨然曰："三千金耶？君既爱斯酒肆，何必靳此戋戋？"

白曰："吾匪惜资，奈手头殊拮据何。"

莱道夫曰："然则余当以三千金奉赠，俾君购此酒肆，君以为何如？"

白大喜曰："此言信邪？我意君乃戏我。"

莱道夫曰："我言固确，非戏也。"

白曰："然则君何为允以三千金赠我？请白其故。"

莱道夫曰："余本有一事，欲与君商，今请君从余入内室，密谈片刻可乎？"

白尼尔颔之。于是两人相将入内室，莱道夫取火柴，燃纸烟吸之，徐徐曰："昨日史密司之案，凶手何人，君知之乎？"

白摇首曰："未也。昨君来告余，谓系杰克所为，余几置之于法，后经矿丁某甲，指出其被诬之确证，杰克始得脱去。此案殊可怪，真凶何人，至今尚未查得。君今问余，意果安在？"

莱道夫正色曰："实告君，真凶非他，即鄙人是也。"

莱道夫语出，白乃愕然，已而亦正色曰："此事非可儿戏，君幸勿自承！"

莱道夫毅然曰："余言确也。余之杀史密司，初无仇隙，特误伤而已。实告君，此事余本可不承，惟其中确证，业为他人搜得，行且诉之于君，要求逮捕，故不得不与君妥商耳。"

白尼尔踌躇曰："此案既有确证，为人查得，倘至余处告发，则余为职守所关，安能坐视？"

莱道夫曰："君为镇守使，此案究问与否，其权悉操之君。余故愿出三千金，为君购此酒肆。此案倘入君手，请君置之不问，未识君能允余否？"

白尼尔闻言，沉思良久，公理率为私欲所战胜，乃执莱道夫之手曰："我诺君矣。君若果以三千金惠我，则若辈虽来告发，我亦可置不问。"莱道夫大喜。

两人方密谈时，自以为秘无人知，初不料侦缉其后者乃有荡妇花奴在也。

莱道夫之入酒肆也，花奴亦在肆中，见莱与镇守使白尼尔入内室密谈，心甚异之，乃以电话致杰克，报告此事。

杰克闻莱道夫在酒肆中，立偕花丽乘车而至，比抵肆中，与花奴遇。花奴遥指内室之户，暗示杰克，杰克会意，乃徐步至户侧，突然启户，与花丽相继而入。

时莱道夫尚与白尼尔密谈，莱见杰克突至，骇而跃起。杰克挺身直前，怒目视莱，莱为所慑，帖伏不敢动。

杰克乃戟指骂曰："恶徒！汝杀史密司，乃嫁祸于余。汝之诡计，亦云毒矣。今汝杀人之证据，业已为余觅得，汝虽狡甚，宁能逃法律之裁判耶？尤可恨者，顷汝缚密司花丽于废矿之中，灌水纵火，必欲杀之为快。请问花丽何仇于汝，汝乃下此毒手？"

语至此，杰克忿不可遏，握拳撩臂，欲扭莱道夫殴之。

镇守使白尼尔在傍，乃直前阻杰克曰："此间非私斗之地，君何事欲殴莱道夫，试语余以故。"

杰克忿然曰："彼为杀人之凶犯。史密司之死，实彼所为。以君职守论，亟宜捕之，以正国法。今乃与凶犯密谈一室，引为同调，不避嫌疑，尚欲问我耶？"

杰克之言，适中白尼尔心病，白亦忿然，冷笑曰："君指莱道夫为凶犯，亦有证据乎？"

杰克曰："有之。"因取手枪及子弹出，以示白尼尔，并详述其理由。

白闻杰克言毕，淡然曰："即此亦不得为确据。子弹偶然符合，亦属寻常之事，君若必欲指莱为凶犯，非更获强有力之证据不可。"

杰克见白袒莱，忿乃益甚，遂挺身而前，将白推开，突举一拳，击莱道夫之肩。莱倒退数武，仰仆椅上。杰克复奋跃而前，欲扭莱殴之。

芘丽在侧，念此处乃系酒肆，万一角斗而烈，则众人闻声麋集，为状殊不雅观，乃趋前阻杰克曰："以君与彼伧校，殊不值得。彼既杀人，国有常刑，我侪既获凶徒，君亦足以自白，今第付之镇守使可也。"

杰克哂之曰："镇守使之处事，当以公正为第一。今白君乃与凶徒结交，密谈一室，不避嫌疑，欲求其公正裁判，其可得乎？虽然，余今亦雅不愿与彼恶人斗，自失身分。"因顾谓白尼尔曰："今余以莱道夫付君，君为一乡所举之镇守使，宜有公正廉明之态度，办理各事；非然者，余必以君旷职尸位之详情，报告乡人，俾乡人另举一公正贤明之镇守使，继君之职，君其毋悔。"言已，立挽芘丽之臂，昂然出室，相与驱车而归。

翌日，芘丽在家午餐后，独行入会客室，方入门，突有一健男子自室隅跃出，以手枪指芘丽之胸，颠声曰："勿呼！呼则我枪发矣。"

芘丽被枪所慑，乃举手木立，骇然不敢动，初以为其人必老虎党之党员也，已而谛视之，则又非是。其人年可三十许，貌殊雄健，而须发蓬松，状如狱中之囚徒。

已而其人颠声曰："密司恕余无礼！余此来，实欲求助于密司。余名彼得·史阙兰，游历至此，被友所诬，指为杀人之凶犯。镇守使不察，率众捕余，余乃逸出。今镇守使闻余匿此间，方挨户搜查，五分钟后，行且来此。余若被其捕获，必处缳首之刑，望密司念余之冤，设法救余，则感激靡涯矣。"言已，瞠目视芘丽，为乞怜之状，形色皇急，状殊可怜。

芘丽曰："然则汝速去手枪。余一弱女子，讵能捕汝，何必以枪胁余？"

史阙兰唯唯，即置枪几上。芘丽曰："汝言被人冤诬，此言确耶？须知汝若有罪，余亦不便枉法以救汝。"

史阙兰指天自誓曰："余实无罪，幸密司勿疑。苟有虚言，明神殛之。"

正言间，忽闻大门外剥啄声甚厉，史皇然曰："镇守使至矣！密司速救余，迟且无及。"

芘丽略一沉吟，乃趋至室隅，掀起一布帘。帘后有小户一，仅容一人出入。芘丽启户，挥史阙兰入内，语之曰："此中有小室，颇为秘密，人不能至，汝可暂匿室中。余当设法遣镇守使去，汝可勿虑。"

史谢之，闪入内室。芘丽闭其户，仍以布帘蔽之。布置方定，而履声橐橐，已达会客室外，则镇守使入矣。

第十八章　壁枪惊盗

镇守使白尼尔率乡勇四人，一拥入会客室。

白尼尔举手脱其帽，与芘丽为礼。芘丽神色暇豫，状殊镇定，徐徐曰："君率乡勇来此，有何见谕？"

白尼尔曰："有凶犯史阙兰者，杀人而逸，余率众追捕，遥见该犯逃至此间，倏尔失踪，不识密司曾见之否？"

芘丽嗤之曰："君言大可笑，我家岂凶犯之逋逃薮耶？"

白尼尔曰："我亦胡敢疑密司，顾凶犯潜行匿入，或为密司所不及知。我意密司能任我一搜，实为最善。"

芘丽坦然曰："君果欲搜我家，我亦胡敢阻君。苟有凶犯藏匿，即请絷之以去，于余固无关也。"

芘丽言已，白乃下令，命乡勇四出搜寻。纷扰久之，咸来复命，谓宅中绝无踪迹。

白大诧，别芘丽欲行，瞥见室隅几上，置有手枪一柄。白取而阅之，突问芘丽曰："此枪为何人之物？"

芘丽曰："枪乃属余，顷以擦枪机故，置之几上耳。"

白疑曰："此枪殊笨重，不类闺中人所用。"言次，注视芘丽之面。

芘丽勃然曰："我自喜用此枪，与君何涉？君疑我不能用此枪耶？"言已，接枪于手，欲向窗外开放。

白巫笑而止之，足恭曰："无故骚扰，余心滋疚，然此系我侪之职守，幸密司恕之。"

芘丽曰："我亦未尝怪君，君有所疑，我乃不得不申辩耳。"

白唯唯，遂率众告辞而出。

镇守使既去，芘丽启室隅之小门，步入内室。其时史阙兰独处室中，觅得剃刀一柄，乃以镜自照，将其两颊之髭须，一并剃去。

正修饰间，而芘丽忽入，史闻背后有足声，疑捕者突至，骇然跃起，握刀自卫，已而见来者为芘丽，乃置剃刀于案，向芘丽道谢。

芘丽曰："汝究以何故杀人，致为若辈所追缉？余虽救汝，汝宜速去，留此非久计也。"

史叹曰："我与友人二，同出游历，一人夜间被杀，众乃疑我所为，我实冤也。"言已，乃自囊中出赏格一纸，以示芘丽。

芘丽阅之，赏格云：

为悬赏缉凶事

兹有凶犯彼得者，偕其友人，游历过此，忽因见财起意，将其友人杀死，经人告发，拒捕逸去。倘有人将该犯捕获送至本使署，当赏洋一千元正。特此布告，俾众周知。

镇守使署白

赏格之中，并印有史阙兰小影一纸，颇为清晰。

芘丽阅已，掷之案上曰："镇守使白尼尔，昏鄙贪庸，往往罪及无辜。汝之被诬，亦意中事耳。今汝剃去髭须，业与赏格中所印之小影，截然不同，人纵见汝，亦殊不易辨认。惟汝之衣服，倘能另换一套，则尤妙矣。"

史阙兰蹙额曰："我无衣可换，为之奈何？"

芘丽乃往取戈登所遗衣服一套赠之。史阙兰更易已，感激涕零，别女欲出，女更以手枪还之。

史黯然曰："密司之德，没齿不忘，异日苟有机会，容当力图报称。"

芘丽逊谢，史乃告辞而去。

史阙兰去后，芘丽偶取案上赏格阅之，见史阙兰之姓，乃为彼得，忽念"彼得"二字，颇为熟悉，细思之，则交游之中，又并无彼得其人，颇以为诧。已而乃恍然悟，盖船主交彼之合同中，确有"彼得"二字，乃趋至楼上卧室中，启壁橱之门，将合同取出。

合同共三份，芘丽仅得其一，故合同中文字，残缺不完，未能贯达其意旨，顾其中固赫然有"彼得"二字。

芘丽阅已，仍置之壁橱之内，拟俟杰克来，与之研究，初不料女佣喜达，乃窃窥于房门之外也。

喜达俟芘丽他去，即闪入其卧室，潜启壁橱，将合同窃得，连同前得之二份，怀之而出，赴卡生酒肆。

时莱道夫正在肆中饮酒，喜达招之至楼上，两人踞一密室而坐，取酒共饮。

喜达谓莱道夫曰："君不尝读主人戈登之遗嘱乎？彼生前尝与其友二人，立有合同三份，各执其一。使三份而完全发现，则矿产须分为三份，君所得者，仅一份耳。今君若欲独吞矿产，惟有设法将合同销毁，顾此种合同，已为芘丽所得，君知之乎？"

莱道夫曰："知之。今计将安出？"

喜达曰："实告君，芘丽所藏之合同，业已全为余所窃得。此举殊有利于君，君若能出资将合同购去，付之一炬，则矿产必属君矣。"言已，即将合同取出示莱。

莱曰："汝欲得价几何？"

喜达曰："此合同颇宝贵，得之不易，君若以万金酬我，则合同归君有矣。"

莱道夫蹙额曰："汝索价太巨，令人殊难应允。"

喜达曰："价巨耶？君须知此地矿产，价值百万，君以一万金易之，尚云贵耶？"

莱道夫曰："余今实无从得巨金，购此合同。"

喜达曰："无碍。君第署券与我，先付若干金，余俟君得矿产后，付我可也。"

莱诺之，正欲署券，不意背后忽有人呼曰："速举两臂！若背我言，我手枪发矣。"

莱道夫骇而反顾，见背后板壁之上，有一巨孔，呼声自邻室来，而手枪则架于壁孔之上，正对莱道夫后胸。

莱与喜达皆大骇，咸高举两臂，不敢与抗。

其人复叱曰："汝等窃得之合同，速以付余；不然，余枪发，汝等毙矣。"

莱道夫不得已，乃向喜达索取合同，就壁孔之中，递入隔室。

其人得合同，乃架手枪于孔中，下楼逸去。其人为谁？则彼得·史阙兰也。

史阙兰自芘丽家中出，独行茫茫，不知所之，乃步入卡生酒店，欲饮酒数杯，以解愁闷。因楼上座客过多，史为逃犯，恐被他人所辨认，乃独自登楼，踞一特别小室，取酒独酌。

已而喜达偕莱道夫来，在邻室密谭。两室仅一板壁隔，壁上有巨孔一，史阙兰偶闻二人所谈，有关芘丽者，深以为异，乃就壁孔中窥探。于是二人所语，尽为史阙兰所闻。

史默念："芘丽有恩于我，我欲报之，此其时矣。"因取手枪出，架之壁孔之上，向两人索取合同。喜达等果为所胁，以合同付之。

史得合同后，即欲挟之而遁，惟恐喜达与莱道夫追出，必致惊动座客，不易脱身，踌躇片刻，忽得一策，乃将手枪架于壁孔之中，以慑二人。史则蹑足下楼，扬长出酒肆，脱身而去。

史阙兰去后可一刻钟，喜达与莱道夫，尚举手木立，不敢稍动。

已而莱道夫偶回顾，见手枪仍在，而隔室乃阒然无声，颇以为异，试以手拨孔中之枪，不意枪乃虚设，应手而坠。

莱此时始知劫取合同之人，早已逸去，自悔中计，懊恨无及。喜达则深怨莱道夫，喃喃不已。

莱曰："此次之变，实非吾侪所料。吾意彼劫取合同之人，或与芘丽有关，汝宜速归，探听消息，倘有所得，速来报告，余自有法以处之也。"

喜达不得意，乃怏怏而去。

是日午后，杰克往晤芘丽，芘丽以彼得·史阙兰之事告之，并谓合同之上，亦有彼得之名，不知与史阙兰是否一人。杰克闻之，亦以为诧，乃促芘丽将合同取出，细加研究。

芘丽上楼入卧室，启其壁橱，伸手取合同，不意合同乃不翼而飞。芘丽大骇，急下楼告杰克，杰克亦骇然。

正议论间，而阍者入白，谓有客求见。芘丽肃之入，比入，则史阙兰也。芘丽见史去而复返，深为诧异。

史阙兰顾谓芘丽曰："密司今日亦曾失重要之文件乎？"

芘丽曰："有之。我失去合同一纸，殊重要也。然此事君安得知之？"

史曰："此合同吾已设法夺回，爰特来此，奉还密司。"

芘丽喜曰："君安从夺回合同，请语余以详。"

史乃将酒肆中劫取合同之情状，详述一过，且曰："余察此种合同，与余亦有关系。密司将合同拼合观之，即知梗概矣。"言已，即将合同三份，付之芘丽。

芘丽诧曰："吾失其一，而君得其三，亦是怪事。"

杰克曰："此二份即曩日所被窃者，今三份完全已得，正可拼合观之，一觇其究竟。"

芘丽乃将三纸摊置案上，拼合读之，其辞曰：

> 立合同人戈登、彼得、鲍特，今因志同道合，结伴往东印度探险，嗣后无论何人，探得何项利益，均须三股分派，不得一人独享。倘三人中或有不测，则其应得之利益，归其子女承袭。此系三人秉公议定，决不食言。恐口无凭，立此合同存照。

三人阅毕，史阙兰发言曰："此合同中之彼得·梅笛生，即我父也。我父于十四年前，偕好友两人，同往东印度探险，此时余尚幼稚，详情未悉。后闻人言，我父一去不归，殆已客死东印度矣。由今观之，则此种合同，与余亦有关系。我父应得之权利，当由余承袭。不识密司芘丽能信余否？"

芘丽曰："余固深信君言，君所云者，必匪虚构。"

杰克曰："就合同言之，戈登父子已死，承袭无人，所有遗产，应归密司与史君得之。然戈登立有遗嘱，谓三月之内，合同倘不发见，则遗产当归莱道夫。今幸尚在限期之内，我侪宜速往律师安姆司处，以合同示之，则诸事定矣。"

芘丽与史阙兰均以为然，芘丽乃取合同，藏之身畔，三人相偕而出。史阙兰乘马先行，芘丽与杰克，则同乘汽车，驰往律师安姆司家。

第十九章　炸车入谷

方芷丽等聚议之时，喜达适自酒肆中归，隔户窃听，尽闻其语。迨芷丽等欲往律师家，喜达闻之，急先奔出，跨马往卡生酒肆，报告莱道夫。

莱沉吟片刻，思得一毒计，乃以肆主卡生之介绍，向盗党借得炸药两罐、电机一具，亲自持之，驰往爱恩特山之山腰。

此处有小径一道，两傍皆深谷，为由镇入城之要道。莱道夫将炸药埋于路中，以电线通之。线长丈许，其一端接于电机之上。莱将电机置于路傍一大石之后，己则伏匿机傍，静待芷丽等汽车之至。

会喜达亦追踪而至，见莱道夫布置已竣，乃伸手顾莱曰："吾为君事，奔走非一次矣。今君亦宜出资若干，稍酬我劳。"

莱道夫叱之曰："吾事着着失败，合同又未夺得，汝乃欲向我索酬，宁非怪事。"

喜达曰："君不以资酬我，则我当往迎芷丽，破汝阴谋。"

莱道夫怒曰："汝欲败我事耶？敢漏言者，余必杀汝。"

喜达且行且嘻之曰："汝勿向余威胁！余岂畏汝者？余行矣，汝好自为之。"言已，匆匆欲去。

莱道夫恐喜达此去，果泄其阴谋，乃乘喜达之不防，突然跃出猛推其背。喜达立足不稳，颠踬而仆，坠于路旁一土坑之中。

喜达既坠，莱道夫置之不顾，仍伏匿于大石之后，静待芘丽等之至。

少顷，芘丽与杰克，果乘汽车而至。莱道夫大喜，凝神注目，屏息以待。

迨汽车驶至炸药之处，莱道夫急按电机，但闻轰然一声，炸药突然爆裂，天崩地坼，石走沙飞，黄尘漫天，烟雾蔽目。

芘丽之汽车，被炸而覆，坠入谷中，车内汽缸，亦因之爆裂，车身被焚，火光熊熊。

芘丽坠入草中，幸未受伤；杰克则为车身所压，晕绝于地。

芘丽惊魂稍定，支地跃起，意欲移去汽车，将杰克救出。无如车身极重，芘丽一弱女子，力不能支，徘徊左右，踌躇无策。正窘急间，而彼得·史阙兰至矣。

先是，喜达被莱道夫推入土坑，并未受伤，顾自知非莱道夫之敌，不敢与争，瞥见莱所乘之机器自由车，停于附近，乃乘莱不备，将车窃得，乘之而逸。

驰半里许，适史阙兰迎面而来，史遥见喜达，即将马横亘道中，阻之不得行。

喜达骇而问故，史叱之曰："密司芘丽，何负于汝？汝乃窃其所藏之合同，售之外人。今汝行色匆匆，必有何种诡计。密司芘丽何在，汝见之乎？"

喜达此时，深憾莱道夫，乃尽以莱之阴谋告史。

史大惊，急舍喜达，飞驰往爱恩特山，将近山麓，遥闻炸裂之声，轰然而作，骇乃益甚。比抵山腰，始知芘丽之汽车，已被炸毁，坠入谷中，乃手牵其马，盘旋而下。及至谷中，见芘丽无恙，心乃稍慰。

芘丽与史商，以巨纮缚汽车，使马拽之。汽车移动，杰克始得由车底救出，差幸略受微伤，尚无大碍。

少顷，杰克渐苏，史阙兰向山麓农家，雇得一马车，使芘丽与杰克乘之。

芘丽因史阙兰勇敢沉毅，可资臂助，请史下榻其家。史诺之，嘱芘丽与杰克先行。两人乃与史阙兰别，驱车而归。

喜达之归焉，途中复与虎面遇。虎面率党人六七，正欲驰往芘丽家，劫取虎像，遥见喜达乘车而来，乃扬臂招之。

喜达见虎面，下车与语，尽以莱道夫及芘丽等之举动，告之虎面。虎面默念："芘丽与杰克若脱险归，必由此处经过，不如潜伏于此，俟芘丽等至，突出要击，或能将虎像夺回，亦未可知。"乃下令其党，相与伏匿于道傍之草中，静俟芘丽之至。喜达则与虎面别，驱车自去。

喜达去而芘丽与杰克果乘马车而至，车过虎面等所匿之处，党人一拥而出，拦阻汽车，猛力围攻。芘丽与杰克，因事出不意，手足无措。

此时虎面自车后攀执皮篷，跃入车中，以手枪指芘丽之胸，厉声曰："速以虎像还我，不则余且杀汝。"

杰克在旁大怒，突然跃起，力扼虎面之腕，欲夺其手中之枪。虎面奋力与杰克争，并乱开其枪。枪弹四飞，御者恐被波及，弃车而遁。

马闻枪声，亦骇而狂奔，一刹那间，驰至一崭崖之上。驾车无人，马不能止，但闻春然一声，马车及人，均坠于山谷之中。

虎面既坠，乃突扑芘丽于地，就其衣囊之中，攫得合同三纸，挟之而遁，芘丽与杰克跃起追之。

虎面飞步狂奔，自谷中逸出，曲折缭绕，仍奔至崭崖之上。

其时虎面之党，均在崖上，芘丽与杰克，以寡不敌众，恐有危险，却立不敢前进。

虎面乃遥语芘丽曰："余之目的，乃在虎像，匪欲得合同也。今合同可暂质余处，汝若以虎像来，则余当将合同还汝。"言已，率众上马，蜂拥而行。

芘丽与杰克目送其去，无计可施，乃亦怅怅而归。

虎面得合同归，献之主教萨隆加，萨怒曰："我欲得虎像耳，今汝夺此废纸归，与吾党何涉？"

虎面曰："君勿轻视此纸！此合同也。戈登遗产数百万，如何分派，全视此合同为断。芘丽失此纸，必大懊丧。余故以此纸为质，彼若欲得合同者，必以虎像来，则我侪之目的达矣。"

萨闻言，始转怒为喜，因恐庋藏不谨，复蹈前次虎像之覆辙，乃命将此合同镇压于虎柙中一大石之下，以免遗失。虎面唯唯，持合同而去。

是日晚餐后，芘丽与杰克，同坐会客室中，议论日间之事。

会史阙兰至，入见芘丽，芘丽以合同被劫事语之，史亦深为骇叹。

芘丽曰："闻虎面言，合同非彼所欲，顾必持虎像往，向之赎取。惟余所藏之虎像，早已失去，不知所往。奈何？"

杰克曰："虎像之失，实为怪事，今竟查无踪迹，觅之尤匪易事。然我侪苟持虎像往，彼亦未必以合同还我。虎面之言，不可信也。"正言间，女佣喜达，适持一函入，奉之芘丽。

喜达见史阙兰在座，急俯其首，骇而欲遁，顾史阙兰已望见之，突然跃起，以身蔽门，阻之不得出。

喜达大惊，木立不敢声，史阙兰顾谓芘丽曰："此女佣即盗取合同而售之莱道夫者，容其在此，必且为密司害，密司宜有法以处之。"

芘丽闻言大诧，乃叱喜达曰："我待汝不薄，汝乃窃我合同，售之他人，为虎作伥，意果何居？"

喜达以证据确凿，无可讳饰，俯首嘿立，不复置辩。

芘丽曰："我意汝亦受人之愚，在理则汝犯盗窃之罪，宜付法庭审判，顾余亦不欲苦汝。汝之工资，早已领去，明晨可即他去，余不复能容汝也。"

杰克从傍跃起曰："彼既为虎作伥，在势不可一夕留，今晚即宜驱之出，勿待明晨也。"

芘丽韪杰克言，乃命喜达立即离此，毋许逗留。喜达不得已，乃怅怅而出。

第二十章　逛友遇盗

芘丽逐去喜达后，即将邮局寄来之函，拆而视之，则其同学宝莲女士发于恶克伦城者。其函曰：

芘丽同学姊鉴：

久别未晤，甚念。妹与家属三四人，准于四号晨乘第一班火车，至贵处游玩。届时我姊若有暇，务请驾临车站一叙，俾得畅谭别悰，无任企盼。

芘丽阅已，欣然顾杰克曰："我曩日不尝语君乎？我有同学好友宝莲女士，寓居恶克伦城，与我最称莫逆。今宝莲将来此游玩，明日我当亲往车站迎之，君能与我同往乎？"

杰克诺之，乃与史阙兰告辞而出。

喜达之被逐也，一时茫然无所适从，乃独行踽踽，步往卡生酒肆。

比至肆中，则莱道夫已先在，正与肆主卡生，接膝密谈。莱见喜达入，微睨之。

喜达趋前责之曰："我于君事，亦尝稍尽棉薄，今日向君索微酬，君乃推余入土坑，何也？"

莱自知理屈,乃向喜达道歉。喜达气稍平,即引莱至室隅,恨恨曰:"我为君事,业被芘丽逐出。今余欲暂寓肆中,徐觅安身之处,君与肆主善,盍为余商之?"

莱曰:"此事余可允汝,不必商卡生也。"

喜达曰:"合同全为芘丽所得,则矿产将为芘丽所有,君亦有法以处之乎?"

莱道夫曰:"我思之累日,终无善策。奈何?"

喜达曰:"我为君计,宜设法将芘丽捕获,幽之一室,胁令具券签字,将矿产全归君有。君得券后,先以付之律师,则彼虽后悔争辩,亦无及矣。"

莱道夫鼓掌曰:"此策甚善!惟欲捕获芘丽,亦殊匪易。"

喜达曰:"我顷在芘丽家,私拆一函阅之,知芘丽之好友宝莲,将于明日抵此,芘丽必往车站迎迓,君乘间在中道劫之,则事无不济。"

莱道夫踌躇曰:"彼每出,必与杰克偕。我孑然一人,孤掌难鸣,捕之亦复不易。"

喜达曰:"君得矿产后,若果能以万金酬我,则我当招蒲鲁至,为君臂助。"

莱喜曰:"蒲鲁羽党甚多,彼若助我,则我事济矣。矿产若归我,则万金之赏,我何敢吝?"

喜达乃遣人往招蒲鲁。少顷,蒲鲁应招至,喜达乃为莱道夫介绍。莱与蒲鲁密谈良久,乞蒲为助,并允事成之后,亦以万金为酬。蒲鲁诺之,两人乃订约而散。

翌日清晨,芘丽与杰克,驱车赴车站,至则第一班火车,适于其时抵站。宝莲及其家属四人,随众下车。

芘丽遥见宝莲,趋前迎之,两人一见,握手相视,快慰无艺。宝莲为其家属，一一介绍于芘丽，芘丽亦招杰克至，为之介绍于宝莲。众人寒暄数语，芘丽即与宝莲商，请宝莲暂寓其家，俾得畅谭衷曲。宝莲诺之。

于是芘丽肃客登车。车身甚巨，足容七八人，杰克跨车沿，为御者助，驱车而归。

车行数里，过一荒僻之森林，不意蒲鲁率盗党十余人，预伏林中，遥见马车至，即自林中一拥而出。群盗戎装跨马，各执手枪及快枪，横亘路中，阻车不得行。

芘丽大惊，而宝莲及其家属，骇乃益甚，觳觫车中，相顾失色。

杰克欲取手枪出，与盗对敌，而蒲鲁早已以手枪注其胸，厉声曰："勿动！动则余枪发矣。"

杰克恐盗党发枪，伤及车中之客，乃不敢妄动。蒲鲁胁令御者及宝莲阖家，一一下车，车中惟留杰克及芘丽。

于是乃有盗党数人，纷纷上车，将两人囊中之手枪，先行搜去，然后驱车而驰。蒲鲁及其余之党人，则跨马持枪，围绕于马车之四周。

如是者半里许，杰克在车沿，突然跃起，力击御车之盗，盗党出不意，颠坠车下。

杰克欲挟芘丽而遁，无如盗党甚众，蜂拥而上，杰克与芘丽寡不敌众，奋斗片刻，仍为群盗所擒。于是群盗挟之疾驰，抵一旷野，其地有废井一，深不见底，井上有一木架，乃昔日农人树之以汲水者。蒲鲁命取长绳一，缚杰克之手足，倒垂井中。绳之一端，则扣于木架之上，别遣党人一，持一利刃，立于木架之旁，静候蒲鲁之命令。

布置既毕，蒲鲁乃命曳芘丽至前，胁之曰："此井深不见底，人若坠入井中，必死无疑。今杰克已倒垂井中，生死之权，悉操余手。汝若欲生之者，则请署名于此纸之末；若违余命，则余必发令断绳，使杰克死于瞽井之中。何去何从，汝自择之。"言已，乃自囊中出契券一纸，以示芘丽，并出自来墨水笔一枝付之，迫令签字于契券之后。

芘丽取券视之，其辞曰：

> 立契据人芘丽，今自愿将应得之矿产权利，完全让与莱道夫君承受，以后决无异言。恐口无凭，立此契约存照！

芘丽阅毕大怒，掷之地上曰："余之矿产，安能让与莱道夫？此种契据，虽断余指，亦不签字。"

蒲鲁艴然曰："汝既不允签字，则余当割断此绳，使杰克坠入井底。"言已，立发一预备之令。握刃之盗党，乃以刃搁绳上，作欲割之状。

芘丽见之大骇，深恐杰克被害，不得已乃谓蒲鲁曰："汝若将杰克释放，则余当签字于纸；不则宁死不能从命。"

蒲鲁曰："汝乃目余为童骏耶？余若释杰克，则汝必反悔，余断不能受汝之欺。今汝趣签字于纸，余必释杰克，不汝欺也。"

芘丽不得已，乃取笔签名于契尾，付之蒲鲁。蒲鲁大喜，将契约藏之囊中。于是芘丽要求蒲鲁，如若将杰克释放。

蒲鲁略一踌躇，忽狞笑曰："杰克屡与我党为仇，余憾之刺骨，今不杀之，必为后患。汝既签字，余当送汝回家，决不加害。至于杰克之生死，汝可勿问也。"言已，忽下令其党，速断此绳。

党人得令，立即以刃割绳。绳断，砉然一声，杰克乃坠入瞽井之中。

芘丽见蒲鲁突然反悔，将杰克掷入井底，既悔签字之中计，又痛杰克之捐生，一时怨毒交并，忿不可遏，腾跃而前，猛扑蒲鲁，举拳殴击，奋不顾身。蒲鲁挺身抵御，与芘丽格斗。盗党在旁，复攘臂助之。

芘丽正危急间，突有矿丁一大队，飞驰而至，纷纷开枪，向群盗袭击。

群盗以事出不意，皇然失措。蒲鲁急飞一足起，将芘丽踢倒，立率群盗，上马抵御。顾群盗咸无斗志，相与夺路而逸，哄然如鸟兽散。

时矿丁队伍之前，有一健丈夫，昂然据马背，两手握枪，扬臂大呼，趣矿丁乘胜追击。健丈夫为谁？则史阙兰也。

第二十一章　夜饮诉衷

初，芘丽与杰克为群盗所虏，其女友宝莲，急偕家属四人，别雇一车，驰往芘丽家。

其时芘丽家中，除臧获外，仅一史阙兰在。宝莲见史，即以芘丽等被虏之情状，仓皇告之。史闻而大骇，自念孑然一人，去亦无益，乃急驰往矿务局，召集矿丁，以此事告之。

矿丁素与杰克善，闻杰遇盗，咸奋勇愿往。于是史阙兰大喜，立率矿丁数十人，乘马挟械，飞驰而往。宝莲则跨骑为前导，引众人至遇盗之处，并指点盗党所去之路。

史与矿丁，辨路上车轮马蹄之迹，追踪前进，曲折久之，始达盗党所驻之旷场。遥见芘丽方与群盗斗，状殊危急，史阙兰乃扬臂大呼，首先开枪，向群盗攻击，诸矿丁亦一拥而上。

群盗不敌，纷纷上马遁，矿丁奋身尾追，开枪轰击。盗党中枪落马者，咸为矿丁所捕；其余诸盗，悉为矿丁所包围，勒令缴械下马，群盗不能拒，则相与束手就絷。

史阙兰指挥诸矿丁，以长绳连缚诸盗，累累若贯珠，即倩矿丁解往村中，付之镇守使，囚入监狱。矿丁诺之，乃各执手枪，围绕于群盗之左右，驱之前进，解往村中而去。

当史等追捕群盗之时，芘丽自地上跃起，急奔至眢井之侧，向下窥视。其中，黝然昏黑，深不见底，芘丽心为凄然，默念杰克下坠，为势绝危，决计亲自入井，一觇杰克之生死，乃取长绳一，以一端缚腰间，一端则扣于木架之上，然后跨入井中，徐徐缒下。

比达井底，始知杰克在内，固安然无恙。盖井中之水，早已干涸，蓬蒿高数尺，遍生井底，杰克坠于乱草丛中，故绝无损伤。

芘丽见杰克无恙，心乃大慰，急将其手足所缚之绳索，一一为之解去。于是两人乃先后悬索而上，自井中跃出。

会史阙兰亦驰至，见芘丽、杰克，均未被害，为之大慰。三人略谈数语，杰克闻群盗均已就执，盛称史阙兰之勇，史谦不敢承。三人乃相偕而归。

其时押解盗党之矿丁，亦蜂拥回村，杰克乃召镇守使至，以群盗付之。镇守使白尼尔，迫于职务，不能推诿，乃命将群盗驱入镇守使署之监狱中，将狱外铁门关闭，以巨锁键之。

杰克素知白尼尔与盗党通，恐其徇私释放，乃俟白尼尔出，遽向之索取监门之钥。

白不悦，诘问其故，杰克毅然曰："我侪捕获诸盗，亦匪易事，设为他人所私纵，心殊不甘耳。"

白因杰克语皆刺己，心益不乐，遂龂龂与杰克争辩。

其时村中诸人，闻矿丁捕获大帮盗匪，咸来观看，杰克乃当众演说曰："迩来盗匪横行，吾乡人民，屡受其害。镇守使为乡人所公举，理宜剿灭盗贼，为居民除害，庶云无忝厥守。不意我乡镇守使白尼尔，反与盗党结合，坐分其利。盗有所为，白乃庇之，以致群盗益无顾忌。如此长官，非特有负乡人之付托，抑亦自犯国家之法律。所幸白之任期，今日已满，明日决计在卡生酒肆开大会，公举镇守使，用特将白尼尔之行为，详细声明。诸君幸勿再举彼为镇守使，实为乡人之幸。抑余又有进者，余友史阙兰君，年少英俊，办事勇敢，今日矿丁捕获诸盗，悉出彼之指挥。余敢为介绍于诸君，诸君若举之为镇守使，我知必能保护乡间，无忝厥职也。"

杰克言已，众人咸与史阙兰握手。史一一周旋，应接不暇。白尼尔在侧，惭恨交并，顾亦无如杰克何，乃悻悻而去。

是日午后，史阙兰饮于卡生酒肆，会荡妇花奴亦至。

花奴自史密司死后，茕然一身，无所依属，闻史阙兰之勇，颇属意焉，至是见史阙兰独酌肆中，乃趋前坐其侧，试与接谈，欲肆勾引。不意史为人谨愿，见花奴装束妖冶，不类良家妇女，乃取报纸阅之，置之不理。

花奴大惭，怏怏而出，忽见壁上粘有赏格一纸，乃缉捕杀人凶犯彼得者。赏格之上，印有小影一帧，颇为清晰，花奴谛视之，觉此凶犯之面貌眉目，乃与史阙兰逼肖。所异者，凶犯多髭，而史则颔下濯濯耳。嗣念髭须可留可剃，不足为证，安见此刻肆中之史阙兰，非即曩日之凶犯彼得耶？设想至此，乃觉彼得与史阙兰，定为一人无疑。

于是花奴乃大乐，默念："凶犯倘为我所捕获，则赏金一千元，亦必为我所得。此种意外之财，不啻天外飞来，宁非快事？"

花奴筹划片刻，胸中已有成竹，乃仍入酒肆中，别据一案而坐，取酒独酌，注意于史阙兰之行动。少顷，见史忽起立，步入休憩室。

此时肆中酒客尚稀，休憩室中，阒无人在，花奴乘此时机，亦掀帘跃入，突自囊中取手枪出，指史阙兰之胸。

史为所慑，茫然不知其故，顾仍坦然自若，徐徐曰："我与密司，素不相识，密司忽以手枪恫吓，意果何故？"

花奴曰："汝勿假惺惺！我固识汝，欲捕汝耳。汝即杀人凶犯彼得是也。"

花奴语出，史初亦骇然，旋即镇定如恒，徐徐曰："我亦无庸抵赖，我固彼得也。然以杀人凶犯目我，则我不敢承。我实被诬，未尝杀人也。"

花奴曰："汝果杀人与否，与我无涉。实告汝，我之捕汝，欲得赏金耳。"

史笑曰："密司欲捕我，则我当束手就缚。我固非畏死者，何必以手枪相恫吓？"言次，状殊闲暇。

花奴闻言自惭，见史绝无拒捕之意，防乃稍懈，不意史突然趋前，猛挥一拳，力击花奴之腕。花奴负痛，枪乃坠地。史阙兰急俯拾手枪，以枪口反指花奴之胸。于是花奴骇且悔，自恨误中史之诡计。

史见花奴皇骇之状，反含笑慰之曰："我于密司，初无恶意，密司欲捕我，我为自卫计，不得不尔，密司勿骇。"言次乃取藤椅二，命花奴与之对坐，徐徐曰："密司观赏格，乃疑吾为杀人之凶犯，其实我于此事，毫无关系，若辈不察，遂以凶犯诬我，殊可叹也。今我当将此案之颠末，一一为密司言之。"

"余名彼得·史阙兰，生于加利福尼亚省之东部，少曾读书，长业畜牧，佣于某公司者有年。两月之前，余与同事二人，忽结伴出外游历。同伴者，一名束谛，一名勃澜，与余同事未久，亦泛泛之交也。行抵附近某村，宿于逆旅，长夜无事，殊苦岑寂，勃澜乃出骰子一副，邀余等同博。玩弄久之，余与束谛均大负，尽罄所有，相顾丧气，博亦遂止。追勃澜挟资而去，余忽于台毯之下，发现骰子两粒，形式奇异，剖而视之，则其中空空，灌以水银。于是余乃大怒，始知勃澜为翻戏党，余与束谛，误坠彀中，以致囊中之资，悉属他人。忿怒之甚，乃当众宣言，誓必持彀与勃澜理论，将所负之银，如数索回。

"顾此时已夜半一时许，众乃劝余就寝，俟明日清晨，再与勃澜理论不迟。而束谛在侧，则绝不置喙，余颇服其涵养。是夜余辗转床褥，不能成寐，默念勃澜此时，必已熟睡，不如潜入其卧室，将所负之银窃回，然后明晨与之说破，则银在我手，彼纵狡赖，亦且无能为矣。思至此，余意毅然而决，乃自床上跃下，蹑足出室，步至勃澜卧室之外，潜起室门，摸索至床前。勃澜所赢得之银，纳于一布囊之中，藏于枕边，余既摸得此布囊，擢之而出。时勃澜卧室中，毫无声息，余深自欣幸。比返卧室，乃安然就寝。

"翌日清晨，余尚未起床，旅馆中人，忽纷纷拥入余室，指余为杀人之凶犯。余大惊，自床上跃起，骇问其故，众笑曰：'汝尚假惺惺耶？勃澜已为汝杀死，地上有血迹，足印迤逦至此室。汝鞋底血尚未干，即此已为确证，无可抵赖矣。'时逆旅主人，往报镇守使，镇守使率乡勇至，坚指余即杀人凶犯，众复于余之床上，搜得一布囊，囊中满贮银洋。束谛从旁证明，此系勃澜之物，于是余之罪状，乃愈为确凿。铁案如山，莫能逃罪。余纵力辩，众亦置之不理，而镇守使乃与众人商，拟处余以环首之刑。余知此辈无可理喻，乃突将身旁之乡勇打倒，飞奔至窗前，推窗跃出，跨马而逸。此余被诬杀人之大略情形也。

"事后余几经调查，始知杀人者即系束谛。此人阴贼险狠，杀勃澜而嫁祸于余，余实憾之次骨。今后束谛苟遇余，誓必捕获之，与之质对，以白余冤。余言尽此，不识密司能信余否？"

花奴见史阙兰诚恳异常，颇为所动，乃毅然曰："我信君矣。

君之所述，必无虚构，我贸然欲捕君，是我过也。"乃与史握手道歉，史以手枪还之。

花奴欲出，史止之，复自囊中出小影一纸，示花奴曰："此影即我侪三人所摄，中立者为余，左为勃澜，右在束谛也。束谛为余仇人，密司幸留意，物色此人，苟得之，即请告余。余必置之于法，一泄心头之忿。"花奴诺之，乃告辞而出。

第二十二章　会场捕凶

是日薄暮，卡生酒肆中，忽来一健男子，短衣窄袖，戴阔缘之帽，躯体雄伟，貌甚狞恶，一望而知非良善者流。翳何人？盖即史阙兰之仇束谛是也。

束谛方入肆，与镇守使白尼尔遇，两人本有一面识，因立而闲谈。其时史阙兰适自休憩室出，见花奴方独坐饮酒，与之略一颔首，即匆匆出门而去。

束谛见史，心甚诧异，念此人额下虽无髭，顾必为彼得无疑。彼得以勃澜之死，畏罪匿迹，不知去向，今乃公然出入此间，宁不可怪。正思索间，白尼尔在侧，忽击案而詈，意殊忿忿。

束谛不解，乃询其发怒之故，白尼尔曰："顷有一男子出门去者，汝见之否？"

曰："见之。"

白曰："我乃詈彼耳。我之镇守使任期已满，明日乡人当另选一人，我本有连任之望。今乃突来一史阙兰，运动乡人，欲夺我之席，故恨恨耳。"

束谛曰："君勿虑！此人我固识之，彼即杀人凶犯彼得也。血案未消，赏格犹在，君盍不捕获之，置之于法？"

白闻束谛言，大喜曰："君言信耶？然则彼之状貌，何以与赏格上不同？"

束谛曰："彼今剃去髭须，故状貌顿改，其实乃一人也。"

白曰："然则君可作证人乎？"

曰："可。"

白大喜曰："今晚芘丽家中开跳舞会，我当与君偕往，乘间捕之。此时若成，则君可得赏银一千元也。"

束谛亦喜，两人乃订约而散。

当束谛与镇守使密谈时，花奴在旁，尽闻其语，默察束谛之状，与史阙兰出示之照片无异，因急驰往芘丽家中，求见史阙兰。

史出见，花奴即以顷所窃听之语，一一告之。其时芘丽家中，正开跳舞会，华镫既上，嘉宾毕集，酒藏纷陈，歌舞杂沓。史阙兰得花奴之报告，急与芘丽及杰克商，密筹对付之策。

杰克略一沉思，忽顾谓史阙兰曰："此事君可勿虑，若辈不来则已，来则我当设法捕束谛，证明其杀人之罪。君之沉冤，必且因是而大白。至于镇守使白尼尔，威信已失，号令不行，虽欲助彼，不足畏也。"

史阙兰询其对付之方法，杰克笑而不言，但招花奴至室隅，附耳授以计。花奴颔之，芘丽与史阙兰，亦不复问，四人乃同往跳舞场中。

少顷，阍者入白，镇守使白尼尔至，芘丽肃之入。比入，则果与束谛俱。

束谛与芘丽，素不相识，白尼尔乃为之介绍。束谛纵目四顾，不见史阙兰所在，乃独立室隅，观众人作对跳舞。白尼尔识人多，乃舍束谛而与他人周旋。

束谛木立良久，颇觉无聊。此时花奴忽嫣然而前，与之寒暄，束谛漫应之。花奴请与束谛跳舞，束谛从之。舞毕，花奴极称其舞法之佳，两人乃同入聚餐之室，命侍者取酒至，对坐而酌。

花奴佯询束谛之身世，束谛具告之，并自述偕友来此游历之详情。

花奴曰："然则君之友人安在？"

束谛曰："两友一名勃澜，一名彼得。勃澜为彼得所杀，彼得乃亡命，不知所往，故今则只存我一人耳。"

花奴击案叹息曰："勃澜以博欺友，实有取死之道，彼得能杀之，真英雄也。所恨我与彼得，未获一面耳。"

此时束谛饮已微醺，酒酣耳热，意兴甚豪，闻花奴盛称彼得之英雄，不能复耐，乃掷杯于案，拍花奴之肩曰："密司以彼得为英雄耶？嘻！密司误矣。彼得弱虫耳，焉敢杀人？"

花奴诧曰："然则勃澜果谁杀之？"

束谛自指其鼻，傲然曰："实告密司，杀人者我也。我杀人而罪归于彼得，在彼固冤，在我则乐耳。"

花奴佯为狐疑之状曰："此言我殊不敢信。彼得杀人，证据确凿，而君乃自承之何也？"

束谛曰："我实未敢欺密司，勃澜之死，我实杀之。是夜我先入勃澜室，欲盗其银，勃澜醒而欲捕我，我乃杀之。会彼得急至，余乃于暗中逸去。彼得不知勃澜已死，窃其银而返。翌晨，此案发现，人乃疑彼得所为。证据俱在，彼得虽百啄，无以自解。此事惟余一人知之，彼得实冤也。密司与我善，故敢以告，幸勿为他人道也。"

花奴颔之，并盛称束谛之英雄，束谛大乐。

已而两人偕出，仍至大厅之上。其时杰克密遣一善于掷绳者，持一巨绒，伏于室隅。迨束谛至，花奴以手为暗号，遥示杰克，杰克颔之，立发一令，于是室隅掷绳者，以绳之一端为巨圈，突向束谛抛掷。

绳圈飞来，适套于束谛之身上。束谛出不意，皇然大惊，莫名其故。掷绳者乘势拽其绳，束谛立足不定，颠仆于地。于是彼得自隔室出，与杰克等一拥而上，将束谛捕获。

束谛一见彼得，始恍然悟中计，俯首而立，默然无语。

时堂中来宾皆大诧，镇守使白尼尔，尤为惊异，急排众趋前，询其原由。

于是史阙兰当众宣布，侃侃而谈，历述束谛杀人移祸之情状，花奴复挺身而出，愿为证人。

束谛因事已昭然，俯首伏罪，不复置辩。史阙兰之冤，于以大白。白尼尔对于束谛，亦因证据确凿，爱莫能助。

于是杰克以束谛交白，正色曰："君身为镇守使，奈何常与匪徒为伍？今我以束谛付君，此人为杀人凶犯，尚须付之法庭，明正典刑。君慎勿因友谊故，私自释之。"

白默然不能对，立命同来之乡勇，以手铐挚束谛，带回镇守使署。

其翌日晨，乡人聚于卡生酒店，投票选举镇守使。

芘丽与杰克，竭力为史阙兰运动。及揭晓，史阙兰果以最多数当选。众大鼓掌，杰克亲自取徽章至，为史阙兰悬之胸前。

史登台演说，先致谦词，谢众人之推举，嗣乃历述老虎党之为害乡里，决计于是日午后，亲率乡勇，前往剿捕。众闻之，鼓掌如雷。

其时喜达与莱道夫，亦羼于稠人之中。喜达闻史阙兰言，即与莱道夫商，拟亲往萨隆加处报告。莱道夫因与芘丽为仇，欲假手老虎党以杀芘丽，闻喜达言，深表赞同。喜达乃自人丛中挤出，向肆中借马一匹乘之，匆匆驰去。

是日午后，史阙兰与杰克，同至狱中，就前所捕获之老虎党中，择一年轻而面目稍和善者，释之出狱，诱以甘言，令为乡导。两人乃统率乡勇数十人，随党人之后，驰往老虎党之秘密窟。

比至，党人导众由石穴入，不意窟中已阒无一人，其所崇拜之猛虎，亦已连枷徙去，不知所往。四处搜查，毫无所得。

史与杰克相顾跌足，明知必有人走漏消息，以致老虎党闻风逸去，徒劳往返，一无所获。两人深为丧气，乃率众怏怏出石窟，废然上马而返。

当杰克等往捕老虎党时，芘丽与其女友宝莲，亦跨马而往。比至中途，两人行稍缓，走入岔道，遂与众人相失。更前进，抵一小山之麓，适与老虎党之大队相遇。

萨隆加一见芘丽，立率其党，纵马来捕。芘丽与宝莲，见而大惊，乃相率回马狂奔，分道而逸。

萨率众追芘丽，紧随不舍。芘丽心慌意乱，偶一不慎，自马上颠坠而下，遂为萨隆加所执。

萨挟之上马，率众而归。过一高山之巅，芘丽引吭呼救，并挥拳殴萨。萨大怒，遂以双手提芘丽之肩，奋其全力，向山下掷之。差幸半山有老树数十枝，枝叶甚茂，芘丽从空下坠，伸手握树枝，悬身空中，得不下坠。

其时史阙兰与杰克等，正自石窟中归，途中适遇宝莲，惊悉芘丽遇险，立率乡勇，飞驰来援。

萨隆加遥见乡勇至，急率其党遁去。杰克等即亦不追，急取长绳一，以绳之一端为圈，飞掷而下，套着于老树之上，架空若长虹。芘丽以手握绳，辗转缘索而上，始得脱险，杰克等乃送之回家。

第二十三章　智劫狱囚

诘旦，史阙兰晨起，入见芘丽。时芘丽适与宝莲同坐，乃为两人绍介。

史为人英伟伉爽，颇为宝莲所心折，而宝莲亦倩丽多姿，史阙兰殊属意焉。接谈既久，情意益洽。芘丽从旁观之，察知二人之心理，乃决计从中撮合，俾成佳偶。

此时天气渐热，宝莲与芘丽语，拟往海滨小住数日，藉以避暑。史阙兰恋恋于宝莲，请与偕往，宝莲许之。

而会杰克入，芘丽因与杰克商，亦欲往海滨一游。杰克曰："然则我四人同去可也。此地离西考莱最近，且有火车可通，我侪即往西考莱如何？"

史阙兰等，亦均赞成，乃约于翌日午后成行。

史阙兰以新任镇使，署中各事，尚望料理，乃与杰克等别，匆匆而去。

当杰克在芘丽家时，莱道夫忽独往矿务局，窥杰克不在局中，乃潜入其测绘之室，将钟内所藏之虎像取得，怀之而出，乘马返卡生酒肆。比至肆中，适遇喜达，因出虎像示之。

喜达惊喜曰："此物乃入君手耶？君安从得之？"

莱道夫欣然曰："我夺得久矣，藏之多日，人鲜知者。今我欲往见萨隆加,以此物易合同三份。此物固可爱,然持较合同,则我宁舍此而取彼。"

喜达不待其言之毕,遽毅然止之曰:"君勿急急与之交易!我知合同三份,藏于虎柙中大石之下。萨隆加闻乡勇来剿,仓皇率众遁,合同似未携去。今窟中别无他人在,君第子身前往,亲至虎柙中搜之,必得合同无疑。虎像宝物,得之匪易,君宜善藏之,勿令归萨隆加也。"

莱闻言大喜,请喜达与之偕往。喜达托言尚有他事,坚不肯往,莱亦遂置之。

此时莱移居矿务局中,乃仍返寓所,将虎像藏入保险箱中,匆匆跨马出,驰往老虎党之秘密窟。

莱道夫既行,喜达急自酒肆出,往见蒲鲁之党滕生。

滕生与喜达商,欲设法救其同党。喜达沉吟有顷,思得一策,密语滕生,滕生大喜,乃招同党一人,与喜达偕出,驰往镇守使署。

其时史阙兰适以事他出,使署狱门外,有持枪之乡勇二人,蹀躞往来。喜达佯为荡妇之状,趋前与乡勇接谈,目挑眉语,作勾引之丑态,以媚乡勇。乡勇果为所惑,咸与喜达调笑,不意滕生及其党,蹑足自后至,各出手枪,以枪柄击乡勇之颅,乡勇立晕,相继仆地。

滕生乃取长绳出,缚二人之手足,掷之墙角。喜达于二人之身畔,搜得狱门之钥,遂以钥启门,将蒲鲁等群盗放出。蒲鲁见喜达及其党来援,深为快慰。

喜达语蒲鲁曰:"萨隆加所藏之虎像,又为莱道夫所攫得。莱今寓居矿务局中,吾闻莱言,虎像或藏于保险箱内。今莱方他出,我侪倘欲得之,则此时真好机会也。"

蒲鲁大乐,乃遣其党往取电汽喷火机。少顷,喷火机取至,蒲鲁乃与众党员别,立偕喜达二人,驰往矿务局。

既至,喜达导入莱道夫之卧室。莱时适他出,室门已闭,蒲鲁四顾无人,逾窗而入,见室隅果有一铁箱,乃以电汽喷火机,焚毁其门。门既破,伸手入箱中,攫得虎像,乃逾窗而出,与喜达相偕遁去。

莱道夫因喜达之言,单骑入深山,赴老虎党之秘密窟,马抵穴口,纵身跃下,系马树上,蹑足入内,见穴中果阒然无人迹,胆乃渐壮,遂如喜达之教,径趋虎柙。

柙中猛虎已杳,门亦大开,莱道夫入内审视,见柙之正中,果有一磐石,石高而巨,形如圆桌,重可数百斤。莱自度一人之力,不足以去石,深为踌躇,嗣见石之左侧,别有一小石板,试以手拨之。

石板既去,始知其中乃有一小石穴,通入磐石之底。莱探手穴中,摸索久之,果于磐石之底,摸得合同三纸,一时乐不可支,遂将合同纳之囊中,转身奔出。

比至窟外,正欲上马而归,不意林中突出健男子十余人,一拥而前,将莱道夫捕获,曳之至一首领之前。首领何人?则拜虎教主教萨隆加也。

萨隆加叱其徒,搜莱道夫身畔,一人于囊中搜得合同,呈之于萨。

萨纳之囊中,因顾谓莱道夫曰:"汝敢子身来盗合同,胆诚不小。我意曩日所失之虎像,亦必为汝所盗。今汝趣语余虎像何在,像若璧返,余当释汝;不则余且洞汝胸,以泄余忿。"言已,出枪拟莱。

莱不得已,乃悻悻曰:"虎像固余所窃,然余之目的,殊不在此。汝若能以合同付余，则余当出虎像还汝；不则有死而已，汝纵洞吾胸，不能得虎像也。"

萨大怒，欲以手枪击之，虎面在侧，急为排解，因语萨隆加曰："此种合同，与我党初无关系，得之奚益？彼若果能取虎像来，则我不妨以合同贻之。两相交易，亦计之得者。"

萨曰："此人殊狡猾，我若释之去，不复来矣。"

虎面曰："然则余当与之偕往，从旁监视。彼若欲逸去者，则以枪杀之。"

萨闻言，怒稍霁，因顾谓莱道夫曰："今汝趣与虎面归，取虎像至，易此合同。虎像为我教宝物，余必欲得之。合同与余无关，余当付汝，决不食言。"

莱道夫诺之，萨乃命其徒释莱。莱解所系马，乘之而归。虎面跨马持手枪，监视其后。

相与至矿务局下马，莱先入，虎面掩面随其后，同至莱道夫卧室之中。

莱道夫足方跨入，瞥睹室隅铁箱之门，已为电火所毁，洞然大开，不觉大骇跃起，失声曰："噫！余被盗矣。铁箱之门被毁，箱中虎像必失去矣。"

虎面见之，亦为骇然。两人急趋至箱前，伸手入内，则箱中所藏之虎像，果已不翼而飞，瞠目相视，深为失望。

此时室门忽砰然而辟，突有一人飞身跃入，扭虎面执之，夺其手枪。虎面仓卒不及备，遂为此人所捕。此人为谁？则镇守使史阙兰也。

虎面被捕，莱道夫颇机警，立即奔至窗前，跃窗而出，上马遁去。

史阙兰因不及兼顾，目睹其逸，无法追捕，乃将虎面押至苊丽处。

茋丽与杰克，向之盘诘，虎面俯首默然，不作一语。史阙兰与茋丽商，因镇守使署之狱卒，疏忽异常，致蒲鲁等越狱而去，深恐虎面复蹈故辙，拟别觅一幽囚之处。

茋丽乃命仆人收拾空屋一间，将虎面关闭屋中。史阙兰则选精细干练之乡勇两人至，命其守于户外，以防虎面之逸去。布置既定，始与茋丽等别，返镇守使署。

翌日，茋丽等四人，同乘火车，至西考莱镇，瞻览海滨风景。

下车之后，茋丽与杰克雇得小艇一，相与荡舟海滨。此处风景甚佳，海滨有小山，峰峦层叠，山间又有石穴，状殊空灵，可容人出入，如假山然。其海水荡激之处，又有发声訇然，如鸣钟磬者。

茋丽与杰克，各据舟之一端，击楫前进，溯海滨而行。纵目四眺，海天一色，且行且语，为乐无艺。

舟行久之，抵一石穴之外，茋丽与杰克商，意欲舍舟登陆。正议论间，不意石穴之中，预伏老虎党十余人，一见茋丽，相率跃出，蜂拥登小艇，直扑二人。

艇若窄小，非用武之地，两人众寡不敌，遂为老虎党所捕，党人急拥至岸上。

时萨隆加亦自石穴中出，厉声叱杰克，诘问虎面所在。

杰克昂然曰："虎面业为我侪所捕，囚之狱中矣。汝若欲见之者，可向镇守使请之。"

萨大怒，乃命其党取长绳一，将杰克缚于海滩中一大石之上。缚已，正欲转身诘茋丽，不意茋丽乘守者不备，突然急起，奋勇挥拳，击身傍之党人。党人被击，僵仆于地。茋丽遂转身而奔，飞驰逸去。

第二十四章　海滨御盗

芘丽既逸，萨隆加大怒，率其党人，自后来追。

山路荦确，奔走不易，芘丽行数百武，喘息不已，回顾追者渐近，乃伏于路旁之乱草丛中，屏息不敢动。

少顷，见老虎党二人，一一驰过，待其去远，乃自草中奔出，仍由原路奔回海滨，四顾无人，乃急至大石之侧，解石上之绳，意欲将杰克释放。不料萨隆加率大队党人，蜂拥而返，芘丽遥见之，急避入石穴之内。

党人返，见石上之绳，有被解去者，乃仍为扎缚完固。萨隆加下令，饬其党分为水陆两队，一队溯海滨而行，环绕山麓，一队则穿石穴前进，直奔山顶，分道进行，务须将芘丽捕获。党人奉命，乃分投驰去。

芘丽之奔入石穴也，见穴中有石径甚窄，盘旋曲折，阒然无底，信足前进，屈曲缭绕，直达山顶，乃跃登一大石之上，立而遥望，瞥见有老虎党一小队，涌现于山侧石穴之后，仰面瞭望，举手指点，察其意，似欲登山巅搜寻。芘丽大恐，急自石上跃下，伏于草中。

少顷，闻人声嘈唶，自远而近，芘丽恐党人登山，寡不敌众，乃先取大石数块，出其不意，从空掷下。党人不备，有破头流血者，有伤及肩臂者。于是党人恍然悟，知芘丽果匿于山巅，相率奋勇而上。

芘丽探首窥望，见党人仍络绎前进，乃复取大石若干，续续自山上掷下。党人被击受伤者，多至六七人，然仍不退，冒死攀缘而上。芘丽见事急，回顾山顶之左，有小径一，可通山下，乃更取大石数方，向下连掷之，虚张声势。石尽，遂由小径下山，往海滨而去。

芘丽虽逸，而山腰之党人，尚恐为大石所中，不敢遽登。久之，见山顶阒然无动静，乃一拥而上，不意芘丽逸去已久，众见此处仅有一小径，直通海滨，知芘丽必由此路遁去，遂亦循小径下山，向海滨追赶。

其时芘丽已奔至一高坡之上，前临大海，无路可遁。芘丽纵目遥望，瞥见海岸之左，对岸数十丈外，即为西考莱镇之一角，地虽荒僻，亦间有行人往来。芘丽窃自念："安得有电话机于此？发一电话致史阙兰，招人来援，则老虎党虽众，亦无能为矣。"

正思索间，瞥见地上有贮藏食物之洋铁空罐一，日光照其上，烨然发光，芘丽见之，忽思得一计，遂将洋铁罐拾起，握之手中，立于日光之下。

日照罐上，乃有回光一道，返映而出，直射对岸。芘丽按无线电报之法，发一求救之符号。发已，老虎党党人，追踵而至，芘丽回顾见之，恐为所获，乃纵身一跃，投入海中。

芘丽素谙游泳之术，泅水前进，溯海滨而行，如是者半里许，力不能支，喘息不已，乃泅至海滨，攀登岸上，据石而坐，稍事休醅。

不意沿海搜查之党人，适绕道而至，一见芘丽，纷前围捕。

芘丽此时，困乏已极，无力抵抗，遂为众人所执。

少顷，萨隆加亦至，见芘丽已获，状殊欣慰，乃自囊中出纸笔各一，命芘丽作一函，将虎面释出。

芘丽不允，萨大怒，命其党曳芘丽之发，悬之大树之上。芘丽不得已，乃如萨隆加所言，作一函与之。萨命取长绳二，缚芘丽之左右手，悬之二树之中间，遂率众而去。

方芘丽与杰克之荡舟海滨也，史阙兰与宝莲，亦相偕出游，行至海滨，同坐于一大石之上，比肩清谭，喁喁作情话。

正愉快间，忽见对岸有光线一道，飞射而来，着于两人面前之石上，光殊闪烁，摇动不已。

史阙兰见之，初亦不以为意，已而见光线摇动之状，似有程序可究，心窃异之，细察良久，恍然而悟，不禁骇然跃起曰："对岸有人以光线求救，殊为可异，余身为镇守使，安能坐视？余当亲往对岸探视。"

宝莲曰："君何以知之？"

史阙兰指地上之光线曰："此乃按无线电报之法，用返射光以乞援。密司不见彼摇动之数，恒为一六及三七乎？"

宝莲颔之曰："此光诚可异。噫！芘丽与杰克，同往海滨荡舟，至今未返，此呼救之记号，得毋即彼等所发耶？"

史阙兰曰："余亦疑之。总之无论何人所发，余必躬往对岸，一觇其异。"

宝莲曰："然则余亦欲与君同往，君能允余乎？"

史不忍拂其意，毅然诺之，两人乃趣往泊舟之处，雇得小艇一，鼓棹而往。

比至对岸，遥望光线所发之坡上，阒无人在，心殊异之。史阙兰乃泊舟一幽僻之处，嘱宝莲留守，切勿移动。宝莲诺之，史乃跃登岸上，绕道海滨，奔至杰克被缚之处。

此时海水潮涨，一刹那间，高起数尺，杰克全身，都没入水中，浪涛汹涌，纷纷自杰克头上过，散作白花，飞沫四射。

杰克被缚不能动，自分必遭淹毙，瞑目待死，差幸史阙兰驰至，见而大惊，急跃入水中，泅至杰克之侧，自囊中取一小刀出，割其身上之绳。绳断，杰克乃随史阙兰之后，游泳抵岸。

史询其被缚之状，杰克略述一过，史阙兰骇曰："然则射光以呼援者，必密司芘丽也。今芘丽安在？我侪宜速往觅之。"

杰克止之曰："此事我一人优为之，不劳君矣。今君宜速归，预备汽车一辆，待于山麓海滨。我觅得芘丽后，即当遄归萨路高镇。此间匪善地，党人踵至，我侪不可留矣。"

史诺之，遂与杰克别，由原路而返，奔至泊舟之处，宝莲果枯坐舟中，不稍移动。史跃入舟中，立即解维。宝莲询芘丽等踪迹，史略述梗概，宝莲亦为骇然，两人乃鼓棹而归。

杰克别史阙兰后，即自石穴中入，盘旋登山顶，不见芘丽之踪迹，乃复自小径之中，曲折赴海滨。

比抵高冈下森林之前，微闻有女子呼救声，奔入视之，则果芘丽也。

芘丽被悬空中，两臂痛楚欲绝，呼吁无门，声息已微，幸杰克驰至，割断两臂之绳，将芘丽救下。芘丽见杰克亦遇救，心甚快慰。

杰克匆匆曳芘丽急行，直奔山麓。比抵山下，史阙兰已雇得汽车一辆，停于海滨，宝莲亦在车中，杰克与芘丽见之，即跃登车上。史阙兰指挥司机者开车疾驰，遄归萨路高镇。

驰不半里，老虎党果预伏途中，见汽车至，纷出截击。

党人之勇敢者，攀执车篷，跃上车沿，幸杰克与史阙兰，分立车之左右，奋勇与党人斗。党人上车者，悉被击下。

汽车突围而出，萨隆加率众追之不及，乃废然而去。

初，萨隆加得芘丽之函，即遣其党一人，持函往芘丽家投递。

其时芘丽家中，仅有佣仆及乡勇在，乡勇接函拆阅之。函仅数语，其辞云：

> 见函速将虎面释出，交付来人，此间别有用彼之处，勿迟为盼！
>
> 芘丽自西考莱发

乡勇阅已，以示佣仆，佣仆察为芘丽之亲笔，乡勇遂绝不置疑，往启密室之门，将虎面释出，押至大门之外，交付来人。

其人正欲与虎面偕遁，不意芘丽等四人，适乘汽车驰归。杰克目光锐利，瞥睹虎面逸出，骇且诧，立即自车上纵身跃下，直扑虎面。虎面大惊，仓皇与杰克斗。

会史阙兰亦下车助杰克，虎面力不能支，遂为两人所执。至于投函之党人，则乘纷乱之际，抱头鼠窜而逸去矣。

第二十五章　盗窟进剿

方是时，喜达与莱道夫，同居于卡生酒肆之楼上。喜达固荡妇，莱亦佻达子，两人狐绥鸠合，渐涉暗昧。

一日，莱与喜达，相对坐窗前。莱忽拥喜达于怀而吻之，喜达亦不拒。两人相视而笑，意殊狎昵。

已而莱释喜达，喟然曰："余来此几及半年，而所事乃毫无头绪，心殊愤慨。余之所欲得者，合同而已。今合同乃入老虎党手，无法攫取，焦灼奚如。"

喜达曰："重赏之下，必有勇夫。苟有人取得合同，售之于君，君果能出重价乎？"

莱握拳击案曰："孰能为余取得合同，余当以十万金酬之，决不吝惜。"

喜达曰："此言信耶？"

莱毅然曰："信也。合同苟攫得，取而毁之，则我兄遗产，悉入我手，区区十万金，断不食言。"

喜达跃起曰："然则余当为君谋之。一二日之后，静听好音何如？"

莱亦喜，复拥喜达吻之。喜达乃与莱别，跨马而出，驰往盗魁蒲鲁之秘密窟。

当喜达与莱道夫接吻之时，有蒲鲁之党乾姆斯，在肆饮酒，适为所见。

喜达为蒲鲁之外妇，党人靡不知之，此时喜达忽与莱道夫昵，乾姆斯深以为诧，急自肆中驰归，报告蒲鲁，蒲鲁闻言大怒。

会喜达接踵而至，入见蒲鲁，蒲鲁忿然作色，诘之曰："汝既与莱道夫昵，来此何为？淫婢无耻，尚何面目来见我耶？"

喜达讶曰："此言何也？"

蒲鲁拍案曰："汝顷与莱道夫接吻，乾姆斯乃亲见之，尚不承耶？"

喜达闻言嗤之曰："我与莱接吻，事诚有之。汝轻信他人之言，遂疑我真与彼昵耶？"

蒲鲁曰："汝苟不与莱昵，胡为狎亵若此？"

喜达曰："冤哉！我诚何爱于莱？我之诱莱，为金钱耳。"

蒲鲁一闻金钱，怒乃立霁，徐徐曰："金钱耶？汝意果安在，试为余言之。"

喜达曰："我之佯与莱昵，盖欲探合同之所在耳。兹悉合同确在老虎党手中，彼实毫无所得。彼之目的，亦在合同，愿出重金易之。余意合同当在虎面处，今虎面方为芘丽所获，囚之家中，余意欲潜往芘丽家，将虎面救出。虎面之所欲得者，厥为金质之虎像，君可持虎像出，向之易取合同，更以合同售之莱道夫，则十万金在掌握矣。蠢哉君也！我方为君设计，谋攫巨款，而君乃诬我不贞。今试问君，尚欲责我否？"

蒲鲁闻言大乐，急向喜达谢过，并趣其速往芘丽家，将虎面救出。喜达诺之，遂与蒲鲁别，匆匆而去。

喜达既出，蒲鲁取虎像出，置之墙边一木槛之上。槛上堆积杂物甚多，虎像虽羼入其中，而金光烁然，耀目生缬。

其党见之，或戒蒲鲁曰："虎像颇宝贵，得之匪易，何为置之此间？万一为他人所窃去，宁不可惜？"

蒲鲁狞笑曰："我之置像于此，正欲以诱他人耳。盖像之背后，余已预置手枪一柄，枪机与虎像之足，连以一绳。人若取像，牵动枪机，则枪弹立发，必将其人击毙。"

党人不信，请蒲鲁试之，蒲鲁乃使一党人侧立于木槛之右，伸手取虎像。像方移动，果有枪弹一颗，自像之背后飞出，设其人而正立于木槛之前者，则必为枪弹所击毙矣。

于是众皆叹服，盛称蒲鲁心思之巧。蒲鲁亦欣然自得，于是将虎像仍置槛上，枪机亦安置妥贴，乃率众而出。

是日晚餐后，芘丽与杰克、史阙兰等，同坐灯下，议论老虎党之事。

芘丽曰："虎像失去，久未璧返，而合同又为老虎党攫去，半年之期且届，律师将执行其职务矣。事将奈何？"

杰克跃起曰："合同曩为虎面所攫去，今虎面已为吾侪所捕，胡不一搜其身畔，倘能搜得合同，则遗产问题，迎刃解矣。"

芘丽与史阙兰均韪其言，于是三人自餐室出，相率上楼。将近虎面所囚之室，瞥见室门斗辟，突有一妇人引一男子，蹑足自室中出，芘丽见之，不禁大惊而呼。盖男子即虎面，而女子乃女佣喜达也。

初，喜达乘黑暗之时，潜自芘丽家之后门入，摸索上楼，觅得虎面所囚之室，以百合钥启之，闪入室中。

时虎面正蹀躞室中，欲谋一脱身之策，瞥见喜达入，喜出望外。喜达亦不暇与语，急曳虎面之衣，导之出外。行未数武，而芘丽等三人，适相率登楼。

芘丽遥见虎面，失声惊呼。此时杰克及史阙兰，亦均见之，两人飞驰而前，杰克猛扑虎面，史阙兰则趋捕喜达。

虎面颇机警，见杰克等至，自知不敌，立即转身而奔，直趋甬道之他端，杰克追随其后。

甬道之端，有玻璃窗一，虎面奔至窗前，遂逾槛而出，飞身跃下，狂奔逸去。杰克追之不及，乃返。

时史阙兰已将喜达捕获，曳之至芘丽之前。芘丽斥之曰："汝佣我家时，我自问遇汝不薄，汝何故与老虎党通，一再与余为仇？往日汝窃余之合同，售之莱道夫，余虽知之，初未严究，亦可为仁至而义尽矣。今汝复潜入我家，将虎面放去，意果何居？今汝趣语我，虎像及合同，今果安在？虎面逃出，避匿何处？"

喜达闻言，俯首默然，置之不答。杰克与史阙兰均大忿，各出手枪，向喜达胁迫。

喜达不得已，乃曰："虎像为蒲鲁所得，而合同则在虎面处。虎面此次逸去，必往晤蒲鲁，以合同易虎像矣。"

杰克询以蒲鲁之秘密窟，喜达告之，史阙兰乃将喜达驱入虎面所囚之室，闭户键之。

三人下楼，复议论良久。史阙兰决计于翌晨亲率乡勇，往捕蒲鲁及虎面，杰克、芘丽亦赞其议，愿与偕往。史乃告辞而去。

诘旦，史阙兰率乡勇一队，戎装跨马，各持枪械，列队至芘丽家。芘丽乃将喜达释出，胁之为乡导，遂与杰克二人，各跨一马，随众而往。

比抵茫顿司山之麓，遥见小屋数椽，依山而筑，喜达指示史阙兰曰："此即蒲鲁及其党所居也。今我事已毕，可释我乎？"

史曰："汝言极不可恃，我殊未信，待我捕得蒲鲁后，释汝固未迟也。"

于是史下令乡勇，列队为备，勿复前进。史与杰克下马，各执手枪，直趋小屋。

两人至屋外，略一踌躇，乃推门直入。门辟，见室中仅一蒲鲁在，蒲鲁倚椅而坐，状殊闲暇，见两人在，突自椅上跃起。两人急以手枪指其胸，蒲鲁乃高举两臂，绝不抗拒。

杰克四顾室中，欲觅得一绳索，将蒲絷缚，不意蒲鲁忽撮唇作声，一刹那间，内室之户，砰然而启，突有蒲鲁之党二人，自室中跃出，各执手枪，遥指杰克及史阙兰。

两人相顾骇然，自知中计。于是蒲鲁乃敛臂卓立，视两人作狞笑曰："汝等虽狡，今亦中乃翁之计矣。乾姆斯，汝速去彼两人之枪。"

于是乾姆斯挺身而前，夺杰克手中之枪，掷之于地。不意杰克突转其身，挥拳击乾姆斯之腕，乾姆斯不备，手中之枪亦坠。

其时史阙兰亦奋起，猛扑身旁之盗党，盗党被扑，颠仆数尺外。杰克与史阙兰，乘势退入内室，闭户键之。

蒲鲁大怒，遂与其党各开手枪，向内室轰击。杰克见内室另有一后门，直通屋外，乃与史阙兰启门逸出，绕道驰归。

两人跃登马背，立即发令，命列队屋外之乡勇，开枪进攻。蒲鲁在室内，闻屋外枪声纷作，知乡勇大队驰至，自知众寡不敌，乃与其党打破内室之户，见室中阒然无人，杰克等业由后门逸去。蒲鲁等遂亦自后门奔出，相率上马，飞驰而逸。

其时杰克及史阙兰，已率乡勇绕道至后门，见群盗果由后门逸出，遂指挥乡勇，自后追捕。人马滚滚，一奔一逐，纷纷向茫顿司山之后山而去。

第二十六章　毁桥拒捕

群盗既逸，杰克、史阙兰率众追捕，更无一人顾及喜达者。喜达乘机，脱然而逸，奔入盗窟。

其时窟中阒无一人，喜达偶纵目四顾，瞥见墙边木槛之上，置有一物，光芒四射，耀目生缬，即而视之，则赫然金质之虎像也。

喜达大喜，伸手欲取之，不意室门斗辟，芘丽乃腾跃入室，突前捉喜达之腕，与之争夺。喜达怒，握拳转身，与芘丽奋斗，芘丽亦竭力御之。

盘旋良久，喜达不敌，为芘丽所击倒。芘丽乃趋至木槛之侧，伸手取虎像。像方移动，倏有枪弹一枚，砰然飞出，自芘丽身傍擦过。

时喜达适自地上跃起，枪弹飞来，正中喜达之左肩，鲜血涌出，痛极而仆。

芘丽骇然，急趋前视之，见喜达面色惨白，呻吟不已，肩上伤处，血出不止，衣沾血迹，殷然作赤色。

芘丽性素仁慈，对之不觉惨然，乃将喜达扶起，坐之椅上，诧曰："此枪何来？令人殊难索解。"

喜达呻吟曰："此必蒲鲁所为也。"

芘丽曰："我意彼之置此，盖欲杀我或杰克，不意误伤汝身，殊出彼之意料。世间害人者，往往自害，冥冥中似有天也。伤哉喜达！汝今亦觉痛楚否？我见汝惨遭横祸，我心滋戚。汝一弱女子，奈何与群盗为伍？喜达乎！汝若能痛自悔改，则往日之过，我必不汝咎也。"

喜达频颔其首，惨然无语。芘丽乃扶之出室，牵两骑至，以一马使喜达乘之，送之回家。

盗之逸也，杰克与史阙兰统率乡勇，穷追不舍。

已而群盗逃至丛山之中，据险而守，相与匿身于巨石之后，开枪与乡勇战。乡勇亦下马伏草中，发枪还击，子弹四飞，相持不下。

此地附近，有独木桥一，架于两山之间，其下为幽谷，深可数十丈。蒲鲁见之，忽得一毒计，乃命其党取炸药一巨罐，埋于桥下，并以电线通之发电机。电机置于桥左深林之中，命其党一人司之。布置既竣，然后下令其党，向后退却。盗党得令，纷纷上马，退至桥左。

杰克等见群盗复奔，立即上马追赶。乡勇德费司等四五人，素号枭勇，争先恐后，跃马登桥上。

盗党在林中见之，立即伸手按电机。电流既通，炸药突然爆发，訇然一声，木桥炸毁，德费司等四五人，咸坠入桥下深谷之中。

杰克与史阙兰，幸尚未登桥，未受其害，顾桥已炸毁，路乃中断，目睹群盗逸去，不复能向前追赶，心甚忿忿。

史阙兰急率乡勇，绕道往深谷之中，救护伤卒；杰克则自马上跃下，孑身奔入森林之中，从事搜缉。

其时执掌电机之盗党，正匿身林中，瞥见杰克跃入，恐为所获，急自林中奔出，欲觅路而逸，不意已为杰克所见。杰克自林中追出，飞逐其后。

盗党奔至断桥之处，前临深谷，无路可遁，乃转身与杰克斗。盗殊凶猛，力与杰克相若。相持久之，杰克为盗所扑，险致坠入深谷之中。

正危急间，倏有一枪弹从谷中飞出，自下而上，适中盗党之前胸。盗党大吼一声，立即气绝而死，尸身僵仆，訇然一声，坠入谷中。

先是，乡勇德费司等，因桥断下坠，各负创伤，轻重不等。德费司则折一左臂，头上亦受伤数处，流血被面，倒卧草中，呻吟不已。少顷，偶伸首仰视，瞥见石壁之上，有两人奋勇搏斗，谛视之，一为杰克，一则盗党也。会杰克为盗党所扑，势且下坠，德费司大骇，急自囊中取手枪出，注视准切，向上轰击，砰然一声，将盗党击毙。

其时史阙兰率乡勇至，将伤者救起，而杰克亦绕道至谷中，知开枪者乃德费司，即向之道谢。

于是史饬人向山麓农家，借得板门数扇，将伤者一一舁回，延医调治。杰克与史阙兰，亦率乡勇而归。

是晚杰克与芘丽，在餐室同进晚膳。

食已，芘丽顾谓杰克曰："喜达以夺虎像，故肩受枪伤，幸无大碍，余已挟之归，现卧楼上养伤。而乡勇德费司，孤身一人，并无妻子，余念其救君之功，且因公受伤，情殊可悯，因准其居此养伤，延医为之调治。盖余意亦欲勉励乡勇，使之奋勇捕盗也。君以为何如？"

杰克曰："密司处置甚善，深合余意。"

正言间，而史阙兰亦入，芘丽因自囊中出虎像，以示两人。

两人喜曰："密司何从得此？"

芘丽因将夺取虎像之情状，缕述一过。

杰克曰："盗失虎像，必不甘心，而老虎党党人，亦亟欲得此，庋藏不谨，恐有遗失之患，殊可虑也。"

芘丽曰："吾意欲藏之德费司病榻之上。此室极幽僻，他人万想不到，似可无虑。"

杰克亦以为善，于是三人更畅谭他事。

谈久之，闻壁上时计，已鸣十二时，三人咸欲就寝。芘丽乃持虎像上楼，拟藏之德费司卧榻之上。杰克与史阙兰伴之偕往。

比抵德费司卧室之外，芘丽轻启其户，探首内窥，见德费司蒙被卧榻上，似已鼾睡。

芘丽急退出，低声语杰克曰："德费司方鼾睡，不可将彼惊醒。盖卧病之人，苟能熟睡，即可稍减其苦痛。吾侪若入室，彼必惊醒，吾意殊不忍也。"

史阙兰曰："然则盍藏之宝莲之室？党人虽狡，度亦未易探悉。"

芘丽颔之，乃轻闭其户，相偕而去。

芘丽等去不数武，而高卧榻上之德费司，忽掀被而起，蹑履下床，启户而出。

噫！怪哉！其人非德费司，乃莱道夫也。

初，莱道夫潜至芘丽家中，探听消息，适芘丽与杰克等，在餐室中叙谭，莱乃伏于户外，侧耳窃听，闻芘丽欲将虎像藏于德费司床上。莱忽心生一计，急转身上楼，觅得德费司养伤之室，推门直入，按德费司于床，自囊中出手枪，戒德勿声。

德大骇，瞠目注视，不敢呼救，莱乃取一长绳至，缚其手足。德以身受创伤，无力撑拒，只得任其扎缚。莱缚已，乃将德头上所缚之绷带解下，缚之己之额上，更取手帕一方，塞德口中，俾不得呼，乃将德掷之室隅暗陬。

布置已毕，遂将外褂脱去，伪为德费司之状，蒙被卧榻上，静待芘丽之至。不意芘丽等至，误以为德已鼾睡，折往宝莲之房中。

莱在榻上闻之，大为丧气，俟芘丽等去，乃自榻上跃起，启户而出，蹑足尾三人之后。芘丽等在前，且行且语，固瞢然未之察也。

少顷，三人抵宝莲之卧室。杰克与史阙兰，待于门外，芘丽则推门而入。

时宝莲方酣睡，芘丽撼之使醒。宝莲见芘丽忽至，颇以为异。芘丽附耳语以故，宝莲始悟。芘丽乃取虎像出，藏之宝莲之枕边。

枕下本置有手枪一柄，芘丽为之取出，纳之己之囊中，遂与宝莲别，道晚安而出，与杰克等相率下楼。

杰克问虎像藏于何处，芘丽曰："予已藏之宝莲之枕下，谅无遗失之虞。"

杰克颔之，三人乃相与握别。史阙兰告辞而去，芘丽与杰克，则各归卧室。

第二十七章　虎穴被困

芘丽等既下楼，宝莲仍栩然入梦。此时莱道夫乃轻启室门，蹑足而入。

莱闻芘丽言，虎像藏于宝莲之枕下，乃直趋床前，探手入枕底，将虎像攫得，方欲转身而遁，不意足声稍高，将宝莲惊醒。

宝莲见床前有人影，倏然出室去，大惊跃起，急视枕底之虎像，则已不翼而飞。宝莲纵身下床，取外衣披之，奔出户外。

遥见甬道中有一黑影，飞奔而去，宝莲乃大呼"捕贼"。一时家中之人，咸自睡梦中惊醒，披衣下床，启户出视。

芘丽奔至楼梯之前，莱道夫适自楼上驰下，芘丽急取手枪出，指莱之胸。莱飞一足起，踢芘丽之腕，芘丽手中之枪，脱手而飞，坠于地上。芘丽大怒，直前扑莱道夫，欲夺其手中之虎像，莱遂与芘丽奋斗。

盘旋数四，闻甬道中足声杂沓，莱恐杰克及臧获踵至，寡不敌众，必为所窘，一时胸无斗志，仓皇欲遁，偶一不慎，手中所执之虎像，突被芘丽击下。莱遂转身飞奔，开门逸去。

莱道夫逸而杰克至，芘丽急将虎像拾去。杰克诧问何事，芘丽具告之。

杰克曰："孰为窃像之人，密司亦识之否？"

芘丽曰："黑暗之中，不克细辨，顾其人额上，扎有绷带，余颇疑为德费司也。"

杰克诧曰："德费司何为作贼？此事殊可怪，惜彼已逸去，不克一询其究竟。"

正言间，而宝莲自楼上驰下，谓顷过德费司卧室，闻室内有呻吟之声，其音幽微，听之毛戴，一人胆怯，不敢入视。

芘丽与杰克闻之，相率随宝莲登楼，奔入德之卧室，闻室中果有呻吟声，出自室隅暗陬。三人趋视之，始知呻吟者即为德费司，相顾大诧，乃将德身上之绳索解去。

德既被释，复将口中之手帕吐出。杰克询其被缚之故，德费司曰："缚我者乃莱道夫也。"于是将莱道夫假扮之情形，缕述一过。众恍然大悟，始知夺像者乃莱道夫，非德费司也。

此时杰克复于室中觅得外褂一袭，乃莱道夫所遗忘者。搜其囊中，藏有信札一函，展阅之，乃虎面致莱道夫者，其辞云：

> 莱道夫君鉴：
>
> 　我党之总机关部，现已迁至海滨蒙拉脱山石穴中，穴口有橡树四株为号，君若夺得虎像，务请即日驾临总机关部，交换合同。幸勿稽迟，无任企盼！

杰克阅已，以示芘丽。

芘丽曰："君意如何？"

杰克曰："就密司一方面言之，则合同为重，虎像为轻。今合同为老虎党所获，我意不如持像往党窟，与之交换合同。合同既得，然后另设他法，夺取虎像。不识密司以为何如？"

芘丽深韪其说，于是两人与宝莲别，下楼就寝。

当芘丽等奔走纷扰之际，正喜达脱身逸去之时也。

喜达因肩受枪伤，为芘丽携归。芘丽招医生至，为之敷药医治讫，独处一室，卧床养病。

中夜，正鼾睡间，突有一健男子逾窗而入，蹑足至床前，轻撼其身。喜达惊醒，骇而跃起，谛视之，床前卓立者，乃盗魁蒲鲁也。

蒲鲁以指按唇使之勿声，喜达低声曰："君为乡勇所逐，逃匿何处，今来此何为？"

蒲低声曰："我闻汝为史阙兰所捕，特来救汝。我党今匿大莱山中，汝在此养伤，终匪久计。汝创朝愈，夕入狴犴矣。我为汝计，不如从我去，较胜居人篱下也。"

喜达叹曰："君之虎像，业为芘丽所攫得，君知之乎？"

蒲坦然曰："知之。"

喜达曰："虎像得之匪易，一旦失去，殊可惜也。"

蒲笑曰："汝勿以此怏怏！实告汝，芘丽所夺得者，乃赝鼎也。我得虎像后，即仿造一假者，置之槛上，芘丽不察，遽信以为真夺之以去，令人可笑。惜汝亦未知，与之夺争，以致被手枪所击伤耳。"言已，自囊中出金质之虎像，以示喜达。

喜达阅毕大喜，遂自床上跃下。蒲鲁负之逾窗出，相率遁去。

其翌日，芘丽晨起，闻喜达遁去，亦遂置之。

会杰克入，芘丽乃取虎像藏身畔，与之偕出，同往海滨之蒙拉脱山。比抵山中，觅得老虎党匿居之石窟，昂然直入。守门者阻之，杰克达其来意。

守门者入报，萨隆加命肃两人入。两人见萨，略一颔首。

萨柔声曰："君等欲以虎像易合同耶？"

杰克昂然曰："然也。"

萨曰："此举诚两利之道。君等以虎像来，则合同归君等矣。"

芘丽曰："虎像在我囊中，汝第以合同示我，则我当出虎像付汝。"

萨颔之。时虎面侍于萨隆加之侧，萨回顾虎面，命取合同出，虎面唯唯，即自囊中出合同，呈之萨隆加。萨以合同示芘丽，向索虎像。

芘丽乃取虎像出，付之于萨，不意萨谛视一过，突然变色，厉声曰："此赝鼎也。狡哉汝辈，乃欲以伪物欺我。我岂易欺者？"芘丽与杰克闻言，相视骇然。

此时萨乃大忿，立即下令其党，命将两人拘捕。党人奉命，一拥而前。

杰克知寡不敌众，急曳芘丽之手，转身而奔，飞步自窟中出，向山顶逃去。党人不舍，纷逐其后。

两人既登山巅，见党人且追踪而上，乃就山顶拾大石，向下掷击。党人受伤者甚多，顾仍不退。

少顷，众人已匍匐进，与两人相距数尺。杰克见势甚危急，乃命芘丽先向后山遁去，己则掇取大石一方，双手举之，向党人作掷击之状，党人不敢遽前。

相持片刻，不意有一党人，绕道至杰克之后，突然跃出，将杰克手中之石夺去。于是党人蜂拥而上，杰克遂为所捕。

此时萨隆加亦追踵至，见杰克已获，颇为欣慰，乃指挥其党，往捕芘丽。党人奉命，纷向后山驰去。

党人既行，惟萨隆加与虎面二人，监视于杰克之侧。杰克知机会已至，遂乘萨之不备，突挥一拳，击其胸前。萨颠仆数尺外，卧地不能起。虎面大骇，趋前助萨，杰克俟其近身，斗飞一足，蹴其左肋。虎面立足不定，亦颓然仆。杰克遂转身而奔，飞驰赴后山，往觅芘丽。

其时芘丽乃逃至一崭崖之上，下临深谷，无路可遁，会杰克亦至。

杰克俯视谷中，毒氛迷漫，蒸腾如雾，骇曰："此帕尔迷谷也。是地旧为火山，余焰未熄，谷中瘴气，毒不可近。人若触之，五分钟内，即足致命。此间匪善地，速离为佳。"

于是两人复转身觅路而出，行不数武，老虎党大队，适迎面而至。

其时萨隆加及虎面，亦已与其党会合。萨遥见杰克，恨之刺骨，立饬其党，开枪轰击。杰克与芘丽亦各取手枪出，奋勇拒敌。

少顷，两人枪弹已尽，而老虎党仍进攻不退。杰克不得已，仍与芘丽退至崖侧。萨率其党，节节进攻，芘丽等无路可退，皇急莫名，偶一失足，相率自崖边坠下，跌入深谷之中。

萨隆加遥见之，欣然抚掌曰："此谷有瘴气，其毒无匹，两人坠入谷中，必死无疑，我侪可归去矣。"遂率众凯旋而去。

第二十八章　花下谈心

是日清晨，史阙兰至芘丽家，闻芘丽与杰克，同往蒙拉脱山。史素知其地有毒瘴，往往杀人，深恐两人遇险，乃独自跨骑，追踪而往。

比抵海滨，折入蒙拉脱山之后山，登高一望，遥见杰克与芘丽，果为老虎党所迫，坠入深谷之中，史大骇，急自山顶驰下，驱骑至谷口，就马上取长绳一，掷入深谷之中。

其时芘丽与杰克，为瘴气所熏蒸，转转谷中，势已垂危。芘丽见谷上有长绳一条，从空掷下，急曳杰克至绳侧，相与缘索而上，芘丽居前，杰克在后。

史阙兰在谷口崖上，见两人握绳而上，乃绕绳于巨石之上，尽力拽之。少顷，芘丽先登，而绳忽为石上火焰所焚，断为两截，杰克又坠入深谷之中。

芘丽在马上，骇而大呼，史亦大惊，急跃登马背，飞骑趋谷中，躬冒毒氛，将杰克救起，挟之登岸上。三人乃相偕而归。

喜达之逸也，随蒲鲁赴大莱山。此山幽僻异常，人迹罕至，诸盗党无屋可居，则以竹木支布篷，聊为栖身之具。喜达既至，亦宿于篷帐之中。

此时喜达因与莱道夫昵，渐怀贰心，而蒲鲁固未之知也。蒲鲁将金质之虎像，藏于枕边，无事时常取出把玩，喜达侦得之。

一日，蒲鲁他出，喜达忽蹑足入蒲之帐中，就枕边将虎像窃得，怀之欲逸，不意蒲鲁适于是时驰归，奔入帐中。喜达见之，大惊失色。

蒲见喜达在帐中，颇以为异，嗣见其神色有异，心乃大疑，遂向喜达诘问。喜达言语支吾，蒲疑益甚，搜其身畔，果于囊中得虎像。

蒲大怒，诘其窃像之故，喜达俯首不言。蒲乃囚喜达于帐中，命其党一人，持枪守帐外，以防喜达之逸。喜达此时，乃以盗魁之情人，一变而为帐中之囚徒矣。

史阙兰之于宝莲，犹杰克之于芘丽也，相交既深，相爱日笃，热度渐增，达于沸点。

一日，史至芘丽家，适遇宝莲，两人乃相偕而出，散步于屋后小园之中，已而并肩坐花下，喁喁情话，其乐无艺。

史至是不复能耐，乃向宝莲求婚。宝莲虽红晕两颊，然不能拒也，史乃褪手上约指一，加之宝莲纤指之上。宝莲低垂粉颈，羞不能举。

两人正情思缠绵之时，不意芘丽与杰克，适相偕而至，遥见两人之状，不禁失声而笑。宝莲闻笑声，羞乃益甚，遂挣脱史阙兰之手，掩面遁去。史乃跃起，趋前迓芘丽及杰克。

杰克笑曰："君已成功耶？我二人特来道贺。宝莲乃逸去何也？"

史阙兰亦笑，三人略谭数语，史乃告辞而去。

史阙兰之归也，道出梅特生森林之侧，不意有老虎党党人一名，伏于林中，俟史过，突取长绳为圈，向之抛掷。绳圈飞来，适套于史阙兰身上，党人用力曳之，史力挣不得脱，遂自马上坠下。党人撮唇作啸声，一时同党纷至，将史捕获，挟之至党魁萨隆加之前。

萨忿然曰："此人任镇守使后，屡与我党为难，今当囚之于石穴之内，俟吾侪夺得虎像后，释彼未迟。"

萨言已，虎面忽起而反对曰："此人身为镇守使，乃此乡之地方长官，其与我党为难，乃彼之职务当然，胡得怨彼？我意不如释之去，俾彼不复仇我，是亦足矣。"

虎面言已，萨大怒，击案骂曰："汝何知？乃亦妄言。汝屡为他人说情，岂有贰心耶？后敢复尔，我必杀汝，汝其慎之。"言已，突将虎面囊中之合同，伸手攫得，纳之己之囊中。

虎面心虽忿甚，不敢与校。萨乃指挥其党，将史阙兰曳入一石窟之内，闭而键之，始率众而去。

史阙兰被幽窟中，踯躅起来，百无聊赖，正闷闷不乐间，而石窟之户，忽呀然而辟，倏有一人，闪入窟中，仍虚掩其户。史谛视之，则虎面也。

虎面仓皇曳史袖，低声曰："速行速行！我为救汝而来，幸勿疑我！"

史欲启门出，虎面止之曰："门外党人甚多，汝纵逸出，必为所捕。我意不如由穴顶出，汝不见穴顶有天窗乎？此亦一穴口也。由此逸出，则人所莫测。"

史讶曰："汝固老虎党党员，何故设法救我？"

虎面黯然曰："实告汝，我乃汝……"语至此，突然中止，史固诘之，虎面摇首曰："后自知之，今不必言，总之我与汝有关系也。今汝宜速行，毋庸喋喋！"

史仰视天窗，高可丈余，无法跃出。虎面往取一木，倚之窗口，命史阙兰猱升屋顶。史请虎面先行，虎面颔之，乃抱木猱升而上，史托其足以助之。虎面攀执穴口，纵身跃出。

虎面既出，史阙兰亦盘旋而上，方至穴口，萨隆加适率党人数名，入窟探视，瞥见史由穴顶逸去，骇且怒，立挥其党往追。

其时史阙兰已由穴口跃出，见党人亦欲缘木而上，乃拾拳石一，注视准切，突向萨隆加抛掷。石由穴口飞入，适中萨之前胸，萨负痛大呼，仰仆于地。

一时党人大乱，更无有顾及史阙兰者。史与虎面，乃脱然逸去。

两人奔数百武，见后无追者，心乃稍定。虎面别史欲归，史止之曰："我之逸出，彼必怀疑及君。君若归，适入虎口矣。"

虎面黯然曰："我面上之虎纹，惟萨隆加能去之，今若不归，我之真面目，亦永永无恢复之日矣。"

史曰："此事尚容徐计。君既救我，我必设法助君。顾君此时若归，危险殊甚，我必不许君也。"

虎面乃止，两人复行数里，抵一小山之麓。

史顾谓虎面曰："我本当偕君入村，顾君状貌诡异，恐致骇人听闻。此爱盎伦土山之山腰，有板屋一所，曩为樵夫所居，今方空闭，君可暂入板屋居之。一切食用之物，我当亲身携至，俟余剿平老虎党后，再定行止何如？"

虎面诺之，遂与史阙兰别，飞驰而去。

方史阙兰与虎面接谈之时，芘丽与杰克、宝莲三人，适乘马出游，缓辔至爱盎伦土山之麓。

芘丽遥见史阙兰与虎面谈，深为骇诧，急止杰克等勿前，隐身树林之后，觇其所为。而杰克与宝莲亦大诧，念史阙兰胡得与虎面通，以为怪事。

已而遥见史挥虎面行，虎面飞奔而去，于是三人乃自林后出，驱骑至史阙兰之前。

宝莲自马上跃下，正色诘史曰："我侪顷在林后窥君，见君方与虎面谈，嗣乃释之逸去。君固端人正士，奈何与党人为伍？此中有无别情，君能告我否？"

史阙兰闻言，一时无词以对，状殊窘急。

三人益疑，宝莲乃直斥之曰："我始以君为伉爽丈夫，今日观之，始不可信。君身为镇守使，理宜剿灭恶党，今乃反与党人通，有是理乎？噫！我误矣，我误矣！"言已，凄然欲涕，而史仍嘿然不语。

于是芘丽与杰克，亦深疑史，置史不顾，趣宝莲上马，相偕而去。

第二十九章　盗劫银车

越日，史阙兰携食品等物，往馈虎面。虎面欲煮中膳，乃亲往屋外斫柴，忽遥见盗魁蒲鲁，跨马而来。虎面急奔入屋中，以告史阙兰，史乃避入内室，伏而窥探。

少顷闻剥啄声，虎面往启门，则蒲鲁入矣。

虎面肃蒲鲁坐，蒲曰："此间颇幽静，君居此良佳。"

虎面颔之，因曰："我昨曾寓书于君，君收到否？"

蒲曰："有之。我此来，即以接得君函之故。君欲以合同易虎像，此言信耶？"

虎面曰："信也。我所欲得者，厥惟虎像，合同则无所用之，顾君得合同，即可向莱道夫索巨酬耳。"

蒲曰："诚然。虎像因在我处，我侪能交易，不可谓匪两利之道。第此事宜秘密，勿令他人知之。今君之合同安在，可示余乎？"

虎面愕然，已而乃掩饰曰："合同在主教萨隆加处，君若果欲交易者，则余当亲往取来。虽然，君之虎像安在，亦能示余乎？"

蒲鲁曰："虎像我未携来，君若果欲交易者，可速将合同取来，余当于今日午后二时，携虎像至此。君以为何如？"虎面诺之，蒲鲁告辞而去。

蒲鲁既行，史阙兰自内室出。虎面曰："我侪所言，汝已闻之否？合同不在余处，午后蒲至，余将何词以对？"

史阙兰曰："君勿忧！今日午后，君可他去，勿留室中。余当率乡勇先至，预布室中，俟蒲鲁来，室中伏卒突起，将彼捕获，则不愁虎像不归我侪矣。"

虎面颔之，趣史速往召乡勇。史乃与虎面别，跨马驰去。

方蒲鲁往晤虎面之晨，喜达忽乘守者之不备，自帐中逸出，闪入蒲鲁之帐中。

其时蒲已出外，阒无人在，喜达遂于蒲鲁之枕边，将虎像搜得，纳之怀中，又于枕边觅得一函，展阅之，则发自虎面者。其辞曰：

蒲鲁君鉴：

近闻人言，金质之虎像，现入君手。仆欲以矿产合同三份，与君易取虎像，如蒙俞允，明晨请驾临爱盎伦土山之板屋中一叙，余俟面谭不赘。

虎面上

喜达阅已，仍为置之枕边，正欲转身而出，不意适有一党人，入内巡视，喜达乘其不备，突然跃出，拉得一木棍，猛击其颅，其人立仆，晕绝于地。

喜达逸出，四顾无人，乃窃得骏骑一匹，乘之而遁，驰往卡生酒肆。既至，入见莱道夫。

时莱因数日不见喜达之踪迹，正深诧怪，瞥见其至，喜出望外。喜达自怀中出虎像，以示莱道夫。莱大悦，询其何从得此，喜达具告之，并将虎面致蒲之函，详诵一过。

莱曰："此种合同，关系于余者最巨，余必以虎像易得之，勿令入蒲鲁手，受其挟制。"

喜达曰："然则我侪宜速往。蒲鲁颇凶横，虎面或非其敌，万一合同为蒲攫去，售之芘丽，则诸事败矣。"

莱道夫颇韪其言，遂与喜达乘马偕出，同往爱盎伦土山。既至，见山腰果有板屋一所。

马至屋外，两人相率下骑，推门而入，不意屋中乃阒无一人，两人深为诧怪。正顾盼间，喜达偶隔窗外望，正指示莱道夫曰："视之山麓，有人至，此非蒲鲁耶？噫！怪哉！此乃杰克也。杰克何为来此？岂彼亦欲向虎面夺合同耶？"

莱道夫曰："无论如何，杰克来此，必不利于我侪。"

喜达曰："然则我侪宜伏于内室，勿为所见。俟其入，突出击之，若杀杰克，则我侪除一憾矣。"

莱道夫颔之，两人乃退入内室，虚掩其户，伏而窃窥。

少停，履声橐橐，自远而近，室门呀然辟，则杰克入矣。

是日午刻，杰克以双马车一辆，将矿中开出之银块，运入城中。行近爱盎伦土山之麓，适与蒲鲁之党相遇，盗党伏路边，突然解枪，将御者击伤，坠于车下。于是蒲鲁率众跃出，跃登车上，驱车而行。

时杰克跨马在后，瞥见群盗白昼开枪，肆行劫掠，不禁勃然大怒，立取手枪出，向盗轰击，一盗中枪立毙，坠于车下。蒲鲁在车上，亦开枪还击，枪弹四飞，幸未命中。

杰克自马上跃下，腾身而前，欲跃登车上。于是蒲鲁指挥其党，驱车急行，己则自车上跃下，与杰克力搏。顾杰克勇力天生，蒲鲁究非其敌，盘旋数四，力渐不支，乃转身而遁。

奔数百武，伏于草中，取手枪握之，拟俟杰克近身，开枪杀之。已而杰克渐近，蒲即注视准切，向杰克开放，不意枪中子弹已空，杰克毫无所伤。蒲鲁急自囊中出子弹，纳之枪中，比欲开放，则杰克已奔入山腰板屋之中矣。

杰克初意，颇疑蒲鲁之盗窟，乃在此山腰板屋之中，故挺身而入。比至屋内，见其中阒无人在，心甚诧异，正欲转身而出，不意内室之户，突然而辟，莱道夫自室中跃出，直扑杰克。杰克出不备，急转身迎击。

两人正酣斗间，而喜达亦出一臂为莱助，攫得破磁瓶，向杰克头上掷击，訇然一声，瓶着于颅，碎为数十片。杰克被击而晕，仆于地上。

莱道夫觅得长绳一，缚杰克之手足，置之室隅，两人乃相偕而出。

行至山麓，喜达顾谓莱道夫曰："我侪既捕杰克，胡不杀之？此人不死，终为我侪之害。"

莱闻喜达言，心亦悔之，遂嘱喜达在山麓稍待。喜达诺之，莱乃转身而返，拟往板屋中，将杰克杀死。

行百余武，过一枣林之傍，不意突有一人一骑，自林中冲出。马背之人，手持一枪，以枪口注莱道夫之胸。莱大骇，高举两臂，木立马前，谛视马上之人，不禁大诧。其人非他，盖芘丽是也。

先是，史阙兰与虎面别，奔回村中，往见芘丽及杰克。

时杰克已他出未归，仅见芘丽。史阙兰以近日所遇之事，一一告之，芘丽始恍然悟，疑云渐去，乃允与史阙兰偕行。

史往招乡勇十余人，戎装跨马，各持快枪。史与芘丽率之，驰往爱盎伦土山，行近山麓，忽见盗党十余人，押解银车一辆，蜂拥而来。

芘丽遥见之，骇曰："此车乃我家之物，奈何被劫于盗？杰克何在，得毋为盗党所捕去耶？"

史阙兰闻芘丽言，立率乡勇，飞驰而前，拦阻盗党之去路。群盗憨不畏死，遂与乡勇奋斗。史阙兰大怒，身先士卒，跃马而前，冲入群盗队伍之中，众乡勇纷随其后。

群盗大乱，自知不敌，遂置银车于不问，哄然作鸟兽散，四散逃逸。史阙兰将银车夺回，并指挥乡勇，追捕群盗。

芘丽则跃马登山腰，欲觅得杰克之所在，比抵枣林之侧，遥见莱道夫匆匆而至，乃跃马闪入林中，俟莱道夫至林外，乃纵骑出，以手枪注莱。

莱骇甚，不知所措。芘丽询杰克之踪迹，莱佯为不知，固诘之，他顾不答。正盘问之际，而喜达忽随后而至。

喜达见莱道夫为芘丽所胁迫，骇甚，乃潜折树枝一，绕道至芘丽之后，猛鞭其马。马骇而跃，芘丽自马背颠坠而下，滚入山脚下土坑之中。

第三十章　结束全书

芘丽虽坠，幸未受伤，急自坑中跃起。此时喜达已取手枪出，指芘丽之胸。莱道夫趋而前，将芘丽之手枪夺去。芘丽失枪，遂不敢与抗。

喜达顾谓莱道夫曰："杰克已杀却否？"

莱曰："未也。"

喜达曰："君趋往杀之，此间有我在，不虞芘丽之逸去也。"

莱颔之，遂乘马而往，比抵板屋之侧，见此屋架室而筑，屋下支有木柱四，历年久远，柱已朽腐，仅余一柱，尚称完好，苟此柱一去，则屋必随之而圮。

莱此时忽发一奇想，乃自马背跃下，取一极长之绳，奔至屋下，以绳之一端，系于完好之柱上，更以其他一端，缚之马身。缚已，乃飞跃登马背，力鞭其马，马乃狂奔。

屋柱被拽，突然与础石离，斜脱而出。柱既脱去，屋亦随之而覆，但闻轰然一声，墙圮壁倾，栋摧梁坼，砖瓦纷飞，尘雾四起。于是残垣断壁，咸随山势之倾斜，直转而下，一刹那间，悉坠入山下坑谷之中。人若伏处屋中，则纵不压毙，亦必粉身碎骨于空谷之中矣。

屋既被毁，莱乃驰归。时芘丽及喜达，因屋忽倾圮，正愕立遥望。

喜达见莱至，向之诘问，莱笑曰："毁屋者我也。杰克缚屋中，必死无疑，我侪可无虑矣。"

芘丽闻言，骇且悲，几晕绝而仆。莱欲并杀芘丽，喜达阻之曰："彼一弱女子，杀之何为？杰克既死，彼亦无能为矣。"莱乃止。

喜达更谓莱道夫曰："虎面已逸，合同恐在萨隆加处，今君可速归，余当亲往老虎党之机关部，易取合同，一俟易得，即当晤君于戈登家中。合同入手，则戈登遗产，悉归君有。君为宅中之主人翁矣，勿畏芘丽也！"

莱颔之，匆匆自去。喜达因含笑语芘丽曰："密司遇我诚厚，我亦不愿伤密司。杰克之死，事非得已，密司幸勿怨我！我行矣，容再相见。"言已，纳枪囊中，纵身上马，飞驰而去。

芘丽闻杰克被害，心凄如割，迨喜达与莱道夫俱去，即驰至败屋之处，俯首遥瞩，见谷中砖瓦堆中，果隐约有尸身一具，伏地僵卧。芘丽默念，此必杰克也，乃自山腰驰下，欲亲往谷中察之。

比抵山麓，忽遥见有健男子数人，踽踽而来，芘丽谛视之，不觉大讶，盖迎面而来之三人：一为虎面，一为史阙兰，一则误传已死之意中人杰克是也。

芘丽见杰克未死，距跃而前，握其手，喜不自胜。杰克见芘丽无恙，亦甚欣慰。

芘丽询杰克脱险之状，杰克曰："余误入盗窟，为喜达及莱道夫所缚，幽闭屋中，幸虎面自外归，将余释放。余正与虎面接谈间，忽遥见盗魁蒲鲁，自山麓彳亍而来。虎面因欲诱取蒲鲁之虎像，余在室中，恐有不便，乃曳余自后门出，嘱余伏匿于屋后一森林之中。余两人离屋数十武，而屋忽突然倾圮，倒入深谷之中。余与虎面，未罹其厄，额手相庆。虎面欲觅蒲鲁，因与余自山腰驰下，比抵山麓，适与史君遇。史君谓密司亦在此间，余闻而骇然，因恐密司孑然一人，或与恶人遇，必罹危险，爰偕史君及虎面，来此觅密司也。"

芘丽曰："屋之倾覆，余固知之，此事乃莱道夫所为。今以君言证之，则谷中压毙之尸身，必盗魁蒲鲁也。"

杰克喜曰："蒲鲁果压毙耶？密司何从知之？"

芘丽即以顷所目睹者语之，而会乡勇来报，盗魁蒲鲁，果压毙于深谷之中。

史与杰克，咸抚掌称快。虎面曰："蒲鲁既死，余当往搜其身畔，觅取金质之虎像。"

芘丽止之曰："虎像业为喜达所得，今喜达往晤主教萨隆加，欲以虎像易取合同。合同倘入莱道夫手，于我侪殊有不利。今我侪宜趣往萨隆加处，向喜达索取合同，合同得则诸事毕矣。"

杰克咸韪其言，于是四人相率上马，驰往老虎党之秘密窟。

是日午后，老虎党主教萨隆加，踯躅于秘密窟中，因虎面与史阙兰，相偕逸去，心甚焦灼，闷闷不乐。会党人入报，有女子求见，萨命肃之入。比入，则喜达也。

喜达一见萨隆加，即自怀中出虎像，献之于萨。萨得虎像，乃命人往取合同至，检交喜达。喜达阅之，确为三份，完美无缺，乃纳之怀中，与萨隆加别，匆匆出窟而去。

喜达去，而芘丽等至，三人入见萨。萨语芘丽，虎像已得，合同则由喜达易去。芘丽闻之，颇为懊丧。

此时虎面在侧，闻虎像已得，乃趋前请于萨隆加曰："君曩日不尝许余乎？虎像璧返，则为余去面上之虎纹。今虎像已得，可践前言矣。"

萨颔之曰："汝纵不言，余亦当为汝去之。"乃命党人往内室，取一革囊至。

囊作圆形，巨如人首，其口甚小，有皮带贯之，可以伸缩，察其状，颇似探海者所带之头套。

萨命虎面去其冠，将革囊之口开张，套于虎面之头上，一刹那间，即将革囊拉去，面上虎纹，果已消灭净尽，毫无痕迹。

虎面取镜自照，见其本来之面目，确已回复，掷镜于案，乐不可支。

于是史阙兰进曰："君究为何人，与余有何纠葛？今本来面目已复，可告余乎？"

杰克与茁丽，亦以为询，咸欲知其究竟，虎面乃黯然语史曰："余即汝父彼得是也。"语出，众咸骇诧。

彼得复曰："余与老友鲍特、戈登两人，同作东印度之游。戈登窃取老虎党庙中之虎像，印人追出，鲍特为印人所戕，戈登孑身逃去。戈登归，传余亦死，其实余固未死，特为党人所捕，勒令同觅虎像，又恐余得间逸去，乃将余面上绘成虎纹，斑斓可怖。此种虎纹，惟党中主教，方能去之。余既被胁来美，奔走数年，觅取虎像，徒以自惭形秽，卒不敢自承为彼得。今日斑纹已去，事已大明，容敢为汝等一言之耳。"

彼得言已，众乃恍然大悟。史阙兰不意与其父相见，涕泣跪伏，悲喜交集。

彼得挟之起，因顾谓茁丽曰："我三人所立之合同，今乃大有关系。戈登无后，可置不论；汝父已死，应由汝承袭；他人均不得预闻。莱道夫何人，乃欲独吞其兄之遗产，实为谬妄。今合同已为喜达所得，喜达必付之莱道夫，吾侪宜速归，向之索取，迟则莱必将合同销毁，则我侪败矣。"

众咸韪其言，乃相率与萨隆加别，出门上马，飞奔而归。

喜达挟合同归，莱道夫已待于会客室中。

喜达奔入，莱跃起迎之曰："合同已易得否？"

喜达欣然曰："得之矣。"因自怀中取合同，以示莱道夫。

莱阅毕，喜曰："我将此纸销毁，则我兄遗产，悉归余之掌握，余可一跃而为美洲之大富翁矣。"言已，抚掌而笑，乐不可支。

喜达曰："今诸事已定，君与余之约言，亦可履行矣。"

莱爽然曰："约言耶？我与汝有何约言，我已忘之矣。"

喜达骇曰："汝不云欲娶我乎？"

莱笑曰："娶汝耶？此戏言耳。汝一女佣，我若娶汝，宁不为他人所笑？"

喜达闻言，大怒曰："汝何出此负心之言？汝既不愿娶我，则我之合同，亦不能付汝。"言次，欲伸手攫取桌上之合同，不意莱先已攫得，纳之囊中。

于是喜达忿不可遏，直前扭莱道夫之胸，厉声曰："汝若不允娶我，则请剖家产之半，为余赡养之费。"

莱狞笑曰："余未娶汝，胡得索余赡养？汝勿汹汹乃尔！余固不愿娶汝，亦不能分汝以家产。合同已入余手，汝其奈余何？"言次，作欣然自得之状。

喜达此时，暴怒欲狂，乃乘莱之不备，突取手枪出，向莱开放，轰然一声，适中莱道夫前胸。莱扬臂狂吼，颓然仆地，一刹那间，立即气绝而死。

莱道夫既死，喜达自知肇祸，掷枪于地，转身欲遁。会芘丽等四人适归，一拥入室，喜达不能逸，遂为众人所捕。

众见莱道夫已毙，相顾叹息。杰克在莱之囊中，搜得合同三份，付芘丽收藏。

史阙兰招乡勇入，命将喜达曳出，囚之镇守使署之监狱中，静俟法律之裁判。芘丽则命人购棺木，将莱道夫盛殓，舁往义冢埋葬。

诸事大定，芘丽乃招律师至，以合同为证，将戈登遗产，析分两份，芘丽与彼得，各得其一。

越日，芘丽与杰克，结婚于礼拜堂，而史阙兰则娶芘丽之女友宝莲，亦于同日结婚。嘉礼既成，出度蜜月，同乘火车，作东美之游。

临行之时，乡人往送者，拥挤异常，极一时之盛。已而汽笛一鸣，车轮转动，两对新夫妇，冉冉向东美而去。

德国大秘密

版本说明

　　该小说整理依据的底本为《德国大秘密》(上、下两册），出版社不详，1922 年 9 月 1 日再版。

第一章

时为一千九百十七年之春，战云惨淡，方笼盖于欧罗巴全洲。协约国健儿，以扶持人道及正义故，不惜牺牲一切，与强暴残酷之德意志战，战线绵亘数千里，兵士死伤以万计，与战者达十余国，五洲万邦，靡不震动，诚人世未有之惨劫也。

当是时，美利坚合众国，尚未加入战团，然美洲人士之有识者，咸抱杞人之忧，以为战雾迷漫，必且延及西半球，合众国之卷入旋涡，殆为世人意想中事，诚宜秣马厉兵，先事预防，一旦衅开，庶可扬国威于域外。

至于苟安浅识之士，则又窃笑于其傍，以为欧西战事，与北美不涉，譬之秦人之肥瘠，本与越人无关，何劳越俎代谋？持此说者，亦不乏人，以是美国各都市之奢华繁盛，与昔无殊，纸醉金迷，鼓舞升平，一若不知人世之有大战争者。

我书开端，盖在纽约爱狄生路之新年俱乐部，其时为星期六之夕，暮色既下，电炬齐明，嘉宾毕至，笑语杂作，一时到会之士女，类为交际界有名人物，衣香鬓影，济跻一堂，连袂跳舞，快乐无艺。

于时忽有一装饰奇丽之女郎，自人群中挤攘而出，疾趋至窗前。女郎貌绝艳，容质窈窕，貌态洁朗，纤便轻细，举止翩然。

翳何人？翳何人？盖即我书之主人爱丽丝女士也。

爱丽丝为纽约富家女，早失怙恃，拥资甚巨。女貌美而慧，性尤任侠，慷慨有大志，"巾帼须眉"四字，当之允无愧色，当时自人丛中出，独立窗前，春山颦蹙，悄然以思，玉容惨变，仰天微喟。察其状，一似重有忧者，实则其脑筋之中，偶有所触，忽呈幻象，恍如置身于欧洲之战场，目睹两军士卒，出入枪林弹雨之中，或断腘，或折骼，炮火蔽天，毒烟匝地，死伤积野，血流成渠，恐怖情状，惨不忍睹。默念暴德不仁，酿成此亘古未有之大战，人类相残，杀机遍布，哀此黎元，罗兹惨劫，世界和平，不知尚在何日。设想及此，黯然兴悲，星眸微阖，仰天长息，不自知其伊郁凄怆之深也。

少顷，忽有一峨冠礼服之健丈夫，昂然至爱丽丝之侧，脱帽为礼，含笑曰："余觅密司久矣，密司乃在此间耶？"

爱丽丝闻声，恍如梦觉，回顾其人，乃素识之少年绅士范克司也。范克司年三十许，短髭翘然，躯干壮伟，貌殊温和，每发一言，笑容蔼然，与人交，亦彬彬有礼，实则其人颇沉毅，胸中城府尤深，精悍之状，时露于眉间。

范克司雅爱爱丽丝，曲意交欢，殷勤备至，屡欲向爱丽丝乞婚，终以艰于启齿而罢。惟爱丽丝自视綦高，睥睨一切，对于范克司，绝无垂青之意，平时遇范于俱乐部，辄虚与委蛇，状殊冷淡，然范克司乞婚之心，终未尝死也。

是晚范克司觅得爱丽丝后，即曳之并坐于沙发之上，欣然曰："余不见密司久矣。顷余大索室中，觅密司不得，深为怅怅，不图乃遇密司于此间，快慰奚如。"

爱丽丝笑曰："余与君别二分钟耳，何云久耶？"

范克司亦自笑曰："余亦不能自解。二分钟之久，乃如一日。

然则古人所谓'一日三秋'者，良不诬矣。"爱丽丝默然。

此时范克司乞婚之词，乃如骨鲠在喉，必欲吐之为快，嗫嚅数四，遂鼓其勇气，含笑谓爱丽丝曰："密司知余心乎？余心甚爱密司，不识密司之意为何如？"

爱丽丝闻言愕然，继乃摇首曰："余心殊无意于君，请君勿复言此。盖余虽女流，颇怀壮志，意欲于世界公道及正义，有所尽力，非若君等须眉男子，反无远识，酣歌醉舞，徒求苟安于旦夕也。"

范克司诧曰："此言何也？"

爱丽丝慨然曰："君岂不知欧洲之大战争乎？彼协约国健儿，以保障人道及正义故，与暴德血战，牺牲一切，均所不顾。我美素以主持公道著称，今于德人之残酷暴戾、灭绝人道，乃反充耳不闻，视若无睹，不将令我美荣誉，扫地以尽乎？"

范克司闻言，骇然有异色，嗣乃渐复原状，强颜笑曰："我国现方严守中立，但能保持己国之安宁，是亦足矣。欧洲战事，与我无关，密司何忧之深也？"

爱丽丝嗤之曰："无关耶？鄙哉君也。余试问君，我国对于欧战，果能始终保持此中立之态度乎？即令我国笃爱和平，不愿卷入交战之旋涡，然能保他人之不侵犯我乎？彼德意志者，方欲恃其兵力，凌轹天下，残暴性成，何所顾忌？譬之疯癫之犬，初不择人而噬，不幸而侵及我国，我人其亦能忍受之乎？我观德人对于我国，非常注意，戒备不遗余力，我国讵可瞢然置之？君等昂藏丈夫，目光乃不及一女子，宁非异事？"

范克司见爱丽丝侃侃而谈，状颇义愤，乃正色谓之曰："密司请勿责余！顷所言者，实非余之本心，密司亦知余之职业乎？"

爱丽丝摇首曰："不知也。"

范克司乃自怀中出名刺一纸，以示爱丽丝，见其姓名之下，乃有小字一行云：合众国秘密侦探队队长。

爱丽丝阅已愕然，范克司笑曰："密司今当知余之心矣。密司一弱女子，乃能以国事为心，识见远大，余实异常钦敬。然而肉食者流，亦匪尽属鄙夫。我国对于德人，暗中颇事戒备，特外人固未之知耳。余之忝膺侦探队队长，其唯一重任，亦在对德。密司诚欲尽力于国事者，余当为密司绍介，请于明日清晨，驾临哈脑路之三百零三号屋内，余当与密司畅谈一切。不识密司能见允乎？"

爱丽丝闻言大喜，亟诺之，两人乃道晚安而散。

诘旦清晨，爱丽丝果往哈脑路之三百零三号屋，登门投刺，求见范克司。

少顷，阍者出，导之入内。此间为秘密侦探队之机关部，范克司独处一办公室，方伏案治事。案上函牍公文等类，堆积如山，范克司笔不停挥，状甚栗落。

爱丽丝入室，范克司回顾见之，急辍其所事，掷笔跃起，含笑趋前，握手为礼，欣然曰："密司能如约来此，余心欣幸何如。今我侦探队中，尚缺专司秘密文电之书记一人，余意欲请密司担任，仰仗大力，助余一臂。不识密司能屈就否？"

爱丽丝颔之曰："苟利于国，余均愿任之，敢不如命！"

范克司大喜，极称爱丽丝之爱国，乃引之入另一办公室。室中本有男女书记多人，各事其事，甚形忙碌。

范克司取出密码一册，以及秘密函件多种，请爱丽丝译之。爱丽丝遂独据一写字台，伏案治事，勤勤恳恳，不稍懈怠。

自兹以往，爱丽丝乃为侦探队中之女书记矣。

越日，爱丽丝至机关部，范克司以公文簿籍多种与之，令往移译。爱丽丝携之至办公处，逐一译之，不意其中有簿籍一册，封面署以"大秘密"三字，异常触目，其下复有小字一行云：范克司秘藏。

爱丽丝试以密码译之，其中辞句幽晦，无从索解，心甚异之，乃持册往范之办事室，欲以册中之翻译法询之，不意足方跨入，瞥见范神色张皇，遍搜室中，一似遗失一要物者。

范闻启户声，突然回顾，两目灼灼，厥状乃如暴怒之狮。爱丽丝骇甚，步为之止。

范见"大秘密"之册，乃在爱丽丝手掌之中，惊喜交集，距跃而前，突将簿籍夺去，瞠目奄息，如获异宝。

爱丽丝返身欲出，偶一转念，心乃大疑，遂徐步至范克司之侧，低声曰："此册所记者何事，何为'大秘密'，君能语余否？"

此时范克司神色渐定，徐复其镇静之原状，微笑曰："此乃余个人之私事，与密司之职任无关，请密司勿问可乎？"

爱丽丝闻言，怀疑益甚，然亦不便穷诘，乃默然退出。

其时有美利坚少年名麦凯者，侨居法兰西。欧战既开，麦凯恶德人之凶暴，义愤填膺，乃以侨民之资格，投入法兰西军队，转战前敌，勇敢无匹，不幸于盎克莱之役，乘胜深入，为德军为虏，德人囚之于加脑尔炮台。

麦凯尝探得欧战中之大秘密，其关系于各国者甚巨，德人欲诱令吐实，麦凯拒之。然麦凯性嗜酒，平时沉湎曲蘖，终日在醉乡，德人察知之，忽得一计，乃以美酒一瓮，赠之麦凯，恣令畅饮，意欲于洪醉之时，探其胸中之秘密。

麦凯见酒，馋涎欲垂，果执杯痛饮不已。德将闻之，咸举酒相贺，以为麦凯醉后，必能将大秘密吐露，不意麦凯之为人，谨密异常，大醉之后，仍不吐露一字。德将环而询之，麦凯含糊以对，无一实语。

少顷，玉山颓倒，突然仆地，僵卧若死，鼾声作矣。德将无如之何，乃键炮台之门而去。

是夜夜半，麦凯悠然而醒，支地起立。

其时西月将沉，残星欲灭，微风自窗间入，拂麦凯之面。麦凯神志渐清，踯躅室中，往来数四，忽得一脱逃之策，乃将室中窗帘之布，碎为十余条，连之长四五丈许，以索之一端，扣于窗棂之上，然后逾窗而出，缘索而下，一刹那间，足达平地。

窗外适为炮台之凹入处，幽僻异常，况当深夜，人迹尤鲜，故麦凯之逸出，乃未为他人所窥破。

鸿飞冥冥，戈者何慕？幸哉麦凯，今乃脱德意志人之牢笼矣。

第二章

麦凯自炮台中逸出，因大醉之后，身体疲乏，两足酸软，几不能步，乃倚墙而立，稍事休憩，将窗间之索曳下，掷之草间。

正喘息间，忽闻革履橐橐，自远而来，麦凯大骇，急匿身于黑影之下，探首外窥，遥见一德国军官，戎装佩刀，手执巡夜之灯，昂然而来。麦凯恐为所见，惊悸欲绝，乃自地上拾得木棒一，握之以待。

少顷，德军官大步而过，初未尝见麦凯也。麦凯突自暗中跃出，高举木棒，力击军官之颅。军官被击，痛极几晕，乃转身扭麦凯，拔腰间之指挥刀，与之奋斗。

麦凯颇骁健，力夺军官之刀，猛刺其胁。军官受伤仆地，俄顷气绝。麦凯掷刀于地，搜其身，得手枪一枝、子弹数排，均纳之怀中，喘息略定，乃飞奔而逸。

残月既灭，东方渐明，德军有自炮台傍过者，忽发见其军官之尸，并于附近乱草丛中，觅得极长之白布索一条，惊皇莫名，急驰归司令部，报告其地之镇守使。镇守使闻警大骇，立以电话致炮台上防守之军士，命往麦凯卧室一查。

少顷，炮台中遣人驰至，谓麦凯已越窗遁去。镇守使跌足大怒，立遣干练军士四五人，携警犬一头，跨马出追。

军士驰至炮台之侧，纵其所畜之警犬。此种警犬，既敏异常，能嗅地迹人，以为侦探之助，欧美各国，靡不用之。当时犬既奔出，即以鼻尖贴地，且嗅且狂吠，向西疾驰。军士见之，即策马随其后，逾山越林，直往荷兰国边界而去。

麦凯之逸也，明知诘旦天明，事必败露，德军之缇骑，当不旋踵而至，逗遛德境，危险殊甚。又知此间之西北方，数里而外，即与荷兰边土接壤，荷兰为中立国，诚能逸入其境，始有再生之望。立意既定，遂乘夜狂奔，竭力向西北方逃去。

驰数里，东方已白，红日出矣，麦凯奔波半夜，困惫欲死，两足麻木，力不能举，乃颓然倒卧于沙石之间。

卧久之，精神稍振，正欲跃起复行，忽闻犬吠与马蹄声，自远而近。惶骇跃起，登高瞭望，遥见德军四五骑，以警犬为前导，飞驰而来。

麦凯震怖欲绝，力疾举步，向山下狂奔，仓卒之间，急欲觅一伏匿之所，以避捕者之耳目。忽见山麓道周，有矮屋数椽，竹篱茅舍，类农人之居，麦凯大喜，急疾趋奔赴之，叩门求援。

少顷，门呀然辟，一乡人徐步出，叱问何事，麦凯颠声曰："余为军士所迫，命在呼吸，为上帝故，请君怜而救之。"

不意乡人亦系日耳曼产，绝无恻隐之心，张两臂拒麦凯，拒之不听入。

麦凯延颈回顾，遥见德军已在十数武外，瞬息且至，乃哀求乡人曰："君试视之，捕余者已在后矣。"

乡人闻言，翘首仰望，麦凯乘其不备，闪入乡人之家中，疾闭其户。乡人闻声回顾，见麦凯反闭之于大门之外，忿不可遏，叩门大呼。麦凯微启其户，乡人侧身入，户乃复阖。

一转瞬间，德军所用之警犬，已驰至大门之外，驻足不前，跳跃狂吠。会军士亦策骑至,知麦凯必伏匿于此屋之中,乃纷纷下马,将大门打开,一拥而入,瞥见逃犯麦凯,已倒毙室中。

众愕然,及细视尸身,始知衣服虽是,面目全非。死者非麦凯,盖此屋之主人某乡农耳。

军士检视死者咽喉,有手指状之创痕数道,其为麦凯所扼毙,当无疑义,因相与议曰:"麦凯已易此乡农之衣履,由后门逸去,警犬纵极灵敏,亦已失甚效用。余知此间与荷兰国边疆,相距不远,麦凯此去,必往荷兰,我侪速往追之,万勿令其兔脱。"

众亦以为然,乃相率奔出,纷纷上马,向荷兰国界驰去。

麦凯杀乡人后,由后门逸出,竭力狂奔,向西北方而逸。奔久之,喘息不能续,乃匿身林中,稍事休憩,不意此间已属德、荷两国之交界处,隔林有德国边防兵一人,方持枪植立,忽睹麦凯飞奔而来,神色皇遽,闪入树林之中,疑为奸宄,遽持枪遥拟麦凯,欲突然袭击之。

麦凯偶然回顾见之,心乃大骇,急匿身于大树之后,潜自囊中出手枪握之,注视准切,突向德军轰击,砰然一发,德军应声而仆。

麦凯大喜,嗣念此间仍属险地,不可久留,乃自林中奔出,仍向荷兰国边疆逃去。驰数百武,抵一康庄大道,遥见数十丈外,即属荷兰国疆土,举手加额,自庆更生。

正欣幸间,不意德人缇骑,突自道傍深林中出,跃马直前,欲擒麦凯。麦凯见之,骇极几晕,自知生死关头,在此片刻,乃奋其全力,向前狂奔,疾若飞矢,迅同奔马,德军策骑追之,亦不能及。

其时有荷兰边防兵十余名,持枪实弹,躞蹀界上,一卒偶跂足瞭望，遥见麦凯飞奔而来，德军一小队，追逐其后，急指以示同侪。众以德军素蛮横，恐其侵入界线，乃相与排立界上，握枪为备。

少顷，麦凯驰至，冲入荷兰国界线之内，足方跨入，即颓然仆地，奄息不能起。

一刹那间，德军亦一拥至，相率下马，欲絷麦凯以去。荷兰军拦阻之，叱令退出界线。

德军曰："此人系我国之要犯，杀人越狱，潜逃至此，我侪奉命捕彼，君等胡为见阻？"

麦凯在地上，喘息呼曰："余美利坚人也，君等为上帝故，勿令若辈挈余以去。"

荷兰军闻言，乃顾谓德军曰："万国公法，凡交战团体，不得入中立国拘人。我国现守中立，此人又为国事犯，君等决不能拘之以去。"

德军无可如何，乃恨恨上马，废然而返。

美利坚合众国，今乃与德意志宣战，加入协约国矣。

一日，爱丽丝在办事室，伏案治事，忽于来函堆中，发现一怪函，函面但书"哈脑路三百零三号，范克司君收"，下不署名。拆阅之，则函中词句隐秘，不能尽通。其辞曰：

范克司君鉴：

　　大秘密详情，余极欲知之，余已别编密码一种，其秘密之钥，乃在灶下之烹饪法中，余甚盼君来，畅谈一切也。

　　　　　　施蒂盟发于墨狄孙路之二百二十二号

爱丽丝阅已，知其中必有紧要之隐语，乃持函往范克司之办公室，欲以此奇怪之函示之。

比至户外，忽闻室中有两人对语声，一为范克司，其一操德语，发声颇宏，爱丽丝大诧，默念："范克司胡得与德人为友？宁非怪事？"乃止步不入，贴耳于户，窃听两人作何语，嗣闻室中之德人大声曰："施蒂盟耶？其人颇忠于祖国，可勿疑也！"

语至此，范克司忽止之曰："隔墙有耳，君发言宜稍低，勿为他人所闻。"于是两人乃切切私语，声细不可辨。

少顷，闻德人向范克司告辞，爱丽丝知两人将出，恐为所见，乃疾退数武，伏于甬道之凹入处，遥见户呀然辟，范克司送德人出。德人匆匆去，户乃复阖。

爱丽丝略一踌躇，仍返办公室，颓然就坐，支颐凝思，一寸芳心，疑云斗起，默念："今日所遇，可谓奇绝。彼范克司者，既身为侦探队队长，奈何复与德人往来？举止诡秘，令人可疑，得毋暗通敌人，甘心作卖国奴耶？设范克司而果然者，余誓必力破其奸，以卫国家。"立意既定，决计先留意范克司之行动，以为入手侦缉地步。自是以彼侦探队队长范克司，乃为爱丽丝女士暗中监视矣。

其翌日，麦凯乘轮抵纽约。麦凯侨法已久，戚族之在美洲者绝鲜，加以朝夕痛饮，日在醉乡，酒毒伤脑，神志昏迷，登岸之后，独行踽踽，芒然无所适从。

彳亍久之，忽步入道傍一酒肆，酤酒畅饮，嗣乃问肆中之掌柜者曰："雷克将军现在何处，君能告余否？余有大秘密一种，欲面告将军，此事颇关重要也。"

掌柜者见麦凯醉容可掬，乃婉辞对之曰："余实不知，请君问之他人可乎？"

两人正谈论间，不意有德国间谍名奥弗莱者，适立于麦凯之傍，倚柜饮酒，状颇闲暇，时时斜睨麦凯，似甚注意者。及闻麦凯之言，乃以右手之无名指，伸入酒杯中，连作暗号，以示同党，党人会意。

少顷，忽有一健男子疾趋而前，抚麦凯之肩曰："麦君，君乃归耶？尚识余否？"

麦凯瞠目视其人，不识也，乃与之握手为礼，含糊曰："余与君似曾相识，惜余善忘，乃不识君矣。今余欲问君，雷克将军现寓何所，君能告余否？"

德探欣然笑曰："雷克将军耶？君欲觅之何为？"

麦凯曰："余有大秘密一种，欲举以告将军耳。"

德探曰："余与将军素识，时往其家，君若欲见之者，余当引君偕往。"

麦凯闻言大喜，乃将酒资付讫，与德探挽臂偕行。将出门，德探回顾奥莆莱，奥莆莱伸屈其指，作暗号以示其党。德探见之，悟其意，微颔其首，乃与麦凯偕出，乘车而去。

第三章

暮色苍茫，大雨倾盆，檐溜奔腾，泻若瀑布。纽约之墨狄孙路，人影绝迹，惟一二站岗之警察，披斗篷，避立檐下，微嘘其气，似怪老天之恶作剧也。

此时忽有汽车一辆，疾驰而来，车中端坐者，乃为美国侦探队队长范克司。距此车可一二丈，别有一汽车，潜尾其后，如影逐形，紧随不舍。

顷之，范克司车，驶至二百二十二号之前。范止车跃下，推门而入。后车遥见之，亦戛然而止，倏有一女郎自车中跃出。女郎御黑色之雨衣，举止灵捷，翩若惊鸿，则人人知其为爱丽丝也。

爱丽丝疾趋至二百二十二号之外，矗立阶前，沉吟片刻，决计冒险入内，一觇究竟。爱自囊中取手枪出，轻启其门，侧身而入。

蹑足行数武，见一楼梯，乃拾级而上，梯尽，得一小门，爱丽丝复轻启之，闪入室中，举目四瞩，始知此室乃为庖厨。

爱丽丝斗忆施蒂盟之函，谓"新编密码之钥，在灶下之烹饪法中"，今既入此室，曷不将此书觅得，一觇其中之秘密？

正从事搜寻间，忽闻隔室有两人对语，发声甚高，朗朗可辨，其一谅为施蒂盟，一则侦探队队长范克司也。

爱丽丝蹑足至室外，属耳于壁，窃听两人作何语，但闻施蒂盟续言曰："……君之用意良佳。君渴耶？余有汽水一樽，藏之厨下，余当亲往取之。"

爱丽司闻言骇然，知施蒂盟将启门出，急欲觅一伏匿之所，瞥见室左有小门一，乃疾趋赴之，轻启其门，闪身避入。

此室窄仅容膝，与会客室只一墙隔，其间亦有一小门通之。爱丽丝既入，闻隔室履声橐橐，似有人在，乃轻启墙上之小门，由门隙露半面，向隔室窥探。但见范克司一人，方蹀躞室中，俯首瞩地，若有所思。爱丽丝恐为所见，急轻掩其户，退入室中，初不料彼狡黠灵敏之范克司，早已于壁上衣镜之中，窥见爱丽丝之亭亭倩影矣。

施蒂盟年五十许，须发苍然，貌朴而中黠，巨猾也，当时自会客室出，匆匆入厨下，沉思片刻，忽趋至一木橱之前，自橱内取书籍一册出，书面题有"烹饪法"三字。施蒂盟翻阅一过，环瞩室中，似欲觅一藏匿之所，已而忽趋至室隅粉壁之前，以一手按其机括，壁上突现一小孔，方可尺许。

施蒂盟将书藏入孔中，又以指按之，墙乃复阖，遂取汽水一瓶，携之入室，倾水一杯，奉之范克司。

范克司饮已，仍蹀躞室中，施蒂盟则颓然坐沙发之上，欠伸笑曰："今有一佳消息，来自总机关部，君知之乎？"

范克司愕然止步曰："何事？余未之知也。"

施蒂盟曰："有美人麦凯者，新自祖国狱中逸出，此人深知大秘密之内容，故祖国发一急电来，必欲杀之以灭口。此人于今晨抵此，顷已为我党所获，囚之于密特尔路之毛登酒肆，今夜夜半，当杀之于密室中矣。"

语至此，范克司急止之曰："隔墙有耳，请勿复言！君奈何卤莽若是！"

施蒂盟闻言默然，然中心自思，以为此屋之中，别无他人，何必如是之胆怯，初不料属耳于垣者，固有爱丽丝在也。

爱丽丝伏于隔室，举凡施蒂盟所言，一一闻之，默念："麦凯既知德国之大秘密，实为当世之重要人物，若为敌人所害，其不利于协约国，殆可断言。今麦凯之陷身虎窟，惟余一人知之，救援之责，舍余莫属。为合众国故，余必力脱其人于厄，以尽国民之职任。"立意既决，乃蹑足自室中出，摸索下楼，疾趋至屋外，一跃登车，命御者开足汽机，风驰电掣，向密特尔路而去。

初，麦凯为德探所诱，挟之至毛登酒肆，德探导之入密室，肃之就坐。

时室中先有二三党人在，咸起与麦凯握手，若素识者。众取美酒一樽至，围案而坐，邀麦凯共饮。麦凯本已大醉，见美酒在前，馋涎欲滴，乃复举杯畅饮。

德探拍其肩，狞笑曰："我侪皆君之良友，君知之乎？余闻君已探得德国之大秘密，其内容如何，能告余否？"

麦凯含糊曰："大秘密耶？余当告之雷克将军耳。"

德探曰："君欲见雷克将军，余可导君前往。余为将军之心腹，君若以大秘密告余，不与告将军等耶？"

麦凯摇首曰："否。余必晤将军之面，然后告之。"

德探默然，乃潜以极猛烈之麻醉药，和入酒中，奉之麦凯。麦凯不察，一饮而尽，不移时，药性渐作，头目晕眩，伏案不能起。

此时德探奥弗莱亦至，遣肆中佣保入室，向麦凯索酒资。麦凯瞠目无以应，佣保大怒，乃扭麦凯之胸，拽之起立，踉跄而出，掷之于大门之外。奥弗莱等在室中，咸拊掌大笑。

少顷，忽有一使者自总机关部来，昂然入室，传党魁之命令，问："麦凯之死刑已执行否？"

奥弗莱曰："我侪已饮以极猛烈之麻醉药，逐之出外。今夜夜半，彼必毙于道中，请首领可弗虑也。"

使者闻言立愠，直斥奥弗莱曰："蠢奴！汝胡得逐之外出？须知此人乃深知大秘密者，今日不杀，必遗后患。彼若倒卧道上，为他人所救去，汝将奈何？"

奥弗莱闻言大悔，使者乃出利刃一柄，付之奥弗莱曰："此人既中麻醉药，虽经逐出，离此必不远，汝可速出觅之，倘能觅得，即以此刃搉其胸，万勿遗误！"

奥弗莱唯唯，乃取外褂披之，持刃而出。

爱丽丝驱车至密特尔路，见毛登酒肆之门，虚掩未闭，乃侧身入内。

时已深夜，饮客尽散，肆中佣保，均已就寝，甬道中一灯荧然，摇摇欲灭。

爱丽丝摸索而前，至密室之外，闻室中有人声，急伏而窃听，于是德探所议论，乃一一尽为爱丽丝所闻。

已而奥弗莱持刃自室中出，爱丽丝急闪避于甬道中之黑暗处，俟奥弗莱过，乃自囊中取手枪握之，潜尾其后。奥弗莱匆匆前行，未之觉也。

两人相继自肆中出，奥弗莱且行且四顾，若有所觅，已而忽折入一昏黑之小巷。爱丽丝疾趋随其后，匿身暗中，注目遥望，瞥见十余步外，有一人僵卧地上。

奥弗莱趋至其人之侧，四顾无人，突自怀中取利刃出，欲搉其人之胸。爱丽丝骇极，急奋身自暗中跃出，失声而呼。奥弗莱闻声大惊，立止其刃，旋首回顾。

即在此一刹那间，爱丽丝已飞步至其后，举手枪之柄，力击其颅，奥弗莱立晕，颓然仆地。爱丽丝明知地上僵卧者，必系麦凯无疑，急往招其御者至，将麦凯舁入汽车，令其开足汽机，驰往霍斯班路之梅逊医院。

爱丽丝在途中，心甚焦急，深恐麦凯受毒过深，无可救药，则德国之大秘密，将永无探得之希望，其有害于美国及协约国，当非鲜浅。

已而车至梅逊医院，爱丽丝入谒院长梅逊博士，略谈数语，博士饬人将麦凯舁入病房，躬自细加诊视。

此时麦凯神志昏迷，气息咻然，瞑目若死。爱丽丝矗立傍视，芳心乃怦怦而跃。

梅逊博士诊视讫，默然无语，爱丽丝急问曰："此人尚可救治否？"

博士蹙额曰："彼所受者，乃系一种极猛烈之麻醉剂，能于数句钟内，使人昏迷而死。此君受毒颇深，可治与否，尚难预决，然余当竭力救之，请密司于一句钟后，再以电话探消息可也。"

爱丽丝闻言，愁眉双锁，黯然曰："此人关系极重，断不可死，无论如何，君必设法救之。天乎！我合众国之国运如何，固系于此人之生死也。"

博士闻言，愕然不解。爱丽丝不复多言，茫茫然启户而出。

范克司自施蒂盟家归，独坐办公室，以一手撑其独目之镜，仰视承尘，若有所思。忽念在施蒂盟家时，目睹一女郎，启会客室后之小门，露半面以相窥探，而女郎之状貌，又明明为爱丽丝无疑。娟娟此豕，乃能追踪侦缉，机警若此，其于己之计划，必有所不利。一念及此，心殊焦灼，回顾壁上时计，已指一时有半，沉吟良久，忽毅然跃起，取雨衣披之，匆匆而出。

一刻钟后，爱丽丝乃安坐于家中之会客室矣。

室中陈设，华丽修洁，壁上悬一极大之衣镜。电话听筒，则装置于衣镜之下。镜之对面，有玻璃窗两扇，棂格镂花，工细无匹。

爱丽丝支颐伏案，悄然深思，时时仰视壁上之时计，芳心栗落，百不足遣。

此时窗外雨声未止，檐溜淅沥，闻之益增愁叹。兀坐久之，乃离座跃起，趋至衣镜之前，取电话听筒执之，发一电话，致梅逊医院，询问麦凯之消息，不意院中复电云："麦凯君医药无灵，已于一刻钟之前去世。"

爱丽丝斗闻噩耗，芳心欲碎，手中之听筒，乃不期而坠，木立镜前，瞪目几晕。

此时玻窗外大雨之中，突现一健丈夫，方伏窗内窥。其人握有手枪一，隔窗拟爱丽丝之背，注视准切，欲肆袭击。健丈夫何人？则侦探队队长范克司也。

第四章

爱丽丝者，一机警活泼之女郎也。当范克司举枪欲发时，爱丽丝已于衣镜中见之，然不动声色，佯若无睹，潜于衣镜前抽屉之内，取得一手枪，突转其躯，向下蹲伏，手中之枪，同时向窗外轰击。但闻砰然一声，窗外人影，倏已不见。

爱丽丝飞步至窗前，侧身启窗，向外窥之，窗外雨横风颠，飞扑人面，黑暗异常，绝无所睹，乃仍闭其窗，退至室中，默念："范克司之欲杀我，殆为灭口之计，然则范之与敌人通，可无疑义。"

自是之后，爱丽丝乃益注意于范克司矣。

诘旦，爱丽丝至梅逊医院，入见院长梅逊博士。

博士欣然曰："今有一佳消息，报告密司，盖麦凯君已庆更生，可无他虞矣。"

爱丽丝诧曰："昨晚余以电话来询，据看护妇复我，谓麦凯君已经去世，此语确耶？"

博士笑曰："非也，此乃复电者之误。盖院中别有一病人，名曰墨开，于昨晚去世，适密司以电话来询，以致误会耳。"

爱丽丝心始释然，转忧为喜，快慰莫名，博士遂命看护妇导之入麦凯之病房。

时麦凯方端坐床上，以匙进早餐，见爱丽丝入，释匙与匕，瞑目无语。

爱丽丝徐步至榻前，柔声曰："麦君，君无恙耶？"

麦凯昂然曰："汝即爱丽丝耶？顷看护妇语余，汝实异余至此，虽然，余殊不乐与汝语，请速离此。"

爱丽丝诧曰："此言何也？余尝脱君于厄，君知之乎？"

麦凯曰："知之。然余之生死，与汝何涉？余今视死如归，而汝必欲救余，可谓多事之极矣。"言已，颓然倒卧，置爱丽丝于不顾。

爱丽丝黯然曰："君奈何作此厌世之想？须知君之一身，负责甚重，余之救君，亦为我合众国故。君若轻于一死，其如国家何？"

麦凯不答，爱丽丝续曰："余之所欲询君者，即为德国之大秘密。此事关系我国，当匪鲜浅，不识君能告余否？"

麦凯支榻起坐，忿然曰："余不知！何为大秘密，余实不知。余所知者，饮酒而已。汝异余至此，使余不得饮酒，较之以枪杀余，尤为酷厉。余不得酒，余愿死耳！"

爱丽丝劝之曰："沉湎曲蘖，最足伤身。君昂藏丈夫，理宜为国效力，讵可困于杯中之物，自颓志气乎？"

麦凯厉声曰："汝言烦聒乃尔！余不愿听汝言，汝当速离此室；非然者，余必亲起而逐汝矣。"言已，声力汹汹，若真欲下床者。

爱丽丝见麦凯无可理喻，心乃大戚。看护妇急招爱丽丝出室，慰之曰："此君神志，尚未完全清醒，且脑筋中为酒毒所困，故咆哮若是。密司宜勿与多谈！"

爱丽丝颔之，看护妇又曰："余闻梅逊博士言，此君明日午后，即可出院，密司当躬自可来此，挈之以去。我观此人酒毒甚深，不如送之入戒酒院，较为妥善。"

爱丽丝颇韪其言，乃怏怏而归。

是日午后，爱丽丝赴侦探队机关部，入见队长范克司。范克司洋洋若平时，见爱丽丝入，跃起迎之。

爱丽丝方欲发言，范克司忽含笑止之，以一手撑其独目之镜，欣然曰："密司所为，余靡不知之。勇哉密司，能脱麦凯于厄，余甚欣慰，今欲纳之于戒酒院，尤为深得余心。须知世之知大秘密者，惟麦凯一人，此人关系甚重，今余当以侦探之职，委之密司。密司智勇胜人，必能不负此职也。"

爱丽丝闻言骇然，深服范克司消息之灵通，唯唯从命，不敢多言，遂告辞而出。

翌日午后，梅逊医院之门外，忽来面貌狰狞之德探两人，蹀躞道傍，若有所待。两人帽上，各有银质之徽章一枚，一为二十二号，一则二十五号也。

会爱丽丝亦驱车至，两人遥见之，即避入一巨厦之廊下，立而闲谈，时时回眸斜睨，注意于爱丽丝之行动。

其时爱丽丝已止车跃下，匿身道傍之凹入处，凝视梅逊医院之大门，目灼灼乃不一瞬。少顷，遥见麦凯于于自院中出，矗立街头，东西四顾，似茫然无所适从。

爱丽丝乃徐步而前，至麦凯之背后，抚其肩曰："麦君，今痊愈耶？"

麦返顾，似有诧色，脱口曰："余识汝，汝得毋密司爱丽丝耶？"

爱丽丝颔之曰："诚然。君能识余甚佳。"

麦凯忸怩曰："一昨余神志昏瞀，颇开罪于密司，心殊悔之。密司能恕余耶？"

爱丽丝曰："此则胡能为君咎？余必不怪君。"

麦凯微笑，遂向爱丽丝鞠躬为别，匆匆而行。察其状，似不乐与爱丽丝周旋者。

爱丽丝不得已，乃潜尾其后，不意忽有醉汉一人，自道傍酒肆中，踉跄而出，瞥见爱丽丝，误以为街头勾人之娼，趋前调之。爱丽丝大怒，举手一挥，醉汉颠仆丈外，卧地不能起。

一指顾间，麦凯忽失所在，爱丽丝大窘，嗣乃恍然悟，知麦凯必入酒肆酕饮，乃亦追踪而入，见麦凯果倚柜而立，掌柜者方欲为之取酒。

爱丽丝乃疾趋而前，低语掌柜者曰："此君与余同来，彼已大醉，切勿再酕以酒！"

掌柜者唯唯，爱丽丝乃步至麦凯之前，柔声笑曰："麦君，余又遇君矣。君欲饮韦士格耶？噫！君不闻掌柜者言乎？肆中韦士格，刻已售罄，须待明日矣。距此数十武，别有一酒肆，余与君同往何如？"

麦凯见爱丽丝复至，深为诧怪，略一沉思，乃与爱丽丝相偕去。

至门次，爱丽丝忽颦眉蹙额，顾谓麦凯曰："余头痛欲裂，余将晕矣，请君送余回家，不识君能见允否？"

麦凯固伉爽丈夫，不疑有诈，慨然诺之，乃招一汽车至，扶爱丽丝登车，送之归家。

二十分钟后，爱丽丝与麦凯，乃同坐于家中之会客室矣。

麦凯略谈数语，告辞欲行，爱丽丝止之曰："余头痛尚未痊愈，今欲以电话招医生来，请君稍待乎？"

麦凯诺之，爱丽丝乃退入阅报室，立发一电话致戒酒院院长葛礼博士，略谓"余友麦凯，因酒伤脑，将成狂易，今拟送入贵院，代为戒除，但恐麦凯不愿，起而反抗，爱请贵院速遣强有力者数人至，强迫麦凯入院"云云。

当接博士复电，允立即遣人前来，爱丽丝大喜，乃复出至会客室。

麦凯又欲告辞，爱丽丝乃转身止之，正色曰："余实告君，余乃合众国秘密侦探队之队员也。大秘密之内容如何，请君速以语余。"

麦凯闻之愕眙，突自椅上跃起，瞠目直视，默然不语。察其意，似不能无疑于爱丽丝者。

爱丽丝方欲向之解释，以去其惑，不意会客室与阅报室毗连之门口，突现一面目狰狞之男子，以手枪拟麦凯，露其半身，向内窥探。男子者谁？则德国之间谍 F 第二十二号也。

先是，爱丽丝与麦凯偕归，德探遥见之，相与潜尾其后。

迨爱丽丝抵家，德探徘徊门外，互商久之，决计入内一探，乃绕道至爱丽丝家之后园，逾阅报室之窗而入。

二十二号出手枪握之，蹑足至会客室外，探首窥视，不意适为麦凯所见。麦凯失声而呼，突将爱丽丝推开，飞跃而前，欲捕德探。

德探骇甚，急转身而奔。二十五号先遁，跃窗逸去。二十二号逃至阅报室，麦凯已奋勇追至，德探不得逸，乃转身击麦凯，作困兽之斗。

麦凯勇健无匹，敏捷绝伦，突挥拳击德探之右手，手中之枪，乃被击坠地。

麦凯复虎吼而前，扭德探之胸，提而力掷之。德探颠仆丈外，自知不敌，跃起欲遁。麦凯就地上拾得手枪，向之轰击，砰然一声，德探乃仆地而死。

第五章

德探既死，爱丽丝亦奔入阅报室。麦凯见之，掷枪于地，距跃而前，戟指痛骂曰："贼！奸细！余与汝有何仇恨，乃伏人于室，欲肆袭击？"

爱丽丝闻言，知麦凯必已误会，乃坦然如平时，柔声曰："君勿怒！余请以一言向君申辩。"

麦凯大怒曰："汝言妄耳！速闭汝口！余不欲听汝言也。"言已，飞步往会客室，欲启门而出，不意爱丽丝突至，自囊中取钥匙出，骤键其户，藏钥囊中，倚门而立。

麦凯不得出，向爱丽丝索启门之钥，声势汹汹，怒不可遏。

爱丽丝处之泰然，徐徐曰："请君听余一言，以明曲直。"

麦凯顿足曰："余不欲听汝言，汝速以门钥与余，俾余他去；匪然者，余且立碎汝颅。"

爱丽丝仍不为动，置之不答。麦凯忿甚，张两手咆哮而前，欲力扼爱丽丝之喉。爱丽丝大窘，乃逃入阅报室，以避其锋。麦凯接踵追入，爱丽丝瞥见地上之手枪，乃俯身拾之，以拟麦凯之胸。

麦凯初颇骇然，慑伏不敢动，已而忽挺身而前，昂然曰："汝欲以死怖余耶？余视死如归，何惧之有？今请汝速以枪杀余！余若畏死者，非丈夫也。"

爱丽丝闻言怅然，手中之枪，乃不期而坠。于是麦凯忽跃起，突扼爱丽丝之吭，按之于地。爱丽丝气闭不得舒，极力撑拒，然而麦凯有力如虎，终不能脱，乃大呼求救。正危急间，而葛礼博士率警察至矣。

初，葛礼接爱丽丝之电话后，立率警士四五人，驰往爱丽丝家。既至，闻会客室中有呼救声，推其门，则已内键，遂破门而入，由会客室直达阅报室，瞥见爱丽丝为麦凯所扼，仆于地上。

博士大惊，急挥警士捕麦凯。麦凯跃起欲遁，警士一拥而前，将其捕获。

博士亲自将爱丽丝扶起，爱丽丝指麦凯谓博士曰："可怜者此君。彼之殴余，实出误会，君等勿与为难。然此君以酒毒伤脑，变其本性，非入戒酒院不可。君等可挟之入院，迫令戒除。盖此君一身，颇有关系于国家也。"博士颔之。

警察见地上德探之尸，深为惊讶，以问爱丽丝，爱丽丝曰："此德国间谍也，彼来此刺余，为余等所格杀。余系秘密侦探队队员，君等谅已知悉。此事余自能了之，无劳君等过问。第君等宜严守秘密，切勿宣布为要。"警士唯唯。

麦凯此时，始知爱丽丝果系侦探队中人，德人之行刺，与之无关，深为愧悔。博士等乃与爱丽丝别，挟麦凯而去。

戒酒院者，为合众国政府所设立，专以对待国中之醉汉，而以强力迫其戒除者也。凡有酗酒肇事，例须惩治者，法庭辄发往院中，先令戒酒。

院中垣墙高峻，屋宇崇焕，兼有园林花木之胜，大门以钢铁制之，坚固异常，并有警士二人，荷枪守视。院中戒酒之人，非经院长之允许，不得擅自出入，防守严密，直与监狱无异。

麦凯入院后，院中特辟一精室居之，一切费用，均归爱丽丝任，故供张颇盛，伺应亦极周至。惟院中不得饮酒，麦凯深以为憾，常日蹀躞后园中，邑邑无聊，每念及酒味之甘芳，辄复涎垂于颏，喉中汩汩作微响。

一日，麦凯忽发奇想，俟院中侍者过，私以金钱赂之，嘱令购酒一瓶。侍者受其赂，欣然诺之，立于园中假山石畔，掘土数尺，得酒一瓶，付之麦凯。麦凯大喜，即藏之大衣之囊中，欲俟夜间人静时饮之。

少顷，偶与一同院之跛足叟，并坐池畔，叟与闲谈，戒之曰："凡院中侍者私售之酒，皆不可饮。盖酒中和有戒酒之药，饮之腹必奇痛，后此见酒，遂易生厌视之心。此系院中欺人之诡计，新入院者，往往受愚。余见君来此未久，故以此戒君，君其慎之。"

麦凯闻言，瞿然醒悟，乃将怀中所藏之酒瓶，投之池中，随波逐浪，疾卷而去。麦凯木立池畔，怆然神伤，不自知其愤郁之深也。

瞿利亚医生者，年可五十许，设诊所于贝琴路之四十三号，平时无藉藉名，知者绝鲜，实则系德意志间谍队分队之首领。其树医生帜，徒欲蔽侦者之耳目而已。

会爱丽丝于 F 二十二号之身畔，搜得秘密函件一封，与瞿利亚医士有关。翌日，爱丽丝乃亲往贝琴路，伏于瞿利亚家之附近。

顷之，瞿利亚出，爱丽丝急尾其后，遥见瞿步入一药肆，爱丽丝亦接踵而入，见瞿自囊中出白纸一方，置之柜上。

爱丽丝移步至其侧，微睨之，不觉骇然。盖纸上所书者，固赫然"信石"二字也。已而瞿利亚将药购得，匆匆自去。爱丽丝略一徘徊，亦随之而出。

是日薄暮，瞿利亚医士独坐办事室。案上文牍堆积，厚可寸许，瞿利亚一一作答。

会侍者忽持一密函入，拆阅之，则发自间谍队队员 F 第二十二号者。其函曰：

瞿利亚君鉴：

刻有要事，欲与君面谈，请于今晚八时，驾临西郊白拉兰路，路蒙特旅社一叙。万勿迟误，是所盼祷！

F 第二十二号上

瞿利亚阅已，心乃大诧，默念："F 第二十二号果欲见余者，曷不亲至此间？乃约会于远隔十余里之白拉兰，殊属不解。"嗣念彼之发函，其中容有别情，不如如约前往，则疑团可立破矣。

晚餐后，见壁上时计，已指七时，乃匆匆出外，乘车赴西郊，初不知 F 第二十二号，已毙于麦凯之枪下，而此函之来，乃由密司爱丽丝所捏造者也。

瞿利亚离家后一刻钟，其办事室中，倏有一女郎逾窗而入，则密司爱丽丝也。

爱丽丝蹑足至写字台侧，检查其案上之文件，不意于函牍之中，觅得一札，乃发自戒酒院者。

爱丽丝知此函必与麦凯有关，急欲探知其内容，遂披函读之，不料函极冗长，其中句读离奇，文义琐碎，不知所谈者何事。察其状，又不类密码之函，心甚怪之，研究良久，索解不得。

已而偶取案上他函阅之，忽见各函均划有对角斜线一条，不知何用。思索有顷，忽有所悟，乃将戒酒院中之函，亦划一对角线，凡此线经过之字，连贯读之。其辞曰：

> 麦凯嗜酒之心未死，今拟借此杀之，见函望速办信石一包，秘密递入院中。今夜即当实行，君请静听麦凯之死耗可也。

爱丽丝阅已大骇，出时计视之，已指八时矣，深恐麦凯为奸人所害，不及救护，乃急发一电话致麦凯，戒之曰："今有人欲置毒于酒，借以杀君。无论何人，倘以酒馈君，君切不可饮！至嘱至嘱！"

不意麦凯复电云："余久不得饮，困惫且死，望酒如望岁。苟有人馈余以酒，余必饮之，死所不惧也。"

爱丽丝闻言大骇，更欲劝其勿饮，不意电话戛然而止，不能复通。

爱丽丝立掷听筒于案，仍逾窗而出，雇汽车一辆乘之，令御者开足汽机，驰往曼纳拉路之戒酒院。

是夕晚餐后，麦凯独处卧室，寂寞无聊，状甚丧气，忽见隔室所居之跛足叟，端坐于四轮摇椅之上，由侍者推之，闯入麦凯之卧室。

叟含笑顾麦凯曰："祝君晚安！君伏居卧室，亦觉闷郁否？"

麦凯漫应之曰："然。"

跛叟曰："余以寂寥殊甚，故过君作清谈耳。"

麦凯颔之，跛叟乃杂摭他事，与麦闲谈。麦随口应之，而心殊不属。

少顷，侍者他去，室中惟两人在，跛叟忽自裤下出韦士格酒一瓶，以示麦凯，欣然曰："余知君尚未忘情于曲蘖，今有美醪于此，君愿饮之乎？"

麦凯见酒大乐，急接其瓶，启塞欲饮之，偶一转念，忽忆爱丽丝电话中语，心乃大疑，不敢遽饮，遂以瓶还之跛叟，请叟先饮。

叟愕然，恐麦凯见疑，乃举瓶作欲饮状，嗣乃突止其手，仍以酒奉之麦凯，强笑曰："此酒系余馈君者，讵有主人先尝之理？"

麦凯闻酒香扑鼻，垂涎欲滴，乃不复念爱丽丝之言，接瓶于手，方欲以唇就瓶口饮之，而室门斗辟，突有一女郎狂奔入室，扬臂锐呼，状甚皇急。

麦凯闻声回顾，心乃大诧。女郎非他，盖爱丽丝也。

爱丽丝驱车至戒酒院，请于院长葛礼博士，欲一见麦凯，博士许之。

爱丽丝乃飞奔而入，驰往麦凯之卧室。方入室中，即见麦凯持酒一瓶，欲以瓶就口饮之。

爱丽丝大骇，乃扬臂大呼曰："止……速止……此毒药也。"

语出，跛叟乃大骇，明知事已败露，突自椅中一跃而起，直扑爱丽丝。爱丽丝见其来势甚猛，急转身而奔，退出室外。

叟接踵追出，欲扭爱丽丝殴之。爱丽丝身手敏捷，陡飞一足起，中叟之胸，叟颠仆丈外，跃起欲遁。

爱丽丝忽取手枪出，开枪击之，轰然一声，叟乃倒毙于地。

爱丽丝急转身奔往麦凯之卧室，足方跨入，瞥见麦凯手持酒瓶，卓立室中，仰天呼曰："酒……美醪……天乎……德国大秘密……"语至此，突以瓶就唇，张口欲饮之。

爱丽丝骇极几晕，惶急无措。危哉麦凯！今将为药酒所毒毙矣。

第六章

爱丽丝女士之机警，殆为世人所罕匹，当时见麦凯手执酒瓶，欲饮其中之毒酒，明知趋往拦阻，势必不及，乃迅举其手中之枪，注视准切，突然开放。枪弹飞出，适中麦凯手中之瓶，瓶立碎，酒乃尽倾于地。

麦凯瞪目大骇，爱丽丝急趋前抚其肩，柔声慰之曰："饮鸩止渴，智者不为。此乃奸人所制之毒酒也，君纵贪饮，奈何视性命如敝蓰？麦君麦君，须知君之一身，负责綦重，讵可存厌世之心，轻生以殉曲蘖，坐令祖国因之而颠覆耶？"

爱丽丝发言时，情意恳挚，盈盈欲涕，麦凯大为感动，深自愧悔，俯首不语。爱丽丝乃告辞而出。

爱丽丝去后，麦凯嗒焉若丧，木立久之，熄灯就寝，转辗反侧，不能成寐。

迨钟鸣三时，疲乏既甚，始昏然入梦。梦中忽见德国军将无数，各举一酒杯，邀之同饮。美酒满觥，甘香扑鼻，麦凯馋涎欲滴，拟趋前饮之，继念："德人系我人之仇敌，举酒相劝，必无好意，得毋又以毒酒欲杀余耶？"一念及此，趑趄不前，不意德人乃竟作揶揄之状，睨麦凯而狞笑。麦凯大怒，遂奋跃而前，欲与德人交绥，一转侧间，瞿然惊觉，则己身固仍在床上。

时值深夜，万籁俱寂，但闻壁上时计之坠，"的的"作声。麦凯伏枕静卧，思潮纷起，默念："爱丽丝与余，初不相识。彼一弱女子，乃能本其仁慈义侠之心，屡次援手，脱余于厄，复以良言相规，劝余戒酒，勖余爱国，语语药石，可感可泣。彼之所期望于余者，可谓至矣。余若执迷不悟，依然沉湎曲蘖，不特无以对祖国，亦无以对爱丽丝。是余直凉血动物，将无以自列于人类矣。"思至此，泚出于颡，愧悔无地，乃仰天自誓，自即日起，愿听爱丽丝忠告，戒酒不饮。立意已定，心始稍安，乃复昏然入梦。

越日，爱丽丝在侦探队之办公室，忽侍者持一函入，接阅之，乃发自戒酒院院长葛礼博士者。其函曰：

爱丽丝女士鉴：

　　令友麦君之酒癖，刻已戒绝，明日午后，可以出院，届时务请女士拨冗驾临为盼。

葛礼上

爱丽丝阅毕，置之案上。会范克司忽启门入，见案上之函，取而阅之，阅已，欣然谓爱丽丝曰："明日午后，密司可亲往戒酒院一行，诚能探得大秘密之内容，则密司之功为不小也。"

爱丽丝以此函为范克司所见，心滋不悦，漫应之。

少顷，爱丽丝出，范克司立发一电话，状甚诡秘，发已，乃洋洋归办事室。

是日薄暮，德国驻美间谍队第一支队，开一会议于鲁澜医院。其支队队长，即鲁澜医士也。鲁澜据写字台而坐，男女队员，杂立左右，肃静无哗。

鲁澜发言曰："顷得余友之报告，谓明日下午，爱丽丝将亲往戒酒院，迎麦凯出院，此实我党绝妙之机会。今余有一策于此，不识诸君以为可行否？"语至此，偶回顾党员奥弗莱。

时奥弗莱方私握女党员罗娜之手，其于鲁澜所言，不甚注意。鲁澜怫然怒，顾谓罗娜曰："后此汝若与会，务蒙面网，毋令奥弗莱以悦汝故，遂不听余之所言。"

罗娜闻言大赧，立下其面网。奥弗莱亦惭恧，默然静听，不敢复动。

鲁澜乃将其预定之计划，详述一过，党员咸以为善。鲁澜乃坚嘱诸党员，翌日如法行之，毋得偾事。

众唯唯，遂宣告散会，党员各鸟兽散。罗娜与奥弗莱，亦携手相偕而出。

翌日午后，爱丽丝自家中出，驱车往曼纳拉路之戒酒院。

道出荒郊，地极幽僻，正疾驰间，忽遥见一人短衣窄袖，自道傍林中出，颓然而仆，僵卧地上。

爱丽丝大诧，急挥司机者止车，亲自下车视之，司机者亦自车上跃下。方趋至其人之旁，不意其人突然跃起，扭司机者之胸，挥拳殴之。

爱丽丝大骇，恍然悟中计，转身欲奔，讵知林中伏有德探多人，一拥而出，围攻爱丽丝。爱丽丝虽矫健，卒以众寡不敌，为德探所执。

其时司机者亦为德探所击倒，晕绝于地。德探将司机者之衣解下，掷之道傍，使党人服其衣，亲操驾驶之役，遂将爱丽丝曳入车中，驱车疾驰，奏凯而归。

爱丽丝既被捕，罗娜即依预定之计划，立冒爱丽丝之名，发一电话，致戒酒院院长葛礼博士，略谓："昨接惠札，谓麦君能于今日出院，无任欢慰。惜余今日有要事，不克亲莅院中，特遣余友奥弗莱君为代表，迎接麦君出院。奥君行将来院，请君与之接洽可也。"

博士信以为真，乃遣人招麦凯至，以电话中之言告之，麦凯亦无他议。

正闲谈间，阍者忽持一名刺入，云有客求见。博士视其刺，果奥弗莱也，命阍者肃之入。

少顷，奥弗莱至，含笑为礼，状甚谦和，所言乃与电话中吻合，博士信深不疑，即为介绍于麦凯。

奥弗莱欲偕麦凯出，博士乃拊麦凯之肩，戒之曰："君出院之后，凡属酒类，点滴不可入口。苟犯之者，则旧瘾必且复发，君其慎之。"

麦凯唯唯，乃与奥弗莱偕出。行久之，至一通衢，奥弗莱见道傍一小酒肆，乃胁肩作谄笑，顾谓麦凯曰："余亦酷爱杯中物者，余意欲入此肆，饮酒数觥，君以为何如？"

麦凯摇首曰："君不闻博士之言乎？余已戒除，安可复犯？"

奥弗莱急曰："君勿误会！余本不敢劝君饮，特请君从旁监视，俾余不致洪醉耳。"

麦凯曰："君欲饮者，余纵与君同往，亦无不可。"

奥弗莱大喜，乃与麦凯相偕入肆，酤韦士格一瓶，徐徐倾入杯中，倚柜畅饮，故意令麦凯见之。麦凯回首他顾，置若无睹，取纸卷烟一支吸之，聊以破闷。

奥弗莱沉思片刻，又生一计，乃亦自囊中取纸烟出，向麦凯假烟取火，麦凯坦然与之。奥弗莱乘其不见，潜将韦士格酒，敷于烟上，还之麦凯。麦凯执烟吸之，觉烟中有酒气，心乃大诧，踌躇片刻，忽悟奥弗莱之奸，乃掷纸烟于地，置之不顾，大步欲出。

奥弗莱骇然，急趋前阻之曰："君欲何往？"

麦凯厉声曰："余行动自由，与汝何涉？汝不尝语余乎，汝为密司爱丽丝所使，此言确耶？"

奥弗莱胁背笑曰："确也。"

麦凯直斥之曰："汝言诳耳，余不能信汝。"言已，掉首欲行。

奥弗莱拦阻之，麦凯大怒，挥拳一击，奥弗莱立仆数尺外，仰卧不能起，麦凯乃昂然出肆而去。

其时酒肆之内，本伏有奥之同党数人，因见麦凯勇健，辟易不敢前。迨麦凯既出，党人始将奥弗莱扶起。

奥弗莱忿不可遏，立遣人驰告罗娜，行其预布之第二策。党人奉命，飞驰而去。

麦凯自肆中出，矗立街头，茫然不知适从，彳亍数武，遥见一女子珊珊而来，行近酒肆之前，忽有一短衣之醉汉，突自道傍跃出，捉女子之臂，肆意调谑，女子骇而呼。

麦凯天性义侠，勃然大怒，乃距跃直前，扭醉汉之胸，提而力掷之。醉汉颠仆丈外，逡巡遁去。

女子作惊喜之状，趋前谢曰："顷为彼伧所辱，微君相救，余其殆矣。"

麦凯谦逊不遑，女自手挈之钱囊中出名刺一纸，呈之麦凯。麦凯阅之，上书"罗娜·雷克"四字。

麦凯斗有所触，惊问女曰："密司其雷克将军之家属乎？"

女惊喜曰："然。雷克将军乃家兄也，君岂识之耶？"

麦凯喜曰："雷克将军乃余之老友，余欲见之久矣。密司爱丽丝语余，将军已航海赴欧，此言确耶？"

女摇首曰："妄也。余兄现在家中，君若欲见之者，余当与君偕往。"

麦凯大喜，亟诺之，遂雇一汽车，乘之而去，初不知彼罗娜·雷克者，盖即德国间谍队之女队员也。

第七章

　　爱丽丝之被捕也，德探挟之至鲁澜医院，纳之于女党员罗娜之卧室，键户而去。

　　爱丽丝默坐移时，心神稍定，四瞩室中，急欲觅一脱身之策，无如门户窗牖，扃钥严密，盘旋久之，无法可出。嗣忽于墙上发现小孔一，圆径可三寸许，以指探之，其中为一钢铁之管，似用以通煤汽者。然而小孔之外，初无煤汽灯在，不识装置此管，用意何在。

　　沉思良久，恍然大悟，知此种铁管之设，乃为党中杀人之用：人若被幽室中，党徒在外，启其煤汽之机括，则汽自管中传入，迷漫室中，人受其毒，必且立毙。

　　设想至此，心甚皇急，即燃火柴一支，至穴口试之，见管中并无火焰发生，知外间煤汽之机括，尚未开放，心乃稍慰。然念如此危险之地，断不可久留，独居深思，欲求一脱险之法，终不可得，芳心忐忑，坐立不宁，蹀躞室中，焦灼欲死。

　　此时忽闻户外楼梯之上，有革履橐橐声，自下而上，爱丽丝灵机偶动，忽得一计，乃就室隅觅得木棒一，匿身户后，屏息以待。

　　少顷，户乃徐阖，一女子缓步入室，举止翩然，状颇闲暇，一似不知室中之有爱丽丝者。女子为谁？则德国间谍队女队员罗娜是也。

初，麦凯为罗娜所诱，与之偕行，车至梅纳路一巨厦之前。

罗娜欣然曰："至矣。"立命司机者止车，与麦凯相继跃下。

罗娜推门直入，麦凯继之。入门，为一极长之甬道，甬道既尽，有白石楼梯一，上铺金色之毯，鲜洁无尘。楼梯左侧，为会客之室，室门紧闭，罗娜以钥启之，含笑肃麦凯入。

麦凯坦然不疑，移步入内，不意罗娜乘其不备，侧身退出，随手曳其户。户砰然阖，遂以钥键之，飞奔而出，跃登汽车，驱车往鲁澜医院。

既至，入谒队长鲁澜，欲以麦凯就执之事报告之，不意鲁澜适以事他出，尚未归来，罗娜乃独自登楼，归其卧室，初不知室中之有爱丽丝也。

爱丽丝为自卫计，遂自户后闪出，蹑足至罗娜之后，高举木棒，力击其颅。罗娜被击而晕，颓然仆地。

爱丽丝大喜，掷棒于地，启户欲逸，偶一转念，复返身入室，将其冠履衣裙，一一卸下，与罗娜互易之。易已，更下其黑色之面网，对镜自视，固宛然一罗娜矣，乃自室中趋出，闭户键之，从容下楼，意欲出门逸去。

不料行至甬道中，忽见一少年迎面而来，少年遥见爱丽丝，雀跃而前，欢呼曰："罗娜，余觅汝久矣，汝乃在此间耶？"

爱丽丝谛视其人，不禁骇然。少年非他，盖即德国间谍奥莏莱也。

奥莏莱自酒肆归，入见队长鲁澜。时鲁澜已返，方与其党多人，聚议于办事室中。

奥莏莱入，即问鲁澜曰："密司罗娜归未？"

鲁澜曰："未也。"

奥弗莱骇曰："彼与麦凯同行，欲囚之于梅纳路之机关部。以余度之，此时当可毕事。今乃迟迟不返，得毋骤遭意外耶？"

鲁澜慰之曰："君勿鳃鳃过虑！余观罗娜之为人，亦颇机警，或不致遭意外也。余今有一事欲告君者，我侪捕获爱丽丝后，囚之于罗娜之卧室。罗娜为君之未婚妻，余故不得不商之于君。不识君意能见允乎？"

奥弗莱蹙额曰："此女颇狡狯，囚之室中，适足生变，余意不如杀之，以除后患。"

鲁澜曰："杀之亦佳，君能为执行者否？"

奥弗莱曰："欲杀爱丽丝，事亦易易。"因趋至书橱之前，以手推其第二行右侧之书。

架上书籍，真伪参半，其伪者盖以薄板制书壳，中实空无所有，骤观之，与真者无异。当时奥弗莱以指拨动，书籍乃应手而辟，发现一小门，其中装有煤汽总机关一具。

奥弗莱伸手入内，扳动机括，将煤汽开放，事已，乃顾谓鲁澜等曰："此器装置后，未尝应用，今日大可一试，余意半句钟之后，爱丽丝必受毒而毙。如此杀人，不犹愈于手枪及利刃乎？"

众亦称其善，奥弗莱意颇自得，然以不见罗娜故，终觉忐忑不宁，乃请于鲁澜曰："罗娜不归，余心深为系念。余意欲躬往觅之，君能允余否？"

鲁澜诺之，奥弗莱乃自办事室出，意欲登楼觅罗娜，行至甬道中，适爱丽丝珊珊而来，奥弗莱遥见之，误以为罗娜也，乃欣然趋前，与爱丽丝语，琐琐不已。

爱丽丝恐被窥破，惟频颔其首，不敢发声。奥弗莱遂握爱丽丝之手，挽臂偕行，同入办公室。

鲁澜见爱丽丝入，亦误以为罗娜也，见其无恙，颇为欣慰，因顾谓奥弗莱曰："君以煤汽杀爱丽丝，我侪劲敌，已去其一。然麦凯尚在梅纳路之机关部，此人深知我祖国之大秘密，尤须杀之以灭口。今请君往梅纳路一行，手毙其人，以了此事。君以为何如？"

奥弗莱慨然允诺，惟请以一人为副。鲁澜曰："君意欲得何人，请自择之可耳。"

奥弗莱乃指爱丽丝曰："余欲得密司罗娜为助，君能允余耶？"

鲁澜笑曰："君与密司罗娜同往，事亦良佳，行矣奥弗莱，此事殊关重要，幸勿令麦凯兔脱！慎之慎之！"

奥弗莱唯唯，乃与爱丽丝携手偕出。

麦凯误中罗娜之诡计，幽闭于德探之机关部，焦灼欲死，奋力撞门，意欲自室中逸出。无如此室之门，坚不可碎，撞击良久，依然如故，乃退至室中，颓然倒坐于沙发之上，引目四瞩，欲求一脱身之法，瞥见沙发对面之圆桌上，供有韦士格酒一瓶、玻璃酒杯一具。

麦凯目睹美醪，故态复萌，馋涎汩汩，几欲夺唇流出，乃离座跃起，疾趋至桌傍，握瓶在手，欲斟酒于杯中饮之。已而偶一转念，忽忆及爱丽丝谆嘱之言，方寸灵台，以受严厉无伦之桎梏，执瓶之手，乃不期而缩，一时正义与私欲，交战胸中，不克自决。

沉思久之，乃毅然拍案曰："余已与曲生绝交，讵可复犯？今若瞥然饮此，自欺欺人，后此将以何面见爱丽丝？矧此酒为德人所遗，安知其中不有毒药？余若饮之，适坠其计，不将自戕此有用之身乎？"思至此，乃置瓶案上，舍之不顾，蹀躞室中，百无聊赖。

已而偶举首仰视，忽见室隅粉壁之上，悬有德皇小影一巨幅，状貌沈鸷，栩栩如生，麦凯勃然大怒，立攫案上之酒瓶，向之掷击，砰然一声，瓶碎而小影亦碎。

忽有一物自像内坠下，悬宕室中，麦凯趋视之，乃一电话之听筒也，电线之通入处，乃在像后粉壁之上。麦凯无意得之，快慰逾恒，立发一电话，致纽约警署乞援。

署长复电，允立遣干练探捕，飞驰来援。麦凯大喜，乃安坐室中，静待警察之至，忧闷之怀，因以尽释。

爱丽丝与奥弗莱偕出，并坐车中，默然无语。驰久之，奥弗莱不耐，乃以手拊爱丽丝之肩，欲拥而吻之，爱丽丝侧身撑拒。

奥弗莱大诧，默念罗娜与己，素相昵爱，今日抑何峻拒乃尔，因顾谓爱丽丝曰："罗娜，汝今日缘何默默若此，不发一语？余观汝状，似有不豫色然，岂怒余耶？"

爱丽丝端坐如故，置之不理，奥弗莱怀疑益甚，乃乘爱丽丝不防，突揭其蒙面之网。

面网既去，玉容毕露，奥弗莱骤见之，瞠目大惊，失声呼曰："爱丽丝！汝何得逸出？噫！罗娜何在？速以语余！"

爱丽丝微笑曰："罗娜耶？彼为余所袭击，乃晕绝于卧室之中耳。"

奥弗莱闻言，皇骇欲绝，失色如土，乃锐声呼曰："噫！煤汽……罗娜……天乎！杀我罗娜矣！"

爱丽丝从傍嗤之曰："汝欲以煤汽杀余，不图适以杀罗娜。今罗娜之死，已可断言，杀人者汝也。天道不爽，良可畏已。"

奥弗莱悲恸之余，郁为盛怒，厥状乃癫狂之狮，奋起扑爱丽丝，力扼其吭，厉声骂曰："狗……恶奴……汝以诡计杀罗娜，余誓必杀汝，以泄此忿！"

爱丽丝被扼，气闭几绝，挥拳格斗。奥弗莱自囊中出手枪，抵爱丽丝之胸，狞笑曰："汝为杀人之凶犯，余今不杀汝。余知汝与麦凯昵，今当假手于汝，以毙麦凯。汝敢违余者，余必立碎汝颅。"

爱丽丝为手枪所慑，默然不敢动。奥弗莱立饬司机者开足汽机，驱车疾驰，星飞电掣，直向梅纳路而去。

一刻钟后，奥弗莱与爱丽丝，乃在梅纳路之机关部中矣。

奥弗莱以枪胁爱丽丝，迫令同入。甬道尽处，见一白石之短梯，两人拾级而上，梯之左侧，为一青石所砌之墙壁，壁间有长方形之大石两方，一横一直，交互壁间。奥弗莱趋至墙侧，以指按其机括，一刹那间，石忽移动，斗现一十字形之窗。

爱丽丝探首窗口，向内窥之，则隔墙乃一陈设精美之会客室，麦凯方踯躅室中，状甚无聊。

其时麦凯偶回顾，瞥见墙上忽现一窗口，爱丽丝临窗而立，春山颦蹙，一似重有忧者。麦凯深为诧怪，瞠目木立，莫明其故。

奥弗莱隔墙见之，乃别出一手枪，付之爱丽丝，胁之曰："今限汝于半分钟内，将麦凯击毙；若违余言，余枪发，汝颅碎矣。"

爱丽丝绝不与之反抗，接枪于手，遥拟麦凯，作欲开放状，潜以左手伸入衣囊中，取得所佩之手枪，徐曲其臂，俾枪口出自右臂之肘下，乘奥弗莱不防，突发一枪击之。

枪弹嘶然出，适中其肩，奥弗莱立仆。爱丽丝疾转其躯，双枪并发，奥弗莱连受三创，立即气绝而死。

麦凯在室中，遥见之，欣喜逾望，正欲设法逾窗而出，而德探之大队至矣。

先是，奥弗莱离机关部后，鲁澜遣其党登楼，探视爱丽丝之生死。

党人上楼，以钥启室门，掩鼻而入。时罗娜已受煤汽之毒，僵毙于地，党人谛视之，见爱丽丝忽一变为罗娜，相顾大骇，急下楼报告鲁澜。

鲁澜亦骇甚，嗣乃恍然大悟，顾谓其党曰："然则奥弗莱所与偕出者，实非罗娜，乃爱丽丝之化装也。此豸狡狯若此，奥弗莱必受其害。今君等宜全体出发，速往救之，或能脱奥弗莱于厄，亦未可知。"

众唯唯，乃相率奔出，跃登汽车，驱车赴梅纳路之机关部。既至，一拥而入，忽闻屋内枪声连发，众大骇，乃启会客室之门，蜂拥入室。

麦凯见德探大至，即握拳蓄势以待，俟德探近身，奋勇殴之，拳足兼施，仆者相继，德探皆辟易。麦凯乘此时机，夺门逸出，飞奔而逸，德探呼啸逐其后。

比至白石短梯之侧，麦凯不得逸，复转身与德探斗。德探一拥直前，环而攻之。

其时爱丽丝卓立梯颠，意欲开枪助麦凯，无如众人扭结不解，深恐误伤麦凯，枪不敢发。

斗久之，麦凯卒不敌，为德探所击，颠踬而仆，晕绝于地。

第八章

　　麦凯既仆，一德探突取利刃出，欲揸其胸。爱丽丝在梯巅见之，骇而奋呼，手中之枪立发，中握刃者之背，仆地而死。

　　余众见而纷起，欲攻爱丽丝。爱丽丝正危急间，幸有麦凯所招之便服警察一小队，适于其时驰至，蜂拥入内，声势甚盛。

　　德探见警察突至，震怖亡魂，相顾失色，立即抱头鼠窜，觅路而逸。警察四出追捕，开枪轰击，一刹那间，德探或死或伤，或束手而就缚，如数被逮，无一幸免者。

　　诸事粗定，爱丽丝急自梯巅驰下，趋视地上之麦凯，见麦凯尚晕绝未苏，察其头面手足等处，均未受伤，心乃稍安。

　　会警长亦率其部下至。警长陶诺海，与爱丽丝本有一面识，爱丽丝乃倩警察将麦凯舁入会客室，卧之沙发之上。

　　警长随入，见麦尚昏然未醒，乃自囊中出白兰地一小瓶，倾酒少许，滴入麦凯之口中。麦凯得酒，不啻得返魂之香，神经顿清，悠然而苏，突自沙发之上，一跃而起，欲夺警长手中之酒瓶。警长骇而与争，麦凯状如狂易，坚不肯舍。

　　会爱丽丝自外间奔入，骤见此状，乃向警察手中，取得手铐一付，飞步而前，乘麦凯之不备，突出手铐，梏其两腕。麦凯力挣不得脱，怒目而立，状殊忿忿。

爱丽丝将警长手中之酒瓶接得，嫣然曰："承君救获，深为感激。然余系秘密侦探队队员，君谅必知之，今请君将捕获之德探，系之以去。至于此间之事，可由余一人了之，无劳君等之相助矣。"

警长唯唯，乃率警察退出，将捕获之德探，押解回署。

警察既出，麦凯复趋至爱丽丝之前，欲索其手中之酒瓶，爱丽丝毅然拒绝。

麦凯大戚，乃颤声哀之曰："酒……密司……密司为上帝故，速予余以酒。"

爱丽丝莞尔曰："君若将余所问之言，详细答复，则余当以酒瓶与君，恣君畅饮；匪然者，余不能从君之请也。"

麦凯怏怏曰："密司欲询余者何事？请速言之。"

爱丽丝曰："余所欲知者，即德国之大秘密耳。"

麦凯摇首曰："大秘密之内容如何，余亦不知；余所知者，惟大秘密所在之地名耳。今余以其地地名告密司，密司亦许余饮酒否？"

爱丽丝颔之曰："然则君试言之，大秘密究在何处？"

麦凯曰："由瑞士国之莱欧罗森林穿出，即至其地。余所知者，惟此而已。今请与余以酒，余言字字确也。"

爱丽丝察其言匪妄，乃将手中之酒瓶，突然倒转，于是瓶中之酒，汩汩流出，一转瞬间，尽倾于地。麦凯大骇，跃起拦阻之，然已不及。

爱丽丝掷瓶于案，正色责麦凯曰："君已入院戒酒，讵可复萌故态？君若沉湎曲蘖，执迷不悟，是真大负余一片维护之心。君试抚衷自问，安乎否乎？行矣麦凯，方今欧战急迫，正我侪报国之秋，一俟世界和平，然后酣歌醉舞，亦复未晚。幸听余言，万勿固执！"

麦凯闻言默然，已而忿忿曰："忍哉汝也，汝欲挈余何往？"

爱丽丝毅然曰："往莱欧罗森林觅大秘密耳。"

麦凯复默然，木立良久，乃随爱丽丝而出。

麦凯与爱丽丝，今乃乘轮渡大西洋矣。

二人各据一室，两室相对，中隔一甬道。爱丽丝窥麦凯之心，仍未忘情于曲蘗，深恐中途或生他变，因仍以手铐桔其腕，不为脱去。麦凯屡以为请，爱丽丝执不许，麦凯以是邑邑，状甚愤懑。

登岸之翌日，爱丽丝晨起，披中国丝绣之衣，对镜而立，理其云鬓，丰姿嫣然，益增其艳。

其时麦凯在卧室，因两手被桔，举动不得自由，暴怒欲狂。默坐久之，百无聊赖，乃忿然跃起，趋至板壁之前，以手上之铐，向壁猛击，无如铐极坚固，终不能脱。

爱丽丝闻麦凯室中，砰然发大声，心为骇然，急自卧室趋出，奔至麦凯之室外，推门直入。麦凯见爱丽丝至，始颓然倒坐于沙发之上。

爱丽丝嫣然柔声曰："祝君晨安。君今日其无恙耶？"

麦凯恨之曰："无恙也。然余近日之起居，乃较患病之困，殆且十倍。汝其知之耶？"

爱丽丝笑曰："知之。余意君或恶桎桔耳。"

麦凯曰："汝既知之，曷不释余，俾复余身之自由？"

爱丽丝摇首曰："余之桔君，实以护君。君之急欲去桔，余亦知之，特今日尚匪其时耳。"

麦凯怒曰："文明国法律，苟匪犯罪之人，不得加以刑具。今余犯何罪，乃以此物桔余？"

爱丽丝笑曰:"君姑少安毋躁!须知今日之事,其权操之余乎!固无庸侈谈法律也。君而诚爱国者,宜稍受屈抑,耐心居此,一俟时机已至,即当规复己之自由也。"

麦凯怒不可遏,厉声曰:"余知汝之用意,欲阻制余之饮酒耳。然余纵饮酒,与汝何涉?汝以严酷之手段,使余失其自由,蛮横无理,莫此为甚。此铐若去,余必杀汝以泄忿,汝其慎之!"

爱丽丝微哂曰:"君言信耶?君真欲杀余耶?余本不欲释君,今君既如是云云,余殊不信,今当去君之铐,以觇君言之信否。"言已,立自囊中取钥匙出,将麦凯两手之铐,一并卸下。

麦凯既获自由,突起扑爱丽丝,张两臂欲扼其吭。爱丽丝挺身卓立,一任麦凯之扼,绝不畏却。

麦凯见而大诧,气为之馁,手乃立缩,嗣念爱丽丝以漠不相关之人,屡次相救,脱己于厄,今若因一念之愤,遽肆殴击,以怨报德,是尚得谓为人类乎?思至此,深自愧悔,乃颓然倒坐于沙发之上,垂首丧气,不能仰视。

爱丽丝笑曰:"余固知君之不忍扼余也。今君自由已复,当不憾予。予行矣,容再相见。"言已,嫣然鞠躬,告辞而出。

一刻钟后,爱丽丝梳洗已竟,取外褂一袭披之,自卧室中出,独行踽踽,拾级登上层,矗立于甲板之上,纵目遥望,领略海天风景。

正徘徊间,倏有一锋利无匹之飞刀,自背后掷来,从爱丽丝耳傍擦过,着于左侧舱版之上,铮然有声。

爱丽丝大骇,急回顾身后,瞥见一男子狂奔逸去,其人癯而修,体格壮伟,骤观之,与麦凯无异。

爱丽丝大忿,飞逐其后,其人见追者至,奔乃益捷,由运货处之栏畔跨出,一跃而下。爱丽丝不舍,接踵下楼,紧随其后。

比至麦凯卧室之附近，一转瞬间，刺客忽踪迹杳如，不知所往。

爱丽丝大诧，独立甬道中，悄然深思，默念："顷所望见之刺客，其举止状貌，颇与麦凯相似，今又于麦凯卧室之附近，突然失踪，得毋刺我之人，即为麦凯耶?"设想及此，疑云斗起，决意入见麦凯，向之诘问。苟刺客而果为麦凯者，则察言观色，不难一望而知。立意既定，乃趋至麦凯卧室之前，推门而入。

第九章

当爱丽丝入见麦凯时，麦凯方闷坐于沙发之上，俯首视地，沉思良苦，一似有艰深枯窘之问题，横亘胸中，不克自解其纠纷者。

爱丽丝推门突入，麦凯瞿然注视，瞠目不言，亦不起与为礼。

爱丽丝盛气诘之曰："君欲杀余耶？余不知何负于君，君乃憾余若此。"

麦凯讶曰："密司之言何也？"

爱丽丝怏怏曰："顷余登甲板闲眺，君乃潜蹑余后，以利刃掷余，几伤余颅。今利刃犹在，讵可掩耶？"

麦凯骇然曰："密司误矣。余足未出室门一步，那得有此事？余诚欲杀密司者，顷以一手扼密司之吭，已足了事，更何必乞灵于利刃？且余之所以憾密司者，特出一时之暴怒，事后思之，正深愧恶，讵敢以怨报德，躬行此谬妄不义之举？望密司加意详察，幸毋误会，致重余谴！"

麦凯言辞诚恳，顿令爱丽丝怀疑之心，涣然冰释，乃抚麦凯之肩，慰之曰："顷余所见之刺客，其状貌与君酷肖，余故疑而诘君。今闻君之言，余已大悟，君幸勿介介！特是此事发生后，有不能不使余忧虑者。以余观之，必有德国之间谍，潜伏于乘客之中。若辈目的，专欲不利于我侪，我两人之处境，颇为危险，自今以往，我两人当加意严防，万勿疏忽，致为敌人所算。"

麦凯颔之，恨恨曰："何物丑虏，敢以利刃袭密司？今密司请在此稍待，余当亲往甲板上察之。"

爱丽丝劝其勿往，麦凯不听，匆匆出室去。爱丽丝略一思索，亦接踵而出。

麦凯之卧室，为头等舱位之二十一号，其比邻二十号室，乃为三德人所据，一名考脱，一名意鲁，一则奇尔盟也。

三人购票登舟时，自称为和兰国人，实则皆德国驻美间谍队队员，奉队长之命，潜尾于爱丽丝之后，随之赴欧，探其行动。其以利刃掷爱丽丝者，即奇尔盟也。奇尔盟一击不中，逃回卧室，幸未为爱丽丝所见。

奇尔盟述其事，考脱尤之曰："君亦太觉孟浪，击之不中，适足令若辈生警备之心，对于吾辈之进行，颇为不利，殊非计也。"

奇尔盟嗤之曰："君何知？君殆未见队长之命令耳。"言已，立自囊中出密电一纸，以示考脱。考脱译读之，其辞略云：

奇尔盟君鉴：

麦凯与爱丽丝，实为战争中之重要人物，望与考脱及意鲁商，设法杀此两人，以除后患。无论如何，勿令两人安抵欧洲，至急至要！

考脱阅已，奇尔盟曰："何如？队长急欲杀其人，余故贸然出于一击。今既不幸而不中，计将安出？"

考脱与意鲁，瞠目相视，不知所对。奇尔盟乃自箱中出机轮炸弹一具，以示两人。此种炸弹，性极猛烈，其状乃如一无线电报之模型。

奇尔盟曰："余幸冒险携此物来，今日乃得其用。"

意鲁曰："君将以此炸爱丽丝等耶？"

奇尔盟曰："然，非也。麦凯与爱丽丝，均极机警，欲以此弹飨之，殊非易易。"

考脱讶曰："然则君意何如？"

奇尔盟状甚坚决，拍案厉声曰："余意欲将此船炸毁，使阖船之人，同归于尽，则麦凯与爱丽丝，当亦无法可幸免矣。"

意鲁骇曰："船若沉没者，我侪奈何？"

奇尔盟正色曰："我侪耶？君等勿骇！我侪为天职故，为荣誉故，为德意志祖国故，纵与二憾俱死，亦复何害！"言时，誓天自誓，状甚慷慨。

考脱等被其感动，亦愿以身殉祖国。

奇尔盟曰："余拟埋此弹于货舱之第一号，君等可与余偕往，为余瞭望。"

考脱与意鲁颔之，三人乃相率而出。

麦凯自卧室出，拾级登舱顶，见舱板之上，果插有极锋利之匕首一柄，晶莹夺目，对之不寒而栗。纵目四眺，绝无人影，不知行刺之人，乃匿身何所。

鹤立久之，闲步舱面，信足所至，适达第一号货舱之上，舱口之户，方可四五尺，厥状乃如地穴之口。麦凯步至其傍，见舱户洞阒，出入之梯，已被撤去，惟其中影约有人在，心殊疑之，意欲跃入舱中，一觇其异。

不意突有考脱及意鲁两人，跃出拦阻，不准麦凯入内。麦凯怀疑益甚，定欲跃入一视。考脱大怒，与麦凯始而口角，继而扭殴。意鲁从傍见之，亦攘臂为考脱助。

麦凯力敌二人，绝不畏怯。奋斗久之，麦凯偶一不慎，踬而仆地。考脱大喜，乃与意鲁两人，按之地上。考脱自囊中出小匕首一，欲撍麦凯之胸。

麦凯正危险间，倏有一女郎自舱畔跃出，至考脱之背后，出其不意，力击其执刃之手。考脱所持之匕首，乃脱手而飞，锵然坠地。女郎为谁？则人人知其为爱丽丝也。

爱丽丝既至，麦凯气乃愈壮，腾身跃起，复与考脱猛斗。此时考脱与意鲁，气势已馁，力渐不敌，意鲁且战且却，退至货舱舱口之侧，一跃而下。

其时奇尔盟在舱中，已将机轮炸弹，埋置妥帖，意鲁见奇尔盟，即将外间情状语之。

奇尔盟曰："我事幸已告竣，无虞若辈之破坏。若辈见汝跃下，势必追踪而至。今余有一策于此，足制若辈之死命，君其勿骇。"言已，乃曳意鲁至第一号室之门口，启其门。两人伏于户后，屏息以待。

少顷，麦凯与爱丽丝果将考脱击晕，相继跃下，遥见第一号室，室门洞开，初疑德人或匿其中，乃疾趋入室从事搜缉，不意奇尔盟等在户后，突闭其户，以铁拴键之，将麦凯与爱丽丝，反扃舱中，欢跃而去。

舱门既阖，麦凯与爱丽丝始知中计，追悔莫及，木立舱中，相顾无策。

已而爱丽丝偶回顾，忽见室隅横木之间，置有小机件一具，上有转轮，旋动不已，其声"的的"，一似时计摆锤之摇荡者，急指以示麦凯。

麦凯惊呼曰："此轮机炸弹也。毒哉德人！彼乃欲毁此舟耶？噫！炸弹将爆发矣。"

语未毕，突闻轰然一声，炸弹立即爆发，烟焰四射，毒雾迷漫。舱边木板被炸，裂一碗大之漏孔，海水汩汩，自孔中涌入，续续不已。

一刹那间，舱中水深数尺，麦凯与爱丽丝，衣履尽湿，游泳水中，放声呼救。行见数分钟内，海水将高及舱顶，危急万分，命在呼吸。

其时船中乘客及水手，咸闻炸弹爆发之声，又见船首向下渐沉，没入水中者数尺，深为皇骇，急驰往报告船主。船主亦大惊，察得此种爆裂之声，似发于第一号货舱之内，急遣水手多人，驰往舱中察视。

时则舱中之水，距舱顶不过尺许，麦凯与爱丽丝飘浮水面，瞑目待死，差幸水手驰至，揭开舱顶，将两人救出。别遣人泅水入舱，以沙袋等物，抵塞漏孔，俾海水不得复入。

布置既竟，船主亦至，爱丽丝即以德间谍阴谋毁船之情状，告之船主。船主骇且怒，欲请麦凯与爱丽丝率领水手，大索舟中，务获德人之踪迹。

正议论间，忽有一水手飞奔而至，顾谓爱丽丝曰："顷于密司卧室之中，捕获德国间谍两人，据云即密谋毁船之暴徒，请密司远往察之。"

爱丽丝大喜，乃与麦凯及船主等，蜂拥而上，驰往卧室。

先是，舟中接得无线电一，系致爱丽丝者。船主乃遣一水手，将电信送往爱丽丝卧室。

水手奔至室外，正欲启门而入，忽闻室中有人操德语，笑谈甚欢，心乃大诧，遂止步不入，伏于户外窃听。

但闻一人云："炸弹已发，此舟乃尚未沉没何耶？"

一人云："大抵因炸弹过小，力不足以毁此舟耳。然而麦凯与爱丽丝，此时当饱鱼虾之腹矣。"言已，拊掌大笑。

水手闻言，恍然大悟，知两人均系德国之间谍，乃猛推其户，奋跃而入。

时二人在室中，倾箱倒箧，若有所觅，见水手突入，瞠目大骇。水手立出手枪拟二人，二人高举其臂，慴伏不敢动。

会有他水手自室外驰过，见而奔入，闻两人乃德间谍之谋毁船者，急驰往报告船主及爱丽丝。爱丽丝等闻报，蜂拥归卧室，见捕获之二人，果系谋毁此船之要犯。

爱丽丝向之盘诘，始知二人之名，为考脱及奇尔盟，奉间谍队队长之命，来此杀爱丽丝及麦凯者。甲板之刃、货舱之炸弹，均系二人所为，直认不讳。

爱丽丝乃以二人付之船主，令分别监禁，俟船抵法境后，付之法庭，治以应得之罪。船主唯唯。

水手出无线电信，付之爱丽丝，乃以巨索絷德探曳之，随船主而出。

众人既去，室中惟爱丽丝及麦凯在，爱丽丝出无线电信阅之，乃发自队长范克司者，急拆而阅之。其辞曰：

爱丽丝女士鉴：

君等抵巴黎后，可暂寓于赫震路霍斯班旅馆之六十二号及六十三号，万勿他往！余不日来法，一切俟晤后面谈，至嘱至嘱！

范克司上

爱丽丝阅已，以示麦凯，麦凯曰："密司之意何如？"

爱丽丝曰："余观范克司之为人，踪迹诡异，颇有可疑。然彼为侦缉队队长，我侪自当听其指挥，待其来法之后，再定行止可也。"

麦凯颔之，已而复作诚恳之状，顾谓爱丽丝曰："余今乃知密司之心矣。密司之视余，恩若家人，情同骨肉，余何曹曹，乃时与密司反对，不智甚矣。噫！我爱，汝亦能恕余之前愆耶？"

爱丽丝嘻曰："我爱！余名爱丽丝，奈何以一'爱'字呼余？虽然，君若乐之者，余意亦无不可。世之以'我爱'呼余者，君其第一人矣。"

麦凯大喜，爱丽丝复曰："君今尚思饮酒否？"

麦凯摇首曰："否。后此非得密司之许可，更不以一滴沾唇。"

爱丽丝鼓掌笑曰："余与君力战于酒阵之中，今乃凯旋矣。"言已，即曳麦凯之臂，并坐榻上，喁喁清谈，愉快无艺。

不料有漏网之德探名意鲁者，乘两人情话之时，掩入室中，两人适背门而坐，未之见也。

意鲁伏地蛇行，潜至爱丽丝背后，高举手枪之柄，欲力击爱丽丝之颅。枪若下者，颅且立碎。

爱丽丝情话缠绵，快乐逾恒，万不料祸生肘腋，而干戈乃起于咫尺之间也。

第十章

麦凯与爱丽丝并坐之处，适与一衣镜相对，麦凯偶仰视镜中，忽见爱丽丝身后，有一面目狰狞之男子，高举手枪，欲肆袭击，心乃大骇，一时不及格拒，乃猛推爱丽丝之肩，爱丽丝出不意，斜仆榻上。德探意鲁之一击，因是遂未能命中。

麦凯乘势跃起，力击意鲁之腕，意鲁负痛，枪乃坠地。麦凯复飞一足起，中意鲁之胸，意鲁颠仆数尺外，自知不敌，跃起欲逸。麦凯急拾得地上之手枪，向之开放，轰然一声，意鲁乃仆地而死。

越五日，舟抵法都巴黎。

麦凯与爱丽丝登岸后，即如范克司所嘱，驰往赫震路之霍斯班旅馆，既至，由一侍者导之往卧室。侍者年四十许，躯干肥硕，跛一足，貌极狡狯。

当时麦凯居六十二号，而爱丽丝则往六十三号。爱丽丝跨入室中，忽见室中先有一男子在，其人卓立室中，睨爱丽丝而笑。

爱丽丝谛视之，心乃大诧，不觉失声呼曰："范克司！"

范克司徐步而前，与爱丽丝握手，欣然曰："密司能安然抵此，余心殊慰。虽然，密司此去，危险实甚，偶一不慎，即足致杀身之祸。余之来法，实欲劝密司勿往，不识密司之意为何如？"

爱丽丝摇首曰:"余愿以身报国,险阻艰难,均非所计,君幸勿阻余!"

范克司作诚恳之状曰:"余深爱密司,不愿密司以国事故,身蹈危机。密司幸鉴余诚,勿往为妙。"

爱丽丝心鄙其言,怫然曰:"君身为侦探队队长,胡得怯懦乃尔?余虽一弱女子,天职所在,决不敢规避,君言殊非余所愿闻。"

范克司怏怏曰:"密司既不听余言,余亦无所为计。行矣爱丽丝,今晚七时,余当以汽车送密司往,勉之慎之。"

爱丽丝默然,范克司复抚爱丽丝之肩,柔声曰:"余当竭余之力,以护密司。我爱,汝亦知余心之爱汝乎?"

爱丽丝正色曰:"余名爱丽丝,请勿以'我爱'呼余!须知君殊无此权力也。"

范克司愕眙良久,黯然曰:"然则舍余以外,亦有挟此权力者乎?"

爱丽丝嗔曰:"此则与君何涉?君乌得以此语诘余。"

范克司大惭,垂首丧气,启户而出,忽见跛足之侍者,植立门外,若有所窥。

侍者见范克司出,急以巾拭户,神色仓皇,状极诡秘,范克司大疑。侍者局促不宁,逡巡引去。

范克司躞蹀室外,沉思片刻,乃匿身于甬道中之凹入处,探首外窥。少顷,遥见麦凯自六十二号出,叩爱丽丝卧室之门,低声曰:"我爱,汝能许余入此室否?"顷之,室门徐辟,麦凯欣然入,户乃复阖。

范克司此时,始恍然大悟,知爱丽丝一寸芳心,已属意于麦凯,无怪其对待他人,落落若此。情场失意,凄切难堪,范克司此时，不自知其伊郁妒忿之深也。

法德两国之交界处，有克乐克村者，自经兵燹，已成荒土，馥垣断瓷，触目皆是，人迹稀鲜，寂若墟墓。村中有古屋一所，乃未为炮火所击毁，似鲁殿灵光，巍然独存。屋中主人，均以避难他徙，于是有德国间谍一小队，盘踞其中。

德人固以暴残著称，而此辈野蛮之间谍，尤为灭绝人道之恶魔，其惨厉残酷，实有出于吾人意想之外者。若辈占据此屋之后，即于室内掘大池一，池中满储镪水，下筑土灶，引火燃之，将池中镪水，煮至沸度。司其事者，为一头童齿豁之老妪。

毒烟蒸腾，迷漫室中，党人捕得协约国人民，即挟至此室，投之镪水池中。其人入水后，发肤骨肉，立即销化，但余油质一种，上浮水面，党人即以此油制为肥皂，运往国外销售。其灭绝人道，一至于此，世人闻之，靡不为之发指。

若辈羽党颇多，散处法境，霍斯班旅馆之跛侍者，即其一也。爱丽丝等抵法之日，跛侍者隔户窥探，举凡爱丽丝与范克司之言，乃一一尽为所闻。

是日午后，跛侍者即驰往古屋之机关部，入谒其党之党魁。

党魁出见，侍者以爱丽丝之秘密，详述一过，欣然曰："今晚八时前，君即可设法获之，投之池中，熔为油质，亦可制成无数之肥皂矣。"

党魁颔之曰："余自当设法逮捕，决不令若辈兔脱。"

此时专司燃煮镪水之老妪，乃自内室蹒跚而出，闻侍者之言，喜极作狯笑，乃出金表、金约指等物，以示两人曰："此乃英国人毛登之遗物。彼之躯干肥硕，油质甚多，可制肥皂不少。今如君等所言，又有二美利坚人，入吾党之牢笼，肥皂原料，可无匮乏之虞，余心之愉快甚矣。"言已欣然自去。

侍者将行，复顾谓党魁曰："余顷接密电，F第九号，当于今晚抵巴黎。此人余从未谋面，但知为驻美间谍队第一队队员，今以大秘密之故，被遣来法，将与驻法机关部，有所接协。余若见之者，当令其来此谒君，请君妥为接待。"

党魁颔之，侍者乃告辞而归。

是晚七时，麦凯与爱丽丝晚餐毕，即相偕而出，乘车赴德法之边界。

两人既行，即有一人匆匆入，报告范克司曰："麦凯与爱丽丝，不听君言，另易一汽车而去。察其状，似有疑于君，殊可危也。"

范克司颔之，其人倏然去。范克司踟蹰甬道中，蹙额俯首，沉思甚苦，如是者久之，乃退入卧室。

F第九号，今乃至霍斯班旅馆矣。跛侍者导之入二十七号室。

行装既卸，九号微睨跛侍者，以手套连拂其左臂者三，若拭其衣上之尘垢然。侍者见之，知此乃党人初遇之暗号，因亦如式为之。九号大喜，知侍者亦属同党，乃与之握手。

侍者低声曰："君即F字第九号耶？"

九号颔之曰："然。"乃自囊中出徽章示之。

侍者急趋至门侧，启门四顾，见门外阒无人在，乃复闭门而入，顾谓九号曰："余盼君久矣，君能来此甚善。现有美国女侦探名爱丽丝者，以今晨来法，寓居于此。同来者为一美国男子，名曰麦凯，君知其人乎？"

九号曰："知之。余之来法，即为此两人之故。若辈深知我国之大秘密，欲谋不利于我国，诚能获而杀之，我国之福也。"

侍者欣然曰："然则君可勿虑，彼二人者，已为我党所捕获，今囚之于克乐克村古屋之中，今夜夜半，即当以化学法杀之，俾为制造之原料。此中详情，君当早已知之，无待余之赘述矣。"

九号闻言大喜曰："如君所言，裨益我国不浅。此间办事灵敏，深可钦佩，不愧为德意志帝国之间谍矣。"

侍者曰："君之来此，余已为我党首领言之，明晨君若有暇，可往见我党首领，必能详知两人之死状矣。"

九号颔之，侍者乃告辞而出。

当 F 第九号抵旅馆时，范克司立即探悉，迨侍者与九号在室中密谈，范克司伏居隔室，贴耳于壁，尽闻其语。

已而侍者他去，范克司沉思良久，忽得一策，乃亦自隔室启门出，趋至二十七号之外，徐启其户，缓步而入。

其时 F 第九号方独坐室中，伏案治事，骤见范克司入，骇而跃起。

范克司植立微笑，以一手撑其独目之镜，欣然曰："F 第九号，别后无恙耶？来何迟也？"

九号闻言益骇，急以指抵口，戒令勿声。范克司徐步而前，似欲与九号握手，九号急离座趋出，不料范克司乘其未备，突挥拳击其面，九号立晕，颓然仆地。

范克司搜其囊中，觅得 F 第九号徽章一枚，心乃大喜，即藏之囊中，匆匆而出。

第十一章

爱丽丝与麦凯偕出，驱车赴德法之交界处，驰数十里，抵克乐克村，车忽戛然止，司机者一跃而下，启车左之户，肃两人下车。

两人误以为已至，相率跃下，不意司机者突取手枪出，以拟两人之胸，狞笑曰："君等乃为我属所虏矣。毋妄动！速举尔臂！非然者，余枪发矣。"

麦凯与爱丽丝皆大骇，始知司机者亦属德人之羽党，相顾失色，慑伏不敢动。

时则道傍败屋之后，本伏有党人六七名，遥见司机者扬臂相招，遂相继跃出，蜂拥而至。麦凯乘司机者回首他顾，力击其腕，司机者出不意，手中之枪立坠。麦凯乘势拳其胸，司机者仰仆。爱丽丝见之，急飞奔而逸。

会党人迎面驰至，纷起拦阻，爱丽丝身手矫捷，力敌党人，拳足兼施，锐不可当，党人虽众，无能近之者。

已而麦凯驰至，挺身与党人斗，挥爱丽丝速遁，爱丽丝乃突围出，疾驰逸去。

麦凯素骁勇，又工技击，党人与斗，咸非其敌，仆地者相继。然而屡仆屡起，围攻不退，相持久之，麦凯寡不敌众，卒为党人所执。

其时爱丽丝逸去未远，党人各出手枪，飞步追之，比稍近，以手枪拟爱丽丝，爱丽丝不敢复动。

党人乃驱两人入古屋，献之党魁。党魁大喜，命将两人分别拘禁，又饬人召老妪至，戒之曰："顷听云之美国人两名，已为我党所捕，今夜夜半，将投之于镪水池中，汝其速为之备。"老妪唯唯，欢跃而去。

范克司自旅馆中出，雇一汽车乘之，命司机者开足汽机，疾驰往克乐克村。

既至，停车于古屋之前，范克司自车中跃出，徐步入内。行近门侧，突有一党人自暗中跃出，以手枪拟范克司，叱问何人。范克司自囊中取徽章出，以示党人。党人阅已，始不复拦阻，范克司乃昂然直入。

至会客厅之前，时党魁与其部下，正在厅上会议，瞥见范克司入，相顾愕眙，党魁立出手枪指范克司。

范克司从容不迫，以一手按其独目之镜，微笑曰："有不速之客一人来，君等以手枪相飨，殊非接待嘉宾之礼？噫！跛侍者之言，君等岂忘之耶？"

党魁悟曰："然则君乃 F 第九号矣。徽章何在，能示余否？"

范克司颔之，即出徽章示党魁。党魁阅已，始纳手枪于囊中，与范克司握手，深致其欢迎之意。

范克司曰："余闻跛侍者言，麦凯与爱丽丝，已为君等所捕。此语确耶？"

党魁欣然曰："确也。"

范克司誉之曰："君等手段敏捷，实所钦佩。然爱丽丝颇狡狯，囚之室中，不虞其逸出耶？"

党魁曰：“此则君可无虑。我侪防守綦严，若辈断难逸出。”

范克司曰：“如此良佳。然余欲一见麦凯，以美国之秘密询之，不识君能许余否？”

党魁诺之，乃命党人导之登楼，往麦凯所囚之室。既至，党人以钥启门，令范克司入内，然后仍闭户键之。

范克司入室，麦凯见之大诧，几欲失声而呼。范克司急摇首止之，低声曰：“君等不听余言，以致陷身虎口，深为可叹。今君等旦暮之间，即有性命之虞，余故躬冒危险，来此救护。君等幸鉴余诚，勿复有所疑虑！”

麦凯闻言喜曰：“承君救援，安敢相疑？然爱丽丝亦为若辈所捕，君宜先往救之，次及于余可也。”

范克司摇首曰：“不然。爱丽丝自能脱险，无需我侪之救助，君可勿念。惟外间党人甚多，余与君若相偕并出，必为党人所拦阻，转恐被若辈识破，以致偾事。余意我两人之中，当以一人先出，乞援于警署，一人则留此以待，较为妥善。”

麦凯曰：“然则君宜速出，召警察来此。余则仍留此间静待君等之至。”

范克司毅然曰：“不可！余意君宜与余易服，改装而出。余则留此稍待，以欺党人之耳目。”

麦凯愕然曰：“出外者安，留此者危。君舍其安而就其危，于意何居？”

范克司慨然曰：“今世之知大秘密者，惟君一人，君之安危，关于国家者甚巨，故君之身价，远匪余所能及。若余，则为一情场失意之人，人世乐趣，丧失殆尽，生死祸福，早置度外，即不幸而为党人所杀，亦复等于鸿毛，无足重轻，与君相较，显有区别。君为国家故，幸听余言，切勿推诿。”

麦凯闻言，心乃大感，默念："范克司以救人故，不惜自冒杀身之祸，虽古之侠烈丈夫，何以过兹？爱丽丝前此，乃疑其暗通敌人，宁非大误？"

此时范克司以将外衣及冠履脱下，迫令麦凯更换，麦凯再三推却，范克司执不许。麦凯不得已，乃解衣与范克司互易。易已，范克司见麦凯面部，较己略瘠，乃令将外衣之高领耸起，一似夜凉露重，寒冻不胜者。更以其独目之镜，系之麦凯之胸前，麦凯试以一手撑镜，作范克司之状，颇为酷肖。范克司见之，亦复破颜自笑。

麦凯将去，趋与范克司握手，感极几泣。范克司黯然曰："君速去速来，万一稍迟，恐余将不克见君面矣。"

麦凯额之，乃启门而出。党人见麦凯，误以为范克司也，仍将室门键闭，与麦凯下楼。

麦凯至会客厅外，目不他顾，昂然径出。党魁望见之，呼而问曰："君所事已告竣耶？今欲何往，胡为匆匆乃尔？"

麦凯侧立答曰："余有一要事，急欲往瑞士国也。"言已，略一鞠躬，即疾趋而出。

爱丽丝被幽于内室之中，自知处境至危，急欲设法逸出，乃以帽上之针，曲为百合钥之状，潜启其键门之锁。

勾抵良久，锁忽砉然而开，爱丽丝大喜，乃启门逸出，蹑足行甬道中，摸索而前，直达会客厅之后，闻厅上有人声，乃伏而窃听。

时党魁与其部下，正聚而议论。

一人问党魁曰："若辈就捕后，胡不投之池中，乃必待至半夜何也？"

党魁斥之曰："蠢哉汝也！凡欲制造一物，均有一定之手续，我侪必预备妥贴后，方可将两人投入；否则徒杀二人，一无所用，则肥皂之原料缺矣。”

正议论间，忽老妪入白，云制造肥皂之布置，均已完备。

党魁颔之，乃顾谓党徒曰：“今我侪可先将彼男子麦凯，执行死刑。我侪先以枪杀之，然后投之池中，较为妥善。”

众唯唯，遂蜂拥出室，登楼而去。

爱丽丝俟党人出，即推门入会客厅，默念麦凯将为党人所杀害，不可不驰往救之，然自顾手无寸铁，徒搏而往，决不能与党中人斗，踌躇无策，焦急欲死，遍搜室中，意欲觅一自卫之器械，嗣忽于写字台抽屉之内，觅得木制之烟管一具，厥状与手枪相似。爱丽丝大喜，乃将烟管颠倒握之，飞步上楼，至麦凯被幽之室，推门直入。

其时党人咸在室中，环范克司而立，以枪抵其背，欲胁令将协约军之秘密供出。

不料爱丽丝突入，以烟管拟党人，厉声曰：“速举尔臂！不然，余枪发，尔等无噍类矣。”党人相顾骇然，急高举两臂，不敢与抗。

爱丽丝见室隅粉壁之上，装有机括一具，乃移步至室隅，欲将壁上机括扳动。党魁乘爱丽丝他顾时，突自囊中取手枪出，出其不意，向之开放，枪弹倏然出。

范克司在傍，见而大骇，一时不及救护，乃距跃而前，以身蔽爱丽丝。

枪弹飞至，适中范克司之胸，范克司痛极大嗥，立时仆地。即在此一刹那间，爱丽丝已将机关扳动，但闻訇然一声，党人所立之楼板，突然下陷。

楼下适为锱水之池，党人悉坠入池中，无一免者。一时泡沫四射，毒烟纷起，诸党人乃尽化为肥皂之原料，浮涌水面。

天道好还，作法自毙，是亦大足令人快心者矣。

党人既毙，爱丽丝以为受伤卧地者，必为麦凯无疑，乃跪地扶之起，柔声呼曰："麦凯麦凯，君伤势何如？"语未毕，忽睹范克司之面，诧怪莫名，失声呼曰："范克司，君何为在此？噫！麦凯何在，君见之乎？"

此时范神志颇清，即将冒险入窟与麦凯易衣之详情，略述一过。

爱丽丝闻言，感极泣下，挥涕曰："君何以甘冒危险，出我两人于死地？"

范克司曰："余心挚爱一人，而其人乃拒余若浼，余心碎矣。余虽生斯世，实已不复有生人之乐趣，转不如一瞑不视，或足令拒余者生哀愍之心。此余所以舍生冒死而不顾也。"言已，复昏然晕绝。

爱丽丝闻言，明知范克司以情场失意，遽尔轻生。"我虽不杀伯仁，伯仁由我而死。"设想至此，芳心如割，珠泪纷下，凄怆欲绝。

爱丽丝正悲思间，不料楼下专司燃烧镪水之老妪，持枪登楼，蹑足至户外，以枪拟爱丽丝，突肆袭击。砰然一声，枪弹自爱丽丝身旁飞过，幸未命中。

爱丽丝骇而跃起，老妪持枪入室，复向之开放。爱丽丝正危急间，而麦凯率警察至矣。

第十二章

警察既入，立夺老妪之枪，执而梏之。

麦凯见范克司受伤，深为悲叹，差幸爱丽丝无恙，心乃稍慰。爱丽丝请于警察，欲将范克司舁往医院求治。

警察诺之，趋至范之身畔，谛视之，忽失声呼曰："范君死矣。"

麦凯与爱丽丝闻呼，咸骇极失色，俯视范克司，果已瞑目气绝，舍此五浊世界而长逝矣。爱丽丝伏尸痛哭，泣下如雨；麦凯在傍，亦扼腕长叹，悲不自胜。

已而爱丽丝泣稍止，欲为范克司捭挡凶事，警察止之曰："范君既为美国之侦探长，即系协约军之在职人员，今为德人所戕，无殊临阵捐躯，宜以军礼营葬，以昭激劝，亦使范君身后之荣誉，得以不泯。密司以为何如？"

爱丽丝颔之，麦凯乃与警察偕出。爱丽丝出最后，临行执范克司之手，吻以樱唇，俯俯哀感，徘徊不忍去，顾盼数四，始拭泪而出。

当爱丽丝等在室中时，有一漏网之党人，伏于户外窃听，室中所语，乃一一闻之。迨爱丽丝等相率去，党人遂闪入室中，发一电话，致霍斯班旅馆之跛侍者。

其时跛侍者在旅馆中，中心悬悬，正欲以电话致机关部，询问党中之情形，忽闻电话铃声大鸣，以为麦凯等之死耗至矣，急取听筒听之，忽闻党人云："范克司死，麦凯与爱丽丝逸。我党全体，均为所杀，惟余一人得幸免耳。今麦凯及爱丽丝，将归旅馆，刻已在途中。今夜夜半，君宜遵预定之计划，黾勉从事，万一依然失败，明日自有墨西尔将军之代理人，设法图之，君可勿虑也。"

跛侍者闻言，大骇失色，欲询以党中失败之详情，电话已戛然而止，不能复通。

侍者自电话室出，则麦凯与爱丽丝，已相偕而返，始知党人所言，诚非虚语，决计俟夜深人静后，徐图复仇之策。沉思久之，乃趋往六十七号室，启门而入。

更漏既沉，万籁俱寂，爱丽丝独处卧室，卸装欲睡，偶一回首，忽睹梳妆台上之照框，框以白金制之，作卵圆之形，花纹工细，其中所镶，乃为麦凯之小影，英姿爽发，栩栩欲活。

爱丽丝伏案执之，凝视良久，一寸芳心，忽念及舍生取义之范克司，沉思既深，目中忽现幻象，恍惚手中所执之小影，一变而为范克司之像，又见范克司在小影之中，点头微笑，唇吻阖张，一似欲与他人接谈者，神情态度，与曩日所见无异。

爱丽丝神魂迷茫，几欲失声而呼，凝眸谛视之，则一刹那间，框中复变为麦凯之影，复其原状矣。

爱丽丝置框于案，方寸如割，掩面饮泣，泪珠乃续续而下。泣久之，悲始稍杀，喟然微叹，离座而起，意欲息灯就寝，忽闻门外窸窣有声，初亦不以为意，已而忽见门钮之轴，转动不已，心乃大诧，急搣电灯机括闭之，屏息伏暗中，凝神注视。

少顷，户徐徐而辟，倏有一人侧身掩入，手握小匕首一柄，刃光闪烁，状甚锋利。其人摸索而前，张目四顾，如有所觅。

爱丽丝细视之，盖即日间所见之跛足侍者也。此时侍者亦见爱丽丝，乃蹑足而前，高举其刃，欲肆袭击。爱丽丝手无寸铁，不能格斗，乃拉得案上一花瓶，向之掷击。侍者急闪，未为所中，花瓶坠地，锵然而碎。

侍者闻声惊顾，爱丽丝乘此间隙，距跃而前，陡飞一足起，中侍者之腕，侍者负痛，刀乃脱手而飞。侍者既失刀，爱丽丝遂无所惧，奋勇直前，徒手与侍者搏。

猛斗久之，爱丽丝将侍者击倒，不意侍者力大，扭爱丽丝之衣，卧地曳之，爱丽丝亦仆，两人遂就地上扭殴。

相持不下，盘旋良久，侍者忽见地上之利刃，在一二尺以外，意欲伸手取之。爱丽丝大骇，明知此刃若为侍者所得，己必无幸，亦欲将此刃攫得，藉以自卫。两人互相牵制，匕首终不能得。

斗久之，爱丽丝力渐不支，匕首卒入侍者之手。侍者高举其刃，将揕爱丽丝之胸，爱丽丝力扼其腕，刃不能下。然而侍者膂力较大，爱丽丝舍命撑拒，终觉不敌，霜刃渐下，距爱丽丝之胸，不过数寸，爱丽丝震怖亡魂，自分必死。

正危急间，突有一健丈夫自室外跃入，其人御黑呢之外褂，戴黑色软帽，外褂之领，高可六七寸，面目尽为所蔽，不复能辨。其人既入室，立出手枪击侍者，砰然一声，侍者立毙，蒙面人乃倏然而去。

迨爱丽丝自地上跃起，见侍者僵毙于地，室中阒无人在，不识开枪救之者，乃为何人，心甚诧怪。正沉思间，而麦凯已排闼而入矣。

当爱丽丝与侍者夺匕首时，正麦凯与 F 第九号夺枪之时也。

先是，F 九号为范克司所击，将徽章夺去。九号既苏，立召跛侍者至，以其事语之。侍者疑系麦凯所为，乃与九号密约，定于是夜夜半，入爱丽丝卧室行刺。

钟鸣二时，侍者度麦凯与爱丽丝，必已熟睡，乃与九号同出。九号持手枪一，侍者则执一锋利无匹之匕首，两人蹑足至爱丽丝卧室之外。

侍者自告奋勇，愿入室行刺，请九号在外守视，以防麦凯来救。九号诺之，侍者乃潜入爱丽丝卧室，不意爱丽丝尚未就寝，遂相奋斗。

麦凯之卧室，与爱丽丝仅一板隔。当时麦凯已寝，忽闻隔室有哄斗声甚厉，心乃骇然，急一跃下床，启户出视。

不料 F 九号伏于暗中，突然跃出，以手枪拟麦凯之胸，厉声曰："勿动！动则杀汝。"

麦凯高举两臂，佯为惊皇之状，乘九号之不防，突然跃出，力击其手，枪乃铿然坠地。九号大惊，急徒手与麦凯搏。

两人奋斗久之，同仆于地，九号攫得地上之手枪，欲向麦凯开放。正危急间，蒙面人由爱丽丝室中跃出，开枪击九号，枪弹适中其胸。九号大嗥一声，立时气绝而死。

即在此一刹那间，蒙面者乃倏然逸去，不知所往。

麦凯既脱险，急奔入爱丽丝卧室，见爱丽丝安然无恙，心乃大慰。

爱丽丝趋至麦凯之前，握其手谢之曰："非君相救，余其殆矣。"

麦凯讶曰："余未尝救密司，密司之言，余殊不解。"

爱丽丝亦诧曰："顷余危急时，突有一人跃入室中，以枪杀贼，脱余于厄，余始以为君耳。"

麦凯益诧曰："其人亦复救余，余正深疑讶，由今言之，即救密司于人也。然而此人为谁，何以于暗中救我两人，殊觉令人费解。"

爱丽丝曰："此人殆为一侠士，故不肯以真面目示人。我侪此行，得其暗中保护，前途当可无虑矣。"

麦凯亦以为然，乃往招警察及旅馆主人至，以详情告之，令将尸身移去。

扰攘终夜，未得安眠，麦凯与爱丽丝，未尝不怪德人之恶作剧也。

爱丽丝等抵法之夕，有法国副将墨西尔者，为德国间谍所暗杀。

是日薄暮，墨西尔自司令部出，归其私宅。

墨西尔居拉贡路之十八号，家中尚无妻子，惟与一爱仆名尤利者同处。尤利知墨西尔是晚必告假归私宅，欲俟主人归后，乘夜回家一行，乃私入主人之卧室，觅得领结多种，欲潜取一最时式者，御之以归，不意墨西尔适返，步入卧室。

尤利见主人至，恐遭呵斥，急藏领结于身后，讵知早为墨西尔所见，墨诘之曰："汝手中所持者何物？速以示余！"

尤利不得已，乃以领结呈之主人，墨笑曰："汝今晚欲归家耶？"因取一白色之领结付之曰："今晚若出外，当以御此白色者为佳。"尤利恶然，唯唯而出。

墨西尔进晚餐后，略治私事，即解衣就寝。

第十三章

墨西尔将军，今乃入恶梦之中矣。

盖德国驻法之间谍中，有暴徒名马修者，其状貌态度，与墨西尔将军酷肖，党人利用之，忽生一诡计，探得墨西尔是晚，告假回家，独处私宅，乃遣马修逾垣而入，以百合钥启卧室之门，闯入室中。

墨西尔在榻上，闻启门声，骇而跃起，瞥见一人缓步入室，含笑鞠躬，状甚闲暇，其人面目举止，与己逼肖，心甚诧怪，乃厉声叱之曰："汝为何人？黉夜入余室，意果何居？"

马修笑曰："余乃墨西尔将军之代理人也。余因自知状貌态度，与君无异，爰特来此拜谒，并以一事要求于君。不识君能见允否？"

墨西尔正色曰："余与汝素不相识，有何要求之足言？虽然，汝试言之，所欲要求者何事？"

马修曰："此事以余言之，亦属易易。盖余意欲与君易地以处，请君伏匿家中，不得出外，君之职权，由余代理数日，一俟余事告竣，即当归还。余之要求，如是而已。"

墨西尔闻言，勃然大怒，斥之曰："余之职权，乃系国家所付托，讵可私相授受？余断不汝允，汝勿妄想！今汝当速离此室，毋得多言！"

马修闻言亦怒，突自囊中取手枪出，以拟墨西尔之胸，厉声曰："余既入，不可出矣。君若智者，宜速允余请；苟违余命，余枪发，君颅碎矣。"

墨西尔曰："汝欲以枪胁余耶？余为法兰西军人，死所不惧也。且余知汝必不敢击余，汝枪若发，我家人闻声毕集，汝其殆矣。"

马修嗤之曰："君勿以此骇余。余知君之家人，仅一尤利，然尤利亦已他出，故此屋之中，惟余与君两人而已。"

墨西尔闻言骇然，嗣乃顿足大怒曰："恶徒，汝勿以死胁余！无论如何，此无理之要求，余决不能允！汝欲杀余者，速开汝枪，余若畏死者，匪丈夫也。"言已，挺身而立，静待枪弹之至。

马修亦怒，举枪欲击，然其心亦未尝不爱墨西尔之勇，枪举而欲发者再，卒不忍发，乃柔声顾墨西尔曰："君何固执乃尔？以职权与生命较，孰轻孰重？须知人死之后，不可复生，君其三思之。"

墨西尔忿然曰："欲击则击，喋喋为何？余第知以身报国，生死利害，均非所计，无劳汝越俎代谋。"

马修黯然曰："余本不欲杀君，今君固执若是，余为祖国故，不能不杀君矣。"言已，以左手掩面，突发一枪，枪弹飞出，适中墨西尔前胸。

墨西尔举臂仰嗥，立仆于地，嗣复支地起坐，戟指骂曰："狗……恶奴……余身虽死，余灵不昧，行见汝国之灭亡耳。"言已，颓然仆地，气绝而死。

墨西尔慷慨殉职，虽以残暴不仁之德间谍见之，亦复为之惨然。

马修略一踌躇,即趋往户外,招其同党入内,将墨西尔之尸身,舁入内室之榻上。

马修取副将之制服衣之,将墨西尔之小影,细视一过,然后对镜化装,凡面目间稍有不类之处,悉加修改。化装既竣,对镜自照,固俨然一墨西尔副将矣。时天已黎明,乃匆匆而出。

麦凯前在巴黎时,曾与墨西尔副将有一面识,此次来法,墨西尔知之,即遣人邀麦凯及爱丽丝,请于翌日上午,至司令部一叙。麦凯诺之,诘旦,遂与爱丽丝驱车偕往。

将近司令部,忽有一军士跨机器自由车,飞驰而至。比稍近,呼汽车停止,鞠躬问曰:"车中其麦君及爱丽丝女士乎?"

麦凯应之曰:"然。"

军士乃自怀中出公函一封,呈之车中。

麦凯接阅之,则发自副将墨西尔者。拆阅之,其辞略云:

麦凯君、爱丽丝女士同鉴:

司令部之约,仆因有他事,不克恭候为歉。今有一秘密军情,欲与君等畅谈,见函务乞速临拉贡路十八号敝寓一谈,无任盼祷。

墨西尔上

麦凯阅已,以示爱丽丝,爱丽丝曰:"君意如何?"

麦凯曰:"彼云有秘密军情,欲与我侪商,或与我侪之事,亦有关系。余意即往其私宅一谈,亦无不可。"

爱丽丝颔之,乃命司机者将车旋转,疾驰向拉贡路而去。

马修杀墨西尔将军后,即盘踞于将军之私宅。

翌日，将军之仆尤利归，马修恐被识破，托故辞之去，别招一女党员至，饰为女佣之状，充守户及司炊之役。

布置既竟，即往司令部，冒为将军之名，仿其笔迹，捏造一函，饷司令部军士，投之麦凯。

事已，复驰归私宅，发一电话，致德人所设之疯人院，略谓："麦凯及爱丽丝，已中余计，今日必来余家，速遣强有力之警士来，指若辈为疯人，絷之以去，则我党之事毕矣。"

疯人院院长康顿，亦属德国之间谍，闻言喜甚，允立遣警士以病车来捕。

马修大乐，乃蹀躞室中，静待麦凯与爱丽丝之入网。

半句钟后，麦凯与爱丽丝，乃为墨西尔家之座上客矣。

马修于两人之至，接待甚恭，寒暄数语，壁上时计，已报十二时。

马修肃两人入餐室，同进午餐。爱丽丝据中座，麦凯与马修，则分坐其左右。饰馔既呈，觥匕并举，麦凯与爱丽丝，初不知座上之墨西尔将军，乃为膺鼎也，欣然畅谈，笑语甚欢。

马修深恐被两人所识破，忐忑不宁，虽佯为镇静之态度，谈笑自若，然而局促之状，终不能自掩，有时凝眸深思，眉宇之间，凶光斗露。爱丽丝与之语，往往答非所问。

爱丽丝大讶，诘之曰："君意岂有所不快耶？何思之深也？"

马修亟辩曰："无之。密司驾临，蓬荜生辉，余喜之不暇，安得更有不快？"

爱丽丝亦遂置之，不以为意。

少顷，马修故态复作，麦凯见之亦大疑，猝然问曰："墨君，君其病耶？何为邑邑乃尔？"

马修大窘，强笑曰："非也。近日国事鞅掌，余连夕失眠，致精神稍觉困乏耳。"

正谈论间，室门忽砰然辟，突有警察四人，接踵而入，排立室中，静待马修之指挥。

麦凯与爱丽丝见而骇然，掷杯跃起，愕眙相视，莫明其故。

马修徐徐起立，指麦凯等顾警察曰："余所言者，即此两人，君等可执尔之以去。"警察奉命，遂一拥而前，执两人之臂。

爱丽丝大怒，厉声诘马修曰："我两人初未开罪于君，乃以警察捕我，此何意也？"

马修笑曰："无他。密司安然随警察去，自能知之。"

爱丽丝见马修蛮横无理，勃然大怒，突将两手挣脱，欲出室而逸。马修与警察，纷起拦阻之，爱丽丝遂与警察猛搏。麦凯见之，亦跃起相助，一时室中大乱。

两人矫健异常，警察咸匪其敌，多被击倒，然屡仆屡起，围攻不退。

奋斗良久，爱丽丝退至窗前，以肘破窗，纵身跃出，不料窗外苍苔泞滑，失足踬地，警察追出，遂为所执。其时麦凯在室中，亦以寡不敌众，为马修等所捕。

众乃曳两人出，推入病车之中。警察纷纷上车，飞驰而去。马修遥望病车去远，始欣然而入。

当马修等曳两人出，纳之车中时，屋傍森林之中，伏有一蒙面之伟丈夫，探首遥望，尽窥其事。其人握手枪，趦趄林中，跃跃欲试，似欲奔出救麦凯等者。

已而偶一转念，忽伏而不出，迨病车已去，马修亦入，其人忽自林中跃出，矗然植立，以一手脱其蒙面之软帽。

软帽既去，面貌毕露。噫！奇哉怪哉！翳何人？翳何人？盖即舍身取义之美国侦探队队长范克司也。

第十四章

马修将爱丽丝等捕入疯人院，自诩为大功已成，昂然入室，乐乃无艺。

会疯人院院长康顿博士，以电话来询，马修具告之，谓："麦凯及爱丽丝，均已就捕，今尚在途中，一刻钟后，当可抵院。自兹以往，我国之大秘密，可无虞泄漏，战事有胜利之望，国家之福也。惟两人到院后，务请妥为囚禁，严密监视，毋令乘隙逸去，是为至要。"博士唯唯。

马修意殊自得，立招女佣人，谕之曰："今有我间谍队队员三人，新自祖国来法，今日当莅此宴饮，汝可将餐室中之残肴撤去，别具盛馔，以款嘉宾，藉为三人洗尘。"

女佣诺而出，马修独处室中，仰视承尘，若有所思。

正沉吟间，范克司忽自屏后出，仍以软帽蔽其面，出手枪握之，蹑足至马修之背后，以手枪抵其背，低声曰："墨西尔将军，余今乃获汝矣。汝若智者，幸勿蠢动；动则余枪发，洞汝背矣。"

马修闻声跃起，回顾见之，大骇失色，不得已乃高举两臂，却立不敢动。

范克司曰："汝所为者，余已一一探悉。伤哉！墨西尔将军，乃为汝鼠辈所害，深为可愍。汝自恃面貌态度，与将军酷肖，乃欲借名以欺人。虽然，他人可欺，余不可欺也。今余当为墨西尔将军复仇，汝其慎游！"

范克司言已，欲觅绳索一，执马修而絷之，不意马修所邀之同党三人，适于其时驰至，推门而入，瞥见马修将为他人所拘，相顾骇然，乃一拥而前，围攻范克司。

范克司仓猝应敌，心慌手乱，偶一不慎，手枪为党人所击坠。于是马修亦攘臂而进，扭范克司殴之。范克司力敌四人，渐不能支，奋斗片刻，卒为党人所捕获。

马修去其软帽及高领，谛视之，绝不相识，乃顾谓诸党徒曰："此人深知我党之秘密，务须杀之以灭口，免遗后患。"

党人密议久之，劝马修暂勿杀害。马修诺之，乃取长绳一，缚范克司之手足，舁之至一小室之内。室中陈设简陋，仅板榻及圆桌各一张、藤椅数事而已。党人掷范克司于榻上，闭门而出。

马修乃邀之入餐室，同进午餐，四人围案而坐，举杯畅饮，笑语欢呼，愉快无匹。

久之，钟鸣二时，马修乃起立谓党人曰："余当往司令部一行，不久即归，君等可在此稍待。"

众唯唯，马修乃戎装佩剑，昂然而出。

麦凯与爱丽丝被絷至疯人院中，警察挟之下车，入见院长康顿。

爱丽丝厉声诘之曰："余与麦君，毫无疾病。君轻信妄人之言，捕余至此，意果何居？"

院长摇首曰："顷墨西尔将军来此报告，指汝等为疯人，余因天职所在，不得不挟汝等至此。今观汝神志昏瞀，语无伦次，必有脑病无疑。今汝等当留院医治，非经余之许可，不得擅自出入。"

麦凯与爱丽丝闻言，咸勃然大怒，戟指痛骂。院长置之不理，立挥警察曳两人出，分别囚之于疯人之病室，键户而去。

范克司为德人所絷，僵卧榻上，环瞩室中，急欲觅一脱身之计。忽见室中一圆桌之上，陈有卷烟、火柴等物，灵机偶动，忽得一策，乃自榻上徐徐下地，蛇行至桌傍，以双足掀桌。桌砰然仆，火柴、卷烟等物，纷纷坠地，乃以皮鞋之踵，力击火柴匣。连击数下，匣中火柴，因热而燃。

范克司疾转其身，以两手扎缚之处，置之火上，烈焰上腾，将绳索烧断。范克司两腕，均被灼伤多处，火泡累累，以急欲脱险，亦复置之不顾。

手上之索已断，乃立将足上之绳，一并解去，支地跃起，仰天微嘘，欣然有喜色。心神稍定，蹑足至户侧，微启之，由门隙外窥，见室外甬道中，阒无人在，遂启门而出，向外飞奔。甬道既尽，直抵大门之侧，门亦虚掩未闭，遂侧身逸出。

瞥见门外停有汽车一辆，司机者方伛偻伏车前，理其机件，范克司略一沉思，忽闪至司机者之后，突捉其肩，挥拳殴之。

司机者出不意，大骇跃起，与范克司搏。两人扭殴久之，同仆于地。范克司身手矫捷，乘势扼司机者之吭，按之地上。司机者力挣不得脱，气闭晕绝。

范克司乃将其衣帽脱下，与己易之。易已，顾影自视，俨然一司机人矣。然仍恐被人识破，乃将外褂之领耸起，领甚高，足蔽其颊，帽则下覆额上，面部所露者无几，虽以平居习见之人视之，亦不能识。改扮已竟，乃将司机者曳至厕中，扃而键之。

布置既定，适马修自屋内昂然出，匆匆登车，范克司乃亦跃上司机者之座，启机疾驶，向法军第三纵队之司令部而去。

一刻钟后，马修乃在司令部中矣。

马修与墨西尔将军，非徒面貌之相似而已，即声音容貌，亦复靡不酷肖，是以司令部中人，初无有疑及马修之为赝鼎者。

马修既至司令部，即入墨西尔办公之室，步至写字台前，忽于抽屉中检得照片一纸，其下有小字一行云：**美国秘密侦探队队长范克司君**。

马修细视之，觉与家中所获之男子，面貌酷肖，始知范克司已由纽约来法，己之秘密，险为所破。一念及此，忿恕殊甚，乃将小影碎为数十片，掷之地上。正欲转身出室，而范克司已偕总司令入矣。

第十五章

范克司突然启户入，马修见之，愕眙失色。

范以一手撑其独目之镜，作滑稽之状，胁肩笑曰："马君，君真非好相识。余与君何仇，乃将余之小影，片片碎之？君憾余若是，殊不能令人无介介也。"

马修见范克司作揄揄之状，心甚忿忿，握拳透爪，欲突前殴之。范克司夷然自若，绝不格斗，但以手曳室门启之。门辟，第三纵队之总司令官，昂然直入，怒目视马修，目光炯然。

马修见之，惶怖欲绝，局促不敢动，已而忽乘两人之不防，突启室隅一小门，欲转身逸去。不意门外早伏有宪兵数名，持枪实弹，防守甚密。

小门既辟，宪兵乃相继入，排列室中。马修不得出，懊丧无地。

此时总司令乃缓步而前，先将其衣上所佩之勋章，一一拉下，掷之地上，厉声骂曰："狗……恶徒……汝以诡计杀墨西尔将军，余虽寸剐汝，不足以蔽汝辜。此种勋章，皆我法兰西荣誉之物，汝一德国之狗，讵得佩之？"言已，立招宪兵趋前，令挟马修出室，缚之广场，以军法执行枪毙。

宪兵唯唯听命，乃曳马修而出。

爱丽丝被囚于疯人院中，独处一室，闷郁殊甚。

会院中看护妇送晚餐至，启门入内。爱丽丝忽得一策，乃潜取一白巾出，乘看护妇不备，突以巾套其颈，用力勒之。看护妇骇而撑拒，与爱丽丝奋斗。

然爱丽丝矫健异常，看护妇远非其敌，相持久之，卒被爱丽丝按倒，力扼其吭。看护妇气闭不得出，晕绝于地，爱丽丝乃将其衣服解下，与之互易。易已，启门逸出，仍扃而键之。

正拟设法将麦凯救出，以便偕遁，忽闻履声橐橐，自远而至，遥望之，则院长康顿博士也。爱丽丝骇甚，急俯首疾趋欲出，不意已为院长所见。

院长察其神色仓皇，心窃疑之，乃厉声叱之止，撼其肩，俯视其面，不觉失声呼曰："噫！爱丽丝。"

一语未毕，爱丽丝知事已败露，急将其手挣脱，欲夺路而遁。院长康顿，张两臂拦阻之，爱丽丝怒，乃挥拳击院长之胸。院长立仆，卧地不能起，爱丽丝遂狂奔逸出。

少顷，院长忍痛跃起，飞步追出，遥见爱丽丝在数百武外，乃植立阶上，扬臂而呼。

爱丽丝瞥见道傍有警察两人，方立而闲谈，恐遭干涉，不敢狂奔，乃佯为镇静之状，珊珊而前，欲自警察身傍趋过，不意警察闻院长呼声，突出拦阻。爱丽丝大骇，转身而奔。

警察飞逐其后，院长又迎面驰至，爱丽丝无路可遁，乃挺身卓立，蓄势以待，俟捕者近身，遂挥拳与斗。

院长与警察一拥直前，环而攻之，爱丽丝力敌三人，绝不畏怯。盘旋久之，卒以众寡不敌，为警察所执。

院长指爱丽丝为疯人，请警察迫之入院。警察信之，欲曳爱丽丝行，爱丽丝竭力申辩，警察不听。

正相持间，忽有宪兵一小队，步伐整肃，自疯人院傍经过，率队者为一伟丈夫，御黑色之外褂，峨冠持杖，气宇轩昂。伟丈夫为谁？则美国侦探队队长范克司也。

初，范克司捕获德探马修后，复请于第三纵队之总司令官，乞拨宪兵若干名，往捕马修之党，以清余孽。司令官诺之，立拨宪兵十余名，请范克司率之，往捕德人之间谍。

范克司率宪兵出，驰往墨西尔将军家，既至，一拥入餐室。

时德探三人，尚在室中畅饮，不意法军骤至，相顾骇然，仓卒不得逸，束手就捕，宪兵乃出手铐桔三人之腕，驱之归司令部。

道出疯人院傍，范克司目光锐利，遥见一女子为警察所执，其面貌态度，仿佛若爱丽丝，无意中得之，惊喜交集，立率宪兵驰往，将警察叱退，救出爱丽丝。

范克司知疯人院院长康顿，亦属德人之间谍，乃命宪兵取手铐桔之，与所获之德探三人，一并解往司令部，从严惩办。

爱丽丝既脱险，回视救己之人，乃为尸骨已寒之范克司，骇怪莫名，不觉为之却立，失声呼曰："范克司……噫！范君，余始以君为死矣，君乃无恙耶？"

范克司趋前握爱丽丝之手，微笑曰："密司勿骇！余固未尝死也。余之死者伪耳，游戏而已。密司勿骇！"

爱丽丝见范固未死，欣喜欲狂，两人乃复入疯人院，将麦凯救出，相偕而归。

越日，爱丽丝独处卧室，麦凯忽欣然入，以鲜花一束，奉之爱丽丝。爱丽丝受而谢之，即取玻璃花瓶一，供之案头。两人正谈笑间，忽范克司亦推门而进。

爱丽丝此时，因范克司尝舍身护己，感铭肺腑，一变其曩日冷淡之心，视之较麦凯为尤昵。

当时范克司入室，爱丽丝急趋前迎之，与之握手。范克司含笑鞠躬，以玫瑰花一巨束，献之爱丽丝。爱丽丝大喜，立以樱唇吻其花，称谢不置。

麦凯在傍见之，心乃大妒，俯首鹤立，神情懊丧。爱丽丝觉之，乃取大磁瓶一，将玫瑰花亦供之案上，顾谓麦凯及范克司曰："两君赠余之花，色香并佳，直令余左顾右盼，无能有所轩轾，亦可异矣。"麦凯闻言，色始渐解。

三人互谈久之，范克司忽正色语爱丽丝曰："今日日落后，密司可从事于大秘密之侦缉矣。一切手续，余均已预备，密司可乘一飞艇往，径赴莱欧罗森林之附近，以省跋涉而免危险。密司以为何如？"

爱丽丝大喜，亟诺之。范克司续曰："距莱欧罗森林三四里，有小屋一所，余已遣法兵一小队，驻守屋中，并令携一小电机往，今晚在室中发电光，以为暗号。密司在空中，但见电光闪烁之处，即可张伞而下。彼室中之法兵，必能为密司之臂助。行矣爱丽丝，余深望汝之能成功也。"爱丽丝唯唯听命。

范克司复顾谓麦凯曰："君必须与密司爱丽丝偕往，请速预备一切，以免临时局促。"

麦凯诺而去，范克司亦匆匆欲行，濒行乃握爱丽丝之手，作诚恳之状曰："密司今亦信余否？"

爱丽丝颔之曰："余曩日无故疑君，心甚惭疚，今则疑团尽释，信君固甚坚也。"

范克司喜曰："然则密司亦爱余否？"

爱丽丝嫣然曰："此则余亦难言，君可不必问。然君实有此希望，不可灰心。须知余心之决，当在异日耳。"

范克司知爱丽丝之心，终未能忘情于麦凯，深为邑邑，乃告辞而出。

半小时后，爱丽丝已易服为飞行队队员，蹀躞室中，静俟麦凯之至，忽见案上瓶中之玫瑰花，鲜艳夺目，盈盈欲笑，乃伸手撷其一，吻之以唇。

此时麦凯适推门入，瞥见爱丽丝拈花微笑，心乃大妒，怅立不前。

爱丽丝见麦凯入，急将玫瑰花藏之囊中。麦凯徐复其镇静之故态，佯为无睹，趋前与爱丽丝握手。两人略谈数语，遂相偕而出。

麦凯与爱丽丝，今乃在飞艇之中矣。

机括既启，艇遂冉冉上升，一刹那间，高达百丈，排阊阖，扪日月，御风而行，冷然拂面。两人在艇中，放眼四瞩，心旷神怡，足蹈手舞，乐乃无极。

飞行片刻，已抵德法之边界，司机者恐为敌军所见，掫机上升，直冲霄汉，翱翅半天，盘旋不下。

爱丽丝凭舷俯视，见两军前敌阵线，烟雾纷起，火光烛天，一似正在剧战者。又见数里内外，德法两国之飞艇，似海上白鸥，回翔空中，各欲逞其一击之感。

正顾盼间，忽见地下有电光一道，忽明忽灭，闪烁不已。爱丽丝指以示麦凯，麦凯曰："是矣。"遂命司机者徐降其机，至距地七八丈而止。

麦凯与爱丽丝各取一布伞，缚之身上，逾艇而出，从空跃下。布伞之制绝巨，为风之浮力可卷，冉冉而下，故安然至地，绝无危险。

两人足已达地，即将布伞解去，弃之草间，遥见数百武外，果有小屋一所，电光闪烁，即出其中。

两人乃疾趋赴之，既抵屋外，立即推门而入，不意室中阒无一人。

爱丽丝大讶，以为误入他人之屋，意欲与麦凯偕出，讵知一刹那间，室隅帘后忽有德国军士七八人，持枪跃出，蜂拥而前，以枪口拟两人之胸。麦凯与爱丽丝相顾失色，高举两臂，不敢与抗。

此时乃有一少年之德国军官，昂然直前，脱帽鞠躬，胁肩作狞笑曰："密司爱丽丝来耶？我侪待密司久矣。"

爱丽丝闻言，心乃大疑，默念："彼敌国军人，安能预知我侪之来此？"转辗思维，乃又不能无疑于范克司，因念："范克司尝言，电光闪烁之小屋中，驻有法兵一小队，何以法国军队，乃一变而为日耳曼人？此中情弊，大堪研究，得毋范克司实为德人之间谍，有意布此陷阱，使我侪入其彀中耶？"一念及此，觉范克司之行事，处处可疑，其与敌人有关，殆其断言，乃自囊中取玫瑰花出，忿然掷之地，以足踵践之，花片片而碎。

麦凯在傍见之，心乃大快，展辅而笑，不自知身之处危境也。

第十六章

日耳曼军人之残暴，较之猛兽鸷禽，殆又过之，一似其灵魂之中，已为魔鬼所盘踞，淫掠杀戮，观为快事。举凡仁慈义侠恺悌恻隐之心，早已泯然澌灭，无复蕞尔存在。故凡德军所经行之处，村落为墟，赤地千里，虽妇人孺子，亦复遭其蹂躏，无或幸免。

今爱丽丝以一弱女子，乃因侦刺国事之故，为德人所俘获，其身命之危险，固不待智者而知之矣。然而德将之意，初不欲遽加杀害，其心以为麦凯与爱丽丝，已为其砧上之肉，不妨任意揶揄，恣其戏弄。譬之猫得鼷鼠，其先必跳踉践踏，恣意为乐，俟其垂毙，然后杀之以果腹。德将之视二人，亦犹猫之于鼷鼠耳。

当时爱丽丝将范克司所赠之花，践之足下，回顾麦凯，麦凯展辅而笑，爱丽丝芳心凄悒，如有所失。

德将在傍，乃复胁肩笑曰："密司能惠然来此，余与全体军士，异常欢迎。盖余等自离祖国以来，转战至此，半载于兹，不幸道路之间，未尝见一妇女，今日乃得与密司遇，欣幸何如！"言已，以手拊爱丽丝之肩，状殊轻薄。

麦凯见而大怒，欲直前殴之，无如两傍军士，咸以枪刺相向，心虽忿甚，不敢妄动。

爱丽丝正色曰："我侪既为俘虏，欲杀则杀，多言胡为？况文明诸国，对待妇女，自有特殊之礼数，汝岂未之知耶？"

德将笑曰："不知也。然我日耳曼军人，对待其敌国之妇女，亦自有相当之法，密司其知之否？"言已，突张两臂，欲拥爱丽丝于怀。

爱丽丝骇且怒，急闪身避之，德将含笑复进，爱丽丝厉声曰："我文明各国之男子，苟有无礼于妇女者，妇女必施以相当之对待。汝知之乎？"

德将摇首曰："不知也。"

一语未毕，爱丽丝突举右手，力掴德将之颊。掌与颊遇，清脆有声，德将之面乃立赪。

爱丽丝夷然曰："汝其识之，此即所谓相当之对待也。"

德将被掴忿甚，欲扭爱丽丝殴之，不意麦凯从傍突出，挥拳击德将之鼻，鼻破血流被面，痛极大嗥，颠仆丈外。于是德军皆大骇，各以枪拟麦凯之胸，静待其上官之命令。

然而德将按鼻卧地，久久乃勿能声，已而始断续呼曰："速……杀之……速杀之。"

军士奉命，各举其枪，向麦凯及爱丽丝轰击。两人自分不免，瞑目待死。

正在此一刹那间，忽有一德国之飞艇，自屋上飞过，误以为屋中所驻，乃法国之军队，遂取一极猛烈之炸弹，向屋抛掷。

轰然一声，屋乃被炸而毁，墙倾壁圮，烟尘纷起。室中诸人，遂覆压于败屋之下。

一刻钟后，麦凯悠然而苏，见己身乃倒卧于瓦砾中，彼残酷暴戾之日耳曼军，乃尽歼于一震之下，或断脰，或拆骼，尸体纵横，惨不忍睹。

差幸爱丽丝乃偃卧于数尺之外，气息咻然，初未遇害，乃匍匐而前，极力撼其肩。稍停，爱丽丝亦渐苏，星眸微启，见麦凯在侧，安然无恙，私衷大慰。

麦凯扶爱丽丝起，席地而坐，互庆更生。麦凯谓此间逼近战线，不宜久留，爱丽丝亦以为然。两人乃相率跃起，觅道前进，向莱欧罗森林而去。

是晚深夜，麦凯与爱丽丝，乃在莱欧罗森林之中矣。两人疲乏已甚，各就草地酣卧。

诘旦，晨曦既上，麦凯先醒，见爱丽丝，香梦正酣，不忍扰之，乃独自步入林中，以手枪击得野鸽一头，欣然曰："是足佐我两人之早餐矣。"乃将鸽羽拾去，拆树枝一巨束，堆积林中，以火柴燃之，然后趺坐其侧，手执野鸽，就火薰炙。

鸽渐熟，香气四溢，麦凯在傍，馋涎乃不期而滴。然麦凯素不习庖人之事，一旦越俎代谋，辄觉左支右绌，有时以树枝拨火，火星四射，几焚及麦凯之耳。

麦凯亦自笑，念庖厨鄙事耳，而其难若此，可见人世万事，苟非习之有素，断难措置裕如。世人往往强不知以为知，不能以为能，自矜其智，用匪所学，亦适足以偾事而已。

其时爱丽丝之好梦亦醒，欠伸而起，忽觉微风过处，有香味阵阵，自林中飘拂而至，跂足遥望，但见麦凯趺坐林中石上，手执一物，就火薰炙。

爱丽丝笑曰："可怜哉麦凯，今乃亲操庖厨之役，自备其早餐矣。"言已，欲趋往观之，嗣一转念，忽觉其金黄之发，散披肩上，蓬松如乱丝，殊不雅观。

瞥睹百余武外，有狭而长之小涧一，清泉自石上过，潺潺有声，乃疾趋至涧侧，跪伏石上，自囊中出梳具，以水自鉴，理其云鬟。

爱丽丝貌固绝丽，临波顾影，嫣然自怜。涧中有鱼，回旋上下，一似爱女之艳，流留不忍去。古人称女之美者，号曰"沉鱼"，若爱丽丝此时，乃庶乎近之矣。

野鸽既熟，麦凯乃大乐，度爱丽丝此时，必已起身，乃持鸽徐步归，欲以亲炙之鸽，贡之爱丽丝，以炫其烹调之技。

不意步至昨晚高卧之草地上，见爱丽丝踪迹杳如，不知所往，麦凯乃大惊，默念："此间与德军防线，相距匪遥，爱丽丝之失踪，得毋为德军所虏去耶？"幻想及此，骇乃愈甚，急以左手执鸽，右手取手枪握之，伏地作蛇行，匍匐而前。

遥见隔林涧水之傍，隐约有人在，乃蜿蜒趋赴之，并以手枪拟其人，蓄势为备。

比至涧傍，其人突然跃起，麦凯骇甚，急举其手中之枪，几欲扳机开放，迨谛视其人，不禁爽然自失，失声而笑。其人为谁？盖爱丽丝也。

爱丽丝旋身回顾，瞥见麦凯匍匐草间，始而诧，继而悟，终乃抚掌大笑。

麦凯纳枪囊中，一跃而起，趋执爱丽丝之手，恧然曰："密司乃在此间耶？余为密司故，骇欲死矣。"

爱丽丝含笑慰之曰："君勿骇！余固安然无恙也。余欲以水为镜，梳理余发，故移坐于此，不虞君乃以是而受惊，余心深抱歉疚。"

麦凯摇首曰："此亦未能为密司咎。余尝为德军所虏，惊弓之鸟，怯懦可嗤不自知，张皇之甚也。"言已，乃出左手所持之野鸽，奉之爱丽丝。

爱丽丝笑曰："余顷见君临火而薰炙者，即此物耶？君烹调之手段，良复不恶；不然，此物何香味扑鼻乃尔？"

麦凯亦自笑曰："密司请勿誉我！今而后余方知庖厨之役，亦复大不易为。余之身亲烹调，此为破题儿第一遭。然余之左耳，乃几与此鸽同烬，至今耳缘被炙处，犹隐隐作痛，可笑亦可嗤也。"

爱丽丝闻言，益笑不可仰，已而曰："以余思之，则君所亲炙者，其味必较他鸽为佳。"

麦凯乐曰："然则密司乃爱余矣。余闻密司此言，余心之荣幸何如。"言已，捉爱丽丝之臂，欲拥之于怀。

爱丽丝大赪，拒之曰："我侪今且食鸽，勿言他事！噫！此鸽之味，鲜美极矣。"

于是麦凯乃释爱丽丝，相与席地而坐，分食其鸽，食已，复启程前进。

是日午后，麦凯与爱丽丝，抵莱欧罗森林之中心。

麦凯前行，过一大树之下，瞥见树上有白纸一方，趋视之，盖一德文之赏格也。

麦凯素谙日耳曼文字，略阅一过，心为骇然，急将赏格揭下，招爱丽丝来前，与共读之。其辞云：

大德国兴登堡大元帅麾下陆军上将东路司令马克为布告事。

顷据我国侦探密报，近有美国秘密侦探三人，一名麦凯，一名葛莱，一名爱丽丝，同时奉彼国政府之命，潜行来此，欲探我国之大秘密。

前日本司令部下兵士，曾与敌探葛莱，遇于防线之附近。葛莱情虚图遁，我军开枪轰击，伤其左手，然仍被葛莱兔脱，深为可惜。

　　为特出示悬赏，凡我军民人等，倘遇麦凯等三人，务须协力拘捕，送至本司令营中，自有重赏。万勿任令漏网，以致贻害国家！

　　特此布告，咸使闻知。

　　麦凯阅毕，顾谓爱丽丝曰："由此观之，我政府又别遣一人名葛莱者来此，侦缉德国之大秘密矣。然我侪乃绝不之知，何也？"

　　爱丽丝沉思良久，忽蹙额曰："君信此赏格中所语，咸属实事耶？"

　　麦凯颔之曰："然。然密司之意如何？"

　　爱丽丝微哂曰："余意以为此种赏格，未必可信。或者彼德人知我两人来此，特遣一侦探，饰为葛莱，来探我侪之踪迹，然仍恐我侪遇彼之后，意存猜嫌，乃有意粘此广告于树上，以坚我两人之信。德人颇狡狯，此亦不可不防。"

　　爱丽丝述已，麦凯大悟，深韪其言。

　　爱丽丝复曰："今我侪当仍奋力前进，苟遇葛莱者，可留心察之。若其人而果为同志，则我侪获一臂助，事亦良佳；非然者，则我侪合力御之，以二敌一，何虞不胜？弗患也。"

　　麦凯颔之，两人乃复相偕前进。

　　行里许，抵一高冈，冈下有小池一，池水澄澈，游鱼可数。麦凯偶听视，忽有所见，急止爱丽丝勿前，遥指冈下池边，低声曰："视之，此非彼所谓葛莱其人耶？"

　　爱丽丝就其所指处视之，果见一健男子立池边之石上，年可三十许，状颇雄伟，右手携衣包及快枪各一，左手则裹以白巾，似负创者。

麦凯急取手枪出，曳爱丽丝伏地，爱丽丝亦取手枪握之。两人蛇行下冈，匍匐至葛莱之身后，匿身草中，以手枪拟其背。

然葛莱此时，忽置包裹及快枪于池边，伏身石上，以口就池中吸水，状甚从容，一若不知麦凯与爱丽丝，方袭击其后也。

第十七章

当葛莱匍匐饮水之时，麦凯与爱丽丝，乘间跃出，各以手枪抵其背。

麦凯厉声曰："勿动！动则余枪发，汝其殆矣。"

葛莱闻言，果静伏不敢动，然亦坦然无惧色。

麦凯比葛莱起立，谓之曰："汝勿骇！汝若果为美利坚人者，余决不杀汝。"

葛莱高举两臂，默然微笑。爱丽丝藏手枪于囊中，就地上取快枪，以拟葛莱之胸。葛莱直立不稍动，麦凯乃将其衣包解开，细加检查，见包中除衣服、干糇之外，藏有函件一束。

其中有一函，乃纽约秘密侦探队致巴黎警察总监者，略云："本部今因德国大秘密事，特遣队员三人，陆续来法，从事侦缉，务恳竭力保护，并乞加以援助云云。"函末并详列三人之姓名、年貌：麦凯为七十六号，爱丽丝为七十七号，而葛莱则二百三十号也。

麦凯阅已，觉函中所语，咸与事实吻合，绝无疑窦可得。

此时葛莱在傍，乃纵声笑曰："麦凯君，君今疑虑之心，尚未尽释耶？噫！余当呼君为七十六号、密司爱丽丝为七十七号，而君则当呼我为二百三十号耳。"

麦凯闻言，觉葛莱之为人，初无可疑，爱丽丝之言，似属过虑，乃请爱丽丝掷去其枪，恢复葛莱之自由。

葛莱既得释，即趋前与麦凯及爱丽丝握手，并详述其遇敌受伤之状。爱丽丝略肆驳诘，葛莱清辩滔滔，无瑕可击。

爱丽丝视其左手，见其手上所裹之白布一条，血迹斑驳，一似受伤甚重，致出血乃不少者。

爱丽丝略一沉思，忽趋前请曰："君手上所裹之白布，不甚妥贴，适足使伤处受剧痛耳。余意欲为君解下，重行扎缚，不识君意如何？"

葛莱闻言，愕然有异色，已而乃含笑谢曰："密司厚意，余心甚感，但余此手受伤甚烈，若重行扎缚，必感剧痛，余殊不能忍受也。"

爱丽丝见葛莱峻拒若此，一寸芳心，疑云斗起，默然不复言。

葛莱顾谓麦凯曰："我侪既属同志，自当合力进行。余闻大秘密之总关键，距此尚遥。行矣麦君，我侪冒险前进，必能有所觅得也。"

麦凯领之，葛莱乃以一手挈衣及枪，从麦凯及爱丽丝之后，启程前进。穿林逾涧，登山涉水，且行且语，状甚愉快。

麦凯素伉爽，对于葛莱，绝无猜嫌。其中心耿耿，怀疑未释者，惟爱丽丝一人而已。

行久之，日已逾午，抵一茂林。

爱丽丝终日行山中，嶄岩荦确，腰足几折，乃请于麦凯及葛莱，欲就林中草地小坐，两人诺之。

麦凯与爱丽丝，乃接膝而坐，喁喁作清谈；葛莱则独坐于十余武外，瞠目沉吟，若有所思。

爱丽丝且语且斜睇，注意于葛莱之举动，瞥见葛莱以受伤之左手，徐取其枪，置之右手之傍，已而复以左手支地，仰天微嘘，一似此手与他物接触，乃绝不觉有痛苦者。

爱丽丝大疑，指以示麦凯，麦凯悟其意，心亦异之。爱丽丝略一思索，忽自地上跃起，疾趋至葛莱之侧，与之闲谈，佯为不经意之状，突以足践其受伤之左手。

葛莱骇然，其手立缩，嗣乃以右手护其左手，颦眉闭目，一似不胜其痛楚者。

爱丽丝故为惶骇之状，急跌坐于葛莱之侧，为之抚摩伤处，麦凯亦闻声至。

爱丽丝连道歉忱，状殊局促，葛莱微启其目，摇首曰："密司勿尔，事出无心，余亦不能为密司咎。但此手受伤甚重，一经践踏，真觉痛彻心骨耳。"

爱丽丝谢罪不遑，葛莱颇坦然，顾与麦凯闲谈。

爱丽丝偶俯视，瞥见葛莱裤腰左侧之囊中，藏有手枪一柄，心乃益诧，默念："彼之左手，既受重伤，决不能用此手枪，然则此枪藏之左侧之囊中，意果何居？"设想至此，怀疑愈甚，乃乘葛莱之不备，潜将其手枪窃得，纳之己之囊中。葛莱方与麦凯语，未之觉也。

爱丽丝既得枪，复嫣然顾谓葛莱曰："余举步不慎，误践君手，余心深抱不安。余意欲将君手上之布，重行扎缚，俾得稍盖余愆，不识君能许余乎？"

葛莱笑曰："否。余实畏痛，不敢去此缚，幸密司恕余。"爱丽丝默然。

少顷，葛莱跃起曰："余渴甚，隔林冈下有小池一，余当往饮水少许，君等可在此稍待。"麦凯颔之，葛莱遂匆匆行。

爱丽丝俟葛莱去稍远，急顾谓麦凯曰："何如？余言果不谬矣。此人为德国之间谍，殆无疑义。麦君，速备汝枪。彼若探手囊中者，可速发枪击之。先发制人，比战争之上策也。"

麦凯曰："诺。"遂自囊中出手枪，握之为备。

一刹那间，此幽寂无人之旷野中，乃为德美两国间谍之交战场矣。

葛莱徐步至冈边，潜以左手探入裤腰之囊中，欲取手枪握之，不意囊中空无所有，枪已不翼而飞，心乃大骇，差幸右侧之囊中，亦藏有手枪一柄，乃急取出握之。

其时麦凯与爱丽丝，正在隔林遥望，遥见葛莱果取手枪出，乃相率匍匐于地。

麦凯遵爱丽丝之言，发枪轰击，枪弹倏然出。葛莱躲闪灵活，未能命中。

葛莱见麦凯遽肆袭击，明知己之行踪已为两人所窥破，为之骇然，急一跃至冈下，伏匿草间，以冈石自蔽，欲俟两人稍近，突出袭击。

麦凯等在林中，遥见葛莱突然失踪，知必匿身冈下，乃伏地作蛇行，匍匐而前。

既至林外，麦凯谓爱丽丝曰："我两人宜分道下冈，互为声援，以免敌人兔脱。"爱丽丝韪之。于是两人分道行，麦凯西向，而爱丽丝则东向，各自挟枪前进。

麦凯行较捷，先至冈边，纵身一跃而下，不意葛莱正伏于冈边，麦凯跃下，适覆压于葛莱之背上。葛莱出不意，被压而仆，手中之枪，铿然坠地。然葛莱颇机警，斗飞一足起，中麦凯之腕，麦凯负痛，枪乃脱手而飞。于是葛莱乘势跃起，奋勇与麦凯搏，麦凯亦出其全力，与之猛斗。拳足交施，工力悉敌，盘旋良久，胜负难决。

其时爱丽丝亦绕道至，遥见麦凯与葛莱，正以死力互殴。爱丽丝驻足不前，取手枪执之，欲击葛莱，然葛莱与麦凯两人，忽起忽伏，旋转不定，深恐误伤麦凯，投鼠忌器，枪不敢发。

一转瞬间，两人忽扭至一崭崖之前。麦凯偶一不慎，为葛莱所击，踬而仆，颠坠崖下，晕绝不省人事。

爱丽丝遥见之，大骇失色，立发一枪，向葛莱轰击。枪弹飞出，葛莱应声仆，倒于一巨石之后。

爱丽丝跂足遥望，见葛莱为巨石所蔽，但露一足架于石上，僵然不复动。爱丽丝疑葛莱已为击毙，乃飞步而前，欲奔至大石之后，一觇其究竟。

比至石傍，始知顷所望见之足，乃一皮鞋耳，爱丽丝明知中计，急欲退避。不意葛莱自石傍草中跃出，突扑爱丽丝，爱丽丝不得逸，遂挺身与斗。

爱丽丝素矫健，而葛莱曾与麦凯斗良久，力已渐衰，故相持片刻，渐觉不支。爱丽丝气乃愈壮，拳足交下，疾若风雨，葛莱步步后退，竭力格斗，奄息几不能续。

已而退至崭崖之侧，爱丽丝大喜，奋力捉其肩，欲推之下坠，葛莱死命抗拒。

正相持间，麦凯在崖下，忽苏而跃起，举首仰望，见爱丽丝方与葛莱斗，意欲设法助之。忽见顷所遗坠之手枪，适在身傍，乃将枪拾起，向葛莱轰击。

砰然一声，枪中葛莱之要害，葛莱立毙，自崖上僵仆而下，跌入草间。

麦凯与爱丽丝，相顾大乐。爱丽丝觅道而下，与麦凯奔至葛莱之尸傍，见葛莱气息已绝。

麦凯蹲踞草间，将葛莱左手所缚之白布，层层解下。白布既去，见其手上肌肉完好，毫无伤痕，麦凯乃深服爱丽丝料事之神。

嗣忽于葛莱指隙之间，发现白纸一小方，急将纸取出，展阅之。

纸上有字数行，麦凯细读一过，不觉欣然色喜，顾谓爱丽丝曰："密司视之，此大秘密之关键也，我侪于无意中得之，亦云幸矣。"爱丽丝闻言，为之愕然。

第十八章

麦凯以手中之纸，授之爱丽丝，爱丽丝接阅之，则一德文之密札也。其辞云：

葛莱君鉴：

　　君事毕之后，可速往葛腊夫村，以此函为绍介，求见茀洛苓女士，则女士必能以大秘密之途径，详为君告也。

　　　　　　　　　　　　　　　　　　哈密朗上

爱丽丝阅已，仍还之麦凯，麦凯欣然曰："此非我侪侦缉大秘密之好机会耶？今我当速往葛腊夫村，余则假冒为葛莱，持此函为证，入见茀洛苓，以大秘密之详情询之，苟有所得，则我侪之大功成矣。"

爱丽丝亦韪其议，麦凯复黯然曰："提及'葛腊夫村'四字，使余心乃不寒而栗，犹忆数阅月前，余从法军出征，与于盎克莱之役，乘胜深入，与大军相失，复以不识途径，误入德军之防线，逾茫克斯土山，入葛腊夫村，无意之中，偶于一日耳曼醉兵之口中，探得彼国有大秘密一积，在莱欧罗森林之附近，关于此次大战，异常重要。然询以大秘密之详情如此，则又模糊影响，不能尽晓。已而德军骤至，余遂为所虏，当时自分，万无生理，初不料侥天之幸，竟能脱险也。后此诸事，密司皆已知之，无待余之赘述矣。"言已，欷歔不自胜。

爱丽丝慰之曰："此皆既往之陈迹，言之徒乱人意，可勿谈也。夫我侪之目的，实在大秘密之内幕如何，今既获此一线之光明，宜速往葛腊夫村，一访茀洛苓。苟有所得，则我侪之目的达矣。"

麦凯颔之，复于葛莱之身畔，搜得美利坚之金洋一枚，纳之囊中。两人乃冒险前进，向葛腊夫村而去。

茀洛苓者，德将哈克汀之未婚妻也，年可花信，薄具姿首，独居于葛腊夫村之旷野，茅屋数椽，四无邻舍。

是日午间，茀洛苓卓立室隅，仰视承尘，若有所思。已而回眸睇睨，忽睹柱上所悬之军衣一袭，乃徐步至柱侧，以唇吻衣，嫣然微笑，一似服此衣者，乃为其最亲爱之人。索居无聊，睹物思人，乃不觉其系恋怀思之切者。

少顷，其炉上所蒸之麦饼，被炙欲焦，香气四溢，茀洛苓瞿然觉，急疾趋至炉边，将蒸饼之铜盘取下，拾视盘中之饼，稍有焦痕，尚无大碍，乃置之案上，提一小木桶，启门而出，往附近涧中汲水。

汲已，挈之而归，途有一大树，为百年前古物，树上塑有佛龛一，茀洛苓见之，乃置水路傍，膜拜佛像，默默祷告。

其时适有德军斥候一小队，巡逻各村，道出此间，其率队之军官，固登徒好色者流，遥见茀洛苓，心乃大动，遂止其军士勿行，戒之曰："今余有事他往，若曹宜在此少待，半句钟后，可遇余于隔林之茅屋中。"军士唯唯，遂驻队林中，稍事休憩。

德将徐步至大树之前，其时茀洛苓尚匍匐于地，膜拜不已。德将伸手拊其肩，茀洛苓骇而回顾，德将乘势拥之二尺与之接吻。

茀洛苓大窘，极力挣脱，倒退数武，颠声曰："将军，汝何无礼若此？"

德将胁肩笑曰："无礼耶？余与密司接吻，此正余之所谓礼耳。"

茀洛苓以其军官也，心虽忿甚，不敢形之辞色，乃怫然挈桶欲行。德将趋前，接其手中之水桶，以甘言媚之。茀洛苓不应，昂然径归，德将挈桶随其后。

比抵屋中，德将置桶室隅，趋与茀洛苓语。茀洛苓植立他顾，置之不理。德将心滋不怿，已而偶以手支室隅之杌，忽见杌上染有鲜血数处，心乃大诧，遂指以问茀洛苓，茀洛苓曰："顷余尝杀一鸡，此鸡血耳。"

德将偶回顾，忽见柱上所悬军衣一袭，亦染有血迹多处，复以诘茀洛苓曰："此军服为何人之物？衣上血迹，又何从而来？"

茀洛苓曰："此服为一军官所遗，彼乃亲杀一鸡，故血迹遂染及其衣服耳。"

德将曰："然则军官何人，今乃安在？"

茀洛苓见其层层盘诘，心甚厌之，怏怏曰："此事与余无涉，与将军尤无涉，请勿复诘可乎？"

德将默然，而疑终未释，瞥睹案上有麦饼一盘，乃伸手取其一，纳口中啖之。茀洛苓忿甚，将麦饼之盘，移置室隅之案上。

德将笑曰："余意密司心中，必别有一服军衣之人，此人得食麦饼，并得与密司接吻，然乎否乎？"

茀洛苓直捷答之曰："然也。"

德将笑曰："然而此两种权利，余乃一一先享之矣。"言已，突前拥茀洛苓吻之。

茀洛苓挣脱而逃，德将追之。茀洛苓怒，死命抗拒，德将亦微愠。

正相持间，门忽骤辟，其统率之军士，如约而至。德将乃释茀洛苓，狞笑曰："余今别有他事，无暇与密司接吻。一句钟后，余当再来，密司幸勿他往！"言已，遂率军队而去。

麦凯与爱丽丝，今乃至葛腊夫村矣。

两人转辗访问，直达茀洛苓茅屋之前。麦凯请爱丽丝匿身附近之林中，勿茀洛苓所见。

爱丽丝诺之，执麦凯之手，丁宁曰："君此去务须谨慎，万勿卤莽以致偾事。"

麦凯唯唯，乃步至茅屋之前，举手叩门。门辟，麦凯昂然入。

茀洛苓初以为哈克汀归也，含笑而前，瞥见来者为麦凯，色乃立变。

麦凯含笑鞠躬，茀洛苓厉声曰："君为何人，何为阑入余室？"

麦凯正色曰："余名葛莱，奉上官之命，来此见密司耳。"

麦凯言出，茀洛苓骇极几晕，面惨白如土，虽强为要定之状，而其忿怒悲痛之状，终难自掩，嗣乃颠声作诧怪之状曰："君即密斯忒葛莱耶？君有何物为证，请以示余。"

麦凯微笑，乃自囊中出密札，授之茀洛苓。茀洛苓接阅之，心痛如割，面色愈白，手不期而战，珠泪荧荧，几欲夺眶而出。

伤哉茀洛苓！诚以此一纸密函，不啻挟其未婚夫之讣音而至，宜其痛心腐骨，悲怆凄楚而不能已也。

我今将折笔以叙前事矣。

四句钟之前，茀洛苓独坐家中，其未婚夫哈克汀，忽携衣包及快枪各一，昂然而至，行色匆匆，似欲离此而他去者。

莆洛苓跃起迓之，诧曰："君将安往？岂奉令赴前敌耶？"

哈克汀曰："不然。顷总司令为余言，近有美国侦探队队员二人，潜行来此，欲探我国之大秘密。但二人行踪诡秘，捕之亦殊匪易。总司令以余素谙英语，特遣余乔装改为美探葛莱，豫伏于莱欧罗森林之中，倘与彼二人相遇，即可诱之来此，设法逮捕，是一举手之劳耳。"

莆洛苓颦蹙曰："君此去颇险，苟为彼二人所识破者，事将奈何？"

葛莱笑曰："此则似可无虑。余曩居美洲久，举凡美人之言语举动，余皆一一洞悉，彼纵狡狯，未必便能窥破。然余仍恐陌地相逢，易启二人之猜嫌，爰与总司令商，拟将左手用布扎缚，伪为受伤之状，以释二人之疑。今请密司为余扎之，惟布上须有血迹，方能逼肖，余意极将密司所蓄之鸡，杀其一，取血以染布。不识密司能见许乎？"

莆洛苓颔之，哈克汀乃取匕首一，疾趋而出。

第十九章

哈克汀杀鸡染布之后，更假造一德文之密札，以示莆洛苓。

莆洛苓阅已，诧曰："此何意也？"

哈克汀曰："余此次往莱欧罗森林，种种布置，固已异常周密，然事变之来，常有出人意料之外者，万一余遇两人后，不幸而为若辈所窥破，则余之生命，危险实甚。余故伪造此札，藏之身畔。余若骤遭不测，为若辈所杀害，若辈搜得此札，势必信以为真，冒名来此，求见密司。密司务须不动声色，佯为指引，导之入我军之罗网，杀彼二人，为余复仇，则余虽在九原，亦复甘心而瞑目矣。"

哈克汀言时，状颇慷慨，莆洛苓闻之，凄怆不乐，黯然曰："君勿为此丧气之言！尚望君捕彼二人，安然来归，余当以麦酒及饼，贺君凯旋也。"

哈克汀颔之，遂将密札折成一小方形，藏之左手指隙之中，命莆洛苓以染血之布，为之扎缚。缚已，乃将军衣脱下，易美洲人之装束。布置既竟，然后与莆洛苓接吻者再，握手为别，取衣包及快枪挈之，匆匆而去。

凡此离别之情形，历历皆在莆洛苓脑筋之中。

今者哈克汀未归，而素不相识之麦凯，乃冒为葛莱之名，手持密札，踵门求见，然则哈克汀之死，殆已确切证明，绝无可疑。固无怪茀洛芩之惶骇惨痛，有匪言语之所能形容者矣。

当时茀洛芩接密札后，默念杀夫仇人，近在咫尺，然已一弱女子，决匪仇人之敌，欲为未婚夫复仇，非遵其预定之计划不可。意已决，遂力遏其凄楚之状，强颜为笑，顾谓麦凯曰："君乃奉哈密朗君之命而来耶？大秘密之关键，余固略知一二，余有简明地图一，当付之于君。君若遵图而往，必能寻得无疑。今请君在此稍待，余当往卧室中取之。"

麦唯唯称谢，茀洛芩乃转身而行，行数武，中心大恸，几晕绝而仆，幸以两手支桌，得未倒地。

麦凯见而大惊，急趋前扶之，茀洛芩恐麦凯怀疑，急强笑辩曰："余素有晕眩之病，今日忽发，无伤也，君其勿骇！"

麦凯亦不以为意，茀洛芩遂疾趋入卧室。

茀洛芩既入，麦凯蹀躞室中，以自晨至午，未进食物，饥肠辘辘，几不能忍，瞥见室隅案上，有麦饼一盘，取其一食之，颇甘香可口，更欲饱啖其余，恐茀洛芩自内出，为其所见，乃将盘中之饼，一一藏之外褂之囊中。

藏已，茀洛芩出，以地图一纸，付之麦凯，正色曰："自此间西行二里许，有一森林，名曰'密纳罗'，大秘密之总关键，即在此森林之中。君若遵图而往，自能得之。"

麦凯大喜，藏地图于囊中，佯为德人之状，拥茀洛芩吻之，深致谢忱。

茀洛芩默然他顾，状颇邑邑。麦凯忽忆囊中有美利坚金洋一枚，乃顷自葛莱身畔所搜者，遂将金洋取出，纳之茀洛芩手中，脱帽鞠躬，启门而出。

茀洛芩俟麦凯去远，乃顿足悲呼，抚膺大恸，戢指指户外，厉声骂曰："狗……尔美利坚之狗……尔杀我哈君，上帝不佑。今尔趣往死地，断尔头，剖尔心，以泄余心之忿。"詈已，伏案大哭，涕泗滂沱，一如断线之珠，续续而下，不自知襟袖之并湿也。

德将自莆洛苓家出，率其军士，巡逻山中，忽于莱欧罗森林之冈下，发现葛莱之尸。

军士有识之者，骇曰："此哈克汀将军也，何以忽为他人所杀害？殊为可怪！"

德将闻言，矍然悟曰："杀哈克汀将军者，必乡女莆洛苓也。顷余在其家中，发现血迹数处，心甚疑之，顾彼乃诡辩，谓为鸡血，由今观之，则其为哈克汀将军之血，殆无疑义。我意此女必与敌人通，故诱哈克汀将军至其家，设法暗杀之，弃尸于此。毒哉彼女！余必为哈君复仇。"言已，立饬军士舁哈克汀之尸，驰往莆洛苓茅屋之中。

既至，舁尸入室，置之榻上。莆洛苓见其夫果遭杀害，五内摧崩，掩面恸哭。

德将怒骂曰："贱妇，汝勿假惺惺！汝既手毙其人，哭之何为？"

莆洛苓悲伤过甚，神志迷茫，闻德将言，瞠目不知所对。

德将见其状，误以莆洛苓为情虚，觉哈克汀之死，决为莆洛苓所为，乃命军士搜其身畔。军士奉命检查，忽于莆洛苓囊中，搜得美利坚之金洋一枚，以示德将。

德将矍然曰："何如？此即美人所贻之贿赂也。毒哉贱妇！汝以一美利坚金洋，遂不惜杀一日耳曼军官以偿之。人命之贱，一至此耶？"

莆洛苓此时，因恐惧悲戚，交萦胸中，哭不成声，无暇置辩。

德将回顾室隅之案上，欲取麦饼啖之，不意盘中乃空无所有，遂指以诘茀洛苓。

茀洛苓见盘中之饼，忽然失去，心亦为之大讶，颠声曰："饼果安往，余实不知。"

德将狞笑曰："不知耶？余意满盘之饼，一人断难食尽，倾必有美利坚间谍五人，来此访汝，饱啖此盘中之饼，然后他去。然乎否乎？今汝速为余言，彼美利坚人，刻乃安在？"

茀洛苓恨恨曰："彼人欲探我国之大秘密，余已遣之往密纳罗森林中矣。"

德将骇曰："汝乃欲以大秘密之途径，告之若辈耶？噫！汝一弱女子，乃敢为卖国之事，胆大极矣。"言已，恐有美探伏匿屋中，乃率其军士，四出搜查。

寻觅久之，杳无所得，遂命将茀洛苓拘捕，曳至出室，驱至古树之前，指挥军士，将树上之佛龛，以枪柄击毁，别取一小树之干，横驾于古树之中，俾成一十字架，乃将茀洛苓之衣服，强行褫去，按之于十字架之上，以长钉四枚，钉其手足。

茀洛苓转辗哀号，惨不忍睹，德将及其军士，在傍观之，鼓掌欢笑，引为大乐。

一转瞬间，茀洛苓乃瞑目气绝，含冤惨死，追随其未婚夫于地下矣。

麦凯自茀洛苓家出，遇爱丽丝于林中，即以所得之地图示之。爱丽丝大喜，麦凯复出窃得之麦饼，与爱丽丝共啖之。啖已，乃遵茀洛苓之言，向西前进。

行二里许，抵一森林，林中乱石突兀，形势甚险。麦凯检视地图，知此间亦属密纳罗森林，然大秘密之关键，究在何处，仍不可得。

徘徊片刻，麦凯顾谓爱丽丝曰："此间已入德军之防御线，我侪处境，颇为危险，万一为德军所见，事复奈何？"

语未毕，突有德军一小队，自山石之后，蜂拥而出。两人遥见之，相顾大骇，急转身而奔。德军飞逐其后，开枪轰击，呼声震山谷。

麦凯与爱丽丝，舍命狂奔，并各取手枪出，向后还击。奔数百武，抵一土冈，回顾追者，已近在百步以内，两人乃跃至冈下，负隅自守。差幸两人射击之术，并皆精绝，匍匐冈下，轮流发枪，敌军前进者，咸受伤而仆。后军畏怯，伏地攻击，不敢前进。

相持久之，爱丽丝枪中，子弹垂尽，而麦凯之枪，则只剩一弹，相顾无策，惶急欲绝。

麦凯顾谓爱丽丝曰："我侪坐守于此，束手待缚，殊非计也。余知距此不远，即系法军之防线，今密司宜速遁，驰往法军大营，请兵来接。余当暂留此间，与敌军相持。敌军畏余狙击，决不敢越此而追密司也。"

爱丽丝恋恋不忍去，麦凯迫之速行，爱丽丝不得已，乃飞步而去。

麦凯俟爱丽丝去后，即以最后之一弹，与敌军相持。弹发，殪德军一，然德军亦还击，伤麦凯之肩。麦凯负创仆地，尚欲力疾跃起，以枪柄与敌军斗，无如受伤颇剧，瞬即晕绝。

德军初尚以麦凯为诱敌，不敢前进，继始知其受伤，乃一拥下冈，将麦凯捕获，舁之而去。

爱丽丝之逸也，竭力向南飞奔，冀直达法军之防线。不意其地有日耳曼军士多人，层层驰守，一卒遥见爱丽丝狂奔而来，乃闪伏于石壁之突入处，持枪作势，欲俟爱丽丝近前，突出袭击。不意爱丽丝早已见之，乃亦闪伏于石壁之侧，以身贴壁，缓步而前。

久之，德军不能耐，持枪跃出，爱丽丝乘势开枪轰击。砰然一声，德军立仆地而死，爱丽丝乃脱身而奔。

奔百余武，抵一土冈，爱丽丝趋至冈边，纵身跃下，讵知冈下伏有德军二人，持枪跃出，爱丽丝出不意，遂为所捕。

两人将其手枪攫去，欲驱之往司令部，一人负枪为前导，一人持枪拟爱丽丝之背，在后监视。

行数步，爱丽丝忽横伸一足，勾背后之德军，德军不防，立踬而仆。前行者闻声回顾，爱丽丝挥拳拳其面，其人负痛亦仆。爱丽丝攫得其腰间之手枪，飞奔而逸。

德军相继跃起，忿而来追。爱丽丝逃入森林之中，左旋右转，以迷追者之目。

久之，瞥见道傍一古树，粗可合抱，枝叶菁密，爱丽丝乃缘树而上，匿身于枝叶之间。

少顷，德军追至，见爱丽丝突然失踪，仓皇回顾，莫测其故。爱丽丝在树上，注视明切，突发两枪，枪声连鸣，德军相继而仆。

爱丽丝大喜，乃自树上跃下，不意附近驻有德军一小队，斗闻枪声，飞驰而至，围攻爱丽丝。爱丽丝欲逸不得，卒为德军所捕。

德将趋前谛视之，欣然曰："噫！此美国秘密侦探队女队员爱丽丝也。我国政府，方悬重赏捕之，今乃于无意之中，为余所获。余立此大功，必能得一铁十字之勋章矣。幸运哉余也！"又顾谓爱丽丝曰："汝亦可得一十字架，但汝所得者，较余为巨耳。"言已，遥指山麓一高冈之上，以示爱丽丝。

爱丽丝就其所指处视之，但见一女子袒褐裸裎，被钉于一十字架之上，情状极惨。爱丽丝大戚，掩面不忍睹，德将乃指挥军士，挟之而去。

第二十章

爱丽丝既被虏，德将自以为不世之勋，趾高气扬，愉快无艺。

会军士又舁麦凯至，德将审视其面，乐乃益甚，欢呼曰："此美探麦凯也。我政府久悬重赏，欲捕其人，今日获之，余之功绩为不小矣。"

爱丽丝见麦凯亦为德人所执，且肩际受重伤，晕绝未苏，希望顿绝，心甚怛戚。

当时德军之中，有人建议，谓爱丽丝性极狡狯，途中恐被脱逃，不如杀之于此，然后报告政府，以免疏失。德将韪其议，乃指挥军士，按爱丽丝于地，欲褫其衣服，钉之于十字架上。

正危急间，突有法军斥候一小队，巡逻至此，遥见德军在前，即开枪袭击。

德军出不意，纷纷受伤，相继而仆，一时措手不及，军心大乱，四散惊窜，无敢与法军对垒。

法军乘胜追击，枪发如雨，德军死亡枕藉，全队覆没，无一幸免者。

法军将麦凯与爱丽丝救出，询知系美国侦探队队员，深加优礼。爱丽丝惊魂既定，自庆更生，见麦凯尚未苏醒，乃请于法军司令官，使军士以绳床舁之，追随于军队之后，奏凯而归。

半句钟后，法军将麦凯与爱丽丝送入考雷瞿村之意痕旅馆。

考雷瞿村者，地处德法之交界，以果木著名。欧战既开，其地适当军事之要冲，屡遭兵燹，屋宇半毁，阖村居民，迁徙一空。其后英法联军驰至，虽将德军逐出，然村中遭敌人之蹂躏，已成一片荒土，无复昔时之景象矣。

意痕旅馆，据屋可十余椽，本为村中著身居旅社，今则馆中仆役，均已星散，惟旅馆之主人，不忍舍之以去，孑身居此，犹继续其营业而已。

当时法军之意，本欲将麦凯及爱丽丝，送回巴黎，爱丽丝则欲俟麦凯伤愈之后，再接再厉，继续进行。爰商之法军军官，愿与麦凯两人，寓居于此。军官乃命馆主特辟一精室，以便麦凯养疴，并允日遣军医来此，为之疗治。爱丽丝深致谢忱，军官遂率队去。

爱丽丝将麦凯安置妥贴后，步入己之卧室，意欲稍事休憩，不料室中先有一健丈夫在，倚椅而坐，执雪茄吸之，状甚萧闲。爱丽丝谛视其人，不觉大诧。其人匪他，盖范克司也。

范克司见爱丽丝入，微颔其首，状殊冷淡，但执手中之雪茄，吸之不已，浓烟缭绕，几蔽其面。

爱丽丝一见范克司，忿火中烧，怒不可遏，乃疾趋而前，拍案砰然，厉声斥之曰："范克司，汝尚有何面目，与余相见？畴昔之夜，汝遣余付莱欧罗森林，汝不尝谓森林附近之小屋中，驻有法兵一小队，足以为我侪之臂助乎？当时余颇信汝，坦然前往，容讵知汝之所言，悉属诞妄，屋中之法兵，乃一变而为日耳曼军队。余与麦凯，险遭杀身之祸。苟非汝暗通敌人，何致若是？汝之设谋，可谓毒矣。余若不念前情，当立招法军至，絷汝以去。然汝虽欺余，余则不为已甚，汝宜速行，勿复与余相见！"

范克司辩曰："前晚之事，亦殊不能为余咎。盖森林附近之小屋中，本驻有法军一小队。在密司等抵彼之前数小时，此屋乃为德军所袭据，余固未知，致有斯误。"

爱丽丝嗤之曰："汝勿更事掩饰！汝之可疑，不自今日始。特自此事发生以后，汝之行藏，乃更昭然而若揭耳。嗟乎范克司！汝固美利坚之一昂藏丈夫也，奈何倒行逆施，甘心为德人之伥，通敌卖国？汝若执迷不悟，必有身败名裂之一日。范君范君，余殊为汝一身惜之。"

爱丽丝语未毕，范克司勃然大怒，奋身跃起，拍案曰："爱丽丝，速闭尔口！余所为者，纵极诡秘，然其中自有妙用，一时未便宣泄，若曹何知，妄相揣测？且当世无论何人，断不能以'卖国贼'三字，加之余身，而汝乃悍然不顾，竟敢以此目余，荒谬极矣。噫！爱丽丝，汝尚未之知耶？汝与麦凯，本奉余之委任，来此探大秘密，然今则汝两人之职事，早已撤销。汝与麦凯，更不得以美国侦探队队员之名，留此侦缉。且余观汝等在此，危险殊甚，即欲遄返美洲，亦匪易事。不识汝两人处此险境，将以何法为对付耳？愚哉爱丽丝！汝今日辱余，亦云至矣，后此无论何如，余决不更预汝事。汝其慎旃，容再相见！"

言已，忿然欲行，行数武，忽又复返，色乃稍霁，柔声曰："爱丽丝，汝以一时之忿，辱汝若此，然余心终觉爱汝，决不因汝之辱汝，遂出芥蒂。噫！爱丽丝，汝不忆克乐克村古室中事乎？余以爱汝之故，至不惜杀身以卫汝，而汝乃幸幸，斥余为卖国之徒。余闻汝言，气为之结。余行矣，慎旃爱丽丝，容再相见。"

爱丽丝闻范克司述及前事，心乃大戚，遂疾趋至户侧，曳范克司之臂，哽咽曰："范君范君，君知余心之惨痛乎？余诚爱君，然余尤爱祖国，雅不愿以余所爱之人，而躬为有害于祖国之事。耿耿此心，君当谅之。君之爱余，余亦深悉。然君所行事，诡秘太甚，自不能不令人有所疑虑。嗟乎范君！君曷不开诚布公，将此中之秘密，尽情宣露，以释余惑？须知长此以往，则我侪感情，必且大伤，甚或凶终而隙末。君试思之，余心之惨痛何如？"

爱丽丝言时，泪垂于颊，状至诚恳，范克司亦为之动容，黯然曰："余之所为实因他种关系，一时尚难宣露。然余可誓之，余于祖国，决不有所损害。若曹见疑，诚过虑也。"

爱丽丝拭泪曰："然则君躬自来此，意欲何为？"

范克司毅然曰："余奉政府之命，来此探大秘密耳。"言已，自囊中出委任状一纸，以示爱丽丝。

爱丽丝阅之，则委任状中，果以侦探大秘密之责，属之范克司。

爱丽丝怏怏曰："然则余与麦凯之职，已无形取销耶？"

范克司颔之曰："然。"

爱丽丝骇曰："我侪万里迢遥，冒险来此，几经艰辛，始能略获头绪，今若半途中辍，必且尽弃前功，于国于己，两无裨益，余心殊有不甘。君能为我侪干旋乎？"

范克司曰："此中操纵，权在政府，余亦无从干旋。特汝曹既有此志，仍可竭力进行，余苟能为力，必可为汝曹之助也。"

爱丽丝颔之，范克司遂告辞出，行抵大门之附近，见馆主独坐门侧，与之密谈良久，始匆匆而出。

其翌日，突有旅客三人，联袂至意痕旅馆，自称系丹麦国人，来此观战者。

三人躯干魁伟，状颇雄健，馆主导之入，择一精室居之，戒主人曰："我侪居此，绝不愿他人知之，汝宜坚守秘密，切勿告之他人。又非奉我侪之召唤，不得擅入此室。"

馆主唯唯，三人乃闭户而入。

一星期后，麦凯伤已痊愈，长日无聊，则取报纸读之，藉以消遣。

会爱丽丝推门入，麦凯见之，急掷报纸于案，离座跃起，趋与爱丽丝握手。

两人略谈数语，麦凯见爱丽丝精神恍惚，邑邑不乐，因骇而问曰："密司其病耶？何为委顿若是？"

爱丽丝曰："否。余身体尚健，初无疾病，但觉心甚怔忡，一似剧变之来，即在目前者，殊可异也。"

麦凯慰之曰："此殆密司神经过敏之故。我侪居此，谅无祸变之可言，幸勿虑也。"

爱丽丝摇首曰："不然。人生祸福，初难预定，安知剧变之至，不在顷刻耶？噫！麦君，门外何为有足声？君试启门一观。"

麦凯从之，趋往启门。门辟，突有一黑色之猫，徐步入室。

麦凯大笑曰："密司所闻之足声，即此物也。"

爱丽丝颔之，然心终快快，若有不释然者。

麦凯闭门入，问曰："密司欲饮清水乎？"

爱丽丝颔之，麦凯乃取玻璃杯一，就窗前案上之水瓶，倾得清水一杯，奉之爱丽丝。

爱丽丝谢之，按杯于手，复谈数语，正欲举杯饮水，不意可惊可愕之事，乃突然发现于一刹那间矣。

第二十一章

当爱丽丝举杯欲饮之时，忽见顷所放入之黑猫，跃登窗前案上，就水瓶之中，饮其清水。

爱丽丝指以示麦凯，麦凯怒，欲趋前逐之，不意一转瞬间，猫与水瓶，相继自案上倒下，瓶锵然碎，猫则僵卧地上，气绝而死。麦凯与爱丽丝见之，深为诧怪。

麦凯恍然悟，急顾谓爱丽丝曰："勿饮！水中有毒，切不可饮！"

爱丽丝亦大悟，乃掷玻璃杯于案，跃起曰："杀此猫者，岂瓶中之清水耶？"

麦凯曰："然。"

爱丽丝毅然曰："然则馆中寓客，必有敌国之间谍，彼之置毒水中，实欲杀我两人。噫！馆主何在？余当招之来，以此事询之。"言已，趋至室隅，按其壁上之电铃。

不意壁间有钢针一枚，突然穿出，几戳入爱丽丝之掌，爱丽丝大惊，急招麦凯示之。

麦凯审视针尖，有小孔一，其中似藏有毒质，骇然曰："敌人之谋我急矣。馆中有奸细，可无疑义。我侪当出外搜之，苟不捕获，则我侪今晚，不得安枕矣。"

爱丽丝亦韪其言，两人乃各出手枪握之，启门而出。

四顾甬道中，阒无人在，乃蹑足前进，爱丽丝偶回顾，瞥见麦凯卧室外地上，置有一物，指示麦凯。麦凯趋视之，乃一极猛烈之炸弹也，药线已燃，势将爆裂。

麦凯大骇，急将炸弹拾起，飞步至窗前，奋其全力，向窗外小园中掷之。

炸弹落地，轰然爆发，烟尘迷漫，平地下陷者数尺。麦凯与爱丽丝，咸为之咋舌，苟此弹而在甬道中炸者，则麦凯卧室，必被轰毁，麦凯与爱丽丝，将葬身于一震之中，亦云险矣。

麦凯掷去炸弹后，复与爱丽丝从事搜查，行近甬道之转角处，忽有一枪弹自后飞来，掠爱丽丝耳鬓而过。两人大惊回顾，忽见甬道底第十九号室之门，中然而阖。

麦凯谓爱丽丝曰："敌人必匿居于此室之中，速捕之，毋令兔脱！"

爱丽丝颔之，两人乃接踵驰往，推其门，门乃未链，应手而辟。两人纵身跃入，环顾室中，阒无人在，惟见楼梯之上，隐约有黑影一闪，上楼而去，两人乃亦追踪登楼。

比至楼梯之颠，遥见一人闪入第十三号室，户即随之而阖。麦凯推其门则已下键，乃奋力撞之，门甚坚，仓猝不得入。

正踌躇间，忽闻楼梯之上，有极低之足声，自下而上，麦凯知有人至，即与爱丽丝分立左右，注目楼梯。

少顷，果见一人手持鸟枪，蹑足而上，麦凯突然跃出，以手枪拟其人。其人出不意，大骇失色，手中之鸟枪，乃不期而坠。麦凯审视之，盖意痕旅馆之主人翁也。

初，馆主独坐楼下，闻炸弹爆裂声，皇骇欲绝，知馆中必生事变，乃拉得鸟枪一，挟之登楼，不意乃与麦凯及爱丽丝遇。

麦凯见其震怖失色，急趋前慰之曰："汝勿骇！我侪亦以捕盗来此。今盗在室中，门钥何在，速启此户，俾余等可入内搜之。"

馆主唯唯，乃自囊中出钥匙，启十三号室之门。门辟，麦凯与爱丽丝相率跃入，瞥见室中先有一人在，瞠目直视，植立室隅。麦凯等一见其人，不觉大诧。其人为谁？盖范克司也。

范克司见众人入，状甚张皇，坌息不已。此时麦凯及爱丽丝之意，佥以为种种阴谋，均系范克司一人所为。

麦凯以手枪拟其胸，爱丽丝则缓步而前，厉声斥之曰："范克司，余与汝何仇，乃欲杀余？曩日余固疑汝，指汝为卖国之奴，而汝乃力辩，文饰百端，今竟何如？汝之阴谋，已一一破露，汝尚得鼓如簧之舌，向余狡辩乎？"

范克司闻言，状甚焦急，大声曰："爱丽丝，汝尚未悉个中之内幕，胡得妄加呵斥？今汝其少安毋躁，容余一言，以说明此中之详情乎？"

爱丽丝止之曰："汝勿复言！汝欺余者数矣。汝所云云，余断不能信。今余当絷汝以索，付之法庭，汝若有理可言，请向法庭诉之，勿劳与余语也。"

范克司闻言，盛怒郁勃，面色立变，狞笑曰："甚善！然则请若曹以索絷余，余若抗拒者，非丈夫也。"言已，自交其两手于背，请爱丽丝缚之。

麦凯乃命馆主取一巨索至，缚范克司之手，并絷其手足。缚已，掷之榻上，乃相率闭户而出。

众既出室，忽有一德国之间谍，出自范克司榻下，其人两手为铁铐所梏，匍匐而出，支地跃起，见范克司亦被缚卧榻上，乃拊掌而笑，揶揄曰："君捕余而梏余时，骁健极矣，今乃亦为他

人所絷，又何怯耶？昔人云：'请君入瓮。'真此之谓矣。"范克
司默然不答。

其时复有德探两人，自帘后缓步出，在范克司身畔，搜得钥
匙，将其党之手铐开去。

三人互议良久，遂取窗帘一，碎之为十数条，逐一连接之，
长可数丈，乃以索之一端，扣于窗口铁梗之上，先将范克司舁至
窗口，悬缒而下。

已而三人亦逾窗出，相率攀执布条，一泻达地，将范克司舁
至附近一地室之内，闭之室中，相率驰去。

此时天已薄暮，麦凯等自楼上驰下，同入会客室中，坐而
议论。

爱丽丝谓麦凯曰："范克司之为人，智力绝群，狡狯异常，
以我两人当之，尚恐非其敌手，今日坦然就缚，绝不抗拒，其中
显有情弊。余意今晚此间，或有非常之剧变，我侪处境，颇为危
险。独惜法军之司令部，距此甚遥，而天已垂暮，此间又无汽车
及良马，可以驰往乞援，殊为憾事。"

麦凯颔之曰："余意亦复如是。我侪虽匪怯懦者流，然德人
若大队继至，为范克司之助，则我侪两人，断不能敌，惟有束手
待毙而已。"

馆主闻两人之言，心亦骇然，遂从傍建议曰："我意往招军
队来援，时已不及，不如就附近乡村之中，招集壮丁若干人，许
以重赏，令其驻守馆中，以御不测，则人多之后，胆亦渐壮。不
识君等之意如何？"

麦凯与爱丽丝闻之，颇韪其言，乃以召集乡丁之事，委之馆
主。馆主慨然许诺，取外褂披之，匆匆而出。

馆主去后，天已深墨，麦凯与爱丽丝，相率登楼。

麦凯返其卧室，爱丽丝则步至临街之窗前，倚槛闲眺，瞥见街头屋角，立有健男子三人，窃窃私语，若有所议。三人躯干修伟，状貌凶恶，一望而知其为德意志人也。

少顷，见三人移步至旅馆之门前，四顾无人，推门而入。爱丽丝大骇，以事机急迫，亦不暇往招麦凯，径取手枪握之，飞步下楼，匿身于会客室中，由门隙外窥。

不移时，遥见三人蹑足而入，自会客室外过，折入甬道之中。爱丽丝微启其户，侧身闪出，追入甬道中。遥见三人在前，折而向右，爱丽丝疾趋赴之。

比至楼梯之附近，一转瞬间，三人忽倏然不见，爱丽丝大诧，嗣念三人来此，必为救范克司之故，然则若曹或已登楼，亦未可知，乃亦拾级而上，缓足至十三号室之户外，意欲启门而入。

此时爱丽丝一寸芳心，不禁怦怦而跃，默念："室中敌探，合范克司计之，已得四人，我一弱女子，乃欲与四健丈夫斗，势必不敌。"

然而爱丽丝勇敢性成，决计冒险入室，与德探一决胜负。立意既定，遂徐启其户，昂然而入。

麦凯之返卧室也，小坐片刻，即复启户而出，初意欲往晤爱丽丝，偶一转念，忽忆范克司被缚室中，无人守视，恐有疏失，乃趋往十三号室，推户入视。

足方跨入，大惊失色，盖榻上所缚之范克司，早已脱然逸去，杳如黄鹤矣。

麦凯惊讶之余，即将室中各物，细加检视，瞥见案上有手枪一具，为前此所未见，默念此物何来，深为诧怪。

正思索间，忽闻户外隐约有革履声，麦凯骇然，以为敌人去而复返，急揿其电灯之机关闭之。室中立黑，昏不见物，乃自囊中出手枪，伏匿于室隅之帘后，持枪作势，屏息以待。

少顷，室门徐辟，遥见一黑影昂然而入，麦凯立发一枪，向之轰击。

枪弹倏然出，其人立仆。麦凯乃大乐，初不料启门而入者，乃为密司爱丽丝也。

第二十二章

　　爱丽丝者，机警活泼之女郎也。当其入室之先，早已预防他人之袭击，故麦凯开枪轰击时，爱丽丝急俯其身，伏地避之，枪弹自头上飞过，幸未受伤。

　　爱丽丝大怒，即开枪向帘后还击，麦凯急闪，亦未命中。爱丽丝匍匐而前，以沙发自蔽，欲俟帘后之人跃出，突然击之，而麦凯在帘后，亦欲俟爱丽丝跃起，出不意击之。

　　两人正相持间，爱丽丝偶探首遥望，忽于帘下见麦凯之足，谛视之，骇且诧，不觉失声呼曰："麦凯，噫！帘后伏匿者其麦君耶？"

　　麦凯在帘后，闻声亦大诧，始知来者乃为爱丽丝，急掀帘跃出，揿电灯机关启之。

　　灯光既明，爱丽丝亦跃起，两人相视愕然，不禁失声而笑。

　　麦凯拭其额上之汗，摇首曰："此种误会，可怕极矣。余若发枪伤密司者，事将奈何？"

　　爱丽丝曰："然。过后思之，真觉危险极矣。噫！范克司已逸去耶？"

　　麦凯曰："然。彼殆为德探所救去，其手段之敏捷，不能不令人钦佩。"

爱丽丝跃然曰："微君言，余几忘之。顷有德探三人，潜入此屋，余追踪尾蹑之，不意至楼梯之侧，突然失踪。余意若辈必系范克司之党，今当尚在楼下。若辈闻我侪之枪声，必以为暗中误会，自相残杀，或且登楼探视，亦未可知。我侪可静伏楼上，俟若辈登楼，突出袭击，则获之必矣。"

麦凯颔之，乃与爱丽丝蹑足出，闭其门，退伏于十三号对面之室，由门隙外窥，屏息以待。

一刹那间，楼下之德探两人，果相率拾级而登矣。

先是，德探在甬道之中，突觉有人尾其后，相视骇然，急闪入梯傍一小室之中，爱丽丝不察，径自登楼。

德探心始释然，三人聚而会议，互商进行之策。正议论纷纭间，忽闻楼上枪声连发。

德探名梅谷者，欣然谓其党曰："彼麦凯与爱丽丝，殆已误会于黑暗之中，自相残杀，此我侪之大利也。康纳尔，汝宜往视范克司，勿为此獠逸去。余与乾姆，当冒险登楼，一觇若辈之自杀也。"

康纳尔诺之，匆匆自去。梅谷与乾姆，遂蹑足登楼，步至十三号室之门外，侧耳细听，室中阒无声息。

两人乃徐启室门，侧身而入，不意麦凯与爱丽丝，在对面室中遥见之，相率飞跃而出，奔至十三号室之前，闭其门，以钥键之。

德探足方跨入，门乃立阖，始恍然悟中计，相顾失色，乃奋力撞门，欲毁之而出，无如门极坚固，仓卒不得碎。

爱丽丝在外大笑，揶揄曰："余观汝等两人，在德国间谍之中，当属有数人物，然耶否耶? 今余劝汝等，宜少安毋躁。须知此门纵毁，亦难脱然以去，反不如安坐室中之为得也。抑余又有为汝辈忠告者：汝辈万不可希望脱逃，逾窗而出。须知临街之窗，已为麦凯所守视，麦君枪法极精，汝辈若逾窗者，必死无疑。慎毋以性命为戏，轻于一试。"

爱丽丝言已，挥麦凯速行。麦凯会意，飞步下楼而去。

其时德探在室中，闻爱丽丝讥笑之言，丧气之余，郁为盛怒，各开其手枪，隔户轰击。

爱丽丝在外见之，顿足大笑，鼓掌不已。德探虽忿甚，终亦无如之何也。

范克司被幽于地室之中，自将其手足之束缚，设法解去，启门逸出，遥见德探康纳尔匆匆而来，乃匿身于地室傍之矮树丛中，蓄势以待。

少顷，康纳尔至地室之户外，伛偻欲入，范克司乘机跃出，直扑康纳尔，挥拳殴之。康纳尔出不意，彼扑仆地，然范克司以用力过猛，亦踬而仆。

康纳尔疾转其身，欲扭范克司之胸，范克司力格其臂，按之于地。康纳尔斗飞一足起，中范克司之肩，范克司仰仆丈外。

康纳尔跃起，超距而前，力捉范克司之肩，欲提而力掷之，不意范克司翻腾而起，以右臂力扼康纳尔之吭。康纳尔力不得脱，如是者久之，乃气闭而僵。

范克司掷之地上，汗透重衣，神疲力乏，垒息良久，乃将康纳尔身畔，细加搜检，嗣于外衣囊中，搜得字纸一方。范克司展读一过，欣然有喜色。

已而遥见麦凯自屋中奔出，飞步而来，范克司不欲为其所见，闪入道傍之林中，倏然而去。

麦凯自屋中出，奔至楼窗之下，瞥见道傍树林之侧，僵卧一人，趋视之，月光之下，貌甚清皙，面目狞恶，赫然一日耳曼人也，不知为阿谁所暗杀，乃倒毙于此，殊为可怪。

正沉思间，不意楼上所囚之德探两人，正在窗口窥探，此时乃乘麦凯之不备，各出手枪，遥拟其背，大呼曰："麦凯，汝若智者，宜伏地勿动，动则余枪发，汝背洞矣。"

讵知麦凯闻呼，绝不畏怯，突转其身，以手枪指两人之面，厉声曰："视之，余枪发矣。"

一语未毕，德探皆大震，手中之枪，乃不期而坠，急退入室中，不敢探首外窥。麦凯见德人胆怯若是，不禁为之失笑。

其时馆主忽率乡丁十余人，持枪而至，麦凯命一人挟枪守窗下，以防德探逸出，然后与馆主及乡勇奔入屋中，飞驰登楼。

爱丽丝见众人纷至，乃以钥启门，麦凯率众一拥而入。德探不敢抗拒，束手就执。

麦凯搜两人之身畔，绝无可疑之物，心甚诧怪，嗣复于梅谷之囊中，搜得纸烟一匣。

麦凯初亦不以为意，已而灵机偶动，斗有所触，乃将匣中之纸烟，一一折观，果于一纸烟之烟丝中，检得小纸一方。展阅之，纸上有字数行云：

　　君等事毕之后，可速往葛令路二十六号高地恩画师家中，余已预遣队员鲍露，前往接洽。因彼于吾国之大秘密，知之颇详，万一被其泄漏，为害我国，殊匪鲜浅，君等若往，亦可为鲍露之助。苟高地恩而倔强者，即以武力解决之，亦无不可。至嘱至嘱！

麦凯阅已，以示爱丽丝，爱丽丝喜曰："此亦我侪一线之光明也。明日清晨，我侪宜往访高地恩画师，彼或有裨于我侪之事，亦正难言。不识君意如何？"

麦凯曰："余意亦复如是。彼高地恩画师，必不见容于日耳曼人，我侪明晨，务必前往。苟稍迟者，或且坐失事机，讵不可惜？"

爱丽丝颔之，麦凯乃指挥乡丁，以绳缚德探之手足，仍囚之室中，然后相率键户而出。

翌日清晨，画师高地恩之办事室中，突有一不速之客，推门跃入，则德探鲍露是也。

鲍露入室，时状极张皇，倚门直立，金息几不能属，举目四顾，若惟恐有人之窥其傍者。

如是者久之，神色稍定，乃趋至写字台前，将案上及抽屉中之各种函件，逐一检视，若有所觅。

搜寻久之，杳无所得，乃复将架上所悬之衣服取下，逐一检视其囊中，不意仍无所获。

鲍露焦急殊甚，状颇忿怒，已而偶步至画架之前，抚架傍一小桌，忽见桌底裂一隙窦，其中藏有小纸一方，将纸取出，展阅一过，欣然色喜，急纳之怀中，正欲启门逸出，而麦凯及爱丽丝至矣。

第二十三章

是日清晨，麦凯与爱丽丝相偕出，同往巴黎西郊之葛勒令路。

既至，见二十六号之门外，果悬有"高地恩画师"之铜牌一方，两人乃推门而入，拾级登楼。

楼梯之巅，有地板一方，其螺旋之钉，已断而脱去，板乃翘起寸许。麦凯践其上，砰然作大声。

此时德探鲍露，正欲启门而出，闻声骇然，步乃立止，急取架上之外褂披之，手执毛笔及和色板，端坐于画架之前，以笔涂抹，佯为画师之状，状极镇静。

少顷，剥啄之声大作，乃徐起启户。户辟，麦凯与爱丽丝接踵入。

爱丽丝含笑问曰："君即名画师高地恩耶？"

鲍露鞠躬曰："然。"

爱丽丝更欲有言，鲍露忽置之不顾，退坐于画架之前，执笔作绘事，旁若无人，意殊冷淡。

麦凯与爱丽丝，深为诧怪，乃步至鲍露之背后，默立观之。爱丽丝见鲍露以左手掌心，托其和色之板，左支右绌，尴尬异常，而所作之画，又复任意描抹，类小儿之涂鸦，察其状，殊不类一老画师，心乃大讶，斜睨麦凯，以目示意。麦凯意，亦大悟疑。

顷之，爱丽丝不能忍，乃含笑谓鲍露曰："君所作之画，高妙绝伦，余意殆匪一日之功，所能若是。"

鲍露昂然曰："密司言当。余在国立图画院中研究十年，始克臻此。"

麦凯从傍大笑曰："君在图画院若干年，乃至和色板之握法如何，亦未知之耶？"

语出，鲍露乃大惭，忿然跃起，厉声曰："余绘事纵劣，干卿底事？汝曹无故入余家，意欲何为？须知此室之中，余有自主之权，不速行，余且召警察来，幸勿见怪！"

爱丽丝见鲍露暴怒，语为之塞，逐客令既下，乃不能不离此而去。

正踌躇间，忽见室隅一小门，砰然而辟，突有一老叟踉跄自内室出，浴血而立，须髯奋张，扬臂大呼曰："万……万人……噫！其地有万人也……"语至此，颓然仆地，僵卧不复动。

麦凯与爱丽丝见之，骇且诧，莫明其故，回顾鲍露，神色张皇，面乃灰白如土。

麦凯趋至老叟之身畔，俯视之，则气息已绝，胸前受有刃伤数处，鲜血殷然，尚自创口流出，汩汩不绝，身上衣服，被染尽赤，状殊惨然。

麦凯正欲向鲍露诘问，瞥见鲍露退缩至门侧，潜启其户，意欲闪身逸去。

麦凯大怒，急取手枪出，指鲍露之背，厉声曰："勿遁！遁则杀汝。"鲍露回顾见之，慑伏不敢动。

麦凯趋往阖其户，顾谓鲍露曰："汝安得欺余？余识汝，汝间谍耳。彼地上僵卧之老叟，则真画师高地恩也。汝杀其人而袭其名，意欲何为？速实言，毋作欺人语；苟有一字诳者，余枪发矣。"

鲍露默然久之，颠声曰："君等其日耳曼人耶？"

麦凯坦然曰："否。我侪皆美利坚人。"

鲍露闻言，佯为大喜，欣然曰："此言确耶？余始以君等为日耳曼人耳。噫！君等为余同志，余可无虑矣。"

麦凯诧曰："汝言何也？"

鲍露曰："君等既属同志，余不妨将此中情形，为君等缕屑述之。须知余亦美利坚国民，供职于秘密侦探队者，已历多年，近为部中所遣，航海来法，刺探德国之大秘密。余抵法之后，几经侦察，始知彼画师高地恩者，于此种大秘密，知之颇详，特于今晨来此谒高，向之探询。不意其人讳莫如深，矢口不认，终乃变色相向，将余驱逐。余忿甚，出利刃胁之，彼乃倔强异常，奋起与余搏。余为自卫计，遂将其戳毙。抑余闻高地恩生前，曾将大秘密之详情，录之一白纸之上，君等来时，余正在室中，搜寻此纸也。"

麦凯急问曰："然则此纸已搜得否？"

鲍露摇首曰："未也。余可誓之，余搜寻殆遍，然此纸乃杳不可得。余为国事故，至身冒杀人之罪，亦所不惜。君等既属同志，谅能恕余，决不为死者鸣不平也。"言已，以袖掩面，状甚懊丧。

麦凯与爱丽丝，相顾默然。已而爱丽丝微睨麦凯，以目示意，麦凯悟其旨，即纳手枪于怀，顾谓鲍露曰："我侪来此，亦为大秘密之故，君能捷足先至，可为深得我心。今我侪行矣，君可积极进行，务达目的而后已。余深望君之能成功也。"

鲍露颔之，麦凯与爱丽丝，乃启户而出。

两人既去，鲍露贴耳于户，屏息静听，但闻楼梯之上，足声杂沓，知麦凯与爱丽丝，已下楼而去，心乃大慰，举手拭额上之汗，自语曰："险哉！苟非余舌巧如簧，几何不为彼两人所执哉！"嗣乃步至高地恩尸身之傍，以足践其面，骂曰："狗！蠢奴！汝以一纸大秘密，居为奇货，索万金为代价，今乃何如？余纵与汝万金，汝亦能携之入九原乎？"骂已，乃启室左之门，步入餐室，复由餐室入会客室，将觅得之字纸一方，取出阅之，阅已，沉吟片刻，乃据案而坐，自囊中出铅笔及白纸，欲将纸中所载，誊录一过。

正抄写间，其背后之玻窗两扇，忽徐徐而辟，突有一健丈夫逾窗而入，以一手撑其独目之镜，蹑足而前，步至鲍露之后，柔声笑曰："鲍露，幸运哉君也！君大功成矣，可贺可贺！"

鲍露闻声大惊，掷笔跃起，回首视其人，骇乃逾甚。翳何人？翳何人？盖即诡变不测之美国侦探队队长范克司也。

鲍露见范克司突至，皇遽欲遁，范克司急取手枪出，拟鲍露之胸，变色曰："速以汝手中之纸付余，若与余抗，余枪发，汝其殆矣。"

鲍露不得已，乃将手中之纸，掷之地上。范克司俯而拾纸，不意鲍露斗飞一足起，中范克司之面，范克司颠仆丈外。

鲍露将地上之纸拾得，转身而逸，逃入餐室之中，闭其户，以钥键之。

范克司奋身跃起，怒不可遏，其额上为革履所伤，鲜血涔涔而下，忿怒之余，亦复置之不顾，就室中拉得木椅一，竭力撞门，门且碎。

鲍露复逃入办事室，闭户键之，更启办事室右壁之户，侧身逸出，欲下楼而逸，不意楼梯之旁，突有两人跃出，以手枪拟鲍露之胸。

鲍露大惊，嘿立不敢动。两人为谁？则麦凯与爱丽丝也。

先是，两人察鲍露之形状，本疑为德国之间谍。鲍露虽是承为美利坚人，两人细味其言，枝梧特甚，心乃愈疑，然亦不欲明言，因别之而出，拾级下楼。

比至楼梯之中间，爱丽丝忽止麦凯勿下，就梯上连顿其足，佯为两人下楼之声，以欺鲍露。

少顷，两人复蹑足而上，静伏于办事室户外，欲俟鲍露出，执而搜之。

待良久，正焦灼间，鲍露果骤启其户，匆匆奔出，状甚张皇。两人乃各持手枪，从傍跃出，指鲍露之胸。鲍露出不意，为两人所捕。

麦凯欲搜其身畔，鲍露坦然，绝不抗拒，俟麦凯稍近，乃奋其全力，猛推麦凯之肩。麦凯倒退数武，撞入爱丽丝怀中。

鲍露疾转其身，启办事室之门，仍逃入室中。麦凯与爱丽丝忿甚，各取木器撞门，欲碎之而入。

其时范克司已将餐室之门打开，进攻办事室左壁之门，一时范克司攻其左，而麦凯与爱丽丝同攻其右。

鲍露盘旋室中，彷徨不知所措，嗣见东壁有玻窗二，外临小街，意欲逾窗跃出，冒险逸去，不意范克司在隔室，连开手枪，向室内轰击，枪弹欻然至，适中鲍露之胸。鲍露负伤大嗥，立自窗槛之上，倒仆而下。

其时左右两门，均已震震欲倒，范克司等三人，势将破门而入。鲍露自知负伤甚重，命在呼吸，断难逸出，深恐怀中所藏之纸，为三人所夺，则大秘密之详情，必且因是而宣露，为害祖国，殊非鲜浅。

一念及此，决计乘未死之时，将此纸毁去，以免泄漏，乃忍痛支地而起，将囊中之小纸一方，徐徐取出，置之地上，复取火柴一支，向地上划之以取火。

其时鲍露呼吸频促，已届迷离之候，两手抖战异常，火柴乃不能燃。鲍露虽垂危，神志尚清，心乃大恨，即奋其全力，以火柴划地。

久之，火柴竟发火而燃，鲍露大乐，乃以火柴就地上之纸，纸着火，立即燃烧。鲍露掷火柴于地，展辅而笑，一刹那间，遂瞑目气绝而长逝矣。

第二十四章

鲍露既死，范克司首破户入，见地上之纸，尚在燃烧，急以足践之。火灭，纸仅存一角，范克司拾起阅之，欣然有喜色。

其时麦凯与爱丽丝，亦毁门而进，瞥见范克司先在室中，相顾大诧，默然无语。

范克司见两人继至，乃将其所得之纸，纳之囊中，莞尔而笑，状颇自得，顾谓爱丽丝曰："汝曹来此何为？"

爱丽丝恨之曰："我侪来此与否，与汝何涉？虽然，余亦欲问汝，汝来此何事？"

范克司正色曰："爱丽丝，汝其识之，凡侦探队队长所问，其队员必明白答复之。今汝不惟不答，又复反唇相稽，抑何无礼若是！"

爱丽丝语塞，范克司复笑曰："美国秘密侦探队队员，大抵蠢若鹿豕，绝无所知，深为可叹！苟人人能如其队长之灵活者，则敌国间谍，何至横行若是？"

爱丽丝闻言益忿，欲与范克司争，麦凯止之曰："密司去休！今日之事，我侪可自认失败。然而我侪之心，百折不挠，彼通敌卖国者流，亦终有其失败之日耳。密司去休！"爱丽丝颔之。

范克司闻麦凯言，益拊掌而笑。麦凯与爱丽丝置之不理，相与挽臂而出。出时，闻范克司之笑声犹未绝也。

麦凯至门外，顾谓爱丽丝曰："我观世人之奇，殆无有奇于范克司者矣。其行事之诡秘，直如神龙天矫，令人无可捉摸。谓其通敌耶？则何以自残同类，枪杀彼德国之间谍，而夺其字据。谓其不通敌耶？则前此种种，实有令人可疑之处，彼纵百喙，无以自解。狡狯哉！范克司也。彼之行事，难岩若是，真令人穷于应付矣。"

爱丽丝颔之曰："侪意亦复如是，然余尚有一法，足以试验其人。今君可暂留此间，匿身附近，静俟其出，潜尾其后，留意侦察。彼若果与德人通，必以室中之情形，往报其德国友人；非然者，又必以枪杀德探之事，报告附近之岗警。即此一端，足以证其人之真性情矣。"麦凯闻言，深韪其言。

爱丽丝复曰："意痕旅馆中，尚囚有德探二人，余当遣乡丁一人，往报法军之司令部，不识法军得报后，已来提去否？余意急欲驰归视之，诚恐我侪去后，馆中诸人，或有疏失也。"

麦凯颔之，爱丽丝乃与麦凯别，匆匆而去。

巴黎西郊之加拿安路，有大厦一所，屋中赁居者，为一秃顶之男子，名曰阿腊山，盖德国驻法侦探队队长也。其女党员中，有名李娜者，与阿腊山同居，狐绥鸠合，俨如夫妇。

李娜妙龄丽质，貌颇妖艳。尤可异者，其面目态度、神情举止，乃与爱丽丝女士逼肖，即以平素习见者对之，仓卒之间，亦难分辨。惟爱丽丝于姣媚之中，饶有英爽之概；李娜则两眉浓重，隐寓杀气。此其微有差别者耳。

是日清晨，李娜与阿腊山，同坐于办公室中。

李娜执纸卷烟吸之，烟气缭绕，几蔽其面，闭目凝思，悠然自得。

阿腊山则离坐而起，徐步室中，愁眉深锁，微嘘其气，察其状，如有失意之事，萦回心曲，故邑邑不乐者。

蹀躞久之，乃步至李娜之后，拊其肩，柔声曰："李娜，汝知之乎？今柏灵有密电来，撤余之差，并别遣一侦探队队员，首途来法，为余瓜代，命余交卸之后，即日回国，静俟后命。余屈指计之，彼庖代之员，今日当可抵此。余与汝将启程返国，不得安居此间矣。"

李娜闻其言，骇然跃起，变色曰："君言信耶？君究以何故，乃致不安于位？"

阿腊山怏怏曰："此无他，余运蹇耳。余闻政府中人，怪余疏懒，谓余抵法以来，未尝有重要之报告，身膺斯职，无功可录，故将余撤差耳。实则报告沉寂，亦殊无能为余咎。此间军政各界，关防严密，刺探匪易，我党稍露圭角者，靡不遭人逮捕，甚或杀身以殉国。近数月来，我党之被戮者，已不知凡几。政府中人，安居国中，但知苛求，又宁悉此间之情形耶？余今将此职交卸，以免危险，事亦良佳，独惜居此已久，一旦舍去，令人不能无恋恋耳。"

李娜大声曰："君欲舍此而回国耶？"

阿腊山曰："然。"

曰："君欲挈余而俱去耶？"

曰："然。"

曰："君欲使余尽舍一切，孑身从君而去耶？"

又颔之曰："然。"

李娜乃怫然曰："余不去。余居此已久，颇觉舒适，断不愿舍之而去。君若回国，余当仍居此间耳。"

阿腊山闻言大戚，黯然曰："李娜，汝勿更为此言，以伤余心。余既归国，汝留此胡为？汝若乐居此间者，数阅月后，余仍可挈汝来此，汝其勿虑。"

正言间，忽侍者入报，云有客自柏灵至，阿腊山瞿然曰："代者至矣。李娜，汝宜暂退，勿为彼所见。"李娜默然，退入内室。阿腊山命肃客入。

少顷，客大步而进，年可四十许，躯干魁伟，甚雄健；别有一党员，为之挈皮箧一。

客既入，昂然谓阿腊山曰："祖国之命令，君当早已接得矣。"

阿腊山曰："然。"

客曰："余名蒲启，今奉政府委任，来此主持一切，君当立即离此，择日返国。屋中之物，均须付余，不得擅自携去。此亦祖国之命令也，君当早已知之。"阿腊山唯唯。

蒲启偶俯视地上，忽见一黑色镶钻之发钗，乃俯身拾之起，细视之，知为妇人所遗，乃注目视阿腊山，持钗而笑。

阿腊山知此钗为李娜所坠，然又不便明言，心殊怏怏，乃与蒲启告辞。

退入隔室，时李娜已先在，以外褂及冠，奉之阿腊山，阿腊山曰："汝意究复何如？"

李娜笑曰："前言戏君耳！君既归国，余自当与君偕行，留此胡为？阿腊山，君抑何邑邑可尔？"

阿腊山闻言，转忧为喜，乃取外褂披之，与李娜挽臂而出。

蒲启拾得发钗后，知阿腊山室中，必有妇女同居，乃矗立窗前，静俟两人出，窃窥之。

少顷，遥见阿腊山与李娜，果挽手而出。李娜丰神绝艳，蒲启见之，心乃大动。

其时两人已步至大门之侧，忽握手而别，但闻阿腊山语李娜曰："我爱，今日午餐时，汝可与余于孟纳旅馆之九号。"李娜颔之，两人乃分道而散。

蒲启急顾谓其同来之党人曰："汝可速出，招彼女子来此。汝第谓队长有令，欲与之谈一要事耳。"党人唯唯，遂飞奔而出。

第二十五章

爱丽丝之归旅馆穴也，道出加拿安路，适德国女间谍李娜，亦迎面而至。是日李娜与爱丽丝，不第面貌之逼肖而已，叩其服御装束，亦复不谋而合。两人遇于道中，相顾大诧，遥足互视，错愕不已，久之，始各转身就道。

爱丽丝行数武，忽遥见一男子狂奔而来，其人趋至爱丽丝之前，足恭曰："队长有要事，欲与密司面谈，请密司速返。"

爱丽丝诧曰："孰为队长？"

其人操德语曰："即新自柏灵来此之蒲君，密司岂未之知耶？"

爱丽丝此时，始恍然大悟，知其人必属德国之间谍，彼所欲觅者，乃为与己同貌之女子，一时不察，遂致误认。

爱丽丝素勇敢而机警，默念古人有云："不入虎穴，焉得虎子？今彼既误我为同党，招我入窟，是诚一绝妙之机会，曷不随之同往，冒险入窟，相机应变，从事侦探？或于己之职务，大有裨益，亦正难言。"立意既定，乃毅然与德人偕行，同往德国侦探队之机关部。

既至，党人导之入内。其时队长蒲启，卓立办事室中，正手持拾得之发钗，把玩不已。

党人入，谓女党员已应召至，蒲启大喜，急以钥启其椅上之箧，自箧中取香水出，以之擦手，整肃衣冠，然后命党人肃爱丽丝入。

少顷，爱丽丝入室，向蒲启鞠躬。蒲启急含笑脱帽，貌甚温和。

爱丽丝嫣然曰："君招余来此，有何见谕？"

蒲启笑曰："祖国政府有令，命阿腊山交卸之时，子身回国，举凡部中之物，均须付余，不得携之而去。今阿腊山乃独挈密司以行，是违抗政府之命令也。政府若知之，必获重谴矣。"

爱丽丝闻言，茫然不解，但含糊应之。

蒲启复问曰："密司隶阿腊山部下，历时几何矣？"

爱丽丝曰："余为 F 第二十六号，来此仅数阅月耳。"

蒲启笑曰："余意欲仍请密司留此，赞助一切，匡余不逮，未识密司能见许乎？"

爱丽丝嫣然曰："既承见爱，敢不如命？"

蒲启见爱丽丝慨然许诺，心乃大快。

正谈笑间，侍者入曰，云有他客至。蒲启请爱丽丝小坐，乃匆匆往会客室。

蒲启既出，爱丽丝四瞩室中，意欲有所侦察，忽见写字台上，置有黑色镶钻之发钗一柄。爱丽丝知此钗必系道中所遇女党员之物，与自己髻上所簪之钗形色迥异，深恐因此一端，为德人猜疑，乃将此黑色之钗，纳之囊中，别自髻上拔一白色之钗，掷之案上。

易已，偶回顾，瞥见室隅椅上，置有手提之皮箧一具，皮箧之盖，虚掩未键，爱丽丝乃疾趋至椅傍，私启箧盖，意欲将箧中所藏，详加检视。

正侦察间，蒲启忽闪入室中，伏于帘后，尽窥其事，此时乃昂然自帘后出，狡笑曰："F二十六号，余察汝之举动，诚不愧为侦探队中人，然汝若不自量力，欲刺探余之秘密，则余必杀汝，汝其成之。"言已，突自囊中取手枪出，以拟爱丽丝。

爱丽丝骇然，乃佯为惶惊之状，觳觫可怜。蒲启见之，心殊不忍，乃藏枪于囊，趋前拊爱丽丝之肩，慰之曰："密司勿骇！余心甚爱密司，但愿密司勿为越轨之举动耳。"

爱丽丝嘿然，蒲启乃趋至室隅之椅旁，以钥键箧，挈之而出。

是日正午，李娜如阿腊山之约，乘车往孟纳旅馆。既至，排闼直入，趋往第九三号室。

步至室外，正欲掀帘而入，忽闻室中有两人在语声，心乃大疑，遂止不入，匿身帘后，探首内窥，遥见阿腊山别拥一女子，同坐榻上，喁喁私语，状甚狎亵。

已而阿腊山又拥女于怀，欲与接吻，女拒之，阿腊山哀求曰："余之方寸，尽在汝身，汝若拒余者，余欲死矣。"女闻言，遂一任阿腊山吻之，不复撑拒。

李娜在室外见之，妒火中烧，忿不可遏，初意欲奔入室中，痛加詈辱，嗣一转念，以阿腊山本非其心所属，何必争此闲气，决计重返机关部，一觇新来之队长何如，再定行止。意既定，遂忍气趋出。

爱丽丝独处德探之机关部，默坐于沙发之上，俯首沉吟，欲思一良法，侦缉德人之大秘密，然思索久之，终觉毫无善策。

正焦灼间，忽见一侍者蹑足入室，形色匆匆，若有所窥探。

爱丽丝呵斥之，侍者闻声惊顾，见爱丽丝端坐室隅，心乃骇然，急鞠躬含笑曰："密司李娜耶？密司于何时归来，余乃未见？余诚知密司在此，决不敢擅入此室，幸密司恕之。"言已，疾趋出室去。

爱丽丝闻侍者称己曰李娜，知"李娜"二字，必为彼面貌相似之女郎也，心乃志之。

正思索间，队长蒲启复昂然而入，顾谓爱丽丝曰："今余欲烦密司往莫梭路廿九号陶克脱医生家一行，向之索取一紧要文件，携之而返。路中务须谨慎，万勿疏失！"

爱丽丝正欲谋一出外之法，闻言大笑，慨然允诺。蒲之乃出短札，一付之爱丽丝，爱丽丝接而藏之怀中，起身欲出，不意蒲温浮呼而止之，疾趋至爱丽丝之傍，曳其臂，欲拥而吻之。

爱丽丝大骇，急举手撑拒，婉言曰："君勿尔！君之爱余，余固深悉。余此行不久当归，姑徐徐可乎？"

蒲启闻言大笑，爱丽丝亦笑。蒲启乃释爱丽丝，爱丽丝遂飞步而出。

爱丽丝既出，蒲启步至写字台旁，瞥见案上之发钗，取视之，心乃大诧，默念："顷所置案者，明明为黑色之发钗，今乃一变而为白色，其故安在？"

正沉思间，李娜忽至，排闼直入。

蒲启初见李娜，仍以为爱丽丝也，讶曰："密司何为去而复返？"

李娜曰："君即新来之侦探队长蒲君耶？"

蒲愕然曰："密司与余别，仅二三分钟耳，何为忽发此问？"

李娜毅然曰："余乃真正之李娜，然与君从未谋面。噫！余知之矣。君之所见者，其为一与余同貌之女子耶？余在途中，亦复见之。彼为美国之侦探，名曰爱丽丝，其面貌态度，与余逼肖。君遣人招余，乃以面貌之相同，误招爱丽丝，彼遂假借余名，来此见君。噫！君真可谓揖盗而开门矣。今爱丽丝何在，君曾以我国秘密告之乎？"

蒲启闻李娜言，骇曰："汝言确耶？"

李娜曰："确也。"

蒲启出白色之发钗示李娜曰："此系密司之物耶？"

李娜曰："否。余钗已遗其一，然系黑色者，非白色也。"

蒲启此时，始知顷所见者，确为爱丽丝，并非李娜，懊丧之余，心乃大怒，立发一电话，致其党陶克脱医生。

爱丽丝驱车至莫梭路二十九号，入见陶克脱医士，出蒲启之密扎示之。

陶克脱阅已，肃爱丽丝坐，正欲将文件取出，付之爱丽丝，忽闻电话铃声大鸣，乃趋往听之，则队长蒲启之声也。

蒲启问曰："余曾遣一女子来君家，取紧要之文件，其人已至君家否？"

陶克脱曰："然。其人已至，现在室中。"

蒲启曰："速杀之，勿误！"

陶克脱愕然，已而恐为爱丽丝所闻，乃含糊应之曰："诺！我将立即与之。"电话乃戛然止。

陶克脱趋至写字台前，开其抽屉，潜取一利刃，握之手中，别以白纸一，伪为紧要之文件，付之爱丽丝。

爱丽丝趋前接之，不意陶克脱突出利刃，向爱丽丝猛戳。危哉爱丽丝！其将为陶克脱所戳毙耶？

第二十六章

　　爱丽丝趋接文件时，初不虞陶克脱之有诈谋也，迨陶克脱突出利刃，向之猛戳，始知事已败露，心乃大骇，急闪身退避，举手格拒，力扼陶克脱之腕，俾刃不能下。

　　陶大怒，将爱丽丝之手挣脱，腾身跃起，高举其刃，向之猛扑。爱丽丝俟其近身，斗飞一足起，践陶之胫，陶立足不定，颓然仆地。

　　爱丽丝急转身而奔，疾趋至门侧，欲启门而逸。陶克脱忽自地上跃起，超距而前，以利刃猛戳爱丽丝之颅。爱丽丝立俯，刃自头上过，其势其猛，着于宰门之上，刃尖洞门者二三寸，门为之裂。

　　陶克脱欲拔其刃，刃陷于木，急切不得出。此时门忽骤辟，突有一勇少年奋身跃入，虎吼而前，猛推陶克脱之肩。陶克脱出不意，颠仆数尺外，卧地不能起。

　　爱丽丝谛视其人，不禁大喜。来者非他，盖麦凯是也。

　　麦凯一见爱丽丝，心亦大诧，愕然曰："密司何为在此？"

　　爱丽丝叹曰："其事颇曲折，亦颇离奇，容余暇时，当为君细述之。虽然，余亦欲问君，君何以知余在此，乃来相助？"

　　麦凯摇首曰："不然，余初未知密司之在也。余闻范克司言，故匆匆来此，不意乃脱密司于厄，是诚幸事。"

爱丽丝讶曰："范克司耶？君试言之，其详情若何。"

麦凯曰："余以密司之嘱，伏匿于高地恩家之附近，嗣见范克司自屋中出，即潜尾其后。追随久之，范克司忽与一友人遇，同立道傍，密谈良久。余遥立数步外，侧耳听之，但闻范克司云，莫梭路二十九号之陶克脱医士，颇知大秘密之内容，今日若有暇，当往访之云云。余言则发声较低，模糊断续，不能尽悉。余闻其言，心乃大喜，默念范克司若捷足往，则我侪之事败矣。转辗思维，决计先来此间，向陶克脱医士一探。当时遂舍范克司不顾，雇一街车，疾驰来此，不意乃与密司遇，诚非始念所及。"

爱丽丝曰："彼以刃戳余之伧，即陶克脱也。此人亦属德国之间谍，大秘密内容，彼或知之，亦正难言。"

两人正谈论间，陶克脱忽伏地作蛇行，匍匐至门侧，欲乘两人不备，启户而逸。

麦凯回顾见之，突取手枪出，以拟陶克脱之胸，呵之曰："勿逸！逸则杀汝。"

陶克脱大骇，乃蹙伏不敢动。爱丽丝就室中，觅得长绳一，授之麦凯。麦凯曳陶克脱起，掷之椅上，以长绳缚之，缚已，询以大秘密之内容。陶克脱俯首嘿然，坚不肯吐，两人亦无如之何。

爱丽丝欲舍之而去，乃命麦凯作一短札，留遗范克司，其辞曰：

范克司鉴：

　　汝之羽党陶克脱，已为我侪所絷，汝辈纵极狡狯，终有覆亡之日。如陶克脱者，即汝辈之榜样耳。先此警告，望并告蒲启及李娜辈知之。

麦凯、爱丽丝同白

麦凯书已，欲粘之陶克脱胸前，忽闻户外有革履声，橐橐而至。两人相顾愕然，乃各取手枪出，握之为备。

已而见门上转轴之钮，旋动不已，户徐徐而辟。门隙微露，一呢帽之缘，若有人方探首内窥者。麦凯骇诧，欲开枪轰击，爱丽丝曳其臂止之。

少顷，户乃骤辟，范克司忽昂然入室。范克司恐启户之时，突遭他人狙击，因以呢冠加之行杖之上，先从门隙试探，见室中无他变，始推门而入，以一手撑其独目之镜，视麦凯及爱丽丝而笑，欣然曰："麦凯，汝闻余之言，即复驱车来此。汝诚灵敏而机警，良不愧为侦探队中人，余心甚为欣慰。然余察汝曹之心，依然疑余与敌人通，抑又何也？"

麦凯抗声曰："此则无能为我侪咎。君试思之，君之行事，诡谲若此，欲我侪之不疑得乎？"

范克司曰："蠢哉汝曹，乃绝无鉴别之能力，讵不可叹？曩余早已为汝曹言之，余之行踪诡秘，实余之职分应尔，非好为之也。余若去侦探队队长之职，改就他业，则余之光明磊落，必较他人为过之。惜余今日言此，汝曹未必信余。至于余之心术，是否光明，余之宗旨，是否正大，汝曹异日，自能知之，固无侍余之喋喋也。且余自抵法以来，常暗中为汝曹助，乃汝曹疑余过甚，处处与余反抗，良可慨叹。即以今日言之，麦凯苟不闻余言，安能来此？麦凯之暗蹑余后，余固早已知之，余之高声与友人语，正欲使麦凯闻之，俾得先余而来此；不然，则如此秘密之言，讵肯高声纵谈，使路人尽闻之乎？麦凯君试思之，余之所

德国大秘密 ——— 979

言，亦属诞妄否？"

麦凯闻范克司言，心乃惭悟，觉彼所云云，语语入情入理，因趋前与范克司握手，谢之曰："我曹本极信君，特以种种之原由，遂致妄加猜疑，深为歉疚。不识君能恕之乎？"

范克司慨然曰："君等能谅余心，余已深为快慰，更何敢怨君等耶？"

爱丽丝闻之，因亦趋前与范克司握手。三人前嫌尽释，复归于好，把臂深谈，其欢慰为何如也。

此时忽有白鸽一头，自空中飞下，止于玻璃窗外之槛上，盘旋不去。

范克司偶回顾见之，欣然有喜色，疾趋至槛旁，徐启其窗。窗辟，鸽乃飞入，止于陶克脱椅傍，蹲伏不去。

陶克脱见鸽忽飞来，愕然有异色，惜两臂缚于椅上，不能转动，察其状，甚为焦急。

麦凯顾谓爱丽丝曰："此传信鸽也，其足上必缚有紧要之函件，速捕之，毋令逸去。"

不意范克司已飞步而前，将鸽捕获，果于鸽之右足上，发现白纸一方，卷于胫间。范克司将纸解下，展阅一过，欣然有喜色，纳之囊中。

爱丽丝趋前问曰："纸上所述者何事，可使我两人一读之乎？"

范克司含糊曰："是无关紧要之事，若曹可勿问也。"

爱丽丝察其状，故态复作，诡变不测，疑念又复大炽。

范克司顾谓两人曰："余有要事，欲与陶克脱一谈，请君等先行，勿复与余事可乎？"

麦凯与爱丽丝闻言，嘿然相顾，疑乃益甚，然亦不便深诘，乃相与挽臂而出。

麦凯至门外，顾谓爱丽丝曰："密司视范克司之为人，究可恃否？"

爱丽丝摇首曰："此则余亦难言。彼之自辩，固属圆转动听，无瑕可击。然世人之言行不符者，比比皆是，心术不正之人，若复口才敏捷，适足济其奸恶。范克司之言，是否由衷，正复难言。君不见彼作事之诡秘，一如曩日乎？"

麦凯颔之曰："余亦云然。若斯人者，又将何法以处之？"言已，频蹙其额。

两人且行且语，道出一废炮台之旁。其地幽僻异常，行人绝鲜，忽见一鸽自空中回翔而下，止于土阜之上。

爱丽丝目光锐利，急指以示麦凯曰："视，此传信鸽也。君不见其右胫之上，缚有白色之函件乎？"

麦凯视之良信，欲趋往捕之，爱丽丝止之曰："君勿急急，我侪盍觇其所往，再定行止？"

麦凯乃止，与爱丽丝匿身于败堞之后，探首窥之。

少顷，忽见一人自墩后彳亍而上，四顾无人，将墩上之鸽捕获，携之而去。

爱丽丝一见其人，不觉大诧。其人非他，盖即顷所捕获之德间谍陶克脱也。

第二十七章

爱丽丝一见陶克脱，错愕莫名，急指以语麦凯。麦凯审视无误，心亦为之骇然。一转瞬间，陶克脱已倏然他去，不知所往。

爱丽丝谓麦凯曰："我侪出门之时，彼陶克脱者，固明明缚于室中之椅上，何以一刹那间，竟能脱然逸出，岂不可怪？"

麦凯曰："彼之所以能逸者，必有人释之使然。然则释之者何人，其范克司耶？"

爱丽丝曰："余心亦疑范克司。然是否彼所释放，一时尚难武断。余意不如重往陶克脱家，入内一查，则范克司之是否通敌，可以昭然若揭矣。"

麦凯深韪其言，两人乃循原路返，同往陶克脱家。

其时德国侦探队队长蒲启，正与一少年之党人，同坐于机关部之办事室中。

党人问曰："君顷何往，乃累余坐待良久？"

蒲启欣然曰："余往视医生陶克脱耳。然余于无意之中，乃枪杀一敌国之重要人物，是诚可喜也。"言已，状殊自得。

党人讶曰："重要人物耶？其人为谁，君安得杀之？"

蒲启曰："是人颇有名，盖美国侦探队队长范克司也。先是，有美国女侦探名爱丽丝者，假冒我女队员李娜之名，来此见余，余一时不察，竟遣其往医生陶克脱家，取一紧要之文件。会李娜驰归，证明其伪，余乃以电话告陶克脱，命其设法杀爱丽丝，以除后患。然余仍恐陶克脱或有疏失，心殊不安，乃亲自驰往其家，欲一觇爱丽丝生死。

"比至陶氏之门外，忽见爱丽丝偕一少年，自屋中挽臂而出，且行且语，夷然若无事。余乃大诧，急闪匿道傍，俟爱丽丝等过，初意欲潜尾其后，探其所往。嗣一转念，余心乃不能无疑于陶克脱，夫彼既接余之电话，自应遵余之命，设法杀爱丽丝，何得释之逸出，殊属可怪？余乃决计入晤陶克脱，询以此中缘由，以明真相。

"余意既定，遂折入陶家，排闼直入，至其办事室中。余足方跨入，心乃大骇，盖陶克脱，不知为何人所执，缚于一大椅之上，口中且塞有布团，呜呜不能声，惟以两目视余，似求余释之者。余四顾室中，别无他人，乃出小刀断其绳，去其口中之物，询其为何人所缚。不意陶克脱仓皇按余口，戒余勿声，附耳告余，谓有美国侦探队队长范克司者，尚在隔室，搜检函件，彼若闻余声，必且逸去，不若伏匿室中，俟其出，突然击之，则范纵狡猾，必为我侪所制。

"余闻其言，又生一策，因命陶克脱仍坐椅上，将割断之索，虚围手足等处，以欺范克司。余则伏匿于室隅之帘后，静俟范克司入室，同起击之。少顷，闻履声橐橐，范克司果自内室出，手执函件多种，步至陶克脱之前，意欲有所诘问，初不知陶克脱之已复其自由也。

"当时余遂自帘后闪出，蹑足至范克司之后，突捉其臂。陶克脱亦自椅上跃起，以两手搏其胸。不意范克司矫健异常，绝不畏怯，挥拳格斗，勇不可当。余与陶克脱，几同为所败。斗久之，余为物所绊，踬而仆地。比余跃起，则范克司方与陶克脱奋斗。余见陶克脱远非范敌，深恐被其逸去，乃取手枪出，向范开放。轰然一声，弹中范克司左腹，范扬臂大呼，颓然仆地。

"余闻陶克脱言，范克司尚有同党甚多，深恐追踪来捕，甚或与警察偕至，于我两人，殊有不利，因相率奔出，分道而逸。此范克司被余枪杀之大略情形也。"

蒲启述已，意颇自得，党人闻之，亦拊掌称快，初不知彼范克司者，固未尝绝命于一击之下也。

麦凯与爱丽丝至陶克脱家，排闼而进，直入会客室，瞥见椅上所缚之陶克脱，已脱然逸去，而范克司则倒卧室中地上，左腹受有枪伤甚重，鲜血殷然，尚自创口流出，气息奄奄，如已垂毙。

两人骤见斯变，相视失色。爱丽丝急趋至范克司身傍，拊其口鼻间，觉呼吸咻然，尚未气绝，心乃稍慰，遂与麦凯两人，将范克司舁起，卧之榻上。

爱丽丝见其受伤甚重，心为惨然，因顾谓麦凯曰："此间附近，有一康顿医院，君速驰往院中，招院役以绳床来，舁范君入院，从速医治。"麦凯颔之，遂飞奔而出。

麦凯既出，爱丽丝独坐榻前，暂为范克司之看护妇。

此时范忽悠然而苏，微启其眸，瞥见爱丽丝坐其榻旁，惊喜交作。爱丽丝握其手，柔声问曰："范君，君为何人所击，今伤势如何，能无痛苦否？"

范克司喘息甚急，断续答曰："余……余为德探蒲启所击……余所伤在胃，势且不起……噫……爱丽丝……余今实语汝，彼鸽胫之纸，实系大秘密最要之关键，余顷语汝，谓为无关紧要者，诚谎言也。噫！余以一念之误，遂致身受重伤，追悔莫及，但望余死之后，汝曹可协力同心，再接再厉，则大秘密之内容，必有探得之一日，幸勿自馁！"爱丽丝颔之。

此时范克司，创口大痛，转辗床褥，语乃稍止，少顷，复续言曰："爱丽丝，汝今欲事侦缉，宜从传信鸽入手，诚以鸽胫之纸，关系匪细，苟能夺得阅之，则一切自迎刃而解。彼陶克脱者，实系大秘密中之工程师，今彼已逸去，必仍藉传信鸽之力，与其祖国通讯。汝曹若能将传信鸽往来之途径，设法觅得，预为狙伏，俟其鸽出入之时，突然捕之，展阅其足上之函，则大秘密之关键，自不难探得矣。"

爱丽丝曰："传信鸽出入之途径，我侪刻已探得。"

范克司喜曰："如此甚善。汝曹之成功，可拭目而待矣。惜余受重伤，不克为汝曹一臂之助，对此侦探队队长之职，深为抱惭耳。"言已，喟然长叹，又复晕绝。

其时麦凯已招得医院仆役数人，携一绳床而至，乃将范克司移卧床上，舁之而行。麦凯与爱丽丝，亦相率追随而出。

是晚深夜，月明如昼，麦凯与爱丽丝同往废炮台，仍匿身于短堞之后，探首外窥，屏息不稍动。

少顷，遥见一鸽自空中回翔而下，仍止于土墩之上。而医生陶克脱者，复从墩后蹑足而上，将鸽捕获，乃自胫上将密札解下，就月光中阅之。阅已，别自囊中取一鸽出，放之空中，鸽乃鼓翼飞去。

此时麦凯与爱丽丝不复能忍，乃自堞后徐徐出，各取一手枪握之，缓步而进，欲乘陶克脱不备，夺其手中之纸，不意履声稍高，陶克脱瞿然惊觉，见有人至，大骇失色，急将手中之鸽，释之飞去，然后自囊中取手枪出，突向麦凯开放。

枪弹倏然出，擦麦凯之腕而过，麦凯略受微伤，心乃大怒，乃距跃而前，猛扑陶克脱。陶克脱不及开枪，乃以枪柄与麦凯斗。两人互搏良久，各不相下。

久之，麦凯偶一失手，为陶克脱所乘，陶克脱奋其全力，猛推麦凯之肩。麦凯立足不定，颠仆于十余步外，头触巨石，立即晕绝。

陶克脱既得脱，遂狂奔而逸。爱丽丝遥见之，骇且怒，乃飞步逐其后，开枪轰击。陶克脱不敢复斗，但尽力而奔，意图逸去。爱丽丝紧随其后，坚不相舍。

驰久之，抵一大厦之前，屋傍有铁梯一架，直达三层楼外，陶克脱距跃上梯，欲逃入屋中。

其时爱丽丝已追至梯下，突开手枪，向之射击，砰然一声，适中陶克脱之背，枪弹由前胸穿出，陶克脱立仆，自梯上疾滚而下，僵卧不复动。

爱丽丝趋视之，则已气绝而死，心乃大快，正欲舍之而去，不意有陶克脱之同党一人，伏于楼上，突开手枪，向爱丽丝狙击，枪弹自爱丽丝头上擦过。

爱丽丝大怒，乃冒险登楼，欲捕此开枪之人。比至楼梯之颠，德人突然跃出，扭爱丽丝殴之，爱丽丝急挥拳格斗。德人力大而蠢，屡为爱丽丝所窘，然屡仆屡起，坚不肯退。

久之，爱丽丝力渐不敌，偶一疏失，两肩为德人所捉，德人按之于栏杆之上，欲掷之下楼。爱丽丝力不挣得脱，心乃大骇。正危急间，而麦凯至矣。

第二十八章

麦凯之晕也，不久即悠然而苏，支地跃起，纵目四瞩，见爱丽丝与陶克脱，均已他去，不知所往。

正踌躇间，忽闻土墩之西，枪声连作，心知两人尚在剧斗，急将地上所遗之手枪，拾起握之，循枪声之所在，飞驰往援。

奔百许武，将近大厦，遥见爱丽丝与一德人，正在铁梯之颠，奋勇互搏。爱丽丝力不能敌，被德人按于栏杆之上，行见一转瞬间，必且颠坠而下。

麦凯大惊，欲登楼援之，势已不及，乃将手中之枪，遥拟德人，注视准切，突然开放。

枪弹飞出，适中德人之前胸。德人扬臂大呼，从三层楼之上，倒坠而下，僵然仆地，瞬已气绝。

麦凯大喜，乃飞步登楼，奔至爱丽丝之前，握其手慰之曰："密司受惊矣。彼伧何人，何为与之奋斗？"

爱丽丝惊魂稍定，亟谢麦凯曰："承君援助，欣慰妥如。彼系陶克脱氏之羽党，余几为所窘。微君来，余其殆矣。虽然，彼陶克脱者，已为余所枪杀，陈尸楼下，君其见之乎？"

麦凯曰："见之。余意陶克脱最近之巢穴，必在此屋之中，余愿入内一搜，不识密司以为何如？"

爱丽丝韪其言，乃轻启室门，与麦凯相偕入，仍各取手枪握之，以备不测。

入户，为一极长之甬道，两人蹑足而前，茫然无所适从。正踌躇间，忽闻箫声悠扬，发于甬道极端之一室，其音幽凄，类《薤露》之曲，今人听之，于邑无欢，麦凯与爱丽丝，相顾大诧。

爱丽丝蹑足至室外，属耳于户，凝神听之，但闻笛中所奏者，仅此一曲，颠倒反复，续续不已。麦凯不能忍，乃徐启其户，缓步而入，爱丽丝随其后。

但见室隅矮椅之上，端坐一男子，其人年可五十许，面目憔悴，须发蒙茸，衣服尤污秽敝败，类街头乞食之丐。麦凯与爱丽丝入室，其人略一仰视，即吹箫如故，置两人于不顾，悠然自得，旁若无人，爱丽丝深为诧怪。

麦凯趋前撼其肩，诘之曰："汝何人，何以独居此室？此间有德人名陶克脱者，汝亦识之乎？"

不意其人淡然曰："君胡躁急乃尔，余之《薤露》歌，尚未吹毕，胡可中止？君其稍待，俟余竣事后再与君谈，亦未为晚也。"言已，仍吹箫如故，置麦凯于不理。麦凯不得已，乃植立其傍，耐心待之。

此时爱丽丝方蹀躞室中，侦察一切，忽于室之他隅，发现一鸽房，心乃大喜，急招麦凯往，指以示之。

麦凯亦喜曰："是诚我侪一线之光明也。彼陶克脱者，每恃传信之鸽，为秘密之寄书邮，今此室中适有鸽房，斯诚大堪研究者矣。"

爱丽丝曰："彼吹箫之男子，必知其中之曲折，君盍不向之诘问？彼若能实告者，其裨益我侪，当非浅鲜。"

麦凯蹙额曰："此疯汉耳。余察其神经之中，受病已深，彼但知吹箫作《薤露》歌，藉以自娱，其他乃一无所知，诘之何为？"

爱丽丝喜曰："疯汉耶？此诚我侪所求而不获者矣。世间惟疯癫之人，绝不作妄语，彼若能告我者，其言必确凿而可信。我侪或藉彼疯汉，探得德国之大秘密，亦正难言，君幸勿轻视！"

爱丽丝言已，乃趋至疯汉之傍拊其肩，柔声笑曰："佳哉曲也！汝吹箫之技，抑何精妙乃尔！"

疯汉闻爱丽丝誉己，心乃大乐，辍箫而笑。

爱丽丝续曰："然汝何以专奏此《薤露》之歌，令人无欢。今余有一要事，欲以询汝，请汝勿复奏此曲可乎？"

疯汉闻言，乃辍吹而起，愕然曰："君等不乐闻此曲耶？余受彼两人之虐待，亦已久矣。今彼两人，已为君等所杀，余故作《薤露》歌以送之耳。"言已，乃解其襟，撩其袖，以身上之伤痕，出示两人。

两人见其遍体鳞伤，疤痕累累，亦有新受之创，尚汩汩流血者，身无完肤，惨不忍睹。

爱丽丝凄然曰："孰乃殴汝至此？残酷极矣！"

疯汉曰："即君等所杀之两人耳。"

麦凯曰："若辈何故殴汝，乃下此毒手？"

疯汉曰："无他，为大秘密耳。"

语出，麦凯与爱丽丝，瞿然相视，惊喜交集。

麦凯急问曰："汝速语余，何为大秘密，其内容如何？"

疯汉摇首曰："余不知也。余闻若辈言，往往述及'大秘密'三字，余因效之，不意每言此三字，辄触若辈之怒。若辈以酷刑加余，戒余勿言，然余旋即忘之。余复言，而若辈之毒刑，亦不旋踵而至。余身上之创痕累累，即因此三字之故。不祥哉！大秘密也。实则余于大秘密，乃绝无所知，言之亦复何妨？而若辈乃怒余若此，余诚不解。今若辈既死，莫余毒也已，是诚余之大幸也。"言至此，跳跃欢呼，执其箫吹之，呜呜为《薤露》之歌，一若不胜其愉快者。

麦凯闻疯人言，大为失望。

爱丽丝俟其一曲既终，乃复问之曰："然则若辈除'大秘密'三字外，更言何事，汝其闻之乎？"

疯人摇首曰："语甚多，余不能悉忆。余但知'大秘密'三字，为若辈之口头禅耳。"

少停，疯人忽瞿然问曰："君等两人，乃来白地下者耶？"

爱丽丝闻言不解，诧曰："何谓来自地下？余殊不解。"

疯人曰："君等其未之知耶？噫……可怕……地下……地下乃有一万人在，讵不可怕……天乎！余即一万人中之一人也。"

爱丽丝闻言，仍茫然如五里雾，莫明其意所在。

此时麦凯忽失声呼曰："爱丽丝视之，此非一传信鸽耶？"

爱丽丝回顾鸽房中，果有一传信鸽在，新自窗外飞入。麦凯趋往启鸽房，将鸽取出，见鸽胫之上，缚有短札一，急将其札解下，展而阅之，不意札中文字，均系密码，奥衍难解，推索良久，终不能知其意，以示爱丽丝，爱丽丝亦苦不识。

麦凯大窘，嗣一转念，忽忆陶克脱等之囊中，或有此密码之本，亦正难言，因启户趋出，狂奔下楼，至陶克脱尸身之傍，细加搜检，果于囊中觅得密码本一册、函件数纸，大喜逾望，当即持之上楼，以示爱丽丝。

爱丽丝亦大喜，乃将鸽胫之札，从事移译，译已，执而共读之。其辞曰：

陶克脱君鉴：

　　来札敬悉，今有探员两人，新自地下出，特来访君，望君将紧要函件，交其带下。传信鸽若已泄漏，请勿复用，乞将所有之鸽放去，免为侦者属目。至嘱至嘱！

札下并不署名，不知为何人所发。

爱丽丝见札中所云，谓有两人自地下出，与疯汉之言吻合，深以为异，因趋问疯汉曰："汝顷所谓地下者，究指何地，汝能语余乎？"

疯汉摇首曰："余不能举其地名，然其地距此不远，密司若欲前往者，余可为老马之导。惟余所吹之箫，用之已十余年，敝败不堪，密司能购一新者赠余耶？"

爱丽丝大喜，立应之曰："诺。"疯人亦大喜。

正谈论间，忽闻壁上铃声大鸣，疯汉瞿然曰："客至矣。余意或即彼地下之两人也。"

麦凯与爱丽丝闻言，为之愕然。

麦凯略一沉思，胸中已有成竹，乃顾谓疯汉曰："客若入者，汝不得与之多言；非然者，余不能以新箫赠汝。汝其识之。"

疯汉唯唯，麦凯乃疾启其户，招爱丽丝出，命其伏匿于甬道傍一小室之中，毋为德人所见。爱丽丝从之。

麦凯复入室，端坐室中，执函件阅之，状甚闲暇。布置既定，乃命疯汉往启户，肃客入内。

少顷，闻甬道之中履声橐橐，则日耳曼之间谍至矣。

第二十九章

德探既入，麦凯跃起迎之，其人步至室中，并足矗立，注视麦凯之面，默然不作一语。

麦凯初颇讶之，嗣乃恍然悟，知此系德探相见之暗号，因亦效其所为，植立不作声。

德探昂然呼曰："大秘密……"

麦凯应声曰："在地下耳……"

德探闻言，乃趋前与麦凯握手。

麦凯欢然曰："余接总机关部之密札，知君与同伴一人，新自地底出，纡道来此。余待君久矣，来何迟也？"

德探曰："君即陶克脱耶？"

麦凯曰："否。余名葛立拉，为陶克脱君之密友。陶君之事，余靡不知之。今陶君因事他往，特倩余代理其事。"

德探闻言愕然，似有狐疑之状。

麦凯复曰："此间传信之鸽，已为敌人所破获，后此万不可用。余有秘密函件数封，欲请君带往总机关部，以免遗失。不识君能允余乎？"

德探慨然诺之，麦凯乃将陶克脱身畔之函件取出，付之德探。德探纳之怀中，复与麦凯略谈数语，即告辞而出。

德探去后，爱丽丝自小室中出，顾谓麦凯曰："顷我侪枪杀陶克脱等后，尸身尚僵卧楼梯之傍，未经移去，此实我侪之失算。幸德人自前门来，或尚未见，故君之诳言，不致为其揭破。然余心终觉惴惴，深恐德探去时，或由后门出，则我侪之事败矣。一念及此，乃乘德探与君接谈之时，狂奔下楼，将陶克脱及其党之尸，移入宅傍之厕中。尸重甚，蠢乃如牛，余以一人之力，曳彼二尸，困惫殊甚，至今汗犹湿肩背也。"

麦凯闻言，深佩爱丽丝作事之精细。爱丽丝趋语疯人，欲挈之出外，以便翌日清晨，同往探德国之大秘密。疯人初恋恋不愿行，嗣为麦凯等威胁利诱，始勉强应允。三人乃相率出外，驱车往意痕旅馆。

在麦凯及爱丽丝之意，自以为秘无人知，初不料追蹑于后者，固尚有彼德探在也。

初，德探甲乙两人，奉总机关部之命令，往晓陶克脱。比至陶宅之后门外，忽见铁梯之傍，倒毙两人，身上均受有手枪伤一处，鲜血殷然，溢出不已。以手抚之，尸体尚温，似气绝尚未久者。

两人相顾错愕，莫明其故。密议久之，甲谓室中恐有他变，两人若同时入，苟遇不测，危险实甚，不如一人入内，一人则待于屋外，万一遇变，尚可互为声援。

议既定，甲自请入内，嘱乙在外稍待。乙诺之，甲乃绕道赴前门，剥啄而入，晓麦凯于室中，接谈数语，向麦告辞，自后门而出，不意铁梯傍之尸体两具，忽已杳如黄鹤，不知所往，心乃大诧。

会乙探驰至，甲以尸体失踪事询之，乙愕曰："其事甚怪。顷余亲见一女子，自楼上驰下，将地上之尸身，曳至宅傍之厕中。余幸匿身暗中，未为所见。”

甲探闻言骇曰："余闻美国有女探名爱丽丝者，现以大秘密事，来法侦探，君所见者，得毋即其人耶？此豸狡狯异常，矫捷过人，又有一男子名麦凯者，为之臂助，我侪未可轻敌也。"

乙探曰："无论是否爱丽丝，其非我党中人，殆可断言。今君可先归，余欲暂留此间，俟若辈出外，潜尾其后，或能有所探得，亦未可知。"

甲探颔之，乃别去，乙探则伏于屋傍之林中，静俟麦凯等三人出，雇车尾其后，直至意痕旅馆而止。麦凯等三人，固瞢然未之知也。

翌日清晨，爱丽丝等三人，乃在莱欧罗森林之中矣。

疯汉持箫为前导，麦凯与爱丽丝则紧随其后，逾山涉水，越涧穿林，野行十余里，抵一山麓。其地丛嶂叠坂，茂林深邃，境极幽僻，人迹罕至。

忽于一山冈之下，发现一极大之地穴，疯汉导两人至穴傍，以箫指穴内，颠声曰："视之，此即地下也……大秘密……万人……万人所成之大秘密……天乎！可怕！可怕……"语至此，忽瞠目大骇，如见厉鬼，面色立变，惨白如土，突转其身，飞驰而逸，其疾乃如奔马。麦凯与爱丽丝追之，均不能及。

疯汉奔里许，过一土冈，突有一人自冈后跃出，高举利刃，猛戳其胸。

刃下，疯人立仆，鲜血汩汩自胸间出，气绝而死。凶手将刃拔出，纳之囊中，飞步而去。凶手为谁？则德探某乙是也。

麦凯与爱丽丝既得地穴，决计冒险入内，一探其中之黑幕。俯视穴中，本倚有木梯一架，一似常有人出入者。

麦凯先循梯而下，爱丽丝随其后，足达穴底，纵目四顾，始知此穴乃系一隧道之口。隧道之建筑极广，宽可丈六七尺，高亦丈许，其中且装有电灯及轻便小铁道。铁道之上，备有手摇车数辆。

惟此时电灯未开，穴中乃昏黑异常，麦凯与爱丽丝，正欲设法前进，不意德探某甲，突自暗中跃出，扭麦凯殴之。麦凯大骇，急奋勇格斗，爱丽丝在旁，攘臂而前，欲为麦凯之助。

会德探某乙，亦追踪而至，自穴口纵身跃下，直扑爱丽丝，爱丽丝出不意，被扑仆地。乙探乃舍爱丽丝而攻麦凯，麦凯力敌二人，渐觉不支。

正危急间，差幸爱丽丝跃起，突取手枪出，注视准切，向德探轰击。枪声连鸣，甲探先受伤仆，乙探继之，咸卧地不能起。

麦凯既得脱，更不暇多语，立曳爱丽丝跃登摇车之上，各执摇杆之一头，奋力按之，车乃向前飞驰，直入隧道中而去。

其时甲探已气绝而死，乙探受伤虽重，神志尚清，目睹麦凯等乘摇车而去，急匍匐作蛇行，蜿蜒而前，取得电话机一，发一电话，将此事报告总机关部。发已，乃瞑目而死。

半句钟后，麦凯与爱丽丝，乃抵隧道之他一端矣。其地亦有穴口一，在万山丛中。

摇车既止，两人自穴口跃出，不意穴之两傍，伏有德军一小队，各持利械，蜂拥而出，围立于两人之四周。

两人相顾大骇，明知无法抗拒，相与束手就执。德将指挥其兵士，先将两人身畔之手枪，一并搜去，乃命军士挟两人之臂，以军队拥护之，驱往其地之总司令部。

行久之，抵一大厦，楼阁崔巍，屋宇崇焕，门前有广场一方，缭以短垣。广场之中，为一极长之甬道。甬身两傍，驻有军士百许人，排列左右，守卫森严，气象雄壮，枪械如林，刺刀若雪，日光映之，闪烁可怖。

甬道既尽，始达一门，门极高大而壮丽，有下级军官十余人，佩剑守门侧。军士挟两人至此，即付之下级军官，门启，复由下级军官，挟之入室。

两人纵目四瞻，知此室为德军总司令治事之所。室中陈设华美，正中为一写字台，德军总司令官，方据案而坐，披阅公文及函件。别有上级军官六七人，侍立于侧。总司令躯干修伟，态度严肃，令人对之，不寒而栗。

其时两人被挟而前，植立于写字台旁，总司令闻俘囚至，乃辍其所事，徐举其首，注视麦凯及爱丽丝，展辅而笑。

两人一见其面，诧怪莫名，几欲失声而呼。噫！翳何人？翳何人？盖即美国侦探队队长范克司也。

范克司笑谓爱丽丝曰："爱丽丝，我国之大秘密，刻已为汝所探得矣。有志者事竟成，可喜可贺！然大秘密虽经探得，而汝之生命，转且因之而丧失，卒之于汝国及协约军，毫无裨益，此则深为汝惜者耳。今汝其少安毋躁，余当将大秘密之内容，详为汝告，则汝虽因是身死，亦当瞑目而无憾矣。"

范克司言至此，即顾谓其傍一卫队曰："速为余取大秘密之图样来。"

卫队诺而去，少顷，持地图两页至，呈之范克司。范令麦凯及爱丽丝步近案侧，即以地图铺案上，使两人阅之。

阅已，范克司续曰："爱丽丝，今汝当尽知之矣。所谓大秘密者，实一极长之隧道。此隧道发端于此，直达法国密希尔河之北岸，我国以工人一万名，费数十年之心力，始克成此旷世无偶之大隧道。盖我国自普法交战以来，早知法国与我，势不两立，数十年后，必有一剧烈之大战争，不得不先事预防，因于缮修战备以外，更掘此长路迢遥之大隧道。一旦德法失和，疆场有事，我国可暗遣大军十万人，通过此秘密之隧道，出奇制胜，直捣法国之腹部。届时彼邦人民，不知其故，必且误以为飞将军从天而下，震惊溃散，殆可断言。

"故大秘密者，实足以制法国之死命，而所谓协约军者，亦将因之而受极大之打击，此则无可讳言者也。今我国大秘密之工程，已告竣矣。此绝大之计划，亦已从事实行，行见一二日后，法国版图，当尽属我德意志矣。大秘密之关系，其重要如是，汝一弱女子，乃欲抉而破之，可谓太不自量。余恐汝懵然以死，死不甘心，故乘汝未死之前，举大秘密之内幕，悉以告汝，以快汝心。爱丽丝，汝勿怪余，余本不欲杀汝，特汝既深知大秘密之内容，若贸然释汝，必且为害于我国。余为德意志帝国故，今乃不得不杀汝矣。"

范克司语至此，立挥军士，挟麦凯及爱丽丝，驱往广场枪毙。军士奉命，遂挟两人出室。范克司与上级军官略谈数语，亦追踵而出。

麦凯与爱丽丝，今乃至屋外之行刑场矣。

军士挟两人至矮墙之下，以白巾两方，蔽两人之目，使之面墙而立。德军一小队，排列于两人之后，相距可数十步。司令官握刀而立，静待行刑令下。

少顷，范克司忽昂然而至，步至麦凯及爱丽丝之傍，莞尔曰："爱丽丝，汝之生命，已在呼吸，今余枪毙汝，汝亦怨余否？"

爱丽丝与麦凯，同时旋转其身，拉去其蒙目之巾，抗声曰："范克司，速闭尔口！我侪岂畏死者流？死则死耳，喋喋何为？"

范克司慨然曰："勇哉汝曹！然则余当发命，立即行刑，以成汝曹之志。"

麦凯与爱丽丝闻言，含笑携手，挺身卓立，绝无畏惧之状。

一刹那间，范克司预备行刑之令，已张口而出，司令官指挥其军士，各举枪械，以拟两人，两人瞑目待死。范克司则取一白巾执之，假为行刑之旗号。

白巾苟一挥者，则众枪齐发，麦凯与爱丽丝，势且毕命于行刑之场矣。

第三十章

"德国大秘密"之内容，今已揭露，我书至是，亦可向阅者告终结矣。然而彼麦凯与爱丽丝两人，尚悬其生命于德军之手，阅我书者，当靡不为之惴惴，诚以侦探队队长范克司，已一变而为日耳曼总司令官，敌国兵士，密布四周，协约国军队，远在百里以外，救援不至，希望顿绝。

危哉两人！其将以何法脱此厄乎？而不知此书之结果，诡变不测，尚有出人意料之外者在也。

当时德军举枪，以拟麦凯及爱丽司，静俟总司令行刑之令，不意范克司略一瞩顾，忽收其白巾，纳之囊中，昂然而前，将各军士举枪之姿势，逐一校正。

一卒持枪稍高，范克司大怒，力掴其颊；一卒足稍屈，又力践其胫。军士被殴，骇极失色，默立不敢声。

范克司尚忿不可遏，厉声骂曰："蠢奴！我德意志之陆军，久已称雄全球，为各国之表率，今汝曹乃恶劣若此，甚至举枪之姿势，犹且未能娴熟，参差不齐，舛谬百出，不几使彼敌国之虏，临死犹笑我腐败乎？"因又顾谓其司令官曰："汝趣率汝部下之蠢奴，往广场操演。苟两句钟之后，汝曹举枪之式，绝无舛误，则余当以此一双俘虏，付之汝曹，执行枪决，否则余当将汝曹先行斥革，以为滥竽充数者戒。汝曹其慎之！"

司令官不敢违抗，唯唯从命，遂率军士而去。

范克司俟军队去稍远，乃退至爱丽丝之侧，低声曰："君等受惊矣。凡余所言，实为掩人耳目之计，幸勿介意。天佑君等，或可不死。来！速随余行，此君等脱险之好机会也。"

麦凯与爱丽丝闻言，相顾大诧，愕眙不能答。

范克司言已，面乃立沉，仍佯为忿怒暴躁之状，连推麦凯及爱丽丝之肩，驱之赴司令部，口中喃喃，辱詈不已。麦凯等悟其旨，即随之偕行。

既入办公室，范克司立阖其户，四顾室中，别无他人，乃仰天微嘘，顾谓麦凯及爱丽丝曰："德国之大秘密，君等今当尽知之矣。至于余之身世，君等或未深悉，以致疑余之心，至今未能释然。此亦事实使然，固不能为君等咎也。事急矣，余亦无暇与君等畅谈，今当先将余之身世，为一简单之说明。

"余本美产，自幼侨居德国，遂隶日耳曼军籍，任职陆军部，颇为部长所器重。欧战将开之前数年，德人早已经营筹备，不遗余力，又恐美利坚合众国，加入战团，爰遣干练间谍多人，纷纷西渡，从事侦缉，余亦其中间谍之一。抵美之后，夤缘入政界，嗣乃被任为秘密侦探队队长。论理余既任此职，大可为日耳曼政府尽力，然余之私衷，又复不然，良因余籍隶美利坚，心存祖国，雅不愿为彼暴戾恣肆之德人，有所效力，是以德国间谍之在美者，苟有施其诡计，阴谋不利于我祖国者，余辄暗中破坏，俾得弭患于无形。

"然余表面之上，又不能显然与德政府绝，故凡德人之谒余者，余辄虚与委蛇，藉此又可探得彼国之阴谋，此诚余不得已之苦衷也。余之行踪诡秘者以此，余之身被嫌疑者亦以此。然余自问此心耿耿可誓天日，蒙垢受讥，咸所不避，故绝不以此种苦况，向君等辩白。今彼国之大秘密，已昭然若揭，君等大功已成，盛名可致。余则为德探所击，弹穿余胃，负伤甚重，当不久于人世，故将余之身世，略告君等，以释君等之惑。"

范克司言已，麦凯与爱丽丝，咸恍然大悟，自恨目光浅陋，妄加疑虑，深为愧恧。迨闻范克司身受重伤，势且不起，则又相顾黯然，扼腕悲叹。

少停，范克司续曰："君等今日见余赫然为德军之总司令官，当必尤为惊讶，实则此间新任之总司令官为房米克上将，本定今日到此履新，不意忽有要事，须往前敌一行，今日日落以前，或不克来此。然此事绝秘，知者绝鲜，余乃化装为房米克将军，冒险来此，藉以脱君等于厄。余之秘密，如是而已，今君等虽将大秘密探得，然我侪之职，尚未终了，仍当积极进行，破彼狡谋，以救我祖国之健儿。"

范克司言至此，立取案上之地图，以示爱丽丝等曰："此隧道长可千数百里，实为近世极大之工程，然德人虽设此谋，仍恐被协约国先事侦得，反遣其军士，穿此隧道，转而攻德，爰于隧道之中，遍埋地雷。而地雷之总机关，则设于此间穴口之中，万一协约国军士，先入隧道，彼即按动机关，使千数百里之隧道，同时炸毁，其设心之狠毒如是。今余闻德军十万人，已络续入隧道，驰往法国，而协约国政府，尚懵然未知。时机急迫，间不容发，我侪苟坐失机会者，则协约国之大事去矣。今我侪欲转险为夷，惟有一法。其法维何？曰：注意其穴中之爆裂总机关而已。麦凯、爱丽丝，君等知余之意乎？"

范克司言至此，气概雄壮，目光如炬。麦凯与爱丽丝，均点头会意。

此时忽闻汽笛呜呜声，自远而来，范克司隔窗一望，遥见一汽车飞驰而来，骇曰："房米克将军至矣。彼若抵此，则我侪之事当立败。今我侪宜速行，余当以隧道之穴口，指示君等也。"

范克司言已，即取地图执之，启门而出，伴以手枪指两人之背，驱之前行，穿入屋傍林中而去。

一转瞬间，房米克将军之汽车，抵德军之总司令部矣。

将军与上级军官数人，自车上跃下，瞥见甬道之左，有军士一小队，正在操演。将军招其司令官至，询以奉何人之令，乃演习此举枪之式。

司令官肃然曰："余奉房米克将军之命令耳。"

语出，将军身畔之上级军官，皆失声而笑，将军亦为之莞尔，或指将军语司令官曰："此即房米克将军也。将军才至此间，而汝乃云云，讵不误耶？"

司令官骇曰："不然。顷有一军官来此，自称房米克将军，我侪初不之疑也。由今言之，则此人岂假冒者耶？"

将军及诸军官亦骇曰："此必假冒无疑，今其人安在？"

司令官曰："彼顷偕捕获之美探两人，同穿入森林中去矣。"

房米克将军骇且怒，立发一令，命司令官速率军士，往捕其人。司令官唯唯，遂率其军队，飞驰而去。

爱丽丝等穿林出，飞步前进，越小径，驰往隧道之穴口。

行里许，范克司忽创痛大作，颓然坐道傍石上，不能前进。

麦凯与爱丽丝彷徨无策，范克司以手中之地图，付之爱丽丝，毅然曰："余创甚，恐不克为国效力，心甚惭恨。此间距隧道之穴口，不过半里许，当此时机危迫，成败利钝，在于顷刻，君等幸念国事为重，努力前进，勿以余为念。行矣麦凯，行矣爱丽丝，余深望君等之能成功也。"

麦凯与爱丽丝意殊恋恋，不忍舍之而去，范克司怒曰："君等稽迟于此，无益于余，而有损于国，甚非智者所宜出也。人生生死命耳，余伤甚重，断难痊愈，君等大功若成，则余虽死于此，亦复瞑目。必速行，勿顾余也！"言已，频挥其手，趣两人速行。

两人不得已，乃黯然与范克司别，相偕驰去。

范克司坐稍久，觉痛乃渐减，遂自地上跃起，更欲力疾前进。偶回顾，忽见德军之司令官，自后追来，左顾右盼，若有所觅。范克司恐为所见，急闪入林中暂避。

少顷，德将亦至，意欲入林搜检，范克司知不得匿，乃拔腰间所佩之指挥刀，持之跃出，向德将猛砍。德将大骇，亦拔刀御之。

两人奋斗良久，范克司忽踬而仆，德将大喜，乃距跃而前，高举其刃，欲力砍范克司之颅，不意范克司身手灵捷，翻腾而起，乘势以刀尖刺德将之喉。刃入，鲜血四溅，德将立仆，气绝而死。

范克司既杀敌，体亦惫甚，汗出如沈，喘息不已。卓立久之，乃彳亍前进，向隧道之穴口而去。

麦凯与爱丽丝前行半里许，抵一山麓，遥见数百武外，有山洞一，作穹圆之形，状如城门，其大无匹。洞口驻有德兵一小队，持械往来，守卫极严。

爱丽丝恐为德兵所见，急曳麦凯伏地，匿身丛莽之中。麦凯展地图阅之，欣然曰："是矣，此即秘密隧道之一端也。惟德军守备甚严，我两人势难入内，事将奈何？"

爱丽丝颦蹙曰："据范克司言，德政府已驱十万大军，潜入隧道，由地底赴法，大抵三五日内，协约军必受重创，法兰西或且因是而覆亡，危机急迫，间不容发。我侪身临此间，讵可束手而坐视？所恨身无双翼，不能飞入彼隧道中耳。”

麦凯毅然曰："事既至此，亦复无能顾虑。我侪既以身许国，生死祸福，本匪所计。今密司可在此稍待，余当孑身往穴口，与守军力战，苟能如天之福，战胜敌军，则当炸毁隧道，以弭巨患；败则愿死穴口，不复归见密司矣。"言已，跃起欲行。

爱丽丝大骇，急曳其衣阻之曰："君勿尔！杀身无益，智者不为。此举危甚亦愚甚，徒足杀身，何裨于国？君宜三思，幸勿卤莽！"

麦凯被格而止，两人相顾彷徨，不知所措。正踌躇间，范克司忽匍匐自后至，两人回顾见之，大喜逾望。

范克司近前，低声曰："君等逗遛于此，观望不前，岂有所畏耶？"

爱丽丝曰："君试视之，穴口之守兵，严密若此，我两人若贸然往，彼众我寡，决匪其敌，不徒无益，适足偾事，是以迟迟不进，欲求一万全之策耳。"

范克司颔之，沉思片刻，忽毅然谓两人曰："我侪处境，已临绝地，进亦死，退亦死，然与其畏缩而死，无宁猛进。今余有一策于此，余自知受伤甚重，旦夕且死，转不如以身殉职，可博得身后之令名。今余当绕道前进，将身为饵，以诱穴口之敌军。君等静伏于此，但见穴口之军，纷纷他往者，便可飞驰前进，鼓勇入穴，其他均可不计，君等勉之。协约国之命运，仅系此一刹那间，譬之为山九仞，大功之成，在此一篑。勉之勉之！余不复见君等矣。"

范克司言时，激昂慷慨，须眉尽张，忠义之气凛然。麦凯等钦敬之余，凄其欲涕。而范克司状殊毅烈，绝不作儿女子态，但与麦凯及爱丽丝握手，以为诀别。

爱丽丝心痛如割，珠泪夺眶而出，哽咽不能声。范克司视若无睹，昂首径行，匍匐而去。

五分钟后，范克司已绕道至穴口之后，匿身林中，自囊中取手枪出，向空开放，枪声砰然，续续不已。穴口之德军，闻而骇然，纷纷持枪实弹，循声往视。

范克司见德军将近，即开枪射击，每发必殪一卒。德军益骇，急开枪还击，弹发如雨。

相持片刻，一弹倏然至，适中范克司前胸，范克司掷枪仆地，僵卧不能起。德军蜂拥而前，围视之，见范克司衣德将之制服，相顾骇然，莫明其故。

一卒扶范克司起坐，时范克司呼吸短促，已届弥留之候，惟神志尚清，微启其眸，见德军环立其四周，乃奄息呼曰："余……余美利坚……美利坚侦探队队长范克司也……若曹虽狡，亦……亦中余计。余虽死，汝日耳曼……日耳曼国之覆亡，亦在顷刻矣。蠢哉汝曹，乃……"言至此，展辅而笑，语模糊不可辨。

一刹那间，此慷慨爱国之好男儿，乃舍此五浊世界而长逝矣。

当范克司向空开枪时，麦凯与爱丽丝，闻声惊顾，见穴口所驻之德军，果纷纷持枪他去。

两人相顾大喜，急自草间跃出，飞步狂奔，直趋穴口。既至，见穴口两傍，阒无人在，乃蹑足入内，缓步前进。

是地为隧道之上层，穴中遍装电灯，光明如昼。行百余武，见地上有圆盖一，上有铜环，麦凯试曳其环，将圆盖揭起，匍匐窥其下，但见此层之底，即系迢遥千里之大隧道。隧道之中，德军如蚁，方列队前进，炮车接轸，枪械如林，人马栗落，续续不绝。

麦凯急指以示爱丽丝，两人相顾骇叹，始知范克司所言，良非诞妄。爱丽丝恐为德人所见，急命麦凯将圆盖仍为盖上，乃复相率前进，欲觅得地雷总机关之所在。

复行百许步，遥见德国军官两人，方立而闲谈，麦凯就地上拾得大砖一方，蹑足而前，至两人之后，以砖力击一人之颅，其人立晕，颓然仆地。

其一见而大骇，立取手枪出，向麦凯开放。麦凯急闪，枪弹自胫傍擦过，略受微伤。爱丽丝大骇，距跃而前，力击军官之腕，军官出不意，枪乃脱手而飞。于是麦凯复前与军官扭殴。

爱丽丝脱身出，纵目四瞩，瞥见墙上装有小电机一具，上有机关，可以扳动。爱丽丝恍然悟，知此必地雷之总机关也，乃疾趋至电机之侧，欲扳动其机关。

德军官斜顾见之，骇极欲绝，奋跃而前，力曳爱丽丝之腕。爱丽丝仍竭其平生之力，扳动如故。

正扭结不解间，忽闻霹雳一声，天地为震，烟雾迷漫，砂石横飞，千数百里之地雷，乃同时并发。日耳曼之狼虎军士十万人，无法逸出，乃悉葬身于隧道之中。军械粮食，同付一烬。

德皇费数十年心力，造成此破天荒之大隧道，欲以败联军而霸全球者，乃适以自杀其十万之健儿。岂非天哉！岂非天哉！

隧道既毁，德人丧胆，协约军气势愈盛，乘间进攻，大败德人。

时麦凯与爱丽丝，已自穴中逸出，虽受微伤，幸无大碍，当经协约军救出，送回巴黎。

其时协约军中，虽已探得秘密隧道之炸毁，然其无端炸毁之原因，尚未深悉，迨麦凯等归，入谒协约军将帅，自述其事，众始恍然大悟，称叹不置，优礼备至。而对于范克司之以身殉职，尤为钦敬，悼叹追念无已。

逾数月，协约军连捷，威廉逃，德人求和。此亘古未有之大战，遂告终结。

麦凯与爱丽丝，始联袂返国。各国念其破获大秘密之功，各赠以勋章。回国之后，美总统亦赏赉有加，令麦凯仍供职陆军部。

麦凯与爱丽丝上书总统，归其功于范克司，政府乃为范克司立铜像于都中，以志追悼。

诸事大定，麦凯与爱丽丝，始择日结婚。嘉宾毕集，极一时之盛。

结婚之后，两人情爱深挚，愉快无匹，惟一念以身殉职之范克司，则又相视泫然，不自知其凄怆悲悼之深也。

金莲花

版本说明

　　该小说整理依据的底本为《金莲花》，华亭书局，1922 年 2 月再版。

第一章

　　麦克威者，美国之老博士也，以研究地质学著名，家拥巨资。顾博士有骨董癖，喜搜集五洲万国之古物，每有所爱，辄百计得之，一物之微，动费千金，未尝有吝色。

　　其办事室及会客室中，悉以古物为装饰品，举凡夏鼎商彝、秦砖汉瓦，以至希腊之雕刻、埃及之石像、罗马之美术品，靡所不具，光怪陆离，陈列殆遍。入其室，恍如游雏形之博物院，令人目不暇给。博士无事时，辄徘徊室中，摩挲各器物，欣然自得，引为至乐。顾博士之心目中，尚有一最可宝贵之物，搜求多年，未遂其愿，平居常用为憾。其物维何，即金莲花是也。

　　金莲花者，其花瓣以赤金制成，共得八瓣，每瓣长约四寸，宽半之，厚可一黍许。此花为中国上古之美术品，年代久远，渺不可考。世界各国，咸闻其名。数千年来，本为广州莲花庵中镇寺之宝，秘密收藏，不轻示人。近忽有妙手空空者流，将此花窃出，花瓣散失，流传四方。

　　各国博古家闻之，咸悬重赏，购求此花。其中尤以麦克威博士，出价最巨，于是金莲花花瓣，乃落续入于博士之手。然花瓣八瓣，博士仅得其五，未成完璧，殊为憾事。

　　博士将所得之五瓣，什袭宝藏，秘密异常，外间绝鲜知者。

有时独处办事室，兀坐无聊，乃将所藏之花瓣取出，一一玩视，若有无穷之乐趣。博士又尝自言，誓必将其余三瓣觅得，以竟其志。然而天下之大，万民之众，将从何处觅花瓣乎？

博士有老友曰戈登，为纽约汇业银行之行长，家本小康，比以经营商业，累遭失败，资产荡然，亏折殆尽。而汇业银行，亦且以连带关系，有倒闭之象。

戈登叠遭不幸，心绪恶劣，独坐室中，书空咄咄。会其爱女曼丽女士，翩然而入。曼丽年十九，金发蓝眸，丰神绝世。戈登无子，妻又去世，膝下惟曼丽一人，故爱之不啻掌上珠。

曼丽入室，见其父蹙额有忧容，心殊不解，乃姗姗而前，步至其父之座侧，嫣然曰："阿父何以有不豫色，岂其病耶？"

戈登微睨曼丽，喟然叹曰："痴妮子，汝胡知者，天乎！我家毁矣，汝宁知我心之苦楚哉？"

曼丽骇曰："破产耶？我家何至于此？"

戈登叹息曰："余经营商业，屡次失败，亏折过巨，弥缝乏术，以致汇业银行，亦以是岌岌可危。万一银行倒闭，我家资产，荡然无存。后顾茫茫，何以堪此？"言已，貌乃益戚。

曼丽慰之曰："金钱乃傥来之物，得失何足介意？阿父勿以是为虑。"

戈登黯然曰："余何虑？虑者汝耳！余年已垂暮，宁知在世之日有几，即今日而贫贱，亦复奚惜；若汝，则后来之日方长，万一我家而毁，忍令汝沦入卑田院耶？"

曼丽慨然曰："阿父亦勿为儿虑！儿固稍事学问，差能自立，决不致流为饿殍。"

戈登颔之曰："儿能自立固佳，然予心何以堪此？予为汝后日计，曩亦筹之熟矣。曼丽，汝试来前，余将以一物示汝。汝后此之幸福，当视此物矣。"戈登言已，即离座而起，缓步至室隅，曼丽默然随其后。

室隅壁上，有石柱一。戈登以指按之，柱忽旋转，现一小门。戈登出钥启门，探手其中，取一纸包出，付之曼丽，状甚郑重。曼丽接而启之，其中乃为金质之莲花瓣一瓣，反复细视，不解其意，以问戈登。

戈登先将柱上之机关关闭，退至写字台前，据案而坐，然后将金莲花瓣之来历，细述一过，曼丽则侍立而听之。

戈登曰："余曩以商业之关系，尝航海作亚东游。赴日本之横滨，舟将抵埠，余偶登舱面闲眺，忽见距舟不远，有一溺水之人，载沉载浮，势将没顶。余骇而大呼，舟中执事人，闻声毕至，乃命水手以绳缒下，将其人救起。其人藉隶中华民国，年可三十许，以溺水过久，气息仅属，势已垂毙。余命水手异入余室，竭力施救，久之其人渐苏，双眸微启，注视余面，似深表其感谢之意者。余询以落水之由，其人摇首不答，第伸手入外衣之囊中，取一纸裹出，纳之余手，状殊郑重，颤声曰：'视之……视之。'余如其言，拆视纸中所裹，乃一金质之莲花瓣也。余茫然不解其故，其人呻吟曰：'君勿轻视此物。此宝物也，得之可以致富；虽然，是亦祸水耳。余以此物，溺水且死，蒙君援手，得不葬身鱼鳖。今余将死，敢以此物赠君，藉酬大德。君幸善藏此物，勿为他人所知，不则恐有性命之虞。君其志之。'其人言毕，竟瞑目而死。余心甚凄恻，乃将此金莲花瓣，秘密收藏。其时船主忽引一中国道士入。道士自言傅姓，年可五十许，虬髯绕颊，深目高鼻，貌甚凶恶。傅既入室，见榻上之人已逝，嗒焉若丧，嗣见余在死者之侧，乃昂然顾余曰：'死者临终时，曾有一物遗君否？'余愕然，已而曰：'无之。'傅曰：'然则彼亦有遗嘱否？'余曰：'亦无之。彼出水时，已不能言矣。'傅状甚失望，注视余面者再，意如不信，已而顾谓船主曰：'死者乃余同伴，失足坠海，遽尔惨毙，余殊悯之。今余亦别无他语，君请遵舟中定章，将尸身执行海葬可也。'船主颔之，乃召水手入，将尸身舁去。此则余获金莲花瓣之大略情形也。"

曼丽听至此，乃屦言曰："然则此金莲花瓣，可宝者安在，可得闻乎？"

戈登曰："汝少安毋躁，余且语汝。余得此金莲花瓣后，遄返祖国，秘密收藏，以死者之谆嘱，颇守金人之戒，绝不令他人知之。客岁之冬，余偶与老友麦克威博士言及，麦大喜。据云此花共有八瓣，彼已觅得其五，愿出千金，向余购之。余知麦志在必得，乃故意靳之，坚不肯购，麦颇怏怏，以是几与余绝交。今余以此物遗汝，万一余家而毁，余死之后，汝可以此物向麦求售。麦爱此物，必出重价，则万金不难立致。此即余为汝预留之后步也。"曼丽唯唯。

正言间，阍者报有客至，戈登命肃之入，及入则老友蓝廷也。蓝廷设古玩肆于纽约，与戈登为旧交，时相过从，颇称莫逆。

戈登见蓝廷至，起立迎之。蓝廷诂笑而前，与戈登及曼丽握手，匆匆曰："今晚康斯丁伯爵夫人家，大开跳舞会，特倩余转邀君与女公子赴会，君以为何如？"

戈登曰："余近日心绪恶劣，殊无兴趣。曼丽若愿往者，可以与君偕行。"

蓝廷以问曼丽，曼丽诺之，蓝廷大喜。曼丽乃先往卧室中，易华美之衣裙一套，然后与蓝廷偕出，驱车赴康斯丁伯爵夫人家。

华镫既烛，嘉宾毕戾，酒羞杂陈，歌舞间作，此康斯丁伯爵夫人家之跳舞会也。其时曼丽与蓝廷，亦翩然戾止，主人接待甚殷。曼丽固交际场中之明星，生性豁达，伉爽若男子，座中宾客，强半相识，逐一寒暄，颇不寂寞。嗣后以主人之绍介，得识少年哈麟。

哈麟年二十余，状貌英伟，性情豪迈，立谈之顷，颇相契合。哈麟请与曼丽同舞，曼丽许之。两人舞蹈之术，均极精妙，傍观者咸啧啧赞叹。舞已，互相赞许，两情益洽，因骈坐作清谈。

曼丽四顾室中，不见蓝廷所在，颇以为异，以问主人，主人亦云未见。

哈麟曰："蓝君想有他事，故出外一行，少顷当复来也。"

曼丽亦不以为意，乃复与哈麟并坐，继续作清谈，喁喁不已。初不料此一刹那间，其家中乃发生一重大之暗杀案也。

蓝廷者，傅道士之死党也，阴贼险狠，诡诈无匹。傅道士欲得金莲花，尝通电欧美各党徒，从事物色。蓝廷与戈登善，偶言及金莲花事，戈登以其老友也，尽言无隐，且出金莲花瓣示之。蓝廷暗喜，急发电告傅道士，招之来美。

逾月后，傅道士抵纽约，与蓝廷密商，谋设法夺金莲花。蓝廷曰："戈登家中，臧获不多，晚间仅一老仆在，仆殊癃病，不足虑也。惟其女曼丽，颇为矫健，恐为我侪之梗。明晚得间，余当设法诱之他出，君乃突入，劫取金莲花。此一举手之劳耳！"傅大喜，即令如法行之。

翌日，蓝廷探得康斯丁伯爵夫人家，开跳舞大会，乃假夫人之命，往邀曼丽。曼丽果中其计，随之赴会。迨曼丽与哈麟跳舞时，蓝廷即脱身而出，驰往傅道士寓所，告之曰："曼丽已出，戈登独处家中。欲夺金莲花，此其时矣。"傅大喜，乃与蓝廷偕出，驱车赴戈登家。

夜月一丸，疏星数点。礼拜堂钟声，正铿铿报十一时。此时戈氏大门之外，忽有黑影二，幢幢往来，举止秘密，飘忽若鬼，则蓝廷与傅道士是也。蓝廷恐为戈登所认识，乃预以黑纱蒙面，厥状尤丑。两人潜启靠街之窗，逾槛而入，遥见戈登办事室中，灯火尚明，乃摸索而前。蹑足至户外，傅道士出手枪握之，推门直入，蓝廷接踵随其后。

时戈登因治事困惫，方伏案假寐。户辟，呀然有声，戈登骇而跃起，拭目注视，见蓝廷及傅道士，矗立其前，瞠目大惊，莫明其故。

傅道士以手枪拟其胸，狞笑曰："余欲从汝乞一物，汝若智者，必不余违。"

戈登骇曰："汝乃何人？欲向余索何物？"

傅厉声曰："余所欲者，即金莲花之花瓣耳。"

戈登怒曰："贼！金莲花余固有之，然余不汝与，汝其奈余何？汝无故阑入余室，持枪威胁，宁不畏法律耶？速离此，毋妄想！"言已，伸手抚案，欲按案上之电铃。

傅大怒，突发一枪，向戈登轰击。枪弹飞出，适中其胸。戈登狂吼一声，颓然仆地，一转瞬间，气绝而死。

戈登既逝，蓝廷目睹惨状，亦为恻然。傅道士则藏枪囊中，启写字台之抽屉，细加搜索，蓝廷从傍助之。

此时戈登之老仆汤姆，适闻声而入，瞥睹两人，骇而欲呼。傅道士一跃直前，突扼其喉，老仆力挣不得脱。蓝廷继至，猛击其颅，老仆负伤，仆地晕绝。

傅复于戈登身畔，搜得铁箱之钥。启箱视之，亦不得金莲花所在，两人大为懊丧。

蓝廷回顾壁上之时计，仓皇曰："曼丽将归，我侪不宜久留。今日虽失败，异时或能以他法得之，不必汲汲也。"

傅道士无可如何，乃怏怏从蓝廷出。比至门外，蓝廷曰："余当仍往跳舞会中，与曼丽偕归，以释其疑。"

傅颔之，匆匆自去。蓝廷乃雇一街车乘之，驰往康斯丁伯爵夫人家。

第二章

　　夜深矣，跳舞会，诸宾笑谈间，作歌舞杂奏，意兴尚未阑珊也。于时曼丽及哈麟，仍骈坐作清淡，喁喁不已，虽他人窃笑于其傍，亦复瞢然未觉。

　　久之，钟声"铿铿"鸣十二时，曼丽瞿然而觉，咤曰："异哉蓝廷，何为一去而不来？更一刻钟者，余且独归，不复待彼矣。"

　　哈麟曰："使蓝君而不来者，余当伴密司回家。"

　　曼丽谢之曰："余能独归，无须也。"

　　语未毕，蓝廷已匆匆而入，向曼丽道歉曰："余顷有要事，不得不出外一行，乃劳密司久待，负疚奚如。"

　　曼丽曰："无伤也。余与哈君谈甚欢，乃忘时刻。夜已深，我侪可归矣。"

　　正言间，忽有侍者入室，扬声呼曰："孰为密司曼丽者？其家以电话至，云有要事，速往听之。"

　　曼丽闻言，乃趋入电话室，执听筒听之，则发电者乃其家老仆汤姆也。

　　汤姆发语断续，状甚急迫，其言曰："汝密司曼丽耶……来……速来……主人被刺……死矣……余亦被殴而晕，今才苏耳……奇变……来……速来……"

曼丽斗闻此言，玉容失色，皇骇欲绝，立掷电话听筒于案，狂奔入会堂。

众宾客见曼丽态度失常，咸以为异。康斯丁夫人见之，急趋前问故，众亦环立于曼丽之四周，纷纷刺探。曼丽心乱如麻，仓猝不能对。

会哈麟及蓝廷亦至，哈麟排众而前，问曼丽得何恶耗，曼丽颠声曰："天乎……我父乃被刺矣……"

蓝廷佯为大惊，询曼丽以详情。曼丽以老仆之言告之，言已，嗷然而哭。

蓝廷慰之曰："密司勿尔，家中事究竟若何，尚未目睹，今我侪宜速归，一觇状况。"

曼丽含泪领之，亦不暇与主人别，立偕蓝廷奔出，驱车驰归。

曼丽抵家，奔入办事室，见其父果被刺殒命，瞑目僵卧，血流殷地，厥状殊为可惨。曼丽抚尸大哭，抢地擘天，恸不欲生。蓝廷及老仆在旁，劝慰良久，悲乃稍杀。

老仆则将当时之情形，详述一过。曼丽恍然大悟，知刺客必为金莲花而来，老父靳之不与，遂罹杀身之祸。至于凶手究为何人，一时殊难揣测。然其事又不便宣布，乃请蓝廷往报警署，购缉凶手。

蓝廷暗笑其愚，诺之而出。曼丽俟蓝廷去后，乃潜启壁上之机关小门，探手其中，则金莲花花瓣，仍安然在内，未被凶手所夺去，尚为幸事。然一念老父以此物故，惨遭杀害，则又不自知珠泪之涔涔而下也。

戈登既逝，汇业银行亦倒闭，曼丽之家，乃宣告破产矣。债务清理之后，曼丽茕茕孑立，家徒四壁，为后来衣食计，乃不得不从其父之遗命，将什袭珍藏之金莲花瓣，善贾而沽。

一日，曼丽将金莲花藏之身畔，往访父执麦克威博士。麦克威招之入，寒暄数语。

曼丽曰："先君在日，藏有金莲花一瓣，为稀世之宝，丈当知之矣。"

麦克威颔曰："然，今此物安在？"

曼丽曰："先君以此物贻余，嘱余宝藏，论理则先人手泽，固宜妥为保存。无如寒门叠遭变故，家道窘迫，不得不捐弃此物，割爱出让，不识丈亦欲得之否？"

麦克威闻言，欣然有喜色，嗣乃佯为冷淡之状，徐徐曰："金莲花安在？密司能示余乎？"

曼丽闻言，即出花示麦。麦接阅之，审视无误，乃谓曼丽曰："此物虽可宝贵，然得之亦无所用。余与令尊，交素莫逆，密司既在窘乡，余亦理宜佽助。今余愿以千金易此物，不识密司之意如何？"

曼丽闻麦克威仅出千金，意颇失望，乃将金莲花藏之囊中，怏怏曰："先君以此物故，以身命殉之。余苟非处窘乡者，亦雅不愿以此物让人。至于区区千金，似尚不足为此物之代价，丈幸恕之。"言已，告辞欲行。

麦急止之曰："密司犹以为未足耶？然则余当以三千金购此物，并屈密司来余家，任书记之职，月俸百金，不识密司之意何如？"

曼丽心犹未足，沉吟不遽允，麦怫然曰："此物一骨董耳，其实一无所用。余以性爱古物，兼因与令尊有旧，故愿以三千金之巨款，购此微物。其在他人，讵能有此豪举？密司尚恋恋不售，后此悔之，或且无及。密司还宜三思！"

曼丽觉其言颇为有理，沉思片刻，慨然诺之。麦大喜，立署一三千金之银行支单，付之曼丽。曼丽则出金莲花瓣，付之麦克威。麦与曼丽约，嘱其于翌日九时，至此任事。曼丽颔之，告辞而出。

养尊处优之曼丽女士，今乃为麦克威家之秘书矣。曼丽办事勤慎，颇得麦克威欢心。一日，曼丽以事欲与麦商，趋往其办事室。其时麦在室中，正与一少年之客，纵谈甚欢。曼丽闻客之声音，颇为熟稔，乃就钥孔中向内窥之，不意客非他人，盖即向日在跳舞会所遇之少年哈麟也。曼丽颇以为异，乃伏于户外，侧耳窥听。

时则麦与哈麟，方相对而坐。麦出所得之金莲花瓣，以示哈麟，欣然曰："此花共八瓣，余已得其六矣。前日密司曼丽，以此花一瓣售于余，价仅三千金，可谓廉甚。其实余纵以十万金购之，亦所不吝。"言至此，纵声而笑，藉以自鸣得意，嗣乃续言曰："今尚有此花两瓣，未经觅得，然余确知彼未经觅得之两瓣，乃在中国及日本。盖十余年前，余曾率仆人数名，漫游亚东，在中国之北部，觅得金莲花一瓣。已而道出长城之畔，忽遇马贼来攻，一仆仓皇之间，遽将金莲花吞入腹中，以致殒命。当时余急谋脱身，不暇顾及。今此花一瓣，尚在老仆尸身之腹中；至于其余一瓣，余亦探得其贮藏之处。两处各绘有地图一纸。余老矣，不愿跋涉重洋，远适亚东，君若能代余往觅，则按图索骥，必有成功之日。诚能挟花归来，则每花一瓣，余当酬君五万元，君意何如？"

哈麟诺之，允于翌日首途。麦大喜，即出地图付哈麟。哈麟藏之，告辞而去。二人密谈时，以为秘无人知，初不料曼丽之属耳于垣也。

曼丽闻麦克威之言，始知其父所遗之金莲花瓣，确系稀世之珍，今乃受麦克威愚弄，竟以区区三千金，脱手售去，殊为可惜。而麦以世交父执，作此欺人之举，尤为可恨。然花已售去，明知受欺，亦复难与理论。一念及此，愤恚殊甚。

已而曼丽忽发奇想："念麦克威尝言，金莲花尚有两瓣，乃在亚东之中、日二国。今麦方遣其书记哈麟，航海搜求，我曷不与之偕行，随机应变，窃其地图，捷足先得，挟花而归？麦克威欲得此花，必向余购取，余乃可任意要挟，以泄曩日之愤！"立意既决，遂奔入办事室，草一函于案上，与麦克威告别，匆匆回家，摒挡一切，豫备明日赴亚东矣。

其翌日，商船"买尼拉号"，自纽约港启程，开往亚东之日本。

曼丽与哈麟，相继购票登舟，而恶人蓝廷及其党卡生，亦潜尾于两人之后。螳螂黄雀，各有目的，其始均瞢然未之知也。

舟既起碇，机声轧轧，向前猛进。曼丽步登舱面，领略海天风景，忽见哈麟亦在舱面，倚栏而立，纵目远眺。曼丽因别有目的，雅不愿与之晋接，徘徊踌躇，意欲退入卧室。

其时哈麟适旋其首，瞥见曼丽，大喜逾望，扬臂欢呼曰："噫！密司曼丽，别来无恙耶？密司附舶而东，意将安往？"

曼丽既为哈麟所见，不得已乃含笑而前，佯作惊疑之状曰："君何为亦作航海游？"

哈麟嗫嚅曰："余受友人之托，有事赴日本，密司何如？"

曼丽徐曰："余亦往日本，或且赴中国一游。"

哈麟喜曰："然则密司乃与余同路矣。"

于是两人接谈他事。哈麟情意殷殷，而曼丽则落寞殊甚。哈麟大诧，念曼丽何对己冷淡若此？谈数语，曼丽即告辞，归其卧室。

晚餐后，曼丽闷坐无聊，复至舱面闲眺。其时甲板之上，乘客绝鲜。曼丽徘徊久之，倚栏而立，纵目四眺，天空海阔，精神为之一爽。

正盘桓间，不意蓝廷与其党卡生，相率而至，遥立于曼丽之后，卡生以手作势，示意于蓝廷。蓝廷颔之，乃出黑布一条，半蒙其面，俾免为曼丽所辨认。于是两人蹑足而前，潜至曼丽之背后，出其不意，捉曼丽之臂。

曼丽大骇，急旋其身，与两人奋斗。卡生恐其呼救，急以左手扼曼丽之吭。曼丽力挣不得脱，气闭欲绝，一转瞬间，晕绝不省人事。

卡生四顾无人，自怀中出白巾一，蒙曼丽之口，乃命蓝廷为助，将曼丽舁入卧室，置之地上。

卡生曰："此豸若在舟中，必败我侪之事，不如置之死地，以绝后患。"

蓝廷曰："然则盍掷之海中乎？"

卡生曰："不可！掷之海中，有声甚厉，他人闻而来观，适足偾事。今余有一妙法于此。"言已，乃自囊中出香油一瓶，倾出少许，涂之曼丽之鼻上，别出一小匣示蓝廷。蓝接阅之，其中乃贮一多足之小虫，形如蜘蛛。

蓝廷不解其故，卡生曰："此虫名毒蜘，产于南洋群岛，口有毒汁，噬人必死。其性又好食香油，嗅得香气，则立即前往。今余以香油涂曼丽之鼻，纵此虫出，虫往噬其面，则曼丽必死无疑。待其死后，移尸舱面，即令医生验之，亦且以其为毒物所噬毙，必无有疑及我侪者矣。"

蓝廷颔之，卡生乃启其匣，将毒蜘倾之地上，与蓝廷闭户而出。

毒蜘在地上，果嗅得香油之气，蠕蠕而前，直登曼丽之身，一刹那间，已至口鼻之间，张口露齿，将肆毒噬。

危哉曼丽！其将为此毒物所噬毙耶？

第三章

　　蓝廷之卧室为十九号，在甬道左侧之极端。其邻十八号，则一法国人居之，蓄有小犬一头，卷毛短足，状如猛烈之狮。法人之幼子，年才五六龄，时时与小犬为嬉。

　　是夕晚餐后，儿复戏与小犬搏，以竹鞭笞其背，犬负痛遁，儿逐其后。犬无路可逸，则由十九号之窗口，跃入室中。

　　其时卡生所纵之毒蜘，方蹲伏于曼丽之鼻间，张牙欲噬。小犬见之，距跃而前，以爪攫毒蜘得之，掷之地上，盘旋为嬉。一刹那间，毒蜘已立毙于利爪之下。犬大乐，乃跳跃出窗而去。

　　曼丽既脱险，悠然渐苏，拭目跃起，将口上所缚之白巾拉去。回首四顾，不稔己身乃在何所。已而心神稍定，始忆顷间为贼人所袭击，被挟至此，然终不知贼人与己何仇，乃转辗不相容若此？又不解贼人既执之至此，何以不加杀害？凡此疑窦，回旋胸中，一时殊难了解，踌躇片刻，即启户而出。

　　初意欲往谒船主，以贼人袭击之事告之，请为查究。嗣念此次被袭，同舟之人，无一见者，即令查得凶徒，彼亦未必承认。证据毫无，断难强入人罪，徒足以滋纷扰而已。况此次潜赴亚东，为事绝秘，亦不愿以细故揭破，令人注意。一念及此，决计默尔而息，置之不问，乃折回己之卧室，闭门安寝。

卡生与蓝廷至舱面上，据椅而坐，闲谈片刻，卡生笑曰："此时曼丽，当毕命矣。我侪可往卧室一观，彼若已死，乘此舱面无人，即可舁尸来此。"

蓝廷唯唯，两人乃相偕返卧室。比抵室中，则僵卧地上之曼丽，忽不知去向，惟留蒙口之白巾一条，掷于地上，两人相顾骇诧。

卡生失声曰："逸矣？咄咄怪事！彼豸已晕，安能逸去？"

蓝廷跌足曰："我固谓掷之海中，事简而易行。君乃不听，必欲行此迂缓之法，今竟何如？虫逸而彼醒，宜其遁也。"

卡生摇首曰："非洲土人，以此虫杀人，百无一失，余固目睹之。今日胡以失败，余殊不解。"已而复握拳顿足曰："此豸虽狡，谅不能逃我侪之掌握。彼若蓄意与我侪抗，余誓必设法杀之，不过迟早之间耳。"言已，乃忿忿就寝。

翌日晨，曼丽梳洗后，至舱面闲游。会哈麟亦至，两人乃握手道"晨安"，比肩而坐。

谈次，哈麟见曼丽状颇抑郁，柔声问曰："密司其病耶？何为乃有不豫色然？"

曼丽摇首曰："不然。余昨晚晚餐后，突为恶人所袭击，险有性命之虞，故郁郁耳。"言已，即将昨晚之事，详述一过。

哈麟骇曰："此真怪事！若辈于轮船之中，乃敢施其鬼蜮之伎俩，胆大极矣！虽然，密司试思之，曩日亦尝有仇人否？"

曼丽摇首曰："无之。第余父为他人所暗杀，事隔未久，君当忆之。余意袭击余者，即为刺杀余父之人，不识若辈与余家何仇，乃屡屡下此毒手，余殊不解。"

哈麟颔之曰："余意亦然。袭击密司者，殆即暗杀令尊之凶手。然则密司今日处境至危，密司脱险后，亦尝以此事告船主否？"

曼丽曰："未也。余意纵与船主言之，亦复无益。"

哈麟曰："诚然。我观船中执事之人，强半蠢若鹿豕，即令知之，亦徒足以滋纷扰而已。舟中乘客甚多，欲觅恶人，殊非易易。然恶人既在舟中，诚恐一计不成，更生他策，密司宜妥加防卫，不可轻忽。余虽不才，窃愿为密司之助，略尽保护之责任，不识密司亦许之乎？"

曼丽闻言，略一踌躇，乃毅然拒之曰："承君美意，心甚感激，然余尚能自卫，不敢以琐屑劳君。厚爱之情，谨当铭之肺腑耳！"

哈麟见曼丽婉辞拒绝，颇为怏怏，然亦不便再请。两人复谈数语，曼丽即与哈麟别，归其卧室。

少顷，曼丽散步于甬道之中。适有一女郎，迎面而来，遥睹状貌，似曾相识。比稍近，谛视之，则同学女友名潘琪者是也。潘琪瞥见曼丽，欢跃而前，与之握手。

两人曩曾同学于美术学校，颇为相得，至是客路相逢，欣慰尤甚。两人握手并立，互倾衷曲。潘琪自言，其父方经商于中国之上海，子身东渡，特往沪上省亲。因询曼丽何为作航海游，曼丽不欲明言，托辞对之。

谈良久，曼丽见潘琪状甚干练，乃以昨晚被袭之事，约略告之，潘琪为之骇然。

曼丽曰："余今兹处境，危险实甚，余意欲请吾姊助予一臂，姊能允余否？"

潘琪慨然曰："姊有急难，余辱在知己，理宜相助，不待言也，但恐能力薄弱，不足虞彼恶徒耳。"

曼丽见潘琪允予相助，深为欣幸。两人散步于客舱之顶上，且行且语，互商对付恶人之法。初不料恶人傅道士，早已追随于若辈之后也。

第四章

曼丽与潘琪挽臂散步，蹀躞于舱面之上，瞥见舟尾有小屋一间，矗然独峙。

曼丽指以问潘琪，潘琪曰："此无线电话室也，乘客欲与陆地通信，可由此发无线电，颇为便利。"

曼丽喜曰："余有旧同学爱弟丝女士，客居中国之上海。余此行抵日本后，或且折而赴中国，往上海一游。今余当发电致爱弟丝，届时请其为东道主，照料一切，庶不致有人地生疏之憾。"

潘琪曰："然则余当待姊于鹢首之左。姊发电后，可再来一谈。"

曼丽颔之，遂与潘琪别，分道驰去。

潘琪别曼丽后，踽踽独行，步至鹢首之左侧。

潘琪是日之装束，与曼丽相似，身裁长短，尤为酷肖。傅道士自背后望之，误以为曼丽也，紧尾其后。会蓝廷亦至，傅附耳语以故，蓝廷颔之，遂与傅同行。

时潘琪步至铁栏之前，纵观海天风景。傅道士四顾无人，以为时机已至，乃潜曳蓝廷，徜徉而前，佯为散步状，行近潘琪之背后，突然跃起，捉其两臂。

潘琪骇极欲呼，傅急扪其口。蓝廷握潘琪之足，奋力举起，向铁栏外掷之。訇然一声，潘琪乃坠入大海之中。

潘琪既堕海，傅与蓝廷相率逸去。其时适有水手两人，坐于下层之甲板上，目睹潘琪自上下坠，投入海中，则骇而大呼。于是闻者麇集，或以其事报告船主，船主急下令，机器间暂停进行。

其时水手等已放舢板入海，亟图援救。幸潘琪飘流不远，卒为舢板中人所救起，送登船上。潘琪饮水不多，旋即清醒。船主询以坠水之故，潘琪自言，有恶人突肆袭击，横被推坠。船主大诧，询以恶人之状貌。潘琪语焉不详，未能证实，船主亦遂置之。

其时傅道士及蓝廷，均厕于众人之中，探听消息，见水手之所救起者，乃为潘琪而非曼丽，始知匆促之间，误袭他人，心甚懊丧，相偕逸去。

潘琪略坐片刻，幸身体绝未受伤，乃向船主及水手道谢，自舱面而下。行至甬道中，适与曼丽相遇，潘琪乃以遇险之事告之。

曼丽大惊，已而悟曰："恶人所欲袭击者余也，姊衣适与余相似，彼乃误认，遽下毒手，可恶甚矣！姊以余故，险遭波及，余心殊抱不安。"

潘琪曰："余虽受惊，幸无损伤，姊可勿念也。"

两人乃握手而别，各归卧室。

翌日，曼丽晨起，独坐闷甚，乃复徐步而出，彳亍登舱面，倚栏观海。会哈麟亦来散步，望见曼丽，趋前握手。两人乃踱躞舱面，闲谈海天风物，颇为相得。

时则蓝廷与傅道士，亦同登舱面闲游，瞥见曼丽及哈麟在，乃匿身于桅樯之后。

蓝廷曰："彼二人东游之目的，均为金莲花两瓣而已，然若辈严守秘密，各不相谋说破，殊为可笑。今余察两人情状，颇相恋爱，万一因而联络，殊非我侪之利。"

傅道士曰："余亦云然。然余知曼丽之与哈麟媟，初非本心，徒以哈麟藏有地图二纸，彼欲因而得之耳。"

蓝廷曰："然则我侪之下手宜早，捷足先得，事之胜利，必归我侪矣。"

傅道士曰："曼丽与哈麟，接谭正欢，一时未必遽归。余知哈麟之卧室，为头等舱之二十三号。欲得秘密之地图，此其绝妙之机会矣。"

蓝廷喜曰："然则我侪曷速往一搜，苟能得之，宁非佳事！"

傅颔之，两人乃相率驰去。

曼丽与哈麟蹀躞久之，相与据椅而坐。

哈麟请曰："密司能许余吸雪茄乎？"

曼丽颔曰："君尽吸无妨。"

哈麟乃探怀取烟，不意烟匣适遗于卧室中，未经携出。哈麟乃请曼丽坐此稍待，亲自驰往卧室中取之。比至室中，见烟匣果在床头，乃取雪茄一支出，燃火柴吸之。

正吸烟时，不意蓝廷与傅道士，自帘后蹑足出，潜至其后。傅道士攫木棒一，力击哈麟之颅，哈麟立晕，颓然仆地。

哈麟既晕，两人乃从事搜查。床头、屋角、衣箱、皮包，以及梳妆台之各抽屉内，搜索殆遍。所谓秘密地图者，乃杳不可得。两人大讶，然亦无可如何。蓝廷恐哈麟苏醒，急曳傅道士之臂，开门逸去。

两人去而哈麟果苏，急自地上跃起，遍搜击己之人，早已杳如黄鹤。又见室中诸物，凌乱失次，一似有人搜索而去者，明知若辈此来，盖欲得秘密之地图。差幸此图藏于身畔，未为若辈所劫去，尚云幸事。

哈麟思至此，即据椅而坐，翘其左足，以一指按皮鞋之底。盖鞋底为特制之夹层，中可藏物。哈麟探指入内，取白纸一方出，展而阅之，阅已，仍藏之鞋中。忽忆曼丽坐待已久，恐将不耐，乃匆匆启户而出。

哈麟之返卧室也，曼丽独坐以待。久之，哈麟竟一去不来，曼丽颇以为异，念哈麟为人，非食言爽约者流，此去或有他故，以致不克来此。忽忆哈麟尝言，其卧室为二十三号，不如亲往一观，以释狐疑。乃徐行自舱面下，步往头等客舱，觅得二十三号所在，推其门，门乃未键，呀然而辟。

曼丽探首内窥，见室中阒无人在。曼丽大诧，嗣一转念，忽忆哈麟藏有秘密地图二纸，此时室中无人，曷不乘机入内，细加搜索，万一攫得此地图，则金莲花在掌中矣，思至此遂决计冒险而入。

比至室中，忽见衣箱、皮包及抽屉等，均一一摊置地上，其中各物，杂乱无序，一似早有人在内搜索者。曼丽大骇，兼甚懊丧，默念哈麟所藏之地图，岂已为他人捷足攫去耶？

正思索间，而室门斗辟，傅道士乃昂然而入。曼丽闻声回顾，瞥见其狰狞之状貌、奇怪之装束，皇骇几绝，夺路欲遁。

傅道士张两臂阻之，厉声曰："汝，擅入哈君之卧室，意欲何为？"

曼丽不得出，乃抗声斥之曰："余之来此，与汝奚涉？"

傅狞笑曰："余固知之，汝殆为盗窃地图而来。今地图安在？请以与余！"

曼丽怒曰："速闭尔口，孰乃知地图者……贼……恶人……"

语至此，乃乘傅道士不备，突然夺门而出，狂奔逸去。

傅道士阻之不及，乃戟指骂曰："汝之生命，在余掌握。汝纵狡，行且知余之手段辣耳。"

曼丽奔数十步，而傅道士之恶声，尚隐隐在耳际也。

海天月色，倍增皎洁。曼丽晚餐后，仍散步于鹢首之间，倚栏望月，悄然若有所思。

钟鸣十时，舟中乘客，强半均已就寝。曼丽尚孑然独立，徘徊不忍去。

其时恶人蓝廷，复偕其党卡生，出现于桅樯之间，举止诡秘，形同鬼魅。两人闪身至曼丽之后，突然跃出，捉其两肩。曼丽骇而欲呼，卡生扼其喉，曼丽立晕。卡生遍搜曼丽之囊中，卒不得秘密地图，心甚忿忿。

蓝廷欲将曼丽掷之海中，卡生阻之曰："贸然掷下，其声甚巨，恐为他人所闻。今余有一法于此，较为妥善。"言已，乃就桅边取长绳一，以绳之一端，缚之曼丽腰间。

缚已，将曼丽自栏上抛出，徐徐缒下，直达海中，然后将绳之他端，扣于栏边铁杆之上。

此时曼丽全身，业已淹入海中，为绳所曳，随舟而驶。行见一刻钟内，曼丽将为海水所淹毙矣。

第五章

当曼丽遇险之时，哈麟在卧室中，已熄灯而寝，忽忆日中之事，转侧不能成寐，乃披衣下床，启户而出，欲散步舱面，饱览海天月色。比近鹢首，忽遥见黑衣者两人，并立于舷侧之栏边，俯视海中，若有所瞩。哈麟心知有异，乃飞奔而前，欲一觇两人之所为。

卡生闻足声，骇而回顾，见哈麟突至，明知事已败露，心乃大怒，握拳兀立，蓄势以待，俟哈麟近身，出其不意，跃起攻击。无如哈麟早已预防，挥臂应敌，状殊间暇。略一盘旋，卡生乃为哈麟所执，哈麟提其肩而力掷之。卡生颠仆丈外，踉跄逸去。蓝廷在后，欲助卡生猛扑哈麟之背。哈麟急旋其身，斗飞一足起，中蓝廷之腹。蓝廷负痛，捧腹而遁。

哈麟倚栏一望，见铁杆上所扣之绳，似系有一巨物，曳而细视之，始辨其为曼丽，大骇欲绝，急将曼丽救起，抚其口鼻，觉呼吸咻然，尚未气绝，心乃稍慰，立即设法援救。

稍停，曼丽吐水数口，悠然而苏。哈麟询以遇险之状，曼丽略述一过。哈麟亦详述救援时之情状。

曼丽握哈麟之手，谢之曰："余每遇险，辄蒙君热忱来援，感何可言！"

哈麟谦逊不遑，两人略谈数语，哈麟即送曼丽归卧室，然后别去。

自是以后，哈麟与曼丽，时时小心防卫傅道士等，遂伏匿不出。即在此数日之中，哈麟、曼丽两人，乃日益亲密，情丝一缕，荡漾空中，固结渐深，不可复解。

越日，舟抵日本之横滨，曼丽预备登岸，自将行李等物，拾掇妥贴，乃启户而出。其时轮船正在进口，舟中乘客，大半凭栏而立，瞻望横滨之风景。曼丽环行一周，适与哈麟遇，欣然握手。

哈麟问曰："余拟在此间登岸，小住数日，不识密司将何往？"

曼丽喜曰："余亦欲于此间登陆，暂寓皇家旅馆，一俟事毕，再定行止。"

哈麟喜曰："然则余亦寓皇家旅馆，朝夕相见，俾得畅聆密司之教言。"

曼丽亦喜，两人乃各归卧室，取其行李，预备登陆。

讵知傅道士等，方潜尾于两人之后，尽闻其言。于是种种恶剧，又将发生于皇家旅馆中矣。

半句钟后，舟已抵埠，曼丽与哈麟，相继登岸，乘人力车赴皇家旅馆。蹑其后者，亦有两人，则蓝廷与卡生是也。

曼丽至旅馆中，寓居三层楼三十九号，哈麟居四十一号，而蓝廷及卡生所居，则为二层楼之六十二号。

曼丽将行囊什物，安置妥贴，乃孑身外出，散步街市，瞻览日本之景物。

市上儿童，以曼丽为白种人，纷纷跳跃欢呼，追逐其后。曼丽乃购鲜花无数，分赠儿童。已而闻者麇集，环绕曼丽，不下百余人。曼丽大窘，突围而出，奔入旅馆。诸顽童尚追随于后，直抵旅馆之门外，立而遥望，见曼丽久久不出，始鼓掌欢呼，哄然如鸟兽散。

蓝廷既抵旅馆，即察视旅客一览表，知曼丽所居，为三层楼三十九号，当即奔入卧室，报告卡生，两人密议良久。

卡生曰："我知哈麟之秘密地图，必已为曼丽所得。此豸机警，较我侪且犹过之。哈麟惑于其色，即令知其秘密，当亦置之不问，故为我侪计，欲得地图，当向曼丽追求，集事较易。"

蓝廷曰："然则我人苟获机会者，可一搜曼丽之室，或能得之。"卡生亦以为然。

正议论间，蓝廷临窗一望，忽指示卡生曰："视之，此非曼丽耶？"

卡生凭窗视之，见曼丽果自旅馆中出，雇一人力车，向东而去，乃欣然谓蓝廷曰："曼丽出游，我侪欲搜其卧室，此真绝妙之机会矣。"言已，立偕蓝廷出，拾级登三层楼，觅得三十九号所在。

卡生四顾无人，自囊中出百合钥，轻启其门，门应手辟。两人闪入室中，将门关闭，倾箱倒箧，恣意搜寻，翻视良久，终不得秘密地图所在。卡生大为懊丧。

蓝廷曰："此项地图，异常重要，无论在曼丽处，抑在哈麟处，若辈必藏之身畔，决不留于旅馆中也。"

卡生亦以为然，乃将室中各物，仍为安置如故，启户而出，复以钥键之，然后怏怏返卧室。

翌日晨，曼丽至门外闲游，忽与哈麟遇，两人握手，道"晨安"，接谭甚欢。

哈麟曰："此间胜地颇多，密司亦尝往游览否？"

曼丽摇首曰："未也。余初到此间,人地生疏,纵欲游览,亦觉茫然无所适从,一时又不能得一相识之人,为余指导,殊为怅怅。"

哈麟曰："然则余当与密司偕游。余来日本,此其第三次矣,各处名胜,余均略有所知,不难为老马之导也。"

曼丽曰："得君同游,欣慰奚如。然余心殊觉不安,勿以我故累君正事。"

哈麟曰："不然。余此行亦半为游历而来,初无要事,密司可勿为余虑。"

曼丽颔之。哈麟曰："此间附近有一古刹,曰'弥勒寺',占地可十余亩,佛殿禅堂,建筑宏丽。其中兼有亭台池馆之胜,精致异常,密司欲往一游否?"

曼丽曰："甚善!君能与余偕往,感激奚如!"

哈麟乃招人力车至,与曼丽各乘其一。车夫曳车狂奔,驰往弥勒寺而去。

第六章

车抵寺前，遥见宝塔七级，高耸云霄。寺中崇楼杰阁，鳞比栉次，气象庄严，崇焕无匹。曼丽度其年龄，当为十三世纪以前之建筑物，灵光鲁殿，历劫犹存，大足令人生流连慨慕之思。

哈麟谓寺后有园，风景尤佳，乃命车夫曳车前进，曲折数四，始抵园内，停车于树荫之下。

曼丽与哈麟，下车步行，饱览园中景物。此处境地清幽，散步其间，精神为之一舒。行数武，见石磴二，乃相与据磴而坐，畅谈衷曲，细语喁喁，乐乃无艺，万不料危机四伏，祸变将生于肘腋之间也。

当曼丽与哈麟接谈之时，蓝廷、卡生两人，固已潜蹑其后，伏而窃听。迨曼丽等赴弥勒寺，两人亦各雇一车，追踪而往。比至园中，遥见曼丽与哈麟，方骈坐作清谈，两人乃伏于树林之中，窃窃私议。

卡生欲趋前与二人斗，蓝廷止之曰："彼甬道傍树荫之下，尚有人力车夫二人在，万一闻声而至，必败我侪之事。今余当先往其地，设法诱人力车夫，邀之他去，然后君乃突出，出其不意，先击哈麟，哈麟而仆，则曼丽无能为矣。"

卡生额首称"善"，蓝廷乃自林中出，缓步至甬道之傍，彷徨四顾，佯询二车夫曰："此处即弥勒寺之后园耶？"

车夫曰："是也。"

蓝廷喜曰："汝等皆土著，必熟悉此间之情形。余之来此，盖欲调查一秘密之事，此事汝等或有所知，倘能语余，余当不吝重酬。"

车夫询以何事，蓝廷环瞩四周，低声曰："此事至秘，不能为他人所闻。我侪必觅一幽僻处言之，方为妥善。"

车夫闻有重酬，心咸大动，乃指谓蓝廷曰："树林之后，有一藏经处，其左为废圃，游人罕至，我侪可往彼一谈。"

蓝廷大喜，乃命车夫为前导，相偕而去。

卡生在林中遥望，见车夫果为蓝廷所诱，随之他去，四顾无人，乃自林中闪出，就地上拾一断枝握之，蹑足而前，直至哈麟之背后。

其时哈麟与曼丽，笑谈正欢，绝未觉察。卡生高举树枝，猛向哈麟头上击之，砰然一声，哈麟立晕，颠仆于地。

曼丽见之，大骇跃起，欲觅路而逸。卡生距跃而前，阻之不得行。曼丽迫不得已，遂奋勇与卡生搏。卡生掷树枝于地，虎吼而前，捉曼丽之臂，扼其吭，曼丽亦晕而仆。

卡生大喜，乃趋至哈麟之侧，遍搜其身。翻视良久，终不得地图所在，深为诧怪。最后察视其足上之皮鞋，忽见鞋底足踵间，颇有可疑之处，乃试以指按之，不意鞋底中空，砉然而开。探之以指，则其中乃有一小纸，取出视之，果即求而未获之秘密地图也。

卡生大喜逾望，如获异宝，急将地图藏之囊中，乃复驰至曼丽之侧，以白巾蒙其口。回顾甬道之傍，停有人力车二，其车夫为蓝廷诱往他处，尚未归来，乃将曼丽挟入人力车中，曳车而奔，径向明镜湖河滨驰去。

蓝廷邀车夫入废圃，据石而坐，询以寺中之古迹，以及历年来琐屑之事。两车夫各举所知，缕屑以对，滔滔不绝，如数家珍。

如是者约半小时，蓝廷度卡生所为，必已竣事，乃取日币四枚出，分酬二车夫，佯为懊丧之状曰："汝等所述，举与我事无关，即此区区，聊酬汝等之劳。余今有事欲归，他日再当与汝等细谈也。"

车夫受币，称谢而去，蓝廷乃急驰往明镜湖。比近湖畔，遥见卡生曳一人力车，飞驰而来，蓝廷急问曰："所事如何？地图已搜得否？"

卡生挥汗止其车，欣然曰："地图已搜得，刻在余之囊中。"

蓝廷喜曰："然则车中所载，乃为何物？"

卡生曰："曼丽耳，彼尚晕绝未苏。此豕殊可恶，余必杀之，以除后患。"

蓝廷曰："然则投之明镜湖中可矣。"

卡生曰："不然。明镜湖滨，间有渔舟停泊，贸然投入，恐为若辈所见。今余等当趣往湖畔，余固别有一妙法，能沉曼丽于湖，而湖滨渔人，绝不觉察。"

正言间，忽有一人力车夫，狂奔而至，瞥见其所失之车，乃为卡生所窃取，勃然大怒，厉声斥之曰："汝奈何窃我车？不速去，余且召警察来。"

卡生见车夫突至，深恐车中所载之曼丽，为彼所见，遂直前扭车夫胸，举拳殴之，车夫仓皇应敌。蓝廷在旁，复挺身相助。一刹那间，车夫乃为两人所击晕，倒卧于地。

蓝廷谓卡生曰："君既别有妙法，务宜速行，迟则哈麟且至，必为我侪之梗。"

卡生颔之，乃置车夫于不顾，将曼丽自车中曳出，负之急行。蓝廷则追随其后，直向明镜湖畔驰去。

哈麟之晕也，历半小时许，始悠然而苏，察视鞋底中所藏之秘密地图，早已不翼而飞，明知必为击己之人，盗窃以去，心甚懊丧，恨恨不已。嗣又忆及被击之时，曼丽方与己同坐，今乃踪迹杳如，不知所往，讵已为恶人之所谋毙耶？

一念及此，皇急尤甚，决计先查曼丽之行踪，然后更谋地图之璧返，乃趋至甬道之傍，询之人力车夫。车夫云：女士未见，惟此间所停人力车两辆，忽失其一，殊为可异。顷其友已往明镜湖畔追寻，不识能觅得否。

哈麟闻言，即亦驰向湖滨侦视，奔百余武，见一车夫曳车而来。

哈麟询之曰："汝之车已觅得耶？顷有一女士，与余偕来，刻忽失踪，汝亦见之否？"

车夫曰："未也。余车乃为二白种人所窃，若辈殴余致晕，脱身逸去。比余苏醒，则仅剩一空车，在余身畔，余乃曳车而返。"

哈麟骇曰："是矣。彼二白种人，即为余友曼丽女士之仇人。女士殆为若辈所获，余当驰往救之。然余于此间路途，殊觉生疏，汝能为余作乡导乎？"

车夫颔之曰："余亦恨二贼刺骨，然则君可登车，余当曳君而往。"

哈麟乃一跃而上，促车夫速行。车夫曳车飞奔驰往明镜湖。

卡生背负曼丽，驰至湖滨，置之芦苇丛中，遥见湖中果有小渔舟数艘，乃向渔人雇得小舟一。

卡生亲自登舟，操榜人之役，将舟驶入芦苇丛中。蓝廷在岸上，乃将曼丽挟起，舁入舟中。曼丽昏然倒卧，绝无所知。卡生取竹篙撑之，一篙离岸，顺流而下，欸乃数声，直抵湖心。

卡生四顾无人，乃停舟湖中，自怀中出小刀一，力凿小舟之底。舟底厚仅二寸许，一刹那间，已成一孔。湖水自孔中入，汩汩不绝。

行见一刻钟内，此舟将与曼丽同沉。卡生与蓝廷，乃各去外褂，挟之臂上，跃入湖中，泅水而返。

比登岸上，为渔人所见，骇而来询，卡生诡言操舟不慎，舟覆溺水，幸素谙游泳之术，未遭灭顶。

渔人因小舟沉没，向卡生交涉，卡生曰："舟溺湖中，可雇人设法捞起。至于损失若干，余自当承认，决不累及汝等也。"言已，立自囊中出小皮箧，取日币十圆出，付之渔人。

渔人得币，欢然而去。两人乃各雇一人力车，驰归旅馆。

两人去才五分钟，哈麟即仓皇而至，见渔夫五六人踞坐石上，若有所议，急下车招之来，询以曼丽之踪迹。

渔人相视愕然，佥云未见，哈麟又问："曾见面目狰狞之白种人乎？"

渔人曰："有之。"乃以顷间之事，详告哈麟。

哈麟骇曰："是矣。我知覆舟之中，必有曼丽女士在，诸君速从余往救之！苟曼丽女士能脱险，余自不吝重酬。"

渔人闻之，咸奋勇愿往。哈麟大喜，乃奔至湖滨，跃登舟中，解维鼓棹，直趋湖心。

其时曼丽所处之小舟，贮水已满，瞬将沉溺。曼丽为冷水所浸，早已苏醒，然而四顾茫茫，无路可逸，仰天兴嗟，束手待毙。差幸哈麟率众渔人至，将曼丽自水中曳出，挟登他舟，安然脱险。诞登彼岸，不可谓天幸矣！

第七章

曼丽既脱险，渔人送之登陆。哈麟出资酬之，别出资酬人力车夫，相与欢谢而去。

维时曼丽蹀躞湖滨，偶俯首下视，忽见芦苇丛中，有白色之小纸一方，捡起展视之，则为一简明之地图。图上所注，悉为日文，了不可解。

曼丽恍然大悟，知此图必为哈麟之物，不知于何时遗失于此，无意中得之，殊为可喜。初意欲将地图还之哈麟，嗣念万里远来，目的物乃为金莲花，今既获此地图，金莲花唾手可得。物已在握，讵甘放弃？乃乘哈麟他顾，将地图纳之囊中。

时哈麟已将渔人等遣去，趋至女前，殷殷慰问。女因哈麟屡次救护，感激莫名，深致谢忱。

哈麟谦不敢承，遂与曼丽挽臂偕行，中途雇得人力车乘之，乃相率返皇家旅馆。

卡生、蓝廷之归也，以为大功已成，欣悦无艺，既抵旅馆，急往卧室中，将湿衣脱去。

两人临窗而坐，命侍者取白兰地至，对饮为乐。

卡生将袭击哈麟之事，详述一过，欢然曰："此子不第多力，且又狡狯，彼所履之皮鞋，乃夹底而中空，秘密地图，即贮藏其内。然彼虽狡滑，余终能设法搜获，攫为我有。君试思之，即此一端，余宁不足以自豪耶？"蓝廷颔之。

卡生饮酒薄醉，益自诩其能一若金莲花已归掌握者。

蓝廷不能耐，乃中断卡生之辞锋，诘之曰："秘密地图安在？请以示余！今余欲知之，彼宝贵之金莲花，究在何处。"

卡生曰："君少安毋躁，地图在余之囊中，讵能不翼而飞？我侪按图索骥，则金莲花俯拾即是，可以不劳而获。"言已，探手囊中，欲取地图出，以示蓝廷，不意摸索良久，囊中乃空无所有。

卡生骇而跃起，将外褂脱下，遍搜各囊，汗出如沈，而此宝贵之秘密地图，终杳不可得。卡生呆若木鸡，噤不能声。

蓝廷揶揄之曰："我固谓君未必能攫得，今竟何如？君殆误矣！"

卡生惭且忿，拍案大怒曰："孰乃误者？余固明明攫得，今乃失去，殊可怪也！"

蓝廷曰："然则君曾否在囊中取物，以致将地图带出，坠入他处乎？"

卡生恍然曰："是矣。顷渔人向余索钱，余曾探手囊中，取一小皮箧。此地图殆牵率而出，坠于湖滨草间，但不识此时尚存在否？"

正言间，蓝廷偶凭窗外望，忽失声呼曰："噫！此非曼丽及哈麟耶？若辈乌能脱险？殊为可怪！"

卡生闻呼趋视，则乘车而来者果为曼丽、哈麟两人。车抵旅馆门外，两人相率跃下，挽臂而入。

卡生握拳抵案，恨恨曰："余悔不将哈麟杀死。曼丽之脱险，必为彼所救出。秘密地图，亦必为若辈所得矣。我侪今日所为，完全失败，一无所成，殊可痛恨！然余誓必将地图夺回，不达目的不止！大功之成，不过在迟早间耳。"言已，乃忿然解衣而寝。

翌日晨，曼丽独处卧室，将秘密地图取出，展阅一过，见图中所注，均系日文，一时无从索解，殊为闷闷。忽念帐房中有一打字之日妇，颇和蔼可亲，曷不以此图示之？彼或能指出金莲花所在，亦未可知。乃取地图执之，下楼入帐房。

时日妇适独坐室中，无所事事。曼丽趋前，与之颔首。日妇接待颇恭，肃曼丽就坐。

曼丽曰："余有一事奉商，不识能助余否？"

日妇曰："何事？"

曼丽乃将地图取出，铺之案上曰："此图所注，均系贵国之文字，余所不识，敢请为余讲解可乎？"

日妇诺之，先将此图细阅一过，乃将图中之注，一一讲解明晰。

曼丽大喜，称谢而去。

其时面目狰狞之傅道士，又出现于皇家旅馆。

当曼丽往帐房中时，傅道士已追踪其后，伏于户外，侧耳窃听，始知曼丽以地图上之注解，请日妇为之讲解。乃俟曼丽他去，即步入帐房，含笑询日妇："顷有一美国女士，以地图询密司，其详若何，密司能告余乎？"

日妇曰："图中所注，谓大佛寺北之嶕峣山洞，藏有一贵重之物，其他则余亦不知。"

傅道士喜曰："是矣。余所欲知者，即此已足。猥承指教，甚感厚意。"乃告辞而出，比至甬路中，适与蓝廷相遇，即以顷所探得者语之。

蓝廷曰："然则我侪宜追踪其后，彼若觅得金莲花，我侪即设法夺之，此一举手之劳耳。"

傅道士颔之，匆匆而去。

曼丽既得日妇之指点，即自旅馆中出，乘车赴大佛寺。

比至寺前，见大门紧闭，叩之不得入，颇以为异，乃往附近日人家询问。

日人云："此寺为一方公共之香火，与寻常寺院有别，故闲杂人等，不得擅入。况寺中大佛之身上，镶有玉石珍宝甚多，价值连城，深恐有人觊觎，不得不严重预防。至于寺中僧侣之出入，则另有一便门，在寺之左侧。惟门禁綦严，非作僧侣装者，概不得入内。"

曼丽闻言，告辞而出，踯躅道中，颇为踌躇。嗣乃决计改扮为僧侣，混入寺中，乃趋往街左一小衣肆内，以银币数元，购得僧侣之服一套，复购一蔽阳之大竹笠，以便藏发其中。

购得后，乃往附近一乡人家，其家仅一少妇在。曼丽入内，赂妇以资，请借其卧室，改扮一僧侣。妇得资，欣然诺之。

曼丽乃奔入内室，去其衣裙，服僧侣之装，复戴一极大之竹笠，下覆其眉，藏发笠中。对镜注视，固俨然一日本之僧侣矣。

曼丽大喜，乃与乡妇别，驰往大佛寺而去。

第八章

曼丽抵大佛寺，觅得便门所在，昂然而入。守门者误以为僧侣，不加拦阻。

曼丽步至大殿之上，见所谓大佛者，乃一释迦牟尼之石像，高可丈六七尺，箕踞而坐，法相庄严，雕琢甚精，其巨洵无伦比。

曼丽参观既毕，即自囊中出秘密地图，详细研究，见图中以日文注明，大佛石像之北，有一甬道，直通后园。园之西北隅，有木栅门一，终年关闭。栅门之内，蔓草遍地，骤视之，似无路可通，其实别有一小径，曲折达嶕峣山洞。而宝贵之金莲花瓣，即在此山洞之中。

曼丽阅图毕，正欲觅道赴嶕峣山洞，忽闻履声橐橐，自远而至。曼丽骇然，急跪伏于地，作礼拜佛像之状。

少顷，见一人作僧侣装，缓步至殿上。其人仓皇四顾，状甚诡秘。曼丽斜睨之，似曾相识，细思片刻，则恍然大悟：其人非他，盖恶人卡生所化装者也。

曼丽既识破卡生，明知彼伧此来，亦欲攫取金莲花，恐被识破，心甚忐忑。差幸卡生彷徨四顾，若有所觅，初未注意于曼丽。

曼丽思索片刻，忽得一妙策，乃自地上跃起，佯为镇静之状，徜徉而出。比至寺门之外，乃飞步疾驰，奔往乡妇家中，将僧侣之服卸却，仍易原来之衣裙，与乡妇告别，匆匆奔出。

行至十字路口，适遇乡民一群，迎面而来，曼丽扬臂阻之，大声呼曰："今有美国积窃一名，假扮贵国之僧侣，混入大佛寺中，欲窃佛身所饰之珍宝。余深悉其事，特来报告。今贼已入寺，孰愿为大佛寺之护法者，请速赴寺，捕被窃贼。苟稍迟须臾者，则此著名之古刹，将毁于一旦矣。"

乡人闻言，咸为之愕然，同声问曰："密司之言信乎？"

曼丽曰："确也。诸君若往捕贼，余可指出其人，以明余言之非诬。"

乡人信之，乃四出号召邻里。一转瞬间，闻而来集者，已达七八十人。众人大动公愤，咸奋勇愿往捕贼。

曼丽大喜，立率众乡民，驰往大佛寺。寺中诸僧侣，闻有贼欲毁佛像，亦复大骇，纷来探问。曼丽则率众驰往大殿，一拥而入。

其时卡生正在石像之下，徘徊瞻眺，瞥见众乡民蜂拥而至，皇骇失色，莫知所措。

曼丽一见卡生，即指以示众人曰："此即美洲之积窃也，速捕之，毋令脱去！"

众人闻言，攘臂争先，声势汹汹，围攻卡生。卡生明知一人之力，万不能敌，乃将头上之竹笠掷去，返身而奔，觅道欲逸。众乡人见卡生情虚图遁，益知曼丽之言为不妄，鼓噪奋呼，追逐其后。

卡生奔至寺门外甬道之间，为乡人所追及。众人撕去其僧侣之衣，不待分辩，攒殴无算。卡生俯首忍受，不敢与众人较，差幸寺内僧侣奔出，谓大佛身上之珍宝，检查无失。曼丽在旁，亦为卡生缓颊。众人始纵之令逸，卡生抱头鼠窜而去。

卡生既逸，众乃归功于曼丽，以为大佛之不毁，厥惟曼丽之力。于是寺中僧侣以及诸乡民，咸与曼丽握手，深致谢忱。

曼丽谦让不遑，因乘间问僧侣曰："余闻此问有嶕峣山洞者，夙号名胜，此洞究在何处？余欲前往一游，不识汝等能引导否？"

僧侣愕然曰："嶕峣山洞耶？此洞极幽僻，终年人迹罕至，惟有隐士二人，慕神仙辟谷之术，伏居洞中，久不出外。洞中幽静可怖，初无奇异之景物，密司若往，后必悔之。"

曼丽曰："不然。我久耳此洞之名，务欲一游为快。"

僧侣曰："然则余等当导密司往。自此处往嶕峣山洞，凡得二道：其一由本寺后园而北，行约半里许，即抵洞口；其一则自寺外绕道前往，须越一小土山，为程较远。今我侪当出后园捷径，免多跋涉。"言已，即招曼丽同行，重入寺内，由大佛殿之侧，穿小门，达后园，更由后园西北行，抵一木栅之门。

僧侣以钥启之，顾谓曼丽曰："由此前晋，约半里许，即抵洞口。密司虽孑身往，亦可无迷途之患。我侪尚有他事，恕不能伴密司矣。"言已，合掌为礼，相偕而去。

僧侣去后，曼丽乃循小径前进，荆榛蔽途，举步维艰。

曼丽披荆而行，绝不畏却，行半里许，果见山麓之下，有一洞口，口作穹形，高仅三四尺，俯而窥之，其中洞黑，深不见底。

曼丽冒险入内，佝偻前进，行数十武，洞乃渐阔而高，两傍石壁森然，龈腭突兀，偶一不慎，往往触足欲踣。如是者复百余武，忽遥见火光熊熊，发于洞中。

曼丽初颇骇然，嗣乃忆及僧侣之言，知必洞内隐士所为，胆气渐壮，依然进行。

已而抵一凹入之处，见一人衣破旧之和服，据石磴而坐，磴傍置火炉一，火光熊熊，出于炉中，炉侧又置有篾炬无数。

曼丽知其人必为隐士，趋前与之语。其人微睨曼丽，不言亦不笑，但取篾炬一，投炉中燃之，付与曼丽，挥之入内。曼丽接篾炬执之，与隐士别，复向前进行。

曲折数四，又抵一地。其地置有木几一，几为圆形，高可三尺许，上置一黄铜之盆，莹然耀目。盆内则栽有金莲花一朵，花凡八瓣，状颇逼肖。几前有一和服之人，方伏地膜拜，久久不起。

曼丽蹑足而前，谛视盆中之金莲花，见其中有一花瓣，金色黑黯，显系古物，与其他各瓣，迥然不同，乃将此瓣折下，纳之怀中。

其时伏地之隐士，尚膜拜未起，曼丽乃转身而出，行不数步，忽遥见一人手持篾炬，匆匆而来。曼丽谛视之，不禁大骇。其人非他，盖恶人卡生也。

初，卡生为乡人所痛殴，仓皇逃回，状甚狼狈，途中与蓝廷遇，略述其事。

蓝廷曰："顷余亦已设法探听，此问别有一小径，直通嶕峣山洞，初不必穿大佛寺也。"

卡生大喜，乃复鼓其勇气，随蓝廷之后，驰往嶕峣山洞。行里许，越一小土山，始抵洞口，忽遥见哈麟彳亍于前，手执地图一方，且视且行，似欲入洞。

蓝廷急曳卡生，伏于一巨树之后，窥其举动。

卡生诧曰："此项秘密地图，已为曼丽所得，余曾亲见之，然则今哈麟所阅者，又何自而来？"

蓝廷曰："余意哈麟未失此图时，早已绘有副本。今所阅者，殆其副本耳。"卡生亦以为然。

其时哈麟已趋入洞中，卡生急曰："金莲花瓣，即在此山洞之内。我侪宜先将哈麟击倒，则金莲花归我侪矣。"言已，飞驰而往，奔入洞中。蓝廷亦接踵随其后。

卡生入洞，见哈麟在前不远，乃纵跃直前，猛扑其背。哈麟觉之，急转身与斗。盘旋数四，卡生不能敌，幸蓝廷继至，拾石块一，自后击哈麟之颅，哈麟始晕而仆地。

卡生谓蓝廷曰："君可曳此獠出洞，掷之山麓，坐守其傍。余则入洞内取花，取得之后，当遇君于此山之麓也。"

蓝廷颔之，遂负哈麟于背，挟之而去。

卡生复摸索入内，至隐士之前，隐士亦授以篾炬一。卡生执炬，匆匆前进，万不料捷足先得者，固尚有曼丽在也。

曼丽见卡生突至，心甚皇骇，狭路相逢，危险殊甚，乃掷篾炬于地，返身而奔，逃往洞底，讵知已为卡生所瞥见。

卡生勃然大怒，明知洞中之金莲花，必已为曼丽所攫去，懊恨殊甚，当将篾炬掷地，虎吼而前，飞逐曼丽。

曼丽见卡生来追，奔乃益疾，曲折久之，至一旷地，豁然开朗，忽睹天日，盖已自洞之他端奔出，驰至山麓矣。

卡生忿甚，追逐其后，坚不肯舍。

曼丽逃至山腰，回顾卡生，相距不远，势难脱身，心甚惟悸，瞥见山腰有粗藤一支，长可数丈，直达对面之山腰，横互空中，形如绳桥。曼丽迫不得已，乃跃登藤桥之上，欲逃往对面之山麓，以手代足，攀缘前进，其身高悬空中，下视渊谷，深可万丈，惊心骇目，危险万状。

会卡生已追至山腰，见曼丽高悬于藤桥之上，状殊困苦。卡生乃伸手握藤，极力摇动，欲将曼丽掷入深渊。差幸曼丽握持甚坚，虽受簸荡，仍未下坠。

卡生知此法无效，乃自怀中取手枪出，向藤上轰击，连发三枪，无不命中。藤断，訇然一声，曼丽乃坠入深渊之中。

第九章

曼丽自藤上坠下，自分必死，瞑目待毙，讵知其下适为一深涧，曼丽堕入涧中，绝未受伤。

曼丽素精游泳之术，惊魂甫定，即泅水登岸。

其时卡生以曼丽为必死，早已舍之他去。曼丽乃觅道出山，步行至大道，雇一人力车乘之，驰归皇家旅馆。

比抵馆中，急奔入卧室，自囊中出金莲花瓣，什袭藏之，然后将湿衣易去，斜倚榻上，稍事休息。

哈麟之晕也，蓝廷负之自洞中出，挟至山麓，掷之地上，将其囊中所藏之物，一一取出，细加检查。

已而于亵衣囊中，搜得一白布之囊。启囊视之，其中所藏者，除金洋数元外，别有简明地图一纸。图上所注，均为华文，一字不识，殊难了解。

正展阅间，卡生已欣跃而至，蓝廷询以金莲花之事，卡生曰："金莲花已为曼丽所得。此豸为余所迫，堕涧而死。涧水殊深，不易捞取，明日俟其尸浮出，然后取之，亦复未晚。"

蓝廷更以哈麟身畔所搜获之地图，出示卡生，卡生喜曰："此为另一地图，亦与金莲花有关。我知此花两瓣，一在日本，一在中国。在日本者，早已搜得，刻为曼丽所攫去；其在中国者，必须按此地图求之，方能寻获。我侪今得此图，为益殊非鲜浅。"言已，仍将地图纳入布囊，藏之怀中。

蓝廷欲先回旅馆，卡生颔之，蓝廷乃匆匆自去。

蓝廷去而哈麟忽苏，张目四顾，见卡生踯躅其侧，若有所思。

哈麟乃突然跃起，乘卡生之不防，猛击其颅。卡生晕而仆地，哈麟置之不顾，自乘车返皇家旅馆。

卡生虽晕，不久即苏，见哈麟已逸，心甚恨恨，惟顷所夺得之布囊及地图，仍在怀中，未被攫去，深以为幸，乃雇一人力车乘之，驰回旅馆。

比至馆中，登楼返卧室，行至二层楼之甬道中，瞥见曼丽自三层楼而下，心乃大诧，念曼丽已坠入山涧之中，不死即伤，度无幸免，今乃安然返旅馆，殊不可解。沉思久之，始怏怏返卧室。

时蓝廷方斜倚榻上，见卡生归，跃起曰："来何迟也？"

卡生坐定，怂然曰："君方别余去，哈麟即苏，将余击倒，脱身逸去。"

蓝廷骇曰："然则地图如何？"

卡生自怀中出布囊曰："地图幸未攫去，可谓大幸。然今又有一事，足令我侪怀疑不置者。曼丽为余所迫，坠入万丈之深渊，此乃余之所目睹者。余意此豕已死，敌去其一，颇为欣慰。不意顷至馆中，曼丽方自卧室中出，安然无恙。即此一端宁非大怪事耶？"

蓝廷曰："彼虽下坠，或未受伤，故得安然返旅馆耳。余试问君，今我侪之进行如何？"

卡生曰："金莲花两瓣，曼丽既得其一，我侪不杀此豕，断难攫得。此应进行者一也。其另一花瓣，当在中国，我侪既得此秘密之地图，则按图索骥，亦不难设法觅得。故我侪俟此间成功后，当再往中国一行，以竟全功。此应进行者二也。"

蓝廷曰："然则此秘密地图，极关重要，君宜妥密藏之，勿为他人所攫去。"

卡生颔之曰："余晚间睡时，当置此囊于枕畔，定无他虞，君可勿虑也。"

二人言时，自以为秘无人知，万不料属耳于垣者，乃有曼丽在也。

先是，曼丽既脱险而归，默念："奸人毒计，层出不穷，彼若知余未死，必且别生奸谋，殊为可虑。"初意欲迁居他处旅馆，以免危险，已而思之，哈麟及敌党，均寓此间，一旦舍之而去，则消息滞隔，反形不利。再四思维，决计化装为日人，以蔽恶人之耳目，乃匆匆下楼，步入帐房内，往晤打字之日妇。

日妇素与曼丽善，肃之就坐，询其来意，曼丽密语之曰："余有仇人二，自美洲追踪来此，累施毒计，意欲将余杀害。余为避祸计，欲暂改装束，以避耳目，容特来此，求助于密司，请惠假衣裙一套，俾得改装，二三日后，即可奉还，不识密司能助余乎？"

日妇曰："此间有下女之衣裙一套，密司苟不以为亵渎者，可携去服之。"

曼丽坦然曰："此系假扮，庸复何伤？"

日妇乃将衣服检出，付之曼丽。曼丽携归卧室，立即改扮，一刹那间，遽变为旅馆中下女之状，对镜自照，颇为酷肖。

乃启门而出，拾级登三层楼，步至六十二号之门外，伏而窃听，于是卡生与蓝廷所言，乃一一为曼丽所闻。

曼丽沉思久之，忽得一策，乃步至甬道之口，启窗四望，相度形势。审视片刻，乃闭窗而下，返其卧室，和衣就寝。

更漏三下，万籁俱寂。皓月一轮，徐徐自云中推出。月光四照，澄澈若水。

此时忽有黑影一，出现于六十二号之窗外，攀执铁栏，猱升而上，手足灵捷，身体矫健。月光照之，面目毕露，其人非他，盖密司曼丽是也。

曼丽攀缘至窗口，隔窗一望，见卡生之榻，适临窗前。侧耳细听，卡生鼾声如雷，好梦正酣，乃轻启其窗，逾槛而入。归视卡生之枕下，果有白布之小囊一，露其一角，乃蹑足至床前，执布囊之角，轻摇而徐曳之。枕微动，卡生疾转其驱。

曼丽大骇，几欲越窗而遁，嗣见卡生酣卧如故，瞢然未觉，乃复执布囊曳之，囊脱然而出，竟入曼丽之掌握。

曼丽大喜，乃蹑足赴窗前，蛇行而出，抱持太平梯下之铁柱，一泻而下。足既达地，遂飞步逸去。

曼丽之出也，匆促之间，未将玻窗关闭。冷风吹入，拂卡生之面。

卡生惊醒，瞥见玻窗大开，心甚诧异，急自床上起坐，探手枕底，摸索其宝贵之布囊，不意布囊已杳如黄鹤。

卡生骇且怒，急从床上跃下，奔至窗前，凭槛一望。其时月光清澈，纤屑毕见，遥见曼丽自铁柱上泻下，飞步逸去。卡生大怒，立自窗口跃出，亦由柱上泻下，奋其全力，追逐于曼丽之后。

曼丽驰百余武，立而回顾，遥见卡生自后来追，急藏布囊于怀中，奔乃益疾，且时时作左右折，以迷卡生耳目。

曲折久之，抵一别墅之附近，曼丽闪身避匿，倏然失踪。

已而卡生驰至，举首四顾，竟不见曼丽所在，握拳透爪，怒不可遏，然亦无可如何，乃邑邑而返。

第十章

翌日，曼丽晨起，梳洗毕，步至楼下之帐房内。

司帐者出一名刺，授之曼丽曰："此为四十一号旅客哈君所遗。哈君业于今晨启行，乘早车赴神户，临行时因密司尚未起身，不克告辞，特留此片，嘱为转言，以当话别云。"

曼丽阅已，纳之囊中，觉哈麟为人，颇为多情，芳心震跃，似有所感，乃怏怏返卧室，斜倚沙发之上，凝思良久，念："哈麟此去，必往中国无疑。我观麦克威所绘之地图，则知金莲花两瓣：一在日本，一在中国。今我既得其一，羁旅日本，亦无所事，徒令奸人遍布罗网，层出诡计，万一堕其彀中，或有性命之忧。为今之计，曷不亦往中国一行，藉避奸人之耳目？苟能将金莲花寻获，则我志已遂，我游亦倦，可以遄返祖国矣。"

其实曼丽斯时，芳心之中，尚有一哈麟在。哈麟既行，曼丽初亦不容不往。彼金莲花瓣，犹其次焉者耳。

当时曼丽立意既定，决计乘下午第一班车，驰往神户，乃下楼入帐房中，将旅费付讫。

司帐者询以何往，曼丽恐为奸人所知，讳莫如深，不以直告，但谬举一地以应之，匆匆返卧室，整理行李预备成行。

是日午后，曼丽自旅馆中出，乘火车赴神户。车抵其地，即往船局询问，始知是晚适有一商轮名"尾辰丸"者，开往中国之上海。

曼丽大喜，乃先觅得一僻静之旅馆，暂卸行装，稍事休息。迨晚餐之后，命旅馆中人，往定头等舱一间，并将行李数事，携入舟中。

迨轮船将启碇时，曼丽始乘车下舟，当即步入其所定之卧室内，闭户高卧，瞑然入梦。

曼丽之离横滨也，卡生等初未觉察，已而偶过三十九号之门外，忽见室中乘客，已另易他人。卡生大诧，询之侍者，始知曼丽业于是日午后，离此他去。

卡生急往帐房中，查问曼丽所往之地，司帐者语殊含糊；更询以哈麟之行踪，司帐者即以告曼丽之言，一一告之。卡生恍然悟，急奔回卧室，以告蓝廷。

蓝廷亦骇然，怏怏曰："然则我侪今当何如？事既至此，宁能半途而中止耶？"

卡生曰："无伤也。彼二人之行踪，我侪不难踪迹得之。我知哈麟之赴神户，盖欲由神户往中国耳。两人或早有成约，亦未可知。今我侪居此，亦无所事，余意当即日赴神户。苟神户而有船赴中国者，我侪即乘之以往。舟中纵极瞭阔，当亦不难觅得之矣。"

蓝廷亦韪其议，于是两人亦将旅资清付，驰往车站，乘火车赴神户。下车后，探得商轮"尾辰丸"，将于是晚开往中国，当即购票下船。

少顷，启碇之时将近，汽笛连鸣，乘客纷纷而下。两人以冠蔽面，伏于甬道之左，留心察视，见曼丽果姗姗而至。

卡生审视不误，心乃大乐，俟曼丽过，即偕蓝廷阴蹑其后，遥见曼丽步至十三号客舱之前，启户而入。卡生书其号数于记事册内，乃相率归卧室。

一刹那间，舟已启碇，汽笛呜呜，轮机轧轧，疾驶向中国之上海而去。

越日，"尾辰丸"商轮，已驶抵中国洋面，距江苏之吴淞口，不过二十余里。时值清晨，乘客以商轮进口在即，纷纷至舱面闲眺。

曼丽自登舟后，因曩日自美赴日，途中迭遭危险，怵于前事，伏匿不出，斯时渐觉闷不能耐，且轮船行将抵埠，谅无他患，因亦启户而出，一览海天风景。

比至舱面之上，忽与哈麟相遇，两人异地重逢，乐乃无艺，握手清谈，喁喁不已。

曼丽佯问哈麟，缘何作中国之游，哈麟嗫嚅片刻，饰词以对。曼丽窃笑之，哈麟亦转以询曼丽，曼丽谓志在游历，拟往上海、北京、长城等处，行踪尚难预定。

两人谈久之，哈麟谓舟将抵埠，房中行李，尚待整理，即与曼丽别，匆匆自去。

哈麟行复，曼丽亦转身欲归，瞥见十余武外，有一人伏于烟囱之后，举止诡秘，双目灼灼，注视己身。察其状貌，颇似累次袭击之恶人卡生，曼丽心颇骇然，念若辈竟能追踪来此，其探事之神速，至可惊讶。乃止步不行，倚栏观海，佯为未见，时时斜睨卡生，探其所为。

久之，见卡生渐呈不耐状，转身而去，曼丽乃潜蹑其后，相去十余武，行行止止，幸未为卡生所觉察。已而卡生自舱面拾级而下，曼丽仍尾其后。行至甬道一转角处，卡生忽遇一友人，立而密谈。

其友背立，以冠覆额，不辨其貌。曼丽蹑足而前，伏匿于两人之后，以桅杆自蔽，窃听两人作何语。

但闻卡生谓其友曰："曼丽果在舟中，余顷在舱面见之。舱面乘客颇多，殊难下手。此舟在半日之内，将抵上海。余拟发一无线电信，致我党之机关部，预邀多人，待于浦江之滨，一俟曼丽登岸，即设法捕获，幽之机关部，非惟可除后患，并可将其所藏之金莲花，一并攫得，则我侪之大事济矣。"

其友曰："然则君速往发电，迟则恐有不及。"

卡生颔之，遂与其友别，重登舱面，驰往无线电报室而去。

曼丽闻卡生之言，颇为忧虑，嗣见卡生登舱面，略一踌躇，亦复追踪而上。但见卡生果奔入无线电报室，少顷，复自室中奔出，状甚丧气，怏怏而去。

曼丽不解其故，俟卡生去远，乃亦奔往电报室，伪云欲发一电报。司机者摇首曰："电机损坏，不能拍发，刻正遣匠修理，大约半句钟后，方能发电也。"曼丽知卡生之电，尚未拍发，心始稍慰。

此时曼丽之计划，欲将无丝电机毁损，俾不能发电，以为根本解决之计。

时则适有一电机工匠，匆匆而至，欲以软梯登电杆，修理电机。曼丽见之，急趋前拍其肩，柔声问曰："余欲从汝假一物可乎？"

工人愕然曰："何物？"

曼丽曰："即汝之衣服及器具耳。若能见允，余不吝重酬。"

工人初殊犹豫，曼丽赂以资，始为首肯，即将衣服脱下，付之曼丽。

曼丽持之，奔至一僻静之次，将衣服改扮。一转眼间，轻盈袅娜之曼丽女士，忽变为相鄙可憎之电机工人矣。

改扮既毕，乃奔往软梯之侧，欲攀缘而登。其时适有稽查员一，昂然而至，见此工人面生可疑，趋前诘盘。曼丽恐为识破，置之不理，意欲拾级登桅颠。

稽查员阻之不听，盘结愈严。曼丽怒，突发一拳，将稽查员打倒，跃登软梯之上，攀缘而登，瞬息达桅颠。

其时被殴之稽查员，跃起大呼，船中职员及水手，四面而集。卡生等闻声亦至，仰见曼丽，在桅顶之上，惊且诧，欲助舟中水手，设法捕之。

其时水手之勇健者，已纷纷缘梯而上。曼丽见捕者且至，乃将桅颠之电机击毁，手攀铁索，一泻而下。

众见曼丽下，相与鼓噪而前，欲围而捕之。曼丽四顾不得逸，又不愿束手就缚，乃躬冒危险，纵身一跃，投入海中。

訇然一声，水沫四溅，曼丽乃随波逐浪而去。

第十一章

曼丽坠海后，幸素精游泳之术，未遭灭顶之祸。

其地距吴淞口，不及十里，故海面恬静，风浪绝微。曼丽奋其全力，泅水前进，扬首四顾，冀或有他舟过此，见而来援。无如海面瞭阔，帆影绝稀，曼丽大为失望，自分将葬身鱼腹。

泅久之，气喘力微，渐不能支，头目晕眩，知觉浸失，乃为海水所卷，载沉载浮，顺流而下。飘浮里许，适有一中国渔舟过，将曼丽设法救起。

渔夫朱姓，宝山人，年已五十余，夫妇子女凡四人，浮家泛宅，往来吴淞口外，以捕鱼为业。朱翁性颇慈善，将曼丽捞起后，见其气息未绝，急设法施救。

久之，曼丽渐苏，见己身乃在渔舟之中，始知晕绝之后，侥幸遇救，支撑起坐，向朱翁道谢。

朱媪取更杯茗至，请曼丽饮之，饮已，精神稍振。

朱翁询其落水之故，曼丽诡称舟中遇盗，行李被劫，匆促之间，跃入海中，以致飘流至此。朱翁夫妇，深为太息。

朱媪见曼丽身上衣服，均已湿透，乃招之入后舱，出其女之衣裤一套，请曼丽易之。衣为蓝布所制，颇为清洁。曼丽深致谢忱，遂将湿衣卸去，改服中国式之衣裤。

转瞬之间，此袅袅婷婷之西方美人，一变而为中国之渔家女矣。

薄暮，渔舟返棹，停泊吴淞，曼丽即宿舟中一宵。

翌日晨，曼丽向朱翁夫妇告辞，欲乘车赴上海，访其同学爱弟丝。

朱媪阻之曰："密司之衣服，顷已洗涤，曝之而未干。余意密司可再留一宵，明日赴沪，正亦不迟。余有亲戚，居宝山城内，密司若有兴，可偕余往城内一游。地虽荒僻，亦足广见闻也。"

曼丽闻言，颇合其意，遂诺之不辞。

早餐后，曼丽偕朱媪登岸。朱媪往招一人力车至，车仅一轮，以木制之。轮居车中，朱媪与曼丽，分坐左右，车夫则自后握柄而推之。其行甚缓，曼丽见所未见，颇为诧异。

车行久之，始抵宝山县城。城之建筑，卑陋特甚，其高不及一丈，女墙凹凸，作犬牙龈腭之状，砖石剥落。察其状，殆久不加修理矣。

车至城外而止，曼丽与朱媪，相继跃下。曼丽纵目四瞩，见城门作穹圆之形，高仅四尺许，人或颀而长者，须伛偻而入。城外有小桥，桥下为濠，水涸且见其底。

据朱媪云：城门守卫，异常森严，昼启而夜闭。夜中非本城之人，不得出入。

两人且行且语，越小桥而过。时则小桥之侧，立有华人三五，目灼灼视曼丽不已。曼丽觉之诧而注视，瞥见其中有一人，宽袍大袖，面目狰狞，方指点其左右之人，若有所嘱。

曼丽一见，不觉大骇失色。其人非他，盖傅道士也。

初，曼丽既跃入海中，船主见之，惊皇欲绝，急下令机器间，停轮施救。

迨水手放舢板下海，曼丽已不知去向。水手回船复命，船主亦无如之何，以为曼丽孽由自作，启轮前进，置之不顾。

舟中乘客闻之，咸诧为奇事，以为曼丽一弱女子，缘何改装登桅颠，将无线电机击毁，甚至以身殉之，亦所不惜，此中必有特别之原由，殊难索解。或疑曼丽有神经病，一时痫作，以致发狂蹈海。议论纷纭，莫衷一是。

哈麟闻耗，则扼腕悲叹，颇疑其为恶人所谋害，然亦无确凿之证据。

其中惟蓝廷及傅道士两人，深悉内情。傅道士以曼丽溺毙，敌去其一，额手称庆。惟金莲花一瓣，亦随曼丽而入海，则又深为惋惜。

舟抵吴淞，傅道士偕蓝廷登岸，入宝山城中之机关部，密筹对付哈麟之法。

越宿，傅率其党四五人出城，欲乘火车赴上海，而曼丽适偕朱媪至，遂遇于城外小桥之侧。

此则曼丽与傅道士两人，均所万不及料者也。

宝山城者，实傅道士之势力范围，唯所欲为，莫敢或抗。

当时傅既识破曼丽，立即指挥其羽党，蜂拥而前，欲捕曼丽。曼丽大骇，莫知所措，朱媪急曳其臂，飞步而奔，逃入城中。

傅道士立率羽党，追踪而入。城中街道极狭，路政不修，两傍均矮屋，鳞比栉次，行人绝鲜，冷落殊甚。曼丽亦无心瞩览，但随朱媪之后，尽力狂奔。驰久之，抵一矮屋，即朱媪之戚所居。媪叩门甚急，其戚出启门，媪即曳曼丽入内，闭户键之。

少顷，傅道士率其党追至，声势汹汹，破门而入。媪之亲戚，乃一乡愚，畏傅之势，不敢与抗。傅乃命其党捕曼丽出，挟之至街心，遍搜囊中，不得金莲花所在。

傅乃扭曼丽之肩，厉声胁之曰："金莲花安在？速以与余！汝虽狡，今已入余掌握，苟违余命，余力足以杀汝，汝其慎之！"

曼丽置之不理，绝不作乞怜态。傅见曼丽强项殊甚，觉无如之何，乃以白布一方，蒙曼丽之口，更以长绳一条，缚其手足。缚已，乃纳之一肩舆之中，命其党两人抬之。

傅率其众，监视于后，自宝山城中出，向上海县而去。

第十二章

傅道士羽党既众，巢穴亦多，出没不常，行踪靡定，往往杀人越货，作奸犯科，虽当地之警察，亦殊无如之何。

其在中国之总机关部，设于上海之某氏花园。此园夙号名胜，景征绝佳，其中有崇楼杰阁、旱船水轩，以至荷花池、九曲桥之胜。又以太湖奇石，叠成假山，玲珑剔透，崔巍突兀。中有山洞无数，曲折缭绕，节节相通，人入其中，往往迷不能出。

此园本为某氏之别墅，某氏举家离沪，仅留一仆守园。傅道士乃以重金赂守园者，借之为总机关部。其地本极幽僻，他人非得守园者允许，又不得擅入游览，故傅道士虽犯案累累，匿迹此中，终无虞有破获之一日也。

曼丽既为恶徒所执，傅道士即挟之来此，闭入一小室之内。

傅临去时，顾谓曼丽曰："今屈汝暂居于此，汝若欲得自由者，可速以金莲花花瓣，献之于余。余得金莲花之日，即汝获自由日也。"

曼丽恨恨曰："汝无故将余关闭，夺人自由，国法安在？金莲花固在余处，然余不汝与，汝其奈余何？"

傅狞笑曰："蠢哉汝也！汝既入余牢笼，更与余抗，此复奚益？余今幽汝于此，绝汝饮食，旬日之内，汝且沦入饿鬼道。届时汝纵以金莲花与余，余亦不汝宥矣。"

曼丽叱之曰："汝毋妄想！余纵饿死，亦决不向汝作乞怜语。汝勿以死胁余！"

傅曰："是亦良佳，愿汝毋望今日所言。"言已，乃闭门键之，率众忿忿而出。

傅道士既去，曼丽乃急谋一脱身之策，撼其门，门已下键，乃击破其窗，逾槛而出。奔入假山洞之内，但见其中曲折缭绕，四通八达，盘旋良久，终不能得其出路所在。

久之，驰至一假山之巅，山下为一水轩，遥见傅道士正在水轩中，方倚栏而立，俯视池中荷藻，状貌凝寂，若有所思。

少顷，忽招其全体党人入，告诫之曰："顷余所捕之女子，关系重要，不可轻纵，汝等宜分守各门，勿令兔脱！孰有监守不严，或私释之去者，余必杀其人以偿。罪在不赦，汝辈其慎游！"

诸党人唯唯而去，曼丽乃自假山中奔出，仓茫四顾，欲觅一出外之路，遥见前面有月圆门一，乃飞奔赴之。

方欲出门，突有一华人自墙阴跃出，张两臂阻之曰："密司焉往？余奉首领之命，守视此门，无论何人，不得擅出。"

曼丽见此人状貌凶恶，与之对垒，必且无幸，乃倒退而入。

一点钟后，傅道士坐于后堂堂侧，遣其党两人，往招曼丽，云有要事面谭。

党人诺而去，傅乃伏案作函，以此间之情形，报告其友蓝廷。

其时曼丽适自假山中穿出，步至后堂之左，探首内窥，傅道士方伏案作函件，未之见也。

少停，傅所书已竣，散步庭心。曼丽恐为所见，急闪入屋之侧面，伏而窃窥。

会傅所遣往招曼丽者，均来复命，云曼丽已自室中出，四处寻觅，绝无踪迹，未识何往。

傅大疑，踌躇片刻，命两人往戒前后门守者，务须严密守视，勿被曼丽逸去，并再令纠集同党数人，重往假山中细加搜索，务将曼丽捕获，挟之来此。

党人唯唯，乃相率而去。

当傅道士与其党接谈时，曼丽在山洞之内，忽思得一妙策，乃乘傅之不在，冒险自洞中闪出，蹑足升堂，步至傅道士之写字台前，伸纸命笔，作一极简单之乞援书，其辞曰：

今有一美国女子，被困于某氏花园，见此纸者，请速报警察来援。

书已，握之手中，潜自堂上退下，仍伏匿于假山洞口。

少顷，傅道士返，按电铃招一仆入，以案上之函付之，令其送往邮局递寄。

仆唯唯持函出，过假山洞口，适遇其同伴某，因立而略谈数语。曼丽乘机闪出，拔帽上之钢针一，将乞援之书，扣于仆之背上。仆人蠢然，未之觉也，乃匆匆持函出园而去。

曼丽见仆人出，心乃稍慰，蹀躞假山石上，静待援者之至，不意傅道士所遣羽党多人，追寻而至，遥见曼丽在前，乃蜂拥来捕。

曼丽急避入假山洞中，党人亦相率追入。曼丽左环右绕，以蔽追者之目。党人紧随其后，坚不肯舍。

奔久之，曼丽力弱气喘，渐不能支，差幸背后追者，已不知所往，乃趋至一六角亭之前，据石而坐，稍事休憩。

不意党人，均伏匿于六角亭之中，曼丽既至，相顾大喜，乃逐一蛇行而出，蜿蜒至曼丽之背后，一声号令，同时跃起，捉曼丽之两臂。

　　曼丽出不意，无法拒抗，遂为众人所执。

第十三章

傅道士之仆，持函自园中出，至附近之邮局中，购票一分，粘之函上，投入信箱。其时适有一美国女郎，亦在局中寄信，忽见其人背上，扣有白纸一方，颇以为异。

女素好事，潜将此纸揭下，诵读一过，见纸上所书，乃为乞援之语，不觉为之骇然，嗣念："救灾恤患，乃人类应尽之责任。我既揭得此纸，理应稍尽义务，讵能置之不顾？"乃匆匆自邮局中奔出。

遥见十字路口，有一站岗之巡警在，女郎招之来前，以揭得之纸示之。

巡警阅毕大惊，查问此纸之由来，女郎具告之。巡警急偕女郎往警局，以此事报告警长。警长立遣巡警一小队，驰往某氏花园，细加搜查。女郎亦随之同往。

比抵其地，见园内虚掩未闭，女郎遂招诸警察，一拥而入。

顾此园据地甚广，房屋又多，曲折缭绕，足难遍及，一时又不知彼乞援之女郎，被困何所，若欲细加搜查，实觉异常困难。幸女郎思得一妙策，亲自驰至假山之顶上，居高临下，纵目四眺，全园景物，一览无余。遥见百余步外，有短衣窄袖之华人六七，围一女子，曳之而行。

女郎急驰下，报告警察，警察闻之，如其所指，飞奔而往。

其时曼丽方为党人所捕，党人迫之同行，欲往后堂见傅道士，不意警察一队，乃如飞将军从天而下。党人见之，失色如土，急将曼丽释放，抱头鼠窜，纷纷如鸟兽散。

警察蜂拥而上，将党人一一捕获。其幸而兔脱者，立即奔赴后堂，报警于傅道士。傅道士知事已败露，立率其党，自后门逸去。迨曼丽引警察至，傅早已远遁，鸿飞冥冥，不知所往矣。

曼丽向女郎及警察道谢，警察询其来历，曼丽诡言，新自美洲来此，以人地生疏，为华人傅道士所诱，以致被囚于此。警察信以为真，亦不复盘诘。

曼丽又言，有旧同学爱弟丝，寓居法租界霞飞路二十九号，欲往访之。

警察乃与曼丽偕出，为之雇一人力车，送往霞飞路。曼丽跃登车上，向警察举手道谢，车乃飞驰而去。

半点钟后，曼丽乃在爱弟丝家矣。

旧雨重逢，互吐衷曲；两情洽协，欣悦无艺。爱弟丝乃留曼丽止宿其家，曼丽转托爱弟丝，遣人往吴淞渔人朱翁处，将衣服外褂等一并取回。金莲花及地图，均藏于外褂之囊中，幸未失去。

翌日，曼丽与爱弟丝谈次，爱弟丝询以东游之目的，曼丽将金莲花之事，详细告之。

爱弟丝曰："然则所谓金莲花者，姊已觅得否？"

曼丽曰："余已得其一。顷余观地图，知尚有一瓣，则在死尸之腹中。此尸瘗于长城左右，故余拟先赴京津，流连数日，然后往长城左右觅之。然自此而京津，而长城，旅费之数綦巨。余之行李，均遗于'尾辰丸'商轮之上，今则囊空如洗，不名一钱，北行之愿，恐不能达；稽留于此，则金莲花将为他人所得，为之奈何？"

爱弟丝慨然曰："此则姊可毋虑！姊若北上，需费若干，可向余取之。"

曼丽摇首曰："不可。余生性耿介，雅不喜以金钱干人。况余此去，需费甚巨，姊虽慷慨，然余实不愿以余事累姊。今余惟有一下策，或能救余困厄。盖余顷阅报纸，见海上将有赛马之举，出入殊巨。余手上仅剩宝石指环一枚，今特拜托我姊，为余将指环售去，所得之资，悉数购买跑马票。倘能侥幸获胜，则北游之资得矣。"

爱弟丝蹙额曰："赛马之事，形同赌博，岂能操必胜之券？万一失败，又将奈何？"

曼丽笑曰："姑且一试，亦藉以验我之命运为何如耳！"言止此，乃相与一笑。

翌日，曼丽果将指环售去，得洋若干，携之而出，偕爱弟丝至赛马场。曼丽悉出其囊中之钱，购跑马票数张。

少停，诸马入场比赛，各方来观者，纷纷而至，不下六七万人，围立场外，拥挤不堪。

及比赛终结，则曼丽所购之马，竟独占胜利。于是曼丽大喜，立偕爱弟丝往领奖金。其数颇巨，领得后，携之而归。

自此囊中殷实，北上之资有着。其欣慰，为何如也。

曼丽既得资，即欲乘车而北，爱弟丝坚留之，阻之不听行。曼丽重违其意，始允暂留数日。爱弟丝每日偕之出，遍游各处名胜。

越日，曼丽与爱弟丝同乘一汽车，驰往吴淞游览，不意行至中途，为卡生及蓝廷所见。两人亦一雇汽车乘之，追随其后，曼丽等固未之知也。

比抵淞镇，爱弟丝偶忆一事，乃命司机者驱车赴某公司。

比至，止车门外，曼丽与爱弟丝，相偕入内。司机者坐车上，假寐以待。

卡生在后见之，以为有机可乘，亦止其车，与蓝廷跃下。

两人密议片刻，卡生倏然而去，蓝廷则招其车之司机者至，赂以资，密授以计，司机者唯唯而去。

爱弟丝所雇之司机者，名曰高升，人尚诚实，是日正独坐假寐，而蓝廷车上之司机者忽至，抚高升之肩曰："日高如许，乃犹入睡耶？"

高升曰："不然。主人在内，久久不出，故倦而假寐耳。"

蓝廷之司机者，遂诱之往幽僻处饮酒。高升性素嗜酒，闻而心动，念主人一时未必遽出，遂自车上跃下，随之前往。

行数十武，抵一森林，两人相率入内。高升足方跨入，不意卡生自后突出，手执树枝一，猛击其颠。高升立晕，倒卧于地。

卡生大喜，乃将其号衣脱下，亲自服之，改扮为司机人之状，跃登爱弟丝之车上，端坐车前。

少顷，曼丽与爱弟丝同出，相继登车，命司机者驱车回家。

卡生颔之，潜将汽车旋转，开足汽机，驱车飞驰，星飞电掣，直向龙华镇而去。

第十四章

　　车至龙华，遥见宝塔七级，巍然矗立，高耸云霄。盖其地有龙华寺，为上海著名之古刹，建于三国吴大帝时。寺中院宇宽广，佛像庄严，楼阁崔巍，崇焕无匹，而浮图七级，尤称名胜。

　　每岁春日，垂柳正绿，桃花欲语，游人来寺随喜者，拥挤异常，宝马香车，络绎不绝。惟秋冬之间，则较为冷静，寺之左右，人迹绝鲜，以视春日，有天渊之别矣。

　　时爱弟丝在车中，隔窗外望，忽见龙华塔峙立于前，不禁大诧，初以为司机者不慎，误入岐途，乃叱之停车。卡生置之不理，仍驱车向前飞驰。爱弟丝大怒，厉声呵斥之。

　　此时汽车适过一森林之傍，卡生遥见蓝廷率党数人，已绕道而至，伏于林中，乃如爱弟丝之命，将车停止，纵身跃下，突自囊中取手枪出，拟两人之胸，胁之下车。

　　爱弟丝骇而谛视，始知司机者已另易一人，怔悸万分，莫知所措。曼丽尚镇静，曳爱弟丝之手，徐步下车。

　　卡生狞笑曰："曼丽，汝尚识余乎？今竟何如，汝乃终为余所虏矣！"

　　曼丽他顾不答，卡生乐甚，揶揄备至。曼丽乘其不防，突然跃出，力击其腕。卡生负痛，枪乃坠地。于是曼丽奋起，尽力与卡生斗。爱弟丝在旁，亦挥拳助之。

卡生先飞一足起，将爱弟丝踢倒，然后距跃而前，与曼丽力搏。曼丽渐不能敌，而蓝廷所率之羽党，又纷纷自林中出，围攻曼丽。曼丽不得逸，遂为众人所执。卡生命其党反接曼丽之手，以绳缚之，更以白布一条，蒙曼丽之口，挟之偕行，步至寺后宝塔之外。

塔中守者两人，一老一少，均与卡生之党相识。卡生乃出纸币两纸，命其党授之守塔者。附耳密议良久，守塔者首肯，接纸币纳之囊中。

卡生乃指挥其党，将曼丽推入塔中，释其缚，并去其蒙口之白布，然后闭户键之，幽囚塔中，嘱守塔者加意严防，勿令逸出。

守塔者诺之，卡生遂率其党，扬长而去。

曼丽被囚塔中，彷徨四顾，急欲谋一脱身之策。撼其户，户乃外键，坚不可辟。四周皆厚墙，无路可逸，乃拾级而上，盘旋登第二层。此处四面皆小窗，启窗而望，见槛外为瓦铺之檐面，檐甚阔，自窗口伸出者可四五尺。

曼丽审视久之，毅然逾槛而出，卓立檐面，俯首下视，见此檐距地约丈许，贸然跃下，为势绝危。踌躇片刻，乃蹲伏屋上，蛇行至檐口，攀执檐边之木柱，纵身一跃，冒险而下。

差幸，塔之四周，地皆砂土，兼有小草，曼丽跌入草中，未受损伤。其时守塔之人，适已他去，绝无见者。曼丽恐党人复至，急自地上跃起，飞奔而逸。

奔数武，遥见一女子驾摩托车，疾驰而来，曼丽谛视之，则爱弟丝也，乃矗立道中，扬臂而呼。

爱弟丝见之大喜，急止其车，曼丽一跃而上。爱弟丝询曼丽以何法脱身，曼丽具告之，爱弟丝骇而咋舌，深为曼丽欣幸，遂驱车回家。

哈麟抵上海后，寓居礼查饭店；蓝廷因欲探哈麟之举动，亦襆被寓店中。

哈麟与蓝廷，曩在跳舞会中，曾有一面之识。一日，两人遇于饭店之门口，蓝廷趋与握手，状甚亲昵。哈麟不知其奸，他乡遇故，心甚欣悦，乃招之入卧室，与之闲谈。

蓝廷胁肩谄笑，语极圆到，事事迎合哈麟之心理；哈麟伉爽性成，胸无城府，此次来沪，正以独游寡侣，郁郁无聊，今得蓝廷，视为良伴。

蓝廷佯问哈麟，以何事来华。哈麟将金莲花之事，秘不以告，但云来华游历，一二日后，拟往北京一游，折而至关外，或且由西伯利亚铁道赴欧，然后附轮返国。

蓝廷喜曰："一二日后，余欲往北京一行，可以与君偕往。长途有伴，庶不寂寞，君以为如何？"

哈麟亦喜曰："得君同往，乐何如之！"

两人乃订约而散。

蓝廷出，往觅卡生，以顷所探得之事告之。时卡生方自龙华归，亦以幽囚曼丽之事，详语蓝廷。

蓝廷喜曰："自今以往，哈麟之事，由余任之。彼若果往北京，余当与之偕往，俾得相机行事。至于曼丽之事，则君当负其责任，如此分道进行，于事庶或有济。"卡生颇赞其议。

正密谈间，龙华之守塔者，忽遣人驰来报告，谓曼丽忽自窗口逸出，不知去向。

卡生大怒，已而曰："曼丽近日，方寓其友爱弟丝家。余已遣蒲克蹑爱弟丝探其寓居何处，蒲克归来，必得踪迹矣。"

语未已，蒲克果垒息而归，谓爱弟丝家，乃在霞飞路之念九号。

卡生颔之，思索片刻，乃顾谓蒲克曰："曼丽已逸，必仍返爱弟丝家。霞飞路地殊僻静，晚中人迹尤鲜。今晚汝可潜往爱弟丝家，设法入曼丽之卧室，窃取金莲花。曼丽若醒而抗拒，即扼杀之亦可。功成归来，余自不吝重酬。"

蒲克诺之，遂告辞而去。

曼丽与爱弟丝归，额手相庆，叹为天幸。

爱弟丝喟然曰："若辈诡计百出，陷阱遍布，偶一不慎，辄蹈危机，长此以往，深为我姊危之。"

曼丽曰："余久居上海，亦无所事。余考秘密地图，尚有金莲花一瓣，乃在长城附近土窟之中。余今夜将乘火车赴南京，更搭津浦车北上，由北京折往长城一带。若能如愿以偿，则余当即日回国，不复逗留矣。"

爱弟丝蹙蹙曰："姊子身北上，危险实甚。奸人阴谋诡计，层出不穷，万一堕其术中，呼救无门，事且奈何？余曩在校中，诸承照拂，深感盛情，愧无以报，今余有一策于此。余在中国多年，各处情形，较为熟悉，而恶人与余，素无仇恨，未必遽加谋害。余意我姊可暂居于此，杜门不出，以免为恶人所狙击。余则代吾姊一行，即日北上，觅取金莲花。倘能觅得携归，奉之我姊，则若辈虽狡，当亦无所施其技矣。"

曼丽闻言骇然，摇首曰："此则断不可行，无论如何，余必亲往，不可以我事累姊。"

爱弟丝坚以为请，曼丽执不许。爱弟丝素性好奇，见曼丽竭力拒绝，心颇怏怏，乃谓曼丽曰："然则今晚匆匆，断不可行，屈留一宵，明日北上可乎？"

曼丽诺之。爱弟丝潜取报纸观之，见是晚适有一商轮，开往天津，私心窃喜，然绝不形之辞色。

晚餐后，两人略谈数语，爱弟丝托言头痛，与曼丽别，返其卧室。曼丽独坐无聊，亦归卧室就寝。

爱弟丝闻曼丽已卧，乃书一短札，交之女佣，命于翌日清晨，呈之曼丽。嘱已，遂携小皮箧一，孑身出门而去。

夜漏既沉，万籁俱寂；新月上窗，光明四澈。

此时忽有黑影一，出现于曼丽卧室之窗外，以首贴窗，若有所窥，则卡生之党蒲克是也。

蒲克静听久之，乃潜启其窗。窗辟，逾槛入室。其时曼丽好梦正酣，绝无所觉，蒲克蹑足至床前，仓皇四顾，不知金莲花乃藏于何处。

正沉吟间，曼丽忽转身而醒，微启其眸，瞥见室中乃有一男子在，大骇跃起，披衣欲逃。

蒲克乃距跃直前，按曼丽于床上，力扼其喉。曼丽气闭，立即晕绝。蒲克遂搅电灯明之，倾箱倒箧，遍搜室中，然金莲花卒杳不可得。

其时曼丽渐苏，复自床上跃下，奋勇扑蒲克，蒲克转身与斗。曼丽大呼求援，蒲克骇而欲遁，为曼丽所阻，仓卒不得脱。

时则有中国女佣一，闻声入视，斗见此状，骇极欲绝，战栗奔出，往招男佣及车夫等登楼。

比及，男佣等蜂拥而至，则蒲克已将曼丽推倒，跃窗逸去久矣。

第十五章

爱弟丝自家中出,即雇一人力车乘之,驰往黄歇浦滨之轮船码头。

比抵其地,时已深夜,轮船装货已毕,业已移泊黄浦江中。乘客欲登轮者,必由小舟渡载以往。爱弟丝乃雇得舴艋一,欲渡江登轮船。榜人扶爱弟丝下舟,立即解维启行,"欸乃"一声,鼓棹前进。

爱弟丝端坐舟中,仰视天空,明月烂然,返照江心,水天一色,纵目四顾,心神为之一爽。

其时恶人卡生,适在江滨闲眺,见爱弟丝深夜雇舟渡江,颇以为异,已而乃恍然悟,知爱弟丝此行,必欲乘轮赴北京,为曼丽之助,是则与金莲花事,亦复大有关系。略一沉吟,决计设法阻之,免为其党之害,乃急于江边雇一小舟,倍给以资,乘之往追。

爱弟丝在舟中,偶一回顾,瞥见有小舟飞随其后,心颇骇然,疑为盗舟。

已而两舟相遇,首尾衔接。卡生纵身一跃,径登爱弟丝之舟,其势殊猛,舟几为覆。爱弟丝骇而跃起,叱问:"何人?"卡生不答,但直前捉其肩,欲提而掷之江中。爱弟丝大惊,遂挥臂与之力搏。

两人盘旋久之，卡生跃登舟之左舷。小舟簸荡，立足不稳。爱弟丝见之，遂乘势用力推其肩，卡生偶一失足，仰后而倒，訇然一声，坠入浦江之中。

卡生既落水，爱弟丝大喜，急命榜人移舟傍岸。江边旧有木排无数，飘浮水面，小舟傍木排而止。爱弟丝自舟中出，跃登木排之上，曲折疾驰，直达码头。

其时卡生已泅水而至，亦自木排之前登陆，切齿痛恨，飞步来追。爱弟丝回顾见之，奔乃益捷。

驰数步，见有木行所立之守望亭一，爱弟丝心生一计，遂闪避于守望亭之后，屏息不动。卡生奔至其地，仓皇四顾，不见爱弟丝所在，颇以为异，木立久之，无所为计，握拳透爪，恨恨而去。

爱弟丝俟卡生去远，始自守望亭之后闪出，踌躇片刻，恐党人别有奸谋，不敢复往北京，决意暂归家中，与曼丽洽商后，再定行止，乃雇一人力车乘之，匆匆回家。

曼丽将蒲克逐去后，心房震跃，不能安睡，欲觅爱弟丝，与议防维之策，而女佣忽以一函进，云主人顷已他出，至今未返。曼丽大诧，急拆函阅之，其辞曰：

曼丽我姊爱鉴：

妹已乘轮北上，为我姊觅金莲花，姊可安心居我家，切勿出外，免蹈危机。妹功成之后，即便归来，幸勿为念！匆匆，余不及。

爱弟丝上

曼丽阅已大惊，念："爱弟丝相爱之殷，深可感激，然奸人消息灵通，此去颇为危险，万一横罹不测，我将何以对爱弟丝？"设想至此，焦急欲死，然一时亦无所为计，惟有坐待天明，再图良法。

正思索间，忽闻剥啄声大作，女佣趋出启门。比入，则爱弟丝也。

曼丽见爱弟丝忽归，且喜且诧。爱弟丝一见曼丽，状甚忸怩，愕然曰："如此深夜，姊乃尚未安睡耶？"

曼丽曰："家中陡生变故，余乃睡而复起。"因以党人来窃金莲花之事，告之爱弟丝。

爱弟丝亦为骇然，曼丽复责爱弟丝曰："姊胡不再谋，竟欲以子身北上，为余觅金莲花。姊固爱余，然万一因余而遭不测，余心胡安？"

爱弟丝恧然曰："姊勿责余，余今乃失败而归矣，言之可笑。"乃将卡生追击以及江中大斗之事，详告曼丽。

曼丽骇极汗下，幸爱弟丝安然无恙，额手称庆，深为欣慰。

于是曼丽与爱弟丝言，决计于翌日成行，由津浦铁路北上，爱弟丝阻之不听，乃各归寝。

翌日晨，曼丽将行，恐为卡生等所知，又生阴谋，乃与爱弟丝商，欲改装为中国女子，以避奸人之耳目。

爱弟丝亦赞其议，乃招一中国女佣至，向假中国式之衣裙一套，使曼丽易之，更倩女佣为梳一时式之发髻。改扮已竟，乃居然一东方美人。

女佣闻曼丽作北京之游，自言有姊氏在北京，已历多年，于其地颇为熟悉。爱弟丝大喜，即命女佣发电致其姊，俟曼丽抵京，嘱其赴车站迎接，并为照料。

女佣唯唯而去，曼丽当即向爱弟丝告辞。爱弟丝依依不忍别，即以汽车伴送曼丽至车站，坚与订约：倘北游后不即返国，务请至沪上一晤。

曼丽诺之，乃握手丁宁而别。

卡生自浦滨失败后，颇疑曼丽早已北上，翌日，往礼查饭店访蓝廷，不意蓝与哈麟，业于是日清晨，乘火车赴金陵，改由津浦铁道北上。

卡生怅怅无所之，继念羁留沪滨，毫无所得，不如追踪赴京，与蓝廷磋商办理，分投进行，事或有济，乃于是日午后，乘车赴宁，渡江至浦口，乘津浦车而北。

翌日抵京，下车后，与蓝廷不期而遇，卡生询蓝进行如何，蓝蹙额曰："哈麟已进京，刻与余同寓。然其人颇精细，探其秘事，殊为不易。余知彼金莲花瓣，则尚无下落也。"

卡生又询蓝，亦尝见曼丽否，蓝答言"未见"，卡生乃以浦江中事，告之蓝廷。

蓝廷曰："吾意曼丽尚未来京，揆厥原因，殆因恐君袭击之故，然不日终必来此。君无事时，可守于车站之上，留心察视，则获之必矣。"

卡生颔之，蓝廷遂别之而去。

第十六章

越日，曼丽抵北京矣，下车后，卓立月台之上，茫然无所适从。

忽有一中国女佣，含笑趋前，低声问曰："密司殆即上海来此之曼丽女士耶？"

曼丽颔之曰："然。"

女佣自言朱姓，顷接其妹自沪来电，云有曼丽女士者，将子身到京，嘱为照料，故来此迎迓云云，言已，更以羊皮女袄一，奉之曼丽曰："北地天寒，密司宜御此衣，以御料峭之朔风。"

曼丽大喜，见女佣人颇诚笃，乃呼之曰"朱妈"。朱妈携曼丽之行李，引之自车站中出，雇人力车两辆，各乘其一，驱车进城。

至东安旅馆，觅得二层楼三十一号之房间，下榻其中。将行李安置妥贴，小坐片刻，稍事休息，曼丽询朱妈，此间有何名胜，足资游览。

朱妈曰："此间园林之最佳者，厥惟颐和园。余有亲戚在内，密司若欲往游，予亦可为引导。"

曼丽大喜曰："余久耳颐和园之名，本欲前往一游，汝能引余入园，大可一扩眼界。"

朱妈唯唯，约于午后往游，乃告辞出室。

是日午后，曼丽与朱妈偕出，乘车赴颐和园。守园者与之相识，任令入内，绝不拦阻。

曼丽既入，见园内果宏敞异常，楼殿台阁，触目皆是，流丹渥彩，金碧辉煌。盖此园为西太后晚年颐养之所，故构造之时，穷极奢华，较之昔年被焚之圆明园，不相上下。正殿外庭心之中，有铜牛一头，牛身以精铜制成，状态如生，历年已久，古色斑斓，度其年龄，当为周秦以前之物。

曼丽抚视良久，深为赞赏，已而更以朱妈之导，遍游各处。

过一环洞之桥，长可二丈，宽乃丈许，桥面无级，其平若砥。桥下则为荷花池，池水作碧色，清可见底。过桥而北，为砂土所铺之箭道，其长十余丈，路极平阔。更北，折而西，围廊曲折，达一水轩。

曼丽微觉疲乏，乃就水轩中坐，稍资休憩，与朱妈纵论京中各事，畅谈甚欢，初不料变生仓卒，祸将生于肘腋之间也。

卡生入都后，四出探听，知曼丽尚未北上，乃日夜待于车站之中，拟俟其下车时，要而袭之。曼丽抵京之晨，卡生适以他事，不克赴车站，故曼丽乃安然抵旅馆，未罹危害。

是日午后，卡生孑然无聊，乃独自赴颐和园纵览园中之风景。久之，倦游将归，由围廊之下经过，遥见水轩之中，有二妇人，方坐而闲谈。卡生细视之，其一为华人，一则曼丽所改扮，化装绝佳，骤视之，几不能辨。

卡生念曼丽既至此间，即当设法捕之，不可令其脱去，沉吟久之，思得一策，乃乘曼丽之未见，闪身退出，奔至守园者之室，仓皇报告曰："今有美国女贼名曼丽者，阑入此园，意欲盗窃园中之宝物，顷与余遇于围廊下之水轩中，余见其两目炯炯，东西顾盼，意殊不良，是以特来报告。君等宜速捕之，毋令施其鬼蜮之伎俩，不则宝物有失，监守者不得辞其责也。”

守园者闻卡生言，相顾大骇，立即召集园中所雇工人多名，纷随其后，蜂拥而往。

比至水轩之前，卡生遥指曼丽，挥众往捕，众乃一拥而上。

曼丽见华人多名，突来袭击，一时迷离惝恍，莫明其故。嗣见卡生在后指挥，心乃恍然，明知匆促之间，无可理喻，乃曳朱妈之臂，飞奔而逸。卡生率领诸华人，追逐其后。

曼丽且奔且回顾，见追者益近，心殊皇急。奔久之，曲折缭绕，抵一万寿宫。此处为西太后晏息之所，两人逃入宫中，将大门关闭，以物抵之。

少顷，卡生及华人，相率追至，见曼丽逃入宫中，乃奋其全力，以物撞门，门震震欲倒。

曼丽与朱妈力渐不支，曼丽顾谓朱妈曰：“敌众我寡，势难与抗。我侪坐守于此，行将束手待毙，殊非计也。今余当极余一人之力，坚守此门；汝则由此间后门出，乞援于警察。速去速来，余或不致陷盗手，迟则殆矣。”

朱妈闻言，踌躇不忍遽去。曼丽促之速行，朱妈乃潜启后门，飞奔而出。

朱妈既去，曼丽一人之力，更不能御。不一刻，大门已为众人所攻破，众乃一拥而入。

曼丽明知力不能敌，束手而立，亦不妄动。卡生指挥其党，将曼丽捕获，曳之出外，至万寿宫前之广场上。

卡生厉声曰：“金莲花安在？速出之，则宥汝命。若与余抗，余必杀汝。汝死则金莲花又将奚属？汝若智者，度不出此。”

曼丽叱之曰：“汝乃胁余耶？金莲花固在余手，然余藏之甚固，无论如何，决不与汝。汝能杀余亦佳，余有死而已，金莲花断不可得。汝其奈余何？"

卡生闻言，勃然大怒，乃以白巾蒙其口，并以长绳缚其手足。场上有烟火架一，高约丈余。卡生盼视一过，忽得一毒策，乃指挥其党，将曼丽缚于烟火架上，另取长绳一，以绳之一端，缚于曼丽之颈中，更以其他一端，穿入架顶铁环之内，倒垂而下。

布置已毕，卡生予限三分钟，胁曼丽说出金莲花所在。曼丽置之不答，瞑目待毙。

三分钟既过，卡生大怒，立即执绳之一端，用力拽之，欲将曼丽勒毙。正危急间，而朱妈与哈麟至矣。

第十七章

哈麟之至北京也，与蓝廷结伴同行，比至都中，又同寓一旅馆。

蓝廷胁肩谄笑，曲意结交，所以博哈麟之欢者，无微不至；哈麟年少伉爽，不疑其诈，遂引为知己，出入必偕。

蓝廷欲刺探金莲花之情形，时时托故与哈麟谈及，哈麟发言素伉爽，惟此一事，讳莫如深，绝不肯为蓝廷告，蓝廷殊以为憾。

是日午后，蓝廷招哈麟出，同往游颐和园。比抵园中，两人环游一周，即就缘杨荫下，对坐作清谈。谈久之，正欲遄返旅馆，瞥见一中国女佣，飞奔而来，形色仓皇。

哈麟怪而询之，女佣曰："我主人曼丽女士，刻为群盗所困，幽囚室中，势甚危急。余拟往招警察来，捕彼剧盗，为主人解围。"

哈麟闻言，骇而跃起曰："曼丽耶？得毋一美国女士，目巨而发作金黄色者乎？"

朱妈曰："是也。彼新自上海来，今晨始抵都中，先生殆识之乎？"

哈麟至是，始知曼丽曩日坠海后，早已脱险，且惊且喜。

朱妈请于哈麟曰："先生既与我主人相识，今主人方被祸，先生曷不念朋友之情，速往救之？"

哈麟颔曰："余既知之，讵能坐视？今汝主人乃在何所？"

朱妈喜曰："先生能往救护，必能脱主人于厄。余当先引先生往，然后往招警察何如？"

哈麟大喜，遂命朱妈为前导，飞驰往援。

蓝廷在傍，明知袭击曼丽者，必系卡生无疑，哈麟若去，必败其事，然一时又无法阻止之，心殊怏怏，乃亦随哈麟之后，驰往万寿宫。

哈麟奔至万寿宫前，遥见曼丽已为卡生所执，缚于焰火架上。卡生力拽其绳，欲将曼丽勒毙，为势绝危。

哈麟虎吼而前，距跃至焰火架之侧，直扑卡生。卡生见哈麟突至，事出不意，皇骇殊甚，急释手中之绳，挥拳与哈麟角。

守园者见双方均系西人，不敢作左右袒，愕然退立，相率作壁上观。

卡生斗久之，力渐不敌，偶一失措，为哈麟所击，颠仆丈外，卧地不能兴。既起，遂抱头鼠窜而去。

守园者见卡生败退，恐遭波及，亦哄然作鸟兽散。

当哈麟与卡生奋斗时，朱妈蹑足而前，将曼丽之缚解去。两人乘纷乱之间，相率逃出，伏匿于荷花池畔。

迨哈麟将卡生击退，回顾左右，不见曼丽所在，即蓝廷及女佣，亦踪迹杳如，颇以为异，独行怅怅，殊无聊赖。比至荷花池畔，始见曼丽独立池畔，仰首四瞩，若有所觅。

哈麟欣然趋前，与曼丽握手。曼丽亦大喜，亟向哈麟道谢。两人遂就池畔石上坐，互谈别后之事。

哈麟曰："密司坠海后，余闻耗惊绝，以为密司已葬身鱼腹，深为悲痛。今日相见，方知密司早已脱险。天相吉人，欣幸何如！"

曼丽乃将以前经历之事，略述一过。

哈麟叹息曰："奸人之于密司，如影逐形，紧随不舍，阴谋诡计，层出不穷，殊为可恶。大抵奸人一日不伏法，密司一日不能安枕矣。"

两人畅谭良久，天已垂暮，始握手而别。曼丽与朱妈，乃雇车返旅馆。

越日，女阅地图，知尚有金莲花一瓣，乃在长城附近之土窟中，遂决计离别上都，作长城之游，一以增宽见闻，一以觅取金莲花。

然长城之外，即属内蒙古，地近沙漠，大风所至，黄尘蔽天，地上砂土没骭，深者至三四尺，欲往其地游历，非乘橐驼不可。

曼丽乃预遣旅馆中人，雇得橐驼一骑，预备妥贴，乃裹粮携水，即日启行。道中过郊天之坛，坛凡三层，上锐下圆，与塔相似。畜驼者为曼丽言，此处即历代帝王祭祀上帝之所。

曼丽瞻览一过，肃然而退，当即乘驼前进，沿途留心察视各地之风土人情，录入手册中，藉资研究。

越日，抵山海关，达长城。长城共长四千余里，华人称之，辄曰万里，秦始皇筑之以御匈奴者也，世界伟大之建筑，殆莫古于是。城以砖石砌成，中实以土，高处约五六丈，厚亦丈许，倾圮之处已多，殆历朝不加修筑之故。城本有门，今则门亦亡去，仅存一极大之缺口。

曼丽抵其地，自驼背跃下，步行从门口入，曲折登城墙，徘徊瞻眺，极目可数十里。乃自囊中出秘密地图，细阅一过，见其所绘之地，确与此处吻合，于是按地图所注，循城而行，蜿蜒曲折，直达一穴。穴口高仅三尺余，俯而望之，其中洞黑。

曼丽取地图察之，确为其地无疑，爰即躬冒危险，伛偻而入。行数十步，抵一地窟，窟中昏黑异常，曼丽取火柴燃之，照视各处，瞥见地上有白骨数具，惨厉可怖。

曼丽大骇，战栗失色，不敢注视。少停，胆气渐壮，更取火柴燃之，照视各骸骨，见其中有一尸骨，果有金莲花一瓣，横梗喉中，火光照之，荧然发光。

曼丽大喜，乃取树枝一，将金莲花瓣，徐徐拨出，然后拾起藏之囊中，大功既成，欢跃而出。

卡生在颐和园失败后，逃出园外，心甚懊丧。

会蓝廷驰至，见卡生邑邑不乐，乃慰之曰："君何躁急乃尔？凡为一事，必屡遭失败，然后乃有成功之日，所谓'失之东隅，收之桑榆'也。今余之来此，实有要事语君。余闻哈麟言，明日欲往长城附近游览，余亦与之偕往，君乃何如？"

卡生曰："余则紧随曼丽而已。彼在此一二日内，亦必往长城无疑，届时余当与之偕来，以图进取。"

蓝廷颔之，两人复商议良久，蓝始告别而去。

翌日，蓝廷与哈麟，先往长城一带，物色金莲花；而曼丽之行，则有卡生暗随其后。

卡生至长城之附近，招其地之乡民至，赂以资，与其联络。乡民蠢蠢，遂为卡生所利用。

卡生暗蹑于曼丽之后，见其手持秘密地图，详瞩良久，奔入一山洞之中。卡生乃率领乡民多人，伏于土窟之左右，欲俟曼丽出，夺取金莲花。

少顷，曼丽果自穴中出。卡生奋身跃出，突加拦阻。曼丽骤见卡生，震怖失色，急转身而奔。卡生飞逐其后，众乡民则鼓噪助之。

曼丽奔至一转角处，偶一止步，卡生即距跃而前，将其捕获。曼丽奋勇御敌，竟与卡生大斗。卡生乃指挥众乡民，围攻曼丽。

曼丽不敌，退至城墙之前，为众人所挤轧，立足不定，訇然一声，乃坠于城墙之外。

第十八章

　　当曼丽觅取金莲花之时，哈麟与蓝廷，亦相偕作长城之游。

　　哈麟所藏之秘密地图，虽已遗失，幸先事预防，绘有副本一纸，出而视之，知尚有金莲花一瓣，乃在长城附近之土窟中。

　　哈麟始意，拟以游览长城为名，潜往土窟中，将金莲花取出，无如蓝廷紧随于后，跬步不离。哈麟恐为所知，不敢往取，一时又无脱身之法，乃虚与委蛇，相与蹀躞于城楼之上，纵目四眺，间谈汉南之景物。

　　徘徊里许，至土窟之附近，忽遥见土人十余，围攻一女子，势甚危急。谛视之，则被攻者乃为曼丽女士。

　　哈麟大惊，急置蓝廷不顾，飞步驰往，拟为曼丽之助。不意哈麟方至，而曼丽已为土人所执，掷之城下。

　　哈麟大怒，虎吼而前，猛扑土人。土人当之者，莫不披靡。哈麟挥拳乱击，距跃若飞。土人不敌，抱头鼠窜而逸。惟卡生一人，奔避不及，为哈麟所禽获。哈麟按之地上，殴击无数。

　　会蓝廷驰至，佯为不相识也者，婉劝哈麟，为卡生排解。哈麟释之使起，卡生大惭，掩面遁去。

　　哈麟急自城上奔下，往视曼丽，讵知曼丽踪迹杳如，不知所往。哈麟大诧，嗣念曼丽必未受重伤，故能逸去，心乃稍安。

其时蓝廷尚未下城，哈麟乘此机会，急奔往土窟之中，觅取金莲花，不意尸骨固在，宝物已杳，乃废然而出，与蓝廷同返旅馆。

长城之下，地皆砂土，故曼丽自城楼下坠，绝未受伤，当时因骇极致晕，卧地片刻，旋即清醒，闻城上哄斗甚厉，深恐卡生复至，急狂奔自间道出，逃回旅馆。

此时金莲花两瓣，均已觅得，曼丽目的已达，踌躇满志，拟择日启程回国，初意欲自西伯利亚铁道赴欧，嗣念此次亚东之行，南洋群岛，尚未游历，殊为憾事，决计往菲律宾一游，以扩见闻，然后直接乘轮返美。

翌日，遂雇一橐驼骑之，回至北京，越宿即赴天津，复自天津乘轮，航海赴菲律宾。

其时哈麟已返京，闻曼丽有菲律宾之行，恐其中途遇险，遂随之赴菲，暗为保护，而曼丽固未之知也。

至于蓝廷及卡生，当时亦均在北京，两人潜往旅馆探听，知曼丽已由津赴菲，乃亦追踪而往。

是日适有商轮"史蒂墨号"，开往小吕宋。曼丽、哈麟及卡生等，均在舟中，一轮共载，航海而南，冲波逐浪，驶往小吕宋而去。

曼丽在舟中，独坐无聊，时时至舱面闲游。一日，忽与哈麟遇，两人欣然握手，畅谈甚欢。

曼丽见哈麟追随其后，颇为疑虑，谈稍久，因以言探之曰："君此次作亚东之游，仆仆道途，劳苦殊甚，不识亦有目的否？"

哈麟曰："无之。予此行为游历而来。"

曼丽微哂曰："游历耶？然则我侪亦巧甚，自美而日而华而菲，靡不同舟共济，是亦可诧异者也。"

哈麟闻言默然，已而乃执曼丽之手，作诚恳之状曰："余有一言，欲白于密司，密司亦信之乎？"

曼丽诧曰："君试言之。"

哈麟曰："密司此次东游，树敌极多，危险实甚。余以爱密司故，愿自任保护之责，此意曩已为密司言之，亦不自今日始。兹复向密司申明之者，亦望密司勿疑予耳。"

曼丽闻言，感激殊甚，执哈麟之手曰："余屡蒙危难，君辄攘臂来援，奋不顾身，脱余于厄，见爱若是，余何以报？"

哈麟谦逊不遑。自是以后，曼丽每出，必与哈麟偕。卡生等虽阴蹑其后，无从下手，亦惟徒呼奈何而已。

史蒂墨商轮，今乃抵小吕宋矣。舟既并岸，曼丽与哈麟，相偕登陆，寓买尼拉旅馆。两人比室而处，謦欬相应，藉以防卡生之袭击。

时卡生与蓝廷抵菲后，以曼丽等防伺綦严，不敢入买尼拉旅馆，乃别赁水手总会之一室居之，以为机关部。两人常狙伏于旅馆之左近，拟俟曼丽出游，乘间袭击。

越日，曼丽果与哈麟偕出。哈麟有友某，寓小吕宋之雷底尼村，哈麟欲往访之，曼丽亦愿与偕往。

两人自旅馆出，雇一汽车乘之，驰赴雷底尼村。

既至郊外，地甚幽僻，居民大半业农渔。竹篱茅舍，别饶景趣。

哈麟转辗访问，卒不得其友所在，差幸无甚要事，亦遂置之。两人即在乡村之中，闲游一周，曲折数四，迷路不能返，徘徊久之，见路旁有篱落，竹扉虚掩，其中隐隐有人笑语，哈麟趋往叩扉。

扉辟，一少年农夫出。哈麟向之问路，其人详细指点，状甚诚恳。

哈麟谢之，转身欲行，不意卡生忽率其党十余人，蜂拥驰至，瞥见曼丽独立篱傍，乃指挥其众，围而攻之。

曼丽出不意，皇急不知所措，急挥拳与党人格斗。哈麟见而大骇，亦挺身直前，与众党人力搏。哈麟矫健绝伦，党人咸不能敌。

曼丽见哈麟至，遂脱身而逸，奔至篱落之前，推开竹扉，闪身入内。

乡人见曼丽仓皇之状，怪而询之，曼丽曰："余有仇人一，率其羽党，来此袭击。余友哈君，刻为若辈所围，君等若能号召邻里，将恶人击退，余自不吝重酬。"

乡人闻言，慨然以驱逐匪众为己任，立偕曼丽启门出，连鸣警笛，号召邻人。一时附近之少年，闻声毕至。乡人乃指挥其众，与党人剧斗。

其时哈麟以一敌众，力渐不支，幸乡人纷至，哈麟乃脱身而出，急曳曼丽之臂，与之偕遁。

卡生见之，即舍乡人不顾，率其党人，来捕曼丽。两人回顾见之，奔乃益迅。

驰数百武，适见一空汽车，停于道傍，两人相率跃登车上。哈麟执汽机捩之，飞驰而前，其捷如矢。卡生在后见之，怒不可遏，亦雇一街车乘之，追随其后。一奔一逐，相持不下。

驰六七里，抵一火车轨道之傍。其时适有一火车，自西往东，车声轧轧，飞驰而来。曼丽之车在前，哈麟冒险捩其机，自火车之前驶过，超越轨道，疾驰而去。

迨卡生之车至，适为火车所隔，不能前进。卡生心急如焚，然亦无如之何。

曼丽回顾，见卡生之车被阻，相距已遥，心乃大喜，以语哈麟。哈麟亦以为幸，不料正在此一刹那间，车已驰至一小河之滨。

其时汽车方开足速率，向前疾驰。哈麟大惊，急止其车，然已不及，訇然一声，车乃陷入浅滩之中。

第十九章

车既陷入河滨，四轮为淤泥所胶，不能转动。哈麟开足速率，力捩其机，而车之不动如故。

两人心甚焦灼，蹙额相顾，无所为计。哈麟恐卡生等追踪至，若相坐车中，必且束手就缚，爰与曼丽自车内跃出，投入河中，泅水前进，径赴彼岸。

哈麟泅至河心，遥见数百武外，有小舟数艘，停泊河干，因顾谓曼丽曰："密司可先行登岸，余当往招一小舟来，我侪乘之返旅馆，计亦良得。"

曼丽颔之，哈麟乃泅水而去。

卡生之车，为火车所阻，停止者良久，迨火车开去，曼丽之汽车，早已不知去向。

卡生大为懊恨，嗣念自此前行约半里许，有一小河阻隔，曼丽之车，必缘河而行，速往迹之，不难觅得，爰即将汽机开足，车行如飞。

驰抵河滨，见曼丽之车，陷于淤泥之中，顾车中之人，早已逸去。卡生念两人之遁，必泅水登彼岸，即雇一小舟渡河，往对岸迹之。

其时曼丽已泅登彼岸，独立河滨，静待哈麟之至，不意卡生率其党，渡河而来。卡生既登陆，即指挥其众，蜂拥直前，欲捕曼丽。曼丽大骇而奔，奔不数步，而党人已至。曼丽不得已，遂转身格斗。

正危急间，哈麟适雇一小舟至，停舟河干，跃登岸上，瞥见曼丽方为群盗所围攻，骇且怒，乃奋勇直前，与党人力斗。曼丽见哈麟至，遂脱身逸去。

哈麟斗久之，偶一不慎，为卡生所击。哈麟负痛，遂仆地晕绝。

曼丽之逸也，信足狂奔，不辨东西。奔久之，抵一高山之麓，山顶有瀑布，潺潺而下，风景绝佳，顾曼丽亦无暇玩赏，第仓皇四顾，尽力飞驰，越山麓而过，入一森林。

其时卡生等已将哈麟击晕，自后追至。曼丽遥见之，皇急之余，忽得一策，见路旁有大树一，即攀援而上，猱升其颠，匿其身于树叶之中，屏息静伏，不敢稍动。

少顷，卡生率其党羽，一一自树下驰过，不知曼丽乃在树上，相与出森林而去。曼丽大喜，静待片刻，知党人去远，乃徐徐自树上攀垂而下，奔出林外。不意别有一党人名薛富者，尚留其地未去，一见曼丽，突出袭击。

曼丽大骇而奔，绕林疾走，薛富飞逐其后。林后即为小河，曼丽奔至其地，无路可逸，回顾背后，则薛富追踪且至，相距不远。曼丽急极无所为计，遂纵身一跃，投入河中，泅水前进，径趋彼岸。

斯时上流忽有一小舟，顺流而下，驶至曼丽之身旁。舟中一少年，忽自舷边展其两臂，将曼丽救起，曳入舟中。少年为谁，则哈麟是也。

先是，哈麟为卡生所击晕，倒卧地上，旋即清醒，支地而起，举目四顾，不见曼丽所在，心甚忐忑，深恐曼丽为恶人所执，致罹危险，乃疾趋返河滨，跃入小舟，解维驶出，荡桨中流，溯岸而行，欲觅曼丽之所往。忽见曼丽，泅水而来，爰急鼓棹近前，将其救起。

哈麟既得曼丽，立即旋转鹢首，飞驶而归。薛福在岸上，遥见两人逸去，亦复无如之何，乃废然而返。

行不数武，适与卡生之大队相遇，薛富以顷所见者告之，谓两人逸去不久，追犹可及。卡生乃率众至河滨，雇得渔舟二艘，乘之往追。驶半里许，遥见曼丽之舟，果在前面，心乃大喜。

时曼丽与哈麟，方并坐舟中，各诉别后之事。曼丽偶回顾，忽见卡生率其党，乘舟来追，急指以告哈麟。哈麟乃双手执橹，奋力摇之。舟行极捷，卡生追之不能及。

如是者复里许，曼丽之舟，驶抵一旋涡之中。此处为一泉眼，水流湍急，回环不定，作螺旋之形。舟抵其地，忽顺水流之势，狂转不定，一刹那间，舟乃立覆。

曼丽与哈麟，并卷入旋涡之中，差幸两人泅水之术，并皆精绝，急自旋涡中跃出，泅登岸上。时天已垂暮，夜色渐积，两人徘徊岸上，不知其地乃为何处，与买尼拉旅馆相距若干里。此处荒落殊甚，杳无人迹，一时又无从询问。

步行里许，天已深墨，曼丽恐卡生等复至，心甚焦灼。

哈麟忽见道傍有竹屋一所，喜谓曼丽曰："屋中必有土人在，我侪盖往一询。若此处距买尼拉已远，即在此假宿一宵，明日归去，亦无不可。"

曼丽颔之，哈麟乃趋往叩门，不意门乃未键，呀然而辟。哈麟探首窥之，见屋中阒无人在，哈麟遂偕曼丽入内，虚掩其户。

室中陈设简陋，惟破旧之木桌一、竹椅四、旧竹榻一，室隅则堆积玻瓶、洋铁罐若干，此外了无长物。

曼丽以疲乏已极，遂颓然就榻上坐，稍事休息。哈麟则觅得一小煤油灯，以火柴燃之，灯光荧然如豆，虽不明亮，亦聊胜暗中摸索。

哈麟就竹椅坐，与曼丽面面相对。曼丽此时，其芳心之中，一似有万语千言，欲向哈麟陈说，而欲言又止，终不知语从何起。哈麟之心，亦复如是。故两人乃嘿然相视，久久不作一言。

已而曼丽不能耐，乃为浮辞以谢哈麟曰："余每蒙危难，辄以君之救护，始克脱险。余无德于君，而君乃爱余若是，余心感激，讵可言喻。今日君以余故，复备受艰辛，困居于此，余心殊觉不安。"

哈麟慨然曰："密司勿复言此，余之稍竭棉薄，实属应尽之职任，何足言感？然余有一言，欲询密司，密司能以真诚答余，俾释此疑团否？"

曼丽曰："君试言之，余苟知之者，自当以诚意答君。"

哈麟曰："余所欲知者，密司此行之目的安在？盖余察密司此次东游，名为'游历'，其实不然。此中必另有一目的在，若不见疑，亦能以此告余否？"

曼丽闻言，略一踌躇，乃毅然谓哈麟曰："余此行之目的，极守秘密，绝鲜知者，苟在他人，余决不肯以此告之，然君则又当别论。余实告君，余此次东游，盖为金莲花耳。"

哈麟闻言，愕然曰："金莲花耶？密司欲得之何为？"

曼丽曰："此中尚有别情，容余详为君告。"因以金莲花与其家之关系，细述一过，又曰："麦克威以三千金购余父宝藏之花，余在当时，固瞢然未知，已而方知麦之欺余，深为忿忿。嗣悉此花尚有两瓣，乃在亚东之中、日二国，麦必欲得之，余因跋涉重洋，亲至东亚，为捷足先得之计，俾得以金莲花两瓣，向麦克威肆意要挟，以泄暴日之忿。余之目的，如是而已。”

哈麟曰：“麦克威已遣人赴东亚，觅取金莲花，密司亦知之乎？”

曼丽含笑曰：“知之。”

哈麟爽然曰：“然则密司殆尽知之矣。余即麦克威所委托之人，此次航海东游，目的乃与密司无异，然余今乃失败矣。密司何如？”

曼丽笑曰：“余则邀天之幸，已告成功。”

哈麟愕然曰：“成功耶？噫！密司之手段，竟敏妙若此，令人愧煞！今金莲花安在？可示余乎？”

曼丽诺之，乃自亵衣之囊中，将金莲花取出，付之哈麟。哈麟阅已，还之曼丽。

曼丽曰：“君既受麦克威委托，失败而归，何颜以对？余之得此，不过欲图泄忿而已，然以是乃败君之正事，未免不情。今余意已决，愿将金莲花二瓣，悉以奉赠，俾君得回国释责，君意何如？”

哈麟毅然曰：“不可！密司冒万险以获此花，余安忍攫之？请密司妥为收藏，毋为奸人所获。余则无论如何，不敢受也。”

曼丽坚以为请，哈麟执不受，曼丽乃藏之囊中。哈麟见曼丽有倦容，请其就榻上稍睡，以资休息。曼丽颔之，遂和衣而卧，哈麟则伏案作假寐。

一刹那间，两人均悠然入梦，化蝶赴华胥国里去矣。

第二十章

卡生率党渡河，舍舟登陆，但见曼丽所乘之小舟，停泊江干，惟舟中之人，则杳不知其所往。

卡生商之其党，佥谓："天已深黑，乡中道路，崎岖难行，曼丽等人地生疏，逸去不远，若细加搜寻，必能获之无疑。"

卡生乃分其党为三队：其一乘舟溯江而行，留意江中之舟楫；其一循岸而前，助乘舟者之不及；又其一则驰往村落中，比户访问。罗网遍布，志在必得，度曼丽与哈麟，必无能幸免。指挥已毕，诸党员乃分队驰去。

卡生亲率第二队，循岸而行。时值上弦，斜月当空，星斗满天。驰半里许，遥见竹屋一所，其中有灯光，自窗隙透出，卡生即止众勿行，伏于屋傍一森林之中，戒之曰："余一人当先往探之，汝曹闻余呼，则入屋助余，不则勿妄动，毋偾余事。"

众唯唯，卡生乃疾趋至屋左，伏于窗外，隔窗内窥，见室中果有两人在，其一卧榻上，一则伏案而假寐。细视之，假寐者为哈麟，而榻上则曼丽也。

卡生大喜，蹑足至门外，试推其户，户乃未键，呀然而辟。惟发声甚巨，曼丽及哈麟，相继惊醒。

曼丽自榻上跃起，哈麟亦推椅起立。卡生见之，深恐两人逸出，立即跨入室中，以身蔽户，视两人作狞笑。曼丽惊而却立，哈麟大怒，突攫一竹椅，向之掷击。卡生闪身避之，哈麟乃腾跃而前，直扑其身。卡生挥臂格斗，奋力对峙，各不相下。曼丽乘此间隙，乃夺门而出，孑身逸去。

哈麟与卡生斗久之，卡生卒不敌，为哈麟所击倒，晕绝于地。哈麟四顾室中，不见曼丽所在，乃置卡生于不顾，飞奔出室而去。

曼丽之逸也，幸未为党人所见。此时天已黎明，晨曦将上，东方渐白，曼丽信足狂奔，向大道上驰去。

奔久之，抵一乡村之外，突有极大之野牛一群，自道傍树林中拥出。野牛性甚凶恶，能以角杀人，惟菲律宾土人，独有法制之，使之驯服。

当时野牛瞥见曼丽，以其服装与菲人异，结队来追，张口挺角，状甚可怖。曼丽回顾见之，骇极失色，尽力飞奔，垒息几绝。野牛紧追其后，坚不肯舍。

曼丽奔久之，两足酸软，力不能支，遂颓然仆地。其时野牛在后，相距不远，曼丽自分必死，瞑目待毙，差幸其时适有菲人一，自村中奔出，骤见此状，骇而趋前，将曼丽自地上抱起，扬臂矗立，瞋目厉声叱野牛。野牛果为所制，反奔而去。

其时曼丽已晕，昏然不省人事，菲人乃挟之至家中，置之榻上。其妇以清水进，使曼丽饮之。曼丽饮已，渐觉清醒，瞪目四顾，讶问胡得来此，菲人具告之。曼丽悟，深为感激，急致谢忱。菲人颇诚挚，即留曼丽寓其家。

曼丽筹思久之，决计即日离菲，乘舟返祖国，以免危险，因与菲人之妇商，向之借衣裙一套，改装为菲律宾妇女之状，以掩恶党之耳目，然后倩菲人往雇汽车一辆，乘之返旅馆。

哈麟自竹屋中出，遍觅曼丽不得，徘徊道中，心甚焦灼。

会卡生已苏，率其党，自后追至，望见哈麟，突出攻击。哈麟奋勇力战，卒以众寡不敌，为党人所击倒。

卡生欲设法杀之，以绝曼丽之臂助。正会议间，而蓝廷忽至。蓝廷力止卡生，勿杀哈麟。卡生亦遂置之，蓝廷细询昨晚之详情，卡生具告之。

蓝廷曰："曼丽此去，必逃回旅馆。今若往旅馆中探之，必得其踪迹矣。"

卡生曰："然则余当亲往一探。"

蓝廷止之曰："不可。君之状貌，已为曼丽所熟识，贸然前往，若被窥破，反足偾事。余意不如就我党之中，遣一人往，较为妥善。"

卡生颔之，乃顾谓一党人曰："摩根，汝可往买尼拉旅馆，探听曼丽之踪迹。事宜秘密，勿为所知！"

摩根颔之，乃匆匆而去。

曼丽驱车返旅馆，询之侍者，知哈麟尚未归来，心颇悬念。

会侍者持一电报入，云系致哈麟者。曼丽接阅之，则发自纽约麦克威博士。曼丽知此中必谈金莲花之事，乃私拆阅之。其辞曰：

哈麟君鉴：

来电均悉。君安抵菲律宾，甚慰。兹有嘱者，金莲花尚有花蒂一座，藏于摩罗城内华严寺后之古塔内。塔中守者名戈登，系余之旧仆，君第以此电示之，彼必能将花蒂付君也。

麦克威上

曼丽阅已，即将电报纳之囊中，决计亲往摩罗城一行，觅取金莲花之蒂，俾成完璧。乃将菲人之衣卸下，遣旅馆中人，送还其家，并将旅馆中费用算清，遂雇一汽车乘之，驰往火车站。

车行里许，道出十字路口，突有一马车自左而来，与曼丽之车并行。车中坐一妙龄之女郎，女郎一见曼丽，忽失声呼曰："曼丽耶？汝胡得在此？"

曼丽闻声注视，则其旧同学爱伦女士也。两人各止其车，握手寒暄，互叙别惊。

爱伦询曼丽何往，曼丽告之，爱伦喜曰："余拟先往拉痕特村，摒挡一事，然后折而赴摩罗城。姊若能与余同车偕往，实为最妙！"

曼丽颔之，乃将汽车之资付讫，挥之令去，乃跃登爱伦之车，与之并坐。

御者鞭其马，车轮辘辘，向车站而去。

哈麟之晕也，卧地不一刻，即悠然苏醒。其时蓝廷、卡生等，均已他去，哈麟自地上跃起，沉吟久之，决意先返旅馆，再图他策，遂蹀躞前行，欲雇一街车乘之。

忽见一马车自后而来，审出其傍，哈麟侧立让之过，不意车中并坐者，乃为曼丽及其友爱伦。曼丽一见哈麟，大喜逾望，立即命御者停车，招哈麟登车。哈麟一跃而上，与御者并坐。

曼丽询以别后之事，哈麟具告之，曼丽亦略述一过，并出麦克威之电报示之。

哈麟曰："然则余亦当往摩罗一行。"曼丽颔之。

此时车抵一小河之滨，河中木排一束，浮于水面。凡汽车、马车欲渡河者，只须费钱若干，可将其车驶至木排之上，有形如舟子者五六人，手持长篙，将木排撑动，一转瞬间，即可径抵彼岸。

当时曼丽等之车，亦以木排为舟，载之渡江。曼丽以见所未见，诧为奇事。

车既渡河，即驰赴火车站。比抵站中，曼丽阅火车时刻，知此车启行，尚在一刻钟后，因顾谓哈麟曰："君可在此间上车，余则因密司爱伦有要事，拟伴之赴拉痕特村，然后即由彼处登车，当与君遇于车中也。"

哈麟诺之，即自车上跃下，与曼丽别，购票登火车。曼丽与爱伦，则驱车赴拉痕特村。

曼丽自旅馆中出时，有一人紧随其后，探其踪迹。其人为谁，则恶党摩根是也。摩根见曼丽乘汽车，乃跃登其车后之座，随之前往，曼丽固未之知也。

迨曼丽与爱伦遇，改乘马车，摩根仍潜登其马车之后，紧随不舍，故曼丽等三人所议论，乃一一为摩根所闻。

摩根自车上跃下，泅水过江，往觅卡生，尽以所探得者告之。

卡生默念："曼丽等欲往拉痕特村，必道出枫树冈，若狙伏冈上，俟其过而袭击之，必获曼丽无疑。"立意既决，遂率其党六七人，由间道驰往，先至冈上，狙伏林中。

稍顷，闻车声辘辘，自远而近，则曼丽与爱伦之马车至矣。

车至冈下，卡生突率其羽党，一拥而出，拦阻车前。

御者骇而止其车，曼丽司空见惯，力自镇定；爱伦则疑为盗贼，觳觫不知所措。

卡生以手枪指曼丽，胁之下车。曼丽不得已，遂自车上跃下。卡生挥马车速行，御者如获恩赦，遂置曼丽于不顾，立鞭其马，飞驰逸去。

卡生向曼丽索金莲花，曼丽毅然拒绝，并戟指痛骂，卡生大怒。

其时隐隐有汽笛声，自远而来。卡生知火车将至，遂命其党取长绳至缚曼丽之手足，置之轨道之上。众乃哄然如鸟兽散。

一刹那间，火车已轧轧而至，行见数分钟内，曼丽将膏其血肉于铁轨之上。

危哉曼丽！其将为火车所辗毙耶？

第二十一章

哈麟所乘，为头等车之第一号室。此处与火车之机关车，相距最近。车既发轫，哈麟独坐无聊，乃推窗远望，纵览沿途景物。

车行数里，忽闻汽笛连鸣不已。哈麟大诧，急伸首出窗外望之，遥见距车数百武外，铁轨之上，仰卧一女子，察其衣服，当为曼丽无疑。

哈麟震怖亡魂，急不暇择，立即逾窗而出，攀登机关车前之发动机上，手敏足捷，疾如猿猱，一刹那间，已抵发动机前一铁板之上。

其时车行极捷，司机者望见曼丽，急揿其机欲止之，然已不及。转瞬之间，车抵曼丽之身畔，生死迫促，间不容发。

幸哈麟在车前，据坐铁板之上，突俯其躯，将曼丽自地上提起，挟之臂上，抱入怀中。苟稍迟须臾者，则曼丽必葬身于车轮之下，亦云险矣。

曼丽既脱险，车亦戛然而止。哈麟手托曼丽，纵身跃下。乘客闻之，纷纷下车来观，围立如堵，闻哈麟义勇之状，靡不啧啧称羡。

时则卡生及蓝廷，亦廁于众乘客中，立而观看，见曼丽仍为哈麟所救护，竟得脱险，切齿痛恨，怏怏而去。

会曼丽之同学爱伦，亦驱车而至，见曼丽无恙，深为欣幸。

曼丽惊魂稍定，亟向哈麟道谢，中心感激，莫可名状。

哈麟与曼丽商，自愿伴送爱伦，赴拉痕特村一行，嘱曼丽独乘火车，经往摩罗城，以免别遇危险。

曼丽诺之，哈麟乃将所购之车票，付之曼丽。曼丽跃登火车，车复启行，往摩罗而去。

哈麟与爱伦，则乘马车，赴拉痕特村。

曼丽既抵摩罗城，即雇车往华严寺。寺后果有古塔一，塔仅三级，高可三四丈，处境颇幽，游人罕至。

守塔者名嘉斯汀，年已五十许。曼丽往访之，嘉接待甚恭。曼丽出麦克威之电报示之。嘉阅已，微颔其首，立即趋往塔之顶上，将金莲花之花蒂取出，付之曼丽。

曼丽审视无误，即藏之囊中，告辞而出。

曼丽之至摩罗城也，卡生与蓝廷，亦追踪而往，车中因耳目众多，未能下手。迨曼丽雇车赴华严寺，卡生立遣一菲人名楷脱者，暗蹑其后，探其所为。

楷脱见曼丽入古塔，索取金莲花之蒂，潜立户外，窃闻其语，立即驰归，报告卡生。

卡生遂率其党数人，驰往华严寺，伏于古塔之附近。少顷，遥见曼丽果自塔中出，匆匆而来。比稍近，卡生与其党一拥而出，曼丽欲逸不及，遂为众人所执。

卡生恐哈麟继至，势且不敌，急命其党强曳曼丽，挟之疾行。

驰至一小河之滨，河中预雇有小舟一，党人握桨以待。卡生曳曼丽下舟，解维启行，鼓棹而去。

曼丽去，而哈麟及爱伦至矣。

哈麟送爱伦至拉痕特村，爱伦将其事摒挡毕，遂乘火车赴摩罗城。

既至，别雇一汽车乘之，驰往华严寺。将近寺前，道出一小河之滨，忽遥见有健男子数人，强曳一女子，跃入舟中。

哈麟谛视之，则女子乃曼丽也，骇而止其车，知曼丽又坠奸人之手中，遂自车上跃下，驰往救之。

比抵江干，党人已挟曼丽下舟，鼓棹而去。哈麟怅立水滨，束手无策。

会爱伦亦下车驰至，两人商议片刻，哈麟决计溯江而行，觅一小舟雇之，追踪往救，乃嘱爱伦坐汽车中，静待消息。

爱伦诺之，哈麟乃飞奔而去。

卡生捕得曼丽后，即挟之至一渔人之屋中，搜其身，得花蒂及金莲花一瓣，悉攫之去。曼丽以势力不敌，束手不与抗。

斯时蓝廷亦在室中，曼丽见之，恍然大悟，知蓝廷亦与恶人同谋。世途险巇，深为叹息。

卡生与蓝廷商，谋所以处置曼丽之法，蓝廷蹙额曰："余之始意，本不欲杀此豸。今此豸竭力与我侪反对，苟不杀之，适足贻患。"

卡生曰："余意亦然。此间华严寺之后，有古塔一，余欲将此豸闭入塔中，放火焚之。塔而被毁，则此豸亦必葬身其中。君意以为如何？"

蓝廷力赞其议，卡生乃指挥其党，将曼丽曳往华严寺后之古塔中。

其时楷脱在侧，自以侦探曼丽有功，欲向蓝廷索酬。蓝廷靳之不与，且呵斥之。楷脱不服，龈龈与蓝廷争辩。蓝廷大怒，直前披楷脱之颊，又饷之以一足。

楷脱被殴，鼠窜而出，戟指痛骂，悻悻遁去。

卡生等挟曼丽以行，至华严寺后之古塔中。守塔之嘉斯汀闻而出视，见曼丽忽为若辈所縶，惊诧不置。

卡生等以威力胁嘉斯汀，逐之离塔。嘉斯汀孑然一人，势孤力弱，不敢与党人抗，遂离塔他去。

卡生乃命释曼丽之手足，掷之地上，闭户键之，然后取火药一小罐出，遍洒塔之四周，以火燃药。一刹那间，烈焰飞腾，火光熊熊，延及塔顶。

曼丽在塔中，彷徨奔走，无路可逸，束手待毙，自分必死。

正危急间，而救星忽至。救星为谁？则哈麟是也。

哈麟溯江驰半里，不见党人之踪迹，心甚焦灼，忽见一菲州土人，匆匆而来，俯首垂颈，状甚丧气。

哈麟询之曰："君亦见有数人挟一女子，乘小舟而东去乎？"

不意其人乃即楷脱，楷脱闻言，注视哈麟之面，突然曰："君所问之女子，殆即密司曼丽耶？"

哈麟诧曰："然。汝何以知之？"

楷脱曰："曼丽业为蓝廷所捕，欲闭之华严寺后之古塔中，纵火焚之。君速往，或犹及救护也。"

哈麟闻言大惊，不待其辞之毕，立即转身而奔，飞驰往救。

比抵其地，见塔之四周，均已起火，金蛇四走，火势极猛。曼丽矗立于二层楼之窗口，扬臂呼救，势甚危急。

哈麟略一踌躇，即冒险奔入火窟之中，飞步上楼，抱曼丽于手中，逾窗而出，纵身一跃，坠于塔傍之草地上。

哈麟虽受微伤，曼丽因以脱险，苟更迟片刻者，行将焦头烂额于火窟之中，不可谓非天幸矣！

第二十二章

曼丽在塔中，本已晕绝，迨哈麟挟之出险，始渐苏醒。

哈麟询以遇险之事，曼丽缕述一过，并谓怀中所藏金莲花一瓣，及花蒂一座，均被卡生搜去，深为可恨，惟尚余一瓣，幸藏于亵衣囊中，未入恶人之手。言次，邑邑不乐。

哈麟慰藉之，曼丽复语哈麟，谓蓝廷亦系党人之一，为虎作伥，殊出意外。哈麟闻之，亦不胜诧怪，因叹"世道险巇，人心难测"。

谈久之，曼丽渴甚，欲觅清水饮之。哈麟偶回顾，见附近有一果子园，因趋往园中，购得波罗密一颗，与曼丽分食之，藉以解渴。食已，遂相偕赴城中，宿于逆旅。

翌日，两人商议，拟仍返中国之上海，然后由上海附轮旋美。是日适有商轮"天洋丸"，由摩罗开往上海，曼丽遂偕哈麟登舟，乘之而去。

是日清晨，蓝廷与卡生，密议于华严寺左近之丛莽中。

卡生谓："昨日之事，我侪又遭失败，实非意料所及。大抵曼丽或哈麟之囊中，尚有金莲花一瓣，我侪必设法得之，以竟全功。"

蓝廷曰："顷余往曼丽所居之旅馆中探听，闻哈麟与曼丽，将于今日乘轮赴上海。若辈下船时，必道出福司脱路。其地多森林，行人绝鲜，我侪可狙伏其间，俟彼两人过，突出袭之，则大事济矣。"

卡生亦以为然，两人遂分投而去，初不料窃听于后者，乃有菲人楷脱在焉。

楷脱因受蓝廷之殴辱，憾之刺骨，誓必破坏其计画，以泄此忿。方两人秘密集议时，楷脱乃暗蹑其后，伏而窃听。故两人所设之阴谋，一一尽为楷脱所闻。

楷脱俟两人散去，遂自丛莽中跃出，立即驰往警察署中，以其所闻，报告警长。警长为治安计，立遣便服警察十余人，以楷脱为导，命驰往福司脱路之森林中，细加搜查，苟有形迹可疑者至，可悉数逮捕，毋令逸去。

警察受命，疾驰而往，比抵其地，伏于林中。少顷，果有行踪诡秘之党人六七，谈笑而至。警察遽自林中出，严加盘诘。党人言语枝梧，仓皇欲遁。警察乃取刑具出，逐一縶之。

惟蓝廷及卡生，早已闻风远飏，不知所往。警察遍查不获，乃将所捕之党人，押入警署而去。

"天洋丸"商轮，今乃至中国之上海矣。

蓝廷及卡生，与曼丽同舟抵沪。舟既并岸，曼丽与哈麟，相偕登陆，仍居于礼查饭店。

卡生密遣一党人，潜尾其后。党人归，以礼查之地址，报告卡生。

卡生颔首不语，熟思者再，忽思得一诡计，潜与蓝廷商之。

蓝廷颇赞其议，卡生遂与蓝廷别，匆匆自去。

曼丽与哈麟抵旅馆后，各据一头等房居之。两人比邻而处，俾得互相照拂。

是日午后，哈麟往见曼丽，综谈往事。曼丽以金莲花失去一瓣，深为惋惜。

哈麟曰："卡生等得此一瓣，未必遂盈其欲壑。若辈阴谋甚多，我侪在回国之前，不可不谨慎防备。"

曼丽曰："我侪此次来沪，若辈或尚未之知也。"

哈麟曰："不知固佳。然若辈耳目众多，讵难探悉，甚或已追踪来沪，亦正难言。综之，我侪一举一动，咸宜留心，不可坠入他人之彀中。"

曼丽唯唯，乃相率下楼。哈麟欲偕曼丽，往苏州河畔一游，两人因挽臂自大门出。比至门外，忽见蓝廷方立于石阶之上，雇一汽车乘之，疾驰而去。

曼丽见之，急指以示哈麟。哈麟审视无误，顾谓曼丽曰："何如？我固谓若辈必追踪来此，今信然矣。然蓝廷何往，余必探得之。余意欲尾蓝廷之后，探其踪迹，密司以为何如？"

曼丽欣然，请与同往，哈麟诺之。两人乃亦雇一汽车乘之，追随于蓝廷之后。

蓝廷在前，安坐车中，绝不回顾，观其状，似瞢然无所觉察。

两车一先一后，均自南京路等处驰过，其疾若飞，直向苏州河畔而去。

我书久未提及之傅道士，今乃亲率羽党十余人，发现于杨树浦矣。

傅道士指挥其党，伏于一小街之两傍，静待曼丽之至。少顷，见蓝廷之汽车，飞驰而来，傅道士立命其党狙伏，蓄势以待。一刹那间，曼丽及哈麟之汽车，亦呜呜而至。

哈麟见蓝廷之车，戛然中止，乃亦命司机者停车道傍。

汽车方停，傅道士突率其党自两傍出，胁曼丽及哈麟下车。两人此时，瞠目相视，始知又中奸人之诡计，懊恨无及。然哈麟亦坦然无所惧怯，立偕曼丽自车上跃下。哈麟微睨曼丽，以目示意，曼丽微颔之。

哈麟乃含笑而前，步至傅道士之前，乘其不备，突然跃起，挥拳击傅。傅仓皇应敌，诸党人亦一拥而前，围攻哈麟。曼丽乘此间隙，转身而奔，飞步逸去。

哈麟斗久之，卒以众寡不敌，为众人所击倒，晕绝于地。其时曼丽逸去不远，蓝廷率众驰往。曼丽不得逸，亦为众人所捕。

傅道士问处置两人之法，蓝廷曰："曩日因不杀哈麟，以致反受其害。今宜先除此人，使曼丽无人保护，然后可以惟我所欲为矣。"

傅道士颔之，遂指挥其党，将哈麟舁至黄浦江边。时哈麟尚未苏醒，党人将其高高举起，向河中掷之。但闻訇然一声，哈麟乃随波逐浪而去。

第二十三章

曼丽为党人所执，拽入汽车之中。蓝廷指挥司机者，驱车疾驰。曼丽就车中与蓝廷搏，亡命奋斗，锐不可当。蓝廷为之辟易。

此时车正飞驶，曼丽奋不顾身，突然自车中跃出，跌入路旁之乱草丛中。

蓝廷急令停车，率其党跃下，遥见曼丽已自草中跃起，狂奔逸去，相距甚遥，追之不及。

会傅道士亦至，谓哈麟泅水绝精，掷入河中后，旋即游泳登岸，徜徉而去，因恐力不能敌，未敢出而拦阻云云。

两人互述其失败之事，相顾懊丧。

蓝廷曰：“此一二日内，若辈必乘轮返美，我侪可往轮局探问，苟有赴美之舟，即当附之以归。舟中范围较狭，我侪不难觅得之也。”

傅道士颔之，两人乃相与乘车而出。

其翌日，有商轮“尼古拉号”，自上海开往美国。曼丽与哈麟，遂乘轮返美，不意蓝廷与傅道士，乃暗蹑其后。

傅道士语蓝廷曰：“若辈返美后，必由河洛乘火车赴纽约。余于纽约，势力极微，君宜速筹计划，勿令若辈得逞志也。”

蓝廷颔之，乃趋往无线电报室，发一快电，致纽约匪党洛勃生，嘱令召集同党若干人，预伏于车站之内，静候调遣。布置既意，始安然返卧室。

舟既抵美，曼丽与哈麟，果由河洛乘车赴纽约。蓝廷与傅道士，仍追随其后。

车抵纽约，曼丽等先自车站出，雇一汽车乘之，驰往麦克威家。

其时匪党洛勃生，业已接得蓝廷之电报，率其同党，狙伏于车站之上，目睹哈麟与曼丽，携手登车，疾驰而去，因未接蓝廷之命令，不敢出而拦阻。

少顷，蓝廷与傅道士亦至，洛勃生遥见之，急率其党，趋前迎迓。

蓝廷询以曼丽及哈麟之踪迹，洛勃生具告之，并谓哈麟雇车之时，嘱其驰往赫震路麦克威博士家，今去尚不远，追犹可及。

蓝廷乃率傅道士等，亦雇一汽车乘之，飞驰往赫震路而去。

曼丽等既至麦克威家，下车叩门。有司阍之老仆名菲纳者，出而启视。曼丽投刺，求见麦克威。

菲纳曰："主人近日，辄办事于恺密格路之格致书院，密司倘欲见之者，可往书院中寻之。"

正言间，哈麟亦至。哈麟素与菲纳相识，因邀之同往。菲纳颔之，乃将大门锁闭，跃登哈麟汽车之上。

此时曼丽忽语哈麟，云欲往家中一行，请哈麟与菲纳，先往格致书院。

哈麟诺之，曼丽乃别雇一汽车乘之，分道驰去。

曼丽既去，哈麟亦驱车欲行，不意蓝廷及傅道士，率党驰至，出其不意，围攻哈麟。

哈麟大惊，急奋勇抵御。菲纳在旁，亦挥拳助哈麟。

傅道士排众而前，斗一足起，中菲纳之肩上。菲纳立足不稳，自车上坠下。党人按之于地，蒙其口缚其手足，掷之道傍一废圃之内。

菲纳既被执，哈麟势孤，心荒手乱，偶一不慎，亦自车上坠下，为党人所执。

蓝廷大喜，乃命将哈麟掷于车中，驱车而驰，径赴洛勃生所设之机关部。

党人去后，菲纳将手上之束缚，先行挣脱，然后将足上之索以及口上之布，一一解去。

身体既回复其自由，即仓皇驾车赴曼丽家，以其事告之。曼丽闻报大惊，一时亦束手无策。

菲纳曰："余闻党人言，仿佛欲往阿司莱姆街之机关部。我侪曷往彼处一探，或能得其巢穴所在。"

曼丽诺之，乃与菲纳偕出，赴警署报告。警长闻之，亦为骇然，立遣警察一小队，各携枪械，随曼丽往援。

曼丽乃率警察出，向阿司莱姆街驰去。

党人挟哈麟入机关部，遍查其身，忽搜得金莲花一瓣。

傅道士得花，大喜逾望，急什袭藏之囊中，乃与蓝廷协商，谋所以处置哈麟之法。

傅道士："我侪今虽成功，其实可谓天幸，惟哈麟不死，终且为我侪之大患。余意欲设法杀之，子以为何如？"

蓝廷曰："余亦云然。今曷不置之煤气间内？但将煤气放入，彼必窒息而死！杀人之法，莫妙于是。"

傅道士韪之，乃指挥其众，将哈麟推入煤气间内，闭而键之。

诸事既定，蓝廷忽语傅道士云："刻尚有要事一，欲往中国一行，拟即日启程赴东亚。"

傅道士颔之，蓝廷乃告辞而出，跃登汽车，飞驰而去。

第二十四章

曼丽偕警察一小队，往盗窟救哈麟，将近阿司莱姆街，忽见一汽车迎面而来，车中端坐者，乃为虎作伥之恶人蓝廷也。

蓝廷遥见曼丽率警察至，骇然失色，立即捩转其车，向岔道中驰去。

曼丽急指以示警察，警察乃指挥司机者，开足汽机，飞逐其后。

蓝廷在车中，屡屡回顾，见警察果自后来追，骇乃益甚，力旋其机，车驰若飞。然警察之车，仍追随不舍，一驰一逐，星飞电掣。

驰久之，蓝廷之车，驶至一高冈之上，下临深谷，徒绝千丈。车行极速，瞬息之间，已抵高冈之侧面。蓝廷震怖亡魂，手足无措，急止其车，已嗟不及。

一刹那间，车乃从空下坠，訇然一声，堕入深谷之中，车身碎为数百片，叠堆地上，汽锅炸裂，车乃被焚，黑烟迷漫，火光四澈。

彼奸险绝伦之恶人蓝廷，乃葬身于覆车之下。

其时曼丽及警察之车，亦已驶至冈上，俯视深谷中，火光熊熊，烟雾蔽目。众乃纷纷自车中跃出，觅得小径一，盘旋而下，直达深谷之中。

曼丽趋至覆车之侧，留心察视，瞥见车下露出一衣角，乃命警察将车板撬开，见其中赫然有人在，拽出谛视之，果蓝廷也。蓝廷受伤甚重，血流殷地，气息奄然，尚未绝命。曼丽佝偻审视，心殊惨然。

少顷，蓝廷忽渐苏醒，微启其眸，注视曼丽之面，目光阴森，状殊可怖。

曼丽骇而欲避去，蓝廷忽发其细微幽凄之音，断续而呼曰："……曼丽……余将死矣，余悔……余悔甚……杀汝父者，傅……彼即……金莲花之蒂，在余囊中，汝可取之……噫！哈麟……煤气……司屈兰路三十一号……速往救之……速……速……"语至此，气绝而死。

曼丽搜其身畔，果于囊中得金莲花之蒂，惟尚有花瓣一片，遍搜不获，乃将花蒂纳之囊中，立率警察登车，驰往司屈兰路。

车抵其地，曼丽止车跃下，见此处街道逼窄，污秽遍地，两旁皆矮屋，瓮牖绳枢，为工人、小贩所居。曼丽觅得三十一号所在，为一东洋式之矮屋，门以坚木制之，窄而小，状颇坚固。

警察欲叩门入内，曼丽止之，请先入盗窟一探，嘱警察伏于屋之四周，并与之约曰："苟余入内五分钟而不出者，君等可破门直入。切勿迟误！"

警察诺之，曼丽乃趋至三十一号之门外，轻推其户，户未键，徐徐而辟。曼丽闪身入内，复虚掩其户。门内为一黑暗之甬道，甬道既尽，得一小室，室左墙上，有一木框之窗。室内笑语间作，似有多人在内。

曼丽伏于窗外，探首内窥，见室中有党人六七，方围一圆桌而坐，举杯饮酒，笑谭甚欢。曼丽方欲退出，身影摇动，忽为一党人所望见，皇骇而呼。党人纷纷跃起，启门出视。曼丽大惊，转身狂奔。党人见之，争先追出。

曼丽奔至甬道中，为党人所追及，仓猝不得出，遂转身与党人斗，无如众寡不敌，一刹那间，遂为党人所捕获。曼丽以警察在门外，数分钟内，将破门而入，故神色坦然，绝无惧怯。

党人挚其手足，曳之入室，审视之，始辨其为曼丽，相顾大喜。其时傅道士亦已他出，众拟囚之一空屋之内，俟蓝廷或傅道士归，请命定夺。

正议论间，而警察已破门入矣。

警察待于门外，五分钟已过，而曼丽不见退出，心知室中有变，立即将大门推开，一拥而入，直达党人办事之室。室门内键，骤不可辟，众警察乃以木棍击之。

党人在室内，闻声大警，室只一门，无法逸出，乃竭力抵其门，与警察对抗。相持片刻，警察进攻益猛，党人心胆俱裂，力不能支。室门为警察所攻破，蜂拥入内。党人不得已，乃亡命拒捕，作困兽之斗。然而其气已馁，势亦浸衰，是以一转瞬间，乃尽为警察所捕，无一漏网者。

于是警察将曼丽释放，曼丽盘诘党人，询以哈麟所在，党人谓哈麟囚于地窖之中，傅道士临行时，已将煤气放入，恐已熏毙云云。

曼丽闻之大骇，急胁党人引导，亲率警察，驰往地窖。其时窖中果满布煤气，仓猝不能入，乃各取白巾一方，蒙其口鼻，然后冒险入内，将哈麟舁出。

曼丽审视之，见其受毒虽甚，尚未气绝，心乃稍慰，遂指挥警察，舁之至空旷之处。

少顷，哈麟悠然渐苏，曼丽取清水饮之，神志益清，四顾室中，见党人均已就捕，心乃大喜，惟其中不见蓝廷及傅道士，颇以为怪，以问曼丽。曼丽谓蓝廷已坠崖而死，惟傅道士不知何往。哈麟向党人追问，党人谓傅道士以金莲花之事，往晤麦克威博士云云。

哈麟闻言骇曰："然则麦克威博士殆矣！余既知之，不可不往救护。"

曼丽请率警察，与之同往，哈麟诺之。曼丽乃分警察四人，命将捕获之党人，押解赴警署，其余则随哈麟之后，驱车往麦克威家。

是日午后，麦克威独坐办事室，忽阍者持一名刺入，上书"傅道士"三字。

麦大诧，自念交游之中，素无傅道士其人，贸然过访，未识何意，而阍者又言此人乃系亚东之中国人，诧异尤甚，乃命阍者肃客入。比入，则果中国人也，衣宽博而巨，戴平顶之冠，貌甚狞恶。

傅曳椅肃之坐。询其来意，傅道士曰："余闻博士有骨董癖，意欲搜集五洲万国之古物，宝而藏之。然则我国有古物一，素驰名于五大洲，博士其亦知之乎？"

博士曰："何物？"

傅道士大声曰："金莲花耳！"

博士闻言愕然，已而曰："金莲花耶？余欲觅取久矣，君问之何为？"

傅笑曰："余近觅得金莲花两瓣，又花蒂一座，爱特挟之来美，君果能出善价求之，余亦不难割爱相让。"

博士骇然曰："斯言信耶？"

傅颔之曰："信也。余恐君或有所疑，爱特携金莲花一瓣来此，请君视之。"言已，乃自囊中出金莲花一瓣，以示博士。

博士接视之，果为原物，乃还之傅道士，欣然曰："余亦藏有金莲花六瓣，益以君之两瓣，岂不成为完璧耶？君试言之，欲价几何？"

傅道士佯为诧异之状曰："君乃有此花六瓣耶？余意殊不能信。君所藏者，殆赝鼎耳！"

博士曰："不然！我家之物，安有赝者？"

傅道士意终不信，请博士出以示之，以明真伪。博士自念："傅道士在我室中，谅不致有他变。"乃亲启保险之箱，将金莲花六瓣取出，置之案上。

不意傅道士突然跃起，欲攫案上之金莲花。博士大惊，急起拦阻，傅道士乃取手枪出，指博士之胸，厉声曰："勿动！动则杀汝！"

博士骇极，瞠目侧立，不敢妄动。傅道士乃将案上之金莲花，一并攫得，纳之囊中，正欲转身退出，而曼丽及哈麟至矣。

曼丽等自盗窟出，即驱车疾驶，直至麦克威家。哈麟嘱警察伏于门外，以防傅道士逸出，然后偕曼丽两人，推门入内，径趋麦克威之办公室。

比抵户外，瞥见傅道士以枪胁麦，倒退欲出，哈麟乃距跃直前，突挥一拳，力击傅道士之腕。傅道士负痛，枪乃坠地，铿然有声。哈麟乘势捉傅道士之臂，欲按之于地。傅大怒，遂转身与哈麟斗。

麦克威乘此时机，急自抽屉中取手枪出，指傅道士之背，厉声叱之。傅大惊，乃木立不敢动。曼丽急趋至门外，招警察入内，将傅道士捕获。

麦克威先将其囊中之金莲花，一一取出，置之案上。哈麟细视傅道士之面，见其髭须及面上之颜色，颇类化装，乃昂然直前，力曳其髭，髭应手而落。哈麟更取白巾一，将其面上之颜色拭去。

假面具既去，真相毕露。曼丽及哈麟见之，不禁大诧！翳何人？翳何人？盖即恶人卡生是也。

警察拽卡生出，挟之往警察总署。

诸事大定，麦克威乃肃曼丽及哈麟坐，深致谢忱。哈麟乃将此次觅取金莲花之历史，报告麦克威，并将曼丽所以东游之原由，以及其种种冒险之状况，详述一过。

麦克威深为惭愧，急向曼丽道歉，引罪自责，曼丽则一笑置之。

哈麟乃将金莲花及花蒂取出，付之麦克威，毅然曰："此次觅得金莲花，全出曼丽女士之力。女士出生入死，躬冒万险，始克告厥成功。余临行时，丈曾与余约，觅得金莲花一瓣，酬洋五万元。今请以十万元俾曼丽女士，以酬其劳，余则分文不敢妄受。余意如是，不识丈以为何如？"

曼丽闻言，急起而争曰："余之东游，实出一时之负气，初不欲得此十万元之酬款也。况余每逢危难，辄以哈君之援，始克脱险。苟无哈君，余死久矣，更何有于金莲花？故十万元之酬款，仍宜归之哈君为当，余则分文不敢妄取。"

两人争论不决，麦克威从中排解曰："此事皆余之不是，今兹悔之，亦殊无及。兹余愿出二十万元，以十万元酬哈君，以十万元酬曼丽女士，君等可以息争，余亦籍盖前愆。君等以为如何？"

两人闻其言，咸谦逊不遑。麦不听，立署十万元之支票两张，付之曼丽及哈麟。两人推辞良久，见麦克威情意甚殷，乃谢而受之，告辞而出。

卡生入狱后，忽服毒药自尽。其余党人，亦分别定罪有差。

曼丽大仇既复，遂与哈麟结婚，伉俪之间，异常相得。

麦克威既得金莲花，觉此物直系祸水，藏之不详，乃捐入纽约公立博物院，陈列院中，以供众览。

诸君苟航海作美利坚游，入纽约公立博物院，瞻览其古物陈列处，必能见此奇异之金莲花。院中执事者，或能为诸君详述此花之历史，与我书所纪，当不爽毫发也。

附 录

陆澹盦侦探影戏小说研究

战玉冰

本文首发于《北京电影学院学报》2025 年第 2 期，第 84—95 页。

陆澹盦与影戏小说

陆澹盦（1894—1980）作为一名经历了从传统中国向现代文化转型时期的文人，有着非常丰富的身份与经历。比如其对于中国古典文学的研究，有《说部卮言》《水浒研究》等代表性著作；在弹词改编与创作方面，他先后将《啼笑因缘》《秋海棠》等十余部小说改编成弹词并都产生较大影响；与此同时，陆澹盦还广泛涉猎金石、碑版、书法、篆刻、诸子、医学、坤伶等诸多方面，领域之宽广，令人感到敬佩。而除了传统文化的面向之外，陆澹盦也积极尝试和探索新的媒介形式与文化样式，比如他"夙娴英吉利文字"①，曾担任电影编剧，创作侦探小说（《李飞探案集》），编辑侦探类杂志（《侦探世界》），创办都市小报（《金钢钻》），等等，呈现出一个典型的现代都市中的"知识人"特征。我曾撰文专门讨论过陆澹盦与电影这种当时新的艺术形式之间的密切互动与深刻关联：他不仅热衷于看电影，是一个十足的"影迷"，还曾在中华电影公司做编剧，亲自操刀撰写电影剧本《人面桃花》与《风尘三侠》。同时陆澹盦也曾在中华电影学校任教务主任，并与友人合办过电影公司。此外，陆澹盦还曾将多部美国侦探、冒险电影改编为影戏小说。②

经过近几年的进一步搜集、梳理与考证，据目前所见资料，

---

① 天台山农（刘文玠）：《序二》，收录于陆澹盦：《毒手》，新民图书馆发行，1919 年 1 月初版。

② 参见战玉冰：《民国时期电影与侦探小说的交互影响——以陆澹盦的观影活动、影戏小说与侦探小说创作为中心》，《电影新作》2021 年第 4 期。

陆澹盦改编的侦探影戏小说共有七部，形成了一个值得关注的文本群落与文化现象。其小说报纸发表、单行本出版（通常有多个版本）与改编电影原片的相关情况如下（按照电影在美国本土上映时间的先后顺序排列）：

《毒手》，百代公司电影制片，新民图书馆发行，上海清华书局总经售，各大书局、《大世界》报社代售，中国图书公司印刷，1919 年 1 月初版，署名"吴县陆澹盦著"。书前附海上漱石生（孙家振）、天台山农（刘文玠）和朱大可三人的序言，书后附施济群所作的跋文。在《大世界》1919 年 4 月 8 日曾见该书广告，广告中标"侦探小说，陆澹盦先生译，百代公司电影原本，《大世界》报社"。该小说改编自电影 *The Hidden Hand*，1917 年 11 月在美国上映，James Vincent 导演，Arthur B. Reeve、Charles Logue、Charles W. Goddard 编剧，Doris Kenyon（多丽丝·凯尼恩）、Sheldon Lewis、Mahlon Hamilton 主演。

《黑衣盗》，《大世界》报 1919 年 3 月 3 日至 1919 年 7 月 4 日，标"侦探小说"，署名"澹盦"。该小说共分 120 次连载，另附颍川秋水和天台山农所作序言各一篇，分别刊载于 1919 年 7 月 5 日及 1919 年 7 月 10 日。后该小说以单行本形式出版（全一册），上海交通图书馆总发行，《大世界》报社分发行，1919 年 9 月出版，标"侦探小说"，署名"吴县陆澹盦著作"。在《大世界》1919 年 8 月 1 日曾见该书广告。又见《黑衣盗》单行本（全两册），上海交通图书馆出版发行，1920 年 4 月三版，1921 年 5 月四版，署名"吴县陆澹盦著作"。又见《黑衣盗》单行本（全两册），上海新华书局发行、印刷，1929 年 3 月初版，署名"编辑者吴县陆澹盦"。该小说改编自电影 *The House of Hate*，现通常翻译为《仇恨之屋》，1918 年 3 月在美国上映。George B. Seitz

导演，Charles Logue、Bertram Millhauser、Arthur B. Reeve 编剧，Pearl White（珀尔·怀特）、Antonio Moreno、John Webb Dillion 主演。

《侠女盗》，上海交通图书馆，1922 年 5 月三版，标"侦探小说"，"陆澹盦著作、俞幼甫发行、民友社印刷"。该小说改编自电影 *The Lightning Raider*，1919 年 1 月在美国上映。George B. Seitz 导演，John B. Clymer、Charles W. Goddard、George B. Seitz 编剧，Pearl White（珀尔·怀特）、Warner Oland（华纳·奥兰德）、Henry G. Sell 主演。

《红手套》（上、下两册），上海逸社出版，民友社印刷，1920 年 5 月初版；上海图书馆，1921 年 5 月重版；上海三星书局，1932 年 8 月重版，1933 年 6 月再版；上海文业书局，1936 年 10 月重版第一版，1937 年 7 月重版第二版，1939 年 9 月重版三版，标"侦探小说"，署名"陆澹盦"。《大世界》1920 年 4 月 12 日刊载的《陆澹盦启事》中称："鄙人应交通图书馆之请，业将《红手套》影戏译为说部，准三月底出版，诚恐海内文豪亦有从事迻译者，爰特布告。"该小说改编自电影 *The Red Glove*，1919 年 3 月在美国上映。J. P. McGowan 导演，Hope Loring、Isabelle Ostrander 编剧，Marie Walcamp（梅丽·华珍）、Pat O'Malley、Truman Van Dyke 主演。

《老虎党》（上、下两册），上海世界书局印刷、发行，1924 年 3 月四版。全书共三十回，上下册各十五回。1922 年《红杂志》第八期刊有陆澹盦小说《老虎党》广告："上海四马路世界书局最新出版，侦探小说，《老虎党》，全书二册，定价八角，特价只收，四角八分。"该小说改编自电影 *The Tiger's Trail*，1919 年 4 月在美国上映。Robert Ellis、Louis J. Gasnier、Paul Hurst 导演，Arthur B. Reeve、Charles Logue、Gilson Willets 编剧，Ruth Roland（露丝·罗兰德）、George Larkin、Mark Strong 主演。

《德国大秘密》（上、下两册），出版社不详，1922 年 9 月 1 日（阴历七月十九日）再版，标"侦探小说"、"原名 The Black Secret"，署名"吴县陆澹盦译"，封面有"宝莲女士饰书中爱丽丝小影"①。施济群为《老虎党》一书所作的序文中指出："吾友陆子澹盦，以善译影戏小说鸣于时，如《毒手》《黑衣盗》《红手套》《德国大秘密》诸书，一编出世，万户争传，诚爱观影戏者之南针也。"朱狄《我之侦探小说杂评》（《半月》第二卷第十九期，1923 年 6 月 14 日）一文中也认为："从电剧翻译的侦探小说委实没有一篇有侦探价值的，在这三四年中我看了很不少，但是长篇电剧要博情节热闹和使人咋舌，就不能不注重于'冒险''侠义''尚武'等事了，那么结构、情节等自然要失掉侦探价值了。短中取长，还是澹盦的《德国大秘密》（但也近些军士小说）和瘦鹃的《怪手》来得稍有些价值（这是我的真心话）。"该小说改编自电影 The Black Secret，1919 年 11 月在美国上映。George B. Seitz 导演，Robert W. Chambers（罗伯特·W. 钱伯斯）、Bertram Millhauser 编剧，Pearl White（珀尔·怀特）、Walter McGrail、Wallace McCutcheon Jr. 主演。

《金莲花》，《大世界》报社，1921 年，标"侦探小说"。据《大世界》报 1921 年 8 月 14 日刊登的《金莲花》广告，"诸君

---

① 因为珀尔·怀特（Pearl White）主演的冒险电影《宝莲历险记》（*The Perils of Pauline*，1914 年）非常流行，其所饰演的宝莲形象深入人心，所以当时国内很多评论文章或电影宣传中直接就将其称为"宝莲女士"。《德国大秘密》一书封面说"宝莲女士饰书中爱丽丝小影"，即是以"宝莲女士"指代该片的女主演珀尔·怀特。

欲知《金莲花》全本详细剧情者，请阅陆澹盦先生译著《金莲花》小说，是书现在大世界报社寄售，每部大洋三角"。又见《金莲花》单行本，华亭书局出版，国光书社印刷，薛甫彦发行，1922 年 2 月再版。该小说改编自电影 The Dragon's Net，1920 年 4 月在美国上映。Henry MacRae 导演，J. Allan Dunn、George Hively、Henry MacRae 编剧，Marie Walcamp（梅丽·华珍）、Harland Tucker、Otto Lederer 主演。①

通过这些美国电影及其对应中文影戏小说的相关信息可以看出，一方面，这些美国电影原片的创作与主演团队彼此间经常高度重叠。比如 George B. Seitz 先后担任了《黑衣盗》《侠女盗》《德国大秘密》三部电影的导演②，同时还担任了电影《侠女盗》的编剧。Arthur B. Reeve 和 Charles Logue 也都分别担任了《毒手》《黑衣盗》《老虎党》三部电影的编剧。Bertram Millhauser 担任了《毒手》《德国大秘密》两部电影的编剧。Henry MacRae 则同时兼任了《金莲花》的导演和编剧工作。在演员阵容方面，Pearl White（珀尔·怀特）主演了《黑衣盗》《侠女盗》《德国大秘密》三部电影。Marie Walcamp（梅丽·华珍）也主演了《红手套》《金莲花》两部电影。而根据这些电影改编的影戏小说来看（这些电影原片的拷贝今天大多已经遗失或损毁，难以见到），这些电影在情节模式上呈现出高度的类型化、同质化特征，比如影片多以女主角

---

① 关于陆澹盦影戏小说（特别是《黑衣盗》）电影原片的考证，部分参考了陈硕文的《书写西洋镜：论陆澹盦侦探影戏小说的跨文化转化实践》（刊于《兴大人文学报》第六十八期，2022 年 3 月）一文，以及藏书家华斯比的相关考证结果，特此说明并致谢。

② 为了行文表述上的方便，本文用当时中文影戏小说的标题来指代好莱坞电影原片的片名，下同。

作为故事核心人物，其中往往涉及遗产继承、养女身份、生死搏斗、机关暗道、绑架追逐、死里逃生、恶人最终失败、有情人终成眷属等固定"程式"。这种情节上的互文性与相似性，也和影片导演、编剧、主演等创作人员上的相互交集密切相关（相同的导演、编剧与主演团队，一定程度上可以视为一个相同的"电影作者"）。

另一方面，从传播与改编时间上来看，这些美国侦探、冒险电影大多是在美国本土首映一年到一年半左右的时间里，就已经被引进到中国上映，并有相关的影戏小说改编作品出现，传播效率非常之高。比如小说《毒手》的电影原片 *The Hidden Hand* 于 1917 年 11 月在美国首映，而在 1919 年 1 月，中文影戏小说就已经出版。类似的，《黑衣盗》电影原片 *The House of Hate* 于 1918 年 3 月在美国上映，中文影戏小说 1919 年 3 月 3 日已经开始在《大世界》上连载；《红手套》电影原片 *The Red Glove* 于 1919 年 3 月在美国上映，中文影戏小说 1920 年 5 月初版。换言之，当时中、美两国观众看到这些侦探电影，以及中国读者读到根据这些电影改编而成的影戏小说之间，具有高度的"同时代性"。①

---

① 需要说明的是，《侠女盗》《老虎党》《德国大秘密》等影戏小说，因为目前所见小说版本并非"初版"，所以其小说出版时间距电影原片上映时间似乎有两三年左右的间隔，但根据这些小说"再版"或"四版"的出版时间合理推测，其影戏小说的"初版"时间和电影原片在美国本土的首映时间，彼此间相距应该也就是一年左右。比如《德国大秘密》，本文所见影戏小说为 1922 年 9 月再版本，初版情况不详，但根据周瘦鹃发表于 1920 年 7 月 4 日的《影戏话》一文，可知其当时已经看过陆澹盦的这部侦探影戏小说，故可以由此推测《德国大秘密》影戏小说的初版时间应早于周文发表时间，和电影原片在美国本土的首映时间，相隔仅有半年（参见周瘦鹃：《影戏话》，《申报》1920 年 7 月 4 日第十四版）。

影戏小说：来自电影与文学的双重观察

在从文学类型与文本分析层面讨论影戏小说之前，我们不妨先从电影史的角度来考察这些影戏小说产生的时代背景。大体上来说，目前所发现的陆澹盦的七部侦探影戏小说，集中出现在 20 世纪 10 年代末至 20 年代初期，相对于小说的数量与文本体量而言（共七部小说，总计 50 万字以上），其写作时间可以说是非常密集。而当时其他影戏小说作者诸如周瘦鹃、包天笑、陈蝶仙、张南凌等人，其写作与发表时间也主要在 1914—1928 年。[①] 当时国内本土电影生产与制作刚刚起步，电影作为一种文化产品，更多依靠从外国进口来满足本地观众的观影需求。即如施济群所说："欧美诸邦风行已久，吾国则尚在萌蘖时代，作品甚鲜，则不得不求之舶来诸片，以供笑乐"。与此同时，国内观众的观影经验也还非常有限，虽然好莱坞"侦探、滑稽数种，尤为群众所欢迎"，但"顾片中无中文说明书，观者对之往往瞠目莫解，辄引以为憾"。[②] 尤其在面对好莱坞这些"以情节炫人"的"侦探长片"时[③]，经常是"坐使男女童叟，出入于西人影戏院之门，蟹行文字，瞠目不识，误侦探为盗贼，惊机关为神怪。瞽说盲谈，无有是处"[④]。加之这一时期的电影仍处于黑白默片时代，电影院如

---

① 参见邵栋：《纸上银幕：民初影戏小说》，台北：秀威经典，2017 年版。

② 施济群：《序》，收录于陆澹盦：《老虎党》（上册），上海世界书局印刷、发行，1924 年 3 月四版。

③ 周瘦鹃：《影戏话》（十四），《申报》1920 年 1 月 12 日第十三版。

④ 周瘦鹃：《游艺附录：影戏丛谈》，《戏杂志》第五期，1922 年。

果对影片采取中文"间幕"或现场配音,则需要一笔不小的额外开支,由此便催生了"影戏小说"这一特殊的文学类型——将外国电影改编为中文小说,在电影上映期间同步销售,以帮助国内观众更好地"看懂"外国电影。[①]从今天的角度来看,这样的影戏小说对于电影情节(特别是侦探故事)难免有"剧透"的嫌疑,但"被剧透"总好过"看不懂",影戏小说当时在相当程度上构成了中国早期电影观众理解电影情节内容的有效阅读辅助手段,或者也可以认为其是文字媒介时代转向影像媒介时代过渡期的"时代残留物"。比如《毒手》(*The Hidden Hand*)1919 年在上海"大世界"乾坤大剧场上映四天后,陆澹盦根据该片改编的小说《毒手》就开始宣传:"本馆前烦吴县陆澹盦先生将剧中情节译成侦探小说……兹因《毒手》影戏片又在'大世界'俱乐部映演,时再售特价一千部,每部大洋三角,爱观《毒手》影戏而欲知其情节及结果者,不可不人手一编也。"[②]乐于观赏外国电影的观众需要买一本影戏小说来帮助自己进一步把握剧情,而影戏小说的出现反过来也有助于电影这种新兴文化媒介形式更好地走进当时上海的市民读者阶层。

后来,1927 年,全世界首部使用同期对白的有声电影《爵士歌手》问世。1931 年,中国明星公司和法国百代公司合作摄制了中国第一部蜡盘发音有声片《歌女红牡丹》,随着无声电影到有声电影的媒介与技术转型,声音在电影中的出现为观众提供了另一条更为便捷、高效且舒适的理解影片信息的媒介渠道,影戏小

[①] 其实,当时也有部分影戏小说是将中国本土电影改编成小说,但相比于外国电影的改编,仍属少数。

[②]《大世界》1919 年 10 月 7 日第一版刊载广告。

说也完成了自身的"文化使命",并从此渐渐退出了历史舞台。

而在黑白默片时期,国内引进的好莱坞电影类型主要是滑稽短片与侦探连续长片两大类,前者以查理·卓别林(Charlie Chaplin,民国时期通常翻译为"卓别灵")和哈罗德·劳埃德(Harold Lloyd,民国时期通常翻译为"罗克")的作品为代表,后者包括大量西方侦探、冒险类电影连续剧集,珀尔·怀特主演的冒险电影《宝莲历险记》(1914)是其中的代表性作品,本文所讨论的陆澹盦改编的七部侦探电影也都属于这一类型。此类侦探长片多以"连续影集"(film serial)的形式播出,通常每部有10—20集,每集20—30分钟左右,总时长约5—7个小时。换言之,这些"电影"虽然是在院线上映,但情节内容与结构形式其实更类似于我们今天所说的"连续剧"。比如电影《毒手》(*The Hidden Hand*,1917)共15集,其分集标题如下:

1. The Gauntlet of Death; 2. Counterfeit Faces; 3. The Island of Dread; 4. The False Locket; 5. The Air-Lock; 6. The Flower of Death; 7. The Fire Trap; 8. Slide for Life; 9. Jets of Flame; 10. Cogs of Death; 11. Trapped by Treachery; 12. Eyes in the Wall; 13. Jaws of the Tiger; 14. The Unmasking; 15. The Girl of the Prophecy.①

又如电影《红手套》(*The Red Glove*,1919),共18集,其分集标题如下:

1. The Pool of Mystery (aka The Pool of Lost Souls); 2. The Claws of the Vulture; 3. The Vulture's Vengeance; 4. The Passing of Gentleman Geoff; 5. At the Mercy of a Monster; 6. The Flames of

---

① 参见在网站 https://www.imdb.com 检索电影词条 *The Hidden Hand*(1917)时的相关内容(检索日期:2024-12-15)。

Death; 7. A Desperate Chance; 8. Facing Death; 9. A Leap for Life; 10. Out of Death's Shadow; 11. Through Fire and Water（aka In the Depths of the Sea）; 12. In Death's Grip; 13. Trapped; 14. The Lost Millions; 15. The Mysterious Message; 16. In Search of a Name（aka In Deadly Peril）; 17. The Rope of Death; 18. Run to Earth.[①]

或者如《金莲花》（*The Dragon's Net*, 1920）共 12 集，其分集标题如下：

1. The Mysterious Murder; 2. Thrown Overboard; 3. A Watery Grave; 4. Into the Chasm; 5. A Jump for Life; 6. Captured in China; 7. The Unseen Foe; 8. Trailed in Peking; 9. On the Great Wall of China; 10. The Train of Death; 11. The Shanghai Peril; 12. The Unmasking.[②]

相应的，陆澹盦根据这三部电影改编而成的影戏小说分别为 30 章、36 章和 24 章，虽然每一章没有拟具体标题，但大体上是将电影中的一集对应拆分为小说中的两章，延续了电影的基本情节结构。[③] 与此同时，陆澹盦影戏小说在章节划分上格外注意对悬念感的保持，比如其不同小说的章节结尾处：

"杜丽西之身，乃与煤屑煤块等，同被转轮卷上，若卷至转轴之中间，其势必被轮齿所辗毙。噫！危哉杜丽西！"（《毒手》第二十章结尾）

---

① 参见在网站 https://www.imdb.com 检索电影词条 *The Red Glove*（1919）时的相关内容（检索日期：2024-12-15）。

② 参见在网站 https://www.imdb.com 检索电影词条 *The Dragon's Net*（1920）时的相关内容（检索日期：2024-12-15）。

③ 类似的，《德国大秘密》（*The Black Secret*, 1919）和《老虎党》（*The Tiger's Trail*, 1919）电影各自有 15 集，而陆澹盦改编的影戏小说也分别都是 30 章。

"爱丽丝骇极几晕，惶急无措。危哉麦凯！今将为药酒所毒毙矣。"（《德国大秘密》第五章结尾）

"砍久之，柱折，瞭望台乃突然倒下，轰然一声，碎为千百片，堆积地上。危哉碧梨！其将葬身于瞭望台下耶？"（《红手套》第十六章结尾）

"危哉曼丽！其将为此毒物所噬毙耶？"（《金莲花》第二章结尾）

"噫！数分钟后，此可怜之芘丽，势将膏猛虎之馋吻矣。呜呼危哉！"（《老虎党》第三章结尾）

从这些小说章节结尾处的故事内容我们不难看出，陆澹盦很多时候都是在情节悬念的高潮点上故意进行章节的切分——或者在这一章结尾留下悬念（女主角到底是生是死？），或者在下一章开头构成情节反转（女主角最终死里逃生）——而其最常使用的情节与情感提示词就是"危哉"，借此可以更加充分地调动起读者的阅读好奇心理，牵引着读者继续读下去。由此也足可看出，陆澹盦当时已经充分掌握了侦探、冒险类故事的叙事技巧——这相当程度上可能源自他对于这些好莱坞类型电影的丰富观影经验。①

需要说明的是，陆澹盦将这些好莱坞类型电影改编为影戏小

---

① 陈硕文曾指出在影片《毒手》中，女主角杜丽西"无论是自己逃出生天，或是被男主角相救，而这个每每逃出虎口的紧要关头，便被编写为一集节目的完结处。这吸引观众目不转睛的'悬念'（cliffhanger），便是当时颇为流行的通俗剧电影在叙事上的特色。"见陈硕文：《书写西洋镜：论陆澹盦侦探影戏小说的跨文化转化实践》，《兴大人文学报》第六十八期，2022年3月。这种影片分集时注重在每集最后保留悬念的技巧和陆澹盦的影戏小说每章节结尾处对于悬念的设置，具有高度的相似性。

说，不仅是类型模式上的学习、继承和延续，更有着大量改编，乃至本土化创造的成分。比如从美国电影到影戏小说这一过程本身即涉及从电影到小说的跨媒介改编、从默片中的英文"插页字幕"到中文小说的跨语言改编、从美国类型故事到中国文化语境的跨文化改编等多个层面。孙玉声在为小说《毒手》所作的序言中也指出了作影戏小说的难度所在：

> 著小说难，译小说尤难，译电影剧作小说则难之又难。
>
> 夕阳一角，残月半钩。新小说之词旨，著者以为佳矣。逮一究夫通篇之脉络，无一笔呼应处，无一节优异处，第见障墨、浮烟充塞满纸，且情节亦陈陈相因，几乎千篇一律，遂致阅者味同嚼蜡。此著小说之所以难也。
>
> 中西文字不同，风气亦异，尽有西文有此词义而中文无从曲喻者、西国有此品物而中国无此名称者。推之语言动作，处处有别；诗词歌曲，戛戛不侔。易之固失其真，勉就之则非马非驴，鲜不贻识者之诮。此译小说之所以尤难也。
>
> 至于译电影剧为小说，当其映演之时，电光一瞥即逝，可谓"过目不留"。抑且剧中头绪纷繁，往往有先后各幕，骤睹之若不相连属，至细按而始知其一气贯通者；亦有剧本精妙，处处故作疑人之笔，使人如堕五里雾中者。有此种种，不易下笔。而译之者世乃绝鲜，即有之，或蒙头改面，大背戏情，或失之毫厘，谬以千里。此译电影剧作小说之所以难之又难也。①

---

① 海上漱石生（孙玉声）：《序一》，收录于陆澹盦：《毒手》，新民图书馆发行，1919年1月初版。

在孙玉声看来，想要写出一部故事脉络清晰、细节前后呼应，且情节富有创新性（不要陈陈相因、千篇一律）的小说，本身就是一件很有挑战的事，更何况陆澹盦的影戏小说还要将其中西方人物的说话方式、地景器物名词等"转译"成中国读者所能够了解或熟悉的内容，这就更增加了写作者的书写难度。此外，孙玉声还指出影戏小说写作过程本身的困难所在，即当时如陆澹盦等影戏小说作者，通常的写作方式是"每睹一集，翌日即迻译成文，登诸《大世界》报。积百有数日，得六万余言，全剧竣而全书亦竣"[1]。他们几乎是一边看电影，一边写小说，这样才有可能使小说连载和电影上映在推出时段和商业宣传上达到相互促进的效果。而当时好莱坞电影——特别是以情节复杂、离奇著称的侦探、冒险类电影——往往"剧中头绪纷繁"，"先后各幕"跳转，且在不能"重播"（replay）的情况下，影片画面与故事情节可谓在"电光石火"间稍纵即逝。在这样的条件限制下，如何"写电炬中人，虽离奇傲异，胥得跃然纸上，一一神似"，确实需要写作者拥有"颖悟之脑筋、轻灵之手笔"[2]，才能达到这种"隽妙乃尔"[3]的阅读效果。

进一步来说，陆澹盦在侦探影戏小说的写作过程中也有很多本土化改写或文化再造的努力。比如他的七部侦探影戏小说全部采用文言文写成，在 20 年代前后，"五四"白话文运动早已如火如荼地兴起，这样的写作语言选择不能算是与时俱进，却也贴

---

① 海上漱石生（孙玉声）：《序一》，收录于陆澹盦：《毒手》，新民图书馆发行，1919 年 1 月初版。

② 同上。

③ 施济群：《序》，收录于陆澹盦：《老虎党》（上册），上海世界书局印刷、发行，1924 年 3 月四版。

近当时上海普通市民读者与电影观众的阅读习惯和审美趣味。而20世纪20年代陆澹盦用文言文将美国侦探电影改写成小说的翻译／创作实践，或许可以和晚清时期林纾用桐城派古文翻译《福尔摩斯探案》与《茶花女》等西洋小说形成一种彼此间的参照。又如在文学表达方式上，陆澹盦也广泛借鉴了中国传统的"史传体"或"说书体"等各种形式，比如《老虎党》中写到盗匪头目登场时，即是"蒲鲁者，本萨路高镇之大盗，徒党甚众，慓悍善斗"[①]。又如《德国大秘密》开篇即是"我书开端，盖在纽约爱狄生路之新年俱乐部，其时为星期六之夕，暮色既下电炬齐明，嘉宾毕至，笑语杂作"[②]，都是这方面的典型例证。其中"史传体"主要用于交代小说人物的背景信息，"说书体"则更多借助传统的"花开两朵，各表一枝"等套语来对应现代电影中的多线叙事。

此外，陆澹盦所改编的这七部好莱坞侦探、冒险电影，无一例外全都是以女性为主角，或者也可以说是另一种形式上的"女侠"／"女性英雄"题材电影（其中有一部片名就直接被翻译为《侠女盗》）。[③]正如张真所指出，"这种关于女性幻想和权力的'另类情节剧'具有启示性的重要意义。在中国上映的女皇系列剧电影（中国电影杂志上多处提及美国冒险／侦探系列电影）通常

[①] 陆澹盦：《老虎党》（上册），上海世界书局印刷、发行，1924年3月四版，第6页。

[②] 陆澹盦：《德国大秘密》（上册），出版社不详，1922年9月1日再版，第2页。

[③] 需要说明的是，这些好莱坞电影中的"女侠"形象，与《儿女英雄传》中十三妹等中国侠义小说中的女侠形象，在人物气质和现代意识等层面，还是有着相当程度的差异。

以'中性'女英雄为主角（其中最著名的是女演员宝莲［Pearl White］扮演的角色），刻画她们所经历的重重磨难，这种系列电影'与好莱坞家庭情节剧本质上是对立的'。女皇系列电影坚持'外化'的概念，也就是'万事皆发生于野外'，并且'完全抛弃了母性形象'。把它作为现代新女性神话的一个互文文本来阅读因而显得格外有意义。本·辛格认为，在妇女走出家庭并大踏步迈向公共世界的时代，这一类型中女性对新奇刺激的追求，反映了她们对掌控权力的想象。但是与此同时，表现危机、陷阱和暴力的意象反复出现，对她们发出警示的讯号，提醒她们在这种自我解放中必须经历的艰险"①。而无论是对于当时中国传统的闺阁女性，还是现代小家庭中的都市女性而言，这些影片中在世界各地不断冒险、和男性盗匪群体展开殊死搏斗，最终战胜敌人，并收获财富、爱情与幸福的"女性英雄"形象，显然意味着另外一种精神品格指向和生活方式想象。但陆澹盦在影戏小说的改编与写作中，对这些银幕上的西洋女英雄形象又进行了朝向中国传统文化的"归化"式处理。比如在《黑衣盗》中，宝莲拒绝嫁给和自己有婚约的堂兄海利司，海利司此时劝她说"妹素孝，今日奈何背严命耶?"②。这里"孝"作为一种价值向度与行为准则，显然不是美国电影原片中的意涵所在，而应该是陆澹盦后来的主动改写。正如陈硕文所指出，"此一改动，可能更接近当时一般中国读者习以为常的价值观"③。有趣的是，晚清时期周桂笙在翻译鲍

① 张真:《银幕艳史:都市文化与上海电影（1896—1937）》，沙丹、赵晓兰、高丹译，上海:上海书店出版社，2019年版，第286页。
② 陆澹盦:《黑衣盗》(上册)，上海新华书局，1929年3月初版，第10页。
③ 陈硕文:《书写西洋镜:论陆澹盦侦探影戏小说的跨文化转化实践》，《兴大人文学报》第六十八期，2022年3月。

福的侦探小说《毒蛇圈》时（包括吴趼人为这部小说所写的眉批中），也刻意凸显了"孝"的伦理价值维度，其改写策略和陆澹盦在《黑衣盗》中的做法如出一辙。

总结来说，陆澹盦的七部侦探影戏小说，一方面将好莱坞电影改成文言小说，并在其中学习和继承了侦探、冒险电影的故事类型和叙事技巧（特别是关于悬念的设置），另一方面，陆澹盦又通过文言的语言表达方式、对于中国传统"史传体"与"说书体"的借鉴，以及用中国本土文化伦理观念改造电影人物等手段，重新改写了这些美国商业电影，完成了对这些西洋女性侦探与冒险故事的本土化再造。魏艳在讨论中国早期侦探小说翻译和创作时，曾指出其中所包含的"新旧知识观/世界观的协商（Epistemological negotiation）"，并以此来"重新检视中国文学现代性中的诸多变化及复杂性"[1]。陆澹盦的这些侦探影戏小说，亦可作如是观。

游戏场与影戏小说中的"世界想象"

作为影戏小说作者的陆澹盦，其写作影戏小说的前提和必要准备环节在于看电影，我曾根据《陆澹盦日记》专门整理并分析过作为"影迷"的陆澹盦巨大的观影热情与长期以来坚持的观影习惯。[2]而对于电影的热爱也是当时一批影戏小说作者的共同特

---

[1] 魏艳：《福尔摩斯来中国：侦探小说在中国的跨文化传播》，北京：北京大学出版社，2019年版，第7页。

[2] 参见战玉冰：《民国时期电影与侦探小说的交互影响——以陆澹盦的观影活动、影戏小说与侦探小说创作为中心》，《电影新作》2021年第4期。

点，比如另一位重要的影戏小说作者周瘦鹃就说自己"在许多爱看影戏的朋友中，要算得是个天字第一号的影戏迷了。每天除了规定的办事时间以外，把余下来的工夫，差不多都消磨在影戏院中，平均每星期总要看五六种影片。若是逢到好影片太多的时候，那么星期日这天，往往要连看三次"①。

　　一方面，20世纪前三十年，正是好莱坞电影大量涌入中国的时期，"美国出口到中国的胶片从1913年的189740英尺增加到1918年的323454英尺。一战过后，好莱坞继续加大对中国的出口，到1925年达到5912656英尺"②。侦探长片构成了国内早期从好莱坞引进电影的重要组成部分，对于当时的中国观众来说，侦探电影似乎也具有格外的吸引力。亦如周瘦鹃所描述自己当时的日常生活与观影经验："夕阳影里，我和慕琴、常觉，往往到南京路上兜个圈子，又随时约了小蝶，到北四川路武昌路口倚虹楼去吃五角一客的西餐，餐后更到海宁路爱伦影戏院去看长篇侦探影戏，所谓《怪手》《紫面具》《三心牌》等，都是那时欣赏的好影片，并且一集又一集，没有一部不看完的。"③

　　另一方面，对于这些影戏小说作者而言，重要的观影空间之一是当时颇为繁盛的、各种以"世界"冠名的游戏场。正如张真所说，"多功能的公园（诸如张园、西园、豫园）、百货大

---

①　周瘦鹃：《从此以后》，《上海画报》第208期，1927年2月27日第三版。

②　沃伦·科恩（Warren Cohen）：《美国回应中国：中美关系史》（*America's Response to China：A History of Sino-American Relations*），纽约：哥伦比亚大学出版社，2000年第四版，第68页。转引自萧志伟、尹鸿：《1897—1950年：好莱坞在中国》，收录于杨远婴主编：《中国电影专业史研究·电影文化卷》，北京：中国电影出版社，2006年版，第512页。

③　周瘦鹃：《礼拜六忆语》，《礼拜六》第502期，1933年5月6日。

楼顶上的屋顶公园和游乐园，都成为传统、摩登大众娱乐形式的举行场所"①。比如 1915 年开张的"新世界"游戏场、1917 年黄楚九在爱多亚路和西藏路交叉口开设的"大世界"游戏场，后者正是陆澹盦当时观看美国侦探长片的重要空间场所。孙玉声就曾提道："陆君澹盦，少年绩学，长于中西文字，且具捷才。比岁，结文虎社于大世界，每晚于射虎余闲，乐观电影，见百代公司最新片《毒手》而喜之，以为剧中节目之奇、变幻之妙、设施之险、意味之深，是可译为新小说，以饷社会之爱观电剧、爱读小说者也。"② 施济群为《毒手》所写的跋文也印证了这个说法："今年夏，大世界俱乐部映演《毒手盗》影片，俶奇诡异，殆冶奇情、侦探于一炉者。（按：陆澹盦）同人日往观之。"③

当时的"大世界"游乐场正如其名，汇聚了来自世界各地、各种类型的娱乐形式，比如其中不仅有中国古典的亭台楼阁、花畦寿石，也有戏曲、歌舞、魔术、杂技、皮影，甚至吞刀吐火等各类艺术表演，甚至还有餐厅、旅店、弹子房、溜冰场，乃至动物园，可谓一切应有尽有，美国艺术史学者强纳森·赫（Jonathan Hay）将其称为"奇观性建筑"。电影放映当然也是这种综合性游戏场中不可或缺的重要娱乐项目之一。同为当时影戏小说作者的包天笑回忆自己当年在"大世界"看电影的经历时曾说道："记得我初看电影的时期，是在上海黄楚九所开设的大世

---

① 张真：《银幕艳史：都市文化与上海电影（1896—1937）》，沙丹、赵晓兰、高丹译，上海：上海书店出版社，2019 年版，第 163 页。

② 海上漱石生（孙玉声）：《序一》，收录于陆澹盦：《毒手》，新民图书馆发行，1919 年 1 月初版。

③ 施济群：《跋》，收录于陆澹盦：《毒手》，新民图书馆发行，1919 年 1 月初版。

界游艺场，在里面附设一个小戏院，叫作'小京班'……那时也无所谓银幕，只张着一幅白布而已，映出来的人，走路都在跳跃，房屋亦会移动，外景却是特多的。故事只是糊糊涂涂，也没有说明书，其中必定有一个妙龄女郎的，此外一个侠客，一个侦探，也是常有的。"[①] 从包天笑的这段回忆中我们可以看出，当时"大世界"是"鸳鸯蝴蝶派"作家观看电影的重要场所，陆澹盒、周瘦鹃、包天笑、孙玉声、朱大可、施济群等人，也都是其中的常客；同时，面对当时外景与动作戏较多的侦探默片，就连有相当文学与电影修养的包天笑也表示自己看得"糊糊涂涂"，这就进一步产生了作家们创作影戏小说的现实需求。

更有趣的地方还在于，陆澹盒及这些同侪好友们当时不仅在"大世界"看电影，然后将看过的影片内容改编为影戏小说，他们改编而成的作品，之后也是在"大世界"这一"文化空间"中发表、传播和销售。比如陆澹盒的《黑衣盗》最初就分 120 次在"大世界"所发行的游戏场报纸《大世界》上连载。而《毒手》《黑衣盗》《红手套》《金莲花》等影戏小说单行本也都曾在"大世界"游戏场中出售。[②] 即如张真所指出："因为游乐场是中国电影最早的放映场所之一，所以在早期中国电影史中占据着重要的地位。同时，与游乐场文化密切相关的一些人——如鸳蝴派作家或者文明戏社团成员——又正是本土电影制作最初的参与者。这增

---

① 包天笑：《钏影楼回忆录续编》，太原：山西古籍出版社，1999 年版，第 704—705 页。

② 参见《大世界》报纸上的相关图书广告信息：《毒手》广告，《大世界》1919 年 4 月 8 日第一版；《黑衣盗》广告，《大世界》1919 年 8 月 1 日第一版；《红手套》"陆澹盒启事"，《大世界》1920 年 4 月 12 日第三版；《金莲花》广告，《大世界》1921 年 8 月 14 日第一版。

添了游乐场文化的重要性。"①

　　如果沿着孟悦关于"大世界"游戏场的历史与文化研究对其进一步追根溯源，黄楚九和孙玉声曾亲临大阪，受到"大阪新世界 Shin Sekai"的启发后才回国开设了上海的"大世界"，而大阪的"新世界"游乐场建造的重要背景，则是明治时期日本政府想要将大阪打造成早期的世博式城市设施（an early expo-style urban device）。由此，孟悦将"大世界"中的"世界"二字理解为对世博会文化与世界乌托邦想象的"重译"（retranslated）、"象征性地呈现"（symbolically presented）与"诠释的拼凑"（pastiche to paraphrase）。②而陆澹盦的侦探影戏小说，也构成了在"大世界"游戏场中关于"世界想象"的重要组成部分。比如小说中的故事发生空间，横跨美国纽约，德国，日本横滨，中国的上海、北京、长城，以及印度、菲律宾等世界各地③；其间经常涉及的场景，就有森林、悬崖、矿场、旅馆、酒肆、博物馆、车站、办公室、礼拜堂、私人宅邸、暗道、地下密室、升降机等；小说主人公所使用的交通工具则包括火车、汽车、人力车、摩托车、骑马、远洋邮轮、木排，不一而足。而陆澹盦的一支生花妙笔，又使得小说中的"世界图景"给读者以身临其境之感。周瘦鹃就曾称赞陆澹

---

① 张真：《银幕艳史：都市文化与上海电影（1896—1937）》，沙丹、赵晓兰、高丹译，上海：上海书店出版社，2019 年版，第 121 页。

② 参见孟悦（Meng Yue）：*Shanghai and the Edges of Empires* 一书的第六章 "The Rise of an Entertainment Cosmopolitanism"，University of Minnesota Press，2006，pp. 171—209。

③ 甚至当时很多好莱坞侦探影戏在拍摄过程中，本身就是实地取景。周瘦鹃就曾称赞过电影《金莲花》剧组"不恤间关万里，实事求是"，亲自往美国、日本、中国、吕宋、印度取景（参见周瘦鹃：《影戏话》（十），《申报》1919 年 11 月 13 日第十四版）。

盒的侦探影戏小说《德国大秘密》是"吾人读其书，不啻置身西欧沙场"[①]。由此，陆澹盦的侦探影戏小说可以说提供了一种通过文字媒介勾连起观众对于影像画面的记忆，乃至最终联通世界图景的想象方式，正是在另一个层面上和"大世界"所自我声张的题中之义——"世界"——不谋而合。这里恰如陈硕文所言："从观看电影长片到执笔撰写影戏小说，陆澹盦的侦探冒险书写所涉及的是将西方电影转化为文字，再创作一己作品的历程，也彰显了当时中国人已进入了一个全球通俗文化快速流动的世界体系中。"[②]

如果我们进一步借助米莲姆·汉森（Miriam Hansen）关于20世纪初期美国通俗电影作为全球通行的"白话现代主义"（Vernacular modernism）的理论洞见，好莱坞侦探商业片在中国的流行本身即是一种世界主义与全球化的结果，其中包含并影响了当时国人对于世界图景的理解、接受与想象。在这个意义上来看，当时中国大规模引进美国电影，就不仅是一个商业问题，更是一种文化观念的传播与生活方式上的示范。早在1934年，就有人指出，美国电影已经"取代了传教士、教育家、炮舰、商人和英语文学，成为中国学习西方工业社会文化和生活方式的最为重要的途径"[③]。当然，这种外国电影产品与文化的引进，并不是一种单向度的文化扩张与入侵，而是一种世界性与本土性之间的相互合拍

---

① 周瘦鹃：《影戏话》，《申报》1920年7月4日第十四版。

② 陈硕文：《书写西洋镜：论陆澹盦侦探影戏小说的跨文化转化实践》，《兴大人文学报》第六十八期，2022年3月。

③ 韦尔伯·伯顿（Wilbur Burton）：《中国人对电影的反应》（"Chinese Reactions to the Cinema"），《亚洲》（Asia）1934年10月号。转引自萧志伟、尹鸿：《1897—1950年：好莱坞在中国》，收录于杨远婴主编：《中国电影专业史研究·电影文化卷》，北京：中国电影出版社，2006年版，第507页。

与同频共振。李欧梵就曾洞见到,"某些外国电影比其他电影流行是因为它们采用了传统中国小说的那种程式化的情节曲折的叙述模式……这种叙事方式对本土的电影观众是有很大吸引力的,尤其是在无声电影时期,因为故事的情节都须'写在'屏幕上,以此来激起阅读流行小说的经验……有时候,情节简介还会直接打在屏幕上","在好莱坞的叙事传统和传统中国流行小说中的永恒的程式之间是有某种亲合性的:'大团圆'结尾和'邪不压正'的通俗剧之必要性"。[1] 我们可以借助考维尔蒂关于"程式"的概念来进一步理解李欧梵所指出的好莱坞叙事程式与传统中国小说程式之间的相似性关系:"程式故事似乎是这样一种方式,通过这种方式,处于一种文化中的个体用行动表现出某种无意识的或被压抑了的需要,或者以明显的和象征的形式表现他们必须表现然而却不能公开面对的潜在动机。"[2] 换言之,当时中国观众之所以喜欢看好莱坞侦探长片,以及喜欢阅读据此改编而成的侦探影戏小说,一方面当然是因为电影作为新兴媒介形式所带来的现代性"惊颤体验"(Chock-Erfahrung),以及影片呈现的世界性新奇图景所具有的"展示性"吸引力[3],另一方面,一定程度上也是因为这些影片与影戏小说中的人物形象、故事情节与镜头画面,激活了中国人对于传统文化记忆的潜意识。甚至当时被普遍使用的"影戏"

---

[1] 李欧梵:《上海摩登》,毛尖译,北京:北京大学出版社,2001年版,第112、114页。

[2] [美] 约翰·考维尔蒂:《通俗文学研究中的"程式"概念》,收录于周宪等编:《当代西方艺术文化学》,北京:北京大学出版社,1988年版,第425页。

[3] 这里参考汤姆·甘宁(Thomas Gunning)针对早期"吸引力电影"(cinema of attraction)所概括的"展示性"特点,而非后来的"整合型叙事电影"带来的"窥视性"快感。

这一说法本身，其不同于后来更常见的"电影"一词，"'影戏'这个术语暗示了电影与皮影戏以及其他新旧剧种之间的脐带联系，尤其是具有现代性的舞台艺术文明戏"①。进一步来说，在早期电影及影戏小说的传播过程中，"现代"是依靠关于"传统"的记忆而获得普及和推广，"世界性"需要经历"本土性"的接纳与改造才能够真正深入人心。而这种传统与现代、世界与本土之间的复杂纠葛，恰恰构成了我们理解本文开篇所述陆澹盦身份复杂性与其影戏小说作品独特性的另一条路径与可能。

余论：侦探小说、游戏场、电影与影戏小说

1841 年 5 月，爱伦·坡在《格雷姆杂志》上发表小说《莫格街谋杀案》，标志着侦探小说正式诞生；1887 年 11 月，柯南·道尔的第一篇"福尔摩斯探案"故事《血字的研究》刊登在英国《比顿圣诞年刊》上，开启了全世界最具影响力的侦探小说系列；1896 年（清光绪二十二年），浙江桐乡人张坤德在《时务报》第六期至第九期上连载了小说翻译《英包探勘盗密约案》，标为"歇洛克·呵尔唔斯笔记"，这篇小说的原文是"福尔摩斯探案"系列小说中的 *The Naval Treaty*，今译为《海军协定》，从此，侦探小说这一小说类型正式进入中国；1909 年 8 月 16 日（宣统元年七月初一）至 1910 年 1 月 16 日（宣统元年十二月初六），中国本土创作的第一部长篇侦探小说《中国侦探：罗师福》在《图

---

① 张真：《银幕艳史：都市文化与上海电影（1896—1937）》，沙丹、赵晓兰、高丹译，上海：上海书店出版社，2019 年版，第 167 页。

画日报》上连载，作者署名"南风亭长"……

1895 年 12 月 28 日，卢米埃尔兄弟在巴黎卡普辛大街 14 号大咖啡馆的地下室播放电影，被后世认为是电影诞生的日子；1896 年 8 月 11 日，电影第一次被引进到中国，当时在上海徐园内，电影穿插在"戏法""焰火""文虎"等游艺杂耍活动之中放映；1897 年 7 月，詹姆士·里卡顿（James Ricalto）在上海天华茶园放映了爱迪生的电影短片，标志美国电影正式进入中国；1905 年，中国第一部电影《定军山》在北京丰泰照相馆拍摄，著名京剧老生谭鑫培在镜头前表演了自己最拿手的几个片断；1908 年，安东尼奥·雷马斯（Antonio Ramos）修建了中国第一座专门的电影院——可以容纳 250 人的虹口大戏院，将电影放映从其他娱乐活动中独立了出来……

从上述两条有关于侦探小说与电影从诞生到舶来进入中国的历史发展路径中，我们不难看出二者间高度的时代同步性特征。甚至具体到陆澹盦本人，他第一部侦探影戏小说改编是 1919 年 1 月初版的《毒手》，而其第一部侦探小说创作，则是 1922 年初连载于《红杂志》上的《棉里针》，这是"李飞探案"系列的第一个故事，二者也呈现出明显的同步性。换言之，侦探小说与电影，作为诞生于资本主义现代都市之中的文学类型与艺术形式，几乎是同时进入中国的，二者分别表征了近代中国逐步走向现代化这一历史进程的不同侧面。特别是侦探电影，其不仅可以在电影史中进行讨论，也可以被放置于侦探小说史中来展开理解。即如朱大可所言，"《毒手盗》影戏数幕……歇洛克、亚苹森，将并此而三矣"[1]。

---

[1] 朱大可：《序三》，收录于陆澹盦：《毒手》，新民图书馆发行，1919 年 1 月初版。

进一步分析侦探小说、游戏场、电影与侦探影戏小说四者之间的复杂关系：首先，陆澹盦的侦探小说创作明显受到其观影经验与影戏小说改编经历的影响。比如在其最为著名的"李飞探案"系列小说中，《棉里针》的对话体表现方式受到电影剧本的启发；《夜半钟声》里连续使用多个动词，用以表现人物身手的矫捷与情节本身的紧张感，而这正是其侦探影戏小说改编过程中最常见的写作手法；《古塔孤囚》中对于"黑魆魆的，深不见底"的山洞石窟的生动描写，也很容易让读者联想到《老虎党》或者《红手套》中的"秘密盗窟"。

其次，20世纪初期，人们在"大世界"中游玩、观赏的经验和其观看电影的经验彼此间也具有高度的同构性。"游乐园和屋顶花园这类建筑促进了人们身体性的互动，并且通过类似于'橱窗购物'的经验，产生出安妮·弗莱德伯格所谓的'移动的凝视'（mobilized gaze）。正如她所指出的，这种'凝视'也正是早期电影所特有的感知和体验方式"①。在"大世界"游戏场中"得到充分完整的实现"的"都市娱乐的幻景"②与"现代装置美学"也正是早期侦探电影长片的重要审美意趣所在。当时的中国观众，多惊叹于这些好莱坞电影中的"器械之精妙，布置之周密，科学之发明"③。周瘦鹃也曾指出，"影戏中之侦探片以机关繁复、行动活泼为上，情节曲折尚在其次"④，并详细描述了当时侦探影

---

① 张真：《银幕艳史：都市文化与上海电影（1896—1937）》，沙丹、赵晓兰、高丹译，上海：上海书店出版社，2019年版，第118—119页。
② 同上，第115页。
③ 雪园：《观影戏有益说》，《大世界》1919年8月22日第二版。
④ 周瘦鹃：《影戏话》（三），《申报》1919年7月14日第十四版。

戏中的"机关术":"最足动人者,率在机关之离奇。屋自升高,地能下陷,或书橱去而壁穴现,或承尘移而扶梯降。"① 而升降梯等恰恰正是"大世界"游乐场中最为游客所喜爱的"装置"。由此,侦探电影中的"机关"与游戏场里的"装置"相互呼应,共同构成了现代都市里的视觉奇观。

再次,在"游戏场"中观赏各种装置与风景所获得的视觉乐趣、看电影时从眼前快速闪过的流动画面给观众带来的视觉冲击感,与侦探小说所意欲捕捉的都市街头快速涌动的人群以及寻找"人群中的人"之间②,其实也呈现为某种相类似的感觉结构模式。在"大世界"中闲逛的游客,就宛如本雅明笔下巴黎拱廊街中的都市"漫游者"一样,"看的乐趣得到了尽情的满足,他们可以专心致志于观看,其结果便是业余侦探。他们在观看时惊异得目瞪口呆"③。换言之,转译自世界博览会的"大世界"游戏场、通过镜头画面展示全球空间地景的好莱坞电影,与借助侦探查案的脚步与眼光来观察现代都市生活的侦探小说,三者形塑现代生活感觉经验的基本方式,正如海德格尔所言,都是将外部世界图像化的过程与结果。

最后,在图像化、景观化的现代都市中,特别是在电影发明与普及之后,人们对小说的认识也在发生着不断的改变。一方面,民国文人普遍将电影与小说都视为启蒙民众的重要工具,比如周瘦鹃认为"盖开通民智,不仅在小说,而影戏实一主要之锁

---

① 周瘦鹃:《影戏话》(二),《申报》1919 年 6 月 27 日第十四版。

② 参见战玉冰:《从匿名性到易容术——现代都市与侦探小说起源关系初探》,《海南师范大学学报(社会科学版)》2021 年第 6 期。

③ [德]瓦尔特·本雅明:《波德莱尔:发达资本主义时代的抒情诗人》,王涌译,南京:译林出版社,2014 年版,第 91 页。

钥也"①，类似的，程小青也曾指出"侦探小说是一种化装的科学教科书"②。另一方面，当时国人不仅借助传统的小说来类比并理解作为新兴媒介的电影，比如陈蝶仙提出"活动写真其功用实与小说等，而活泼变幻，足以鼓动观者兴趣，则尤过之"③，也反过来通过观看电影的眼光重新审视小说这一文类。周瘦鹃就认为，小说写风景"如名画"，写人物"如活动写真"，而起"描写心曲"，"则有为名画家所不能"④，比较公允地比较了文字媒介、图像媒介与影像媒介各自的特点和优长。

而影戏小说之于早期默片电影的另一个重要意义还在于，由于历史年代久远，早期电影拷贝很多都已经散佚或损毁，今人已经无法全部得见当年荧幕上宝莲或者梅丽·华珍的迷人风采了。这时影戏小说在快速变动的现代性发展洪流之中，就为我们提供了一条重返历史现场的通道与重新想象历史的可能。其实，陆澹盦当初写作影戏小说的原因之一即在于他"深恨此俶奇诡异之佳片，仅电光石火一现昙花，因谋所以永之者"⑤。而其为了记录、固定电影情节所做的影戏小说改编，最终也的确实现了"子因影戏而传，影戏亦得君而益彰"⑥的历史与文化价值。

---

① 周瘦鹃：《影戏话》（一），《申报》1919 年 6 月 20 日第十五版。

② 程小青：《从"视而不见"说到侦探小说》，《珊瑚》第二卷第一期，1933 年 1 月 1 日。

③ 陈栩（蝶仙）：《火中莲》，上海：中华书局，1917 年版，第 1 页。

④ 周瘦鹃：《序》，收录于胡寄尘编：《小说名画大观》，上海：文明书局，1916 年版。

⑤ 施济群：《跋》，收录于陆澹盦：《毒手》，新民图书馆发行，1919 年 1 月初版。

⑥ 施济群：《序》，收录于陆澹盦：《老虎党》（上册），上海世界书局印刷、发行，1924 年 3 月四版。

图书在版编目(CIP)数据

陆澹盦侦探影戏小说集 / 陆澹盦著 ; 战玉冰编.
上海 : 上海人民出版社,2025. -- ISBN 978-7-208
-19440-3

Ⅰ. I247.7

中国国家版本馆 CIP 数据核字第 2025CZ8321 号

书名题签　　陆　康
特约编辑　　华斯比
责任编辑　　吕　晨
封面设计　　朱云雁

陆澹盦侦探影戏小说集

陆澹盦 著

战玉冰 编

出　　　版　上海人民出版社
　　　　　　（201101　上海市闵行区号景路 159 弄 C 座）
发　　　行　上海人民出版社发行中心
印　　　刷　苏州工业园区美柯乐制版印务有限责任公司
开　　　本　890×1240　1/32
印　　　张　36.5
插　　　页　8
字　　　数　843,000
版　　　次　2025 年 5 月第 1 版
印　　　次　2025 年 5 月第 1 次印刷
ISBN 978 - 7 - 208 - 19440 - 3/I · 2205
定　　　价　169.00 元